國譯

御定詩韻

〔국역 어정시운〕

정범진 감수
이장우 교열
이채문 편역

明文堂

國譯 御定詩韻(국역 어정시운)

초판 인쇄 2022년 9월 20일
초판 발행 2022년 9월 30일

감　수 | 정범진
교　열 | 이장우
편　역 | 이채문
발행자 | 김동구
편　집 | 이명숙
발행처 | 명문당(1923. 10. 1 창립)
주　소 | 서울시 종로구 윤보선길 61(안국동)
우체국 010579-01-000682
전　화 | 02)733-3039, 734-4798, 733-4748(영)
팩　스 | 02)734-9209
Homepage | www.myungmundang.net
E-mail | mmdbook1@hanmail.net
등　록 | 1977. 11. 19. 제1~148호

ISBN 979-11-91757-62-0 (93810)

45,000원

서문

한시(漢詩)를 공부하고 직접 짓기 시작한 지도 어언 30여 년이 지났다. 《두시삼백수(杜詩三百首)》를 공역(共譯) 출판하였고, 자작(自作) 한시를 모아 《중당한시집(中堂漢詩集)》을 출판하기도 하였다. 그동안 한시를 짓는 사람들을 위해 몇몇 젊은이들과 《한시시어용례대사전(漢詩詩語用例大辭典)》을 만들기도 하였다.

그렇지만 아직도 한시를 지을 때마다 평측(平仄)과 관련해서는 어려운 문제가 한둘이 아니다. 그간 여러 사전과 운서(韻書)를 이용해 왔지만, 책마다 내용이 일치하지 않아 참고하기에 불편한 점이 많았다.

원래 우리나라의 운서(韻書)는 중국으로부터 연유한 것이었다.

중국의 대표적인 운서는 운보(韻補, 吳棫), 소씨운략(邵氏韻略), 예부운략(禮部韻略), 운부군옥(韻府群玉), 고금운회거요(古今韻會擧要), 홍무정운(洪武正韻), 고금운략(古今韻略), 강희시운(康熙詩韻), 정운자전(正韻字典), 음학오서(音學五書, 顧炎武), 시운집략(詩韻輯略, 潘恩), 시운집성(詩韻集成) 등이 있다.

우리나라는 고려(高麗) 말 주자학(朱子學)의 전래와 함께 주희(朱熹)의 시집전(詩集傳)과 협운설(叶韻說)도 그대로 수용되어 한시의 작법(作法)과 운서 편찬 등 여러 분야에 걸쳐 영향을 받았다고 할 수 있겠는데, 삼운통고(三韻通考)를 위시해서 역대로 증보삼운통고(增補三韻通考, 1747, 金濟謙, 成孝基), 화동정음통석운고(華東正音通釋韻考, 朴性源), 사성통해(四聲通解, 崔

世珍), 규장전운(奎章全韻, 1796, 李德懋), 정음통석(正音通釋), 사성통고통해(四聲通攷通解) 등이 있다.

18세기로 접어들어서 우리나라의 운서는 청대(淸代) 고음학(古音學)의 연구 성과를 다분히 반영한 것으로 보인다. 그런 과정 속에서 우리나라 시운서의 결정판이라고 할 수 있는 어정시운(御定詩韻)이 간행되었다. 이 어정시운은 일찍이 1796년에 나온 규장전운이 거의 품절되자, 이를 다시 증보(增補)하여 1846년에 어필(御筆) 어정시운(御定詩韻) 4자(字)를 내려 받아 그것을 책의 제목으로 간행되었다. 이번 국역의 저본(底本)으로 사용된 것이 바로 이 어정시운으로 고금(古今) 시인(詩人)들이 금과옥조처럼 애용하고 아끼는 귀중한 운서이다.

아무쪼록 이 책이 한시를 짓는 사람들에게나 또는 한시를 공부하는 사람들에게 큰 도움이 되었으면 하는 바람이다.

2022년 7월 7일

小暑之節 雙淸軒에서 정범진(丁範鎭)

일러두기

1. 이 책은 서울대 奎章閣韓國學硏究院 所藏의《御定詩韻》(가람古816-Si91, 헌종 12년 1846)을 底本으로 하였다.
2. 排列은《御定詩韻》의 순서에 따랐다.
3. 平上去入의 표시는 平聲은 ㉬, 上聲은 ㉦, 去聲은 ㉠, 入聲은 ㉧로 표시하였다.
4. 표제자의 오른편에 표시된 다른 성조의 운목 표시는 성조를 앞에 표시하고 [ ] 속에 넣어 처리하였다.
5. 중국어발음 표시인 ○는 ( )로, 한글음 표시인 □는 〈 〉로, 한글 이음자 표시인 ▢는《 》로 대체하였다.
6. 같은 글자가 같은 성조의 다른 운목에 들어있을 때는 ○ 속의 대표 운자는 [ ] 속에 넣어 처리하였다.
7. 같은 글자가 다른 성조일 때 ○ 속에 그 대표 운자를 표시한 것은 성조를 앞에 표시하고 [ ] 속에 넣어 처리하였다.
8. 같은 글자가 같은 성조에서 다른 뜻으로 쓰일 때의 표시 구분인 ○는 /로 표시하였다.
9. 조선朝鮮 왕명王名일 때 어휘御諱 표시인 ⌒는 표시를 생략하였다.
10. 평측이 다른 표제자가 같은 쪽에 나올 때는 찾아보기에서 쪽번호를 한 번만 기입하였다.

11. 표의 크기는 분량에 따라 조금씩 가감하였다.

12. 부록의 字音索引에서 표제자, 대표 음운, 성조, 쪽 번호를 차례대로 표시하여 또 하나의 작은 사전이 되도록 하였다.

13. 음색인의 배열 순서는 가나다순이고, 동일 음은 부수 순으로 배열하였다. 색인의 동일 표제어는 쪽 번호 순서로 배열하였고, 동일 쪽일 때는 平上去入의 순서로 배열하였다.

14. 이 책을 번역하는 데 참고한 자료는 다음과 같다.

《새옥편》 북한어학자료총서503, 과학원출판사, 1963년 影印本
《經傳釋詞》 王引之 編著, 臺灣華聯出版社, 民國64年 8月
《經義述聞》(第1·2·3·4·5·6冊) 王引之 著, 臺灣商務印書館股份有限公司, 民國68年 1月
《康熙字典》(上·下) 啓業書局有限公司, 民國73年 1月
《辭源》》(上·下) 上海 商務印書館, 1983年
《漢韓大辭典》(全12卷) 檀國大 동양학연구소편, 1999-2008
《漢語大詞典》(全12卷) 漢語大詞典出版社, 1993年 8月-1993年 11月
《漢語大字典》(全8卷) 四川辭書出版社·湖北辭書出版社, 1986年 10月-1990年 10月
《漢語韻典》 李文輝, 大象出版社, 1997년 3월 河南省 鄭州
《詩韻新編》 上海古籍出版社, 1992年版
《詩詞平仄韻滙》 周鸞昌 著, 山東大學出版社, 2008年 4月

御定詩韻 凡例

《규장전운(奎章全韻)》의 판본이 오래되어 글자가 낡고 훼손되었다. 이에 어명(御命)을 받들어 고쳐 간행함에 수진본(袖珍本, 포켓판)처럼 만들어 열람에 편리하도록 하였다.

어필(御筆)로 《어정시운(御定詩韻)》이란 네 글자를 책 제목으로 쓰셨으니 표지는 그것을 그대로 책 이름으로 삼되, 격자(格子, 사각형) 속에 글자를 넣어 가로로 보게 하였고, 배열은 대표자(자음) 다음으로 협운(叶韻), 통운(通韻)의 순으로 하였고, 음주(音註), 표광(標匡, 대표 운자를 동그라미 속에 넣는 것)은 모두 다 규장전운의 전례를 따랐다.

각 글자의 주해(註解) 밑에 중국 음은 ○(동그라미) 속에, 우리 음은 □(네모) 속에 언문(諺文)으로 써 놓았다. 한 글자가 사성(四聲)에 두루 보이는 것은 (구별해 보일 수 있게) 옆에다가, 평성(平聲)에는 ○(흰 동그라미)로, 상성(上聲)에는 ●(검은 동그라미)로, 거성(去聲)에는 D(흰 반쪽 동그라미)로, 그리고 입성(入聲)에는 ◗(검은 반쪽 동그라미)로 표시하였다.

한 글자가 다른 운(韻)에도 보이는 것에는 (구별해 볼 수 있게) 부수자에다가 ○(동그라미) 속에, 같은 운 안에서 글자는 같으나 음과 뜻이 다른 글자에는 한글 음으로 ▢(亞匡, 각진 네모) 속에 표시하였다.

우리 음은 같으나 중국 음모(音母)의 뜻이 다른 것에는 그 사이에 작은 ○(동그라미)로 구분하여 그 다른 뜻을 풀이하고, 중국 음은 ○(동그라미) 속에 언문으로 표시하였다.

금상(憲宗) 십이년 병오(1846) 유월 모일 통정대부승정원동부승지겸경연참찬관 춘추관수찬관규장각겸교직각지제교 신 윤정현(尹定鉉)이 교지를 받들어 삼가 적다.

御定詩韻部目

御定詩韻部目	平聲 共三十○附通韻	東 一○冬江	冬 二○東江	江 三○東冬	支 四○微齊佳灰	微 五○支齊佳灰	魚 六○虞	虞 七○魚	齊 八○支微佳灰
	上聲 共二十九○附通韻	董 一○腫講	腫 二○董講	講 三○董腫	紙 四○尾薺蟹賄	尾 五○紙薺蟹賄	語 六○虞	麌 七○語	薺 八○紙尾蟹賄
	去聲 共三十○附通韻	送 一○宋絳	宋 二○送絳	絳 三○送宋	寘 四○未霽泰卦隊	未 五○寘霽泰卦隊	御 六○遇	遇 七○御	霽 八○寘未泰卦隊
	入聲 共十七○附通韻	屋 一○沃覺	沃 二○屋覺	覺 三○屋沃					

佳 九◯ 支微 齊灰	灰 十◯ 支微 齊佳		眞 十一 ◯文 元寒 刪先	文 十二 ◯眞 元寒 刪先	元 十三 ◯眞 文寒 刪先	寒 十四 ◯眞 文元 刪先	刪 十五 ◯眞 文元 寒先	先 十六 ◯眞 文元 寒刪	蕭 十七 ◯肴 豪
蟹 九◯ 紙尾 薺賄	賄 十◯ 紙尾 薺蟹		軫 十一 ◯吻 阮旱 潸銑	吻 十二 ◯軫 阮旱 潸銑	阮 十三 ◯軫 吻旱 潸銑	旱 十四 ◯軫 吻阮 潸銑	潸 十五 ◯軫 吻阮 旱銑	銑 十六 ◯軫 吻阮 旱潸	篠 十七 ◯巧 皓
泰 九◯ 寘未 霽卦 隊	卦 十◯ 寘未 霽泰 隊	隊 十一 ◯寘 未霽 泰卦	震 十二 ◯問 願翰 諫霰	問 十三 ◯震 願翰 諫霰	願 十四 ◯震 問翰 諫霰	翰 十五 ◯震 問願 諫霰	諫 十六 ◯震 問願 翰霰	霰 十七 ◯震 問願 翰諫	嘯 十八 ◯效 号
			質 四◯ 物月 曷黠 屑	物 五◯ 質月 曷黠 屑	月 六◯ 質物 曷黠 屑	曷 七◯ 質物 月黠 屑	黠 八◯ 質物 月曷 屑	屑 九◯ 質物 月曷 黠	

肴 十八○蕭豪	豪 十九○蕭肴	歌 二十○麻	麻 二十一○歌	陽 二十二○無	庚 二十三○青蒸	青 二十四○庚蒸	蒸 二十五○庚青	尤 二十六○無	侵 二十七○覃鹽咸
巧 十八○篠皓	皓 十九○篠巧	哿 二十○馬	馬 二十一○哿	養 二十二○無	梗 二十三○迥	迥 二十四○梗		有 二十五○無	寑 二十六○感琰豏
效 十九○嘯号	号 二十○嘯效	箇 二十一○禡	禡 二十二○箇	漾 二十三○無	敬 二十四○徑	徑 二十五○敬		宥 二十六○無	沁 二十七○勘豔陷
				藥 十○無	陌 十一○錫職	錫 十二○陌職	職 十三○陌錫		緝 十四○合葉洽

御定詩韻部目

叶二百七十九

增二千一百四

原一萬九百六十

原增叶文總一萬三千三百四十三

咸 三十○侵覃鹽	鹽 二十九○侵覃咸	覃 二十八○侵鹽咸
豏 二十九○寢感琰	琰 二十八○寢感豏	感 二十七○寢琰豏
陷 三十○沁勘豔	豔 二十九○沁勘陷	勘 二十八○沁豔陷
洽 十七○緝合葉	葉 十六○緝合洽	合 十五○緝葉洽

목차

{御定詩韻上}

平聲	上聲	去聲	入聲
1東 … 15	1董 … 15	1送 … 15	1屋 … 15
2冬 … 28	2腫 … 28	2宋 … 28	2沃 … 28
3江 … 36	3講 … 36	3絳 … 36	3覺 … 36
4支 … 40	4紙 … 40	4寘 … 40	
5微 … 64	5尾 … 64	5未 … 64	
6魚 … 69	6語 … 69	6御 … 69	
7虞 … 77	7麌 … 77	7遇 … 77	
8齊 … 93	8薺 … 93	8霽 … 93	
9佳 … 103	9蟹 … 103	9泰 … 103	
10灰 … 108	10賄 … 108	10卦 … 108	
		11隊 … 116	
11眞 … 119	11軫 … 119	12震 … 119	4質 … 119
12文 … 133	12吻 … 133	13問 … 133	5物 … 133
13元 … 140	13阮 … 140	14願 … 140	6月 … 140
14寒 … 151	14旱 … 151	15翰 … 151	7曷 … 151
15删 … 163	15潸 … 163	16諫 … 163	8黠 … 163

{御定詩韻下}

平聲	上聲	去聲	入聲
16先 … 169	16銑 … 169	17霰 … 169	9屑 … 169
17蕭 … 189	17篠 … 189	18嘯 … 189	
18肴 … 200	18巧 … 200	19效 … 200	
19豪 … 205	19皓 … 205	20号 … 205	
20歌 … 212	20哿 … 212	21箇 … 212	
21麻 … 220	21馬 … 220	22禡 … 220	
22陽 … 227	22養 … 227	23漾 … 227	10藥 … 227
23庚 … 249	23梗 … 249	24敬 … 249	11陌 … 249
24青 … 266	24迥 … 266	25徑 … 266	12錫 … 266
25蒸 … 276			13職 … 276
26尤 … 283	25有 … 283	26宥 … 283	
27侵 … 299	26寑 … 299	27沁 … 299	14緝 … 351
28覃 … 306	27感 … 306	28勘 … 306	15合 … 306
29鹽 … 314	28琰 … 314	29豔 … 314	16葉 … 314
30咸 … 324	29豏 … 324	30陷 … 324	17洽 … 324

御定詩韻上	平聲東一	【東】文153 公 無私공변되다 공정하다 官也벼슬 (궁)〈공〉 工 巧也잘하다 匠也장인 功 績也공로 공적 紅 仝앞과 같다 女－여공《홍》空 虛也비다 (쿵) ㊅[董]㉠[送] 崆 岷州山名민주의 산 이름 －峒공동 箜 瑟類비파류 －篌공후 悾 慤也정성 －－공공 아는 것이 없고 어리석은 모양 [江] ㊅[董] 東 日出方동녘 (둥)〈동〉 涷 暴雨소나기 ㉠[送] 蝀 虹也무지개 蝃－체동 ㊅[董]㉠[送] 同 共也한 가지 (뚱) 仝 古고자 侗 無知무지함 倥－공동《통》銅 赤金구리 峒 岷州山名민주의 산 이름 崆－공동 ㉠[送] 桐 梧也오
	上聲董一	【董】文34 空 穴也구멍 굴 (쿵)〈공〉 ㉾[東]㉠[送] 孔 甚也심히 대단히 매우 仝앞과 같다 悾 失意실의한 모양 －憁공총 [江] ㉾[東] 倥 不暇일이 많아서 바쁨 －傯공총 ㉾
	去聲送一	【送】文48 貢 獻也공물을 바치다 바치다 드리다 (궁)〈공〉 贛 賜也주다 仝上仝下앞뒤와 같다 灨 豫章水名예장江西省 南昌市의 물 이름 [勘] 湏 仝앞과 같다 埥 地名
	入聲屋一	【屋】文200 轂 車輻所湊바퀴통 薦人천거함 또는 이끌어 주다 推－추곡 출정하는 장수의 수레를 제왕이 밀어 주는 의식. 장수를 임명하는 융숭한 예식을 이르는 말 (구)〈곡〉 輂 仝앞과 같다 穀1 禾稼總名곡식의 총칭 善也좋다 선하다 훌륭하다 祿也녹봉 生也살다 생장하다 [有] 槃 仝앞과 같다 穀 俗속자 穀 楮也닥나무 皮可爲紙껍질로 종이를 만들 수 있다 姓也성씨 －梁곡량 槃 仝앞과 같다 瑴 二玉相合쌍옥 [覺] 塗 仝앞과 같다 珏 仝앞과 같다 [覺] 谷 山間水道골짜기 산간의 물길 窮也궁하다 養也기르다《록》[沃] 哭 哀聲슬피 우는 소리 (쿠) 禿 無髮머리에 머리털이 없다 대머리 (투)〈독〉 鵚 禿頭鳥무수리 －

동나무 琴材금을 만드는 재료 酮 馬酪말젖 鮦 鱧也가물치 童 幼也아이 僮 僕也종 竦皃조심하는 모양 曈 日出일출 동이 트다 －曨동롱 ㉦[董] 瞳 目珠눈동자 罿 鳥網새잡는 그물 덮치기 [冬] 犝 無角牛뿔 없는 소 羶 無角羊뿔 없는 양 穜 禾名벼 이름 늦벼 －稑동륙 [冬] 潼 廣漢水名광한四川省의 물 이름 櫳 檻也우리 (릉)〈롱〉 櫳 窓也창살 또는 창문 소앞과 같다 籠 包擧싸서 들다 鳥檻새장 조롱 ㉦[董] 曨 日出일출 曈－동롱 동이 트다 ㉦[董] 朧 月出월출 朦－몽롱 聾 耳籠無聞귀가 먹어 들리지 않음 礱 磨也갈다 ㉠[送] 嚨 喉也목구멍 瓏 明皃밝고 깨끗한 모양 玉聲옥이 부딪치는 소리 玲－영롱 蒙 稺也어리석다 몽매

[東]㉠[送] 董 正也바르다 바른 도리를 지키다 督也감독하다 감찰하다 (동)〈동〉 懂 心亂심란한 모양 懵－몽동 鼕 鼓鳴북소리 －－동동 蝀 虹也무지개 螮－체동 ㉤[東]㉠[送] 動 作也움직이다 활동하다 搖

땅 이름 䳑 鳥讓食새가 먹이를 양보하다 犼 飛至날아 도착하다 이르다 虹 泗州縣名사주安徽省 五河縣의 현 이름 [絳] ㉤[東] 鞚 馬勒말굴레 또는 재갈 (쿵) 倥 不暇일이 많아서 바쁘다 －傯공총 ㉤[東]

鵚독추 牘 書版글씨를 쓰는 나뭇조각 목간木簡 樂器대로 만든 악기 이름 舂－용독 (뚜) 櫝 函也궤 함 匵 소앞과 같다 殰 殤胎태아가 뱃속에서 죽다 낙태하다 讀 誦書읽다 송독誦讀하다 [宥] 瓄 圭名홀圭 이름 또는 옥으로 만든 그릇 黷 濁也혼탁하다 黝皃검푸른 모양 瀆 溝也도랑 소앞과 같다 犢 牛子송아지 讟 痛怨而詾원망하다 또는 원망하는 말 獨 單也홀로 혼자 단독 髑 頂骨죽은 사람의 두골頭骨 해골 －髏촉루 韣 弓衣활집 祿 廩也녹봉 穀也착하다 福也복 또는 운수 행운 (루)〈록〉 錄 循衆평범하다 －－록록 [御][沃] 碌 多石땅이 모래와 자갈이 많아 고르지 않다 소앞과 같다 [沃] 琭 玉皃옥 모양 진귀한 모양 －－록록 睩 視皃조심스럽게 자세히 살펴보다 曼－만록 簶 箭室전동箭筒 胡－호록 盝 去水물을 말리다 고갈시키다 漉 滲也액체

하다 覆也가리다 덮다 (뭉)<몽> 冡 소앞과 같다 濛 微雨이슬비 涳－공몽 ㉦[董] 矇 有瞳無見눈동자는 있으나 보이지 않음 幪 覆也덮다 帡－병몽 ㉦[董] 㠓 소앞과 같다 饛 器滿음식이 그릇에 가득 담긴 모양 朦 月出월출 －朧몽롱 罞 麋罟사슴을 잡는 거물 [肴] 雺 地不應天어둡다 [宋] 霿 소앞과 같다 ㉠[送] 夢 不明불분명하다 －－몽몽 어둡고 혼란함 ㉠[送] 瞢 目不明눈이 밝지 않음 [徑] ㉠[送] 懜 慚也부끄러워하다 無知무지하다 [徑] 懵 소앞과 같다 ㉦[董]㉠[送] 蓬 蒿也쑥 다북쑥 (뿡)<봉> 篷 編竹覆舟뜸 배 수레 등을 덮어서 비바람 볕 등을 막는 물건 韸 소앞과 같다 逢 鼓聲북소리 －－봉봉 [冬] 韼 소앞과 같

也흔들리다 동요하다 (뚱) ㉠[送] 挏 推引밀었다 당겼다 하다 攏 持也가지다 쥐다 掠也가지런히 고르다 (룽)<롱> 籠 箱也대소쿠리 흙을 담아 나르는 대그릇 ㉬[東] 蠓 醯雞잔디등에 蠛－멸몽 (뭉)<몽>

㉦[董] 控 引也당기다 告也알리다 操制勒止조종하다 제어하다 [講] 空 窮也다하다 缺也빈자리나 모자라는 인원을 이르는 말 －乏공핍 ㉬[東]㉦[董] 凍 冰壯두꺼운 얼음 (둥)<동> 棟 屋脊집의 마룻대 가

가 천천히 새어나가다 거르다 소앞과 같다 淥 소앞과 같다 [沃] 鹿 麞屬사슴 牡有角수컷은 뿔이 있다 簏 竹篋대바구니 書－서록 麗 小罟작은 어망 麓 山足산기슭 樚 汲水器우물 위에 설치하여 물을 길어 올리는 도르래 장치 －櫨록로 轆 車棨고패 소앞과 같다 驪 野馬야생마 角 四皓한漢나라 때의 은사隱士였던 상산사호商山四皓의 한 사람 －里록리 [覺] 甪 俗속자 非잘못임 木 東方之行오행의 하나로 동방 質樸질박하다 소박하다 －訥목눌 不柔마비되어 뻗뻗함 우직하고 고집스러움 －彊목강 (무)<목> 沐 濯髮머리를 감다 治也다스리다 潤澤윤택하다 密雨이슬비가 내리는 모양 溟－명목 霂 小雨가랑비 霡－맥목 棨 車輈皮束歷録수레 끌채를 싸맨 가죽띠 수레 끌채를 고정시키거나 장식용으로 씀 鶩 舒鳧집오리 目 眼也눈 苜 連枝草개자리 콩

다 鬔 髮亂머리털이 흐트러진 모양 －鬆봉송 芃 草盛풀이 무성한 모
양 －－봉봉 翁 老稱연장자에 대한 존칭 또는 남자 노인 (옹)〈옹〉
嵏 馮翊山名풍익陝西省 醴泉縣의 산 이름 九－구종 峯聚여러 봉우리
가 한데 모여서 솟은 산 (중)〈종〉 鬷 釜屬솥의 하나 衆也모으다 또는
모이다 艐 船著沙배가 좌초되다 國名나라 이름 三－삼종 椶 蒲葵종려
나무 포규 －櫚종려 棕 仝앞과 같다 騣 馬鬣말갈기 鬉 仝앞과 같다
豵 一歲豕1년 된 돼지 崇 高也높다 尊也받들다 (쭝) 崈 仝앞과 같다
悤 遽也갑작스럽다 매우 바쁨 －－총총 (충)〈총〉 怱 仝앞과 같다
忩 俗속자 匆 仝앞과 같다 蔥 葷菜파 또는 산마늘 靑也푸른색 청록색

幪 麥茂보리나 밀이 더부룩함 또는 무성한 모양 －－몽몽 ㉬[東] 懵
心亂심란하다 마음이 뒤숭숭하다 －懂몽동 ㉬[東]㉠[送] 琫 刀飾칼
집 윗부분의 장식 (붕)〈봉〉 鞛 仝앞과 같다 菶 草茂초목이 무성한

옥의 대들보나 도리 恫 不得志뜻을 얻지 못하다 憽－총동 (뚱) ㉬[東]
洞 疾流물의 흐름이 빠르다 또는 세찬 모양 朗徹환히 알다 통달하다
幽壑골 깊은 골짜기 ㉦[董] 弄 玩也가지고 놀다 만지작거리다 侮也기

과의 두해살이풀 －蓿목숙 睦 親也화목하다 친근하다 毣 毛濕털이
축축하다 思皃생각하는 모양 牧 養也가축을 기르다 수양하다 治也통
치하다 郊外교외 穆 敬也공경하다 和也온화하다 序也종묘宗廟 제도
에서 시조묘始祖廟의 오른쪽에 자리하는 위차位次 繆 仝앞과 같다 惡
謚나쁜 시호謚號 [尤][宥] 卜 灼龜점 또는 점을 치다 거북 등딱지를
불에 지져서 갈라진 균열에 의하여 길흉을 판단함 予也주다 내려주
다 (부)〈복〉 濮 東郡水名동군河南省 長垣縣의 물 이름 樸 叢木무더
기로 난 나무 떨기나무 棫－역복 [覺] 扑 小擊가볍게 치다 (푸) 撲 仝
앞과 같다 撲 拂著부딪치다 踣也엎드러지다 [覺] 醭 酒上白술이나
간장 따위에 피는 곰팡이 같은 물질 골마지 僕 給事者시중꾼 종 하인
(뿌) [沃] 福 祜也행복 복을 내려주다 德也경사스러운 일 보호하고 도

佳氣－－가기총총 아름다운 기운이 왕성한 모양 **聰** 耳徹귀가 밝다 **驄** 馬青白흰색과 푸른색이 뒤섞인 말 총이말 **叢** 聚也모이다 모으다 (쫑) **藂** 仝앞과 같다 **蘩** 俗속자 **叢** 草叢生풀이 무더기로 난 모양 **潨** 水會여러 곳의 물이 합류하는 곳 [冬] **通** 達也이르다 도달하다 (퉁)〈통〉 **恫** 痛也애통하다 매우 슬프다 ㉠[送] **痌** 仝앞과 같다 **筒** 竹名대나무 이름 射－사통 (뚱) **筩** 截竹대나무를 쪼개다 仝앞과 같다 [腫] **烘** 火乾불에 쬐어 말리다 (훙)〈홍〉 ㉠[送] **洚** 水不遵道큰물이 범람하다 (향) [絳] ㉠[送] **洪** 大也크다 仝앞과 같다 **紅** 帛赤白붉은 비단《공》 **葒** 水草수초 馬蓼여뀌 **渱** 仝앞과 같다 **訌** 訟言송사의 말 相陷서로 함

모양 －－봉봉 ㉫[東] **菶** 瓜多實외가 많이 열린 모양 **唪** 大笑크게 웃다 껄껄 웃다 仝앞과 같다 **蓊** 草木盛초목이 무성한 모양 －鬱옹울 (훙)〈옹〉 **滃** 雲起구름이 피어나는 모양 또는 파르스름한 연기가 자

만하다 업신여기다 (릉)〈롱〉 **哢** 鳥吟새가 울다 새가 지저귀다 唵－암롱 **霿** 地不應天어둡다 (뭉)〈몽〉 ㉫[東] **夢** 寐中神遊꿈 꿈을 꾸다 ㉫[東] **寢** 仝앞과 같다 **瞢** 目不明눈이 어둡다 [徑] ㉫[東] **懵** 惛也정

와주다 (부) **幅** 布廣포백布帛의 너비 피륙의 폭幅 [職] **輻** 輪轑수레의 바퀴살 [宥] **蝠** 仙鼠박쥐 蝙－편복 **楅** 牛角橫木소가 받는 것을 막기 위하여 뿔에 가로대는 나무 －衡복형 [職] **葍** 惡菜메꽃 메꽃과의 여러해살이 덩굴풀 蓄也순무 **腹** 肚也배 복부 **馥** 香氣향기가 진하다 향기 **複** 重衣겹옷 [宥] **復** 反也되돌아오다 答也대답하다 보답하다 白也아뢰다 고하다 仝上仝下앞뒤와 같다 [宥] **覆** 反也거듭하다 審也자세히 살피다 敗也패하다 倒也엎드러지다 [宥] **蝮** 毒蛇독사 **伏** 藏也숨다 숨기다 踣也엎드리다 偃也가라앉다 낮아지다 强也굴복하다 누르다 (뿌) [宥] **茯** 松脂入地복령 구멍장이버섯과의 버섯 －苓복령 **栿** 梁也들보 대들보 **服** 衣也옷 입다 車右騎수레의 오른쪽에 메운 말 習也익히다 학습하다 用也약을 먹다 從也복종하다 순종하다 **鵩** 似鴞不

정에 빠뜨리다 潰也무너지다 虹 蝃蝀무지개 소앞과 같다 [絳] ㉠[送] 鴻 隨陽鳥大也큰기러기 ㉦[董] 終 竟也끝나다 끝내다 (즁)<즁> 螽 蝗類메뚜깃과 곤충의 총칭 阜ㅡ부종 弓 弧也활 (귱)<궁> 躬 身也몸 신체 躳 소앞과 같다 躬 恭皃몸을 굽혀서 삼가고 공경하는 모양 宮 室也집이나 방의 총칭 中聲오음五音 음계의 첫째 음 腐刑남녀의 생식 기능을 제거하는 형벌 穹 高也높다 天也하늘 창공 (큥) 芎 香草향초 궁궁이 ㅡ藭궁궁 竆 羿國예국 夏代의 나라 이름 山東省 德州市 소재 (귱) 窮 極也다하다 끝나다 究也깊이 연구하다 소앞과 같다 藭 香草향초 궁궁이 芎ㅡ궁궁 雄 牡也수컷 (흉)<웅> 熊 似豕冬蟄곰 風

욱한 모양 嵸 山高산세가 높고 가파름 巃ㅡ롱종 (중)<종> ㉬[東] 總 統也총괄하다 통솔하다 皆也모두 다 (충)<총> ㉬[東] 摠 소앞과 같다 揔 俗속자 惚 소앞과 같다 偬 不暇바쁘다 다급하다 倥ㅡ공총 ㉠

신이 흐리다 소앞과 같다 ㉬[東]㉦[董] 賵 贈死物부의賻儀 (봉)<봉> 鳳 神鳥전설상의 신령스러운 새 (뽕) 送 遣也보내다 돌려보내다 (숭)<송> 瓮 罌也동이 (홍)<옹> 甕 소앞과 같다 罋 소앞과 같다 䙬 角黍蘆葉裹

祥鳥올빼미와 비슷한 불길한 새 箙 盛矢器전동箭筒 琭 소앞과 같다 菔 菜名무 蘆ㅡ로복 [職] 匐 伏地엎드리다 기어서 가다 匍ㅡ포복 [職] 虙 虎皃범의 모양 帝號중국 고대 전설상의 제왕 삼황오제三皇五帝 중의 한 사람 ㅡ犧복희 宓 소앞과 같다 [沃][質] 速 疾也빠르다 신속하다 召也부르다 초청하다 (수)<속> 餗 鼎實솥 안의 음식 또는 좋은 안주나 음식 涑 河東水名하동山東省 費縣의 물 이름 [尤][宥][沃] 觫 懼皃두려워서 떠는 모양 觳ㅡ곡속 樕 小木작은 나무 樸ㅡ복속 蔌 菜茹總名푸성귀 채소류의 총칭 陋也가난하고 누추한 모양 ㅡㅡ속속 [有] 遫 謙愨몸을 움츠리다 삼가고 공경하는 모양 齊ㅡ제속 藗 茅屬띠白茅의 일종 謖 起也일어나다 峻挺꼿꼿한 모양 ㅡㅡ속속 屋 舍也집 組也큰 도마 (우)<옥> 剭 誅也죽이다 주살誅殺하다 [覺] 族 聚也모이

大塊噫氣바람 牝牡相誘짐승의 암수가 서로 유혹하다 (봉)<풍> ㉠[送]
飌 古고자 凬 古고자 楓 欇也단풍나무 豐 豆屬술잔을 받치는 예기 大也크다 높고 크다 盛也우거지다 무성하다 酆 周都주 문왕文王이 세운 나라 이름 仝앞과 같다 灃 咸陽水名함양陝西省의 물 이름 渢 大聲큰 소리 ――풍풍 (봉) [咸] 馮 馬行疾말이 빨리 달리다 依也의거하다 牆堅聲담을 견고하게 쌓는 소리 ――빙빙 [蒸] 隆 豊大物之中高크다 성대하다 높다 우뚝 솟다 (륭)<륭> 窿 天形하늘의 형상 높고 큰 모양 穹―궁륭 霳 雲師전설상의 뇌신雷神 운사 豐―풍륭 癃 罷病증세가 위독한 질병 嵩 中岳중악 ―山숭산 (슝)<슝> 崧 山高산이 크고 높음

[送] 憁 失意뜻을 얻지 못하다 倥―공총 ㉠[送] 捅 引也끌다 끌어당기다 (퉁)<통> 桶 木器受六升여섯되 들이의 말斗 [腫] 澒 水銀수은 元氣未分우주가 형성되기 이전의 혼돈한 기운 또는 혼돈한 상태 濛―

米떡의 한 종류 쌀을 댓잎이나 갈댓잎으로 싸서 세모뿔 따위의 모양으로 만들어 찐 단오절 음식 (중)<종> 粽 俗속자 偬 不暇겨를이 없다 매우 바쁘다 倥―공총 (중)<총> ㉦[董] 謥 急言말씨가 빠르고 내용이 과

다 쌓이다 (추)<족> [宥] 簇 仝앞과 같다 小竹떨기로 난 작은 대 鏃 矢末金살촉 族 聚也모이다 모으다 宗―종족 (쭈) 曝 日乾햇볕을 쬐다 볕에 말리다 (뿌)<폭> [号] 暴 仝앞과 같다 顯示나타내다 드러내 보이다 [号] 瀑 飛泉폭포 [号] 熇 炎氣불기운 ――혹혹 (후)<혹> [蕭][沃][藥] 斛 量名용량을 되는 기구 受十斗10두斗 들이 휘 (후) 觳 盡也다하다 懼皃두려워하는 모양 ―觫곡속 仝앞과 같다 [覺] 槲 檞類떡갈나무 ―樕곡속 縠 縐紗주름이 잡혀 있는 비단 匊 物滿手움켜 쥐다 또는 움켜쥔 분량 (규)<국> 掬 撮也집다 仝앞과 같다 鞫 窮治조사하여 구명하다 鞠 養也기르다 양육하다 告也고하다 曲也몸을 굽히다 허리를 굽히다 仝上仝下앞뒤와 같다 菊 黃華국화 蘜 仝앞과 같다 鵴 布穀뻐꾸기 鳲―알국 길국 麴 酒母누룩 (큐) 麯 俗속자 郁 文盛문채

소앞과 같다 菘 白菜배추 鵊 似鷹而小새매 황조롱이 鶯 소앞과 같다 娀 國名고대의 나라 이름 有－유융 融 和也조화를 이루다 화락하다 明也환하게 밝다 (융)<융> 瀜 水深물이 깊고 넓은 모양 沖－충융 肜 商祭名상대의 제사 이름 본 제사 다음날에 지내는 제사 烿 火氣화기 搣 助也돕다 (슝) 戎 兵也병기 병사 군대 大也크다 汝也제2인칭 너 西夷고대 중국 서부 지방의 소수민족 소앞과 같다 莪 蜀葵촉규 접시꽃 厚皃빽빽하고 무성한 모양 －－융융 駥 馬八尺키가 여덟 자尺되는 말 또는 건장하고 힘이 센 말 絨 練熟絲細布누인 명주실로 짠 가는 베 中 半也반 절반 內也안 속 成也이루다 이룩하다 (즁)<즁> ㉠[送] 忠

몽홍 (흉)<홍> 鴻 直馳곧바로 치달리는 모양 이어지는 모양이라고도 함 －絧홍동 소앞과 같다 ㉲[東] 汞 水銀滓수은 【增】文11 曈 日出먼동이 트는 모양 －曨동롱 (뚱)<동> ㉲[東] 洞 孝敬공손하고 정

장됨을 형용하는 말 －詷총동 (충) 惚 不得志뜻을 얻지 못하다 －恫총통 ㉧[董] 痛 病也앓다 傷也마음이 상하고 아프다 (퉁)<통> 慟 哀過매우 슬프다 (뚱) 烘 火燎불태우다 불사르다 불에 쬐어서 말리다

가 성한 모양 －－욱욱 氣厚향기가 짙다 醲－농욱 (유)<욱> 彧 有文章문채文采나는 모양 稶 黍稷盛皃서직黍稷이 무성한 모양 薁 葡萄類머루의 통칭 蘡－영욱 燠 熱也따뜻하다 뜨겁다 [皓][号] 澳 水隈물가의 후미진 곳 [号] 隩 소앞과 같다 [号] 墺 소앞과 같다 [号] 昱 日光햇빛 밝게 비추다 (유) 煜 耀也빛나다 반짝이다 [緝] 朒 月見東方초하루 달이 동쪽에 보이다 不伸기를 펴지 못하는 모양 縮－축뉵 (뉴)<뉵> 恧 慙也부끄러워하다 忸 소앞과 같다 [有] 衄 鼻血코피 또는 코피가 나다 挫也좌절하다 敗也실패하다 衂 소앞과 같다 衂 俗속자 六 老陰數여섯 다섯에 하나를 더한 수 (류)<륙> 陸 高平뭍 육지 높고 평평하다 稑 禾名올벼 올곡 穜－동륙 올벼와 늦벼 穋 소앞과 같다 蛙 圓蛤꼬막 勠 併力힘을 합치다 [宥] 戮 殺也죽이다 辱也욕

盡心마음을 다하다 不欺정직하다 (즁)〈츙〉 衷 中也한가운데 중앙 誠也정성 또는 충성스럽다 褻衣속옷 斷其中중간을 끊다 가운데를 자르다 折–절충 ㉠[送] 充 滿也가득차다 충만하다 美也아름답다 크다 덮다 가리다 (츙) 珫 珥玉관冠의 양쪽에 드리운 귀막이 구슬 㤝 心動가슴이 두근거리다 茺 藥名익모초 –蔚충위 忡 憂也근심하는 모양 ––충충 沖 和也조화롭다 深也깊다 鑿聲얼음에 구멍을 뚫는 소리 ––충충 翀 上飛날아 오르다 冲 仝上仝下앞뒤와 같다 种 稺也어리다 盅 器虛그릇이 비어있다 또는 아무것도 없이 텅 비다 (쯩) 爞 旱熱가뭄 또는 열기 ––충충 蟲 動類總名벌레의 통칭 仝앞과 같다 【增】文53

성스러운 모양 ––동동 相通크게 통함 또는 이어지는 모양 鴻–홍동 ㉠[送] 鸗 鳥屬물오리 또는 들새 작은 새 (룽)〈롱〉 曨 日出먼동이 트는 모양 曈–동롱 ㉬[東] 竉 穴也구멍 동굴 窟–굴롱 濛 元氣未

(훙)〈홍〉 ㉬[東] 哄 喝聲노래하는 소리 외치는 소리 (향) 鬨 鬪聲싸우는 소리 다투는 소리 [絳] 誇 多言수다하다 (궁)〈궁〉 躬 曲躳몸을 굽히다 㑋 小皃작은 모양 仝앞과 같다 諷 誦也외다 소리 내어 읽다

보이다 모욕하다 仝앞과 같다 僇 仝앞과 같다 蓼 草長풀이 길게 자라다 –륙륙 [篠] 肅 敬也공경하다 (수)〈슉〉 䎘 羽聲새가 나는 소리 –숙숙 鱐 魚腊말린 물고기 건어乾魚 [尤] 宿 止也머물러 두다 지체하다 素也오래다 守也지키다 大也크다 (슈) [宥] 蓿 連枝草개자리 콩과의 두해살이풀 苜–목숙 夙 早也일찍 또는 이르다 縮 斂也거두어들이다 (수) 蹜 足迫종종걸음을 치다 莤 灌鬯酒모사茅沙에 술을 부어 신神에게 제사지내다 尗 豆也콩 (슈) 菽 仝앞과 같다 叔 拾也줍다 거두어들이다 季父아버지의 아우 숙부 仝앞과 같다 琡 大璋길이가 여덟 치寸 되는 홀圭 婌 女官고대 궁중의 여관女官 이름 淑 淸也맑다 맑고 깨끗하다 善也착하다 선량하다 仝앞과 같다 俶 始也처음 시작 시작하다 善也좋다 훌륭하다 作也짓다 만들다 甚也두텁다 [錫] 倏 急

蚣 毒蟲지네 蜈－오공 (궁)<공> [冬] 玒 銍세낫 베다 깎다 攻 擊也치다 공격하다 진격하다 [冬] 釭 車轂鐵바퀴통 안쪽에 대는 쇠로 만든 원통 [江] 玒 玉名옥 이름 [江] 倥 無知분별없다 지각없다 －侗공동 (쿵) ㉦[董]㉠[送] 椌 器物朴기물이 소박하다 [江] 涳 微雨가랑비 －濛공몽 絧 布名베 이름 (뚱)<동> 戙 繫舟杙배를 매는 말뚝 曈 月出달이 뜨다 －朧동롱 艟 戰船전선 이름 艨－몽동 [冬] 舸 소앞과 같다 橦 木名나무 이름 花可績꽃으로 베를 짤 수 있다 [江] 氃 散皃깃털이 축 처진 모양 또는 털이 누운 모양 毿－몽동 巃 山高산이 높이 솟은 모양 －嵸롱종 (룽)<롱> 龐 忠實실하다 튼실하다 －－롱롱 [江] 蘢 葒草털여뀌 [冬] 曚 日未明날이 새지 아니하다 －曨몽롱 (뭉)<몽> 艨 戰船전

分우주가 형성되기 이전의 혼돈한 기운 또는 혼돈 －澒몽홍 (뭉)<몽> ㉲[東] 輚 車輪수레바퀴 (중)<종> 葼 草皃초목이 무성한 모양 菶－

微刺풍자하다 (붕)<풍> 風 소앞과 같다 ㉲[東] 中 當也당하다 的也맞히다 應也응하다 －興중흥 (즁)<즁> ㉲[東] 衆 多也많다 三人뭇사람 ㉲[東] 仲 次也여러 형제나 자매 중에서 둘째 맏이의 다음 (쭝)

疾빨리 달리다 빠르다 또는 갑자기 문득 －忽숙홀 儵 소앞과 같다 孰 誰也누구 (쑤) 熟 食飪음식물을 익히다 稔也작황이 좋다 풍년이 들다 塾 門側堂궁문 밖의 양쪽 옆에 있는 방 대문 안의 동서 양쪽에 있는 집 璹 玉器옥으로 만든 그릇 育 養也기르다 부양하다 (유)<육> 毓 소앞과 같다 堉 地肥비옥한 토양 囿 苑也담으로 둘러막은 동산 [宥] 鬻 賣也팔다 粥 소앞과 같다《죽》儥 소앞과 같다 肉 肌也사람의 살 (슈) [宥] 粥 糜也죽 (쥬)<쥭>《육》竹 冬生草대나무 顣 不悅찡그리다 －頞축알 코가 오뚝한 모양 (쥬)<츅> 蹙 迫也가까이 다가오다 닥치다 임박하다 소앞과 같다 蹴 踏也밟다 짓밟다 소앞과 같다 縬 縮也줄어들다 위축하다 蠍 尺蠖자벌레 踧 行敬謹공경하는 모양 －踖축척 공경스러우면서도 불안한 모양 머뭇거리며 나아가지 못하는 모양 [錫]

선 이름 —艟몽동 몽충 驝 驢子당나귀 새끼 氋 散毛깃털이 힘없이 흩어지는 모양 —氃몽동 菶 草茂초목이 무성한 모양 ——봉봉 (뿡)〈봉〉 ㉦[董] 汎 浮也뜨다 떠다니다 (뽕) [陷] 鶲 鳥頸毛새 목의 깃털 (옹)〈옹〉 螉 細腰蠭나나니벌 蠮—예옹 緵 布縷피륙의 날 80을 세는 단위 새 (중)〈종〉 ㉠[送] 鬉 髮亂모발이 흐트러지다 葼 木細枝가는 나뭇가지 鯼 石首魚조기 민어과의 바닷물고기 猣 犬生三子개가 새끼 세 마리를 낳다 稯 禾束묶은 볏단을 세는 단위 마흔 줌 嵸 山高산세가 험준한 모양 巃—롱종 ㉦[董] 嵷 소앞과 같다 [腫] 潀 水聲물소리 ——종종 충충 (쭝) 總 縫也꿰매다 실을 세는 단위 80올 (중)〈총〉 ㉦[董] 璁 石似玉옥 비슷한 아름다운 돌 囱 竈突굴뚝 (충) [江] 篵 聚魚器물고기 잡

봉종 [冬] 䆆 禾聚束묶은 볏단을 세는 단위 마흔 줌 (중)〈총〉 縱 急遽황급한 모양 ——종종 [冬][宋] 嗊 歌曲가곡에서 운율을 맞추기 위

衷 斷其中중간을 끊다 가운데를 자르다 折—절충 (즁)〈츙〉 ㉬[東] 【增】文12 [illegible] 小杯작은 잔 (궁)〈공〉 [感] 齈 多涕콧물이 많다 (눙)〈농〉 涷 暴雨소나기 폭우 (둥)〈동〉 ㉬[東] 蝀 虹也무지개 螮

祝 贊主대축 饗神축문祝文 織也짜다 斷也끊다 始也비롯하다 (쥬) [宥] 竺 西域서역의 나라 이름 인도의 옛 이름 天—천축 [沃] 筑 樂器似箏쟁과 비슷한 고대 현악기 이름 築 擣也다지다 쌓다 柷 樂器節音악기 축 나무로 만든 타악기로 연주를 시작할 때 침 (츄) 蓫 羊蹄草소루쟁이 여뀟과의 여러해살이풀 矗 聳上높이 솟다 우뚝 치솟다 ——촉촉 閦 衆也많다 蓄 積也쌓다 저장하다 稸 소앞과 같다 畜 소앞과 같다 止也제지하다 〈휵〉 [有][宥] 逐 追也뒤쫓다 쫓아가다 斥也배척하다 (쮸) [錫] 軸 轂也굴대 柚 織具受經바디 [宥] 舳 船尾고물 선미 畜 養也짐승을 사육하다 양육하다 (휴)〈휵〉《츅》[宥][宥] 慉 起也일으키다 부축하다 소앞과 같다 【增】文26 𧦝 狡猾교활하다 詆—저독 (투)〈독〉 嬻 媟慢더럽히다 모독하다 (뚜) 韇 盛弓矢器전동箭筒 盝

는 기구 (쭝) 蓪 藥名약초 이름 으름덩굴 －草통초 (퉁)〈통〉 侗 大皃큰 모양 장대한 모양《동》 鍙 弩牙쇠뇌의 화살을 쏘는 장치 (훙)〈홍〉 谾 谷空골짜기가 깊고 텅 빈 모양 －－홍홍 [江] 鼨 豹文鼠표범과 같은 얼룩무늬가 있는 쥐 (즁)〈죵〉 葑 蕪菁순무 (봉)〈풍〉 葑 소앞과 같다 [冬][宋] 䨴 雲師우뢰를 관장한다는 신 －䨻풍릉 麷 熬麥볶은 보리 鼟 鼓音북소리 －－릉릉 (릉)〈릉〉 憹 了慧영리하다 惺－성송 성총 (숭)〈숭〉 狨 猴屬원숭이의 일종 毛可爲布털로 베를 짤 수 있다 (숭)〈융〉 衆 藥名약초 이름 차조 貫－관중 (즁)〈즁〉 ㉠[送] 霥 小雨비가 지짐거리다 비가 거쳤다 내렸다 하다 【叶】文16 禽 渠容切거와 용의 반절 易林역림 調 徒紅切도와 홍의 반절 毛詩모시 分 膚

하여 쓰이는 조사 囉－라홍 (홍)〈홍〉 【叶】文4 降 戶孔切호와 공의 반절 郭璞贊곽박의 찬 往 尹竦切윤과 송의 반절 七諫칠간 茌 乳勇

－체동 ㉫[東]㉦[董] 湩 乳汁젖 [腫] 詷 急言말을 급히 하는 모양 謥－총동 (뚱) 峒 山穴산의 동굴 ㉫[東] 衕 通街거리 動 －之동지 움직이게 하다 ㉦[董] 礱 礑也맷돌 (롱)〈롱〉 ㉫[東] 緵 百囊罟촘촘한 그물

晞也마르다 書匣책을 담는 작은 상자 (루)〈록〉 谷 王名왕의 이름 －蠡록려 흉노匈奴의 묵특선우冒頓單于 때 둔 벼슬 이름《곡》[沃] 摝 振也진동시키다 흔들다 轐 車軸縛수레 굴대의 받침 (부)〈복〉 墣 塊也흙덩이 (푸) [覺] 副 剖也쪼개다 (부) [宥][職] 輹 車下縛수레의 복토伏兎와 굴대를 동여매는 끈 鍑 釜也가마솥의 일종 袱 帊也부녀자의 머릿수건 (뿌) 垘 壅也메우다 막다 澓 伏流물이 빙빙 돌아 흐르다 洑 소앞과 같다 阿 孰也누구 －誰옥수 (우)〈옥〉 [歌] 瘯 疥癬옴 따위의 피부병 (추)〈족〉 毱 毬也제기 蹴－축국 (규)〈국〉 踘 소앞과 같다 阬 曲岸水外물가 언덕 梀 柏也측백나무 驌 良馬양마 이름 －驦숙상 (수)〈숙〉 鷫 神鳥전설상의 서방西方 신조 －鷞숙상 妯 兄弟妻相呼형제의 아내끼리 서로 부르는 호칭 동서 －娌축리 (쮸)〈쵹〉 [尤]

容切부와 용의 반절 七啓칠계 **尊** 祖賓切조와 종의 반절 太玄태현 **深** 書容切서와 용의 반절 易역 **應** 於容切어와 용의 반절 易역 **陰** 於容切어와 용의 반절 毛詩모시 **弘** 火宮切화와 궁의 반절 毛詩모시 **明** 莫紅切막과 홍의 반절 易林역림 **虞** 五紅切오와 홍의 반절 毛詩모시 **牙** 五紅切오와 홍의 반절 毛詩모시 **家** 各空切각과 공의 반절 毛詩모시 **章** 之戎切지와 융의 반절 書서 **堂** 七公切칠과 공의 반절 九歌구가 **諶** 市隆切시와 릉의 반절 毛詩모시 **國** 古紅切고와 홍의 반절 老子노자 【通】韻2 **冬** 二平 **江** 三平

切유와 용의 반절 樂錄악록 **任** 乳勇切유와 용의 반절 張翰詩장한의 시 【通】韻2 **腫** 二上 **講** 三上

(중)〈종〉 ㉬[東] **洚** 水無涯큰물이 가득함 사방에 홍수가 넘침 ㅡ洞홍동 (䀬)〈홍〉 [絳] ㉬[東] 【叶】無 【通】韻2 **宋** 二去 **絳** 三去

鯥 鹽魚腸물고기의 부레나 내장에 소금이나 꿀을 부어 만든 것 ㅡ鮧축이 **摍** 牽制살갗이나 힘줄이 수축되어 당기다 (휴)〈휵〉【叶】文6 **國** 古錄切고와 록의 반절 史記贊사기찬 **答** 都木切도와 목의 반절 易林역림 **囿** 于六切우와 륙의 반절 九歎구탄 **活** 乎酷切호와 혹의 반절 毛詩모시 **家** 古錄切고와 록의 반절 毛詩모시 **孝** 許六切허와 륙의 반절 毛詩모시 【通】韻2 **沃** 二入 **覺** 三入

平聲冬二	【冬】文98 攻 治也다스리다 (궁)<공> [東] 恭 敬也공경하다 (귱) 共 河內城名하내의 성 이름 堯官名요임금 때의 관명 －工공공 法也법 법칙 仝앞과 같다 ㉠[宋] 供 給也공급하다 設也설치하다 ㉠[宋] 龔 給也공급하다 姓也성씨 銎 斧孔도끼 자루를 박는 구멍 (큥) 邛 勞也수고롭다 病也근심하여 병이 나다 蜀地촉의 지명 臨－임공 (귱) 筇 竹名대나무 이름 可爲杖지팡이로 삼을 수 있다 茾 蓂莢實명협의 열매 蛩 蟋蟀귀뚜라미 蛩 獸名전설상의 괴이한 짐승 －－공공 仝앞과 같다 農 闢土殖穀땅을 갈아 씨앗을 뿌리다 (농)<농> 儂 我也나 제1인칭 䨶 露多이슬이 많은 모양 膿 腫血고름 醲 厚酒진한 술
上聲腫二	【腫】文44 拱 手抱斂手두 손을 맞잡아 가슴 앞에 올리다 또는 그렇게 하여 경의를 표하다 (궁)<공> 珙 璧也큰 구슬 栱 杙也두공料栱 기둥과 들보가 만나는 곳에 끼우는 활 모양의 구조물 柱頭기둥의 위쪽 끝 기둥머리 －料공두 鞏 韋束무두질한 쇠가죽으로 묶다 固也단단하다 공고하다 碧 水邊石물가
去聲宋二	【宋】文25 供 設也설치하다 진열하다 具也갖추다 준비하다 (궁)<공> ㉬[冬] 恐 慮也염려하다 의심하다 (큥) ㉦[腫] 共 同也 여럿이 함께 하다 다 함께 모두 같이 (귱) ㉬[冬] 雺 地不應天어둡
入聲沃二	【沃】文82 告 請也청하다 청구하다 示也널리 알리다 드러내어 말하다 (구)<곡> [号] 梏 手械수갑 수갑을 채우다 牿 牛馬牢마소의 우리 酷 虐也잔혹하다 甚也매우 몹시 (쿠) 鵠 帿的과녁의 중심 또는 과녁《혹》 嚳 急告극에 달하다 高辛氏號고대 오제五帝의 하나인 고신씨의 칭호 曲 不直굽다 구불구불하다 懷抱마음의 깊은 속 (큐) 篤 馬行頓遲말의 걸음이 느리다 固也견고하다 견실하다 厚也두텁게 하다 돈독히 하다 (두)<독> 竺 仝앞과 같다 [屋] 督 察也관찰하다 勸也권하다 中也한가운데 중

濃 厚也진하다 짙다 농후하다 穠 華多꽃이나 나무가 번성하여 빽빽하다 襛 衣厚옷이 두툼한 모양 冬 四時終겨울 (둥)<동> 彤 丹飾붉은 색깔을 칠하여 꾸미다 (뚱) 浵 水深물이 깊다 汪－왕동 佟 姓也성씨 鼕 鼓聲북소리 －－동동 憹 憂也근심하다 －－동동 근심하는 모양 丰 美好아름답고 예쁨 (붕)<봉> 夆 掣也시키다 붙잡고 하게 하다 峯 山耑산봉우리 산꼭대기 鋒 刀劒芒칼이나 검의 날이 있는 병기의 뾰족한 끝 부분이나 날카로운 부분 烽 烟火警邊변방에서 발생하는 전쟁이나 사변을 알리는 연기와 불 熢 仝앞과 같다 䗬 螫人飛蟲벌 蜂 仝앞과 같다 封 聚士선비를 모으다 大也크다 緘也봉함하다 밀봉하다 [豔] ㉠[宋] 葑 蔓菁순무 [東] ㉠[宋] 逢 迎也맞

의 큰 돌 (쿵) 恐 懼也두려워하다 무서워하다 ㉠[宋] 湩 乳汁젖 (둥)<동> [送] 隴 大阪긴 비탈 (룽)<롱> 捧 手承두 손으로 받쳐 들다 (붕)<봉> 覂 覆也엎다 뒤집다 泛 仝앞과 같다 [陷][洽] 奉 獻也드리다 尊也높이다 承也받들다 (뿡) 擁 抱也안다 (융)<옹> 壅 障也막다 가로막다 또는 막히다 培也북돋우다 ㉣[冬]㉠[宋] 竦 敬也

다 (뭉)<몽> [東] 葑 菰根줄풀의 뿌리 (붕)<봉> [東] ㉣[冬] 俸 秩祿녹봉祿俸 옛날 벼슬아치의 봉급 (뿡) 縫 衣會꿰메다 깁다 이음매 ㉣[冬] 幪 巾也수건 款書낙관落款 표제標題 宋 微子所封주周 무왕武王이

앙 䙜 背縫등솔기 偏衣왼쪽과 오른쪽의 빛깔이 서로 다른 옷 毒 化育만물을 발육 성숙시킴 亭－정독 / 害也해롭다 憎也미워하다 (뚜) 蝳 蜘蛛거미 (뚜) 纛 羽葆幢쇠꼬리나 꿩의 깃털로 만든 제왕의 수레 장식물 [号] 綠 間色靑黃푸르다 또는 녹색 (루)<록> 錄 記也기록하다 齒也말하다 이야기하다 [御][屋] 淥 水淸물이 맑다 [屋] 醁 美酒맛 좋은 술 醽－령록 碌 綠石광물 이름 푸른빛이 도는 돌 [屋] 騄 駿馬준마 이름 －駬록이 주周나라 목왕穆王이 가졌다는 팔준마八駿馬의 하나 籙 籍也하늘이 제왕이 될 사람에게 내리는 부명符命 문서

이하다 영접하다 (뿡) [東] 縫 以鍼紩衣꿰매다 깁다 ㉠[宋] 漨 水名물 이름 出單孤山단고산에서 발원함 顒 仰也우러르다 大也크다 溫皃온화한 모양 공손한 모양 ――옹옹 (융)〈옹〉 喁 魚口물고기 입噞―엄옹 衆口向上물고기가 수면으로 입을 드러내고 벌름거리다 ――옹옹 [有] 邕 塞也막다 메우다 和也화목하다 (흉) 嗈 鳥和鳴새들이 어울려 지저귀는 소리 ――옹옹 噰 仝앞과 같다 灉 曹州水名조주山東省 曹縣의 물 이름 ㉠[宋] 癰 疽也종기 종양 廱 學名학교 이름 천자의 나라에 둔 태학太學 辟―벽옹 雝 和也화목하다 ――옹옹 仝上仝下앞뒤와 같다 雍 和也어우러지다 화목하다 ㉠[宋] 饔 熟食익은 음식 宗 尊也존중하다 本也근본 (중)〈종〉 賨 蠻賦진한秦

공손하다 공경하다 (슝)〈숑〉 悚 怖也두려워하다 聳 高也높다 우뚝 솟다 높이 솟다 勇 銳也날래다 날쌔다 (융)〈용〉 埇 巷道양 옆에 담을 쌓아 가린 길 길바닥을 흙으로 돋우다 甬 草皃초목이 아름다운 모양 ――용용 仝앞과 같다 涌 水溢샘물이 솟구쳐서 뿜어 나오다 용솟음치다 湧 俗속자 慂 勸也권면하다 종용하다 慫―종용 臾

상商을 멸하고 주紂의 아들인 무경武庚을 하남성河南省 상구현商丘縣에 봉하였고 성왕成王 때 무경의 반란을 평정하고 미자 계啓를 봉하였음 (숭)〈송〉 雍 州名주의 이름 蔽也가리다 (흉)〈옹〉 ㉣[冬] 壅 塞也

濼 濟南水名제남山東省의 물 이름 [藥][藥] 僕 隷也시중꾼 종 하인 (뿌)〈복〉 [屋] 幞 帕也보자기 裳削幅치마폭을 잘라내다 襆 仝앞과 같다 宓 姓也성씨 (뿌) [屋][質] 涑 澣也손으로 빨다 (수)〈속〉 [尤][宥][屋] 粟 米有甲조 낟알 겉곡식 (슈) 剶 細切잘게 썰다 束 縛也묶다 동여매다 錦五匹비단 다섯 필 (슈) 玉 美石단단하고 광택이 나는 아름다운 돌의 총칭 (유)〈옥〉 獄 繫囚감옥 沃 灌也물을 대다 潤也부드럽고 윤이 나는 모양 (후) 鋈 白金飾백금 따위의 흰 쇠붙이 도금하다 促 迫也다급하다 긴박하다 催也다그치다 재촉하다 (추)〈촉〉 趣

漢시대 남서지방 소수민족의 부세賦稅에 대한 칭호 －布종포 (쭝) 琮 祭地玉제사를 지낼 때 쓰는 서옥瑞玉 黃－황종 淙 水聲물소리 －－종종 [江] 悰 慮也생각하다 悰 樂也즐겁다 유쾌하다 仝앞과 같다 從 舒緩느긋하고 한가한 모양 －容종용 (충)〈총〉《쫑》㉠[宋] 樅 松葉柏身전나무 龍 鱗蟲之長상상의 동물인 용 馬八尺팔척 이상이 되는 준마 星名별 이름 (륭)〈룡〉㉦[腫]㉦[腫] 松 衆木之長소나무 (슝)〈숑〉 鬆 髮亂머리털이 헝클어지다 또는 그러한 모양 髼－봉송 蜙 蝗類베짱이 또는 메뚜기 －蝑송서 蚣 仝앞과 같다 [東] 舂 擣也절구질하다 방아를 찧다 (슝) 惷 騃也어리석다 [江][絳] ㉠[宋] 摏 撞也치다 두드리다 頌 皃也용모 의용儀容 (융)〈용〉㉠[宋] 容

仝앞과 같다 [寘][虞][覺] 蛹 繭蟲누에번데기 또는 번데기 踊 跳也뛰다 뛰어오르다 騰也오르다 올라가다 踴 仝앞과 같다 悀 心喜기뻐하다 俑 木人나무나 흙으로 만든 인형 宂 雜也번잡하다 忙也바쁘다 (슝) 傭 劣也못나다 용렬하다 傝－탑용 茸 草生갓 돋아난 풀이 가늘고 부드러운 모양 蘢－롱용 仝앞과 같다 ㉤[冬] 氄 毛細짐승

막다 가로막다 培也북돋우다 ㉤[冬]㉦[腫] 漎 曹州水名조주山東省 曹縣의 물 이름 ㉤[冬] 鞻 靴靿가죽신이나 버선의 목 목이 긴 가죽신 䙬 襪靿목이 긴 버선 綜 機縷잉아 베틀의 날실을 한 칸씩 걸러서 끌어올리도

仝앞과 같다 [遇][有] 襮 黼領수 놓은 깃 (뿌)〈폭〉[藥] 翯 鳥羽肥澤깃이 깨끗하고 윤기나는 모양 －혹혹 (후)〈혹〉[覺] 熇 熱也뜨겁다 [蕭][屋][藥] 續 繼也잇다 잇대다 (쑤)〈쇽〉 藚 藥名약초 이름 水舃택사 여러해살이 풀 俗 下所習풍습 습속 欲也욕망 不雅속되다 저속하다 蜀 益州地익주四川省 廣漢縣의 땅 (쑤) 韣 韜也활집 璹 玉名옥 이름 蠋 桑蟲나비목 곤충의 애벌레 襡 連腰衣긴 저고리 贖 貿也바꾸다 재물로 사람의 자유나 저당 잡힌 물건을 바꾸다 貸也속바치다 재물을 비치고 죄를 면하다 欲 期願하려 하다 하기를 바라

受也받아들이다 安也편안하다 느긋하고 한가한 모양 從－종용 仝앞과 같다 溶 水皃물이 성대하게 흐르는 모양 －－용용 蓉 荷華연꽃 부용 芙－부용 鎔 鑄也쇠붙이 따위를 녹이다 주조하다 瑢 珮聲패옥이 서로 부딪쳐 나는 소리 瑽－종용 庸 用也가려 쓰거나 받아들이다 常也평소 평상시 墉 垣也담 또는 높은 담 鏞 大鐘큰 종 傭 雇作품을 팔다 품팔이하다 만들다《츙》鄘 國名나라 이름 주周 무왕武王이 상商을 멸한 뒤에 그 경사京師의 땅을 세 나라로 나눈 것 중의 하나 朝歌以北조가河南省 이북 慵 懶也게으르다 (슝) 茸 草生갓 돋아난 풀이 가늘고 부드러운 모양 －－용용 美皃아름다운 모양 丰－봉용 亂皃어지러운 모양 厖－방용 ㊀[腫] 蹤 跡也발자취 흔적

의 가늘고 촘촘한 털 솜털 慫 驚也깜짝 놀라다 (즁)〈종〉 腫 癰也종기 부스럼 (즁) 踵 足跟발꿈치 種 類也씨앗 사람이나 다른 생물의 혈통이나 품종 －子종자 髮短머리털이 짧은 모양 －－종종 ㉠[宋] 尰 足腫각기脚氣 수종다리 瘇 仝앞과 같다 塚 高墳높고 큰 무덤 (즁)〈총〉 冢 大也크다 山頂산꼭대기 仝앞과 같다 寵 愛也은총

록 맨 굵은 실 (중)〈종〉 豵 牡豕수퇘지 統 總也거느리다 총괄하다 개괄하다 紀也벼리 (둥)〈통〉 頌 告功之詩공덕을 기리기 위하여 짓는 시문詩文 誦也외다 낭송하다 (쑹)〈송〉 ㉤[冬] 誦 諷也읊다 讀也외다 訟

다 (유)〈욕〉 慾 嗜也욕심 욕심내다 貪也탐내다 仝앞과 같다 谷 姓也성씨 吐－渾토욕혼 중국 고대 소수민족의 이름과 성씨에 쓰인 글자 [屋][屋] 浴 洒身목욕하다 몸을 씻다 鵒 似鴝구관조 鴝－구욕 辱 恥也욕되다 치욕을 당하다 僇也욕하다 (수) 蓐 陳草復生두텁다 빽빽하다 薦也돗자리 거적자리 褥 裀也요 縟 繁采화려한 채색 꽃무늬 細也세밀하다 溽 濕熱여름의 습기가 많은 더위 鄏 河南地名하남河南省 洛陽市의 땅 이름 郟－겹욕 주周나라의 동도東都 足 趾也발 다리 滿也넉넉하다 만족하다 止也그치다 멈추다 (쥬)〈죡〉 [遇] 燭 炬

(죵)〈죵〉 縱 直也세로 [董] ㉠[宋] 從 自也부터 就也나아가다 順也좇다 순종하다 許也곧이 듣다 仝앞과 같다 (쭁)《총》 ㉠[宋] 鐘 懸樂쇠북 金音금석 악기의 소리 〈죵〉 鍾 仝앞과 같다 卮也술잔 量名용량의 단위 十釜십부 律名율명 黃－황종 聚也모으다 모이다 種 禾名벼 이름 －稑종륙 올벼 (쭁)〈죵〉 [東] 重 複也중복하다 겹치다 仝앞과 같다 ㉧[腫]㉠[宋] 衝 突也앞으로 튀어나오다 돌출하다 (츙)〈츙〉 衝 仝앞과 같다 罿 鳥網새를 잡는 그물 [東] 憧 意不定마음이 불안한 모양 안절부절하는 모양 －－동동 충충 胷 膺也가슴 (흉)〈흉〉 匈 喧擾시끄럽다 떠들썩하다 仝上仝下앞뒤와 같다 凶 禍也재앙 재화 兇 惡也나쁘다 흉악하다 仝앞과 같다 ㉧[腫] 訩 訟也

총애 또는 총애를 받는 사람 (츙) 龍 仝앞과 같다《룡》㉫[冬] 重 不輕무겁다 愼也삼가다 厚也두텁다 (쭁)〈죵〉 ㉫[冬]㉠[宋] 【增】 文12 拲 手械수갑 두 손을 함께 수갑 채우다 (궁)〈공〉 ㉦[沃] 壟 田中高處밭의 경계 밭이랑 밭두둑 (룡)〈롱〉 龍 仝앞과 같다《총》㉫[冬] 駷 馬搖銜走말의 재갈을 당겨서 빨리 달리게 하다 (숑)〈숑〉

爭也논쟁하다 用 任也쓰이다 임용하다 以也~써 (융)〈용〉 縱 緩也느슨해지다 이완되다 亂也어지럽다 放也놓다 雖也비록 ~할지라도 (죵)〈죵〉 [董] ㉫[冬] 從 隨行따르다 뒤따르다 僕－복종 시집갈 때 몸

也횃불 明也밝게 비추다 (쥬)〈쵹〉 屬 連也잇대다 서로 이어지다 著也붙다 恭皃공순한 모양 －－촉촉《쇽》 矚 視也보다 바라보다 囑 託也부탁하다 맡기다 斸 斫也찍다 깎다 [覺] 钃 仝앞과 같다 劒名칼 이름 －鏤촉루 瘃 寒瘡동창凍瘡 동상 皸－군촉 살가죽이 얼어 터지다 [覺] 觸 觝也뿔로 떠받다 犯也범하다 저촉하다 (츄) 歜 盛氣怒몹시 성내다 [感] 亍 小步종종걸음으로 걷다 彳－척촉 躅 跡也자취 발자취 行皃머뭇거리는 모양 躑－척촉 花名꽃 이름 蹢－척촉 (쮸) 蠲 仝앞과 같다 輂 大車말이 끄는 큰 수레 駕馬가마 (규)〈국〉 檋 山行

송사하다 다투다 亂也어지럽다 ㉦[腫] 訩 소앞과 같다 ㉦[腫] 哅 소앞과 같다 ㉠[宋] 汹 水勢물살이 용솟음치다 －－흉흉 ㉦[腫] 恟 懼也두렵다 두려워하다 【增】文27 霠 雨皃비 오는 모양 (둥)<동> 葑 封州山名봉주廣東省 封川縣의 산 이름 (봉)<봉> 犎 牛似橐駝들소 낙타와 비슷하게 생긴 소 禺 廣州地名광주의 지명 番－번옹 반우 (융)<옹> [虞][遇] 壅 塞也막다 가로막다 또는 막히다 (흉) ㉦[腫]㉠[送] 鬃 高髻높이 튼 상투 馬鬣말이나 돼지 등의 목덜미에 난 긴 털 (쫑)<종> 潨 水會여러 곳의 물이 합류하는 곳 [東] 蓯 藥名약초 이름 －蓉종용 (충)<총> [董] 鏦 矛也작은 창 [江] 瑽 珮聲패옥이 울리는 소리 －瑢종용 蘢 馬蓼풀 이름 털여뀌 (룽)<룡> [東] 攏

摐 挺也곧게 세우다 우뚝 서다 嵷 山皃산봉우리가 옹기종기 벌여서 있는 모양 巃－롱종 [東] 箾 箭室전동箭筒 화살을 넣는 통 (융)<용> [東] 桶 斛也여섯 되 들이의 말斗 [董] 詾 衆言다투다 논쟁하다 일설에는 떠들썩하다 왁자지껄하다 －흉흉 (흉)<흉> ㉬[冬] 訩 소앞과 같다 ㉬[冬] 兇 擾懼두려워하다 무서워하다 소앞과 같다 ㉬[冬]

종으로 따라가다 侍－시종 수행하는 사람 同宗일가 친족 (쭝) ㉬[冬]㉬[冬] 種 蓺也심다 (중) ㉦[腫] 重 再也두 번 다시 재차 厚也두텁다 尊也높이다 존경하다 존중하다 －之중지 높이다 (쭝)<중> ㉬[冬]㉦[腫] 【增】

屐사갈 산행할 때 신는 징을 박은 신 梮 소앞과 같다 挶 持也잡다 쥐다 局 分也부분 부서 拘也재촉하고 다그치다 棊盤바둑판 장기판 (뀨) 跼 不伸구부러져 펴지지 않다 踡－권국 걸음을 옮기기 어려움 발을 내딛기가 어려움 旭 日出해가 처음 떠오르다 (휴)<욱> 勖 勉也힘쓰다 노력하게 하다 勗 俗속자 頊 謹皃삼가는 모양 또는 삼가고 공경하는 모양 －－욱욱 高陽氏號고양씨의 칭호 顓－전욱 상고시대 제왕의 이름 【增】文11 秸 禾熟벼가 여물다 (쿠)<곡> 苖 蠶簿잠박 누에 채반 (큐) 蛐 蚓也지렁이 碡 田器농기구 이름에 쓰인

禱旱玉龍기우제를 지낼 때 사용하는 용의 무늬가 있는 규圭 淞 吳郡江名오군江蘇省의 강 이름 오송강 (숭)〈숑〉 凇 木稼상고대 霧−무송 踳 蹋也밟다 (숭) 鬆 布穀뻐꾸기 騞 駑馬노둔한 말 榕 多蔭樹용나무 용수 (융)〈용〉 戫 兵器병기 이름 戣也미늘창의 한 종류 鱅 似鰱머리가 큰 잉엇과의 물고기 (숭) 甯 器窳그릇이 조잡하다 비뚤어지다 蝩 原蠶늦게 치는 누에 또는 여름누에 (쭝)〈즁〉 輴 戰車성이나 진지를 공격하는 데에 쓰는 병거兵車 (츙)〈츙〉 穜 短矛짧은 창 艟 戰船전선 艨−몽충 [東] 傭 均也균등하다 齊也고르다 《용》 跫 足音발자국 소리 (흉)〈흉〉 [江] 【叶】無 【通】韻2 東 一平 江 三平

洶 水皃물살이 용솟음치다 −涌흉용 ㉫[冬] 【叶】無 【通】韻2 董 一上 講 三上

文3 封 爵土임금이 작위爵位에 따라 내려주는 토지 (봉)〈봉〉 [豐] ㉫[冬] 惷 愚也어리석다 (쯍)〈츙〉 [江][絳] ㉫[冬] 哅 讙聲떠들썩하다 또는 떠들썩한 소리 (흉)〈흉〉 ㉫[冬] 【叶】無 【通】韻2 送 一去 絳 三去

글자 碌−록독 류독 가축이나 인력으로 끌어 농경지를 고르거나 곡식을 탈곡하는 농기구 (뚜)〈독〉 菉 草名풀 이름 王芻조개풀 볏과의 한해살이풀 (루)〈록〉 鋈 堅金굳은 쇠 (유)〈옥〉 數 密也세밀하다 촘촘하다 빽빽하다 (추)〈촉〉 [虁][遇][覺] 鵠 天鵝고니 黃−황곡 황혹 (후)〈혹〉《곡》 屬 類也유별 종류 附也붙이다 귀속하다 예속하다 託也의탁하다 기탁하다 (쑤)〈쇽〉《촉》 矚 照也비치다 (쥬)〈촉〉 拲 手梏두 손을 함께 수갑 채우다 (규)〈국〉㉦[腫] 【叶】無 【通】韻2 屋 一入 覺 三入

平聲江三	【江】文37 扛 擧也두 손으로 물건을 들어 올리다 (강)〈강〉 杠 牀前橫木침상 앞에 가로지른 나무 旗竿깃대 굵은 막대기 釭 燈也등 등불 [東] 矼 聚石渡水돌다리 江 水出岷山민산에서 발원한 강물 (걍) 玒 玉名옥 이름 [東] 茳 香草향초 一蘺강리 腔 骨體뼈대와 체구 (컁) 悾 信也믿다 정성스럽다 [東][董] 跫 足音발자국 소리 [冬] 瀧 奔湍여울 韶州水名소주廣東省 韶關市의 물 이름
上聲講三	【講】文12 講 論也토론하다 究也추구하다 생각하다 (걍)〈강〉 耩 耕也논밭을 갈다 港 水分流지류 작은 하천 控 打也치다 때리다 (컁) [送]
去聲絳三	【絳】文10 絳 大赤진홍색 진홍색으로 물들이다 (걍)〈강〉 降 下也내리다 내려가다 落也떨어지다 貶也유배하다 귀양을 보내다 歸也공
入聲覺三	【覺】文90 覺 寤也잠에서 깨다 曉也이해하다 깨우치다 直也정직하다 大也높고 크다 (갹)〈각〉 [效] 角 獸所戴芒짐승의 뿔 觸也들이받다 競也다투다 겨루다 [屋] 桷 椽也서까래 捔 紲後絓前앞뒤로 놓치지 않게 잡도리하다 掎一기각 斛 壺也술을 담는 그릇 無潤메마르다 척박하다 검박하다 초라하다 [屋] 穀 雙玉쌍옥 [屋] 玨 仝앞과 같다 [屋] 榷 以木渡水외나무다리 [效] 搉 大擧들추다 揚一양각 仝앞과 같다 傕 人名사람 이름 漢 李一한나라의 이각 동탁董卓의 교위校尉로 있다가 동탁이 죽은 뒤 거기장군車騎將軍이 되어 곽사郭汜와 함께 조정 정사를 제멋대로 하였음 斠 平斗斛평미레질하다 또는 평미레 較 車耳수레 양쪽 난간의 가로장 明也밝다 뚜렷하다 直也곧다 略也개략 대략 [效] 较 仝앞과 같다 㱿 上擊下위에서 내리치다 皮甲딱딱한 껍데기 (캭) 殼 仝앞과 같다 愨 謹也삼가하다 공경하다 敲 擊頭머리를 치다 두드리다 確 堅也굳다 碻 仝앞과 같다 埆 地不平땅이 고르지 않다 墝一교각 요각 搦 持也잡다 쥐다 (낙)〈낙〉 [陌] 犖 駁牛얼룩소 超絶무리 중에서 훨씬 뛰어남 卓一탁락 明也환히 드러나다 분명

(랑)<랑>《상》 尨 犬多毛삽살개 (망)<망> 狵 소앞과 같다 厖 厚也두텁다 소앞과 같다 哤 雜語말이 난잡하다 말이 잡雜되다 邦 國也나라 국가 (방)<방> 膖 脹也붓다 부어오르다 (팡) 龐 高屋높고 커다란 집 姓也성씨 (빵) [東] 逄 塞也막다 막히다 姓也성씨 雙 偶也짝 (상)<상> 雙 懼也두려워하다 艭 吳船오나라의 작은 배 艕－방쌍 樁 杙也말뚝 (장)<장> 淙 水聲물이 흐르는 소리 －－종종 (짱) [冬] 幢 旛也군

棒 杖也막대기 곤장 몽둥이 (빵)<방> 棓 소앞과 같다 [尤] 玤 石次玉옥에 버금가는 아름다운 돌 蚌 蛤也조개 蜯 소앞과 같다 項 頸也목덜미 목의 뒷부분

주가 신하에게 시집가다 하가下嫁하다 ㊄[江] 洚 河內水名하내河南省 황하 이북지역의 물 이름 [東][送] 虹 蝃蝀무지개 泗州縣名사주江蘇省 宿遷

하다 －－락락 (랃)<락> 貌 描畫묘사하다 그려내다 (맏)<막> [效] 藐 輕視얕보다 경시하다 [篠] 邈 遠也멀다 거리가 멀다 소앞과 같다 剝 削也깎다 깎아내다 벗기다 割也찢다 (받)<박> 駁 馬色雜말의 털빛이 얼룩얼룩하다 또는 털빛이 얼룩얼룩한 말 駮 似馬鋸牙말 같으나 톱같은 어금니를 가진 짐승 얼룩소 소앞과 같다 嚗 笑聲웃는 소리 또는 성난 소리 樸 質也가공하지 않는 상태의 목재 원목 (팓) [屋] 朴 소앞과 같다 木皮나무껍질 墣 塊也흙덩이 [屋] 璞 玉未琢옥이 들어있는 돌 또는 가공하지 아니한 옥 颮 飛擊聲날아 부딪는 소리 雹 雨冰우박 누리 (빧) 骲 骨鏃箭뼈나 나무로 만든 화살촉 瓟 小瓜작은 오이 북치 瓝 소앞과 같다 撲 挨也치다 때리다 踣也넘어지다 쓰러지다 [屋] 鰒 似蛤偏著石전복 朔 初也초하룻날 北方북방 북쪽 (삳)<삭> 矟 丈八矛긴 창 槊 소앞과 같다 箾 舞竿고대의 무용에서 춤추는 사람이 잡는 장대 [蕭] 嗽 吮也빨다 빨아들이다 [宥] 欶 소앞과 같다 [宥] 數 頻也자주 누차 [麌][遇] [沃] 渥 霑濡젖다 적시다 (얃)<악> 握 搤持잡다 쥐다 偓 仙人고대의 신선 이름 －佺악전 도당씨陶唐氏 때의 신선으로 괴산槐山에서 약을 캐며 살았는데 솔씨를 즐겨 먹었고 몸에는 털이 났으며 날아다니기도

사 지휘나 의장 행렬 무용에 쓰는 기 撞 擊也치다 두드리다 ㉠[絳] 囪 戶也창문 (창)〈창〉 [東] 窓 俗속자 牕 仝앞과 같다 窻 仝앞과 같다 摐 撞也치다 두드리다 肛 脹也부어오름 胮-방항 大腸대장 端門단문 궁궐 정남향 문 (향)〈항〉 谾 空谷골짜기가 깊고 텅 빈 모양 [東] 缸 長頸甖 되들이와 목이 긴 항아리 (향) 瓨 仝앞과 같다 [有] 项 仝앞과 같다 降 服也항복하다 下也내리다 떨어지다 ㉠[絳] 【增】文10 椌 柷也타악기 (향)〈항〉 缿 受錢器저금통 -筩항통 밀고장을 접수하는 투서함 僋 儋-담항《강》【增】文3 僋 不媚아첨하지 아니하다 순직純直하다 -侊강방 縣의 현 이름 [東][送] 戇 愚也어리석다 (장)〈장〉 惷 仝앞과 같다 [冬][宋] ㉣[江] 撞 擊也치다 두드리다 부딪치다 ㉣[江] 巷 邑中道고을의 도로 했다 함 幄 覆帳장막 천막 喔 雞聲닭이 울다 닭이 우는 소리 --악악 箹 小籥관악기의 하나 관管이 작고 소리가 가늘다 嶽 山宗중국의 명산 名山인 사악四嶽 또는 오악五嶽 (약) 岳 仝앞과 같다 樂 八音總名팔음의 총칭 악기樂器 [效][藥] 鷟 鳳屬봉황의 일종 -鷟악착 捉 捕也사로잡다 (작)〈착〉 斮 斬也베다 베어 죽이다 [藥] 斵 削也쪼개다 깎다 斲 斫也쪼개다 베다 [沃] 椓 宮刑궁형 仝上仝下앞뒤와 같다 椓 擊也치다 던지다 刺木나무를 쪼개다 涿 上谷郡名상곡河北省 涿州市의 군 이름 諑 譖訴참소하다 琢 治玉옥석을 조각하여 가공하다 啄 鳥食새가 먹이를 쪼아 먹다 啅 仝앞과 같다 卓 高也높다 우뚝하다 倬 大也크다 두드러지다 踔 卓立빼어나다 [效] / 行皃가는 모양 跈-침탁 걸름거리다 (착) 娖 謹皃지나치게 근신하는 모양 융통성 없이 근신하는 모양 --착착 (착) 齪 迫也공간이 매우 협착함 협소함 齷-악착 擉 刀刺찌르다 籗 仝앞과 같다 逴 遠也멀다 [藥] 趠 仝앞과 같다 [效] 濁 不清흐리다 물이 맑지 않다 (짝) 鐲 鉦也군대에서 행군할 때 쓰는 종처럼 생긴 악기 擢 拔也뽑다 뽑아내다 濯 澣也씻다 세척하다 大也크다 성대하다 --탁탁 밝게 빛나는 모양 浞 濡濕젖다 적시다 담그다 鸑 鳳屬전설상의 새인 축 (캉)<강> [東] 聵 耳鳴귀울음 이명 (낭)<낭> 瀧 奔湍여울 (상)<상>《랑》駹 馬白顙몸이 검고 얼굴과 이마가 흰 말 (망)<망> 舽 吳船오나라의 작은 배 ─艭방쌍 (팡)<방> 岇 山皃산이나 바위가 높고 험준한 모양 崆─공앙 (양)<앙> 橦 旗竿깃대 장대 (짱)<장> [東] 鏦 矛也작은 창 (창)<창> [冬] 惷 騃也어리석다 [冬][宋] ㉠[絳] 舡 吳船오나라의 배 이름 舽─방항 (향)<항> 【叶】無 【通】韻2 東 一平 冬 二平

강망 (걍)<강>《항》𠈢 不媚아첨하지 아니하다 傋─강방 강망 (망)<망> 䅭 秬屬쟁기의 일종 (빵)<방> 【叶】無 【通】韻2 董 一上 腫 二上

골목길 마을 안길 (향)《항》衖 소앞과 같다 鬨 鬭也싸우다 [送] 【增】文1 肨 脹也곪아서 부어오르다 (팡)<방> 【叶】無 【通】韻2 送 一去 宋 二去

이름 봉황의 일종 鷟─악착 灂 水聲물소리 또는 빗소리 瀺─참착 물이 흐르는 소리 [嘯] 學 受教가르침을 받다 (햑)<학> 鷽 小鳩산비둘기 嶨 山多石산에 바위가 많다 确 石地자갈이 많고 토양이 척박하다 또는 그러한 땅 犖─락학 락각 소앞과 같다 翯 鳥肥澤새가 깨끗하고 희며 윤기가 나는 모양 [沃] 䀨 소앞과 같다 【增】文18 矐 去目睛눈알을 빼다 또는 연기를 씌어 눈을 멀게 하다 (갸)<각> [藥] 㲉 鳥卵알 새알 (갸) 礐 石聲물이 돌에 부딪치는 소리 爆 爇也불사르다 (뱌)<박> [效][藥] 鏷 生鐵제련하기 전의 구리나 쇳덩이 무쇠 (퍄) 彴 奔星별찌 유성 ─約 박약 (뺘) [藥] 犦 犎牛頷肉 목살이 낙타같은 들소 謈 呼痛고통이 심하여 소리지르다 [豪] 齷 迫也공간이 매우 협착함 협소함 ─齪악착 (햐)<악> 劅 刑也형벌하다 [屋] 葯 香草향초 이름 白芷백지 구리떼 [藥] 瘃 寒瘡손발이 얼어 터지다 (챠)<착> [沃] 穱 稻下種麥벼그루에 보리를 심다 穛 早穀올벼 또는 풋바심하다 鋜 足鎖족쇄를 채우다 또는 족쇄 (쨔) 嗀 吐也게우다 구토하다 (햐)<학> 㱿 소앞과 같다 澩 涸泉여름에 물이 차고 겨울에는 물이 마르는 산 위의 못이나 계곡 물이 마른 샘 (햑) 【叶】無 【通】韻2 屋 一入 沃 二入

平聲支四	【支】文395 雉 鵗也두견새 子－자규 (귀)<규> 巂 소앞과 같다 [齊] ㉦[紙] 規 圓也원을 그리는 기구 걸음쇠 求也원형 동그라미 소앞과 같다 嫣 姓也성씨 潙 河東水名하동山西省의 물 이름 소앞과 같다《위》闚 小視좁은 틈이나 구멍으로 엿보다 훔쳐보다 (퀴) 窺 소앞과 같다 虧 缺也결핍되다 부족하다 이지러지다 虧 소앞과 같다 逵 九達道사통팔달의 큰 길 (뀌) 馗 鬼名귀신 이름 鍾－종규 소앞과 같다 [尤] 騤 馬壯말이 위엄 있게 가는 모양 健－건규 葵 百菜之主아욱 戣 戟屬미늘창의 한 종류 頯 顴也광대뼈 頄 소앞과 같다 [尤] 纍 罪也감금하다 구금하다 索也밧줄 새끼 (뤼)<류> ㉠[寘] 累 소앞과 같다 ㉦[紙]㉠[寘] 縲 黑索포승 오라 소앞과 같다 纝 소앞과 같다 虆 蔓草덩굴 ㉦[紙] 欙 山行所乘산행할 때 타는 가마 樏 소앞과 같다 ㉦[紙] 雖 設
上聲紙四	【紙】文258 癸 十幹之終천간天干의 열째 (귀)<규> 跬 半步반걸음 (퀴) 頍 擧頭머리를 들다 弁皃고깔 모양 관冠을 쓴 모양 揆 度也헤아리다 고려하다 堯官名요임금 때의 벼슬 이름 百－백규 (뀌) 絫 增也포개다 쌓아 올리다 十黍기장 열 알의 무게 곧 아주 작은 무게의 단위 (뤼)<류> 累 소앞과 같다 ㉬[支]㉠[寘] 樏 山行所乘사갈 산길을 다닐 때 타는 가마 또는 썰매 일설에는 징이 달린 덧신이라고도 함 ㉬[支] 虆 盛土籠삼태기 壘 軍壁보
去聲寘四	【寘】文240 歸 獨皃홀로 우뚝한 모양 (퀴)<규> ㉦[紙] 類 等也같거나 비슷한 부류 肖也같다 (뤼)<류> 禷 祭天출정出征 등의 비상사태 때 하늘에 지내는 제사 淚 目液눈물 累 括也묶다 동여매다 縈也휘감다 붙들어 매다 緣坐연루되다 연루시키다 ㉬[支]㉦[紙] 纍 係也연루되다 소앞과 같다 ㉬[支] 粹 純也순수하다 불순물이 없다 (쉬)<슈> 誶 詬也꾸짖다 [隊][震][質] 睟 視皃보는 것이 바른 모양 潤澤윤기가 있다 윤택한 모양 祟 神禍귀신이 내리

詞설사 비록 (쉬)〈슈〉 綏 車轡수레를 오를 때 잡는 끈 安也편안하다《유》荾 香菜고수 산형과의 한해살이풀 胡－호수 隨 從也따르다 추종하다 (쒸) 隋 國名나라 이름 垂 幾也가까워지다 거의 將及自上縋下늘어뜨리다 드리우다 (쒸) 倕 重也무겁다 巧人고대의 뛰어난 장인匠人 이름 陲 邊也가장자리 변경 誰 孰也누구 詰問힐문하다 캐어묻다 －何수하 維 係也매다 묶다 綱也밧줄 법도 發語辭발어사 獨也홀로 유독 (위)〈유〉 唯 獨也유독 ㉧[紙] 惟 思也생각하다 사색하다 仝앞과 같다 濰 琅邪水名낭야山東省 諸城縣의 물 이름 帷 幔也사방을 둘러치는 장막 휘장 遺 失也잃어버리다 유실하다 餘也남기다 남겨두다 加也덧붙이다 ㉠[寘] 緌 冠纓下垂갓끈 (쉬) 綏 仝앞과 같다《슈》甤 草木實초목의 열매가 드리워진 모양 －－유유 蕤 盛皃초목의 꽃이 어지럽게 드리워진 모양 葳－위유 隹 鳥短尾꽁지가 짧은 새

루 성채 군영軍營 [賄] 藟 葛蔓등나무 또는 덩굴풀 虆 仝앞과 같다 ㉬[支] 髓 骨中脂골수 (쉬)〈슈〉 瀡 滑也미끄럽다 연하고 맛난 음식 滫－수수 水 地之血氣물 (쉬) 箠 杖也지팡이 (쉬)《츄》洧 潁川水名영천河南省의 물 이름 溱－진유 (위)〈유〉 痏 瘨也부스럼 종기 鮪 鱣屬철갑상어 다랑어 王－왕유 唯 諾也대답하다 응답하는 소리 ㉬[支] 踓 狂走미친 듯이 달리다 捶 擊也몽둥이나 주먹으로 치거나 때리다 (쥐)〈츄〉[哿] 棰 仝上仝下앞뒤와 같다 箠 策也회초리 菙 仝앞과 같다《슈》庋

는 재앙 邃 深也깊다 심원深遠하다 遂 達也통달하다 進也나아가다 五縣5현縣을 통괄하는 행정 구역 (쒸) 鐩 取火日中햇볕을 이용하여 불을 일으키던 구리거울 화경火鏡 陽－양수 燧 烽火밤에 올리는 봉홧불 取火於木나무를 문질러서 불을 취하는 목수木燧 穟 禾秀벼 이삭의 까끄라기 이싹 穗 仝앞과 같다 隧 墓道무덤 안으로 통하는 길 墤 仝앞과 같다 襚 贈死衣수의 禭 仝앞과 같다 璲 佩玉패옥을 꿰는 명주끈 檖 山梨돌배나무 楊－양수 彗 帚也비 [霽] 篲 仝앞과 같다 [霽] 帥 領也거느리

(쥐)<츄> 騅 仝앞과 같다 錐 銳也날카롭다 예리하다 騅 馬蒼白검푸른 털과 흰 털이 섞인 말 追 逐也쫓다 뒤쫓다 逮也체포하다 구속하다 [灰] 推 順遷차례대로 바뀌다 窮詰밝혀내다 규명하다 排也배재하다 奬也칭찬하다 尋也미루어 판단하다 (취) [灰] 椎 擊也방망이나 뭉치로 치다 때리다 (쮜) 槌 仝앞과 같다 [灰] 鎚 權也저울추 [灰] 錘 仝앞과 같다 ㉦[紙]㉠[寘] 鬌 髮落머리털이 빠지다 [哿] 隳 壞也무너지다 또는 무너뜨리다 (휘)<휴> 隓 仝앞과 같다 [哿] 睢 仰目우러러보다 쳐다보다 －盱휴우《슈》㉠[寘] 觿 角錐解結고대에 매듭을 푸는 데 쓰던 뿔송곳 [齊] 岐 鳳翔山名봉상陝西省의 산 이름 (끼)<기> 歧 路二達갈림길 祇 地神지신 安也편안하다《지》示 仝앞과 같다 ㉠[寘] 軝 車轂旁出수레 바퀴통 양쪽의 가죽 장식 또는 바퀴 疧 病也병에 시달리다 [薺] 其 指物之辭사람이나 사물을 가리키는 대명사 (긔) 耆 老

藏也물건 따위를 놓아두다 보관하다 찬장 －閣기각 (계)<기> 庋 仝앞과 같다 祭山산에 제사 지냄 또는 그 제사 －縣기현 企 望也바라보다 (켸) ㉠[寘] 跂 垂足坐발을 펴고 앉다 仝앞과 같다 ㉬[支]㉠[寘] 技 藝也재주 기능 기교 (끼) 伎 仝앞과 같다 ㉬[支] 妓 女樂가무歌舞와 잡기雜技에 종사하는 여자 예인藝人 伱 汝也너 그대 자네 당신 (녜)<니> 柅 絡絲柎실을 감는 공구 얼레의 받침대 [質] 旎 旗皃깃발이 펄럭이는 모양 旖－의니 ㉬[支] 里 五隣고대의 지방 행정 조직 5린 곧

다 통솔하다 主也주장하다 (쉬) [質] 率 鳥網새를 잡는 그물 仝앞과 같다 [質][質] 瑞 信玉부신符信으로 쓰는 서옥瑞玉 祥也상서祥瑞 길상吉祥 (쒸) 睡 眠也잠자다 遺 贈也주다 증여하다 선물하다 (위)<유> ㉬[支] 出 自內而外내보내다 －之추지 (취)<츄> [質] 墜 落也떨어지다 (쮜) 縋 繩懸줄에 매달다 腿 足腫다리가 붓다 錘 權也저울추 ㉬[支]㉦[紙] 企 望也바라보다 바라다 희망하다 (켸)<기> ㉦[紙] 跂 仝앞과 같다 ㉬[支]㉦[紙] 蚑 蟲行벌레가 기어가다 －－기기 ㉬[支] 棄 捐也버리

也예순 살의 노인 長也어른 ㉦[紙] 鬐 馬鬣말갈기 鰭 魚脊骨물고기의 지느러미를 지탱하는 가시 모양의 단단한 뼈 夔 虞臣名우임금의 신하 이름 一足獸전설상의 외발 달린 짐승 悚懼조심하고 두려워하는 모양 ——기기 (뀌) 尼 和也평화롭다 女僧여승 比丘—비구니 (녜)<니> [質] 怩 心慚부끄럽다 부끄러워하다 忸—뉵니 [質] 离 明也밝다 (례)<리> 離 陳也벌여놓다 진열하다 麗也붙다 달라붙다 歷也지나다 겪다 別也구별하다 仝앞과 같다 ㉠[寘] 籬 藩也울 울타리 欐 仝앞과 같다 蘺 香草향초 궁궁이의 싹 江—강리 仝앞과 같다 醨 薄酒박주 맛이 좋지 않는 술 漓 仝上仝下앞뒤와 같다 灕 流皃물이 흐르는 모양 滲—삼리 림리 秋雨가을비 淋—림리 湘南水名상남湖南省 湘潭의 물 이름 璃 西國寶서국의 보물 琉—류리 褵 婦人褘여자가 출가할 때 허리에 차는 수건 縭 帨也부녀자들이 차고 다니던 수건 仝앞과 같다 罹

25가家 (례)<리> 理 治也다스리다 처리하다 道也도리 사리 性也본성本性 俚 賴也의뢰하다 俗也속되다 비속하다 悝 憂也근심하다 [灰] 娌 兄弟妻相謂동서同壻 妯—축리 心動마음이 동하다 鯉 三十六鱗魚 36개의 비늘이 있다는 잉어 裏 衣內옷의 안감 안 邐 因循주저하며 머뭇거리다 —迤리이 李 木之多子者오얏나무 履 踐也밟다 祿也복록 梩 臿也가래 삽 따위 ㉬[支] 彌 止也그치다 멈추다 (몌)<미> ㉬[支] 弭 弓末활짱의 끝의 구부러진 부분 활고자 仝앞과 같다 瀰 水皃물이

다 포기하다 弃 古고자 芰 蔆也마름 水栗물밤蔆角 (끼) 膩 肥也살지다 또는 기름지다 垢也흔적 또는 때 (녜)<니> 地 坤也땅 대지 (띠)<디> 利 通也형통하다 銛也날카롭다 (례)<리> 莅 臨也임하다 涖 水聲물소리 또는 물이 새는 소리 ——리리 仝앞과 같다 詈 罵也욕하다 꾸짖다 吏 治人者벼슬아치의 총칭 荔 側生곁가지 —支리지 려지 무환자나무과의 상록교목 또는 그 열매 [霽] 離 去也떠나다 헤어져 흩어지다 ㉬[支] 覼 視也살펴보다 조사하다 찾아보는 모양 寐 寢也자다 잠자다 (몌)<미>

憂也근심 罥也걸리다 羅 白帽두건의 한 가지 接－접리 攡 張也펴다 소앞과 같다《치》 氂 十豪길이를 재는 단위 푼[分]의 10분의 1 豪－호리 西南徼外牛야크yak [豪] 釐 理也다스리다 처리하다 소앞과 같다《희》 嫠 無夫과부 劙 割也베다 자르다 가르다 劙 소앞과 같다 蠡 瓢勺표주박 [齊] 蠡 소앞과 같다 名王중국 북방 소수민족의 수령 谷－록려 燒酪술을 데우다 죽을 끓이다 [齊][薺][歌][哿] 黧 黑色엷은 검은색 [齊] 犂 駁牛얼룩소 耕具쟁기 [齊] 棃 快果배 배나무 梨 소앞과 같다 蔾 旱草남가새 蒺－질려 [齊] 麗 附著붙다 東國동쪽의 나라 高－고려 陣名군진의 이름 魚－어리 [霽] 孋 國名나라이름 －戎려융 驪 馬深黑짙은 흑색의 말 가라말 소앞과 같다 [齊] 鸝 黃鳥꾀꼬리 [齊] 貍 野猫살쾡이 狸 俗속자 羸 瘠也파리하다 쇠약하다 (뤼) 麋 鹿屬사슴과의 포유동물 (미)<미> 醾 酒名술 이름 맛이 좋은 술 酴－도미 縻 繫也

깊고 그득한 모양 —미미 [薺] ㉣[支] 渳 水皃물 모양 芈 羊鳴양이 우는 소리 楚姓초나라의 성씨 靡 無也없다 奢也사치하다 偃也쓰러지다 쏠리다 隨順따르다 순종하다 ――미미 ㉣[支] 敉 撫也어루만지다 위무하다 美 好也아름답다 어여쁘다 (뮈) 媺 소앞과 같다 俾 使也하여금 ~하도록 시키다 ~하게 하다 (비)<비> 俾 소앞과 같다 匕 匙也숟가락 또는 주걱 妣 母歿之稱죽은 어머니 어머니의 통칭 比 校也비교하다 竝也나란히 하다 [質] ㉣[支]㉠[寘] 秕 不成粟쭉정이 粃 소앞과

媚 諂也아첨하다 愛也사랑하다 親順비위를 맞추다 嫵－무미 곱다 어여쁘다 (뮈) 魅 山林異氣오래된 짐승이나 초목 따위가 변했다고 믿는 혼령 정령 도깨비 요괴 魑－리매 魃 소앞과 같다 畀 與也주다 내려 주다 (비)<비> 痹 脚病바람 추위 습기 등으로 인하여 팔다리가 아프거나 마비되는 병증 臂 肱也팔 庇 廕也가리다 덮다 또는 가려지다 덮히다 芘 草名당아욱 浚－준비 소앞과 같다 祕 密也비밀스럽다 비밀로 하다 秘 俗속자 泌 泉皃샘물이 졸졸 흐르는 모양 [質] 毖 愼密삼가다 閟

끈으로 묶다 靡 散也흩어지다 분산되다 爛也썩어 문드러지다 仝앞과 같다 ㉦[紙] 糜 粥也죽 罙 周也두루 더욱 深也깊이 들어가다 (메) 罙 仝앞과 같다 彌 益也더욱 더 久也오래다 오래되다 弛弓활시위를 늦추다 ㉦[紙] 瀰 水皃물이 깊고 그득한 모양 ――미미 [薺] ㉦[紙] 眉 目上毛눈썹 (뮈) 嵋 蜀山名촉四川省의 산 이름 峨―아미 湄 水草交물가에 풀과 물이 맞닿아 있는 곳 楣 楝下橫木마룻대 다음으로 서까래가 걸쳐지는 도리 중도리 郿 扶風縣名부풍陝西省 眉縣의 현 이름 卑 下也신분이나 지위가 낮다 나지막하다 (비)<비> 庳 仝앞과 같다 ㉦[紙]㉠[寘] 箄 取魚器가리 종다래끼 [齊][霽] 裨 補也보좌하다 보필하다 與也주다 / 偏將冕服좌상급에 버금가는 예복 (베) 碑 刻石紀功공을 기념하기 위하여 그 내용을 새겨 세운 돌 悲 痛也비통하다 슬프다 羆 熊屬곰의 일종 큰곰 詿 謬也그르치다 (피) 紕 繒欲壞견직물이

같다 鄙 陋也더럽다 속되다 邊裔변방 또는 변방에 사는 민족 啚 仝앞과 같다 否 惡也더럽다 [有] / 塞也인색하다 (삐) 庀 治也다스리다 통치하다 具也갖추다 구비하다 (피) 仳 別也헤어지다 이별하다 ―離비리 圮 岸毀언덕이 허물어지다 망가지다 嚭 大也크다 秠 黑黍한 껍질 속에 두 낟알이 들어있는 검은 기장 ㉬[支] 諀 惡言헐뜯다 婢 女奴계집종 (삐) 庳 下也낮다 ㉬[支]㉠[寘] 枲 牡麻모시풀 삼의 수포기 또는 삼麻 (셰)<시> 始 初也처음 시작하다 (시) 弛 釋也활시위를 늦추다

閉也문을 닫다 닫히다 幽也그윽하다 조용하고 깊숙하다 轡 馬韁고삐 굴레 賁 卦名육십사괘의 하나 飾也꾸미다 [文][元] 鄪 魯邑춘추春秋시대 노魯나라의 읍 이름 費 仝앞과 같다 [未] 比 密也빽빽하다 及也미치다 이르다 待也기다리다 [質] / 黨也무리 패거리를 짓다 (삐) ㉬[支]㉦[紙] 濞 水聲물이 세차게 닥치는 소리 滂―방비 (피) 鼻 始也처음 시초 비롯하다 肺之使코 (삐) 庳 舜弟象所封순임금의 동생 상의 봉국封國 ㉬[支]㉦[紙] 枇 細櫛빗 참빗 ㉬[支]㉦[紙] 鞁 車駕具마구馬具의 총칭 수

낡아서 너슬너슬하다 邊飾가장자리를 꾸미다 仝앞과 같다 ㉠[寘] 丕 大也크다 (퀴) 伾 有力힘이 있다 ――비비 秠 黑黍한 껍질 속에 두 낱알이 들어 있는 검은 기장 ㉦[紙] 駓 馬黃白황부루 陴 城垣성벽 성가퀴 (삐) 埤 增也더하다 늘리다 仝앞과 같다 脾 土藏비장 躷 體柔굽실거리다 몸을 굽혀 남에게 순종하다 夸―과비 毗 厚也두텁다 輔也덧대다 仝앞과 같다 比 和也어울리다 竝也병렬하다 虎皮범 가죽 皐―고비 [質] ㉦[紙]㉠[寘] 貔 豹屬범과 비슷한 맹수의 이름 豼 仝앞과 같다 琵 馬上絃索말 위에서 연주하는 현악기 ―琶비파 蚍 大蟻왕개미 ―蜉비부 枇 似杏열매가 살구와 비슷하게 생긴 장미과의 상록 소교목 ―杷비파 ㉦[紙]㉠[寘] 邳 魯縣名노나라의 현 이름 覗 伺候살피다 (시)<시> 施 設也벌여 놓다 설치하다 用也쓰다 사용하다 仝앞과 같다《이》㉠[寘]㉠[寘] 絁 繒屬거친 명주 거칠게 짠 비단 蓍 筮草옛날

풀다 豕 猪也돼지 屎 糞也똥 대변 ㉬[支] 矢 箭也화살 誓也맹세하다 仝앞과 같다 市 買賣所之물건을 사고파는 시장 (씨) 恃 賴也의뢰하다 기대다 믿다 是 直也곧다 똑바르다 非之對옳다 맞다 諟 理也바로잡다 시정하다 審也살피다 氏 姓之所分성씨 자손의 혈통을 구분하는 성姓의 갈래 ㉬[支] 視 瞻也보다 ㉠[寘] 眡 仝앞과 같다 舓 舌取物혀로 핥다 䑛 仝앞과 같다 舐 俗속자 咶 仝앞과 같다 柹 有七絶赤實果감나무 감 柿 俗속자 非잘못임 [隊] 以 用也쓰다 사용하다 (이)<이>

레를 메우다 備 具也미리 마련하다 예비하다 준비하다 奰 壯大건장하다 장대하다 怒也성내다 화내다 試 用也사용하다 임용하다 嘗也시험해 보다 (시)<시> 弑 下害上아랫사람이 윗사람을 죽이다 殺 仝앞과 같다 [卦][黠] 啻 不止如是뿐만 아니라 다만 단지 뿐 不―불시 翅 鳥翼날개 仝앞과 같다 施 與也주다 베풀다《이》㉬[支]㉬[支] 使 將命者명령을 받들고 사신이나 사자로 나가다 ㉦[紙] 屣 履也신 ㉦[紙] 侍 從也따르다 수종하다 (씨) 寺 仝上仝下앞뒤와 같다《亽》閹 閹宦내시 환관

점 칠 때 사용했던 시초 屍 人死시체 주검 尸 陳也벌여 놓다 진열하다 主也주체 주관하다 관장하다 仝앞과 같다 鳲 布穀뻐꾸기 －鳩시구 詩 志之所之시 문학의 한 형태인 운문韻文 承也받들다 잇다 時 辰也때 시기 是也이 지시대명사 (씨) 旹 古고자 塒 雞棲벽에 구멍을 파서 만든 닭장 匙 匕也숟가락 禔 福也복 또는 기쁨《지》[齊] 翨 羣飛무리지어 날다 －－시시 提 仝앞과 같다 [齊][霽] 漦 涎沫물고기나 용의 침 伊 彼也저 그것 維也어조사 (이)〈이〉 咿 强笑억지로 웃는 모양 喔－악이 黟 黑也검다 丹陽縣名단양安徽省의 현 이름 夷 東方之人중원의 동쪽에 살던 부족의 총칭 平也평평하다 평탄하다 傷也상처를 입다 (이) 𡰥 古고자 峓 東表동쪽 변경의 밖 嵎－우이 해가 돋아 오른다는 산 䧅 險阻험하고 가로막힌 지역 험준함 恞 悅也기쁘다 기뻐하다 姨 母姊妹어머니의 자매 이모 洟 鼻液콧물 痍 創也상처 상처

㠯 仝앞과 같다 已 止也멈추다 정지하다 그치다 苡 草實씨앗 율무 薏－의이 苢 仝앞과 같다 車前草질경이 芣－부이 迆 因循주저하며 머뭇거리다 邐－리이 迤 仝앞과 같다 [歌] ㉬[支] 酏 黍酒甛也기장으로 빚은 술 ㉬[支] 匜 盥器 酒器물이나 술을 담거나 담아 따르는 데 쓰는 그릇 ㉬[支] 胣 裂腸창자가 찢어지다 崺 山卑長산이 낮으면서 길게 뻗어 나간 모양 峛－리이 耳 主聽소리를 듣는 귀 語已辭어조사 (ᅀᅵ) 駬 駿馬준마 騄－록이 爾 汝也너 너희 語辭어조사 尒 仝앞과 같다

蒔 更種옮겨 심다 모종하다 ㉬[支] 豉 配鹽幽菽콩을 발효시켜 만든 식품 메주 된장 청국장 따위 視 瞻也보다 ㉦[紙] 眎 仝앞과 같다 示 呈也드러내 보이다 나타내 보이다 垂－수시 ㉬[支] 嗜 慾也탐내다 욕심내다 䣭 仝앞과 같다 諡 誄行易名죽은 사람에게 추증하는 이름 謚 俗속자 非 잘못임 [陌] 異 怪也괴이하게 여기다 이상하게 여기다 不同다르다 (이)〈이〉 肄 習也익히다 연습하다 학습하다 嫩條새로 돋아난 곁가지 隶 本也근본 易 不難쉽다 용이하다 治也다스리다 잘 치르다 [陌] 偒 侮也

를 입다 桋 似柞赤楝가나무 荑 莧也비름 荎－무이 [齊] 彝 廟器종묘宗廟에서 쓰는 예기禮器의 총칭 法也변하지 않는 법도 常也떳떳하다 일정하다 椸 衣架옷걸이 횃대 箷 仝앞과 같다 酏 飲也미음 酒也기장으로 빚은 술 ㉦[紙] 虵 自得만족하다 으쓱거리다 委－위이 [歌][痲] 匜 盥器물이나 술을 담거나 담아 따르는 데 쓰는 그릇 酒器술그릇 ㉦[紙] 扅 門關빗장 문빗장 扊－염이 頤 頷也턱 아래턱 養也기르다 보양하다 台 我也나 저 悅也즐거워하다 기뻐하다 [灰] 飴 餳也엿 貽 貺也주다 선사하다 詒 仝앞과 같다 [賄][隊] 怡 和悅화기애애하다 즐거워하다 瓵 甌也항아리의 하나 圯 土橋흙다리 訑 自得스스로 만족해하다 으쓱거리다 ――이이 [翰] 詑 仝앞과 같다 [歌] 施 仝앞과 같다 《시》㉠[寘]㉠[寘] 移 遷也옮기다 而 語助어조사 汝也너 당신 (ᅀᅵ) 洏 涕流눈물을 흘리다 漣－련이 胹 煮熟삶다 푹 익히다 栭 小栗산밤나

邇 近也가깝다 迩 仝앞과 같다 紙 楮皮所成닥나무 껍질로 만든 종이 (지)<지> 抵 側手擊옆에서 치다 때리다 扺 仝앞과 같다 至也이르다 다다르다 도착하다 [薺] 坻 隴阪산비탈 언덕빼기 [薺] ㉬[支] 砥 礪也숫돌 ㉬[支] 底 致也이루다 불러오다 달성하다 定也정하다 작정하다 [薺] 耆 仝앞과 같다 ㉬[支] 只 語辭어기조사 咫 八寸길이를 재는 단위 8촌寸 枳 似橘有刺탱자나무 《기》 軹 車轄굴대를 끼우는 바퀴통의 작은 구멍 旨 味也맛있다 맛이 좋다 意向뜻 의도 指 手足耑손가락 발

깔보다 업신여기다 异 擧也들다 歎也탄식하다 食 人名사람 이름 －其이기 한漢나라의 역이기酈食其 <ᄉᆞ> [職] 二 對一爲偶둘2 둘째 (ᅀᅵ) 貳 副也버금 다음 또는 버금가는 자리 仝앞과 같다 樲 酸棗멧대추나무 餌 食也음식물 먹이다 먹다 ㉦[紙] 珥 瑱也구슬이나 옥으로 만든 귀고리 귀막이옥이라고도 함 咡 口旁입 언저리 입가 刵 截耳귀를 자르다 智 知也알다 깨닫다 지혜롭다 기지(機智) (지)<지> 知 仝앞과 같다 ㉬[支] 忮 狠也거세고 사납다 흉악하다 觶 酒器 受四升네 되 들이 술잔

무 欂上柱두공枓栱 輀 喪車상여 陑 河曲地名하곡山西省 永濟縣의 땅 이름 鳾 玄鳥제비 鷾－의이 支 度也헤아리다 계산하다 持也유지하다 지탱하다 (지)〈지〉 枝 柯也가지 肢 體也두 팔과 두 다리 지체 四－사지 胑 소앞과 같다 鳷 鵲也전설상의 기이한 새 이름 지작 까치 脂 膏也지방 기름 榰 柱砥주춧돌을 떠받치다 搘 소앞과 같다 知 覺也느끼어 알다 깨닫다 ㉠[寘] 蜘 網器거미 －蛛지주 氏 西國서역의 나라 이름 月－월지 單于妻흉노 선우의 왕후 閼－연지 ㉦[紙] 祗 敬也공경하다 適也마침 바로《기》秖 禾熟곡식이 비로소 여물다 소앞과 같다 胝 皮堅손바닥이나 발바닥의 굳은 살 못 胼－변지 砥 礪也숫돌 갈다 ㉦[紙] 之 適也가다 至也이르다 語助어조사 芝 神草영지 지초 池 穿地通水물길 도랑 黃帝樂名황제 때의 음악 이름 咸－함지 飛也差－비야치지 날아가는 모습이 가지런하지 않은 모양 棺飾상여의 물받이 장

가락 示也가리키다 止 停也그치다 멈추다 趾 足也발가락 발 址 基也터 터전 기반 阯 南國남쪽에 있는 나라 이름 交－교지 소앞과 같다 芷 香草향초 이름 구릿대의 뿌리 白－백지 沚 小渚강 가운데의 작은 섬 祉 福也복 복록 (치) 畤 神所依止천지天地와 오제五帝에게 제사지내는 제단 (지)〈치〉 徵 火音오음五音의 제4음音 [蒸] 恥 慚也부끄러움 치욕 부끄러운 일 (치) 齒 齗骨잇몸 이 齡也나이 列也나란히 서다 줄 侈 奢也사치하다 낭비하다 褫 奪也옷을 빼앗다 解也느슨

摯 握也잡다 쥐다 至也이르다 다다르다 鷙 鳥獸새매 猛勇용맹하다 贄 執玉帛폐백幣帛 윗사람을 처음 뵐 때 가지고 가는 예물 폐백을 가지고 만나기를 청하다 質 以物相贄폐백幣帛 交－교지 소앞과 같다 [質] 懫 忿也분노하다 성내다 懥 소앞과 같다 躓 跲也쓰러지다 엎드러지다 疐 소上소下앞뒤와 같다 疐 頓也엎어지다 [霽] 志 心所之뜻 생각 의지 심정 誌 記也기록하다 기억하다 識 소앞과 같다 [職] 至 到也이르다 도달하다 輊 低也낮다 車前重수레 앞이 무거워 기울어지다 寘 置也놓다 두

식 (찌) [歌] 墀 堦也층계 遲 久也오래다 徐也더디다 ㉠[寘] 持 執也
가지다 잡다 쥐다 泜 臨城水名임성河北省 臨城縣의 물 이름 [霽] ㉦
[紙] 坻 小渚물 가운데 있는 작은 섬 모래톱 [薺] ㉦[紙] 踟 行不進머뭇
거리다 주저하다 ─蹰지주 篪 管樂橫吹가로로 부는 관악기의 하나
竾 仝앞과 같다 卮 酒器술을 담는 그릇 또는 술잔 (지)<치> 梔 所以
染黃황홍색 열매로 염료나 약재로 쓰는 치자나무 ─子치자 差 不齊
들쭉날쭉하다 가지런하지 않다 參─참치 (츠) [佳][卦][麻][禡] 嵯 山
不齊산세가 들쭉날쭉한 모양 嵾─참치 [歌] 瓻 甁也질그릇으로 된 술
그릇 (치) 絺 細葛布가는 칡베 鴟 鳶也솔개 또는 새매 蚩 敦厚인정이
후한 모양 일설에는 무지한 모양 ──치치 嗤 笑也비웃다 조소하다
媸 醜也얼굴이 못생기다 眵 目汁凝눈곱 癡 不慧어리석다 痴 俗속자
非잘못임 笞 箠也매질하다 채찍이나 매로 때리다 摛 舒也펴다 攡 仝

하다 풀어지다 ㉬[支]㉠[寘] 杝 析薪장작을 패다 廌 神羊전설상의 신
령한 양 해태 獬─해치 (찌) [蟹] 豸 蟲無足발이 없는 벌레 仝앞과 같
다 [蟹] 陊 山頹산이 붕괴되다 阤 仝앞과 같다 [哿] 雉 野雞꿩 薙 芟
草제초하다 [霽] 峙 山立산이 우뚝 솟다 具也갖추다 비축하다 跱 不
進주저하다 ─躇치저 仝앞과 같다 跱 仝앞과 같다 偫 待也기다리다
갖추다 庤 儲置저축하다 비축하다 畤 俗속자 痔 隱瘡치질 또는 치질
이 생기다 彼 對此之稱그 저 (비)<피> 儷 停也멈추다 머무르다 骳

다 (지)<치> 致 至也보내다 이르게 하다 도달하다 置 止也두다 設也
설립하다 설치하다 驛也역 역참驛站 廁 溷也돼지 우리 변소 뒷간 雜也
섞이다 次也참여하여 끼이다 邊側물체의 가장자리 (츠) [職] 熾 盛也번
창하다 홍성하다 饎 熟食익히다 밥을 짓다 糦 仝앞과 같다 幟 標也표
지標識 旛也기치旗幟 깃발 眙 注視주시하다 직시하다 (지) ㉬[支] 治
理效다스려지다 (찌) ㉬[支] 緻 密也세밀하다 치밀하다 꼼꼼하다 稺 幼
禾늦게 여무는 벼 어린 벼 어리다 稚 俗속자 遲 待也기다리다 ㉬[支]

앞과 같다《리》螭 似龍無角뿔이 없다는 전설상의 용 이무기 彲 소앞과 같다 魑 山林異氣사람을 해친다는 산이나 늪의 요괴 도깨비 －魅리매 치매 治 理也다스리다 攻也공격하다 (찌) ㉠[寘] 馳 疾驅수레나 말을 빨리 몰다 詖 辯也변론하다 (비)〈피〉 ㉠[寘] 陂 澤障둑 제방 [歌] ㉠[寘] 披 開也열다 服也입다 덮다 걸치다 (피) ㉦[紙] 鈹 刃戈날이 달린 창 皮 肌表동식물의 가죽이나 껍질 살갗 (삐) 疲 勞也피로하다 지치다 罷 소앞과 같다 [蟹][禡] 屎 呻吟신음하다 앓는 소리를 내다 殿－전히 (히)〈히〉 ㉦[紙] 吚 소앞과 같다 斯 析也쪼개다 가르다 此也이 이것 語已辭글귀의 끝에 쓰는 어조사 (스)〈ᄉᆞ〉 霹 小雨가랑비 霹 소앞과 같다 鷉 鵶也까마귀 鷽－여사 虒 虎有角모양이 범과 비슷하면서 뿔이 있다는 전설상의 짐승 褫 福也복 행복 私 自營자기의 것으로 삼다 姦衺간사하다 女子謂姊妹夫자매의 남편 絲 蠶所吐명주

分解나누다 가르다 (피) 披 開也갈라지다 쪼개지다 散也흩어지다 분산하다 ㉬[支] 破 枝折가지를 꺾다 ㉬[支] 骳 屈曲전강이가 굽다 骫－위피 문필文筆이 맥이 빠지고 웅건한 풍격이 없음 (삐) ㉠[寘] 被 寢衣이불 覆也덮다 ㉠[寘] 死 歿也죽다 생명이 끊어지다 (스)〈ᄉᆞ〉 徙 移也옮기다 이사하다 (셰) 躧 徐行천천히 걷다 [蟹] 屣 履也신 소앞과 같다 ㉠[寘] 蓰 五倍다섯 곱 葸 畏懼두려워하다 璽 王者印옥새 임금의 인장印章 壐 籀주문 似 類也비슷하다 유사하다 嗣也잇다 계승하

值 當也알맞다 적당하다 植 立也세우다 수립하다 種也심다 재배하다 幹也나무 기둥 將吏우두머리 책임자 [職] 帔 帬也치마 背子배자褙子 (비)〈피〉 陂 傾也편벽되다 [歌] ㉬[支] 佊 哀(衺)也간사하다 부정不正하다 詖 辯辭편향되고 바르지 않는 말 ㉬[支] 骳 屈曲정강이가 굽다 骫－위피 구불구불하다 곧 문필이 맥이 빠지고 웅건한 풍격이 없음 (삐) ㉦[紙] 避 違也어기다 위배하다 辟 소앞과 같다 [陌] 被 覆也덮다 及也미치다 이르다 著也입다 ㉦[紙] 髮 鬄也다리 가발 四 二二4 넷 넷

실 思 念也생각하다 語辭어사 ㉠[寘] 司 主也일을 맡다 주관하다 주장하다 覗 窺視훔쳐보다 祠 春祭봄 제사 廟也사당 (쓰) 詞 言也말 언사言辭 文也문사文辭 辤 不受거절하다 사양하다 辞 仝앞과 같다 辭 言也말 글 仝앞과 같다 師 範也모범 본보기 衆也많은 백성 사람의 무리 (시) 簁 竹器除麤取細대나무로 만들어진 거친 것을 제거하고 가는 것을 취할 수 있는 체 ㉦[紙] 籭 仝앞과 같다 兒 孩子아이 (ᅀᅵ)〈ᄋᆞ〉[齊] 髭 口上鬚콧수염 (즈)〈ᄌᆞ〉 頾 仝앞과 같다 訾 量也헤아리다 思也바라다 고려하다 毁也헐뜯다 비방하다 ㉦[紙] 貲 貨也재물 재화 仝앞과 같다 觜 西方宿이십팔수의 스무 번째 서방 별자리 ―觿자휴 ㉦[紙] 諮 謀也상의하고 도모하다 咨 仝앞과 같다 嗟也탄식하다 한탄하다 粢 祭飯제사 때 제기에 담아 올리는 곡식 ―盛자성 資 貨也재물 재화 助也돕다 材質타고난 재질 姿 態也자태 용모 齋 衣下縫긴 옷을

다 (쓰) 姒 妯娌相呼동서들간의 호칭 娣―제사 兕 野牛一角외뿔소 禩 年也해 년 祀 祭也제사 귀신이나 선조에게 지내는 제례祭禮 仝앞과 같다 巳 辰名여섯째 지지地支 汜 水別復入본류에서 갈라져 흐르다가 다시 본류로 들어가는 물 耜 耒屬쟁깃날 보습 竢 待也기다리다 俟 仝앞과 같다 ㉬[支] 涘 水涯물가 史 記事일을 기록하다 사관史官 (시) 使 役也부리다 일을 시키다 令也하여금 ㉠[寘] 戺 砌也마루 모퉁이의 섬돌 (씨) 朼 仝앞과 같다 士 四民之首고대 농공상보다 윗계급인 선비 사민

째 (스)〈ᄉᆞ〉 肆 陳也펼쳐놓다 깔아놓다 恣也방자하다 방종하다 仝앞과 같다 泗 濟陰水名제음山東省 泗水縣의 물 이름 駟 一乘四馬수레 한 채에 메운 네 필의 말 또는 그 수레 賜 上予下윗사람이 아랫사람에게 주다 笥 篋也옷가지나 음식을 담는 네모난 대상자 伺 察也살피다 엿보다 사찰하다 嗣 繼也임금의 자리를 계승하다 잇다 계승하다 飼 以食食人사람에게 음식을 먹이다 사육하다 飤 仝앞과 같다 食 仝앞과 같다 飯也밥과 반찬 식사 음식 [職] 思 慮也생각하다 고려하다 意―의사 ㉬

궤맨 아랫단 또는 긴 옷의 아랫단 齊 소앞과 같다 [齊][薺][霽][佳] 齍 黍稷器서직을 담는 제기祭器 玆 黑也검다 此也이것 이곳 [先] 滋 益也증가하다 嵫 日所入處전설상의 해가 지는 곳 崦－엄자 孜 勤也부지런하다 孳 乳化부화하다 번식하다 소앞과 같다 ㉠[寘] 仔 克也견디다 감당하다 맡다 ㉦[紙] 鼒 小鼎아가리가 작은 솥 [灰] 劑 契券매매할 때 증서로 써서 나누어 가지는 문권文券 質－질자 [霽] 雌 牝也암컷 (즈) 疵 病也질병 또는 흠 결점 (쯔) 玼 玉病옥돌 표면의 반점 소앞과 같다 [薺] ㉠[寘] 慈 愛也윗사람이 아랫사람을 사랑하다 磁 引鐵石물체가 쇠붙이 따위를 끌어당기는 성질 자석 鶿 烏鬼새 이름 무수리 일설에는 가마우지 鸕－로자 餈 飯餠인절미 瓷 瓦器오지 그릇 茨 以茅蓋屋띠나 갈대로 지붕을 이다 薺 蒺藜질려 남가새 樂名악장 이름 采－채자 [薺][霽] 소앞과 같다 蒩 積也쌓다 소앞과 같다 衰 殘也쇠미

士民 事也 일·직무 仕 宦也벼슬하다 벼슬살이하다 察也살피다 子 男稱남자에 대한 칭호 爵名상대商代 제3등의 작위 이름 (즈)<즈> 耔 培苗本식물의 뿌리에 북을 돋우다 ㉥[支] 芓 소앞과 같다 杍 木匠목수 목공 梓 楸也가래나무 소앞과 같다 滓 澱也침전물 앙금 찌꺼기 呰 無積聚모자라다 －窳자유 구차하다 약하고 용렬하다 訿 毁也헐뜯다 비방하다 訾 소앞과 같다 ㉥[支] 紫 間色青赤자줏빛 자주색 姊 女兄손위 누이 언니 秭 千億천 억 胏 腊有骨뼈를 추리지 않은 포脯 此 彼

[支] 傞 細碎잘다 자질구레하다 駛 馬行疾말의 걸음이 빠르다 말이 빨리 달리다 (시) ㉦[紙] 事 功也사업事業 공업功業 奉也받들다 섬기다 (씨) 恣 縱也방종하다 제멋대로 굴다 (즈)<즈> 漬 浸潤담그다 적시다 젖다 積 儲也모아서 쌓아두다 委－위자 [陌] 骴 朽骨살이 붙어있는 죽은 사람의 뼈 胔 소앞과 같다 胾 大臠고깃점 諫 諷也잘못을 낱낱이 거론하여 간하다 (츠) 刺 殺也찔러 죽이다 訊也죄상을 캐어묻다 신문訊問하다 芒也가시 通姓名명함 소앞과 같다 [陌] 刾 소앞과 같다 自 從也

해지다 쇠퇴하다 (수)〈쇠〉《최》[灰] 瘊 仝앞과 같다 衰 等也차이를 두다 또는 차별 차이 (취)〈최〉《쇠》[灰] 榱 椽也서까래 龜 蓍蟲거북 점복(占卜)의 도구 (귀)〈귀〉 [眞][尤] 危 隤也무너지다 不安불안해하다 (위)〈위〉 峗 沙州山名사주甘肅省 敦煌縣의 산 이름 三－삼위 [灰] 委 雍容정중하고 공손한 모양 －－위위 曲也구불구불 이어진 모양 美也아름다운 모양 (위) ㉦[紙]㉠[寘] 倭 回遠에돌아서 멀다 －遲위지 仝앞과 같다 [歌] 逶 行皃구불구불 가는 모양 －迤위이 萎 枯也초목이 말라 죽다 시들다 爲 造也만들다 (위) ㉠[寘] 麾 大將旗대장기 지휘기 (휘)〈휘〉 戲 仝앞과 같다《희》[虞] ㉠[寘] 撝 裂也찢다 쪼개다 揮也지휘하다 吹 噓也입으로 불다 내뿜다 (취)〈취〉 ㉠[寘] 龡 仝앞과 같다 炊 爨也불을 때다 肌 膚也피부 (계)〈긔〉 飢 餓也주리다 굶주리다 奇 不偶零數홀수 나머지 우수리 / 異也기이하다 (끼)

之對이 이것 (즈)〈즈〉 佌 小也작다 조그마하다 －－차차 玼 玉色옥빛이 선명하다 [薺] ㉣[支] 泚 水淸맑다 맑은 물 [薺] 蘂 花內꽃술 꽃 꽃송이 (쉬)〈예〉 蕊 仝앞과 같다 橤 仝上仝下앞뒤와 같다 繠 垂也늘어진 모양 드리운 모양 誄 述行哀死문체의 하나 죽은 이를 애도하는 글 애도하다 (뤼)〈뢰〉 讄 仝앞과 같다 硊 石皃돌 모양 또는 바위가 높고 험한 모양 磈－외위 (위)〈위〉 頠 習容止머리 움직임이 익숙하다 [賄] 蔿 草也풀 이름 가시연의 줄기 (위) 薳 仝앞과 같다 闖 邪

부터 좇아 己也자기 또는 스스로 몸소 (쯔) 字 愛也어루만져 사랑하다 애호하다 文也글자 문자 孳 乳化생육하다 번식하다 ㉣[支] 牸 獸育子짐승이 새끼를 품어서 기르다 次 第也차례 舍也집 사는 곳 (즈)〈즈〉 佽 助也돕다 도와주다 利也편리하다 季 小稱막내 아우 어리다 (계)〈계〉 悸 心動가슴이 두근거리다 (뀌) 媿 慚也부끄럽다 수치스럽다 (귀)〈괴〉 愧 仝앞과 같다 諉 託言핑계를 대다 책임을 미루다 (뉘)〈뇌〉 喟 太息한숨짓다 탄식하다 (퀴)〈귀〉 [卦] 嘳 仝앞과 같다 僞

觭 仝앞과 같다 得也얻다 角俯仰하나는 아래로 하나는 위로 향한 뿔 천지각 畸 殘田자투리 전답 정전井田으로 구획하고 남은 전답 羇 寄也나그네 羈 馬絆말굴레 仝앞과 같다 其 語辭어사 地名지명 祝－축기 人名인명 食－이기《기》居 語辭어사 仝앞과 같다 [魚] 萁 菜名似蕨 고사리와 비슷한 채소 이름 草名似荻 갈대와 비슷한 풀 이름 / 豆莖콩대 (끼) 箕 去穅之具곡식 등을 까부리는 키 朞 周年1주년 주기周期 期 仝앞과 같다 / 會也모으다 합하다 (끼) 基 址也기반 기초 本也근본 바탕 業也기업 사업 姬 周姓주나라의 성씨 婦人美稱부인의 미칭 攲 不正기울다 비뚤어지다 (켸) 敧 仝앞과 같다 崎 山路不平산길이 기울어지다 －嶇기구 / 仝埼구불구불한 강 언덕과 같다 (끼) 欺 詐也속이다 기만하다 僛 醉舞술에 취하여 춤을 추는 모양 －－기기 琦 瑋也아름다운 옥 (끼) 騎 跨馬말을 타다 ㉠[寘] 錡 釜屬세 발 달린 솥

闙마음이 간사하고 한쪽으로 치우치다 문을 열다 [佳] 蘤 花也꽃 [麻]

委 棄也버리다 폐기하다 任也맡기다 임명하다 위임하다 頓也쌓이다 禮衣예복 端－단위 ㉫[支]㉠[寘] 骫 屈曲뼈가 굽다 －骳위피 ㉠[寘] 觜 喙也부리 (쥐)<츄> ㉫[支] 嘴 仝앞과 같다 揣 量也측량하다 재다 試也시험하다 (취) [哿] 己 身也자기 몸 자신 私也사욕 (계)<긔> 紀 維也벼리 編也일정한 차례로 엮다 掎 牽角한 쪽 발을 잡아당기다 剞 曲刀조각하는 데 쓰는 굽은 칼 －劂기궐 起 興也흥성하다 번성하다

假也거짓 허위 (위)<위> 位 列也늘어서다 (위) 爲 助也위하다 緣也인연하다 ㉫[支] 醉 酒酣술이 거나하게 취하다 (쥐)<취> 翠 青羽雀깃이 푸른 새 鷸也물총새 (취) 顇 憂瘠근심하다 顦－초췌 (쮜) 悴 仝앞과 같다 瘁 病也병들다 仝앞과 같다 萃 聚也모이다 모으다 仝앞과 같다 惴 憂也근심하고 두려워하다 (쥐) 吹 鐃歌황제黃帝와 기백岐伯이 지었다는 군악軍樂 鼓－고취 (취) ㉫[支] 寄 付託부탁하다 위탁하다 (계)<긔> 冀 欲也바라다 희망하다 희구하다 兾 俗속자 驥 千里馬천리마 騏－기

㉦[紙] 棊 奕子바둑 장기 碁 仝앞과 같다 旗 旃也곰과 범을 그린 기
또는 각종 기 淇 河內水名하내河南省의 물 이름 祺 祥也복 행복 琪
東方玉屬동방에서 나는 아름다운 옥 璂 弁飾고깔의 솔기를 장식한
옥 瑧 仝앞과 같다 綦 屨飾신의 장식 蒼白艾色쑥색 연두색 또는 검
푸른 색 麒 仁獸전설상의 짐승 이름 인수仁獸 一麟기린 騏 馬青黑
검푸른 반점이 있는 말 철총이 祁 大也크다 衆多많은 모양 또는 성한
모양 ――기기 厮 養馬말을 기르는 사람 또는 마부 (스)<싀> 澌 流
冰물 위에 떠다니는 얼음덩이 성엣장 [齊] 偲 詳勉권면하고 독려하다
――시시 [灰] 緦 十五升布시마緦麻를 만드는 데 쓰는 고운 삼베 罳
屏也실내에 치는 병풍이나 가리개 罘―부시 [灰] 釃 下酒술을 거르
다 (시) [魚] 欹 歎辭감탄사 (히)<희> 猗 長也무성하게 자라다 仝앞
과 같다 [哿] ㉦[紙] 椅 梓實가래나무 열매 桐皮삼목杉木 중에 질이

(켸) 杞 藥名구기자 枸―구기 柳屬고리버들 또는 냇버들 ―柳기류 山
木似豫章구기자나무 屺 山無木민둥산 헐벗은 산 芑 白粱粟줄기가 흰
조의 한 종류 菜名似苦菜채소 이름 상추 玘 佩玉패옥 杞 禾名곡식 이
름 빛깔이 흰 조 올벼 穋―륙기 綺 文繒무늬가 있는 비단 崺 山高산
이 높은 모양 跽 長跪한쪽 무릎만 땅에 대고 꿇어앉다 (끼) 倚 依也기
대다 의지하다 (히)<의> ㉠[寘] 猗 仝앞과 같다 [哿] ㉬[支] 螘 蚍蜉
개미 (이) 蟻 仝앞과 같다 艤 整舟배를 기슭에 대다 접안하다 檥 仝

기 覬 希望바라다 희망하다 ―覦기유 분수에 맞지 않는 희망이나 기도
企圖 記 疏也문체 이름 공문서 志也기록하다 穊 稠也빽빽하다 器 皿
也그릇 용기 용구 (킈) 亟 數也자주 누차 거듭 遽也급하다 [職] 忌 嫉也
질투하다 시기하다 諱也기휘忌諱하다 금기하다 (끼) 鵋 鵂鶹부엉이 ―
鵙기기 騎 馬軍기병騎兵 車―거기 ㉬[支] 惎 毒也해독을 끼치다 教也
가르치다 교도하다 謀也도모하다 계획하다 朞 志也뜻 의지 塈 息也쉬
다 휴식하다 塗也발라서 꾸미다 [未] 暨 及也이르다 미치다 洎 潤也침

가장 우수한 나무 ㊀[紙] 漪 水紋잔물결 물결 또는 물결이 이는 모양 禕 美也아름답다 진귀하다 醫 療也병을 고치다 치료하다 病工병을 고치는 사람 의사 ㊀[紙] 毉 仝앞과 같다 宧 安也알맞다 적당하다 (이) 儀 度也법도 본받다 容也거동 용모 鸃 鷩雉꿩의 일종인 금계錦鷄 駿-준의 涯 水畔물가 [佳][麻] 疑 惑也미혹되다 현혹하다 [物][職] 嶷 零陵山名영릉湖南省 寧遠縣의 산 이름 九-구의 [職] 淄 梁父水名양보山東省 新泰市의 물 이름 (즈)<치> 菑 田一歲개간한 지 1년 된 농토 [灰] 輜 軿車휘장과 덮개가 있는 짐수레 緇 黑色검은 빛깔 錙 六銖6수銖 1냥兩의 4분의 1 噫 恨聲슬프거나 개탄스러움을 나타냄 (이)<희> [卦] 嘻 歎也탄식하다 (히) 僖 樂也기뻐하다 즐거워하다 釐 仝上仝下앞뒤와 같다《리》 禧 福也복 熹 熾也불길이 세차다 번창하다 嬉 美也용모가 아름답다 ㊀[紙]㊁[寘] 熙 和也화락하다 -

앞과 같다 轙 整車고삐를 매는 고리 矣 語辭어기조사 擬 度也헤아리다 가늠하다 추측하다 儗 僭也참람하다 분수에 지나치다 薿 茂也무성한 모양 --의의 [職] 錡 釜屬세 발 달린 솥 ㊄[支] 喜 盛皃성한 모양 戢-집의 [緝] 喜 樂也즐겁다 기쁘다 (히)<희> 蟢 蠨蛸갈거미 几 案屬앉을 때 팔꿈치를 얹고 몸을 기대는 물건 책상 (계)<궤> 机 仝앞과 같다 麂 大麕큰 노루 詭 詐也속이다 가장하다 (귀) 垝 毁垣허물어진 담장 軌 兩轍之間수레의 두 바퀴 사이의 너비 法也법칙 제도 규

윤浸潤하다 적시다 仝앞과 같다 垍 堅土단단한 흙 흙이 단단해지다 意 志也의지 생각 속마음 감정 (이)<의> 懿 美也아름답다 大也크다 饐 飯傷濕음식이 쉬다 [霽] 縊 自經목매다 목매어 죽다 義 宜也마땅하다 의리에 합당하다 (이) 誼 仝앞과 같다 議 謀也어림잡아 헤아리다 상의하다 劓 割鼻코를 베다 戲 弄也희롱하다 (히)<희> [虞] ㊄[支]㊄[支] 憙 好也좋아하다 屭 壯皃장대한 모양 贔-비희 힘쓰는 모양 櫃 篋也작은 장 갑(匣) 합 (뀌)<궤> 鐀 仝앞과 같다 匱 乏也모자라다 부족하

－희희 廣也넓다 또는 넓히다 羲 氣也기氣가 퍼져 나오다 犧 廟牲종묘宗廟 제사에 쓰는 순백의 희생 帝號제왕의 명호 伏－복희 [歌] 曦 日光해 햇빛 戲 歎辭감탄사《휘》[虞] ㉠[寘] 巇 危險높고 험하다 嶮－험희 【增】文116 摫 裁制마름질하다 재단하다 (귀)<규> 郪 汾陰地名분음山西省 萬榮縣의 지명 (뀌) 虆 土籠삼태기 (뤼)<류> 虆 仝앞과 같다 濉 浚儀水名준의河南省 開封市의 물 이름 (쉬)<슈> 睢 仝앞과 같다《휴》㉠[寘] 脽 尻也엉덩이 볼기 (쒸) 壝 埒也제단 또는 행궁을 둘러싸고 있는 낮은 담 壇垣제단의 담 (위)<유> ㉠[寘] 桵 棫也둥글레 나무 무리참나무 白－백유 (쉬) 桜 仝앞과 같다 厜 山巓산꼭대기 －㕒수의 (쥐)<슈> 檇 吳郡地名오군江蘇省의 지명 －李추리 萑 草皃풀이 많은 모양 蓷也물억새 益母草익모초 (쥐) [寒] 魋 椎頭髻북상투 (쮜) [灰] 甀 小口甖항아리 병 종류의 질그릇 跂 足多指육발이 (끼)<기> ㉦[紙]㉠[寘] 伎 仝앞과 같다 ㉦[紙] 蚑 蟲行벌레가

범 匭 匣也작은 상자 갑匣 宄 內盜내부에서 일어난 반란이나 절도 簋 盛黍稷器서직을 담는 제기祭器 簠－보궤 晷 日景해의 그림자 跪 兩膝隱地꿇어 앉다 (뀌) 毁 壞也헐다 부수다 訾也비방하다 또는 지탄하다 (휘)<훼> ㉠[寘] 燬 火熾이글거리는 불 烜 仝앞과 같다 譭 謗也헐뜯다 烜 官名벼슬 이름 司－사훼 [阮] 【增】文41 巋 高峻산이 높고 가파른 모양 (귀)<규> ㉠[寘] 蜼 似猴긴꼬리원숭이의 일종

다 仝上仝下앞뒤와 같다 簣 土籠흙을 나르는 대바구니 삼태기 蕢 草器삼태기 [卦] 臾 仝앞과 같다 [腫][虞][虁] 饋 餉也식사를 하다 밥을 먹다 餽 仝앞과 같다 歸 仝앞과 같다 [微] 恚 恨怒분노하다 원망하다 (휘)<훼> 【增】文50 遂 小溝밭 사이의 작은 도랑 (쒸)<슈> 綫 綬也옥을 꿰어 차는 끈 壝 埒也제단祭壇 또는 행궁行宮을 둘러싸고 있는 낮은 담 (위)<유> ㉬[支] 硾 擣也갈다 찧다 鎭也누르다 다지다 (쮀)<츄> 硾 仝앞과 같다 [灰] 睢 怒視화를 잔뜩 내어서 노려보는

기어가다 ――기기 蠨蛸장수갈거미 ㉠[寘] 芪 藥名약초 이름 黃―황기 俟 複姓복성 万―묵기 ㉦[紙] 躨 龍皃용이 꿈틀거리는 모양 ―跜기니 跜 龍皃용이 꿈틀거리는 모양 躨―기니 (녜)〈니〉 旎 旗皃깃발이 바람에 나부끼는 모양 旖―의니 ㉦[紙] 犛 黑牛야크yak (례)〈리〉[豪] 來 至也이르다 招也초치하다 [灰][隊] 纚 緌也끈 笮也밧줄 대새끼[歌] ㉦[紙] 矖 視也보다 멀리 바라보다 鱺 似蛇無鱗뱀장어 뱀처럼 생겼고 비늘이 없다 梩 土轝삼태기 虆―라리 ㉦[紙] 蘪 香草향초 궁궁이 ―蕪미무 (미)〈미〉 蘼 虋冬문동 천문동과 맥문동 蘠―장미 穈 黍屬메기장 糜 소앞과 같다 [元] 獼 猿屬원숭이의 일종 ―猴미후 (메) 嬭 母稱어머니 [齊] 麛 獸子어린 사슴 어린 짐승 [齊] 黴 黑也곰팡이가 슬어 검푸르게 변하다 (뮈) 椑 柹屬감의 일종 烏―오비 (비)〈비〉[齊][陌] 錍 斧屬작은 도끼 [齊] 狉 貍子살쾡이 또는 살쾡이 새끼 (퀴) 郫 益州地名익주四川省 廣漢縣의 지명 (삐) 檰 梠也처마 끝에 가로

(뤼)〈류〉 [宥] 巂 邛都國공도국四川省 西昌市 남동쪽에 있던 소수민족의 나라 越―월수 (쉬)〈슈〉 [齊] ㉤[支] 錘 鍛器쇠 불리는 기구 爐―로추 (쥐)〈츄〉 ㉤[支]㉠[寘] 枳 害也해하다 다치다 (계)〈기〉《지》峛 山卑長낮은 산이 길게 이어진 모양 ―峛리이 (례)〈리〉 渼 長安水名장안陝西省 戶縣의 호수 이름 (뮈)〈미〉 髀 股骨넓적다리뼈 대퇴골 (비)〈비〉 [薺] 枇 載牲제사 때 쓰는 나무 국자 자루가 긴 주걱

모양 恣―자휴 (휘)〈휴〉 ㉤[支]㉤[支] 痢 腹疾설사 또는 이질 (례)〈리〉 莉 柰花말리꽃 茉―말리 상록 관목의 하나 俐 慧也약삭빠르다 영리하다 伶―령리 柲 戟柄자루 병기兵器의 자루 (비)〈비〉 [質] 譬 喩也비유하다 (피) 紕 飾也선을 두르다 가장자리를 꾸미다 (삐) ㉤[支] 鞴 馬裝수레의 앞턱 가로나무를 덮는 장식물 [遇] 贔 壯皃건장하고 힘이 있는 모양 또는 기운을 내어 힘을 쓰는 모양 ―屭비희 蠵鼊암바다거북 糒 乾糗건량乾糧 말린 양식 [卦] 勩 勞也애쓰다 수고하다 고생하

로 대는 널빤지 膍 牛百葉소의 천엽 鳥胃날짐승의 밥통 멀떠구니 －
胵비치 厚也후하다 [齊] 阰 楚南山名초남楚의 산 이름 鈚 犂錧보습 쟁
기의 날 [齊] 葹 豆屬콩의 일종 녹두 (시)<시> 蒔 小茴香조미료와 약
재로 쓰이는 회향의 일종 (씨) ㉠[寘] 鯷 似鯿多鯁준치 浀 河南水名하
남河南省 內鄕縣의 물 이름 (히)<이> 蛜 鼠婦쥐며느리 －蝛이위 倛
平易평이하다 평탄하다 (이) 踑 踞也걸터 앉다 暆 日行해가 더디게
기울어 가는 모양 －－이이 樂浪縣名낙랑의 현 이름 東－동이 倛 儕
也무리 또래 尸也시체 寅 辰名십이성차十二星次 중의 석목析木 [眞]
宧 室東北隅방의 북동쪽 구석 眙 擧目눈을 치뜨는 모양 楚州縣名초
주江蘇省의 현 이름 盱－우이 ㉠[寘] 貤 延也뻗치다 賞爵가자하다 선
물하다 ㉠[寘] 迤 行皃천천히 가는 모양 逶－위이 [歌] ㉦[紙] 蛦 蝸牛
소라 또는 달팽이 －蝓이유 彨 多鬚수염이 많은 모양 (ᄉᆡ) 鮞 魚子새
끼 물고기 鮧 鹽魚腸물고기의 내장과 부레로 담근 젓갈 밸젓 鱁－축

㉬[支]㉠[寘] 朼 소앞과 같다 批 手擊손으로 치다 때리다 (피) [齊][屑]
痞 病結뱃속에 단단한 덩어리가 생기는 병 비괴증 阺 山堆欲墮무너
져내릴 듯한 절벽 (씨)<시> 緝 轡皃고삐가 성한 모양 －－이이 (ᄉᆡ)
<이> 餌 食也음식물 먹이다 또는 먹다 粉餠쌀가루나 밀가루에 다른
재료를 넣어 둥글게 만든 떡 ㉠[寘] 疻 毆傷멍들게 하다 때려서 상처
를 입히다 (지)<지> 滍 南陽水名남양河南省 魯山縣 葉縣의 물沙河

다 (이)<이> [霽] 珥 兜上飾새의 깃이나 짐승의 털로 만든 투구 장식
물 施 延也만연하다 퍼지다 《시》 ㉬[支]㉬[支] 貤 物重數무게 겹치다
중복되다 ㉬[支] 騺 馬重짐이 무거워 말이 힘겨워하는 모양 (지)<지>
織 治絲피륙을 짜다 [職] 痣 黑子피부에 생기는 반점이나 사마귀 笫 牀
簀평상 침상에 까는 대자리 ㉦[紙] 埴 黏土찰흙 점토 (츠)<치> [職] 褫
奪也빼앗다 解也옷을 벗기다 (찌) ㉬[支]㉦[紙] 跛 偏立한 발로 서다 또
는 한쪽 발에 중심을 두고 서다 (비)<피> [哿] 柶 匕也숟가락과 비슷

이 [齊] 禔 福也복 (지)<지>《시》[齊] 貾 黃貝누런 바탕에 흰 반점이 있는 조개 (찌) 蚳 螘子개미알 소앞과 같다 郗 河內邑名하내河南省 沁陽縣의 읍 이름 (치)<치> 胵 鳥胃날짐승의 위 膍－비치 齝 牛食復嚼소가 되새김질하다 齝 소앞과 같다 秙 耘也김을 매다 (찌) 褫 奪衣옷을 벗기다 解也옷을 벗다 ㉧[紙]㉠[寘] 破 剖肉살을 가르다 고기를 베다 (피)<피> ㉧[紙] 鉟 旗名깃발 이름 靈姑－령고피 鷥 春鉏백로白鷺의 다른 이름 해오라기 鷺－로사 (스)<亽> 篩 竹名可爲船배를 만들 수 있는 대나무 이름 (시) 獅 狻猊사자 螄 螺也고동 소라 咦 强笑억지로 웃다 嚅－유아 (싀)<ᄋ> [佳] 趑 難行나아가고자 하면서도 나아가지 못하고 머뭇거림 －趄자저 (즈)<즈> 齎 持也지니다 裝也행장을 꾸리다 싸다 歎辭탄식하는 말 －咨재자 [齊] 鎡 鉏也호미 －基자기 兹 蓐也자리 重也거듭 / 西域서역의 나라 이름 龜－구자 (쯔) 耔 耘也김을 매다 북을 돋우다 ㉧[紙] 鄑 靑州邑名청주山東省 昌

이름 (찌)<치> 泜 소앞과 같다 [霽] ㉢[支] 篵 竹器체 체질하다 (세)<亽> ㉢[支] 韆 鞮屬춤출 때 신는 신 가죽신 鞬 소앞과 같다 纚 韜髮머리를 싸매는 천 [歌] ㉢[支] 縰 소앞과 같다 駛 疾也말의 걸음이 빠르다 말이 빨리 달리다 (시) ㉠[寘] 跐 蹈也밟다 짓밟다 (즈)<즈> 批 捽也당기다 쳐서 잡다 [薺] 笫 牀簀침상에 까는 대자리 ㉠[寘] 仔 克也견디다 감당하다 ㉢[支] 蚄 害稼蟲며루 －蛎자방 礧 山皃산에 돌이

한 예기禮器 角－각사 (스)<亽> 寺 官舍관아 관서 僧居절 사찰《시》眥 目際눈초리 눈가 (즈)<즈> [霽] 眦 소앞과 같다 [卦] 剚 插刀칼을 꽂다 찌르다 倳 소앞과 같다 緻 列肆稅布저자나 가게에 구실로 매여 받아 가는 베 시장의 점포세 (츠)<ᄎ> 騩 馬淺黑털빛이 거무스름한 말 담가라말 (귀)<괴> [微] 劫 獘也피곤하다 彫－조기 조괴 勞－로기 로괴 委 末也끝 積也쌓다 비축하다 (위)<위> ㉢[支]㉧[紙] 餧 飼也먹이다 사육하다 [賄] 骩 屈曲구불구불하다 －骫위피 ㉧[紙] 懻 恨也억세

邑縣의 읍 이름 茈 勃薺풀 이름 鳧－부자 (쯔) 痿 痺疾팔다리와 몸이 아프고 마비되는 병 (위)〈위〉 溈 益陽水名익양湖南省 寧鄕縣의 물 이름 (위)《규》 棋 根也나무의 뿌리 (계)〈긔〉 / 仝綦기와 같다 (끼) 錤 鉏也호미 踑 踞也키 모양처럼 두 다리를 쭉 뻗고 앉음 蚑 長足蟲갈거미 (켸) ㉦[紙] 踦 跛也외발 한쪽 발 절름발이 魌 方相氏구나驅儺의식에서 방상씨가 쓰는 귀신 형상의 가면 －頭기두 倛 仝앞과 같다 檱 蜀薪오리나무 자작나무과에 속하는 낙엽교목 埼 曲岸구불구불한 강 언덕 (끼) 碕 仝앞과 같다 [微] 隑 仝앞과 같다 騏 小鴈작은 기러기 鶀 俗속자 蜞 小蟹방게 蟛－팽기 蘄 似蛇牀풀 이름 求也구하다 [文] 丌 薦物具물건을 올려놓는 대 澌 水索물이 잦다 盡也다하다 (스)〈싀〉 [齊] 颸 凉風서늘한 바람 褷 毛羽깃털 襳－섬시 (시) 旖 旗皃깃발이 바람에 나부끼는 모양 －旎의니 (히)〈의〉 ㉦[紙] 㕒 山巔산꼭대기 산꼭대기의 가파른 곳 㕈－수의 (이) 崖 岸也언덕 [佳]

많은 모양 磈－외뢰 (뤼)〈뢰〉 [隊] 猵 飛鼠날다람쥐 蚑 長足蟲갈거미 (끼)〈긔〉 ㉬[支] 椅 坐具걸상 의자 (히)〈의〉 ㉬[支] 旖 旗皃깃발이 바람에 나부끼는 모양 －旎의니 ㉬[支] 醫 酏也초 漿也죽에 누룩을 넣어 발효시킨 음료 단술로 빚어 만든 음료 ㉬[支] 醷 仝앞과 같다 [職] 齮 齧也씹다 깨물다 －齕의흘 (이) 嬉 桀妃걸임금의 비 妹－말희 (히) 〈희〉 ㉬[支]㉠[寘] 佹 重累겹치다 거듭되다 (귀)〈궤〉 祪 毀廟主

고 사납다 －忮기기 (계)〈긔〉 旣 至也미치다 이르다 (끼) 薏 蓮子연밥심 연의蓮薏 (히)〈의〉 [職] 鷾 玄鳥제비 －鴯의이 撎 擧手읍揖하다 倚 恃也믿다 의뢰하다 加也더하다 因也말미암다 의거하다 ㉦[紙] 燹 野火들불 (히)〈희〉 [銑] 咥 笑也웃다 비웃다 [質][屑] 嬉 美姿용모가 아름답다 ㉬[支]㉦[紙] 齂 鼻息코로 숨쉬다 豷 豕息돼지가 숨쉬다 毀 隳之무너지다 또는 무너뜨리다 (휘)〈훼〉 ㉦[紙] 【叶】文15 決 居悸切거와 계의 반절 易林역림 結 吉詣切길과 예의 반절 太玄태현 瓦 魚貴切어와 귀의

鬐 角利뿔이 날카로운 모양 ㅡㅡ의의 [職] 甾 楚缶술 음료 따위를 담는 오지그릇(즈)〈치〉 椔 木立死선 채로 말라 죽은 나무 고사목 鯔 似鯉頭扁숭어 鶅 東方雉고대 동방에서 서식한다는 꿩 譆 痛呼비통놀라움 찬탄의 감탄사 (히)〈희〉【叶】文15 歌 居支切거와 지의 반절 易역 丘 祛其切거와 기의 반절 毛詩모시 裘 渠之切거와 지의 반절 毛詩모시 波 班麋切반과 미의 반절 漁父辭어부사 佩 蒲枚切포와 매의 반절 毛詩모시 多 章移切장과 이의 반절 毛詩모시 疏 山宜切산과 의의 반절 劉章歌유장의 가 化 居爲切거와 위의 반절 天問초사 천문 訧 于其切우와 기의 반절 毛詩모시 牢 呂支切려와 지의 반절 戰國策전국책 態 上宜切상과 의의 반절 離騷이소 又 與之切여와 지의 반절 毛詩모시 一 弦雞切현과 계의 반절 參同契참동계 德 都回切도와 회의 반절 淮南子회남자 民 鄰谿切린과 계의 반절 襄陵操양릉조【通】韻4 微 五平 齊 八平 佳 九平 灰 十平

사당이 훼철된 먼 조상 氿 泉仄出샘물이 옆에서 흘러나오다【叶】文8 玖 苟起切구와 기의 반절 毛詩모시 偕 苟起切구와 기의 반절 九辨구변 牝 補履切보와 구의 반절 老子노자 負 簿猥切부와 외의 반절 毛詩모시 鮮 少禮切소와 례의 반절 毛詩모시 禍 戶賄切호와 회의 반절 荀子순자 耦 偶起切우와 기의 반절 毛詩모시 晦 呼洧切호와 유의 반절 毛詩모시【通】韻4 尾 五上 薺 八上 蟹 九上 賄 十上

반절 毛詩모시 掇 徒對切도와 대의 반절 易역 芾 方味切방과 미의 반절 毛詩모시 秣 莫佩切막과 패의 반절 毛詩모시 訊 息悴切식과 췌의 반절 毛詩모시 式 式吏切식과 리의 반절 毛詩모시 適 式吏切식과 리의 반절 太玄태현 抑 固利切고와 리의 반절 九章구장 佑 于貴切우와 귀의 반절 天問천문 祐 于貴切우와 귀의 반절 易역 右 于貴切우와 귀의 반절 毛詩모시 材 木再切목과 재의 반절 國語국어 翟 都計切도와 계의 반절 毛詩모시【通】韻5 未 五去 霽 八去 泰 九去 卦 十去 隊 十一去

平聲微五	【微】文63 微 隱也숨다 숨기다 감추다 細也미세하다 (밍)〈미〉 薇 似蕨고비 花名꽃 이름 백일홍 배롱나무 紫－자미 非 不是 그르다 옳지 아니하다 (빙)〈비〉 菲 茂皃풀이 무성한 모양 芳－방비 葑類순무와 비슷한 채소 ㉦[尾] 霏 雪皃눈이 세차게 내리는 모양 －－비비 騑 馬行말이 쉬지 않고 달리는 모양 －－비비 扉 戶扇문짝 사립짝 緋 絳色붉은 빛깔 誹 謗言헐뜯다 비방하다 ㉦[尾]㉠[未] 馡 香氣향기 －－비비 飛 鳥翥새가 날다 蜚 仝앞과 같다 ㉦[尾]㉠[未] 妃 配也배우자 아내 [隊] 肥 多肉 살지다 풍만하다 (삥) 淝 廬江水名려강安徽省 合肥市의 물 이름 腓 脛腨종아리 婓 行皃왔다갔다 하는 모양 －－비비 歸 還也원래의 곳으로 돌아가다 (귀)〈귀〉 [寘] 帰 籒주문 巍 高皃
上聲尾五	【尾】文37 尾 倒毛在後꼬리 鳥獸交接교미하다 (밍)〈미〉 亹 勉也부지런히 힘쓰는 모양 －－미미 文皃문채 나는 모양 斐－비미 美也아름답다 [元] 娓 美也아름답다 斐 文章相錯뒤섞인 색채나 무늬 (빙)〈비〉 菲 薄也박하다 적다 또는 박하게 하다 ㉬[微] 悱 憤也생각을 말로 표현하지 못해 답답해하다 匪 非也 행위가 바르지 아니하다 아니다 分也분별하다 또는 나누어주다 篚 筐也대바구니 榧 似柏文木비자나무 비자나무 열매 棐 仝앞
去聲未五	【未】文42 未 不也하지 않다 없다 아직 아니하다 (밍)〈미〉 味 物之精液맛 맛을 보다 요리 滋－자미 費 耗也재물을 많이 쓰다 낭비하다 소모하다 (빙)〈비〉 [寘] 沸 泉涌샘물이 솟아오르다 또는 물결이 넘실거리다 [物] 芾 木盛초목이 무성하다 蔽－폐비 폐패 [物] 誹 謗也헐뜯다 비방하다 ㉬[微]㉦[尾] 屝 草履 짚신 (삥) 䠊 刖足발꿈치를 베어내는 형벌 剕 仝앞과 같다 翡 似燕赤羽깃이 붉은 물총새의 수컷 또는 물총새 蜚 螽也긴꼬리 쌕쌔기 또는 벼메뚜기 일설에는 노린재류의 작은 날벌레 ㉬[微]

높고 가파른 모양 ――위위 외외 (위)〈위〉 威 儀也거동 嚴也존엄하다 위엄이 있다 (휘) ㉠[未] 蝛 鼠婦쥐며느리 蛜―이위 葳 草木盛초목이 무성하여 가지와 잎이 아래로 늘어진 모양 ―蕤위유 韋 柔皮부드러운 가죽 (위) 違 背也어기다 위반하다 幃 單帳휘장 장막 褘 仝앞과 같다《휘》闈 宮門궁궐의 문 圍 守也지키다 遶也에워싸다 에두르다 湋 關中水名관중陝西省 鳳翔縣의 물 이름 暉 日色햇빛 (휘)〈휘〉輝 光也빛 광채 煇 仝앞과 같다 [文][問][阮] 揮 奮也축출하다 좇아내다 散也흩다 발산하다 翬 飛也빠르게 날다 ――휘휘 雉名산꿩의 일종 徽 美也아름답다 琴節거문고의 줄 索也노끈 줄 褘 蔽膝폐슬 后祭服꿩 그림이나 꿩 무늬가 그려진 왕후의 제복《위》鞿 馬絡말의 재갈 (계)〈긔〉 鞆 仝앞과 같다 饑 穀不熟곡식이 여물지 않다 餓也굶주리

과 같다 輔也돕다 도와주다 朏 月生明초사흘 달 초승달 [月] 蜰 臭蟲빈대 陫 陋也더럽다 비좁다 (뻬) 鬼 精魂所歸죽은 사람의 넋 귀신 (귀)〈귀〉 葦 大葭갈대 (휘)〈위〉 韙 是也옳다 바르다 美也아름답고 좋다 偉 大也크다 장대하다 위대하다 暐 光盛빛이 환한 모양 煒 盛赤붉고 윤이 나다 瑋 奇玩기이하다 진귀하다 아름다운 옥 瑰―괴위 보배스럽다 媁 醜也못생기다 추하다 韡 華盛밝고 성한 모양 ――위위 硊 石皃울퉁불퉁하게 쌓인 돌덩이 ―礧외뢰 심사가 편안하지

㉧[尾] 狒 梟羊원숭이과에 속하는 짐승 이름 ――비비 䴊 仝앞과 같다 貴 尊也존경하다 존중하다 (귀)〈귀〉 貿 仝앞과 같다 魏 舜禹所都순임금과 우임금의 도읍지 산서성山西省 예성현芮城縣 闕也궁궐 象―상위 고대에 천자나 제후의 궁문 밖 양쪽에 세워 교령敎令을 게시하던 한 쌍의 높은 건축물 (위)〈위〉 慰 安之위안하다 위로하다 尉 候也안부를 묻다 安也위안하다 官名벼슬 이름 주로 무관에 대한 호칭 (위) [物] 罻 魚網어망 [物] 蔚 牡蒿제비쑥 국화과의 여러해살이 풀 草木盛초목이 빽빽이 우거지다 蓊―옹위 옹울 文皃화려하다 문채

다 鐖 魚鉤낚시의 미늘 逆鋌쇠뇌의 발사 장치 機 樞會사물의 가장 중요한 부분 發動所由틀 璣 小珠器名천체를 관측하는 의기儀器의 회전하는 부분 璿－선기 譏 誚也비난하다 꾸짖다 伺也엿보다 磯 磧也물위로 드러난 바윗돌이나 돌여울 水激石물결이 돌에 부딪히다 禨 祥也귀신에게 제사 지내어 복을 구하다 祟也빌미 동티 幾 微也은미한 자취 기미 危也위태롭다 위험하다 期也기약 尙也거의 / 近也가까워지다 (끼) ㉦[尾] 嘰 嚼也먹다 씹다 畿 王國千里왕도 관할의 1천 리 이내의 땅 門內문 안 (끼) 圻 仝앞과 같다 [文] 旂 交龍旗깃발에 교룡交龍을 그리고 깃대 꼭대기에 방울을 단 기旗 祈 求也구하다 희망하다 徐也천천히 ――기기 頎 長皃헌걸찬 모양 키가 크고 풍채가 좋은 모양 衣 所以隱形기물이나 몸의 일부분을 가리는 물건 (이)〈의〉 ㉠

앓은 모양 磈 仝앞과 같다 嵬 山皃산이 높고 가파른 모양 －崔외최 [賄] 幾 多少몇 얼마 －何기하 (계)〈긔〉 ㉬[微] 蟣 蝨子서캐 ㉬[微] 豈 非然之辭의문 또는 반문을 나타냄 어찌 하물며 (계) [賄] 扆 戶牖間궁전의 창과 문 사이 또는 그곳에 세우는 병풍 가리개 (이)〈의〉 偯 哭餘聲울음 끝에 훌쩍거리다 또는 그 훌쩍거리는 소리 顗 謹皃삼가고 장중한 모양 樂也즐겁다 (이) 豨 大豕돼지 (히)〈희〉 ㉬[微] 霼 雲皃구름이 낀 모양 霼－애희 ㉠[未] 唏 哀不泣슬퍼서 울먹거리다 울

가 나다 [物] 畏 懼也두려워하다 忌也꺼리다 威 仝앞과 같다 ㉬[微] 胃 穀腑위 밥통 (위) 謂 言也말하다 ~에게 이르다 渭 隴西水名농서甘肅省 渭源縣의 물 이름 緭 繒也명주 비단 煟 火光밝은 모양 蝟 似鼠毛岐而刺고슴도치 彙 類也무리 종류 仝앞과 같다 緯 織橫絲씨줄 諱 避也피하다 名終죽은 뒤의 이름 (휘)〈휘〉 旣 已也이미 벌써 (계)〈긔〉 氣 息也호흡 숨 (켸) 炁 仝앞과 같다 乞 與也주다 급여하다 [物] 衣 服之옷 의복 (이)〈의〉 ㉬[微] 毅 果敢과감하다 굳세다 강인하다 (이) 欷 歎也탄식하다 흐느끼다 歔－희희 (히)〈희〉 ㉬[微]

[未] 依 倚也의지하다 循也따르다 순종하다 ㉦[尾] 沂 魯南水名노남山東省의 물 이름 (이) 溰 雪皃눈이 희고 깨끗한 모양 눈이나 서리 쌓인 모양 漼－최의 晞 乾也마르다 건조하다 明升동이 틀 무렵 밝아지다 (히)〈희〉 睎 盻望바라보다 希 少也희소하다 드물다 仝上仝下앞뒤와 같다 稀 疏也성기다 드문드문하다 唏 歎也탄식하다 歔－허희 ㉦[尾]㉠[未] 欷 仝앞과 같다 ㉠[未] 【增】文18 溦 小雨가랑비 溦－수미 (ᄝᆡ)〈미〉 裶 曳衣옷이 길어 끌리다 －－비비 (ᄫᆡ)〈비〉 騑 六馬빨리 달리는 준마 여섯 마리 말 痱 風病중풍 (ᄬᆡ) ㉠[未] 扉 幽隱후미지다 가리어진 곳 ㉠[未] 騩 馬淺黑털빛이 거무스름한 말 담가라말 (귀)〈귀〉 [寘] 犩 蜀牛千斤중국 남서부 산악지대에서 서식하는 큰 들소의 일종 (위)〈위〉 ㉠[未] 瀈 濁不流괴어 있는 탁한 물 (위) 楎

먹울먹하다 ㉬[微]㉠[未] 虺 小蛇작은 뱀 (휘)〈훼〉 [灰] 虫 鱗介總名어류나 갑각류甲殼類 따위의 총칭 卉 草木總名온갖 풀의 총칭 풀과 나무의 범칭 ㉠[未] 【增】文6 誹 謗也헐뜯다 비방하다 (ᄫᆡ)〈비〉 ㉬[微]㉠[未] 棐 大也크다 蜚 負蠜긴꼬리쌕쌔기 또는 벼메뚜기 일설에는 노린재류의 작은 날벌레 곧 진딧물이라고 함 ㉬[微]㉠[未] 穖 禾也벼 이삭이 달린 줄기 (계)〈긔〉 依 譬喩비유하다 (이)〈의〉 ㉬[微] 俙 不明어림풋하다 희미하다 僾－애희 (히)〈희〉 ㉬[微] 【叶】無

唏 仝앞과 같다 ㉬[微]㉦[尾] 餼 廩也녹미 녹봉 愾 太息한숨을 쉬다 탄식하다 [隊] 卉 草木總名온갖 풀의 총칭 (휘)〈훼〉 ㉦[尾] 【增】文10 痱 風病중풍中風 (ᄬᆡ)〈비〉 ㉬[微] 扉 幽隱후미지다 가리어진 곳 ㉬[微] 犩 蜀牛千斤1천근이나 나간다는 촉 지방의 큰 들소 (위)〈위〉 ㉬[微] 霼 雲起구름이 이는 모양 (휘) 熨 火斗다리미 다리미질하다 [物] 藙 食茱萸머귀나무 오수유 (이)〈의〉 黳 雲皃구름이 짙고 많은 모양 어렴풋한 모양 靉－애희 (히)〈희〉 ㉦[尾] 燹 燒草잡초를 태워 없애다 摡 取也취하다 가지다 拭也씻다 세척하다 [隊] 塈 取也취하다

橛也짧은 나무 말뚝 椸也벽에 못을 박아서 설치한 옷걸이용 막대기 (휘)〈휘〉 徽 幟也기 깃발 畿 耕也논밭을 갈다 (계)〈긔〉 蟣 蝨子서캐 ㉦[尾] 刉 刲也베다 찌르다 釁禮짐승을 잡아서 피를 내어 제사지냄 －毛기모 肵 敬也공경하다 존경하다 尸所食시동尸童을 먹일 때 쓰는 제기祭器 (끼) 碕 曲岸구불구불한 강 언덕 [支] 俙 髣髴비슷하다 依－의희 (히)〈희〉 ㉦[尾] 豨 大豖큰돼지 ㉦[尾] 鵗 北方雉북방에 서식하는 꿩 【叶】無 【通】韻4 支 四平 齊 八平 佳 九平 灰 十平

【通】韻4 紙 四上 薺 八上 蟹 九上 賄 十上

거두어들이다 塗也발라서 꾸미다 [寘] 【叶】無 【通】韻5 寘 四去 霽 八去 泰 九去 卦 十去 隊 十一去

平聲魚六	【魚】文96 居 處也거주하다 거처 처하다 (규)〈거〉 [支] ㉠[御] 裾 衱也옷깃 据 手病손발을 놀려서 바쁘게 일하는 모양 拮-길거 ㉠[御] 琚 佩玉패옥의 하나 椐 木節腫영수목 靈壽杖영수목으로 만든 지팡이 車 輿輪總名수레의 총칭 [麻] 墟 大丘큰 언덕 (큐) 嘘 山路峻가파른 산길 崎-기거 기허 袪 袂也소매 胠 發也열다 헤치다 [葉][洽] ㉦[語] 渠 溝也도랑을 파다 深廣깊고 넓은 모양 --거거 吳語오나라 말로 그 그 사람 -儂거농 (뀨) 蕖 蓮花연꽃 芙-부거 磲 美石아름다운 돌 硨-비거 大蛤대합 조개의 일종 蘧 瞿麥패랭이꽃 自得여유롭고 만족스러운 모양 --거거 籧 竹席대자리 -篨거제 腒 鳥腊말린 새고기 또는
上聲語六	【語】文91 擧 擎也들다 拔也선발하다 등용하다 (규)〈거〉 莒 草可爲繩새끼를 꼴 수 있는 풀 이름 筥 筐也둥근 광주리 弆 藏也거두어 갈무리하다 보관하다 去 除也제거하다 없애다 仝앞과 같다 (큐) ㉠[御] 巨 大也크다 (뀨) 鉅 仝앞과 같다 剛鐵단단한 쇠 강철 鉤也갈고리 병기 이름 距 刀鋒칼끝 倒刺갈고랑이 躍也뛰다 至也이르다 違也어기다 抗也저항하다 拒 捍也막다 방어하다 [虁] 岠 止也그치다 仝앞과 같다 炬 束葦爲燎갈대를 묶어서 만든 횃불 苣 菜名상추 萵-와거 胡麻참깨 -藤거승 仝앞과 같다 詎 豈也어찌 반문을 나타냄 ㉠[御] 駏 似騾버새 수말과 암탕나귀 또는 암노새 사이의 잡종 -驉거허 蚷 馬蚿노래기
去聲御六	【御】文49 據 依也의지하다 기대다 근거하다 (규)〈거〉 据 仝앞과 같다 ㉬[魚] 鐻 樂器북 경쇠 따위의 악기를 다는 틀의 양쪽 기둥 鐘-종거 ㉬[魚]㉦[語] 倨 不遜거만하다 오만하다 踞 蹲也웅크리다 쭈그리고 앉다 鋸 解截具톱 遽 急也급작스럽다 창졸하다 勮 勤務힘쓰다 바쁘다 번거롭다 醵 合錢飮돈을 추렴하여 술을 마시다 [藥] ㉬[魚] 詎 豈也어찌 ㉦[語] 去 離也떠나

말린 고기 魚 鱗蟲總名물고기의 총칭 (우)〈어〉 漁 捕魚물고기를 잡다 㪚 소앞과 같다 淤 泥也진흙 (유) ㉠[御] 於 語辭어조사 居也살다 往也가다 代也대신하다 [虞] 扵 俗속자 非잘못임 虛 空也비다 아무것도 없다 故城옛 성터 (휴)〈허〉 嘘 吹也천천히 숨을 내쉬다 내뿜다 煦 소앞과 같다 [虞][麌] 歔 抽息코로 숨을 내쉬다 －欷허희 魖 耗鬼사람에게 재물을 낭비하게 만드는 악귀 袽 敝絮헌솜 (뉴)〈녀〉 挐 牽引끌어당기다 [麻] 拏 소앞과 같다 [麻] 帤 大巾넓은 천 또는 수건 閭 里門마을 어귀에 세운 문 五比마을 (류)〈려〉 櫚 椶也종려나무 열대 지방 원산의 상록 교목 栟－병려 臚 陳也베풀다 진술하다 열거하다 傳語告下말을 전하다 驢 似馬長耳당나귀 藘 蒨也꼭두서니 茹

藘－상거 秬 黑黍검은 기장 虡 鐘鼓柎북이나 종 경쇠 따위의 악기를 거는 틀의 양쪽 기둥 簴 소앞과 같다 鐻 소앞과 같다 ㉫[魚]㉠[御] 語 論難말하다 담론하다 의론하다 (유)〈어〉 ㉠[御] 齬 齒不相値이가 어긋나 서로 맞지 아니하다 齟－저어 敔 止樂之器채로 훑어서 소리를 내며 음악이 끝날 때 사용하는 악기 圄 獄也가두다 구금하다 감옥 囹－령어 圉 養馬말을 기르다 邊陲변경 변방 禦也막다 저지하다 禦 拒也막다 항거하다 止也저지하다 금지하다 籞 禁苑제왕의 금원禁苑 許 與也주다 허락하다 허가하다 聽也곧이 듣다 語助어조사 (휴)〈허〉 [麌] 女 婦人여자 부인 未嫁미혼 여성 (뉴)〈녀〉 ㉠[御] 呂 脊骨등뼈 척추 陰律음악의 십이율十二律 중에서 음률陰律에 속하는 여섯 음音

다 헤어지다 (큐) ㉦[語] 御 侍也받들어 모시다 進也임금에게 바치다 올리다 統也통솔하다 거느리다 (유)〈어〉 [禡] 馭 使馬말을 몰다 소앞과 같다 語 告人알리다 고하다 ㉦[語] 飫 飽也배불리 먹다 또는 실컷 휋다 (유) 饇 소앞과 같다 [遇] 淤 泥也진흙 감탕 ㉫[魚] 瘀 血病피가 엉기어 뭉치다 어혈 女 妻人시집 보내다 (뉴)〈녀〉 ㉦[語] 慮 思也생각하다 고려하다 (류)〈려〉 ㉫[魚] 絮 敝綿거친 고치솜 풀솜 (슈)〈셔〉《쳐》

－여려 [虞] 藘 仝앞과 같다 廬 寄舍기거하다 유숙하다 胥 相也서로 (슈)<서> ㉦[語] 徐 緩也느리다 더디다 완만하다 (쓔) 書 著也쓰다 記也기록하다 (슈) 舒 徐也느리다 느긋하다 紓 緩也느슨하다 解也제거하다 ㉦[語] 絵 仝앞과 같다 余 我也나 제1인칭대명사 (유)<여> 予 仝앞과 같다 ㉦[語] 餘 饒也넉넉하다 풍족하다 殘也남아 있다 畬 田三歲개간한 지 3년 된 밭 [麻] 妤 婦官한대漢代의 궁중 여관女官 婕－첩여 伃 仝앞과 같다 歟 語辭어조사 譽 稱美칭찬하다 ㉠[御] 璵 魯寶玉노나라의 보옥 璠－번여 輿 車底수레 衆也많다 ㉠[御] 轝 仝앞과 같다 旟 鳥隼旗기폭에 송골매를 그린 군기軍旗 鸒 烏也갈까마귀 ㉠[御] 舁 共擧함께 들다 들어올리다 如 似也닮다 往也가다 (슈)

육려六呂 (류)<려> 膂 力也힘 仝앞과 같다 侶 伴也짝 벗 짝으로 삼다 벗으로 삼다 旅 軍五百人군대의 편제 단위 5백 명 客也나그네 여행자 祣 山川祭천지天地 산천山川에 지내던 제사 篆 筲也둥근 광주리 飯器밥을 담는 용기 穭 自生稻돌벼 야생벼 秜 仝앞과 같다 胥 相也서로 (슈)<서> ㉬[魚] 諝 才智재능과 지혜 ㉬[魚] 醑 盝酒술을 거르다 湑 仝앞과 같다 ㉬[魚] 敘 次第차례 차서 述也진술하다 서술하다 (쓔) 序 商學상나라 때의 학교 이름 次也차례 순서 차례대로 배열하다 芧 栩也상수리나무 또는 상수리 ㉬[魚] 緖 絲端실마리 실의 첫머리 嶼 島也작은 섬 鱮 似魴연어 醾 美酒맛 좋은 술 술 맛이 좋다 藇 仝앞과 같다 ㉠[御] 暑 熱也덥다 또는 더운 여름철 (슈) 鼠 小獸善

㉬[魚] 恕 以己體人자기의 생각을 미루어 남을 이해하다 (슈) 庶 衆也많다 冀也바라건대 원하건대 －幾서기 거의 비슷하다 거의 ~에 가깝다 署 書也글씨를 쓰다 기록하다 官舍관청 관아 (쓔) 曙 曉也동이 트다 날이 새다 豫 逸也안락하다 편안하다 (유)<여> 預 先也미리 사전에 또는 미리 준비하다 仝上仝下앞뒤와 같다 與 及也및 와 參也참여하다 간여하다 ㉬[魚]㉦[語] 澦 瞿唐水名구당四川省 奉節縣의 물

茹 茅根띠의 뿌리 食也먹다 삼키다 受也받아들이다 수용하다 度也헤아리다 추측하다 染草염료로 쓰이는 풀 꼭두서니 －藘여려 ㉦[語] ㉠[御] 且 語辭어사 多皃매우 많은 모양 芭蕉파초 巴－파저 (쥬)〈저〉 [馬] ㉦[語] 蛆 蜈蚣지네 蝍－즉저 蠅子파리 따위의 벌레 苴 包裹싸다 포장하다 屨藉신 안창에 까는 풀 [麻][馬] / 麻有子삼씨 竹杖대나무 지팡이 (츄) 菹 酢菜절인 채소 葅 仝앞과 같다 疽 瘡也악성 종기 雎 匹鳥짝을 이룬 새 원앙 王－왕저 狙 猿屬원숭이 伺也엿보다 사찰하다 ㉠[御] 沮 止也그치다 멈추다 漸濕진펄 축축해지다 －洳저여 扶風水名부풍陝西省 咸陽縣의 물 이름 ㉦[語]㉠[御] 趄 不進머뭇거리다 趑－자저 岨 山戴土흙이 덮인 돌산 ㉦[語] 砠 俗속자 非잘못임 諸 衆也

盜쥐 癙 憂病우울하다 또는 우울증 黍 五穀之長기장 볏과의 한해살이풀 抒 挹也퍼 올리다 떠내다 除也없애다 느슨하게 풀다《저》紓 緩也느슨하다 늦추다 완만하다 ㉬[魚] 墅 田廬농막 시골의 오두막집 (쓔) 挑 抒物器국자 [蕭][篠][豪] 與 善也칭찬하다 許也허락하다 及也 및 ~와 如也같다 (유)〈여〉 ㉬[魚]㉠[御] 予 取也인정하다 賜也내려주다 ㉬[魚] 汝 爾也너 주로 동료나 아랫사람에 대한 호칭 弘農水名 홍농河南省의 물 이름 (슈) 茹 食也먹다 삼키다 ㉬[魚]㉠[御] 咀 嚼也 씹다 씹어 먹다 (쥬)〈저〉 沮 止也그치다 멈추다 壞也무너지다 허물어지다 ㉬[魚]㉠[御] 跙 行不進머뭇거리다 나아가기 어렵다 鬻 烹也 삶다 (쥬) 煮 俗속자 渚 小洲강에 있는 작은 섬 陼 丘也언덕 구릉 仝

이름 灩－염여 사천성 봉절현의 동쪽 장강 구당협의 입구에 있는 험한 여울 澦 仝앞과 같다 藇 山藥마 薯－서여 蕷 仝앞과 같다 ㉦[語] 輿 車底수레바탕 수레의 몸체 ㉬[魚] 譽 稱美기리다 칭찬하다 ㉬[魚] 茹 食也먹다 삼키다 (슈) ㉬[魚]㉦[語] 洳 漸濕축축하다 沮－저여 ㉬[魚] 怚 驕也교만하다 (쥬)〈저〉 沮 漸濕축축하다 저습하다 －洳 저여 ㉬[魚]㉦[語] 著 明也밝다 저명하다 述也글을 짓다 저술하다 여러 각각의 語辭어조사 (쥬) 豬 豕也돼지 猪 俗속자 瀦 水停웅덩이 물이 괴다 摴 局戲도박의 일종 －蒲저포 (츄) 樗 惡木가죽나무 不材쓸모없는 재료 [禡] 除 階也섬돌 계단 층계 去也없애다 말끔히 제거하다 治也병을 치료하다 拜官벼슬을 제수하다 (쪄) ㉠[御] 滁 山東水名 산동의 물 이름 篨 竹席거친 대자리 籧－거저 儲 貯也저축하다 副也버금 躇 住足머뭇거리다 망설이다 躕－주저 [藥] 蜍 似鼁두꺼비 蟾－섬여 섬저 蠩 仝앞과 같다 攄 舒也펴다 토로하다 털어놓다 (츄)<처> 梳 櫛也빗 (수)<소> 疏 通也통하다 개통하다 分也나누다 遠也멀다 소원하다 麤也거칠다 稀也드물다 ㉠[御] 疎 仝앞과 같다 踈 俗속자 非잘못임 蔬 菜也채소 푸성귀 釃 下酒술을 거르다 따르다 [支] 鉏 田

앞과 같다 褚 裝衣솜을 두다 또는 솜옷 / 姓也성씨 (츄) 紵 仝앞과 같다 / 綩屬어저귀 백마白麻 따위 (쪄) 杵 所1以擣穀帛절굿공이 방망이 (츄) 楮 穀也닥나무 宁 門屛間정문正門 안의 양쪽 방 사이 궁전의 문과 병풍 사이 (쪄) 佇 久立오래 서 있다 竚 仝앞과 같다 羜 童羊생후 5개월이 된 염소 어린 양 貯 積也모으다 쌓다 저장하다 杼 織具 所以持緯북 베틀에 딸린 부속품의 하나 抒 仝앞과 같다《서》處 居也살다 止也정지하다 定也안정하다 分別분별 구별 (츄)<처> ㉠[御] 処 仝앞과 같다 所 處也처소 곳 語辭어조사 ~하는 바 (수)<소> 听 俗속자 貶 卜問財복채를 가지고 가서 점을 치다 糈 祭神米제사 지내는 쌀 仝앞과 같다 ㉤[魚] 阻 隔也막히다 (주)<조> 俎 机也적대炙臺 제사

(쥬) [藥] / 朝－조저 조정의 문무백관들이 조회 때 늘어서는 자리의 차례 (쪄) ㉤[魚] 翥 飛擧높이 날다 날아오르다 箸 挾也젓가락 匙－시저 (쪄) 筯 仝앞과 같다 除 去也없애다 말끔히 제거하다 ㉤[魚] 覷 伺視엿보다 또는 주시하다 (츄)<처> 處 所也곳 장소 (츄) ㉦[語] 疏 記也조목별로 기록하다 條陳조목조목 진술하다 (수)<소> ㉤[魚] 詛 呪也저주하다 (주)<조> ㉦[語] 耡 稅法조세 (쭈) ㉤[魚] 助 佐也돕다

器호미 자루가 긴 호미 去穢잡초를 제거하다 (쭈)〈조〉 ㉦[語] 鋤 仝앞과 같다 耡 助耕정전법井田法에서 여덟 집이 공동으로 공전公田을 경작함 仝앞과 같다 ㉠[御] 初 始也처음 시초 (추)〈초〉 【增】文30 鶋 海鳥바닷새 鶢－원거 (규)〈거〉 㝒 貯也저축하다 祛 卻也제거하다 신에게 빌어 재앙을 쫓다 (큐) 阹 牛馬圈짐승을 잡기 위하여 골짜기의 목에 친 우리 呿 口開입을 벌린 모양 [歌] 醵 合錢飮돈을 추렴하여 술을 마시다 (뀨) [藥] ㉠[御] 鐻 金銀器금은으로 만든 그릇 ㉦[語] ㉠[御] 璩 戎夷서쪽 오랑캐 耳環귀걸이 鸆 鶅鴿할미새 雝－옹거 菸 葉無色시들다 마르다 생기가 없다 －邑어읍 (유)〈어〉 [先] 驉 似騾버새 駏－거허 (휴)〈허〉 澗 泄海바닷물이 새어 나가는 곳 尾－미려

나 연향 때 희생을 얹는 기구 齟 齒不相値이가 맞지 아니하고 어긋나다 －齬주어 저어 䵊 鮮皃오색이 합쳐져서 선명한 모양 (추)〈초〉 楚 荊也회초리 매 또는 형장刑杖 熊繹所封웅역周나라 成王 때 사람에게 봉해진 땅 주대周代의 제후국諸侯國 仝上仝下앞뒤와 같다 憷 痛也아프다 礎 柱下石주춧돌 【增】文17 櫸 似檀느릅나무과에 속하는 낙엽교목 떡갈나무 －柳거류 (규)〈거〉 柜 仝앞과 같다 麮 麥飯보리죽 (큐) 胠 發也열다 헤치다 [葉][洽] ㉬[魚] 粔 蜜餌약과 꽈배기 －籹거여 (규) 鋙 不相當서로 맞지 않음 서로 저항하는 모양 鉏－조어(서어) (유)〈어〉 峿 山皃산의 모양 岨－조어 산이 복잡하게 엇걸려 들쭉날쭉한 모양 순조롭지 않음 梠 楣也처마 평고대 (류)〈려〉 漵 浦

도와주다 仝앞과 같다 【增】文15 懅 慚也부끄럽다 부끄러워하다 (규)〈거〉 居 －之거주하다 살다 ㉬[魚] 㰦 張口입을 벌린 모양 (큐) 棜 承尊具고대의 예기禮器 두 사람이 앞뒤를 들고서 음식을 나르는 들것 (유)〈어〉 鑢 摩錯銅鐵줄 줄칼 (류)〈려〉 鐦 仝앞과 같다 濾 漉水去滓거르다 여과하다 爈 山火산불 산을 태우다 熺－희려 불을 놓아 들풀을 태움 錄 恤囚너그럽게 돌보다 [屋][沃] 藷 山藥마 －蕷서

(류)〈려〉 藺 蒿也풀 이름 맑은 대쑥 뿌리는 약재로 사용 菴－암려 虑 似葛등나무 諸－제려 地名지명河南省 林縣 林－임려 ㉠[御] 蝑 蝗類메뚜기 蜙－송서 (슈)〈셔〉 諝 才智재능과 지혜 ㉧[語] 湑 露皃이슬이 맑은 모양 －－서서 ㉧[語] 糈 糧也양식 ㉧[語] 芧 栩也상수리나무 상수리 (쓔) ㉧[語] 艅 吳船오나라의 큰 전함 －艎여황 (유)〈여〉 與 蕃廡초목이 무성한 모양 －－여여 ㉧[語]㉠[御] 筎 竹皮대나무의 얇은 껍질 (슈) 洳 漸溼축축하다 낮고 습기가 많다 沮－저여 ㉠[御] 鴽 鶉屬메추라기류의 작은 새 絮 姓也성씨 ㉠[御]㉠[御] 𥢶 杙也푯말 楬－갈저 (쥬)〈져〉 著 位次조정 백관이 늘어선 줄 朝－조저 歲戊십간十干에서 무戊의 별칭 －雍저옹 (쮸) [藥] ㉠[御] 屠 名王옛날 흉노

也물가 (쓔)〈셔〉 漵 소앞과 같다 粔 蜜餌약과 꽈배기 粔－거여 (슈)〈여〉 且 多皃썩 많다 恭順공순한 모양 (쮸)〈져〉 [馬] ㉣[魚] 苧 草可爲繩새끼를 꼴 수 있는 모시풀 (쮸) 鉏 不相當서로 맞지 않음 서로 어긋남 －鋙조어 (주)〈조〉 ㉣[魚] 岨 山皃산이 복잡하게 엇걸려 들쭉날쭉한 모양 －峿조어 ㉣[魚] 詛 呪也저주하다 ㉠[御] 齼 齒酸이가 시리다 (추)〈초〉 【叶】文18 口 孔五切공과 오의 반절 白渠歌백거가 咎 跽許切기와 허의 반절 三略삼략 偶 五擧切오와 거의 반절 光武詔광무의 조 圖 動五切동과 오의 반절 毛詩모시 塗 動五切동과 오의 반절 龜策傳귀책전 表 博擧切박과 거의 반절 漢書한서 蒲 頗五切파와 오의 반절 毛詩모시 老 滿補切만과 보의 반절 班固 賦반고의 부

여 (쓔)〈셔〉 櫲 美材예장나무 －樟예장 (유)〈여〉 礜 毒石비소砒素를 포함한 광석鑛石 鷽 烏也갈까마귀 ㉣[魚] 狙 玃屬원숭이 詐也간사하다 (츄)〈쳐〉 ㉣[魚] 絮 調羹간을 맞추다 조미調味하다 (츄)《서》 ㉣[魚] 【叶】文9 稻 徒故切도와 고의 반절 易林역림 家 古慕切고와 모의 반절 易林역림 潟 息據切식과 거의 반절 素問소문 謝 祥豫切상과 예의 반절 左思 賦좌사의 부 朝 株遇切주와 우의 반절 漢書한서

匈奴의 왕호 休-휴저 [虞] 疋 足也발 (수)〈소〉 [質] 綀 絺屬굵은 삼베로 짠 베 거친 삼베 【叶】文10 瓜 攻乎切공과 호의 반절 毛詩모시 溝 斤於切근과 어의 반절 易林역림 朝 陳如切진과 여의 반절 易林역림 持 陳如切진과 여의 반절 隴西行롱서행 邪 詳余切상과 여의 반절 毛詩모시 州 專於切전과 어의 반절 易林역림 瑕 洪孤切홍과 고의 반절 龜策傳귀책전 霞 洪孤切홍과 고의 반절 道藏도장 戲 荒胡切황과 호의 반절 遠遊원유 娘 陳如切진과 여의 반절 古樂府고악부 【通】韻1 虞 七平

寫 洗與切세와 여의 반절 毛詩모시 者 掌與切장과 여의 반절 楚詞초사 斗 腴庾切유와 유의 반절 白渠歌백거가 舍 賞呂切상과 려의 반절 易역 紆 委羽切위와 우의 반절 馬融 頌마융의 송 下 後五切후와 오의 반절 毛詩모시 暇 後五切후와 오의 반절 毛詩모시 友 演女切연과 녀의 반절 易林역림 功 居古切거와 점의 반절 毛詩모시 狃 女古切녀와 고의 반절 毛詩모시 【通】韻1 麌 七上

首 春遇切춘과 우의 반절 晉 樂志진 악지 觸 如遇切여와 우의 반절 揚雄 賦양웅의 부 絡 魯故切로와 고의 반절 招魂초혼 射 都故切도와 고의 반절 毛詩모시 【通】韻1 遇 七去

平聲虞七	【虞】文254 柧 棱也모서리 또는 모서리가 있는 나무 (구)〈고〉 觚 酒爵은주殷周시대의 의식용 청동술잔 仝上仝下앞뒤와 같다 箛 木簡목간 글씨를 쓰는 대쪽이나 나무쪽 苽 茭米줄풀의 열매 菰 仝앞과 같다 呱 啼聲갓난아이의 울음소리 ㅡㅡ고고 罛 大網큰 어망 姑 夫母시어머니 且也아직 우선 잠시 孤 獨也어려서 어버이를 여의다 고아 沽 買也사다 蛄 蟬屬땅강아지 또는 씽씽매미 蟪ㅡ혜고 酤 一宿酒하룻밤 사이에 익는 술 ㉦[麌]㉠[遇] 鴣 越鳥월조 자고새 鷓ㅡ자고 辜 罪也죄 잘못 枯 槁也시들다 말라서 시든 초목 (쿠) 刳 剖破가르다 쪼개다 奴 僕也사내 종 노예 (누)〈노〉 砮 石鏃돌살촉 ㉦[麌] 孥 子也자녀 자식 帑 藏也재물을 보관하는 창고 仝앞과 같다 [養]
上聲麌七	【麌】文164 古 昔也옛날 예전 (구)〈고〉 估 市稅시세 장세場稅 詁 訓也고어古語를 현대어로 해석하다 또는 자의字義를 해석하다 ㉠[遇] 牯 牝牛암소 罟 網也그물의 총칭 酤 一宿酒하룻밤 사이에 익는 술 ㉬[虞]㉠[遇] 鈷 溫器아가리가 큰 솥 가마솥 ㅡ鏻고망 苦 濫惡싫어하다 혐오하다 辛楚괴롭다 고통스럽다 / 火味쓴 맛 疾也병을 앓다 (쿠) 笘 竹名대나무 이름 고죽苦竹 왕대 盬 不堅固거칠다 무르다 嚧也빨아먹다 賈 坐販점포를 차려놓고 팔다 [馬][禡] 鼓 革音북 量器고대의 양기
去聲遇七	【遇】文165 顧 回視돌아보다 고개를 돌려서 보다 (구)〈고〉 頋 俗속자 非잘못임 雇 賃也빌려 쓰다 빌리다 ㉦[麌] 故 舊也묵은 오래된 옛 事也일 사정 使爲之삯을 주고 일을 시키다 承上起下고로 때문에 固 堅也견고하다 錮 鑄塞땜질하여 틈새를 막다 禁也문서 발행이나 서적 출판을 금지하다 痼 久病고질병 鯝 魚腸물고기의 창자 酤 一宿酒하룻밤 사이에 익는 술 ㉬[虞]㉦[麌] 庫 貯物舍창고 (쿠) 袴 脛衣바지 [禡] 絝 仝

駑 下乘둔한 말 －駘노태 都 十邑하夏나라 제도의 10읍 大也크다 (두)<도> 闍 城上門성문 밖 옹성甕城의 중문重門 闉－인도 [麻] 徒 步行걷다 걸어 다니다 衆也사람의 무리 대중 (뚜) 途 道也길 도로 塗 泥也진흙 仝上仝下앞뒤와 같다 峹 會稽山名회계浙江省의 산 이름 駼 似馬양마良馬의 이름 騊－도도 荼 苦菜씀바귀 酴 重釀酒 몇 차례에 걸쳐 빚은 술 菟 魯邑노나라山東省 泗水縣의 읍 －裘도구 虎也호랑이 於－오도 ㉠[遇] 圖 謀也꾀하다 도모하다 畵也그림을 그리다 屠 殺也도살하다 죽이다 [魚] 瘏 病也병들다 지치다 盧 黑也검은 빛깔 姓也성씨 (루)<로> 蘆 葦也갈대 [魚] 鱸 四腮魚농어 鑪 火函화로 爐 仝앞과 같다 壚 黑土황흑색의 흙 酒區술집에서 술독을 올려놓는 토대土臺 술집 獹 良犬명견名犬의 이름 韓－한로

또는 형기衡器 이름 皷 俗속자 非잘못임 瞽 無目소경 장님 또는 눈이 멀다 股 脛本넓적다리 대퇴 또는 다리 羖 牡羊검은 빛깔의 숫양 山羊산양 －䍲고력 羖 俗속자 蠱 腹蟲사람 뱃속의 기생충 事也일 惑也유혹하다 또는 미혹시키다 楛 似荊모형牡荊과 비슷하며 줄기가 튼튼하여 화살대와 기물器物제조에 씀 矢榦화살대 (쿠) 弩 弓有臂기계를 이용하여 화살을 쏘는 활의 한 가지 쇠뇌 (누)<노> 怒 恚也분개하다 분노하다 화내다 ㉠[遇] 砮 石鏃돌살촉을 만들 수 있는 돌 또는 돌살촉 ㉣[虞] 努 用力힘쓰다 힘을 들이다 覩 見也보다

앞과 같다 胯 股也샅 사타구니 [禡] 怒 恚也분개하다 분노하다 화내다 (누)<노> ㉧[霽] 笯 鳥籠새장 [麻] ㉣[虞] 渡 濟也건너다 물을 건너다 (뚜)<도> 度 布指知尺재다 재는 것의 총칭 [藥] 鍍 塗金도금하다 路 道也길 도로 (루)<로> 璐 美玉아름다운 옥 潞 歸德水名귀덕雲南省 龍陵縣의 물 이름 티베트에서 발원하여 운남성을 지나 벵골만灣으로 흘러드는 강 簬 美竹 箭材화살의 재료로 사용되는 대나무 이름 簵 仝앞과 같다 鷺 水鳥 舂鉏백로白鷺 해오라

瀘 牂牁水名장가貴州省의 물 이름 櫨 柱上柎두공枓栱 纑 布縷삼실 轤 汲水機轆물을 긷는 도르레 顱 首骨머리뼈 두개골 旅 黑色검은 색 模 法也법식 규범 표준 周公墓木주공 묘의 나무 (무)〈모〉 橅 仝앞과 같다 謨 謀也꾀하다 계획하다 謩 仝앞과 같다 摸 規倣본뜨다 모방하다 [藥] 摹 仝앞과 같다 穌 息也쉬다 휴식하다 깨어나다 되살아나다 (수)〈소〉 甦 俗속자 非잘못임 蘇 荏也자소紫蘇차조기 꿀풀과의 한해살이풀 恐懼두려워서 불안한 모양 ――소소 仝앞과 같다 麻 酒名술 이름 屠―도소 酥 酪屬소나 양의 젖으로 만든 식품 吾 我也나 (우)〈오〉 梧 桐也오동나무 ㉠[遇] 鼯 五技鼠날다람쥐 吳 大言큰소리로 말하다 周章所封주대周代 희성姬姓의 나라 [禡] 珸 美石옥에 버금가는 돌 琨―곤오 鋘 劍名칼 이름 錕―곤

(두)〈도〉 睹 仝앞과 같다 賭 博奕取財노름하다 堵 垣也담장 담벼락 稌 稻也벼 메벼 또는 찰벼 (투) ㉫[虞] 櫓 大盾병기의 하나 큰 방패 (루)〈로〉 樐 仝앞과 같다 魯 鈍也노둔하다 伯禽所封주대周代의 제후국 이름 무왕武王의 아우 주공단周公旦의 봉국 艣 船具所以進舟길고 큰 노 艪 仝앞과 같다 擄 掠也사로잡다 노략질하다 虜 仝앞과 같다 鹵 鹹也소금기가 많은 땅 소금의 일종 滷 仝앞과 같다 姥 女老늙은 여자 어머니 시어머니 또는 장모 (무)〈모〉 莽 宿草풀 또는 풀숲 풀 더미 [養][有] 鏻 溫器다리미 鈷―고무 姆 女師미

기 輅 車也큰 수레 五路천자나 제왕이 타던 다섯 종류의 수레 [陌] 賂 以財與人재물을 증정하다 露 陰液形見이슬 暮 日晩해질녘 저물어가다 (무)〈모〉 莫 仝앞과 같다 萊也수영 산모酸模 여뀟과의 여러해살이풀 [藥][陌] 慕 思也사모하다 그리워하다 募 召也널리 구하다 부르다 모으다 墓 冢地묘역墓域 무덤 慔 勉也힘쓰다 애쓰다 步 行也걷다 다니다 (뿌)〈보〉 騭 習馬步말에게 걸음걸이를 가르치다 莩 亂草꼴 마소 먹이로 쓰는 마른풀 素 白也희다 또는

오 [麻] 烏 孝鳥까마귀 (우) 嗚 歎辭감탄사 −呼오호 於 仝앞과 같
다 −戱오호 [魚] 洿 濁水흐린 물 또는 고인물 汚 仝앞과 같다 汙
仝앞과 같다 [箇][麻] ㉠[遇] 杇 泥鏝흙손 圬 仝앞과 같다 惡 何也어
찌 어떻게 [藥] ㉠[遇] 租 稅也조세租稅 세금 또는 조세를 징수하다
(주)〈조〉 葅 茅藉제사지낼 때 물건을 올려놓는 돗자리 徂 往也가
다 (쭈) 殂 死也죽다 사망하다 逋 欠也빚지다 체납하다 逃也도망치
다 (부)〈포〉 晡 申時신시오후 3시부터 5시 사이 餔 申時食저녁밥
㉠[遇] 誧 諫也간하다 권고하다 (푸) ㉠[遇] 鋪 陳也벌여 놓다 진열
하다 門首銜環문고리를 다는 짐승 얼굴의 쇠붙이 장식 ㉠[遇] 痡 病
也뱃속에 응어리가 생기는 병 蒲 水草 可作席자리를 만들 수 있는
부들 (뿌) 蒱 戱具저포 도박의 일종 또는 노름 摴−저포 酺 聚飮많

혼 또는 어린 여성을 가르치는 스승 侮 慢也업신여기다 깔보다 (무)
罦 雉網꿩 잡는 그물 [灰] 補 綴也깁다 裨也보태다 보완하다 (부)〈보〉
譜 籍錄사물을 부류나 계통에 따라 정리한 책이나 표 족보 普 博也
넓고 크다 (푸) 溥 大也크다 넓다 仝앞과 같다 [藥] 甫 男子美稱남
자에 대한 미칭 大也크다 始也개시하다 시작하다 (부) 父 仝앞과 같
다《부》黼 裳繡斧形고대 예복에 검은색과 흰색 실로 번갈아 수놓
은 도끼 모양의 문양 俌 輔也돕다 보좌하다 簠 盛黍稷器제사나 연
향宴享 때 곡식을 담는 겉은 둥글고 속이 네모난 그릇 −簋보궤 ㉠

흰색 生帛생사로 짠 흰 명주 (수)〈소〉 傃 向也향하다 嗉 鳥吭날
짐승의 모이주머니 닭의 멀떠구니 塑 埏土像物진흙을 빚어서 물상
을 만들다 조소造塑 塐 仝앞과 같다 泝 逆流물길을 거슬러 올라가
다 溯 古고자 遡 仝앞과 같다 訴 告也말하다 알리다 하소연하다
愬 仝앞과 같다 [陌] 誤 謬也그릇되다 잘못하다 그르치다 (우)〈오〉
悞 仝앞과 같다 悟 覺也깨닫다 깨어나다 이해하다 寤 寐覺잠에서
깨어나다 仝앞과 같다 捂 參差서로 일치하지 않음 또는 서로 모순

은 사람이 한데 모여서 술을 마시다 ㉠[遇] 匍 手行기다 기어서 가다 －匐포복 呼 出息숨을 내쉬다 喚也사람을 부르다 (후)〈호〉 ㉠[遇] 戲 仝앞과 같다 [支][支][寘] 虖 仝上仝下앞뒤와 같다 嘑 哮也부르짖다 큰 소리로 외치다 謼 仝앞과 같다 [肴] ㉠[遇] 滹 信都水名신도河北省 서쪽의 물 이름 －沱호타 幠 覆也덮다 가리다 膴 大也크다 腊肉제사에 쓰는 큰 고기 덩어리 ㉦[麌] 胡 頷垂戈頸짐승의 턱 밑에 늘어진 살 壽也오래 살다 何也어떤 무슨 어느 (虖) 瑚 宗廟器종묘의 제사에 서직黍稷을 담는 예기禮器 －璉호련 海中樹바다 속에 나뭇가지처럼 생긴 강장동물의 통칭 珊－산호 餬 寄食죽으로 배를 채우다 입에 풀칠하다 糜也된죽 糊 黏也바르다 붙이다 漫皃뚜렷하지 않는 모양 糢－모호 湖 大陂호수 醐 酥精液우유에서 뽑아

[遇] 莆 瑞草전설상의 상서로운 풀 萐－삽보 輔 車旁木덧방나무 안으로는 바퀴살과 접하고 밖으로는 바퀴를 지탱하는 수레바퀴의 안쪽 테두리 助也돕다 보좌하다 (뿌) 五 中數다섯 다섯째 (우)〈오〉 伍 五人군대 편제의 단위 다섯 사람을 단위로 하여 편성한 조組 仝앞과 같다 午 交也서로 엇갈리다 서로 어긋매끼다 仵 偶也서로 같다 敵也걸맞다 동등하다 隖 小障작은 성보城堡 山阿사방이 높고 가운데가 낮은 곳 (우) 塢 仝앞과 같다 祖 始也처음 시초 사물의 근원 (주)〈조〉 珇 珪上凸起종옥琮玉에 불룩하게 새겨진 무늬 組 綬也

됨 抵－저오 晤 明也밝다 깨닫다 遇也만나다 聕 聽也듣다 忤 逆也거스르다 저촉하다 蘁 仝앞과 같다 [藥] 遻 遇也만나다 迕 仝앞과 같다 ㉦[麌] 謡 相毁서로 헐뜯다 (우) 惡 憎也미워하다 싫어하다 [藥] ㉬[虞] 洿 貪也탐하다 탐내다 汙 穢也더럽다 더러운 것 染也오염되다 小池웅덩이 仝앞과 같다 [箇][麻] ㉬[虞] 措 置也놓다 놓아두다 (추)〈조〉 厝 仝앞과 같다 [藥] 錯 金塗금은을 박아 꾸미다 상감하거나 수를 놓다 仝앞과 같다 [藥] 醋 醶也초 식초 酢

낸 최상의 유제품 醍－제호 鶘 淘河사다새 鵜－제호 弧 木弓나무로 만든 활 狐 妖獸여우 猢 소앞과 같다 瓠 瓢也박의 총칭 ㉠[遇]
壺 酒器술그릇 술 주전자 소앞과 같다 乎 語之餘어기조사의 하나 疑辭의문사 拘 執也체포하다 구금하다 (규)<구> 駒 馬二歲두살박이 말 또는 어리고 튼튼한 말 瞿 驚視놀라서 당황하며 보는 모양 －－구구 / 鷹視응시하다 (귀) ㉠[遇] 捄 築牆取土담을 쌓기 위해 흙을 삼태기에 담다 [尤][宥] 斛 酌也뜨다 떠내다 구기질하다 俱 偕也함께 다같이 區 藏也숨기다 감추다 類也구분하다 분별하다 小皃작은 모양 －－구구 四豆용량容量을 되는 그릇의 이름 (큐) [尤][尤]
驅 馳也달리다 말을 몰아 내달리다 ㉠[遇] 敺 소앞과 같다 [有] 嶇 山峻산세가 험준하다 崎－기구 軀 身也몸 신체 臞 瘠也여위다 마

도장이나 패옥을 차는 끈 絛也끈 명주 띠 粗 略也소략하다 (쭈) ㉤[虞] 土 地也흙 토양 땅 (투)<토>《두》 吐 歐也게우다 내뱉다 토하다 ㉠[遇] 圃 種菜채소 화초 과수 묘목 따위를 심는 밭 (부)<포> ㉤[虞] 浦 水濱물가 (푸) 脯 乾肉얇게 저미어 말린 고기 (부) 虎 山獸之君범 호랑이 (후)<호> 琥 瑞玉범 모양으로 조각한 옥기玉器 滸 水岸물가 연안 戶 半門외짝 문 지게문 (햐) 扈 農桑候鳥새 이름 농사를 짓고 양잠할 무렵에 찾아오는 철새의 통칭 九－구호 ㉠[遇] 鳸 소앞과 같다 扈 소앞과 같다 夏同姓所封하나라의 동성에게 책

소앞과 같다 [藥] 祚 福也복 복을 주다 (쭈) 阼 東階대청 앞의 동쪽 계단 胙 祭餘음복 고기 제사에 쓰고 나누어 주는 고기 飵 相謁食손님에게 보리죽을 대접하다 [藥] 兎 入竅獸토끼 (투)<토> 菟 藥名새삼 메꽃과의 한해살이 기생 식물 －絲토사 ㉤[虞] 鵏 似鴟올빼미과 새의 일종 吐 歐也게우다 내뱉다 토하다 ㉧[虞] 布 麻枲葛織목화 삼 모시 칡 따위로 짠 직물의 통칭 陳也진열하다 진술하다 錢也화폐 돈 泉－천포 (부)<포> 怖 惶懼두려워하다 佈 徧也두루

르다 (뀨) 癯 仝앞과 같다 衢 四達之街네거리 사방으로 통하는 큰 길 鴝 鶪有幘구관조 －鵒구욕 鸜 仝앞과 같다 絇 屨頭飾신코의 장식 ㉠[遇] 軥 車軛멍에 멍에 양쪽 끝의 가죽끈을 묶는 구부러진 부위 [尤] 劬 勞也애쓰다 힘들이다 수고하다 婁 牽也끌다 당기다 愚也어리석다 (류)〈루〉 [尤] 膢 秋獵祭貙제사 이름 늦가을에 사냥으로 잡은 짐승으로 지내던 제사 빈민들은 이 제사를 지낸 후에 술과 고기를 먹을 수 있었다 함 貙－추루 [尤] 蔞 似艾물쑥 －蒿루호 [尤] 無 有之對없다 (무)〈무〉 橆 古고자 ㉦[麌] 无 古고자 亡 仝앞과 같다 [陽] 毋 止辭금지사 仝앞과 같다 蕪 荒也토지나 논밭 따위가 황폐하다 또는 잡초가 무성하다 罞 雉網꿩 잡는 그물 巫 祝也무당 주로 여자 무당을 이르는 말 誣 不信없는 일을 있는 것처럼 꾸며대어

봉한 나라 後從왕의 수레를 뒤따르는 사람 被也입다 걸치다 廣也광대한 모양 －－호호 强梁힘이 셈 고집스레 자기만 옳다고 여김 귀신을 잡아먹는다는 전설상의 신 跋－발호 昈 文彩문채가 찬란한 모양 또는 꾸미다 수식하다 祜 福也복 큰 복 岵 山無草木초목이 없는 산 일설에는 숲이 우거진 산이라 함 怙 恃也믿다 의지하다 鄠 扶風縣名부풍陝西省 戶縣의 현 이름 矩 正方之器곱자 곡척曲尺 (규)〈구〉 踽 獨行홀로 걷는 모양 혼자서 길을 가는 모양 －－구구 우우 蒟 似椹후춧과의 풀 봄에 흰 꽃이 피고 열매는 늦여름에 열매를

널리 圃 種菜채소 화초 과수 묘목 따위를 심는 밭 채소를 가꾸다 ㉦[麌] 鋪 陳也벌여 놓다 진열하다 賈肆가게 점포 (푸) ㉬[虞] 舖 俗속자 捕 捉也붙잡다 사로잡다 체포하다 (뿌) 哺 食在口음식물을 씹다 입 안에 머금은 음식물 餔 仝앞과 같다 ㉬[虞] 謼 號也큰 소리로 외치다 부르다 (후)〈호〉 [肴] ㉬[虞] 呼 仝앞과 같다 ㉬[虞] 護 救也구조하다 보호하다 (후) 頀 湯樂탕임금의 음악 이름 濩 散也흩뿌리다 퍼지다 布－포호 仝앞과 같다 [藥] 韄 刀飾패도佩刀의

말하다 夫 男子通稱성년이 된 남자의 통칭 (부)〈부〉 / 語助어조사 (뿌) 玞 美石옥과 비슷한 아름다운 돌 珷－무부 砆 仝앞과 같다 鈇 莝斫刀작두 죄인을 죽이는 형구刑具 斧也도끼 麩 麥皮밀기울 膚 革外薄皮살갗 美也아름답다 孚 信也신용하다 믿고 따르다 莩 葭中皮식물 줄기 속의 흰 청 [篠] 郛 郭也외성 罦 車上網수레에 덮을 단 그물 [尤] 稃 米殼곡식의 겉겨 왕겨 俘 軍所獲사로잡은 적의 군사나 인원 포로 敷 施也베풀다 陳也펴다 깔다 펼치다 尃 仝앞과 같다 枹 鼓槌북채 [肴][尤] 桴 屋棟집의 마룻대 마루 도리 仝上仝下앞뒤와 같다 [尤] 泭 筏也뗏목 漚也오래 담가두다 跗 足背발등 趺 佛坐책상다리하다 가부좌하다 跏－가부 仝앞과 같다 鄜 馮翊縣名풍익陜西省의 현 이름 扶 持也붙잡아주다 지원하다 (뿌) 芙 荷也연꽃

맺는데 맛이 맵고 향이 있어서 약재로 씀 －醬구장 枸 仝앞과 같다 [尤][有] 椇 仝앞과 같다 齲 齒病이가 벌레 먹어 썩는 병 또는 그런 이 (큐) 窶 貧無禮가난하여 예물을 갖추지 못하다 가난하여 예의를 차리지 못하다 (뀨) 寠 仝앞과 같다 [尤] 斁 閉也닫다 둘러막다 틀어막다 (뚜)〈두〉 杜 仝앞과 같다 甘棠팥배나무 장미과의 낙엽교목 肚 胃也사람이나 동물의 위 土 桑根뽕나무 뿌리《토》縷 綫也올 실 筆不停끊임없이 이어지다 覼－라루 곡진하다 일의 자초지종 (류)〈루〉 僂 俯也몸을 굽히다 허리를 구부리다 傴－구루 [宥] 褸 衣敝옷이

자루를 감은 가죽끈 [陌] 瓠 匏也박의 총칭 ㉬[虞] 互 差也그릇되다 어긋나다 罟 兎網토끼를 잡는 그물 冱 寒凝얼다 涸 水渴마르다 仝앞과 같다 [藥] 嫮 美也아름답다 屨 履也칡으로 만든 신이나 짚신 따위의 굽이 낮은 신 (규)〈구〉 句 文詞止處글귀 글의 구절 [尤][宥] ㉬[虞] 約 履頭飾신코의 장식 ㉬[虞] 驅 馳也채찍질하여 말을 몰다 (큐) ㉬[虞] 懼 恐也두려워하다 (뀨) 瞿 仝앞과 같다 ㉬[虞] 具 備也갖추다 구비하다 颶 四方風돌개바람 蠹 木蟲나무좀 좀

－蓉부용 蚨 水蟲전설상의 벌레 이름 또는 파랑강충이 靑－청부
鳧 野鴨물오리 苻 似葛귀목초 가지과에 속하는 다년생 만초 姓也
성씨 符 兩合爲信증표 고대에 쓰던 신표信標의 총칭 虞 慮也추측
하다 헤아리다 帝舜國號순임금이 세운 왕조의 칭호 (유)<우> 愚
癡也어리석다 우둔하다 嵎 暘谷양곡 해가 뜨는 곳 －夷우이 山曲산
이 굽어지고 험준한 곳 堣 仝앞과 같다 隅 方也구석 모퉁이 仝앞과
같다 齵 齒不正이가 고르지 아니하다 [尤] 娛 樂也즐기다 즐거워하
다 紆 縈也감돌다 둘러싸다 (유) 迂 曲也구불구불하다 于 於也명
사 대명사 앞에 붙어서 시간 장소 방향 대상 목적 비교 등을 나타낸
다 (유) 盂 飮器술이나 물 따위를 담는 그릇 竽 大笙대로 만든 관악
기의 하나 雩 祈雨祭기우제 또는 기우제를 지내다 麤 不精거칠다

헤지다 襤－람루 武 威也군사 정벌 싸움 등의 힘을 앞세운 행동 跡
也발자취 (무)<무> 珷 石似玉옥과 비슷한 아름다운 돌 －玞무부
碔 仝앞과 같다 鵡 語鳥말하는 새 앵무새 鸚－앵무 鴟 앞과 같다
[有] 舞 樂也所以節音춤 무용 儛 仝앞과 같다 繅 蕃也풍부하다 풍
성하다 ㊣[虞] 廡 堂下周室행랑 곁채 仝앞과 같다 憮 失意실망한
모양 －然무연 甒 罌也술을 담는 질항아리 嫵 媚也요염하다 아름
답다 娬 仝앞과 같다 膴 美也아름답다 기름지다 －－무무 厚也후
하다 도탑다 ㊣[虞] 簿 籍也장부 또는 기재용 책자 (뿌)<부> [藥]

(두)<두> 斁 敗也무너지다 파괴시키다 [陌] 屢 數也자주 여러 번
(류)<루> 務 事也일 사무 직무 專也힘쓰다 (무)<무> 婺 星名별
이름 －女무녀 이십팔수의 하나인 현무玄武 칠수七宿 중 셋째 별자
리 騖 馳也내달리다 질주하다 霧 天不應地안개 구름 瞀 目不明눈
을 흐리게 하다 눈이 침침하다 [宥] 赴 奔也분주히 나아가다 (부)<부>
仆 僵也넘어지다 쓰러지다 [宥] 訃 告喪사람의 죽음을 알리다 부
고訃告하다 賦 稅也부세賦稅의 범칭 敷也펼치다 受也주다 지급하

조잡하다 (추)〈추〉 粗 仝앞과 같다 ㉦[虞] 犓 仝앞과 같다 麁 俗속자 非잘못임 趨 走也달리다 (츄) 趍 俗속자 非잘못임 芻 草也꼴 목초牧草 (추) 雛 鳥子병아리 또는 짐승의 어린 새끼 (쭈) 趎 人名 장자莊子에 나오는 사람 이름 南榮－남영추 吁 歎也탄식하다 찬탄하다 (휴)〈후〉 芋 大也크다 ㉠[遇] 訏 詭也속이다 仝앞과 같다 ㉦[虞] 盱 小人喜皃소인이 기뻐하는 모양 睢－휴우 欨 吹也입으로 호호 불다 입김으로 데우다 煦 仝앞과 같다 [魚] ㉦[虞] 呴 仝앞과 같다 ㉠[遇] 鬚 頤毛턱수염 (슈)〈슈〉 須 仝上仝下앞뒤와 같다 䇓 待也서서 기다리다 繻 頭巾머리를 묶는 띠 需 食也음식을 제공하다 공급하다 待也기다리다 繻 符帛한대漢代에 쓰던 비단으로 만든 관문關門 통행증 輸 寫也다하다 隳也싣다 실리다 勝負지다 －贏수

部 行伍군대의 편대 分也부분 부위 나누다 [有] 斧 斫也도끼 도끼로 찍다 (부) 府 百官所居관서 관청 頫 低頭고개를 숙이다 俯 仝앞과 같다 腑 津液所行육부六腑 또는 장기臟器 ㉠[遇] 弣 弓把中활장에서 손으로 쥐는 부분 줌통 撫 安存편안하게 하다 무마하다 按也손으로 누르다 拊 拍也치다 두드리다 父 始生己아버지 (뿌)《보》 鬴 鍑屬가마 아가리가 큰 솥 釜 仝앞과 같다 駁 牡馬숫말 滏 磁州水名자주河北省 磁縣의 물 이름 腐 朽也썩다 썩은 물건 數 計也계산하다 責也나무라다 幾也몇 몇몇 확실하지 않거나 막연히 적은 수

다 付 與也주다 건네 주다 넘겨 주다 傅 師也스승 사부 附也붙다 붙이다 / 牽合끌어다 맞추다 －會부회 (뿌) 附 寄也부치다 부쳐 보내다 (뿌) 駙 副馬곁말 임금의 사위 鮒 鯽也붕어 腑 津液所行육부六腑 또는 장기臟器 ㉦[虞] 胕 仝앞과 같다 祔 合食先祖제사 이름 졸곡제卒哭祭를 지낸 다음 날 그 신주에 지내는 제사 賻 助喪以財부의賻儀 捄 裝也짐을 꾸리다 (수)〈수〉 數 枚也수 숫자 또는 햇수 [沃][覺] ㉦[虞] 遇 逢也만나다 뜻밖에 만나다 (유)〈우〉 寓 寄

잉 送也보내는 물건 (슈) ㉠[遇] 毹 毛席털담요나 융단 따위의 모직
물 氍－구유 殊 絶也끊어지다 떨어져 단절되다 異也다르다 같지 않
다 (쓔) 銖 百黍좁쌀 100알의 무게 단위 茱 藥名쉬나무 또는 그 열
매 운향과의 낙엽교목 －萸수유 洙 泰山水名태산山東省의 물 이름
杸 兵器병기 이름 八稜無刃팔각형의 나무 막대기에 날이 없는 둥근
쇠막대를 붙인 의장용 병기 殳 擊也치다 몽둥이 仝앞과 같다 兪 然
也응답 수긍 감개의 뜻을 나타내는 말 答也보답하다 답사答謝하다 (유)
<유> 渝 變也변하다 蜀水名촉四川省의 물 이름 逾 越也넘다 건너
다 지나가다 隃 仝앞과 같다 [蕭] 踰 仝앞과 같다 愉 悅也즐겁다 기
쁘다 婾 仝앞과 같다 [尤] 瑜 美玉아름다운 옥 瑾－근유 楡 白枌느
릅나무 窬 鑿板爲戶문 옆에 벽을 뚫어서 낸 쪽문 [宥] 褕 后服왕후

효를 이름 (수)<수> [沃][覺] ㉠[遇] 麌 牝鹿숫노루 (유)<우> 俁
大也크다 －－우우 훤칠한 모양 허우대가 큰 모양 傴 俯也허리를
굽히다 －僂구루 (유) 羽 鳥翅새의 깃 새의 긴 깃털 (유) ㉠[遇] 雨
水從雲下비 ㉠[遇] 宇 屋霤처마 추녀 天地四方천하 세계 상하사방
의 온 공간 우주 寓 仝앞과 같다 禹 夏后名중국 고대의 제왕 이름
瑀 美石옥처럼 아름다운 돌 麈 麋屬 尾長사불상四不像 사슴 또는
고라니와 비슷한 동물 (쥬)<주> 炷 燈心심지 불을 붙일 수 있는
기둥꼴의 물건 ㉠[遇] 黈 點也문장에서 쉬거나 멈춤을 표시하는 부

也부치다 嫗 老婦늙은 여자의 통칭 (유) ㉦[麌] 饇 飽也배부르다
[御] 芋 蹲鴟토란 (유) ㉬[虞] 雨 自上而下비가 내리다 ㉦[麌] 羽
鳥翅새의 깃 ㉦[麌] 作 造也짓다 만들다 (주)<주> [箇][藥] 做 俗
속자 足 添物보충하여 채우다 便僻지나치다 －恭주공 (쥬) [沃]
註 疏也주석하다 해석하다 (쥬) 注 灌也물을 대다 仝앞과 같다 炷
燈心심지 ㉦[麌] 軴 車止수레를 멈추다 澍 時雨때맞추어 내리는
단비 霔 仝앞과 같다 鑄 鎔也주조하다 馵 馬後左足白말의 뒷발이

王后의 예복禮服 翟－적유 [蕭] 羭 牡羊어미 양 암양 褕 裂繒마름질한 비단의 반듯한 감 자투리 覦 欲得얻기를 바라다 원하다 覬－기유 歈 吳歌오 땅의 노래 廠 舞手무희의 손 弄笑야유하다 揶－야유 揄 引也끌어내다 끌어당기다 －揚유양 仝앞과 같다 [尤] 臾 善也좋다 훌륭하다 捽抴不久잠시 잠깐 동안 須－수유 [腫][寘] ㉦[霽] 萸 藥名수유나무 또는 그 가지나 열매 茱－수유 悏 憂也근심하다 ㉦[霽] 腴 腹下肥사람이나 동물의 살찐 아래뱃살 楰 鼠梓광나무 ㉦[霽] 諛 諂也아첨하다 아부하다 儒 學者之稱선비 학문을 닦는 사람 (슈) 襦 短衣저고리 嚅 多言말을 많이 하다 속삭이다 囁－섭유 濡 霑也젖다 적시다 滯也지체하다 체류하다 醹 厚酒맛이 진한 술 ㉦[霽] 懦 弱也나약하다 [銑][箇] 朱 赤色다홍색 (쥬)〈쥬〉 珠 蚌精진

호 구두점句讀點 詡 和也조화롭다 융화하다 大言과장하다 큰소리치다 또는 자랑하다 (휴)〈후〉 栩 橡也상수리 나무 珝 玉名옥 이름 昫 日出溫해가 떠서 따뜻하다 ㉠[遇] 煦 蒸也뜨겁다 仝앞과 같다 ㉠[遇] 冔 殷冠은나라 때의 관 이름 豎 立也곧게 서다 세우다 수립하다 僕也사내아이 종 (쓔)〈슈〉 竪 俗속자 裋 長襦거친 베옷 －褐수갈 樹 植也심다 ㉠[遇] 瘉 病瘳병이 낫다 또는 치유하다 (유)〈유〉 ㉠[遇] 愈 勝也더 훌륭하다 仝앞과 같다 庾 露積노적가리 한데에 있는 지붕이 없는 곡식 창고 悏 懼也근심하다 두려워

희다 또는 왼쪽 뒷발이 흰 말 妒 嫉也여자가 질투하다 (두)〈투〉 妬 俗속자 非잘못임 [錫] 煦 蒸也찌다 (휴)〈후〉 ㉦[霽] 昫 日出溫해가 떠서 따뜻하다 ㉦[霽] 呴 氣以溫입김을 불어 따뜻하게 하다 ㉬[虞] 酗 醉怒주정하다 酌 仝앞과 같다 樹 木也나무 立也세우다 건립하다 (쓔)〈슈〉 ㉦[霽] 戍 守邊변방을 지키다 국경을 수비하다 諭 告也알리다 曉잘알다 譬비유하다 (유)〈유〉 喩 仝앞과 같다 裕 饒也부유하다 재물이 많다 寬也관대하다 관용하다 顩 呼也

주 蛛 網蟲거미 蜘－지주 誅 戮也죽이다 살륙하다 責也꾸짖다 질책하다 株 根也나무의 그루터기 나뭇등걸 侏 短人난쟁이 －儒주유 絑 赤繒적색의 비단 邾 魯附庸춘추春秋시대 제후국 산동성山東省 추현鄒縣 지역 姝 美色미녀 미인 (츄) 廚 庖也주방 부엌 (쮸) 躕 不進머뭇거리다 또는 서성이다 踟－지주 幮 帳也장막 방장房帳 裯 소앞과 같다 [豪][尤] 娵 星名별黃道 십이궁十二宮의 쌍어궁雙魚宮 이름 －觜추자 (쥬)<츄> 諏 謀也묻다 자문하다 상의하다 [尤] 貙 似貍추호 살쾡이와 비슷한 맹수 (츄) 樞 本也근원 근본 要也가장 중요한 부분 [尤] 【增】文52 軱 大骨큰 뼈 (구)<고> 箛 笳也악기 이름 호가胡笳 鏄 矢名화살 이름 鏷－복고 笯 鳥籠새장 (누)<노> [麻] ㉠[遇] 涂 溝也도랑 수로 (뚜)<도> [麻] 稌 稻也벼 메벼 또는

하다 ㉬[虞] 瘐 囚病死죄수가 감옥에서 추위와 굶주림으로 병들거나 죽다 斞 量名十六斗열 여섯 말 들이 양기量器 이름 窳 缺也이지러지다 苦－고유 窊 소앞과 같다 乳 湩也젖 (슈) ㉠[遇] 宔 藏主櫝종묘 안에 신주를 모시는 돌로 만든 감실 (쥬)<쥬> 主 守也지키다 소앞과 같다 拄 撐持괴다 받치다 지탱하다 柱 소앞과 같다 / 楹也기둥 (쮸) ㉠[遇] 取 收也거두다 거두어들이다 索也찾다 구하다 受也받다 받아 가지다 (츄)<츄> [有] ㉠[遇] 聚 會也모으다 모이다 (쮸) ㉠[遇] 【增】文24 鼓 擊也북을 치다 두드리다 치다 (구)<고> 迕

부르짖다 和也화하다 孺 稺也젖먹이 어린아이 (슈) 住 止也멎다 멈추다 정지하다 (쮸)<쥬> 鉒 署置두다 노름 돈 卝也쇠돌 광석鑛石 駐 馬立수레나 말이 멈추다 趣 向也향하다 쏠리다 疾也빨리 달려가다 指義뜻 (츄)<츄> [有][沃] 娶 取婦아내를 얻다 장가들다 取 소앞과 같다 [有] ㉦[霽] 聚 會也모으다 모이다 (쮸) ㉦[霽] 【增】文24 涸 凝閉엉기다 얼다 얼어붙다 (구)<고> 婟 戀也그리워하다 詁 訓也고어古語를 현대어로 해석하다 ㉦[霽] 韝 盛箭室화살을 담

찰벼 ㉧[虞] 𢉤 酒名술 이름 －酥도소 跿 跳也펄쩍 뛰어오르다 －跔도구 籚 戟柄창의 자루 積竹대나무의 흰 부분을 긁어낸 푸른 부분 겉대 (루)〈로〉 黸 黑色검다 새까맣다 矑 目瞳눈동자 艫 船頭뱃머리 이물 瓐 瓠也호리병박 似壺호리병 鸕 鳥鬼가마우지 －鷀로자 嫫 醜女전설상 황제黃帝의 넷째 비妃 얼굴은 못생겼으나 대단히 현명하였다고 함 못생긴 여자를 일컫는 말 －母모모 (무)〈모〉 糢 漫皃분명하지 않은 모양 모호하다 －糊모호 膜 蕃人拜이민족 번인의 절 두 손을 이마에 대고 무릎을 꿇고 하는 절 [藥] 菩 了也불교에서 불생불멸의 진리를 깨달아 알게 되는 일 －薩보살 (뿌)〈보〉 浯 琅邪水名낭야山東省의 물 이름 (우)〈오〉 郚 魯邑名춘추春秋시대 노山東省 泗水縣 남쪽의 읍 이름 蜈 毒蟲지네 －蚣오공 鯆 江豚쇠

遇也만나다 부딪치다 (우)〈오〉 ㉠[遇] 鄠 汾州城名분주山西省의 성 이름 (후) 許 伐木聲나무를 베면서 여럿이 힘을 합할 때 일제히 내는 소리 －－호호 (후)〈호〉 [語] 滬 水名옛 물 이름 오송강吳淞江 하구 일원 지금의 상해시上海市 황포강黃浦江 하류 일대 玄－현호 拒 白帝고대 신화상의 다섯 천제天帝 중 서쪽을 주관하는 신神 招－초구 陳名진陣의 이름 左右－좌우구 (규)〈구〉 [語] 構 姓也성씨 荰 香草향초 이름 －蘅두형 (뚜)〈두〉 嶁 衡山峯名형산의 72봉의 하나 岣－구루 (류)〈루〉 [有][宥] 蔀 小席차양 햇볕을 가리는

아 두는 통 전통箭筒 －簸보차 (뿌)〈보〉 [寘] 簠 盛黍稷器제사나 연향宴享 때 곡식을 담는 그릇 －簋보궤 (부) 愫 誠也정성 성의 (수)〈소〉 梧 大皃큰 모양 뛰어나다 걸출하다 魁－괴오 (우)〈오〉 ㉣[虞] 迕 相干寤也서로 깨우치다 捬 擊也치다 (부)〈포〉 誧 謀也꾀하다 (프) ㉣[虞] 酺 會飮모여 마시다 除烖祭푸닥거리하다 (뿌) ㉣[虞] 戽 抒水器두레 배의 밑바닥에 괸 물을 푸는 그릇 또는 논에 물을 퍼올려 대는 데 쓰는 농구 (후)〈호〉 枑 遮欄관청의 문 앞에 통행을 막기

물돼지 (퓨)〈포〉 葡 草龍포도의 다른 이름 －萄포도 (뿌) 葫 大蒜마늘 (후)〈호〉 / 瓜也호리병박 조롱박 (韕) 蝴 野蛾나비 －蝶호접 (韕) 箶 箭室전통箭筒 －簏호록 痀 曲脊곱사등 또는 곱사등이 －僂구루 (규)〈구〉 跔 跳也펄쩍 뛰어오름 도약함 踺－도구 摳 褰衣옷을 들어 올리다 추어올리다 (큐) [尤] 氍 毛席융단 양탄자 －毹구유 (뀨) 戵 四出矛고대의 병기 이름 미늘창의 하나 句 晉地名진나라의 땅 이름 僂－루구 [尤][宥] ㉠[遇] 朐 脯脡가늘고 길게 썰어 말린 고기 瘻 瘡也목 부위에 발생하는 종기 曲脊곱사등 痀－구루 (류)〈루〉 [宥] 慺 勤懇근면 성실한 모양 공손하고 삼가는 모양 －－루루 [尤] 鏤 劒名명검名劍의 이름 屬－촉루 [宥] 菰 白蕢난티나무 느릅나무과의 낙엽교목 －荑무이 (뭉)〈무〉 鵡 鳩也산비둘

초석草席 閏餘고대의 역법의 용어 76년 －首부수 (뿌)〈부〉 [有] 㕮 嚼也한의학 용어 약재藥材를 잘게 부수는 일 이 일이 이빨로 음식물을 씹는 것과 같다 하여 이른 말 －咀부저 (뿌) 籔 量名용량의 단위 受十六斗16말 들이의 용량 頭戴薦盆똬리 동이를 일 때 머리에 받치는 물건 窶－루수 (수)〈슈〉 [有] 嫗 以體溫체온으로 덥히다 새 따위가 알을 품어 부화하다 (유)〈우〉 ㉠[遇] 傴 曲躬몸을 구부린 모양 －旅우려 (유) 鄅 國名 邛姓춘추시대 나라 이름 성姓이 운邛 산동성山東省 임기시臨沂市 북쪽 소재 煦 吹也불다 (휴)〈후〉

위하여 설치하는 목조 장애물 梐－폐호 穫 扶風地名부풍陝西省 涇陽縣 북서쪽의 땅 이름 焦－초호 (韕) [藥] 鞻 扉類문짝 掌夷樂者오랑캐의 음악을 관장하는 사람 鞮－氏제루씨 음악을 맡은 벼슬 이름 (규)〈구〉 報 疾也빠르다 급속하다 (부)〈부〉 [号] 禺 母猴성성이 (유)〈우〉 [冬] ㉣[虞] 蛀 木蟲좀 좀 먹다 (쥬)〈주〉 疰 病染만성 전염병 鞋 戎服군복의 일종 가죽 바지 跗－부주 輸 委也운송하다 수송하다 送也보내다 보내는 물건 (쓔)〈슈〉 ㉣[虞] 瘉 病也병나

기 －鴀부부 (부)<부> 柎 華下萼꽃받침 또는 씨방 禺 日在巳정오에 가까운 시각 정오가 될 무렵 －中우중 廣州地名광주廣東省의 땅 이름 番－반우 (유)<우> [冬] ㉠[遇] 髃 髆前骨어깨 또는 어깨 앞쪽 뼈 [有] 湵 旋流물이 소용돌이쳐 흐르다 (휴) 玗 石似玉옥과 비슷한 아름다운 돌 (유) 杅 浴器목욕통 욕조 釪 似鐘종과 비슷하게 생긴 타악기 이름 錞－순우 邘 鄭地名정나라의 땅 이름 盱 日始出해가 처음 떠오르는 모양 (휴)<후> 姁 美皃아름다운 모양 －媮후유 ㉦[虁] 嬃 姊也누이 (슈)<슈> 蝓 蝸牛달팽이 螔－호유 (유)<유> 闟 私視엿보다 闚－규유 袾 短衣짧은 옷 －襦주유 (쥬)<쥬>【叶】無【通】韻1 魚 六平

[魚] ㉫[虞] 姁 嫗也늙은 여자 노파 樂也안락하다 즐겁다 ㉫[虞] 訏 大也크다 －－우우 ㉫[虞] 貐 似貙추호 살쾡이와 비슷한 전설상의 짐승 이름 猰－설유 (유)<유> 臾 弓反張힘이 약한 활 약궁弱弓 [腫] [寘] ㉫[虞] 楰 鼠梓광나무 ㉫[虞] 擩 染也물들이다 물들다 (슈) 醹 厚酒맛이 진한 술 ㉫[虞] 枓 勺也국자 구기 (쥬)<쥬> [有]【叶】無【通】韻1 語 六上

다 (유)<유> ㉦[虁] 乳 育也기르다 양육하다 (슈) ㉦[虁] 柱 撐也지탱하다 받치다 (쮸)<쥬> ㉦[虁]【叶】無【通】韻1 御 六去

平聲齊八	【齊】文142 氐 本也근본 기초 羌也중국 고대 소수민족의 이름 (뎨)<뎌> ㉧[薺] 羝 牡羊숫양 低 俛也낮다 늘어뜨리다 머리를 숙이다 眂 視也보다 관찰하다 邌 徐行천천히 걷는 모양 天欲明동틀 무렵 －明려명 (례)<려> 黎 衆也많다 仝上仝下앞뒤와 같다 黧 黑色검은 색 검누르다 [支] 犂 耕具쟁기 또는 보습 [支] 藜 蒿類杖材지팡이의 재료가 되는 명아주 청려장 棃 旱草납가새 蒺－질려 [支] 瓈 寶玉보옥 玻－파려 鸝 黃鳥꾀꼬리 [支] 鵹 仝앞과 같다 驪 馬深黑짙은 흑색의 말 가라말 [支] 蠡 瓢也표주박 [支] 蠡 仝앞과 같다 [支][歌][哿] ㉧[薺] 西 日入方해가 지는
上聲薺八	【薺】文49 氐 本也나무 뿌리 근본 기초 宿名별 이름 28수宿의 하나 (뎨)<뎌> ㉬[齊] 柢 根也나무의 뿌리 ㉬[齊]㉠[霽] 詆 呰也헐뜯다 비방하다 ㉬[齊] 牴 觸也뿔로 들이받다 觝 仝앞과 같다 抵 擠也밀치다 當也당하다 해당하다 擲也던지다 버리다 拒
去聲霽八	【霽】文196 柢 根也뿌리 (뎨)<뎌> ㉬[齊]㉧[薺] 厲 嚴也엄격하다 엄숙하다 惡也나쁘다 악하다 以衣涉水옷을 걷고 물을 건너다 (례)<려> 礪 砥石숫돌 거친 숫돌 勵 勸勉힘쓰다 노력하다 癘 疫也전염병 痢 仝앞과 같다 麗 美也아름답다 화려하다 附也붙다 의지하다 [支] 儷 偶也짝 배우자 戾 乖也거스르다 어긋나다 罪也죄 죄악 至也이르다 도달하다 止也멈추다 그치다 [屑] 盭 古고자 悷 悲皃몹시 슬퍼하는 모양 綟 綠色연두색 녹색 唳 鶴鳴학이 울다 沴 妖氣요기 악기惡氣 荔 香草향초인 잎이 큰 상록 덩굴식물 薜－벽려 [寘] 壻 女夫남편 사위 (세)<셔> 婿 俗속자 逝 往也가다 떠나가다 지나가다 (씨) 誓 約信맹세하다 筮 蓍卜시초蓍草로 길흉을 점치다 噬 啗也씹다 먹다 澨 水名물 이름 호북성湖北省 경산현京山縣 서쪽에서 발원하여 남동쪽으로 흘러 한수漢水로 들어감 三－삼서 妻 以女嫁人아내를

곳 서쪽 (셰)<셔> 栖 鳥宿날짐승이 보금자리에 들다 不安서두르는 모양 허둥거리는 모양 ㅡㅡ서서 ㉠[霽] 棲 仝앞과 같다 犀 似豕角在鼻瓜瓣무소 코뿔소 堅也견고하다 ㅡ利서리 妻 婦與已齊정실正室의 아내 (쳬)<쳐> ㉠[霽] 緀 文章相錯무늬가 뒤섞인 모양 萋 草盛초목이 무성한 모양 ㅡㅡ처처 仝앞과 같다 淒 雲皃구름이 일어나는 모양 ㅡㅡ처처 凄 寒也차다 서늘하다 悽 悲也슬프다 비통하다 霋 霽也개다 맑다 圭 瑞玉상서로운 옥 옥으로 만든 홀 (귀)<규> 珪 古고자 袿 女上服부녀자의 두루마기 黊 鮮明黃선명한 누런빛 閨 小戶위는 둥글고 아래는 네모진 작은 문 窐 甑孔시루의 구멍 邽 馮翊縣名풍익

也막다 大凡대체로 대개 大ㅡ대저 仝앞과 같다 [紙] 阺 隴坂비탈 언덕 坻 仝 앞과 같다 [支][紙] 弤 彤弓순舜임금이 쓰던 활의 이름 천자天子의 활 軧 車後큰 수레의 뒷부분 底 下也밑 바닥 아래 止也멈추다 정체하다 [紙] 邸 郡國京舍지방 고을에서 서울에 둔 집 蠡 揚州澤名

맞아들이다 출가시키다 시집보내다 (쳬)<쳐> ㉣[齊] 泥 不通막히다 지체되다 (녜)<니> ㉣[齊]㉦[薺] 埿 俗속자 ㉣[齊] 昵 近也가깝다 謎 隱言수수께끼 (몌)<미> 睥 傍視흘겨봄 엿봄 ㅡ睨비예 (피)<비> 淠 汝南水名여남河南省의 물 이름 茂皃무성한 모양 ㅡㅡ비비 舟行배가 가는 모양 媲 配也결혼하다 짝을 이루다 憩 息也쉬다 휴식하다 (켸)<게> 憇 仝앞과 같다 愒 仝앞과 같다 [泰][曷] 揭 高擧높이 들다 [月][屑] 甈 破罌깨어진 항아리 偈 武皃헌걸차다 용맹스럽다 梵語부처님의 공덕을 찬양하는 노래 게타偈陀gatha의 약칭 (끼) [屑] 曀 陰風하늘이 흐리고 바람이 불다 날씨가 음침하다 (히)<에> 壒 陰塵날이 흐리고 먼지가 일다 ㅡㅡ에에 흙비가 오다 殪 死也죽다 다하다 없어지다 殺也죽이다 計 數也셈하다 계산하다 (계)<게> 罽 胡毳布담요 따위의 모직물 모포 瀱 仝앞과 같다 猘 狂犬개가 미치다 미친개 繼 紹也잇다 이어지다 繫 縛也매다 묶다 《혜》 係 仝앞과 같다 《혜》

陝西省 渭南縣의 현 이름 下－하규 奎 西方宿이십팔수의 열다섯째 별 (퀴) 刲 刺也찌르다 찔러 죽이다 睽 乖也어긋나다 괴리되다 烓 行竈이동식 취사도구인 풍로 (혜)<유> 攜 提也들다 들어올리다 (혜)<휴> 携 俗속자 鑴 大鐘큰 종 日旁氣햇무리 蠵 大龜큰 거북의 일종 觿 角錐고대에 매듭을 푸는 데 쓰던 송곳 [支] 畦 五十畝토지 면적의 단위 50무畝 埿 塗也바르다 칠하다 (녜)<니> ㉠[霽] 泥 水和土진흙 仝앞과 같다 ㉦[薺]㉠[霽] 臡 雜骨醬뼈째 담근 육장 迷 惑也미혹되다 혼미하다 홀리다 (몌)<미> 麛 鹿子어린 사슴 새끼사슴 [支] 豍 白扁豆완두 (볘)<비> 箄 小籠종다래기 梳也참빗 빗질하다 [支] ㉠[霽] 篦 仝앞

양주江西省의 연못 이름 彭－팽려 蟲齧木벌레가 나무를 좀먹다 追－추려 (례)<려> [支][歌][哿] ㉬[薺] 禰 父廟아버지를 모신 사당 (녜)<니> 瀰 滿也물이 깊고 그득한 모양 －－미미 [支][紙] 泥 露皃이슬이 많이 맺힌 모양 －－니니 泥 仝앞과 같다 ㉬[薺]㉠[霽] 絉 繡文좁쌀 모양을

薊 黃帝後所封주周 무왕武王이 황제黃帝의 후손을 봉封한 곳 북경성北京城 남서쪽 鄭 仝앞과 같다 髻 束髮상투 낭자 쪽 [屑] 紒 仝앞과 같다 [屑] 桂 百藥之長육계肉桂나무 계수나무 (귀) 鍥 刻也칼로 새기다 (계) [屑] 契 約也언약하다 약속하다 맹약하다 合也합하다 서로 잘 맞다 일치하다 소리가 잘 어울리다 憂苦근심하다 －－계계 仝上仝下앞뒤와 같다 [物][屑][屑] 挈 鑽龜거북딱지에 구멍을 내다 새기다 [屑] 帝 王天下號천자天子 황제 (데)<데> 第 次也차례 등급 但也다만 오직 (뎨) 弟 善事兄아우 손윗 사람에게 공경하고 순종하는 일 ㉦[薺] 悌 愷－개제 仝앞과 같다 ㉦[薺] 娣 女弟한 사람과 결혼한 자매 중의 아우 弟妻제수 ㉦[薺] 睇 小視곁눈질하다 바라보다 ㉬[齊] 題 仝앞과 같다 ㉬[齊] 踶 獸足짐승의 발굽 ㉬[齊] 提 擲也던지다 [支] ㉬[齊] 例 比也견주다 비교하다 (례)<례> 栵 栭栗산밤나무 [屑] 隸 賤稱종 노예 노복 附屬부속되다 예속되다 隷 古고자 袂 袖也소매 (몌)<몌>

과 같다 鎞 釵也비녀 幰 車帷수레의 휘장 剕 削也깎아내다 베어내다 (피) 搉 手擊손으로 치다 批 소앞과 같다 [紙][屑] 鈚 箭鏃화살의 일종 [支] 錍 소앞과 같다 [支] 磇 毒石비석砒石에 열을 가하여 승화昇華시켜서 얻은 백색 또는 회색 결정체 －霜비상 鞞 騎鼓기고 군중軍中에서 쓰던 작은 북 (삐) 鞞 소앞과 같다 [迥] 椑 圓榼斧柯타원형의 도끼 자루 [支][陌] 膍 胲也짐승의 발굽 牛百葉소의 처녑 [支] 雞 翰音닭의 다른 이름 (계)<계> 乩 卜以問疑점을 치다 稽 留也머무르다 考也상고하다 圜轉빙빙 회전하다 에두르다 滑－골계 소앞과 같다 ㉦[薺] 枅 屋櫨대접받침 두공枓栱의 하나 [先] 笄 簪也비녀 谿 澗也외

촘촘히 수놓은 무늬 (몌)<미> 米 穀實精鑿껍질을 벗긴 곡식의 알맹이 쌀 소앞과 같다 眯 物入目눈에 티가 들어가서 흐릿하다 洣 江州水名강주湖南省의 물 이름 호남성 영현酃縣 남쪽에서 발원하여 형동현衡東縣에서 상강湘江으로 흘러듦 啓 開也열다 개척하다 (켸)<계>

細 微也가늘다 密也빽빽하다 빈틈이 없다 (셰)<세> 歲 年也해 년 (쉬) 繐 布縷細가늘고 성긴 삼베 繕 소앞과 같다 篲 帚也대비 빗자루 쓸다 (쒸) [寘] 彗 星孛살별 혜성 소앞과 같다 [寘] 世 代也부자父子가 가계家系를 잇는 한 대代 三十年30년 동안 (시) 貰 賒也외상으로 사다 [禡] 勢 權力권력 권세 形也형세 정세 추세 帨 佩巾허리에 차는 수건 (쉬) 蛻 蛇蟬解매미나 뱀 따위가 허물을 벗다 [泰] 裞 追服상을 당하고도 사정이 있어 집상하지 못하고 추후에 복상할 때 입는 옷 또는 그 옷을 입다 稅 租也조세 斂也세금을 거두거나 납부하다 舍也놓다 소앞과 같다 [泰][曷] 說 誘也달래다 설득하다 유세하다 [屑][屑] 瘞 埋也제물을 땅에 묻어서 신에게 제사하다 (이)<예> 医 盛矢器동개 활과 화살을 넣는 기구 翳 羽葆깃털로 만든 일산日傘 수레의 일산 隱也숨기다 감추다 ㉬[齊] 瞖 目疾눈병 백내장 繄 語辭어조사 ㉬[齊] 嫕 順柔유순하다 婉－완예 瘱 소앞과 같다 羿 古射師名활을 잘

부와 통하지 않는 산골짜기의 도랑 (계) 嵠 소앞과 같다 磎 소앞과 같다 溪 俗속자 鸂 尾如船舵비오리 원앙鴛鴦과 비슷하나 자색紫色임 －鶒계칙 隄 防也둑 제방 방비하다 방지하다 (뎨)<데> 堤 소앞과 같다 磾 黑石명주를 물들일 때 쓰는 검은 돌 梯 木階사다리 계단 / 木稊새싹 움 (뎨) 嗁 泣也울다 울부짖다 (뎨) 啼 소앞과 같다 蹏 獸足짐승의 발굽 또는 굽이 있는 짐승의 발 蹄 소앞과 같다 踶 蹋也발로 차다 밟다 소앞과 같다 ㉠[霽] 提 挈也부축하다 [支] ㉠[霽] 媞 美皃얌전하고 아름다운 모양 －－제제 褆 衣厚옷이 두꺼운 모양 －－제제 禔 福也복福 安也편안하다 [支][支] 緹 赤帛붉은색 비단 騠 良馬양마

棨 兵欄비단을 씌운 창戟 관리들이 외출할 때 앞에서 인도하는 데 쓰는 의장의 하나 綮 緻繒결이 고운 비단 徽幟창집 또는 집이 있는 창 [迥] 稽 下首조아리다 머리가 땅에 닿도록 조아리다 ㉫[齊] 悌 樂易화락和樂하며 평이함 愷－개제 (뗴)<데> ㉠[霽] 弟 男子後生남동생

쏘았다는 신화상의 사람 이름 (이) 帠 法也법 埧 城上女牆성가퀴 埤－벽예 睨 衺視흘겨보다 곁눈질하다 睥－비예 寱 寐言잠꼬대하다 詣 至也이르다 造也조예 囈 寐聲잠꼬대 또는 잠꼬대하다 蓺 種也심다 埶 소앞과 같다 藝 才能재능 기예 法也법 준칙 소앞과 같다 曳 牽也끌다 拽 소앞과 같다 [屑] 抴 소앞과 같다 引也끌어당기다 [屑] 裔 衣裾옷자락 邊也가 가장자리 澮 水皃물이 출렁이는 모양 溶－용예 泄 出也새어나가다 빠져나가다 發也쏟아내다 발산하다 怠緩게으르고 느린 모양 －－예예 [屑] 洩 소앞과 같다 [屑] 枻 檝也노 배를 젓다 [屑] 栧 소앞과 같다 詍 多言수다스럽다 詜 소앞과 같다 呭 소앞과 같다 跇 超踰뛰어넘다 勩 勞也애쓰다 수고하다 [寘] 叡 聖也밝다 슬기롭다 (위) 睿 소앞과 같다 銳 利也날카롭다 예리하다 芒也물체의 뾰족한 부분 [泰] 轊 車軸頭굴대의 끝 汭 水曲물줄기가 합류하거나 굽이진 곳 (쉬) 芮 草生풀이 가늘고 부드러운 모양 －－예예 枘 柄也

이름 駤－지제 醍 細酒담홍색을 띤 맑은 술 酥屬우유에서 뽑아낸 최상의 유제품 －醐제호 題 額也이마 署也쓰다 적다 또는 서명하다 ㉠[霽] 鶗 子雉두견이 －鴂제계 ㉠[霽] 稊 稶草피 돌피 －稗제패 稘 仝앞과 같다 苐 仝앞과 같다 綈 厚繒두꺼우면서도 광택이 나는 비단의 한 가지 鵜 淘河사다새 －鶘제호 荑 茅始生삘기 띠의 애순 [支] 折 安徐아늑하고 편안한 모양 －－제제 [屑][屑] 栘 棠棣산앵두나무 산이스랏 (씨)<셰> 鷖 鷗也갈매기 (히)<예> 黳 小黑子작은 사마귀 瑿 黑石검은 빛깔의 아름다운 돌 緊 語辭어조사 ㉠[霽] 緊 黑繒검푸른 비단 仝앞과 같다 ㉠[霽] 兒 姓也성씨 弱少어리다 약소하다 (예)

仝앞과 같다 ㉠[霽] 娣 女弟누이동생 弟妻제수 ㉠[霽] 禮 節文 仁義예절 행위의 준칙이나 규범 성대한 의식儀式이나 전례典禮 (례)<례> 醴 甛酒단술 감주 澧 衡山水名형산湖南省의 물 이름 鱧 黑鯉가물치 洗 滌也물로 때를 씻다 (셰)<셰> [銑] 洒 仝앞과 같다 [蟹][賄][卦]

자루 蛶 醯雞초파리 진디등에 霽 雨止비가 그치고 날이 개다 (제)<제> 濟 渡也건너다 물을 건너다 救也건지다 구제하다 事遂이루다 ㉧[薺] 祭 祀也제사 또는 제사를 지내다 至也이르다 [卦] 際 邊也가 끝 會也 만나다 회합하다 穄 稷也메기장 眥 目際눈초리 눈가 (졔) [寘] 齊 和也조절하다 조정하다 [支][佳] ㉬[齊]㉧[薺] 懠 怒也분노하다 穧 穫지 곡식을 수확하다 禾把수확한 뒤의 볏단 嚌 嘗也조금 맛보다 감상하다 음미하다 癠 病也병이 나다 병이 들다 ㉧[薺] 劑 分也나누다 藥－약제 [支] 晢 星光별이 빛나는 모양 －－제제 (지) [屑] 晣 仝앞과 같다 [屑] 製 裁也마름질하다 옷을 재단하다 制 禁也금지하다 王言제왕의 명령 仝앞과 같다 切 割也베다 끓다 자르다 急也급하다 大凡모두 一－일체 (체)<체> [屑] 砌 階甃섬돌 층계를 쌓다 門限문지방 문턱 綴 連也연결하다 (쥐) [屑] 畷 田間道밭두둑길 밭의 샛길 [屑] 揥 摘髮빗치개 머리를 긁는 데 쓰는 비녀의 하나 象－상체 (치) 傺 失意실

[支] 倪 端也끝 가 소앞과 같다 齯 齒落更生다 빠진 뒤에 다시 나는 노인의 이 아흔살 노인 輗 轅端持衡수레의 끌체와 그 앞에 가로 댄 멍에가 맞물리는 부분에 박는 쇄기 鯢 雌鯨고래의 암컷 䙌 女上服여자의 윗도리 옷의 올 霓 雌虹암무지개 [錫] 麑 鹿子어린 사슴 새끼 사슴 猊 獅子사자 狻－산예 소앞과 같다 躋 升也오르다 도달하다 (제)<졔> 隮 소앞과 같다 虹也무지개 齎 持遺裝送지니다 남에게 주다 끼치다 행장을 꾸리다 싸다 [支] 賫 俗속자 齏 醯醬所和細切고기나 야채를 잘게 썰어 식초나 간장으로 무친 것 虀 俗속자 整 소앞과 같다 利也 잘 어울리다 조화調和하다 擠 排也밀치다 떼밀다 ㉠[霽] 齊 整也가지

[銑][馬] 濟 定也정리하다 止也그치다 멈추다 濟源水名제원河南省의 물 이름 威儀위의가 있는 모양 엄숙하고 공경스러운 모습 －－제제 (졔)<졔> ㉠[霽] 薺 甘菜냉이 (쪠)<졔> [支] ㉠[霽] 泚 汙出땀이 나다 (쳬)<쳬> [紙] 玼 玉色鮮옥의 색깔이 선명하고 희다 [支][紙] 體

망한 모양 侘－타제 懘 音敗유창하지 못하다 조화롭지 못하다 惉－첨체 掣 滯隔막히다 曳也끌다 당기다 [屑] 彘 豕也돼지 또는 멧돼지 (찌) 滯 止也멈추다 정지하다 積也쌓이다 재어 두다 (쪠) 諦 審也자세히 살피다 (톄)<톄> 嚏 氣噴鼻재채기하다 疐 去本꼭지 또는 꼭지를 따다 소앞과 같다 [寘] 蔕 果蓏底꼭지 꽃이나 열매가 가지에 달려 있게 하는 작은 줄기 蝃 虹也무지개 －蝀체동 螮 소앞과 같다 替 廢也폐기하다 포기하다 代也대신하다 갈마들다 (톄) 殢 困極느른하다《니》 涕 鼻液콧물 ㉦[薺] 鬀 剪髮머리를 깎다 剃 소앞과 같다 屜 履中薦신의 안창 遰 遠也멀다 迢－초체 (뗴) 遞 更代갈마들다 교체하다 ㉦[薺] 締 結也단단히 맺다 또는 맺히다 禘 王者大祭제왕이나 제후가 거행하는 대제大祭 하늘이나 종묘宗廟에 지내는 대제와 종묘의 시제를 통틀어 이름 杕 樹盛나무가 무성한 모양 棣 移也산앵두나무 常－당체 [隊] 逮 及也미치다 이르다 [賄][隊] 髢 髲也다리 가발 鬄 소앞

런하다 고르다 等也평평하다 서로 같다 太公所封주周 무왕武王이 태공망太公望에게 봉해준 나라 (졔) [支][佳] ㉦[薺]㉠[霽] 臍 子生所繫배꼽 蠐 糞土蟲나무굼벵이 또는 풍뎅이의 애벌레 －螬제조 睇 視也보다 바라보다 (톄)〈테〉 ㉠[霽] 陛 牢獄감옥 (베)〈폐〉 狴 소앞과 같다 ㉦[薺] 醯 酢味초 식초 맛이 시다 (히)〈혜〉 醢 소앞과 같다 兮 語助어조사 (혜) 嫔 女奴계집종 奚 何也어떤 무슨 무엇 소앞과 같다 傒 人名사람 이름 齊高－제나라의 고혜 蹊 徑路좁은 길 또는 길 穿徑

身也몸 신체 (톄)〈테〉 軆 소앞과 같다 涕 鼻液콧물 ㉠[霽] 遞 更代갈마들다 교체하다 (뗴) ㉠[霽] 逓 俗속자 非잘못임 陛 天子階천자가 있는 궁전의 층계 (뼤)〈폐〉 髀 股也넓적다리 대퇴大腿 髀 소앞과 같다 [紙] 梐 遮欄관청 앞에 설치하는 통행 제한용의 울짱 －枑폐호 徯 待也기다리다 기대하다 (혜)〈혜〉 謑 恥辱치욕 [禡] ㉬[齊] 【增】

과 같다 嬖 愛也총애하다 사랑하다 (비)〈폐〉 閉 掩也가리다 막다 덮다 [屑] 弊 斷也결단하다 / 惡也나쁘고 매마르다 困也피곤하다 (뼤) 蔽 掩也가리다 덮다 소앞과 같다 箅 甑蔽시룻밑 [支] 敝 衣敗낡다 해어지다 해어진 옷 (뼤) 斃 死也죽다 사망하다 幣 帛也고운 비단 폐백 제사 때나 선물할 때 쓰던 예물 財雜名거마車馬 가죽과 비단 옥기玉器 따위 系 緖也실마리 (혜)〈혜〉 繫 －辭계사 문왕文王과 주공周公이 역易의 괘卦와 효爻를 각각 풀이한 말 소앞과 같다《계》係 連屬잇다 연관 짓다 소앞과 같다《계》禊 祓除재앙을 쫓기 위하여 봄과 가을에 물가에서 지내는 제사 暳 小星작은 별 (휘) 嘒 小聲작은 소리 소앞과 같다 慧 敏也총명하다 지혜롭다 惠 仁也어질다 자애롭다 賜也내려주다 보내주다 蕙 蘭屬혜란蕙蘭 향초 이름 譓 多智지모가 풍부하다 憓 愛也사랑하다 衛 護也막아 지키다 호위하다 周康叔所封주周 무왕武王이 아우 강숙康叔을 봉한 나라 (위)〈위〉 脃 物易斷약하다 무르다 꺾이거나 부스러지기 쉽다 (취)〈취〉 脆 소앞과 같다 경로 **睽** 소앞과 같다 **徯** 怒爭서로 다툼 서로 등을 돌림 勃－발혜 **豯** 豨子돼지 새끼 **鼷** 甘口鼠생쥐 사람이나 짐승이 물리면 통증을 느끼지 못하고 죽음에 이른다고 하여 붙여진 이름 **嵇** 亳州山名박주安徽省의 산 이름 **嘶** 馬鳴말이나 소가 울다 (셰)〈싀〉 **撕** 提也일깨우다 **【增】** 文18 **詆** 訾也헐뜯다 비방하다 (뎨)〈뎌〉 ㉦[薺] **柢** 根也나무의 뿌리 ㉦[薺]㉠[霽] **睽** 日入해가 지다 (퀴)〈규〉 **嶲** 鵑也두견새 子－자휴 (혜)〈휴〉 [支][紙] **酅** 東海邑名동해山東省 臨淄縣의 읍 이름

文11 **疷** 病也체증 병에 시달리다 (뎨)〈더〉 [支] **欐** 梁也마룻대 도리 들보 (례)〈려〉 ㉠[霽] **濔** 衆也많은 모양 ―니니 (녜)〈니〉 **苨** 似蔘풀 이름 모싯대 薺－제니 **掜** 捉也잡다 쥐다 (예)〈예〉 **泲** 沇水연수강 이름 제수濟水의 다른 이름 (졔)〈졔〉 **齊** 恭皃공손한 모양 ―제제 (쪠) [支][佳] ㉬[齊]㉠[霽] **癠** 病也병이 나다 병이 들다 ㉠[霽] **鮆** 刀魚

贅 屬也부치다 연결하다 연속하다 橫生肉혹 혹이 나다 (쥐) **毳** 細毛짐승의 몸에 난 가는 털 솜털 (취) **橇** 泥行所乘진흙길을 다닐 때 타던 도구 진흙 썰매 [蕭] **鱖** 婢魚쏘가리 (귀)〈궤〉 [月] **蹶** 跳也뛰다 도약하다 急遽갑자기 또는 급히 [月] **劌** 傷也베이거나 찔리거나 하여 다치다 **【增】** 文41 **泜** 常山水名상산河北省 贊皇縣의 물 이름 (뎨)〈뎌〉 [支][紙] **禲** 鬼災귀신의 재앙 여귀厲鬼 떠돌이 귀신 (례)〈려〉 **糲** 米不精매조미쌀 현미 [曷] **蠣** 蚌屬굴조개 牡－모려 **攦** 折也꺾다 자르다 [屑] **欐** 梁也마룻대 도리 들보 ㉦[薺] **颲** 風聲바람 소리 飂－료려 **棙** 機也기계의 작동 단추나 손잡이 關－관려 **飈** 急風거센 바람 또는 바람이 세차게 부는 모양 **栖** 鳥所止날짐승들이 보금자리에 들다 (셰)〈셔〉 ㉬[齊] **遾** 逮也미치다 다다르다 **忕** 習也익숙해지다 습관되다 忸－뉵세 (씨) [泰] **殢** 滯也머무르다 막히다 (녜)〈니〉《톄》 **埤** 女牆성가퀴 －堄비예 (피)〈비〉 **碣** 立石선돌 (끼)〈게〉 [月][屑] **饐** 飯傷濕밥이 쉬다 (히)〈에〉 [寘] **瘛** 風病풍병 중풍 (게)〈계〉 **瑅** 佩玉패옥 (뗴)〈뎨〉

呢 小聲작은 소리 소곤거리다 (녜)<니> 瓕 母稱어머니 (몌)<미> [支] 鞮 革履가죽신 (뎨)<뎨> 虒 似梟논병아리 鷿－벽제 (톄) 瑅 玉名옥 이름 －瑭제당 (뗴) 睼 迎視마주보다 맞이하여 보다 鯷 鮎魚메기 鮧 仝앞과 같다 [支] 罤 兎網토끼 잡는 그물 또는 짐승을 잡는 그물의 총칭 蜺 寒蜩가을 매미 또는 쓰르라미 (예)<예> 謑 不正바르지 아니한 모양 －髁혜과 (혜)<혜> [禡] ㉦[薺] 澌 流冰성엣장 물 위에 떠다니는 얼음덩이 (셰)<싀> 澌 散聲목이 쉬다 낮은 음 [支] 【叶】無 【通】韻4 支 四平 微 五平 佳 九平 灰 十平

갈치 또는 웅어 멸칫과의 바닷물고기 批 捽也죽이다 [紙] 狴 牢獄감옥 (삐)<폐> ㉬[齊] 【叶】無 【通】韻4 紙 四上 尾 五上 蟹 九上 賄 十上

鶗 子雉두견이 －鴂제계 ㉬[齊] 蘙 草盛초목이 무성한 모양 초목이 빽빽함 薈－회예 (이)<예> 襼 袂也소매 (이) 蓫 烝蔥찐 파 擠 排也물리치다 (졔)<졔> ㉬[齊] 蕝 束茅表位띠를 묶어 표하다 綿－면체 (쥐) [屑] 蕞 仝앞과 같다 [泰][屑] 薺 似蔘모시대 －苨제니 (쪠) [支] ㉦[薺] 鮆 魚可爲醬젓갈을 만들 수 있는 물고기 (지) 淛 浙江절강 절강성浙江省에 있는 전당강錢塘江 [屑] 餟 祭酹酒제사를 지낼 때 술을 땅에 부어 강신함 (쥐)<체> [屑] 醊 仝앞과 같다 [屑] 禘 褓也포대기 (톄)<뎨> 裼 仝앞과 같다 [錫] 薙 除草제초하다 [紙] 釱 足鉗족쇄 (떼) [泰] 薜 香草줄사철 나무 －荔폐려 (삐)<폐> [陌] 盻 恨視흘겨보다 성나서 노려보다 (혜)<혜> [諫] 槥 小棺작은 관 (훼) 蟪 蟬屬씽씽매미 －蛄혜고 暳 暴乾햇볕에 말리다 바래다 (위)<위> 竁 穿地무덤 구덩이를 파다 (취)<취> [霰] 撅 揭也걷어올리다 (귀)<궤> [月] 【叶】無 【通】韻5 寘 四去 未 五去 泰 九去 卦 十去 隊 十一去

平聲佳九	【佳】文56 佳 善也훌륭하다 좋다 (개)<개> [麻] 街 道四通네거리 도읍의 큰길 挨 推也뒤에서 치다 (해)<애> 啀 兒言어린 아이의 말소리 [支] 崖 山邊산비탈 벼랑 (애) [支] 厓 仝上仝下앞뒤와 같다 涯 水畔물가 [支][麻] 叉 兩枝갈라진 가지끝이 둘 이상의 가닥으로 갈라진 물건이나 무기 (채)<채> [麻] 釵 歧笄비녀 [麻] 牌 牓也게시하거나 표지하는 데 쓰는 판(빼)<패> 乖 戾也어기다 어긋나다 (괘)<괴> 懷 思也생각하다 그리워하다 藏也숨다 숨기다 (홰)<회> 褱 古고자 櫰 冬取火木겨울에 땔나무를 채취하다 槐 仝앞과 같다 [灰] 瀤
上聲蟹九	【蟹】文22 嬭 乳母유모 어머니 (내)<내> 妳 仝앞과 같다 灑 汛也물을 뿌리다 (새)<새> [卦][馬] 洒 仝앞과 같다 [薺][賄][卦][銑][馬] 躧 小履無跟춤출 때 신는 뒤꿈치가 없는 작은 신 [紙] 騃 癡也어리석다 멍청하다 (애)<애> 廌 神羊짐승 이름
去聲泰九	【泰】文74 匃 乞也빌다 비럭질하다 (개)<개> 匄 仝앞과 같다 丐 俗속자 蓋 覆也덮다 덮개 苫也이엉 집을 잇다 似傘일산日傘 우산 華－화개 大凡대개 [合][合] 盖 俗속자 磕 石聲돌이 부딪치는 소리 (캐) [合] 礚 仝앞과 같다 愒 貪也탐하다 탐내다 急也급하다 다급하다 [霽][曷] 柰 蘋婆那也능금 (내)<내> [箇] 奈 俗속자 非잘못임 [箇] 汏 水激過사태나다 (때)<대> 釱 足鉗족쇄 [霽] 大 小之對크다 過也지나다《태》[箇] 忩 懲也징계하다 (애)<애> 艾 灸草쑥 老也늙다 늙은이 養也양육하다 安也편안하다 美好어여쁘다 過半쉰살50 仝앞과 같다 [隊] 馤 香氣향기 (해) 藹 茂皃무성한 모양 ――애애 [賄] 靄 雲狀구름과 안개가 낀 모양 또는 구름이 끼고 비가 오는 모양 [賄][曷] 壒 塵也티끌 먼지 曖 日色햇빛 蔡 蔡仲所封주周 무왕武王이 처음에 아우 숙도叔度를 봉하였다가 뒤에 반란을 일으키자 추방하고 아

北方水名북방의 물 이름 淮 揚州水名양주江蘇省의 물 이름 皆 俱辭다 두루 (개)<기> 喈 鳥聲새가 우는 소리 ――개개 楷 孔子墓木공자의 무덤가에 있다는 황련목黃連木 ㉦[蟹] 湝 水盛물이 흐르는 모양 ――개개《희》偕 俱也다 함께 階 陛也섬돌 계단 級也벼슬의 등급 堦 仝앞과 같다 藉 禾槀짚 稭 仝앞과 같다 [黠] 颽 疾風빠른 바람 荄 草根풀뿌리 [灰] 揩 摩拭문지르다 닦다 (캐) 埋 瘞也묻다 파묻다 (매)<믜> 薶 仝앞과 같다 霾 晦也모래가 바람에 날려 하늘이 뿌옇게 되는 현상 어둑어둑하다 排 推也밀다 밀어 열다 (빼)<븨> 俳 戲也광대 광대놀음 익살스럽다 ―優배우 齋 潔也재

선악과 시비를 판단할 줄 안다는 전설상의 동물 獬―해치 (째)<채> [紙] 豸 仝앞과 같다 [紙] 擺 撥也헤치다 (배)<패> 罷 止也그치다 정지하다 遣囚놓아주다 석방하다 閩人呼父민 지방의 방언으로 아버지에 대한 칭호 郎―랑패 [支][禡] 捭 兩手擊두 손으로 때리다 [陌] 解

들 채중을 봉한 나라 法也법 龜也점치는 데 쓰는 큰 거북 (채)<채> [曷] 泰 大也크다 通也통달하다 통창하다 (대)<태> 太 甚也너무 아주 매우 仝앞과 같다 大 仝앞과 같다 <대> [箇] 忲 奢也사치하다 [霽] 汰 滑也미끄럽다 미끄러지다 洗也씻다 씻어내다 淘―도태 仝앞과 같다 娧 舒遲의젓한 모양 ――태태 (퇴) 脫 仝앞과 같다 [曷] 駾 馬行疾말이 빨리 달리는 모양 또는 빨리 달리다 [隊] 兌 蹊也지름길 / 悅也기뻐하다 즐거워하다 直也곧다 通也통하다 (뛰) 鞔 補也깁다 박다 (뛰) 貝 介蟲조개 조가비 貨也화폐 재화 (뷔)<패> 狽 獸名앞다리가 짧고 뒷다리가 길다는 전설상의 짐승이름 負狼而行언제나 랑狼에 의지해 같이 다닌다고 함 霈 多澤축축하다 눅눅하다 은택을 내려주다 霶―방패 (퀴) 沛 泗水縣名사수江蘇省 沛縣의 현 이름 仝上仝下앞뒤와 같다 伂 偃仆넘어지다 쓰러지다 顚―전패 旆 旗也기 깃발 (삐) 茷 有法度엄정한 모양 법도가 있는 모양 ―패패 펄럭이다 害 傷也상

계齋戒하다 室也집 가옥 (재)<ᄌᆡ> 齊 仝앞과 같다 [支][齊][薺][霽]
儕 等輩또래 무리 서로 같다 (째) 祡 燔柴祭天섶을 태워서 연기를 내어 하늘에 제사지내다 柴 析木땔나무 仝앞과 같다 [卦] 豺 狼屬승냥이 差 貳也서로 맞지 아니하다 擇也고르다 선택하다 使也부리다 파견하다 (채)<ᄎᆡ> [支][卦][麻][禡] 諧 和也화합하다 조화하다 (ᅘᅢ)<ᄒᆡ> 骸 骨也뼈 해골 鞵 屨也미투리 신발 鞋 仝앞과 같다 膎 脯也육포 또는 절인 음식 鮭 河豚복어 魚菜總名생선 요리의 총칭 媧 古聖女신화상의 여신 이름 女－녀와 녀왜 (괘)<괘> [麻] 緺 青綬아청빛 인끈 [麻] 蝸 瓜牛달팽이 [麻] 騧 黃馬주둥이가 검은 누런

脫也풀다 벗다 講也해설하다 散也흩어지다 (개)<ᄀᆡ>《ᄒᆡ》 [卦][卦]
鍇 好鐵질 좋은 쇠 (캐) 楷 模也본받다 ㉬[佳] 買 市也사다 매매하다 (매)<ᄆᆡ> 駭 驚也말이 놀라다 놀라다 경악하다 (ᅘᅢ)<ᄒᆡ> 駴 仝앞과 같다 蟹 介蟲게 십각목十脚目의 갑각류를 이르는 말 二螯집게발

하게 하다 해치다 (ᅘᅢ)<해> [曷] 會 畫也그림 (귀)<괴>《회》 膾 肉腥細切잘게 썬 생선이나 고기 잘게 회를 치다 鱠 仝앞과 같다 儈 會合市人장사꾼을 모으다 거간꾼 牙－아괴 澮 井溝밭도랑 畎－견괴 [卦] 鄶 祝融後所封축융의 후예에게 봉한 나라 하남성河南省 정주시鄭州市 남쪽에 있었던 서주西周의 제후국諸侯國 檜 柏葉松身전나무 仝앞과 같다 [曷] 襘 領交會옷고름 띠 매듭 또는 옷깃이 마주치는 곳 獪 狡也교활하다 간교하다 [卦] 劊 斷也끊다 자르다 절단하다 廥 芻稾藏여물 창고 여물광 禬 穮也겨 [隊] 旝 旃也깃발 賴 恃也믿다 의지하다 蒙也힘입다 (래)<뢰> 瀨 湍也여울 籟 籥也세 구멍 퉁소 癩 疥也옴 惡疾문둥병 酹 酒沃地땅에 술을 붓거나 뿌려 제사를 지내다 강신하다 (뤼) [隊] 外 表也바깥 (왜)<외> 薈 草多초목이 무성한 모양 －蔚회위 외위 (휘) 濊 深廣깊고 넓다 汪－왕회 왕외 [隊][曷] 最 極也가장 凡也대개 (쥐)<최> 蕞 小皃작다 (쮜) [泰][屑] 會 合也모이다

말 [麻] 哇 淫聲음탕한 소리 (쾌)<왜> [麻] 娃 美女미녀 미인 [麻] 蛙 蝦蟇개구리 [麻] 鼃 仝앞과 같다 [麻] 洼 陝西水名섬서의 물 이름 渥－악와 신마神馬가 났다고 전해지는 감숙성甘肅省 안서현安西縣의 하천 [麻] 【增】文12 睚 目際눈가 눈자위 (애)<애> [卦] 捱 拒也막다 簎 箭室화살집 전동箭筒 (채)<채> [麻] 簰 筏也떼 뗏목 (빼)<패> 蠯 蚌也 狹而長가늘고 긴 말조개 祴 塼道섬돌 앞의 벽돌길 (개)<기> [灰] 痎 瘧也학질瘧疾 하루거리 緒 大絲굵은 실 (캐) 偕 行皃나쁜 짓을 하다 난폭하게 굴다 徘－배개 湝 水盛물이 흐르는 모양 －－개개 (해)<히>《기》 喎 口戾입이 비뚤어지다 와

(해) 獬 神羊선악과 시비를 판단할 줄 안다는 전설상의 동물 －豸해치 澥 海別名바다 또는 강 호수 바다를 두루 이르는 말 渤－발해 嶰 崑崙北谷곤륜산의 북쪽 계곡 이름 矮 短也키가 작다 낮다 작다 (애)<왜> 【增】文5 豥 豕白蹢네 발굽이 모두 흰 돼지 (해)<히>

모으다 (휘)<회>《괴》 繪 畫也그림 그림을 그리다 [隊] 繢 仝앞과 같다 [隊] 禬 除殃祭재앙과 병을 쫓는 제사 帶 紳也띠 蛇也뱀 또는 가늘고 기다랗게 생긴 동물 (대)<딕> 癗 赤白痢이질痢疾 祋 殳也창 (뒤) [曷] 眛 目不明눈이 어둡다 (뮈)<믹> [隊] 沬 微晦희미하다 어둡다 흐릿하다 衛邑名춘추시대 위나라河南省 淇縣의 읍 이름 小星已也북두칠성 개양開陽의 동반성同伴星 [隊] 翽 飛聲새가 나는 소리 －－홰홰 (휘)<홰> 譓 衆聲많은 소리 噦 鑾聲리듬이 있는 방울소리 －－홰홰 [月] 【增】文14 嘅 嘆也탄식하다 감탄하다 (캐)<개> [隊] 縩 紈素聲비단 쓸리는 소리 옷이 스치는 소리 綷－최채 (채)<채> 蛻 蛇蟬解뱀이나 매미의 허물 허물을 벗다 (퉈)<태> [霽] 稅 追服상사일이 지난 뒤에 문상 가서 입는 옷 [霽][曷] 銳 矛屬창 (뛰) [霽] 浿 樂浪水名낙랑의 물 이름 (패)<패> [卦] 肺 茂皃무성한 모양 －－패패 (퀘) [隊] 妎 妬也질투하다 시기하다 (해)<해> 塊 墣也흙덩이

사증 (쾌)<괘> 闖 開門문을 열다 (쇄)<왜> [紙]【叶】無【通】韻4 支 四平 微 五平 齊 八平 灰 十平

絯 束也얽어매다 구속하다 挂也걸다 [灰][陌] 夥 多也많다 [哿] 解 緩也늦추다 曉也깨닫다 이해하다 알다 (해)<기> [卦][卦] 柺 挂杖지팡이 또는 지팡이를 짚다 (괘)<괘>【叶】無【通】韻4 紙 四上 尾 五上 薺 八上 賄 十上

(괘)<괴> [隊] 藾 苹也다북쑥 －蕭뢰소 (래)<뢰> 稡 會也모으다 (쥐)<최> [月] 棷 藪也풀 푸서리 [尤][有] 蹛 北漠地名북막甘肅省 秦安縣의 땅 이름 －林대림 흉노족이 가을에 토신土神에게 제사를 지내는 곳 (대)<듸> 眛 冥也어둡다 斗後星별 이름 북두칠성 자루柄의 뒷 별 夷樂옛 동방 또는 북방 소수민족의 음악 (뮈)<믜> [隊]【叶】無【通】韻5 寘 四去 未 五去 霽 八去 卦 十去 隊 十一去

平聲灰十	【灰】文135 能 三足鼈세 발 달린 자라 黃熊곰과 비슷한 전설상의 짐승 (내)<내> [隊][蒸] 霼 雪皃눈처럼 새하얀 모양 ―― 애애 (애)<애> 皚 仝앞과 같다 敱 有所治다스리다 埃 塵也먼지 티끌 (애) 欸 歎也탄식하다 또는 탄식하는 소리 ㉦[賄] 唉 仝앞과 같다 瑰 石次玉아름다운 돌 瓊―경괴 (귀)<괴> 瓌 仝上仝下앞뒤와 같다 傀 大皃크다 偉也우뚝하다 ㉦[賄] 恢 大也크다 광대하다 拓也확대하다 넓히다 펼치다 (쾨) 詼 調也농담하다 익살부리다 嘲也조롱하다 盔 盂也바리 鎧也투구 철모 魁 首也머리 대가리 우두머리 ㉦[賄] 悝 憂也근심하다 大也크다 [紙] 挼 手摩비비다 문지르다 (뉘)<뇌> [歌] 挼 仝앞과 같다《쇠》[歌] 雷 震也우레 천둥 (뤼)<뢰> 靁 仝앞과 같다 瓃 玉器옥으로 만든 그릇 옥으로 만든 술잔 罍 酒樽
上聲賄十	【賄】文64 愷 軍勝樂군대가 승전하고 나서 연주하는 음악 또는 승전 후에 군악을 연주함 (캐)<개> 凱 仝앞과 같다 善也착하다 和也화하다 豈 仝앞과 같다 [尾] 塏 明也밝다 탁 트이다 燥也지세가 높고 건조하다 爽―상개 鎧 甲也갑옷 [隊] 闓 開也열다 열리다 乃 語辭어조사 (내)<내> 迺 仝앞과 같다 鼐 大鼎큰솥 일설에는 노구솥 [隊] 朏 日無光날이 흐리다 餧 飢也주
去聲卦十	【卦】文94 疥 痒疾피부병의 하나 옴 (개)<개> 介 大也크다 助也돕다 繫也매이다 관련되다 甲也갑옷 갑각류甲殼類의 곤충이나 어패류魚貝類 間廁끼이다 [黠] 玠 大圭큰 홀圭 夰 獨居짐승이 짝이 없다 홀로 혼자 魪 比目魚가자미 芥 辛菜겨자 또는 갓 纖也미세하다 세밀하다 价 善也착하다 恝 無愁걱정 없다 [黠] 忿 仝앞과 같다 犗 騬牛거세한 소 불깐소 畜健彊건장한 가축 마소 따위가 실하다 賣 出貨팔다 (매)<매> 邁 往也가다 멀리 가다 勱 勉也힘쓰다 노력하다 喝 嘶聲목쉰 소리

술을 담는 그릇의 하나 轙 鞍帶말안장에 늘어뜨린 장식 일설에는 수레에 오를 때 잡는 가죽 끈 (쉬)〈쇠〉 桅 帆竿돛대 (위)〈외〉 嵬 高皃높이 솟은 모양 崔－최외 ㉦[賄] 峞 仝앞과 같다 [支] 隈 水曲물굽이 물이 굽이지어 흐르는 곳 (휘) 煨 盆中火잿불 椳 門樞문지도리 偎 愛也사랑하다 친애하다 昵近친하다 친근하다 仝앞과 같다 揋 掎也끌다 당기다 催 迫也다그치다 재촉하다 (취)〈최〉 崔 齊邑춘추春秋시대 제山東省 章丘縣나라의 읍 姓也성씨 / 高皃높고 크다 －嵬최외 (쮜) 隆 崩也무너지다 또는 그 모양 －隤최퇴 縗 喪衣상복喪服의 왼쪽 가슴에 다는 삼베 조각 衰 仝앞과 같다 [支][支] 摧 折也꺾다 부러지다 (쮜) 堆 聚土모래 언덕 돌무더기 흙더미 (뒤)〈퇴〉 鎚 治玉옥을 다듬다 [支] 磓 落石돌이 떨어지다 또는 아래로 늘어지다 [寘] 頧 夏冠하대夏代의 관 이름 毋－무퇴 追 治玉옥을 다듬

리다 굶주리다 (뉘)〈뇌〉 [寘] 餒 仝앞과 같다 鮾 魚敗물고기가 썩다 腇 耎弱연약하다 萎－위뇌 磊 衆石돌이 많이 쌓여 있는 모양 (뤼)〈뢰〉 礨 小穴작은 구멍 －空뢰공 仝앞과 같다 儡 木偶꼭두각시 傀－괴뢰 櫑 劒飾손잡이 끝을 옥으로 장식한 장검長劒 －具뢰구 蕾 始華꽃봉오리 蓓－배뢰 隗 高也높은 모양 姓也성씨 (위)〈외〉 ㉬[灰] 嵬 산이 높은 모양 畾－뢰외 ㉬[灰] 頠 頭閑習머리 움직임이 익

(해)〈애〉 [曷] 餲 飯敗밥이 쉬다 [曷] 嗄 氣逆목 쉬다 [禡] 債 逋財빚 부채 (재)〈채〉 祭 周大夫邑名주나라 대부인 周公의 아들이 기내畿內에 있다가 동천하여 하남성河南省 정주시鄭州市 북동쪽으로 옮긴 읍 이름 姓也성씨 [霽] 瘵 病也질병 蠆 螫蟲전갈 (채) 瘥 病除병이 낫다 [歌] 差 過也지나치다 較也비교하다 異也다르다 仝앞과 같다 [支][佳][麻][禡] 敗 毁之헐다 무너뜨리다 (배)〈패〉 / 自破패하다 패전하다 (빼) 派 分流물줄기가 갈라져 흐르다 (패) 浿 樂浪水名낙랑의 물 이름 [泰] 唄 梵音부처의 공덕을 칭송하는 노래 (빼)

다 조탁하다 －琢퇴탁 仝앞과 같다 [支] 敦 怒也성내다 꾸짖다 軍後뒤 서다 仝앞과 같다 [隊][元][阮][願][寒][蕭] 推 排也배제하다 물리치다 (퉈) [支] 蓷 益母草익모초 頹 傾也기울다 무너지다 (뛰) 隤 仝앞과 같다 穨 暴風회오리바람 또는 폭풍 仝앞과 같다 橨 馬病말의 질병 虺－회퇴 僓 順皃고분고분하다 순한 모양 焞 盛皃성대한 모양 －－퇴퇴 [眞][元] 魋 神獸似熊곰과 비슷한 짐승 人名사람 이름 宋桓－송환퇴 춘추春秋시대 송나라 대부大夫 환퇴 [支] 灰 火餘燼재 (휘)<회> 洄 逆流물을 거슬러 올라가다 (훼) 回 轉也돌다 두르다 邪也사특하다 간사하다 [隊] 廻 還也되돌아오다 避也회피하다 仝앞과 같다 徊 不進서성거리는 모양 徘－배회 佪 仝앞과 같다 茴 馬蘄회향 산형과의 여러해살이풀 －香회향 槐 冬取火木겨울에 땔나무를 하다 [佳] 該 兼也겸하다 (개)<기> 垓 八極땅의 맨 끝 팔

숙하다 人名사람 이름 晉裵－진배외 진나라의 배외 [紙] 猥 幷雜복잡하다 (위) 嵬 山高산이 높고 가파른 모양 [尾] 罪 罰惡징벌하다 죄를 다스리다 (쮜)<죄> 辠 蹙鼻코를 찡그리다 仝앞과 같다 皠 白也희다 새하얗다 (취)<최> 漼 深也물이 깊다 ㉲[灰] 璀 玉光옥의 광채가 찬란한 모양 腿 股也정강이와 넓적다리의 총칭 (튀)<퇴> 賄 財也재물 (휘)<회> 賄 仝앞과 같다 悔 懊也뉘우치다 후회하다 恨也한하다

粺 精米쓿은 쌀 稗 似禾而別피 戒 愼也삼가다 근신하다 (개)<계> 誡 言警경고하다 경계하다 悈 飭也삼가다 조심하다 界 境也경계지경 屆 至也이르다 다다르다 怪 異也기이하다 (괘)<괴> 恠 俗속자 非잘못임 硜 石似玉옥과 비슷한 아름다운 돌 壞 毁之무너지다 《회》 蒯 茅類기름새 사초과莎草科의 여러해살이풀 (쾌) 蔽 仝앞과 같다 蕢 赤莧당비름 나물 이름 [寘] 喟 太息한숨 [寘] 聵 聾也귀머거리 (왜)<외> [隊] 嘬 一擧盡臠산적 점을 한 입에 넣다 (채)<최> 解 除也제거하다 재앙을 없애 달라고 빌다 액막이하다 發也개봉하

극八極을 모두 아우른 땅 晐 仝앞과 같다 荄 草根풀뿌리 [佳] 陔 階次층계의 차례 또는 층계 계단 ㉦[賄] 峐 山無木초목이 자라지 않는 산 祴 夏樂하나라의 악장樂章 [佳] 開 解也풀다 闢也열다 (캐) 臺 土四方高흙으로 높이 쌓아 사방을 바라볼 수 있게 만든 곳 (때)<ᄃᆡ> 擡 擧也쳐들다 들어 올리다 儓 陪臣가장 하급의 종奴婢을 지칭하는 말 輿－여대 薹 草名 夫須풀 이름 삿갓사초 籉 笠也삿갓의 한 종류 萊 田廢生草쑥 (래)<ᄅᆡ> 來 麰也밀 소맥小麥 至也오다 이르다 呼也불러오다 [支][隊] 倈 仝앞과 같다 徠 泰山태산 산동성山東省 태안현泰安縣의 남동쪽에 있는 산 徂－조래 仝앞과 같다 [隊] 騋 馬七尺키가 7자尺인 말 秾 麥也소맥小麥 밀 枚 枝也나무 줄기 數物일일이 하나하나 馬鞭말채찍 止喧하무 진군할 때 군졸이 떠들지 못하도록 입에 물리던 나무 막대기 銜－함매 (뮈)<ᄆᆡ> 玫 火齊珠화

[隊] 痗 病也병 들다 木瘤나무 혹 廆 癖也담장 담 人名사람 이름 晉慕容－진모용외 진나라의 모용외 匯 水回合강물이 돌아서 한 곳으로 모이다 改 更也고치다 변경하다 바꾸다 (개)<ᄀᆡ> 待 俟也기다리다 遇也대우하다 상대하다 (때)<ᄃᆡ> 每 常也항상 늘 貪也탐내다 頻也자주 (뮈)<ᄆᆡ> [隊] ㉬[灰] 浼 汚也더럽히다 모욕당하다 倍 兼也갑절 곱 (뻬)<ᄇᆡ> [隊] 琲 珠十貫10관의 구슬 꿰미 [隊] 毐 人無行남자

다 解額당대唐代 각 지방의 향시鄕試 정원 解頤웃다 (개)<ᄀᆡ>《ᄒᆡ》 [蟹][蟹] 懈 懶也게으르다 나태하다 繲 浣衣빨래하다 廨 官舍관사 관서官署 관청 鞳 鼓名북 이름 답랍고答臘鼓 (캐) 劾 力作힘쓰다 [隊] [職] 韎 赤韋붉은 가죽 (매)<ᄆᆡ> [隊] 扒 拔也뽑다 (배)<ᄇᆡ> 拜 服也굴복하다 稽首절하다 仝앞과 같다 湃 水聲물결이 부딪치는 소리 滂－방배 (패) 憊 疲極피곤하다 (빼) 憊 仝앞과 같다 韛 革囊吹火풀무 棑 船後木목선木船의 고물에 설치하여 배를 멈출 때 쓰는 나무 隘 狹也좁다 협소하다 險也험하다 (해)<ᄋᆡ> 餲 仝앞과 같다

제주 보주寶珠의 일종 아름다운 옥 －瑰매괴 煤 煙墨그을음 먹을 만드는 데 쓰는 검댕 禖 求子祭아들을 점지해 달라고 지내는 제사 高－고매 媒 謀合二姓중매쟁이 酶 酒本술밑 누룩 酶 仝앞과 같다 脢 背肉등살 또는 등 [隊] 梅 酢果매실나무 매실 喪容상제의 시름 없는 모양 －－매매 鋂 子母環큰 고리 하나에 두 개의 작은 고리를 끼운 사슬 莓 苔也이끼 草名뱀딸기에 속하는 식물의 범칭 蛇－사매 罦 雉網꿩을 잡는 그물 [霙] 塺 塵也티끌 먼지 [箇] 桮 飮器국을 담거나 술을 따르는 그릇 (뷔)<빅> 杯 仝앞과 같다 盃 俗속자 肧 孕一月임신한 지 한 달이 되다 －胎배태 (퀴) 坏 未燒瓦굽지 않은 기와나 옹기 醅 酒未漉거르지 않은 술 裵 衣長옷이 긴 모양 姓也성씨 (쀠) 裴 仝앞과 같다 徘 不進배회하다 머뭇거리다 －徊배회 培 益也더하다 늘리다 壅也북돋우다 [有] 陪 廁也모시다 동반하다 수행

의 품행이 단정하지 못하다 (해)<익> 宰 主也주재자主宰者 지배하는 지위에 있는 사람이나 사물 (재)<직> 聹 半聾귀가 어둡다 잘 안 들리다 縡 事也일 [隊] 載 年也해 년 仝앞과 같다 [隊] 在 存也생존하다 존재하다 (쨰) [隊] 綵 繪繒채색 비단 색동 비단 (채)<칙> 採 取也채취하다 寀 事也정사政事 또는 관직 食邑경대부卿大夫의 봉읍封邑 채지寀地 仝上仝下앞뒤와 같다 [隊] 彩 文色여러가지 색채 寀 寮

[陌] 阨 俗속자 [陌] 呃 不平聲불평하는 소리 詎 仝앞과 같다 噫 飽食息트림하다 또는 트림하는 소리 [支] 眦 目際눈가 恨視흘겨보다 노려보다 睚－애자 (쨰)<직> [寘] 寨 藩落방책을 둘러친 마을 촌락 木柵방어용의 울짱 울타리 (쨰)<칙> 砦 仝앞과 같다 柴 仝앞과 같다 [佳] 邂 不期而遇우연히 만나다 －逅해후 (햬)<힉> 械 器總名기계의 총칭 桎梏차꼬 韰 似韭薰菜부추 薤 俗속자 瀣 北方氣밤의 물 기운 곧 이슬 沆－항해 [隊] 卦 兆也주역周易에서 양효陽爻와 음효陰爻를 어울러서 이루어 놓은 형상形象 (괘)<괘> 挂 縣也

하다 家臣경대부의 집에 딸린 신하 阫 牆也담 담장 顋 頷也뺨 볼 (새)<ᄉᆡ> 腮 俗속자 毸 張羽새가 날개를 펼치는 모양 毰－배시 鰓 魚頰아가미 鬛 多鬚수염이 많은 모양 哀 痛也슬프다 비통하다 (해)<ᄋᆡ> 哉 始也~에야 비로소 語助어기조사 (재)<ᄌᆡ> 烖 俗속자 非잘못임 栽 種也심다 재배하다 [隊] 䙳 仝앞과 같다 烖 天火자연적으로 발생한 화재 灾 仝앞과 같다 菑 仝앞과 같다 [支] 災 籒주문 纔 僅也겨우 다만 (쨰) [咸] 才 藝也재주 재능 仝앞과 같다 財 貨也재물 돈이나 물자의 총칭 材 木直재목 목재용의 나무 堪用안배하다 사용하다 裁 製也마르다 마름질하다 재단하다 度也헤아리다 고려하다 [隊] 猜 疑也의심하다 또는 의심하여 꺼리다 (채)<ᄎᆡ> 偲 多才力능력이 있다 재주가 많다 [支] 胎 孕三月임신한 지 3개월 된 태아 (태)<ᄐᆡ> 台 星名별 이름 三－삼태 [支] 邰 后稷所封주周

官벼슬 관직 관리 [隊] 茝 蘭類난초류의 향초 이름 (채) 怠 懈也소홀히 하다 게으르다 나태하다 (때)<ᄐᆡ> 迨 及也미치다 이르다 도달하다 [隊] 逮 仝앞과 같다 [霽][隊] 隸 仝앞과 같다 詒 欺也속이다 [支] [隊] 紿 仝앞과 같다 絲縈낡은 실 殆 危也위급하다 위태롭다 위험하다 將也장차 어쩌면 할 수 있다 海 天池바다 큰 호수 (해)<ᄒᆡ> 醢 肉醬육장 장醬 亥 十二支終12지지地支의 하나 (ᅘᅢ) 【增】文17 罣

걸다 매달다 掛 仝앞과 같다 詿 誤也그르치다 罣 罥也매달다 걸리다 絓 仝앞과 같다 曬 曝也볕을 쬐다 햇볕에 쬐어 말리다 (새)<ᄉᆈ> 晒 仝앞과 같다 灑 汎也물을 뿌리다 [蟹][馬] 洒 仝앞과 같다 [薺] [蟹][銑][馬] (入)[賄] 殺 疾也빠르다 減也감하다 [寘][黠] 煞 仝앞과 같다 [黠] 夬 決也터놓다 결단하다 (괘)<ᄏᆈ> 獪 狡也교활하다 간교하다 [泰] 快 稱心마음에 맞다 기쁘다 (쾌) 駃 疾也말의 걸음이 빠르다 [屑] 噲 咽也목구멍 삼키다 畵 繪也그리다 그림을 그리다 (ᅘᅫ)<홰> [陌] 畫 俗속자 話 語也말 말하다 譮 怒辭성난 소리 仝앞과 같다 나라의 시조 후직后稷의 봉국 섬서성陜西省 무공현武功縣 남서쪽 駘 駑馬둔한 말 (때) ㉦[賄] 炱 煤也검댕 철매 鮐 河豚복어 菭 水衣물이끼 苔 소앞과 같다 咍 笑也비웃다 조소하다 (해)<히> 孩 小兒笑어린아이가 방긋 웃다 (햬) 頦 頤頷턱 아래턱 【增】文30 剴 切近가깝다 간절하다 (개)<개> [隊] 崍 巴蜀山名파촉의 산 이름 邛-공래 (래)<래> 獃 癡也미련하다 멍청하다 (애)<애> 轠 擊也부딪치다 충돌하다 (릐)<뢰> 擂 硏物갈다 [隊] 捘 手摩주무르다 문지르다 (쉬)<쇠>《뇌》[歌] 隗 高也높은 모양 人名사람 이름 燕郭-연곽외 연나라 곽외 (위)<외> ㉦[賄] 峻 赤子陰어린아이의 자지 (쥐)<최> 嗺 撮口입술을 오므려서 소리를 내다 漼 雪皃서리와 눈이 쌓인 모양 --최최 (쮜) ㉦[賄] 槌 摘也따다 (뒤)<퇴> [支] 搥 소앞과 같다 [支] 隊 相擊서로 치다 부딪치다 또는 서로 싸

雲狀구름과 안개가 낀 모양 (해)<애> [泰][曷] 藹 草木叢雜초목이 섞여 무성한 모양 [泰] 傀 木偶꼭두각시 -儡괴뢰 (퀴)<괴> ㉫[灰] 魁 壯皃장대한 모양 -壘괴루 ㉫[灰] 壘 壯皃거대한 모양 魁-괴루 (릐)<뢰> [紙] 嵔 山皃산이 높고 큰 모양 높이 솟은 모양 -嵬뢰외 綷 紈素聲비단 쓸리는 소리 옷자락이 스치는 소리 -縩최채 (취)<최> [隊] 洒 高峻높은 모양 [薺][蟹][銑][馬] ㉠[卦] 陔 八極변방 (개)<기>

躛 過也잘못하다 不信거짓 【增】文13 髤 假髻틀어 올려 비녀를 꽂은 머리 상투나 낭자 (개)<개> 帎 幘也두건頭巾 睚 目際눈가 눈초리 恨視노려보다 -眦애자 (애)<애> [佳] 責 稱也뜻에 맞다 (재)<채> [陌] 蔕 鯁刺생선의 가시 마음에 걸리거나 언짢은 일 -체체 (채)<체> 壞 自敗무너지다 쇠망하다 (홰)<회>《괴》 糒 乾飯건량乾糧 말린 양식 (뻬)<비> [寘] 解 物自散흩어지다 (햬)<히>《기》[蟹][蟹] 傒 俠也좁다 鎩 長矛날이 긴 창 (새)<쇄> [黠] 澮 井溝봇도랑 논밭 사이의 물길 (괘)<쾌> [泰] 繶 徽也아름답다

우다 (휘)〈회〉 挔 仝앞과 같다 尯 馬病말의 질병 －㿗회퇴 [尾] 蛔 腹中蟲회충 (홰) 絯 束也얽어매다 구속하다 (개)〈ᄀᆡ〉 [蟹][陌] 晐 備也갖추다 겸비하다 賅 仝上仝下앞뒤와 같다 侅 奇也특수하다 非常비상하다 胲 足大指엄지발가락 仝앞과 같다 ㊇[賄] 每 草盛풀이 무성한 모양 美田기름지고 좋은 밭 －－매매 (뮈)〈ᄆᆡ〉 [隊] ㊇[賄] 环 占具산통 －珓배교 (뷔)〈ᄇᆡ〉 衃 凝血검붉은 어혈 (퓌) 毰 張毛새가 날개를 펼친 모양 －毸배시 (쀠) 鰓 角中骨뿔속의 뼈 (새)〈ᄉᆡ〉 罳 屛也가리개 罘－부시 [支] 鬹 小鼎아가리가 작은 솥 (째)〈ᄌᆡ〉 [支] 跆 蹋也밟다 (때)〈ᄐᆡ〉 箈 竹萌죽순 【叶】無 【通】韻4 支 四平 微 五平 齊 八平 佳 九平

㊄[灰] 胲 足大指엄지발가락 또는 짐승의 발굽 ㊄[灰] 蓓 始華꽃망울 꽃봉오리 －蕾배뢰 (쀠)〈ᄇᆡ〉 欸 棹歌노를 저으며 부르는 노랫소리 －乃애내 (해)〈ᄋᆡ〉 ㊄[灰] 娭 戲也놀이하다 장난하다 靉 雲盛구름이 성한 모양 －靆애체 [隊] 棌 柞也갈참나무 상수리나무 (채)〈ᄎᆡ〉 靆 雲盛구름이 많은 모양 靉－애체 (때)〈ᄐᆡ〉 [隊] 駘 疲也피로하다 지치다 ㊄[灰] 【叶】無 【通】韻4 紙 四上 尾 五上 薺 八上 蟹 九上

(홰)〈홰〉 [陌] 罫 碁局間바둑판의 정간 【叶】無 【通】韻5 寘 四去 未 五去 霽 八去 泰 九去 隊 十一去

去聲 隊十一

【隊】文128 漑 灌也물을 대다 (개)〈개〉 摡 拭也씻다 滌也세척하다 [未] 槩 所以平斗斛평미레 意氣기개 節－절개 慨 失意뜻을 얻지 못하여 분격하다 慷－강개 (캐) 愾 怒也분노하다 太息한숨 쉬다 仝앞과 같다 [未] 嘅 仝앞과 같다 [泰] 鎧 甲也갑옷 [賄] 耐 忍也참다 견디다 (내)〈내〉 能 仝앞과 같다 [灰][蒸] 鼐 大鼎큰솥 일설에는 노구솥 [賄] 礙 阻也막다 막히다 止也그치다 (애)〈애〉 碍 俗속자 硋 仝앞과 같다 閡 外閉막히다 仝앞과 같다 佩 玉之帶대대大帶를 차는 장식품 (뻬)〈패〉 珮 仝앞과 같다 北 分異각각 두다 敗也패하다 패배하다 [職] 邶 河內地하내河南省 黃河 以北地域의 땅 背 棄也떠나가다 버리고 가다 違也위배하다 孤負反面등지다《비》 偝 仝앞과 같다 倍 反也위배하다 배반하다 仝앞과 같다 [賄] 誖 亂也어지럽다 [月] 悖 仝앞과 같다 [月] 穢 蕪也잡초가 무성하다 거칠다 (위)〈예〉 薉 仝上仝下앞뒤와 같다 獩 東夷고대 중국 북동부와 한반도 북부 일대에 분포하여 살던 종족 －貊예맥 濊 水多물이 많은 모양 仝앞과 같다 [泰][曷] 刈 芟草베다 베어내다 (이) 乂 治也다스리다 艾 仝앞과 같다 [泰] 廢 止也정지하다 중지하다 멈추다 (빙)〈폐〉 癈 痼疾불구 또는 불구가 되다 肺 金藏허파 오장五臟의 하나 [泰] 柹 削木札대팻밥 목재를 깎다 [紙] 吠 犬鳴개가 짖다 塊 墣也흙덩이 (귀)〈괴〉 [泰] 凷 仝앞과 같다 賚 賜也하사하다 (레)〈뢰〉 纇 絲節실의 매듭 疵也흠 결점 (뤼) 耒 耜也따비 쟁기 擂 急擊鼓북을 급히 치다 酹 酒沃地땅에 술을 붓거나 뿌려 제사를 지내다 [泰] 退 卻也물러나다 후퇴하다 (퉈)〈퇴〉 靧 洗面얼굴을 씻다 (휘)〈회〉 頮 仝앞과 같다 沬 仝앞과 같다 [泰] 誨 教也가르치다 깨우치다 悔 改也잘못을 고치다 恨也뉘우치다 후회하다 [賄] 晦 昧也어리석다 月盡그믐 한 달의 맨 마지막 날 潰 散也흩어지다 怒也성내다 (훠) 繪

畫也그림 [泰] 繢 소앞과 같다 [泰] 闠 市門저자 문 저자 거리 闤－환궤 回 遶也빙 두르다 曲也굽다 구불구불하다 [灰] 欬 逆氣기침 嗽也기침하다 言笑말과 웃음 담소함 謦－경해 (개)〈ᄀᆡ〉 咳 소앞과 같다 內 中也안 속 (뉘)〈ᄂᆡ〉 [合] 戴 以首荷머리에 이다 머리에 쓰다 (대)〈ᄃᆡ〉 襶 凉笠여름철에 햇빛을 가리기 위해 쓰는 갓 褦－내대 對 答也대답하다 응답하다 當也서로 대등하다 상당하다 (뒤) 碓 舂具방아 디딜방아 貸 借也꾸다 빌리다 빌려주다 (태) [職] 代 更也갈다 바꾸다 대신하다 (때) 岱 泰山태산의 다른 이름 黛 畫眉黑눈썹먹 黱 소앞과 같다 袋 囊也포대 자루 帒 소앞과 같다 瑇 龜屬바다거북과에 속하는 거북의 일종 －瑁대모 玳 俗속자 隊 羣也떼 무리 (뛰) 憝 怨也원망하다 증오하다 懟 소앞과 같다 鐓 矛下銅창고달 물미 또는 창 錞 소앞과 같다 [眞] 䨴 雲皃구름이 짙게 깔린 모양 霮－담대 薱 草木盛초목이 무성한 모양 薆－애대 倈 慰勉위로 격려함 勞－로래 (래)〈ᄅᆡ〉 [灰] 來 소앞과 같다 [支][灰] 妹 女弟손아래 누이 (뮈)〈ᄆᆡ〉 昧 暗也어둡다 [泰] 眛 目昏눈이 어둡다 어둡다 [泰] 每 田美기름지고 좋은 밭 －－매매 [灰][賄] 痗 病也질병 또는 근심하고 슬퍼하다 瑁 龜屬대모 瑇－대모 [号] 背 脊也등 負也등에 짊어지다 堂北집의 북쪽 (뷔)〈ᄇᆡ〉《패》 輩 類也같은 부류의 사람이나 짐승 일 사물 따위 比也비하다 견주다 軰 俗속자 配 合也어울리다 짝을 짓다 侑也배향配享하다 (푀) 妃 소앞과 같다 [微] 焙 煏也약한 불에 굽다 (뾔) 琲 珠十貫구슬 꿰미 [賄] 賽 報也신의 가호에 감사하여 제사를 지내다 (새)〈ᄉᆡ〉 塞 邊界변경 [職] 簺 戲具격오格五 도박의 일종 簙－박새 磑 磨也맷돌 갈다 빻다 (애)〈ᄋᆡ〉 愛 憐也사랑하다 안타까워하다 (해) 曖 日不明어둡다 흐릿하다 晻－암애 僾 髣髴어렴풋하다 흐릿하다 靉 雲狀구름이 짙고 많은 모양 －靆애체 [賄] 再 重也거듭 되풀이해서 다시 兩也두 번 두 차례 (재)〈ᄌᆡ〉 縡 事也일 載也시행하다 [賄] 截 酢醬식초 載 乘也탈것 병거 勝也맡다 책임지다 始也비로소 개시하다 事也일 사업 年也해 년 語助어조사 [賄] / 運也실어 나르다 (쟤) 栽 築牆板틀을 세워 토담을 치다 또는 건축하다 [灰] 裁 鑒別감별하다 식별하다 品－품재 [灰] 在 存也생존하다 존재하다 (쟤) [賄] 菜 蔬也채소의 총칭 나물 (채)<ᄎᆡ> 埰 食邑경대부卿大夫의 식읍 봉지封地 寀 소앞과 같다 [賄] 宲 소앞과 같다 [賄] 態 意也정태情態 감정의 상태 (태)<ᄐᆡ> 逮 追也쫓다 (때) [霽][賄] 迨 소앞과 같다 [賄] 埭 壅水爲堰물막이둑 수심이 얕은 뱃길에 배가 지나다닐 수 있도록 설치한 제방 磏 소앞과 같다 靆 雲狀구름이 성한 모양 구름이 낀 모양 靉－애체 [賄] 劾 按也죄과를 심판하다 (ᅘᆡ)<ᄒᆡ> [卦][職] 瀣 露氣이슬 밤의 물 기운 沆－항해 (ᅘᆡ) [卦] 碎 細破부스러뜨리다 (쉬)<ᄉᆈ> 誶 告也알리다 [寘][震][質] 晬 子周年주기가 돌아오다 어린아이의 돌 생일 (쥐)<ᄎᆈ> 綷 五采繪오색 비단 [賄] 淬 燒刃納水칼을 달구어 물에 담그다 (취) 焠 소앞과 같다 倅 副也버금 다음 憒 心亂심란하다 －－궤궤 (귀)<궤> 喙 口也새의 부리 짐승의 주둥이 사람의 입 (휘)<훼> 【增】文22 剴 切近간절하다 (개)<개> [灰] 襶 凉笠여름철에 햇빛을 가리기 위해 쓰는 갓 －襶내대 (내)<내> 拔 挺也빼어나다 (뻐)<패> [曷][黠] 孛 彗星혜성의 별칭 [月] 穭 穊也겨 (퀴)<괴> [泰] 礧 堆石돌을 굴려 떨어뜨리다 (뤼)<뢰> [紙] 礌 소앞과 같다 擂 소앞과 같다 [灰] 聵 聾也귀머거리 (훼)<회> [卦] 敦 槃類쟁반 玉－옥대 (뒤)<ᄃᆡ> [灰][元][阮][願][寒][蕭] 駾 突也냅다 뛰다 (뙈) [泰] 睞 傍視보다 곁눈질하다 (래)<ᄅᆡ> 韎 赤韋붉은 가죽 (뮈)<ᄆᆡ> [卦] 脢 背肉등심 [灰] 汋 潛藏깊이 숨다 [物] 薆 草木盛초목이 무성한 모양 －薱애대 (해)<ᄋᆡ> 棣 閑習점잖은 모양 예의가 있고 의젓한 모양 －－태태 (때)<ᄐᆡ> [霽] 曃 不明해가 흐릿한 모양 컴컴한 모양 曖－애태 詒 欺也속이다 [支][賄] 祽 月祭달에 지내는 제사 (쥐)<ᄎᆈ> 啐 呼也부르다 咄－돌쵀 驚也놀라다 先嘗맛보다 (취) [質] 顪 頰也뺨 (휘)<훼> 【叶】無 【通】韻5 寘 四去 未 五去 霽 八去 泰 九去 卦 十去

平聲眞十一	【眞】文186 僎 鄕飮助主人者찬례贊禮 향음주례를 행할 때 주인을 보좌하는 사람 (준)<준> [銑] 遵 循也좇다 뒤를 밟아 따르다 均 平也고르다 공평하다 (균)<균> 匀 仝앞과 같다《윤》鈞 三十斤옛 중량 단위의 하나 30근 陶具질그릇 만들 때 쓰는 돌림판 仝앞과 같다 袀 戎衣무장武裝이나 군복을 두루 이르는 말 畇 墾田논밭을 일구다 개간하다《윤》畚 仝앞과 같다 麕 麞也노루 麏 仝앞과 같다 麇 仝앞과 같다 [文][吻] 頵 頭大머리가 큰 모양 囷 圓廩둥근 곡식 창고 (균) 箘 美竹아름다운 대나무 이름 ㊇ [軫] 倫 等也무리 동류 序也차례 순서 (륜)<륜> 淪 汲也빠지다
上聲軫十一	【軫】文78 窘 迫也군박하다 급박하다 (균)<균> 侰 仝앞과 같다 殞 沒也훼손하다 망치다 또는 죽다 (윤)<운> 隕 墜也떨어지다 추락하다 [先] 霣 雷也천둥이 치고 비가 내리다 또는 천둥우레 仝앞과 같다 惃 憂也근심하는 모양 箘 美竹화살대로 쓰는
去聲震十二	【震】文104 峻 高也높다 가파르다 (슌)<슌> 嶦 仝앞과 같다 埈 仝앞과 같다 駿 鷩也금계金鷄 －鸃준의 濬 深也깊다 濬也 물길을 소통시키다 준설하다 浚 衛邑춘추春秋시대 위衛나라의 고을 이름 取也수탈하다 착취하다 仝앞과 같다 徇 行示대중에게 전시하다 조리돌리다 (쓘) 侚 疾也빠르다 仝앞과 같다 殉
入聲質四	【質】文170 茁 草牙풀의 새싹 (규)<굴> [黠][屑] 殚 死也죽다 (쥬)<줄> [月] 卒 盡也끝내다 旣也다하다 仝앞과 같다 [月] 踤 蹋也차다 崒 山高산이 높고 가파른 모양 또는 높은 산 －嵂줄률 (쮸) 窋 物在穴물체가 구멍에서 나오려는 모양 (쥬) 怢 憂心근심하다 걱정하다 橘 柚屬귤나무 또는 밀감 귤 (규)<귤> 獝 狂也미치다 자유분방하다 律 度也규율 법칙 法也법률 법령 (류)<률> 嵂 山高산이 높이 솟은 모양 崒－줄률 率 約數약수 表的과녁 모범《슐》[寘] 繂 舟維배줄 膟 腸脂발기름 栗 刺果

[元] 綸 靑絲綬綱也푸른 실로 꼰 인끈 大絲釣繳낚싯줄 [刪] 輪 車所任以轉수레바퀴 수레의 바퀴통 掄 擇也가리다 선발하다 [元] 荀 草名黃華赤實누런 꽃에 붉은 열매가 맺힌다는 풀 이름 姓也성씨 (슌)<슌> 詢 諮也묻다 물어보다 峋 山皃산이 첩첩이 깊고 으슥한 모양 嶙－린순 恂 信也미덥다 신실하다 恭皃온순하고 공손한 모양 －－순순 ㉠[震] 洵 漢中水名한중陝西省 寧陝縣의 물 이름 出涕눈물을 흘리다 信也진실로 참으로 [霰] 珣 東夷貢玉동이에서 공물로 바친 옥 郇 文王後所封주周 문왕 文王의 아들을 봉한 나라 旬 十日열흘 10일 (쓘) 巡 視行순시하다 순찰하다 循 善也멋지다 선량하다 依也따르다 준수하다

대나무 이름 또는 죽순 (뀬)<균> ㉤[眞] 菌 地蕈버섯 筍 竹萌죽순 (슌)<슌> 笋 俗속자 筍 仝上仝下앞뒤와 같다 簨 懸鐘磬具종 북 경쇠 따위의 악기를 매는 틀 －簴순거 栒 仝앞과 같다 箰 仝앞과 같다 隼 鷙屬새매 盾 干也방패 (슌) [阮] 楯 欄也난간의 가로목 또는 난간

以人從葬사람을 함께 묻다 순장하다 謍也도모하다 舜 有虞氏號상고시대의 성군聖君 선대가 우虞에 나라를 세워 유우씨有虞氏라 하였다 (슌) 蕣 木槿무궁화나무 瞬 目動눈을 깜박이다 瞚 仝앞과 같다 眴 仝앞과 같다 [霰] 順 從也따르다 순종하다 (쓘) 揗 摩也어루만지다 ㉤[眞]㉦[軫] 胤 繼也후사後嗣 후계자 잇다 계승하다 (인)<윤> 栗

밤 밤나무 堅也단단하다 懼也두려워하다 －－률률 (리) 桌 古고자 慄 竦縮움츠러들다 벌벌 떨다 凓 寒氣차다 춥다 搮 手理物물건을 손질하다 篥 蕃樂서역에서 전래된 관악기의 하나 觱－필률 鶪 黃鸝꾀꼬리 －鷗률류 飀 暴風비바람이 세차다 颲 仝앞과 같다 恤 憂也근심하다 걱정하다 (슈)<슐> 卹 仝上仝下앞뒤와 같다 [月] 賉 分賑구제하다 구휼하다 戌 九月음력 9월 珬 珂屬옥 이름 옥 비슷한 흰 돌 訹 誘也유혹을 받다 또는 유혹하다 詖－피술 [有] 率 領也거느리다 통솔하다 循也따르다 皆也모두 다 大略대략 (수)<률> [寘] 帥 領兵거느

次序차례를 따르다 질서가 있다 ――순순 楯 欄也난간 ㉦[軫]㉠[震] 揗 摩也쓰다듬다 어루만지다 ㉦[軫]㉠[震] 馴 擾也길들이다 善也선하다 올바르다 從也길들여 따르게 하다 漸致순서에 따라 나아가다 [問] 紃 條也둥글납작한 끈 蓴 水葵순채 (숟) 蒓 仝앞과 같다 脣 口耑입술 唇 俗속자 非잘못임 漘 水際물가 純 粹也순수하다 篤也순박하고 돈독하다 全也모두 다 전부 絲也실 명주실 [元] ㉦[軫] 醇 醲也술 맛이 진하다 鶉 鴽也메추라기 錞 似鐘종과 비슷한 타악기 이름 ―釪순우 [隊] 淳 朴也질박하다 犉 黃牛黑脣털이 누렇고 입술이 검은 소 潚 水深물이 깊고 넓은 모양 (윤)〈윤〉 筠 竹皮대의 푸른 껍질 (윤) 逡 退也물러서

㉬[眞]㉠[震] 揗 摩也어루만지다 쓰다듬다 ㉬[眞]㉠[震] 允 信也미덥다 미쁘다 믿음직하다 肎也옳게 여기다 (윤)〈윤〉 狁 北方북방 玁―험윤 북방 종족 匈奴의 다른 이름 蜳 氣不定기를 펴지 못하는 모양 墪―진돈 [元] 尹 正也바르다 治也다스리다 (인) ㉬[眞] 蝡 動皃꿈틀

酒漱口술로 입을 가시다 閏 餘也중요하지 않은 일 여사餘事 (슌) 潤 澤也윤택하다 윤기가 나다 俊 才過千人준걸 재주와 지혜가 뛰어난 사람 (쥰)〈쥰〉 儁 仝앞과 같다 餕 食餘남이 남긴 음식을 먹다 대궁을 먹다 畯 田官농사를 관장하는 관리 駿 良馬준마 양마 大也크다 높고 크다 《슌》 晙 早也이르다 또는 밝다 㕙 狡兎교활한 토끼 ㉬[眞]

리다 통솔하다 仝앞과 같다 [寘] 蟀 蛬也귀뚜라미 蟋―실솔 朮 山薊삽주 국화과의 다년초 백출白朮 창출蒼朮 (쓔) 述 纘也편찬하다 讚也문체 이름 역사 저술 뒤에 쓰는 논술 행장行狀의 별칭 術 邑道도읍都邑의 큰길 技也기예 기술 業也방술方術 의술 점술 沭 東莞水名동완山東省 沂水縣의 물 이름 산동성山東省 기산沂山에서 발원하여 여현莒縣의 남쪽을 지나 강소성江蘇省으로 흘러드는 강 秫 黏稷찰수수 차조 따위의 찰곡식 矞 錐穿송곳으로 뚫다 譎詐속이다 (유)〈율〉 遹 回邪올바르지 않다 사특하다 自也좇다 따르다 繘 汲綆두레박줄 霱

다 뒷걸음질하다 －巡준순 (츈)〈준〉 皴 皮細起살갗이 트다 주름이 잡히다 毚 狡兎교활한 토끼 ㉠[震] 䞭 行速빠르다 신속하다 踆 仝上仝下앞뒤와 같다 竣 退立물러나다 되돌아가다 [先] 諄 誨也거듭 타이르다 －－순순 (쥰) 肫 懇誠정성스럽고 간절하다 －－준준 仝앞과 같다 屯 難也어렵다 厚也두텁다 吝也인색하다 [元] 窀 下棺하관하다 매장하다 －穸둔석 迍 難行나아가기 어려운 모양 －邅둔전 春 歲始봄 봄철 (츈)〈츈〉 椿 壽木장수長壽한다는 전설상의 나무 大－대춘 杶 似漆琴材금의 재료로 쓰이는 참죽나무 櫄 仝앞과 같다 楯 仝앞과 같다 輴 喪車널을 실어 나르는 수레 巾 帨也首飾닦거나 덮거나 싸거나 차

거리는 모양 (슌) [先][銑] 蠕 仝앞과 같다 [先][銑] 埻 射的과녁 표적 (쥰)〈쥰〉 準 平也수평 또는 수평을 이루다 度也겨누다 재다 擬也의거하다 기준을 삼다 樂器似瑟슬과 비슷한 악기 또는 악기의 소리를 조정하는 기구 이름 仝앞과 같다 [屑] 准 俗속자 純 衣緣가선 피륙의

稕 束稈짚단 (쥰) 菫 苦菜제비꽃 또는 씀바귀 藥名약 이름 烏頭오두바곳 강한 독성을 지닌 근초菫草나 부자附子의 다른 이름 (긘)〈근〉 [吻] 僅 纔也겨우 가까스로 간신히 [文] 廑 仝앞과 같다 [文] 覲 秋見於王제후가 가을에 천자를 알현하다 饉 三穀不登곡물이 흉작이다 堇 黏土점토 塗也진흙 바르다 ㉬[眞] 墐 仝앞과 같다 ㉬[眞] 殣 瘞也

瑞雲상서로운 구름 潏 水流물이 흐르는 모양 汩－물률 〈슐〉 [屑] 鷸 翠鳥비취 물총새 鴥 飛快빨리 나는 모양 聿 發聲발어사 遂也이 이에 汩 水流물이 흐르다 疾皃빠른 모양 奔－분율 颶 大風큰 바람 出 入之對나오다 進也나가다 生也나다 생겨나다 斥也내치다 내쫓다 (츄)〈츌〉 [寘] 黜 貶也벼슬에서 쫓겨나다 仝앞과 같다 絀 縫也꿰메다 깁다 [物] 怵 恐也두려워하다 무서워하다 狘 飛皃날아가는 모양 (휴)〈휼〉 膝 脛節무릎 (시)〈슬〉 厀 仝앞과 같다 藤 藥草약초 이름 쇠무릎 비름과의 여러해살이풀 牛－우슬 瑟 絃樂현악기 비파 潔鮮깨끗하고 산뜻하

는 데 쓰는 한 조각의 피륙 곧 수건 덮개 싸개 행주 따위 (긴)<근> 銀 白金은 (인)<은> 垠 岸也가 끝 낭떠러지 [文] 嚚 訟爭소송하여 다투다 誾 和悅온화하게 말하면서도 시비를 분명하게 밝히는 모양 ――은은 [文] 磌 難也곤란하다 (흰)<흔> [先] 紉 絲貫箴꿰매다 (닌)<닌> 鄰 五家행정단위 5가家 (린)<린> 隣 仝앞과 같다 轔 車聲수레 소리 ――린린 ㉠[震] 疄 田壟전답의 두둑 전답의 이랑 璘 玉文옥의 광채 瑸―빈린 鱗 魚甲물고기 비늘 麟 仁獸전설상의 동물 이름 인수仁獸 서수瑞獸로 여겼고 상서로움을 상징 麒―기린 麐 仝앞과 같다 驎 馬斑文비늘 모양의 무늬가 있는 말 嶙 山皃산봉우리가 우뚝하게 높이 솟

폭 [元] ㉬[眞] 蠢 蟲動벌레가 꿈틀거리다 (츈) 賰 肥也살지다 踳 雜也어긋나고 뒤섞이다 ―駮준박 䭭 駮馬말의 무늬가 뒤섞이다 仝앞과 같다 緊 急也촉박하다 조급하다 (긴)<긴> 嶙 山峻산세가 높이 우뚝 솟다 嶾―은린 (린)<린> ㉬[眞] 閔 傷也딱하다 민망하다 (민)<민>

굶어 죽다 죽은 사람을 땅에 묻다 瑾 美玉아름다운 옥 이름 [吻] 慭 傷也상하다 (인)<은> 蕣 木槿무궁화 (츤)<츤> 櫬 棺也내관內棺 仝앞과 같다 襯 近身衣속옷 儭 裏也속 안 齔 毁齒젖니를 갈다 舋 罅隙틈새 흠 (힌)<흔> 釁 仝上仝下앞뒤와 같다 衅 血祭희생의 피를 기물에 발라 제사하다 吝 恨也안타까워하다 유감스럽게 여기다 惜也

다 矜莊씩씩한 모양 風聲바람 소리 ――슬슬 (스) 瑟 碧珠푸른 구슬 ――슬슬 飋 秋風가을 바람 蝨 齧人蟲이 서캐 鳦 燕也제비 (이)<을> [黠] 乙 仝앞과 같다 乙 屈也초목의 싹이 구불구불한 모양 辰名별 이름 唧 衆聲뭇소리 ――즐즐 (지)<즐> [職] 櫛 梳也빗 빗질하다 (즈) 穊 禾重生벼가 움이 나와 자라는 모양 瀄 水流물이 흐르는 모양 ―汨즐율 叱 呵也큰소리로 꾸짖다 (치) 吉 休祥상서롭다 길하다 朔日음력 매월 초하룻날 (기)<길> 拮 手口共作손발을 놀려 고생스럽게 일하다 애써 노동하다 ―据길거 [屑] 姞 姓也성씨 后稷元妃후직의 원비 佶 正也바

은 모양 －峋린순 ㉦[軫] 磷 玉石符采옥의 무늬와 색채 ㉠[震] 粼 水清물이 맑고 깨끗한 모양 －－린린 ㉠[震] 潾 소앞과 같다 交阯地名교지의 땅 이름 金－금린 ㉠[震] 民 衆氓백성 평민 (민)〈민〉 岷 蜀山名촉땅의 산 이름 사천성四川省 북쪽과 감숙성甘肅省 경계에 있는 산 珉 美石옥과 비슷한 아름다운 돌 玟 소앞과 같다 罠 麋網사슴을 잡는 그물 緡 釣繳낚싯줄 錢貫돈꿰미 緍 俗속자 非잘못임 旻 秋天가을 하늘 仁覆閔下가엾게 여기다 旼 和也온화하다 忞 自强스스로 노력하여 향상하다 힘쓰다 [吻] 閩 東南越절강浙江 남부와 복건福建 일대에 살던 종족 이름 賓 客也손님 빈객 (빈)〈빈〉 濱 水際물가 瀕 소앞과 같다

憫 憂也근심하다 번민하다 泯 滅也멸망하다 소멸하다 사라지다 暋 强也횡포하다 사납다 敃 소앞과 같다 昬 소앞과 같다 [元] 愍 悲也슬프다 슬퍼하다 慜 소앞과 같다 敏 達也통달하다 足大指엄지발가락 澠 秦縣名진나라의 현河南省 澠池縣 이름 －池민지 [銑][蒸] 僶 勉也

아끼다 아깝게 여기다 (린)〈린〉 悋 鄙也인색하다 더럽다 恡 소앞과 같다 磷 薄石얇은 돌 ㉬[眞] 瞵 目睛눈빛 눈의 정기 躪 車踐수레바퀴가 짓밟고 지나가다 躪 소앞과 같다 轔 소앞과 같다 ㉬[眞] 蟒 螢火개똥벌레 遴 選也고르다 선발하다 藺 莞屬골풀 등심초 儐 主副손님을 맞아 인도하는 사람 시중을 드는 사람 (빈)〈빈〉 殯 殮也시신屍身

르다 올바르다 詰 問也묻다 責也꾸짖다 (키) 趌 怒走성내어 달아나다 暱 近也친근하다 (니)〈닐〉 昵 소앞과 같다 愵 愧也부끄러워하다 [職] 怩 소앞과 같다 [支] 密 稠也빽빽하다 祕也가만히 (미)〈밀〉 宻 俗속자 非잘못임 宓 默也적막하다 소앞과 같다 [屋][沃] 蜜 蜂甘飴꿀 謐 安靜고요하다 편안하다 醠 盡飮酒술을 남김없이 다 마시다 悉 詳盡상세하다 다하다 있는 대로 다하다 (시)〈실〉 蟋 蛩也귀뚜라미 －蟀실솔 失 錯也그르치다 착오 실수 遺也끼치다 (시) 室 房也방 집 實 充也가득하다 草木子풀이나 나무의 열매 씨앗 一 數始수의 시

鑌 鐵也刀材칼을 만드는 재료인 정련한 쇠 豳 周始封國주周나라 선조
공유公劉가 세운 나라 邠 소앞과 같다 贇 美也아름답다 彬 文質雜문
채와 바탕이 모두 잘 갖추어짐 문질을 겸비함 ㅡㅡ빈빈 份 소앞과 같
다 斌 俗속자 非잘못임 瑸 玉文옥의 광채 ㅡ璘빈린 繽 盛也번성하다
ㅡ紛빈분 (핀) 頻 數也자주 연달아 (삔) 顰 眉蹙눈썹을 찡그리다 눈살
을 찌푸리다 矉 소앞과 같다 嚬 소앞과 같다 蘋 大萍네가래 네가랫과
의 여러해살이 수초 薲 소앞과 같다 嬪 婦官궁중의 여관女官 이름 玭
珠母진주 진주조개 [先] 蠙 소앞과 같다 [先] 貧 乏也모자라다 부족하
다 辛 金味매운 맛 (신)<신> 新 初也처음으로 나타난 갓 시작하다

힘쓰다 노력하다 ㅡ勉민면 黽 소앞과 같다 [銑][庚][梗] 脗 合也합하
다 맞다 [吻] 牝 獸雌짐승의 암컷 (삔)<빈> 臏 刖刑종지뼈를 제거하
는 형벌 哂 微笑빙그레 웃다 미소짓다 (신)<신> 矧 齒本잇몸 況也
하물며 더구나 소앞과 같다 腎 水藏콩팥 신장腎臟 (씬) 蜃 大蛤대합

을 입관入棺하여 장사 때까지 안치하다 鬢 頰髮살쩍 귀밑머리 귀밑
털 鬂 俗속자 非잘못임 擯 斥也배척하다 물리치다 버리다 信 誠也성
실하다 믿음직하다(신)<신> 訊 問也묻다 문의하다 誶 소앞과 같다
[眞][隊] ◎[質] 汛 洒也물을 뿌리다 迅 疾也빠르다 신속하다 瑱 瑱也
관면冠冕의 양옆에 다는 귀막이옥 재물 (씬) 贐 소앞과 같다 藎 染黃

작 하나 일 (이)<일> 壹 專一전일하다 소앞과 같다 逸 縱也풀어주
다 석방하다 遁也숨다 은둔하다 (이) 佚 過也잘못 허물 과실 安也편
안하다 안락하다 소앞과 같다 [屑] 妷 소앞과 같다 泆 淫也방탕하다
방종하다 軼 過也지나다 突也부딪치다 [屑] 佾 舞列고대의 가무歌舞
대오隊伍의 열列 溢 滿也가득하다 충만하다 소上소下앞뒤와 같다
鎰 卄四兩무게 단위 24량兩 일설에는 20량 日 陽精해 태양 (ᅀᅵ) 衵
近身衣속옷 또는 속옷을 입다 馹 驛傳역참 전용 수레 또는 역말 嫉
妒也질투하다 시기하다 (찌)<질> 疾 病也질병 병을 앓다 急也급하

薪 蕘也땔나무 땔감 莘 太姒國탕왕湯王 비妃의 본국 (슨) 㜶 소앞과 같다 侁 소앞과 같다 [先] 㹪 神名신의 이름 似狗有角개와 비슷하고 뿔이 있다는 전설상의 짐승 이름 鱵 魚尾長물고기의 꼬리가 길다 兟 進也나아가다 詵 衆言여러 사람이 이러쿵저러쿵 말하다 侁 行皃걸어가는 모양 ㅡㅡ신신 駪 소앞과 같다 馬多말이 떼를 지어 빨리 달리는 모양 籸 粉滓밀기울 또는 깻묵 甡 衆皃많은 모양 ㅡㅡ신신 紳 大帶큰 띠 사대부가 예복禮服에 띠는 큰 띠 (신) 伸 舒也펴다 또는 펴지다 申 伸也펴다 펼치다 重也반복하다 거듭 재차 明也분명하다 명백하다 소앞과 같다 ㉠[震] 呻 吟也읊다 읊조리다 신음하다 娠 孕也임신하다

蛟屬전설상의 동물인 교룡의 일종 기氣를 토하여 신기루를 만들어 낸다고 함 또는 그 신기루 ㉠[震] 祳 社肉사제社祭에 올리는 날고기 脤 소앞과 같다 引 導也인도하다 이끌다 (인)<인> 蚓 土龍지렁이 蚯ㅡ구인 螾 소앞과 같다 ㉣[眞] 忍 耐也인내하다 용인하다 强也강

草조개풀 進也벼슬에 나아가다 燼 火餘재 타고 남은 찌꺼기 愼 謹也삼가하다 신중하다 (씬) 沓 古고자 蜃 大蛤대합 蛟屬전설상 교룡의 일종 ㉦[軫] 印 刻文合信도장 인장 (힌)<인> 靷 皮約馬胷가슴걸이 참마驂馬의 가슴에 걸어 수레를 끌게 하는 가죽끈 (인) 刃 鋒也날 칼날 刀加距미늘 (싄) 韌 堅柔질기다 부드러우면서 튼튼하다 訒 難言

다 소앞과 같다 蒺 旱草남가새 ㅡ藜질려 質 朴也질박하다 信也진실하다 主也주인 주체 驗也증명하다 成也이루다 正也물어서 바로잡다 질정質正하다 身也몸집 (지) [寘] 鑕 砧也쇠모루 鈇ㅡ부질 허리를 자르는 형구인 도끼와 모루 櫍 柎也기물器物의 다리 소앞과 같다 礩 柱石주춧돌 瓆 人名사람 이름 漢劉ㅡ한유질 한나라의 유질 고당高唐 사람으로 경술經術에 밝았고 벼슬은 태원태수太原太守를 지냄 劕 券也매매賣買할 때에 증서證書로 써서 나누어 가지는 문권文券 晊 大也크다 桎 足械족쇄 차꼬 蛭 馬蜞거머리 銍 短鎌낫 挃 穫聲벼를 베

身 躳也몸 사람이나 동물의 신체 仝앞과 같다 辰 時也날짜 때 시기
(씬) 宸 帝居임금이 거처하는 곳 대궐 晨 昧爽새벽 鷐 鸇也새매 -風
신풍 臣 事人신하 神 靈也혼령 영혼 夤 恭也공경하다 因賄干進권귀
權貴에 빌붙어 자신의 이익을 꾀함 -緣인연 (인)<인> 寅 東方辰별자
리 차례의 하나 십이성차十二星次 중의 석목析木 敬也공경하다 [支]
胂 脊肉등골뼈 양옆의 살 因 緣也이용하다 仍也답습하다 이어받다
(힌) 鞇 褥也수레 안의 깔개 茵 仝앞과 같다 蒿也사철쑥 국화과의 여
러해살이풀 -蔯인진 姻 壻家사위의 집 婣 仝앞과 같다 氤 天地合氣
음양陰陽의 두 기운이 서로 모여 뭉친 모양 -氳인온 絪 麻枲삼 仝앞

하다 (신) 盡 極也극진하다 지극하다 皆也다 모두 縱令설령 ~하더라
도 설사 ~할지라도 (진)<진> / 竭也다 없어지다 또는 다하다 終也끝
나다 悉也전부 모두 (찐) ㉠[震] 儘 仝앞과 같다 軫 車前後橫木수레
뒤턱의 가로장 일설에는 수례 몸체 바닥의 틀을 이루는 사면의 가로

말이 어눌하다 仞 八尺길이를 재는 단위의 한 가지 8자尺 軔 止輪木
바퀴 굄목 牣 滿也가득하다 꽉차다 認 識也알다 인식하다 肕 蜀縣名
촉의 현 이름 月旬-순인 벌레 이름 지렁이의 일종 晉 進也나아가다
周叔虞所封주나라 성왕成王의 아우 숙우의 봉지 (진)<진> 晋 俗속
자 非잘못임 搢 插也꽂다 縉 淺絳色담홍색 仝앞과 같다 進 前也나아

는 소리 --질질 秷 禾穗벼 이삭 仝앞과 같다 窒 塞也막다 또는 막
히어 통하지 않다 [屑] 庢 礙止막다 가로막다 水曲물굽이 京兆縣名경
조陝西省 長安縣의 현 이름 盩-주질 郅 至也지극하다 크다 登也오르
다 올라가다 騭 牡馬숫말 定也정하다 抶 笞擊때리다 회초리나 채찍으
로 치다 (치) 昳 目不正눈이 바르지 못하다 咥 笑也웃는 모양 [寘][屑]
帙 書衣책갑 비단이나 베로 만든 책을 싸는 갑 (찌) 袠 仝앞과 같다
袟 仝上仝下앞뒤와 같다 秩 序也순서 차례 紩 縫也꿰매다 猍 飛皃새
가 나는 모양 姪 兄弟子조카 [屑] 七 少陽數일곱 일곱째 (치)<칠> 桼

과 같다 駰 泥驄연한 검정색에 흰색이 섞인 말 오총이 𢼄 人名사람 이름 九方－구방인 구방고九方皐 [先] 陻 塞也둘러막다 堙 仝앞과 같다 土山성城을 공격하기 위하여 흙으로 쌓은 산 煙 氣也천지가 나눠지기 전의 혼돈한 기운 음양의 두 기운이 어울어진 모양 －熅인온 [先] 禋 潔祀연기를 피워 올려 하늘에 지내는 제사 湮 沒也파묻히다 잠기다 諲 恭也공경하다 闉 城重門성문 밖의 옹성甕城 또는 옹성의 문 人 五行秀氣사람 (신) 仁 慈也사랑하다 친하게 지내다 生之性사람의 본성 果核中實식물의 씨앗 또는 씨의 껍데기 속에 있는 알맹이 津 水渡나루터 건너다 (진)〈진〉 璡 美石옥과 비슷한 아름다운 돌 ㉠[震] 秦 伯翳

장이라고도 함 動也움직이다 －－진진 (진) 畛 田界논밭 사이의 경계를 이루는 좁은 길 ㉬[眞] 眕 目有所限시력이 미치는한계 厚重진중하다 袗 袪服상하의 색깔이 같다 單也홑옷 또는 홑옷을 입다 裖 仝앞과 같다 疹 痘瘡피부에 좁쌀처럼 돋는 붉은 반점 발진癈疹 ㉠[震] 胗 仝

가다 앞으로 가다 璡 美石옥과 비슷한 아름다운 돌 ㉬[眞] 瑨 仝앞과 같다 震 雷也우레 천둥 動也울리어 흔들리다 진동하다 (진) 賑 贍也부유하다 넉넉하다 救也물품을 베풀어 구제하다 ㉦[軫] 振 奮也떨쳐 일어나다 분발하다 收也거두다 거두어들이다 擧也들다 들어올리다 整也정돈하다 정리하다 仝앞과 같다 ㉬[眞] 侲 逐厲童어린아이 또는

髹器木汁옻칠 桼 仝앞과 같다 漆 仝앞과 같다 岐周水名기주陜西省의 물 이름 위수渭水의 지류 必 審也살피다 然也그러하다 (비)〈필〉 鉍 矛柄창 또는 병기의 자루 柲 仝앞과 같다 [寘] 珌 刀飾칼집 끝에 있는 장식 罼 兎網새나 토끼를 잡는 자루가 긴 그물 또는 그 그물로 짐승을 잡다 畢 仝앞과 같다 竟也완성하다 또는 완결하다 簡也글씨를 쓸 때 종이 대신 쓰는 죽간竹簡 韠 韍也가죽 폐슬蔽膝 鞸 仝앞과 같다 滭 風寒바람이 차다 觱 蕃樂대나무로 관을 만들고 혀를 꽂아서 부는 목관 악기 －篥필률 仝上仝下앞뒤와 같다 潷 泉沸물이 솟구쳐

所封주周 효왕 때 백예가 받은 봉지 (찐) 蠑 蟬屬매미의 일종 臻 至也 이르다 도달하다 (즌) 轃 仝앞과 같다 溱 鄭水名정나라河南省 密縣의 물 이름 盛也성한 모양 ――진진 仝앞과 같다 蓁 草盛초목이 무성한 모양 ――진진 榛 似栗而小개암나무 / 蕪也초목이 무더기로 난 모양 ――진진 (쯘) 眞 實也참되다 진실하다 또는 진실 鍊形몸을 수련하는 일 (진) 甄 陶也질그릇을 만들다 질그릇을 만드는 데 쓰는 물레 姓也성씨 [先] 振 擧也거들다 盛皃성한 모양 ――진진 ㉠[震] 桭 屋梠처마 珍 寶也주옥珠玉 따위의 보물 귀중한 물건 珎 俗속자 畛 田界논밭 사이의 경계를 이루는 좁은 길 ㉦[軫] 嗔 怒也성내다 노하다 (친) 謓 仝앞

앞과 같다 診 視也살펴보다 조사하다 ㉠[震] 紾 引捩비틀다 꼬다 抮 仝앞과 같다 鬒 稠髮머리털 숱이 많고 윤기가 있다 또는 그러한 모양 黰 仝앞과 같다 稹 穜穊초목이 떨기로 나다 縝 結也맺다 密也섬세하다 세밀하다 치밀하다 絲縷삼실 또는 모시풀 䝩 笑皃크게 웃는 모양

귀신을 쫓는 의식을 거행할 때 앉혀 놓는 아이 조라니 ㉬[眞] 鎭 壓也 누르다 安之가라앉히다 안무按撫하다 ㉬[眞] 塡 定也진정하다 안정시키다 土星토성의 별칭 仝앞과 같다 [先][銑] ㉬[眞] 趁 逐也뒤쫓다 쫓아내다 몰아내다 (친) [銑] 趂 俗속자 疢 病也열병 또는 질병 ㉦[軫] 疹 仝앞과 같다 ㉦[軫] 陳 行列줄 열 행렬 (찐) ㉬[眞] 陣 俗속자 親 婚家

나오는 모양 縪 冠縫솔기 관冠의 솔기 饆 餠屬원래는 고기를 섞은 육반肉飯을 이르는 말이었으나 나중에는 떡을 이르기도 함 ―饠필라 彃 弦也활시위 趩 淸道벽제辟除하다 警―경필 蹕 仝앞과 같다 篳 藩落울타리 柴門사립문 蓽 仝앞과 같다 筆 不律붓 述也기록하다 또는 글을 짓다 笔 俗속자 匹 偶也짝 배우자 배필 兩也둘이 짝을 짓다 (피) 疋 俗속자 [魚] 苾 馨香향기롭다 ――필필 (삐) 馝 仝앞과 같다 佖 威儀위의가 없는 모습 ――필필 怭 媟慢친하다고 함부로 하다 경박하다 仝앞과 같다 泌 水狹流샘물이 졸졸 흐르다 또는 졸졸 흐르

과 같다 瞋 張目눈을 부릅뜨다 塵 埃也티끌 먼지 (찐) 陳 舜後所封순임금의 후손이 받은 봉지 告也알리다 진술하다 列也늘어놓다 펼치다 久也오래다 오래되다 階除섬돌 계단 ㉠[震] 㰰 古고자 親 愛也사랑하다 친애하다 近也가까이하다 친근하다 戚也친척 躳也몸소 친히 (친)<친> ㉠[震] 【增】文29 鶉 西方雉꿩 (쭌)<준> [元] 龜 手涷坼추위로 피부가 갈라지다 트다 (균)<균> [支][尤] 論 言有理말에 조리가 있다 (륜)<륜> [元][願] 焞 明也밝다 (쓘)<슌> [灰][元] 瞤 目動눈꺼풀이 떨리다 勻 齊也가지런하다 고르다 少也적다 (윤)<윤>《균》畇 墾田논밭을 일구다 개간하다《균》尹 信也진실하다 성실하다 孚－부윤옥의 빛깔이나 시문의 문채를 비유 (인) ㉦[軫] 掕 推也밀치다 밀다

(친) 眹 瞳也눈동자 兆也조짐 징조 (찐) 紖 牛系쇠고삐 또는 고삐를 두루 이르는 말 ㉠[震] 【增】文15 稛 束也노끈으로 묶다 滿也가득하다 (큔)<균> 鈗 侍臣兵器시종신이 지니는 병기 (윤)<윤> 惷 亂也어수선하다 소란스럽다 (쥰)<쥰> 燐 鬼火도깨비불 (린)<린> ㉬[眞]

친척 혼인하다 (친)<친> ㉬[眞] 【增】文21 恂 嚴也무섭다 엄하다 －慄순율 (슌)<슌> ㉬[眞] 駿 疾速빠르다 신속하다《쥰》楯 欄也난간의 가로목 또는 난간 (쓘) ㉬[眞]㉦[軫] 朐 蜀縣名촉의 현 이름 －䏰순인 璺 器裂질그릇에 금이 가다 (힌)<흔> 菣 香蒿제비쑥 청호青蒿 (킨)<긴> 蓳 仝앞과 같다 燐 鬼火도깨비불 (린)<린> ㉬[眞]㉦[軫]

는 샘물 [寘] 駜 馬肥말이 살지고 튼튼한 모양 飶 食香음식의 향기향긋한 음식 邲 鄭地名춘추春秋시대 정나라의 땅 이름 하남성河南省 형양현滎陽縣 북동쪽 위치 弼 輔也보좌하다 도와주다 拂 仝앞과 같다 [物] 比 次也차례로 연하다 [支][紙][寘] 肸 布寫소리가 울려 퍼지다 또는 전파하다 －蠁힐향 (히)<힐> [物] 肹 俗속자 欯 喜也기뻐하다 기뻐서 웃다 【增】文13 啐 衆聲시끄러운 소리 嘈－조줄 (쥬)<줄> [隊] 誶 責讓꾸짖다 (쮜) [寘][隊] ㉠[隊] 溧 丹陽水名단양江蘇省 溧陽

(츈)〈쥰〉 [願] 穫 矛柄창 자루 (낀)〈근〉 [文] 矜 소앞과 같다 [刪][蒸] 堇 黏土황토 점토 ㉠[震] 墐 소앞과 같다 ㉠[震] 斷 分辯설명하여 밝히다 사리를 따지어 설명하다 결단하다 (인)〈은〉 [文] 燐 鬼火도깨비불 (린)〈린〉 ㉦[軫]㉠[震] 鍲 計稅세금을 산출하다 (민)〈민〉 痻 病也정신이 혼미한 병 檳 有四功嶺外果네 가지 약효가 있는 남쪽 지방의 나무 열매 －榔빈랑 (빈)〈빈〉 霦 玉光옥의 광택 璘－린빈 獱 大獺수달의 일종 (삔) 麎 牝麋암사슴 또는 고라니 암컷 (씬)〈신〉 螓 寒螿쓰르라미 (인)〈인〉 ㉦[軫] 鎭 戍也군대를 주둔시켜 중요한 곳을 지키다 安也안무하다 (진)〈진〉 ㉠[震] 鏡 所以鼓敔악기인 어敔를 긁어 소리를 내는 채 帳 飼馬橐말을 먹이는 데 쓰는 포대包袋 侲 逐厲童어린아이

㉠[震] 粦 소앞과 같다 ㉠[震] 潤 流皃물이 평탄하게 흐르는 모양 (민)〈민〉 湣 謚也시호謚號에 쓰는 글자 齊－王제민왕 제나라의 민왕 釼 錫也주석朱錫 (인)〈인〉 縯 長也길다 [銑] 戭 長戟긴 창 [銑] 贙 似狗多力개와 비슷하고 힘이 센 물짐승 이름 濜 急流급류 (찐)〈진〉

粦 소앞과 같다 ㉦[軫] 粼 水出石間맑은 물이 돌 사이에서 나오거나 흐르다 물이 맑고 깨끗한 모양 －－린린 ㉬[眞] 潾 소앞과 같다 ㉬[眞] 甐 敝也해지다 닳아서 얇아지다 囟 頂門숨구멍 정수리 (신)〈신〉 顖 소앞과 같다 申 引也늦추다 또는 연장하다 鳥－조신 양생술의 하나 나는 새가 다리를 쭉 펴는 것처럼 팔다리를 펴는 운동 ㉬[眞] 紖 牽

縣의 물 이름(리)〈률〉 潏 水中小洲작은 섬 (쓔)〈슏〉《율》[屑] 驈 馬白髀다리나 사타구니가 흰 검은 말 (유)〈율〉 矞 驚視놀라서 보는 모양 (휴)〈휼〉 堲 燒土구운 흙 벽돌 疾也미워하다 (지)〈즐〉 [職] 鴶 布穀뻐꾸기 －鵴길국 (기)〈길〉 蛣 啖糞蟲말똥구리 －蜣길강 (키) 尼 止也정지시키다 제지하다 (니)〈닐〉 [支] 柅 소앞과 같다 [紙] 蔤 荷本연뿌리 (미)〈밀〉 佛 大也크다 輔也돕다 보필하다 勇壯씩씩하다 용감하다 －仡필흘 人名사람 이름 －肸필힐 (삐)〈필〉 [物]

귀신을 쫓는 의식을 거행할 때 앉혀 놓는 아이 초라니 ㉠[震] 蔯 蒿也사철쑥 茵－인진 (찐) 螴 氣不定불안정하다 －蜳진돈 塡 久也오래가다 장구하다 [先][銑] ㉠[震] 【叶】文10 宮 俱倫切구와 륜의 반절 黃庭經황정경 功 居銀切거와 은의 반절 相如 賦사마상여의 부 肎 若恩切약과 은의 반절 太玄태현경 遯 徒均切도와 균의 반절 毛詩모시 溷 徒均切도와 균의 반절 劉楨賦유정의 부 章 之人切지와 인의 반절 黃庭經황정경 襜 稱人切칭과 인의 반절 相如賦사마상여의 부 鉉 胡匀切호와 균의 반절 蔡邕碑채옹의 비 猒 紆勤切우와 근의 반절 易林역림 衍 尼然切니와 연의 반절 相如賦사마상여의 부 【通】韻5 文 十二平 元 十三平 寒 十四平 删 十五平 先 十六平

昣 告也귀신에게 고사告祠하다 (진) 賑 富也부유하다 넉넉하다 ㉠[震] 疢 病也열병 또는 질병 (친) ㉠[震] 【叶】無 【通】韻5 吻 十二上 阮 十三上 旱 十四上 潸 十五上 銑 十六上

車紖수레를 끄는 줄 (인)〈인〉 ㉦[軫] 輴 擊小鼓작은 북 작은 북을 치다 孕 懷胎임신하다 아이를 배다 [徑] 盡 竭也다 없어지다 또는 다하다 －之진지 (진)〈진〉 ㉦[軫] 瑱 充耳면류관의 양옆에 드리운 귀막이옥 (진) [霰] 診 視也살펴보다 조사하다 (찐) ㉦[軫] 【叶】文2 名 必仞切필과 인의 반절 張華詩장화의 시 實 時刃切시와 인의 반절 易역 【通】韻5 問 十三去 願 十四去 翰 十五去 諫 十六去 霰 十七去

【叶】文10 岳 魚聿切어와 율의 반절 易林역림 替 他吉切타와 길의 반절 張衡賦장형의 부 穆 莫筆切막과 필의 반절 荀卿賦순경의 부 際 子悉切자와 실의 반절 易역 萃 子聿切자와 율의 반절 左思賦좌사의 부 駟 息七切식과 칠의 반절 左思賦좌사의 부 叔 式聿切식과 율의 반절 易林역림 轡 思吉切사와 길의 반절 王融詩왕융의 시 木 莫筆切막과 필의 반절 易林역림 至 之日切지와 일의 반절 毛詩모시 【通】韻5 物 五入 月 六入 曷 七入 黠 八入 屑 九入

平聲文十二	【文】文96 轀 臥車누워서 쉴 수 있는 수레 －輬온량 (운)<온> 馧 香也향기 향기롭다 (윤) 氳 氣也연기 운애 구름 따위 氤－인온 熅 鬱煙연기가 자욱하다 ㉠[問] 君 長民通稱임금 제왕의 총칭 (균)<군> 軍 旅也군대 군영 병사 皸 凍裂피부가 얼어 트다 ㉠[問] 羣 隊也사람이 모여 이룬 집단 (끈) 帬 裳也치마 裙 仝앞과 같다 文 經緯씨줄과 날줄 天地하늘과 땅 華也화려하다 (룬)<문> ㉠[問] 紋 織文비단에 짜넣은 무늬 雯 雲文아름다운 무늬를 이룬 구름 蚊 蟎也모기 蟁 仝앞과 같다 聞 知聲들어서 알다 ㉠[問] 聋 仝앞과 같다 閺 低目視아래로 내려다보다 弘農
上聲吻十二	【吻】文38 韞 包藏싸다 감추다 간직하다 (윤)<온> 醞 釀也술을 빚다 양조하다 ㉠[問] 蘊 積也쌓다 쌓이다 축적하다 ㉣[文] ㉠[問] 宛 仝앞과 같다 [元][阮] 薀 藻屬수초 이름 仝앞과 같다 ㉠[問] 麇 縛也묶다 결박하다 (균)<군> [眞] ㉣[文] 吻 口邊입
去聲問十三	【問】文50 醞 釀也술을 빚다 양조하다 含蓄함축적임 함축성이 있음 －藉온자 (윤)<온> ㉦[吻] 溫 自勝술에 취했을 때 마음을 온화하게 하여 자신을 유지시키는 일 또는 온화하고 공손한 태도를 이르기도 함 －克온극 [元] 慍 怒也성내다 ㉦[吻] 縕 亂麻어지럽다 久絮헌솜 또는 지스러기 솜 ㉦[吻] 蘊 積也쌓다 쌓이다 축적하다 ㉣[文]㉦[吻] 薀 仝앞과 같다 ㉦[吻]
入聲物五	【物】文63 屈 河東地名하동山西省의 땅 이름 姓也성씨 (규)<굴> / 曲也굽다 휘다 (큐) / 固也고집스럽다 竭也힘을 다하다 다하여 없어지다 (뀨) 厥 蕃國고대 중국의 변방 종족의 이름 突－돌궐 [月] 絀 曲也굽히다 굽다 (큐) [質] 詘 辭塞말이 막히다 仝앞과 같다 倔 梗戾뻣뻣한 모양 －强굴강 (뀨) 崛 山高산이 우뚝 높은 모양 －崒굴물 勃也불끈 솟다 －起굴기 裾 衣短짧은 옷 掘 穿地파다 파내다 [月] 堀 仝앞과 같다 突也굴뚝 物

鄕名홍농河南省의 고을 이름 閿 仝앞과 같다 分 別也분별하다 裂也 나누다 쪼개다 施也나누어 주다 十黍무게의 단위 (분)<분> ㉠[問] 芬 香也향기 향기 나다 雰 雪皃눈이 많이 내리는 모양 紛 亂也어지럽다 帉 巾也물건을 닦는 큰 수건 毰 毛落짐승의 털이 빠지다 衯 長衣皃옷이 긴 모양 豶 飛皃나는 모양 氛 妖氣재앙을 예시豫示하는 기운 －祲분침 / 祥氣상서로운 기운 －氳분온 (뿐) 棼 亂也어지러운 모양 －－분분 / 屋棟마룻대 누각의 마룻대 (뿐) 饙 烝飯찐 밥 餴 仝앞과 같다 枌 白楡느릅나무 (뿐) 汾 太原水名태원山西省의 물 이름 蚡 地鼠두더지 ㉦[吻] 棻 香木향나무 妢 楚附庸초나라의 부용국 안휘성

가 입술 (문)<문> 刎 割也목을 베다 끊다 자르다 忞 亂也어지럽다 [眞] 抆 拭也닦다 씻다 문지르다 ㉠[問] 粉 研米쌀가루 가루로 만들다 燒鉛화장용으로 얼굴에 바르는 가루 (분)<분> 憤 懣也분개하다 (뿐) 墳 土起둑 제방 무덤을 만들다 ㉬[文] 忿 怒也분노하다 원망하다 ㉠

榅 柱也기둥 [月] 麵 麴也누룩 熅 火伸物다리미로 옷 따위를 다리다 ㉬[文] 攟 拾也줍다 가지다 取也취하다 (균)<군> ㉦[吻] 捃 仝앞과 같다 皸 凍裂피부가 얼어 트다 ㉬[文] 郡 縣所屬현 소속의 지방 행정 구역 이름 (균) 聞 聲徹名達이름이 나다 알리다 (문)<문> ㉬[文] 問 訊也묻다 물어보다 따져 묻다 璺 玉破갈라진 금이나 무늬 紊 亂也어지럽다 문란하다 汶 琅邪水名낭야山東省 萊蕪市의 물

事也사무 일 相度살피고 헤아리다 관찰하고 측량하다 (무)<물> 勿 里旗기 고대에 대부大夫나 사士가 백성들을 불러 모을 때 세우던 기 莫也하지 말라 해서는 안 된다 懃愛정성스럽다 －－물물 [月] 芴 菲也순무 土瓜쥐참외 [月] 岉 山高산이 높은 모양 崛－굴물 沕 潛藏숨다 [隊] 不 無也없다 (부)<불> [尤][有][宥] 艴 色怒발끈 성내는 모양 (뿌) [月] 艳 俗속자 弗 不可아니다 부정을 표시함 去也 버리다 재앙을 제거하고 복을 구하다 (부) 黻 裳繡兩弓相背옛날 예

安徽省 부양阜陽 일대 소재 －胡분호 頒 大首머리가 큰 모양 [刪] 朌 仝앞과 같다 [刪] 坌 高丘언덕이 높이 솟은 모양 隱－은분 賁 大也크다 [寘][元] 蕡 草木多實열매가 크고 많은 모양 墳 墓也무덤 言大道之書대도를 말한 서적 三－삼분 ㉦[吻] 羵 土怪땅속에 산다는 전설상의 괴물 －羊분양 ㉦[吻] 濆 水際물가 幩 馬銜飾말의 재갈 양쪽에 매다는 비단 장식 轒 戰車성을 공격할 때 쓰는 병거兵車 －轀분온 豶 去勢豕거세한 돼지 黂 枲實삼씨 鼖 大鼓군중軍中에서 사용하던 큰 북 焚 燒也불태우다 불사르다 云 言也이르다 말하다 語辭어조사 (윤)<운> 員 仝앞과 같다 物數물건의 수량 益也더하다 보태다 [先] ㉠[問] 紜

[問] 坋 塵也티끌 먼지 ㉠[問] 坌 仝앞과 같다 [願] 扮 握也잡다 쥐다 鼢 地鼠두더지의 일종 蚡 仝앞과 같다 ㉬[文] 惲 重厚돈후하다 중후하다 (윤)<운> 抎 失也잃어버리다 실추시키다 (윤) 䩵 面首俱圓얼굴과 머리가 둥그스름하다 顚 黃色얼굴 빛이 갑자기 노래지다 謹 愼

이름 [元] 絻 喪冠고대 상복喪服의 한 가지 관冠이 없고 삼베로 상투를 두른 복식 免 仝앞과 같다 [銑] 湓 噀也뿜다 (훈)<분> [元][願] 坌 掃除청소하다 소제하다 (뿐) 糞 穢也똥 仝앞과 같다 瀵 汾陰水名분음山西省 萬榮縣의 물 이름 僨 僵也넘어지다 쓰러지다 거꾸러지다 分 散也헤치다 定也분수 名－명분 位也지위 職－직분 均也일정한 정도의 양 몫 －劑분제 ㉬[文] 忿 怒也분노하다 ㉦[吻] 坋 塵

복에 수놓은 문양 芇 草木盛초목이 무성하다 仝앞과 같다 [未] 拂 拭也씻다 닦다 逆也거스러다 [質] 沸 泉出샘물이 솟아오르는 모양 滭－필불 [未] 髴 首飾부녀자의 머리 장식 髴 若似비슷하다 髣－방불 仝앞과 같다 佛 仝앞과 같다 跸 跳也뛰다 刜 斫也찍다 자르다 끊다 茀 草盛풀이 우거져 길이 막히다 紼 大索동아줄 紼 亂絲엉클어진 실 仝上仝下앞뒤와 같다 紱 印組인끈 韍 韠也슬갑 폐슬(蔽膝) 仝앞과 같다 祓 除惡祭재앙을 쫓고 복을 구하는 제사 沷 寒也바람

物多많고 어지러움 紛－분운 芸 香草향초 이름 궁궁이 辟書蠹책에
기생하는 좀 沄 轉流물이 빙돌아 흐르는 모양 －－운운 耘 除草풀을
제거하다 김매다 雲 山川氣산천의 기운 곧 구름 또는 안개 蕓 菜名유
채油菜 －薹운대 鄖 漢南國名한남湖北省 安陸市의 나라 이름 熏 火
氣연기 연기가 피어오르다 (훈)〈훈〉 燻 俗속자 薰 似蘼蕪훈초薰草
일명 혜초蕙草 灼也태우다 曛 黃昏해질 무렵 황혼 勳 功也공로 공훈
功勳 勛 古고자 纁 淺絳色분홍빛 醺 醉也술에 취하다 臐 羊臛양고
깃국 獯 北方중국 고대 북방의 소수민족 －鬻훈육 葷 臭菜파나 마늘
처럼 매운맛이 나는 채소 焄 香氣연기나 향내를 피우다 釿 斫木器도

也삼가다 또는 신중하다 (긴)〈근〉 慬 慇也삼가다 근신하다 ㉬[文]
㉠[問] 槿 蕣華무궁화나무 또는 무궁화꽃 堇 苦菜씀바귀 [震] 巹 瓢
杯혼례婚禮를 치를 때 쓰는 술잔 近 不遠가깝다 거리가 짧다 (낀) ㉠
[問] 听 笑皃웃는 모양 (인)〈은〉 磤 雷聲천둥소리 砏－빈은 돌이

也티끌 먼지 ㉦[吻] 奮 揚也발양하다 運 徙也옮기다 이동하다 動也
움직이다 (윤)〈운〉 暈 日傍氣햇무리 煇 仝앞과 같다 [微][阮] ㉬
[文] 鄆 魯 附庸춘추春秋시대 노나라의 읍邑 동운東鄆과 서운西鄆
이 있었다 산동성山東省 기수현沂水縣 소재 餫 野餉들밥 먹이다
韗 鼓工북을 메우는 사람 韻 均也운자韻字 和也소리가 화하다 조
화로운 소리 風度풍채 맛 풍미風味 향기 韵 仝앞과 같다 員 姓也성

이 차다 [月] 翬 舞羽무용수가 손에 드는 꿩장목 새의 꼬리 깃이나
오채색의 비단을 들고 추는 춤 帗 仝앞과 같다 怫 鬱也우울하다 울
적하다 (뿔) 咈 違也어기다 거스르다 佛 不諟살피지 않다 戾也어
그러지다 覺也범어梵語의 깨달은 사람이란 뜻의 Buddha의 음역音
譯 [質] 鬱 香草생강과의 여러해살이풀 －金울금 (유)〈울〉 鬱 棣
屬산앵두 滯也막히다 정체되다 盛也융성하다 성대하다 仝앞과 같
다 欝 俗속자 爩 煙氣연기가 피어나다 또는 연기 菀 茂也무성하다

끼 (긴)〈근〉 斤 十六兩16냥 무게의 단위 仝앞과 같다 ㉠[問] 筋 肉之力근육 또는 힘줄이나 인대 劤 仝앞과 같다 勤 勞也부지런하다 수고하다 (낀) 慬 憂哀근심하다 번뇌하다 勇也용감하다 ㉦[吻]㉠[問] 懃 委曲완곡함 간곡함 慇－은근 瘽 病也피로로 병이 나다 芹 楚葵미나리 蘄 當歸당귀 山－산근 [支] 垠 岸也언덕 물가 강언덕 (인)〈은〉[眞] 圻 仝앞과 같다 [微] 齗 齒根肉잇몸 [眞] 齦 仝앞과 같다 (阮) 鄞 會稽縣名회계浙江省의 현 이름 狺 犬吠개가 짖는 소리 －－은은 誾 和悅온화하게 말하면서도 시비를 분명하게 밝힘 －－은은 [眞] 訢 仝앞과 같다 《흔》殷 衆也많다 大也크다 中也맞다 成湯國號성탕의 나

서로 부딪치는 소리 (힌) ㉫[文] 殷 仝앞과 같다 [刪] ㉫[文] 隱 藏也숨기다 감추다 微也정밀하고 깊다 은미하다 痛也고통 근심하다 괴로워하다 度也자세히 헤아리다 仝앞과 같다 ㉠[問] 嶾 山高산세가 높은 모양 －嶙은린 轗 車聲수레 소리 －－은은 穩 縫衣옷의 곁감에 안감

씨 人名사람 이름 吳 伍－오오운 오나라의 오운 춘추春秋시대 楚나라 사람 자字는 자서子胥 [先] ㉫[文] 訓 誡也훈계하다 타이르다 說也해석하다 설명하다 (훈)〈훈〉 爋 火乾불에 말리다 斤 明察분명하게 살핌 －－근근 (낀)〈근〉 ㉫[文] 靳 固也아끼다 견고하다 완고하다 吝也아까워하다 近 附也가깝다 거리가 짧다 親也친근하다 친밀하다 ㉦[吻] 劤 多力힘이 세다 撞 拭也닦다 문지르다 垽 澱也

[阮] 尉 姓也성씨 [未] 蔚 牡蒿제비쑥 국화과의 여러해살이풀 文皃화려하다 문채가 나다 [未] 熨 持火展繒다리미질하다 [未] 颶 大風큰 바람 (유) 颮 疾風빠른 바람 (훅)〈훌〉 欻 暴起급히 일어나다 歘 仝앞과 같다 吃 語難말을 더듬거리다 (기)〈글〉 訖 終也그치다 멈추다 또는 끝나다 《흘》乞 求也빌다 구하다 (키) [未] 屹 山皃산이 우뚝하고 뾰족한 모양 －崒흘줄 을줄 (이)〈을〉 仡 勇壯건장하고 날랜 모양 －－흘흘 을을 疙 癡皃어리석은 모양 迄 至也이

라 이름 (힌) [刪] ㉦[吻] 慇 委曲간곡함 －懃은근 欣 喜也기쁘다 흥겹다 (힌)<흔> 忻 소앞과 같다 訢 소앞과 같다《은》昕 日出여명 동틀 무렵 해가 뜨다 炘 熱也불꽃이 맹렬한 모양【增】文19 蒀 盛皃 운무가 자욱하거나 향기가 짙은 모양 葐－분온 (윤)<온> 蘊 積也쌓다 축적하다 ㉦[吻]㉠[問] 麇 麞也노루 (균)<군> [眞] / 羣也떼를 짓다 무리를 이루다 (뀬) ㉦[吻] 宭 羣居여럿이 떼를 지어 살다 (뀬) 鷐 青雀파랑새 (분)<분> [曷] 鳻 소앞과 같다 [刪] 砏 雷聲우레소리 큰 소리 －磤분은 妘 姓也성씨 (윤)<운> 篔 大竹큰 대나무 －簹운당

을 붙여 바느질하다 檃 揉曲도지개 구부러진 나무를 바로잡는 기구 檼 屋脊마룻대 들보 소앞과 같다 ㉠[問]【增】文10 慍 怒也성내다 (윤)<온> ㉠[問] 緼 亂麻지스러기 삼 어지럽다 久絮헌솜 ㉠[問] 攟 拾也줍다 取也취하다 (균)<군> ㉠[問] 脗 合也부합하다 꼭 들어맞다 (문)<문> [軫] 羵 土怪땅 속에 산다는 전설상의 괴물 －羊분양

앙금 찌꺼기 (인)<은> 㥯 依人남에게 기대다 의지하다 (힌) 檼 屋脊마룻대 들보 ㉦[吻] 隱 依也기대다 의지하다 －几은궤 築也다지다 단단하게 하다 ㉦[吻] 焮 炙也굽다 타다 (힌)<흔>【增】文6 文 飾也꾸미다 장식하다 (문)<문> ㉬[文] 抆 拭也닦다 씻다 문지르다 ㉦[吻] 娩 產子분만하다 아이를 낳다 [阮] 奔 覆敗지다 패하다 (분)<분> [元][願] 馴 順也온순하다 순종하다 (훈)<훈> [眞] 慬

르다 (히)<흘> 訖 소앞과 같다《글》釳 馬頭飾임금의 수레를 끌던 말의 치레 汔 水涸물이 잦아들다 幾也거의 忔 喜也기쁘다 肸 布寫소리가 울려 퍼지다 또는 전파하다 －蠁힐향 [質]【增】文10 剧 曲刀조각하는 데 쓰는 굽은 칼 (규)<굴> 剻 소앞과 같다 [月] 崛 木蠹나무굼벵이 또는 나무좀 蛣－길굴 昒 未明어둑어둑한 새벽 먼동이 틀 때 －爽홀상 물상 (부)<물> [月] 颵 小風실바람 (부)<불> 坲 塵起먼지가 일어나는 모양 岪 山曲산비탈의 길 (뿌) 罻 網也새

熉 黃色암황색 또는 누런 모양 煇 灼也태우다 불로 지지다 (훈)〈훈〉[微][阮] ㉠[問] 穫 矛柄창 자루 (낀)〈근〉 [眞] 僅 纔也겨우 가까스로 간신히 [震] 廑 小屋작은 집 소앞과 같다 [震] 勤 소앞과 같다 菣 草色青풀빛이 푸르다 (힌)〈은〉 磤 雷聲천둥소리 砏ㅡ분은 ㉦[吻] 濦 潁川水名영천河南省 登封縣에 있는 영수潁水의 세 원류源流 중의 가운데 물줄기 ㉦[吻] 溵 소앞과 같다 【叶】無 【通】韻5 眞 十一平 元 十三平 寒 十四平 刪 十五平 先 十六平

(뿐)〈분〉 ㉬[文] 笨 竹裏麤䈞대청 대나무의 흰 속껍질 瑾 美玉아름다운 옥 이름 (긴)〈근〉 [震] 卺 舒也펴다 濦 潁川水名영천河南省 登封縣의 물 이름 (힌)〈은〉 ㉬[文] 癮 疹也속병 두드러기 【叶】無 【通】韻5 軫 十一上 阮 十三上 旱 十四上 濟 十五上 銑 十六上

僅也겨우 가까스로 (낀)〈근〉 ㉦[吻] 【叶】無 【通】韻5 震 十二去 願 十四去 翰 十五去 諫 十六去 霰 十七去

그물 (유)〈을〉 [未] 契 蕃國중국 소수 민족 이름 ㅡ丹거란 (키)〈글〉[霽][屑][屑] 疑 正立바로 서다 (이)〈을〉 [支][職] 【叶】無 【通】韻5 質 四入 月 六入 曷 七入 黠 八入 屑 九入

平聲元十三	【元】文155 鞬 弓衣동개 활과 화살을 넣는 기구 (견)<건> ㉦[阮] 犍 犗牛거세한 소 [先] 撡 摴蒱采名저포의 채 이름 주사위 翻 飛也날다 反覆뒤집다 뒤집히다 (환)<번> 飜 仝앞과 같다 拚 仝앞과 같다 [寒][霰] 幡 帉帨걸레 행주 仝앞과 같다 潘 米汁쌀뜨물 [寒] 番 數也회수 번수 更也번갈아 교체하다 遞也갈리다 次也차례 [寒][諫][歌] 藩 籬也울타리 蕃 仝앞과 같다 / 茂也번성하다 (뽠) 旛 旌也긴 기폭이 아래로 드리워진 기 璠 魯寶玉노나라의 보옥 －璵번여 轓 車箱수레의 휘장 繙 旗皃깃발 모양 繽－빈번 繹也들추어 뒤적이다 反 理枉그릇된 판결을 뒤집어서 바
上聲阮十三	【阮】文86 晚 暮也날이 저물다 또는 저물 무렵 (환)<만> [職] 娩 順也순하다 婉－완만 [問] 挽 引車수레를 끌다 당기다 輓 仝앞과 같다 ㉠[願] 飯 食也밥을 먹다 또는 먹다 (뫈)<반> ㉠[願] 返 還也돌아오다 반환하다 反 覆也돌이키다 뒤집다 뒤엎다 不順거스르다 배반하다 [刪] ㉫[元] 軓 車耳수레의 몸체 양 옆의 칸막
去聲願十四	【願】文58 万 十千천의 열 배가 되는 수 1만 (환)<만> [職] 萬 蜂也벌 仝앞과 같다 蔓 葛屬칡의 일종 덩굴 넝쿨 延也뻗다 [寒] 曼 長也길다 멀다 澤也윤기가 돌다 곱고 윤택하다 [寒][翰] 嬔 兎子토끼 새끼 (뫈)<반> 飯 餐也곡류를 익혀 만든 음식
入聲月六	【月】文109 訐 發人陰私남의 잘못이나 비밀을 공격하거나 들추어내다 (겨)<갈> 羯 犗羊거세한 숫양 揭 高擧높이 들다 [霽][屑] / 擔也메다 지다 (껴) 竭 盡也다하다 (껴) [屑] 碣 碑也지붕돌을 덮지 않고 머리 부분을 둥그스름하게 만든 비석 [霽][屑] 楬 表識푯말 표시하다 명시하다 [黠] 韈 足衣버선 (뫄)<말> 襪 仝앞과 같다 韤 仝앞과 같다 髮 頭毛머리털 (봐)<발> 發 起也일다 일으키다 자아내다 钀 鑣也말재갈 (여)<알> 謁 請見뵙기를 청하다 暍 傷暑더위먹다 더위를 먹어 병이 나다 瘍

로잡다 平－평번 [刪] ㉦[阮] 犿 相從서로 따르는 모양 連－련번 煩 勞也고단하다 번거롭게 하다 (뽠) 蘋 似莎사초莎草의 일종 青－청번 繁 多也많다 번다하다 [寒] 蘩 白蒿산흰쑥 蹯 獸足짐승의 발바닥 墦 冢也무덤 燔 燒也불태우다 불사르다 炙也굽다 膰 祭餘肉제사에 쓴 고기 [歌] 樊 籠也새장 우리 山邊산 가장자리 蠜 阜螽메뚜기 礬 涅石백반 白礬 花名산반화山礬花의 준말 山－산반 笲 盛棗脩器폐백을 담는 대상자 ㉦[阮] 袢 近身衣여름에 입는 흰색 속옷 言 語也말 언어 (연)<언> 軒 大夫車옛날 대부가 탔던 앞쪽의 난간이 높다랗고 휘장이 달린 수레 (현)<헌> ㉠[願] 騫 飛皃날아오르는 모양 掀 擧也들다 들어올리

이 阪 山脅비탈 산비탈 (퐌)<판> 坂 仝앞과 같다 謇 吃也말을 더듬다 (견)<건> [銑] 蹇 跛也절뚝발이 또는 절뚝거리다 險難어렵다 곤란하다 순조롭지 아니하다 [銑] 楗 門限대문의 빗장 저지하다 막다 (껸) 揵 擧也들다 쳐들다 仝앞과 같다 [先] 鍵 鑰也자물쇠의 잠금 기능을 하는 쇠막대 [先][銑] 巘 山似甑시루처럼 위는 크고 아래가 작은 산 (연)

(뽠) ㉦[阮] 飰 俗속자 販 買賣싼값에 물건을 사들였다가 이익을 붙여서 팔다 (퐌)<판> 畈 平疇돼기밭 建 立也건립하다 설치하다 창립하다 (견)<건> 健 强也굳세다 꿋꿋하다 힘이 세다 (껸) 腱 筋本힘줄 [先] 堰 障水제방 방축 (현)<언> ㉦[阮] 鄾 潁川縣名영천河南省 鄾

仝앞과 같다 [曷] 熼 仝앞과 같다 伐 征也치다 공격하다 矜也자랑하다 積也공로 공적 (봐)<벌> 筏 桴也뗏목 栰 仝앞과 같다 橃 仝앞과 같다 艠 仝앞과 같다 [曷] 閥 功狀벼슬하는 집안에서 스스로 공적을 기록하여 대문 왼쪽에 세우는 나무 기둥 －閱벌열 垡 耕起밭을 갈아엎다 밭을 일구다 墢 仝앞과 같다 [曷] 罰 小罪죄 허물 師 舂米찧다 쓿다 도정하다 瞂 盾也방패 歇 氣洩냄새 향기 따위가 날아가다 休也쉬다 휴식하다 (혀)<헐> 蠍 蠆類전갈 蝎 俗속자 非잘못임 蝤蠐나무좀 굼벵이 [曷] 颰 小風바람 바람소리 (훠) 狘 驚走놀라 달아나는 모

다 **褌** 褻衣잠방이 쇠코잠방이 (군)〈곤〉 **裩** 仝앞과 같다 **崐** 荒服山名
먼 변방의 산 이름 －崘곤륜 **崑** 仝앞과 같다 **錕** 赤鐵양질의 붉은 쇠
이름 ㊇[阮] **琨** 美玉아름다운 옥 瑤－요곤 **鯤** 魚子물고기 새끼 －鮞곤
이 大魚전설상의 큰 물고기 **蜫** 蟲也벌레의 총칭 **昆** 後也뒤 연후에 同
也같다 咸也다 모두 仝上仝下앞뒤와 같다《혼》**冡** 兄也형 **鶤** 雞三尺
큰 닭 또는 고니 **坤** 地也땅 대지 (쿤) **髡** 去髮머리를 깎다 삭발하다
惇 厚也돈후하다 (둔)〈돈〉 **弴** 畫弓그림을 그려 넣은 활 [蕭] **敦** 厚也
중후하다 勉也힘쓰다 권면하다 詆也꾸짖다 大也크다 迫也핍박하다 誰
何누구 [灰][隊][寒][蕭] ㊇[阮]㊀[願] **墩** 高堆흙더미 흙무더기 **焞** 明也

〈언〉 [銑] **甗** 甑也시루 [銑] **偃** 仆也넘어지다 쓰러지다 臥也반듯하
게 눕다 (연) **鰋** 額白魚뱅어 **蝘** 守宮수궁 도마뱀붙이 －蜓언정 **鼴** 土
鼠두더지 ㊀[願] **鶠** 鳳也봉황의 다른 이름 **鄢** 鄭地名정河南省 鄢陵縣
나라의 지명 이름 [先] **幰** 車幔수레의 휘장 또는 휘장 (헌)〈헌〉 **衮** 龍
衣제왕이나 상공上公이 입던 용무늬가 수놓인 예복 (군)〈곤〉 **蓘** 壅苗

城縣의 현 이름 **憲** 法也법 본받다 법으로 삼다 敏也민첩하다 (현)
〈헌〉 ㊇[阮] **獻** 進也드리다 賢也어질다 [歌] **困** 悴也곤하다 倦也피
곤하다 (쿤)〈곤〉 **頓** 下首머리를 조아리다 貯也쌓다 저축하다 壞也
무너지다 퇴락하다 遽也갑자기 홀연히 (둔)〈돈〉《둔》◎[月] **論** 議

양 **骨** 肉覈뼈 (구)〈골〉 **滑** 亂也어지럽다 詼也익살부리다 희학질하
다 －稽골계 [黠] **汩** 治也물을 다스리다 또는 다스리다 亂也어지럽다
어지럽히다 水聲물 따위의 액체가 흐르는 소리 －－골골 浮沈침몰함
물에 잠김 －沒골몰 涌波물이 솟구치는 모양 －淈골굴 仝앞과 같다
[錫] **愲** 心亂우울하다 근심하고 번민하다 마음이 뒤숭숭하다 **搰** 用
力힘을 쓰는 모양 －－골골 **榾** 木頭나무등걸 장작개비 －柮골돌 **扢**
摩也문지르다 닦다 **䯏** 大頭큰 머리 獨處고독한 모양 (쿠) **矻** 勞也몹
시 수고로운 모양 －－굴굴 골골 **咄** 嗟也혀를 차다 놀라 소리치다 꾸

밝다 빛나다 灼龜炬점칠 때 거북의 등딱지를 지지는 불 (툰) [灰][眞] 蘋 黃色누런빛 황색 暾 日出처음 돋는 해 豚 豕子새끼 돼지 (뚠) ㉦[阮] 豘 仝앞과 같다 燉 火盛불이 성한 모양 侖 天形너르고 커서 끝이 없는 하늘의 모양 昆－곤륜 (룬)〈론〉 崘 荒服山名먼 변방의 산 이름 崐－곤륜 崙 仝앞과 같다 論 說也말하다 의론 思也생각하다 [眞] ㉠[願] 掄 擇也가리다 선발하다 [眞] 孫 子之子아들의 아들 (순)〈손〉 蓀 香草향초 谿－계손 猻 猴也원숭이의 일종 또는 원숭이의 범칭 飧 夕食저녁밥 水澆飯뜨그운 물에 말은 밥 飱 仝앞과 같다 [寒] 湌 仝앞과 같다 [寒] 韞 日出해가 돋다 曣－연온 (훈)〈온〉 縕 褐衣얼클어진 삼실이

뿌리를 북돋우다 緄 織帶짜서 만든 띠 輥 轉速돌다 회전하다 錕 車釭굴대를 꿰는 수레 바퀴통의 쇠테 ㉬[元] 硍 鐘病聲종소리가 둔탁하다 鯀 禹父우임금의 아버지 이름 鮌 仝앞과 같다 鮌 仝앞과 같다 橐 橐也졸라매다 묶다 壼 宮巷대궐 안의 길 (쿤) 閫 門限문지방 문턱 ㉠[願] 梱 仝앞과 같다 悃 至誠지성스럽다 정성스럽다 捆 叩椓엮다 짜다 삼다

也의론하다 사리를 분석하고 설명하다 (룬)〈론〉 [眞] ㉬[元] 巽 柔也유순하다 卑也겁이 많다 (순)〈손〉 潠 噴水물을 내뿜다 噀 俗속자 遜 順也겸손하다 愻 仝앞과 같다 寸 十分길이를 재는 단위 한 자尺의 10분의 1 (춘)〈촌〉 褪 卸衣옷을 벗다 (툰)〈톤〉 慁 悶亂어지럽

짖다 (두)〈돌〉 [曷] 柮 木頭마들가리 장작 榾－골돌 突 出也오뚝 내민 모양 (뚜) 揬 觸也부딪치다 거스르다 搪－당돌 堗 竈囱굴뚝 腯 豕肥살지고 튼튼하다 짐승이 살지다 ㉠[願] 鈯 鈍也무디다 歿 終也끝마치다 종료하다 (무)〈몰〉 沒 沈也침몰하다 물에 잠기다 仝앞과 같다 埅 埋也묻다 끝나다 죽다 窣 行皃느릿느릿 걷다 勃－발솔 (수)〈솔〉 兀 高皃우뚝하다 (우)〈올〉 扤 動搖소동을 일으키다 움직이다 屼 禿山산이 헐벗은 모양 또는 민둥산 崛－굴올 矹 石崖산에 돌이 불거진 모양 산의 낭떠러지 硉－율올 阢 危也위태하다 불안하다 臲－얼

나 헌솜 또는 그것을 넣어 만든 옷 溫 和也온화하다 暖也따뜻하다 習也익히다 복습하다 姓也성씨 [問] 瑥 人名사람 이름에 쓰인 글자 晉翟－진책온 진나라의 책온 尊 貴也귀중하다 존귀하다 (준)〈존〉《준》 存 在也있다 존재하다 (쭌) 邨 聚落마을 부락 (춘)〈촌〉 村 俗속자 噋 重遲무겁고 더딘 모양 －－톤톤 (툰)〈톤〉 啍 仝앞과 같다 昏 日冥황혼 무렵 어둡다 (훈)〈혼〉 昬 仝앞과 같다 [軫] 惛 不明인식이 흐리다 정신이 멍하다 殙 仝앞과 같다 婚 婦家처가妻家 閽 守門人문지기 唔 多言말이 많다 －－혼혼 어슴푸레하여 똑똑하지 않은 모양 魂 附氣之神넋 혼령 혼백 (훈) 䰟 仝앞과 같다 渾 濁也흐리다 혼탁하다

綑 仝앞과 같다 齫 齒起이가 솟은 모양 囤 小廩작은 곳집 대오리나 싸리나 짚 따위로 엮어서 빙 둘러 만든 작은 곡식 창고 (뚠)〈돈〉 沌 不開通천지가 아직 구분되기 이전의 상태 混－혼돈 敦 不慧흐리멍덩하다 몽매하다 渾－혼돈 [灰][隊][寒][蕭] ㉬[元]㉠[願] 本 木下밑둥 초목의 뿌리 始也처음 본디 (분)〈본〉 損 減也덜다 줄이다 (순)〈손〉 穩 安也평

고 시끄럽게 하다 (훈)〈혼〉 溷 廁也뒷간 변소 圂 仝앞과 같다 嫩 弱也어리고 약하다 어리고 연하다 (눈)〈눈〉 嫰 仝앞과 같다 腝 有骨醢뼈가 섞인 육장肉醬 鈍 不利무디다 날카롭지 아니하다 (뚠)〈둔〉 頓 仝앞과 같다 《돈》 ◎[月] 遁 逃也도망치다 달아나다 ㉦[阮] 遯 仝

올 杌 頑凶흉악한 모양 檮－도올 仝앞과 같다 卒 百人츄추시대 구대조직의 단위 100명 (주)〈졸〉 [質] / 仝猝졸과 같다 황급하다 갑자기 (추) 殍 死也죽다 끝나다 [質] 猝 倉遽급작스럽다 갑자기 돌연 (추) 捽 持頭髮머리채를 거머잡다 또는 잡거나 거머쥐는 것을 이르기도 함 (쭈) 忽 忘也잊다 輕也가벼이하다 얕보다 (후)〈홀〉 曶 尙冥어둡다 먼동이 틀 때 昒 仝앞과 같다 [物] 笏 手版신하가 임금을 만날 때 손에 쥐던 물건 惚 失意무엇에 정신이 홀리어 의식이 멍하다 恍－황홀 芴 仝앞과 같다 [物] 鶻 鷹屬매 송골매 일설에는 비둘기의 일종 －

－淪혼륜 戎名당대唐代에 변경을 침입하던 적군의 추장에 대한 범칭
吐谷－토욕혼 ㉦[阮] 屯 聚也모으다 모이다 (뜬)<둔> [眞] 芚 木生초
목의 싹이 돋는 모양 臀 腿臀볼기 궁둥이 門 兩戶대문 (문)<문> 捫
撫持잡다 쥐다 어루만지다 樠 松心木송심목 [寒] 璊 赤玉붉은 옥 亹
兩岸若門 문처럼 생긴 두 언덕 또는 산 어귀 金城縣名금성甘肅省 樂都
縣의 현 이름 浩－합문 [尾] 奔 走也달리다 달아나다 (분)<분> [問]
㉠[願] 犇 仝앞과 같다 賁 勇也용맹하다 虎－호분 [寘][文] 歕 吹氣숨
을 내쉬다 내뿜다 (픈) 噴 叱也꾸짖다 仝앞과 같다 ㉠[願] 盆 盎也아가
리가 넓고 바닥이 좁으며 높이가 낮은 원형의 그릇 자배기 (뿐) 湓 水

온하다 안정되다 (훈)<온> 刌 切也끊다 베다 자르다 (춘)<촌> 忖 思
也추측하다 생각하다 豚 －肉돈육 톤육 삶은 고기 (툰)<톤> 畽 無廉
隅언행에 염치가 없다 언행이 파렴치하다 [旱] 棍 束木나무를 묶다 동
이다 (횬)<혼> 焜 火光불빛 煇 仝앞과 같다 [微][文][問] 掍 同也한데
합치다 같게 하다 混 濁也흐리다 －沌혼돈 ㉬[元] 渾 同앞과 같다 厚皃

앞과 같다 ㉦[阮] 腯 牲肥살찐 희생 ㉧[月] 悶 心鬱우울하다 번민하
다 (문)<문> 懣 仝앞과 같다 [旱] ㉦[阮] 噴 鼓鼻재채기 하다 噀也뿜
다 뿜어내다 (푼)<분> ㉬[元] 坌 塵也먼지 티끌 (뿐) [吻] 焌 然火불
태우다 불사르다 (준)<준> 捘 推也밀치다 밀다 [眞] 鐏 戈下銅창고

鶻골주 (후) 淈 濁也휘저어 혼탁하게 하다 水出물이 흘러나오다 汩
－골굴 (구)<굴> 窟 孔穴동굴 움집 (쿠) 訥 言難어눌하다 말이 서툴
다 (누)<눌> 吶 仝앞과 같다 [屑] 硉 石厓산의 낭떠러지 절벽의 돌이
우뚝 솟은 모양 －矹률올 (루)<률> 昢 日出해가 뜨는 모양 (푸)<불>
麧 磨麥不碎밀기울 보릿겨 (ᅙᅳ)<흘> 糒 仝앞과 같다 齕 齧也씹다
깨물다 紇 絲下굵은 실 질이 낮은 실 悖 亂也마음이 어지럽다 혼란스
럽다 (뿌)<블> [隊] 誖 仝앞과 같다 [隊] 孛 彗星혜성 妖氣혜성이 나
타날 때 빛이 사방으로 환하게 비치는 현상 병란이나 모반이 일어날

溢물이 솟아 넘치다 潯陽水名심양江西省 九江市의 물 이름 [問] ㉠[願] 罇 酒器술통 술두루미 (준)<준> 樽 仝앞과 같다 尊 仝앞과 같다《존》 鷷 西方雉꿩 [眞] 蹲 踞也웅크리고 앉다 (쭌) 根 柢也식물의 뿌리 뿌리가 내리다 (근)<근> 跟 踵也발뒤꿈치 뒤따르다 恩 惠也은혜 덕택 (흔)<은> 痕 瘢也흉터 흔적 (흔)<흔> 鞎 車飾가죽으로 만든 수레의 앞가리개 呑 咽也삼키다 包也포용하다 (튼)<튼> 鴛 匹鳥원앙鴛鴦 －鴦원앙 (훤)<원> 鵷 鳳屬난새나 봉황과 같은 류의 새 －雛원추 宛 西域서역의 나라 이름 大－대원 [吻] ㉦[阮] 蜿 龍皃구불구불한 용의 모양 －－원원 [寒] 眢 目不明눈이 멀다 廢井우물이 마르다 [寒]

순후한 모양 －－혼혼 ㉬[元] 緷 束羽백 개의 깃을 한데 묶은 다발 또는 큰 묶음 ㉬[元] 盾 人名사람 이름 晉趙－진나라의 조돈 (뚠)<둔> [軫] 遁 逃也도망치다 달아나다 ㉠[願] 遯 仝앞과 같다 遜 仝앞과 같다 ㉠[願] 悗 廢忘멍하다 무의식적인 모양 (문)<문> 畚 筥屬삼태기 (분)<분> 撙 裁抑아끼다 절약하다 聚也모이다 (준)<준> 僔 仝앞과 같다 繜 小衣고대 중국 소수 민족의 여자가 입던 바지 仝앞과 같다 噂 聚語

달 물미 鱒 似鱓赤眼눈불개 홍안어紅眼魚 ㉦[阮] 艮 止也그치다 멈추다 限也한계 한도 (근)<근> 恨 怨也원망하다 원망 원한 (흔)<흔> 韏 抒滿가뜩하게 뜨다 (권)<권> 韏 仝앞과 같다 券 契也엄쪽 계약서 (권) 勸 勉也힘쓰도록 권하다 권면하다 圈 獸欄우리 짐승을 가

징조 仝앞과 같다 [隊] 馞 香也향기나는 모양 향기가 진하다 桲 梨屬팥배나무 榅－올발 埻 塵起먼지가 날리는 모양 浡 興皃왕성하게 일어나는 모양 勃 色變갑자기 낯빛이 변하는 모양 仝上仝下앞뒤와 같다 艴 怒色발끈 성내는 모양 [物] 渤 海別枝바다의 곁가지 －澥발해 蕨 薇屬고사리 고사릿과의 여러해살이풀 (궐)<궐> 瘚 氣逆기운이 위로 치미는 현상 厥 其也그의 그들의 短也짧다 모자라다 仝앞과 같다 [物] 蹶 僵也넘어지다 跳也뛰다 달리다 跌也미끄러지다 拔也빼다

怨 讐也원수 ㉠[願] 冤 屈也굽히다 구부리다 元 始也처음 시초 (원) 沅 長沙水名장사湖南省의 물 이름 蚖 蜥蜴도롱뇽이나 도마뱀류의 동물 蠑－영원 [寒] 螈 仝앞과 같다 黿 大鼈큰 자라 原 高平평원 再也다시 거듭 本也본디 원래 邍 古고자 源 泉本샘의 근원이 비롯되는 곳 謜 徐語천천히 말하다 ㉠[願] 嫄 稷母주周의 선조 후직后稷의 어머니 이름 姜－강원 騵 騮馬白腹배가 흰 붉은 말 袁 姓也성씨 園 所以樹果동산 정원 담이나 울타리를 둘러치고 과수 화초 채소 따위를 심는 곳 轅 輈也수레의 끌채 猿 猴屬원숭이 류의 통칭 猨 仝앞과 같다 猿 仝앞과 같다 爰 於也미치다 이르다 동작을 끌어내오는 대상이나 처소를

수군거리다 의논이 분분하다 －噂준답 譐 仝앞과 같다 蕁 叢草떨기로 난 풀 무성하다 懇 誠也정성스럽다 진지하다 (큰)〈곤〉 墾 耕也갈다 개간하다 狠 戾也사납다 (흔)〈흔〉 綣 不離깊이 정이 들어 헤어지기 어렵다 繾－견권 (퀀)〈권〉 ㉠[願] 圈 獸欄우리 짐승을 가두어 기르는 곳 行不擧足천천히 돌아다니다 천천히 왔다갔다하다 －豚권돈 (퀀) [先] [銑] ㉠[願] 阮 姓也성씨 (원)〈원〉 遠 遙也멀다 거리가 멀다 ㉠[願] 苑

두어 기르는 곳 (퀀) [先][銑] ㉦[阮] 願 欲也바램 염원 소원 (원)〈원〉 愿 謹也신중하다 성실하다 謜 徐語천천히 말하다 ㉬[元] 遠 離也떠나다 피하다 －之원지 ㉦[阮] 怨 恨也원한 원망 (훤) ㉬[元] 楦 屨範나무로 만든 신골 (훤)〈훤〉 【增】文12 輓 引車수레를 끌다 (환)

뽑다 [霽] 蟨 比肩獸앞발이 짧고 뒷발이 길어 잘 뛰지 못한다는 전설상의 짐승 이름 剧 刻刀조각하는 데 쓰는 굽은 칼 剞－기궐 [物] 闕 門觀궁문이나 성문 양쪽에 세운 대臺 失也허물 잘못 실수 (궈) 橛 杙也짧은 나무 말뚝 (궈) 鷢 似鷹흰 새매 白－백궐 月 陰精달 달빛 (워)〈월〉 刖 足刑발이나 발꿈치를 자르는 형벌 [黠] 軏 車轅曲木수레와 멍에를 연결시켜 주는 비녀장 멍에 마구리 曰 辭也가로되 謂也말하다 粤 仝上仝下앞뒤와 같다 越 度也넘어가다 건너다 隕也떨어

나타냄 換也바꾸다 援 引也당기다 끌어당기다 拔也발탁하다 천거하다 [霰] 媛 美皃아름다운 모양 嬋－선원 [霰] 垣 牆也담장 洹 上黨水名상당山西省의 물 이름 萱 忘憂草원추리 (훤)<훤> 暄 溫也따뜻하다 喧 嘩也시끄럽다 떠들썩하다 讙 仝앞과 같다 [寒] 嚾 仝앞과 같다 諠 仝上仝下앞뒤와 같다 諼 忘也잊다 ㉦[阮] 貆 貉類오소리류의 짐승 [寒] 狟 仝앞과 같다 晅 日氣해의 기운 햇빛 塤 樂器질로 만든 악기 질나발 土音흙을 구어 만든 악기의 소리 壎 仝앞과 같다 【增】文27 混 西戎고대 중국 서부의 소수민족 －夷곤이 (군)<곤> ㉦[阮] 馨 香也향기 溫－온논 (눈)<논> 蜳 不安定불안해하다 圞

囿也동물을 기르거나 식물을 가꾸는 곳 文皃무늬 또는 문채文彩가 있는 모양 (훤) 宛 依然완연하다 小皃아주 작은 모양 丘上有丘언덕 위의 언덕 [吻] ㉫[元] 琬 圭也위쪽이 둥근 홀 美玉아름다운 옥 －琰원염 蜿 龍升용이 승천하다 구불구불 움직이다 －－원원 [寒] ㉫[元] 畹 三十畮토지의 면적 단위 30무 婉 美也아름답다 예쁘다 菀 茂木무성하다 [物] 烜 光明밝다 (훤)<훤> [紙] 咺 皃啼매우 슬피 울다 仝앞과 같

<만> ㉦[阮] 汳 陳留水名진류河南省 開封市의 물 이름 (환)<판> [霰] 鼴 地鼠두더지 (현)<언> ㉦[阮] 軒 肉藿葉切콩잎처럼 크게 썬 고기 조각 (헌)<헌> ㉫[元] 閫 門限문지방 문턱 (쿤)<곤> ㉦[阮] 敦 豎也세우다 꽂다 地名땅 이름 －丘돈구 歲名십이지十二支 중의

지다 於也이에 발어사發語辭 遠也멀다 멀리하다 超也뛰다 뛰어넘다 發揚발양하다 날리다 南蠻總名고대 중국의 남방 소수민족의 총칭 [曷] 樾 樹陰나무 그늘 蟣 似蟹게의 일종 방게보다 작고 엄지발가락에 털이 없다 蟛－팽월 蚎 俗속자 鉞 大斧청동으로 만든 큰 도끼 絨 細布모시베 가는 베 【增】文21 沷 寒也바람이 차다 춥고 얼어붙은 모양 (봐)<발> [物] 閼 止也제지하다 塞也막다 夭折일찍 죽다 歲名갑甲에 해당하는 고갑자 십간의 하나 －逢알봉 單－선알 태세太歲가 묘卯

－진돈 (둔)<돈> [軫] 魨 毒魚복어 河－하돈 (뜬) 純 包束꾸리다 [眞][軫] 忳 悶也민망하다 번민하다 飩 圜餌경단 도래떡 만두의 일종 餛－혼돈 軘 兵車고대의 병거 이름 庉 居也살다 淪 小波잔물결 率也잇따르다 氣未分두루뭉실하다 渾－혼론 (룬)<론> [眞] 圇 物完옹글다 완전하다 물체의 온 덩어리 囫－홀륜 瘟 疫也염병 급성 전염병 (훈)<온> 棔 合歡木자귀나무 (훈)<혼> 昆 氣未分두루뭉실하다 －侖혼륜 人名사람 이름 漢公孫－邪한나라 공손혼야 경제景帝 때 농서태수隴西太守로 장군將軍이 되어 오초吳楚를 쳐서 공을 세워 평곡후平曲侯에 봉해짐 (횬)<곤> 餛 圜餌만두의 일종 －飩혼돈 緷 百羽백 개의 깃을 한

다【增】文22 笲 盛棗脩器폐백을 담는 대상자 (뱐)<반> ㉬[元] 韃 韜也동개 활과 화살을 넣는 기구 (꼔)<건> ㉬[元] 匽 匿也숨기다 감추다 (현)<언> 堰 障水제방 방축 못 저수지 ㉠[願] 憲 盛皃빛나고 융성한 모양 －－헌헌 (현)<헌> ㉠[願] 滚 流皃큰 물이 세차게 솟구쳐 흐르는 모양 －－곤곤 (군)<곤> 稛 成熟여물다 익다 豚 行不擧足천천히 걷다 圈－권돈 (뜬)<돈> ㉬[元] 鱓 鯉也초어草魚 잉엇과의 민

자子의 별칭 困－곤돈 (툰)<돈> [灰][隊][寒][蕭] ㉬[元]㉦[阮] 涒 歲名지지地支 중 신申의 별칭 －灘군탄 (툰)<톤> 們 等輩무리 (문)<문> 奔 急赴급히 달려가다 (분)<분> [問] ㉬[元] 溢 涌也물이 솟아 넘치다 水聲물 소리 [問] ㉬[元] 綣 厚意정의가 살뜰하다 곡진하

방위方位에 있는 해 곧 십이지 중의 卯의 별칭 (혀)<알> [先][曷] 噦 氣逆재채기 (훠)<얼> [泰] 猲 田犬주둥이가 짧은 사냥개 (혀)<헐> [曷][洽] 頓 單于선우 소수민족의 우두머리를 지칭하는 말 冒－묵돌 묵특 (두)<돌> ㉠[願]㉠[願] 勿 掃塵먼지를 떨어내다 郋－솔몰 (무)<몰> [物] 郋 掃塵청소함 －勿솔몰 (수)<솔> [質] 膃 海狗물개 －肭올눌 (후)<올> 榲 棃屬팥배 장미과의 낙엽교목 －桲올발 [問] 稡 禾聚모으다 (주)<졸> [泰] 囫 物完옹글다 완전하다 －圇홀륜

데 묶은 다발 ㉦[阮] 穈 赤粱粟붉은 기장 (문)<문> [支] 虋 소앞과 같다 汶 玷辱더러움 더럽힘 ――문문 [問] 蒰 藥名약재 이름 복분자 覆―복분 (뿐)<분> 拫 引也당기다 끌어당기다 (흔)<흔> 邧 秦邑名춘추春秋시대 진나라의 읍 이름 (원)<원> 螈 重蠶두벌 누에 여름누에 潺 水流물이 흐르는 소리 또는 물이 흐르는 모양 潺―잔원 [刪][先] 楥 柳屬고리버들 鶢 海鳥바닷새 이름 ―鶋원거 暖 柔皃유순한 모양 ―姝훤주 (훤)<훤> [旱] 【叶】無 【通】韻5 眞 十一平 文 十二平 寒 十四平 刪 十五平 先 十六平

물고기 (훈)<혼> 潣 煩也번민하다 (문)<문> [旱] ㉠[願] 艌 舟篷배의 뜸 (분)<분> 輴 車篷수레의 뜸 苯 草叢生초목이 우거지다 ―蓴본준 분준 剸 減也덜다 줄이다 (준)<준> 墫 舞皃춤추는 모양 ――준준 (쭌) 鱒 似鱓赤眼눈불개 홍안어紅眼魚 ㉠[願] 齦 齧也씹다 (큰)<근> [文] 浣 泥著物더럽히다 오염되다 (원)<원> [箇] 踠 馬跌말의 발희목발이 심하게 꺾여서 뻐나 근육을 다치다 晼 日落해가 저묾 ―晚원만 완만 諼 忘也잊다 (훤)<훤> ㉫[元] 暖 大目눈이 크다 또는 큰 눈 【叶】無 【通】韻5 軫 十一上 吻 十二上 旱 十四上 潸 十五上 銑 十六上

다 繾―견권 (퀀)<권> ㉦[阮] 瑗 大孔璧구멍은 크고 테두리는 작은 고리 모양의 패옥 도리옥 (원)<원> [霰] 【叶】無 【通】韻5 震 十二去 問 十三去 翰 十五去 諫 十六去 霰 十七去

(후)<흘> 核 果中實과실의 씨 (후) [陌] 肭 海狗물개 膃―올눌 (누)<눌> 貀 소앞과 같다 豹文兩足앞발이 없는 짐승 朏 月生明초하루 달이 동쪽에 보이다 (푸)<불> [尾] 鵓 鴿也집비둘기 (뿌)<볼> 鱖 水豚쏘가리 (궈)<궐> [霽] 獗 賊勢거리낌없이 제멋대로 행동함 흉악하고 사나움 猖―창궐 緆 后服왕후의 옷 (궈) 掘 穿也뚫다 (꿔) [物] 撅 소앞과 같다 [霽] 【叶】無 【通】韻5 質 四入 物 五入 曷 七入 黠 八入 屑 九入

平聲寒十四	【寒】文147 干 盾也방패 犯也범하다 저촉되다 求也구하다 청구하다 水涯물가 (건)<간> 肝 木藏간 간장肝臟 奸 犯婬간음죄를 범하다 玕 美石아름다운 돌 琅－랑간 虷 井中赤蟲장구벌레 竿 竹挺대나무 장대 乾 燥也마르다 말리다 [先] 漧 소앞과 같다 栞 斫木베다 베어내다 (컨) 刊 削也깎다 없애다 삭제하다 소앞과 같다 看 睎也이마에 손을 얹고 바라보다 ㉠[翰] 看 俗속자 非잘못임 難 不易어렵다 곤란하다 (난)<난> [歌] ㉠[翰] 丹 赤石주사朱砂 단사丹砂 (단)<단> 單 獨也단독 단일 大也크다
上聲旱十四	【旱】文69 稈 禾莖볏짚 (건)<간> 秆 소앞과 같다 皯 面黑피부가 검고 까칠하다 기미 䵟 소앞과 같다 笴 箭材화살대 [哿] 簳 소앞과 같다 侃 剛直꿋꿋하다 강직하다 ―간간 (컨) ㉠[翰] 偘 소앞과 같다 ㉠[翰] 衎 和樂즐겁다 유쾌하다 ㉠[翰] 焊 溫也
去聲翰十五	【翰】文114 幹 能事일을 감당하다 (건)<간> 榦 柘也산뽕 木本밑줄기 築牆木담틀 마구리대 담을 쌓을 때 널빤지 양쪽에 세워 고정시키는 나무 기둥 井闌우물 난간 소앞과 같다 ㉬[寒] 旰 日晚저물다 汧 水流물이 빠르게 흐르는 모양 ――간간 侃 剛直강직한 모양 ――간간 (컨) ㉦[旱] 偘 소앞과 같다 ㉦[旱] 衎 和樂즐겁다 유쾌하다 ㉦[旱] 看 睎也이마에 손을 얹고 바라보다 ㉬[寒] 難 患也내란 위난危難 阻也내치다 물리치다 責也따
入聲曷七	【曷】文110 葛 絺綌草칡 거친 베 (거)<갈> 㵣 水皃깊은 물이 드넓게 펼쳐진 모양 漻－료갈 류갈 轕 曠遠광활하고 심원한 모양 아득한 모양 轇－교갈 輵 소앞과 같다 割 剝也바르다 뼈에 붙은 살을 칼로 발라내다 渴 欲飮목마르다 急也서두르다 급하다 (커) [屑] 捺 手按손으로 누르다 (나)<날> 怛 悼也슬프고 마음이 쓰리다 근심하고 고뇌하다 (다)<달> 𢘓 소앞과 같다 妲 紂妃은殷나라 주왕紂王의 비妃 －근달기 羍 小羊새끼 양

薄也얇다 [先][銑][霰] 鄲 趙都조나라의 도읍지 邯－한단 簞 小筐작
은 광주리 耑 物首사물의 꼭대기 부분 시작 (됟) 端 正也곧다 바르다
仝上仝下앞뒤와 같다 褍 正幅옷의 온폭 玄－현단 剬 斷齊가지런히
자르다 湍 急瀨물살이 빨라 여울지다 (퉌) 煓 火熾불이 맹렬하고 왕
성한 모양 貒 似豕오소리 壇 祭場제사 맹세 조회 등의 큰 행사에 사
용하는 흙으로 쌓은 단 (딴) 檀 强韌木박달나무 香木단향목 驙 白馬
黑脊등줄기가 검은 흰말 慱 憂也근심하고 고뇌하는 모양 (뛴) 漙 露
皃이슬이 많은 모양 －－단단 團 圜也둥글다 敦 聚也한 곳에 모이다

따뜻하다 (뉜)<난> 煖 仝앞과 같다 暖 仝앞과 같다 [元] 饌 女家三
日餉食시집간 지 사흘 뒤에 친척이나 친정에서 음식을 보내 축하하다
亶 信也성실하다 신실하다 (단)<단> 癉 病也병들다 勞也고단하다
[箇] ㉠[翰] 短 不長짧다 (됟) 斷 絶之끊다 자르다 / 自絶단절하다

지다 나무라다 憂也근심하다 (난)<난> [歌] ㉫[寒] 愞 弱也나약하다
(눤) [銑][箇] ㉦[旱] 旦 早也아침 새벽 (단)<단> 悬 傷也슬프고 마음
이 쓰리다 斷 決也결단하다 專一한결같이 성실한 모양 －－단단 (됟)
/ 截也끊다 끊어지다 (뛴) ㉦[旱] 鍛 打鐵쇠를 불리다 단련하다 煅 俗
속자 碫 礪石숫돌 腶 脯也포 但 徒也헛되이 부질없이 (딴) ㉦[旱] 段
分片길쭉한 사물의 잘라낸 일부분 토막 (뛴) 毈 卵壞알이 곯아서 부
화되지 않다 彖 斷也판단하다 단안하다 易－역단 周易에서 卦義를

어린 양 (타) 達 往來오가면서 서로 만나는 모양 挑－도달 仝앞과 같
다 / 通也사무치다 환하다 (따) 撻 打也매질하다 때리다 澾 滑也미끄
럽다 闥 宮中小門궁중 안에 있는 작은 문 獺 水狗수달 [黠] 獥 仝앞
과 같다 薘 菜名채소 이름 근대 莙－군달 (따) 辢 辛味맵다 (라)<랄>
辣 俗속자 剌 戾也어긋나다 위배되다 糲 脫粟애벌 찧은 조 [霽] 捋
取也캐다 따다 채취하다 (뤄) 末 木杪나무가지의 끝 나무초리 減也경
감하다 낮추다 (뭐)<말> 麩 麪也곡식을 갈아 만든 가루 秣 飼馬가

소앞과 같다 [灰][隊][元][阮][願][蕭] 摶 擊也두드리다 치다 闌 晩也저물다 또는 늦다 (란)<란> 欄 階除木난간 툇마루 층계 다리 등의 가장자리에 나무 대 등으로 가로세로 세워 놓은 살 句－구란 瀾 大波큰 물결 泣皃눈물이 줄줄 흐르는 모양 汍－환란 ㉠[翰] 幱 裳與衣連내리닫이 옷 躝 踰也밟다 넘다 지나가다 蘭 香草一榦一花난 난초과 식물의 통칭 籣 盛弩矢동개 활과 화살을 담아 등에 지도록 만든 물건 巒 山銳작고 뾰족한 산 (뢴) 欒 似槿모감주나무 瘠皃몸이 야윈 모양 －－란란 灤 漏流물이 새다 遼西水名요서河北省의 물 이름 鑾 鈴也제

(뛴) ㉠[翰] 袒 偏脫예를 행하기 위해 왼쪽 소매를 벗어 석의裼衣를 드러내다 소매를 벗어 어깨를 드러내다 (딴) [諫] 襢 소앞과 같다 [銑][霰] 但 徒也공연히 부질없이 ㉠[翰] 嬾 惰也게으르다 나태하다 (란)<란> 懶 소앞과 같다 卵 無乳者生알 난생卵生하다 (뢴) 滿 盈也가득 차다

단정한 말 褖 后服왕후의 평상복 緣 소앞과 같다 [先][霰] 讕 誣言모함하다 헐뜯다 逸言속여서 말하다 (란)<란> 爛 熟也불로 익히다 삶다 明也빛나다 ㉣[寒] 瓓 玉采옥의 채색 亂 不理어지럽다 혼란하다 治也다스리다 樂卒章악곡樂曲의 마지막 한 장章 橫流濟강을 가로 질러 건너다 횡단하다 (뢴) 幔 帷也천막 차일 덮어 가리는 데 쓰는 큰 천 (뭔)<만> 墁 塗具흙손 ㉣[寒] 漫 徧也두루 두루 퍼지다 謾 也속이다 기만하다 渺茫아스라한 모양 汗－한만 分散분산되다 瀾－란만 雲

축의 먹이 말에게 먹이를 먹이다 餗 소앞과 같다 抹 塗也바르다 칠하다 滅也마멸하다 없애다 －撥말살 沬 西徼水名서요四川省 大渡河의 물 이름 涎也침 湯華물거품 已也말다 妺 桀妻하夏나라 걸왕桀王의 처 －嬉말희 昧 小星작고 이름없는 별 日中不明대낮이 침침하다 撥 理也다스리다 정돈하다 轉也방향을 바꾸다 돌리다 (붜)<발> 鱍 魚皃물고기의 꼬리가 긴 모양 물고기가 꼬리를 치는 모양 －－발발 蹳 跋物발로 차다 襏 雨衣도롱이 －襫발석 墢 發土논밭을 갈 때 볏으로

왕의 수레에서 멍에나 끌채에 다는 방울 鸞 似鳳전설상의 신령한 새
봉황의 한 종류 圞 圓也둥글다 團－단란 瞞 平目눈꺼풀이 아래로 처
지다 欺也속이다 기만하다 (뭔)<만> 蹣 踰也뛰어넘다《반》鬗 髮
長머리털이 길다 曼 路遠멀다 길다 [願] ㉠[願] 漫 水廣물이 끝없이
질펀한 모양 －－만만 仝앞과 같다 ㉠[翰] 鰻 鱺也뱀장어 謾 欺也속
이다 [諫] ㉠[翰] 饅 餅也만두 －頭만두 鏝 鐵圬쇠로 된 흙손 墁 仝앞
과 같다 ㉠[翰] 槾 仝앞과 같다 鄤 鄭邑名춘추春秋시대 정河南省 滎
陽縣나라 읍 이름 䡲 輩也무리 동료 또래 (뷘)<반> 般 辟也돌다 多

충만하다 (뭔)<만> 懣 煩悶번민하다 [阮][願] 伴 侶也짝 반려 依也
함께 가다 따라가다 수행하다 동반하다 (뻰)<반> ㉠[翰] 散 閒也한
산하다 姓也성씨 (산)<산> ㉭[寒]㉠[翰] 散 仝앞과 같다 繖 蓋也양
산 또는 우산 傘 仝앞과 같다 饊 餦餭찹쌀을 찐 후 볶아서 만든 식품

色구름이 넓게 펼쳐진 모양 －－만만 ㉭[寒] 謾 欺語속이다 且也잠시
우선 [諫] ㉭[寒] 縵 繒無文무늬가 없는 비단 [諫] ㉭[寒] 半 中分반 절
반 똑같이 둘로 나눈 것의 한 부분 (뷘)<반> 絆 羈也말의 발을 잡아
매다 또는 그 끈 泮 冰釋얼음이 녹다 풀리다 (뿬) 泮 半水侯學반수
가에 제후諸侯가 향사례鄉射禮를 거행하기 위하여 설립한 학궁學宮
仝앞과 같다 頖 仝앞과 같다 沜 仝앞과 같다 水涯물가 伴 侶也짝 반
려 縱弛한가하게 스스로 즐기는 모양 －奐반환 ㉦[旱] 叛 背也배반하

갈아 넘긴 흙덩이 볏밥덩이 [月] 坺 仝앞과 같다 茇 蒟醬후춧과의 풀
또는 과실의 하나 蓽－필발 / 草根초목의 뿌리 草舍초가 또는 초가에
묵다 (뿨) 跋 踐也밟다 躐也짓밟다 / 草行풀섶을 가다 本也밑둥 (뿨)
鉢 食器승려의 밥그릇 바리때 盋 仝앞과 같다 鏺 세刀양쪽에 날이
있는 낫 (뭐) 潑 棄水물을 뿌리다 醱 重釀술을 거듭 빚다 －醅발배
犮 走犬개가 뛰어 가는 모양 (뿨) 拔 抽也뽑다 빼다 迴也돌다 돌리다
疾也빠르다 갑작스럽다 擢也발탁하다 [隊][黠] 軷 道祭먼 길을 떠날

也많다 數別갈래의 수를 세는 단위 종류 가지 [刪] / 樂也즐기다 즐겁게 놀다 (뻰) 拌 揮棄버리다 내던지다 (퀀) 拚 仝앞과 같다 拚 俗속자 [元][霽] 潘 河南水名하남河南省 滎陽縣의 물 이름 淅米汁쌀뜨물 姓也성씨 [元] 槃 承皿대야 쟁반 (뻰) 柈 仝앞과 같다 盤 仝앞과 같다 屈也서리다 幋 大巾옷을 덮는 큰 보자기 鞶 大帶가죽으로 만든 큰 띠 磐 大石큰 돌 또는 여러 층으로 겹겹이 쌓인 돌 鬆 臥髻땋아 틀어 올린 머리털 瘢 瘡痕종기나 상처가 곪아 터진 구멍 또는 흉터 磻 鳳翔谿名봉상陝西省 寶雞縣의 시내 이름 [歌] 蟠 伏也서리다 胖 大也비

筭 數也세다 셈하다 (쉰) ㉠[翰] 算 仝앞과 같다 篹 籩屬과일이나 포 따위를 담는 제기祭器 [霰] 儹 聚也모으다 모이다 (잔)<찬> 纘 繼也 잇다 계승하다 (쥔) 纂 集也모으다 仝앞과 같다 酇 百家주대周代의 지방 조직 단위 1백가家 [歌] ㉣[寒]㉠[翰] 穳 鋋也작은 창 瓚 祼器옥

다 (뻰) 畔 田界논밭의 경계 밭둑 仝앞과 같다 散 分離헤어지다 布也 펴다 酒器五升다섯되 들이 술그릇 藥石屑가루약 琴曲금곡의 곡조 廣陵－광릉산 (산)<산> ㉣[寒]㉦[旱] 筭 籌也산가지 (쉰) ㉦[旱] 笇 仝앞과 같다 蒜 葷菜마늘 豻 野犬중국 북방의 들개 (언)<안> [刪] ㉣[寒] 犴 仝앞과 같다 獄也향정鄕亭에 설치된 감옥 ㉣[寒] 岸 崖也물가의 둔덕진 곳 언덕 강기슭 矸 山石산 돌 諺 剛猛굳세다 不恭거만하다 [霰] 喭 仝앞과 같다 [霰] 案 几屬안석案席 궤안几案 (헌) 按 抑也억

때 노신路神에게 지내는 길제사 鈸 鈴屬타악기의 하나 자바라 胈 股也넓적다리 魃 旱鬼가뭄을 맡은 귀신 薩 佛號석가모니가 수행하며 아직 성불成佛하기 전의 칭호 菩－보살 (사)<살> 撥 側手擊손날로 치다 후려치다 －抹말살 檄 仝上仝下앞뒤와 같다 [黠] 粿 散也싸라기 放也추방하다 유배하다 蔡 仝앞과 같다 [泰] 擦 仝앞과 같다《찰》躠 行皃가는 모양 跋－발살 [屑] 枿 木餘나무 그루터기 등걸 (야)<알> 櫱 仝앞과 같다 [屑] 轍 車載高수레에 짐을 높이 실은 모양 [屑] 遏

대하다 크다 ㉠[翰] 繁 馬髦飾말갈기의 꾸미개 －纓반영 [元] 絣 소앞과 같다 弁 詩名시경詩經 편명의 이름 小－소변 [霽] 跚 跛行절뚝거리며 가는 모양 蹣－반산 (산)<산> 散 소앞과 같다 ㉦[旱]㉠[翰] 姍 誹謗헐뜯다 비방하다 [先] 酸 酢也식초 맛이 시다 또는 신맛 (쉰) 狻 獅也사자 맹수 이름 －猊산예 珊 海中樹산호과 강장동물의 통칭 －瑚산호 珮聲패옥이 울리는 소리 －－산산 (산) 豻 野犬들개 (언)<안> [刪] ㉠[翰] 犴 소앞과 같다 ㉠[翰] 安 徐也천천히 하다 느긋하다 定也편안하다 안정되다 (헌) 鞍 馬鞁具말안장 殘 害也해치다 해를 끼치다 (짠)<잔> 戔 소앞과 같다 [先] 鑽 穿也구멍을 뚫는 공구 송곳

으로 만든 국자 제사 때 울창주鬱鬯酒를 떠는 데 썼음 (짠) ㉠[翰] 坦 平也평평하다 마음이 편안하다 (탄)<탄> 疃 鹿跡사슴의 발자국 町－정탄 (퇸) 畽 소앞과 같다 [阮] 蜑 蠻屬종족이름 (딴) 誕 大也크다 乃也어조사 育也낳다 태어나다 欺也속이다 濶也넓다 妄也허튼 소리

누르다 察也살피다 考也상고하다 劾也핵실하다 탄핵하다 ㉧[曷] 贊 佐也돕다 보좌하다 (잔)<찬> 讚 稱美찬양하다 찬미하다 囋 소앞과 같다 ㉫[寒]㉧[曷] 酇 南陽縣名남양河南省의 현 이름 [歌] ㉫[寒]㉦[旱] 鑽 錐也구멍을 뚫는 공구 송곳 (줜) ㉫[寒] 㛑 三女세 여자 (찬) 粲 鮮好선명하다 아름답다 精鑿食쓿은 쌀 흰쌀 정미精米 소앞과 같다 璨 玉光옥의 광채 璀－최찬 燦 明也밝게 빛나는 모양 찬란하다 竄 逃也달아나다 도망치다 放也내쫓다 추방하다 (췬) 爨 炊也불을 때어

遮也막다 억제하다 저지하다 (허) 按 소앞과 같다 ㉠[翰] 頞 鼻莖코마루 餲 飯穢臭밥이 쉬다 [卦] 靄 雲皃구름이 피어오르는 모양 [泰][賄] 霭 소앞과 같다 閼 止也억제하다 塞也막다 막히다 趙城조나라 山西省 和順縣의 성 －與알여 人名陶唐－伯사람 이름 도당씨堯 때의 알백 [先][月] 堨 以土障水제방 방축 [屑] 斡 旋也돌다 회전하다 (훠) ㉦[旱] 指 取也취하다 擦 摩也문지르다 (차)<찰>《살》 礤 粗石거친

(쥔)〈찬〉 ㉠[翰] 餐 呑食먹다 삼키다 饌也밥 (찬) [元] 湌 仝앞과 같다 [元] 囋 仝앞과 같다 ㉠[翰]◎[曷] 穳 禾聚볏가리 볏가리를 쌓다 (쮠) 巑 山高산이 높고 뾰족한 모양 －岏찬완 菆 積木殯영구靈柩를 실은 수레 위에 널 모양으로 목재를 쌓아 올리고 진흙을 바르는 일 －塗찬도 [尤] 欑 木叢가는 대를 합쳐서 만든 병장기 仝앞과 같다 殫 盡也다하다 (단)〈탄〉 灘 瀨也여울 (탄) ㉠[翰] 攤 開也열다 布也펴다 펴놓다 按也누르다 ㉠[翰] 嘽 喘息숨이 찬 모양 盛也많은 모양 －－탄탄 喜也기뻐하다 즐거워하다 泣也울다 [銑] 嘆 太息한숨쉬다 탄식하다 ㉠[翰] 歎 仝앞과 같다 ㉠[翰] 撣 觸也접촉하다 닿다 (딴) [先]

를 하다 ㉠[翰] 罕 稀也적다 드물다 (헌)〈한〉 罕 仝앞과 같다 鹵簿로부 제왕이 거둥할 때 호종하는 의장대 雲－운한 暵 乾也건조하다 마르다 ㉠[翰] 熯 仝앞과 같다 [銑] ㉠[翰] 旱 不雨가물다 (혠) 管 截竹대나무를 자르다 대나무로 만든 악기 主也주관하다 (권)〈관〉 筦

밥을 짓다 攢 簇聚모이다 (쮠) ㉤[寒] 炭 燒木夵 목탄木炭 (탄)〈탄〉 歎 太息탄식하다 한숨쉬다 ㉤[寒] 嘆 仝앞과 같다 ㉤[寒] 灘 歲名신申에 해당하는 고갑자 십이지十二支의 하나 涒－군탄 ㉤[寒] 憚 忌難꺼리다 두려워하다 어려워하다 (딴) ㉦[旱] 彈 行丸탄자활 탄궁彈弓 ㉤[寒] 僤 疾也빠르다 判 剖也쪼개다 (퀀)〈판〉 牉 仝앞과 같다 漢 嶓冢水名번총陝西省 寧强縣의 물 이름 天河은하수 丈夫남자 사내 賤稱거란의 통치자가 남인南人을 일컫는 말 (헌)〈한〉 暵 乾也마르다

돌 巀 山高산이 높고 가파른 모양 －嶭찰알 (짜) [屑] 囋 高聲수다스럽다 수다스럽게 지절거리다 ㉤[寒]㉠[翰] 掇 拾取거두다 줍다 (둬)〈탈〉 剟 削也깎다 깎아내다 擊也치다 두드리다 [屑] 毲 織毛서남지역의 소수민족이 짠 모직물의 일종 挩 除也벗어나다 (퉈) 脫 免也벗다 벗어나다 遺也빠뜨리다 誤也잃어버리다 或然혹 만일 [泰] / 治肉고기를 다스리다 自解풀어지다 (뚸) 侻 狡也간사하다 輕也가볍다 奪

驒 連錢驄비늘 모양의 무늬가 있는 청색 말 [歌] 彈 丸射활을 쏘다 劾也탄핵하다 抨也쏘다 공박하다 ㉠[翰] 寒 凍也차다 얼다 (헌)〈한〉韓 井垣우물 주위의 난간 －萬所封춘추春秋시대 晉나라의 公族인 한만이 받았던 봉지 翰 羽也새깃 幹也줄기 ㉠[翰] 汗 突厥酋可－중국 북방 소수민족인 돌궐 통치자의 칭호 ㉠[翰] 邗 吳水名오나라의 물 이름 －溝한구 춘추春秋시대 오왕吳王 부차夫差가 중원을 쟁패하기 위하여 개통한 운하 邯 趙都조나라河北省의 도읍지 －鄲한단 [覃] 官 職也관직 직책 직무 (권)〈관〉倌 主駕人수레를 주관하는 벼슬아치 涫 沸也끓다 ㉠[翰] 棺 匱也널 관 莞 小蒲솔새 왕골 또는 왕골

仝앞과 같다 琯 以玉爲管옥으로 만든 고대 악기의 하나로 6개의 구멍이 있으며 피리와 비슷함 仝앞과 같다 輨 轂鐵바퀴통 끝의 물린 쇠 錧 田器쟁깃날 보습 仝앞과 같다 痯 病也속 끓이는 병 우울증 罷皃고달픈 모양 －－관관 悹 憂也근심하다 悺 仝앞과 같다 盥 洗面얼굴을

㉦[旱] 熯 仝앞과 같다 [銑] ㉦[旱] 翰 毛羽새깃 새의 날개 (헌) ㉬[寒] 瀚 北海북방에 있는 큰 호수 이름 捍 衛也지키다 호위하다 扞 仝앞과 같다 垾 堤也작은 둑 둑을 쌓아서 물을 막다 悍 勇也용감하다 용맹스럽다 ㉦[旱] 釬 臂鎧활을 쏠 때 끼는 토시 銲 仝앞과 같다 汗 人液땀 ㉬[寒] 閈 里門마을 어귀에 세운 문 駻 惡馬사나운 말 －突한돌 貫 穿也꿰다 연결하다 (권)〈관〉冠 加也앞부분에 덧붙이다 볏 새정수리에 덧붙은 고깃덩이 首也으뜸가다 ㉬[寒] 盥 澡手손을 씻다 손

攘取빼앗다 (뛰) 敓 仝앞과 같다 愒 恐之두렵게 하다 으르다 (허)〈할〉[霽][泰] 喝 訶也꾸짖다 怒聲볼멘 소리 仝앞과 같다 [卦] 猲 田犬주둥이가 짧은 사냥개 [月][洽] 曷 何也어찌 어떤 무슨 (헤) 害 仝앞과 같다 [泰] 褐 賤服거친 베나 거친 베옷 빈천한 사람이 입던 거친 옷 鞨 東夷동이족의 한 부류 靺－말갈 毼 毛布양탄자 모포 鶡 似雞善鬪두메꿩 꿩보다 크며 성질이 사납고 호전적이어서 싸움을 잘함

로 짠 돗자리 [濟] 菅 仝앞과 같다 [刪] 冠 冕弁總名갓 또는 모자를 두루 이르는 말 ㉠[翰] 觀 諦視보다 관람하다 살펴보다 ㉠[翰] 寬 裕也여유있다 너그럽다 넉넉하다 (퀀) 髖 髀上엉덩이 둔부臀部 대퇴골 岏 山高산이 높은 모양 巑－찬완 (원)〈완〉 刓 剸也모서리가 없이 둥글다 抏 仝앞과 같다 挫也좌절하다 忨 貪也탐내다 ㉠[翰] 蚖 毒蛇독사 살무사 [元] 羱 野羊뿔이 큰 야생의 양 剜 削也깎아내다 도려내다 (원) 豌 胡豆완두 蜿 龍動용이 구불구불 움직이는 모양 蟠－반원 [元][阮] 完 全也완전하다 온전하다 완비하다 (훤) 歡 喜也기쁘다 즐겁다 (훤)〈환〉 懽 仝앞과 같다 驩 馬名말 이름 仝앞과 같다 貛 野

씻다 세척하다 대야 ㉠[翰] 款 誠也정성스럽다 성실하다 叩也두드리다 치다 (퀀) 欵 仝앞과 같다 窾 空也틈 구멍 椀 虡俎희생을 통째로 담을 수 있는 적틀 椀 小盂주발 사발 (훤)〈완〉 盌 仝앞과 같다 緩 舒也풀다 너그럽다 너그럽게 용서하다 (휀) 漶 不分흐릿함 분명하지

으로 물을 받아 씻다 ㉦[旱] 館 客舍객사 초대한 빈객이 묵는 집 또는 빈객을 접대하는 집 ㉦[旱] 舘 俗속자 ㉦[旱] 祼 酌鬯灌地술을 땅에 뿌리고 신이 강림하기를 비는 제사 이름 강신제降神祭 灌 澆也물을 대다 관개하다 仝앞과 같다 矔 瞋目눈을 부릅뜨고 노려보다 瓘 圭也옥 이름 홀 爟 烽火봉화 鸛 水鳥似鵠황새 황샛과 조류의 통칭 觀 示也보다 보이다 闕也집 容也외모 겉모습 道宮도교의 사원 封土흙을 쌓다 壯麗광경 경관 壯－장관 ㉢[寒] 玩 弄也희롱하다 가지고 놀다

[文] 活 水聲물이 흐르는 소리 (궈)〈괄〉《활》 佸 會計회계하다 力皃힘쓰는 모양 －－괄괄《활》 聒 聲擾시끄럽다 括 挈也잡다 이루다 모이다 撿也검사하다 至也이르다 包也싸다《활》 适 疾也빠르다 筈 箭末오늬 栝 檃也도지개 굽은 나무를 바로잡는 틀 仝上仝下앞뒤와 같다 檜 柏葉松身전나무 [泰] 萿 瑞草약초이름 박하 鴰 九尾鳥왜가리 또는 재두루미 鶬－창괄 闊 廣也넓고 크다 (쿼) 緺 結也맺다 (줘)

豕오소리 讙 譁也시끄럽다 떠들썩하다 [元] 桓 亭郵表우정에 세운 푯대 푯말 威也위엄이 있다 (훤) 貆 貉屬호저豪豬 오소리 또는 너구리류 [元] 絙 緩也굵은 밧줄 丸 圜也작고 둥근 물건 易直곧게 쭉 뻗은 모양 또는 일산처럼 둥근 모양 ——환환 汍 泣皃눈물이 줄줄 흐르는 모양 —瀾환란 芄 莞也박주가릿과의 여러해살이 덩굴풀 —蘭환란 紈 素也흰 깁 흰 비단 綄 候風羽옛날 풍향계의 하나 瓛 桓圭환규 홀 이름 雈 薍也갓 돋아난 물억새 [支] 【增】文29 杆 僵木가늘고 긴 나무나 그러한 물건 (건)<간> 靬 弓衣활집 궁의 (컨) 襌 衣不重홑옷 한 겹 (단)<단> 匰 盛廟主器신주神主를 넣어 두는 궤 觛 似豕뿔이

않음 漫—만환 (훤)<환> ㉠[翰] 澣 濯衣씻다 옷을 빨다 浣 仝앞과 같다 【增】文14 赶 逐也쫓아가다 뒤쫓다 (건)<간> 趕 仝앞과 같다 愞 弱也나약하다 (뉜)<난> [銑][箇] ㉠[翰] 狚 似猿수달 종류의 하나 猵—편달 (단)<단> ⓞ[曷] 餅 餅也싸라기떡 (뷘)<반> 趲 逼也재촉

(원)<완> 翫 狃習익숙하다 忨 仝앞과 같다 ㉣[寒] 婠 好皃여자가 예쁜 모양 腕 臂也팔목 손목 (환) 捥 仝앞과 같다 掔 仝앞과 같다 惋 驚歎경탄하다 한탄하다 喚 呼也부르다 불러들이다 (훤)<환> 奐 大也크다 성대하다 仝上仝下앞뒤와 같다 煥 明皃밝은 모양 환하다 渙 流散흩어지다 換 易也교환하다 맞바꾸다 (훤) 逭 逃也달아나다 도피하다 【增】文23 旰 目張눈을 부릅뜨다 (간)<간> 攤 按也누르다 (난)<난> ㉣[寒] 鴠 산박쥐 속칭 한호충寒號蟲 鶡—갈단 (단)<단>

<촬> 攥 手把쥐다 잡다 撮 挽也끌다 끌어당기다 / 四圭용량 단위 4규 抄取잡다 장악하다 (춰) 襊 緇布冠쓰개 망건 (춰) 豁 疏也소통하다 (훠)<활> 濊 礙流물에 그물을 치는 소리 —활활 [泰][隊] 活 不死살다 (훸)<괄> 越 蒲席부들로 짜서 만든 자리 瑟孔비파 구멍 [月] 【增】文22 瘍 內熱病속이 갑갑한 병 (커)<갈> [月] 狚 巨狼큰 이리 (다)<달> ㉦[旱] 呾 相呵서로 꾸짖다 疸 頭瘡두창 머리에 난 종

코 위에 있고 사람의 말을 한다는 짐승 이름 角－각단 (뒨) 剸 斷也자르다 베다 절단하다 (뛴) [先][銑] 鷻 鵰也수리 攔 遮也막다 가로막다 (란)<란> 爛 光皃빛나는 모양 번쩍거리는 모양 －－란란 ㉠[翰] 欄 柱類기둥 난간 木－목란 樠 松心木나무이름 송심목 (뭔)<만> [元] 縵 繒無文무늬가 없는 비단 寬心너그럽다 調絃현악기의 줄을 고루다 [諫] ㉠[翰] 蔓 菁也순무 [願] 瀀 雨露비이슬이 짙은 모양 濛－몽만 搬 運也옮기다 운반하다 (뷘)<반> 般 魚笱통발 番 南海地名남해 廣東省 廣州市의 땅 이름 －禺반우 (퓐) [元][諫][歌] 猻 短尾犬꼬리가 짧은 개 －狐반호 (뻰) 縏 小囊작은 부대 蹩 屈足다리를 쭈그리다

하다 다그치다 (잔)<찬> 僤 舒閒느긋한 모양 한가한 모양 －－탄탄 (탄)<탄> [先] 潬 沙渚물 가운데의 모래톱 (딴) 憚 勞也수고롭다 고달프다 ㉠[翰] 悍 强狠강렬하다 맹렬하다 흉포하다 사납다 (헌)<한> ㉠[翰] 館 客舍객사 초대한 빈객이 묵는 집 또는 빈객을 접대하는 집

疸 黃病황달병 ⓞ[曷] 癉 仝앞과 같다 [箇] ㉦[旱] 椴 似白楊피나무 (뛴) 灡 淋漓축축하게 젖음 또는 물기가 흘러내리는 모양 －漫란만 (란)<란> ㉲[寒] 殨 敗也부패하다 썩어 문드러지다 瀾 米泔쌀뜨물 曼 無極끝이 없는 모양 －衍만연 末也~이 아니~하다 (뭔)<만> [願] ㉲[寒] 靽 駕牛具밀치끈 길마에 걸어 꼬리 밑으로 돌리는 끈 (뷘)<반> 胖 半體肉살찌다 비대하다 (퓐) ㉲[寒] 孿 雙子쌍둥이 (숸)<산> 濽 汙洒더러운 물을 뿌리다 또는 진흙이나 물이 튀다 (좐)<찬> 攛 擲

기 疙－흘달 ㉠[翰] 笪 覆舟簟뜸 喇 言急喝말이 급하다 喝－갈랄 (라)<랄> 眛 目不明눈이 어둡다 (뭐)<말> 靺 東夷동이족의 한 부류 －鞨말갈 茉 柰花물푸레나뭇과의 상록 관목 늦여름에 흰 꽃이 피는데 진한 향기가 나며 꽃잎은 향유香油의 원료 －莉말리 쟈스민 艓 大船큰 배 (뷔)<발> [月] 嶭 山高산이 높고 가파른 모양 巀－찰알 (야)<알> [屑] 拶 逼也핍박하다 (자)<찰> 咱 己稱나 咄 嗟也혀를

절뚝거리는 모양 灣 水回물이 소용돌이치다 蹣 跛行절뚝거리며 가는 모양 ―跚반산《만》 霰 小雨가랑비 (쉰)〈산〉 攢 簇聚모이다 (쮠)〈찬〉 ㉠[翰] 酇 百家주대周代의 지방 조직 단위 1백가家 [歌] ㉦[旱]㉠[翰] 榦 井欄우물의 난간 (헌)〈한〉 ㉠[翰] 馯 東夷別名중국 고대 소수민족의 하나 동이東夷의 한 갈래 [刪] 眢 目不明눈이 멀다 廢井우물이 마르다 (훤)〈완〉 [元] 貆 豕屬멧돼지의 일종 호저豪豬 (횐)〈환〉 【叶】無 【通】韻5 眞 十一平 文 十二平 元 十三平 刪 十五平 先 十六平

(권)〈관〉 ㉠[翰] 舘 俗속자 ㉠[翰] 斡 轉也돌다 회전하다 運也주관하다 ◎[曷] 脘 胃腑위의 속 【叶】無 【通】韻5 軫 十一上 吻 十二上 阮 十三上 潸 十五上 銑 十六上

也던지다 내던지다 (췬) 瓚 祼器제사 때 울창주鬱鬯酒를 떠내는 데 썼던 옥으로 만든 국자 (짠) ㉦[旱] 訑 放也방탕하다 방종하다 慢―만탄 (딴)〈탄〉 [支] 誕 仝앞과 같다 ㉦[旱] 鼾 鼻息코를 골다 또는 그 소리 (헌)〈한〉 韝 射鞲활을 쏠 때 왼쪽 팔에 끼우는 가죽 팔찌 涫 沸也끓다 (권)〈관〉 ㉫[寒] 罐 汲器물건을 담거나 음식물을 조리하는 데 쓰는 원통형의 그릇 漶 不分뒤엉킨 모양 분명하지 않음 漫―만환 (휜)〈환〉 ㉦[旱] 【叶】無 【通】韻5 震 十二去 問 十三去 願 十四去 諫 十六去 霰 十七去

차다 꾸짖는 소리 (둬)〈탈〉 [月] 祋 殳也창 [泰] 稅 解也벗다 (퉈) [霽][泰] 蝎 蝤蠐굼벵이 桑蠹뽕나무좀 (허)〈할〉 [月] 蛣 龍皃눈을 부라리고 혀를 빼문 용의 모습 髺 束髮머리를 묶다 (귀)〈괄〉 鬠 仝앞과 같다 佸 至也이르다 (훠)〈활〉《괄》 括 閑也막다《괄》 【叶】無 【通】韻5 質 四入 物 五入 月 六入 黠 八入 屑 九入

平聲刪十五	【刪】文66 姦 詐也간사하다 사악하다 婬也음란하다 간통하다 (갼)<간> 姧 소앞과 같다 菅 茅也띠 솔새 볏과의 여러해살이풀 줄기로 신을 삼기도 하고 잎으로 지붕을 덮기도 함 姓也성씨 [寒] 閒 隙也틈 中也사이 중간 弩名쇠뇌 이름 黃－황간《한》 ㉠[諫] 間 俗속자 非잘못임 ㉠[諫] 蕑 蘭也난초의 일종 艱 難也어렵다 囏 古고자 慳 吝也아끼다 인색하다 (갼) 鬝 鬢秃살쩍이 빠지다 ◎[黠] 馯 馬青黑색깔이 검푸른 말 姓也성씨 [寒] 豻 野犬들개 [寒][翰] 斕 文皃아롱아롱하다 알록달록하다 斒－반란 (란)<란> 蠻 南夷고대 중국의 남방에 살
上聲潸十五	【潸】文42 簡 札也편지 서간 手版수판 홀笏 略也간략하다 易也간이簡易하다 간단하다 (갼)<간> 柬 仝上仝下앞뒤와 같다 揀 分別분별하다 [霰] 赧 慙赤부끄러워하여 얼굴이 붉어지다 (난)<난> 𧹞 소앞과 같다 戁 悚懼두렵다 두려워하다 矕 視皃보다 관찰하다 (만)<만> 潸 淚皃눈물이 흐르는 모양 (산)<산>
去聲諫十六	【諫】文49 諫 諍也간쟁하다 諷也풍자하다 임금의 잘못을 간하다 (갼)<간> 閒 隔也틈 사이를 두다 또는 간격을 두다 廁也가깝다 瘳也섞다 끼워 넣다 訾也훼방하다 迭也갈마들다 ㉬[刪]㉬[刪] 間 俗속자 非잘못임 ㉬[刪] 澗 山夾水골짜기를 흐르는 물 磵 소앞과 같다 覸 覘也엿보다 ㉬[刪] 瞷 소앞과 같다 ㉬[刪]
入聲黠八	【黠】文51 戛 戟也미늘창 또는 장창 轢也짓밟나 考也치다 齟齬어근버근한 모양 어긋나는 모양 －－알알 갈갈 (갸)<갈> 戞 俗속자 非잘못임 稭 稾也추린 볏짚 [佳] 秸 소앞과 같다 鞂 소앞과 같다 扴 括也갈다 문지르다 마찰하다 恝 無憂걱정 없다 [卦] 頡 轢也치다 치이다 減也가로채다 빼앗다 [屑] 𥟍 敔也악기의 한 가지 어敔 (캬) 楬 소앞과 같다 [月] 擖 刮也긁다 [葉] 拔 擢也뽑다 挺也빼어나다 (빠)<발> [隊][曷] 殺 戮也죽이다

던 민족의 범칭 (만)<만> 鸞 比翼鳥비익조 肦 賦也주다 (반)<반> [文] 頒 賜也상으로 주다 [文] 攽 仝앞과 같다 鳻 大鳩산비둘기 반구斑鳩 [文] 般 還也되돌리다 돌아오다 布也펼쳐놓다 벌여놓다 人名魯公輸－사람 이름 노나라의 공수반 [寒] 班 列也등급을 나누다 차례를 정하다 仝앞과 같다 斑 駁文여러 빛깔이 어울려 빛나는 모양 斒 文皃색깔이 뒤섞이어 선명한 모양 －爛반란 彪 虎文범 무늬 扳 引也잡아당기다 끌어당기다 / 仝攀반과 같다 (판) ㉠[諫] 攀 自下援上붙잡고 기어오르다 더위잡다 (판) 刪 除也깎아내다 깎아서 없애다 (산)<산> 潸 淚皃눈물이 흐르는 모양 ㉦[潸] 訕 謗也헐뜯

㉬[刪] 産 生也낳다 나다 발생하다 嵼 山曲산이 구불구불한 모양 嵃－건산 滻 藍田水名남전陝西省의 물 이름 眼 目也눈 (얀)<안> 僝 具也갖추다 (짠)<잔> 孱 仝앞과 같다 ㉬[刪] 轏 兵車병거 輚 仝앞과 같다 棧 閣道각도 잔도 험한 벼랑에 나무로 선반처럼 만든 길 ㉠[翰] 㻵 迅飛빨리 나는 모양 琖 爵也작은 잔 술잔 (잔) 盞 仝앞과 같다 醆

鐗 車間鐵수레 굴대 끝의 휘갑쇠 襇 裙襵옷의 주름 慢 怠也게으르다 (만)<만> 謾 欺也속이다 仝앞과 같다 [寒][翰] 嫚 侮易업신여기다 경멸하다 縵 緩也느슨하다 또는 느릿하다 [寒][翰] 襻 衣系옷에 매는 띠 (판)<반> 衯 仝앞과 같다 盼 美目눈의 검은 자위와 흰 자위가 또렷한 모양 또는 아름다운 눈동자를 굴리는 모양 盻 仝앞과 같다 [霽]

(사)<살> [眞][卦] 煞 俗속자 [卦] 綴 仝앞과 같다 鎩 長矛날이 긴 창 또는 양날이 있는 작은 칼 翦除갈기다 [卦] 樧 似茱萸식수유食茱萸 撒 散也뿌리다 흩뜨리다 [曷] 齾 缺齒이가 빠지다 (야)<알> 軋 車輾수레바퀴로 길을 다지다 (야) 圠 山曲산굽이 無涯가이없다 지세의 높낮이가 평탄치 않은 모양 坱－앙알 揠 拔也뽑다 猰 似貙살쾡이나 호랑이 비슷하게 생긴 전설상의 짐승이름 －貐설유 猰 仝앞과 같다 札 小簡문자를 기록하는 얇은 나무 조각 夭死일찍 죽다 요절하다

다 비방하다 ㉠[諫] 山 土聚지면 위에 흙과 돌의 구성에 의하여 주위의 땅보다 훨씬 높이 솟은 부분 메 顔 容也얼굴 (얀)<안> 殷 赤黑色검붉은색 (햔) [文][吻] 跧 伏也땅에 엎드려 가다 (좐)<잔> [先] 孱 懦弱겁이 많고 나약하다 (짠) 潺 水流물이 흐르는 모양 ――잔잔 僝 惡罵욕하다 원망하다 ―僽잔추 ㉦[濟] 眅 眼多白눈에 흰자위가 많다 (판)<판> ㉦[濟] 嫺 雅也아담하다 우아하다 習也익숙하다 (햔)<한> 閑 防也막다 방지하다 仝上仝下앞뒤와 같다 閒 暇也겨를 여가 安也편안하고 고요하다 <간> ㉠[諫] 癇 瘨病간질 지랄병 憪 愉也기쁘다 한적하다 覸 覘也엿보다 ㉠[諫] 瞯 仝앞과 같다 ㉠

酒微淸흰 빛을 띤 약간 맑은 술 오제五齊의 하나인 앙제盎齊 剗 削也깎아내다 깎아서 없애다 (찬)<찬> 剷 仝上仝下앞뒤와 같다 鏟 損削깎아서 제거하다 없애버리다 ㉠[翰] 篞 大籥큰 피리 弗 炙肉具산적꼬챙이 撰 述也저술하다 저작하다 (짠) [銑][霰] 籑 仝上仝下앞뒤와 같다 饌 具食음식을 차리다 음식을 장만하다 [霰] 版 判也조각 널빤

訕 謗也헐뜯다 비방하다 (산)<산> ㉧[删] 汕 罩也오구 물고기를 잡는 도구 魚游水물고기가 헤엄치는 모양 朝鮮水名조선의 물 이름 鴈 陽鳥기러기 (얀)<안> 贗 僞物가짜 거짓 또는 위조하다 晏 晚也늦다 저물다 (햔) 鷃 鴽屬세가락메추라기 鴳 仝앞과 같다 棧 閣道험한 벼랑에 나무로 선반처럼 만든 길 잔도 (짠)<잔> 綻 衣縫解솔기가 터

(자)<찰> 扎 拔也빼다 뽑다 仝上仝下앞뒤와 같다 紮 纏弓弝줌피 줌통싸개 蚻 小蟬작은 매미의 일종 哳 鳥鳴새가 우는 소리 지껄이는 소리가 재재하다 嘲―조찰 刹 僧寺절 (차) 察 監也자세히 심사하다 조사하다 헤아려 살피다 詧 仝앞과 같다 獺 食魚獸수달 [曷] 八 少陰數여덟 8 여덟 번째 (바)<팔> 捌 破也깨뜨리다 부수다 仝上仝下앞뒤와 같다 朳 無齒杷고무래 瞎 目盲애꾸눈 (햐)<할> 劼 力作힘쓰다 노력하다 黠 慧也총명하다 영리하다 姦也교활하다 (햐) 鎋 車軸鐵수

[諫] 鷴 似雉흰 꿩 白－백한 關 扃也문지방 門牡빗장 通也통하다 －石관석 機也사물의 가장 중요한 부분 관건 由也말미암다 白也사뢰다 표명하다 (관)〈관〉《완》 瘝 病也질병 擐 貫也꿰다 ㉠[諫] 矜 無妻홀아비 [眞][蒸] 鰥 大魚잉엇과의 민물고기 仝앞과 같다 綸 青綬푸른 실로 꼰 인끈 [眞] 啳 鳥鳴새가 서로 화답하여 지저귀는 소리 ――관관 頑 愚也어리석고 고집이 세다 (완)〈완〉 彎 持弓關矢활을 당기다 (환) 關 仝앞과 같다《관》 灣 水曲물굽이 還 返也되돌아오다 償也갚다 상환하다 復也돌아 오다 顧也돌아 보다 (횐)〈환〉[先] ㉠[諫] 環 璧屬고리 모양으로 된 둥근 옥 圜也둥글다 두르다 ㉠

지 널빤지를 만들다 (반)〈판〉 板 仝앞과 같다 木片널조각 판자 蝂 似蜆도롱이 나방의 애벌레 물건을 잘 짊어진다고 하여 붙여진 이름 蝜－부판 鈑 鉼金얇고 넓게 조각을 낸 금이나 은 限 界也한계 경계 (햔)〈한〉 闑 門閾문지방 문턱 僩 武皃용맹스러운 모양 撊 忿皃성이 난 모양 綰 繫也매다 달아매다 (환)〈완〉 睅 大目눈이 큰 모양

지다 깁다 綻 仝앞과 같다 組 仝앞과 같다 袒 仝앞과 같다 [旱] 鏟 損削깎다 (찬)〈찬〉 ㉦[濟] 篡 奪也빼앗다 탈취하다 (촨) 辦 具也갖추다 마련하다 (빤)〈판〉 瓣 瓜中實박과 식물의 씨앗 莧 馬齒屬비름 (햔)〈한〉 [霰] 骭 脛骨정강이뼈 (횐) 慣 習也습관되다 익숙하다 (관)〈관〉 串 仝앞과 같다 [霰] 擐 帶也허리에 띠다 몸에 걸치다 丱

레 굴대의 마구리쇠 수레바퀴 굴대의 양 끝에 꽂는 비녀장 轄 仝앞과 같다 舝 仝앞과 같다 劼 用力부지런하다 근면하다 愼也삼가다 근신하다 刮 剔也바르다 파내다 削也긁다 깎아내다 (과)〈괄〉 貀 似貍삵 (놔)〈놜〉 刷 拭也문지르다 (솨)〈솰〉 刖 足刑발꿈치를 베는 형벌 (와)〈왈〉 [月] 茁 草出地풀싹이 돋아나는 모양 또는 식물이 자라는 모양 풀밭 壯也사람이나 동물이 생장하다 (좌)〈촬〉 [質][屑] 滑 利也유창하다 澾也미끄럽다 鄭地名춘추春秋시대 정河南省 睢縣나라

[諫] 鐶 圜郭有孔고리 또는 고리 모양으로 생긴 물건 轘 緱氏地名구지河南省 偃師縣의 땅 이름 －轅환원 ㉠[諫] 寰 圻內서울을 중심으로 사방 1천 리 이내의 땅 圜 繞也빙두르다 에워싸다 [先] 闤 市垣시가를 둘러싼 담장 鬟 髻也둥글게 틀어 올린 부녀자의 머리 쪽을 찐 머리 鍰 六兩무게 단위 여섯 량兩 湲 水流물이 흐르는 소리 또는 물이 흐르는 모양 潺－잔환 [元][先] 【增】文7 虃 莝餘草풀 이름 속새 (칸)<간> 反 順習의젓하고 평온한 모습 점차 익숙해짐 (반)<반> [元][阮] 櫎 關門機문빗장 (솬)<산> 虥 虎淺毛털이 짧은 범 (짠)<잔> 澴 波皃물이 굽이돌며 솟구치는 모양 漩－선환 (횐)

(훤)<환> 睆 光鮮반짝거리는 모양 밝게 빛나는 모양 睍－현환 仝앞과 같다 晥 明皃밝은 모양 仝앞과 같다 莞 笑皃미소 짓는 모양 [寒] 【增】文7 暕 陰朝日明궂은 비가 온 뒤에 개다 밝다 (갼)<간> 犍 畜也가축 (산)<산> 驏 不鞍騎안장이나 고삐를 갖추지 않고서 타다 (짠)<잔> 昄 大也크다 (반)<판> 眅 眼多白눈에 흰자위가 많다

束髮두 개의 뿔 모양으로 틀어 묶은 어린아이의 머리 모양 藗 荻也갓돋아난 물억새 (완)<완> 患 憂也근심하다 걱정하다 (횐)<환> 宦 仕也벼슬하다 관리가 되다 閹人내시 환관 環 繞也에워싸다 둘러싸다 ㉬[刪] 還 仝앞과 같다 [先] ㉬[刪] 擐 貫也꿰다 ㉬[刪] 轘 車裂수레로 사람의 사지를 찢어 죽이는 형벌 ㉬[刪] 豢 養也가축을 기르다 幻 譸

의 땅 이름 (홛)<활> [月] 猾 狡也교활하다 간사하다 磆 藥名약재 이름 －石활석 【增】文18 嘎 鳥聲새가 우는 소리 －－알알 갈갈 (갸)<갈> 介 特也홑짐승 [卦] 圿 垢也먼지 때 鬜 禿人머리가 벗어지다 (캬) ㉬[刪] 疕 瘡也종기가 아프다 (나)<날> 帓 帶也띠 (마)<말> 袹 始喪服상복 眫 惡視밉게 보다 鳦 玄鳥제비 (햐)<알> [質] 擦 摩之急문지르다 (차)<찰> 汃 水皃물결이 세차게 부딪치는 소리 澎－팽팔 (파)<팔> 叭 吹器악기 이름 나팔 喇－라팔 圔 駝聲낙타의 울

〈환〉 鸛 飛皃빙빙 돌며 나는 모양 ――환환 䍸 소앞과 같다 【叶】無 【通】韻5 眞 十一平 文 十二平 元 十三平 寒 十四平 先 十六平

(퐌) 錠 刀也칼날 (훤)〈환〉 擐 綰也묶다 속박하다 【叶】無 【通】韻5 軫 十一上 吻 十二上 阮 十三上 旱 十四上 銑 十六上

張妖術요술 마술 眩 소앞과 같다 [霰] 【增】文4 扳 引也잡아당기다 끌어당기다 (퐌)〈반〉 ㉲[刪] 番 遞也번갈아 교체하다 次也차례 (뽠) [元][寒][歌] 疝 三陰急痛생식기와 고환이 붓고 아픈 병증 (산)〈산〉 弮 弩弓쇠뇌 (환)〈환〉 [先] 【叶】無 【通】韻5 震 十二去 問 十三去 願 十四去 翰 十五去 霰 十七去

부짖는 소리 (햫)〈할〉 闒 門聲문을 여닫는 소리 妠 小皃어린 모양 肥皃어린 아이의 살찐 모양 婠―왈놜 (놔)〈놜〉 [合] 婠 體好몸매가 어여쁘다 (화)〈왈〉 啩 飮聲마시는 소리 竅 穴中見구멍 속으로 보다 (좌)〈촬〉 【叶】無 【通】韻5 質 四入 物 五入 月 六入 曷 七入 屑 九入

御定詩韻下		
	平聲先十六	【先】文253 愆 過也과실 잘못 (켠)〈건〉 僁 俗속자 諐 籒주문 褰 扱衣옷을 걷어 올리다 말아 올리다 攐 仝앞과 같다 騫 虧也이지러지다 躁進경솔하게 나아감 ――건건 乾 天也하늘 健也굳세다 강하다 (껀) [寒] 虔 敬也공경하다 또는 진실하다 殺也죽이다 焉 何也어떻게 어찌 (현)〈언〉 / 語助決辭어조사 (연) 蔫 不鮮화초가 시들다 또는 얼굴빛이 산뜻하지 않다 菸 仝앞과 같다 [魚] 嫣 美皃체격이 크면서 아름답다 笑態웃는 모습이 아름답다 (헌) 漹 西河水名서하山西省의 물 이름 (연) 堅 固也단단하
	上聲銑十六	【銑】文134 蹇 跛也절뚝발이 또는 절뚝거리다 驕傲오만하다 거만하다 難也어렵다 곤란하다 (견)〈건〉 [阮] 謇 直言정직하다 직언하다 [阮] 件 分次나누다 가르다 (껸) 鍵 鑰也자물쇠의 잠금 기능을 하는 쇠막대 [阮] ㉭[先] 巘 山峯산 산꼭대기 산봉우리 (연)〈언〉 [阮] 讞 議獄죄를
	去聲霰十七	【霰】文141 彥 美士훌륭한 선비 재덕才德이 출중한 사람 (연)〈언〉 諺 俗言속어 속담 [翰] 唁 弔生변고를 당한 사람을 위문하다 조문하다 喭 仝앞과 같다 [翰] 見 視也보다 보이다 (견)〈견〉《현》 絹 繒也명주 비단 (권) 睊 側目흘겨보다 곁눈질하다 ㉭[先] 悁 躁急조급하다 ㉭[先]
	入聲屑九	【屑】文193 孑 單也외톨이 외롭다 (겨)〈결〉 揭 起也올리다 長皃긴 모양 ――게게 蹶皃치켜 든 모양 [霽][月] / 高擧높이 들다 (켜) 桀 秀皃초목이 무성하게 높이 자란 모양 ――걸걸 / 凶暴夏王號폭군으로 유명한 하나라의 마지막 임금 이름 (껴) 朅 去也가다 떠나가다 (켜) 傑 才也재주와 지혜가 뛰어나다 特立우뚝하다 (껴) 杰 梁公子名양梁나라 공자公子의 이름 仝앞과 같다 榤 雞杙닭이

다 견고하다 (견)<견> 肩 髆也어깨 鵳 鷂屬새 이름 새매의 일종 甄 陶也질그릇 察也살피다 免也면제하다 明也표명하다 [眞] 豣 大豕큰 돼지 ㉦[銑] 麉 鹿有力힘이 매우 센 사슴 鵑 子規두견이 (권) 涓 小流물이 졸졸 가늘게 흐르는 물 ――연연 견견 睊 視皃흘겨보다 곁눈질하다 또는 그런 모양 ㉠[霰] 蠲 潔也깨끗하다 除也제거하다 幵 平也평평하다 (견) 汧 扶風水名부풍陝西省의 물 이름 위수渭水의 지류 岍 雍州山名옹주陝西省의 산 이름 牽 引也당기다 끌어오다 牲也소양 돼지 등의 가축 ㉠[霰] 掔 仝앞과 같다 撁 俗속자 秊 穀一熟곡식이 익다 (년)<년> 年 仝앞과 같다 顚 倒也엎드러지다 뒤바뀌다

심의하다 또는 판정하다 ㉠[霰]◎ 甗 甑也취사 도구의 하나 위는 시루 아래는 솥으로 되어 있어 음식을 찌거나 삶을 수 있음 [阮] 齞 齒露입술이 벌어져 이가 드러나다 藁 小束작은 묶음 또는 물건을 묶다 (견)<견> 趼 胝也굳은 살 皮起발이 부르트다 繭 蠶衣누에고치 명주실 仝앞과 같다 璽 俗속자 絸 仝앞과 같다 畎 田溝논밭 사이의 작은

狷 有所不爲고지식하다 또는 소신이 확고하고 결백하다 ㉦[銑] 罥 綰也매다 달아매다 係取옭아서 당기다 올가미로 짐승을 잡다 ㉦[銑] 遣 祖奠발인發靷할 때 문 앞에서 지내는 제사 (견) ㉦[銑] 譴 責也꾸짖다 견책하다 俔 譬諭비유하다 ㉦[銑] 晛 日氣해기운 햇빛 (년)<년> ㉦[銑] 碾 轢物器방아 연자방아나 물레방아 輾 轉輪治穀연자방아 ㉦

깃드는 홰 또는 나무 말뚝 渴 水盡물이 마르다 [曷] 竭 盡也다하다 [月] 碣 石特立우뚝 솟은 돌 [霽][月] 孼 庶子서자 첩에서 태어난 자식 (여)<얼> 孽 仝上仝下앞뒤와 같다 蠥 妖也요괴 또는 요사스럽고 간악한 귀신의 재앙 蘖 木肄生그루터기에서 돋은 싹 [曷] 糱 酒媒누룩 麴―국얼 嶭 山皃산의 생김새 산이 높고 가파른 모양 巀―절얼 [曷] 讞 議獄죄를 심의하다 또는 판정하다 ㉦[獮]㉠[霰] 巘 高皃높다란 모양 ――얼얼 [曷] 槷 射的과녁 표적 臬 仝上仝下앞뒤와 같다 闑 門橛

(녇)〈뎐〉 顚 仝앞과 같다 頂也정수리 또는 머리 巓 仝앞과 같다 巔 山頂산꼭대기 癲 狂也미치다 정신착란을 일으키다 瘨 病也지랄병 또는 까무러치다 仝앞과 같다 窴 塞也메우다 틀어막다 (뗜) 塡 仝上 仝下앞뒤와 같다 [眞][震] ㉦[銑] 闐 鼓聲북소리 －－전전 ㉠[霰] 田 地可耕농지 경작지 畋 獵也사냥하다 佃 治田논밭을 일구다 경작하다 仝앞과 같다 ㉠[霰] 鈿 金華飾금 은 옥자개 등을 박아 넣어서 만든 꽃 모양의 머리꾸미개 ㉠[霰] 沺 水無際물이 드넓은 모양 連 續也서로 잇닿아 있다 연속하다 還也돌아오다 (련)〈련〉 ㉦[銑] 蓮 荷實연꽃 또는 연밥 漣 小波물결 무늬 또는 잔물결 －漪련의 聯 連也잇닿

도랑 또는 개울이나 하천 (권) 甽 仝앞과 같다 罥 挂也걸다 또는 얽히다 罥 仝앞과 같다 ㉠[霰] 遣 送也파견하다 임무를 주어 보내다 祛也벼슬에서 내쫓다 逐也내쫓다 發也발송하다 (켠) ㉠[霰] 犬 大狗큰개 (권) 撚 執也잡다 가지다 (년)〈년〉 涊 垢濁더럽고 혼탁함 淟－전년 典 五帝書册也책 경서經書 경적經籍 본보기로 삼을 만한 준칙

[銑] 殿 軍後후군이 되다 또는 후군 下功고과考課나 과거에서의 꼴찌 공적의 우열 吚也신음하다 －屎전히 鎭也진무鎭撫하다 진수鎭守하다 (뎐)〈뎐〉 / 大堂대궐 궁전 (뗜) 瑱 充耳면류관의 양옆에 드리운 귀막이옥 (텬) [震] 電 陰陽激耀번개 (뗜) 奠 薦也드리다 陳也베풀다 定也정하다 甸 王畿五百里 왕기에서 5백리 이내 지역 임금의 땅 도성

두 문짝이 맞닿는 곳에 세우는 말뚝 대문 嵲 山皃높이 솟다 우뚝하다 巀－절얼 鮠 危也불안하다 위태롭다 －卼얼올 隉 仝앞과 같다 齧 噬也씹다 깨물다 結 締也맺다 맺히다 (겨)〈결〉 紒 仝앞과 같다 [霽] 拮 手口共作고생스럽게 일하다 애써 노동하다 －据결거 [質] 袺 執衽손으로 옷섶을 잡아 올려서 물건을 담아 들다 潔 淸也깨끗하다 청결하다 絜 麻一耑한 단의 삼 仝앞과 같다《혈》槔 汲水具두레박 －槹결고 擑 仝앞과 같다 桔 仝앞과 같다 藥名약초 이름 도라지 －梗길

아 있다 이어지다 憐 愛也사랑하다 哀也가엾다 가엾이 여기다 怜 俗속자 非잘못임 [靑] 零 西羌한대漢代 감숙성甘肅省 일대에 살았던 강족羌族의 한 지파支派 先－선련 [靑][徑] 攣 拘也붙잡아 매다 戀也그리워하다 사모하다 (뤈) ㉠[翰] 眠 翕目눈을 붙이다 잠자다 (면)<면> 瞑 仝앞과 같다 [靑][迥][徑] ㉠[霰] 綿 纊也명주솜 풀솜 緜 仝앞과 같다 不絶이어지다 연속하다 －－면면 櫋 屋上聯서까래 끝에 가로로 대는 널빤지 邊 畔也변경 사물의 한 부분이나 방면 (변)<변> 籩 竹豆과일이나 포 따위를 담는 제기祭器 胼 皮堅굳은살 또는 굳은살이 박이다 －胝변지 (뻔) 跰 仝앞과 같다 軿 婦人車덮개가 있는 부인

이나 규범이 되는 중요한 책 法也법칙 준칙 (뎐)<뎐> 腆 厚也넉넉하다 풍성하다 (텬) 瑱 瑱也면류관의 양옆에 드리운 귀막이옥 淟 垢濁더럽고 혼탁하다 －涊전년 惧 慚也부끄러워하다 靦 面見얼굴모양 부끄러워하다 뻔뻔스럽다 仝앞과 같다 殄 絶也끊어지다 다하다 (뗜) 輦 挽車駕人수레를 끌다 또는 수레를 끄는 사람 (련)<련> 璉 盛黍

의 외곽지역 [徑] 佃 治也논밭을 일구다 獵也사냥하다 ㉬[先] 鈿 寶飾器금 은 옥 자개 등을 박아 만든 꽃 모양의 머리꾸미개 ㉬[先] 淀 淺泉얕은 물 얕은 호수나 못 闐 西域고대 서역의 나라 이름 于－우전 ㉬[先] 婝 欺慢語속이다 기만하는 말 [靑] ㉦[銑] 澱 滓也찌꺼기 앙금 鍊 治金쇠붙이를 불리다 금속을 제련하다 (련)<련> 煉 仝앞과 같다

경 玦 佩玉한쪽이 터진 고리 모양의 패옥 (궈) 駃 馬父驘子버새 －騠결제 좋은 말 [卦] 觖 缺也모자라다 －望결망 弽 縱弦彄활시위를 당기는 기구 깍지 決 行流斷也막힌 데를 터서 물길을 열다 仝앞과 같다 决 俗속자 非잘못임 抉 剔也도려내다 후벼내다 끊다 자르다 訣 別也고별하다 方法비결 鴂 子規소쩍새 鶗－제결 [錫] 觼 有舌鐶고삐를 매는 혀가 있는 고리 鱊 仝앞과 같다 鐍 篋前鎖處상자를 잠그는 고리 모양의 물건 자물쇠 仝앞과 같다 譎 詐也속이다 거짓말하다 潏 泉涌

용 수레 [庚][靑] 騈 駕二馬두 말을 한 수레에 나란히 멍에를 메우다 두
말이 나란히 달리다 [靑] 玭 珠母진주 조개 [眞] 蠙 仝앞과 같다 [眞]
先 始也먼저 시간적으로나 순서상으로 앞서기 前也전진하다 (션)
<선> ㉠[霰] 蹮 舞皃춤추는 모양 蹁－편선 躚 仝앞과 같다 蹁 仝앞
과 같다 仙 不死늙어서도 죽지 않다 신선神仙 僊 仝앞과 같다 仚 仝
앞과 같다 鮮 腥魚생선 潔也깨끗하다 善也좋다 아름답다 ㉦[銑] 鱻
仝앞과 같다 宣 布也전파하다 (쉰) 瑄 大璧하늘에 제사지낼 때 쓰는
큰 구슬 朘 縮也줄다 涎 口液침 타액唾液 (썬) 次 仝앞과 같다 璿 美
玉아름다운 옥 (쒼) 璿 古고자 璇 仝앞과 같다 漩 回泉소용돌이치는

稷器종묘 제사에서 기장을 담는 예기禮器 瑚－호련 臠 切肉고기를
토막내다 잘게 저미다 (뤈) 孌 美好아름다운 모양 ㉠[霰] 免 脫也벗
다 벗어나다 면하다 (면)<면> [問] 冕 大夫以上冠면류관 천자 제후
경대부들이 조의朝儀나 제례祭禮 때 쓰는 관冠 俛 俯也머리를 숙이
다 挽 生子아이를 낳다 勉 勛也힘쓰다 葂 人名蔣閭－사람 이름 장려

練 繒也누인 명주 흰 명주 仝앞과 같다 湅 熟絲실을 삶다 楝 似槐멀
구슬나무 苦－고련 揀 擇也고르다 선택하다 [濟] 戀 慕也사모하다
그리워하다 (뤈) 麪 麥末밀가루 (면)<면> 麵 俗속자 面 顏也낯 얼
굴 偭 鄉也향하다 한 쪽을 정면이 되게 대하다 背也어기다 위배하다
靦 汗血피땀 －炫면현 瞑 劇也아찔하다 潰亂어지럽다 －眩명현 [靑]

물이 솟구쳐 흐르는 모양 杜陵水名두릉陝西省의 물 이름 [質][質] 挈
提也들어올리다 (켜) [霽] 契 勤苦간고하다 －闊결활 憂苦근심하다
－－계계 《설》 闋 終也끝나다 마치다 (궈) 缺 器破깨어지다 떨어
져 나가다 파손되다 鈌 仝앞과 같다 涅 染黑검은 진흙 검게 물들다
(녀)<녈> 硭 礬石백반 명반 篞 中管관악기 이름 苶 疲皃피곤한 모
양 지치다 [葉] 窒 塞也막다 (뎌)<뎔> [質] 闑 門閉문을 닫다 문을 닫
아걸다 耋 八十80세 나이가 많다 또는 많은 나이 (뗘) 耊 仝앞과 같

물살 ㉠[霰] 漩 仝앞과 같다 旋 廻也돌다 돌아오다 疾也빠르다 溲也소변 鐘縣종을 매다는 고리 ㉠[霰] 還 復返돌다 선회하다 仝앞과 같다 [刪][諫] 羶 羊臭양의 누린내 (선) 挻 揉也비비다 埏 和土爲器이기다 흙을 반죽하여 그릇을 만들다 《연》 扇 －凉선량 부채 ㉠[霰] 煽 火熾불길이 매우 맹렬하다 ㉠[霰] 單 歲名십이지十二支의 하나인 묘卯의 별칭 －閼선알 廣大크다 광대하다 －于선우 (썬) [寒] ㉦[銑]㉠[霰] 禪 靜也고요히 앉아 마음을 한곳에 모아 생각하는 일 僧也중 스님 ㉠[霰] 蟬 蜩也매미 嬋 好皃자태가 아름다운 모양 －娟선연 撣 牽引끌다 끌어당기다 －援선원 [寒] 鋋 小矛쇠자루로 된 작은 창 煙 火

면 莬 仝앞과 같다 緬 遠也요원하다 아득히 멀다 湎 溺酒술에 빠지다 沈－침면 勔 勉也힘쓰다 애쓰다 沔 流滿물이 가득 차다 물이 넘실거리다 漢水別名한수湖北省 武漢市의 다른 이름 黽 弘農縣名홍농河南省 澠池縣의 현 이름 －池민지 면지 [軫][庚][梗] 澠 仝앞과 같다 [軫][蒸] 扁 署也문 위에 글자를 쓰다 현판 姓也성씨 (변)<변> / 乘

[迥][徑] ㉬[先] 眄 斜視곁눈질하다 흘겨보다 徧 周也두루 전부 널리 미치다 (변)<변> 遍 仝앞과 같다 變 化也변하다 更也바뀌다 卞 兗州縣名연주山東省의 현 이름 姓也성씨 躁也성미가 급하다 조급하다 法也법 법도法度 (뻔) 汴 陳留水名진류河南省 滎陽縣의 물 이름 汳 仝앞과 같다 [願] 忭 喜也기뻐하는 모양 흥겨워하는 모양 昪 仝앞과

다 戴 仝앞과 같다 姪 兄弟子조카 [質] 絰 麻在首腰상복에 두르는 삼띠 머리에 두르는 것은 수질首絰 허리에 두르는 것을 요질腰絰 咥 囓也물다 깨물다 [寘][質] 垤 蟻封개밋둑 迭 更也번갈다 갈마들다 跌 蹶也넘어지다 昳 日昃해가 서쪽으로 기울다 해가 지다 佚 緩也초탈하여 구속됨이 없음 제멋대로 하여 절제가 없음 －蕩질탕 [質] 瓞 再生小瓜작은 오이 북치 또는 작은 참외 藚 穢草돌피 가라지 稊－제질 苵 仝앞과 같다 列 位序늘어선 줄 행렬 陳也벌여놓다 진열하다

氣연기 (현)<연> [眞] 烟 仝앞과 같다 咽 喉也목구멍 ㉠[霰]㉧[屑]
胭 仝上仝下앞뒤와 같다 臙 紅藍汁화장을 하거나 그림을 그릴 때 사
용하는 붉은 빛깔의 염료 ─脂연지 燕 召公所封소공에게 봉해진 봉
지封地 ㉠[霰] 痟 骨酸뼈마디가 쑤시고 아프다 淵 止水연못 (원) 囦
古고자 鼘 鼓聲북소리 ──연연 蜎 蠋皃벌레가 기어가는 모양 ──
연연 ㉦[銑]㉠[霰] 娟 好也아름답다 悁 憂忿분개하다 성내다 ㉠[霰]
延 及也이르다 도달하다 (연) 筵 竹席대자리 綖 冠覆면류관 싸개
㉦[銑] 蜒 百足蟲그리마 蚰─유연 龍皃뱀이나 용 따위가 구불거리며
가는 모양 蜿─완연 埏 地際지구의 가장자리 八─팔연 除也힘을 줄

石皃임금이 수레에 오를 때 딛는 디딤돌 모양 (뼌) ㉬[先] 諞 巧言교
묘히 꾸며 말하다 ㉬[先] 褊 衣小옷이 작다 치수가 작다 ㉬[先] 惼 性
狹소견이 좁다 성급하다 辮 紐也맺다 얽히다 (뼌) 編 仝앞과 같다
㉬[先] 辯 善言말을 잘하다 말이나 문사文辭가 화려하고 교묘하다
辨 別也변별하다 구분하다 仝앞과 같다 緶 褰裳옷을 걷어 올리다 ㉬

같다 日光햇빛이 밝다 환하다 抃 拊手손뼉을 치다 拚 仝앞과 같다
[元][寒] 弁 周冠귀족이 쓰는 관冠의 일종 문관은 베로 만든 작변爵弁
무관은 흰 사슴가죽으로 만든 피변皮弁을 씀 [寒] 覍 仝앞과 같다 閞
欂櫨문설주 위의 두공枓栱 枅 仝앞과 같다 匥 筒也폐백을 담는 대상
자 便 利也이롭다 유리하다 安也편하다 편안하다 近也대개 대체로

(려)<렬> 烈 光也빛나다 눈부시다 業也업적 사업 威也위엄이 있다
寒氣춥다 차갑다 ──렬렬 仝앞과 같다 洌 淸也맑다 또는 맑은 모양
朝鮮水名조선의 물 이름 冽 寒也차다 춥다 栵 栗也산밤나무 [霽] 迾
遮遏가로막다 차단하다 迣 仝앞과 같다 裂 破也깨지다 부서지다 繒
餘마름질하고 남은 피륙 조각 자투리 颲 烈風세찬 바람 또는 바람이
매섭게 부는 모양 劣 弱也약하다 힘이 세지 아니하다 (뤄) 埒 庳垣나
직한 담 封道밭두렁 논두둑 等也같다 비등하다 鋝 六兩엿냥중 6량

이기 위하여 올라가는데 비스듬하게 난 길 墓道무덤 앞으로 난 길 《선》 姸 美好아름답다 곱다 硏 磨也갈다 가루를 내다 窮也궁구하다 ㉠[霰] 沿 順流물을 따라 내려가다 鉛 靑金납 蝝 蝗子누리의 애벌레 (원) 緣 因也원인 때문에 연유하다 [翰] ㉠[霰] 捐 棄也버리다 鳶 鷙鳥솔개 蔿 仝앞과 같다 燃 燒也불타다 불태우다 (션) [illegible] 古고자 然 仝앞과 같다 是也옳다 정확하다 堧 隙地성 밑 종묘 밖 물가 등지의 빈 땅이나 농지 (원) 㬉 仝앞과 같다 ㉠[霰] 壖 仝앞과 같다 蠕 蟲行벌레가 기어가는 모양 ――연연 [軫] ㉦[銑] 蝡 仝앞과 같다 [軫] ㉦[銑] 撋 挼莎문지르다 비비다 煩－번연 㨎 仝앞과 같다 箋 表識기록

[先] 鴘 二歲鷹2년 된 매 초지니 銑 金澤광택이 아주 잘 나는 금속 鐘角종의 양쪽 귀 (션)〈선〉 跣 足親地맨발 맨발로 걸어가다 徒－도선 洗 潔也물로 때를 씻다 律名음률의 이름 姑－고선 官名－馬벼슬 이름 선마 태자가 출행할 때 말 앞에서 선도하는 동궁 관속 [薺] 毨 毛更生짐승이 털갈이를 하여 가지런한 모양 鮮 少也적다 드물다 ㉬[先]

아마 卽也곧 바로 즉시 溲也똥 오줌 ㉬[先] 霰 米雪싸라기눈 (션)〈선〉 霓 仝앞과 같다 先 當後而前먼저 처음 앞서다 －之선지 ㉬[先] 線 縷也실 줄 綫 仝앞과 같다 選 擇也골라 뽑다 선택하다 (현) ㉦[銑] 羨 貪慕부러워하다 또는 애모하다 (션)《연》 旋 繞也두르다 에워싸다 (쉰) ㉬[先] 漩 回泉소용돌이치는 물살 물이 소용돌이치다 ㉬[先] 煽 火熾

蔑 無也없다 (며)〈멸〉 篾 析竹대오리 얇은 댓조각 또는 대껍질 蠛 似蚋잔디등에 －蠓멸몽 衊 汙血더러운 피 滅 絶也끊어지다 멸망하다 火熄불을 끄다 불이 꺼지다 搣 手拔뽑다 뽑아내다 鷩 雉屬꿩의 일종 (벼)〈별〉 鼈 龜屬자라의 일종 蕨也고사리 鱉 仝앞과 같다 㢼 弓戾활짱이 뻣뻣하다 또는 활짱 끝이 뒤집히다 彆 仝앞과 같다 別 辨也변별하다 解也구별하다 / 離也헤어지다 이별하다 異也다르다 (뼈) [illegible] 漢陽山名한양의 산이름 大－대별 하남성河南省 호북성湖北省 안휘

하다 註也주를 달다 書也편지 글씨를 쓰다 (전)〈전〉 牋 仝앞과 같다 諓 巧言말을 잘하다 檵 小栗자잘한 밤 櫼 香木향나무 이름 침향의 일종 籛 彭祖姓오랫동안 장수했다는 팽조의 성씨 濺 疾流물이 빨리 흐르는 모양 ――천천 ㉠[霰] 湔 洗也씻다 ㉠[霰] 煎 熬也달이다 끓이다 ㉠[霰] 鬋 鬢皃여자의 살쩍 또는 여자의 살쩍이 볼로 흘러내린 모양 ㉦[銑] 韉 鞍具언치 안장이나 길마 밑에 까는 방석이나 담요 韀 仝앞과 같다 鐫 刻也새기다 조각하다 (젼) 銓 衡也저울 (쳔) 輇 柩車관을 옮기는 데 사용하는 바퀴살이 없는 수레 仝앞과 같다 佺 仙人도당씨陶唐氏 때의 신선神仙 이름 偓―악전 絟 細布가는 베 고운 피륙

尠 俗속자 蘚 苔也이끼 廯 廩也곳집 곡식 창고 ㉤[先] 癬 乾瘍피부병의 하나 버짐 獮 秋獵가을에 사냥하다 燹 野火들불 [霰] 選 擇也골라 뽑다 선택하다 遣也임무를 주어 보내다 파견하다 數也셈하다 계산하다 須臾잠시 잠깐 少―소선 (현) ㉠[霰] 善 良也착하다 어질다 (션) ㉠[霰] 譱 仝앞과 같다 鄯 西域서역에 있던 나라 이름 본래 이름은 누

불길이 매우 맹렬하다 (선) ㉤[先] 扇 箑也부채 扉也사립짝 動也움직이다 ㉤[先] 繕 補也깁다 꿰매다 수선하다 寫也정서淨書하다 필사하다 (션) [敬] 膳 美食정갈한 음식 ㉦[銑] 饍 仝앞과 같다 單 大也크다 姓也성씨 山陽縣名산양山東省의 현 이름 ―父선보 [寒] ㉤[先]㉦[銑] 禪 除地제왕이 산천山川 토지에 지내는 제사 傳位제왕의 자리를 타

성安徽省 세 성의 경계에 있는 산으로 양자강揚子江과 회하淮河의 분수령 閉 塞也닫다 막다 막히다 [霽] 撆 擊也치다 (폐) 撇 仝앞과 같다 瞥 暫見언뜻 보다 슬쩍 보다 覕 仝앞과 같다 蹩 跛也절뚝거리다 (뼈) 屑 潔也깨끗하다 勞也수고롭다 碎末가루 부스러기 不安편치 않다 ――설설 輕視경시하다 얕보다 不―불설 (서)〈설〉 屓 仝앞과 같다 禼 殷祖은나라의 시조 이름 契 仝앞과 같다《결》[霽][物] 偰 仝앞과 같다 楔 棖也문설주 쐐기 紲 繫也붙들어 매다 묶다 또는 포박하다

拴 揀也관리를 선임하다 詮 具也갖추다 사리를 갖추어 설명하다 跧
伏也웅크리다 구부려 엎드리다 [刪] 荃 香草향초 蓀也창포 筌 取魚竹
器통발 또는 어살 痊 病瘳병이 낫다 悛 改也뉘우쳐 고치다 前 後之
對앞 앞으로 나아가다 (전) 錢 貨泉금속으로 주조하여 만든 동전 화
수분 ㉦[銑] 全 完也온전하다 완전하다 (줜) 牷 純色牲제사에 쓰는
순색純色의 소 또는 순색이며 온전한 희생犧牲 鱣 鯉類黃魚전어 (전)
儃 不進배회하다 －佪전회 [旱] 邅 難行나아가기 어렵다 迍－둔전
㉠[霰] 趲 仝앞과 같다 氈 毛席짐승의 털로 짠 자리 旃 之也어조사
지之와 언焉의 합성자 仝上仝下앞뒤와 같다 旜 曲柄旗붉은 천으로

란樓蘭 －善선선 單 山陽縣名산양江蘇省 淮安의 현 이름 －父선보
姓也성씨 [寒] ㉫[先]㉠[霰] 墠 除地지면을 깨끗이 청소하다 祭處제사
터 鱓 似蛇無鱗드렁허리 [歌] 鱔 俗속자 熯 火盛불이 이글이글한 모
양 敬也공경하다 [旱][翰] 兗 九州之一하은주夏殷周 시대에 두었던
구주의 하나 산동성山東省의 한 현縣 (연)<연> 渷 濟水別名제수山
東省의 다른 이름 沇 仝앞과 같다 捥 動也움직이다 흔들리다 衍 廣

성에게 물려주다 ㉫[先] 擅 專也마음대로 하다 독단적으로 하다 嬿
安順안락하다 편안하고 한가롭다 －婉연완 (현)<연> 鷰 玄鳥제비
燕 仝上仝下앞뒤와 같다 ㉫[先] 醼 合飮잔치를 벌이다 연회 讌 仝앞
과 같다 宴 安也편안하고 안락하다 안정되다 仝앞과 같다 嚥 吞也삼
키다 咽 仝앞과 같다 ㉫[先]㉧[屑] 餶 饜飽물리다 싫증이 나다 (휜)

絏 仝앞과 같다 緤 仝앞과 같다 泄 漏也새다 새어나가다 姓也성씨
[霽] 洩 仝앞과 같다 [霽] 渫 治井우물을 쳐내다 준설하다 仝앞과 같
다 [葉] 媟 慢也업신여기다 경멸하다 暬 仝앞과 같다 褻 衷衣속옷 또
는 평상복 仝앞과 같다 辥 奚仲所封하夏나라 사람으로 우왕禹王의
신하인 춘추春秋시대 설辥의 시조始祖 해중에게 봉한 나라 薛 莎也
맑은 대쑥 仝앞과 같다 蹩 旋行둘러 가다 빙 돌아서 가다 蹩－별설

수식이 없이 만든 깃대가 구부정한 기 饘 厚粥된 죽 또는 죽을 두루
이르는 말 飦 소앞과 같다 鬋 소앞과 같다 鸇 晨風새매 栴 香木단향
목檀香木 －檀전단 專 擅也어떤 일을 마음대로 하다 독단하다 (줜)
剸 소앞과 같다 [寒] ㉦[銑] 顓 蒙也어리석다 소앞과 같다 篿 折竹卜
점치는 방법의 하나 筵－연전 甎 甓也벽돌 塼 소앞과 같다 鱄 美魚
맛좋은 물고기 이름 廛 市舍국가에서 시장 안에 둔 창고나 빈터 시장
안의 가게 (젼) 鄽 소앞과 같다 纏 繞也감다 뒤얽히다 束也묶다
㉠[霰] 躔 踐也짐승의 발자국 또는 발자취 日運일월성신이 황도黃道
상에서 운행하다 또는 그 운행의 궤적 瀍 河南水名하남河南省 洛陽

也넓고 크다 광대하다 ㉠[霰] 演 長流물이 길게 흐르다 소앞과 같다
戭 高陽才子고양湖北省 襄陽의 재자才子 고대의 현인賢人으로 팔개
八愷의 한 사람 檮－주연 도연 [軫] 輭 柔也부드럽다 유연하다 (웬)
耎 소앞과 같다 軟 俗속자 蝡 蟲行벌레가 기어가는 모양 굼틀거리다
[軫] ㉬[先] 蠕 소앞과 같다 [軫] ㉬[先] 碝 珉也옥에 버금가는 아름다
운 돌 瑌 소앞과 같다 瑞 소앞과 같다 ㉬[先] 愞 劣弱열약하다 나약하

衍 廣也넓고 크다 광대하다 (연) ㉦[銑] 莚 不斷끝없이 이어짐 蔓－
만연 掾 官屬관청에서 일을 돕는 하급 관리 아전衙前 緣 衣純飾가선
을 두르다 옷이나 신 따위의 가장자리를 꾸미다 [翰] ㉬[先] 暊 隙地빈
땅 자투리 땅 ㉬[先] 羨 延也초청하다 인도하다 餘也남다 또는 여유
있다 盛皃가득차다 충족하다 徑也길다《션》硯 石可硏墨벼루 硏 소

躠 소앞과 같다 [曷] 偞 小聲신음하는 작은 소리를 형용하는 말 －－
설설 雪 凝雨눈 洗也씻다 (숴) 設 陳也베풀다 (셔) 說 告也알리다 고
하다 辭也말씀 解也해석하다 해설하다 (숴)《열》[霽] 舌 在口辨味혀
(쎠) 揲 閱持일일이 세어 가지다 －蓍설시 시초로 점을 침 [葉][葉]
擛 소앞과 같다 爇 燒也불사르다 불태우다 (숴) 焫 소앞과 같다 呐
言緩말이 느리다 [月] 悅 喜也기쁘다 (여)<열> 說 소앞과 같다《설》

市의 물 이름 澶 頓丘地名돈구河南省의 땅 이름 －淵전연 선연 椽 櫰也서까래 두공枓栱의 하나 (쥔) 傳 轉也차례로 돌다 순차로 돌아가다 授也전하다 전하여 주다 ㉠[霰] 船 舟也배 선박 千 十百천 백의 열곱절 (천)<천> 阡 田閒道밭 사이에 남북으로 난 좁은 길 또는 농토의 두둑 길 芊 草茂초목이 무성하다 －－천천 遷 徙也옮기다 옮겨가다 謫也떠나가다 韆 繩戲그네 鞦－추천 泉 水源샘 샘물 (쥔) 燀 炊也불을 때다 (천) ㉦[銑] 川 通流水내 물길 (춴) 穿 通也통과하다 鑽也뚫다 파다 ㉠[霰] 遄 速也몹시 빠르다 (쥔) 篅 竹器대둥구미 盛穀곡식을 담는 데 쓰는 둥글고 울이 깊은 대그릇 圌 仝앞과 같다 天

다 [旱][翰][箇] 懦 仝앞과 같다 [虞][箇] 翦 齊斷고르게 자르다 (전)<전> 剪 俗속자 劑也베다 자르다 －刀전도 揃 仝앞과 같다 戩 福也행복 또는 상서롭다 盡也다하다 翦也잘라내다 제거하다 錢 田器김매는 농기구 이름 가래의 일종 －鎛전박 ㉬[先] 餞 酒食送잔치를 베풀어 송별하다 (쩐) ㉠[霰] 雋 鳥肥새고기가 살지고 맛있다 또는 살지고 맛있는 고기나 맛있는 음식 (쮠) 臇 臛也국물이 적은 고깃국 또는 볶거나 끓이

앞과 같다 ㉬[先] 箭 矢也화살 (전)<전> 煎 熬也달이다 끓이다 ㉬[先] 濺 水激물방울 따위가 튀다 ㉬[先] 湔 仝앞과 같다 ㉬[先] 餞 酒食送술과 음식을 차려 잔치를 베풀어 송별하다 (쩐) ㉦[銑] 戰 鬪也싸우다 다투다 전쟁하다 (전) 顫 掉也물체가 진동하다 떨리다 襢 丹縠衣왕후가 입는 육복六服의 하나 [旱] ㉦[銑] 驏 馬浴土말이 토욕질하

[霽] 閱 歷也겪다 噎 食塞음식으로 목메다 (혀) 咽 聲塞소리로 목메다 哽－경열 ㉬[先]㉠[霰] 抴 拕也끌다 (여) [霽] 拽 仝앞과 같다 [霽] 爇 溫也뜨겁다 데우다 (셔) 卩 示信부신符信 신표信標 符－부절 (저)<절> 節 操也절조節操 仝上仝下앞뒤와 같다 / 仝巀절과 같다 산이 높고 가파르다 (쪄) 岊 高皃높은 산의 모양 楶 欂櫨두공枓栱 대접받침 切 割也베다 끊다 近也가깝다 가까이하다 迫也가까이 닥치다 門

至高無上하늘 천체天體 (텬)〈텬〉 蝙 仙鼠박쥐 ―蝠편복 (변)〈편〉 鯿 縮項魚방어魴魚 編 次簡차례로 배열하다 錄也정리하다 배열하다 짜다 婦人假紒여자의 머리치장 副―부편 ㉦[銑] 鞭 馬策말에게 채찍질하다 箯 竹輿대로 엮어 만든 가마 篇 聯章책의 내용을 일정한 단락으로 크게 나눈 한 부분 (편) 艑 小舟작은 배 거룻배 ㉦[銑] 扁 特也특히 특별히 小也작다 人名輪―사람 이름 륜편 수레바퀴를 잘 만들었다는 춘추春秋시대 제齊나라 사람 仝앞과 같다 ㉦[銑] 偏 側也기울다 바르지 아니하다 翩 飛皃경쾌하게 나는 모양 ――편편 便 安也편안하다 習也익숙하다 습관되다 宜也마땅하다 辯也말을 잘하다 ――편

다 吮 嗡也빨다 핥다 展 舒也펴다 펼치다 뻗다 (젼) 輾 臥不周뒤척이다 누워서 이리저리 뒤척거리는 모양 ―轉전전 ㉠[霰] 轉 動也구르다 딩굴다 運也수레로 옮기다 운반하다 (젼) ㉠[霰] 剸 截也자르다 베다 절단하다 [寒] ㉬[先] 僎 具也갖추다 (젼) [眞] 撰 述也짓다 持也가지다 具也갖추다 則也법法 [濟] ㉠[霰] 譔 仝앞과 같다 ㉠[霰] 篆 史籒所作書서체의 한 가지 전자篆字 전서篆書 轂約수레의 바퀴통이나 종의

다 말이 땅에 뒹굴며 몸을 비비다 傳 旅舍객사客舍 驛遞역참에 준비한 수레나 말 信也관진關津을 통과하거나 역참驛站을 이용할 때 쓰는 저명서 부신符信 (젼) / 賢人之書예로부터 전해 오는 현인賢人의 글이나 책 (쳔) ㉬[先] 轉 遷也옮기다 運之운반하다 ㉦[銑] 囀 聲轉소리를 바꾸다 饌 具食반찬 (젼) [濟] 篹 仝上仝下앞뒤와 같다 [旱] 撰 述

限문지방 섬돌 (쳐) [霽] 竊 盜也훔치다 도둑질하다 私也사사로이 개인적으로 淺也옅다 여리다 竊 俗속자 齛 齒差이를 갈다 또는 이가 어긋나다 截 斷也 (쪄) 截 仝앞과 같다 絶 斷也끊다 자르다 명확하게 구별하다 (쮜) 折 斷也끊다 曲也굽이지다 구불구불하다 挫也좌절시키다 毁也훼손하다 夭也요절하다 封壇흙을 쌓아 단壇을 만들어 지신地神에 제사지내는 곳 泰―태절 (져)《설》[齊] 晢 星光밝은 모양 별빛

편 足恭주공 지나치게 공손한 태도로 남에게 아부함 ㅡ辟편벽 지나치게 공손한 모양 溲也사람의 똥 오줌 (뻔) ㉠[霰] 楩 南方大木남방에서 나는 녹나무 비슷한 교목 蹁 足不正다리가 휘다 절름거리다 諞 巧言교묘히 꾸며 말하다 ㉦[銑] 平 辨治분변하여 다스리다 ㅡㅡ편편 [庚][敬] 儇 慧也슬기롭다 총명하다 (훤)<현> 蠉 蟲行벌레가 기어가는 모양 嬛 輕麗날씬하고 아름다운 모양 便ㅡ편현 [庚] 翾 小飛조금씩 날다 또는 나는 모양 輕薄경박하다 경망스럽다 譞 多言말이 많다 수다스럽다 懁 辨急조급하다 성급하다 獧 疾也빠르다 跳也뛰다

아가리를 장식하는 띠 모양의 무늬 곧 장식을 많이 한 수레 夏ㅡ하전 鐘帶쇠북의 띠 (쩐) 瑑 璧文옥그릇의 돋을새김 무늬 淺 不深물이 얕다 (천)<천> 踐 蹋也밟다 (쩐) 俴 淺也얕다 얇다 闡 闢也열다 드러내어 밝히다 (천) 繟 帶緩띠가 느슨하다 또는 느슨한 인끈 幝 車弊수레에 둘러친 휘장이 낡은 모양 ㅡㅡ천천 嘽 緩聲느린 소리 굼뜨다 [寒] 蕆 備也갖추다 舛 相背서로 등지다 서로 어긋나다 (춴) 喘 疾息

也짓다 저술하다 저작하다 [濟] ㉦[銑] 譔 仝앞과 같다 ㉦[銑] 薦 進也추천하다 천거하다 藉也깔다 깔개 (전)<천> / 仝荐천과 같다 (쪈) 茜 茅蒐꼭두서니 (천) 蒨 草茂풀이 무성하다 仝앞과 같다 倩 好口輔웃는 입매가 예쁜 모양 士美稱얌전하다 자태가 아름답다 女壻사위 [敬] 輤 柩車之蓋영구차靈車의 장식용 덮개 洊 再也거듭 다시 재차 (쪈) 洊 仝앞과 같다 荐 薦席풀로 엮어 만든 자리 거적자리 또는 자

이 반짝반짝하는 모양 ㅡㅡ제제 晣 仝앞과 같다 晢 仝앞과 같다 [霽] 浙 錢塘水名전당浙江省의 물 이름 淛 仝앞과 같다 [霽] 拙 不巧졸렬하다 능숙하지 못하다 (줘) 梲 梁上楹동자기둥 쪼구미 蕝 束茅表位조회의 예행연습에 띠를 묶어 위치를 표시하다 [霽] 蕞 仝앞과 같다 [霽][泰] 哲 智也슬기롭다 지혜롭다 (저)<철> 喆 仝앞과 같다 蜇 螫也벌레가 쏘다 惙 憂也근심스러운 모양 ㅡㅡ철철 (줘) 餟 祭酹酒제

㉦[銑] 鋗 銅銚음식을 끓이거나 데우는 작은 솥 駽 鐵驄검푸른 말 철청마鐵青馬 ㉠[霰] 賢 善也좋다 훌륭하다 (현) 贒 仝앞과 같다 弦 弓絲활시위 활줄 絃 八音之絲현악기의 줄 蚿 百足蟲노래기 馬－마현 舷 舟邊뱃전 玄 幽遠아득히 멀다 黑赤검붉은 빛깔 (헨) 玆 仝앞과 같다 [支] 縣 繫也달다 絶也동떨어지다 ㉠[霰] 懸 仝앞과 같다 棬 屈木爲器나무를 휘어 만든 그릇 (권)<권> 圈 屈木爲圓나무를 휘어 둥글게 만들다 仝앞과 같다 [阮][願] ㉦[銑] 卷 曲也구부리다 冠武관의 밑 가장자리 好皃아름답다 예쁘다 樂名악곡 이름 大－대권 ㉦[銑]㉠

숨을 가쁘게 몰아쉬다 헐떡거리다 가쁜 호흡 歂 仝앞과 같다 蝡 蟲動벌레가 움직이는 모양 －蝡천연 顯 明也밝다 빛나다 著也드러내다 뚜렷하다 명성을 세상에 드러내다 (현)<현> 韅 駕馬具在背뱃대끈 마소의 안장이나 길마를 얹을 때 배에 걸쳐서 졸라매는 줄 峴 山小而險작고 높은 산고개 襄陽山名양양湖北省 襄陽縣의 산 이름 (현) 琄 玉皃옥의 모양 패옥의 모양 －－현현 (헨) 鞙 刀鞘칼집 仝앞과 같다

리 밑에 까는 풀 仝앞과 같다 栫 籬也울타리를 치다 또는 바자울 賤 卑也천하다 지위나 신분이 낮다 碊 展繒石재양載陽칠 때 쓰는 돌 풀을 먹인 모시 명주 등을 재양틀에 매거나 재양판에 대고 펴서 말리거나 다리는 일 (천) 釧 臂環팔찌 (췬) 穿 貫也뚫다 구멍을 뚫다 ㉬[先] 片 判木쪼개진 나무 따위 半也반으로 가르다 (편)<편> 騙 躍上馬몸을 모로 하고 한 다리를 들어서 말에 올라타다 絢 文皃문채가 나는

사를 지낼 때 술을 땅에 부어 강신하다 聯祭차례나 제향을 지내다 [霽] 醊 仝앞과 같다 [霽] 輟 止也멈추다 중단하다 綴 聯也연결하다 또는 잇닿다 [霽] 錣 策耑鐵말채찍 끝에 끼우는 쇠침 啜 泣皃흐느껴 우는 모양 多言수다스럽다 / 仝歠철과 같다 마시다 (춰) 掣 挽也끌다 당기다 (처) [霽] 徹 通也통달하다 관통하다 周稅주나라의 전세田稅 제도 / 仝撤철과 같다 제거하다 철거하다 (쪄) 撤 抽也뽑다 빼내다 剝也

[霰] 弮 弩弓쇠뇌 [諫] 惓 謹也간절한 모양 충성스러운 모양 －－권권 (퀀) 拳 屈手주먹 소앞과 같다 捲 氣勢用力기세가 있다 용감하다 힘써 수고하는 모양 －－권권 收也거두다 걷다 소앞과 같다 ㉦[銑] 鬈 髮好머리털이 아름답다 婘 好也아름답다 예쁘다 權 反經稱권도權道 형편에 따라 임기응변으로 일을 처리하는 방도 錘攝官겸하거나 임시로 하는 벼슬 顴 頬骨광대뼈 員 官數관원官員의 정수定數 (원)〈원〉 [文][問] 圓 天體하늘 圜 소앞과 같다 [刪] 湲 水聲물이 흐르는 소리 潺－잔원 [元][刪] 【增】文49 攓 拔取뽑아가지다 (권)〈건〉 搴 소앞

鞬 소앞과 같다 泫 露光이슬이 반짝이다 涕流눈물이나 이슬 따위가 흐르다 ㉽[先] 鉉 貫鼎擧者솥귀를 꿰어 솥을 드는 기구 菤 卷耳도꼬마리 국화과의 한해살이풀 (퀀)〈권〉 卷 膝曲不舒오금 무릎의 구부리는 안쪽 부분 ㉽[先]㉠[霰] 捲 소앞과 같다 ㉽[先] 圈 畜閑우리 짐승을 가두어 기르는 곳 짐승을 우리 안에 가두다 (퀀) [阮][願] ㉽[先] 【增】文42 搴 拔取뽑다 캐다 채취하다 (견)〈건〉 ㉽[先] 巕 山屈曲산이 감

모양 무늬가 고운 모양 (훤)〈현〉 駽 鐵驄검푸른 말 철청마鐵青馬 ㉽[先] 見 露也나타나다 드러나다 (혀)《견》 現 俗속자 縣 五鄙고대 주민의 조직 단위 ㉽[先] 眩 目無常主潰亂눈이 침침하고 아물아물하다 瞑－명현 (훤) [諫] 炫 明也밝다 빛나다 袨 好衣잘 차려 입은 옷 玹 石次玉옥에 버금가는 아름다운 돌 衒 自媒중매를 거치지 않고 스스로 배우자를 찾다 자랑하다 뽐내다 眩 소앞과 같다 眷 顧也돌아보

깎다 벗기다 / 除去제거하다 걷어치우다 (쪄) 聅 矢貫耳군법軍法에서 화살로 귀를 뚫는 형벌 歠 大飮한껏 마시다 (숴) 轍 車跡수레바퀴의 자국 (쪄) 澈 水澄물이 맑다 鐵 黑金쇠 철 (텨)〈텰〉 銕 소앞과 같다 驖 赤黑馬검붉은 말 餮 惡獸탐욕스럽고 잔학한 전설상의 괴물 이름 饕－도철 血 水穀精氣피 혈액 (훠)〈혈〉 威 滅也소멸하다 멸망하다 翓 飛上새가 날아오르다 (혀) 頡 直項목이 뻣뻣하다 소앞과

과 같다 ㉦[銑] 騝 騮馬黃脊등이 누런 류마騮馬 (껸) 犍 蜀郡한대漢代에 둔 촉四川省 宜賓縣의 군 ─爲건위 [元] 鍵 鑰也자물쇠 [阮] ㉦[銑] 腱 筋本힘줄 [願] 揵 擧也들다 처들다 [阮] 鄢 楚都춘추春秋시대 초나라의 별도別都 ─郢언영 (현)〈언〉 [阮] 嘕 笑皃기쁘게 웃는 모양 (현)〈현〉 嫣 長皃체격이 크면서 아름답다《언》 仚 輕擧가볍게 비상하는 모양 鈃 酒器주기의 하나 종鍾과 비슷한데 목이 길다 (견)〈견〉 [青] 枅 屋櫨장여 도리 두공枓栱의 하나 [齊] 䅌 麥莖보릿짚 (권) 蹎 仆也넘어지다 (뎐)〈뎐〉 驔 馬額白별박이 대성마戴星馬 이마에 흰

돈 모양 구불구불한 모양 ─嵼건산 囝 閩人呼兒민浙江 남부와 복건福建 일대 지방의 방언方言으로 아들 아들딸 豣 麕也힘이 센 노루 (견)〈견〉 ㉬[先] 襺 袍也새 솜을 넣어 지은 옷 筧 通水竹대로 만든 홈통 죽관竹管 梘 仝앞과 같다 狷 褊急고지식하다 또는 소신이 확고하고 결백하다 (권) ㉠[霰] 獧 仝앞과 같다 ㉬[先] 蜎 井中蟲장구벌레 모기의 애벌레 ─蠉견현 (퀀) ㉬[先]㉠[霰] 蹍 踐也밟다 (년)〈년〉 趁 仝

다 되돌아보다 (권)〈권〉 睠 仝앞과 같다 卷 書可捲글이나 그림의 두루마리 ㉬[先]㉦[銑] 倦 疲也고달프다 피곤하다 (퀀) 院 館有垣담장을 두른 집 (원)〈원〉 瑗 大孔璧구멍은 크고 테두리는 작은 고리 모양의 패옥 도리옥 [願] 援 助也원조하다 구원하다 [元] 媛 美女미녀 [元] 【增】文24 讞 議獄죄를 논하다 (연)〈언〉 ㉦[銑]㉧[屑] 繾 不已떨어지지 아니하다 ─綣견권 뒤엉키고 휘감김 단단히 결합하여 떨어

같다 [黠] 擷 捋取따다 채취하다 纈 文繒무늬 놓은 비단 絜 挈也재다 ─矩혈구 約束묶다 九河之一9하의 하나 하북성河北省 동광현東光縣 남쪽 산동성山東省 덕현德縣 북쪽에 있는 강《결》 𢉎 帶也띠 奊 頭斜머리가 한쪽으로 기울다 穴 窟也구멍 또는 동굴 (ᅘᅧᇙ) 【增】文36 鈌 戟也삼지창 (겨)〈결〉 偈 用力힘 쓰는 모양 [霽] / 疾也빠르다 (켜) 堨 堰也방축 (껴) [曷] 鍥 鎌也낫 (겨)〈결〉 [霽] 髻 竈神부엌 귀

털의 점이 마치 별처럼 박힌 말 滇 益州水名익주四川省의 물 이름 搷 擊也치다 습격하다 (뎐) 顛 鼓聲북소리 鰱 鱮也물고기 이름 화련어 花鰱魚 (련)<련> 棉 木綿목화 솜 무명실 (면)<면> 骿 幷脇늑골이 한데 붙다 (뻔)<변> 褼 衣皃옷이 날리는 모양 褊－편선 (션)<션> 廯 廩也곳집 곡식 창고 ㉦[銑] 姍 行皃옷이 너울거리는 모양 동작이 느린 모양 －－선선 [寒] 姺 仝앞과 같다 [眞] 歅 人名秦九方－사람 이름 진나라의 구방연 (현)<연> [眞] 閼 單于妻한대漢代 흉노匈奴의 선우單于와 제왕帝王의 처를 통틀어 이르는 말 －氏연지 [月][曷]

앞과 같다 [震] 跈 仝앞과 같다 蜓 蛇屬수궁守宮 도마뱀붙이 蝘－언전 (뎐)<뎐> [靑] 娗 不開通미욱하다 眡－저전 [靑] ㉠[霰] 塡 病也병들다 －寡전과 [眞][震] ㉬[先] 摙 負擔메어 나르다 져나르다 (련)<련> 連 遲久더디다 難也어렵다 곤란하다 ㉬[先] 丏 不見가리다 보이지 않다 (면)<면> 匾 不圓납작하다 편평하다 (변)<변> 艑 小舟작은 배 거룻배 (뻔) ㉬[先] 鮮 戶籍호적 (션)<션> 洒 肅皃

지지 않음 (견)<견> 涀 高陵水名고릉河南省 舞陽의 물 이름 牽 挽也앞에서 끌다 당기다 끌어오다 ㉬[先] 涏 光澤번들거리는 모양 －－연연 (뎐)<뎐> 僆 雙生쌍둥이 (련)<련> 攣 手足曲손발이 굽다 오그라들다 (뤈) ㉬[先] 孌 美好아름다운 모양 좋은 모양 ㉦[銑] 沔 大水큰 물 모양 滇－진면 물이 광활한 모양 (면)<면> 縼 牛馬繫긴 끈으로 마소를 잡아매다 (쒼)<션> 鏇 轉軸회전축 騸 去畜勢말을 불신 [霽] 趹 步疾빨리 걷다 (궈) 㓞 刻也새기다 (켜) 捏 捻聚주어 모으다 (녀)<녈> 凸 高起도도록하다 볼록하다 (뗘)<뎔> 軼 車相過지나치다 侵突부딪치다 [質] 摕 捎取가려서 가지다 蛚 蛩也귀뚜라미 蜻－청렬 (려)<렬> 茢 苕帚복숭아 가지와 갈대로 만든 악귀를 물리치는 빗자루 桃－도렬 戾 罪也죄 죄악 乖也그스르다 어긋나다 [霽] 捩 拗也돌리다 비틀다 攦 仝앞과 같다 [霽] 挒 仝앞과 같다 糲 粥也죽

蜵 深廣깊고 넓은 모양 －蜎연연 (훤) 櫞 似橘구연枸櫞나무 일명 불수감佛手柑 枸－구연 (연) 瑌 珉也옥에 버금가는 돌 (원) ㉦[銑] 戔 委積쌓다 군량미와 마초馬草를 비축함 또는 그 군량미와 마초 －－전전 (전)<전> [寒] 駩 白馬黑脣입술이 검은 흰말 (천) 竣 退立물러서다 [眞] 縓 絳色담홍색 膞 陶人作器具질그릇을 만드는 물레 (쭨) 仟 千人군사 1천 명을 지휘하는 우두머리 백의 열 곱절 (천)<천> 攟 插也꽂다 扦 소앞과 같다 㸃 青皃산 빛이 짙푸른 모양 －－천천 梴 木長나무가 긴 모양 (천) 猵 似猨원숭이의 일종 －狚편저 (편)<편>

엄숙한 모양 水深물이 깊다 [薺][蟹][賄][卦][馬] 羂 綱也올가미 (원) 膳 美食밥 또는 정갈한 음식 (썬) ㉠[霰] 蟺 相糾서로 얽히다 蜿－원선 縯 長也길다 (연)<연> [軫] 綖 冠覆면류관싸개 ㉬[先] 䓘 木耳목이 (원) 譾 淺也얕다 천박하다 (전)<전> 鬋 鬢皃여자의 살쩍 또는 여자의 살쩍이 볼로 흘러내린 모양 ㉬[先] 襄 丹穀衣홍색의 가는 깁으로 만든 옷 (전) 襢 소앞과 같다 袒簀喪廬不障예를 행하기 위하여 왼쪽 소

까다 말을 거세하다 (선) 善 －之착하다 잘하다 숙달하다 (썬) ㉦[銑] 曣 日出無雲말끔히 개다 －晛연온 (연)<연> 蜎 深廣깊고 넓은 모양 蜵－연연 ㉬[先]㉦[銑] 邅 轉也돌다 방향을 바꾸다 (쪈)<전> ㉬[先] 纏 約也얽동이다 繳也얽다 ㉬[先] 綪 赤繒붉은 비단 (천)<천> 串 穿也꿰다 또는 꿰미 (쵄) [諫] 竁 穿地무덤 구덩이를 파다 [霽] 眴 目動눈을 깜박이다 (훤)<현> [震] 洵 遠也멀다 소원하다 [眞] 莧 商

(며)<멸> 搣 作事不正일의 처리가 방정方正하지 않음 －揳멸설 瀎 拂也털다 떨어내다 (벼)<별> 瀎 水激물결이 부딪는 모양 －洌별렬 (펴) 批 手擊손으로 치다 (뼈) [紙][薺] 揳 作事不正일의 처리가 방정方正하지 않다 搣－멸설 (셔)<설> 榍 正弓具활을 바로잡는 기구 도지개 檠－경설 [霽] 折 斷猶連부러지다 (쎠)<절> [齊] 癤 瘡也뾰두라지 나무의 혹 (져)<절> 鰤 魚名鼢鼠所化두더지가 변하여 되었

褊 衣皃옷자락이 가벼이 날리는 모양 －褼편선 ㉦[銑] 緶 縫衣꿰매다 감치다 交枲모시로 꼬거나 땋다 (뻔) ㉦[銑] 礥 難也곤란하다 험난하다 (혠)<현> [眞] 泫 水深물이 깊고 넓은 모양 囦－연현 (훤) ㉦[銑] 蜷 長曲구불구불하다 굽다 連－련권 (뀐)<권> 踡 不伸굽다 구부리다 －跼권국 隕 均也둘레 幅－폭원 폭운 강토 영토 면적을 幅 둘레를 員 (윈)<원> [軫] 【叶】無 【通】韻5 眞 十一平 文 十二平 元 十三平 寒 十四平 删 十五平

매를 벗어 석의를 드러내다 또는 소매를 벗어 어깨를 드러내다 [旱] ㉠[霰] 燀 炊也불을 때다 (쳔)<천> ㉬[先] 荈 晩茶늦게 딴 찻잎 또는 차를 두루 이르는 말 (춴) 腨 腓腸종아리 장딴지 蚕 寒蚓지렁이 (텬)<텬> [覃] 睍 好皃새가 아름다운 모양 －睆현완 視皃눈을 조금 뜨고 힐끗 보는 모양 －－현현 (혠)<현> 晛 日氣햇살 햇빛 ㉠[霰] 鋧 小鑿작은 끌 俔 譬喩비유하다 ㉠[霰] 繯 絡也노끈이나 새끼로 얽다 (휀) 【叶】無 【通】韻5 軫 十一上 吻 十二上 阮 十三上 旱 十四上 潸 十五上

陸자리공 (혠) [諫] 絭 攘臂繩활을 쏠 때에 소매를 매는 끈 팔찌 (권)<권> 【叶】無 【通】韻5 震 十二去 問 十三去 願 十四去 翰 十五去 諫 十六去

다는 고기 이름 납줄개 巀 山高산이 높고 가파르다 (쪄) [曷] 茁 草初生풀이 처음 나다 (줘) [質][黠] 準 鼻頭코마루 隆－륭절 [軫] 啜 田間道밭두둑길 밭의 샛길 (춰)<철> [霽] 剟 刊也깎다 割也베다 [曷] 罬 鳥網새그물 덮치기 泬 空皃공허한 모양 －寥혈료 邪僻간사하다 回－회혈 (훠)<혈> 呹 小聲작은 소리 襭 投衽옷섶에 물건을 끼우다 (혀)
【叶】無 【通】韻5 質 四入 物 五入 月 六入 曷 七入 黠 八入

平聲蕭十七	【蕭】文197 驍 健也건장하다 (견)<교>《효》 澆 沃也물을 대다 薄也얇다 경박하다 ㉠[嘯] [illegible] 소앞과 같다 憿 覬非望거의 불가능한 일을 바라는 일 −倖교행 요행 僥 소앞과 같다 僞也속이다 거짓말하다《요》 徼 求也구하다 循也순행하다 抄也가리다 邀也맞이하다 소앞과 같다 ㉠[嘯] 梟 不孝鳥올빼미 摴蒱采名노름에서 가장 좋은 채彩의 이름 健也건장하다《효》 蟂 似蛇害人뱀처럼 생기고 발이 넷이며 사람이나 물고기를 잡아먹는다는 전설상의 동물 −獺교달 효달 嬌 女態자태가 곱다 憍 恣也방종하다 驕 馬六尺키가 6척尺인 말 소앞과 같다《효》 鷮 長尾雉꼬리가 긴 꿩의 일종 趫 善走잘 달리다 (켜) 蹻 企也발돋움하다 [藥] ㉦[篠] 蹺 소앞과 같다 橇 泥行所乘진흙길을 다닐 때 타던 도구 진흙 썰매 [霽] 轎 소앞과 같다 喬 木上竦높이 솟은 나무 (껴) 橋 水梁다리 교량 僑 旅寓객지에 머물러 살다 轎
上聲篠十七	【篠】文84 晈 月白달빛이 희고 밝다 (견)<교> 曒 明也밝다 환하다 皦 玉石白옥석이 흰 모양 璬 玉佩패옥 흰 옥돌이라고도 함 繳 纏也휘감다 또는 돌리다 [藥] 矯 正曲굽은 것을 곧게 하다 詐也거짓 사칭하다 擅也함부로 하다 勇皃굳센 모양 씩씩하다 −−교교 撟 擧手손을 들다 기지개를 켜다 소앞과 같다 ㉠[嘯] 蹻 擧足발을 들다 발돋움하다 武皃씩씩하고 용감한 모양 −−교교 强直강직하다 ㉣[蕭][藥] 敿 繫也끈을 잇다 褭 駿
去聲嘯十八	【嘯】文83 叫 呼也부르짖다 (견)<교> 嘄 소앞과 같다 噭 吼也소 울음 부르짖다 소앞과 같다 徼 境也경계 循也순행하다 ㉣[蕭] 譥 痛呼앓다 竅 穴也구멍 (켜) 嶠 山道산길 (껴) 溺 溲也오줌 (년)<뇨> [錫] 尿 소앞과 같다 釣 鉤魚물고기를 낚다 낚시질하다 (뎐)<됴> 弔 問終傷也죽은 사람을 추도하다 조문하다 [錫] 吊 俗속자 [錫] 蔦 寄生草담쟁이덩굴 ㉦[篠] 糶 賣米곡

竹輿산길을 갈 때 쓰는 가볍고 작은 대나무 가마 ㉠[嘯] 蟜 蝭也개미 ㉦[篠] 蕎 白花穀메밀 －麥교맥 莜 荊葵금규화 해바라기 당아욱 翹 擧也들다 쳐들다 刁 晝炊夜擊군대에서 쓰는 기구의 한 가지 쇠붙이로 솥처럼 만들었는데 자루가 달려 있어 낮에는 밥을 짓고 밤에는 이를 치면서 순찰하는 데 사용 －斗조두 風動바람에 흔들리는 모양 －－조조 (됴)<됴> 凋 傷也상하다 손상하다 瘁也시들다 지쳐 고달프다 鵰 鷲也독수리 매 따위의 사나운 새 雕 仝上仝下앞뒤와 같다 琱 治玉옥을 다듬다 彫 畵文아로새기다 仝앞과 같다 敦 仝上仝下앞뒤와 같다 [灰][隊][元][阮][願][寒] 弴 畵弓그림을 그려 넣은 활 [元] 祧 遷廟조상의 신주를 조묘祧廟로 옮기는 일 (툐) 恌 偸薄엷다 경박하다 경망스럽다 佻 仝앞과 같다 ㉦[篠] 挑 撥也돋우다 取也취하다 輕儇杖荷날렵하게 지팡이를 메다 [語][豪] ㉦[篠] 跳 躍也뛰어오르다 도약하다 (뗘) ㉠[嘯] 蜩 大蟬큰 매미 調 和也고르다 잘 어울리다 조화하

馬준마 이름 騕－요뇨 (녀)<뇨> 裊 曳皃끌리는 모양 仝上仝下앞뒤와 같다 嫋 柔長皃늘씬하고 아름다운 모양 －娜뇨나 弱皃호리호리한 모양 연약한 모양 －－뇨뇨 [藥] 嬝 美也아름답다 細腰날씬한 허리 偠－요뇨 嬲 戲擾희롱하다 장난하다 嬈 苛也자질구레하다 까다롭다 仝앞과 같다《요》㉬[蕭] 鳥 羽族總名새 조류 (됴)<됴> 蔦 寄生草담쟁이덩굴 ㉠[嘯] 篠 深遠깊고 먼 모양 窈－요조 (툐) 朓 晦月見음력 그믐달이 서쪽에 뜨다 또는 그믐날 ㉬[蕭] 挑 弄也희롱하나 유혹하나

물을 팔다 (툐) 粜 俗속자 眺 視也보다 살피다 望也멀리 바라보다 覜 三年大聘제후들이 3년에 한 번씩 행하던 상견례相見禮 趒 越也넘다 跳 仝앞과 같다 ㉬[蕭] 調 選也선발하다 선임選任하다 賦也부세賦稅 樂律곡조 가락 音－음조 韻致재간 율조律調 才－재조 計也헤아리다 계산하다 －度조도 (뗘) [尤] ㉬[蕭] 蓧 耘田器삼태기 莜 仝앞과 같다 銚 燎器손잡이와 주둥이가 달린 작은 솥 ㉬[蕭]㉬[蕭] 掉 搖也흔들다

다 柔也길들이다 [尤] ㉠[嘯] 條 小枝작은 나뭇가지 鞗 革轡고삐 鰷 好游魚피라미 [尤] 鰷 소앞과 같다 聊 耳鳴귀울림 이명 賴也의지하다 기대다 (련)〈료〉 膋 腸脂창자에 낀 지방 膫 소앞과 같다 ㉠[嘯] 僚 同官동료 벼슬아치가 되어 함께 일하는 사람 ㉦[篠] 寮 小窓작은 창 창문 소앞과 같다 鐐 白金순도가 높고 품질이 좋은 금金 爐也구멍이 있는 화로 ㉠[嘯] 墝 周垣주위를 에워 쌓은 담 엔담 ㉠[嘯] 撩 取物따다 채취하다 ㉦[篠] 遼 遠也멀다 요원하다 契丹國名916년에 거란족의 야율아보기耶律阿保機가 중국 북부에 세운 나라 이름 嶚 高也높다 산이 높은 모양 轑 轉也구르다 蓋弓수레 덮개의 뼈대 [豪] 璙 玉名옥 이름 嘹 鳴聲소리가 낭랑하게 울리다 ―亮료량 ㉠[嘯] 鷯 桃蟲굴뚝새 鷦―초료 飉 風聲빠른 바람 소리 飂 소앞과 같다 [尤] 寥 空也공허하다 휑하다 廖 人名周召伯―사람 이름 주나라 소백료 소앞과 같다 ㉠[嘯] 憀 悲恨슬프고 한스럽다 料 量也많고 적음을 무게로 달

引調현악기를 타는 운지법의 하나 손가락을 밖으로 튕겨내는 동작 [語][豪] ㉬[蕭] 窕 幽閒한가하다 아름답다 窈―요조 (뎦) 掉 搖也흔들다 흔들리다 ㉠[嘯] 嬥 好皃어여쁜 모양 ㉠[嘯] 了 訖也끝내다 마치다 慧也총명하다 슬기롭다 (련)〈료〉 繚 繞也휘감다 둘러싸다 ㉬[蕭]㉠[嘯] 爒 火炙불에 굽다 燎 放火밭에 불을 놓아 태우다 照也환하게 비추다 ㉠[嘯] 僚 好皃아름답다 예쁘다 훌륭하다 戲也놀리다 희롱하다 ㉬[蕭] 嫽 소앞과 같다 ㉠[嘯] 瞭 目明눈동자가 맑다 ㉬[蕭]

흔들리다 ㉦[篠] 蓼 藜類명아주의 일종 嬥 不仁인자하지 않다 매정하다 ―嬈도뇨 ㉦[篠] 爍 治病질병을 치료하다 (련)〈료〉 療 소앞과 같다 鐐 美金순도가 높고 품질이 좋은 금속 ㉬[蕭] 罶 魚網어망 䕩 祡祭天장작을 태워 하늘에 지내는 제사 燎 明火구리 거울을 햇볕에 비추어 붙인 불 밝은 불 소앞과 같다 燎 소앞과 같다 ㉦[篠] 墝 周垣주위를 에워 쌓은 담 엔담 ㉬[蕭] 獠 蠻種중국 고대 종족 이름 중국 남방

다 理也다스리다 ㉠[嘯] 㪣 擇也가리다 고르다 선택하다 苗 禾秀모 모종 (면)〈묘〉 描 畵也그리다 묘사하다 緢 旄絲쇠꼬리의 가는 털 貓 烏圓고양이 猫 俗속자 蕭 蒿也산쑥 馬鳴말 울음소리 ――소소 肅 也매섭고 준엄한 기세나 분위기 또는 서늘한 날씨 따위를 상징하는 말 ―牆소장 밖에서 안을 들여다 볼 수 없도록 방문 밖에 세운 낮은 담장 (셔)〈쇼〉 簫 管樂參差대의 길이가 고르지 않는 죽관악기 또는 퉁소 箾 仝앞과 같다 [覺] 蕭 弓弭頭활고자 활짱 끝의 구부러진 부분 蠨 蟢子장수갈거미 ―蛸소소 瀟 永州水名영주湖南省의 물 이름 ― 湘소상 雨聲가랑비가 내리는 소리 ――소소 飍 涼風서늘한 바람 翛 羽聲새가 날개를 치며 나는 소리 ――소소 宵 夜也밤 小也작다 霄 天氣하늘 痟 渴病소갈병 당뇨병 逍 自適한가롭게 이리저리 거닐며 돌아다님 ―遙소요 綃 綺屬생명주실 생사로 짠 얇은 비단 銷 鑠也쇠 붙이나 다른 물건을 가열하여 녹이다 消 滅也사라지다 다하다 仝앞

蓼 辛菜여뀌 여뀟과의 한해살이풀 [屋] 眇 偏盲애꾸눈 또는 두 눈이 멂 微也작다 미미하다 (면)〈묘〉 渺 水皃수면이 끝없이 이어진 모양 ―渋묘요 杪 木末나무의 맨 끝 나무초리 秒 禾芒벼의 까끄라기 緲 微也작다 미소微小하다 縹―표묘 淼 大水물이 아득히 끝이 없는 모양 藐 遠也요원하다 또는 광활하다 小也어리다 弱也약소하다 輕視얕보다 경시하다 [覺] 篠 細竹조릿대 줄기가 가늘어 화살대를 만드는 데 적합함 (셔)〈쇼〉 謏 小也작다 誘也꾀다 이끌다 [宥] 謏 俗속자

지역의 소수민족 [巧] ㉣[蕭] 料 度也헤아리다 理也다스리다 다루다 祿也관리가 받는 봉록 材也재료 자료 ㉣[蕭] 妙 精微정미하다 小也나이가 어리다 好也아름답다 예쁘다 少年젊다 (면)〈묘〉 玅 仝앞과 같다 廟 前殿앞 전각 묘당 廳事관청 祠堂사당 庿 仝앞과 같다 嘯 吹聲휘파람 불다 (셔)〈쇼〉 歗 籒주문 笑 喜而啓齒기뻐 이빨을 드러내고 웃다 咲 仝앞과 같다 肖 似也모양이 서로 비슷하다 小也작다 미세

과 같다 哨 口不正입이 바르지 아니하다 ㉠[嘯] 硝 石藥광물이름 망초硭硝 초석硝石 박초朴硝 등 硭－망초 蛸 桑蟲뽕나무에 사는 푸른 빛깔의 애벌레 螵－표소 [肴] 燒 爇也불사르다 태우다 (�) 韶 舜樂순임금의 음악 (썬) 磬 仝앞과 같다 佋 廟位사당에 좌우로 신주神主를 모시는 차례에서 왼쪽東의 줄 또는 그 신주 －穆소목 ㉦[篠] 昭 仝앞과 같다《조》㉦[篠] 幺 小也작다 잘다 －麿요마 (연)〈요〉 么 俗속자 㤊 憂也근심하다 [有] 邀 招也맞이하다 부르다 要 求也구하다 察也살피다 勒也강박하다 仝上仝下앞뒤와 같다 ㉠[嘯] 腰 身中허리 褄 衣襻옷고름 葽 王萯애기풀 또는 강아지풀 草盛풀이 무성한 모양 喓 蟲聲벌레의 울음소리 －－요요 夭 和舒얼굴이 활짝 편 모양 －－요요 [皓] ㉦[篠] 妖 巧也간교하다 豔也아리땁다 예쁘다 孼也사악하다 요사스럽다 媄 仝앞과 같다 祅 烖也요상하고 괴이한 사물이나 현상 재앙 訞 巧言말을 교묘하게 꾸며대는 모양 堯 陶唐氏號도당씨

小 微也작다 少 不多적다 수량이 많지 않다 (션) ㉠[嘯] 紹 繼也잇다 계승하다 (썬) 佋 介行소개하다 －介소개 ㉫[蕭] 袑 袴襠바지에서 허리에 닿는 윗부분 또는 바지 杳 冥也어둑어둑하다 아득하다 (연)〈요〉 窈 深遠심원하다 또는 그윽하다 －篠요조 窅 目深눈이 움푹 들어간 모양 仝앞과 같다 眑 幽靜그윽하다 仝앞과 같다 [有] 夭 屈也구부정하다 구불구불하다 短折일찍 죽다 꺾다 좌절시키다 [皓] ㉫[蕭] 殀 仝앞과 같다 淼 大水물이 끝없이 넓은 모양 渺－묘요 鷕 雉鳴꿩 우는

하다 ㉫[蕭] 鞘 刀室칼집 [肴] 鞘 仝앞과 같다 少 幼也어리다 (션) ㉦[篠] 燒 野火들불 爇也불사르다 태우다 ㉫[蕭] 卲 高也고상하다 아름답다 훌륭하다 (썬) 邵 晉邑춘추春秋시대 진나라의 읍 仝앞과 같다 召 仝앞과 같다《조》劭 勸勉힘쓰게 하다 노력하게 하다 ㉫[蕭] 窔 室東南隅집의 남동쪽 모퉁이 (연)〈요〉 穾 仝앞과 같다 ㉦[篠] 窔 仝앞과 같다 要 約也약속하다 樞也종요롭다 欲也하고저 하다 ㉫[蕭] 燿

의 명호 요 임금 때의 도읍山西省 臨汾縣 (연) 僥 短人키가 작은 종족 宗族 이름 僬－초요《교》 嶢 山高산이 높은 모양 嶕－초요 遙 遠也 멀다 거리가 멀다 隃 仝앞과 같다 [虞] 傜 使也역사 요역傜役 徭 仝앞과 같다 繇 仝上仝下앞뒤와 같다 [尤][宥] 謠 徒歌악기 반주 없이 노래하다 愮 悸也심란하다 두근거리다 鰩 飛魚날치 搖 動也움직이다 동요시키다 瑤 美玉옥과 비슷한 미옥美玉 아름다운 옥을 두루 이름 窯 燒瓦竈가마 기와 벽돌 도자기 따위를 구워내는 시설 窰 俗속자 飖 風動바람 따라 흔들리다 飄－표요 軺 小車작고 가벼운 수레 轁 仝앞과 같다 蘨 草盛풀이 무성한 모양 陶 和樂화락한 모양 －－요요 舜臣皋－순임금의 신하 고요 [豪][号] 姚 姓也성씨 美好아름다운 모양 －嬈요요 急疾용감하고 날렵한 모양 剽－표요 ㉠[嘯] 珧 蜃屬바닷조개의 일종 江－강요 銚 溫器손잡이와 주둥이가 달린 작은 솥《됴》 ㉠[嘯] 褕 后服왕후王后 예복禮服 －翟요적 [虞] 饒 益也더하다 豐也

소리 遶 圍也두르다 에워싸다 (션) 繞 纏也감다 휘감다 뒤얽히다 仝앞과 같다 擾 亂也어지럽히다 소란스럽게 하다 順也유순하다 순종하다 ㉬[蕭] 沼 曲池못 늪 (죠)〈죠〉 擉 刺也찌르다 (쬬) 趙 造父所封주周 목왕穆王이 조보를 봉하여 세운 나라 산서성山西省 조성현趙城縣 소재 仝앞과 같다 垗 葬地묏자리 장지 兆 十億억의 만 곱절 십억 灼龜坼점을 쳐서 나타난 거북 등딱지의 갈라진 금 仝앞과 같다 旐 龜蛇旗거북과 뱀을 그린 기旗 肇 始也개시하다 시작하다 창시하다 敏

照也환하게 비치다 비추다 (연) 燿 仝上仝下앞뒤와 같다 曜 光也빛빛나다 鷂 隼也새매 ㉬[蕭] 釂 飮酒盡다 마시다 (죠)〈죠〉 皭 白也희다 [藥] 爝 炬火횃불 [藥] 照 明也밝다 환하다 (죠) 炤 仝앞과 같다 [藥] ㉬[蕭] 曌 仝앞과 같다 武后名당唐나라 측천무후則天武后가 자기 이름을 표기하기 위하여 만든 글자 詔 上命제왕이 명령을 내리다 告也고하다 고지하다 敎也가르쳐서 이끌다 僬 行皃급히 달려가는 모풍족하다 (셔) 橈 短櫂배를 젓는 노 [巧][效] 蕘 采薪시초柴草 섶나무 擾 馴也길들이다 순종하게 하다 ㉦[篠] 昭 明也해가 밝다 환하다 (졀)〈죠〉《쇼》㉦[篠] 炤 仝앞과 같다 [藥] ㉠[嘯] 釗 勉也힘쓰다 弩牙쇠뇌의 격발 장치 朝 早也아침 東國－鮮동쪽에 있는 나라 조선 / －廷 조정 覲也아들과 며느리가 부모나 시부모에게 안부를 여쭙다 (쪈) 潮 海濤噓吸밀물과 썰물 (쪈) 鼂 姓也성씨 晁 仝앞과 같다 焦 傷火불에 데다 (졀)〈초〉 𪚱 仝앞과 같다 灼龜不兆거북의 딱지가 불에 너무 타서 점괘가 나타나지 아니하다 燋 仝앞과 같다 然火불로 태우다 불쏘시개 ㉠[嘯] 蕉 莖絲可紡芭－줄기의 실로 베를 짤 수 있는 파초 鷦 桃蟲굴뚝새 －鷯초료 膲 無形之腑三－사람 몸에서 상초上焦 중초中焦 하초下焦를 이르는 말 噍 鳥聲새들이 지저귀는 소리 啁－주초 ㉠[嘯] 椒 似茱萸산초山椒나무 山巓산꼭대기 鍫 臿也가래 삽 (쳘) 鍬 仝앞과 같다 樵 柴也땔나무 장작 (쪈) 譙 羽殺털이나 깃 따위가 모지라지

也힘쓰다 剿 絶也멸절滅絶시키다 殺也죽여서 없애다 (졀)〈쵸〉 剿 仝앞과 같다 勦 勞也지치다 피로해지다 仝앞과 같다 [肴] 愀 色變얼굴 표정을 바꾸는 모양 (쳘) 悄 憂也근심하는 모양 처량한 모양 －－초초 表 上衣겉옷 外也겉 표면 바깥 識也도표 도식 明也명시하다 명기明記하다 분명하게 보이다 箋也문체의 하나 임금에게 진정이나 하례를 위하여 올리는 글 (볃)〈표〉 褾 袖端소맷부리 소매의 끝 卷帙飾서화축書畵軸의 양 끝에 표구하는 비단 標 木末우듬지 나뭇가지의

양 －초초 (졀)〈쵸〉 醮 冠娶祭관례冠禮나 혼례婚禮에서 부모나 어른이 당사자에게 술을 따라주는 의식 𥜕 仝앞과 같다 穛 縮少축나다 축소되다 陗 山峻산세가 험준하다 (쳘) 峭 仝앞과 같다 哨 多言수다하다 －－초초 ㉬[蕭] 俏 好皃아름다운 모양 아리땁다 －措초조 ㉬[蕭] 誚 責也꾸짖다 (쪈) 譙 仝앞과 같다 ㉬[蕭] 噍 齧也물다 깨물다 씹다 ㉬[蕭] 勡 刼也겁박하다 위협하다 (폎)〈표〉 剽 刺也돌침으로

다 ――초초 門樓성문 위의 망루 麗―려초 姓也성씨 ㉠[嘯] 憔 憂也근심하다 번뇌하다 ―悴초췌 顦 소앞과 같다 癄 소앞과 같다 ㉠[嘯] 嫶 소앞과 같다 招 呼也부르다 손짓하여 부르다 (졒)《교》 怊 失意낙담하다 ―悵초창 (쳗) 弨 弓弛활시위가 느슨하다 또는 그러한 모양 超 跳也뛰어오르다 도약하다 貂 鼠屬담비 (텯)〈됴〉 鼦 소앞과 같다 迢 遠也까마득히 먼 모양 ―遰초체 (뗟) 苕 鼠尾능소화 陵―릉초 髫 童子垂髮어린아이의 늘어뜨린 머리 齠 毀齒젖니가 빠지고 간니가 나다 猋 犬走개가 달려가는 모양 개가 떼 지어 달려가는 모양 (볃)〈표〉 飆 疾風빠른 바람 폭풍 飃 소앞과 같다 / 回風회오리바람 (펻) 熛 火飛불꽃 불똥 화염 標 擧也세우다 건립하다 表也표지 표시 記也쓰다 기록하다 木杪나뭇가지의 끝 ㉦[篠] 票 소앞과 같다 ㉠[嘯] 幖 幟也표기標旗 杓 斗柄국자의 자루 북두칠성 자루 부분에 있는 세 별[藥] 穮 除田穢김매다 穮 소앞과 같다 藨 山莓산딸기의 일종 소앞

끝 ㉬[蕭] 嶾 山巓산꼭대기 산마루 鰾 魚胞可作膠아교를 만들 수 있는 물고기의 부레 (펻) 縹 帛青白色청백색의 견직물 醥 清酒맑은 술 청주 膘 脅後짐승의 아랫배 양옆의 살 皫 禽毛變色새의 털빛이 바래서 까칠하다 蔈 落也초목이 시들어 떨어지는 모양 (뼏) 摽 擊也때리다 拊心가슴을 치다 소앞과 같다 ㉬[蕭] 殍 餓死굶어 죽다 소앞과 같다 莩 소앞과 같다 [虞] 曉 曙也밝다 날이 밝다 새벽 開喩깨우쳐 주다 알려주다 (혇)〈효〉 皛 明也밝다 밝고 깨끗하다 (ᅘᅧᆮ) 【增】文20 譑

찌르다 소앞과 같다 ㉬[蕭]㉦[篠] 漂 水中打絮빨래하다 세탁하다 ㉬[蕭] 驃 黃馬몸에 흰 반점이 있거나 갈기와 꼬리가 흰 황색말 공글말 勁疾말이 건장하고 빨리 달리다 (뼏) 【增】文25 撟 輮也불에 쬐어 휘거나 곧게 하다 (겯)〈교〉 ㉦[篠] 轎 小車籃輿산길을 갈 때 쓰는 가볍고 작은 가마 (껻) ㉬[蕭] 鼽 不安편하지 못하다 ―甗교요 높고 평탄하지 않은 모양 嘹 鳴也소리가 낭랑하게 울리다 病呼신음하다 앓

과 같다 ㉦[篠] 瀌 雪皃비나 눈이 퍼붓는 모양 ――표표 鑣 馬銜재갈 臕 肥也지방질이 많은 모양 儦 行皃종종걸음으로 빨리 가는 모양 ――표표 漂 浮也물에 뜨다 떠다니다 流也떠내려가다 (퍈) ㉠[嘯] 僄 輕也가볍다 경박하다 ㉠[嘯] 嫖 仝앞과 같다 ㉠[嘯] 慓 急也성미가 조급하다 翲 飛皃나는 모양 瓢 瓠也표주박 (뱬) 薸 浮萍개구리밥 嚻 喧也떠들썩하다 시끌시끌하다 (혇)<효> 枵 虛也나무가 크고 속이 비다 텅 비고 크다 星次십이성차十二星次의 하나 玄―현효 鴞 惡聲鳥올빼밋과 새의 통칭 梟 仝앞과 같다《교》 歊 氣出기운이 피어오르는 모양 嘵 懼聲두려워서 내는 소리 ――효효 憢 仝앞과 같다 【增】文47 穚 禾秀벼의 이삭이 패다 (겯)<교> 劭 勸勉권면하다 (졑) ㉠[嘯] 招 擧也들어올리다 揭也높이 들다《쵸》 斛 斛旁耳양을 측정하는 도구인 귀 달린 휘 (텯)<됴> 庣 仝앞과 같다 銚 田器괭이 가래 ―鎒요누《요》 ㉠[嘯] 朓 晦月見그믐 달이 서쪽에 보이다 ㉦[篠] 芀

發罪남의 죄를 드러내다 糾―규교 (겯)<교> 蟜 龍皃용의 모양 夭―요교 ㉬[蕭] 糾 舒遲여자의 자태가 찬찬한 모양 窈―요교 笠輕擧삿갓이 가뿐하다 (겯) [有] 誂 相誘유혹하다 유인하다 (뗟)<됴> 佻 獨行혼자서 가는 모양 ――조조 ㉬[蕭] 撩 扶也돋우다 들어올리다 取也취하다 따다 채취하다 (렫)<료> ㉬[蕭] 昭 明也밝다 해가 밝다 환하다 ――소소 (셛)<쇼> ㉬[蕭]㉬[蕭] 窔 室東南隅방의 동남쪽 구석 (혇)<요> ㉠[嘯] 偠 細腰날씬하다 아리땁다 ―㒡요뇨 騕 駿馬준마 양마

다 (렫)<료> ㉬[蕭] 嫽 好皃아름답다 좋다 ㉦[篠] 繚 纏也휘감다 둘러싸다 ㉬[蕭]㉦[篠] 膫 炙也불에 굽다 ㉬[蕭] 廖 姓也성씨 ㉬[蕭] 蟉 龍皃용이 머리를 흔드는 모양 蜩―조료 [尤][有] 魈 山精전설상의 산속 요괴 비비 종류의 하나 (셛)<쇼> 㠭 不安불안하다 喬亢―교요 (엳)<요> 澆 人名寒浞子사람 이름 하夏나라 때 유궁씨국有窮氏國의 임금 한착의 아들 ㉬[蕭] 約 契也조약이나 공약을 맺다 맹약을 체

葦華갈대꽃 (뗜) 橑 椽耑木연단목 (련)<료> [皓] 瞭 目明눈동자가 맑다 ㉦[篠] 簝 食器종묘宗廟제사에 고기를 담는 대그릇 [豪] 獠 夜獵밤에 하는 사냥 [巧] ㉠[嘯] 繚 纏也휘감다 둘러싸다 ㉦[篠]㉠[嘯] 翏 飛皃높이 나는 모양 熮 火皃불의 모양 漻 淸深물이 맑고 깊은 모양 [有] 瀏 仝앞과 같다 嵺 山深산세가 깊고 험한 모양 —嶆료조 肖 衰微쇠미하다 쇠퇴하다 (셛)<쇼> ㉠[嘯] 捎 除也제거하다 없애다 動皃흔들리는 모양 —搖소요 [肴] 俏 反琴聲거문고 뒤치는 소리 ㉠[嘯] 紗 急戾매우 꼬이다 (혇)<요> 实 深竅聲바람이 구멍으로 들어갈 때 나는 소리 䍃 瓶也병 배가 불룩하고 아가리가 작은 오지병의 하나 (역) 嗂 喜也기쁘다 기뻐하다 獠 蠻種중국 고대 종족 이름 요족獠族 또는 남방 지역의 소수민족을 두루 이르는 말 鷂 采雉꿩의 일종 ㉠[嘯] 嬈 美皃아름다운 모양 (셛) ㉦[篠]㉦[篠] 褭 劒衣검실劍室 칼집 鐎 刁斗군에서 쓰는 긴 자루에 다리가 셋인 작은 솥 (쳔)<쵸> 嶕 山巔산꼭대기 簌 吹簫勸役호각號角을 불어 노역 활동을 북돋우다 (쳔) [尤]

이름 —褭요뇨 睰 視皃보는 모양 眇—묘요 舀 抒臼표주박이나 구기 따위로 뜨다 푸다 [尤] 嬈 亂也어지럽히다 (셛)《뇨》㉬[蕭] 駣 馬三歲태어난 지 삼 년 된 말 (쪈)<죠> � 廬州湖名려주安徽省의 호수 이름 (젼)<쵸> [肴] 湫 隘下웅덩이 [尤] 麨 糗也미숫가루 (쳔) 剽 末也끝 끄트머리 끝 부분 (편)<표> ㉬[蕭]㉠[嘯] 藨 鹿藿귀눈이콩 여우콩을 이르는 말 (뻔) ㉬[蕭] 淼 水遠물줄기가 길게 이어지는 모양 渺

결하다 信也부신符信 (혇) [藥] 姚 勁疾용감하고 날쌘 모양 嫖—표요 (엳) ㉬[蕭] 潐 漆也수레채에 옻칠하다 (젼)<죠> [覺] 召 呼也부르다 소환하다 (쪈)《쇼》趭 走也달리다 (젼)<쵸> 癄 減縮위축되다 줄어들다 —瘁초췌 ㉬[蕭] 燋 灼龜炬거북을 지지는 홰 ㉬[蕭] 潲 峻波큰 물결 (쳔) 俵 分畀나누어 주다 분산하다 (변)<표> 僄 輕也가볍다 경박하다 (편) ㉬[蕭] 彯 畵飾채색으로 장식하다 그림으로 꾸미다 ㉬

幧 帕頭남자의 머리를 싸는 두건 鉊 大鎌낫 (죠) 船 吳船오吳 땅의 배 (텬)〈됴〉 岧 山高높이 솟음 높고 가파름 －嶤초요 (뎐) 摽 擊也가슴을 치다 때리다 麾也손을 내저어 물리치다 (변)〈표〉 ㉦[篠] 麃 武皃씩씩한 모양 성한 모양 [肴] 螵 桑蟲뽕나무 벌레 사마귀의 알 덩어리 －蛸표소 嘌 疾也빠르다 (편) 彯 組皃띠의 술이 나부끼는 모양 －－표표 ㉠[嘯] 剽 輕也날쌔다 재빠르다 末也끝 끄트머리 (뾴) ㉦[篠]㉠[嘯] 呺 虛大크고 속이 텅 빈 모양 (현)〈효〉 [号] 熇 炎氣열기 불기운이 매우 세다 [屋][沃][藥] 獢 短喙犬주둥이가 짧은 개 驕 소앞과 같다《교》 驍 健也용맹하다《교》【叶】文7 舟 陟遙切척과 요의 반절 毛詩모시 休 虛嬌切허와 교의 반절 陸雲詩육운의 시 踰 餘昭切여와 소의 반절 易林역림 瘳 憐蕭切련과 소의 반절 毛詩모시 秋 七遙切칠과 요의 반절 逸詩일시 遽 尺驕切척과 교의 반절 楚辭초사 憂 于喬切우와 교의 반절 三略삼략【通】韻2 肴 十八平 豪 十九平

－묘효 (햩)〈효〉【叶】文3 韭 擧夭切거와 요의 반절 毛詩모시 署 聲烏切성과 오의 반절 班固賦반고의 부 酒 子小切자와 소의 반절 毛詩모시【通】韻2 巧 十八上 皓 十九上

[蕭] 嫖 勁疾군세고 날렵한 모양 －姚표요 벼슬 이름 (뾴) ㉤[蕭] 票 소앞과 같다 ㉤[蕭]【叶】文5 憂 一笑切일과 소의 반절 齊人歌제나라 사람의 노래 繡 先弔切선과 조의 반절 毛詩모시 虐 宜照切의와 조의 반절 毛詩모시 署 馨叫切형과 규의 반절 班固賦반고의 부 倒 都妙切도와 묘의 반절 毛詩모시【通】韻2 效 十九去 号 二十去

平聲肴十八	【肴】文75 呶 讙聲지껄이는 소리 떠들썩하다 시끄럽다 (ᄂᅶ)<노> 怓 心亂마음이 뒤숭숭하다 심란하다 硇 石藥약재로 쓰이는 돌 －砂노사 茆 鳧葵순채 나물 이름 (ᄆᅶ)<모> [有] ㉦[巧] 茅 菅也띠 볏과의 여러해살이 풀 仝앞과 같다 蝥 毒蟲머루 농작물을 갉아 먹는 해충 斑貓가뢰 독이 있으며 약재로 씀 聱 不聽남의 말을 듣지 않다 －牙오아 글이 까다로워 읽기 어려움을 형용하는 말 (ᄋᅶ)<오> 謷 不肖남의 말을 듣지 않다 悲泣슬피 울다 [号] 嶅 山多石산에 잔돌이 많다 磝 仝앞과 같다 包 裹也싸다 싸매다 꾸리다 (ᄇᅶ)<포> 枹 木叢生나무가 떨기로 나다 [虞] [尤] 苞 藨也그령 볏과의 여러해살이 풀 신이나 자리를 만드는 데 씀 本也초목의 밑동 包也싸다 감싸다 茂也무더기로 나다 빽빽이 무성하다 仝앞과 같다 胞 胎衣자궁 안에서 태아를 싸고 있는 주모니 모양의 막 (ᄑᅶ) 泡 浮漚물거품 포말 拋 擲也던지다 투척하다 脬 膀胱오줌통 방광 庖 廚也주방 부엌 (ᄈᅶ) 跑 蹴
上聲巧十八	【巧】文27 爪 手足甲손톱과 발톱 (ᄌᅶ)<조> 笊 撈飯竹器대오리로 결어서 만든 조리 －籬조리 ㉠[效] 瑵 車蓋玉옥으로 장식한 수레 덮개나 활 끝에 손톱 모양으로 삐죽 나와 있는 부분 獠 西南夷고대 중국 남서부에 살던 민족 이름 獠 仝앞과 같다 [蕭]
去聲效十九	【效】文47 皃 容儀얼굴 용모 모양 생김새 (ᄆᅶ)<모> 貌 籒주문 [覺] 額 仝앞과 같다 罩 罾類물고기를 잡는 가리 가리로 물고기를 잡다 (ᄌᅶ)<조> 箪 仝앞과 같다 罩 覆鳥덮치기 笊 撈飯竹器대나무로 만든 살을 이는 도구 －籬조리 ㉦[巧] 抓 爪刺꼬집다 할퀴다 棹 檝也노 배를 젓는 기구 (ᄍᅶ) 櫂 仝앞과 같다 儤 連直벼슬아치가 여러 날 계속하여 숙직하다 (ᄇᅶ)<포> 爆 火裂폭발하다 터지다 [覺][藥] 礮 機石돌쇠뇌 (ᄑᅶ) 砲 俗속자 鉋 刷刀대패 (ᄈᅶ) 覺 夢醒잠이나 꿈에서 깨다 (ᄀᅸ)<교> [覺]

也차다 발로 차다 咆 嘷也맹수가 울다 울부짖다 匏 瓠也박 덩굴진 일년생 식물의 한 가지 또는 그 열매 炮 毛炙肉고기를 털째로 진흙에 싸서 굽다 炰 仝앞과 같다 麃 䕢屬고라니 [藨] 麅 仝앞과 같다 交 友也사귀다 친구 合也어우르다 서로 합치다 飛皃새가 오락가락 날아다니는 모양 ㅡㅡ교교 (갸)〈교〉 蛟 龍屬교룡蛟龍 眉交교미 咬 鳥聲새의 울음 소리 ㅡㅡ교교 ㉦[巧] 嘐 仝앞과 같다《효》郊 邑外도성의 밖 교외 야외 茭 乾芻말린 꼴 또는 꼴을 베다 鮫 海鯊상어 人魚바닷속에 산다는 인어人魚 눈물을 흘리면 진주로 변한다고 하며 늘 직물을 짠다고 함 鵁 睛交而孕눈빛으로 교미하여 잉태한다는 해오라기 또는 푸른 백로 ㅡ鶄교청 교정 教 效也본받다 모방하다 使爲하게 하다 하도록 시키다 ㉠[效] 膠 黏膏풀 아교 不通정체하다 머무르다 固也견고하다 굳건하다 周學주나라의 학교 이름 태학太學 雞鳴닭이 우는 소리 ㅡㅡ교교 萊州水名래주山東省의 물 이름 ㉦[巧] 轇 長遠광활하고 심원한 모양 ㅡ轕교갈 嶑 山聳산이 높이 솟은 모양 芁 藥名오

[嘯] 飽 食多배부르다 (받)〈포〉 鮑 饐魚절인 어물 또는 절인 음식물 (빺) 皰 重也무겁다 絞 縛也얽다 동이다 急也급하다 (갸)〈교〉 狡 狂也난폭하다 흉악하다 猾也교활하다 姣 好也용모가 아름답다 佼 仝앞과 같다 ㉠[效] 鉸 交刃刀가위 ㉠[效] 攪 手動亂之어지럽히다

敎 訓也가르치다 훈육하다 王命제왕이 내리는 명령 ㉬[肴] 挍 檢也검사하다 校 械也항쇄 족쇄 칼 등 형구刑具의 총칭 計也계산하다 獵也사냥하다 軍官군관 장교 仝앞과 같다《효》較 不等대등하지 않다 相略대강 개략 [覺] 鉸 釘也사복 부챗살 가위다리의 교차된 부분에 박는 못과 같은 물건 裝飾쇠붙이 장식 ㉦[巧] 窖 地藏물품이나 곡식을 저장하는 땅광 움 窌 仝앞과 같다 磝 石不平돌이 울퉁불퉁한 모양 (칸) 磽 仝앞과 같다 ㉬[肴] 墝 土不平땅이 고르지 못하다 ㉬[肴] 骹 脛骨정강이 아랫다리 ㉬[肴] 淖 泥也진흙 (난)〈뇨〉 鬧 喧囂시끄럽

독도기 뿌리는 약재로 쓰며 풍습風濕을 다스림 秦－진교 [尤][尤] 敲 橫擿가로 치다 短杖단장 (캬) ㉠[效] 磽 石地메마른 자갈땅 磐石굳은 돌 ㉠[效] 墝 瘠土메마른 땅 ㉠[效] 鐃 小鉦군사를 후퇴시킬 때 치는 작은 징 (냐)<뇨> 譊 恚呼논쟁하다 또는 시끄럽다 弰 弓末활짱의 두 끝 부분 활고자 (샤)<쇼> 捎 取也선택하다 골라 가지다 掠也빼앗다 良馬양마 蒲－포소 [蕭] 鞘 鞭也채찍 끝에 맨 가는 가죽끈 [嘯] 蛸 蟢子장수갈거미 蠨－소소 [蕭] 艄 船尾뱃고물 梢 木杪나뭇가지의 끝 나무의 맨 꼭대기 소앞과 같다 颵 風聲바람 소리 髾 髮末머리털의 끝 筲 竹器대그릇 容斗二升용량에 대해서는 한 말 두 되 한 말 다섯 되 등의 설이 있다 旓 旗旒깃발에 드리운 술 坳 地不平지면이 움푹 패인 곳 (햐)<요> 凹 소앞과 같다 嘲 謔也조롱하다 비웃다 놀리다 (쟈)<죠> 抄 略也노략질하다 약탈하다 取也빼앗다 和也섞다 謄寫베끼다 옮겨 쓰다 (챠)<쵸> ㉠[效] 鈔 소앞과 같다 ㉠[效] 巢 鳥栖새집 새둥지 깃들다 (쨔) 漅 廬州水名려주安徽省 중부의 물 이름 호수

교란시키다 捁 소앞과 같다 巧 好也아름답다 예쁘다 慧也영리하다 (캬) 撓 擾也흔들다 攪也뒤흔들다 휘젓다 (냐)<뇨> ㉬[肴]㉠[效] 丣 辰名별자리 이름 (먀)<묘> 卯 俗속자 昴 西陸宿서방 이십팔수의 하나 백호白虎 칠수七宿의 넷째 별자리로 육안으로 일곱 개 정도가

다 소란스럽다 橈 弱也약하다 折也꺾다 [蕭] ㉦[巧] 稍 漸也점점 점차 小也작다 廩食나라에서 제공하는 양식 (샤)<쇼> ㉦[巧] 樂 好也좋아하다 (야)<요> [覺][藥] 靿 靴頸신목이나 버선목 신이나 버선의 통 모양으로 된 부분 (햐) 袎 襪頸버선목 또는 버선 抄 略也노략질하다 약탈하다 謄也베끼다 초출하다 (챠)<쵸> ㉬[肴] 鈔 소앞과 같다 楮幣지폐 이름 ㉬[肴] 訬 輕也경박하다 豹 似虎圜文표범 (뱌)<뵤> 鼩 鼠屬飛食虎豹쥐의일종으로 전설상의 짐승 이름 담비 孝 善事父母부모를 잘 섬기다 효도하다 (햐)<효> 效 象也닮다 倣也본받다 功

이름 지금의 소호巢湖 [篠] 虓 虎聲범이 으르렁거리는 소리 또는 크게 부르짖는 소리 (햪)〈효〉 猇 仝앞과 같다 唬 仝앞과 같다 哮 豕驚聲돼지가 놀라서 외치는 소리 涍 南郡水名남군湖北省의 물 이름 嗃 恚聲부르짖는 소리 [藥] ㉠[效] 髇 鳴鏑우는살 명적 嚆 仝앞과 같다 烋 氣健맹수가 큰 소리로 울부짖음 거들거리다 炰－포효 [尤] 肴 俎實익힌 고기 또는 생선이나 육류 요리를 두루 이름 (햪) 餚 仝앞과 같다 殽 仝上仝下앞뒤와 같다 淆 水濁흐린 물 또는 물이 흐리다 混－혼효 崤 弘農山名홍농河南省 洛寧縣 북쪽의 산 이름 爻 交也사귀다 效也본받다 【增】文18 罞 麋罟고라니 잡는 그물 (맛)〈모〉 [東] 媌 美好아름답다 섬세하고 아름답다 鞄 柔革工무두질하는 장인匠人 (빺)〈포〉 漻 水皃물이 깊고 넓은 모양 －㵳교갈 (갸)〈교〉 骹 脛骨정강이 아랫다리 (캬) ㉠[效] 撓 抓也긁다 搔也긁적이다 (난)〈뇨〉 ㉧[巧]㉠[效] 嘐 聲也과장된 말 큰소리 말이 많다 －嘐조효 (쟈)〈죠〉 [尤] 罺 撩罟반두 물고기를 잡는 도구 箷 大笙큰 생황 譟 代說남의 말을

보임 茆 鳧葵순채蓴菜 수련과의 여러해살이 수초 [有] ㉤[肴] 齩 齧也씹다 물다 (앟)〈요〉 咬 仝앞과 같다 ㉤[肴] 拗 折也꺾다 부러뜨리다 (햪) ㉠[效] 炒 熬也볶다 (챠)〈쵸〉 煼 仝앞과 같다 謅 相弄농담하다 【增】文4 筊 小簫퉁소 竹索대로 꼰 밧줄 (갸)〈교〉 ㉤[肴] 膠

也공적 효과 驗也징험 효험 獻也드리다 (햪) 効 仝앞과 같다 傚 法也본받다 본뜨다 仝앞과 같다 佼 好皃아름답다 예쁘다 －－효효 ㉧[巧] 恔 快也즐겁다 만족스럽다 恔 仝앞과 같다 斆 敎也가르치다 學半학교 【增】文10 酵 酒母起麪괴다 발효하다 (갸)〈교〉 珓 占具점을 치는 기구 环－환교 榷 杠也외나무다리 [覺] 敲 擊也치다 두드리다 (캬) ㉤[肴] 撓 擾也흔들다 屈也굽히다 (난)〈뇨〉 ㉤[肴]㉧[巧] 拗 心戾捩也우기다 (햪)〈요〉 ㉧[巧] 踔 踶也밟다 (챠)〈쵸〉 [覺] 趠 超也뛰어넘다 五月風매우梅雨가 끝나는 음력 5월 초에 부는 강한 계절풍

대신하다 (챀)〈쵸〉 巢 山高산이 높다 嶚－료초 (쟠) 轈 兵車파수막으로 쓰는 군용 수레 勦 勞也수고롭다 輕捷경첩한 모양 [篠] 鄗 滎陽山名형양河南省의 산 이름 敖－오효 (햨)〈효〉 [皓][藥] 嘐 誇語자랑하다 뽐내다 큰소리치는 모양 －－효효《교》 詨 叫呼외치다 부르짖다 큰 소리로 외치다 謼 仝앞과 같다 [虞][遇] 筊 小簫퉁소 竹索대로 꼰 밧줄 (햪) 【叶】無 【通】韻2 蕭 十七平 豪 十九平

和也어지러운 모양 擾也잡란한 모양 --교교 ㊄[肴] 橈 曲木나무가 구부정하다 (낟)〈뇨〉 [蕭] ㉠[效] 稍 漸也점점 차츰차츰 (산)〈쇼〉 ㉠[效] 【叶】無 【通】韻2 篠 十七上 皓 十九上

舶－박초 [覺] 嗃 大叫큰 소리로 부르다 외치다 (햨)〈효〉 [藥] ㊄[肴] 校 夏學하나라의 학궁學宮 학교 (햪)〈교〉 【叶】無 【通】韻2 嘯 十八去 号 二十去

平聲豪十九	【豪】文112 高 崇也높다 (갇)〈고〉 膏 脂也기름 ㉠[号] 篙 進船竿상앗대 상앗대로 배를 젓다 皋 岸也언덕 구릉 澤也못 늪 告也불러서 알리다 緩也소리가 늘어지다 姓也성씨 虎皮범 가죽 －比고비 頑皃어리석고 완고한 모양 －－고고 ㉠[号] 睾 仝앞과 같다 皐 俗속자 ㉠[号] 滜 仝앞과 같다 槔 汲水機두레박 桔－길고 咎 虞臣우임금의 신하 －繇고요 고요皋陶 [有] 鼛 大鼓행사 때 신호용으로 쓰던 큰 북 櫜 韜也투구 갑옷 궁전弓箭 따위를 넣어 두는 자루 羔 羊子새끼 양 어린양 餻 餌也쌀가루나 밀가루로 만든 떡 糕 仝앞과 같다 尻 脽也엉덩이 볼기 (칻) 猱 猿屬원숭이의 일종 (낟)〈노〉 獿 仝앞과 같다 猺 齊山名제나라山東省 臨淄縣의
上聲皓十九	【皓】文88 皓 白也희다 희고 깨끗하다 (갇)〈고〉《호》 暠 白皃흰 모양 皜 仝앞과 같다《호》 縞 素也희고 고운 생견生絹 ㉠[号] 槀 禾稈짚 볏짚 藁 俗속자 文草시문詩文의 초고 稿 仝앞과 같다 杲 日出해가 떠서 밝다 考 老也늙다 父稱아버지를 지칭하는 말 稽也상고하다 成也이루다 또는 이루어주다 擊也치다 (칻) 攷 古고자 栲 山樗멀구슬나무 拷 打也치다 때리다 槁 木枯마르다 시들다 槀 仝앞과 같다 熇 火乾구워 말리다 薧 乾魚건어물 또는
去聲号二十	【號】文77 誥 文言告曉글로 타이르다 (갇)〈고〉 告 報也알리다 啓也깨우쳐 주다 보고하다 [沃] 郜 文王子所封문왕의 아들에게 봉했던 나라 縞 白縑희고 고운 생견生絹 ㉦[皓] 膏 潤也윤택하게 하다 촉촉이 적시다 ㉬[豪] 犒 餉軍호궤하다 군사들에게 음식을 베풀어 위로하다 (칻) 犒 仝앞과 같다 到 至也이르다 도달하다 (닫)〈도〉 倒 顚也넘어지다 ㉦[皓] 禱 求福빌다 신神에게 빌어 복을 구하다 ㉦[皓] 導 引也이끌다 인도하다 (딷) 道 言也말하다 由也~로부터 ~에서 ㉦[皓] 纛 擇也가리다 곡식을 가리다 治粟곡식을 찧거나 쓿다 瑞禾한 줄기에 이삭이 아주

산 이름 獶 長尾犬털이 많은 개 또는 꼬리가 긴 개 刀 一刃兵칼 날이 하나인 병기兵器 錢也고대의 화폐貨幣 이름 (닫)〈도〉 魛 鮆也웅어 忉 憂也근심하는 모양 걱정하는 모양 ──도도 舠 小船작은 배 叨 濫也분에 넘치다 외람되다 (탇) 滔 漫也큰 물이 넘쳐흐르다 流皃큰 물이 불어나 넘쳐흐르는 모양 ──도도 韜 藏也감추다 慆 悅也기쁘다 기쁘게 하다 久也장구하다 ──도도 謟 疑也의심하다 의심스럽다 絛 編絲명주실을 꼬아 만든 줄이나 끈 또는 옷 장식에 쓰는 끈이나 띠 縚 仝앞과 같다 綢 纏也싸다 씌우다 韜也감추다 [尤] 洮 隴西水名롱서甘肅省의 물 이름 挑 往來相見오가며 서로 만나는 모양 ─達도달 [語][蕭][篠] 饕 貪也탐하다 또는 탐욕스럽다 弢 弓衣활집 匋 瓦器질그릇 (딷) 陶 仝上仝下앞뒤

말리거나 절인 음식 禂 禱也빌다 기도하다 惱 撓心번민하다 번뇌하다 懊─오뇌 (낟)〈노〉 嫐 仝앞과 같다 憹 仝앞과 같다 碯 文石옥과 비슷한 보석의 하나 碼─마노 瑙 仝앞과 같다 腦 頭髓뇌 머릿골 두뇌 擣 春也찧다 빻다 (닫)〈도〉 搗 俗속자 禱 求福신에게 빌어 복을 구하다 ㉠[号] 倒 仆也넘어지다 거꾸러지다 ㉠[号] 島 水中有山섬 隝 仝앞과 같다 道 路也길 도로 蹈也밟다 理也이치 사리事理 규율 順也순하다 (딷) ㉠[号] 導 擇也가리다 곡식을 가리다 治粟곡식을 찧거나 쓿다 瑞禾한

많이 달리거나 각 줄기에 같은 수의 이삭이 달린 벼 ㉦[皓] 翿 翳也舞所執춤 출 때나 장례에 쓰던 깃털로 장식한 기旗 ㉫[豪] 纛 羽葆幢우보당 깃털로 만든 무구舞具 軍中早旗둑 군대나 의장대의 큰 기 仝앞과 같다 [沃] 燾 覆也덮다 덮어주다 幬 禪帳침상 또는 방안에 치는 휘장 仝앞과 같다 [尤] 悼 傷也슬퍼하다 가슴아파하다 蹈 踐也밟다 짓밟다 盜 賊也도둑 훔치다 陶 馳皃말을 달리는 모양 ──도도 [蕭] ㉫[豪] 勞 慰也위로하다 (랄)〈로〉 ㉫[豪] 僗 仝앞과 같다 潦 積水괸물 淫雨큰비 또는 비가 온 뒤의 큰물 ㉦[皓] 澇 仝앞과 같다 ㉫[豪] 嫪 悋也그리워하다 아쉬워하다 士無行선비의 행실이 바르지 않다 ─毒

와 같다 [蕭] ㉠[號] 綯 糾絞새끼 밧줄 啕 多言말을 주고받다 掏 擇也고르다 가려내다 駒 良馬양마 이름 ―駼도도 萄 蔓果포도 덩굴식물의 열매 葡―포도 淘 澄汰곡식이나 광물 따위를 일다 씻어내다 醄 極醉몹시 취한 모양 酕―모도 逃 避也도망치다 도피하다 咷 哭聲큰 소리를 내어 울다 號―호도 桃 辟惡之木악귀를 물리친다는 복숭아나무 鼗 小鼓자루가 있는 작은 북 땡땡이 鞀 仝앞과 같다 鞉 仝앞과 같다 濤 大波큰 물결 파도 檮 斷木나무의 줄기를 베고 남은 밑둥 頑凶전설상의 흉악한 사람 중의 한 사람 ―杌도올 翿 翳也舞所執춤 출 때나 장례에 사용하는 깃털로 장식한 깃발 ㉠[号] 颾 風聲큰바람 소리 또는 바람 소리 勞 倦也지쳐서 고달프다 피로하다 功也공로 공적 (랃)〈로〉 ㉠[号] 撈 沈取건지다

줄기에 이삭이 아주 많이 달리거나 각 줄기에 같은 수의 이삭이 달린 벼 ㉠[号] 稻 稌也벼 老 年高나이가 많다 (랃)〈로〉 恅 心亂마음이 뒤숭숭하다 심란하다 栳 柳器고리버들 가지를 엮어서 만든 고리나 바구니 栲―고로 橑 椽耑木서까래 [蕭] 潦 雨水路上流水비가 온 뒤의 큰물 ㉠[号] 寶 珍也보물 瑞也보배 (받)〈보〉 珤 仝앞과 같다 保 守也지키다 수위하다 養也봉양하다 기르다 양육하다 傭也고용하다 葆 草盛풀이 무성하다 또는 무성한 풀 韜藏가리어 감추다 褓 小兒被포대기 강보 緥

로애 전국戰國시대 진秦나라 사람 여불위呂不韋의 사인舍人으로 태후太后에게 추천되어 사통私通하다 발각되어 사형당함 耄 九十歲90세 늙다 또는 많은 나이 (맏)〈모〉 眊 目少精눈동자가 흐리다 仝앞과 같다 芼 擇也뽑다 가려서 뽑다 菜食먹을 수 있는 야채나 물풀 ㉤[豪] 旄 老也늙다 연로하다 狗足毛털이 길다 ㉤[豪] 毷 鳥輕毛새의 가벼운 깃털 冒 覆也덮다 가리다 貪也탐하다 탐내다 犯也무릅쓰다 범하다 저촉하다 涉也물이 넘치다 물속에 잠기게 하다 [職] 帽 頭衣모자 瑁 圭冒천자가 제후들과 회합할 때 손에 쥐는 홀圭 [隊] 娼 妒疾질투하다 報 告也보고하다 알리다 答也회답 보답하다 淫也상피相避 또

건져 올리다 窂 畜欄짐승의 우리 牢 固也견고하다 仝앞과 같다 蹘 野豆야생 콩의 일종 轑 轢也수레바퀴 [蕭] 簝 食器종묘宗廟 제사에 고기를 담는 대그릇 [蕭] 醪 濁酒거르지 않는 술 탁주 毛 毫也인체나 동식물의 가죽에 나는 털 또는 날짐승의 깃털 (먇)〈모〉 髦 翦髮夾囟눈썹까지 내려뜨린 어린아이의 다팔머리 俊也준수하다 芼 菜食먹을 수 있는 야채나 물풀 ㉠[号] 旄 幢也모우牦牛의 꼬리로 깃대를 장식한 기 丘前高앞은 높고 뒤는 낮은 산언덕 ㉠[号] 騷 愁也근심하다 擾也소란스럽다 소동을 일으키다 (삳)〈소〉 搔 爬也긁다 慅 動也뒤숭숭하다 뒤숭숭하여 불안하다 颾 風聲바람 소리 繅 繹繭고치를 켜다 고치에서 실을 뽑다 ㉦[皓] 缲 仝앞과 같다 ㉦[皓] 臊 犬豕膏臭개돼지의 기름 또는 그 냄새 누린내 艘

仝앞과 같다 塖 小城흙더미 보루 작은 성 堡 仝앞과 같다 鴇 似鴈無後趾느시 너새 嫂 兄妻형수 (삳)〈소〉 嫂 俗속자 埽 糞除빗자루로 더러운 것을 쓸어내다 쓸다 소제하다 ㉠[号] 掃 仝앞과 같다 ㉠[号] 燥 乾也마르다 건조하다 또는 말리다 ㉠[號] 襖 袍也도포보다 짧고 저고리보다는 길면서 안감을 댄 겨울용 겉옷 (핟)〈오〉 燠 熱也따뜻하다 뜨겁다 덥히다 데우다 [屋] ㉠[号] 懊 恨也뉘우치다 후회하다 ㉠[号] 媪 老嫗늙은 여자에 대한 존칭 夭 斷殺일찍 죽다 [蕭][篠] 早 晨也새벽 이른 아침

는 아랫사람에 대한 간음奸淫 論囚법에 따라 형을 정하다 판결하다 (받)〈보〉 [遇] 喿 鳥羣鳴뭇새가 지저귀다 (삳)〈소〉 噪 仝上仝下앞뒤와 같다 譟 羣呼떠들다 들레다 燥 乾也마르다 ㉦[皓] 瘙 疥也옴 埽 糞除쓸다 소제하다 ㉦[皓] 掃 仝앞과 같다 ㉦[皓] 傲 倨也거만하다 교만하다 오만하다 (앋)〈오〉 慠 仝앞과 같다 鏊 燒餠器바닥이 평평하고 낮은 냄비 번철 驁 駿馬준마 이름 樂也악장樂章 이름 오하驁夏 ㉫[豪] 嶅 動搖흔들거리는 모양 奡 人名寒浞子사람 이름 한착의 아들 하夏나라 사람으로 예羿가 하의 제위를 찬탈하자 그 재상이 되었다가 뒤에 예를 도오桃梧에서 시해하고 제위에 올랐으나 얼마 뒤

船總名배의 총칭 艘 仝앞과 같다 敖 遊也나다니며 놀다 한가로이 놀다 (오)〈오〉 遨 仝앞과 같다 熬 煎也볶다 달이다 獒 犬四尺몸집이 크고 사나운 개 鼇 大鼈바다에 살며 산을 질 수 있다는 전설상의 큰 자라나 거북 鰲 俗속자 螯 蟹大足게의 집게발 螫 仝앞과 같다 蟹屬倒行거꾸로 기어간다는 게 驁 駿馬준마 이름 ㉠[号] 嗸 衆口愁여러 사람이 원망하는 소리 ――오오 嗷 仝앞과 같다 璈 樂器악기 이름 雲―운오 翱 遨遊유유히 노닒 ―翔오상 고상 鏖 殺也무찌르다 (오) 糟 酒滓걸러내지 않은 술 술지게미 (조)〈조〉 醩 俗속자 遭 遇也만나다 마주치다 巡也두르다 둘레 操 把持잡다 쥐다 (조) ㉠[号] 曹 局也과科를 나누어 일을 처리하는 관서나 부문 輩也무리 동류 한패 振鐸所封주周 무왕武王이 아우 진탁振

(조)〈조〉 蚤 齧人跳蟲벼룩 仝앞과 같다 璪 飾冕玉왕관王冠 앞에 늘어뜨리는 옥 장식물 澡 洗也손을 씻다 목욕하다 繰 紺色감색 비단 ㉬[豪] 藻 水草有文말 물속에서 나는 민꽃식물의 통칭 藻 仝앞과 같다 繅 薦玉采藉옥 받침 ㉬[豪] 棗 赤心果대추 대추나무 懆 憂也근심하다 불안하다 ――조조 (조) 慘 仝앞과 같다 [感] 皁 黑色검은색 또는 검게 물들이다 馬櫪외양간 우리 賤隸천역賤役에 종사하는 신분의 사람 櫟實상수리 (조) 皂 俗속자 造 作也만들다 제작하다 ㉠[号] 草 百卉풀 초본

에 소강少康에게 멸망됨 奧 內也방의 남서쪽 구석 (오) 澳 水隈물가의 후미진 곳 [屋] 隩 仝앞과 같다 [屋] 墺 四方정착하여 살 만한 곳 仝앞과 같다 [屋] 燠 熱也뜨겁다 데우다 [屋] ㉦[皓] 鐭 妒食음식을 샘하다 懊 恨也뉘우치다 후회하다 ㉦[皓] 竈 爨突부뚜막 (조)〈조〉 躁 急進조급하다 성급하다 趮 仝앞과 같다 操 守也지키다 琴曲금의 곡조 (조) ㉬[豪] 慥 言行相應독실한 모양 ――조조 造 至也이르다 다다르다 就也나아가다 ㉦[皓] 糙 米穀雜매조미쌀 漕 水運물길로 물자를 실어나르다 (조) ㉬[豪] 暴 猛也사납다 侵也침범하다 急也엄혹하다 晞也햇볕에 쪼이다 말리다 顯也드러내다 徒搏맨손으로 치다 鄭

鏎을 봉한 나라 (짶) 槽 溜器마소의 죽통 구유 馬－마조 酒－주조 술통 螬 地蠶굼벵이 蠐－제조 嘈 聲也시끄럽다 왁자지껄 떠들다 艚 小舟조운漕運에 쓰는 작은 배 漕 衛邑名춘추春秋시대 위衛나라의 읍邑 이름 ㉠[号] 褒 獎也표창하다 장려하다 (봔)〈포〉 襃 仝앞과 같다 袍 長襦긴 겉옷의 통칭 (빤) 蒿 蓬屬쑥 眯目눈에 티가 들어가서 흐릿하다 氣蒸김이 피어오르는 모양 焄－훈호 (한)〈호〉 薅 除草김매다 뽑다 毫 長毛길고 뾰족한 털 (햔) 豪 知過百人호걸 준걸 우두머리 仝앞과 같다 濠 鍾離水名종리安徽省 鳳陽縣의 물 이름 壕 城下池해자垓字 蠔 蚌屬굴조개 號 呼也부르짖다 ㉠[号] 譹 仝앞과 같다 嗥 咆也큰 소리로 부르다 울부짖다 仝앞과 같다 【增】文16 裪 衣被속적삼 땀받이로 입는 윗옷 (단)〈도〉 [虞]

식물의 총칭 文藁초고草稿 원고 苟簡초초하다 불안한 모양 －－초초 (찬)〈초〉 艸 仝앞과 같다 討 治也죄를 물어 다스리다 다스리다 尋也 찾다 구하다 誅也죄를 물어 죽이다 訶也꾸짖다 (탄)〈토〉 貃 蜀黍수수 抱 持也품다 간직하다 가지다 (빤)〈포〉 好 美也여자의 용모가 아름답다 아름답다 훌륭하다 (한)〈호〉 ㉠[號] 昊 元氣 廣大끝없이 넓은 하늘 하늘 (햔) 皡 明也밝다 환하다 깨끗하고 밝은 모양 帝號전설상의 제帝를 부르는 말 太－태호 少－소호 仝앞과 같다 暭 仝앞과 같다 皓 仝

地名정河南省 新鄭縣나라 땅 이름 (빤)〈포〉 [屋] 暴 仝앞과 같다 虣 虐也포학하다 사납다 仝앞과 같다 曝 晒也햇볕을 쬐다 볕에 말리다 [屋] 醵 一宿酒술 이름 계명주鷄鳴酒 瀑 疾雨소낙비 沫也거품 [屋] 菢 鳥伏卵새가 알을 품다 부화하다 秏 稻也논의 잡초를 제거하다 減也줄다 (한)〈호〉 耗 仝앞과 같다《모》好 愛也좋아하다 애호하다 和也화목하다 璧孔구슬 구멍 ㉦[皓] 号 敎令구령하다 교화 명령 (햔) 號 仝앞과 같다 名稱이름 ㉬[豪] 呺 風聲바람소리 [蕭] 【增】文11 靠 凭倚기대다 의지하다 (칸)〈고〉 臑 臂節어깨 (난)〈노〉 秏 亂也 어지럽다 혼란하다 (만)〈모〉《호》 毷 解也짐승이 털을 벗다 毴 煩

[尤] 帞 巾帽모자 艞 舸也배 (탚) 鞠 鼓木북통의 나무 皐－고도 (땊) 餶 餌也먹이다 음식을 주다 冷－랭도 澇 扶風水名부풍陝西省의 물 이름 (랖)〈로〉 ㉠[号] 簩 竹名利可爲瓢술잔을 만들기에 적합한 대나무 이름 旄 旄牛尾야크yak의 꼬리 可爲旌旄깃대에 검정소 꼬리나 오색 새깃을 달아 장식한 군중의 지휘용 깃발 (맢)〈모〉 [支] 犛 仝앞과 같다 [支] 酕 極醉몹시 취한 모양 －醄모도 溞 淅米쌀을 일거나 비가 올 때 나는 소리 －－소소 (삪)〈소〉 廒 倉也양곡 창고 (앞)〈오〉 爊 煨也잿불에 묻어서 굽다 (앞) 嶆 山深산이 으슥하고 험준한 모양 (짶)〈조〉 譽 呼痛 고통이 심하여 소리지르다 (빺)〈포〉 [覺] 嵃 弘農山名홍농河南省의 산 이름 (핲)〈호〉 【叶】無 【通】韻2 蕭 十七平 肴 十八平

앞과 같다《고》浩 廣大넓고 크다 드넓다 －然호연 澔 仝앞과 같다 顥 大也크다 성대하다 白皃흰 모양 皜 仝앞과 같다《고》灝 水勢물이 끝없이 넓다 鄗 常山邑名상산河北省 柏鄕縣의 읍 이름 [肴][藥] 鎬 溫器 쟁개비 武王所都서주西周 무왕의 도읍지 滈 長安水名장안陝西省의 물 이름 【增】文3 鴇 鳥驄오총이 말의 일종 (밮)〈보〉 艁 舟爲梁배다리 (짶)〈조〉 晧 日出해가 뜨는 모양 (핲)〈호〉 【叶】無 【通】韻2 篠 十七上 巧 十八上

悶번민하다 毷－모소 (삪)〈소〉 嶅 志遠포부가 원대하다 고상하다 (앞)〈오〉 [肴] 鄵 鄭地名춘추春秋시대 정河南省 新鄭縣나라의 땅 이름 (촾)〈조〉 鑿 穿空장붓구멍 (짶) [藥] 套 重沓거듭되다 겹치다 (탚)〈토〉 嘷 呼也부르다 (핲)〈호〉 ㉦[豪] 皐 俗속자 ㉦[豪] 【叶】無 【通】韻2 嘯 十八去 效 十九去

平聲歌二十	**【歌】** 文145 **茄** 芙蕖莖연蓮의 줄기 (갸)〈가〉 [麻] **迦** 佛號부처의 호칭 범어梵語의 음音을 번역한 글자 釋－석가 [麻] **歌** 詠也노래하다 (거) **謌** 仝앞과 같다 **哥** 兄也형 仝앞과 같다 **柯** 枝也초목의 가지나 줄기 斧柄도끼 자루 **牁** 繫舟杙배를 매는 나무 말뚝 南粵郡名남월貴州省의 군 이름 牂－장가 **訶** 仝앞과 같다 **呿** 張口입을 벌린 모양 (캬) [魚] **珂** 石次玉옥 비슷한 흰 돌 螺屬일설에는 고동속屬 조개류類라고도 함 (커) **軻** 車軸굴대를 나무 두 개로 이어서 만든 수레 不遇불우함 뜻을 이루지 못함 轗－감가 ㉦[哿]㉠[箇] **伽** 僧居절 사원寺院 －藍가람 (꺄) **那** 何也어찌 어떻게 할 것인가 大也크다 於也~에 대하여 盡也다하다 安也편안하다 (너)〈나〉 ㉦[哿]㉠[箇] **難** 盛皃무성한 모양 [寒][翰] **儺** 驅疫나례儺禮 역귀疫鬼를 몰아내기 위한 의식 仝앞과 같다 ㉦[哿] **挼** 摧也꺾다 [灰] **挼** 俗속자 非잘못임 [灰] [灰] **多** 衆也많다 勝也뛰어나다 보다 낫다 (더)〈다〉 **羅** 鳥罟
上聲哿二十	**【哿】** 文76 **哿** 可也좋다 괜찮다 아름답다 (거)〈가〉 **舸** 大船큰 배 **笴** 箭幹화살대 화살 [旱] **可** 許也허가하다 수긍하다 동의하다 (커) [職] **軻** 車軸굴대를 나무 두 개로 이어서 만든 수레 不遇불우함 뜻을 이루지 못함 轗－감가 ㉬[歌]㉠[箇] **坷** 不平울퉁불퉁하다 고르지 않다 뜻대로 되지 아니하다 坎－감가 ㉠[箇] **岢** 太原山名태원山西省 岢嵐縣 북쪽의 산 이름 －嵐가람 **那** 何也어찌 어떻게 할 것인가 (너)〈나〉 ㉬[歌]㉠[箇] **娜** 美皃호
去聲箇二十一	**【箇】** 文47 **箇** 數也명수사 낱개로 된 물건을 세는 단위 枚也대나무 가지 또는 댓개비 (거)〈가〉 **個** 俗속자 **个** 仝앞과 같다 明堂旁室곁방 **軻** 車軸차축 굴대 굴대를 나무 두 개로 이어서 만든 수레 不遇불우함 뜻을 이루지 못함 轗－감가 (커) ㉬[歌] ㉦[哿] **坷** 不平울퉁불퉁하다 고르지 않다 坎－감가 ㉦[哿] **稞**

새를 잡는 그물 綺也올이 성글면서 부드러운 비단 列也진열하다 (러)〈라〉 蘿 托松而生소나무겨우살이松蘿 송라과의 지의류 식물 女－녀라 籮 箕也키 筐也밑은 네모지고 위는 둥근 대광주리 鑼 軍樂군대에서 솥과 대야를 겸용하는 기물 銅－동라 儸 健而不德몸은 건장하나 덕이 없다 僬－자라 幹辦일에 능란하다 또는 그런 사람 僂－루라 饠 餅也떡의 한 가지 饆－필라 원래는 고기를 섞은 밥 灉 長沙水名장사湖南省의 물 이름 汨－멱라 欏 似枇杷비파와 비슷한 사라나무 桫－사라 囉 歌助聲가곡에서 운율을 맞추기 위하여 쓰이는 조사 羸 似驢노새 驢父馬母숫나귀와 암말 사이에서 태어난 잡종 騾 俗속자 蠃 蚌屬조개의 일종 ㉦[哿] 蠡 仝앞과 같다 [支][齊][薺] ㉦[哿] 螺 俗속자 鏾 小釜작은 솥 穲 穀積노적가리 覶 好視좋게 보다 委曲곡진하다 구불구불함 －縷라루 摩 硏也갈다 撫也어루만지다 쓰다듬다 (뭐)〈마〉 魔 鬼也사람을 홀리거나 생명을 해치는 온갖 잡귀 마귀 磨 治石돌을 갈다 ㉠[箇] 劘 削也깎아내다 잘라내다 挲 摩也어루만지다 (서)〈사〉

리호리하고 아름다운 모양 婀－아나 裸 赤體벌거벗다 (러)〈라〉 躶 仝앞과 같다 羸 仝앞과 같다 臝 仝앞과 같다 蠃 細腰蜂나나니벌 蜾－과라 ㉬[歌] 攞 裂也찢다 儸 慙也부끄러워하다 醨 仝앞과 같다 砢 石皃돌이 무더기로 쌓인 모양 磊－뢰가 뢰라 瘰 疬也목 부위에 발생하는 임파선 결핵 혹 瘰 仝앞과 같다 蠡 仝앞과 같다 [支][齊][薺] ㉬[歌] 蓏 草實박과 식물의 과실 麽 細小잘다 작다 사소하다 (뭐)〈마〉 ㉬[歌] 麿 仝앞과 같다 ㉬[歌] 我 己稱나 일인칭 (어)〈아〉 硪 山高

稻之黏者찰벼 (너)〈나〉 糯 俗속자 那 語助어조사 彼也저 저것 ㉬[歌]㉦[哿] 柰 蘋婆벚나무 버찌 능금 仝앞과 같다 [泰] 奈 俗속자 非잘못임 [泰] 愞 弱也나약하다 [旱][翰][銑] 懦 仝앞과 같다 [虞][銑] 癉 勞也수고롭다 고단하다 (더)〈다〉 [旱][翰] 大 巨也크다 (떠) [泰][泰] 邏 巡也돌아다니며 살피다 순찰하다 (러)〈라〉 ㉦[哿] 摞 理也다스

抄 소앞과 같다 娑 舞容춤추는 모양 婆－파사 ㉠[箇] 鈔 水盆구리로 만든 그릇 대야 －鑼사라 桫 似枇杷비파와 비슷한 사라나무 －欏사라 莎 藥草 香附子약초인 향부자 방동사니 줄기는 도롱이나 삿갓을 만드는데 쓰고 뿌리는 향부자라 하여 약으로 씀 煩撋문지름 비비다 挼－뇌사 甗 酒樽술그릇 이름 동이 [願] 犧 소앞과 같다 [支] 傞 舞皃술에 취해서 꼴사납게 춤을 추는 모양 －－사사 蓑 雨衣도롱이 唆 小兒相應어린 아이가 옹알거리다 또는 옹알거리는 소리 喎－와사 梭 織具所以持緯북 베를 짤 때 날 틈으로 오가며 실을 푸는 구실을 함 莪 蒿屬쑥 (어)<아> 哦 吟也읊다 읊조리다 娥 好皃아름다운 모양 峨 山高산세가 높고 가파르다 嵯－차아 俄 頃速잠깐 아주 짧은 동안 傾皃기운 모양 한 쪽으로 쏠리다 蛾 蠶蛹所化누에나방 睋 視也보다 바라보다 鵝 舒鴈거위 阿 大陵언덕 큰 구릉 曲也굽이진 곳 모퉁이 倚也의지하다 比也빌붙다 棟也기둥 美皃부드럽고 아름다운 모양 慢應건성으로 대답하다 (허) [屋] 痾 病也질병 疴 소앞과 같다 娿 不決머

산세가 높고 가파르다 騀 馬搖頭駊말이 대가리를 흔들다 駊－파아 婀 美皃발랄하고 아름답다 －娜아나 (허) 娿 소앞과 같다 ㉣[歌] 左 右之對왼쪽 (저)<자> ㉠[箇] 瑳 玉色옥의 색깔이 희고 깨끗한 모양 笑皃애교있게 웃는 모양 (처)<차> ㉣[歌] 奲 垂皃늘어진 모양 휘늘어지다 (더)<타> 朵 木下垂나뭇잎과 꽃송이가 늘어진 모양 朶 俗속자 緌 冕前垂면류관 앞에 드리운 상식 埵 堅土난난한 흙 棰 小積작게 쌓다 鬌 兒遺髮어린아이의 다 깎지 않고 남겨 놓은 머리털

리다 磨 石磑숫돌 맷돌 (뭐)<마> ㉣[歌] 些 語辭어세語勢를 강하게 하는 조사 (시)<사> [麻] 餓 飢也주리다 또는 굶어서 죽다 (어)<아> 佐 助也돕다 도와주다 보좌하다 (저)<자> 左 소앞과 같다 ㉦[哿] 磋 磨治갈다 갈아서 기물을 만들다 (쩌)<차> ㉣[歌] 唾 口液침 (터)<타> 涶 소앞과 같다 拖 曳也끌다 잡아당기다 ㉣[歌] 馱 負荷

뭇거리며 결정하지 못함 또는 그러한 사람 媕－엄아 ㉦[箇] 搓 推也 밀다 밀치다 －挪차나 두 손으로 비비다 (처)〈차〉 瑳 玉色옥의 색깔이 희고 깨끗한 모양 笑皃애교있게 웃는 모양 ㉦[箇] 磋 磨治갈다 갈아서 기물을 만들다 ㉠[箇] 蹉 跌也넘어지다 失時실수 착오 －跎차타 ㉠[箇] 嵯 山高산이 높고 가파른 모양 －峨차아 [支] 醝 白酒술 백주白酒 (쩌) 瘥 小疫유행성 전염병 [卦] 鹺 鹹也소금 짜다 篅 籠屬대광주리 痤 癤也작은 부스럼 뾰루지 鄌 沛邑名패현河南省 永城縣의 읍 이름 酇 俗속자 [寒][旱][翰] 佗 彼稱저 저 사람 (터)〈타〉 / 自得옹용자득한 모양 委－위타 (떠) ㉠[箇] 他 俗속자 它 仝上仝下앞뒤와 같다 蛇 虺屬뱀 [支][麻] 拕 曳也끌다 잡아당기다 ㉦[箇] 拖 仝앞과 같다 ㉠[箇] 詑 欺也속이다 기만하다 自足자족하다 자랑하다 [支] 駝 封牛목덜미 부위의 근육이 불룩 솟은 소 곧 낙타 橐－탁타 (떠) 駞 俗속자 鮀 吹沙魚모래무지 迱 行皃주저하며 배회하는 모양 또는 천천히 가는 모양 逶－위타 迤 仝앞과 같다 [支][紙] 沱 幷州水名병주河北

[支] 妥 安也편안하다 (터) 婿 好也아름답다 좋다 惰 懶也게으르다 나태하다 ㉠[箇] 鰖 魚子갓 부화한 물고기 새끼 橢 器狹長타원형으로 된 그릇 墮 落也떨어지다 떨어뜨리다 [支] 垜 堂塾대문 양옆에 붙어 있는 방 射堋과녁 뒤에 화살을 받기 위하여 흙을 두둑이 쌓아 올린 둑 柁 正船木배의 키 (떠) 舵 仝앞과 같다 柂 俗속자 袉 裾也옷자락 拕 曳也끌다 잡아당기다 ㉲[歌] 跛 足偏廢절룩거리다 절름발이 (붜)〈파〉 [寘] 簸 揚米곡식을 까부리다 ㉠[箇] 頗 頭不正머리가 비뚤다 僂可자

가축의 등에 짐을 싣다 등에 지다 (떠) ㉲[歌] 惰 懶也게으르다 나태하다 ㉦[箇] 播 揚也까부르다 (붜)〈파〉 譒 敷也퍼뜨리다 선포하다 仝앞과 같다 簸 揚米곡식을 까부르다 ㉦[箇] 破 壞也깨뜨리다 부수다 (풔) 賀 慶也예물을 보내어 축하하다 하례하다 (혀)〈하〉 襏 袯袖소매 過 經也지나가다 越也넘다 誤也실수 과실 愆也허물 죄를 짓

省 保定과 山西省 太原 大同 일대의 물 이름 滹－호타 [支] 沱 大雨큰 비가 내리는 모양 滂－방타 仝앞과 같다 跎 不遇때를 놓침 뜻이나 의욕을 잃음 蹉－차타 跑 仝앞과 같다 酡 醉顔술기운이 올라 얼굴이 불그레한 모양 酡 仝앞과 같다 紽 縫也실을 세는 단위 다섯 올 또는 양가죽을 꿰매어 만든 갖옷 陀 長坂不平지세가 경사지고 울퉁불퉁한 모양 산등성이 구릉 陂－파타 陁 仝앞과 같다 坨 俗속자 鼉 似鼂而長악어 鱓 仝앞과 같다 [銑] 驒 連錢驄비늘 모양의 무늬가 있는 청색 말 [寒] 馱 負荷가축의 등에 짐을 싣다 등에 지다 ㉠[箇] 波 浪也물결 물결이 일다 (붜)<파> 碆 石鏃새를 잡는 데 사용하는 돌촉 磻 仝앞과 같다 [寒] 番 勇皃용감하고 씩씩한 모양 －－파파 [元][寒][諫] 嶓 梁州山名양주甘肅省의 산 이름 －冢파총 皤 大腹큰 배 [元] 坡 阪也 경사진 곳 산비탈 (풔) 陂 長阪不平지세가 경사지고 울퉁불퉁한 모양 구릉 －陀파타 仝앞과 같다 [支][寘] 玻 寶石보석 유리 －瓈파리 頗 不正치우치다 공정하지 아니하다 偏－편파 ㉦[哿] 婆 老嫗늙은 부인

못 (풔) ㉬[歌] 叵 不可불가하다 ~할 수 없다 尀 仝앞과 같다 歌 大笑 웃음소리 또는 크게 웃다 (허)<하> 荷 負也메다 지다 (혀) ㉬[歌]㉠[箇] 菓 木實과실 (궈)<과> 果 仝앞과 같다 敢也과감하다 驗也정말로 진실로 腹飽배부른 모양 裹 包也싸다 싸매다 휘감다 ㉠[箇] 蜾 細腰蜂나나니벌 －蠃과라 顆 物一頭작은 머리 (퀴) 鎖 鑰也자물쇠 鋃鐺쇠사슬 쇠고랑 (숴)<솨> 鏁 仝앞과 같다 瑣 細也잗나랗다 猥屑옥가루 －－쇄쇄 璅 仝앞과 같다 坐 跪也앉다 꿇어앉다 (쭤)<좌> ㉠

다 (궈)<과> ㉬[歌] 課 稅也부세賦稅를 징수하거나 납부하다 試也 검증하다 시험 삼아 써 보다 (쿼) 堁 塵起먼지 티끌 또는 먼지가 일어나는 모양 堀－굴과 臥 寢也누워서 쉬다 자다 또는 눕다 (어)<와> 涴 汚也더럽히다 (훠) [阮] 汙 仝앞과 같다 [虞][遇][麻] 剉 折也꺾이다 꺾어지다 (쩌)<좌> 莝 斬芻여물을 썰다 挫 摧也꺾다 끊다 또는

할머니 (뽜) 皤 頭白노인의 머리가 하얗게 센 모양 訶 責也큰소리로 꾸짖다 호되게 꾸짖다 (허)<하> 呵 仝앞과 같다 噓氣입김을 내불다 숨을 내쉬다 笑聲웃음 소리 ㉠[箇] 何 曷也어찌 問也묻다 (혀) 河 四瀆之一황하黃河 荷 芙蕖연蓮 擔也메다 지다 怨怒원망하는 소리 ――하하 ㉦[哿]㉠[箇] 苛 小草잔풀 細也자질구레하다 菏 菔草풀 이름 무《가》 戈 平頭戟끝이 뭉뚝한 창 (궈)<과> 過 經也지나가다 ㉠[箇] 濄 淮陽水名회양河南省의 물 이름 鍋 溫器냄비 科 程也과정 條也조목 단락 (쿼) 蝌 蛙子올챙이 ―蚪과두 窠 巢也새 짐승의 보금자리 둥지 穴也골 구덩이 薖 寬大관대한 모양 譌 謬也그릇되다 잘못되다 (워)<와> 訛 仝앞과 같다 動也행동하다 움직이다 吪 仝앞과 같다 鈋 刓也모난 것을 깎아 둥글게 만들다 囮 鳥媒후림새 새를 잡을 때 유인하기 위하여 가두어 놓거나 매어 두는 같은 종류의 새 渦 水回물이 소용돌이치다 (훠) 窩 穴居움집 萵 菜名채소 이름 상추 부루 ―苣와거 辟蟲해충을 피하다 踒 足跌넘어져 다리뼈가 부러지다 倭 海中

[箇] 脞 細碎잗달다 좀스럽다 叢―총좌 火 炎上불 불사르다 (훠)<화> 禍 災也재앙 재해 (훠) 𧙚 仝앞과 같다 殨 仝앞과 같다 夥 多也많다 [蟹] 輠 車膏器굴대에 기름을 바르다 수레의 기름통 輵 仝앞과 같다 髁 不正바르지 못한 모양 [馬] 【增】文20 袲 衣皃옷이 좋은 모양 袳―하나 (너)<나> 旎 旗皃깃발이 휘날리는 모양 旖―의나 橠 木盛나무가 무성한 모양 檹―아나 儺 行有度걸음에 절도가 있다 盛皃성한 모양 柔順유순하다 猗―아나 부드럽고 아름다움 ㉬[歌] 爹 父稱아버

꺾어지다 𡊮 詐拜용의容儀에 맞지 않는 배례拜禮 무릎을 꿇어서 땅에 닿지 않게 하는 절 座 床也자리 방석 (쭤) 坐 被罪죄에 걸리다 行所止앉다 자리 仝앞과 같다 ㉦[哿] 貨 財也재물 화물 돈 (훠)<화> 和 應也화답하다 調也고르다 徒吹악기를 입으로 불어서 연주하는 일 (혀) ㉬[歌] 【增】文9 塺 塵也티끌 먼지 (뭐)<마> [灰] 娑 吐蕃都토

國바닷속의 나라 日本일본 [支] 矬 短也몸집이 작다 몸이 왜소하다 (줘)〈좌〉 韡 鞮屬가죽신 (훠)〈화〉 靴 仝앞과 같다 禾 稼總名곡식의 총칭 곡류 작물 (훠) 和 順也순하다 유순하다 調也알맞게 섞거나 타다 적당하게 조리하다 仝앞과 같다 ㉠[箇] 龢 仝앞과 같다 小笙세피리 咊 古고자 【增】文14 菏 山陽水名산양山東省의 물 이름 (거)〈가〉《하》 駉 鵝也거위 또는 기러기의 일종 挪 搓物비비다 (너)〈나〉 纙 索皃새끼의 미끈한 모양 ――라라 (러)〈라〉 [支][紙] 麽 細小잘다 작다 사소하다 (뭐)〈마〉 ㉧[哿] 麿 仝앞과 같다 ㉧[哿] 嬷 母也어머니의 속칭 늙은 여자의 통칭 綱 縞練가는 비단 고운 비단 (허)〈아〉 瑳 舂也절구질하다 (쩌)〈차〉 鹺 齒差이가 들쭉날쭉하다 艖 小舸작은 배 艑―편주 [麻] 睉 殘穢田묵은 뙈기밭 鄱 楚地名초나라江西省의 지명 (뿨)〈파〉 鉌 車鈴방울 (훠)〈화〉 【叶】文9 儀 牛何切우와 하의 반절 毛詩모시 義 牛何切우와 하의 반절 尙書상서 宜 牛何切우와 하의 반절 毛詩모시 齬 魚何切어와 하의 반절 張衡賦

지 (떠)〈다〉 邏 巡也돌아다니며 살피다 순찰하다 (러)〈라〉 ㉠[箇] 裒 衣皃큰옷 소매 ―袲아나 (허)〈아〉 旖 旗皃기가 바람에 펄럭이는 모양 ―旎아나 檹 木盛나무가 무성한 모양 ―橠아나 猗 柔順부드럽고 여리다 ―儺아나 [支][紙] 躲 避也피하다 피하여 양보하다 (더)〈타〉 揣 忖度헤아리다 [紙] 捶 仝앞과 같다 [紙] 挆 仝앞과 같다 搖也흔들거리다 隋 山高산이 높다 (터) 陁 壞也무너지다 붕괴하다 (떠) [紙] 駊 馬搖頭말이 대가리를 흔드는 모양 ―騀파아 (뿨)

번의 도성都城 이름 邏―라사 (서)〈사〉 ㉣[歌] 作 爲也어떤 일이나 활동을 하다 造也만들다 起也일어나다 몸을 일으키다 일어서다 (저)〈자〉 [遇][藥] 蹉 跌也넘어지다 過也지나가다 (쩌)〈차〉 ㉣[歌] 剢 斫也찍다 쪼개다 썰다 (터)〈타〉 佗 加也더하다 가하다 (터) ㉣[歌] 呵 噓氣입김을 내불다 숨을 내쉬다 責也큰소리로 꾸짖다 나무

장형의 부 胎 湯河切탕과 하의 반절 道藏歌도장가 佐 遭哥切조와 가의 반절 太玄태현 胥 桑何切상과 하의 반절 道藏歌도장가 離 良何切량과 하의 반절 易역 虞 元俱切원과 구의 반절 毛詩모시 【通】韻1 麻 二十一平

〈파〉 剮 割也베다 자르다 (궈)〈과〉 倮 狹隘좁다 儸-해과 婐 女侍시중들다 (워)〈와〉【叶】無【通】韻1 馬 二十一上

라다 (허)〈하〉 ㉬[歌] 荷 擔也메다 지다 加也맡다 받다 은덕을 입다 (햬) ㉬[歌]㉦[箇] 裹 包也싸다 싸매다 (궈)〈과〉 ㉦[箇] 【叶】文4 地 唐過切당과 과의 반절 九章구장 螫 式夜切식과 야의 반절 班固賦반고의 부 馳 徒臥切도와 와의 반절 毛詩모시 靡 模臥切모와 와의 반절 易역 【通】韻1 禡 二十二去

平聲麻二十一	【麻】文121 加 增也보태다 더하다 陵也업신여기다 (갸)<가> 笳 吹卷蘆葉관악기의 일종 호가胡笳 枷 打穀具도리깨 連－련가 枷 囚械항쇄 죄인의 목에 씌우는 칼 소앞과 같다 珈 笄飾여자의 머리 꾸리개의 하나 六－륙가 跏 屈曲坐가부좌 책상다리 －趺가부 痂 乾瘍상처 또는 헌데 헌데 딱지 鴐 鴈屬기러기의 일종 －鵝가아 嘉 美也아름답다 褒也기리다 찬양하다 佳 소앞과 같다 [佳] 迦 瞿曇號구담釋迦牟尼의 호칭 부처를 이르는 말 釋－석가 [歌] 家 居也거주하는 곳 집 葭 蘆也갓 돋아난 어린 갈대 麚 牝鹿숫사슴 麍 소앞과 같다 豭 牡豕숫돼지 또는 돼지를 두루 이르는 말 挐 牽引끌어당기다 (나)<나> [魚] 拏 소앞과 같다 [魚] 拿 俗속자 痲 枲屬삼 대마 뽕나무과의 한해살이풀 (마)<마> 蟆 蟾類두꺼비 蝦－하마 蔴 俗속자 沙 疏土모래 모
上聲馬二十一	【馬】文57 檟 山楸개오동나무 (갸)<가> 榎 소앞과 같다 楚也회초리 賈 售直값 姓也성씨 [虞] ㉠[禡] 嘏 福也복 또는 복을 주다 복을 받다 假 至也이르다 도달하다 假 非眞가짜 거짓 허위 大也크다 且也임시로 잠깐 일시적으로 잠시 借也빌다 빌리다 소앞과 같다 [陌] ㉠[禡] 斝 玉爵옥으로 만든 술잔 馬 乘畜말 (마)<마> 灑 汛也물을 뿌리다 (사)<사> [蟹][卦] 洒 소앞과
去聲禡二十二	【禡】文91 駕 馬在軛中멍에를 메우다 (갸)<가> 架 杙也말목시렁 起屋시렁 가설하다 구축하다 嫁 女適人시집가다 稼 種穀심다 경작하다 價 售直값 가격 가치 賈 소앞과 같다 [虞] ㉦[馬] 假 借也빌다 빌리다 빌려 주다 貸也임차하다 [陌] ㉦[馬] 髂 腰骨허리뼈 허리 (캬) [陌] 禡 軍祭군대가 주둔하는 곳에서 지내는 제사 (마)<마> 罵 詈也욕하다 傌 소앞과 같다 嗄 聲變목이 쉬다 (사)<사> [卦] 厦 旁屋곁채 행각 ㉦[馬] 迓 迎也맞이하다 영접하다 (야)<아> 御 소앞과 같다 [御] 訝 소앞과 같다

래톱 (사)<사> 砂 仝앞과 같다 紗 絹屬명주의 가볍고 얇은 것 깁 鯊 鮀也모래무지 鮫也堅皮상어 魦 仝앞과 같다 髿 髮垂머리털이 늘어진 모양 髿－삼사 衙 官府관서 관청 관아 (야)<아> ㉠[禡] 牙 牡齒어금니 大將旗대장의 깃발 芽 萌也새싹 움 枒 木梼가장귀 그루터기 杈－차아 枒 車輞수레바퀴의 바깥 테두리 仝앞과 같다《야》涯 水際물가 [支][佳] 鴉 鳥也까마귀 (야) 鵶 仝앞과 같다 丫 岐頭두 개의 뿔 모양으로 둥글게 틀어 올려 맨 여자아이의 머리 樝 似木瓜풀명자나무 산사山査나무 榠－명사 명차 (자)<차> 柤 木閑나무 우리 仝앞과 같다 叉 交手깍지를 끼다 손가락을 서로 어긋매끼다 (차) [佳] 杈 岐枝가장귀진 나뭇가지 椏 仝앞과 같다 靫 箭室전동箭筒 화살집 韛－보차 [佳] 差 舛也들어맞지 않다 어긋나다 擇也선택하다 人名楚景－사람 이름 초나라의 경차 [支][佳][卦] ㉠[禡] 鎈 錢也돈錢의 다른

같다 [薺][蟹][賄][卦][銑] 傻 不仁어리석다 (솨) 葰 上黨縣名상당山西省 繁峙縣 남쪽의 현 이름 －仁사인 雅 正也바르다 素也평소 본디 (야)<아> 疋 仝앞과 같다 啞 瘖也벙어리 (하) [陌] ㉠[禡] 瘂 仝앞과 같다 鮓 魚葅젓갈 생선을 소금에 절여 삭힌 것 (자)<자> 姹 美女미녀 미인 (차)<차> ㉠[禡] 奼 仝앞과 같다 ㉠[禡] 打 擊也치다 두드리다 (다)<타> [梗][迥] 把 握也손으로 잡다 쥐다 (바)<파> 閜 大開

㉣[麻] 訝 疑怪의아하게 여기다 砑 碾也맷돌 물체를 가는 돌 亞 次也다음 버금 就也가까이 있다 나란히 있다 (야) 婭 兩壻相謂동서 자매의 남편끼리 서로 부르는 칭호 姻－인아 稏 稻名벼 이름 穲－파아 啞 鳥聲까마귀 따위의 새가 우는 소리 －－아아 [陌] ㉦[馬] 迓 次第行차례대로 가다 詐 僞也거짓으로 ~인 체하다 가장하다 (자)<자> 咋 大聲큰 소리 [陌][陌] 誁 慙語부끄러워서 하는 말 溠 豫州之浸예주河南省의 호수 이름 乍 暫也잠깐 (짜) 褯 年終祭납향제臘享祭 蜡 仝앞과 같다 詫 誇也자랑하다 으쓱거리다 (차)<차> 咤 叱怒성을 내

이름 茶 茗也차 찻잎 (짜) 樣 俗속자 非잘못임 苴 浮草물에 뜬 풀 [魚] ㉦[馬] 楂 浮木뗏목 鵲鳴까치 소리 ――사사 차차 査 仝앞과 같다 察也조사하다 살피다 槎 仝앞과 같다 桴也뗏목 邪斫베다 비스듬히 베다 巴 蜀東地名촉四川省의 동쪽 지명 蛇也전설상의 큰 뱀 尾也꼬리 끝 (바)<파> 笆 竹籬대나무나 싸리 따위를 엮어서 만든 울타리 芭 甘蕉파초 향초 이름 豝 牝豕암퇘지 葩 花也꽃 (파) 爬 搔也긁다 (빠) 杷 平田器써레 似杏枇―비파나무 ㉠[禡] 琶 馬上樂말 위에서 연주하는 악기 琵―비파 呀 張口입을 벌리다 또는 그 모양 (햐)<하> 谺 谷空골짜기가 텅 비고 넓다 谽―함하 鰕 鯢也고래 水蟲長鬚새우 霞 日旁彤雲노을 해가 뜨거나 질 무렵에 하늘이나 구름이 햇빛에 물들어 벌겋게 보이는 현상 (햐) 赮 赤色붉은 색 또는 노을 仝앞과 같다 遐 遠也멀다 瑕 玉病옥의 티나 흠 仝앞과 같다 鍜 頸鎧갑옷의 하나 碬

탁 트인 모양 넓은 모양 (햐)<하> 下 底也밑 아래 (햐) ㉠[禡] 廈 大屋큰 집 ㉠[禡] 夏 大也크다 中國중국 諸―제하 禹國號우임금이 순舜임금의 선위禪位를 받아 세운 나라 禹樂우임금이 지은 악곡樂曲 大―대하 大俎큰 도마 仝앞과 같다 ㉠[禡] 寫 摹畫본떠 그리다 輸也수송하다 운송하다 (셔)<샤> 瀉 洩水물이 쏟아져 내리다 ㉠[禡] 捨 釋也놓다 (셔) 舍 仝앞과 같다 ㉠[禡] 社 主土神토지신 토지신에게 제사

어 꾸짖다 성난 목소리 吒 仝앞과 같다 姹 美也곱고 예쁘다 ㉦[馬] 奼 仝앞과 같다 ㉦[馬] 差 異也차별되다 차이나다 괴이하다 [支][佳][卦] ㉬[麻] 覇 把持諸侯之權패권을 쥐다 으뜸 (바)<파> [陌] 伯 仝앞과 같다 [陌] 灞 長安水名장안陝西省 西安市의 물 이름 欛 刀柄칼자루 기물의 손잡이 杷 仝앞과 같다 / 平田器밭고무래 갈퀴 (빠) ㉬[麻] 靶 轡革말재갈에 고삐를 묶을 때 고리 밖으로 조금 드리우는 고삐 끈 弝 弓弣활짱의 손잡이 부위 줌통 또는 그곳을 잡음 帊 衣襆머리 수건 두건 (파) 帕 仝앞과 같다 怕 懼也두려워하다 두렵다 罷

礪石숫돌 蝦 蟾屬청개구리와 두꺼비의 통칭 ㅡ蟆하마 騢 駁馬붉은 빛과 흰빛의 털이 섞여 있는 말 적부루마紅紗馬 些 少也조금 약간 (서)<샤> [箇] 尖 仝앞과 같다 衺 不正사악하다 바르지 않다 (써) 邪 仝앞과 같다《야》斜 橫也비끼다 기울어지다 仝앞과 같다《야》奢 侈也사치하다 (서) 賒 遠也거리가 멀다 貰也외상으로 팔다 畬 火種田화전 화전을 경작하다 [魚] 蛇 虺屬뱀 (써) [支][歌] 虵 俗속자 闍 城臺성 위의 망대 闉ㅡ인도 [虞] 耶 疑辭의문사 (여)<야> 邪 仝앞과 같다 下地논 汚ㅡ와야 名王號한대漢代 흉노匈奴에 속한 왕의 칭호 渾ㅡ혼야《샤》琊 齊郡제나라山東省 諸城縣의 군 이름 琅ㅡ랑야 鋣 劒名명검名劍 이름 鏌ㅡ막야 釾 仝앞과 같다 斜 梁州谷名양주陝西省 褒城縣 종남산終南山의 골짜기 이름 褒ㅡ포야《샤》嗟 咨也슬프다 애석하다 (저)<차> 罝 兎罟토기를 잡는 그물 遮 斷也막다

를 지내다 (써) 灺 燭燼등이나 초의 타다 남은 부분 재灰 野 郊外교외 성시城市와 멀리 떨어진 곳 (여)<야> 壄 古고자 埜 仝앞과 같다 也 語助어조사의 하나 冶 爐鑄쇠붙이를 녹이다 쇠붙이를 불리다 若 緌皃길게 아래로 드리운 모양 ㅡㅡ야야 僧居범어 aranyaka의 음역 절을 이르는 말 고요하여 고뇌와 번민이 없는 곳이란 뜻 蘭ㅡ란야 (셔) [藥] 惹 引也야기하다 불러일으키다 끌어당기다 姐 母稱어머니의 이

休也그치다 정지하다 了也마치다 끝내다 黜也면직시키다 해임하다 (빠) [支][蟹] 䆉 稻名벼 이름 ㅡ䅊파아 罅 孔隙갈라진 틈 금 (햐)<하> 嚇 笑聲웃음 소리 恐動두려워하다 또는 두렵게 하다 [陌] 謼 誑也속이다 謔 仝앞과 같다 謑 怒言성내어 말하다 [齊][薺] 暇 閒也한가하다 또는 겨를 여가 (햐) 夏 春之次여름 ㉧[馬] 下 降也투항投降하다 항복하다 ㉧[馬] 苄 地黃지황 卸 脫也옷이나 갑옷을 벗다 (서)<샤> 瀉 洩水물이 쏟아져 내리다 배설하다 설사하다 ㉧[馬] 謝 辭也사양하다 絕也끊다 거절하다 退也쇠퇴하다 衰也쇠미해지다 拜賜사례하다 (써)

저지하다 차단하다 (져) 車 輅也수레 姓也성씨 (쳐) [魚] 瓜 蔓生蓏박과 식물의 총칭 또는 박과 식물의 열매 (과)〈과〉 媧 古之聖女신화상의 여신 이름 여와씨女媧氏 [佳] 緺 靑紫綬아청빛 인끈 [佳] 蝸 陵螺달팽이 －牛와우 [佳] 騧 黃馬黑喙주둥이가 검은 누른 말 [佳] 騧 仝앞과 같다 夸 奢也사치하다 (콰) 誇 大言허풍을 떨다 큰소리치다 侉 仝앞과 같다 姱 好也아름답다 哇 淫聲음탕한 소리 兒啼울음소리 吐也게우다 토하다 (화)〈와〉 [佳] 娃 美女미녀 미인 [佳] 蛙 蝦蟆개구리 [佳] 鼃 仝앞과 같다 [佳] 䵷 仝앞과 같다 淫聲음탕한 소리 洼 陝西地名섬서甘肅省 安西縣의 땅 이름 渥－악와 신마神馬가 났다고 전해지는 하천 [佳] 窪 溝也작은 물웅덩이 도랑 窊 汙下낮게 패이다 汙 鑿地땅을 파서 구덩이를 만들다 仝앞과 같다 [虞][遇][箇] 檛 箠也종아리채 말채찍 (좌)〈좌〉 簻 仝앞과 같다 撾 擊也때리다 두드리다

칭 (져)〈쟈〉 她 長女맏딸 仝앞과 같다 担 取也건져내다 (쪄) 飷 食無味음식 맛이 없다 者 語助어조사 (져) 赭 赤也붉은 흙 붉은 물감 또는 적갈색 且 語辭어조사 姑也잠시 우선 又也또 (쳐)〈챠〉 [魚][語] 撦 裂開찢어지다 파열되다 (쳐) 䰩 醜也생김새가 추악하다 奲 寬大너그럽다 관대하다 哆 脣下垂입술이 아래로 늘어진 모양 寡 少也적다 드물다 (과)〈과〉 剮 剔人肉살을 발라내다 冎 仝앞과 같다 銙 帶

榭 臺有屋높은 누대 위에 지은 집 謝 水出瞻諸山하남성河南省 신안현新安縣에서 발원하여 남쪽 낙수洛水로 흘러드는 강 赦 釋罪사면하다 (셔) 舍 屋也집 止息멈추어 쉬다 휴식하다 置也버리다 버려두다 ㊇[馬] 貰 貸也빌리다 꾸다 또는 빌려주다 賒也외상으로 사다 (쎠) [霽] 麝 似麞臍香사향노루 射 發矢쏘다 발사하다 〈야〉 [陌][陌] 䠶 仝앞과 같다 夜 暮也밤 저녁 해질 무렵 (여)〈야〉 [陌] 射 秦官名진나라의 벼슬 이름 僕－복야《샤》[陌][陌] 藉 薦也깔다 깔개 借也빌다 助也돕다 (쪄)〈쟈〉 [陌] 蔗 沙糖草사탕수수 甘－감자 (져) 柘 山桑

鬖 喪髻북상투 상중에 있는 부녀자가 아무렇게나 끌어 올려 뭉쳐서 삼실로 묶은 머리 花 萼也꽃 (화)〈화〉 華 仝앞과 같다 / 榮也꽃 色也채색 －夏화하 중국을 이르는 말 (화) ㉠[禡] 蘤 仝앞과 같다 [紙] 驊 駿馬준마 이름 －騮화류 (화) 譁 讙也떠들썩하다 시끄럽게 떠들다 鋘 兩刃臿양날이 있는 가래 삽 [虞] 鏵 仝앞과 같다 【增】文23 袈 佛衣중이 장삼 위에 걸치는 법의法衣 －裟가사 (갸)〈가〉 笯 鳥籠새장 (나)〈나〉 [虞][遇] 裟 佛衣중이 장삼 위에 걸치는 법의法衣 袈－가사 (사)〈사〉 毶 毛皃털이 긴 모양 毿－삼사 渣 滓也부서진 가루 부스러기 찌꺼기 (자)〈차〉 扠 挾也집게로 집다 (차) 釵 婦人歧笄비녀 [佳] 艖 小舸작은 배 艑－변차 [歌] 搽 塗飾바르다 칠하다 (쫘) 涂 沮洳젖다 仝앞과 같다 [虞] 羓 腊屬육포肉脯 말린 식품 (바)〈파〉 鈀 兵車병거 鉏屬호미 쇠스랑 疤 瘢痕흉터 헌데 舥 浮梁

飾요대를 죄어 고정시키는 장치가 되어 있는 물건 十三－십삼과 (과) 骻 腰骨허리뼈 사타구니 髁 仝앞과 같다 [箇] 瓦 燒土蓋屋기와 (와)〈와〉 踝 足骨복사뼈 (화)〈화〉 【增】文11 椵 柚屬유자나무의 한 종류 (갸)〈가〉 瘕 腹病뱃속에 덩어리가 생기는 병 瑪 美石석영의 일종으로 종류가 매우 많으며 기명器皿 장식품을 만드는 데 쓰이고 약물로도 씀 －瑙마노 (마)〈마〉 碼 俗속자 庌 廡也마굿간 행랑집

산뽕나무 仝앞과 같다 樜 仝앞과 같다 鷓 越雉자고새 －鴣자고 炙 燔肉구워서 익힌 고기 [陌] 借 假也빌다 빌리다 빌려주다 (쟈)〈챠〉 [陌] 胯 股間샅 사타구니 (과)〈괘〉 [遇] 袴 仝앞과 같다 [遇] 跨 騎也타다 올라타다 越也뛰어넘다 초월하다 ㉦[馬] 化 變也바뀌다 달라지다 변화하다 (화)〈화〉 華 西嶽오악五嶽 중의 서악 －山화산 (화) ㉬[麻] 崋 仝앞과 같다 嫿 女容俊麗여자의 용모가 아름답다 樺 皮可貼弓붓나무 檴 仝앞과 같다 [魚] 鱯 似鮎메기와 비슷한 물고기 이름 擭 機檻덫 [藥][陌] 摦 寬也넓다 가로 퍼지다 吴 譁也지껄이다 吳 仝앞

배다리 (파) 蕸 荷葉연잎 (햐)〈하〉 茄 落蘇가지의 다른 이름 ㅡ子가자 (꺄)〈갸〉 [歌] 梛 似椶櫚종려와 비슷한 야자나무 (여)〈야〉 枒 仝앞과 같다《아》 挪 擧手相弄손을 들어 희롱하다 ㅡ揄야유 爺 父稱아버지를 부르는 칭호 硨 似玉보석처럼 아름다운 돌 ㅡ磲차거 (쳐)〈챠〉 恗 自大자랑하다 뽐내다 (콰)〈과〉 荂 花也꽃 【叶】無 【通】韻1 歌 二十平

대청 (야)〈아〉 苴 和糞썩은 흙 또는 찌꺼기 草土ㅡ초토자 (자)〈자〉 [魚] ㉬[痲] 乜 蕃姓성씨 (며)〈먀〉 喏 應聲응낙하는 소리 (셔)〈야〉 奓 開也열다 열어 제치다 (쳐)〈챠〉 跨 不進나아가지 않다 踦ㅡ기과 (콰)〈과〉 ㉠[禡] 耍 戲也놀다 장난하다 희롱하다 (솨)〈솨〉 【叶】無 【通】韻1 哿 二十上

과 같다 [虞] 【增】文11 幏 蠻布稅공물貢物로 바치는 데 쓰는 중국 남서쪽의 소수민족이 짠 베 (갸)〈가〉 醡 壓酒具술주자 술을 짜내거나 거르는 데 쓰는 도구 (자)〈자〉 榨 仝앞과 같다 侘 失意실의하여 멍하니 서 있는 모양 ㅡ傺차제 (차)〈차〉 汊 歧流둘로 갈라진 내 또는 강이 갈라져 흐르는 곳 跤 歧路갈림길 壩 障水둑 제방 (바)〈파〉 爸 父稱아버지 傶 健而不德몸은 건장하나 덕이 없다 ㅡ儸자라 (져)〈쟈〉 這 此也이 이것 唶 歎也탄식하는 소리 鳥鳴새 우는 소리 ㅡㅡ책책 (져)〈챠〉 [陌] 【叶】無 【通】韻1 箇 二十一去

平聲陽二十二	【陽】文292 岡 山脊산등성마루 상등성이 (강)〈강〉 崗 俗속자 剛 强也굳세다 鋼 堅鐵강철 ㉠[漾] 綱 總綱大繩벼리 그물의 코를 꿰어 잡아당기는 줄 堈 甕也항아리 瓨 仝앞과 같다 犅 特牛황소 亢 咽也목 또는 목구멍 蒼龍宿28수[宿] 중 동방칠수의 총칭 ㉠[漾] 肮 頸也목구멍 목 伉 剛正곧다 솔직하다 정직하다 ㉠[漾] 畺 界也국경 변경 (걍) 疆 仝앞과 같다 壃 俗속자 繮 馬紲고삐 韁 仝앞과 같다 蠕 死蠶누에가 죽은 모양 殭 死不朽죽어서 썩지 않다 僵 仆也넘어지다 쓰러지다 薑 禦濕菜생강 礓 礫也자갈 橿 鉏柄호미 자루 檍也감탕나무 姜 姓也성씨 康 安也안락하다 편안하다 五達衢여러 군데로 막힘없이 통하는 큰
上聲養二十二	【養】문113 鏹 錢貫돈꿰미 또는 돈 (걍)〈강〉 繈 仝앞과 같다 襁 負兒衣포대기 또는 아기를 업을 때 쓰는 띠 慷 感思의기가 격앙하다 의기가 북받치어 비분하다 －慨강개 ㉮[陽] 忼 仝앞과 같다 彊 勉也힘쓰다 (꺙) ㉮[陽]㉠[漾] 曩 曏也접때 이
去聲漾二十三	【漾】文131 鋼 鍊也불린 쇠 강철 (강)〈강〉 ㉮[陽] 殭 屍硬시체가 굳어지다 (걍) ㉮[陽]㉦[養] 抗 拒也맞서다 항거하다 (캉) 亢 高極최고의 높이에 이르다 抵也막다 버티다 저항하다 蔽也가리다 仝上仝下앞뒤와 같다 ㉮[陽] 炕 乾也건조하다 메마르다 北地煐牀온돌방 방구들 閌 門高문이 높은 모양 伉 匹也짝 배우자 健
入聲藥十	【藥】문209 各 異也특이하다 독특하다 제각기 (각)〈각〉 格 長枝긴 가지 止也그치다 廢也일이 되지 못하도록 막다 角戲씨름 [陌][陌] 閣 樓也다락집 층집 食庋찬장 棧道비게길 잔도 端直꼿꼿한 모양 －－각각 腳 脛也다리 발 (갹) 脚 俗속자 恪 敬也공경하다 (칵) 卻 退也물러나다 물리치다 (캭) 却 俗속자 諾 應也동의하거나 부름에 응하여 대답하는 소리 (낙)〈낙〉 洛 弘農水名홍농河南省의 물 이름 (락)〈락〉 雒 仝앞과 같다 鵅鵋올빼미

길 (캉) 穅 穀皮겨 왕겨 糠 소앞과 같다 甂 陶器질그릇 －瓠강호 羌 西戎서융 중국의 이민족인 오호五胡 가운데 지금의 감숙甘肅 청해青海 사천四川 일대에 살던 유목민족 語辭문구의 첫머리에 쓰는 발어사 (캉) 蜣 轉丸蟲쇠똥구리 말똥구리 蛣－길강 彊 健也건장하다 젊고 씩씩하다 弓有力탄력이 센 활 (깡) ㉦[養]㉠[漾] 强 소앞과 같다 過優뛰어나다 능숙하다 ㉠[漾] 囊 袋也주머니 자루 (낭)<낭> 簹 大竹왕대 篔－운당 (당)<당> 當 値也당하다 만나다 敵也저항하다 대항하다 直也상당하다 主也주관하다 장악하다 卽也곧 당장 承也받다 감당하다 蔽也가리다 막다 斷也처단하다 ㉠[漾] 鐺 囚鎖죄인을 묶는 줄 쇠사슬 鋃－랑당 [庚] 璫 耳珠귀걸이 襠 袴屬바짓가랑이 唐 堯國號

전 예전 (낭)<낭> 瀼 夔州水名기주四川省 奉節縣의 물 이름 流皃물이 흐르는 모양 泱－앙낭 ㉬[陽] 黨 朋也무리 偏也감싸주다 편들다 五百家행정 구역의 단위 5백 가家 (당)<당> 讜 直言곧은 말 또는 정직하다 ㉠[漾] 党 羌種부족 이름 서강西羌의 별종別種 －項당

也건장하다 直也곧다 솔직하다 藏物감추다 숨기다 소앞과 같다 ㉬[陽] 狁 健犬건장한 개 怪獸괴이한 짐승 －狼강랑 强 勉也권면하다 근면하다 自是제가 옳은 체 하다 (깡) ㉬[陽] 灢 水濁물이 흐리다 탁하다 (낭)<낭> 儾 緩也느슨하다 甞 大盆큰 동이 (당)<당> 當 底也밑質錢물건을 저당 잡히다 中也적중시키다 맞다 중용 ㉬[陽] 擋 料理요

珞 頸飾주옥珠玉을 꿰어 만든 목걸이 瓔－영락 酪 乳醬소 양 말 등의 젖을 정제精制하여 만든 식품 硌 石皃큰 모양 장대한 모양 磊－뢰락 駱 白馬黑鬣몸은 희고 갈기가 검은 말 가리온 絡 聯也이어지다 끊이지 않다 脈也맥락 經－경락 烙 燒灼달군 쇠로 지지다 솥 따위에 굽다 落 零也떨어지다 聚也마을 촌락 宮室始成祭궁실을 다 지은 뒤 제의祭儀를 거행함 樂 喜也기쁘다 [效][覺] 濼 濟南水名제남山東省의 물 이름 《박》[沃] 幕 帷在上위를 가리는 막 천막 (막)<막> 莫 無也없다 아무

요임금이 세웠다고 하는 전설상의 왕조 도당陶唐 大言큰소리 (땅) 塘 陂也둑 제방 螗 蜩也몸집이 작은 매미의 일종 煻 煨火잿불 불에 말리다 溏 淖也진창 糖 飴也엿당 엿 설탕 餹 仝앞과 같다 餳 仝앞과 같다 [庚] 瑭 玉名옥 이름 棠 棣也산앵두나무 堂 正寢정침 마루 대청 盛皃성한 모양 의용이 훌륭함 ——당당 棠 杜也팥배나무 螳 臂有斧사마귀 버마재비 —螂당랑 郞 男稱젊은이 청소년의 통칭 官名벼슬 이름 (랑)<랑> 廊 廡也행랑 곁채 蓈 莠屬강아지풀 쭉정이 稂 仝앞과 같다 瑯 沂州郡名기주山東省 膠南市의 군 이름 —琊랑야 浪 均州水名균주湖北省 均縣의 물 이름 滄—창랑 陽武地名양무河南省 原陽縣의 땅 이름 博—박랑 朝鮮郡名조선의 군 이름 樂—락랑 ㉦[養]㉠[漾]

항 儻 卓異탁월하다 뜻이 그 구속됨이 없다 倜—척당 或然之辭아마 혹시 (탕) ㉠[漾] 曭 日不明어둡다 흐리다 朗 明也밝다 환하다 분명하다 명확하다 (랑)<랑> 莽 毒魚草여뀌 草深풀이 더부룩하게 성한 모양 ——망망 粗率거칠다 鹵—로망 로무 (망)<망> [虞][有] 漭

량하다 처리하다 摒—병당 讜 言中理말이 이치에 맞다 ㉦[養] 攩 搥打때리다 치다 儻 卓異뛰어나다 빼어나다 倜—척당 뜻이 커 구속됨이 없음 或然之辭혹시 아마 만약 (탕) ㉦[養] 倘 俗속자 埌 塚也무덤 분묘 (랑)<랑> 浪 波也물결 파도 不敬제멋대로 함부로 행동하다 謔—학랑 ㉣[陽]㉦[養] 閬 高門문이 높다 또는 높은 문 蒗 譙郡渠名초군의 옛 운

것도 없다 定也정하다 薄也정박하다 大也크다 謀也꾀하다 도모하다 茂也무성한 모양 ——막막 [遇][陌] 膜 肉間생물체 내의 박피 형태의 조직 幕脈막 [虞] 鏌 劍名명검의 이름 —鋣막야 摸 手捉손으로 어루만짐 손으로 더듬음 —搩막색 [虞] 漠 淸也맑다 磧鹵소금기를 머금고 있는 모래 자갈이 많은 땅 沙—사막 瞙 目不明눈이 어둡다 塻 塵也티끌 먼지 瘼 病也병 질병 寞 無聲고요하다 소리가 없다 寂—적막 博 普也널리 두루 貿易바꾸다 교환하다 무역하다 (밧)<박> 搏 手擊치다 때

桹 船版선박용 판재로 쓰는 곧고 높이 자란 나무 榔 嶺外果오령五嶺이남의 지역에서 나는 과일나무 檳－빈랑 仝앞과 같다 琅 似珠옥과 비슷한 아름다운 돌 －玕랑간 宮門鋪首궁문의 문고리 倉－창랑 狼 似犬銳頭白頰이리 ㉠[漾] 鋃 囚鎖죄인을 묶는 쇠사슬 －鐺랑당 硠 石聲돌이 서로 부딪히는 소리 －－랑랑 蜋 臂有斧사마귀 버마재비 螳－당랑《량》忙 心迫마음이 바쁘다 다급하다 (망)<망> 邙 洛陽山名낙양河南省 북쪽의 산 이름 北－북망 茫 廣大광활하여 끝이 없는 모양 －－망망 芒 仝上仝下앞뒤와 같다 / 草端까끄라기 벼 보리 따위의 깔끄러운 수염 (망) 恾 憂皃근심하는 모양 蘉 勉也힘쓰다 忘 不記기억하지 못하다 잊어버리다 (망) 亡 無也없다 逃也도망하여 숨

大水물이 넓고 큰 모양 沆－항망 罔 無也없다 (망) 誷 誣也속이다 網 罟也그물 輞 輪外수레바퀴의 테 惘 失志실의에 빠져 멍한 모양 惝－창망 魍 山鬼一腳다리가 하나인 전설상의 산천山川의 요괴 －魎망량 蛧 仝앞과 같다 榜 木片나무 조각 널빤지 標也방문을 붙

하 이름 하남성河南省 형양滎陽 북쪽 황하黃河에서 시작되어 중모中牟 개봉開封 허동許東 태강太康을 경유하여 회양淮陽의 남쪽에서 영수潁水로 흘러듦 －蕩랑탕 妄 誕也허망하다 (망)<망> 忘 不記기억하지 못하다 잊어버리다 ㉫[陽] 望 瞻也바라보다 人所仰우러러보다 경앙하다 ㉫[陽] 朢 月盈보름달 만월滿月 ㉫[陽] 謗 毁也헐뜯다 비방

리다 鎛 鉏類호미의 일종 餺 麪湯밀가루 음식의 일종 －飥박탁 물에 익힌 밀가루 음식 髆 肩甲어깨죽지 또는 팔 膊 仝앞과 같다 / 磔也사지를 찢어서 널어놓다 (팍) 溥 水名물 이름 [虁] 簙 局戲상륙 도박의 일종 六－륙박 鑮 大鐘청동으로 만든 종 모양의 악기 薄 迫也부딪치다 가깝다 / 疾驅말을 빨리 모는 소리 －－박박 (팍) / 不厚얇다 두께가 얇다 草叢초목이 더부룩하게 나다 少也조금 약간 (빡) 欂 壁柱벽의 기둥 椽也서까래 煿 火乾불에 굽다 불에 쬐어 말리다 爆 仝앞과 같다 [效]

다 [虞] 莣 似茅참억새 鋩 刃端칼이나 검 따위의 날 끝 望 瞻也바라보다 멀리 보다 怨也원망하다 책망하다 ㉠[漾] 幫 治履裨帖가죽신의 양옆 부분 事物旁取물체의 양 옆이나 언저리 부분 (방)<방> 鞤 仝앞과 같다 幇 仝앞과 같다 縍 仝앞과 같다 謗 毁也헐뜯다 비방하다 ㉠[漾] 彭 多皃성盛하고 많은 모양 ――방방 [庚] / 壯也건장하다 近也부근 근처 (빵) 滂 沛也물이 넓고 큰 모양 (팡) 汸 仝앞과 같다 雱 仝앞과 같다 雾 仝앞과 같다 霶 仝앞과 같다 鎊 削也깎다 磅 石聲돌이 떨어지거나 물체가 부러지는 따위의 소리 [庚] 㫄 混同뒤섞여 어우러짐 ―礴방박 [庚] / 溥也넓다 두루 歧道갈림길 바르지 않은 길 交橫종횡으로 교차함 ―午방오 仝傍곁 가까이하다와 같다 (빵) ㉠[漾] 旁 仝

이거나 내걸다 공고公告하다 題也편액이나 기둥 따위에 글을 쓰다 (방)<방> [敬] ㉠[漾] 牓 仝앞과 같다 髣 相似서로 비슷하다 유사함 비슷함 ―髴방불 (방) 彷 俗속자 ㉬[陽] 仿 仝앞과 같다 昉 始也시작하다 비롯하다 紡 綱絲실을 잣다 治麻길쌈하다 ―績방적 倣

하다 (방)<방> ㉬[陽] 搒 進船노를 저어 나아가다 [敬] ㉬[陽] 榜 仝앞과 같다 [敬] ㉦[養] 旁 交橫종횡으로 교차함 ―午방오 (빵) [庚] ㉬[陽] 傍 倚也기대다 의지하다 近也가까이 가다 다가가다 [庚] ㉬[陽] 竝 仝앞과 같다 [迥] 徬 附行수레의 끌채 옆에서 마소를 몰다 곁따라 가다 ㉬[陽] 訪 問也찾아가서 묻다 자문하다 (방) 舫 方舟두 척의 배를 나

[覺] 襮 黼領도끼 모양[黼]의 무늬가 수놓인 옷깃 表也겉 바깥 [沃] 膊 割肉잘라 놓은 고깃덩이 (팍) 粕 酒滓지게미 糟―조박 魄 仝앞과 같다《탁》[陌] / 志行衰惡곤경하여 실의에 빠짐 유리표박하다 落―락박 (빠) 泊 靜也고요하다 평온하다 檥舟배가 물가에 대다 정박하다 (빠) 箔 簾也발 簙 仝앞과 같다 [霰] 礴 地形旁―방박 지형이 꽉 차다 널리 덮다 裸體盤―반박 옷을 벗고 두 다리를 뻗고 앉다 亳 湯所都은殷나라 탕왕湯王 때의 도성都城으로서 남박南亳 북박北亳 서박西亳의

앞과 같다 蹽 急行급히 가는 모양 踉－랑방 (빵) 傍 側也곁 옆 近也 가까이가다 접근하다 [庚] ㉠[漾] 彷 徘徊배회하다 －徨방황 ㉧[養] 傍 仝앞과 같다 ㉠[漾] 方 倂舟두 배를 하나로 합치다 矩也모나다 嚮也향하다 術也방법 방술 今也곧 마침 板也글이나 문자를 쓸 때 쓰는 널조각 常也떳떳하다 比也비기다 견주다 (방) 坊 邑里도시나 읍의 거리 또는 동네의 통칭 / 仝防방과 같다 방비하다 막다 (빵) 芳 香氣화초의 향기 芬－분방 蚄 害稼蟲곡식에 해를 끼치는 벌레 며루 蚄－자방 肪 脂也지방 枋 檀也박달나무 [敬] 妨 害也해치다 방해하다 ㉠[漾] 魴 鯿也縮項축항어 목이 짧은 방어 (빵) 房 室在旁정실正室의 양 옆쪽에 있는 방 俎也제기의 하나인 적炙틀 宿名天駟별자리 이름

效也본받다 본뜨다 顙 額也이마 (상)<상> 嗓 喉也목구멍 搡 擊也치다 搷－전상 瘙 馬病말의 질병 爽 明也밝다 맑다 忒也어그러지다 (상) 鷞 鷹也매의 다른 이름 －鳩상구 ㉤[陽] 塽 地高明높고 밝은 지대 －塏상개 仰 擧也우러르다 고개를 쳐들다 慕也사모하다 존

란히 연결하다 防 禦也막아 지키다 방어하다 止水둑 제방 둑을 쌓다 ㉤[陽] 妨 害也해치다 손해를 입히다 ㉤[陽] 放 逐也쫓아내다 귀양 보내다 逸也잃어버리다 달아나다 捨也버리다 喪 亡也도망하다 달아나다 失也잃다 잃어버리다 (상)<상> ㉤[陽] 仰 恃也믿다 資也기대다 의지하다 의뢰하다 (앙)<앙> ㉧[養] 盎 盆也동이 盛也넘치다 넘쳐흐르

세 곳이 있음 縛 繫也끈으로 묶다 (뽜) 索 繩也굵은 노끈 새끼줄 盡也다하다 다 없어지다 散也헤어져 흩어지다 懼也두려운 모양 －－삭삭 索紆쓸쓸하다 蕭－소삭 (산)<삭> [陌] 捸 手捉찾다 모색하다 摸－모색 惡 不善악하다 모질다 (핟)<악> [虞][遇] 垩 白土흰 흙 咢 徒擊鼓북을 치면서 노래 부르다 (앋) 諤 直言바른 말 직언 謇－건악 거리낌이 없이 직언함 愕 驚也깜짝 놀라다 堮 崖岸지면地面에 경계를 긋기 위하여 설치한 둑 경계둑 또는 가장자리 鍔 劍端칼날 齶 齒齦잇몸 鰐

천사 / 秦宮진나라 궁전 이름 阿－아방 (빵) 防 禦也막다 가로막다 隄也둑 제방 ㉠[漾] 桑 蠶所食누에의 먹이 뽕나무 뽕잎 (상)<상> 桒 소앞과 같다 喪 亡也죽다 失也잃다 잃어버리다 ㉠[漾] 喪 古고자 霜 凝露서리 (상) 鷞 神鳥전설상의 서방西方 신조 鷫－숙상 鵊 소앞과 같다 ㉦[養] 驦 良馬양마 이름 驌－숙상 騻 소앞과 같다 ㉦[養] 孀 寡婦과부 卬 我也나 (앙)<앙> 昂 擧也들다 쳐들다 軍容위풍 당당한 군대의 의용 －－앙앙 央 中也가운데 중앙 盡也다하다 鮮明선명한 모양 －－앙앙 (향) 鴦 匹鳥원앙새 鴛－원앙 殃 禍也재화 災禍 재앙 袂 소앞과 같다 鉠 鈴聲방울 소리 －－앙앙 秧 禾苗볏모 옮겨 심으려고 기른 어린 벼 泱 水皃물이 깊고 넓은 모양 －－앙앙

경하는 마음을 가지다 (앙)<앙> ㉠[漾] 坱 塵也먼지 티끌 (항) 泱 水皃물이 깊고 넓은 모양 滃－옹앙 ㊄[陽] 訣 早知일찍 알다 미리 알다 (항) 飫 飽也배부르다 ㉠[漾] 怏 懟也만족스럽지 못한 모양 즐겁지 않은 모양 －－앙앙 ㉠[漾] 鞅 牛羈가슴걸이 뱃대끈 소앞과

다 －－앙앙 (항) 怏 懟也만족스럽지 못한 모양 즐겁지 않은 모양 －－앙앙 (향) ㉦[養] 飫 飽也배부르다 가득하다 ㉦[養] 葬 藏也장사지내다 (장)<장> 塟 소앞과 같다 藏 物所蓄곳간 창고 (짱) ㊄[陽] 臟 精氣所藏장기臟器 壯 大也크다 장대하다 (장) 狀 類也같다 形容형상 札也편지 서신 牒也공문 어떤 사실을 진술한 글 (짱) 刱 始造창시하다

似鼉呑人악어 鱷 소앞과 같다 蕚 華跗꽃받침 蘁 소앞과 같다 [遇] 鄂 江夏縣名강하湖北省의 현 이름 鶚 鵰屬물수리 噩 嚴肅엄숙한 모양 －－악악 作 造也만들다 짓다 起也일어서다 생기다 발생하다 始也비롯되다 시작되다 行也어떤 일이나 활동을 하다 (잔)<작> [遇][箇] 昨 隔宵어제 전날 (쫘) 酢 客酌主人손님이 주인에게 잔을 되돌려 술을 권하다 [遇] 怍 慙也부끄럽다 부끄러워하다 㤰 소앞과 같다 柞 櫟也상수리나무 [陌] 飵 相謁食麥손님에게 보리죽을 대접하다 [遇] 鈼 釜也가마솥

㉦[養] 霙 雲皃구름 모양 ――앙앙 臧 善也착하다 선하다 (장)<장>
贓 吏受賄뇌물을 받다 牂 繫船杙배를 매는 말뚝 南越郡名남월의 군
이름 ―牁장가 牂 牝羊암양 또는 흰 양의 암컷 仝앞과 같다 牂 仝앞
과 같다 斨 方銎斧자루 구멍이 네모진 도끼 (쟝) 藏 隱也감추다 숨기
다 숨다 (짱) ㉠[漾] 戕 殺也죽이다 (쨩) 莊 嚴也엄숙하다 장중하다
六達衢사방으로 통하는 길 (장) 裝 裹也싸다 齎也채비하다 행장을 꾸
리다 ―束장속 粧 粉飾단장하다 꾸미다 妝 仝앞과 같다 牀 臥榻눕는
데 쓰던 가구 침상 평상 (짱) 床 俗속자 滄 寒也차다 東海동쪽 바다
均州水名균주湖北省 均縣의 물 이름 ―浪창랑 (창)<창> 倉 庾也곳
집 창고 ㉠[漾] 蒼 深青짙은 청색 華髮머리털이 희끗희끗함 반백의

같다 駔 牡馬會買賣가축의 매매를 알선하는 사람 거간꾼 ―儈장
쾌 (장)<장> 髒 亢直곧다 꿋꿋하다 骯―항장 奘 大也굵다 건장하
다 (짱) 蒼 草野야외의 광활한 경치 또는 근교近郊 莽―망창 (창)
<창> ㉬[陽] 剙 皮傷살갗이 상하다 (챵) 搶 突也찌르다 부딪다 충

(창)<창> 創 懲也징계하다 傷也상하다 仝앞과 같다 ㉬[陽] 愴 傷也
매우 슬프다 悽―처창 滄 寒也차다 서늘하다 湯 熱沃끓이다 덥히다
끓는 물 (탕)<탕> ㉬[陽]㉬[陽] 盪 滌器그릇을 씻다 陸行舟배를 젓다
/ 推―추탕 시간의 흐름에 따라 변하여 감 (땅) ㉦[養] 宕 洞室동굴 또
는 밝고 탁 트인 석실 放也제멋대로 하다 분방하다 (땅) 踼 逸也달리

笮 竹索대로 꼬아 만든 밧줄 筰 仝앞과 같다 [陌] 糳 精米쓿은 쌀 정미
(잔)<착> 鑿 鮮明선명한 모양 ――착착 仝앞과 같다 [号] / 鏨也작은
정이나 끌 穿也구멍을 뚫다 (쫘) 縒 亂也엉컬어지다 ―綜착종 (찬) 錯
雜也섞다 섞이다 舛也어긋나다 誤也틀리다 鑢也줄 金塗도금하다 [遇]
託 寄也맡기다 기탁하다 (탄)<탁> 侂 仝앞과 같다 飥 麪湯떡 餺―박
탁 물에 익힌 밀가루 음식 馲 脊有肉鞍낙타 ―駝탁타 驝 仝앞과 같다
橐 無底囊전대 用力힘을 쓰다 ――탁탁 잇달아 치거나 부딪치는 소리

머리 ㅡ浪창랑 ㉦[養] 鶬 水鳥왜가리 ㅡ鴰창괄 黃鳥꾀꼬리 ㅡ鶊창경 搶 集也모으다 突也부딪다 충돌하다 拒也막다 飛掠강탈하다 (창) ㉦[養] 槍 矟也창 [庚] 蹌 趨也달리다 종종걸음을 치다 舞皃춤추는 모양 ㅡㅡ창창 創 傷也다치다 상처를 내다 상처 (챵) ㉠[漾] 瘡 瘍也부스럼 종기 仝앞과 같다 鏜 鐘聲종소리 (탕)<탕> 湯 熱水끓는 물 蕩也방탕하다 商王號상나라의 개국 왕 이름《샹》㉠[漾] 航 方舟방주 두 척의 배를 나란히 연결한 배 (항)<항> 杭 仝앞과 같다 頏 鳥飛上下새가 날아오르거나 날아내림 頡ㅡ힐항 ㉦[養] 翃 仝앞과 같다 ㉠[漾] 行 列也사람이나 사물의 열 複姓복성 中ㅡ중항 河內山名하내河南省의 산 이름 太ㅡ태항 市長저자의 우두머리 [庚][梗][敬] ㉠[漾] 孃 母稱

돌하다 著也부치다 爭取빼앗다 강탈하다 ㉬[陽] 帑 金幣所藏재물을 보관하는 창고 (탕)<탕> [虞] 蕩 大也넓고 큰 모양 ㅡㅡ탕탕 法廢정치가 혼란하고 사회가 동요함 板ㅡ판탕 無撿束얽매임 없이 멋대로임 구속되지 않고 자유분방함 放ㅡ방탕 (땅) 盪 滌也씻어버리다

다 질주하다 跌也넘어지다 碭 文石무늬가 있는 돌 逿 倒也넘어지다 쓰러지다 吭 鳥咽새의 목구멍 또는 동물의 목구멍이나 목 (항)<항> ㉬[陽] 笐 衣架죽간을 배열하여 만든 시렁 桁 仝앞과 같다 [庚] ㉬[陽] 行 等輩항렬 剛强성격이나 의지가 굳세고 강한 모양 ㅡㅡ항항 [庚][梗][敬] ㉬[陽] 諒 信也성실하다 신실하다 (량)<량> 涼 薄也적다 낮다

흙을 다지는 소리 仝앞과 같다 檬 刁斗냄비와 동라銅鑼를 겸한 행군行軍 때 쓰던 고대의 군기軍器 바라 榜 仝앞과 같다 柝 俗속자 判也쪼개다 가르다 托 手推밀치다 拓 斥開개척하다 不耦불우하다 落ㅡ락척 락탁 覆姓ㅡ跋성씨 탁발씨 仝앞과 같다 [陌] 袥 衣衸치마의 정 중앙에 트인 부분 籜 竹皮죽순 껍질 또는 대껍질 蘀 葉落땅에 떨어진 초목의 껍질이나 잎 鐸 大鈴군대에서 행군할 때 쓰는 종처럼 생긴 악기 목탁 (똬) 度 忖也재다 헤아리다 [遇] 慱 俗속자 壑 谷也산골짜기 坑也구덩이 웅

어머니 (냥)〈냥〉 娘 少女소녀 仝앞과 같다 良 善也선량하다 頗也매우 대단히 (량)〈량〉 蜋 轉丸蟲말똥구리 쇠똥구리 蜣－강랑《랑》粮 糗也식량 또는 건량乾糧 糧 仝앞과 같다 梁 負棟木들보 橋也다리 교량 樑 俗속자 粱 粟粮五穀之長오곡의 으뜸인 기장 또는 조 量 槩度물건의 양을 헤아리는 용기 多少얼마 수량 ㉠[漾] 涼 薄也얇다 ㉠[漾] 凉 薄寒서늘하다 차다 쌀쌀하다 仝앞과 같다 颷 北風북풍 輬 臥車누워서 쉴 수 있는 수레 轀－온량 襄 除也덜다 없애다 贊也돕다 平也평정하다 駕也멍에 成事일을 이루다 (샹)〈샹〉 纕 佩帶띠 驤 馬騰말이 달리거나 뛰어오르다 말이 내달림 相 共也함께 다같이 質也바탕 실질 ㉠[漾] 廂 廡也본체의 양 옆에 있는 곁채 곁방 湘 零陵水名영릉湖

깨끗이 제거하다 動也움직이다 震也흔들거리다 推也밀다 밀치다 ㉠[漾] 簜 大竹큰 대나무 沆 大水물이 넓은 모양 호수 漭－망항 北方露氣선인仙人이 마신다는 밤사이에 내린 이슬 －瀣망해 (향)〈항〉 骯 亢直곧다 꿋꿋하다 강직한 모양 －髒항장 頏 聲也날아오르거나

경미하다 ㉬[陽] 掠 奪也빼앗다 약탈하다 ㉧[藥] 倞 遠也멀다 [敬] 亮 明也밝다 환하다 量 斟穀器물건의 량을 헤아리는 용기 분량이나 길이 따위를 재는 표준 五－오량 限也한계 한도 度－도량 ㉬[陽] 悢 悲也슬퍼하다 서글프다 兩 車數수레를 세는 단위 ㉦[養] 緉 雙屨신발 한쌍 켤레 相 視也보다 살피다 助也돕다 보좌하다 儐也손님을 맞아 인도하

덩이 (한)〈학〉 脽 肉羹고깃국 또는 고깃국을 끓이다 臛 仝앞과 같다 矐 失明눈을 멀게 하다 睢 仝앞과 같다 [覺] 郝 扶風地名부풍陜西省周至縣의 땅 이름 嗃 嚴厲엄하고 모진 모양 －－학학 [肴][效] 蠚 毒螫독충 독벌레 쏘다 또는 벌레에 쏘여 아프다 謔 戲調농지거리하다 조롱하다 (한) 鶴 仙禽 丹頂鳥두루미 학 肥澤깨끗하고 윤기 나는 모양 －－학학 (확) 鸖 仝앞과 같다 貈 似狐善睡오소리 또는 너구리 貉 仝앞과 같다 涸 水渴물이 마르다 [遇] 洛 凍凌얼다 얼어붙은 모양 －澤학탁

南省의 물 이름 烹也삶다 緗 淺黃담황색 箱 篋也상자 또는 상자처럼 생긴 물건 翔 回飛빙빙 돌며 날다 (쌍) 祥 福也상서롭다 길하다 災異 재난 또는 괴이한 일 詳 審也자세히 살펴보다《양》庠 虞學은주殷周 시대의 학교 賫 行賈행상하다 (상) 商 金音오음五音의 제2음 가을 湯 國號성탕成湯이 하걸夏桀을 멸망시킨 뒤에 세운 나라의 칭호 裁度헤 아리다 소앞과 같다 傷 損也손상하다 손실하다 創也다친 자리 상처 殤 夭也성인이 되기 전에 죽다 湯 水皃큰 물이 세차게 흐르는 모양 — —상상《탕》㉠[漾] 觴 酒巵總名술잔의 범칭 尙 主也맡다 관장하다 —書상서 (쌍) ㉠[漾] 常 旗也해와 달을 그려 넣은 천자天子의 기 久 也장구하다 經也떳떳하다 상도 棣也아가위 倍尋길이의 단위로 열 여

날아내리는 소리 ㉣[陽] 兩 再也둘 偶也둘이 짝을 짓다 둘이 어우르 다 二十四銖무게의 단위 24수 (량)〈량〉 ㉠[漾] 魎 山鬼一脚도깨비 전설상의 산천山川의 요괴 魍—망량 蜽 소앞과 같다 想 思也상상 하다 사고하다 (샹)〈샹〉 鮝 魚腊말린 물고기 또는 절인 물고기 어

다 導也인도하다 (샹)〈샹〉 ㉣[陽] 餉 饋也밥을 먹다 식사를 하다 (샹) 饟 소앞과 같다 向 姓也성씨 炎帝後所封염제의 후손에게 봉한 나라 《향》上 高也높은 곳 尊也높은 자리 (썅) ㉦[養] 尙 曾也일찍이 게다 가 庶也거의 대체로 高也높이다 추월하다 또는 능가하다 飾也더 좋게 꾸미다 덧붙여 장식하다 配也배필이 되다 짝하다 猶也오히려 아직 여

皠 鳥白희다 깃털 따위가 새하얀 모양 ——학학 屩 草履짚신 짚신을 신다 (캭)〈갹〉 蹻 走皃달아나는 모양 ——갹갹 楚盜莊-초나라의 도 적 장갸 [蕭][篠] / 驕皃교만한 모양 —교교 (꺄) 噱 大笑크게 웃다 껄껄 웃다 (꺄) 臄 口上肉입천장의 오목한 곳 醵 合錢飲酒돈을 추렴하여 술 을 마시다 [魚][御] 砮 磨刃칼날을 갈다 (랴)〈략〉 砉 소앞과 같다 掠 奪取빼앗다 약탈하다 拂過스치다 스쳐 지나가다 ㉠[漾] 剠 소앞과 같 다 略 簡也간략하다 忽也경시하다 理也다스리다 計畫계획하다 方—방

섯 자 裳 下衣남녀가 입던 아랫도리 겉옷 嘗 探味맛을 보다 試也시험
하다 曾也일찍 일찍이 秋祭가을 제사의 이름 鱨 黃頰魚자가사리 償
酬也보답하다 보상하다 還也돌려주다 상환하다 ㉠[漾] 陽 陰之對양
지 山南水北산의 남쪽이나 강의 북쪽 明也밝다 선명하다 佯也거짓말
하다 自得자득한 모양 ―양양 (앙)<양> 昜 仝上仝下앞뒤와 같다 暘
日出해가 돋다 楊 柳也버드나무류 식물의 총칭 械也죄인의 목에 씌
우는 칼 桁－항양 煬 融也화하다 鑠也녹이다 ㉠[漾] 鍚 馬額飾말 이
마에 다는 가죽 장식물의 하나 敭 明也드러내다 밝히다 揚 擧也들다
들어올리다 仝앞과 같다 颺 風飛흩날리다 펄럭이다 ㉠[漾] 瘍 頭瘡
종기 痒 病也지나친 근심으로 생긴 병 仝앞과 같다 ㉨[養] 羊 柔毛畜

포 象 大獸長鼻牙코끼리 (쌍) 像 形也모양 형상 肖似사람이나 짐승
의 형상을 그대로 만들거나 그리다 橡 栩實상수리 또는 상수리나무
樣 仝앞과 같다 ㉠[漾] 襐 首飾미성년자의 머리꾸미개 장식裝飾
賞 償功상을 주다 玩也감상하다 완상하다 (상) 上 登也오르다 올라
가다 進也앞으로 나아가다 (쌍) ㉠[漾] 養 育也기르다 부양하다 憂

전히 上也바치다 오르다 嘉也가상히 여기다 ㉬[陽] 償 還也갚다 돌려
주다 상환하다 ㉬[陽] 釀 醞酒술을 빚다 양조하다 (앙)<양> 漾 隴西
水名롱서甘肅省의 물 이름 한수漢水의 상류 (양) 瀁 仝앞과 같다 ㉨
[養] 羕 水長물줄기가 긴 모양 樣 式也양식 표준 본보기 ㉨[養] 恙 病

략 大要개요 大－대략 仝앞과 같다 削 刮也깎다 깎아내다 侵也침노하
다 除也제거하다 書刀새김칼 죽간에 잘못 쓴 글자를 깎아내어 지우는
데 쓰는 작은 칼 (샥)<삭> 爍 光皃빛나는 모양 광채가 나는 모양 灼
－작삭 (샥) 鑠 銷金녹이다 녹다 勺 飮器一升한 되 들이 구기 기름 술
같은 액체를 뜰 때 쓰는 자루가 달린 기구 (쟉)<작> 杓 仝앞과 같다
[蕭] 芍 可離함박꽃 －藥작약 [錫] 汋 激水聲물결치는 소리 約 縛也묶
다 동이다 檢也단속하다 검속하다 誓也맹세하다 儉也검소하다 簡也

양 佯 徙倚한가로이 거닐다 유유히 걸음 徜-상양 佯 詐也속이다 가장하다 詳 仝앞과 같다《샹》洋 水皃물이 많은 모양 --양양 瀾也 큰 물결 鴹 一足鳥다리가 하나있는 전설상의 새 이름 漾-상양 禳 祈也재앙을 쫓는 제사 이름 (샹) 攘 竊也훔치다 推也밀다 除也덜다 逐也몰아내다 捋也뽑다 물리치다 --양양 ㉦[養] 瀼 露多이슬이 흠뻑 내린 모양 --양양 ㉦[養] 穰 禾莖기장 피 벼 보리 따위의 짚 豐也벼가 잘 여물다 또는 풍년이 들다 ㉦[養] 瓤 瓜中박과 식물의 속 勷 急遽다급하다 급박하다 劻-광양 바쁜 모양 漿 酢也초 약간 신맛을 띤 음료 米汁미음 (쟝)<장> 螿 蟬屬쓰르라미 蔣 水草줄 볏과의 여러해살이풀 菰-고장 ㉦[養] 將 漸也머지않아 점차 送也보내다 전송

心근심하다 --양양 賤役요리를 맡아 보는 역부役夫 厮-시양 (양)<양> ㉠[漾] 痒 膚欲搔가렵다 ㉬[陽] 癢 仝上仝下앞뒤와 같다 懩 有藝欲達재능을 발휘하려 하다 技-기양 瀁 水皃물이 가없이 드넓은 모양 滉-황양 ㉠[漾] 壤 肥土부드럽고 비옥한 토양 기름진 토양 (샹) 攘 擾也어수선하다 어지럽히다 ㉬[陽] 穰 豊也벼가 잘 여물다

也병 질병 養 奉上윗사람을 공양하다 봉양하다 ㉦[養] 煬 炙燥불에 말리다 불에 굽다 暴也햇볕에 쪼이다 ㉬[陽] 颺 風飛흩날리다 펄럭이다 ㉬[陽] 讓 謙也겸양하다 사양하다 責也꾸짖다 나무라다 (샹) 醬 醢也 육장肉醬 젓갈 (쟝)<장> 將 帥也장수 지휘관 ㉬[陽] 匠 工也장인匠

간요하다 간단하다 期也기약하다 大率대략 (약)<약> [嘯] 葯 白芷백지 향초 이름 [覺] 藥 治病草약 또는 약재 (약) 躍 跳也뛰다 뛰어 오르다 龠 容千二百黍고대 용량 단위 반 홉 瀹 漬也물에 담그다 滌也씻다 薄熟삶다 끓이다 鑰 關牡문빗장 자물쇠 爚 火飛광채가 나는 모양 --약약 禴 夏祭여름 제사 이름 礿 仝앞과 같다 籥 似笛文舞所執문무文舞를 추는 사람이 손에 쥐는 단소처럼 생긴 대로 만든 고대 관악기 虐 酷也포학하다 잔혹하다 瘧 痁病학질 말라리아 弱 劣也연약하다 나

하다 卽也이제 막 곧 바로 頜也거느리다 奉也받들다 / 請也청하다 원하다 仝鏘장과 같다 (챵) ㉠[漾] 鏘 玉聲옥 따위가 부딪쳐 나는 소리 또는 맑고 낭랑한 소리 (챵) 瑲 仝앞과 같다 蹡 行皃가는 모양 漒 水激山흐르는 물이 산에 부딪치는 소리 ――장장 牆 垣也담장 (쨩) 廧 仝앞과 같다 墻 仝앞과 같다 檣 帆柱돛대 嬙 嬪也궁중 여관女官의 이름 薔 花名꽃 이름 ―薇장미 蘠 仝앞과 같다 章 文也글 表也표하다 (쟝) 漳 上黨水名상당山西省의 물 이름 樟 木名녹나무 녹나뭇과의 상록 활엽 교목 橡―예장 璋 半珪서옥瑞玉 이름 조빙 제사 장례 군사 등에 쓰던 예기禮器 障 隔也막히다 ㉠[漾] 墇 仝앞과 같다 ㉠[漾] 鄣 莒邑名춘추春秋시대 거莒나라山東省의 읍 이름 仝앞과 같다 嫜

또는 풍년이 들다 人多사람이 많다 번성하다 活―활양 ㉥[陽] 奬 勸也권면하다 장려하다 (쟝)〈쟝〉 槳 楫也배를 젓는 기구 노의 일종 桨 仝앞과 같다 蔣 姓也성씨 ㉥[陽] 長 大也크다 孟也맏이 尊也높이다 존경하다 養也기르다 양육하다 (쟝) ㉥[陽]㉠[漾] 掌 手心손바닥 主也맡아보다 주관하다 丈 十尺길이를 재는 단위의 한 가지 10

人 일정한 분야에 뛰어난 사람 (쨩) 障 隔也막히다 막다 가로막다 塞也요새 (쟝) ㉥[陽] 墇 仝앞과 같다 ㉥[陽] 嶂 峯也병풍처럼 늘어선 험준한 산봉우리 瘴 熱病장기瘴氣로 인하여 발생하는 악성 풍토병 帳 帷也장막 천막 張 設也베풀다 설치하다 벌여 놓다 自大과장하다 과대

약하다 (샤) 蒻 蒲白부들 속 여린 부들 篛 竹皮껍질이 막 벗겨지기 시작하는 여린 대 箬 仝앞과 같다 嫋 弱也약한 모양 ――약약 [篠] 若 如也같다 汝也너 順也순하다 預辭만약 香草향초 杜―두약 盛多성하고 울밀하다 ――약약 [馬] 雀 依人小鳥참새 (쟉)〈쟉〉 爵 位也작위爵位 벼슬 飮器술을 담는 예기禮器 仝앞과 같다 爝 炬也횃불 또는 작은 불 [嘯] 鵲 綠背白腹까치 乾―건작 (쟉) 碏 石雜色돌이 얼룩덜룩하다 또는 그런 돌 恭也공경하다 皵 皮皴나무 껍질이 거칠고 갈라지다 猎 良

舅姑시아버지 姑－고장 麞 鹿屬無角노루 獐 仝앞과 같다 彰 明也분명하다 드러나다 張 開也열다 펴다 夸也과장하다 과대하다 弦弓활시위를 죄다 ㉠[漾] 粻 糧也양식 식량 長 常也늘 항상 永也시간적으로 길다 (쟝) ㉦[養]㉠[漾] 萇 羊桃다래나무의 별칭 －楚장초 腸 心肺腑소화기의 한 부분 창자 場 除地마당 暘 仝앞과 같다 塲 俗속자 昌 盛也흥성하다 창성하다 (챵)〈창〉 倡 俳優광대 배우 ㉠[漾] 娼 女樂노래를 부르고 춤을 추는 여악 仝앞과 같다 閶 天門전설상의 천궁天宮의 문 또는 대궐문 －闔창합 菖 似蓀천남성과의 여러해살이풀 －蒲창포 猖 狂也멋대로 날뛰다 縱裂띠를 매지 않아 옷매무시가 흐트러진 모양 곧 행동이 분별없거나 정상을 벗어남 披－피창 倀 失道

자尺 老稱웃어른이 되는 남자 (쟝) 杖 殳類몽둥이나 몽둥이처럼 생긴 물건 所以扶行지팡이 梃也몽둥이 ㉠[漾] 仗 兵器무기 병기 儀－의장 ㉠[漾] 敞 曠也널찍하다 탁 트이다 (챵)〈창〉 氅 析羽爲衣새의 깃털로 만든 겉옷 鶖 仝앞과 같다 廠 屋無壁벽이 없는 간이 건물 惝 驚皃놀라는 모양 －怳창황 惝 仝앞과 같다 鋹 利也날카롭다

하다 ㉬[陽] 仗 兵器무기 병기 倚也기대다 의지하다 (쟝) ㉦[養] 杖 持也지팡이를 짚다 기대다 의지하다 ㉦[養] 長 度也길이 餘也남다 나머지 冗也남아돌다 넘쳐나다 多也많다 ㉬[陽]㉦[養] 脹 腹滿배가 부어오르다 (쟝)〈창〉 漲 泛溢큰물 또는 큰물 모양 悵 失志실의하여 한탄하

犬송宋나라의 양견良犬 이름 宋－송작 猉 仝앞과 같다 嚼 噬也씹다 (쟉) 焯 明也환하다 밝게 드러나다 (쟉) 焰 仝앞과 같다 [蕭][嘯] 灼 燒也불사르다 仝앞과 같다 勺 挹取뜨다 푸다 周公樂주공이 만들었다는 악무樂舞 이름《삭》 彴 橫木橋외나무다리 略－략작 [覺] 妁 媒也여자쪽의 중매장이 중매장이 酌 挹也뜨다 푸다 審擇가려서 취하다 좋은 것을 고르다 參－참작 斫 斬也도끼로 치거나 깎다 斮 仝앞과 같다 [覺] 繳 生絲생명주실 생사 著弋주살에 맨 노끈 또는 주살 [篠] 禚 齊地춘추

어찌할 바를 몰라 망연자실한 모양 －－창창 虎鬼귀신 이름 범에게 잡아먹힌 사람이 변한 귀신 香 芳也곡식이 익어 나는 냄새 향기 또는 향기롭다 (향)<향> 薌 仝앞과 같다 鄕 五州행정구역 단위 시골 고향 光 輝耀빛 광채 빛을 비추다 (광)<광> 洸 水湧물결이 일렁이며 번쩍거리는 모양 武皃위풍당당한 모양 씩씩한 모양 －－광광 胱 水腑오줌보 膀－방광 轒 車橫木수레 밑에 가로 댄 나무 匡 正也바르다 단정하다 方也방정하다 (광) 筐 筥屬광주리 恇 怯也겁내다 두려워하다 眶 目厓눈가 눈언저리 狂 心病미치다 또는 실성하여 어지럽게 날뛰다 (꽝) 軖 紡車물레 尫 曲脛가슴 등 정강이 등의 골격이 휘어지는 증상 弱也쇠약하다 (황)<왕> 汪 池也못 물이나 다른 액체가 고인 웅덩이

昶 通也시원하다 잘 통하다 明也밝다 響 聲也소리 (향)<향> 嚮 兩階間두 섬돌의 사이 仝앞과 같다 ㉠[漾] 曏 前時얼마 전 또는 이전 지난날 ㉠[漾] 蠁 蛹也벌레 이름 布寫널리 퍼져 흩어짐 肸－힐향 饗 歆也신명神明이 제물을 흠향하다 享 獻也드리다 바치다 제사를 지내다 仝앞과 같다 廣 闊也폭이 넓다 범위가 넓다 (광)<광> ㉠[漾]

다 (챵) 韔 弓室활집 倡 導也앞장서다 선도하다 ㉬[陽] 唱 發歌노래부르다 仝앞과 같다 暢 通也통하다 瑒 圭瓚종묘 제사 때 쓰는 홀圭 鬯 香草향초 이름 울금향 鬱－울창 弢弓활을 활집에 넣음 曏 前時얼마 전 또는 이전 지난날 (향)<향> ㉦[養] 向 趨也쏠이다 추앙하다 北

시대 제山東省 長淸縣나라의 읍읍 이름 綽 寬也너그럽다 또는 느긋하다 (챠) 䋈 仝上仝下앞뒤와 같다 婥 美好아름답다 예쁘다 －約작약 逴 蹇也발을 절다 절름거리다 [覺] 著 被服옷을 입다 置也놓다 두다 (쟈)<착> [魚][御] / 附也붙다 黏也달라붙다 殷樽은나라 때의 주기酒器 이름 (쨔) 着 俗속자 非잘못임 婼 不順순하지 아니하다 (챠) 矍 驚顧놀라서 두려워하며 두리번거리는 모양 －－확확 健皃노인이 눈동자가 초롱초롱하고 정신력이 왕성한 모양 －鑠확삭 (갸)<곽> 戄 仝앞

深廣깊고 넓은 모양 ――왕왕 ㉠[漾] 王 君也임금 군왕 (왕) ㉠[漾] 荒 蕪也거칠다 논밭이 황폐하다 廢也버려두다 폐기하다 大也크다 四穀不升흉년 또는 흉년이 들다 (황)〈황〉 肓 膈也명치끝 횡경막의 윗부분 衁 血也피 黃 地色오색五色 중에서 오행의 토土에 해당되는 중앙의 정색 흙색 누런색 (황) 潢 積水池물이 괸 못 웅덩이 天河은하銀河 천황성天潢星 璜 半璧조빙朝聘 제사 장례 등에 폐백으로 쓰는 반원형의 옥기玉器 簧 笙舌피리의 혀 또는 그 소리 皇 君也임금 大也크다 正也바르다 始也비롯되다 盛皃성한 모양 ――황황 ㉧[養] 惶 懼也두려워하다 隍 城下池물이 없는 해자 徨 徘徊배회하다 방황하다 傍―방황 偟 仝앞과 같다 遑 急也허둥거리다 다급하게 서두르다 暇也한

枉 曲也굽다 휘다 抑也억울하다 (왕)〈왕〉 往 去也가다 (왕) 迋 古고자 皇 光皃휘황하다 밝게 빛나는 모양 ――황황 ㉫[陽] 怳 狂皃미친 모양 惝―창황 실망하고 낙담함 마음이 불안한 모양 (황)〈황〉 晃 明也밝다 (황) 幌 帷幔휘장 창이나 문에 치는 휘장 銧 人名晉慕容―사람 이름 진나라의 모용황 곧 前燕의 文明皇帝 朚 月昬달빛이

牖북쪽으로 낸 창문 仝上仝下앞뒤와 같다《샹》 嚮 對也대하다 ㉧[養] 珦 玉名옥 이름 誑 欺也기만하다 속이다 (광)〈광〉 誆 仝앞과 같다 迋 仝앞과 같다《왕》 ㉧[養] 㹕 詐也그릇되다 잘못되다 惑也미혹하다 曠 遠也멀리 떨어지다 또는 멀리하다 (쾅) 矌 目無珠눈에 눈동자가 없다

과 같다《확》 玃 大猿큰 원숭이의 일종 또는 원숭이 郭 外城성 밖에 겹으로 둘러쌓은 성 (곽) 槨 外棺덧널 椁 仝앞과 같다 躩 屈足발이 굽은 모양 (쾈) 廓 空也휑하다 텅비다 (콱) 鞹 皮去毛털을 제거한 가죽 漷 魯水名노나라의 물 이름 산동성山東省 등주시滕州市 북동쪽에서 발원하여 강소성江蘇省 패현沛縣에서 운하로 흘러드는 강 [陌] 擴 張大넓히다 확대하다 ㉠[漾] 臒 善丹진사辰砂 단사丹砂 (확)〈확〉 蠖 屈伸蟲자벌레 尺―척확 䨼 味薄맛이 없다 彠 度也자尺 법도法度 법도로 삼

가하다 여유롭다 湟 金城水名금성廣東省의 물 이름 艎 大舟나무로 만든 큰 배의 일종 艅－여황 오왕吳王의 큰 전함 이름 蝗 螽也누리 벼멸구 篁 竹叢대나무 떨기 竹田대밭 餭 黍餳굳힌 엿 산자 餦－장황 媓 堯女순舜임금의 아내 이름 娥－아황 煌 火光불빛 환하게 빛나는 모양 －－황황 凰 雌鳳상서를 상징하는 상상의 암컷 새 【增】文41 瓨 缾也항아리 독 (강)<강> 罡 北斗북두칠성의 자루에 해당하는 별 이름 天－천강 慷 激昂의기가 격앙되다 －慨강개 (캉) ㊤[養] 慶 福也복 행복 乃也이에 어기조사 발어사 (컁) [敬] 艡 舟也배 이름 (당)<당> 傏 不遜당돌하다 불손하다 －突당돌 (땅) 搪 仝앞과 같다 塞也막다 방어하다 筤 幼竹어린 대 (랑)<랑> 踉 急行급하게 가는

어스레하다 －曭황당 慌 昏也어렴풋하다 惝－창황 뜻대로 되지 않은 모양 추측할 수 없음 不分明어슴프레한 모양 흐리멍덩함 아득함 －惚황홀 恍 仝앞과 같다 【增】文25 甿 陌也논밭의 두렁 논밭 사이로 난 좁은 길 (강)<강> 航 鹽澤소금기가 많은 못 염전 酼 仝앞과 같다 矘 月昏달빛이 어슴푸레하다 －曭당황 (탕)<당> 烺 火皃

壙 墓穴무덤 구덩이 또는 무덤구덩이를 파다 纊 細綿고운 솜 가는 솜 絖 仝앞과 같다 擴 充也차다 채우다 懬 仝앞과 같다 ㊂[藥] 王 興也융성하다 長也더 낫다 더 좋다 盛也왕성하다 偞有天下통치하다 왕노릇하다 (왕)<왕> ㊄[陽] 旺 光美빛이 아름답다 暀 仝앞과 같다 汪 鴈門

다 韄 仝앞과 같다 籆 收絲器얼레 실을 감는 기구 彏 弓急張활시위를 팽팽하게 당기다 (햑) 霍 南嶽남악 武王弟叔處所封무왕의 아우 숙처의 봉지 산서성山西省 곽현霍縣의 남서쪽 (햑) 藿 豆葉콩잎 香草향초 이름 곽향藿香 癨 吐病곽란 토하고 설사하는 급한 위장병 靃 飛聲새가 빠르게 나는 소리 －－확확 彉 弩滿활시위를 팽팽하게 당기다 彍 仝앞과 같다 戄 驚懼놀라 두려워하는 모양《곽》穫 刈穀농작물을 수확하다 (햑) [遇] 鑊 釜屬고기나 생선을 삶는 발이 없는 솥 濩 煮也삶다

모양 ―蹄랑방《량》汒 悤遽바쁘다 총망하다 ―若망약 멍함 망연함
(망)<망> 硭 沛邑山名패읍河南省 永城縣의 산 이름 ―碭망당 망탕
宋 大梁대들보 (망) [庚] 硭 石藥광물이름 황산나트륨 ―硝망초 朢
月盈보름달 만월滿月 ㉠[漾] 搫 捍也막다 지키다 (방)<방> 搒 掠打
매질하다 고문하다 [敬] ㉠[漾] 篣 소앞과 같다 蒡 藥名약초 이름 忍
冬인동초 綁 縛也묶다 매다 膀 水腑오줌보 ―胱방광 (빵) 螃 蟹也게
枊 屋斜角추녀 (앙)<앙> 庄 田舍농가 촌락 (장)<장> 吭 咽也새
의 목구멍 (ᅘᅣᆼ)<항> ㉠[漾] 桁 械也차꼬 항쇄 ―楊항양 [庚] ㉠[漾]
踉 躍也뛰다 跳―도량 조량 (량)<량>《량》 鷯 一足鳥다리가 하나
이며 춤을 추면 큰비가 내린다는 전설상의 새 이름 ―鵜상양 (샹)<샹>

불이 이글거리다 (량)<량> 浪 不精要정밀하지 못하다 孟―맹랑
망랑 ㉬[陽]㉠[漾] 蟒 大蛇이무기 큰 구렁이 (망)<망> 曭 不明햇빛
이 없다 흐리다 曭―당망 어두컴컴하여 분명하지 않은 모양 孟 不精
要정밀하지 못하다 ―浪망랑 맹랑 [敬] 磉 柱下石주춧돌 (상)<상>
騻 良馬양마 이름 驌―숙상 (상) ㉬[陽] 醠 濁酒맑은 술 일설에는

縣名안문山西省 山陰縣의 현 이름 ―陶왕도 ㉬[陽] 况 發語辭발어사
하물며 (황)<황> 貺 賜也내려 주다 하사하다 【增】文13 狼 陽武地
名양무河南省 陽武縣의 땅 이름 博―박랑 장량張良이 역사力士를 시
켜 진시황秦始皇을 저격한 곳 (량)<량> ㉬[陽] 莨 毒草미치광이풀 가

汙也더럽다 불결하다 深廣깊고 넓은 모양 蠖―확호 湯樂탕 임금의 음
악 이름 [遇] 嫭 作態모양을 내다 맵시를 내다 【增】文23 袼 袚縫소
매의 겨드랑이 아랫부위의 솔기 자리 (ᄀᆞᆨ)<각> 剫 剔也발라내다 깎
아내다 베어내다 (ᄅᆞᆨ)<락> 暯 冥也어둡다 (ᄆᆞᆨ)<막> 濼 陂澤늪 연
못 (ᄑᆞᆨ)<박>《락》[沃] 蚻 虺屬독사毒蛇 이름 (ᄋᆞᆨ)<악> 崿 崖也벼랑
낭떠러지 (ᄋᆞᆨ) 昔 角理錯섞이다 엇걸리다 (ᄎᆞᆨ)<착> [陌] 厝 礪石숫
돌 [遇] 魄 失業빈곤하여 실의에 빠짐 영락하여 신세가 처량함 落―

徜 徘徊배회하다 －徉상양 (썅) 嫦 羿妻예의 아내 신화상 달 속의 여신女神 －娥상아 항아 霷 十月음력 10월의 별칭 (양)〈양〉 蘘 藥名약초 이름 생강과의 여러해살이풀 －荷양하 (샹) 餦 黍餳굳힌 엿 산자 －餭장황 (쟝)〈쟝〉 桄 麪樹야자과의 상록교목 사탕야자 꽃대의 즙은 설탕 줄기는 전분 잎자루 부분의 털은 노끈이나 빗을 만듦 －榔광랑 (광)〈광〉 僙 武皃용감한 모양 劻 急遽다급하다 급박하다 또는 그러한 모양 －勷광양 (쾅) 㡆 掩也가리다 덮다 練絲누인 실을 물들이는 장인匠人 (황)〈황〉 瑝 玉聲옥이 서로 부딪치는 소리 (뽱) 騜 馬黃白누런 바탕에 흰빛이 섞인 말 驜 소앞과 같다 堭 室無壁사벽四壁이 없는 전당殿堂 喤 兒泣聲어린 아이의 울음소리 －－

탁주 (항)〈앙〉 ㉠[漾] 䣼 소앞과 같다 佒 體不伸몸이 찌쁘드하다 偃－언앙 (향) 愓 放也호방하다 방탕하다 (땅)〈탕〉 倆 巧也재주 재능 기량 技－기량 (량)〈량〉 裲 衣當胷背배자 윗옷 위에 덧입던 소매가 없는 옷 －襠량당 蟓 桑蟲누에나방의 애벌레 누에 (썅)〈샹〉 潒 水急물살이 급한 모양 漭－망상 晌 半刻정오나 정오의 전후 한

짓과의 여러해살이풀 －莨랑탕 枊 繫馬柱말을 매는 말뚝 (앙)〈앙〉 醠 濁酒맑은 술 일설에는 탁주 (항) ㉦[養] 倉 喪也슬프다 슬퍼하다 (창)〈창〉 ㉬[陽] 鐋 平木器대패 鑪－로탕 (탕)〈탕〉 莨 毒草미치광이풀 또는 사리풀 莨－랑탕 (땅) 翋 上下不定새가 날아 오르내리다 翓

락탁 (탇)〈탁〉《박》[陌] 澤 水結고드름 洛－학탁 얼어붙은 모양 (딱) 澤 潤也윤기가 흐르다 광택이 나다 星名별 이름 格－격탁 [陌] 剫 治木나무를 자르거나 쪼개서 다듬다 鄗 晉邑춘추春秋시대 진나라의 읍 하북성河北省 백향현柏鄉縣 북쪽 (학)〈학〉 [肴][皓] 謞 祟讒慝간특하다 사특하다 熇 熾也불기운이 매우 세다 불이 이글거리다 [蕭][屋][沃] 蠚 蜉蝣하루살이 (랃)〈락〉 鄀 楚邑춘추春秋시대 초나라의 읍 호북성湖北省 의성현宜城縣 남동쪽 (샥)〈약〉 皭 白也흰색 맑고 깨끗하다 (짝)

황황 [庚] 【叶】文22 觥 姑黃切고와 황의 반절 劉楨 賦유정의 부 攻 姑黃切고와 황의 반절 龜策傳귀책전 宮 俱王切구와 왕의 반절 班固銘반고의 명 京 居良切거와 량의 반절 班固賦반고의 부 金 居良切거와 량의 반절 易林역림 庚 居郎切거와 량의 반절 毛詩모시 東 都郎切도와 량의 반절 楊泉賦양천부 登 都郎切도와 량의 반절 易林역림 談 徒黃切도와 황의 반절 急就篇급취편 壇 徒黃切도와 황의 반절 九歌구가 農 奴當切노와 당의 반절 潘岳頌반악의 송 兵 逋旁切포와 방의 반절 毛詩모시 明 謨郎切모와 랑의 반절 九歌구가 猛 謨郎切모와 랑의 반절 太玄태현경 民 謨陽切모와 양의 반절 龜策傳귀책전 秦 茲良切자와 량의 반절 易林역림 瞻 諸良切제와 량의 반절 毛詩모시 身 尸

낮 (샹) 磢 以石去垢닦다 갈다 (챵)<챵> 迋 欺也속이다 (꽝)<광> ㉠[漾]㉠[漾] 滉 水皃물이 깊고 넓은 모양 －瀁황양 (횅)<황> 榥 書床책상 晄 旱熱가물어 무덥다 강더위 【叶】文5 騁 齒兩切치와 량의 반절 道藏歌도장가 炳 彼兩切피와 량의 반절 郭璞贊곽박의 찬 勇 羽兩切우와 량의 반절 老子노자 競 其兩切기와 량의 반절 毛詩

－힐항 (향)<항> ㉤[陽] 廣 橫量너비를 재다 －輪광수 (광)<광> ㉦[養] 迋 勞也가다 (왕)<왕>《광》㉦[養] 况 矧也하물며 더군다나 (황)<황> 況 仝앞과 같다 寒水물이 차갑다 兄 滋也늘어나다 증가하다 [庚] 【叶】文8 竟 居亮切거와 량의 반절 郭璞 贊곽박의 찬 病 被旺

<쟉> [嘯] 踖 超也건너뛰다 뛰어넘다 (쟉)<착> [魚] 攫 搏也잡다 포착하다 (걐)<곽> 钁 大鉏큰 호미 擢 奮迅빠르다 揮－휘확 (핟)<확> 擭 捕獸機檻덫 (햑) [禡][陌] 【叶】文19 玉 說岳切열과 악의 반절 易林역림 屬 說岳切설과 악의 반절 班固賦반고의 부 怯 乞約切걸과 약의 반절 易林역림 葉 逆約切역과 약의 반절 易林역림 的 子藥切자와 약의 반절 潘岳賦반악의 부 滌 毒藥切독과 약의 반절 班固賦반고의 부 木 木各切목과 각의 반절 馬融頌마융의 송 室 施灼切시와 작의 반절

羊切시와 양의 반절 九章구장 虛 虛王切허와 왕의 반절 道藏歌도장가 觀 古黃切고와 황의 반절 師曠歌사광의 노래 完 胡光切호와 광의 반절 九章구장 美 仲良切중과 량의 반절 劉向頌유향의 송 【通】無

모시 怲 彼兩切피와 량의 반절 毛詩모시 【通】無

切피와 왕의 반절 黃庭經황정경 怲 被旺切피와 왕의 반절 毛詩모시 盟 眉旺切미와 왕의 반절 黃庭經황정경 猛 眉旺切미와 왕의 반절 太玄태현경 夢 莫浪切모와 랑의 반절 道藏歌도장가 映 於亮切어와 량의 반절 郭璞賦곽박의 부 泳 于放切우와 방의 반절 毛詩모시 【通】無

易林역림 沃 鬱縛切울과 박의 반절 夏民歌하나라 민가 闔 曷各切갈과 각의 반절 班固賦반고의 부 夜 弋灼切익과 작의 반절 毛詩모시 邑 弋灼切익과 작의 반절 杜篤賦두독의 부 櫟 歷各切력과 각의 반절 毛詩모시 耄 慕各切모와 각의 반절 毛詩모시 庶 職略切직과 략의 반절 毛詩모시 薦 卽略切즉과 략의 반절 毛詩모시 赭 陟略切척과 략의 반절 毛詩모시 慘 七各切칠과 각의 반절 毛詩모시 芼 慕各切모와 각의 반절 毛詩모시 【通】無

平聲 庚二十三	**【庚】** 文211 **京** 高丘인공으로 쌓아 만든 높은 언덕 大也크다 王居서울 수도 十兆조의 열 배 憂也근심하다 ――경경 근심 걱정이 끊이지 않은 모양 (깅)〈경〉 **麠** 大鹿牛尾一角소의 꼬리에 뿔이 하나인 큰 사슴 **麖** 俗속자 **驚** 馬駭말이 놀라서 날뛰다 懼也두려워하다 **荊** 楚也싸리나무 또는 가시나무 **庚** 更也바꾸다 변경하다 償也배상하다 상환하다 堅强단단한 모양 굳센 모양 ――경경 무늬가 가로로 펴져 있는 모양 (깅) **鶊** 黃鳥꾀꼬리 鶬―창경 **更** 改也고치다 개변하다 代也대신하다 대체하다 ㉠[敬] **耕** 犂田논밭을 갈다 **畊** 仝앞과 같다 **卿** 公之次천자나 제후에 소속되어 정사를 맡아 다스리던 벼슬 (킹) **輕**
上聲 梗二十三	**【梗】** 文77 **儆** 戒也경계하다 단속하다 (깅)〈경〉 **警** 寤也영리하다 기민하다 仝앞과 같다 **檠** 燈架등잔대 등잔걸이 正弓器도지개 궁노弓弩를 바로잡는 틀 ㉣[庚]㉠[敬] **檄** 仝앞과 같다 ㉣
去聲 敬二十四	**【敬】** 文73 **敬** 肅也엄숙하다 恭也공경하다 (깅)〈경〉 **竟** 窮也궁구하다 終也끝나다 끝내다 **鏡** 鑑也거울로 삼다 밝게 살피다 본보기 **獍** 似貙虎眼전설상의 악수惡獸 梟―효경 태어나자마자
入聲 陌十一	**【陌】** 文226 **佫** 至也이르다 (긔)〈격〉 **假** 仝앞과 같다 [馬][禡] **格** 式也격식 법식 量也가늠하다 측정하다 正也바르다 바로잡다 究也연구하다 궁구하다 化也되다 시들다 죽다 來也오다 仝上仝下앞뒤와 같다 〈힉〉 [藥] **挌** 鬭也싸우다 투쟁하다 **骼** 骨也백골 해골 또는 뼈의 통칭 **骼** 仝앞과 같다 [禡] **茖** 山葱산마늘 **鬲** 趙地名조나라山東省 德州市의 땅 이름 [錫] **膈** 心脾之間횡경막 **隔** 塞也막다 막히다 **篙** 竹障대나무 장지 **革** 生皮가죽 改也고치다 [職] **綌** 麤葛布거친 갈포 (키) **辟** 君也임금 군주 除也제거하다 물리치다 (비)〈벽〉 [寘] / 法也법도 본받다 罪也죄 잘못 徵也임금이 부르다 (삐) **璧** 瑞玉서옥 옥

不重가볍다 傾 仄也기울다 기울이다 寫也쏟다 圯也흙다리 空也비우다 (큉) ㉦[梗] 頃 頭不正머리가 한쪽으로 기울다 仝앞과 같다 ㉦[梗] 勍 强也굳세다 억세다 강하다 (낑) 黥 墨刑오형五刑의 하나 묵형 鱷 海大魚고래 ─鯢경예 고래의 수컷과 암컷 鯨 仝앞과 같다 擎 擧也받들다 받쳐 올리다 ㉠[敬] 檠 燈架등잔대 등잔걸이 正弓器궁노弓弩를 바로잡는 틀 도지개 ㉦[梗]㉠[敬] 橄 仝앞과 같다 ㉦[梗] 瓊 赤玉붉은 옥 (꿩) 璚 仝앞과 같다 藑 香草향초 신령스러운 풀 ─茅경모 惸 憂也근심하다 煢 仝上仝下앞뒤와 같다 婞 獨也고독하다 외롭다 嬛 仝앞과 같다 [先] 睘 驚視놀라서 보는 모양 獰 惡也사납다 흉악하다 (닝)<녕> 儜 弱也나약하다 연약하다 呼聲부르는

[庚] 景 大也크다 明也밝다 빛나다 光也빛 햇빛 像也상황 현상 정황《영》暻 明也밝다 憬 覺悟깨닫다 境 界也경계 국경 변경 구역 지역 頸 項也목 목의 앞부분 耿 介也곧다 정직하다 光也빛나다 小明밝다

어미를 잡아먹고 태어나자마자 아비를 잡아먹는다는 전설상의 짐승 勁 强健힘이 세다 억세다 튼튼하다 繕 仝앞과 같다 [霰] 慶 福也복행복 賀也축하하다 경하하다 (킹) [陽] 競 爭也다투다 겨루다 (낑) 竸

기玉器 이름 예기禮器 襞 疊衣옷을 개다 躄 跛也절뚝거리다 碧 石之青美푸른 옥돌 청록색이나 청백색의 옥돌 深青청록색 擘 撝也쪼개다 찢다 大指엄지손가락 (븨) 檗 黃木황벽나무 蘗 仝앞과 같다 僻 邪也사벽하다 사악하다 陋也구석지다 치우치다 궁벽하다 (픠) 癖 腹病양쪽 옆구리 사이에 뭉쳐 있는 덩어리 偏好기호 고질화된 버릇 擗 拊也가슴을 치다 開也쪼개다 가르다 / 拊心가슴을 문지르다 (삐) 闢 開也문을 열다 (삐) 椑 棺也내관內棺 [支][齊] 腊 乾肉마른 고기 포脯 (시)<석> 昔 古也옛 종전 과거 始也처음 夜也저녁 밤 仝앞과 같다 [藥] 惜 吝也인색하다 아까워하다 憐也가엾다 舄 履也나무로 밑창을 댄 신 碣 礎也주춧돌 潟 鹹土갯펄 席 簟也앉거

소리 傖-창녕 난잡한 모양 촌스럽고 거친 모양 令 使也~로 하여금 ~하게 하다 鐶聲개의 목에 달린 방울 소리를 형용하여 이르는 말 --령령 (링)<령> [靑] ㉠[敬] 明 光也밝게 비치다 顯也분명히 드러나다 (밍)<명> 朙 古고자 明 仝앞과 같다 視也보다 盟 涖牲제후가 신명神明 앞에서 희생의 피를 마시며 맹세하는 의식 ㉠[敬] 鵬 似鳳봉황의 일종 鷦-초명 鳴 鳥聲새 곤충 짐승 따위가 우는 소리 名 號也이름을 부르다 명호名號 聲稱명성 칭송 洺 易陽水名역양河北省 永年縣의 물 이름 兵 戎也군대 군사 戰器병기 무기 (빙)<병> 幷 合也합하다 及也미치다 同也같게 하다 ㉠[敬] 絣 振繩墨먹줄을 튕기다 (빙) 帲 幄也장막 軿 車馬聲거마 소리 또는 소리의 울림이

반짝거리다 --경경 璟 玉光옥의 광채 (귕) 囧 窻明밝은 모양 환한 모양 梗 直也정직하다 강직하다 塞也가로막히다 차단하다 (깅) 挭 槩也대개 대강 大略대략 鯁 魚骨물고기의 뼈 骾 仝앞과 같다 哽 咽

俗속자 非잘못임 倞 强也굳세다 강하다 仝앞과 같다 [漾] 令 善也착하다 좋다 命也명령 長也훌륭하다 으뜸 벼슬 (링)<령> [靑] ㉢[庚] 命 敎也가르치다 使也시키다 명령하다 名也명칭 유명하다 出於天임

나 눕거나 하기 위하여 대오리 갈대 부들 따위로 결어서 만들어 바닥에 까는 물건 藉也좌석 자리 (씨) 蓆 大也크고 넓다 또는 넓고 많다 夕 暮也해질녘 저녁 무렵 汐 夕潮저녁에 밀려드는 조수 穸 墓穴무덤 구덩이 묘혈 窀-둔석 釋 解也풀이하다 해석하다 沙門불교나 승려를 두루 이르는 말 (시) 嫡 嫁也시집가다 適 往也가다 樂也기뻐하다 安也편안하다 悟也거스르다 偶然우연히 仝앞과 같다 [錫] 奭 大也크다 怒皃성난 모양 노한 모양 [職] 襫 雨衣도롱이 襏-발석 螫 毒蟲독충이 쏘거나 독사가 물다 石 山骨돌 암석 (씨) 祏 藏主石室종묘에서 신주를 모시는 돌로 된 감실龕室 鉐 鍮也유석鍮石 鼫 五技鼠석서鼫鼠 땅강아지 碩 大也크다 仝앞과 같다 射 指物而

성대한 모양 －軿병횡 (뼁) [先][靑] 觪 弓皃활이 잘 조화된 모양 －
－성성 (싱)〈셩〉 騂 赤牲붉은 말 또는 붉은색 가축 소앞과 같다
牸 소앞과 같다 垶 赤土붉고 단단한 흙 垟 古고자 餳 飴也엿 (씽) [陽]
聲 音也소리 음향 教也교화 名譽명예 (싱) 成 就也이루다 樂一終풍
류를 한 차례 마치다 또는 한 곡의 악곡 (씽) 城 築土所以盛民성 도
성都城 성시城市 誠 無僞진실하다 審也참으로 확실히 진실로 盛
容受薦穀그릇에 물건을 담다 粢－자성 ㉠[敬] 郕 魯邑춘추春秋시대
노山東省 寧陽縣나라 맹지孟氏의 읍 이름 筬 織具所以持經물레의
바디 韺 帝嚳樂제곡의 음악 이름 (잉)〈영〉 英 華也꽃 꽃부리 智
出萬人재덕이 빼어난 사람 영웅 雲皃구름이 뭉게뭉게 피는 모양 －

塞슬퍼서 목이 메다 말이 막히다 綆 汲索두레박 줄 絎 소앞과 같다
傾 俄也잠깐 동안 경각 (큉) ㉫[庚] 頃 百畝토지 면적 단위의 하나 1
백 묘畝 소앞과 같다 ㉫[庚] 檾 枲屬어저귀 경마苘麻 백마白麻 [逈]

금이 내리는 명령을 적은 글 (밍)〈명〉 柄 柯也도끼 자루 또는 연장
이나 기구 따위의 손잡이 (빙)〈병〉 枋 소앞과 같다 [陽] 棅 소앞과
같다 怲 憂也몹시 근심하는 모양 －－병병 ㉦[梗] 屛 除也제거하다 棄

取쏘아 맞히다 내기를 하다《역》[禡][禡] 役 使也부리다 일을 시키
다 (윅)〈역〉 疫 癘也유행성 전염병의 통칭 돌림병 譯 傳言통역하
다 번역하다 (이) 懌 悅也기뻐하다 즐거워하다 襗 肜祭주대周代의
제사 이름 繹 理也다스리다 소앞과 같다 驛 置騎역말 역참驛站에
갖추어 둔 말 嶧 鄒縣山名추현山東省의 산 이름 醳 苦酒쓴 술 墿
街道길 도로 일설에는 거리 斁 厭也싫다 싫증나다 解也풀다 해제하
다 [遇] 圛 回行돌아서 가다 射 律名십이율명의 하나 無－무역 山
名산 이름 姑－고야 산서성山西省 임분현臨汾縣 서쪽에 있는 산
《셕》[禡][禡] 亦 又也또 또한 弈 圍棊바둑 바둑을 두다 奕 大也크
다 美也날씬하고 예쁜 모양 憂心근심하다 －－혁혁 累世여러 세대

－영영 소앞과 같다 瑛 玉光옥의 광채 霙 霰也싸라기눈 雲皃흰구름의 모양 攖 觸也건드리다 다가가다 嬰 孩也갓난아이 繫也메다 묶다 소앞과 같다 瓔 美石옥과 비슷한 돌 纓 冠系갓끈 관의 끈 馬鞅말을 메우는 가죽 띠 盈 充也가득 차다 채우다 (잉) 楹 柱也대청의 앞기둥 또는 기둥 贏 有餘남다 남아돌다 嬴 秦姓진나라의 성씨 진秦나라를 지칭함 籯 籠屬대상자 대광주리 따위의 물건을 담는 대그릇 瀛 大海큰 바다 迎 逢也만나다 조우하다 迓也가서 맞이하여 오다 친영親迎 ㉠[敬] 營 度也재다 측량하다 軍壘군영 영채 往來營營쉼없이 왔다 갔다 하는 모양 －－영영 (웡) 塋 葬也묏자리 장사지내다 榮 華也초목의 꽃 茂也무성하다 우거지다 屋翼처마의 양쪽 끝

打 擊也치다 두드리다 공격하다 (딩)〈뎡〉 [馬][迥] 領 項也목 統也거느리다 통솔하다 (링)〈령〉 嶺 山坂산길 재 고개 산봉우리 衿 婦人上服활옷 直－직령 皿 盂屬그릇 사발 접시 술잔 쟁반 같은 음식 용

也배제하다 [靑] ㉦[梗] 摒 소앞과 같다 料理요량하다 처리하다 －擋병당 併 竝也나란하다 나란히 하다 兼也아우르다 ㉦[梗] 幷 소앞과 같다 ㉬[庚] 迸 散走흩어져 달아나다 (빙) 跰 소앞과 같다 搒 進船배

世代 －葉혁엽 帟 小幕자리 위에 쳐서 먼지를 막는 작은 장막 易 變也변하다 고치다 象也비슷하다 닮다 涿州水名탁주河北省의 물 이름 [寘] 蜴 蜴虎도마뱀 蜥－석척 埸 疆也밭두둑 지경 逆 不順거스르다 위배하다 迎也맞이하다 영접하다 襀 襞也주름 (지)〈젹〉 積 聚也모아서 쌓아 두다 소앞과 같다 [寘] 磧 水渚有石얕은 물에 있는 모래와 자갈 또는 모래와 자갈이 많은 얕은 개울 沙－사적 迹 步處발자국 前人所留자취 흔적 跡 소앞과 같다 蹟 소앞과 같다 鯽 似鯉色黑붕어 鰿 紫貝작은 조개 소앞과 같다 借 假也빌다 빌리다 가령 [禡] 踖 敬皃공경하는 모양 踧－축적 耤 王田임금이 몸소 농민의 도움을 받아 경작하던 토지 (찌) 籍 簿書서적 장부 명부名簿

이 번쩍 들린 부분 비첨飛檐 縈 繞也휘감다 얽매이다 精 眞氣정기 진기 專一정성스럽다 전일하다 靈也정령 혼령 熟也익숙하다 細也 미세하다 엄밀하다 (징)<정> 睛 目精눈동자 菁 三脊茅띠 菜名채소 이름 순무 蕪－무청 蔓－만청 精英정수가 될 만한 뛰어난 부분 －華청화 茂皃무성한 모양 －－청청 蜻 蟋蟀귀뚜라미 －蛚정렬 胡離잠자리의 일종 －蛉청령 鶄 以睛交 눈빛으로 서로 교미한다는 해오라기 또는 푸른 백로 鵁－교청 晶 精光빛나다 밝다 美石아름다운 돌 水－수정 旌 析羽置竿깃대 꼭대기에 검정소 꼬리나 오색 새깃을 달아 장식한 기 表也표명하다 나타내다 旍 仝앞과 같다 情 意也느끼어 일어나는 마음의 작용 實也실상 진실하다 (찡) 貞 正也바르다

기의 총칭 (밍)<명> 餅 麪餈찌거나 익혀서 만든 밀가루 음식 밀가루나 쌀가루로 만든 둥글넓적한 떡 (빙)<병> 餠 仝앞과 같다 鉼 金鈑떡처럼 생긴 금 은 동의 덩이 倂 和合아우르다 합치다 竝也나란하

를 짓다 [陽][漾] 榜 仝앞과 같다 [養][漾] 偋 皆也모두 다 (삥) ㉦[梗] 並 仝앞과 같다 [迥] 病 疾加중병 또는 위중하다 性 天理성정性情 성품 이치 (싱)<셩> 姓 係統계통 生也태어나다 자손 子－자성 聖 睿

仝앞과 같다 藉 雜亂이리저리 어지럽게 널브러져 있는 모양 狼－랑자 盛也성대함 또는 탁월함 －甚적심 [禡] 炙 炮肉구워서 익힌 고기 구이 (지) [禡] 摘 手取따다 (즤) [錫] 謫 責也견책하다 꾸짖다 讁 仝앞과 같다 赤 南方色붉은색 空盡텅비어 아무것도 없다 (치) 脊 背也척추 등골뼈 (지)<척> 蹐 小步발소리를 죽이고 조심스럽게 걷다 또는 잔걸음을 치다 刺 穿也꿰뚫다 揬也부딪치다 黥也자자하다 刃之찌르다 拏舟배를 끌다 私語사담하다 수다스러운 모양 —척척 (치) [寘] 堉 薄土땅이 메마르다 또는 메마른 땅 (찌) 瘠 瘦也몸이 여위다 수척하다 隻 一枚하나 한 개 (지) 摭 拾也줍다 주워 가지다 拓 仝앞과 같다 [藥] 蹠 履踐밟다 足下발꿈치 跖 仝앞과 같다

정직하다 (징) 楨 築具흙담을 칠 때 양쪽 끝에 세우는 나무 기둥 －榦정간 禎 祥也상서 길상吉祥 正 歲首음력에서 1년 중의 첫째 달 정월 射侯畵布과녁의 중심 활쏘기 할 때의 표적 ㉠[敬] 征 伐下정벌하다 行也멀리 가다 索也찾다 鉦 鐃也징 종鐘과 비슷하지만 종보다 좁고 길며 자루가 있다 행군할 때 정지의 신호로 사용 䏴 炙魚肉고기를 삶다 어물과 육물을 한데 삶아 요리하다 鯖 仝앞과 같다 [靑] 檉 河柳버드나무 능수버들 (칭) 頳 赤色붉은색 붉어지다 䞓 仝앞과 같다 呈 示也나타내다 露也드러내다 (찡) 程 式也법식 방식 限也한정 準也표준 課也일이 진행되는 절차나 단계 道里역참 등 머물러 쉬는 곳을 기준으로 나눈 노정路程의 구분 酲 酒病술병이 들다

다 나란히 하다 ㉠[敬] 竝 仝앞과 같다 ㉠[敬] 屛 蔽也가리다 은폐하다 蕭牆간막이 가리개 罘罳부시 대문 밖이나 성의 모퉁이 위에 설치한 그물 모양의 구조물 [靑] ㉠[敬] 丙 陽火불 남녘 간지干支의 하나

也총명하고 지혜롭다 通也통달하다 (싱) 晟 明也밝다 환하다 熾也치열하다 (씽) 盛 多也매우 많다 茂也무성하다 ㉲[庚] 娍 美也늘씬하고 아름다운 모양 鞕 堅强굳세다 단단하다 (잉)〈영〉 硬 仝앞과 같다

尺 十寸길이의 단위 1치寸의 10배 (치) 蚇 屈伸蟲자벌레 －蠖척확 斥 指也가리키다 지적하다 開也개척하다 逐也내치다 몰아내다 望也망보다 澤厓늪가 鹹地소금기가 있는 개펄 擲 投也던지다 내던지다 (찌) 擿 仝앞과 같다 [錫] 躑 跳皃뛰어오르는 모양 －躅척촉 蹢 仝앞과 같다 [錫] 虩 懼皃두려워하는 모양 －－혁혁 (히)〈혁〉 赫 明也밝다 赤也붉은 빛이 선명하다 盛也성대한 모양 －－혁혁 (히) 爀 火色불이 붉은 모양 또는 붉은 색깔 嚇 怒也성내어 꾸짖다 성을 내는 모양 [禡] 戟 有枝兵미늘창 (기)〈극〉 撠 挶持붙잡다 쥐다 隙 壁孔담의 벌어진 틈 틈새 閒也짬 겨를 여가 郄 仝앞과 같다 郤 姓也성씨 仝앞과 같다 屐 木屨나막신 (끼) 谻 倦也피로하다 지

술에 취하여 정신이 몽롱하다 裎 裸體윗옷을 벗어 웃통을 드러내다 ㉦[梗] 珵 佩玉패옥 珩也패옥의 꾸미개 淸 淨也맑다 (칭)〈청〉 晴 雨止無雲맑게 개다 (찡) 晴 仝앞과 같다 賗 受賜받다 물려받다 抨 彈也쏘다 시위를 당기다 (핑)〈평〉 怦 心急마음이 급하다 －－평평 平 正也바르다 和也화친하다 坦也평탄하다 均也고르다 (삥) [先] ㉠[敬] 苹 藾蕭산흰쑥의 일종 評 品論논평하다 量也헤아리다 訂也끊다 ㉠[敬] 枰 棊局바둑 또는 바둑판 兄 長也맏이 (훵)〈형〉 [漾] 亨 通也일이 순조롭게 되다 형통하다 (힁)〈핑〉 脝 脹皃배가 부른 모양 膨－팽형 珩 佩玉패옥 또는 패옥 꾸리개 (헝) 桁 屋橫木도리 들보와 직각으로 기둥과 기둥을 건너서 위에 얹은 나무 [陽][漾] 衡

怲 憂也몹시 근심하는 모양 －－병병 ㉠[敬] 邴 鄭邑춘추春秋시대 정山東省 費縣나라의 읍 昞 明也밝다 빛나다 炳 仝앞과 같다 昺 仝앞과 같다 抦 持也잡다 쥐다 가지다 秉 禾束볏단 한 줌의 볏단 仝앞

迎 壻迓婦가서 맞이하여 오다 親－친영 ㉣[庚] 暎 相照비치다 비추다 (잉) 映 仝앞과 같다 詠 吟也소리를 길게 뽑아 읊다 (윙) 咏 仝앞과 같다 泳 潛行水中헤엄치다 禜 除災祭천재지변을 물리치기 위하

치다 劇 甚也심하다 대단하다 仝앞과 같다 搦 捉也잡다 쥐다 (니)〈닉〉 [覺] 益 增也더하다 보태다 (이)〈익〉 嗌 喉也목 목구멍 齸 麋鹿粻사슴이 되새김질하다 사슴의 위 膉 肥也살찌다 비대하다 鄎 地名땅 이름 虢 －仲所封주周나라 문왕文王의 아우 괵중의 봉지 섬서성陝西省 보계시寶鷄市 동쪽 (귀)〈괵〉 蟈 鼃屬개구리의 일종 螻－루괵 幗 婦人冠여자의 머리 장식물 부인이 상중에 쓰는 관冠 巾－건괵 摑 打也손바닥으로 때리다 따귀를 때리다 敋 仝앞과 같다 馘 截耳전쟁에서 적이나 포로의 왼쪽 귀를 베어 그 수를 헤아려 공적功績으로 보고함 砉 皮骨聲뼈 바르는 소리 (휘)〈획〉 [錫] 騞 仝앞과 같다 漍 波激聲물결이 부딪치는 소리 嚍 言聲말 소리 －－

秤也저울 車軛수레 끌채 앞의 가로지른 나무 眉上눈썹 또는 눈두덩 (횡) 蘅 香草향초이름 두약杜若 杜－두형 莖 草幹식물의 줄기 韺 顓頊樂전욱上古시대 帝王의 음악 이름 觵 酒器七升일곱되 들이의 술 그릇 뿔잔 (귕)<굉> 觥 仝앞과 같다 剛直강직한 모양 －－굉굉 泓 水深물이 깊고 넓은 모양 (훵)<횡> 轟 羣車聲많은 수레가 지나가는 소리 (훵) 輷 仝앞과 같다 訇 大聲큰 소리 訇－평굉 鍧 鐘鼓聲종소리나 북소리 따위 鏗－갱굉 諻 大聲큰 말소리 黌 學舍학교 (훵) 橫 縱之對가로 가로 방향 ㉠[敬] 衡 仝앞과 같다《형》鐄 大鐘큰종 宏 大也크다 방대하다 閎 衖門마을 어귀의 문 대문 仝앞과 같다 紘 組也갓끈 冕飾관면의 장식 維也벼리 천하 팔방八方 八－팔

과 같다 省 察也살피다 시찰하다 (싱)<성>《싱》箵 小籠종다래끼 물고기를 담는 대바구니 箵－령성 惺 悟也깨닫다 맑게 깨어있는 모양 －－성성 [靑] 景 明有境그림자 (힝)<영>《경》影 仝앞과 같다

여 일월성신이나 산천의 신에게 지내는 제사 醟 酗酒술주정하다 淨 無垢깨끗하다 (찡)<정> 瀞 仝앞과 같다 靚 妝飾꾸미다 단장하다 明也밝다 ㉦[梗] 靘 仝앞과 같다 [徑] 穽 坑也깊은 구덩이 ㉦[梗] 正 平

획획 劃 刻也칼로 긋다 가르다 擭 手取잡다 붙잡다 [禡][藥] 畫 界也경계를 긋다 分也가르다 書也글씨를 쓰다 止也그만두다 멈추다 計也계획하다 (휙) [卦] 獲 得也얻다 취득하다 客 賓也손님 (킈)<킥> 挌 手把잡다 쥐다 陌 田間道동서나 남북으로 나 있는 밭두둑길 또는 밭 사이의 좁은 길 (믜)<믹> 貊 北方夷중국 북방 종족의 하나 靜也마음이 고요하다 麥 來麰보리 밀 衇 血絡혈관 脈 仝앞과 같다 脉 俗속자 眽 衺視흘겨보다 일설에는 서로 쳐다보다 相視보는 모양 －－맥맥 覛 仝앞과 같다 霢 小雨가랑비 이슬비 －霂맥목 驀 越也넘다 건너다 貘 似熊食鐵곰 비슷하게 생겼으며 쇠를 먹는다는 짐승 이름 百 十十십의 10배가 되는 수 100 (븨)<빅>《믹》伯 長

굉 竑 度也재다 鋐 金聲금속의 소리 또는 종이나 북의 소리 翃 飛
皃벌레가 나는 모양 ――굉굉 嶸 山峻산이 높고 가파르다 우뚝솟다
崢―쟁영 竤 소앞과 같다 鍠 鐘鼓聲종소리나 북소리 따위 ――굉
굉 喤 喧也시끄럽다 떠들썩하다 泣聲어린아이의 울음소리 ――황
황 소앞과 같다 [陽] 賡 續也잇다 연속하다 ―載갱재 (긩)〈깅〉 羹
臛也고깃국 和五味간을 맞추다 秔 稻不黏메벼 粳 俗속자 阬 塹也
구덩이 도랑 움푹 패인 곳 (킹) 坑 소앞과 같다 牼 牛膝骨소의 정강
이뼈 踁 羣趨분주히 오가는 모양 ――경경 硜 小人소인 고루하고
고집스러운 모양 ――갱갱 경경 硻 소앞과 같다 鏗 金石聲돌 쇠붙
이 옥 나무 등이 부딪쳐 나는 크고 맑은 소리 ―鏘갱장 盲 無瞳눈동

郢 楚都춘추전국春秋戰國시대 초나라湖北省 江陵縣 紀南城의 도읍
지 (잉) 浧 沈也잠기다 가라앉다 穎 穗也벼의 이삭 錐鋩물체의 뾰족
한 끝 칼코등이 潁 陽城水名양성河南省 登封縣의 물 이름 癭 瘤也목
부위에 나는 큰 혹 永 長也물의 형세가 길게 흐르는 모양 길다 (윙)

也바르게 하다 當也마땅하다 直也곧다 定也정하다 결정하다 長也우
두머리 (징) (프)[庚] 政 以法正民법으로 백성을 다스리다 바로잡다 証
諫也간하다 遉 邏候염탐하다 정탐하다 (칭) (프)[庚] 偵 問也묻다 점을

也한 지방을 맡아 다스리는 우두머리 [禡] 柏 椈也向陰指西음지로
향하고 서쪽을 가리킨다는 측백나무 栢 俗속자 迫 逼也핍박하다
압박하다 蓓 藍也쪽풀의 다른 이름 甋 井甃우물의 옹벽 拍 打也치
다 두드리다 (픠) 珀 松脂所化송진이 땅속에서 굳어 만들어진 물체
琥―호박 霸 月始生초승달 일설에는 보름달이 되기 전의 달빛 [禡]
魄 人生始化사람의 몸에 붙어서 존재한다는 음陰의 정기精氣 소앞
과 같다 [藥][藥] 白 西方色흰색 告也사뢰다 말씀드리다 (삐) 帛 繒
也명주실로 짠 피륙의 총칭 비단 舶 海舟배 항해하는 배 索 求也찾
다 탐색하다 盡也다하다 法也법 법도 (싀)〈식〉 [藥] 愬 驚懼두려

자가 없는 사람 맹인 (밍)<밍> 宊 𩊊梁대마루 [陽] 蝱 齧人蟲등에 虻 소앞과 같다 氓 民也백성 甿 소앞과 같다 萌 草芽싹 움이 트다 甍 屋棟 所以承瓦용마루 집의 마룻대 鄳 江夏縣名강하河南省 羅山縣의 현 이름 生 產也낳다 태어나다 出也내다 不熟설다 날 것 語辭구말句末어조사 (싱)<싱> ㉠[敬] 笙 匏音생황 牲 牛羊豕제사 및 맹세에 쓰거나 식용하는 소 양 돼지 따위의 가축 犧－희생 鉎 鐵衣쇳녹 甥 姊妹子생질 女壻사위 鼪 鼬鼠족제비 황서랑黃鼠狼 猩 似猿能言우랑우탄 －－성성 생생 전설상의 짐승 이름 狌 소앞과 같다 鸎 黃鸝꾀꼬리 (잉)<잉> 鶯 소앞과 같다 文皃깃털에 무늬가 있는 모양 鸚 能言鳥앵무새 －鵡앵무 嚶 鳥聲새가 지저귀는 소리 －－앵

井 泉也우물 샘 九百畝정전 9백 묘 連續가지런한 모양 조리정연한 모양 물방울이 떨어지는 소리 －－정정 (징)<경> 靜 寂也아무 소리가 없다 고요하다 (찡) 竫 安也안정되다 편안하다 소앞과 같다 穽 坑也함정 깊은 구덩이 ㉠[敬] 阱 소앞과 같다 整 齊也가지런하다 정연하

치다 소앞과 같다 ㉬[庚] 鄭 周叔友所封주周 선왕宣王이 아우 환공桓公을 봉하여 세운 제후국 (찡) 鋥 磨劒갈다 기물을 갈아 윤을 내다 凊 寒也차다 서늘하다 (칭)<청> 倩 借也빌다 빌리다 壻也사위 [霰]

워하다 －－색색 [遇] 槭 隕落잎이 떨어져 가지가 앙상한 모양 －－색색 摵 俗속자 非잘못임 棟 梀也가나무 潚 小雨가랑비가 부슬부슬 내리다 또는 그 모양 賾 幽深깊다 그윽하다 (씌) 齰 齧也씹다 깨물다 齚 소앞과 같다 咋 소앞과 같다《칙》[禡] 戹 災也재액 재난 (읙)<익> 厄 소앞과 같다 阸 限也한계 또는 장애 가로막다 塞也막히다 礙也거리끼다 迫也핍박하다 곤박하다 소앞과 같다 [卦] 阨 소앞과 같다 [卦] 軶 轅端橫木멍에 軛 소앞과 같다 搤 握也움켜쥐다 扼 소앞과 같다 扼 소앞과 같다 餩 飢也굶주리다 啞 笑聲웃음소리 －－액액 [馬][禡] 腋 肘閒겨드랑이 (이) 掖 持臂손으로 남의

앵 櫻 含桃앵두나무 또는 앵두꽃 앵두 罌 缶也아가리는 작고 배가 불룩한 항아리 甖 仝앞과 같다 甇 仝앞과 같다 嫈 好皃아름다운 모양 聶政姊전국戰國시대 한韓나라 사람으로 자객으로 활동하였던 섭정의 누이 爭 競也경쟁하다 겨루다 辨也논쟁하다 변론하다 (즹)〈징〉 ㉠[敬] 箏 絃樂슬瑟과 비슷한 현악기의 하나 丁 伐木聲나무를 베거나 바둑돌을 놓는 따위의 소리 ――정정 [靑] 錚 金聲금 옥 따위가 부딪쳐서 나는 소리 ――쟁쟁 (칑) 琤 玉聲옥이 울리는 소리 ――쟁쟁 崢 山峻높은 봉우리 ―嶸쟁영 峥 仝앞과 같다 鐺 鼎類손잡이와 다리가 달린 솥 [陽] 鎗 金石聲종소리 또는 우렁차거나 낭랑한 소리 鏗―갱쟁 仝앞과 같다 槍 彗星별 이름 혜성 欃―참창 [陽]

다 (징) 逞 快也만족스럽다 마음이 유쾌하다 (칭) 請 乞也빌다 기도하다 청하다 謁也뵙다 알현하다 扣也묻다 (칭)〈청〉 ㉠[敬] 梬 小柹고욤 ―棗영조 (잉)〈잉〉 騁 馳也달리다 빨리 뛰다 (칭)〈칭〉 礦 銅鐵樸광석 쇠돌 (귕)〈굉〉 鑛 仝앞과 같다 卝 仝앞과 같다《횡》獷 麤

請 謁也뵙다 알현하다 秋朝見한대漢代에 제후諸侯가 가을에 천자를 뵙던 조회 (찡) ㉧[梗] 平 定物價물건 값을 정하다 거간꾼 漢官廷尉―한나라 때의 관리 정위평 곧 漢代에 둔 정위의 屬官 (삥)〈평〉 [先] ㉬

팔을 잡다 仝上仝下앞뒤와 같다 裓 大衣소매가 큰 옷 縫―봉액 液 津也액체 즙 진액 額 顙也이마 (읙) 頟 仝앞과 같다 不息쉬지 않는 모양 ――액액 諮 論訟직언하여 논쟁하다 迮 起也일어나다 迫也닥치다 핍박하다 (즥)〈칙〉 窄 狹也좁다 협소하다 柞 除木나무를 베다 [藥] 笮 矢服전동箭筒 [藥] 舴 小舟작은 배 ―艋책맹 咋 大聲외치다 고함치다《식》[禡] 諎 大聲큰 소리 唶 仝앞과 같다 鳥聲새가 우는 소리 ――책책 [禡] 責 誚也꾸짖다 求也구하다 任也맡다 望也바라다 기대하다 迫取독촉하여 받아내다 재촉하다 [卦] 簀 牀棧살평상 簟也삿자리 幘 覆髻머리를 싸매는 두건 망건 嘖 爭言큰 소리

瞠 直視똑바로 보다 직시하다 ㉠[敬] 棖 楔也문설주 (쩡) 橙 橘屬 등자나무 또는 등자 [徑] 傖 賤稱비루하다 비천하다 綳 束也묶다 동이다 (빙)<핑> 繃 仝앞과 같다 祊 仝앞과 같다 祊 廟門祭제사 이름 종묘 문 안의 제사를 지내는 곳 閍 宮門궁중의 문 仝앞과 같다 伻 使人심부름하는 사람 사자使者 烹 煮也삶다 (핑) 亨 仝앞과 같다《형》砰 水石聲폭풍우 천둥 폭포수 소리 또는 물건이 땅에 떨어지거나 부딪쳐서 나는 소리 砯-빙팽 磅 地形한 없이 넓고 큰 모양 -礴방박 [陽] 澎 水聲물결이 서로 부딪치는 소리 -湃팽비 棚 棧也누각 다락집 (삥) 輣 兵車망루를 설치한 병거 弸 弓强활이 강력한 모양 [蒸] 騯 馬盛말이 튼튼한 모양 --팽팽 彭 鼓聲북소리 -

惡추악한 모양 야만스럽고 사납다 冷 寒也차다 차갑다 (렁)<링> [迥] 猛 勇也용맹스럽다 (밍)<밍> 艋 小舟작은 배 舴-책맹 黽 鼃也맹꽁이 맹꽁잇과의 양서류 [軫][銑] ㉣[庚] 省 禁署중앙 전권 집행 기관의 하나 簡也간략하다 (싱)<싱>《셩》眚 災也재앙 재이 杏 似

[庚] 評 量也재다 논평하다 證也실증하다 검증하다 ㉣[庚] 敻 遠也멀다 아득하다 (휭)<형> 娉 娶也장가들다 시집가다 (핑)<빙> [靑] 聘 諸侯相問빙문聘問하다 천자와 제후 또는 제후와 제후 사이에서

로 말다툼하는 모양 諎 仝앞과 같다 磔 裂也희생犧牲의 사지를 찢어서 제사지내다 冊 編簡대쪽에 글을 써서 엮어 맨 책 (칙) 策 仝앞과 같다 謀也꾀 계책 馬箠말채찍 葉聲잎이 떨어지는 소리 --책책 筴 仝앞과 같다 [葉][洽] 筞 仝앞과 같다 柵 寨也울타리 울짱 목책 編也죽간竹簡을 엮어 맨 끈 편집하다 䜺 磨豆비지 콩가루 坼 裂也 터지다 垿 仝앞과 같다 拆 俗속자 宅 居也살다 거주하다 (찍) 擇 選也가리다 고르다 선택하다 睪 仝앞과 같다 澤 陂也못 저수지 恩也은덕 은혜 潤也윤기가 흐르다 젖어 있다 濯也씻다 세척하다 [藥] 翟 河南縣名하남河南省 禹州市의 현 이름 陽-양책 양적 姓也성씨

－팽팽 盾也방패 －排팽배 仝앞과 같다 [陽] 行 步也다니다 걷다 往也가다 나아가다 지나가다 路也길 도로 用也쓰다 運也움직이다 五－오행 (헹)<힝> [陽][漾] ㉦[梗]㉠[敬] 【增】文38 譝 小言작은 소리 낮은 소리 (닝)<넝> 鬡 髮亂모발이 흐트러지다 髩－쟁녕 栟 椶也종려나무 －櫚병려 (빙)<병> 宬 藏史所장서실藏書室 명청明淸시대 황궁皇宮의 서고 (씽)<성> 濴 水聲물이 굽이치는 모양 －－영영 (윙)<영> 瑩 瑱也옥과 비슷한 아름다운 돌 琇－수영 [逈][徑] 蠑 守宮도룡뇽목 영원과의 양서 동물 －螈영원 怔 懼皃황공하여 어찌할 줄 모르는 모양 －營정영 (징)<정> 紅 馬飾천자天子의 수레 장식 鵼 題肩맷과의 새 이름 새매의 일종 蟶 蚌屬긴맛 맛조개

梅而甘살구나무 살구 (헹)<힝> 莕 水葉接余노랑어리연꽃 마름 荇 仝앞과 같다 倖 寵也사랑하다 총애하다 佞也편안하다 안일하다 覬非望우연한 원인으로 말미암아 성공에 이르거나 재해災害를 모면하는 일 徼－요행 幸 冀望바라다 희망하다 車駕所至거동하다 제왕이 친히

서로 사신을 보내는 일 仝앞과 같다 瞠 直視똑바로 보다 주시하다 (찡)<징> ㉲[庚] 瞸 俗속자 横 不順理거스르다 (휑)<횡> ㉲[庚] 更 再也재차 다시 (깅)<깅> ㉲[庚] 孟 長也으뜸 맏이 始也처음 勉也힘

[錫] 覈 考事실태를 조사하다 핵실하다 慘刻흉악하고 악랄하다 穀糠不破무거리 곡식 따위를 빻아서 가루를 내고 남은 찌끼 (힉)<힉> 核 果子과실의 씨 仝앞과 같다 [月] 絯 大絲굵은 실 [蟹][灰] 輅 車前木손수레의 앞가로장 輅 仝앞과 같다 [遇] 翮 勁羽깃촉 새의 깃대 밑쪽의 단단한 부분 【增】文35 挌 擊也치다 (긔)<격> 觡 有枝角가지가 나 있는 사슴의 뿔 薜 山麻산에 나는 삼 비슷한 풀 야생삼 (븨)<벽> [霽] 捭 開也열다 折也가르다 찢다 [蟹] 霹 迅雷벼락 벼락이 치다 －靂벽력 (픠) [錫] 鷿 似鳧논병아리 되강오리 －鷉벽제 (삐) 釋 淅米쌀을 일다 －－석석 (시)<셕> 繸 綬系인끈 또는 패

(칭) 遉 邏候순찰하며 조사함 적의 동정을 정찰하는 변경의 초소나 보루 ㉠[敬] 偵 仝앞과 같다 ㉠[敬] 圊 溷厠뒷간 변소 (칭)<청> 訇 大聲큰소리 －訇평굉 (핑)<평> 坪 大野평탄한 벌판 (뻥) 薨 蟲飛벌레가 떼 지어 나는 소리 －－횡횡 (힝)<횡> [蒸] 飉 暴風폭풍 (훵) 吰 鐘鼓聲종소리나 북소리와 같은 시끄러운 소리 噌－쟁횡 谹 谷響골짜기에서 소리가 크게 울리다 메아리치다 罟 網綱밧줄 그물의 벼리 紘 仝앞과 같다 宖 屋響집이 깊숙하여 소리가 울리다 彋 弓聲활시위 소리 娊 幼婦신부의 수줍어하는 모양 嫈－앵명 앵맹 (밍)<밍> 黽 楚地초나라河南省 信陽市의 땅 이름 －隘맹액 [軫] [銑] ㉦[梗] 甇 小言작은 소리 －嚀앵녕 (잉)<잉> 猙 似狐有翼비

나오다 福喜행운 행복 기쁘다 仝앞과 같다 【增】文18 熲 光也밝은 빛 (깅)<경> [迥] 炅 光也빛나다 밝다 (귕) 蕒 藥名도라지 苦－길경 (깅) 檾 禪縠삼베 홑 덧옷 (큉) [迥] 倂 密也깊숙하다 궁벽하다 斥也 물리치다 (빙)<병> ㉠[敬] 簈 車蔽수레 위에 덮어 먼지를 막는 대지

쓰다 姓也성씨 (밍)<밍> [養] 盟 河內邑名하내河南省 孟縣의 읍 이름 －津맹진 ㉬[庚] 生 產也낳다 생겨나다 태어나다 (싱)<싱> ㉬[庚] 諍 諫也간하다 바른말로 충고하다 (징)<징> 爭 仝앞과 같다 ㉬[庚]

옥佩玉의 끈 (이)<역> 睪 伺視엿보다 躤 踐也밟다 (찌)<적> 鶺 雛渠할미새 －鴒척령 (지)<척> 墌 基址터 흙을 다져 터를 만들다 (지) 跅 無撿방종하여 규범을 따르지 아니하다 －弛척이 (치) 彳 小步자작자작 걷다 －亍척촉 謚 笑皃웃는 모양 (히)<익> [寘] 濊 水裂물이 갈라져 나가다 －－획획 괵괵 (귀)<괵> 膕 曲膝오금 剨 破聲깨지는 소리 (휘)<획> 謋 速也빠르다 嫿 好皃아름답다 훌륭하다 (휘) 嚄 多言말이 많다 수다떨다 －唶획책 繣 乖戾어그러지다 어긋나다 緯－위획 [卦] 擂 擘也가슴을 치다 韄 佩刀絲칼을 차는 끈 [遇] 喀 欬聲기침하는 소리 토하는 소리 (킈)<긱> 峈 吐聲

호 날개 달린 여우와 비슷한 짐승 (징)<징> 玎 玉聲옥 따위가 부딪치는 소리 －玲쟁령 [靑] 橕 邪柱버팀대 버팀목 지주 (칭) 樘 古고자 撑 俗속자 非잘못임 振 觸也부딪치다 (찡) 鬇 髮亂머리털이 흐트러지다 －鬡쟁녕 竏 驅馳쉬지않고 달리는 모양 건장하고 힘이 센 모양 －－팽팽 (빙)<핑> [陽][漾] 徬 不得已일이 바빠서 그칠 수 없는 모양 －－팽팽 [陽][漾] 蟚 似蟹방게 －蜞팽기 (삥) 膨 大腹배가 불룩하다 －脝팽형 【叶】文11 弖 姑弘切고와 홍의 반절 九歌구가 夢 莫藤切모와 등의 반절 揚雄賦양웅의 부 中 諸仍切제와 잉의 반절 易역 延 於營切어와 영의 반절 揚雄賦양웅의 부 楊 以征切

붕 －篁병성 蛃 白蟫좀 寎 三月음력 3월의 별칭 窉 俗속자 䚀 省也살피다 시찰하다 (싱)<셩> 靚 妝飾꾸미다 단장하다 (찡)<정> ㉠[敬] 竫 停安편안하다 고요하다 裎 裸體윗옷을 벗어 웃통을 드러내다 (칭) ㉬[庚] 麵 皮厚麥밀기울 (귕)<굉> 卝 金玉樸광석 (휑)

行 言跡행적 종적 巡視순시하다 돌아보다 (행)<힝> [陽][漾] ㉬[庚] ㉦[梗] 【增】文8 檠 有足几발이 달린 소반 쟁반 예반 따위의 그릇 (낑)<경> ㉬[庚]㉦[梗] 擎 擧也받들다 받쳐 올리다 ㉬[庚] 僻 隱僻處궁벽하다 사람의 내왕이 없는 외진 곳을 이르는 말 (삥)<병> ㉦[梗]

게우다 토하다 또는 피를 토하다 駬 驢父牛母수나귀와 암소 사이에서 난 잡종 노새의 일종 馲－책맥 (믜)<믝> 百 勵也힘쓰다 애써 노력하다 行杖道驅높은 관원의 수레 앞에서 길을 인도하던 역졸 길라장이 五－오맥《빅》莫 靜也고요하다 定也정하다 [遇][藥] 佰 百人長백 사람의 우두머리 (븨)<빅> 夜 東海縣名동해山東省 掖縣의 현 이름 (이)<익> [禡] 峉 山高산이 높고 웅장한 모양 －－액액 (의) 蚱 蝗類메뚜기 －蜢작맹 (즤)<칙> 垞 丘也작은 언덕 (쯰) 格 秪牾不入머뭇거리고 들어가지 아니하다 扞－한핵 (힉)<힉>《격》[藥] 【叶】文11 局 訖力切글과 력의 반절 毛詩모시 凝 鄂力切악과 력의 반절

이와 정의 반절 馬融賦마융의 부 年 奴京切노와 경의 반절 哀時命 애시명 天 佗經切타와 경의 반절 易역 今 古靈切고와 령의 반절 毛詩모시 均 諸盈切제와 영의 반절 離騷이소 奠 唐丁切당과 정의 반절 考工記고공기 悶 眉兵切미와 병의 반절 易역 【通】韻2 靑 二十四平 蒸 二十五平

〈횡〉《굉》 蜢 蝗類누리 메뚜기 蚱－작맹 (밍)〈밍〉 瘖 瘦也여위다 (싱)〈싱〉 行 巡視순시하다 (헝)〈힝〉 [陽][漾] ㉲[庚]㉠[敬] 【叶】 無 【通】韻1 迥 二十四上

婧 貞潔정결하다 (칭)〈청〉 詗 刺探정찰하다 정탐하다 (훵)〈형〉 [迥] 掙 刺也꺾다 누르다 (징)〈징〉 幀 畫幅그림 화폭 憕 소앞과 같다 【叶】無 【通】韻1 徑 二十五去

반절 楚詞초사 쏨 鄂力切악과 력의 반절 易林역림 代 湯得切탕과 득의 반절 太玄태현경 背 必益切필과 익의 반절 毛詩모시 法 非律切비와 률의 반절 漢書한서 蠹 常隻切상과 척의 반절 易林역림 意 乙力切을과 력의 반절 天問천문 又 夷益切이와 익의 반절 毛詩모시 異 逸職切일과 직의 반절 毛詩모시 來 錄直切록과 직의 반절 毛詩모시 【通】韻2 錫 十二入 職 十三入

平聲靑二十四	【靑】 文89 經 織縱絲직물의 날줄 常也떳떳하다 정상적이다 過也지나가다 거치다 書也전범이 되는 책 어떤 분야에서 권위를 지닌 전문 서적 營也측량하다 설계하다 界也구획하여 경계를 긋다 (깅)<경> ㉠[徑] 涇 安定水名안정陝西省의 물 이름 扃 關也밖에서 문을 닫아거는 문빗장이나 문고리 (귕) 駉 馬皃말이 살지고 튼튼한 모양 ――경경 坰 郊也먼 교외 야외 寧 願詞차라리 安也편안하다 何也어찌 (닝)<녕> ㉠[徑] 丁 當也만나다 당하다 盛也번성하다 왕성하다 民夫부역賦役을
上聲迥二十四	【迥】 文55 熲 光也빛나다 (깅)<경> [梗] 剄 刎也목을 베다 謦 小欬작은 기침 (킹) ㉠[徑] 綮 筋肉結處힘줄과 뼈가 맺힌 곳 肯―긍경 [薺] 褧 襌縠삼베로 지은 홑 덧옷 (큉) [梗] 絅 仝앞과 같다 ㉢[靑] 穎 似苧삼베의 한 품종 仝上仝下앞뒤와 같
去聲徑二十五	【徑】 文63 徑 小道오솔길 좁은 길 (깅)<경> 逕 仝앞과 같다 俓 直也바로 곧장 仝앞과 같다 經 織縱絲직물의 날줄 縊也목매달다 ㉢[靑] 罄 盡也다하다 다하여 없어지다 (킹) 磬 石樂경쇠 騁馬말을 달리다 僂折몸을 굽히다 허리를 구부리다 縊也목을 달아매어 죽이다 激事마주 부딪치고 참을성 없이 마구 말함 성급하게 논쟁함 掉―도경 謦 小欬기침하다 ㉦[迥]
入聲錫十二	【錫】 文113 激 疾波물이 솟구치다 (기)<격> 擊 打也치다 두드리다 墼 土塼흙벽돌 굽지 않은 날벽돌 鶪 伯勞백로 때까치 (귀) 鴃 仝앞과 같다 鴂 仝앞과 같다 蠻語알아들을 수 없는 말 ―舌격설 때까치가 혀를 놀려 시끄럽게 욺 [屑] 闃 靜也고요하다 (퀴) 惄 心飢주린 듯이 그리워하다 (니)<녁> 愵 憂也근심하다 仝앞과 같다 嫡 正室정실 부인 (디)<뎍> 適 從也따르다 순응하다 親也친하게 대하다 專也전담하다 主也주인이 되다 仝앞과 같다 [陌] 鏑 箭鏃화살촉 또는 화살 滴 水

담당할 수 있는 성년成年의 사람 (딩)<뎡> [庚] 釘 鐵尖못 矛名창 이름 鈴－령정 ㉠[徑] 玎 玉聲옥 따위가 부딪치는 소리 [庚] 仃 獨行외롭게 홀로 걷는 모양 고독하다 伶－령정 彳丁 仝앞과 같다 汀 水際물가 (팅) 鞓 皮帶가죽 허리띠 綎 綬也패옥佩玉을 띠에 차는 끈 綎 仝앞과 같다 亭 旅館길손들이 머물러 숙식하도록 길가에 지어 놓은 집 泰安山名태안山東省의 산 이름 云－운정 聳立우뚝 솟은 모양 －－정정 化也기르다 양육하다 至也다다르다 이르다 (띵) 渟 水止물이 괴다 또는 물이 괸 못 停 止也멎다 멈추다 婷 好皃아름다운

다 䋼 仝앞과 같다 [梗] 苘 仝앞과 같다 蔃 俗속자 顟 頂顚머리꼭지 (닝)<녕> 濘 泥也진흙탕 수렁 ㉠[徑] 頂 顚也정수리 (딩)<뎡> 酊 醉皃술에 취하다 酩－명정 艼 仝앞과 같다 打 擊也치다 두드리다 [馬][梗] 鼎 烹飪器솥 挺 拔也빼다 뽑다 (띵) 梃 杖也몽둥이 막

甯 願詞차라리 姓也성씨 (닝)<녕> 濘 泥也진흙탕 수렁 ㉧[迥] 佞 捷給말씨가 능란함 응대하는 솜씨가 재빠름 諂也말을 교묘하게 잘하다 아첨하다 才也재주있다 訂 平議평의하다 평정評定하다 (딩)<뎡> ㉧[迥] 矴 錘舟石돌닻 또는 배를 매는 데 쓰는 돌 釘 金鈑못 금괴 ㉴[靑] 飣 貯食음식을 쟁반에 겹겹이 쌓아 차림 또는 그러한 음식 －餖정두 頲 額也이마 定 營室星이십팔수의 하나 영실성 북방 현

點물방울 樀 檐也처마 蹢 蹏也발을 멈추다 나아가지 못하다 [陌] 甋 塼也벽돌 的 明也밝다 선명하다 實也확실히 帿也과녁 芍 蓮子연밥 [藥] 葯 仝앞과 같다 馰 馬白額이마가 흰 말 靮 馬韁말고삐 弔 至也이르다 [嘯] 吊 俗속자 [嘯] 逖 遠也멀다 멀리하다 (티) 逷 古고자 敵 當也대적하다 대항하다 仇也원수 적 匹也짝 필적하다 拒也막다 (띠) 狄 北方曰－중국 북방 소수민족의 하나 樂吏악을 관장하던 고대의 최하급 관리 荻 萑也물억새 翟 雉也꼬리가 긴 꿩 后服왕후의 의복 [陌] 籊 竹皃대나무 장대가 가늘고 긴 모양 －－적적

모양 娉－빙정 娗 소앞과 같다 [銑][霰] 廷 朝位조회 때의 위치 正也정직하다 ㉠[徑] 庭 門內뜰 뜨락 直也바르다 곧다 ㉠[徑] 霆 疾雷벼락 번개 莛 草莖풀줄기 筳 竹片가는 댓조각 또는 가는 댓가지나 나뭇가지 蜓 赤卒잠자리 蜻－청정 [銑] 靈 神也신령 또는 귀신(링)<령> 霝 古고자 櫺 檻也난간이나 창문 따위의 격자格子 醽 美酒맛이 좋은 술 －醁령록 䗵 桑蟲푸른 나방의 애벌레 螟－명령 蛉 소앞과 같다 赤卒잠자리 蜻－청령 䑲 舟有牕창문이 달린 배 舲 소앞과 같다 蘦 甘草감초 苓 소앞과 같다 藥名약초 이름 복령 茯－

대기 艇 小船가볍고 편리한 작은 배 鋌 銅鐵成片제련하지 않은 구리나 쇠의 덩이 珽 大圭제왕이 지니는 옥으로 만든 큰 홀圭 侹 長也긴 모양 頲 直也머리가 곧은 모양 訂 平議평의하다 평정評定하다 ㉠[徑] 町 田區畔埒밭의 경계 밭 사이의 좁은 길 －畽정탄 사슴

무玄武 칠수 가운데 하나 熟肉익힌 고기 소앞과 같다 / 安也안정되다 決也결정하다 止也멈추다 (띵) 錠 有足豆찌거나 익힌 음식을 담는 발이 달린 그릇 庭 激過거리가 몹시 멀거나 현격한 차이가 있음 逕－경정 (팅) ㉦[靑] 廷 朝位조정 조회 때의 위치 正也정직하다 (띵) ㉦[靑] 暝 夕也날이 저물다 또는 밤 (밍)<명> ㉦[靑] 瞑 目閉눈을 감다 [先][霰] ㉦[靑]㉧[迥] 醒 醉解술이 깨다 夢覺잠이 깨다 꿈에서

糴 市穀곡물을 사들이다 籴 俗속자 迪 進也나아가다 順也따르다 순종하다 開也일깨우다 頔 好也좋다 또는 좋은 모양 笛 管樂관악기의 하나 篴 소앞과 같다 覿 見也보다 만나보다 歷 經也지나다(리)<력> 曆 數也숫자 수 象也해 달 별의 운행을 추산하여 세시歲時와 계절을 정하는 방법 소앞과 같다 靂 迅雷벼락 霹－벽력 瀝 餘滴물 술 눈물 등이 떨어지다 滲也새어 나오게 하다 癧 瘰也피부병의 일종인 어루러기 䍽 煙火연기 따위가 자욱이 뒤덮은 모양 冪－멱력 櫟 柞屬상수리나무 櫪 소앞과 같다 馬皀말구유 또는 마굿간

복령 令 使也하여금 ~하게 하다 鐶聲쇠고리에서 나는 소리 --령령 複姓복성 -狐령호 [庚][敬] 泠 凉意시원하다 청량하다 泉聲샘물소리 --령령 齡 年也나이 鈴 鐸也방울 요령鐃鈴 聆 聽也듣다 귀를 기울여 듣다 玲 玉聲옥이 울리는 소리 -瓏령롱 軨 獵車사냥에 쓰는 수레 鴒 雝渠할미새 鶺-척령 翎 鳥羽새의 날개나 꼬리의 긴 깃 또는 새의 깃 瓴 似甁仰瓦동이 囹 獄也감옥 -圄령어 笭 漁具물고기를 잡는 기구의 총칭 또는 종다래끼 -箵령성 零 落也비가 부슬부슬 내리다 餘也나머지 우수리 [先] ㉠[徑] 蕶 草落풀이 시들어

의 발자국 또는 농막 옆의 빈터라고도 함 酩 醉皃술에 흠뻑 취한 모양 -酊명정 (밍)<명> 茗 晩茶차나무의 싹 일설에는 늦게 딴 찻잎 소앞과 같다 鞞 刀室칼집 일설에는 칼집의 장식물이라고 함 (빙)<병> [齊] 琕 소앞과 같다 頩 斂容화가 나서 안색이 변하는 모양 (핑) 竝

깨다 (싱)<셩> ㉣[青]㉦[迥] 艶 青黑검푸르다 (찡)<정> [敬] 掅 捽也붙들다 꽉 붙들다 (칭)<청> 聽 聆也듣다 待也기다리다 謀也도모하다 꾀하다 從也좇다 복종하다 순종하다 (팅)<텽> ㉣[青] 鎣 飾也꾸미다 磨也갈고 닦아서 광을 내다 (휭)<형> 瑩 潔也맑고 깨끗하게 하다 玉色주옥의 광채 [庚] ㉦[迥] 濙 小水매우 가는 물줄기 ㉦[迥] 脛 腳也정강이 사람이나 짐승의 다리 (헹) ㉦[迥] 亙 通也통

우리 皪 白皃흰 모양 또는 흰색 的-적력 빛나는 모양 선명한 모양 皪 소앞과 같다 轢 車踐수레바퀴가 치다 짓밟다 礫 小石잔돌 자갈 瓅 珠色구슬이 반짝이며 빛남 玓-적력 躒 動也움직이다 酈 南陽縣名남양河南省의 현 이름 姓也성씨 鬲 鼎屬세 발 달린 솥의 일종 [陌] 䥶 소앞과 같다 覓 求也찾다 추구하다 원하다 (미)<멱> 塓 塗也바르다 칠하다 冪 覆也덮다 씌우다 幂 소앞과 같다 鼏 鼎蓋솥뚜껑 소앞과 같다 幎 幔也덮어 가리는 데 쓰는 천 소앞과 같다 幭 車覆수레 앞의 가로목에 씌우는 가죽 幭 소앞과 같다 幦 소앞과 같

떨어지다 溟 水名물 이름 冥 暗也어둡다 캄캄하다 (밍)<명> 暝 俗속자 ㉠[徑] 溟 海也바다 ㉦[迥] 螟 食禾蟲마디충나방의 애벌레 蓂 知時草요堯임금 때 났다는 전설상의 상서로운 풀 역협曆莢 －莢 명협 ㉧[錫] 銘 志也기재하다 마음에 깊이 새기다 荓 草名빗자루를 만드는 풀 馬帚말 빗 人名趙青－사람 이름 조나라의 청병 使也시키다 (핑)<병> 竮 行不正비틀거리다 竛－령병 瓶 汲器물을 담는 용기 (삥) 缾 仝앞과 같다 洴 漂澼솜 따위를 세탁함 －澼병벽 屏 蔽也가리다 간막이 가리개 －風병풍 雨師비를 관장한다는 전설상의

比也견주다 비교하다 皆也다 모두 併也아우르다 相扶붙들다 近也가깝다 (삥) [漾] 並 仝앞과 같다 [敬] 醒 醉解술이 깨다 夢覺잠이 깨다 (싱)<성> ㉬[青]㉠[徑] 熒 聽惑현혹되다 미혹되다 홀리다 (휭)<형> ㉬[青] 瑩 仝앞과 같다 [庚] ㉠[徑] 濙 小水작은 샘물

하다 (깅)<긍> 恆 月弦상현달의 모양 徧也두루 미치다 [蒸] 絙 急張줄이 팽팽하다 [蒸] 堩 道也길 도로 鐙 馬鞍足踏등자 말을 타고 앉아 두 발로 디디게 되어 있는 물건 豆跗적틀판 질그릇의 밑부분 (딩)<등> [蒸] 隥 梯也섬돌 돌계단 嶝 小坂작은 산비탈 仝앞과 같다 磴 仝앞과 같다 墱 飛陛비탈진 돌계단 鄧 南陽州名남양河南省鄧州市의 주 이름 (띵) 蹬 失道길을 잃다 蹭－층등 세력을 빼앗긴

다 幦 髤巾옻칠한 베 수레 덮개 仝앞과 같다 汨 長沙水名장사湖南省의 물 이름 －羅멱라 [月] 壁 垣也담 벽 軍壘성벽 보루 (비)<벽> 鼊 似龜거북의 일종 罬 鳥網덫이 장착된 그물 霹 迅雷벼락 －靂벽력 (피) [陌] 劈 剖也깨뜨리다 빠개다 쪼개다 澼 漂也표백하다 세탁하다 甓 瓴甋벽돌 벽돌을 쌓다 (삐) 緆 細布가는 베 (시)<석> 錫 鉛類주석 賜也내려주다 하사하다 裼 袒衣예를 행할 때 앞섶을 열고 왼쪽 소매를 벗어 옷섶의 오른쪽에 꽂아 석의裼衣를 드러나게 하다 裘單등거리 조끼처럼 등에 걸쳐 있는 홑옷 [霽] 析 分也나누다

신 이름 －翳병예 [梗][敬] 星 萬物之精별 點點여기저기 또는 하나
씩 흩어져 있는 모양 점점이 널려 있는 모양 －－성성 (싱)<셩>
鯹 魚臭생선 비린내 腥 生肉날고기 생고기 仝앞과 같다 胜 仝앞과
같다 犬膏臭누린내 醒 醉解술이 깨다 夢覺잠이 깨다 정신을 차리다
㉦[迥]㉠[徑] 惺 了慧깨다 깨닫다 －憽성총 [梗] 靑 茂也초목이 무
성한 모양 －－청청 (징)<쳥> / 東方色오방색 중 푸른색 (칭) 聽
聆也듣다 귀를 기울여 듣다 受也받아들이다 從也따르다 복종하다
(팅)<텽> ㉠[徑] 廳 治官處관청의 집무실 －事청사 萍 蘋也개구

이 솟아나는 모양 또는 작은 샘의 모양 洴－병형 ㉬[靑] 瀅 仝앞과 같
다 水澄물이 맑다 ㉠[徑] 詗 明悟知處告분명히 깨달아 알다 (휭) [敬]
脛 腳也사람이나 짐승의 다리 (헹) ㉠[徑] 踁 仝앞과 같다 迥 遠也
아득히 멀다 또는 외지고 멀다 (훵) 逈 俗속자 非잘못임 泂 寒也춥

모양 堋 窆也관棺을 광중壙中으로 내리다 하관下棺하다 (빙)<붕>
[蒸] 塴 仝앞과 같다 勝 克己이기다 승리하다 優過낫다 굉장하다 鳥名
戴－새 이름 후투티 오디새 婦人首飾부녀자의 머리 꾸리개 (싱)<승>
[蒸] 縢 織機바디 베틀에 딸린 기구의 한 가지 乘 車也수레 史也춘
추春秋시대 진晋나라의 역사책 雙物四數네 필의 말이 끄는 수레 또
는 그 말 (씽) [蒸] 甸 治也다스리다 仝앞과 같다 [霰] 嵊 剡縣山名

분산되다 破木쪼개다 淅 汰米쌀을 일다 雨聲빗소리 －瀝석력 蜥
蛇醫도마뱀 －蜴석척 晳 人白살색이 하얗다 晢 仝앞과 같다 艗 靑
雀舟뱃머리에 익조鷁鳥를 그려서 꾸민 배 (이)<역> 鷁 似鷺而大
해오라기 비슷한 큰 물새 仝앞과 같다 鶂 仝앞과 같다 鵝鳴거위가
우는 소리 －－얼얼 虉 綬草旨也타래난초 勣 功也공적 (지)<젹>
績 緝也길쌈 仝앞과 같다 寂 靜也고요하다 조용하다 (찌) 宗 仝앞
과 같다 慼 憂也근심하다 슬퍼하다 (치)<쳑> 慽 仝앞과 같다 戚
親也친근하다 친밀하다 仝上仝下앞뒤와 같다 鏚 斧也무기나 의장

리밥 부평초 (삥)〈평〉 馨 香遠聞향기가 멀리 풍기다 語辭어조사 寧－녕형 이와 같은 (힝)〈형〉 形 象也형상 모습 體也몸 형체 (훵) 刑 法也본을 받다 모범으로 삼다 侀 成也이루다 이룩하다 硎 砥石숫돌 鉶 羹器제사 때 쓰는 국을 담는 그릇 型 鑄法거푸집 기물을 주조하는 모형 邢 周公子所封춘추春秋시대의 제후국인 주공의 아들을 봉한 나라 하북성河北省 형대시邢臺市 소재 鈃 酒器주기의 하나 종鍾과 비슷한데 목이 김 [先] 陘 山絶산줄기가 중간에 끊어진 곳 지레목 娙 女官한대漢代의 여관 이름 滎 河南水名하남河南省 滎陽縣의 물 이름 (훵) 熒 光也빛이 깜빡이거나 반짝이는 모양 －－

다 차갑다 仝앞과 같다 炯 光也밝다 빛나다 불빛 肯 骨間肉뼈에 붙어 있는 살 可也찬동하다 수긍하다 (킹)〈긍〉 肎 仝앞과 같다 肻 仝앞과 같다 等 齊也가지런하다 輩也무리 級也등급 待也기다리다

섬현浙江省 嵊縣의 산 이름 凝 止水얼어붙다 그치다 멈추다 멎다 水堅얼다 (잉)〈응〉 [蒸] 應 答也대답하다 응답하다 當也응당 응당히 小鞞작은 북의 하나 王門천자의 궁성 정문 이름 (잉) [蒸] 甑 甗屬시루 (징)〈증〉 贈 送遺주다 선사하다 (찡) 證 驗也검증하다 실증하다 (징) 興 悅也좋아하다 기뻐하다 比也비유하다 感物而發意思다른 사물의 표현으로 분위기를 일으킨 후에 말하고자 하는 본뜻을 나타내다 －況홍황 (힝)〈홍〉 [蒸] 凭 依几기대다 의지하다

용으로 쓰는 도끼 墄 階甃섬돌 돌층계 鼜 夜戒鼓순라를 돌 때 치던 북 倜 不羈얽매이지 아니하다 －儻척당 (티)〈텩〉 俶 仝앞과 같다 [屋] 惕 敬也공경하다 憂懼근심하고 두려워하는 모양 怵－출척 悐 仝앞과 같다 踢 足蹴발로 차다 剔 解肉뼈를 바르다 살을 떼어내고 뼈를 추려내다 趯 跳也뛰다 －－적적 睗 失意視의욕을 잃고 멀거니 보는 모양 滌 灑也물을 뿌리다 씻다 除也깨끗이 없애다 (띠) 踧 行平易평탄한 모양 －－척척 [屋] 鬩 鬪也싸우다 (히)〈혁〉 矜 矛

형형 ㊀[迥] 螢 腐草所化썩은 풀이 변하여 되었다는 개똥벌레 丹鳥반딧불이 濴 洄旋물이 빙빙 돌아 흐르는 모양 瀅－형형 ㊀[迥] 俜 行不正비틀거리다 伶－령빙 (핑)〈빙〉 【增】文28 絅 急引급히 잡아당기다 捕魚물고기를 잡다 (귕)〈경〉 ㊀[迥] 嚀 囑詞부탁하는 말 叮－정녕 (닝)〈녕〉 叮 囑詞부탁하는 말 신신당부함 －嚀정녕 (딩)〈뎡〉 疔 毒瘡종기의 하나 桯 牀前几침상 앞에 놓아두는 작은 탁자 (팅) 娗 猿屬원숭이의 일종 (띵) 鼮 豹文鼠표범처럼 얼룩무늬가 있는 쥐 葶 大薺두루미냉이 －藶정력 酃 長沙縣名장사湖南省의 현 이름 (링)〈령〉 羺 大羊영양 麢 仝앞과 같다 羚 仝앞과

(딩)〈등〉 拯 救也구원하다 구조하다 (징)〈증〉 輂 軺車뒤로 타는 작은 수레 冷 寒也차다 차갑다 (링)〈링〉 [梗] 婞 狠也사납다 －－행행 (헹)〈힝〉 悻 仝앞과 같다 涬 自然천지 자연이 아직 분

(뼁)〈빙〉 [蒸] 孕 懷妊임신하다 아이를 배다 (잉)〈잉〉 [震] 媵 從嫁딸을 시집보낼 때 질녀 자매나 신하 따위를 딸려 보내다 賸 增加더하다 증가하다《싱》剩 俗속자 非잘못임 瞪 直視성난 눈으로 노려보다 (찡)〈징〉 秤 衡也대저울 저울질하다 (칭)〈칭〉 稱 愜也합당하다 적합하다 副也걸맞다 擧也들다 들어 올리다 等也저울의 하나 천평칭天平秤 재다 달다 衣單複具옷을 세는 단위 仝앞과 같다 [蒸] 懜 不明어두운 모양 －－맹맹 悶也민망하다 (밍)〈밍〉 [東]

也창 欯 笑聲웃는 모양 웃는 소리 또는 웃다 殈 卵裂부화하기 전에 알이 깨지다 (휘) 檄 長牒문체 이름 관부官府에서 징소徵召 효유曉喻 성토聲討할 때 쓰는 문서 羽－우격 (헤) 覡 男巫박수 또는 무당 喫 食也먹다 (키)〈긱〉 毄 勤苦用力애쓰다 仝앞과 같다 溺 沒也빠지다 (니)〈닉〉 [嘯] 【增】文20 狊 張翅새가 날개를 펼치다 犬視개가 보는 모양 (귀)〈격〉 湨 河內水名하내河南省 濟源縣의 물 이름 鼳 小驢長須而賊전설상의 짐승 이름 두더지 언서鼴鼠 啇 木根

같다 伶 樂人황제黃帝 때의 악관樂官 이름 악인 跉 行不正걸음걸이가 불안정한 모양 ―竮령병 彾 소앞과 같다 獨行홀로 걷다 ―彳령정 昤 日光햇빛 ―曨령롱 昤 月光달빛이 밝고 아름답다 ―朧령롱 怜 慧皃총명하다 영리하다 [先] 毟 毛結털이 길어서 뭉치다 榠 似木瓜모과와 비슷한 과실나무 또는 그 열매 ―樝명사 (밍)<명> 瞑 翕目눈을 감다 [先][霰] ㉦[迥]㉠[徑] 鄍 晉邑춘추春秋시대 우虞나라의 읍읍 뒤에 진晉에 복속됨 軿 輕車가벼운 수레 (삥)<병> [先][庚] 駢 齊邑제山東省나라의 읍읍 [先] 郱 齊地춘추春秋시대 기紀나라의 읍읍 산동성山東省 임구현臨朐縣의 남동쪽 소재 篂 車蔽

화되지 않은 혼돈스러운 모양 溟―명행 【增】文4 脡 脯朐길쭉한 포脯 (띵)<뎡> 溟 自然천지 자연이 아직 분화되지 않은 혼돈스러운 모양 ―涬명행 (밍)<명> ㉫[靑] 瞑 閉目눈을 감다 [先][霰]

瞢 소앞과 같다 [東][送] 【增】文14 䞍 一足行외발로 가는 모양 또는 외발로 뛰어가다 (킹)<경> 寧 如何어찌 어찌하여 이같이 이처럼 ―馨녕형 (닝)<녕> ㉫[靑] 另 別異다른 그 밖의 별도의 (링)<령> 零 落也시들어 떨어지다 영락零落하다 [先] ㉫[靑] 凳 牀屬등상 발돋음으로도 쓰고 걸터앉기도 하는 기구 (딩)<등> 橙 소앞과 같다 [庚] 幐 帶囊향주머니 (띵) [蒸] 凌 冰室얼음 냉동고 (링)<릉> [蒸] 稜 田片논두렁 밭두렁 (링) [蒸] 藤 胡麻깨 호마胡麻 苣―거승

果帶초목의 밑둥 열매의 꼭지 짐승의 발목 등 생물체의 기본이 되는 부위 (디)<뎍> 婳 女無子자식이 없는 여자 [遇] 玓 珠色진주빛 ―瓅적력 摘 挑發돋우어 내다 拓果따다 (티) [陌] 擿 소앞과 같다 [陌] 嚁 嘯聲휘파람 소리 (띠) 逐 馳皃달리는 모양 ――적적 [屋] 攊 山羊산양 검은 양 羖―고력 (리)<력> 藶 大薺두루미냉이 葶―정력 齷 齒病치아의 병 蓂 大薺큰 냉이 菥―석명 (미)<멱> ㉫[靑] 菥 大薺큰 냉이 ―蓂석명 (시)<셕> 霓 雌虹무지개 암무지개 (이)

수레 위에 덮어 먼지를 막는 대지붕 箳－병성 (싱)<성> 鯖 青色魚有枕骨청어 (칭)<청> [庚] 娉 美好아름다운 모양 －婷빙정 (핑)<빙> [敬] 【叶】無 【通】韻2 庚 二十三平 蒸 二十五平

㉦[靑]㉠[徑] 殑 欲死막 죽으려 하다 －－승승 (싱)<승> 【叶】無 【通】韻1 梗 二十三上

(싱)<승> 鱦 魚子작은 물고기 물고기 새끼 (씽) 譍 以言對대답하다 (잉)<응> [蒸] 蹭 失路길을 잃다 －蹬층등 (칭)<층> 賸 餘也남다 (씽)<싱>《잉》【叶】無 【通】韻1 敬 二十四去

<역> [齊] 鷊 吐綬鳥칠면조 硩 挑擿팔매질하여 따다 周官名주나라 때의 벼슬 이름 －蔟氏척족씨 괴상한 새를 제거하는 일을 수행하였다 함 (티)<텩> 焱 火焰불이 성한 모양 －－혁혁 염염 (휘)<혁> 砉 皮骨相離聲가죽과 뼈가 서로 떨어지는 소리 [陌] 【叶】無 【通】韻2 陌 十一入 職 十三入

平聲 蒸二十五	【蒸】文102 薨 奄也죽다 (횡)<훙> [庚] 兢 戒也조심하고 삼가는 모양 ㅡㅡ긍긍 (깅)<긍> 矜 矛柄창 자루 愍也불쌍히 여기다 飾也꾸미다 驕也교만하다 仝앞과 같다 [眞][刪] 掚 引急급히 당기다 (깅) 揯 仝앞과 같다 絚 大索굵은 줄 밧줄 縆 仝앞과 같다 [徑] 能 善也사이좋다 능력이 있다 勝任감당하다 해내다 (닝)<능> [灰][隊] 登 升也오르다 熟也곡식이 여물다 (딩)<등> 豋 瓦豆제물 제물祭物을 담는 오지그릇 甄 仝앞과 같다 燈 錠中置燭등불 등잔 鐙 古고자 [徑] 灯 俗속자 非잘못임 簦 笠蓋긴 자루가 있는 삿갓 毾 罽也올이 가늘고 고운 융단 毹ㅡ탑등 騰 馳也말이 빨리 달리다 躍也뛰어오르다 (띵) 滕 口說입을 열다 魯附庸주대周代의 제후국 이름 산동성山東省 등현滕縣 일대
入聲 職十三	【職】文137 德 行道有得도덕 천지가 만물을 화육化育하는 작용 四時旺氣오행설에서 사철의 왕성한 기운 惠也은혜 (듸)<덕> 悳 仝앞과 같다 嶷 小兒有識어린 아이가 지각이 있다 ㅡㅡ억억 덕이 높은 모양 (이)<억> [支] 億 十萬만의 만 곱절 安也편안하다 度也헤아리다 供也이바지하다 (히) 臆 胷也가슴 意也뜻 憶 念也생각하다 그리워하다 醷 梅漿매실로 만든 즙이나 음료 [紙] 檍 杻也감탕나무 繶 屨縫中紃신발 장식에 쓰이는 둥근 실 薏 蓮心연밥심 [寘] 抑 按也누르다 屈也굽히다 發語발어사 문득 만일 謹密삼가고 찬찬하다 ㅡㅡ억억 力 筋也힘 勤也힘을 쓰다 노력하다 (리)<력> 屴 山皃산봉우리가 높고 험준한 모양 崱ㅡ즉력 逼 迫也핍박하다 가까이 다가오다 驅也몰아내다 쫓아내다 (비)<벽> 偪 仝上仝下앞뒤와 같다 幅 行縢행전行纏 각반 [屋] 愊 至誠지성스럽다 참되고 정성스럽다 悃ㅡ곤벽 곤핍 稫 禾密벼가 빽빽하게 선 모양 ㅡ稄벽측 堛 土塊흙덩이 楅 持牛들이받지 못하도록 소뿔에 가로댄 나무 ㅡ衡벽형 [屋] 副

縢 囊也주머니 자루 부대 [徑] 螣 神蛇날 수 있다는 전설상의 뱀 ◎[職] 謄 移書베끼다 필사하다 縢 緘也봉하다 봉함하다 藤 藟也등나무 또는 덩굴 癱 痛也아프다 疼 仝앞과 같다 夌 越也넘다 초월하다 (링)<릉> 倰 仝앞과 같다 陵 大阜큰 둔덕 轢也짓밟다 仝앞과 같다 凌 冰室얼음 창고 [徑] 朕 仝앞과 같다 淩 臨淮水名임회江蘇省 泗陽縣의 물 이름 綾 紋繒꽃무늬가 있는 얇은 비단 菱 芰也마름 마름과의 한해살이풀 蔆 俗속자 楞 柧也모서리 또는 모서리가 있는 나무 四方木네모진 나무 각목 (링) 棱 仝앞과 같다 稜 仝앞과 같다 [徑] 掤 箭筩蓋전통 뚜껑 (빙)<붕> 崩 山壞산이 무너지다 붕괴되다 天子沒제왕이나 황후 및 태자의 죽음을 이르는 말 (빙) 朋 友也벗 五貝화폐의 단위 5패貝가 1붕朋 (삥) 堋 射埒과녁에서 벗어난 화살을 받기 위하여 과녁

析也쪼개다 [宥][屋] 䮠 仝앞과 같다 祭名희생犧牲의 각을 떠서 가름 또는 벽고의 예로 지내는 제사 一辜벽고 㷩 火乾불에 고기를 말리다 (삐) 煏 仝앞과 같다 愎 狠也성질이 패려하고 사납다 域 界也경계 강역疆域 (위)<역> 棫 木叢生나무가 빽빽하게 모여 나다 一樸역복 緎 裘縫갖옷의 솔기 淢 疾流세차고 빠르게 흐르는 물《혁》 蜮 沙蝨물여우 모래를 머금어 사람에게 뿜어 해를 끼친다는 전설상의 동물 罭 魚網작은 물고기를 잡는 촘촘한 그물 閾 門限문지방 문턱 陟 升也오르다 올라가다 (지)<척> 赩 大赤새빨간색 짙은 붉은색 (히)<혁> 奭 仝앞과 같다 [陌] 衋 傷痛슬프다 애통하다 侐 靜也고요하다 (휘) 洫 田溝정전井田 제도에서 성成과 성 사이에 있는 도랑 성은 사방 10리 농토 사이의 도랑을 이르기도 함 減 仝앞과 같다《역》 或 疑辭의문사 혹여 누구 어떤 사람 未定혹 혹시 (훼)<혹> 惑 迷也어지럽다 혼란하다 國 邦也국가 나라 (귀)<국> 革 急也위급하다 (기)<극> [陌] 棘 小棗有刺가시가 있는 멧대추나무 산조나무 仝앞과 같다 襋 衣領옷깃 亟 疾也빠르다 빠르게 [寘] 諴 訥也어눌하다 殛 誅也죽이다 주

뒤편에 쌓은 작은 흙담 [徑] 鵬 大鳥대단히 크다는 전설상의 새 이름 僧 沙門중 승려 (싱)<승> 鬙 髮亂머리털이 흐트러진 모양 鬅－붕승 昇 日升해가 떠오르다 솟아오르다 (싱) 升 十合한 되 곡식이나 액체를 되는 단위 열 홉合 仝上仝下앞뒤와 같다 陞 登也오르다 올라가다 勝 擧也들다 堪也감당하다 [徑] 繩 索也노 새끼 밧줄 直也곧다 바르다 彈治잘못된 것을 바로잡다 衆多많은 모양 －－승승 (씽) 澠 臨淄水名임치山東省 淄博市의 물 이름 [軫][銑] 承 奉也두 손으로 받쳐 들다 丞 佐也돕다 보좌하다 凝 結也엉기다 成也이루다 定也안정되게 하다 嚴整엄정하다 (잉)<응> [徑] 應 當也응당 ~해야 한다 料度之辭아마 아마도 姓也성씨 (힝) [徑] 膺 胷也가슴 受也받다 이어 받다 擊也치다 정벌하다 仝앞과 같다 譍 答言대답하다 [徑] 鷹 爽鳩매

살誅殺하다 悈 急性빠르다 급하다 克 勝也이기다 승리하다 (킈) 剋 損削깎이다 삭감하다 仝앞과 같다 裓 衣裾옷의 앞섶 極 中也한가운데 중정中正한 준칙 至也지극하다 終也마치다 窮也궁진하다 곤궁하다 (끠) 得 獲也얻다 획득하다 合也마음이 잘 맞다 사이가 좋다 (듸)<득> 勒 馬頭絡銜굴레 抑也단속하다 윽박지르다 刻也새기다 조각하다 (릐)<륵> 肋 脅骨갈비뼈 扐 揲蓍시초점을 칠 때 일정한 수의 시초를 세어 놓고 그 나머지를 손가락 사이에 시초를 끼우다 仂 什一나머지 수 영수零數 玏 石次玉옥에 버금가는 아름다운 옥 瑊－감륵 泐 石解돌이 부서지다 泐 俗속자 墨 煤也먹 黥也묵형 옛날 오형의 하나인 자자하는 형벌 貪也탐욕스럽다 度也먹줄 또는 준칙 법도 五尺길이의 단위 다섯 자尺 (믜)<믁> 默 靜也고요하다 不語말하지 아니하다 침묵하다 嘿 仝앞과 같다 纆 兩股索두 겹의 노끈 새끼 冒 貪也탐하다 탐내다 干也범하다 저촉하다 單于名－頓선우 이름 묵특 [号] 北 朔方북녘 (븨)<븍> [隊] 匐 伏地엎드리다 기어서 가다 匍－포복 (삐) [屋] 菔 菜名蘿－채소 이름 무 [屋] 蔔 仝앞과 같다 梔子

蠯 寒蟬쓰르라미 蠅 逐臭飛蟲파리 (잉) 增 益也늘다 많아지다 (징)〈증〉 曾 姓也성씨 重也겹치다 중첩되다《층》 憎 疾也미워하다 싫어하다 矰 田矢사냥용 화살 주살 －繳증작 증격 罾 소앞과 같다 罾 魚網有機나무나 막대기로 지지대를 만들어 네 귀를 잡고 들어 올려 물고기를 잡는 그물 삼태그물 활찌 橧 聚薪以居섶을 쌓아 지은 집 －巢증소 烝 炊也찌다 君也임금 군주 衆也많다 進也나아가다 바치다 드리다 厚也두텁다 冬祭겨울철에 지내는 종묘제사 語辭발어사 婬也손윗사람과 간통하다 (징) 蒸 炬也횃불 薪也가는 섶나무 소앞과 같다 菾 소앞과 같다 脀 牲實鼎희생을 담은 솥 익히다 脅 소앞과 같다 塍 畦也밭두둑 坪也작은 언덕 (찡) 塍 소앞과 같다 乘 駕也마소 따위를 부리다 몰다 타다 登也오르다 跨也넘다 초월하다 因也인하다 治也지치자 치자꽃 蒼－담복 踣 僵也사형에 처하다 또는 사형에 처한 시체를 전시하다 넘어지다 [宥] 僰 西南夷중국 남서 지방에 살았던 소수민족 이름 卽 就也나아가다 舍也머무르다 今也이제 지금 只也다만 겨우 (지)〈즉〉 喞 多聲수다를 떪 벌레 소리 －－즉즉 [質] 堲 疾也미워하다 [質] 則 法也법제法制 법칙法則 助辭조사 (즤) 賊 盜也도적 도둑 害也해치다 (쯰) 蠈 蝗也마디충 崱 山皃산이 높고 가파른 모양 －屴즉력 昃 日在西해가 서쪽으로 기울다 (즤)〈측〉 昃 소앞과 같다 仄 不正기울다 기울이다 소앞과 같다 側 傍也곁 옆 소앞과 같다 測 度也재다 측량하다 측정하다 (츼) 惻 愴也매우 슬프다 비통하다 畟 進也보습이 땅에 잘 들어가는 모양 －－측측 骰子주사위 瓊－경측 忒 差也어긋나다 틀리다 (틔)〈특〉 慝 惡也나쁘다 사악하다 貸 借也꾸다 빌리다 빌려주다 [隊] 貣 소앞과 같다 特 一牲숫소 황소 獨也단독 외톨이 但也다만 겨우 匹也짝 배필 (띄) 螣 蝗也누리 ㉬[登] 蟘 소앞과 같다 黑 北方色검은색 오색五色의 하나 (희)〈흑〉 匿 隱也숨다 숨기다 감추다 (니)〈닉〉 慝 內愧부끄러워하다 [質] 息 呼吸

붕을 잇다 다스리다 관리하다 [徑] 棄 앞과 같다 層 級也층 층계 (찡) <층> 曾 嘗也일찍 乃也곧 이에 마침내 經也일찍이 이미 則也곧 바로 反辭반어사 仝앞과 같다《증》 嶒 山皃산이 높으면서 험준한 모양 崚－릉층 繒 帛也비단 鄫 姒姓國춘추春秋시대 사씨周 성의 나라 이름 興 起也일어나다 作也만들다 盛也흥성하다 (힁)<흥> [徑] 冰 水凍얼음 (빙)<빙> 砅 水石聲물이 바위에 부딪치는 소리 (핑) 凭 依几기대다 의지하다 (삥) [徑] 憑 依也기대다 의지하다 馮 乘也타다 相視업신여기다 仝上仝下앞뒤와 같다 [東] 淜 徒涉배를 타지 아니하고 물을 건너다 仍 因也인하다 그대로 따르다 洊也거듭 (싱)<잉> 陾 築聲담장을 쌓는 소리 또는 많은 모양 ――잉잉 徵 驗也징험하다 召也임금이 부르다 소집하다 成也혼인을 성사시키다 明也밝히다 증

호흡하다 숨쉬다 止也멈추다 정지하다 生也나다 생장하다 養也번식하다 (시)<식> 熄 滅火불이 꺼지다 式 法也준칙 법도 發語발어사 (시) 拭 刷也닦다 씻다 軾 車前木수레 앞턱의 가로장 栻 木局시각時刻과 날짜를 점치는 기구 점판 飾 裝也꾸미다 장식하다 識 知也알다 이해하다 터득하다 [寘] 寔 實也참으로 실로 (씨) 湜 水清물이 맑다 물이 맑은 모양 ――식식 殖 生也나다 植 置也두다 놓아두다 설치하다 栽也심다 재배하다 [寘] 埴 黏土찰흙 점토 [寘] 食 殽饌밥과 반찬 식사 啗也밥을 먹다 식사하다 [寘][寘] 蝕 侵蠹벌레 따위가 갉아먹다 또는 좀먹다 弋 繳射주살로 사냥하다 (이)<익> 黓 黑也검다 또는 검은색 歲王태세太歲 木星가 임방壬方에 머무르는 해 또는 고갑자古甲子에서 천간天干의 아홉 번째인 임壬을 이르는 말 玄－현익 杙 橛也나무말뚝 말목 鉽 鼎附耳귀가 달린 솥 翌 明日다음 이튿날 내일 翼 翅也날개 날짐승이나 곤충의 날개 仝上仝下앞뒤와 같다 翊 輔也보좌하다 호위하다 廙 行屋이동할 수 있는 천막집 稷 黍屬메기장 조粟 또는 수수 (지)<직> 職 執掌맡다 主也주장 주관하다 직무를 맡다

명하다 (징)〈징〉 [紙] 瀓 淸也물이 맑고 잔잔하다 (찡) 澄 仝앞과 같다 懲 戒也거울로 삼다 경계하다 創也징벌하다 징계하다 憕 心平마음이 고요하다 마음이 평온하다 稱 銓也저울질하다 무게를 달다 揚也칭송하다 칭찬하다 擧也들다 들어 올리다 천거하여 쓰다 言也일컫다 부르다 (칭)〈칭) [徑] 偁 仝앞과 같다 僜 不著事일을 즐겨하지 아니하다 倰－릉등 恆 常也영구하다 고정불변하다 北嶽－山북악 항산 (헁)〈훙〉 [徑] 肱 臂也팔 (궝)〈굉〉 厷 仝앞과 같다 軦 軾中靶수레 앞턱 가로나무 중앙의 손으로 잡거나 기대는 곳 (큉) 弘 大也크다 넓다 광대하다 (헹)〈횡〉 【增】文14 薨 蟲聲벌레가 나는 소리 －－횡횡 (휭)〈훙〉 鼟 鼓聲북소리 －－등등 (딍)〈등〉 輘 轢也짓밟다 車聲수레가 지나갈 때 나는 요란한 소리 －輷릉굉 릉횡 (릥)〈릉〉

多也번거롭게 많은 모양 －－직직 (지) 織 經緯相成피륙을 짜다 엮다 [寘] 樴 杙也작은 나무 말뚝 말목 稙 早種禾일찍 여무는 벼 올곡식 直 正也바르다 정의롭다 伸也바르게 펴다 곧게 펴다 (찌) 敕 誡也경계하다 신칙하다 (치)〈칙〉 勅 仝앞과 같다 飭 整備다스리다 정돈하다 정비하다 仝앞과 같다 鷘 水鳥비오리 鸂－계칙 鵡 仝앞과 같다 鶒 仝앞과 같다 刻 鏤也새기다 조각하다 (킈)〈긱〉 塞 窒也막다 막히다 경색되다 (싀)〈싁〉 [隊] 色 顏氣낯빛 표정 五彩빛 색깔 (싀) 嗇 愛惜아끼다 穡 農也땅을 갈아 파종하다 경작하다 稼－가색 劾 推窮彈治죄과를 판정하다 죄상을 캐어묻다 (혜)〈힉〉 [卦][隊] 【增】文19 嶷 正立바로 서다 (이)〈억〉 [支][物] 薿 茂也무성한 모양 －－억억 의의 [紙] 觺 角皃뿔이 날카로운 모양 －－의의 억억 [支] 湢 浴室욕실 목욕간 (비)〈벽〉 腷 意不泄생각이 쌓이다 －膊픽박 홰치는 소리 (삐) 可 突厥酋고대 선비족鮮卑族 유연족柔然族 회흘족回紇族 몽고족蒙古族 등의 최고 통치자에 대한 호칭 －汗극한 칸 (킈)〈극〉 [哿] 艻 香草향초 이름 蘿－라륵 (릐)〈륵〉 万 蕃姓중국 변방 이외

鯪 穿山甲천산갑 －鯉릉리 弸 弓强활이 강력한 모양 (빙)〈붕〉 [庚] 鬅 髮亂머리털이 흐트러지다 －鬙붕승 噌 空囂쓸데없이 떠들다 泓－홍증 (징)〈증〉 䎖 翥也날아오르다 騬 犗馬말을 거세하다 또는 거세한 말 (찡)〈층〉 艿 新舊草베고 난 뒤 새로 돋은 풀 (싱)〈잉〉 芿 소앞과 같다 癥 腹瘕뱃속에 응어리가 맺히는 병 (징)〈징〉 姮 羿妻예의 처 달에 산다는 전설상의 여신女神 －娥항아 (헹)〈흥〉 䡏 車聲수레 소리 －－횡횡 굉굉 (횅)〈횡〉 【叶】無 【通】韻2 庚 二十三平 靑 二十四平

의 지역 성씨 －俟믁기 묵기複姓 (믜)〈믁〉 [願] 蝍 蜈蚣지네 －蛆즉저 (지)〈즉〉 𤐰 燭燼촛불이 타고 남은 찌꺼기 鯽 烏賊魚오징어 (찌) 鱡 소앞과 같다 葥 藥名한약재로 쓰이는 덩이뿌리의 하나 一歲附子1년된 부자 稷 禾密벼가 무성하고 빽빽한 모양 楅－벽측 (즤)〈측〉 廁 側也기울다 비뚤어지다 (츼) [寘] 媳 子婦며느리 (시)〈식〉 𦙶 寄肉군살 점막粘膜의 이상 발육으로 인하여 형성되는 군살 膱 脯脡길게 펴서 말린 포脯 (지)〈직〉 濇 不滑껄끄럽다 매끄럽지 않다 (싀)〈싁〉 【叶】無 【通】韻2 陌 十一入 錫 十二入

平聲尤二十六	【尤】文249 句 曲也굽다 구부러지다 太伯所居주周나라 태왕太王의 아들 태백이 살던 곳 또는 그가 세운 오나라 －吳구오 外國외국 高－驪고구려 (구)〈구〉 [虞][遇] ㉠[宥] 勾 俗속자 ㉠[宥] 鉤 鐵曲갈고리 물건에 걸어서 끌어당기거나 매다는 데 쓰는 공구 懸物걸이 고리 물건을 거는 기구 劍也병기兵器 이름 검과 비슷하나 끝이 구부러져 있음 軥 夏后車하후씨夏나라 때의 수레 이름 멍에 양쪽 끝의 가죽끈을 묶는 구부러진 부위 [虞] 枸 曲木구부러진 나무 [麌] ㉦[有] 篝 熏籠화로에 씌어 놓고 옷을 얹어 말리는 도구인 배롱 溝 水瀆농토 사이에 있는 수로 또는 도랑 도로 가의 배수로 韝 臂衣활팔찌 활을 쏠 때에 소매를 걷어 매는 가죽띠 緱 劍頭飾칼자루를 둘러 싼 실 칼자루 鴝 鸜鴝비둘기 聚也모으다 모이다 (긔) 彄 弓端활과 쇠뇌의 양끝 시
上聲有二十五	【有】文141 苟 誠也진실로 纔也겨우 但也다만 草率거칠고 엉성하다 －且구차 (구)〈구〉 耇 老壽늙다 또는 장수하다 笱 取魚器대나무로 만든 통발 枸 苦杞구기자나무 [虞] ㉬[尤] 狗 犬也개 垢 滓汚所集때가 묻다 오물 久 暫之反오래되다 장구하다 (긔) 玖 黑石옥에 버금가는 아름다운 검은 돌 灸 灼也굽다 지지다 ㉠[宥] 九 老陽數아홉 많은 수 韭 葷菜부추 豐本달래 口
去聲宥二十六	【宥】文166 冓 交積材재목을 어긋매껴 쌓다 재목을 맞추어 짜서 얼거리를 만들다 (구)〈구〉 構 架也재목을 짜 맞추어 집을 짓다 成也이루다 合也합치다 購 以財求구매하다 돈이나 물건으로 값을 치르다 媾 重婚친인척간에 혼인을 하다 겹사돈 和也화친하다 覯 見也사람을 만나다 보다 遘 遇也만나다 조우하다 彀 張弓활시위를 힘껏 당기다 句 拘也체포하다 辦也일을 맡아 처리하다 －當구당 [虞][遇] ㉬[尤] 勾 俗속자 ㉬[尤] 雊 雉鳴꿩이 울다 姤 遇也만나다 救 護也구호하다 원조

위를 매는 부위 활고자 (쿠) 摳 絜衣옷자락을 들다 掞也도려내다 파내다 [虞] 丘 阜也언덕 구릉 聚也모으다 모이다 大也크다 으뜸가다 四邑토지의 면적 단위 사방 4리里에 해당 (킈) 求 索也찾다 구하다 (끠) 俅 冠皃갓을 아름답게 꾸민 모양 ――구구 恭順공손한 모양 球 美玉아름다운 옥 玉磬옥으로 만든 경쇠 璆 仝앞과 같다 賕 贓也탐오하다 수탈하다 銶 鑿屬끌의 일종 일설에는 도끼의 일종이라 함 觩 角皃짐승의 뿔 끝이 굽은 모양 觓 仝앞과 같다 捄 長皃길고 구부정한 모양 仝앞과 같다 [虞] ㉠[宥] 絿 急也급하다 조급하다 求也구하다 紌 仝앞과 같다 毬 鞠也공 裘 皮衣갖옷 逑 匹也짝 배우자 仇 讎也서로 겨룰만한 상대 맞수 적수 仝앞과 같다 厹 三隅矛세모창 날이 세모진 창 叴 氣高기승을 부리다 仝앞과 같다 頄 顴也광대뼈 [支] 艽 荒野멀고 황량하다 《규》[肴] 兜 首鎧투구 (듀)<두> 頭 首也머리 사람이나

所以言食사람과 동물의 입 (쿠) 扣 擊也치다 두드리다 공격하다 ㉠[宥] 叩 問也묻다 탐문하다 문의하다 仝앞과 같다 訆 仝앞과 같다 釦 金飾器口금 옥 따위로 기물의 가장자리를 꾸미다 糗 乾飯볶은 쌀이나 보리 또는 건량乾糧 (킈) 臼 舂也절구 (끠) 舅 母之兄弟외삼촌 妻父장인 夫父시아버지 咎 愆也허물 과실 災也재앙 재화 [豪] 諮 毁也헐뜯다 穀 乳也젖을 먹이다 (뉴)<누> 穀 仝앞과 같다 [屋] 斗 十升

하다 (긔) 捄 仝앞과 같다 [虞] ㉬[尤] 究 窮也다하다 궁구하다 灸 灼也굽다 지지다 ㉦[有] 疚 病也고질병 또는 질병 廄 馬舍마굿간 우리 외양간 寇 賊也도둑 원수 적 (쿠) 扣 擊也두드리다 ㉦[有] 鷇 鳥子어미 새가 먹이를 먹여주는 새끼 새 舊 故也옛날 오래되다 (끠) 柩 棺也널 관 匶 古고자 耨 耘也자루가 긴 호미 김을 매다 (뉴)<누> 鎒 仝앞과 같다 譳 不能言말이 어눌하다 譳―두누 투누 梪 木食器나무로 만든 음식 그릇 (뜌)<두> 笠 仝앞과 같다 豆 仝上仝下앞뒤와 같다 荳 菽也콩 脰 項也목 逗 止也멈추다 머무르다 酘 重釀두

동물의 목 윗부분 (뜨) 婁 空也속이 비다 星次별 이름 28수宿의 하나 降-항루 (릐)〈루〉 [虞] 樓 重屋층집 摟 牽也끌어들이다 髏 首骨죽은 사람의 머리뼈 또는 해골 髑-촉루 慺 謹敬공손하고 삼가는 모양 --루루 [虞] 膢 立秋祭천자가 입추 날 사냥하여 잡은 짐승을 희생으로 바쳐서 종묘에 제사지내던 의식 貙-추루 [虞] 螻 土蟲有翅땅강아지 -蛄루고 蛙也개구리의 일종 -蟈루괵 蔞 似艾白色물쑥 [虞] 矛 鉤兵창 긴 장대 끝에 휘어진 쌍날의 칼이 달린 병기 (므)〈무〉 鍪 兜也투구 鞪 仝앞과 같다 蟊 食苗蟲농작물의 뿌리를 갉아먹는 해충 麰 大麥보리 牟 大也크다 넓고 크다 牛鳴소가 우는 소리 仝앞과 같다 侔 等也서로 같다 비등하다 眸 目瞳눈동자 蛑 大蟹대게 큰 게 蝤-유모 謀 計也계획하다 꾀하다 繆 絲千累삼麻 열 묶음 纏綿뒤얽힘 뒤엉킴 綢-주무 (믹) [屋] ㉠[宥] 裒 聚也모으다 모이다 (쁘)〈부〉 掊

용량의 단위 말 10되 (듀)〈두〉 㪷 俗속자 枓 柱上木주두 대접받침 [麌] 蚪 蛙子올챙이 蝌-과두 阧 峻也높고 가파르다 陡 仝앞과 같다 黈 冕傍纊쓰개에 붙인 귀막이 -纊주광 (투) 𪏰 仝앞과 같다 塿 小阜작은 흙 둔덕 작은 무덤 培-부루 (릐)〈루〉 簍 籠也대바구니 母 孃也어머니 시초 기본 (므)〈무〉 拇 手大指엄지손가락 踇 足大指엄지발가락 鵡 能言鳥앵무새 鸚-앵무 [麌] 畮 步百토지 면적의 단위 주

번 빚은 술 竇 穴也구멍 동굴 窦 仝앞과 같다 [虞] 讀 文絶處구두 문장의 한 구절 句-구두 [屋] 陋 疏惡더럽다 (릐)〈루〉 鏤 剛鐵강철 刻也새기다 조각하다 [虞] 瘻 久瘡오랜 종기 [虞] 漏 泄也액체 기체 광선 등이 구멍이나 틈새로 새어 나가거나 새어 들어오다 穿也뚫다 관통하다 屋西北隅방의 서북쪽 구석 壺水知時물시계 戊 十幹之中천간天干의 다섯째 (므)〈무〉 茂 盛也초목이 무성하다 楙 木瓜모과나무 仝上仝下앞뒤와 같다 懋 勉也힘쓰다 권면하다 愗 愚皃어리석다 우매하다 怐-구무 袤 延亙연이음 길게 펼쳐짐 南北세

仝앞과 같다 把也손이나 공구로 흙을 파다 헤치다 ㉦[有] 抔 手掬손으로 움켜 뜨다 捊 仝앞과 같다 掊 仝앞과 같다 鴀 戴勝산비둘기 鳺－부부 (부) 不 未定아직 ~를 하지 않다 仝앞과 같다 [物] ㉦[有] ㉠[宥] 紑 衣潔옷이 깨끗한 모양 芣 車前草질경이 －苢부이 (뿌) 罘 兎罟토끼 그물 罘也대문 밖이나 성의 모퉁이 위에 설치한 그물 모양의 구조물 또는 실내에 치는 병풍이나 가리개를 이르는 말 －罳부시 浮 泛也뜨다 띄우다 盛皃성한 모양 －－부부 蜉 蟻也왕개미 蚍－비부 罦 覆車網덮치기 수레에 덫을 단 그물 [虞] 枹 鼓槌북채 [虞][肴] 桴 仝앞과 같다 屋棟집의 마룻대 마루 도리 [虞] 涪 廣漢水名광한四川省의 물 이름 捬 取也취하다 가지다 (쓔)〈수〉 鎪 刻鏤새기다 조각하다 鏉 仝앞과 같다 搜 索也찾다 뒤지다 수색하다 (쓔) 捜 俗속자 廋 匿也숨기다 廋 俗속자 溲 尿也오줌 소변 ㉦[有] 溲 俗속자 颼

대周代에는 6자尺 사방을 1보步 1백 보를 1묘라 함 畮 古고자 畝 仝앞과 같다 牡 雄也짐승의 수컷 某 代名아무 어느 莽 毒魚草여뀌 粗率거칠다 鹵－로무 [麌][養] 剖 判也가르다 나누다 쪼개다 (프)〈부〉 掊 擊也치다 仝앞과 같다 ㉬[尤] 培 小阜작은 언덕 －塿부루 (뿌) [灰] 部 統也거느리다 界也지경 [麌] 蔀 障明광선을 가리다 小席쪼각자리 閏餘一고대 역법曆法 용어 76년 19년을 1장章 4장을 11부 20부를 1

로 길이 瞀 無識어리석고 무지한 모양 －－무무 [遇] 貿 交易교역하다 매매하다 仝앞과 같다 謬 誤也잘못 실수 또는 잘못되다 (믜) 繆 戾也어그러지다 錯也어긋나다 그릇되다 紕－비류 姓也성씨 [屋] ㉬[尤] 富 豐財풍성하다 厚也넉넉하다 (부)〈부〉 輻 競聚한곳으로 몰려듦 또는 한데 모임 －輳복주 폭주 [屋] 副 貳也버금 다음 稱也꼭 맞다 들어맞다 부합하다 首飾步搖어여머리 고대의 왕후나 귀족 부인들이 본 머리 위에 다리로 크게 틀어 얹는 딴머리 [屋][職] 覆 蓋也가리다 덮어 감추다 [屋] / 伏兵복병 매복하다 (뿌) 仆 頓也머

風皃산들바람 －飀소슬 蒐 春獵봄 사냥 獀 仝앞과 같다 ㉦[有] 㾄 俗속자 䐹 乾魚건어물 鱐 仝앞과 같다 [屋] 牛 耕畜소 (우)〈우〉 區 四豆용량容量을 되는 그릇의 이름 네 되 들이 匿也숨기다 감추다 姓也성씨 (후)《구》[虞] 謳 歌也반주 없이 노래하다 또는 여러 사람이 함께 노래 부르다 嘔 仝앞과 같다 ㉦[有] 漚 水泡물속에 오래 담가 두다 ㉠[宥] 歐 姓也성씨 ㉦[有] 甌 盌也동이 자배기 종류의 질그릇 鷗 似鴿水鳥갈매기 憂 愁也근심하다 걱정하다 (휘) 優 饒也넉넉하다 勝也낫다 倡也광대 배우 游也한가로이 노닐다 戲也희롱하다 嚘 嘆聲탄식하는 소리 咿－이우 耰 摩田器곰방메 땅을 고르거나 씨앗을 덮는 농기구 麀 牝鹿암사슴 尤 甚也더욱 怨也원망하다 탓하다 (우) 疣 贅也혹 또는 사마귀 肬 仝앞과 같다 訧 罪也허물 죄 과실 郵 步傳도보로 전달하던 역참 過也허물 과실 陬 隅也모퉁이 구석 (즈)〈추〉 鯫

원元 －首부수 부법蔀法의 첫째 [虁] 瓿 小甖질그릇이나 청동으로 만든 작은 항아리 缶 盆也술이나 음료수를 담는 질그릇 장군 질장구 (부) 缻 仝앞과 같다 [江] 否 不然그렇지 않다 不藏착하지 않다 [紙] 不 仝앞과 같다 [物] ㉫[尤]㉠[宥] 負 背荷짐을 지다 不償빚을 지다 背恩저버리다 恃也믿다 (뿌) 偩 依也의거하다 仝앞과 같다 婦 士妻아내 媍 仝앞과 같다 阜 土山언덕 토산 厚也푸짐하다 풍성하다 盛也왕

리를 조아리다 [遇] 踣 仝앞과 같다 [職] 復 又也또 다시 거듭 (뿌) [屋] 複 重也중복되다 거듭되거나 겹치다 仝앞과 같다 [屋] 伏 鳥抱卵새가 알을 품다 [屋] 漱 蕩口양치하다 (슈)〈수〉 涑 仝앞과 같다 [屋][沃] ㉫[尤] 嗽 仝上仝下앞뒤와 같다 [覺] 瘶 上氣기침 欬－해수 軟 仝앞과 같다 [覺] 瘦 瘠也여위다 파리하다 (슈) 痩 俗속자 漚 久漬물속에 오래 담가두다 (후)〈우〉 ㉫[尤] 佑 助也돕다 돌보다 (우) 右 仝앞과 같다 ㉦[有] 祐 神助신명이 도와주다 보우하다 又 更也다시 거듭 奏 進也임금에게 말로 아뢰거나 글을 올리다 (즈)

小魚뱅어 ㉦[有] 諏 咨事묻다 자문하다 [虞] 掫 擊柝치다 야경을 돌다 순라꾼 干－간추 ㉦[有] 鄒 顓頊後所封전욱의 후손에게 봉한 나라 이름 원래는 주邾였으나 전국戰國시대에 노魯 목공穆公에 의하여 추鄒로 바뀜 산동성山東省 추현鄒縣 소재 (즈) 鄹 仝앞과 같다 騶 廐御말과 수레에 관한 일을 맡은 사람 仝앞과 같다 緅 靑赤色청적색 또는 청적색 비단 菆 善矢草겨릅대 또는 초목의 줄기 예리한 화살 叢生무더기로 나다 [寒] 棷 薪也장작 땔나무 [泰] ㉦[有] 篘 簏酒술을 거르다 술을 거르는 기구 용수 (츠) 搊 手彈손으로 타다 현악기를 연주하다 愁 憂也근심하다 거두어들이다 단속하다 (쯔) 偸 盜也훔치다 도적질하다 苟且구차하다 (트)〈투〉 婾 巧黠약다 잔꾀가 많다 仝앞과 같다 [虞] 鍮 石似金놋쇠 황동석黃銅石 廠 行圊똥통 매화틀 (뜨) 牏 仝앞과 같다 築牆板담틀 投 棄也버리다 방치하다 託也의탁하다 骰 博陸

성하다 번성하다 叜 老稱늙은이 노인을 높이어 이르는 말 (스)〈수〉 ㉬[尤] 叟 俗속자 ㉬[尤] 傁 仝앞과 같다 瞍 無目맹인 고대에 악관樂官을 맹인에게 맡겼으므로 악관을 이르는 말로도 씀 藪 大澤늪 棷 仝앞과 같다 [泰] ㉬[尤] 籔 漉米器쌀을 이는 데에 쓰는 기구 조리 [麌] 嗾 使犬聲개를 부리는 소리 개를 부리다 ㉠[宥] 溲 粉麪밀가루 따위를 물에 개다 버무리다 반죽하다 (수) ㉬[尤] 偶 合也화합하다 융합하

〈주〉 走 疾趨질주하다 驅也말을 타고 빨리 달리다 ㉦[有] 輳 競聚한곳으로 몰려듦 輻－폭주 (츠) 腠 膚理주름 살결 湊 水會물이 모이다 모여들다 蔟 正月律악률樂律 이름 십이율十二律 중의 셋째 음률 太－태주 [屋] 呪 詛也저주하다 (즈) 祝 祭贊대축하다 願也축원하다 仝앞과 같다 [屋] 縐 蹙也구겨지다 주름지다 細絺고운 갈포 (즈)〈추〉 皺 蹙摺피부의 주름살 또는 주름살이 잡히다 구김살 甃 井甓벽돌로 쌓은 우물의 벽 簉 齊飛가지런히 날다 倅也버금 다음 (츠) 驟 奔也말이 내달리다 (쯔) 㥮 惡言詈꾸짖다 심하게 욕하다

采具주사위 ―子투자 帿 射布과녁 (후)〈후〉 矦 公之次작위爵位의 하나 다섯 등급 가운데 둘째 등급 維也문장 앞이나 중간에 쓰이는 어조사 소앞과 같다 侯 소앞과 같다 喉 咽也목구멍 餱 乾食식량 또는 건량乾糧 糇 소앞과 같다 鍭 箭鏃화살 이름 화살 猴 猱也원숭이 篌 絃樂현악기 箜―공후 樛 木下曲나뭇가지가 아래로 휘어지다 (긔)〈규〉 摎 束也감다 얽다 얽히다 虯 無角龍전설상의 뿔이 없는 용 일설에는 뿔이 있는 용 (끠) 虬 소앞과 같다 畱 住也머무르다 묵다 (릐)〈류〉 ㉠[宥] 留 俗속자 榴 西域果서역의 과실나무 石―석류 騮 赤馬黑鬣얼따말 털빛이 붉고 갈기가 검은 말 駵 소앞과 같다 遛 止也머무르다 逗―두류 ㉠[宥] 瘤 疣也피부에 돋아난 군살 혹 ㉠[宥] 鶹 角鴟부엉이 또는 올빼미과의 총칭 鵂―휴류 飀 高風큰 바람이 분 뒤에 아직 남아 부는 바람 여풍餘風 ――류류 飂 소앞과 같다 [蕭] 瑠 西域

다 匹也짝 適然우연하다 偶也흙으로 빚거나 나무로 조각하여 사람이나 짐승의 형상처럼 만든 물건 허수아비 (우)〈우〉 ㉠[宥] 耦 配也짝배우자 耒也두 사람이 어깨를 나란히 하고 밭을 갈다 소앞과 같다 藕 蓮根연뿌리 歐 捶擊때리다 (후) 毆 소앞과 같다 敺 소앞과 같다 [虞] 嘔 吐也게우다 토하다 ㉬[尤] 歐 소앞과 같다 ㉬[尤] 友 同志벗 친구 善兄弟형제간에 공경하고 사랑하다 (읙) 右 左之對오른쪽 오른편 孱

僽―잔추 鬭 競也겨루다 경쟁하다 (듷)〈투〉 鬪 소앞과 같다 豵 尾星별자리 이름 용미성龍尾星 이십팔수의 하나인 기수箕宿를 이르는 말 동방의 창룡칠수蒼龍七宿의 끄트머리에 있는 데서 이르는 말 透 通也통과하다 투과하다 (틓) 超 自投스스로 떨어지다 蔻 藥名육두구肉荳蔻 荳―두구 육두구과에 속하는 상록교목 여름에 황백색의 꽃이 피며 둥근 열매를 맺음 (흫)〈후〉 鱟 蟹屬게와 비슷한 동물 鬼―귀후 怐 愚也어리석고 몽매한 모양 ―愗후무 佝 僂也곱사등이 소앞과 같다 詬 罵也꾸짖다 《구》 ㉦[有] 齅 鼻取氣냄새를

采石서역에서 캐낸 돌 유리 －璃류리 琉 소앞과 같다 流 水行물이나 액체가 흐르다 求也구하다 찾다 放也유배 보내다 輩也부류 종류 覃也 널리 퍼지다 㳅 소앞과 같다 瑬 冕飾玉면류관의 앞뒤에 드리운 구슬 꿰미 旒 소앞과 같다 旂末垂기에 드리워 장식하는 술 劉 剋也이기다 정복하다 殺也죽이다 주살하다 枝葉稀疏나뭇잎이 시들어 떨어지다 毗－비류 鎦 古고자 鏐 美金금으로 도금을 하다 修 理也닦다 다스리다 정리하다 飾也꾸미다 장식하다 (식)<슈> 脩 脯也포 말린 고기 長也길이가 길다 소앞과 같다 羞 膳也음식을 올리다 恥也부끄러워하다 치욕으로 여기다 囚 拘也가두다 감금하다 (쓔) 泅 浮水물 위에 뜨다 헤엄치다 收 斂也거두어 들이다 捕也잡아 가두다 체포하다 冔冠하대 夏代의 관 이름 黃－황수 (식) ㉠[宥] 讎 匹也대등하다 엇비슷하다 仇也원수 원수로 여기다 校也교정하다 售也팔다 (쓔) 酬 報也갚다 보답

也숭상하다 존숭하다 ㉠[宥] 走 趨也달음박질하다 (즉)<주> ㉠[宥] 取 獲也잡다 포획하다 (측)<추> [虞][遇] 鯫 小人소인 천박하고 비루한 사람 －生추생 ㉤[尤] 趣 周官주대周代에 왕의 말을 맡아 관리하던 벼슬 －馬추마 [遇][沃] 吼 牛鳴맹수가 울부짖다 으르렁거리다 (흑)<후> 朽 腐也썩다 썩어 문드러지다 (휙) 厚 不薄두텁다 두껍다 醲也무르녹다 걸다 (햑) 後 前之對뒤 나중 ㉠[宥] 后 君也임금 군주

맡다 (휙) 嗅 소앞과 같다 后 君也임금 妃也왕비 (햑) ㉦[有] 逅 不期而會우연히 만나다 邂－해후 候 伺望살펴보다 엿보다 堠 記里堡흙을 쌓아 만든 이정표 留 停待기다리다 대기하다 멈추고 기다리다 宿－숙류 (릭)<류> ㉤[尤] 廇 中庭집의 한가운데 霤 屋水流낙숫물 처마 끝에서 떨어지는 물 中宮之神집의 신 이름 소앞과 같다 溜 水流下흘러내리다 소앞과 같다 塯 瓦器진흙으로 만든 밥그릇 餾 飯氣밥이 뜸 들다 饙－분류 쪄서 익힌 밥 瘤 疣也피부에 돋아난 군살 혹 ㉤[尤] 窌 濟北地名제북山東省의 땅 이름 石－석류 勠

하다 醻 仝앞과 같다 詶 以言答회답하다 응답하다 仝앞과 같다 魗 惡也추악하다 棄也버리다 ㉦[有] 㪨 仝앞과 같다 幽 深也그윽하다 깊숙하다 微也적다 미약하다 미미하다 隱也숨다 숨기다 闇也어둡다 囚也구금하다 가두다 (휘)〈유〉 呦 鹿聲사슴의 울음소리 ――유유 嘝 吟聲읊는 소리 咿―이유 仝앞과 같다 攸 所也곳 장소 처소 ~하는 바 危也근심하다 대롱거리다 逌 仝앞과 같다 悠 遠也멀다 ――유유 滺 流皃물이 흐르는 모양 浟 仝앞과 같다 由 從也따르다 ~대로 하다 ~부터 (의) 繇 仝앞과 같다 行皃다니는 모양 ――유유 和柔한가하고 자유로운 모양 優―우유 [蕭] ㉠[宥] 油 膏也기름 雲行구름이 뭉게뭉게 피어나는 모양 ――유유 武陵水名무릉湖南省의 물 이름 甹 木生條나무에 새 움이 돋다 冘 不定머뭇거리다 주저하다 ―豫유예 猶 似也같다 닮다 비슷하다 尙也오히려 舒遲머뭇거리고 망설이다 夷―이

妃也왕후 황후 仝앞과 같다 ㉠[宥] 郈 魯邑춘추春秋시대 노나라山東省 東平縣의 숙손씨叔孫氏의 읍 糾 繩三合삼시울 노끈 督也감독하다 彈也규탄하다 탄핵하다 察也살피다 (긔)〈규〉 [篠] 糺 仝앞과 같다 赳 武皃굳세고 씩씩한 모양 ――규규 紐 結也맺다 (늬)〈뉴〉 鈕 印鼻도장의 꼭지 杻 檍也나무 이름 감탕나무《츄》 忸 愧也부끄럽다 [屋] 狃 慣也익숙하다 狎也친압하다 ㉠[宥] 柳 楊也버드나무 수양버

併力힘을 합치다 [屋] 秀 茂也무성하다 榮也꽃 꽃봉오리 (싀)〈슈〉 琇 石次玉옥에 버금가는 아름다운 돌 充耳관冠의 양쪽에 드리워서 귀를 가리는 장식 繡 五采刺文수나 그림에 오색이 갖추어지다 수를 놓다 綉 仝앞과 같다 宿 列星별자리 舍也숙소 거주하다 [屋] 岫 山穴산굴 또는 동굴이 있는 산 (씌) 袖 衣袂소매 褎 仝앞과 같다 褏 仝앞과 같다《유》 獸 四足而毛네 발 달린 짐승 (싀) 狩 冬獵임금이 하는 겨울 사냥 天子適諸侯천자가 나라 안을 순행하며 제후국의 정치와 민정 등을 시찰함 巡―순수 首 嚮也향하다 有咎自陳자백하다 ㉦

유 仝上仝下앞뒤와 같다 ㉠[宥] 猷 道也도 법칙 謀也꾀 계획 蕕 臭草악취가 나는 수초水草 이름 輶 輕車가벼운 수레 ㉦[有] 槱 燎柴쌓아 놓은 장작을 태우며 하늘에 제사지내다 ㉦[有]㉠[宥] 楢 柔木부드러운 나무 이름 仝앞과 같다 庮 朽木臭썩은 나무에서 나는 냄새 蝤 大蟹대게 큰 게 ―蛑유모《츄》斿 旗旓깃발 기폭 귀에 매어 드리워서 나부끼도록 장식한 천 조각 游 浮行헤엄치다 仝上仝下앞뒤와 같다 遊 遨也유람하다 널리 돌아다니며 구경하거나 놀다 蝣 渠略하루살이 蜉―부유 柔 順也순하다 耎也연약하다 (쉬) 鍒 軟鐵무쇠를 불려서 만든 쇠붙이 숙철熟鐵 畢 良田해마다 농사를 지어 잘 길들인 논밭 좋은 전답 蹂 踐也밟다 짓밟다 ㉦[有]㉠[宥] 鞣 熟皮무두질한 가죽 腬 肥皃살진 모양 기름진 고기 揉 調順순하게 하다 ㉦[有]㉠[宥] 賙 賑贍구제하다 구휼하다 (직)<쥬> 周 匝也두르다 둘레 密也주밀하

들 (릐)<류> 柳 俗속자 茆 鳧葵순채 수련과의 여러해살이 수초 [肴][巧] 茒 俗속자 颵 緒風바람이 부는 모양 또는 바람 소리 罶 魚笱물고기를 잡는 통발 懰 好也예쁜 모양 아름다운 모양 瀏 流淸물이 깊고 맑은 모양 ㉬[尤] 漻 仝앞과 같다 [蕭] 蟉 龍皃용이 머리를 흔드는 모양 蚴―유류 유규 [嘯] ㉬[尤] 滫 久泔뜨물 ―瀡수수 녹말을 섞어 음식을 부드럽고 윤기 있게 조리하는 일 연하고 맛난 음식 (싀)<슈> 訹 誘也꾀다 달래다 [質] 手 肢也손 所以執持잡다 쥐다 취하다 가지

[有] 收 獲多斂之거두어 들이다 수확하다 ㉬[尤] 授 予也주다 수여하다 付也교부하다 (씌) ㉦[有] 綬 佩組인끈 명주끈 ㉦[有] 壽 久也장구하다 오래고 멀다 ㉦[有] 售 賣去手팔다 償也갚다 幼 人生十年태어나서 10년됨 곧 나이가 적다 어리다 (휘)<유> 宥 寬也너그럽다 너그럽게 대하다 (의) 侑 配也짝을 짓다 勸食마시거나 먹을 것을 권하다 囿 苑有垣담으로 둘러막은 동산 [屋] 狖 似猿仰鼻長尾긴 꼬리 원숭이 貁 仝앞과 같다 貁 似麂원숭이와 비슷한데 다리가 짧

다 徧也두루 武王國號무왕의 나라 이름 仝앞과 같다 輈 重載수레가 무겁다 啁 鳥聲새가 지저귀는 소리 －噍주초 [肴] 舟 船也배 선박 服也주변을 둘러싸다 侜 蔽也가리다 막다 輈 輈也작은 수레의 끌채 州 五黨5당 2천 5백 호戶 洲 水中可居물 가운데에 있는 육지 譸 誑也속이다 －張주장 儔 侶也짝 동무 반려 (쪄) 幬 禪帳침상 또는 방안에 치는 휘장 [号] 疇 田也경작 중인 농지 비옥한 논밭 衆也무리 誰也누구 等也대등하다 類也무리 曩也접때 지난번 籌 壺矢투호용 화살 筭也계산하다 헤아리다 裯 單被홑이불 또는 이불 일설에는 침대 휘장 [虞][豪] 綢 纏也휘감다 얽다 싸다 씌우다 －繆주무 [豪] 稠 密也촘촘하다 빼곡하다 紬 大絲繒굵은 명주 ㉠[宥] 鯈 小魚피라미 물고기의 알 [蕭] 啾 小聲짐승이나 벌레 등이 우는 소리 －－추추 (지)〈휴〉 湫 池也소 연못 隘也웅덩이 [篠] 揫 束也묶다 揪 仝앞과 같다 秋 金

다 (식) 首 頭也머리 先也처음 시초 또는 맨 먼저 우선 ㉠[宥] 𩠐 古고자 守 勿失지키다 유지하다 보존하다 主－주수 ㉠[宥] 受 承也잇다 뒤를 받아 잇다 容納받아들이다 (쐬) 綬 佩組인끈 명주끈 ㉠[宥] 壽 久也멀고 오래다 ㉠[宥] 黝 黑也검다 옅은 청흑색 (회)〈유〉 怮 憂皃근심하는 모양 －유유 [蕭] 有 無之對있다 존재하다 가지고 있다 소유하다 取也취하다 (의) ㉠[宥] 丣 西方辰서쪽 就也무르익다 성숙하다 酉 俗속자 禉 燎柴祭天쌓아 놓은 장작을 태우며 하늘에 제사지내

으며 나무와 바위를 잘탐 －豫유예 머뭇거리고 망설이다 ㉬[尤] 槱 燎柴쌓아 놓은 장작을 태우며 하늘에 제사지내다 ㉬[尤]㉦[有] 蜼 似猴尾歧긴꼬리 원숭이의 일종 [紙] 褎 盛飾옷을 잘 입은 모양 禾盛곡식이 무성한 모양 進也나아가다 長也길다 《슈》 鼬 野鼠족제비 柚 似橙而酢유자나무 또는 그 열매 [屋] 櫾 仝앞과 같다 揉 順也따르게 하다 복종시키다 (쉬) ㉬[尤]㉦[有] 楺 屈木나무를 휘다 나무를 구부리다 蹂 踐也밟다 짓밟다 ㉬[尤]㉦[有] 輮 車輞수레바퀴의

行之時가을 愁皃근심하는 모양 －－추추 새가 춤을 추듯이 나는 모양 또는 말이 내달리는 모양 (취) 龝 古고자 楸 梓也가래나무 萩 仝앞과 같다 蒿也쑥 緧 馬鞦껑거리끈 밀치끈 緧 仝앞과 같다 鞦 緧戢마소의 꼬리에 거는 밀치끈 －韆추천 그네 仝앞과 같다 鰍 鰼屬미꾸라지 鰌 仝앞과 같다 大魚수염고래 海－해추 鶖 扶老무수리의 다른 이름 禿－독추 趥 行皃가는 모양 酋 長也부락의 우두머리 醳酒오랫동안 숙성시킨 술 (쥐) 遒 盡也끝마치다 끝나다 다하다 健也강건하다 抽 拔也뽑다 빼다 (취) 妯 心動슬프고 가슴이 아프다 悼也비통하다 [屋] 瘳 病愈병이 낫다 惆 失志뜻을 잃다 실심하여 근심하는 모양 －悵추창 犨 白牛흰 소 (쥐) 彪 虎文호랑이 몸에 있는 반점 (비)〈퓨〉 滮 水流물이 흐르는 모양 (삐) 烋 美也아름답다 (휘)〈휴〉 [肴] 休 息也쉬다 휴식하다 仝앞과 같다 咻 讙也시끄럽다 떠들썩하다 庥 廕

다 槱 薪也땔나무 積也쌓다 仝앞과 같다 ㉬[尤]㉠[宥] 楢 仝앞과 같다 輶 輕也가볍다 ㉬[尤] 誘 導也이끌다 길을 안내하다 莠 害穀草강아지풀 가라지 구미초狗尾草 稂－랑유 牖 壁窓바라지 창문 또는 창문을 내다 向也향하다 開明깨우치다 卣 中罇제사 지낼 때 향주香酒를 담는 그릇 羑 進善유도하다 인도하다 商獄상나라 때의 감옥 이름 －里유리 蹂 踐也밟다 짓밟다 (쉬) ㉬[尤]㉠[宥] 輮 仝앞과 같다 ㉠[宥] 揉 屈木나무를 휘거나 펴다 ㉬[尤]㉠[宥] 酒 米麴所釀쌀 누룩으로 빚

테 ㉦[有] 糅 雜也섞다 혼합되다《뉴》肉 璧邊가운데에 구멍이 뚫린 원형 물체의 가장자리 [屋] 晝 日中낮 한낮 (쥐)〈쥬〉 咮 鳥口새의 부리 噣 仝앞과 같다 胄 兜鍪투구 (쥐) 軸 仝앞과 같다 胄 胤也제왕이나 귀족의 맏아들 伷 仝앞과 같다 宙 居也살다 거주하다 往古來今과거 현재 미래의 무한한 시간 酎 三重酒여러 차례 걸쳐 빚은 전내기 술을 빚다 繇 占辭점사 또는 점치다 [蕭] ㉬[尤] 籒 人名周史－사람 이름 주周 선왕宣王 때의 태사太史 사주史籒 仝앞과

也나무 그늘 苶 仝앞과 같다 貅 豹屬전설상의 맹수 이름 貔－비휴 狳 俗속자 髹 赤黑桼검붉은 칠 또는 옻칠 【增】文44 樞 射決각지 (큐)〈구〉 芤 蔥也파葱의 다른 이름 病脈맥이 허하다 맥상脈象의 하나 蚯 土龍지렁이 －蚓구인 (킥) 區 域也구역 일정하게 나눈 지역 分也가르다 나누다《우》[虞] 龜 西域서역의 나라 이름 －茲구자 [支][眞] 鼽 鼻塞감기로 코가 막히다 (끽) 馗 九達道사통팔달한 도로 [支] 獳 怒犬개가 성난 모양 (뉴)〈누〉 㝹 兎子새끼 토끼 또는 토끼 艛 樓船망루가 있는 배 艬－발루 (릑)〈루〉 貗 求子豕새끼를 찾는 돼지 窶 便側地甌비스듬하게 기울어진 좁은 땅 뙈기밭 甌－구루 [麌] 髳 巴蜀夷國고대 중국 남서쪽 지방에 살던 소수민족 이름 또는 그 나라 (믁)〈무〉 恈 貪愛탐내다 욕심부리다 －－모모 무무 棓 打也곤장으로 치다 星名별자리 이름 天－천부 (뿍)〈부〉 [講] 湅 澣

은 술 (직)〈쥬〉 肘 臂節팔꿈치 (짇) 紂 商辛상나라 마지막 임금 제신帝辛의 시호謚號 (쯰) 帚 篲也비 빗자루 (직)〈츄〉 箒 俗속자 掫 行夜야경 돌다 밤에 순찰하다 干－간추 ㉬[尤] 醜 穢也더럽다 지저분하다 類也종류 부류 (칙) 䰩 仝앞과 같다 ㉬[尤] 丑 十二月支12지지地支의 둘째 오행五行으로는 토土에 해당하고 방위로는 북동쪽 杻 手械차꼬 수갑《뉴》【增】文20 峋 衡陽山名형양湖南省 衡陽市의 산 이름 －嶁구루 형산衡山 72봉峰의 하나 (긱)〈구〉 詬 罵也치욕을 주

같다 僦 賃也삯을 주고 부리다 고용하다 임대하다 (직)〈츄〉 就 成也이루다 성공하다 완성하다 卽也곧 즉시 (쯱) 鷲 鵰類黑色多力수리雕의 다른 이름 蹴 嶺名산 이름 또는 재 이름 臭 氣通於鼻냄새 (칙) 殠 腐氣썩은 냄새 상한 냄새 畜 家養獸집에서 치는 짐승 가축《휴》[屋][屋] 畜 獸可養기를 수 있는 짐승 (흭)〈휴〉《츄》[屋][屋] 叀 仝앞과 같다 【增】文22 詬 罵也꾸짖다 (긱)〈구〉《후》㉦[有] 餖 貯食음식을 그릇에 쌓아올림 飣－정두 (뜩)〈두〉 餕 仝앞과 같

也씻다 세척하다 (ᄉᆖ)〈수〉 [屋][沃] ㉠[宥] 叜 尊稱노인을 높이어 이르는 말 / 淅米聲쌀을 이는 소리 ――수수 (ᄉᆖ) ㉦[有] 叟 俗속자 ㉦[有] 餿 飯壞음식이 쉬다 (ᄉᆖ) 醙 白酒백주 ㉦[有] 齵 齒不正이가 고르지 않다 (ᄋᆖ)〈우〉 [虞] 腢 膊前骨어깨 어깨 위 ㉦[有] 樞 似楡시무나무 느릅나뭇과의 낙엽교목 (ᄒᆖ) [虞] 漊 澤多매우 윤택하다 (휘) 稯 十筥벼 40줌 棸 姓也성씨 (ᄌᆖ)〈추〉 齁 鼻息코를 고는 소리 천식喘息 (ᄒᆖ)〈후〉 艽 藥名秦―뿌리는 약재로 쓰며 풍습을 다스리는 약초 진교 진규 오독도기 (긔)〈규〉《구》[肴] 蟉 龍皃용이 머리를 흔드는 모양 꿈틀거리는 모양 蚴―유규 (끠) [嘯] 丂 卷也얽히다 휘감기다 旒 衣縷옷의 실낱 (릐)〈류〉 硫 石藥화학 원소의 하나 ―黃류황 瀏 水清물이 깊고 맑은 모양 ㉦[有] 蚰 百足蟲발이 백 개나 된다는 그리마 지차리 ―蜒유연 (의)〈유〉 舀 抒臼방아확 안에 있는 것을 쓸어

다 모욕하다 욕하다 ㉠[宥]㉠[宥] 抖 振動털다 흔들다 부들부들 떨다 ―擻두수 (ᄃᆖ)〈두〉 嶁 山巓산꼭대기 (ᄅᆖ)〈루〉 [麌] ㉠[宥] 甊 甖也작은 항아리 또는 단지 菩 王瓜쥐참외 (ᄈᆖ)〈부〉 蟲 蝗也메뚜기 ―螽부종 蝜 善負蟲작은 벌레 이름 물건을 잘 짊어진다하여 붙여진 이름 ―蝂부판 擻 振動털다 진작하다 부들부들 떨다 抖―두수 (수)〈수〉 蔌 菜茹總名나물의 총칭 [屋] 酸 白酒백주 기장으로 빚은 술 (ᄉᆖ) ㉫[尤] 獀 春獵봄사냥 ㉫[尤] 喁 相呼화답하는 소리 (ᄋᆖ)〈우〉 [冬]

다 痘 胎毒홍역 천연두 嶁 衡州山名형산湖南省 衡陽의 산 이름 岣―구루 (ᄅᆖ)〈루〉 [麌] ㉦[有] 僂 短醜곱사등이 ―佝루구 [麌] 不 未定아직 ~하지 않다 (ᄇᆖ)〈부〉 [物] ㉫[尤]㉦[有] 謏 私罵중얼거리다 (ᄉᆖ)〈수〉 [篠] 偶 適然우연하다 (ᄋᆖ)〈우〉 ㉦[有] 棷 小橘귤의 일종 감자柑子 (ᄎᆖ)〈주〉 嗾 使犬聲개를 부르는 소리 개를 부리다 ㉦[有] 㑳 衣不伸옷이 구기다 (ᄌᆖ)〈추〉 蓫 草相次풀이 무더기로 뒤섞인 모양 (ᄎᆖ) 諰 不能言말을 잘 하지 못하다 ―譳투누 (ᄃᆖ)〈투〉 後

내다 [篠] 抗 仝앞과 같다 揄 仝앞과 같다 [虞] 蕭 藥名약초 이름 香ㅡ향유 (익) 調 朝也아침 새벽 ㅡ飢주기 (쥐)〈쥬〉 [蕭][嘯] 鵃 鳩也산비둘기 鶻ㅡ골주 躊 進退주저하다 망설이며 결정하지 못함 ㅡ躇주저 (쮜) 簌 吹篇호각號角 따위로 쓰는 대통 (취)〈츄〉 [蕭] 蝤 木蟲나무굼벵이 ㅡ蠐추제 (쮜)《유》 鵂 角鴟부엉이 ㅡ鶹휴류 (휘)〈휴〉 【叶】文20 駒 居侯切거와 후의 반절 易林역림 鰲 居侯切거와 후의 반절 毛詩모시 膠 居侯切거와 후의 반절 急就篇급취편 墟 祛尤切거와 우의 반절 易林역림 旗 渠尤切거와 우의 반절 班固賦반고의 부 鼻 渠幽切거와 유의 반절 易林역림 滔 他侯切타와 후의 반절 毛詩모시 農 奴侯切노와 후의 반절 束皙賦속석의 부 苞 逋侯切포와 후의 반절 毛詩모시 袍 蒲侯切포와 후의 반절 毛詩모시 媒 迷侯切미와 후의 반절 陳琳賦진림의 부 災 將侯切장과 후의 반절 班固賦반고의 부 漕 徂

髃 肩前어깨 또는 어깨 앞쪽 뼈 [虞] 腢 仝앞과 같다 ㉬[尤] 扭 手轉비틀다 손으로 돌리다 (닏)〈뉴〉 授 予也주다 수여하다 付也교부하다 (씌)〈슈〉 ㉠[宥] 岰 山曲산의 굽이진 곳 산굽이 (휘)〈유〉 眑 深遠까마득하다 깊다 그윽하다 [篠] 蚴 龍皃교룡蛟龍이 꿈틀거리는 모양 ㅡ蟉유규 유류 【叶】文9 軌 己有切기와 유의 반절 太玄태현 旭 己有切기와 유의 반절 太玄태현 栲 去九切거와 구의 반절 毛詩모시 起 去九切거와 구의 반절 徐幹賦서간의 부 道 他口切타와 구의 반절

不敢先감히 앞서지 못하다 뒤 나중 (훟)〈후〉 ㉦[有] 糅 雜飯갖은 재료로 섞어 지은 밥 (닏)〈뉴〉《유》 狃 習也익히다 就也나아가다 ㉦[有] 遛 止也머무르다 체류하다 逗ㅡ두류 (릐)〈류〉 ㉬[尤] 守 受而掌之맡다 주관하다 (싀)〈슈〉 ㉦[有] 謏 口授말로 전수하다 (씌) 有 又也또 또다시 (익)〈유〉 ㉦[有] 紬 緖也실마리 綴集모아 철하다 편집하다 (쮜)〈쥬〉 ㉬[尤] 【叶】文9 告 居候切거와 후의 반절 九章구장 朝 眞祐切진과 우의 반절 韋孟詩위맹의 시 孚 敷救

侯切저와 후의 반절 毛詩모시 胥 思留切사와 류의 반절 陸機詩육기의 시 蕭 疏鳩切소와 구의 반절 毛詩모시 昴 力求切력과 구의 반절 毛詩모시 逢 將侯切장과 후의 반절 易林역림 德 當侯切당과 후의 반절 易역 膚 居鳩切거와 구의 반절 易林역림 驕 居由切거와 유의 반절 易林역림 【通】無
胡廣箴호광의 잠 包 補苟切보와 구의 반절 毛詩모시 飽 補苟切보와 구의 반절 易역 鴇 補苟切보와 구의 반절 毛詩모시 卯 扶缶切부와 부의 반절 毛詩모시 【通】無
切부와 구의 반절 太玄태현 報 敷救切부와 구의 반절 國語국어 築 職救切직과 구의 반절 潘岳賦반악의 부 好 許候切허와 후의 반절 九章구장 昊 許候切허와 후의 반절 毛詩모시 道 徒厚切도와 후의 반절 毛詩모시 六 力救切력과 구의 반절 易역 【通】無

平聲侵二十七	【侵】文90 今 是時지금 현재 오늘 (김)<금> 金 西方之行서방 또는 가을을 가리키는 오행의 하나 五－오금金銀銅鐵錫 鉦鐸청동이나 구리로 만든 종鐘 정鼎 따위 一兩화폐단위 1냥 兵也칼 검 따위의 병기 紟 衣系옷고름 옷끈 ㉠[沁] 衿 仝上仝下앞뒤와 같다 ㉠[沁] 襟 交衽옷깃 옷의 앞섶 禁 勝也감당하다 견디다 當也당하다 刼持협박하다 ㉠[沁] 欽 敬也존경하다 공경하다 憂心근심을 떨치지 못하는 모양 －－흠흠 (킴) 嶔 山高산세가 높고 험하다 －崟금음 衾 被也큰 이불 顉 曲頤주걱턱이 진 모양 주걱턱 [感] 琴 絃樂현악기의 일종 (낌) 芩 鹿食草根如釵股뿌리가 비녀를 닮았다는 꿀풀과의 여러해살이 풀 藥名黃－약초 이름 황
上聲寑二十六	【寑】文42 錦 織文채색 무늬가 있는 비단 (김)<금> 噤 口閉입을 다물다 말을 하지 않다 (낌) ㉠[沁] 凚 寒皃몹시 춥다 몸을 벌벌 떠는 모양 唫 口急말을 더듬다 ㉬[侵] 廩 米藏곡식 창고 (림)<름> 懍 懼皃경계하고 두려워하다 두려워하는 모양 －－
去聲沁二十七	【沁】文32 僸 夷樂중국 북방 소수민족의 음악 이름 (김)<금> 禁 制也제지하다 止也금하다 天子所居왕궁 궁궐 酒器의식儀式을 거행할 때 술동이를 올려놓는 받침대 ㉬[侵] 噤 口閉입을 다물다 ㉦[寑] 矜 仝앞과 같다 紟 衣系옷고름 單被홑이불 (낌) ㉬[侵]
入聲緝十四	【緝】文65 急 疾也몹시 빠르다 褊也옷 따위가 너무 작다 꼭 끼다 (기)<급> 汲 引也이끌다 끌어당기다 勤皃쉬지 아니 하다 －－급급 伋 思也생각하다 級 絲次第실갈피 等也등급 給 供也공급하다 與也주다 贍也넉넉하다 泣 無聲出涕울음을 삼키며 눈물을 흘리다 (키) 脏 肉羹고깃국 湆 溼也축축하다 젖다 仝앞과 같다 及 至也이르다 도달하다 (끼) 笈 書箱대오리 따위로 엮어 만든 상자 [葉] 岌 高皃높은 모양 －－급급 圾 仝앞과 같다 霫 雨皃비가 내리는 모양 雴－립습 (시)<습> 飁 大風큰 바

금 속서근풀 肣 斂也거두다 거북의 등딱지를 지져서 길흉을 점칠 때 껍질에서 안쪽으로 갈라진 금을 이르는 말 黔 黑色검다 또는 검은색 [鹽] 禽 鳥也날짐승의 총칭 檎 似柰능금나무 또는 능금 林-림금 擒 捉也사로잡다 제압하다 捦 仝앞과 같다 襟 仝앞과 같다 崟 山高산이 높다 嶔-금음 (임)〈음〉 吟 咏也시가를 읊다 읊조리다 嘆也탄식하다 呻也신음하다 ㉦[寑]㉠[沁] 唫 仝앞과 같다 ㉦[寑] 音 聲有節음률 음악 (임) 瘖 不能言목이 쉬다 또는 벙어리가 되다 喑 仝앞과 같다 [覃] ㉠[沁] 愔 靖也그윽하고 고요한 모양 --음음 陰 陽之對양의 대가 되는 음 水南山北강의 남쪽 산의 북쪽 闇也어둡다 음지 음달 蔭也덮어 가리다 보호하다 影也그늘 그림자 背也등지다 侌 仝上仝下앞뒤와 같다 黔

름름 凜 寒也차다 춥다 飮 歠也마시다 (힘)〈음〉 ㉠[沁] 稟 給也관청에서 곡식을 주다 주다 부여하다 受命명을 받다 (빔)〈픔〉 品 類也사물의 종류 式也법식法式 법칙法則 (핌) 伈 恐皃두려워하는 모양 --심심 ㉠[沁] 審 悉也살피다 詳也상세히 궁리하다 자세히 살피다 (심)

衿 仝앞과 같다 ㉾[侵] 蔭 庇也보살피다 陰景나무 그늘 (힘)〈음〉 廕 仝앞과 같다 癊 心病마음속의 병 화병 飮 予人以歠물을 마시게 하다 -之음지 ㉦[寑] 窨 地室움집 지하실 賃 傭也품팔이하다 고용살이하다 (님)〈님〉 臨 衆哭여럿이 곡하다 偏向편향되다 以尊適卑존귀한 사람

람 習 數飛어린 새가 나는 법을 익히려고 자꾸 날개를 치다 學也배우다 慣也습관 重也거듭하다 (씨) 槢 械也쇄기 비녀장 褶 騎服승마복 袴-고습 [葉] 隰 下平낮고 평평한 땅 낮고 축축한 곳 襲 因也인하다 重也거듭하다 껴입다 衣單複具염습殮襲하다 --일습 옷을 세는 단위 한 벌 十 數之具열 열째 10 (씨) 什 十人군사 10명을 단위로 하는 군대軍隊 조직 仝앞과 같다 拾 掇也줍다 주워서 가지다 收也수렴하다 수습하다 射韝팔찌 활을 쏠 때 쓰는 가죽으로 만든 토시 仝앞과 같다 [葉][葉] 濕 霑潤젖다 적시다 축축하다 溼 仝앞과 같다 邑 四井고

雲覆日구름이 해를 가리다 婬 奸也간사하다 蕩也음탕하다 (임) 淫 過也지나치다 과도하다 亂也문란하다 난잡하다 仝앞과 같다 霪 久雨장마 또는 장마가 오는 모양 蟫 衣書白魚좀 [覃] 廞 喪具죽은 사람의 장례에 쓰는 부장품 (힘)〈흠〉 歆 神食흠향하다 신령이 제물祭物을 받아 운감殞感하다 氣動也기가 동하다 감동하다 林 叢木숲 수풀 君也임금 (림)〈림〉 琳 美玉아름다운 옥 璆－구림 淋 沃也물을 대다 渥也젖다 윤기가 나다 흥건한 모양 －漓림리 霖 雨三日장마 棽 繁蔚나무가지가 무성한 모양 －麗림리 침리 臨 莅也이르다 도달하다 監也감시하다 大也크다 ㉠[沁] 心 火藏身主심장 마음 (심)〈심〉 尋 繹也찾다 깊이 연구하다 探也탐구하다 仍也잇대다 俄也바로 곧 즉시 八尺고대 길

嬸 叔母작은 어머니 숙모叔母 諗 告也고하다 간언하다 권고하다 謀也꾀하다 淰 濁也탁하다 水動물이 움직이는 모양 潤－섬심 魚駭물고기떼가 놀라서 흩어지는 모양 [琰] 沈 臺駘後所封서주西周 때 금천씨金天氏 소호小皞의 후손에게 분봉된 제후국諸侯國 이름 姓也성씨《침》㉣

이 비천한 사람에게 가다 왕림하다 (림)〈림〉 ㉣[侵] 甚 太過정도가 지나치다 何也무엇 무슨 (씸)〈심〉 ㉧[寢] 妊 孕也아이를 배다 임신하다 (임)〈임〉 姙 俗속자 紝 機縷베를 짜는 실 ㉣[侵] 任 用也쓰다 이용하다 사용하다 克也능하다 所負짐 짐을 메다 ㉣[侵] 鴆 毒鳥강한 독이 있

대의 토지 구획 단위 4정井 九夫爲井 四井爲邑 四邑爲丘 四丘爲甸 四甸爲縣 四縣爲都 (히)〈읍〉 悒 憂也우울하고 불안하다 鬱－울읍 浥 潤溼습하다 축축하다 젖다 적시다 厭－염읍 [葉] 餲 臭也악취가 나다 揖 拱也手著胷가슴에 손을 얹고 읍하다 예의를 표하다 進也나아가다 遜也겸손하여 사양하다《즙》挹 酌也떠내다 퍼내다 뜨다 仝앞과 같다 熠 盛光환하다 螢火반딧불 －耀습요 咠 讒也헐뜯다 비방하다 －－즙즙 (지)〈즙〉 緝 績也길쌈하다 삼을 삼다 仝앞과 같다 諿 和也온화하다 葺 修治깁다 수리하다 輯 斂也거두다 續也이어서 철하다

이의 단위 8자尺 (씸) 潯 水厓물가 燖 火熱物불로 물건을 익히다 燂 소앞과 같다 [覃][鹽] 鄩 河南邑名춘추春秋시대 주周나라河南省 鞏縣의 읍邑 이름 鐔 劍鼻칼코등이 칼자루 끝의 돌출한 부분 鬵 似甑大上小下시루와 비슷하고 위는 넓고 아래는 좁은 솥의 하나 灊 巴郡水名파군四川省의 물 이름 거강渠江 [鹽] 湥 邃也깊다 깊숙하다 (심) ㉠[沁] 深 소앞과 같다 諶 信也믿다 신뢰하다 測也헤아리다 (씸) 忱 소앞과 같다 誠也성실하다 煁 無釜竈화로 풍로 화덕 壬 幹名屬北북방에 속하는 십간의 하나 佞也간사하다 大也크다 성대하다 (싐)<임> 任 堪也감당하다 擔也짐 짊어지다 保也보장하다 姓也성씨 소앞과 같다 ㉠[沁] 紝 機縷베를 짜는 실 絍 소앞과 같다 ㉠[沁] 侵 漸進점점 나아

[侵] 㸒 牛名물소 𤵸 寒病추워서 몸서리치다 몹시 춥다 襟－금심 瞫 竊見몰래 보다 훔쳐보다 葚 桑實오디 (씸) 椹 소앞과 같다 ㉤[侵] 黮 소앞과 같다 [感][勘] 甚 劇也심하다 尤也매우 ㉠[沁] 飪 熟食음식을 익히다 (임)<임> 餁 소앞과 같다 䭃 소앞과 같다 衽 衣衿옷깃 옷자락

다는 짐새 (찜)<짐> 酖 鴆酒짐독鴆毒을 섞은 술 독주毒酒 [覃] 浸 漬也담그다 적시다 澤也연못 (짐)<침> 寖 소앞과 같다 湛 소앞과 같다 [覃][豏][陷] ㉤[侵] 祲 災祥日傍氣길흉을 예시한다는 햇무리 ㉤[侵] 沁 上黨水名상당山西省의 물 이름 以物探水물건을 물속에 넣어서 딴 물건

연결하다 (찌) 汁 液也즙 진액 (지) 戢 止也거치다 멈추다 藏也병기를 거두어들여 저장하다 𧤴 角多뿔이 많은 모양 －－즙즙 濈 和也화하다 소앞과 같다 吸 內息숨을 들이쉬다 (히)<흡> 噏 소앞과 같다 翕 合也합하다 화합하다 聚也모으다 한데 모이다 盛也성하다 왕성하다 潝 水聲물이 빨리 흐르는 소리 不善용렬한 모양 －－흡흡 歙 縮也코를 찡긋거리다 斂也숨을 들여 쉬다 [葉] 闟 鋋也창 －戟흡극 闟也닫다 立 建也세우다 건립하다 成也성공하다 성취하다 (리)<립> 笠 簦也禦雨비를 막는 삿갓 대오리 따위를 결어 만든 쓰개 苙 藥名白

가다 朘削침식하다 陵也깔보다 핍박하다 荒也흉년이 들다 短少키가 작다 (침)<침> 駸 馬行疾말이 질주하는 모양 ――침침 綅 綘綫실 梫 桂也계수나무 祲 災祥日傍氣길흉을 예시한다는 햇무리 ㉠[沁] 碪 擣繒石다듬잇돌 (짐) 砧 仝앞과 같다 斟 酌也뜨다 푸다 헤아리다 針 縫具바늘 刺病침을 놓다 치료하다 ㉠[沁] 鍼 仝앞과 같다 [鹽] 箴 仝앞과 같다 誡也경계하다 葴 馬藍마람 쪽의 일종 琛 寶也보배 보물 (침) 賝 仝앞과 같다 郴 桂陽縣名계양湖南省 桂陽縣의 현 이름 春秋시대 楚나라 땅 綝 繕也깁다 꿰메다 止也그치다 멈추다 沈 沒也물에 가라앉다 (찜) ㉦[寑]㉦[寑] 沉 俗속자 湛 仝앞과 같다 [覃][賺][陷] ㉠[沁] 霃 久陰날씨가 흐리다 森 衆木나무가 크고 빽빽한 모양 (슴)<솜>

臥席요 눕는 자리 ㉠[沁] 衽 仝앞과 같다 恁 念也생각하다 생각이 미치다 信也믿다 신실하다 성실하다 ㉠[沁] 荏 大豆왕콩 ―菽임숙 白蘇들깨 柔也부드럽다 稔 穀熟곡식이 여물다 飪 飫也물리다 싫다 朕 天子自稱 천자의 자칭自稱 (찜)<짐> 寢 臥也눕다 누이다 居室왕이나 왕후가 거

을 찾다 (침) 伈 恐皃두려워하는 모양 ――심심 ㉦[寢] 揕 擊也치다 (짐) 枕 首據베개 베개를 베다 ㉦[寢] 闖 窺覘엿보다 (침) 滲 下漉새다 스미다 (슴)<솜> ㉫[侵] 譖 讒毁헐뜯다 무함하다 (즘)<춈> 讖 驗也 참서讖書 符也비결 (츰) 【增】文9 吟 長咏길게 읊조리다 (임)<음>

芷약초 이름 백지 畜欄우리 粒 米顆쌀알 낟알 䶘 齧聲단단한 음식물을 씹는 소리 入 内也들어가다 들어오다 納也받아들이다 (ᅀᅵ)<입> 廿 二十스물 20 卄 俗속자 潗 泉出샘물이 솟아나오는 모양 湁―립집 물이 끓는 모양 (지)<집> 集 聚也모으다 모이다 安也편안하다 (찌) 嗅 噍皃씹는 모양 鏶 鍱也金鐵片쇳조각 執 持也잡다 쥐다 捕也체포하다 (지) 慹 怖也두렵다 두려워하다 [葉] 縶 繫馬말을 매다 (지)<칩> 馽 仝앞과 같다 蟄 和集화목하게 모여 있는 모양 ――칩칩 (치) / 蟲藏벌레가 들어 엎드리다 겨울잠을 자다 (찌) 澀 不滑껄끄럽다 원활하

蔘 神草신령스런 풀 人－인삼 葠 仝앞과 같다 蓡 仝앞과 같다 參 宿名이십팔수의 하나 삼성 叢立빽빽히 들어선 모양 －－삼삼 仝앞과 같다《츰》[覃][覃][勘] 撍 聚也모이다 벗끼리의 모임 盍－합잠 집합이 빠름 (즘)<즘> 簪 首笄관冠이나 머리에 꽂는 비녀 仝앞과 같다 [覃] 篸 仝앞과 같다 [覃] 岑 山高작으면서 높은 산 (쯤) 涔 牛馬跡中水길바닥에 생긴 소나 말 발자국에 괸 물 雨皃비가 쉬지 않고 내리는 모양 －－잠잠 嵾 山不齊산이 울쑥불쑥한 모양 －嵯참치 (츰)<츰> 【增】文13 鱘 長鼻魚철갑상어 (씸)<심> 鱏 仝앞과 같다 蕈 菌也버섯 蕁 蒲類여린 부들 (심) 槮 魚所息물고기가 쉬는 곳 깃을 주어 물고기를 잡다 (씸) [鹽] 鵀 戴勝후투티 오디새 (임)<임> ㉠[沁] 椹

처하는 궁실 침실 (침)<침> 寑 仝앞과 같다 鋟 鏤板爪刻새기다 조각하다 판板에 글을 새기다 枕 臥薦首具베개 (짐) ㉠[沁] 瀋 汁也액즙 (침) 沈 仝앞과 같다《심》㉣[侵] 踸 一足行절룩거리다 －踔침탁 跈 仝앞과 같다 墋 垢也때 더러움 (츰)<츰> 【增】文4 吟 頷皃아랫턱을 늘

㉣[侵]㉦[寢] 喑 泣無聲소리 없이 울다 聚氣기운을 모으는 모양 聲也소리끼리 서로 호응하다 －啞음아 큰 소리로 꾸짖다 (힘) [覃] ㉣[侵] 恁 如此이와 같은 이렇게 이처럼 (님)<님> ㉦[寢] 深 度淺－도심천 깊이를 재다 (심)<심> ㉣[侵] 衽 衣衿옷깃 臥席깔개 자리 (싐)<임> ㉦[寢]

지 않다 (ᄼ)<습> 澁 俗속자 【增】文16 芨 藥名白－약초 이름 백급 곧 자란紫蘭 (끼)<급> 唈 短氣기가 차다 기막히다 烏－오읍 (히)<읍> [合] 裛 書囊책갑 香襲衣향기가 옷에 풍기다 [葉] 熠 火皃불이 타는 모양 [屋] 𦥯 聚皃모으는 모양 모이는 모양 戢－즙의 성한 모양 [紙] 湒 雨皃비가 오는 모양 (지)<즙> 揖 聚也모이다 －－즙즙《읍》楫 短棹짧은 노 (찌) [葉] 蕺 筆管菜약모밀 일명 어성초魚腥草 (지) 扱 斂持거두다 (히)<흡> [洽] 岦 山皃산이 높은 모양 －岌립급 (리)<립> 雴 雨皃큰 비가 오는 모양 －霫립습 湁 泉出샘물이 솟아

木質모탕 다듬잇돌 木趺모탕 도끼 바탕 (짐)<침> ㉦[寢] 罧 積柴取魚어살 (슴)<숨> ㉠[沁] 槮 소앏과 같다 滲 漉也액체가 천천히 투과 透過하거나 조금씩 새다 ㉠[沁] 襂 衣皃깃이 늘어진 모양 －襹삼시 鬖 髮垂머리털이 아래로 늘어진 모양 －髿삼사 [覃] 篸 不齊들쭉날쭉하다 －差참치 (츰)<춤>《숨》[覃][覃][勘] 【叶】文8 風 方愔切방과 음의 반절 毛詩모시 楓 方愔切방과 음의 반절 張衡賦장형의 부 衆 才淫切재와 음의 반절 太玄태현 隆 才淫切재와 음의 반절 陸雲詩육운의 시 僭 七尋切칠과 심의 반절 毛詩모시 終 諸深切제와 심의 반절 毛詩모시 能 奴金切노와 금의 반절 毛詩모시 封 孚音切부와 음의 반절 天問천문 【通】韻3 覃 二十八平 鹽 二十九平 咸 三十平

어뜨려 입을 벌리고 있는 모양 턱을 흔드는 모습 噤－금음 (임)<음> ㉬[侵]㉠[沁] 怎 何也어찌 어떻게 왜 (짐)<즘> 潗 流皃물이 흐르는 모양 (찜)<짐> 寑 皃陋얼굴이 못생기다 (침)<침> 【叶】無 【通】 韻3 感 二十七上 琰 二十八上 豏 二十九上

鵀 戴勝후투티 오디새 ㉬[侵] 篒 工人尺먹자 묵척墨尺 (침)<침> 針 刺也찌르다 縫也꿰메다 바느질하다 (짐) ㉬[侵] 罧 積柴取魚어살 고기깃 깃을 놓아 고기를 잡다 (슴)<숨> ㉬[侵] 【叶】無 【通】韻3 勘 二十八去 豔 二十九去 陷 三十去

나오는 모양 －潗립집 물이 끓는 모양 漐 汗出땀이 나는 모양 －－칩칩 보슬비가 계속 내리는 모양 (치)<칩> 邑 耕皃밭을 가는 모양 －－읍읍 鈒 戟也삼지창 작은 창 (스)<삽> [合] 【叶】文6 對 都聿切도와 율의 반절 漢語한어 泰 陽得切양과 득의 반절 劉歆贊유흠의 찬 宿 思積切사와 적의 반절 班彪賦반표의 부 厲 力入切력과 입의 반절 揚雄賦양웅의 부 靄 呼合切호와 합의 반절 潘岳賦반악의 부 邁 呼合切호와 합의 반절 左思賦좌사의 부 【通】韻3 合 十五入 葉 十六入 洽 十七入

平聲覃二十八	【覃】文79 甘 甛也달다 단맛 嗜也좋아하다 즐기다 美也맛이 좋다 입에 맞다 快意기껍게 여기다 ―心감심 (감)<감> 柑 橘屬귤나무 종류 [鹽] 泔 米潘쌀뜨물 苷 國老감초 ―草감초 弇 蓋也덮다 가리다 人名漢耿―사람 이름 한나라의 경엄 [琰][鹽] 龕 塔下室불상이나 신주를 모셔 두는 석실石室이나 작은 집 또는 벽면을 오목하게 파서 만든 작은 공간을 두루 이르는 말 (캄) 堪 任也견디어 내다 天地하늘과 땅 ―輿감여 戡 勝也이기다 嵁 不平고르지 않은 모양 ―巖감암 높고 험한 바위 南 火方남쪽 남녘
上聲感二十七	【感】文66 感 動也감동하다 格也감격하다 應也감응하다 觸也감촉되다 건드리다 부딪다 (감)<감> 敢 勇也용감하다 과감하다 忍爲감히 하겠는가 감히 ~하다 澉 無味맛없다 맛이 담박하다 饕―잠감 轗 坎壈불우함 뜻을 이루지 못함 길이 험함 ―軻감가 (캄) ㉠[勘] 輡 소앞과 같다 坎 陷也빠지다 함몰되다 소앞과 같다 埳 소앞과 같다 [陷] 歁 不足불만스러워하다 스스로 만족해하지 않다 膽 肝腑쓸개 담낭 拭治닦다 (담)<담> 礵 石
去聲勘二十八	【勘】文38 紺 靑赤감색 검푸른 남색 (감)<감> 淦 水入船中물이 배 안으로 스며들다 豫章水名예장江西省의 물 이름 勘 校也잘못을 바로잡기 위하여 살펴 보다 鞫囚죄상을 캐어묻다 심문審問하다 (캄) 瞰 俯視내려다보다 굽어보다 矙 소앞과 같다 闞 望
入聲合十五	【合】文84 合 十龠용량의 단위 한 홉 呼也적합하다 和也화하다 화목하다 화합하다 (가)<갑>《합》 蛤 蚌屬조개의 일종 韐 士服적황색의 가죽으로 만든 폐슬蔽膝 韎―매갑 군복 매겹 슬갑 [洽] 閤 小閨작은 도장 蛙聲개구리 울음소리 ――합합 鴿 鳩屬집비둘기 欱 會也모이다 榼 酒器술통 (카) 磕 石聲돌이 부딪치는 소리 [泰] 溘 奄忽문득 갑자기 홀연히 匼 閉戶聲문 닫는 소리 峇 相當서로 맞다 걸맞다 納 入也들이다 受也받다

(남)<남> 喃 語不了소곤소곤 재잘거리는 소리 呢－니남 [咸] 諵 多言재잘거림 또는 소곤거리는 말소리 －－남남 [咸] 枏 似豫章美材장목과 비슷한 아름다운 재목의 녹나무 [鹽] 楠 俗속자 男 丈夫남자 남성 五等爵고대 5등급의 작위 중 맨 끝 耽 大耳귓볼이 처지다 귀가 커서 늘어지다 過樂탐닉하다 빠지다 (담)<담> 酖 嗜酒술을 즐기다 전하여 깊이 빠지다 [沁] 眈 視皃위세를 가지고 노려보는 모양 또는 자세히 살피는 모양 －－탐탐 담담 媅 樂也즐겁다 湛 仝앞과 같다 [侵][沁][豏][陷] 擔 負也메다 짊어지다 ㉠[勘] 儋 仝上仝下앞뒤와 같다 聸 耳

藥治癇돌 속에 있다는 쓸개즙과 같은 액체를 약재藥材로 이르는 말 간질병의 치료약으로 씀 紞 冕前垂면류관 좌우의 귀막이 옥을 매다는 끈 黕 滓垢검은 얼룩 때 毯 毛席담요 모포 따위의 깔개용 모직물 (탐) 菼 薍也어린 물억새 緂 青黃청황색 유록빛 비단 검푸른 색깔의 면직물 緂 仝앞과 같다 綊 仝앞과 같다 倓 安也편안하다 의심쩍은 마음이 없다 醓 肉醢육장 醯 仝앞과 같다 禫 除服祭상복을 벗는 제사 이름 담사 (땀) 嘾 含深깊이 삼키다 醰 長味술 맛이 좋다 맛이 좋다 菬

也바라보다 멀리 내다보다 [賺] ㉦[感] 擔 所負짊어지다 짐 (담)<담> ㉬[覃] 担 仝앞과 같다 甔 小甖작은 항아리 일설에는 큰 질항아리 －石담석 적은 양의 식량을 이르는 말 ㉬[覃] 醶 無味아무 맛이 없다 싱겁다 (땀) 淡 薄味맛이 진하지 아니하다 싱겁다 ㉬[覃]㉦[感] 憺 安也편안

(나)<납> 內 仝앞과 같다 [隊] 衲 補也깁다 僧衣중의 장삼 軜 驂內轡속고삐 抐 打也치다 때리다 答 然也승낙하다 동의하다 當也마땅하다 호응하다 報也갚다 麤布추포 거친 베 (다)<답> 畣 仝앞과 같다 荅 小豆팥 褡 衣蔽옷이 떨어지다 遝 行相及뒤미쳐 가다 미치다 迨－합답 (따) 沓 重也겹치다 중첩되다 仝上仝下앞뒤와 같다 誻 多言말이 많다 수다스러운 모양 －－답답 譶 仝앞과 같다 嗒 仝앞과 같다 涾 沸溢물이 끓어 넘치다 踏 踐也밟다 짓밟다 蹋 仝앞과 같다 蹹

垂귀가 축 늘어지다 또는 늘어진 귀 耼 耳曼無輪귀가 길게 늘어져서 귓바퀴가 없음 聃 俗속자 覃 及也두루 미치다 深廣깊고 넓다 (땀) 潭 深水깊은 못 燂 火爇불사르다 불에 그슬리다 [侵][鹽] 談 語也이야기하다 譚 大也웅대하다 성대하다 소앞과 같다 痰 水病가래 담 몸 안의 진액이 일정한 부위에 몰려서 걸쭉하고 탁하게 된 것 餤 進也음식을 올리다 惔 燔也불타다 불사르다 憂也근심하다 ㉦[感]㉠[勘] 淡 水皃물결이 출렁이는 모양 물이 질펀하게 흐르는 모양 ――담담 염염 ㉦[感]㉠[勘] 澹 소앞과 같다 複姓―臺복성인 담대 ㉦[感]㉠[勘] 郯 少昊後所

葩華芙蓉아름다운 연꽃 菡―함담 窞 坎也좁고 깊은 구덩이 啖 噍也씹다 啗 소앞과 같다 ㉠[勘] 啖 소앞과 같다 澹 水皃물결이 출렁이는 모양 ―淡담담 ㉫[覃]㉠[勘] 憺 恬也편안하다 안정되다 ㉠[勘] 惔 燔也불사르다 憂也한스러워하다 원망하다 ㉫[覃]㉠[勘] 淡 薄味담박하다 水皃물결이 출렁이는 모양 澹―담담 ㉫[覃]㉠[勘] 黮 黑也검은색 [寢] ㉠[勘] 髧 髮垂머리털이 드리워진 모양 覽 視也보다 살피다 (람)〈람〉 擥 手取쥐다 잡다 擥 소앞과 같다 攬 俗속자 欖 諫果감람

하다 안정되다 動也뒤흔들다 ㉦[感] 惔 燔也불타다 불사르다 憂也한스러워하다 원망하다 ㉫[覃]㉦[感] 澹 水流물이 출렁이다 ―淡담담 恬靜고요하다 ―泊담박 凝也안정되게 하다 공고히 하다 소앞과 같다 ㉫[覃]㉦[感] 窞 薄而大얇고 크다 籃―람담 箹 甘竹대나무 이름 郯 少昊後所

소앞과 같다 駱 馬行疾駁말이 가다 또는 말이 빨리 달리다 篛 牕扉대오리로 엮은 창문 가리개 鶡 飛皃새가 날아오르는 모양 鸙―랍답 臘 歲終祭음력 선달에 선조와 온갖 신에게 지내는 납제사 (라)〈랍〉 臈 俗속자 鑞 錫也주석과 납의 합금 蠟 蜜滓밀랍 擸 折也꺾다 [葉] 拉 折也꺾다 부러뜨리다 擠 소앞과 같다 搚 소앞과 같다 [葉] 摺 소앞과 같다 [葉] 颯 風聲바람 소리 (사)〈삽〉 靸 兒履바닥은 얕고 앞이 깊은 어린아이의 신 跋 進足발을 내어 디디다 馺 馬行疾말이 빨리 달려

封소호의 후손에게 봉하여 준 나라 성姓은 영盈씨 산동성山東省 담성郯城 소재 ㉠[勘] 曇 雲布짙은 구름 佛名석가모니의 성姓 또는 부처를 이르는 말 瞿－구담 婪 貪也탐내다 (람)<람> 惏 仝앞과 같다 嵐 山氣이내 저녁 무렵 산속에 끼는 푸르스름한 기운 藍 染靑草쪽 여뀟과의 한해살이풀 남색 쪽빛 籃 大篝바구니 광주리 襤 敝衣헤어져 단이 없는 홑옷 의복이 낡아 헤어지다 －褸람루 繿 仝앞과 같다 燣 色焦누르스름한 색깔 三 陽陰合數음과 양의 합수인 셋 (삼)<삼> ㉠[勘] 參 仝앞과 같다《참》[侵][侵] ㉠[勘] 毿 毛長머리카락이나 나뭇가지가 길

나무 또는 그 열매 橄－감람 壈 失意뜻을 얻지 못한 모양 불우한 모양 坎－감람 糝 米粒싸라기 쌀알 和羹쌀을 넣고 국을 끓이다 또는 그러한 국 (삼)<삼> 糂 仝앞과 같다 唵 手進食손으로 집어 먹다 (암)<암> 晻 暗也어둡다 [琰] 埯 坑也흙으로 덮다 파묻다 [琰] 揞 手覆손으로 가리다 감추다 숨기다 揜 手掩가리다 덮다 숨기다 감추다 [琰] 黭 黑也어두컴컴하다 어둡다 과일이 검어지다 昝 姓也성씨 (잠)<잠> 寁 速也빠르다 신속하다 歜 菖蒲菹창포 절임 (짬) [沃] 黲 靑黑엷은 검

封상고시대의 제왕 소호의 후손에게 봉하여 준 나라 산동성山東省 담성郯城 일대 ㉬[覃] 啗 食也먹다 씹다 ㉦[感] 霴 雲皃구름의 모양 구름이 짙은 모양 －霸담대 纜 舟絚닻줄 배를 붙들어 매는 밧줄이나 사슬 (람)<람> 濫 氾也넘치다 叨也지나치다 漿也건과乾果를 물에 담가서

따라 서다 －騇삽답 鈒 鏤也새기다 [緝] 霅 雨聲비오는 소리 －－삽삽 [洽] 卅 三十서른 열의 세 곱절 30 唈 短氣기가 차다 기가 막히다 烏－오읍 (하)<압> [緝] 匼 烏巾오건 수건의 하나 오압烏匼 繞皃둘러 있는 모양 ㉦[感] 罨 網也그물 [琰] 帀 周也두르다 둘레 (자)<잡> 匝 俗속자 迊 仝앞과 같다 趿 急走달음박질하는 모양 咂 入口입구 啑 仝앞과 같다 [洽] 噆 齧也물다 깨물어 먹다 雜 參錯혼합하다 또는 조합하다 배합하다 (짜) 襍 仝앞과 같다 榻 床也눕거나 앉는 데 쓰는

게 드리워진 모양 ――삼삼 鬖 髮垂머리털이 아래로 늘어진 모양 鬛 ―람삼 [侵] 諳 記也기억하다 (함)〈암〉 喑 泣無聲소리없이 울다 [侵][沁] 闇 廬也천자天子가 거상居喪할 때 거처하는 곳 려막廬幕 諒 ―량암 ㉦[感]㉠[勘] 鶕 鶉也메추라기 鵪 俗속자 非잘못임 [洽] 菴 草舍초가 ㉠[勘] 庵 仝앞과 같다 馣 香也향기 또는 향기롭다 ㉦[感] 噷 不言입을 다물고 말을 하지 않다 ―嘿암묵 鐕 釘也못 쇠못 (잠)〈잠〉 蠶 絲蟲누에 누에를 치다 (짬) 蚕 俗속자 非잘못임 [銑] 撏 取也가지다 [鹽] 驂 駕三馬한 수레에 메운 세 필의 말 (참)〈참〉 參 厠也뒤섞이

푸른색 (참)〈참〉 慘 慼也서글프다 毒也참혹하다 독하다 [皓] 朁 曾也일찍이 마침내 憯 痛也비통하다 마음이 아프다 憎也미워하다 싫어하다 仝앞과 같다 [琰] 瘠 仝앞과 같다 鏨 鐫石작은 끌이나 정 새기다 파다 ㉬[覃]㉠[勘] 噴 衆聲여러 사람이 음식을 먹는 소리 (탐)〈탐〉 襑 衣大옷의 품이 넉넉하다 또는 적삼 喊 譁聲부르짖다 고함치다 (함)〈함〉 [賺] 顑 不飽부황이 들다 굶주려서 얼굴이 누렇게 되다 ―頷함함 闞 聲大큰 소리 또는 소리를 크게 내다 범이 포효하는 소리

만든 음료 浴器목욕통 [賺][陷] 醶 行酒거르지 않은 술 범제泛濟 憪 貪也탐하다 탐내다 嚂 食皃먹는 모양 三 ―之여러 차례 되풀이하다 셋째 (삼)〈삼〉 ㉬[覃] 晴 不明어둡다 캄캄하다 (함)〈암〉 闇 仝앞과 같다 閉門문을 닫다 ㉬[覃]㉦[感] 暫 不久잠깐 동안 짧은 시간 (짬)〈잠〉

평상 (타)〈탑〉 榻 仝앞과 같다 塌 地低땅이 낮다 艒 大船큰 배 闒 意下미련하다 용렬하다 ―茸탑용《답》 傝 仝앞과 같다 搭 摸也어루만지다 쓰다듬다 搨 仝앞과 같다 塔 浮圖사리탑 탑 불탑 鞳 鼓聲쇠북 소리 鏜―당탑 嗒 解體맥이 풀린 모양 錔 器物金冒頭그릇이나 기구 따위에 씌운 금마구리 噿 大歠막 들이마시다 漯 東郡水名동군河南省의 물 이름 옛 황하黃河의 지류 鰈 比目魚가재미 [葉] 盍 何不어찌 아니하느냐 왜 (햐)〈합〉 嗑 合也닫다 다물다 食也먹다 마시다

다 與也참여하다 度也헤아리다 의논하다 造也고하다 알리다 人名曾－사람 이름 증삼 仝앞과 같다《삼》[侵][侵] ㉠[勘] 叅 俗속자 傪 好皃아름다운 모양 慙 愧也부끄럽다 부끄러워하다 (짬) 慚 仝앞과 같다 鏨 小鑿작은 정이나 끌 ㉧[感]㉠[勘] 貪 愛財재물을 탐하다 (탐)〈탐〉 探 遠取더듬다 찾다 ㉠[勘] 憨 愚也어리석다 우둔하다 (함)〈함〉 含 銜也입 속에 넣다 입에 물다 머금다 (햠) ㉠[勘] 唅 仝앞과 같다 ㉠[勘] 圅 容也받아들이다 용납하다 舌也혀 [咸] 函 仝上仝下앞뒤와 같다 [咸] 鋡 鎧也갑옷 涵 濡也물기가 많다 스미다 젖다 酣 中酒술에 거나하게

[賺] ㉠[勘] 谽 深谷계곡이 깊은 모양 撼 搖也흔들다 (햠) 頷 頤也턱 不飽부황이 들다 굶주려서 얼굴이 누렇게 되다 顑－함함《암》 菡 華未發꽃봉오리 芙蓉부용 연꽃 －萏함담 【增】文17 磩 石篋임금이 봉선封禪할 때에 옥궤玉匱와 옥책玉册을 넣어 두는 돌함 (감)〈감〉 橄 諫果감람나무 또는 그 열매 －欖감람 匲 箱類상자 覆頭쓰개 器蓋그릇의 뚜껑 [送] 湳 西河水名서하內蒙古自治區 伊克昭盟 准格爾旗 북쪽에서 발원하는 황하黃河 상류의 물 이름 (남)〈남〉 萻 花名치자꽃

蹔 仝앞과 같다 鏨 小鑿작은 정이나 끌 ㉩[覃]㉧[感] 撢 遠取끌어당기다 (탐)〈담〉 探 仝앞과 같다 ㉩[覃] 賧 蠻贖罪財고대 중국 남방 소수민족이 재물로 속죄하다 또는 그 재물 憾 恨也한스러워하다 원망하다 (햠)〈함〉 ㉧[感] 琀 飯含玉염殮할 때 시신의 입에 넣는 옥 含 仝上仝下앞

噬－서합 육십사괘 중의 하나 진하이상震下離上의 괘 입안에 있는 물건을 이로 꽉 깨무는 것을 이르며 형법刑法으로 나라를 다스리는 것을 상징함 闔 閉也닫다 合 同也합하다 聚也모으다 配也짝 배필 對也대답하다《갑》 盒 盤覆그리 높지 않고 둥글넓적하며 뚜껑이 있는 물건을 담는 그릇의 하나 郃 馮翊縣名풍익陝西省의 현 이름 欱 大歠크게 마시다 들이마시다 哈 仝앞과 같다 迨 行相及뒤쫓아 가다 －遝합답 【增】文16 頜 頤傍아래턱 (가)〈갑〉 葢 姓也성씨《합》[泰] 菭

취하다 또는 술에 적당히 취하다 【增】文24 疳 小兒食病젖이나 음식 조절을 잘못하여 어린아이에게 생기는 병 (감)<감> 甔 小甖질항아리 일설에는 큰 질항아리 (담)<담> ㉠[勘] 蟫 衣書白魚좀 (땀) [侵] 驔 驪馬黃脊등줄기가 누런 검은 말 [琰] 壜 甁屬항아리 단지 壏 仝앞과 같다 藫 水苔해캄 석의石衣 물에서 자라는 조류藻類 海藻해조 錟 長矛긴 창 [琰] 爁 火延불길이 번지다 (람)<람> 鬛 髮垂머리털이 아래로 늘어지다 또는 그런 모양 ㅡ鬖람삼 毿 毛長털이나 나뭇가지 따위가 치렁치렁 드리워져 바람에 흔들리는 모양 ㅡ毵람삼 籃 薄而大鍩

ㅡ蔔담복 (담)<담> 啿 厚皃풍부한 모양 ㅡㅡ담담 (땀) [賺] 灠 鹽果과일을 절이다 (람)<람> 顉 點頭머리를 끄덕이다 (암)<암> [侵] 頷 仝앞과 같다《함》馣 香也향기 또는 향기롭다 (암) ㉬[覃] 俺 我也나 1인칭을 나타내는 중국中國의 방언方言 [豔][陷] 闇 隱晦어둡다 밝지 아니하다 ㉬[覃]㉠[勘] 啽 諂諛아첨하다 비위를 맞추다 阿ㅡ아암 ◎[合] 饏 無味맛없다 싱겁다 澉ㅡ감잠 (잠)<잠> 㔆 刺也찌르다 (짬) ㉬[覃] 槧 削版서판書板 글씨를 쓰려고 깎아 만든 널조각 [鹽]

뒤와 같다 ㉬[覃] 哈 哺也머금다 먹다 ㉬[覃] 萏 華開꽃이 피다 ㅡ菡함담 【增】文9 灨 豫章水名예장江西省 贛縣의 물 이름 (감)<감> [送] 埳 險厓벼랑 낭떠러지 (캄) 轗 坎壈불우함 뜻을 이루지 못함 ㅡ軻감가 ㉦[感] 菴 翳薈초목이 무성하여 가림 무성한 모양 ㅡ藹암애 (함)<암>

香名향초 산빈랑나무 艾ㅡ애납 (나)<납> 妠 娶也장가들다 兒肥어린애의 살진 모양 [黠] 闒 樓戶누각의 작은 문 (따)<답>《탑》鶅 飛皃새가 막 날아가는 모양 ㅡ鶍랍답 (라)<랍> 邋 不謹뒤룽스럽다 신중하지 못하다 비루하고 흐리터분함 ㅡ遢랍탑 姶 美皃아름다운 모양 (하)<압> 熻 藏火불씨 匌 婦人髻飾부녀자의 머리 꾸리개 족도리 ㅡ葉압엽 緆 罥物올가미를 씌우다 (타)<탑> 遢 不謹경박하다 신중하지 못하다 뒤퉁스럽다 邋ㅡ랍탑 毾 毛席담요 양탄자 ㅡ㲪탑등 鞜

고 크다 －深람심 腤 煮魚肉생선이나 고기를 삶다 끓이다 (함)<암> 韽 聲小소리가 가늘다 [陷] 盦 覆蓋덮다 일설에는 그릇의 덮개 媕 不決머뭇거리며 결정하지 못하다 또는 그러한 사람 －婀암아 簪 首笄관冠이나 머리에 꽂는 비녀 (잠)<잠> [侵] 篸 소얇과 같다 針也바늘 [侵] 劄 刺也찌르다 (잠) ㊇[感] 谽 谷空골짜기가 텅 비고 넓다 (함)<함> 顄 口下아래턱 (햠) 蚶 蚌屬살조개 꼬막 欿 或也혹 혹시 邯 趙都조나라河北省의 수도 －鄲한단 姓也성씨 [寒] 【叶】無 【通】韻3 侵 二十七平 鹽 二十九平 咸 三十平

[豔] 憾 恨也한스러워하다 원망하다 (햠)<함> ㉠[勘] 【叶】無 【通】韻3 寢 二十六上 琰 二十八上 豏 二十九上

㉤[覃] 參 鼓曲북을 세 번 쳐서 맞추는 장단 (참)<참> [侵][侵] ㉤[覃] ㉤[覃] 摻 소얇과 같다 [鹽][咸][豏] 儳 雜言뒤섞어서 말하다 [咸][陷] 憛 憂惑근심하고 의혹하다 (탐)<탐> 黮 不明어두운 모양 －闇탐암 [寢] ㊇[感] 【叶】無 【通】韻3 沁 二十七去 豔 二十九去 陷 三十去

革履가죽신 蓋 苫覆이엉을 덮다 덮개 뚜껑 蒲席부들 자리 齊邑전국戰國시대 제나라山東省 沂水縣의 읍이었고 한대漢代에 현縣을 두었음 (ᅘᅡ)<합>《갑》[泰] 黯 猥茸희떠운 모양 분방하여 얽매임이 없는 사람 방종하여 제멋대로 행동함 －伯답백 【叶】無 【通】韻3 緝 十四入 葉 十六入 洽 十七入

平聲 鹽二十九	【鹽】文90 鈐 轄也수레 굴대를 고정시키는 비녀장 鏁也자물쇠 星名별 이름 鉤－구검 (겸)〈검〉 鉆 仝앞과 같다 大犂큰 보습 ◎[葉] 黔 黧也검다 또는 검은색 [侵] 鍼 人名秦－虎사람 이름 진나라의 겸호 [侵] 醃 鹽漬절이다 또는 절인 식품 (염)〈엄〉 崦 日所入山전설상의 해가 진다는 곳 －嵫엄자 감숙성甘肅省 천수현天水縣의 서쪽에 있는 산 ㉦[琰] 淹 漬也담그다 빠지다 久留머무르다 오래되다 ㉠[豔] 閹 寺人거세한 남자 내시 환
上聲 琰二十八	【琰】文61 檢 書署奏籤봉함하다 죽간竹簡으로 책을 만들 때 가죽끈이나 명주실로 꼰 끈으로 꿰어 매듭지은 곳에 진흙으로 봉하고 그 위에 도장을 찍은 것 校也검사하다 고찰하다 制也 검속하다 式也법도 법식 (겸)〈검〉 撿 束也구속하다 제약하다 儉 約也단속하다 제약하다 절제하다 歲歉흉년들다 (겸) 芡 水果雞頭가시연 噞 魚口물고기가 물 위로 입을 내밀고 숨 쉬는 모양 －喁엄우 (염)〈엄〉 ㉤[鹽]㉠[豔] 奄 忽也갑자기 홀연
去聲 豔二十九	【豔】文57 劎 刀兩刃양쪽에 날이 있고 아랫부분에 손잡이가 달려 있는 칼 (겸)〈검〉 劍 仝앞과 같다 欠 張口氣悟하품하다 不足모자라다 부족하다 (켬) [陷] 驗 證也증험하다 실증하다 效也효험 효과 (염)〈엄〉 釅 酒味厚술맛이 텁텁하다 俺
入聲 葉十六	【葉】文118 劫 强取강제로 빼앗다 (겨)〈겁〉 刦 仝앞과 같다 刼 俗속자 非잘못임 袷 交領옷깃 [洽] 衱 仝앞과 같다 裾也옷뒷자락 怯 畏也두려워하다 (켜) 愶 仝앞과 같다 胠 發也열다 헤치다 脅也갈비 겨드랑이 軍右翼군진軍陣의 우익右翼 [魚][語] [洽] 跲 躓也걸려서 넘어지다 엎드러지다 (껴) 笈 驢上負길마 짐을 실으려고 짐승의 등에 얹는 안장 [緝] 极 仝앞과 같다 業 事也일 업 敬也공경하다 －－업업 已然이미 벌써 (여)〈업〉 㥺 懼也두려워하다 嶪 山高산이 높이 솟은 모양 岌－급업 鄴 魏

관 ㉧[琰] 嚴 毅也굳세다 (염) 杴 鍫屬가래 농기구인 넉가래 (혐) 〈험〉 兼 幷也겸하다 아우르다 (겸)〈겸〉 縑 絹也합사로 짠 연황색의 고운 깁 鰜 比目魚가자미 鶼 比翼鳥비익조 蒹 荻也이삭이 패지 않은 갈대 謙 恭也겸손하다 공손하다 (겸) 嗛 仝앞과 같다 [咸] ㉧[琰] 箝 鐵攝재갈 목에 씌우는 형구 (겸) 箝 仝앞과 같다 鉗 仝앞과 같다 足鎖족쇄 拑 仝앞과 같다 脅持양 옆에서 끼어 잡다 柑 仝앞과 같다 馬銜말에게 재갈을 물리다 [覃] 鮎 鰋也메기 (념)〈념〉

히 止也그치다 쉬다 (혐) 掩 閉取닫다 가리다 덮다 揜 仝앞과 같다 [感] 晻 日無光해가 빛이 없다 어둡다 햇빛이 침침하다 [感] 埯 土覆흙으로 덮다 파묻다 [感] 崦 日所入山전설상의 해가 진다는 곳 감숙성甘肅省 천수현天水縣의 서쪽에 있는 산 一嵫엄자 ㉣[豔] 嶮 仝앞과 같다 郇 商諸侯國상나라의 제후국으로 주周나라 성왕成王 때 반란을 일으켰다가 주공周公에게 멸망당함 주공의 아들 백금伯禽이 이곳에 봉해짐 산동성山東省 곡부시曲阜市 소재 渰 雲皃비구름

大也크다 我也나 [感][陷] 弇 鐘中寬쇠북의 속이 널찍하다 그릇이 아가리는 좁고 속은 넓다 [覃] ㉧[琰] 篏 籠也대바구니 대그릇 (겸)〈겸〉 歉 食不滿배가 차지 않다 주리다 [陷] ㉧[琰] 傔 使屬시종侍從 하인 一從겸종 念 思也생각하다 (념)〈념〉 店 所以置貨가

都위나라의 도성 한말漢末에 조조曹操가 위왕魏王이 된 후 도읍을 정한 곳 縣名전국戰國시대 위魏나라 때 둔 현 하북성河北省 임장현臨漳縣의 남서쪽 소재 浥 潤也젖다 배다 (여) [緝] 裛 書囊책갑 香襲衣향기가 옷에 스며들다 [緝] 腌 鹽漬魚肉소금에 절인 고기 또는 소금에 절인 음식물 脅 腋下옆구리 또는 늑골 갈비뼈 (혀)〈협〉 脇 仝앞과 같다 愶 恐迫위협하다 噏 翕氣숨을 들이쉬다 熁 火迫불길이 닥치다 弽 弓强센 활 활이 세다 頰 面傍뺨 (겨)〈겹〉 脥 仝앞과 같다 鋏 劒也칼 夾 仝앞과 같다 姓也성씨《협》[洽] 筴 箸也젓가락 [陌][洽] 梜

拈 指取物손가락으로 집다 두세 손가락으로 물건을 쥐다 黏 著也붙다 붙이다 粘 俗속자 廉 不貪청렴하다 隅也가장자리 모퉁이 察也고찰하다 사찰하다 檢也몸가짐을 잡도리하다 단속하다 (렴)<렴> 鎌 鍥也낫 鐮 소앞과 같다 磏 礪石붉은 숫돌 磏 소앞과 같다 簾 箔也대나무나 갈대로 엮어 만든 발 熑 火不絕불씨가 끊어지지 않다 帘 酒幟술집 문 앞에 세우는 기旗 匳 鏡匣盛香器향 거울 빗 등의 화장용 물건을 담아 두는 갑 奩 소앞과 같다 銛 利也날카롭다 예리하다

또는 구름이 일어나는 모양 弇 蓋也덮다 가리다 挾路좁은 길 大荒山名전설상의 아득히 먼 곳의 산 이름 一州엄주 [覃] ㉠[豔] 广 巖屋산 벼랑에 의지하여 지은 집 (염) 儼 恭也공경하다 장중하다 엄숙하다 隒 厓也층층으로 된 언덕 險 危也위험하다 위태하다 (혐)<험> 嶮 소앞과 같다 譣 詖也치우친 말 아첨을 잘하다 간사하다 憸 소앞과 같다 ㉬[鹽] 玁 北方一狁중국 북방에 살던 옛 일부 민족의 이름 험윤 ㉠[豔] 獫 소앞과 같다 ㉠[豔] 歉 荒歲작황이 좋지 않다 흉년

게 (뎜)<뎜> 坫 屛也담 反爵잔을 돌려놓는 자리 玷 玉病옥의 티 缺也잘못되다 ㉦[琰] 墊 溺也빠지다 阽 소앞과 같다 ㉬[鹽] 墊 支也괴다 굄돌 버팀목 (뗨) 殮 殯也염하다 시신屍身에게 수의壽衣를 입혀 관에 넣다 (렴)<렴> 斂 소앞과 같다 收也거두다 거두어들이다

소앞과 같다 莢 瑞草상서로운 풀 이름 蓂一명협 唊 妄語말을 함부로 하다 망령되이 말하다 匧 箱也상자 (켜) 篋 소앞과 같다 愜 適意마음에 맞다 悏 소앞과 같다 慊 足也족하다 소앞과 같다 ㉦[琰] 讘 細言귓속말 詀一첩녑 첩첩 첩섭呫囁 (녀)<녑> 囁 소앞과 같다《섭》鑷 箝也집게 족집게 銸 소앞과 같다 籋 소上소下앞뒤와 같다 躡 蹈也밟다 𩧢 馬行疾말의 걸음이 빠르다 捻 捏也손으로 문지르다 敜 塞也막다 苶 疲也고달프다 나른하다 [屑] 跕 墮皃떨어지는 모양 一一접접 (뎌)<뎝> 蝶 野蛾나비 蝴一호접 (뗘) 蜨 소앞과 같다 蹀 履也밟다

(섬)<섬> 暹 日升해가 떠오르다 纖 細也가늘다 작다 미세하다 韱 山韭산부추 仝앞과 같다 孅 銳細뾰족하며 가늘다 잘다 襳 長帶부녀자의 윗옷에 장식으로 다는 긴 띠 [咸] 憸 詖也간사스럽다 佞也간사스럽게 아첨하다 ㉦[琰] 苫 草覆뜸 이엉 지붕이나 담을 이기 위하여 짚이나 새 따위로 엮은 물건 (섬) ㉠[豔] 蟾 蛙屬두꺼비 －蠩섬여 (썸) 撏 摘也따다 채록하다 取也가지다 뽑다 뜯다 [覃] 懕 安也편안하다 고요하고 차분하다 (염)<염> 厭 仝上仝下앞뒤와 같다

이 들다 不飽주리다 배가 차지 않다 不足적다 부족하다 (컴)<겸> [陷] ㉠[豔] 嗛 口貯食머금다 원숭이나 쥐 따위의 먹이를 저장하는 볼 주머니 仝上仝下앞뒤와 같다 [咸] ㉫[鹽] 慊 恨也유감을 갖다 饜也싫어하다 미워하다 愜也합당하다 적합하다 不滿불만스럽게 여기다 ㉧[葉] 點 小黑작고 검은 점 黈也점을 찍다 汚也모욕하다 욕보이다 또는 더럽히다 滅字글자를 덧칠해서 지우다 動手살짝 닿다 督夜鼓鉦밤에 야경을 돌며 징을 치다 更－경점 고대에 밤 시간을 나타

㉦[琰] 瀲 水滿물이 넘치는 모양 泛－범렴 ㉦[琰] 獫 長喙犬주둥이가 긴 사냥개 ㉦[琰] 玁 仝앞과 같다 ㉦[琰] 苫 草覆屋이엉을 이다 이엉 (섬)<섬> ㉫[鹽] 痁 瘧也학질 ㉫[鹽] 閃 韠避피하다 ㉦[琰] 掞 舒也펴다 撊 仝앞과 같다 贍 賙也구제하다 구휼하다 給也주다

簾 簸也까부르다 獵 爲田除害사냥하다 짐승을 잡다 風聲바람소리 －－렵렵 (려)<렵> 躐 踰也넘다 뛰어넘다 鬣 鬐也갈기 물고기 주둥이 옆에 붙은 지느러미 燮 和也어울리다 조화하다 (서)<섭> 躞 行皃걷는 모양 蹀－접섭 書畫軸心옥으로 만든 서화의 권축卷軸 족자 마구리 玉－옥섭 屧 屐也나무로 된 신의 바닥 攝 兼也겸임하다 겸직하다 摠也관할하다 收也거두어들이다 引持끌어 잡다 追也붙잡다 체포하다 假也꾸다 빌다 錄也기록하다 (서)《녑》 涉 徒行걸어다니다 渡水걸어서 물을 건너다 葉 南陽縣名한대漢代에 둔 남양河南省 葉縣의

[賺] ㉦[琰]㉠[豔]㉧[葉] 猒 飽也실컷 먹다 足也만족하다 ㉠[豔] 饜 仝앞과 같다 ㉠[豔] 鹽 鹹也소금 짜다 (염) 塩 俗속자 閻 里門마을 어귀에 세운 문 마을 檐 屋四垂처마 櫩 仝앞과 같다 簷 俗속자 炎 熏也뜨겁다 매우 덥다 熾也불길이 성하다 阽 臨危위험에 임하다 위험하다 ㉠[豔] 頷 頰鬚구렛나룻 또는 수염 髯 仝앞과 같다 殲 盡也다하다 滅也없애다 무찌르다 (졈)〈졈〉 漸 流入흘러들어가다 侵染물들다 영향을 받다 沒也다하다 잠기다 浛也젖다 두루 미치다 [咸]

내던 단위 하룻밤을 5경更으로 나누고 1경을 5점點으로 나누었음 (뎜)〈뎜〉 玷 玉病옥의 티 缺也결점이나 오점 ㉠[豔] 蒧 人名魯曾―사람 이름 노나라의 증점 扂 戶牡문빗장 (뗨) 簟 竹席대자리 檩 屋梠처마 斂 收也거두다 수확하다 세금을 걷다 (렴)〈렴〉 ㉠[豔] 閃 髀避피하다 달아나다 (셤)〈셤〉 ㉠[豔] 潣 水皃물이 빨리 흐르는 모양 ―泊섬박 剡 會稽縣名회계浙江省 嵊縣의 현 이름 《염》 睒 晶瑩반짝거리는 모양 ――섬섬 覢 仝앞과 같다 覘皃언뜻

猒 足也넉넉하다 만족하다 美也아름답다 斁也싫다 (혐)〈염〉 ㉬ [鹽]㉦[琰]㉧[葉] 猒 仝上仝下앞뒤와 같다 ㉬[鹽] 饜 飽也배부르게 먹다 足也만족하다 ㉬[鹽] 豔 美也용모가 아름답다 (염) 艶 俗속자

현 이름《엽》 弽 射決활을 쏠 때 엄지손가락에 끼는 기구 깍지 韘 仝앞과 같다 歙 斂氣들이 마시다 숨을 들이 쉬다 新安縣名신안安徽省의 현 이름 [緝] 葉 花之對잎 世也세대 시대 姓也성씨 (여)〈엽〉《섭》 揲 閱持세어 가지다 시초蓍草를 세어 손가락에 끼우다《뎝》[屑] 曄 光也빛나다 번쩍거리다 皣 仝앞과 같다 燁 火盛몹시 뜨거운 상태 환하게 밝은 모양 ――엽엽 불이 이글거리는 모양 爗 仝앞과 같다 饁 餉田들로 밥을 보내다 들밥을 먹이다 厭 鎭也진압하다 누르다 禳也액땜하다 服也복종하다 심복하다 복종하게 하다 合也합하다 부합하다 적합하다 浥皃축축한 모양 ―浥 엽읍 [賺] ㉬[鹽]㉦[琰]㉠[豔] 擪 指

㉦[琰] 蔪 麥秀식물의 이삭이 패거나 다래가 피는 모양 ――점점 ㉦[琰] 熸 火滅불이 꺼지다 占 覘兆점을 치다 問也조짐을 살피다 候也징험하다 瞻也보다 (점) ㉠[豔] 尖 銳也뾰족하다 날카롭다 (졈)〈쳠〉 僉 咸也다 모두 (쳠) 籤 幖識대쪽이나 종이쪽에 문자나 부호를 써 놓은 표지標識 ⿰巾韱 仝앞과 같다 橬 魚所息물속에 나뭇단을 쌓아서 고기를 모으다 (쪔) [侵] 潛 藏也감추다 숨기다 仝上仝下앞뒤와 같다 灊 巴郡水名파군四川省의 물 이름 거강渠江 [侵] 詹 至

보다 또는 갑자기 나타나다 ――섬섬 陜 弘農縣名홍농의 현 이름 하남성河南省 낙양洛陽 숭嵩 내향현內鄉縣의 서쪽에서 섬서성陝西省 상현商縣 동쪽 사이 지역 檿 山桑산뽕나무 또는 산뽕 (혐)〈염〉 ⿰礻厭 禳也재앙을 쫓고 복을 구하는 제사 厭 惡也미워하다 싫어하다 仝앞과 같다 [豏] ㉬[鹽]㉠[豔]㉧[葉] 黶 黑子검은 사마귀 일설에는 헌데나 상처의 딱지라고 함 [豏] 魘 驚夢꿈에 놀라다 가위 눌리다 ―魅염매 ㉧[葉] 琰 靑玉아름다운 푸른 옥 (염) 剡 削也깎다 뾰족하

灩 水動물이 출렁이는 모양 물빛이 번득이는 모양 瀲―렴염 ㉦[琰] 灔 俗속자 爓 光也불꽃 ㉦[琰] 焰 仝앞과 같다 燄 仝앞과 같다 ㉦[琰] 染 ―之물감으로 물들이다 염색하다 (셤) ㉦[琰] 僭 擬也참람

擪 按손가락으로 누르다 [洽] 靨 頰輔보조개 볼우물 接 交也접하다 近也가깝다 접근하다 續也계속하다 잇대다 (져)〈졉〉 / 勝也담당하다 (쪄) 椄 續木쇄기 비녀장 菨 荇菜마름 接余마름 楫 橈也노 [緝] 檝 仝앞과 같다 浹 洽也젖다 讋 怖也두려워하다 (져) 懾 仝앞과 같다 慴 仝앞과 같다 惵 仝앞과 같다《뎝》 慹 仝앞과 같다 不動꼼짝하지 않다 [緝] 摺 疊也접다 敗也패하다 [合] ⿰月枼 細切肉회를 치다 잘게 썬 고기 (쪄) 聶 仝앞과 같다《녑》 睫 目毛속눈섭 (져)〈쳡〉 䀹 仝앞과 같다 婕 女官여자의 벼슬 이름 ―妤첩여 倢 仝앞과 같다 / 疾也빠르다 (쪄) 妾 不聘본처 이외에 관계를 맺고 사는 여자 (쳐) 緁 緶衣깁다

也이르다 도달하다 省也살피다 小言소곤거리는 모양 ――첨첨 (점) 瞻 仰視바라보다 우러러보다 譫 多言수다스럽게 말이 많다 霑 漬也젖다 적시다 沾 自喜으스대는 모양 자득한 모양 ――첨첨 仝앞과 같다 ◎[葉] 覘 闚視엿보다 (쳠) ㉠[豔] 佔 仝앞과 같다 惉 不和소리가 잘 조화되지 아니하다 ―懘첨체 韂 蔽膝앞치마 또는 폐슬 ㉠[豔] 襜 衣皃잘 차려입은 모양 성장盛裝한 모양 仝앞과 같다 ㉠[豔] 幨 車帷수레의 휘장 仝앞과 같다 ㉠[豔] 添 益也더하다 보태다 (텸)

게 깎아내다《섬》燄 火初著불꽃 화염 ㉠[豔] 冄 毛細下垂털이 연약하게 늘어진 모양 行皃차츰차츰 나아가는 모양 ――염염 (염) 冉 仝앞과 같다 苒 侵尋차츰차츰 점차 시간이 점점 흘러가다 덧없다 荏―임염 染 漬也물 들다 물에 젖다 柔弱유약하다 부드럽다 荏―임염 ㉠[豔] 漸 稍也점점 進也나아가다 점점 발전하다 次也차츰 (쪔)<점> [咸] ㉣[鹽] 蔪 苞也초목이 떨기로 나다 ㉣[鹽] 颭 風動바람이 불어 흔들다 바람에 흔들리다 (점) 憯 悽也비통하다 마음이 아프다 (쳠)<쳠>

하다 差也어그러지다 (점)<졈> 占 擅據차지하다 점령하다 著位앉다 자리잡다 口授구두로 말해주다 구수하다 (점) ㉣[鹽] 塹 坑也구덩이 참호 참호를 파다 (쳠)<쳠> 壍 仝앞과 같다 槧 仝앞과 같다

縫也꿰매다 捷 勝也이기다 利便간편하다 편리하다 (쪄) 諜 多言수다하다 輒 每事卽然걸핏하면 車相倚수레의 양옆 專也마음대로 하다 (져) 怗 靜也고요하다 (텨)<텹> 帖 券也문서 문권 仝앞과 같다 呫 嘗也맛보다 小皃작은 모양 ――첩첩 貼 依附붙다 黏置붙이다 鉆 鐵銸쇠집게 ㉣[鹽] 鞊 馬被具말 언치 牒 書版서판 글씨를 쓰는 나뭇조각이나 대쪽 따위 (뗘) 諜 反間이간하다 반간 仝앞과 같다 誄 仝앞과 같다 堞 女垣성가퀴 여장女牆 褺 重衣겹옷 蹀 小步가만가만 걷다 疊 重也거듭 累也포개다 震懼두렵다 氎 毛席올이 고운 모직물로 짠 자리 방석 協 和也화합하다 (혀)<협> 叶 古고자 勰 思也생각하다

<텀> 酟 和也음식의 맛을 맞추다 조미調味하다 甛 甘也달콤하다 달다 (뗨) 恬 安也편안하다 砭 石刺病돌침을 놓아 병을 치료하다 (볌)<폄> ㉠[豔] 砚 仝앞과 같다 嫌 疑也의심하다 (혐)<혐> 【增】文20 噞 魚口물고기가 물 위로 입을 내밀고 숨 쉬는 모양 －喁엄우 (염)<엄> ㉦[琰]㉠[豔] 巖 射雉翳날짐승을 쏠 때 몸을 숨겨 가리는 가리개 (염) 巖 高皃높은 모양 －－엄엄 [咸] 恢 悅也기분이 좋다 기쁘다 유쾌하다 (혐)<험> 薟 辛毒草맛이 맵고 독한 풀 ㉦[琰]

[感] 諂 諛也아첨하다 알랑거리다 (쳠) 讇 仝앞과 같다 忝 辱也욕되다 累也더럽히다 (텸)<텀> ㉠[豔] 餂 鉤取취하다 꾀어서 취하다 貶 損也감소하다 덜다 줄이다 (볌)<폄> 【增】文19 瞼 目上下弦눈꺼풀 (겸)<검> 臉 頰也뺨 안면 얼굴 낯 閹 寺人거세한 남자 내시 환관 (염)<엄> ㉬[鹽] 罨 網也물고기나 새를 덮쳐서 잡는 그물 [合] 曮 日躔해가 운행하다 (염) 膁 腰左右짐승의 허구리 또는 사람의 허리 부분을 이르기도 함 (켬)<겸> 姘 細皃몸매가 날씬하

槧 牘也편지 [感] ㉬[鹽] 韂 障泥말다래 (쳠) 蹡 馬急行말이 달려가다 韂 蔽膝슬갑 폐슬 ㉬[鹽] 襜 披衣옷을 어깨에 걸치다 仝앞과 같다 ㉬[鹽] 幨 仝앞과 같다 ㉬[鹽] 裧 仝앞과 같다 覘 闚視엿보다

挾 持也가지다 輔也돕다 懷也품다 帶也띠다 藏也감추다 [洽] 夾 仝앞과 같다《겹》[洽] 俠 權力輔人협객 任－임협 의협심이 있는 사람 仝앞과 같다 [洽] 綊 綖也면류관 싸개 【增】文32 蛣 紫貝거북손 거북다리 石－석겁 (겨)<겁> 拾 更也갈마들이다 (껴)《겹》[緝] 牒 簾上大版종 북 등을 거는 가로댄 큰 장식 널 (여)<업> 搚 折也꺾다 (혀)<협> [合] 蛺 野蛾들나비 －蝶겹접 (겨)<겹> [洽] 聶 附耳私語소곤거리다 姓也성씨 (녀)(녑)《접》 攝 持也가지다 靜也고요하다《섭》 踂 足不相過두 발이 한데 붙어서 옮겨 놓지 못하다 沾 自喜스스로 기뻐하다 －－접접 (뎌)<뎝> ㉬[鹽] 渫 波皃물결치는 모양 浹－협접

濂 道州水名도주江西省의 물 이름 (렴)〈렴〉 霏 微雨가랑비 또는 가랑비가 계속 내리는 모양 －霵렴섬 霵 微雨가랑비 霏－렴섬 (섬)〈섬〉 摻 好手여자의 손이 여리고 아름다운 모양 －－섬섬 [勘][咸][賺] 攕 소앞과 같다 [咸] 燗 湯瀹肉끓는 물로 고기를 데치다 (셤)㉠[豔] 燂 소앞과 같다 [侵][覃] 痁 瘧也학질 또는 역병疫病을 두루 이르는 말 (섬) ㉠[豔] 蚺 大蛇구렁이 (염)〈염〉 袡 嫁服옛날 여자가 시집갈 때 입던 성장盛裝 纁－훈염 枏 似豫章녹나무 비슷한 매

다 호리호리하다 (념)〈념〉 驔 驪馬黃脊등줄기가 누런 검은 말 (뗨)〈뎜〉 [覃] 蘞 藥名가회톱 거지덩굴 포도과의 낙엽 덩굴나무 白－백렴 (렴)〈렴〉 蘝 소앞과 같다 ㉭[鹽] 瀲 水滿물이 가득한 모양 －灩렴염 ㉠[豔] 溓 黏也달라붙다 접착시키다 淰 魚驚물고기 떼가 놀라서 흩어지는 모양 (셤)〈셤〉 [寢] 銛 利刃날카롭다 또는 예리한 날 (염)〈염〉 [覃] 棪 利耜날이 날카로운 보습 논밭을 갈다 扊 戶扃빗장 문빗장 －扅염이 灩 水滿물이 가득차서 넘치는 모양 瀲－

㉭[鹽] 忝 辱也욕되다 더럽히다 (텸)〈텸〉 ㉦[琰] 桥 火杖부지깽이 砭 石刺病돌침을 놓다 (볌)〈폄〉 ㉭[鹽] 窆 下棺하관하다 장사지내다 封 소앞과 같다 [冬][宋] 【增】文3 噞 魚口물고기가 입을 추

[屑] 楪 床版평상의 판 (뗘) 惵 懼也두려워하다《졉》 揲 摺也접다《엽》[屑] 褋 褌衣홑옷 艓 小舟작은 배 鰈 比目魚가자미 [合] 擸 持也가지다 (려)〈렵〉 [合] 儠 長皃헌걸찬 모양 －－렵렵 拾 涉也발을 가만히 들어 위로 오르다 가만히 걸어 올라가다 －級섭급 (셔)〈섭〉《겁》[緝] 欇 楓也단풍나무 －－섭섭 鍱 鍱也金鐵片쇳조각 囁 將言말을 하려다가 하지 아니하다 －嚅섭유 (셔)《녑》 殜 病也병을 앓다 (여)〈엽〉 魘 惡夢꿈에 놀라다 가위 눌리다 ㉦[琰] 擖 箕舌키 바닥 [黠] 襵 襞積주름 (져)〈졉〉 踥 往來오가는 모양 (쳐)〈쳡〉 帺 領耑옷깃 끝 (져) 鮿 不鹽魚간하지 않은 건어乾魚 喋 多言수다하다 －－첩첩

화나무 梅－매염 [覃] 瀸 泉水微出샘물이 조금 솟아나다 샘물이 괴었다 말랐다 하다 (졈)<졈> 簽 押署쪽지에 표시하다 또는 서명하다 (쳠)<쳠> 槧 牘也서판書板 글씨를 쓰려고 깎아 만든 널조각 [感] ㉠[豔] 讝 病人自語병중이나 꿈속에서 헛소리를 하다 (졈) 【叶】無 【通】韻3 侵 二十七平 覃 二十八平 咸 三十平

렴염 ㉠[豔] 黵 黑汚검은 칠을 하다 (졈)<졈> 舔 舌取物핥다 (텸)<텸> 【叶】無 【通】韻3 寢 二十六上 感 二十七上 豏 二十九上

켜 들다 －喁엄옹 (염)<엄> ㉬[鹽]㉦[琰] 淹 汲也적시다 머무르다 빠지다 이끌다 (염) ㉬[鹽] 譫 出言말하다 (텸)<텸> 【叶】無 【通】韻3 沁 二十七去 勘 二十八去 陷 三十去

(뗘)<텹> [洽] 褶 襲也껴입다 裌也겹옷 덧옷 [緝] 㩸 挂也걸다 【叶】無 【通】韻3 緝 十四入 合 十五入 洽 十七入

平聲咸三十	【咸】文50 監 察也살피다 관찰하다 또는 감찰하다 領也거느리다 통솔하다 臨下감독하다 (갸)<감> ㉠[陷] 礛 礪石옥을 가는 숫돌 緘 封也편지 봉투를 봉하다 椷 木篋작은 나무상자 함 갑 瑊 美石옥처럼 단단하고 아름다운 돌 諵 語聲소곤거리는 소리 呫－첩남 (남)<남> [覃] 攕 好手손이 가늘고 고운 모양 (삼)<삼> [鹽] 摻 仝앞과 같다 [勘][鹽] ㉦[豏] 縿 旗幅깃발 위에 매달아 드리운 비단 띠 깃발 幓 仝앞과 같다 襳 仝앞과 같다 [鹽] 衫 小襦소매를 없애고 옷자락을 튼 윗옷 적삼 雭 微雨가랑비 杉 似松船材배를 만드는 재료로 사용되고 소
上聲豏二十九	【豏】文24 減 損也경감하다 낮추다 줄이다 (갸)<감> 鹻 鹹也맛이 짜다 黮 暗也어둡다 (맘)<맘> 鋄 馬首飾말 머리 장식물 당노 摲 芟也풀을 베다 (삼)<삼> ㉠[陷] 摻 執也잡다 取也취하다 [勘][鹽] ㉬[咸] 黯 深黑새까맣다 (햐)<암> 黤 青黑검
去聲陷三十	【陷】文28 歁 喙也날짐승의 부리 (갸)<감> [琰][豔] 監 領也거느리다 통솔하다 視也비추어 보다 잘 살피다 臨也감림하다 감독하다 官也벼슬 이름 관서官署의 명칭 ㉬[咸] 鑑 鏡也거울 誡也경계 교훈 본보기로 삼다 ㉬[咸] 鑒 仝앞과 같다 欠 張口氣悟하품하다 또는 하품 不足모자라다 부족하다 (캬) [豔] 釤 大
入聲洽十七	【洽】文53 鉀 鎧也갑옷 (갸)<갑> 甲 十幹首십간의 첫 번째 草木初生식물의 씨에서 싹이 틀 때 붙어 있는 껍질 法令법령 蟲介거북 따위의 딱딱한 껍데기 仝앞과 같다 胛 兩膊間어깻죽지 押 輔也돕다 撿束단속하다《압》歃 歠也마시다 (사)<삽> 唼 鳧鴈聚食오리가 모이를 먹는 소리 －喋삽첩 仝앞과 같다 啑 仝앞과 같다 [合] 萐 瑞草전설상의 상서로운 풀이름 －莆삽보 箑 扇也부채 篓 仝上仝下앞뒤와 같다 翣 棺飾如扇관의 양옆에 세우는 부채 모양의 제구 운삽雲翣 霎 小雨가랑비 鴨 鶩也오릿

나무 비슷한 삼나무 檆 소앞과 같다 芟 刈草제초하다 베다 嵒 石窟 석굴 암혈巖穴 (얌)<암> 巖 險也험하다 峻也높고 가파르다 高廡 ―廊전각 옆에 있는 작은 집 소앞과 같다 [鹽] 岩 俗속자 壧 穴也땅굴 소앞과 같다 碞 不齊산에 있는 바위가 높고 험준한 모양 詀 譃也희롱하다 농담하다 (잠)<잠> ㉠[陷] 欃 妖星혜성彗星의 별명 ―槍참창 (참)<참> 攙 刺也찌르다 扶也부축하다 소앞과 같다 劖 刻也끊다 뚫다 파다 깎다 깎아내다 鑱 犂鐵보습 銳也날카롭다 소앞과 같다 ㉠[陷] 毚 狡兎약은 토끼 또는 큰 토끼 (짬) 巉 高峻높고 가파름 ―嵒참암 ㉦[賺] 漸 소앞과 같다 [鹽][琰] 嶄 소앞과 같다 讒 譖 푸르다 湛 沒也빠지다 安也편안하다 澄也맑다 露皃이슬이 많이 맺힌 모양 ――잠잠 姓也성씨 (짬)<잠> [侵][沁][覃] ㉠[陷] 斬 截也 베다 (잠)<참> 䞎 豆半生콩이 반쯤 나다 (햠)<함> 艦 戰船큰 전선 濫 泉涌샘물이 솟아나오는 모양 [勘] ㉠[陷] 檻 欄也난간 짐승 우리 鏩큰 낫 (삼)<삼> ㉧[咸] 刬 刈也베다 깎다 俺 大也크다 (얌)<암> [感][黯] 裺 衣寬옷이 큼직하다 蘸 物淬水물에 담그다 (잠)<잠> 賺 重賣값이 살 때 사들였다가 값이 비살 때 팔다 (짬) 賺 소앞과 같다 懺 悔過뉘우치다 참회하다 (참)<참> 甑 罌屬항아리 장군 종류의 질그릇 韂 韉也언치 소나 말의 안장이나 길마 밑에 깔아 등을 덮는 방 과 새의 통칭 또는 집오리 (햐)<압> 鴨 소앞과 같다 鴨 古고자 [覃] 壓 鎭也누르다 억압하다 제압하다 笮也치이다 내리누르다 覆壞엎어지다 擪 按也손가락으로 누르다 [葉] 劄 錄也발췌하여 기록하다 奏事차자劄子 (자)<잡> 鍤 鍫也가래 (차) 臿 舂麥보리를 찧다 또는 방아를 찧다 소上소下앞뒤와 같다 插 刺入꽂다 扱 取也취하다 收也거두다 擧也들다 引也당기다 [緝] 煠 瀹也데치다 (짜) 牐 閉門具성문빗장 閘 소앞과 같다 設版瀦水갑문 수문 呷 衆聲떠들썩한 모양 吸―흡합 (햐)<합> 匣 箱也갑 상자 (햡) 柙 檻也짐승의 우리 소앞과 같

也참소하다 헐뜯다 무함誣陷하다 饞 饕也게걸스럽게 먹다 음식을 탐하다 嚵 仝앞과 같다 咸 皆也다 모두 전부 (햠)<함> 鹹 鹽味짠맛 醎 俗속자 非잘못임 諴 和也화합하다 誠也정성 성의 崡 弘農關名홍농河南省 洛陽의 서쪽에서 陝西省 商縣 동쪽 사이 지역의 관關이름 －谷함곡 凾 匱也갑 궤 상자 鎧也갑옷 仝앞과 같다 [覃] 函 仝앞과 같다 [覃] 嗛 口有銜머금다 물다 [鹽][琰] 銜 馬勒재갈 말을 부리기 위하여 아가리에 물리는 막대 官階관직의 계급 직함 仝앞과 같다 衘 俗속자 非잘못임 啣 俗속자 非잘못임 凡 常也평범하다 범상하다 槩也대강 개요 내용의 대략적인 줄거리 (빰)<범> 凢 俗속

仝上仝下앞뒤와 같다 轞 車聲수레가 지나가는 소리 －－함함 轚 仝앞과 같다 喊 怒聲부르짖다 고함치다 [感] 犯 干也침범하다 僭也참람하다 주제넘다 (빰)<범> 範 法也모범 법도 笵 仝앞과 같다 蠆 蠭也벌 范 姓也성씨 仝앞과 같다 軓 車軾수레의 가름대 앞에 수레를 가리

석이나 담요 (짬) 陷 地隤움푹한 구덩이 함정 (햠)<함> 埳 仝앞과 같다 [感] 臽 小阱작은 구덩이 甓 大甕큰 동이 甔 仝앞과 같다 梵 淸淨청정하다 적정寂靜 (빰)<범> 訉 多言말이 많다 帆 船幔배의 돛 ㉬[咸] 颿 仝上仝下앞뒤와 같다 ㉬[咸] 駅 馬走말이 달리는 모양 汎 浮也뜨다 둥실둥실 떠 있다 [東] 泛 仝앞과 같다 [腫] ◎[洽] 氾 濫也

다 狎 習也익숙하다 近也친근하다 怈 喜也기쁘다 猲 恐逼위협하다 (카)<겁> [月][曷] 法 則也법으로 삼다 본받다 (바)<법> 灋 仝앞과 같다 乏 匱也다하다 떨어지다 (빠) 泛 水聲물소리 [腫] ㉠[陷] 妊 好皃어여쁜 모양 疺 瘦也파리하다 夾 持也부축하다 雜也잡되다 兼也겸하다 (갸)<겹> [葉][葉] 挾 仝앞과 같다 [葉] 郟 河南邑名하남河南省의 읍 이름 －鄏겹욕 주周나라의 동도東都 하남성河南省 낙양시洛陽市 서쪽 소재 裌 複衣겹옷 袷 仝앞과 같다 [葉] 恰 適當적당하다 알맞다 (캬) 帢 帽也옛날 간편하게 쓰던 모자의 일종 네모를 잰 고깔

자 非잘못임 帆 船幔배의 돛 ㉠[陷] 颿 馬走말이 빨리 달리다 仝앞과 같다 ㉠[陷] 杋 水浮木수부나무 얼무나무 氾 鄭地名정나라河南省 襄城縣의 지명 姓也성씨 ㉠[陷] 【增】文11 鑑 照也비치다 비추다 明也맑다 밝다 (갸)<감> ㉠[陷] 嵌 坎傍孔곁굴 深谷깊은 골짜기 －巖감암 (캬) 喃 語不了말을 많이 하다 呢－니남 (남)<남> [覃] 獑 犬容頭進也개가 대가리로 구멍을 헤집어 빠져나가다 獸似人사람과 비슷한 전설상의 괴물 이름 山－산소 (삼)<삼> ㉦[鰜] 釤 大鐮자루가 길고 큰 낫 벌낫 ㉠[陷] 纔 帛雀頭色갈색 또는 감색 [灰] 麙 鹿有力힘이 센 사슴 또는 힘이 센 양 (얌)<암> 瀺 水聲물소리

기 위해 설치한 널빤지 軓 仝앞과 같다 【增】文8 獑 賊疾해치다 (삼)<삼> ㉬[咸] 黶 黑痕검은 흔적 (얌)<암> [琰] 厭 赤黑검붉은색 閉藏가리다 감추다 숨기다 [鹽][琰][豔][葉] 啿 豊厚풍부한 모양 －－잠잠 (짬)<잠> [感] 嶃 山峻산이 높고 험준하다 (짬)<참> 巉

물이 넘치다 濟陰水名제음山東省 曹縣의 물 이름 ㉬[咸] 【增】文11 摲 芟也풀을 베다 投也던지다 (삼)<삼> ㉦[鰜] 韽 聲小소리가 가늘다 소리가 잠아지다 (얌)<암> [覃] 湛 澄也맑고 깨끗한 모양 露皃이슬이 흠뻑 내린 모양 －－잠잠 (짬)<잠> [侵][沁][覃] ㉦[鰜] 詀 被誑속임을 당하다 속다 ㉬[咸] 譧 仝앞과 같다 站 驛也역참驛站 (잠)<참>

모양과 같은 쓰개 帢 仝앞과 같다 掐 爪刺할퀴다 후비다 洽 和也화합하다 (햐)<협> 祫 合祭합제 천자나 제후가 종묘에서 행하던 제례 狹 隘也좁다 陜 仝앞과 같다 陿 仝앞과 같다 峽 山夾水골짜기 仝앞과 같다 硤 夷陵縣名이릉寧夏回族自治區 青銅峽市의 현 이름 －石협석 【增】文11 押 署也수결 서명하다 按也누르다 用韻운을 달다 용운하다 (야)<압>《갑》 眨 目動눈을 두리번거리다 (자)<잡> 霅 吳興水名오흥浙江省의 물 이름 (짜) 霅 震雷번개 치다 －－잡잡 仝앞과 같다 [合] 喋 鳧鴈聚食오리가 모이를 먹는 소리 唼－삽첩 [葉] 筴

－爵참착 (짬)〈참〉 儳 陳未整가지런하지 않다 난잡하다 [勘] ㉠[陷] 渢 中庸聲소리가 중용에 맞다 소리가 법도에 맞음 －－범범 (빰)〈범〉 [東] 盌 盃也잔 술잔 ㉠[陷] 【叶】無 【通】韻3 侵 二十七平 覃 二十八平 鹽 二十九平

소앞과 같다 ㉬[咸] 闞 虎怒聲성난 범의 소리 (햠)〈함〉 [感][勘] 獫 兩犬爭개싸움 (햠) 【叶】無 【通】韻3 寢 二十六上 感 二十七上 琰 二十八上

鑱 土具자루가 긴 가래 보습 (짬) ㉬[咸] 儳 輕淺가볍다 진중하지 아니하다 [勘] ㉬[咸] 餡 餅中實味떡소 (햠)〈함〉 濫 浴器목욕통 [勘] ㉦[豏] 盌 盃也잔 (빰)〈범〉 ㉬[咸] 【叶】無 【通】韻3 沁 二十七去 勘 二十八去 豔 二十九去

箸也젓가락 (갸)〈겹〉 [陌][葉] 俠 傍也곁 竝也아우르다 [葉] 鵊 鶻也두견이 소쩍새 韐 韋蔽膝적황색의 가죽으로 만든 무릎 덮개 韎－매겹 [合] 胠 脅也갈비 開也열다 헤치다 (캬) [魚][語][葉] 蛺 野蛾들나비 －蝶겹접 (햐)〈협〉 [葉] 【叶】無 【通】韻3 緝 十四入 合 十五入 葉 十六入

자음색인(字音索引)

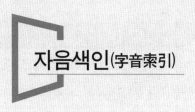

가

伽[歌]㉬ 212
佳[支]㉬ 63
佳[微]㉬ 68
佳[齊]㉬ 102
佳[佳]㉬ 103
佳[灰]㉬ 115
佳[麻]㉬ 220
假[馬]㉦ 220
假[禡]㉠ 220
假[陌]㉧ 249
價[禡]㉠ 220
加[麻]㉬ 220
可[哿]㉦ 212
可[職]㉧ 281
呵[歌]㉬ 217
呿[歌]㉬ 212
哥[歌]㉬ 212
哿[哿]㉦ 212
哿[馬]㉦ 226
嘉[麻]㉬ 220
嘏[馬]㉦ 220
坷[哿]㉦ 212
坷[箇]㉠ 212
嫁[禡]㉠ 220
家[東]㉬ 27
家[屋]㉧ 27
家[御]㉠ 75
家[麻]㉬ 220
岢[哿]㉦ 212
幏[禡]㉠ 226
戨[歌]㉬ 212
徦[馬]㉦ 220
斝[馬]㉦ 220
暇[語]㉦ 76
暇[禡]㉠ 223
柯[歌]㉬ 212
架[禡]㉠ 220
枷[麻]㉬ 220
椵[馬]㉦ 225
榎[馬]㉦ 220
檟[馬]㉦ 220
歌[支]㉬ 63
歌[歌]㉬ 212
歌[麻]㉬ 226
河[歌]㉬ 212
珂[歌]㉬ 212
珈[麻]㉬ 220
痂[麻]㉬ 220
瘕[馬]㉦ 225
砢[哿]㉦ 213
稼[禡]㉠ 220
笳[麻]㉬ 220
笴[哿]㉦ 212
耞[麻]㉬ 220
舸[哿]㉦ 212
苛[歌]㉬ 217
茄[歌]㉬ 212
茄[麻]㉬ 226
菏[歌]㉬ 218
葭[麻]㉬ 220
街[佳]㉬ 103
袈[麻]㉬ 225
訶[歌]㉬ 217
謌[歌]㉬ 212
豭[麻]㉬ 220
賈[馬]㉦ 220
賈[禡]㉠ 220
跏[麻]㉬ 220
軻[歌]㉬ 212
軻[哿]㉦ 212
軻[箇]㉠ 212
迦[歌]㉬ 212
迦[麻]㉬ 220
駕[禡]㉠ 220
骼[禡]㉠ 220
⿰馬可[歌]㉬ 218
鴐[麻]㉬ 220
䴥[麻]㉬ 220
麚[麻]㉬ 220

각

傕[覺]㉧ 36
刻[職]㉧ 281
却[藥]㉧ 227
卻[藥]㉧ 227
各[藥]㉧ 227
嗃[藥]㉧ 236
埆[覺]㉧ 36
慤[覺]㉧ 36
恪[藥]㉧ 227
捔[覺]㉧ 36

搉[覺]㉧ 36
擢[藥]㉧ 247
斠[覺]㉧ 36
格[藥]㉧ 227
格[陌]㉧ 249
格[陌]㉧ 264
桷[覺]㉧ 36
榷[覺]㉧ 36
㱿[覺]㉧ 36
㱿[覺]㉧ 39
殼[覺]㉧ 36
毃[覺]㉧ 36
㲉[覺]㉧ 39
珏[屋]㉧ 15
珏[覺]㉧ 36
瑴[覺]㉧ 36
瑴1[屋]㉧ 15
睢[覺]㉧ 39
确[覺]㉧ 39
確[覺]㉧ 36
碻[覺]㉧ 36
礐[覺]㉧ 39
脚[藥]㉧ 227
腳[藥]㉧ 227
袼[藥]㉧ 245
覺[屋]㉧ 27
覺[沃]㉧ 35
覺[覺]㉧ 36
角[屋]㉧ 17
角[覺]㉧ 36
觳[覺]㉧ 36
躩[藥]㉧ 243
較[覺]㉧ 36
較[覺]㉧ 36
郤[陌]㉧ 255
閣[藥]㉧ 227

간

乾[寒]㉬ 151
侃[旱]㉦ 151
侃[翰]㉠ 151
偘[旱]㉦ 151
偘[翰]㉠ 151
刊[寒]㉬ 151
蕳[刪]㉬ 163
墾[阮]㉦ 147
奸[寒]㉬ 151
姦[刪]㉬ 163
姧[刪]㉬ 163
干[寒]㉬ 151
幹[翰]㉠ 151
慳[刪]㉬ 163
懇[阮]㉦ 147
揀[濟]㉦ 163
斡[旱]㉦ 162
旰[翰]㉠ 151
暕[濟]㉦ 167
杆[寒]㉬ 160
柬[濟]㉦ 163
栞[寒]㉬ 151
榦[翰]㉠ 151
涆[翰]㉠ 151
漧[寒]㉬ 151
澗[諫]㉠ 163
狠[阮]㉦ 147
玕[寒]㉬ 151
癇[刪]㉬ 165
皯[旱]㉦ 151
盰[翰]㉠ 160
看[寒]㉬ 151
看[寒]㉬ 151
看[翰]㉠ 151
瞯[諫]㉠ 163
磵[諫]㉠ 163
秆[旱]㉦ 151
稈[旱]㉦ 151
竿[寒]㉬ 151
笴[旱]㉦ 151
簡[濟]㉦ 163
簳[旱]㉦ 151
肝[寒]㉬ 151
艮[願]㉠ 146
艱[刪]㉬ 163
蕳[刪]㉬ 163
贛[刪]㉬ 167
虷[寒]㉬ 151
衎[旱]㉦ 151
衎[翰]㉠ 151
襇[諫]㉠ 164
覵[諫]㉠ 163
覵[刪]㉬ 165
諫[震]㉠ 132

諫[問]㉠ 139
諫[願]㉠ 150
諫[翰]㉠ 162
諫[諫]㉠ 163
諫[霰]㉠ 188
豻[刪]㉬ 163
赶[旱]㉦ 160
趕[旱]㉦ 160
鐗[諫]㉠ 164
間[刪]㉬ 163
間[諫]㉠ 163
閒[刪]㉬ 163
閒[諫]㉠ 163
靬[寒]㉬ 160
馯[刪]㉬ 163
鬜[刪]㉬ 163
鬜[黠]㉧ 167
䵎[旱]㉦ 151
齦[阮]㉦ 150

갈

介[黠]㉧ 167
割[曷]㉧ 151
劼[黠]㉧ 166
喝[卦]㉠ 108
喝[曷]㉧ 158
嘎[黠]㉧ 167
圿[黠]㉧ 167
堨[曷]㉧ 156
堨[屑]㉧ 185
害[曷]㉧ 158
恝[黠]㉧ 163
愒[曷]㉧ 158
戛[黠]㉧ 163
戞[黠]㉧ 163
扴[黠]㉧ 163
揭[月]㉧ 140
揭[屑]㉧ 169
擖[黠]㉧ 163
擖[葉]㉧ 322
曷[質]㉧ 132
曷[物]㉧ 139
曷[月]㉧ 150
曷[曷]㉧ 158
曷[黠]㉧ 168
曷[屑]㉧ 188
暍[月]㉧ 140
楬[月]㉧ 140
楬[黠]㉧ 163
毼[曷]㉧ 158
渴[曷]㉧ 151
渴[屑]㉧ 170
濭[曷]㉧ 151
猲[月]㉧ 149
猲[曷]㉧ 158
猲[洽]㉧ 326
瘍[月]㉧ 140
瘍[曷]㉧ 160
盍[合]㉧ 310
碣[霽]㉠ 101
碣[月]㉧ 140
碣[屑]㉧ 170
磕[合]㉧ 306
秸[黠]㉧ 163
稭[黠]㉧ 163
竭[月]㉧ 140
竭[屑]㉧ 170
藒[黠]㉧ 163
絜[屑]㉧ 171
羯[月]㉧ 140
臈[合]㉧ 308
葛[曷]㉧ 151
蝎[月]㉧ 141
蝎[曷]㉧ 162
蠍[月]㉧ 141
褐[曷]㉧ 158
訐[月]㉧ 140
輵[曷]㉧ 151
轕[曷]㉧ 151
鞂[黠]㉧ 163
鞨[曷]㉧ 158
頡[黠]㉧ 163
鬜[黠]㉧ 167
鶡[文]㉬ 138
鶡[曷]㉧ 158

감

勘[沁]㉠ 305
勘[勘]㉠ 306
勘[豔]㉠ 323
勘[陷]㉠ 328
贛[感]㉦ 311

坎[感]㉦ 306
埳[感]㉦ 306
埳[陷]㉠ 326
堪[覃]㉬ 306
墈[勘]㉠ 312
嵁[覃]㉬ 306
嵌[咸]㉬ 327
弇[覃]㉬ 306
感[寢]㉦ 305
感[感]㉦ 306
感[琰]㉦ 323
感[豏]㉦ 328
憨[覃]㉬ 311
憾[勘]㉠ 311
憾[感]㉦ 313
戡[覃]㉬ 306
敢[感]㉦ 306
柑[覃]㉬ 306
椷[咸]㉬ 324
橄[感]㉦ 311
欠[陷]㉠ 324
欿[感]㉦ 306
歁[陷]㉠ 324
泔[覃]㉬ 306
淦[勘]㉠ 306
減[豏]㉦ 324
澉[感]㉦ 306
灨[勘]㉠ 312
瑊[咸]㉬ 324
甘[覃]㉬ 306
疳[覃]㉬ 312
監[咸]㉬ 324
監[陷]㉠ 324
瞰[勘]㉠ 306
矙[勘]㉠ 306
䃭[感]㉦ 311
礛[咸]㉬ 324
紺[勘]㉠ 306
緘[咸]㉬ 324
臽[陷]㉠ 326
芡[琰]㉦ 314
苷[覃]㉬ 306
蚶[覃]㉬ 313
輡[感]㉦ 306
轗[感]㉦ 306
轗[勘]㉠ 312
酣[覃]㉬ 311
鑑[陷]㉠ 324
鑒[陷]㉠ 324
鑑[咸]㉬ 327
闞[勘]㉠ 306
鹻[豏]㉦ 324
龕[覃]㉬ 306

갑

匣[洽]㉧ 325
合[合]㉧ 306
嗑[合]㉧ 310
帢[洽]㉧ 326
层[合]㉧ 306
押[洽]㉧ 324
押[洽]㉧ 327
敆[合]㉧ 306
溘[合]㉧ 306
猲[洽]㉧ 326
甲[洽]㉧ 324
磕[合]㉧ 306
䆟[合]㉧ 306
胛[洽]㉧ 324
蓋[合]㉧ 311
蓋[合]㉧ 313
鉀[洽]㉧ 324
閘[洽]㉧ 325
韐[合]㉧ 306
韐[洽]㉧ 328
頜[合]㉧ 311

강

亢[漾]㉠ 227
亢[陽]㉬ 227
伉[陽]㉬ 227
伉[漾]㉠ 227
傋[講]㉦ 38
僵[陽]㉬ 227
剛[陽]㉬ 227
堈[陽]㉬ 227
壃[陽]㉬ 227
姜[陽]㉬ 227
岡[陽]㉬ 227
崗[陽]㉬ 227
康[陽]㉬ 227
强[陽]㉬ 228

强[漾]㉠ 228
彊[養]㉦ 227
彊[漾]㉠ 227
彊[陽]㉬ 228
忼[養]㉦ 227
悾[江]㉬ 36
慷[養]㉦ 227
慷[陽]㉬ 244
慶[陽]㉬ 244
扛[江]㉬ 36
抗[漾]㉠ 227
控[講]㉦ 36
杠[江]㉬ 36
椌[江]㉬ 38
橿[陽]㉬ 227
殭[陽]㉬ 227
江[東]㉬ 27
江[冬]㉬ 35
江[江]㉬ 36
洚[絳]㉠ 37
港[講]㉦ 36
炕[漾]㉠ 227
犅[陽]㉬ 227
犺[漾]㉠ 228
玒[江]㉬ 36
瓬[陽]㉬ 244
甌[陽]㉬ 227
甗[陽]㉬ 228
甿[養]㉦ 244
畺[陽]㉬ 227
疆[陽]㉬ 227
矼[江]㉬ 36
礓[陽]㉬ 227
穅[陽]㉬ 228
糠[陽]㉬ 228
絳[送]㉠ 27
絳[宋]㉠ 35
絳[絳]㉠ 36
綱[陽]㉬ 227
繈[養]㉦ 227
繮[陽]㉬ 227
罡[陽]㉬ 244
羌[陽]㉬ 228
耩[講]㉦ 36
肮[陽]㉬ 227
腔[江]㉬ 36
茳[江]㉬ 36
薑[陽]㉬ 227
虹[絳]㉠ 37
蜣[陽]㉬ 228
蠷[陽]㉬ 227
襁[養]㉦ 227
講[董]㉦ 27
講[腫]㉦ 35
講[講]㉦ 36
跫[江]㉬ 36
䣐[養]㉦ 244
金[陽]㉬ 247
釭[江]㉬ 36
鋼[陽]㉬ 227
鋼[漾]㉠ 227
鏹[養]㉦ 227
閌[漾]㉠ 227
降[董]㉦ 26
降[絳]㉠ 36
韁[陽]㉬ 227
魧[養]㉦ 244

개

丐[泰]㉠ 103
个[箇]㉠ 212
介[卦]㉠ 108
介[黠]㉧ 167
价[卦]㉠ 108
個[箇]㉠ 212
偕[紙]㉦ 63
偕[佳]㉬ 104
凱[賄]㉦ 108
剴[灰]㉬ 114
剴[隊]㉠ 118
匃[泰]㉠ 103
匄[泰]㉠ 103
咳[隊]㉠ 117
喈[佳]㉬ 104
嘅[泰]㉠ 106
嘅[隊]㉠ 116
堦[佳]㉬ 104
塏[賄]㉦ 108
妎[泰]㉠ 106
夵[卦]㉠ 108
㠸[卦]㉠ 114

偕[佳]㉬ 106
忿[卦]㉠ 108
恝[卦]㉠ 108
恝[黠]㉧ 163
愒[泰]㉠ 103
愾[隊]㉠ 116
愷[賄]㉦ 108
慨[隊]㉠ 116
懈[卦]㉠ 111
揩[佳]㉬ 104
摡[隊]㉠ 116
改[賄]㉦ 111
楷[佳]㉬ 104
楷[蟹]㉦ 105
槩[隊]㉠ 116
欬[隊]㉠ 117
湝[佳]㉬ 104
湝[佳]㉬ 106
溘[合]㉧ 306
漑[隊]㉠ 116
犗[卦]㉠ 108
玠[卦]㉠ 108
疥[卦]㉠ 108
痎[佳]㉬ 106
皆[佳]㉬ 104
盖[泰]㉠ 103
磕[泰]㉠ 103
磕[合]㉧ 306
礚[泰]㉠ 103
祴[佳]㉬ 106
祴[灰]㉬ 111
稭[佳]㉬ 104
稭[黠]㉧ 163
箇[箇]㉠ 212
箇[禡]㉠ 226
絯[陌]㉧ 262
䋘[佳]㉬ 106
繲[卦]㉠ 111
芥[卦]㉠ 108
荄[佳]㉬ 104
蓋[泰]㉠ 103
蓋[合]㉧ 311
蓋[合]㉧ 313
黠[佳]㉬ 104
豈[賄]㉦ 108
鍇[蟹]㉦ 105
鎧[賄]㉦ 108
鎧[隊]㉠ 116
開[灰]㉬ 111
闓[賄]㉦ 108
階[佳]㉬ 104
鞂[卦]㉠ 111
颽[佳]㉬ 104
𩬤[卦]㉠ 114
魪[卦]㉠ 108

객

喀[陌]㉧ 263
客[陌]㉧ 257
揢[陌]㉧ 257
峉[陌]㉧ 263

갱

坑[庚]㉬ 258
更[敬]㉠ 262
秔[庚]㉬ 258
粳[庚]㉬ 258
羹[庚]㉬ 258
賡[庚]㉬ 258
鏗[庚]㉬ 258
阬[庚]㉬ 258

갹

噱[藥]㉧ 237
屩[藥]㉧ 237
臄[藥]㉧ 237
蹻[藥]㉧ 237
醵[藥]㉧ 237

거

倨[御]㉠ 69
勮[御]㉠ 69
去[語]㉦ 69
去[御]㉠ 69
呿[魚]㉬ 74
墟[魚]㉬ 69
墟[尤]㉬ 297
契[物]㉧ 139
宮[魚]㉬ 74
居[支]㉬ 55
居[魚]㉬ 69
居[御]㉠ 74

壚[魚]㋥ 69	簾[語]㋣ 70	醸[御]㋐ 69	揵[阮]㋣ 141
巨[語]㋣ 69	邃[魚]㋥ 69	釀[魚]㋥ 74	揵[先]㋥ 185
舂[語]㋣ 69	粔[語]㋣ 74	鉅[語]㋣ 69	搴[先]㋥ 184
懅[御]㋐ 74	胠[魚]㋥ 69	鋸[御]㋐ 69	搴[銑]㋣ 184
屆[合]◎ 306	胠[語]㋣ 74	鐻[御]㋐ 69	搧[元]㋥ 140
拒[語]㋣ 69	胠[葉]◎ 314	鐻[語]㋣ 70	攓[先]㋥ 169
据[魚]㋥ 69	胠[洽]◎ 328	鐻[魚]㋥ 74	攓[先]㋥ 184
据[御]㋐ 69	腒[魚]㋥ 69	阹[魚]㋥ 74	槿[阮]㋣ 141
據[御]㋐ 69	苣[語]㋣ 69	駏[語]㋣ 69	犍[元]㋥ 140
舉[語]㋣ 69	莒[語]㋣ 69	鷗[魚]㋥ 74	犍[先]㋥ 185
柜[語]㋣ 74	蕖[魚]㋥ 69	鶏[魚]㋥ 74	腱[願]㋐ 141
渠[魚]㋥ 69	蘧[魚]㋥ 69	麨[語]㋣ 74	腱[先]㋥ 185
椐[魚]㋥ 69	廬[語]㋣ 70		虔[先]㋥ 169
欅[語]㋣ 74	蚷[語]㋣ 69	**건**	褰[先]㋥ 169
坎[御]㋐ 74	袪[魚]㋥ 69	乾[先]㋥ 169	謇[先]㋥ 169
岠[語]㋣ 69	裾[魚]㋥ 69	件[銑]㋣ 169	謇[阮]㋣ 141
炬[語]㋣ 69	詎[語]㋣ 69	健[願]㋐ 141	謇[銑]㋣ 169
琚[魚]㋥ 69	詎[御]㋐ 69	愆[先]㋥ 169	蹇[阮]㋣ 141
壉[魚]㋥ 74	距[語]㋣ 69	刌[銑]㋣ 185	蹇[銑]㋣ 169
磲[魚]㋥ 69	踞[御]㋐ 69	嶫[銑]㋣ 184	鍵[阮]㋣ 141
祛[魚]㋥ 74	車[魚]㋥ 69	巾[眞]㋥ 122	鍵[銑]㋣ 169
秬[語]㋣ 70	遽[御]㋐ 69	建[願]㋐ 141	鍵[先]㋥ 185
筥[語]㋣ 69	遽[蕭]㋥ 199	愆[先]㋥ 169	鞬[元]㋥ 140

鞬[阮]㉦ 149
騝[先]㉬ 185
騫[先]㉬ 169
鶱[元]㉬ 141

걸

乞[物]㉧ 137
偈[屑]㉧ 185
傑[屑]㉧ 169
堨[屑]㉧ 185
揭[屑]㉧ 169
搩[屑]㉧ 169
杰[屑]㉧ 169
桀[屑]㉧ 169
榤[屑]㉧ 169
渴[屑]㉧ 170
碣[屑]㉧ 170
竭[屑]㉧ 170
釨[屑]㉧ 185

검

儉[琰]㉦ 314
劍[豔]㉠ 314
劒[豔]㉠ 314
撿[琰]㉦ 314
檢[琰]㉦ 314
欠[豔]㉠ 314
瞼[琰]㉦ 321
臉[琰]㉦ 321
芡[琰]㉦ 314
鈐[鹽]㉬ 314
鉆[鹽]㉬ 314
黔[鹽]㉬ 314

겁

刦[葉]㉧ 314
刧[葉]㉧ 314
劫[葉]㉧ 314
怯[藥]㉧ 247
怯[葉]㉧ 314
㤼[葉]㉧ 314
拾[緝]㉧ 300
拾[葉]㉧ 321
拾[葉]㉧ 322
极[葉]㉧ 314
笈[葉]㉧ 314
肱[葉]㉧ 314
胠[洽]㉧ 328
蛣[葉]㉧ 321
衱[葉]㉧ 314
袷[葉]㉧ 314
跲[葉]㉧ 314

게

偈[霽]㉠ 94
偈[屑]㉧ 185
愒[霽]㉠ 94
愒[曷]㉧ 158
甛[霽]㉠ 94
憩[霽]㉠ 94
揭[霽]㉠ 94
揭[月]㉧ 140
揭[屑]㉧ 169
甈[霽]㉠ 94
碣[霽]㉠ 101
莒[語]㉦ 69

격

假[陌]㉧ 249
擊[錫]㉧ 266
佫[陌]㉧ 249
挌[陌]㉧ 249
挌[陌]㉧ 262
擊[錫]㉧ 266
格[陌]㉧ 249
格[陌]㉧ 264
檄[錫]㉧ 273
毄[錫]㉧ 273
湨[錫]㉧ 273
激[錫]㉧ 266
狊[錫]㉧ 273
篇[陌]㉧ 249
綌[陌]㉧ 249
膈[陌]㉧ 249
茖[陌]㉧ 249
覡[錫]㉧ 273
觡[陌]㉧ 262
闃[錫]㉧ 266
隔[陌]㉧ 249
革[陌]㉧ 249
骼[陌]㉧ 249
髂[陌]㉧ 249

鬲[陌]㉧ 249
鬲[錫]㉧ 269
鴃[錫]㉧ 266
鴂[錫]㉧ 266
鵙[錫]㉧ 266
鼳[錫]㉧ 273

견

俔[霰]㉠ 170
堅[先]㉬ 169
岍[先]㉬ 170
幵[先]㉬ 170
葉[銑]㉦ 170
悁[霰]㉠ 169
掔[先]㉬ 170
摼[先]㉬ 170
枅[先]㉬ 185
梘[銑]㉦ 185
葉[銑]㉦ 170
汧[先]㉬ 170
涀[霰]㉠ 186
涓[先]㉬ 170
牽[先]㉬ 170
牽[霰]㉠ 186
犬[銑]㉦ 171
狷[霰]㉠ 170
狷[銑]㉦ 185
獧[銑]㉦ 185
甄[先]㉬ 170
甽[銑]㉦ 171
畎[銑]㉦ 170
睊[霰]㉠ 169
睊[先]㉬ 170
稩[先]㉬ 185
筧[銑]㉦ 185
絹[霰]㉠ 169
絸[銑]㉦ 170
繭[銑]㉦ 170
繾[霰]㉠ 185
罥[霰]㉠ 170
罥[銑]㉦ 171
羂[銑]㉦ 171
肩[先]㉬ 170
蜎[銑]㉦ 185
蜎[霰]㉠ 187
蠒[銑]㉦ 170
鐲[先]㉬ 170
襺[銑]㉦ 185
見[霰]㉠ 169
譴[霰]㉠ 170
豣[先]㉬ 170
豣[銑]㉦ 185
趼[銑]㉦ 170
遣[霰]㉠ 170
遣[銑]㉦ 171
銒[先]㉬ 185
鵳[先]㉬ 170
鳽[先]㉬ 170
麉[先]㉬ 170

결

决[屑]㉧ 172
㓗[屑]㉧ 186
鈌[屑]㉧ 173
契[物]㉧ 139
契[屑]㉧ 173
孑[屑]㉧ 169
抉[屑]㉧ 172
拮[屑]㉧ 171
挈[屑]㉧ 173
擷[屑]㉧ 171
桔[屑]㉧ 171
楔[屑]㉧ 171
決[寘]㉠ 62
決[屑]㉧ 172
潔[屑]㉧ 171
潏[屑]㉧ 172
玦[屑]㉧ 172
紒[屑]㉧ 171
結[寘]㉠ 62
結[屑]㉧ 171
絜[屑]㉧ 171
絜[屑]㉧ 185
缺[屑]㉧ 173
袺[屑]㉧ 171
觖[屑]㉧ 172
觼[屑]㉧ 172
觼[屑]㉧ 172
訣[屑]㉧ 172
譎[屑]㉧ 172
赽[屑]㉧ 172
趹[屑]㉧ 186

鍥[屑]㉧ 185
鐍[屑]㉧ 172
闋[屑]㉧ 173
駃[卦]㉠ 113
駃[屑]㉧ 172
髻[屑]㉧ 185
鴃[錫]㉧ 266
鴂[屑]㉧ 172

겸

傔[豔]㉠ 315
兼[鹽]㉬ 315
唊[葉]㉧ 316
嗛[鹽]㉬ 315
嗛[琰]㉦ 317
慊[葉]㉧ 316
慊[琰]㉦ 317
拑[鹽]㉬ 315
杴[鹽]㉬ 315
柑[鹽]㉬ 315
歉[豔]㉠ 315
歉[琰]㉦ 316
歉[陷]㉠ 324
箝[鹽]㉬ 315
箝[鹽]㉬ 315
簾[豔]㉠ 315
縑[鹽]㉬ 315
膁[琰]㉦ 321
蒹[鹽]㉬ 315
謙[鹽]㉬ 315
蹗[寑]㉦ 305
鉗[鹽]㉬ 315
鉆[葉]㉧ 320
鍼[鹽]㉬ 314
鎌[鹽]㉬ 316
鐮[鹽]㉬ 316
鰜[鹽]㉬ 315
鶼[鹽]㉬ 315

겹

俠[葉]㉧ 321
俠[洽]㉧ 328
唊[葉]㉧ 316
夾[葉]㉧ 315
夾[洽]㉧ 326
帢[洽]㉧ 326
帢[洽]㉧ 327
恰[洽]㉧ 326
愜[葉]㉧ 316
慊[葉]㉧ 316
挾[洽]㉧ 326
掐[洽]㉧ 327
梜[葉]㉧ 315
筴[葉]㉧ 315
筴[洽]㉧ 327
篋[葉]㉧ 316
莢[葉]㉧ 316
蛺[葉]㉧ 321
蛺[洽]㉧ 328
袷[洽]㉧ 326
裌[洽]㉧ 326
郟[洽]㉧ 326
鋏[葉]㉧ 315
韐[合]㉧ 306
韐[洽]㉧ 328
頰[葉]㉧ 315
鵊[洽]㉧ 328

경

京[陽]㉬ 247
京[庚]㉬ 249
俓[徑]㉠ 266
倞[敬]㉠ 251
傾[庚]㉬ 250
傾[梗]㉦ 252
儆[梗]㉦ 249
剄[迥]㉦ 266
勁[敬]㉠ 250
勍[庚]㉬ 250
卿[庚]㉬ 249
哽[梗]㉦ 251
囧[梗]㉦ 251
坰[靑]㉬ 266
境[梗]㉦ 250
娉[庚]㉬ 250
嬛[庚]㉬ 250
庚[陽]㉬ 247
庚[庚]㉬ 249
庚[靑]㉬ 275
庚[蒸]㉬ 282
徑[敬]㉠ 265

徑[徑]㉠ 266
惸[庚]㉬ 250
慶[敬]㉠ 250
憬[梗]㉦ 250
扃[靑]㉬ 266
挭[梗]㉦ 251
擎[庚]㉬ 250
擎[敬]㉠ 264
敬[敬]㉠ 249
敬[徑]㉠ 275
景[梗]㉦ 250
暻[梗]㉦ 250
更[庚]㉬ 249
梗[梗]㉦ 251
梗[迥]㉦ 275
檠[梗]㉦ 249
檠[敬]㉠ 264
檠[庚]㉬ 250
檠[梗]㉦ 249
檠[庚]㉬ 250
綮[梗]㉦ 252
綮[迥]㉦ 267
罠[庚]㉬ 250
涇[靑]㉬ 266
炅[梗]㉦ 263
煢[庚]㉬ 250
熲[梗]㉦ 263
熲[迥]㉦ 266
牼[庚]㉬ 258
獍[敬]㉠ 249
璟[梗]㉦ 251
璚[庚]㉬ 250
瓊[庚]㉬ 250
畊[庚]㉬ 249
硜[庚]㉬ 258
硬[敬]㉠ 255
硻[庚]㉬ 258
磬[徑]㉠ 266
竟[漾]㉠ 247
竟[敬]㉠ 249
竸[敬]㉠ 250
競[養]㉦ 247
競[敬]㉠ 250
絖[梗]㉦ 252
絅[迥]㉦ 266
絅[靑]㉬ 273
經[靑]㉬ 266
經[徑]㉠ 266
綆[梗]㉦ 252
綮[迥]㉦ 266
頴[迥]㉦ 266
繕[敬]㉠ 250
罄[徑]㉠ 266
耕[庚]㉬ 249
耿[梗]㉦ 250
脛[迥]㉦ 271
脛[徑]㉠ 269
苘[迥]㉦ 267
荊[庚]㉬ 249
莄[梗]㉦ 263
莖[庚]㉬ 257
䔗[迥]㉦ 267
藑[庚]㉬ 250
褧[梗]㉦ 263
褧[迥]㉦ 266
誙[庚]㉬ 258
謦[迥]㉦ 266
謦[徑]㉠ 266
警[梗]㉦ 249
踁[迥]㉦ 271
[illegible][徑]㉠ 274
輕[庚]㉬ 249
逕[徑]㉠ 266
鏗[庚]㉬ 258
鏡[敬]㉠ 249
鞕[敬]㉠ 255
䪫[庚]㉬ 257
頃[庚]㉬ 250
頃[梗]㉦ 252
頸[梗]㉦ 250
駉[靑]㉬ 266
驚[庚]㉬ 249
骾[梗]㉦ 251
鯁[梗]㉦ 251
鯨[庚]㉬ 250
鱦[庚]㉬ 250
鶊[庚]㉬ 249
麖[庚]㉬ 249
麠[庚]㉬ 249
黥[庚]㉬ 250

계

乩[齊]㉬ 96
係[霽]㉠ 94
係[霽]㉠ 100
啓[薺]㉦ 96
垍[寘]㉠ 57
堦[佳]㉬ 104
契[霽]㉠ 95
契[屑]㉧ 173
季[寘]㉠ 54
屆[卦]㉠ 110
悈[卦]㉠ 110
悸[寘]㉠ 54
戒[卦]㉠ 110
挈[霽]㉠ 95
挈[屑]㉧ 173
嵠[齊]㉬ 97
枅[齊]㉬ 96
桂[霽]㉠ 95
械[卦]㉠ 112
棨[薺]㉦ 97
洎[寘]㉠ 56
溪[齊]㉬ 97
烓[齊]㉬ 95
猘[霽]㉠ 94
界[卦]㉠ 110
瘛[霽]㉠ 101
癸[紙]㉦ 40
磎[齊]㉬ 97
禊[霽]㉠ 100
稽[齊]㉬ 96
稽[薺]㉦ 97
笄[齊]㉬ 96
系[霽]㉠ 100
紒[霽]㉠ 95
紒[屑]㉧ 171
絜[屑]㉧ 171
綮[薺]㉦ 97
繫[霽]㉠ 94
繫[霽]㉠ 100
繼[霽]㉠ 94
罽[霽]㉠ 94
𠪚[霽]㉠ 94
薊[霽]㉠ 95
觖[屑]㉧ 172
計[霽]㉠ 94
誡[卦]㉠ 110
谿[齊]㉬ 96
趹[屑]㉧ 186
鄈[霽]㉠ 95
鍥[霽]㉠ 95
鍥[屑]㉧ 185
階[佳]㉬ 104
雞[齊]㉬ 96
髻[霽]㉠ 95
髻[屑]㉧ 185
鴃[錫]㉧ 266
鸂[齊]㉬ 97

고

估[麌]㉦ 77
凅[遇]㉠ 89
刳[虞]㉬ 77
古[麌]㉦ 77
告[沃]㉧ 28
告[號]㉠ 205
告[宥]㉠ 297
呱[虞]㉬ 77
咎[豪]㉬ 205
固[遇]㉠ 77
叩[有]㉦ 284
姑[虞]㉬ 77
婟[遇]㉠ 89
孤[虞]㉬ 77
尻[豪]㉬ 205
庫[遇]㉠ 77
扣[有]㉦ 284
扣[宥]㉠ 284
拷[皓]㉦ 205
攷[皓]㉦ 205
故[遇]㉠ 77
敲[肴]㉬ 202
敲[效]㉠ 203
暠[皓]㉦ 205
杲[皓]㉦ 205
枯[虞]㉬ 77
柧[虞]㉬ 77
栲[皓]㉦ 205
栲[有]㉦ 297
楛[麌]㉦ 78
槁[皓]㉦ 205
槀[皓]㉦ 205

槀[皓]㉠ 205	祜[皓]㉠ 206	苦[麌]㉠ 77	雇[遇]㉠ 77
槹[豪]㊇ 205	稿[皓]㉠ 205	盬[虞]㊇ 77	靠[號]㉠ 210
橐[豪]㊇ 205	筶[麌]㉠ 77	菰[虞]㊇ 77	顧[遇]㉠ 77
觳[覺]◎ 36	菰[虞]㊇ 89	薧[皓]㉠ 205	顧[遇]㉠ 77
沽[虞]㊇ 77	篙[豪]㊇ 205	槀[皓]㉠ 205	餬[豪]㊇ 205
涸[遇]㉠ 84	觚[虞]㊇ 77	蛄[虞]㊇ 77	餻[號]㉠ 205
滜[豪]㊇ 205	糕[豪]㊇ 205	袴[遇]㉠ 77	高[豪]㊇ 205
熇[藥]◎ 246	絝[遇]㉠ 77	袴[禡]㉠ 225	鯝[遇]㉠ 77
燺[皓]㉠ 205	縞[皓]㉠ 205	舤[虞]㊇ 77	鴣[虞]㊇ 77
牯[麌]㉠ 77	縞[號]㉠ 205	詁[麌]㉠ 77	鼓[麌]㉠ 77
槁[號]㉠ 205	罟[麌]㉠ 77	詁[遇]㉠ 89	鼓[麌]㊇ 89
痼[遇]㉠ 77	罛[虞]㊇ 77	誥[號]㉠ 205	鼛[豪]㊇ 205
皐[號]㉠ 211	羖[麌]㊇ 78	賈[麌]㊇ 77	鼛[尤]㊇ 297
皇[豪]㊇ 205	羔[豪]㊇ 205	跨[禡]㉠ 225	
皋[號]㉠ 211	羘[麌]㊇ 78	軱[虞]㊇ 89	곡
皓[皓]㉠ 205	翺[豪]㊇ 209	辜[虞]㊇ 77	告[沃]◎ 28
皜[皓]㉠ 205	考[皓]㉠ 205	郜[號]㉠ 205	哭[屋]◎ 15
皷[麌]㊇ 78	股[麌]㊇ 78	酤[虞]㊇ 77	嚳[沃]◎ 28
盬[麌]㊇ 77	胯[遇]㉠ 78	酤[麌]㊇ 77	斛[屋]◎ 21
蠱[麌]㊇ 78	胯[禡]㉠ 225	酤[遇]㉠ 77	曲[沃]◎ 28
睪[陌]◎ 263	膏[豪]㊇ 205	鈷[麌]㊇ 77	梏[沃]◎ 28
睾[豪]㊇ 205	膏[號]㉠ 205	錮[遇]㉠ 77	穀[屋]◎ 15
瞽[麌]㊇ 78	皋[豪]㊇ 205	鐔[虞]㊇ 89	榖[屋]◎ 15

槲[屋]㉧ 21
檋[沃]㉧ 33
觳[覺]㉧ 39
牿[沃]㉧ 28
珏[屋]㉧ 15
㱿[屋]㉧ 15
嗀[屋]㉧ 15
秸[沃]㉧ 34
榖[屋]㉧ 15
穀[屋]㉧ 15
轂[屋]㉧ 15
縠[屋]㉧ 21
苖[沃]㉧ 34
蚰[沃]㉧ 34
觳[屋]㉧ 21
谷[屋]㉧ 15
谷[屋]㉧ 26
谷[沃]㉧ 32
蹻[藥]㉧ 237
韋[屋]㉧ 15
轂[屋]㉧ 15
酷[沃]㉧ 28
鵠[沃]㉧ 28

곤

困[願]㉠ 142
坤[元]㉬ 142
壼[阮]㉦ 143
崑[元]㉬ 142
崐[元]㉬ 142
悃[阮]㉦ 143
捆[阮]㉦ 143
昆[元]㉬ 142
晜[元]㉬ 142
梱[阮]㉦ 143
棞[阮]㉦ 143
混[元]㉬ 148
滾[阮]㉦ 149
琨[元]㉬ 142
碮[阮]㉦ 143
稇[阮]㉦ 149
綑[阮]㉦ 144
緄[阮]㉦ 143
蔉[阮]㉦ 142
蜫[元]㉬ 142
衮[阮]㉦ 142
裩[元]㉬ 142
褌[元]㉬ 142
輥[阮]㉦ 143
錕[元]㉬ 142
錕[阮]㉦ 143
閫[阮]㉦ 143
閫[願]㉠ 148
䯣[阮]㉦ 143
髡[元]㉬ 142
鮌[阮]㉦ 143
鯀[阮]㉦ 143
鯤[元]㉬ 142
鵾[元]㉬ 142
齫[阮]㉦ 144

골

愲[月]㉧ 142
扢[月]㉧ 142
搰[月]㉧ 142
榾[月]㉧ 142
汩[月]㉧ 142
淈[月]㉧ 145
滑[月]㉧ 142
滑[黠]㉧ 166
矻[月]㉧ 142
顝[月]㉧ 142
骨[月]㉧ 142
鶻[月]㉧ 144

공

公[東]㉬ 15
供[冬]㉬ 28
供[宋]㉠ 28
倥[董]㉦ 15
倥[送]㉠ 16
倥[東]㉬ 24
共[冬]㉬ 28
共[宋]㉠ 28
刊[東]㉬ 24
功[東]㉬ 15
功[語]㉦ 76
功[眞]㉬ 132
贛[送]㉠ 25
𡋣[送]㉠ 15
孔[董]㉦ 15
崆[東]㉬ 15
工[東]㉬ 15

恭[冬]㉬ 28
恐[宋]㉠ 28
恐[腫]㉦ 29
悾[東]㉬ 15
悾[董]㉦ 15
拱[腫]㉦ 28
拲[腫]㉦ 33
拲[沃]㉧ 35
控[送]㉠ 17
攻[東]㉬ 24
攻[冬]㉬ 28
攻[陽]㉬ 247
栱[腫]㉦ 28
椌[東]㉬ 24
涳[東]㉬ 24
澒[送]㉠ 15
灨[送]㉠ 15
灨[勘]㉠ 312
玒[東]㉬ 24
珙[腫]㉦ 28
硔[腫]㉦ 28
空[東]㉬ 15
空[董]㉦ 15
空[送]㉠ 17
筇[冬]㉬ 28
箜[東]㉬ 15
紅[東]㉬ 15
羾[送]㉠ 16
茾[冬]㉬ 28
虹[送]㉠ 16
蚣[東]㉬ 24
蛩[冬]㉬ 28
蛬[冬]㉬ 28
貢[送]㉠ 15
贛[送]㉠ 15
跫[冬]㉬ 35
邛[冬]㉬ 28
釭[東]㉬ 24
銎[冬]㉬ 28
鞏[腫]㉦ 28
鞚[送]㉠ 16
鵼[送]㉠ 16
龔[冬]㉬ 28

과

侉[麻]㉬ 224
倮[哿]㉦ 219
冎[馬]㉦ 224
[illegible][哿]㉦ 219
剮[馬]㉦ 224
堁[箇]㉠ 216
夥[哿]㉦ 217
夸[麻]㉬ 224
姱[麻]㉬ 224
婐[哿]㉦ 219
媧[麻]㉬ 224
寡[馬]㉦ 224
㤨[麻]㉬ 226
戈[歌]㉬ 217
撾[麻]㉬ 224
果[哿]㉦ 216
檛[麻]㉬ 224
渦[歌]㉬ 217
瓜[魚]㉬ 76
瓜[麻]㉬ 224
科[歌]㉬ 217
窠[歌]㉬ 217
簻[麻]㉬ 224
緺[麻]㉬ 224
胯[禡]㉠ 225
荂[麻]㉬ 226
菓[哿]㉦ 216
薖[歌]㉬ 217
蜾[哿]㉦ 216
蝌[歌]㉬ 217
蝸[麻]㉬ 224
袴[禡]㉠ 225
裹[哿]㉦ 216
裹[箇]㉠ 219
誇[麻]㉬ 224
課[箇]㉠ 216
跨[禡]㉠ 225
跨[馬]㉦ 226
踝[馬]㉦ 225
輠[哿]㉦ 217
[illegible][哿]㉦ 217
過[箇]㉠ 215
過[歌]㉬ 217
銙[馬]㉦ 224
鍋[歌]㉬ 217
顆[哿]㉦ 216
騧[麻]㉬ 224

騧[佳]㉬ 105
騧[麻]㉬ 224
骻[馬]㉦ 225
髁[哿]㉦ 217
髁[馬]㉦ 225

곽

廓[藥]㉧ 243
彉[藥]㉧ 244
彍[藥]㉧ 244
攫[藥]㉧ 247
椁[藥]㉧ 243
槨[藥]㉧ 243
漷[藥]㉧ 243
癨[藥]㉧ 244
矍[藥]㉧ 242
藿[藥]㉧ 244
郭[藥]㉧ 243
钁[藥]㉧ 247
霍[藥]㉧ 244
鞹[藥]㉧ 243

관

丱[諫]㉠ 166
串[諫]㉠ 166
倌[寒]㉬ 158
冠[翰]㉠ 158
冠[寒]㉬ 159
[illegible][刪]㉬ 166
官[寒]㉬ 158
寛[寒]㉬ 159
悺[旱]㉦ 158
悹[旱]㉦ 158
慣[諫]㉠ 166
摜[諫]㉠ 166
擐[刪]㉬ 166
斡[旱]㉦ 162
梡[旱]㉦ 159
棺[寒]㉬ 158
款[旱]㉦ 159
欵[旱]㉦ 159
涫[寒]㉬ 158
涫[翰]㉠ 162
灌[翰]㉠ 159
爟[翰]㉠ 159
琯[旱]㉦ 158
瓘[翰]㉠ 159
痯[旱]㉦ 158
癏[刪]㉬ 166
盥[旱]㉦ 158
盥[翰]㉠ 158
矔[翰]㉠ 159
矜[刪]㉬ 166
祼[翰]㉠ 159
窾[旱]㉦ 159
筦[旱]㉦ 157
管[旱]㉦ 157
綰[潸]㉦ 166
綸[刪]㉬ 166
罐[翰]㉠ 162
舘[翰]㉠ 159
舘[旱]㉦ 162
莞[寒]㉬ 158
菅[寒]㉬ 159
菅[刪]㉬ 163
觀[寒]㉬ 159
觀[翰]㉠ 159
觀[陽]㉬ 248
貫[翰]㉠ 158
輨[旱]㉦ 158
錧[旱]㉦ 158
關[刪]㉬ 166
顴[先]㉬ 184
館[翰]㉠ 159
館[旱]㉦ 161
髖[寒]㉬ 159
鰥[刪]㉬ 166
鸛[翰]㉠ 159

괄

佸[曷]㉧ 159
佸[曷]㉧ 162
刮[黠]㉧ 166
恝[卦]㉠ 108
恝[黠]㉧ 163
括[曷]㉧ 159
括[曷]㉧ 162
栝[曷]㉧ 159
檜[曷]㉧ 159
活[曷]㉧ 159
筈[曷]㉧ 159

聒[曷]㉧ 159
括[曷]㉧ 159
适[曷]㉧ 159
闊[曷]㉧ 159
髺[曷]㉧ 162
鬠[曷]㉧ 162
鴰[曷]㉧ 159

광

儣[陽]㉬ 246
光[陽]㉬ 242
劻[陽]㉬ 246
匡[陽]㉬ 242
丱[梗]㉦ 260
丱[梗]㉦ 264
壙[漾]㉠ 244
廣[養]㉦ 242
廣[漾]㉠ 247
恇[陽]㉬ 242
㤮[漾]㉠ 243
撗[漾]㉠ 244
擴[藥]㉧ 243
擴[漾]㉠ 244
曠[漾]㉠ 243
桄[陽]㉬ 246
洸[陽]㉬ 242
狂[陽]㉬ 242
獷[梗]㉦ 260
眶[陽]㉬ 242
矌[漾]㉠ 243
礦[梗]㉦ 260
筐[陽]㉬ 242
絖[漾]㉠ 244
纊[漾]㉠ 244
胱[陽]㉬ 242
誆[漾]㉠ 243
誑[漾]㉠ 243
軠[陽]㉬ 242
輄[陽]㉬ 242
迋[漾]㉠ 243
迋[養]㉦ 247
鑛[梗]㉦ 260

괘

卦[寘]㉠ 63
卦[未]㉠ 68
卦[霽]㉠ 102
卦[泰]㉠ 107
卦[卦]㉠ 112
卦[隊]㉠ 118
挂[卦]㉠ 112
掛[卦]㉠ 113
枴[蟹]㉦ 107
絓[卦]㉠ 113
罣[卦]㉠ 113
罫[卦]㉠ 115
詿[卦]㉠ 113

괴

乖[佳]㉬ 103
傀[灰]㉬ 108
傀[賄]㉦ 114
儈[泰]㉠ 105
凷[隊]㉠ 116
劊[泰]㉠ 105
喟[卦]㉠ 110
塊[泰]㉠ 106
塊[隊]㉠ 116
壞[卦]㉠ 110
壞[卦]㉠ 114
媿[寘]㉠ 54
廥[泰]㉠ 105
怪[卦]㉠ 110
恠[卦]㉠ 110
愧[寘]㉠ 54
边[寘]㉠ 61
旝[泰]㉠ 105
會[泰]㉠ 105
槐[佳]㉬ 103
槐[灰]㉬ 110
澮[泰]㉠ 105
獪[泰]㉠ 105
瑰[灰]㉬ 108
瓌[灰]㉬ 108
盔[灰]㉬ 108
硁[卦]㉠ 110
禬[泰]㉠ 105
禬[隊]㉠ 118
膾[泰]㉠ 105
蒯[卦]㉠ 110
蔽[卦]㉠ 110
蕢[卦]㉠ 110

襘[泰]㉠ 105
鄶[泰]㉠ 105
魁[灰]㉬ 108
魁[賄]㉦ 114
鱠[泰]㉠ 105

괵

幗[陌]㉧ 256
摑[陌]㉧ 256
敋[陌]㉧ 256
㶁[陌]㉧ 263
膕[陌]㉧ 263
虢[陌]㉧ 256
蟈[陌]㉧ 256
馘[陌]㉧ 256

굉

卝[梗]㉦ 260
卝[梗]㉦ 264
厷[蒸]㉬ 281
吰[庚]㉬ 263
宏[庚]㉬ 257
獷[梗]㉦ 260
竑[庚]㉬ 258
紘[庚]㉬ 257
𦊨[庚]㉬ 263
翃[庚]㉬ 258
肱[蒸]㉬ 281
觥[陽]㉬ 247
觥[庚]㉬ 257
觵[庚]㉬ 257
訇[庚]㉬ 257
䡏[蒸]㉬ 282
轟[庚]㉬ 257
鍧[庚]㉬ 257
鍠[庚]㉬ 258
閎[庚]㉬ 257
𨋢[蒸]㉬ 281
䵃[梗]㉦ 264

교

交[肴]㉬ 201
𩫕[嘯]㉠ 196
佼[巧]㉦ 201
佼[效]㉠ 203
僑[蕭]㉬ 189
僥[蕭]㉬ 189
劭[蕭]㉬ 197
叫[嘯]㉠ 189
咬[肴]㉬ 201
咬[巧]㉦ 203
喬[蕭]㉬ 189
嘄[嘯]㉠ 189
嘐[肴]㉬ 201
噭[嘯]㉠ 189
墽[效]㉠ 201
墽[肴]㉬ 202
姣[巧]㉦ 201
嬌[蕭]㉬ 189
嵺[肴]㉬ 201
嶠[嘯]㉠ 189
巧[篠]㉦ 199
巧[巧]㉦ 202
巧[皓]㉦ 211
徼[蕭]㉬ 189
徼[嘯]㉠ 189
恔[效]㉠ 203
憍[蕭]㉬ 189
憿[蕭]㉬ 189
招[蕭]㉬ 197
挍[效]㉠ 201
捁[巧]㉦ 202
撟[篠]㉦ 189
撟[嘯]㉠ 196
攪[巧]㉦ 201
敎[肴]㉬ 201
敎[效]㉠ 201
敲[肴]㉬ 202
敲[效]㉠ 203
敿[篠]㉦ 189
曒[篠]㉦ 189
校[效]㉠ 201
校[效]㉠ 204
梟[蕭]㉬ 189
榷[效]㉠ 203
橋[蕭]㉬ 189
橇[蕭]㉬ 189
漻[肴]㉬ 203
㵿[蕭]㉬ 189
澆[蕭]㉬ 189
狡[巧]㉦ 201
珓[效]㉠ 203

璬[篠]㉦ 189
皎[篠]㉦ 189
皦[篠]㉦ 189
燆[篠]㉦ 189
磽[效]㉠ 201
磽[肴]㉬ 202
礉[效]㉠ 201
穚[蕭]㉬ 197
窌[效]㉠ 201
窖[效]㉠ 201
竅[嘯]㉠ 189
筊[巧]㉦ 203
糾[篠]㉦ 197
絞[巧]㉦ 201
繳[篠]㉦ 189
繳[藥]㉧ 241
翹[蕭]㉬ 190
膠[肴]㉬ 201
膠[巧]㉦ 203
膠[尤]㉬ 297
艽[肴]㉬ 201
荍[蕭]㉬ 190
茭[肴]㉬ 201
蕎[蕭]㉬ 190
蛟[肴]㉬ 201
蟂[蕭]㉬ 189
蟜[蕭]㉬ 190
蟜[篠]㉦ 197
覺[效]㉠ 200
譑[篠]㉦ 196
譥[嘯]㉠ 189
趫[蕭]㉬ 189
蹻[蕭]㉬ 189
蹻[篠]㉦ 189
蹻[藥]㉧ 237
蹺[蕭]㉬ 189
軗[覺]㉧ 36
較[覺]㉧ 36
較[效]㉠ 201
轇[肴]㉬ 201
轎[蕭]㉬ 189
轎[嘯]㉠ 196
郊[肴]㉬ 201
鄗[藥]㉧ 246
酵[效]㉠ 203
鉸[巧]㉦ 201
鉸[效]㉠ 201
鞽[蕭]㉬ 189
驕[蕭]㉬ 189
驕[蕭]㉬ 199
驕[尤]㉬ 298
驍[蕭]㉬ 189
驍[蕭]㉬ 199
骹[效]㉠ 201
骹[肴]㉬ 203
鮫[肴]㉬ 201
鵁[肴]㉬ 201
鷮[蕭]㉬ 189
齩[巧]㉦ 203

구

丘[支]㉬ 63
丘[尤]㉬ 284
久[有]㉦ 283
九[有]㉦ 283
仇[尤]㉬ 284
佝[宥]㉠ 289
俅[尤]㉬ 284
俱[虞]㉬ 82
傴[麌]㉦ 87
具[遇]㉠ 84
冓[宥]㉠ 283
劬[虞]㉬ 83
勾[尤]㉬ 283
勾[宥]㉠ 283
區[虞]㉬ 82
區[尤]㉬ 287
區[尤]㉬ 295
匶[宥]㉠ 284
厹[尤]㉬ 284
口[語]㉦ 75
口[有]㉦ 283
叴[尤]㉬ 284
句[遇]㉠ 84
句[虞]㉬ 91
句[尤]㉬ 283
句[宥]㉠ 283
咎[語]㉦ 75
呴[遇]㉠ 88
嘔[尤]㉬ 287
嘔[有]㉦ 289
叩[有]㉦ 284

咎[有]㉦ 284	捄[虞]㉬ 82	溝[魚]㉬ 76	糗[有]㉦ 284
垢[有]㉦ 283	捄[尤]㉬ 284	溝[尤]㉬ 283	糺[尤]㉬ 284
姁[麌]㉦ 92	捄[宥]㉠ 284	漚[尤]㉬ 287	絇[虞]㉬ 83
姤[宥]㉠ 283	摳[虞]㉬ 91	漚[宥]㉠ 287	絇[遇]㉠ 84
媾[宥]㉠ 283	摳[尤]㉬ 284	灸[有]㉦ 283	絿[尤]㉬ 284
嫗[遇]㉠ 87	救[宥]㉠ 283	灸[宥]㉠ 284	緱[尤]㉬ 283
嫗[麌]㉦ 91	敺[虞]㉬ 82	狗[有]㉦ 283	耇[有]㉦ 283
㝅[有]㉦ 284	敺[有]㉦ 289	玖[紙]㉦ 63	朐[虞]㉬ 91
寇[宥]㉠ 284	毆[有]㉦ 289	玖[有]㉦ 283	臞[虞]㉬ 82
寠[麌]㉦ 84	斞[虞]㉬ 82	球[尤]㉬ 284	臼[有]㉦ 284
屨[遇]㉠ 84	晷[紙]㉦ 58	璆[尤]㉬ 284	舅[有]㉦ 284
岣[有]㉦ 295	枸[麌]㉦ 84	甌[尤]㉬ 287	舊[宥]㉠ 284
嶇[虞]㉬ 82	枸[尤]㉬ 283	疚[宥]㉠ 284	艽[尤]㉬ 284
幅[尤]㉬ 295	枸[有]㉦ 283	痀[虞]㉬ 91	艽[尤]㉬ 296
廄[宥]㉠ 284	柩[宥]㉠ 284	癯[虞]㉬ 83	扏[尤]㉬ 295
彀[宥]㉠ 283	椇[麌]㉦ 84	瞿[虞]㉬ 82	苟[有]㉦ 283
彄[尤]㉬ 283	構[宥]㉠ 283	瞿[遇]㉠ 84	蒟[麌]㉦ 83
懼[遇]㉠ 84	歐[尤]㉬ 287	矩[麌]㉦ 83	蔻[宥]㉠ 289
戵[虞]㉬ 91	歐[有]㉦ 289	豰[有]㉦ 284	蚯[尤]㉬ 295
扣[有]㉦ 284	毆[有]㉦ 289	究[宥]㉠ 284	衢[虞]㉬ 83
扣[宥]㉠ 284	毬[尤]㉬ 284	窶[麌]㉦ 84	裘[支]㉬ 63
拒[麌]㉦ 90	氍[虞]㉬ 91	笱[有]㉦ 283	裘[尤]㉬ 284
拘[虞]㉬ 82	求[尤]㉬ 284	篝[尤]㉬ 283	覯[宥]㉠ 283

觓[尤]㉬ 284
觩[尤]㉬ 284
訄[有]㉦ 284
詬[有]㉠ 289
詬[有]㉦ 295
詬[宥]㉠ 295
詻[有]㉦ 284
謳[尤]㉬ 287
賕[尤]㉬ 284
購[宥]㉠ 283
跔[虞]㉬ 91
踽[麌]㉦ 83
軀[虞]㉬ 82
軥[虞]㉬ 83
軥[尤]㉬ 283
逑[尤]㉬ 284
遘[宥]㉠ 283
釦[有]㉦ 284
鉤[尤]㉬ 283
銶[尤]㉬ 284
雊[宥]㉠ 283
韝[尤]㉬ 283
韭[篠]㉦ 199
韭[有]㉦ 283
頄[尤]㉬ 284
頄[支]㉬ 40
颶[遇]㉠ 84
馗[尤]㉬ 295
駒[虞]㉬ 82
駒[尤]㉬ 297
驅[虞]㉬ 82
驅[遇]㉠ 84
鳩[尤]㉬ 283
鴝[虞]㉬ 83
鷇[宥]㉠ 284
鷗[尤]㉬ 287
鸜[虞]㉬ 83
鼽[尤]㉬ 295
齲[麌]㉦ 84
龜[尤]㉬ 295

국

匊[屋]㉧ 21
國[東]㉬ 27
國[屋]㉧ 27
國[職]㉧ 277
局[沃]㉧ 34
局[陌]㉧ 264
拲[沃]㉧ 35
挶[沃]㉧ 34
掬[屋]㉧ 21
梮[沃]㉧ 34
椈[屋]㉧ 26
檋[沃]㉧ 33
毱[屋]㉧ 26
菊[屋]㉧ 21
蘜[屋]㉧ 21
跼[沃]㉧ 34
踘[屋]㉧ 26
輂[沃]㉧ 33
阮[屋]㉧ 26
鞠[屋]㉧ 21
鞫[屋]㉧ 21
鵴[屋]㉧ 21
麯[屋]㉧ 21
麴[屋]㉧ 21

군

[illegible][軫]㉦ 119
君[文]㉬ 133
宭[文]㉬ 138
帬[文]㉬ 133
捃[問]㉠ 134
攈[問]㉠ 134
攈[吻]㉦ 138
涒[願]㉠ 149
皸[文]㉬ 133
皸[問]㉠ 134
窘[軫]㉦ 119
羣[文]㉬ 133
裙[文]㉬ 133
軍[文]㉬ 133
郡[問]㉠ 134
麇[吻]㉦ 133
麇[文]㉬ 138

굴

倔[物]㉧ 133
𠜾[物]㉧ 138
劂[物]㉧ 138
厥[物]㉧ 133
堀[物]㉧ 133

屈[物]㉧ 133
崛[物]㉧ 133
崛[物]㉧ 138
掘[物]㉧ 133
淈[月]㉧ 145
矻[月]㉧ 142
窟[月]㉧ 145
絀[物]㉧ 133
茁[質]㉧ 119
茁[屑]㉧ 188
䘴[物]㉧ 133
詘[物]㉧ 133

궁

佝[送]㉠ 23
躳[東]㉬ 20
宮[東]㉬ 20
宮[眞]㉬ 132
宮[陽]㉬ 247
弓[東]㉬ 20
弓[庚]㉬ 264
穹[東]㉬ 20
窮[東]㉬ 20
竆[東]㉬ 20
芎[東]㉬ 20
藭[東]㉬ 20
誇[送]㉠ 23
躬[東]㉬ 20
躳[東]㉬ 20
躬[送]㉠ 23

권

倦[霰]㉠ 185
券[願]㉠ 146
勸[願]㉠ 146
卷[先]㉬ 183
卷[銑]㉦ 184
卷[霰]㉠ 185
圈[願]㉠ 146
圈[阮]㉦ 147
圈[先]㉬ 183
圈[銑]㉦ 184
婘[先]㉬ 184
彎[願]㉠ 146
劵[諫]㉠ 168
劵[先]㉬ 184
惓[先]㉬ 184
拳[先]㉬ 184
捲[先]㉬ 184
捲[銑]㉦ 184
孿[願]㉠ 146
棬[先]㉬ 183
權[先]㉬ 184
眷[霰]㉠ 184
睠[霰]㉠ 185
桊[霰]㉠ 188
綣[阮]㉦ 147
綣[願]㉠ 149
菤[銑]㉦ 184
蜷[先]㉬ 188
踡[先]㉬ 188
顴[先]㉬ 184
鬈[先]㉬ 184

궐

劂[物]㉧ 138
劂[月]㉧ 147
厥[物]㉧ 133
厥[月]㉧ 146
掘[月]㉧ 150
撅[霽]㉠ 102
撅[月]㉧ 150
橛[月]㉧ 147
獗[月]㉧ 150
瘚[月]㉧ 146
緱[月]㉧ 150
蕨[月]㉧ 146
蹷[月]㉧ 147
蹶[霽]㉠ 101
蹶[月]㉧ 146
闕[月]㉧ 147
鱖[霽]㉠ 101
鱖[月]㉧ 150
鷢[月]㉧ 147

궤

佹[紙]㉦ 62
几[紙]㉦ 57
匭[紙]㉦ 58
匱[寘]㉠ 57
垝[紙]㉦ 57
宄[紙]㉦ 58

憒[隊]㉠ 118
撅[霽]㉠ 102
晷[紙]㉦ 58
机[紙]㉦ 57
樻[寘]㉠ 57
歸[寘]㉠ 58
氿[紙]㉦ 63
潰[隊]㉠ 116
簋[紙]㉦ 58
簣[寘]㉠ 58
繢[隊]㉠ 117
臾[寘]㉠ 58
蕢[寘]㉠ 58
蕢[卦]㉠ 110
祪[紙]㉦ 62
詭[紙]㉦ 57
跪[紙]㉦ 58
蹶[霽]㉠ 101
蹶[月]㉧ 146
軌[紙]㉦ 57
軌[有]㉦ 297
鐀[寘]㉠ 57
闠[隊]㉠ 117
餽[寘]㉠ 58
饋[寘]㉠ 58
鱖[霽]㉠ 101
庪[紙]㉦ 57

귀

劌[霽]㉠ 101
喟[寘]㉠ 54
嘳[寘]㉠ 54
晷[紙]㉦ 58
帰[微]㉬ 64
歸[寘]㉠ 58
歸[微]㉬ 64
貴[未]㉠ 65
䝿[未]㉠ 65
蹶[霽]㉠ 101
騩[寘]㉠ 61
騩[微]㉬ 67
鬼[尾]㉦ 65
鱖[霽]㉠ 101
龜[支]㉬ 54

규

刲[齊]㉬ 95
叫[嘯]㉠ 189
嘄[嘯]㉠ 189
圭[齊]㉬ 94
奎[齊]㉬ 95
嬀[支]㉬ 40
虯[尤]㉬ 289
嶲[支]㉬ 40
巋[寘]㉠ 40
巋[紙]㉦ 58
弖[尤]㉬ 296
戣[支]㉬ 40
揆[紙]㉦ 40
摎[尤]㉬ 289
摫[支]㉬ 58
暌[齊]㉬ 101
樛[尤]㉬ 289
潙[支]㉬ 40
珪[齊]㉬ 94
睽[齊]㉬ 95
窐[齊]㉬ 94
窺[支]㉬ 40
竅[嘯]㉠ 189
糺[有]㉦ 291
糾[有]㉦ 291
葵[支]㉬ 40
虧[支]㉬ 40
虧[支]㉬ 40
虬[尤]㉬ 289
蟉[尤]㉬ 296
袿[齊]㉬ 94
規[支]㉬ 40
赳[有]㉦ 291
跬[紙]㉦ 40
逵[支]㉬ 40
邽[齊]㉬ 94
鄈[支]㉬ 58
閨[齊]㉬ 94
闚[支]㉬ 40
雉[支]㉬ 40
巂[紙]㉦ 59
頍[紙]㉦ 40
頯[支]㉬ 40
馗[支]㉬ 40
騤[支]㉬ 40

駃[錫]㉧ 266
鞋[齊]㉬ 94

균

勻[眞]㉬ 119
囷[眞]㉬ 119
均[眞]㉬ 119
均[庚]㉬ 265
畇[眞]㉬ 119
畬[眞]㉬ 119
稛[軫]㉦ 130
筠[眞]㉬ 121
箘[眞]㉬ 119
箘[軫]㉦ 119
菌[軫]㉦ 120
袀[眞]㉬ 119
鈞[眞]㉬ 119
頵[眞]㉬ 119
麇[眞]㉬ 119
麇[吻]㉦ 133
麏[眞]㉬ 119
麕[眞]㉬ 119
龜[眞]㉬ 130

귤

橘[質]㉧ 119
獝[質]㉧ 119

극

亟[寘]㉠ 56
亟[職]㉧ 277
克[職]㉧ 278
剋[職]㉧ 278
劇[陌]㉧ 256
可[職]㉧ 281
谻[陌]㉧ 255
屐[陌]㉧ 255
㥛[職]㉧ 278
戟[陌]㉧ 255
撠[陌]㉧ 255
棘[職]㉧ 277
極[職]㉧ 278
殛[職]㉧ 277
裓[職]㉧ 278
襋[職]㉧ 277
𧩼[職]㉧ 277
郄[陌]㉧ 255
郤[陌]㉧ 255
隙[陌]㉧ 255
革[職]㉧ 277

근

僅[震]㉠ 122
僅[文]㉬ 139
劤[問]㉠ 137
勤[文]㉬ 137
廑[震]㉠ 122
堇[震]㉠ 122
堇[眞]㉬ 131
墐[震]㉠ 122
墐[眞]㉬ 131
巹[吻]㉦ 136
𡖋[吻]㉦ 139
巾[眞]㉬ 122
廑[文]㉬ 139
廑[文]㉬ 139
慬[吻]㉦ 136
慬[文]㉬ 137
慬[問]㉠ 138
懃[文]㉬ 137
㨷[問]㉠ 137
斤[文]㉬ 137
斤[問]㉠ 137
斷[眞]㉬ 131
根[元]㉬ 146
槿[吻]㉦ 136
殣[震]㉠ 122
瑾[震]㉠ 123
墐[吻]㉦ 139
瘽[文]㉬ 137
矜[眞]㉬ 131
𥠖[眞]㉬ 131
𥠖[文]㉬ 139
筋[文]㉬ 137
芹[文]㉬ 137
菫[震]㉠ 122
菫[吻]㉦ 136
靳[文]㉬ 137
覲[震]㉠ 122
觔[文]㉬ 137
謹[吻]㉦ 135
跟[元]㉬ 146
近[吻]㉦ 136

近[問]㉠ 137
釿[文]㉬ 136
靳[問]㉠ 137
饉[震]㉠ 122

글

乞[物]㉧ 137
吃[物]㉧ 137
契[物]㉧ 139
扢[月]㉧ 142
訖[物]㉧ 137
訖[物]㉧ 138

금

今[庚]㉬ 265
今[侵]㉬ 299
僸[沁]㉠ 299
澿[寢]㉦ 299
唫[寢]㉦ 299
噤[寢]㉦ 299
噤[沁]㉠ 299
嶔[侵]㉬ 299
捦[侵]㉬ 300
擒[侵]㉬ 300
㩒[侵]㉬ 300
檎[侵]㉬ 300
欽[侵]㉬ 299
琴[侵]㉬ 299
禁[侵]㉬ 299
禁[沁]㉠ 299
禽[東]㉬ 26
禽[侵]㉬ 300
紟[侵]㉬ 299
紟[沁]㉠ 299
肣[侵]㉬ 300
⿰舌今[沁]㉠ 299
芩[侵]㉬ 299
衿[侵]㉬ 299
衿[沁]㉠ 300
衾[侵]㉬ 299
襟[侵]㉬ 299
金[侵]㉬ 299
錦[寢]㉦ 299
⿰金貞[侵]㉬ 299
⿰金貞[感]㉦ 312
黔[侵]㉬ 300

급

伋[緝]㉧ 299
及[緝]㉧ 299
圾[緝]㉧ 299
岌[緝]㉧ 299
急[緝]㉧ 299
扱[緝]㉧ 304
扱[洽]㉧ 325
汲[緝]㉧ 299
泣[緝]㉧ 299
湆[緝]㉧ 299
笈[緝]㉧ 299
笈[葉]㉧ 314
級[緝]㉧ 299
給[緝]㉧ 299
⿰月立[緝]㉧ 299
芨[緝]㉧ 304

긍

亘[徑]㉠ 269
兢[蒸]㉬ 276
堩[徑]㉠ 270
恆[徑]㉠ 270
揯[蒸]㉬ 276
搄[蒸]㉬ 276
矜[蒸]㉬ 276
絙[徑]㉠ 270
絚[蒸]㉬ 276
緪[蒸]㉬ 276
肎[眞]㉬ 132
肎[迥]㉦ 272
肯[迥]㉦ 272
肻[迥]㉦ 272

기

丌[支]㉬ 62
乞[未]㉠ 66
亟[寘]㉠ 56
企[紙]㉦ 42
伎[紙]㉦ 42
伎[支]㉬ 58
企[寘]㉠ 42
俟[支]㉬ 59
倛[支]㉬ 62
僛[支]㉬ 55
其[支]㉬ 42

其[支]㉬ 55
兾[寘]㉠ 55
冀[寘]㉠ 55
刉[微]㉬ 68
剞[紙]㉅ 55
嗜[寘]㉠ 47
嘰[微]㉬ 66
器[寘]㉠ 56
圻[微]㉬ 66
垍[寘]㉠ 57
基[支]㉬ 55
埼[支]㉬ 62
墍[寘]㉠ 56
墍[未]㉠ 67
夔[支]㉬ 43
奇[支]㉬ 54
妓[紙]㉅ 42
姬[支]㉬ 55
寄[寘]㉠ 55
屺[紙]㉅ 56
岐[支]㉬ 42
[山+忌][紙]㉅ 56
崎[支]㉬ 55
己[紙]㉅ 55
幾[微]㉬ 66
幾[尾]㉅ 66
庋[紙]㉅ 41
庪[紙]㉅ 42
弃[寘]㉠ 43
忌[寘]㉠ 56
忮[寘]㉠ 48
惎[寘]㉠ 56
懻[寘]㉠ 61
技[紙]㉅ 42
掎[紙]㉅ 55
摡[未]㉠ 67
攰[寘]㉠ 61
攱[支]㉬ 55
攲[支]㉬ 55
旂[微]㉬ 66
旗[支]㉬ 56
旗[尤]㉬ 297
旣[未]㉠ 66
曁[寘]㉠ 56
朞[支]㉬ 55
期[支]㉬ 55
杞[紙]㉅ 56
枳[紙]㉅ 59
棊[支]㉬ 56
棋[支]㉬ 62
棄[寘]㉠ 42
榿[支]㉬ 62
機[微]㉬ 66
欺[支]㉬ 55
歧[支]㉬ 42
氣[未]㉠ 66
沂[微]㉬ 67
洎[寘]㉠ 56
淇[支]㉬ 56
炁[未]㉠ 66
玘[紙]㉅ 56
琦[支]㉬ 55
琪[支]㉬ 56
璂[支]㉬ 56
璣[微]㉬ 66
[王+綦][支]㉬ 56
畸[支]㉬ 55
畿[微]㉬ 66
疧[支]㉬ 42
碕[微]㉬ 68
碁[支]㉬ 56
碕[支]㉬ 62
磯[微]㉬ 66
示[支]㉬ 42
祁[支]㉬ 56
祈[微]㉬ 66
祇[支]㉬ 42
祺[支]㉬ 56
禨[微]㉬ 66
杞[紙]㉅ 56
概[寘]㉠ 56
穖[尾]㉅ 67
箕[支]㉬ 55
紀[紙]㉅ 55
綺[紙]㉅ 56
綦[支]㉬ 56
羇[支]㉬ 55
羈[支]㉬ 55
耆[支]㉬ 42
[耒+幾][微]㉬ 68
肌[支]㉬ 54
肵[微]㉬ 68

芑[紙]㉦ 56
芪[支]㉬ 59
芰[寘]㉠ 43
萁[支]㉬ 55
旣[寘]㉠ 62
蘄[支]㉬ 62
蚑[支]㉬ 58
蚑[寘]㉠ 42
䗁[支]㉬ 62
䗁[紙]㉦ 62
蜝[支]㉬ 62
蟣[尾]㉦ 66
蟣[微]㉬ 68
覬[寘]㉠ 56
觖[屑]㉧ 172
觭[支]㉬ 55
記[寘]㉠ 56
朞[寘]㉠ 56
譏[微]㉬ 66
豈[尾]㉦ 66
起[紙]㉦ 55
起[有]㉦ 297
跂[紙]㉦ 42
跂[寘]㉠ 42
跂[支]㉬ 58
跽[紙]㉦ 56
踑[支]㉬ 62
踦[支]㉬ 62
躨[支]㉬ 59
軝[支]㉬ 42
鞿[微]㉬ 65
醏[寘]㉠ 47
錡[支]㉬ 55
錤[支]㉬ 62
鐖[微]㉬ 66
隑[支]㉬ 62
䩭[微]㉬ 65
頎[微]㉬ 66
飢[支]㉬ 54
饑[微]㉬ 65
騎[支]㉬ 55
騎[寘]㉠ 56
騏[支]㉬ 56
騩[寘]㉠ 61
驥[寘]㉠ 55
鬐[支]㉬ 43
魌[支]㉬ 62
鰭[支]㉬ 43
鵋[寘]㉠ 56
䳢[支]㉬ 62
鶀[支]㉬ 62
麒[支]㉬ 56

긱

喫[錫]㉧ 273
毄[錫]㉧ 273

긴

墐[震]㉠ 130
緊[軫]㉦ 123
鼓[震]㉠ 130

길

佶[質]㉧ 123
吉[質]㉧ 123
姞[質]㉧ 123
拮[質]㉧ 123
桔[屑]㉧ 171
蛣[質]㉧ 131
詰[質]㉧ 124
趌[質]㉧ 124
鴶[質]㉧ 131

끽

喫[錫]㉧ 273

나

儺[歌]㉬ 212
儺[哿]㉦ 217
娜[哿]㉦ 212
愞[箇]㉠ 213
懦[箇]㉠ 213
拏[魚]㉬ 70
拏[麻]㉬ 220
拿[麻]㉬ 220
挐[魚]㉬ 70
挐[麻]㉬ 220
挪[歌]㉬ 218
挼[歌]㉬ 212
捼[歌]㉬ 212
㢼[哿]㉦ 217
橠[哿]㉦ 217

稬[箇]㉠ 212
篛[麻]㉭ 225
糯[箇]㉠ 213
袲[哿]㉦ 217
那[歌]㉭ 212
那[哿]㉦ 212
那[箇]㉠ 213
難[歌]㉭ 212

낙

搦[覺]㉧ 36
諾[藥]㉧ 227

난

懊[翰]㉠ 152
懊[旱]㉦ 160
戁[濟]㉦ 163
攤[翰]㉠ 160
暖[旱]㉦ 152
煗[旱]㉦ 151
煖[旱]㉦ 152
赧[濟]㉦ 163
赧[濟]㉦ 163
難[寒]㉭ 151
難[翰]㉠ 151
餪[旱]㉦ 152

날

埒[屑]㉧ 175
妠[合]㉧ 312
捏[屑]㉧ 186
捺[曷]㉧ 151
涅[屑]㉧ 173
疒[黠]㉧ 167
苶[屑]㉧ 173
苶[葉]㉧ 316

남

南[覃]㉭ 306
喃[覃]㉭ 307
喃[咸]㉭ 327
妠[合]㉧ 312
枏[覃]㉭ 307
枏[鹽]㉭ 322
楠[覃]㉭ 307
湳[感]㉦ 311
男[覃]㉭ 307
諵[覃]㉭ 307
諵[咸]㉭ 324

납

內[合]㉧ 307
妠[黠]㉧ 168
妠[合]㉧ 312
擟[合]㉧ 307
納[合]㉧ 306
蒳[合]㉧ 311
衲[合]㉧ 307
軜[合]㉧ 307

낭

儾[漾]㉠ 228
囊[陽]㉭ 228
娘[魚]㉭ 76
娘[陽]㉭ 236
曩[養]㉦ 227
瀼[養]㉦ 228
灢[漾]㉠ 228
矃[江]㉭ 39

내

乃[賄]㉦ 108
內[隊]㉠ 117
內[合]㉧ 307
奈[泰]㉠ 103
奈[箇]㉠ 213
妳[蟹]㉦ 103
嬭[蟹]㉦ 103
廼[賄]㉦ 108
柰[泰]㉠ 103
柰[箇]㉠ 213
耐[隊]㉠ 116
能[灰]㉭ 108
能[隊]㉠ 116
褦[隊]㉠ 118
迺[賄]㉦ 108
鼐[賄]㉦ 108
鼐[隊]㉠ 116

냥

娘[陽]㉭ 236
孃[陽]㉭ 235

녀

女[語]㉦ 70
女[御]㉠ 70
帤[魚]㉬ 70
挐[魚]㉬ 70
袽[魚]㉬ 70

녁

惄[錫]㉧ 266
㥾[錫]㉧ 266

년

年[先]㉬ 170
年[庚]㉬ 265
撚[銑]㉦ 171
涊[銑]㉦ 171
睍[霰]㉠ 170
碾[霰]㉠ 170
秊[先]㉬ 170
輾[霰]㉠ 170

녈

捏[屑]㉧ 186
涅[屑]㉧ 173
[illegible][屑]㉧ 173
篞[屑]㉧ 173
苶[屑]㉧ 173
苶[葉]㉧ 316

념

姌[琰]㉦ 321
念[豔]㉠ 315
恬[鹽]㉬ 321
慹[緝]㉧ 303
拈[鹽]㉬ 316
捻[葉]㉧ 316
粘[鹽]㉬ 316
聶[葉]㉧ 321
鮎[鹽]㉬ 315
黏[鹽]㉬ 316

녑

敜[葉]㉧ 316
囁[葉]㉧ 316
捻[葉]㉧ 316
攝[葉]㉧ 317
攝[葉]㉧ 321
籋[葉]㉧ 316
苶[葉]㉧ 316
讘[葉]㉧ 316
踂[葉]㉧ 321
躡[葉]㉧ 316
銸[葉]㉧ 316
鑷[葉]㉧ 316
[illegible][葉]㉧ 316

녕

佞[徑]㉠ 267
儜[庚]㉬ 250
嚀[靑]㉬ 273
寧[靑]㉬ 266
寧[徑]㉠ 274
濘[迥]㉦ 267
濘[徑]㉠ 267
獰[庚]㉬ 250
甯[徑]㉠ 267
[illegible][庚]㉬ 262
[illegible][迥]㉦ 267
鬡[庚]㉬ 262

녜

尼[質]㉧ 131
濔[薺]㉦ 101
禰[薺]㉦ 95
苨[薺]㉦ 101

노

努[麌]㉦ 78
呶[肴]㉬ 200
奴[虞]㉬ 77
拏[虞]㉬ 77
帑[虞]㉬ 77
弩[麌]㉦ 78
怓[肴]㉬ 200
怒[麌]㉦ 78
怒[遇]㉠ 78
猫[豪]㉬ 205
猱[豪]㉬ 205
[illegible][豪]㉬ 206
獿[豪]㉬ 205
瑙[皓]㉦ 206
砮[虞]㉬ 77
砮[麌]㉦ 78

硇[肴]㉮ 200
碯[皓]㉦ 206
筊[遇]㉠ 78
筊[虞]㉮ 89
腦[皓]㉦ 206
臑[號]㉠ 210
駑[虞]㉮ 78

논

黁[元]㉮ 148

농

儂[冬]㉮ 28
濃[冬]㉮ 29
穠[冬]㉮ 29
膿[冬]㉮ 28
襛[冬]㉮ 29
農[冬]㉮ 28
農[陽]㉮ 247
農[尤]㉮ 297
醲[冬]㉮ 28
震[冬]㉮ 28
齈[送]㉠ 25

놜

吶[黠]㉧ 168
豽[黠]㉧ 166

뇌

嫐[皓]㉦ 206
惱[皓]㉦ 206
憹[皓]㉦ 206
捼[灰]㉮ 108
捼[灰]㉮ 114
捼[灰]㉮ 108
腇[賄]㉦ 109
腦[皓]㉦ 206
諉[寘]㉠ 54
餧[賄]㉦ 108
餒[賄]㉦ 109
鮾[賄]㉦ 109

뇨

嬝[篠]㉦ 190
嫋[篠]㉦ 190
嫋[藥]㉧ 240
嬈[篠]㉦ 190
嬲[篠]㉦ 190
尿[嘯]㉠ 189
呶[肴]㉮ 200
撓[巧]㉦ 202
撓[肴]㉮ 203
撓[效]㉠ 203
橈[效]㉠ 202
橈[巧]㉦ 204
淖[效]㉠ 201
溺[嘯]㉠ 189
溺[錫]㉧ 273
澆[嘯]㉠ 197
硇[肴]㉮ 200
裊[篠]㉦ 190
裹[篠]㉦ 189
譊[肴]㉮ 202
鐃[肴]㉮ 202
鬧[效]㉠ 201

누

穀[有]㉦ 284
獳[尤]㉮ 295
耨[宥]㉠ 284
譳[宥]㉠ 284
鎒[宥]㉠ 284
鷜[尤]㉮ 295

눈

嫩[願]㉠ 144
嫩[願]㉠ 144
腝[願]㉠ 144

눌

吶[月]㉧ 145
吶[屑]㉧ 179
肭[月]㉧ 150
朏[月]㉧ 150
訥[月]㉧ 145
貀[月]㉧ 150

뉴

忸[有]㉦ 291
扭[有]㉦ 297
杻[有]㉦ 291
狃[語]㉦ 76
狃[有]㉦ 291

狃[宥]㉠ 297
粈[宥]㉠ 297
紐[有]㉦ 291
鈕[有]㉦ 291

뉵

忸[屋]㉧ 22
恧[屋]㉧ 22
朒[屋]㉧ 22
衂[屋]㉧ 22
衄[屋]㉧ 22
䶊[屋]㉧ 22

능

能[蒸]㉬ 276
能[侵]㉬ 305

니

伱[紙]㉦ 42
呢[齊]㉬ 102
埿[霽]㉠ 94
埿[齊]㉬ 95
尼[支]㉬ 43
尼[質]㉧ 131
怩[支]㉬ 43
怩[質]㉧ 124
旎[紙]㉦ 42
旎[支]㉬ 59
柅[紙]㉦ 42
柅[質]㉧ 131
泥[霽]㉠ 94
泥[齊]㉬ 95
泥[薺]㉦ 95
濔[薺]㉦ 101
瀰[薺]㉦ 95
膩[寘]㉠ 43
臡[齊]㉬ 95
苨[薺]㉦ 101
蒞[薺]㉦ 95
迡[霽]㉠ 94

닉

匿[職]㉧ 279
㥾[質]㉧ 124
㥾[職]㉧ 279
慝[職]㉧ 279
搦[覺]㉧ 36
搦[陌]㉧ 256
溺[錫]㉧ 273

닌

紉[眞]㉬ 123

닐

尼[質]㉧ 131
怩[質]㉧ 124
㥾[質]㉧ 124
㥾[職]㉧ 279
昵[質]㉧ 124
暱[質]㉧ 124
柅[質]㉧ 131
痆[黠]㉧ 167

님

恁[沁]㉠ 304
賃[沁]㉠ 300

닙

[illegible][緝]㉧ 304

다

多[支]㉬ 63
多[歌]㉬ 212
爹[哿]㉦ 217
癉[箇]㉠ 213

단

丹[寒]㉬ 151
亶[旱]㉦ 152
但[翰]㉠ 152
但[旱]㉦ 153
剬[寒]㉬ 152
剸[寒]㉬ 161
匰[寒]㉬ 160
單[寒]㉬ 151
團[寒]㉬ 152
壇[寒]㉬ 152
壇[陽]㉬ 247
彖[翰]㉠ 152
[illegible][翰]㉠ 152
慱[寒]㉬ 152
摶[寒]㉬ 153
敦[寒]㉬ 152

斷[眞]㉬ 131
斷[旱]㉦ 152
斷[翰]㉠ 152
旦[翰]㉠ 152
椴[翰]㉠ 161
檀[寒]㉬ 152
段[翰]㉠ 152
毈[翰]㉠ 152
湍[寒]㉬ 152
漙[寒]㉬ 152
煅[翰]㉠ 152
煓[寒]㉬ 152
狚[曷]㉧ 160
狚[旱]㉦ 160
疸[翰]㉠ 161
癉[旱]㉦ 152
癉[翰]㉠ 161
癉[箇]㉠ 213
短[旱]㉦ 152
碫[翰]㉠ 152
端[寒]㉬ 152
笪[曷]㉧ 161
簞[寒]㉬ 152
緞[翰]㉠ 153
耑[寒]㉬ 152
聅[屑]㉧ 184
腶[翰]㉠ 152
䍛[旱]㉦ 156
袒[旱]㉦ 153
褖[翰]㉠ 153
褍[寒]㉬ 152
襌[寒]㉬ 160
襢[旱]㉦ 153
䚠[寒]㉬ 160
貒[寒]㉬ 152
鄲[寒]㉬ 152
鍛[翰]㉠ 152
驙[寒]㉬ 152
鴠[翰]㉠ 160
鷻[寒]㉬ 161

달

呾[曷]㉧ 160
妲[曷]㉧ 151
怛[曷]㉧ 151
剬[曷]㉧ 151
撻[曷]㉧ 152
澾[曷]㉧ 152
狚[曷]㉧ 160
㺚[曷]㉧ 152
獺[曷]㉧ 152
獺[黠]㉧ 165
疸[曷]㉧ 160
疸[翰]㉠ 161
笪[曷]㉧ 161
羍[曷]㉧ 151
薘[曷]㉧ 152
迭[屑]㉧ 174
達[曷]㉧ 152
闥[曷]㉧ 152

담

倓[感]㉦ 307
儋[覃]㉬ 307
啗[勘]㉠ 309
啖[感]㉦ 308
啗[感]㉦ 308
啿[感]㉦ 312
嘾[感]㉦ 307
噉[感]㉦ 308
墰[覃]㉬ 312
壜[覃]㉬ 312
妉[覃]㉬ 307
惔[覃]㉬ 308
惔[感]㉦ 308
惔[勘]㉠ 308
憛[勘]㉠ 313
憺[勘]㉠ 307
憺[感]㉦ 308
担[勘]㉠ 307
擔[覃]㉬ 307
擔[勘]㉠ 307
曇[覃]㉬ 309
毯[感]㉦ 307
淡[勘]㉠ 307
淡[覃]㉬ 308
淡[感]㉦ 308
湛[沁]㉠ 302
湛[覃]㉬ 307
湛[陷]㉠ 327
潭[覃]㉬ 308
澹[覃]㉬ 308

澹[感]㉦ 308
澹[勘]㉠ 308
燂[覃]㉬ 308
緂[感]㉦ 307
琰[寑]㉦ 305
甔[勘]㉠ 307
甔[覃]㉬ 312
痰[覃]㉬ 308
盬[感]㉦ 307
眈[覃]㉬ 307
礑[感]㉦ 306
禫[感]㉦ 307
窞[感]㉦ 308
窽[勘]㉠ 308
簽[勘]㉠ 308
紞[感]㉦ 307
緂[感]㉦ 307
緂[感]㉦ 307
聃[覃]㉬ 308
耽[覃]㉬ 307
聃[覃]㉬ 308
聸[覃]㉬ 307
膽[感]㉦ 306
菼[感]㉦ 307
萏[感]㉦ 307
薝[感]㉦ 311
蕁[覃]㉬ 312
蟫[覃]㉬ 312
覃[侵]㉬ 305
覃[覃]㉬ 308
覃[鹽]㉬ 323
覃[咸]㉬ 328
談[陽]㉬ 247
談[覃]㉬ 308
譚[覃]㉬ 308
郯[覃]㉬ 308
郯[勘]㉠ 308
酖[覃]㉬ 307
醓[感]㉦ 307
醰[感]㉦ 307
錟[覃]㉬ 312
霮[勘]㉠ 309
餤[覃]㉬ 308
驔[覃]㉬ 312
髧[感]㉦ 308
鹸[勘]㉠ 307
黕[感]㉦ 307
黮[感]㉦ 308
黮[勘]㉠ 313

답

嗒[合]㉧ 307
搭[合]㉧ 310
沓[合]㉧ 307
涾[合]㉧ 307
畣[合]㉧ 307
答[屋]㉧ 27
答[合]㉧ 307
篛[合]㉧ 308
荅[陌]㉧ 265
荅[合]㉧ 307
褡[合]㉧ 307
譗[合]㉧ 307
譅[合]㉧ 307
踏[合]㉧ 307
蹋[合]㉧ 307
蹹[合]㉧ 307
遝[合]㉧ 307
闒[合]㉧ 312
騒[合]㉧ 308
鷚[合]㉧ 308
黭[合]㉧ 313

당

倘[漾]㉠ 229
傏[陽]㉬ 244
儻[養]㉦ 229
儻[漾]㉠ 229
党[養]㉦ 228
唐[陽]㉬ 228
堂[東]㉬ 27
堂[陽]㉬ 229
塘[陽]㉬ 229
幢[江]㉬ 37
惷[絳]㉠ 38
戇[絳]㉠ 38
搪[陽]㉬ 244
撞[江]㉬ 38
撞[絳]㉠ 38
擋[漾]㉠ 228
攩[漾]㉠ 229
曭[養]㉦ 229

棠[陽]㉬ 229
榶[陽]㉬ 229
溏[陽]㉬ 229
煻[陽]㉬ 229
瑭[陽]㉬ 229
璫[陽]㉬ 228
党[漾]㉠ 228
當[陽]㉬ 228
當[漾]㉠ 228
瞠[庚]㉬ 261
簹[陽]㉬ 228
糖[陽]㉬ 229
曭[養]㉦ 244
艡[陽]㉬ 244
螗[陽]㉬ 229
螳[陽]㉬ 229
襠[陽]㉬ 228
讜[養]㉦ 228
讜[漾]㉠ 229
鏜[陽]㉬ 235
鐺[陽]㉬ 228
餳[陽]㉬ 229
餹[陽]㉬ 229
黨[養]㉦ 228

대

代[隊]㉠ 117
代[陌]㉧ 265
儓[灰]㉬ 111
大[泰]㉠ 103
大[箇]㉠ 213
對[隊]㉠ 117
對[緝]㉧ 305
岱[隊]㉠ 117
帒[隊]㉠ 117
帶[泰]㉠ 106
待[賄]㉦ 111
憝[隊]㉠ 117
懟[隊]㉠ 117
戴[隊]㉠ 117
擡[灰]㉬ 111
敦[隊]㉠ 118
汏[泰]㉠ 103
玳[隊]㉠ 117
瑇[隊]㉠ 117
㿃[泰]㉠ 106
碓[隊]㉠ 117
碡[沃]㉧ 34
祋[泰]㉠ 106
祋[曷]㉧ 162
籉[灰]㉬ 111
臺[灰]㉬ 111
薱[隊]㉠ 117
薹[灰]㉬ 111
袋[隊]㉠ 117
襶[隊]㉠ 117
貸[隊]㉠ 117
貸[職]㉧ 279
蹛[泰]㉠ 107
鈦[霽]㉠ 102
鈦[泰]㉠ 103
錞[隊]㉠ 117
鐓[隊]㉠ 117
隊[寘]㉠ 63
隊[未]㉠ 68
隊[霽]㉠ 102
隊[泰]㉠ 107
隊[卦]㉠ 115
隊[隊]㉠ 117
隶[寘]㉠ 47
䨴[隊]㉠ 117
駾[隊]㉠ 118
黛[隊]㉠ 117
黱[隊]㉠ 117

덕

德[支]㉬ 63
德[職]㉧ 276
德[尤]㉬ 298
悳[職]㉧ 276
玓[錫]㉧ 274

뎌

泜[霽]㉠ 101

뎔

凸[屑]㉧ 186
摕[屑]㉧ 186
軼[屑]㉧ 186

뎜

坫[豔]㉠ 316

墊[豔]㉠ 316
店[豔]㉠ 315
玷[豔]㉠ 316
趈[豔]㉠ 316
阽[豔]㉠ 316
驔[琰]㉦ 322

뎨

珶[霽]㉠ 101

도

倒[嘯]㉠ 199
倒[號]㉠ 205
倒[晧]㉦ 206
兜[尤]㉬ 284
刀[豪]㉬ 206
到[號]㉠ 205
匋[豪]㉬ 206
叨[豪]㉬ 206
咷[豪]㉬ 207
啕[豪]㉬ 207
圖[語]㉦ 75
圖[虞]㉬ 78
堵[麌]㉦ 79
塗[語]㉦ 75
塗[虞]㉬ 78
嬥[篠]㉦ 191
宅[陌]㉧ 261
導[號]㉠ 205
屠[虞]㉬ 78
峹[虞]㉬ 78
島[晧]㉦ 206
幍[豪]㉬ 211
幬[號]㉠ 206
度[遇]㉠ 78
度[藥]㉧ 235
廜[虞]㉬ 90
弢[豪]㉬ 206
徒[虞]㉬ 78
忉[豪]㉬ 206
悼[號]㉠ 206
慆[豪]㉬ 206
挑[豪]㉬ 206
掉[嘯]㉠ 190
掉[篠]㉦ 191
掏[豪]㉬ 207
搗[晧]㉦ 206
擣[晧]㉦ 206
桃[豪]㉬ 207
棹[效]㉠ 200
櫜[晧]㉦ 206
檮[豪]㉬ 207
櫂[效]㉠ 200
洮[豪]㉬ 206
涂[虞]㉬ 89
淘[豪]㉬ 207
渡[遇]㉠ 78
滔[豪]㉬ 206
滔[尤]㉬ 297
濤[豪]㉬ 207
燾[號]㉠ 206
瘏[虞]㉬ 78
盜[號]㉠ 206
睹[麌]㉦ 79
禱[號]㉠ 205
禱[晧]㉦ 206
稌[麌]㉦ 79
稌[虞]㉬ 89
稻[御]㉠ 75
稻[晧]㉦ 207
櫜[號]㉠ 205
絛[豪]㉬ 206
綢[豪]㉬ 206
綯[豪]㉬ 207
縚[豪]㉬ 206
纛[號]㉠ 206
翿[號]㉠ 206
翿[豪]㉬ 207
舠[豪]㉬ 206
艞[豪]㉬ 211
荼[虞]㉬ 78
莜[嘯]㉠ 190
菟[虞]㉬ 78
萄[豪]㉬ 207
藋[嘯]㉠ 191
裯[豪]㉬ 210
覩[麌]㉦ 78
謟[豪]㉬ 206
賭[麌]㉦ 79
跿[虞]㉬ 90
蹈[號]㉠ 206
逃[豪]㉬ 207

途[虞]㉬ 78
道[號]㉠ 205
道[皓]㉦ 206
道[有]㉦ 297
道[宥]㉠ 298
都[虞]㉬ 78
酴[虞]㉬ 78
醄[豪]㉬ 207
鍍[遇]㉠ 78
闍[虞]㉬ 78
闍[麻]㉬ 223
陶[豪]㉬ 206
陶[號]㉠ 206
隝[皓]㉦ 206
鞀[豪]㉬ 207
鞉[豪]㉬ 207
鞠[豪]㉬ 211
鞱[豪]㉬ 206
䬞[豪]㉬ 207
飸[豪]㉬ 211
饕[豪]㉬ 206
駼[虞]㉬ 78
騊[豪]㉬ 207
䰫[馬]㉦ 224
魛[豪]㉬ 206
貂[皓]㉦ 210
甋[豪]㉬ 207

독

儥[屋]㉧ 24
匵[屋]㉧ 16
噣[宥]㉠ 294
嬻[屋]㉧ 25
櫝[屋]㉧ 16
殰[屋]㉧ 16
毒[沃]㉧ 29
瀆[屋]㉧ 16
牘[屋]㉧ 16
犢[屋]㉧ 16
獨[屋]㉧ 16
瓄[屋]㉧ 16
督[沃]㉧ 28
碡[沃]㉧ 34
秃[屋]㉧ 15
竺[沃]㉧ 28
篤[沃]㉧ 28
纛[沃]㉧ 29
蝳[沃]㉧ 29
裻[沃]㉧ 29
読[屋]㉧ 25
讀[屋]㉧ 16
讀[宥]㉠ 285
讟[屋]㉧ 16
韇[屋]㉧ 25
鵚[屋]㉧ 15
黷[屋]㉧ 16

돈

囤[阮]㉦ 144
墩[元]㉬ 142
庉[元]㉬ 149
弴[元]㉬ 142
忳[元]㉬ 149
惇[元]㉬ 142
憝[隊]㉠ 117
敦[隊]㉠ 118
敦[元]㉬ 142
敦[阮]㉦ 144
敦[願]㉠ 148
暾[元]㉬ 143
沌[阮]㉦ 144
焞[元]㉬ 142
燉[元]㉬ 143
狆[元]㉬ 143
盾[阮]㉦ 146
純[元]㉬ 149
豚[元]㉬ 143
豚[阮]㉦ 149
蜳[元]㉬ 148
軘[元]㉬ 149
遁[阮]㉦ 146
遂[阮]㉦ 146
遯[阮]㉦ 146
鐓[隊]㉠ 117
頓[願]㉠ 142
頓[願]㉠ 144
頓[月]㉧ 149
飩[元]㉬ 149
魨[元]㉬ 149
蓴[元]㉬ 143

돌

咄[月]㉧ 142
咄[曷]㉧ 161
堗[月]㉧ 143
揬[月]㉧ 143
柮[月]㉧ 143
棁[屑]㉧ 182
突[月]㉧ 143
腯[月]㉧ 143
腯[願]㉠ 145
鈯[月]㉧ 143
頓[月]㉧ 149

동

仝[東]㉬ 15
佟[冬]㉬ 29
侗[東]㉬ 15
僮[東]㉬ 16
冬[東]㉬ 27
冬[冬]㉬ 29
冬[江]㉬ 39
凍[送]㉠ 17
動[董]㉦ 16
動[送]㉠ 26
同[東]㉬ 15
峒[東]㉬ 15
峒[送]㉠ 26
彤[冬]㉬ 29
恫[送]㉠ 18
懂[董]㉦ 16
戙[東]㉬ 24
挏[董]㉦ 17
曈[東]㉬ 16
曈[董]㉦ 22
朣[東]㉬ 24
東[東]㉬ 15
東[冬]㉬ 35
東[江]㉬ 39
東[陽]㉬ 247
桐[東]㉬ 15
棟[送]㉠ 17
橦[東]㉬ 24
毭[東]㉬ 24
洞[送]㉠ 18
洞[董]㉦ 22
浵[冬]㉬ 29
涷[東]㉬ 15
涷[送]㉠ 25
湩[送]㉠ 26
湩[腫]㉦ 29
潼[東]㉬ 16
犝[東]㉬ 16
疼[蒸]㉬ 277
⿸疒滕[蒸]㉬ 277
瞳[東]㉬ 16
穜[東]㉬ 16
童[東]㉬ 16
絧[東]㉬ 24
罿[東]㉬ 16
⿰羊童[東]㉬ 16
⿰舟同[東]㉬ 24
艟[東]㉬ 24
董[董]㉦ 16
董[腫]㉦ 35
董[講]㉦ 39
蕫[董]㉦ 16
蝀[東]㉬ 15
蝀[董]㉦ 16
蝀[送]㉠ 25
衕[送]㉠ 26
詷[送]㉠ 26
酮[東]㉬ 16
銅[東]㉬ 15
⿱雨冬[冬]㉬ 34
鮦[東]㉬ 16
鼕[冬]㉬ 29

됴

庣[蕭]㉬ 197
斛[蕭]㉬ 197
朓[蕭]㉬ 197
芀[蕭]㉬ 197
銚[蕭]㉬ 197

두

兜[尤]㉬ 284
劅[藥]㉧ 246
土[麌]㉦ 84
抖[有]㉦ 296
敨[麌]㉦ 84
斁[遇]㉠ 85
斗[語]㉦ 76

斗[有]㉦ 284
㪷[有]㉦ 285
杜[麌]㉦ 84
枓[有]㉦ 285
梪[宥]㉠ 284
痘[宥]㉠ 296
罜[陌]㉧ 263
竇[宥]㉠ 285
竇[宥]㉠ 285
笠[宥]㉠ 284
肚[麌]㉦ 84
脰[宥]㉠ 284
荰[麌]㉦ 90
荳[宥]㉠ 284
蚪[有]㉦ 285
蠹[遇]㉠ 84
蠹[陌]㉧ 265
誈[宥]㉠ 296
讀[宥]㉠ 285
豆[宥]㉠ 284
逗[宥]㉠ 284
酘[宥]㉠ 284
阧[有]㉦ 285
陡[有]㉦ 285
頭[尤]㉬ 284
餖[宥]㉠ 295
餖[宥]㉠ 295

둔

屯[元]㉬ 145
窀[眞]㉬ 122
腯[月]㉧ 143
腯[願]㉠ 145
臀[元]㉬ 145
芚[元]㉬ 145
迍[眞]㉬ 122
遁[願]㉠ 144
遯[眞]㉬ 132
遯[願]㉠ 144
鈍[願]㉠ 144
頓[願]㉠ 142
頓[願]㉠ 144
頓[月]㉧ 149

득

得[職]㉧ 278

등

僜[蒸]㉬ 281
凳[徑]㉠ 274
墱[徑]㉠ 270
嶝[徑]㉠ 270
幐[徑]㉠ 274
幐[蒸]㉬ 277
登[陽]㉬ 247
登[蒸]㉬ 276
橙[庚]㉬ 261
橙[徑]㉠ 274
㲪[蒸]㉬ 276
滕[蒸]㉬ 276
灯[蒸]㉬ 276
燈[蒸]㉬ 276
㽅[蒸]㉬ 276
磴[徑]㉠ 270
等[迥]㉦ 272
簦[蒸]㉬ 276
縢[蒸]㉬ 277
藤[蒸]㉬ 277
謄[蒸]㉬ 277
謄[職]㉧ 279
䲢[蒸]㉬ 277
豋[蒸]㉬ 276
蹬[徑]㉠ 270
鄧[徑]㉠ 270
鐙[徑]㉠ 270
鐙[蒸]㉬ 276
隥[徑]㉠ 270
騰[蒸]㉬ 276
鼟[蒸]㉬ 281

라

儸[歌]㉬ 213
喇[曷]㉧ 161
囉[歌]㉬ 213
懶[旱]㉦ 153
㦬[哿]㉦ 213
摞[箇]㉠ 213
攞[哿]㉦ 213
欏[歌]㉬ 213
灑[歌]㉬ 213
瘰[哿]㉦ 213
癩[泰]㉠ 105
蠡[哿]㉦ 213

砢[哿]㉦ 213
䅥[歌]㉬ 213
籬[歌]㉬ 213
纚[歌]㉬ 218
羅[歌]㉬ 212
蠃[哿]㉦ 213
蓏[哿]㉦ 213
蔂[支]㉬ 58
蘿[歌]㉬ 213
螺[歌]㉬ 213
蠃[歌]㉬ 213
蠃[哿]㉦ 213
蠡[歌]㉬ 213
蠡[哿]㉦ 213
裸[哿]㉦ 213
臝[哿]㉦ 213
覶[歌]㉬ 213
躶[哿]㉦ 213
邏[哿]㉦ 218
邏[箇]㉠ 213
鑼[歌]㉬ 213
𨣚[哿]㉦ 213
饠[歌]㉬ 213
騾[歌]㉬ 213
蠃[歌]㉬ 213
鏍[歌]㉬ 213

락

洛[藥]㉧ 236
㓢[藥]㉧ 245
挌[陌]㉧ 262
橐[藥]㉧ 234
樂[藥]㉧ 228
洛[藥]㉧ 227
濼[沃]㉧ 30
濼[藥]㉧ 228
濼[藥]㉧ 245
烙[藥]㉧ 228
犖[覺]㉧ 36
珞[藥]㉧ 228
硌[藥]㉧ 228
絡[御]㉠ 76
絡[藥]㉧ 228
茖[陌]㉧ 249
落[藥]㉧ 228
袼[藥]㉧ 245
詻[陌]㉧ 260
躒[錫]㉧ 269
酪[藥]㉧ 228
雒[藥]㉧ 227
駱[藥]㉧ 228

란

亂[翰]㉠ 153
卵[旱]㉦ 153
圞[寒]㉬ 154
嬾[旱]㉦ 153
巒[寒]㉬ 153
幱[寒]㉬ 153
懶[旱]㉦ 153
攔[寒]㉬ 161
斕[刪]㉬ 163
欄[寒]㉬ 153
欄[寒]㉬ 161
欒[寒]㉬ 153
𣩰[翰]㉠ 161
瀾[寒]㉬ 153
瀾[翰]㉠ 161
灡[翰]㉠ 161
灤[寒]㉬ 153
爛[翰]㉠ 153
爛[寒]㉬ 161
瓓[翰]㉠ 153
䜌[濟]㉦ 163
籣[寒]㉬ 153
亂[諫]㉠ 167
蘭[寒]㉬ 153
讕[翰]㉠ 153
躝[寒]㉬ 153
鑾[寒]㉬ 153
闌[寒]㉬ 153
鸞[寒]㉬ 154

랄

剌[曷]㉧ 152
喇[曷]㉧ 161
捋[曷]㉧ 152
糲[曷]㉧ 152
辣[曷]㉧ 152
辢[曷]㉧ 152

람

嚂[勘]㉠ 310
壈[感]㉦ 309
婪[覃]㉬ 309
嵐[覃]㉬ 309
惏[覃]㉬ 309
憠[勘]㉠ 310
擥[感]㉦ 308
擥[感]㉦ 308
攬[感]㉦ 308
欖[感]㉦ 308
毿[覃]㉬ 312
濫[勘]㉠ 309
濫[陷]㉠ 328
灠[感]㉦ 312
燣[覃]㉬ 309
爁[覃]㉬ 312
籃[覃]㉬ 312
艦[覃]㉬ 309
繿[覃]㉬ 309
纜[勘]㉠ 309
藍[覃]㉬ 309
襤[覃]㉬ 309
覽[感]㉦ 308
醂[勘]㉠ 310
鬛[覃]㉬ 312

랍

協[合]㉧ 308
拉[合]㉧ 308
搚[葉]㉧ 321
擠[合]㉧ 308
摺[合]㉧ 308
摺[葉]㉧ 319
攋[合]㉧ 308
攋[葉]㉧ 322
棱[葉]㉧ 319
臈[合]㉧ 308
臘[合]㉧ 308
蠟[合]㉧ 308
邋[合]㉧ 312
鑞[合]㉧ 308
鬣[合]㉧ 312

랑

埌[漾]㉠ 229
廊[陽]㉬ 229
朗[養]㉦ 229
桹[陽]㉬ 230
榔[陽]㉬ 230
浪[陽]㉬ 229
浪[漾]㉠ 229
浪[養]㉦ 245
瀧[江]㉬ 36
瀧[江]㉬ 39
烺[養]㉦ 244
狼[陽]㉬ 230
狼[漾]㉠ 245
琅[陽]㉬ 230
瑯[陽]㉬ 229
硠[陽]㉬ 230
稂[陽]㉬ 229
筤[陽]㉬ 244
莨[漾]㉠ 245
蒗[漾]㉠ 229
蓈[陽]㉬ 229
蜋[陽]㉬ 230
蜋[陽]㉬ 236
踉[陽]㉬ 244
踉[陽]㉬ 245
郞[陽]㉬ 229
鋃[陽]㉬ 230
閬[漾]㉠ 229

래

來[灰]㉬111
來[隊]㉠117
來[陌]㉧265
倈[灰]㉬111
崍[灰]㉬114
徠[灰]㉬111
徠[隊]㉠117
睞[隊]㉠118
棶[灰]㉬111
萊[灰]㉬111
頪[隊]㉠116
騋[灰]㉬111

랭

冷[梗]㉦ 261
冷[迥]㉦ 273

략

剠[藥]㉧ 237
畧[藥]㉧ 237
掠[藥]㉧ 237
略[藥]㉧ 237
砉[藥]㉧ 237
蝉[藥]㉧ 246

량

亮[漾]㉠ 236
倞[漾]㉠ 236
倆[養]㉦ 246
兩[漾]㉠ 236
兩[養]㉦ 237
凉[陽]㉬ 236
悢[漾]㉠ 236
掠[漾]㉠ 236
梁[陽]㉬ 236
樑[陽]㉬ 236
涼[漾]㉠ 235
涼[陽]㉬ 236
粮[陽]㉬ 236
粱[陽]㉬ 236
糧[陽]㉬ 236
緉[漾]㉠ 236
良[陽]㉬ 236
蜋[陽]㉬ 236
蜽[養]㉦ 237
裲[養]㉦ 246
諒[漾]㉠ 235
輬[陽]㉬ 236
量[陽]㉬ 236
量[漾]㉠ 236
飅[陽]㉬ 236
魎[養]㉦ 237

려

侶[語]㉦ 71
儷[霽]㉠ 93
勵[霽]㉠ 93
厲[霽]㉠ 93
厲[緝]㉧ 305
呂[語]㉦ 70
唳[霽]㉠ 93
廬[魚]㉬ 71
悷[霽]㉠ 93
慮[御]㉠ 70
慮[魚]㉬ 75
戾[霽]㉠ 93
戾[屑]㉧ 186
捩[屑]㉧ 186
攦[霽]㉠ 101
攦[屑]㉧ 186
旅[語]㉦ 71
梠[語]㉦ 74
棙[霽]㉠ 101
櫚[魚]㉬ 70
欐[薺]㉦ 101
欐[霽]㉠ 101
沴[霽]㉠ 93
濾[御]㉠ 74
濶[魚]㉬ 74
爈[御]㉠ 74
犂[齊]㉬ 93
瓈[齊]㉬ 93
痢[霽]㉠ 93
癘[霽]㉠ 93
盠[支]㉬ 44
盠[齊]㉬ 93
盭[霽]㉠ 93
礪[霽]㉠ 93
祣[語]㉦ 71
禲[霽]㉠ 101
秙[語]㉦ 71
穭[語]㉦ 71
篖[語]㉦ 71
糲[霽]㉠ 101
綟[霽]㉠ 93
膂[語]㉦ 71
臚[魚]㉬ 70
荔[眞]㉠ 43
荔[霽]㉠ 93
棃[齊]㉬ 93
藘[魚]㉬ 71
藺[魚]㉬ 75
藜[齊]㉬ 93
蘆[魚]㉬ 70
蠣[霽]㉠ 101
蠡[支]㉬ 44
蠡[齊]㉬ 93
蠡[薺]㉦ 94
邌[齊]㉬ 93

鋁[御]㉠ 74
鑢[御]㉠ 74
鐧[御]㉠ 74
閭[魚]㉣ 70
颰[霽]㉠ 101
颴[霽]㉠ 101
驢[魚]㉣ 70
驪[齊]㉣ 93
鴑[齊]㉣ 93
鸝[齊]㉣ 93
麗[霽]㉠ 93
黎[齊]㉣ 93
黧[支]㉣ 44
黧[齊]㉣ 93

력

力[職]㉧ 276
屴[職]㉧ 276
曆[錫]㉧ 268
櫟[藥]㉧ 248
櫟[錫]㉧ 268
櫪[錫]㉧ 268
歷[錫]㉧ 268
濼[沃]㉧ 30
瀝[錫]㉧ 268
瓅[錫]㉧ 269
癧[錫]㉧ 268
皪[錫]㉧ 269
皪[錫]㉧ 269
砳[錫]㉧ 275
礫[錫]㉧ 269
歷[錫]㉧ 268
靂[錫]㉧ 274
藶[錫]㉧ 274
蜴[陌]㉧ 253
躒[錫]㉧ 269
轢[錫]㉧ 269
酈[錫]㉧ 269
轣[錫]㉧ 269
靂[錫]㉧ 268
鬲[錫]㉧ 269
鬁[錫]㉧ 274

련

健[霰]㉠ 186
孌[銑]㉦ 173
孌[霰]㉠ 186
怜[先]㉣ 172
憐[先]㉣ 172
戀[霰]㉠ 173
揀[霰]㉠ 173
摙[銑]㉦ 186
攣[先]㉣ 172
攣[霰]㉠ 186
楝[霰]㉠ 173
湅[霰]㉠ 173
漣[先]㉣ 171
煉[霰]㉠ 172
璉[銑]㉦ 172
練[霰]㉠ 173
聯[先]㉣ 171
臠[銑]㉦ 173
蓮[先]㉣ 171
輦[銑]㉦ 172
連[先]㉣ 171
連[銑]㉦ 186
鍊[霰]㉠ 172
零[先]㉣ 172
鰱[先]㉣ 186

렬

冽[屑]㉧ 175
列[屑]㉧ 174
劣[屑]㉧ 175
埒[屑]㉧ 175
姴[屑]㉧ 185
戾[屑]㉧ 186
挒[屑]㉧ 186
捩[屑]㉧ 186
擺[屑]㉧ 186
栵[屑]㉧ 175
洌[屑]㉧ 175
烈[屑]㉧ 175
茢[屑]㉧ 186
蛚[屑]㉧ 186
裂[屑]㉧ 175
迣[屑]㉧ 175
迾[屑]㉧ 175
鋝[屑]㉧ 175
颲[屑]㉧ 175

렴

匳[鹽]㉣ 316

奩[鹽]㉬ 316
帘[鹽]㉬ 316
廉[鹽]㉬ 316
斂[豔]㉠ 316
斂[琰]㉦ 318
殮[豔]㉠ 316
溓[琰]㉦ 322
濂[鹽]㉬ 322
瀲[豔]㉠ 317
瀲[琰]㉦ 322
燫[鹽]㉬ 316
獫[豔]㉠ 317
玁[豔]㉠ 317
磏[鹽]㉬ 316
礛[鹽]㉬ 316
簾[鹽]㉬ 316
薟[琰]㉦ 322
蘞[琰]㉦ 322
譧[陷]㉠ 327
鎌[鹽]㉬ 316
鐮[鹽]㉬ 316
䨬[鹽]㉬ 322

렵

儠[葉]㉧ 322
擸[合]㉧ 308
擸[葉]㉧ 322
猎[藥]㉧ 240
獵[葉]㉧ 317
躐[葉]㉧ 317
邋[合]㉧ 312
鬣[葉]㉧ 317

령

令[庚]㉬ 251
令[敬]㉠ 251
令[靑]㉬ 269
伶[靑]㉬ 274
另[徑]㉠ 274
囹[靑]㉬ 269
嶺[梗]㉦ 253
彾[靑]㉬ 274
怜[靑]㉬ 274
昤[靑]㉬ 274
櫺[靑]㉬ 268
㲒[靑]㉬ 274
泠[靑]㉬ 269
澪[靑]㉬ 270
玲[靑]㉬ 269
瓴[靑]㉬ 269
竛[靑]㉬ 274
笭[靑]㉬ 269
羚[靑]㉬ 273
䍅[靑]㉬ 273
翎[靑]㉬ 269
聆[靑]㉬ 269
朎[靑]㉬ 274
舲[靑]㉬ 268
䑫[靑]㉬ 268
苓[靑]㉬ 268
蕶[靑]㉬ 269
蘦[靑]㉬ 268
蛉[靑]㉬ 268
䗵[靑]㉬ 268
袊[梗]㉦ 253
軨[靑]㉬ 269
逞[梗]㉦ 260
酃[靑]㉬ 273
醽[靑]㉬ 268
鈴[靑]㉬ 269
零[靑]㉬ 269
零[徑]㉠ 274
霛[靑]㉬ 268
靈[靑]㉬ 268
領[梗]㉦ 253
鴒[靑]㉬ 269
麢[靑]㉬ 273
齡[靑]㉬ 269

례

例[霽]㉠ 95
列[屑]㉧ 174
栵[霽]㉠ 95
澧[薺]㉦ 98
禮[薺]㉦ 98
禓[霽]㉠ 102
醴[薺]㉦ 98
隷[霽]㉠ 95
隸[霽]㉠ 95
鱧[薺]㉦ 98

로

僗[號]㉠ 206
勞[號]㉠ 206
勞[豪]㉬ 207
壚[虞]㉬ 78
姥[麌]㉦ 79
嫪[號]㉠ 206
恅[晧]㉦ 207
擄[麌]㉦ 79
撈[豪]㉬ 207
栳[晧]㉦ 207
樐[麌]㉦ 79
橑[晧]㉦ 207
櫓[麌]㉦ 79
櫨[虞]㉬ 79
滷[麌]㉦ 79
澇[號]㉠ 206
澇[豪]㉬ 211
潦[號]㉠ 206
潦[晧]㉦ 207
潞[遇]㉠ 78
瀘[虞]㉬ 79
爐[虞]㉬ 78
牢[豪]㉬ 208
獹[虞]㉬ 78
旅[虞]㉬ 79
璐[遇]㉠ 78
瓐[虞]㉬ 90
盧[虞]㉬ 78
矑[虞]㉬ 90
窂[豪]㉬ 208
簩[豪]㉬ 211
簝[豪]㉬ 208
簬[遇]㉠ 78
簵[遇]㉠ 78
籚[虞]㉬ 90
纑[虞]㉬ 79
老[語]㉦ 75
老[晧]㉦ 207
艣[麌]㉦ 79
艫[虞]㉬ 90
蘆[虞]㉬ 78
虜[麌]㉦ 79
蹽[豪]㉬ 208
賂[遇]㉠ 79
路[遇]㉠ 78
輅[遇]㉠ 79
輅[陌]㉧ 262
轑[豪]㉬ 208
轤[虞]㉬ 79
醪[豪]㉬ 208
鑪[虞]㉬ 78
露[遇]㉠ 79
顱[虞]㉬ 79
魯[麌]㉦ 79
艪[麌]㉦ 79
鱸[虞]㉬ 78
鷺[遇]㉠ 78
鸕[虞]㉬ 90
鹵[麌]㉦ 79
黸[虞]㉬ 90

록

摝[屋]㉧ 26
樚[屋]㉧ 17
淥[屋]㉧ 17
淥[沃]㉧ 29
漉[屋]㉧ 16
濼[沃]㉧ 30
濼[藥]㉧ 245
琭[屋]㉧ 16
甪[屋]㉧ 17
盝[屋]㉧ 25
[illegible][屋]㉧ 16
睩[屋]㉧ 16
碌[屋]㉧ 16
碌[沃]㉧ 29
祿[屋]㉧ 16
簏[屋]㉧ 17
簶[屋]㉧ 16
籙[沃]㉧ 29
綠[沃]㉧ 29
䍡[屋]㉧ 17
菉[沃]㉧ 35
角[屋]㉧ 17
谷[屋]㉧ 26
轆[屋]㉧ 17
醁[沃]㉧ 29
錄[屋]㉧ 16
錄[沃]㉧ 29
錄[御]㉠ 74
騄[沃]㉧ 29

騼[屋]㉧ 17
鹿[屋]㉧ 17
麓[屋]㉧ 17

론

圇[元]㉬ 149
淪[元]㉬ 149
論[願]㉠ 142
論[元]㉬ 143

롱

哢[送]㉠ 19
嚨[東]㉬ 16
壟[腫]㉦ 33
巃[東]㉬ 24
龐[東]㉬ 24
弄[送]㉠ 18
攏[董]㉦ 17
曨[東]㉬ 16
曨[董]㉦ 23
朧[東]㉬ 16
[illegible][東]㉬ 16
櫳[東]㉬ 16
瓏[東]㉬ 16
礱[東]㉬ 16
礱[送]㉠ 26
竉[董]㉦ 23
籠[東]㉬ 16
籠[董]㉦ 17
聾[東]㉬ 16
蘢[東]㉬ 24
蘢[冬]㉬ 34
隴[腫]㉦ 29
鸗[董]㉦ 23
龍[腫]㉦ 33
攏[冬]㉬ 34

뢰

儡[賄]㉦ 109
壘[賄]㉦ 114
嵓[賄]㉦ 114
擂[灰]㉬ 114
擂[隊]㉠ 118
攂[隊]㉠ 116
櫑[賄]㉦ 109
瀨[泰]㉠ 105
牢[支]㉬ 63
牢[豪]㉬ 208
㹎[紙]㉦ 62
瓃[灰]㉬ 108
癩[泰]㉠ 105
磊[賄]㉦ 109
礌[隊]㉠ 118
礧[紙]㉦ 61
礧[隊]㉠ 118
礨[賄]㉦ 109
籟[泰]㉠ 105
罍[灰]㉬ 108
耒[隊]㉠ 116
蕾[賄]㉦ 109
藾[泰]㉠ 107
誄[紙]㉦ 54
讄[紙]㉦ 54
賂[遇]㉠ 79
賄[紙]㉦ 63
賄[尾]㉦ 68
賚[隊]㉠ 116
賴[泰]㉠ 105
轠[灰]㉬ 114
酹[泰]㉠ 105
酹[隊]㉠ 116
雷[灰]㉬ 108
靁[灰]㉬ 108
類[隊]㉠ 116

료

了[篠]㉦ 191
僚[蕭]㉬ 191
僚[篠]㉦ 191
嘹[蕭]㉬ 191
嘹[嘯]㉠ 196
撩[蕭]㉬ 191
撩[嘯]㉠ 191
嫽[篠]㉦ 191
嫽[嘯]㉠ 197
寥[蕭]㉬ 191
寮[蕭]㉬ 191
嵺[蕭]㉬ 198
嶚[蕭]㉬ 191
廖[蕭]㉬ 191
廖[嘯]㉠ 197
憀[蕭]㉬ 191

撩[蕭]㉬ 191
撩[篠]㉦ 197
敹[蕭]㉬ 192
料[嘯]㉠ 192
橑[蕭]㉬ 198
漻[蕭]㉬ 198
潦[號]㉠ 206
㵳[蕭]㉬ 198
𧢃[嘯]㉠ 191
熮[蕭]㉬ 198
燎[篠]㉦ 191
燎[嘯]㉠ 191
𤡒[篠]㉦ 191
獠[嘯]㉠ 191
獠[蕭]㉬ 198
獠[巧]㉦ 200
璙[蕭]㉬ 191
療[嘯]㉠ 191
擽[嘯]㉠ 191
瞭[篠]㉦ 191
瞭[蕭]㉬ 198
𧝎[嘯]㉠ 191
竂[蕭]㉬ 198
料[蕭]㉬ 191
繚[篠]㉦ 191
繚[嘯]㉠ 197
繚[蕭]㉬ 198
䍡[嘯]㉠ 191
翏[蕭]㉬ 198
聊[蕭]㉬ 191
膋[蕭]㉬ 191
膫[蕭]㉬ 191
膫[嘯]㉠ 197
蓼[篠]㉦ 192
蟉[嘯]㉠ 197
䝤[巧]㉦ 200
轑[蕭]㉬ 191
遼[蕭]㉬ 191
醪[豪]㉬ 208
鐐[蕭]㉬ 191
鐐[嘯]㉠ 191
飂[蕭]㉬ 191
飉[蕭]㉬ 191
鷯[蕭]㉬ 191

룡

龍[冬]㉬ 31

루

僂[麌]㉦ 84
僂[宥]㉠ 296
塿[有]㉦ 285
壘[紙]㉦ 40
壘[賄]㉦ 114
婁[虞]㉬ 83
婁[尤]㉬ 285
婁[尤]㉬ 295
屢[遇]㉠ 85
嶁[麌]㉦ 90
嶁[有]㉦ 296
嶁[宥]㉠ 296
慺[虞]㉬ 91
慺[尤]㉬ 285
摟[尤]㉬ 285
樓[尤]㉬ 285
淚[寘]㉠ 40
漏[宥]㉠ 285
甊[有]㉦ 296
瘻[虞]㉬ 91
瘻[宥]㉠ 285
簍[有]㉦ 285
䉂[紙]㉦ 40
累[支]㉬ 40
累[紙]㉦ 40
累[寘]㉠ 40
絫[紙]㉦ 40
縷[麌]㉦ 84
縲[支]㉬ 40
纍[支]㉬ 40
纍[寘]㉠ 40
纝[支]㉬ 40
膢[虞]㉬ 83
膢[尤]㉬ 285
艛[尤]㉬ 295
蔞[虞]㉬ 83
蔞[尤]㉬ 285
虆[紙]㉦ 41
螻[尤]㉬ 285
褸[麌]㉦ 84
貗[尤]㉬ 295
鏤[虞]㉬ 91

鏤[宥]㉠ 285
陋[宥]㉠ 285
鞻[遇]㉠ 91
髏[尤]㉬ 285

류

劉[尤]㉬ 290
勠[宥]㉠ 290
塯[宥]㉠ 290
廇[宥]㉠ 290
懰[有]㉦ 292
旒[尤]㉬ 290
柳[有]㉦ 292
桺[有]㉦ 291
榴[尤]㉬ 289
樏[支]㉬ 40
樏[紙]㉦ 40
櫐[支]㉬ 40
㳅[尤]㉬ 290
流[尤]㉬ 290
溜[宥]㉠ 290
漻[有]㉦ 292
瀏[有]㉦ 292
瀏[尤]㉬ 296
琉[尤]㉬ 290
瑠[尤]㉬ 289
瑬[尤]㉬ 290
留[尤]㉬ 289
留[宥]㉠ 290
畱[尤]㉬ 289
瘤[尤]㉬ 289
瘤[宥]㉠ 290
硫[尤]㉬ 296
禷[寘]㉠ 40
窌[宥]㉠ 290
繆[宥]㉠ 286
纍[寘]㉠ 40
罶[有]㉦ 292
舀[尤]㉬ 296
茆[有]㉦ 292
茆[有]㉦ 292
蔂[支]㉬ 58
藟[紙]㉦ 41
蘲[支]㉬ 58
虆[支]㉬ 40
蜼[紙]㉦ 58
蟉[有]㉦ 292
裗[尤]㉬ 296
謬[宥]㉠ 286
遛[宥]㉠ 297
遛[尤]㉬ 289
鎦[尤]㉬ 290
鏐[尤]㉬ 290
霤[宥]㉠ 290
類[寘]㉠ 40
𩗬[有]㉦ 292
飂[尤]㉬ 289
飀[尤]㉬ 289
餾[宥]㉠ 290
駵[尤]㉬ 289
騮[尤]㉬ 289
鶹[尤]㉬ 289

륙

僇[屋]㉧ 23
六[屋]㉧ 22
六[宥]㉠ 298
勠[屋]㉧ 22
戮[屋]㉧ 22
稑[屋]㉧ 22
穋[屋]㉧ 22
蓼[屋]㉧ 23
𧉮[屋]㉧ 22
陸[屋]㉧ 22

륜

侖[元]㉬ 143
倫[眞]㉬ 119
圇[元]㉬ 149
崙[元]㉬ 143
崘[元]㉬ 143
掄[眞]㉬ 120
掄[元]㉬ 143
淪[眞]㉬ 119
綸[眞]㉬ 120
論[眞]㉬ 130
論[元]㉬ 143
輪[眞]㉬ 120

률

溧[質]㉧ 120
嵂[質]㉧ 119

律[質]㉧ 119
慄[質]㉧ 120
搮[質]㉧ 120
栗[質]㉧ 119
㮚[質]㉧ 120
溧[質]㉧ 130
率[質]㉧ 119
硉[月]㉧ 145
篥[質]㉧ 120
繂[質]㉧ 119
膟[質]㉧ 119
颲[質]㉧ 120
䬆[質]㉧ 120
鷅[質]㉧ 120

룽

癃[東]㉬ 21
窿[東]㉬ 21
隆[東]㉬ 21
隆[侵]㉬ 305
霳[東]㉬ 21
蘢[東]㉬ 26

륵

仂[職]㉧ 278
勒[職]㉧ 278
扐[職]㉧ 278
氻[職]㉧ 278
泐[職]㉧ 278
玏[職]㉧ 278
肋[職]㉧ 278
艻[職]㉧ 281

름

凜[寢]㉦ 300
廩[寢]㉦ 299
懍[寢]㉦ 299

릉

倰[蒸]㉬ 277
凌[徑]㉠ 274
凌[蒸]㉬ 277
夌[蒸]㉬ 277
棱[蒸]㉬ 277
楞[蒸]㉬ 277
淩[蒸]㉬ 277
稜[徑]㉠ 274
稜[蒸]㉬ 277
綾[蒸]㉬ 277
䑜[蒸]㉬ 277
菱[蒸]㉬ 277
蔆[蒸]㉬ 277
輘[蒸]㉬ 281
陵[蒸]㉬ 277
鯪[蒸]㉬ 282

리

來[支]㉬ 59
俚[紙]㉦ 43
俐[寘]㉠ 59
䍦[支]㉬ 44
利[寘]㉠ 43
䓞[支]㉬ 44
劙[支]㉬ 44
吏[寘]㉠ 43
娌[紙]㉦ 43
䔧[支]㉬ 44
孋[支]㉬ 44
履[紙]㉦ 43
峛[紙]㉦ 59
彲[支]㉬ 51
悝[紙]㉦ 43
摛[支]㉬ 50
氂[支]㉬ 44
攡[支]㉬ 44
攡[支]㉬ 50
李[紙]㉦ 43
梩[紙]㉦ 43
梩[支]㉬ 59
梨[支]㉬ 44
黎[支]㉬ 44
藜[支]㉬ 44
欐[支]㉬ 43
泣[緝]㉧ 299
涖[寘]㉠ 43
漓[支]㉬ 43
灕[支]㉬ 43
犂[支]㉬ 44
犛[支]㉬ 59
狸[支]㉬ 44
理[紙]㉦ 43
璃[支]㉬ 43

瓈[齊]㉬ 93
痢[寘]㉠ 59
矖[支]㉬ 59
离[支]㉬ 43
籬[支]㉬ 43
縭[支]㉬ 43
纚[支]㉬ 59
詈[寘]㉠ 43
罹[支]㉬ 43
羸[支]㉬ 44
荔[寘]㉠ 43
莅[寘]㉠ 43
莉[寘]㉠ 59
蘺[支]㉬ 43
螭[支]㉬ 51
裏[紙]㉦ 43
褵[支]㉬ 43
覼[寘]㉠ 43
貍[支]㉬ 44
邐[紙]㉦ 43
醨[支]㉬ 43
里[紙]㉦ 42
釐[支]㉬ 44
離[支]㉬ 43
離[寘]㉠ 43
離[歌]㉬ 219
颲[質]㉧ 120
驪[支]㉬ 44
魑[支]㉬ 51
鯉[紙]㉦ 43
鸝[支]㉬ 44
麗[支]㉬ 44

린

吝[震]㉠ 123
嶙[眞]㉬ 123
嶙[軫]㉦ 123
恡[震]㉠ 124
悋[震]㉠ 124
潾[眞]㉬ 124
潾[震]㉠ 131
粦[軫]㉦ 131
粦[震]㉠ 131
燐[軫]㉦ 130
燐[震]㉠ 130
燐[眞]㉬ 131
璘[眞]㉬ 123
甐[震]㉠ 131
瞵[眞]㉬ 123
瞵[震]㉠ 124
磷[眞]㉬ 124
磷[震]㉠ 124
粼[眞]㉬ 124
粼[震]㉠ 131
粦[軫]㉦ 131
藺[震]㉠ 124
蟒[震]㉠ 124
蹸[震]㉠ 124
躪[震]㉠ 124
轔[眞]㉬ 123
轔[震]㉠ 124
遴[震]㉠ 124
鄰[眞]㉬ 123
隣[眞]㉬ 123
驎[眞]㉬ 123
鱗[眞]㉬ 123
麐[眞]㉬ 123
麟[眞]㉬ 123

림

林[侵]㉬ 301
棽[侵]㉬ 301
淋[侵]㉬ 301
琳[侵]㉬ 301
臨[沁]㉠ 300
臨[侵]㉬ 301
霖[侵]㉬ 301

립

岦[緝]㉧ 304
湆[緝]㉧ 304
立[緝]㉧ 302
笠[緝]㉧ 302
粒[緝]㉧ 303
苙[緝]㉧ 302
雴[緝]㉧ 304
䶘[緝]㉧ 303

마

傌[禡]㉠ 220
劘[歌]㉬ 213
塺[箇]㉠ 217

嬤[歌]㉬ 218
摩[歌]㉬ 213
瑪[馬]㉦ 225
碼[馬]㉦ 225
磨[歌]㉬ 213
磨[箇]㉠ 214
禡[箇]㉠ 219
禡[禡]㉠ 220
罵[禡]㉠ 220
蟇[麻]㉬ 220
蟆[麻]㉬ 220
馬[哿]㉦ 219
馬[馬]㉦ 220
靡[哿]㉦ 213
靡[歌]㉬ 218
魔[歌]㉬ 213
麻[歌]㉬ 219
麻[麻]㉬ 220
麽[哿]㉦ 213
麽[歌]㉬ 218

막

塻[藥]㉧ 229
寞[藥]㉧ 229
幕[藥]㉧ 228
摸[藥]㉧ 229
暯[藥]㉧ 245
毣[屋]㉧ 18
漠[藥]㉧ 229
瘼[藥]㉧ 229
瞙[藥]㉧ 229
膜[藥]㉧ 229
莫[藥]㉧ 228
莫[陌]㉧ 264
藐[覺]㉧ 37
貌[覺]㉧ 37
邈[覺]㉧ 37
鏌[藥]㉧ 229

만

万[願]㉠ 140
万[職]㉧ 281
墁[翰]㉠ 153
墁[寒]㉬ 154
娩[阮]㉦ 140
嫚[諫]㉠ 164
䜌[寒]㉬ 153
幔[翰]㉠ 153
彎[刪]㉬ 166
慢[諫]㉠ 164
㵘[阮]㉦ 150
㵘[旱]㉦ 154
挽[阮]㉦ 140
晩[阮]㉦ 140
曼[願]㉠ 140
曼[寒]㉬ 154
曼[翰]㉠ 161
槾[寒]㉬ 154
樠[寒]㉬ 161
漫[翰]㉠ 153
漫[寒]㉬ 154
滿[旱]㉦ 153
灣[刪]㉬ 166
瞞[寒]㉬ 154
縵[翰]㉠ 154
縵[寒]㉬ 161
縵[諫]㉠ 164
萬[願]㉠ 140
蔓[願]㉠ 140
蔓[寒]㉬ 161
蠻[刪]㉬ 163
謾[寒]㉬ 154
謾[翰]㉠ 154
謾[諫]㉠ 164
蹣[寒]㉬ 154
輓[阮]㉦ 140
輓[願]㉠ 147
鄤[寒]㉬ 154
鏝[寒]㉬ 154
𨷲[刪]㉬ 166
𩅤[寒]㉬ 161
饅[寒]㉬ 154
鬘[寒]㉬ 154
鰻[寒]㉬ 154
鸞[刪]㉬ 164

말

妺[曷]㉧ 153
帓[黠]㉧ 167
抹[曷]㉧ 153
昩[曷]㉧ 153
末[曷]㉧ 152

沬[曷]㉧ 153
眛[曷]㉧ 161
䀣[黠]㉧ 167
秣[寘]㉠ 63
秣[曷]㉧ 152
茉[曷]㉧ 161
袹[黠]㉧ 167
襪[月]㉧ 140
靺[曷]㉧ 161
韈[月]㉧ 140
韤[月]㉧ 140
䬴[曷]㉧ 153
䴲[曷]㉧ 152

맘

鋑[豏]㉦ 324
黢[豏]㉦ 324

망

亡[陽]㉬ 230
妄[漾]㉠ 230
孟[養]㉦ 245
忙[陽]㉬ 230
忘[陽]㉬ 230
忘[漾]㉠ 230
恾[陽]㉬ 230
惘[養]㉦ 230
䁳[養]㉦ 245
望[漾]㉠ 230
望[陽]㉬ 231
朢[漾]㉠ 230
朢[陽]㉬ 245
杗[陽]㉬ 245
杗[庚]㉬ 259
汒[陽]㉬ 245
漭[養]㉦ 229
𥐚[陽]㉬ 245
硭[陽]㉬ 245
網[養]㉦ 230
罔[養]㉦ 230
芒[陽]㉬ 230
莽[養]㉦ 229
茫[陽]㉬ 230
莣[陽]㉬ 231
莽[麌]㉦ 79
莽[有]㉦ 286
蘉[陽]㉬ 230
蛧[養]㉦ 230
蟒[養]㉦ 245
誷[養]㉦ 230
輞[養]㉦ 230
邙[陽]㉬ 230
鋩[陽]㉬ 231
魍[養]㉦ 230

매

冒[職]㉧ 278
勱[卦]㉠ 108
埋[佳]㉬ 104
塺[灰]㉬ 112
塺[箇]㉠ 217
墨[職]㉧ 278
妹[隊]㉠ 117
媒[灰]㉬ 112
媒[尤]㉬ 297
寐[寘]㉠ 43
昧[泰]㉠ 107
昧[隊]㉠ 117
枚[灰]㉬ 111
梅[灰]㉬ 112
每[賄]㉦ 111
每[灰]㉬ 115
每[隊]㉠ 117
沕[隊]㉠ 118
沬[泰]㉠ 106
沬[隊]㉠ 116
浼[賄]㉦ 111
煤[灰]㉬ 112
玫[灰]㉬ 111
瑁[隊]㉠ 117
痗[隊]㉠ 117
眛[泰]㉠ 106
眛[隊]㉠ 117
禖[灰]㉬ 112
䍙[灰]㉬ 112
罵[禡]㉠ 220
脢[灰]㉬ 112
脢[隊]㉠ 118
莓[灰]㉬ 112
薶[佳]㉬ 104
買[蟹]㉦ 105
賣[卦]㉠ 108

邁[卦]㉠ 108
邁[緝]㉧ 305
脢[灰]㉬ 112
醸[灰]㉬ 112
鋂[灰]㉬ 112
霾[佳]㉬ 104
韎[卦]㉠ 111
韎[隊]㉠ 118
彪[寘]㉠ 44
魅[寘]㉠ 44

맥

佰[陌]㉧ 264
百[陌]㉧ 264
眽[陌]㉧ 257
脉[陌]㉧ 257
脈[陌]㉧ 257
莫[陌]㉧ 264
衇[陌]㉧ 257
覛[陌]㉧ 257
貊[陌]㉧ 257
貘[陌]㉧ 257
陌[陌]㉧ 257
陌[錫]㉧ 275
陌[職]㉧ 282
霢[陌]㉧ 257
驀[陌]㉧ 264
驀[陌]㉧ 257

맹

媖[庚]㉬ 263
孟[敬]㉠ 262
孟[養]㉦ 245
懜[徑]㉠ 273
宎[庚]㉬ 259
盟[庚]㉬ 251
氓[庚]㉬ 259
猛[陽]㉬ 247
猛[漾]㉠ 248
猛[梗]㉦ 261
甍[庚]㉬ 259
甿[庚]㉬ 259
盟[漾]㉠ 248
盟[敬]㉠ 263
盲[庚]㉬ 258
瞢[徑]㉠ 274
艋[梗]㉦ 261
萌[庚]㉬ 259
虻[庚]㉬ 259
蜢[梗]㉦ 265
蝱[庚]㉬ 259
鄳[庚]㉬ 259
黽[梗]㉦ 261
黽[庚]㉬ 263

먀

乜[馬]㉦ 226

멱

冪[錫]㉧ 269
塓[錫]㉧ 269
幎[錫]㉧ 269
幦[錫]㉧ 270
汨[月]㉧ 142
汨[錫]㉧ 270
鼏[錫]㉧ 269
羃[錫]㉧ 269
蓂[錫]㉧ 274
覓[錫]㉧ 269

면

丏[銑]㉦ 186
俛[銑]㉦ 173
偭[霰]㉠ 173
免[問]㉠ 135
免[銑]㉦ 173
冕[銑]㉦ 173
勉[銑]㉦ 173
勔[銑]㉦ 174
挽[銑]㉦ 173
棉[先]㉬ 186
櫋[先]㉬ 172
沔[銑]㉦ 174
湎[霰]㉠ 186
湎[銑]㉦ 174
澠[銑]㉦ 174
眄[霰]㉠ 174
眠[先]㉬ 172
瞑[先]㉬ 172
瞑[霰]㉠ 173
綿[先]㉬ 172
緬[銑]㉦ 174
緜[先]㉬ 172

莬[銑]㉦ 174
勉[銑]㉦ 173
面[霰]㉠ 173
麪[霰]㉠ 173
麪[霰]㉠ 173
麵[霰]㉠ 173
黽[銑]㉦ 174

멸

幭[錫]㉤ 269
懱[錫]㉤ 269
搣[屑]㉤ 176
擮[屑]㉤ 187
滅[屑]㉤ 176
烕[屑]㉤ 184
篾[屑]㉤ 176
𥽜[屑]㉤ 186
蔑[屑]㉤ 176
薎[錫]㉤ 269
蠛[屑]㉤ 176
衊[屑]㉤ 176
覕[屑]㉤ 177

명

冥[靑]㉬ 270
名[震]㉠ 132
名[庚]㉬ 251
命[敬]㉠ 251
嫇[庚]㉬ 263
明[東]㉬ 27
明[陽]㉬ 247
明[庚]㉬ 251
瞑[徑]㉠ 268
瞑[靑]㉬ 270
朙[庚]㉬ 251
榠[靑]㉬ 274
盟[庚]㉬ 251
洺[庚]㉬ 251
溟[靑]㉬ 270
溟[迥]㉦ 274
皿[梗]㉦ 253
明[庚]㉬ 251
瞑[霰]㉠ 173
瞑[徑]㉠ 268
瞑[靑]㉬ 274
瞑[迥]㉦ 274
茗[迥]㉦ 269
蓂[靑]㉬ 270
蓂[錫]㉤ 274
螟[靑]㉬ 270
酩[迥]㉦ 269
鄍[靑]㉬ 274
銘[靑]㉬ 270
鳴[庚]㉬ 251
䳟[庚]㉬ 251

몌

袂[霽]㉠ 95

모

侔[尤]㉬ 285
侮[麌]㉦ 80
冒[號]㉠ 207
冒[職]㉤ 278
募[遇]㉠ 79
墓[遇]㉠ 79
姆[麌]㉦ 79
媢[號]㉠ 207
媌[肴]㉬ 203
嫫[虞]㉬ 90
帽[號]㉠ 207
恈[尤]㉬ 295
慔[遇]㉠ 79
慕[遇]㉠ 79
摸[虞]㉬ 79
摹[虞]㉬ 79
旄[號]㉠ 207
旄[豪]㉬ 208
暮[遇]㉠ 79
謩[虞]㉬ 79
某[有]㉦ 286
模[虞]㉬ 79
橅[虞]㉬ 79
毛[豪]㉬ 208
毷[號]㉠ 210
氂[豪]㉬ 211
牟[尤]㉬ 285
牡[有]㉦ 286
犛[豪]㉬ 211
瑁[號]㉠ 207
瑁[隊]㉠ 117
皃[效]㉠ 200

眊[號]㉠ 207	蟊[尤]㉬ 285	苜[屋]㉧ 17	懵[送]㉠ 19
眸[尤]㉬ 285	謀[尤]㉬ 285	霂[屋]㉧ 17	曚[東]㉬ 24
矛[尤]㉬ 285	謨[虞]㉬ 79	鶩[屋]㉧ 17	朦[東]㉬ 17
秏[號]㉠ 210	貌[效]㉠ 200		氋[東]㉬ 25
糢[虞]㉬ 90	酕[豪]㉬ 211	**몰**	濛[東]㉬ 17
罞[東]㉬ 17	䫉[效]㉠ 200	勿[月]㉧ 149	濛[董]㉦ 23
罞[肴]㉬ 203	髦[豪]㉬ 208	圽[月]㉧ 143	瞢[東]㉬ 17
⿱罒⿰母寸[麌]㉦ 80	鴾[號]㉠ 207	歾[月]㉧ 143	瞢[送]㉠ 19
耄[號]㉠ 207	麰[尤]㉬ 285	沒[月]㉧ 143	矇[東]㉬ 17
耄[藥]㉧ 248			罞[東]㉬ 17
耗[號]㉠ 210	**목**	**몽**	艨[東]㉬ 24
膜[虞]㉬ 90	木[屋]㉧ 17	冡[東]㉬ 17	蒙[東]㉬ 16
芼[號]㉠ 207	木[質]㉧ 132	夢[東]㉬ 17	蠓[董]㉦ 17
芼[豪]㉬ 208	木[藥]㉧ 247	夢[送]㉠ 19	雺[東]㉬ 17
芼[藥]㉧ 248	楘[屋]㉧ 17	夢[漾]㉠ 248	雺[宋]㉠ 28
茅[肴]㉬ 200	毣[屋]㉧ 18	夢[庚]㉬ 264	霿[東]㉬ 17
茆[肴]㉬ 200	沐[屋]㉧ 17	⿸疒夢[送]㉠ 19	霿[送]㉠ 19
莫[遇]㉠ 79	牧[屋]㉧ 18	幪[東]㉬ 17	饛[東]㉬ 17
莫[陌]㉧ 264	目[屋]㉧ 17	幪[東]㉬ 17	⿰馬蒙[東]㉬ 25
莽[麌]㉦ 79	睦[屋]㉧ 18	幪[董]㉦ 18	
莽[有]㉦ 286	穆[屋]㉧ 18	懜[東]㉬ 17	**묘**
蛑[尤]㉬ 285	穆[質]㉧ 132	懜[董]㉦ 18	卯[巧]㉦ 202
蝥[肴]㉬ 200	繆[屋]㉧ 18	懵[東]㉬ 17	卯[有]㉦ 298

丣[巧]㉦ 202
墓[遇]㉠ 79
妙[嘯]㉠ 192
媌[肴]㉬ 203
庿[嘯]㉠ 192
廟[嘯]㉠ 192
描[蕭]㉬ 192
昴[巧]㉦ 202
昴[尤]㉬ 298
杳[篠]㉦ 193
杪[篠]㉦ 192
淼[篠]㉦ 192
渺[篠]㉦ 192
猫[蕭]㉬ 192
玅[嘯]㉠ 192
畝[有]㉦ 286
畞[有]㉦ 286
畮[有]㉦ 285
眇[篠]㉦ 192
秒[篠]㉦ 192
緲[篠]㉦ 192
緢[蕭]㉬ 192
苗[蕭]㉬ 192
茆[巧]㉦ 203
茆[有]㉦ 292
藐[篠]㉦ 192
貓[蕭]㉬ 192

무

亡[虞]㉬ 83
⿰亻無[麌]㉦ 85
務[遇]㉠ 85
娬[麌]㉦ 85
婺[遇]㉠ 85
嫵[麌]㉦ 85
巫[虞]㉬ 83
幠[虞]㉬ 81
廡[麌]㉦ 85
恈[尤]㉬ 295
愗[宥]㉠ 285
憮[麌]㉦ 85
懋[宥]㉠ 285
戊[宥]㉠ 285
拇[有]㉦ 285
撫[麌]㉦ 86
无[虞]㉬ 83
某[有]㉦ 286
楙[宥]㉠ 285
橆[虞]㉬ 83
橆[麌]㉦ 85
武[麌]㉦ 85
毋[虞]㉬ 83
母[有]㉦ 285
無[虞]㉬ 83
牡[有]㉦ 286
珷[麌]㉦ 85
甒[麌]㉦ 85
畝[有]㉦ 286
畞[有]㉦ 286
畮[有]㉦ 285
瞀[遇]㉠ 85
瞀[宥]㉠ 286
碔[麌]㉦ 85
繆[屋]㉧ 18
繆[尤]㉬ 285
繆[宥]㉠ 286
⿱罒無[虞]㉬ 83
膴[虞]㉬ 81
膴[麌]㉦ 85
舞[麌]㉦ 85
茂[宥]㉠ 285
莁[虞]㉬ 91
莽[有]㉦ 286
蕪[虞]㉬ 83
蟊[尤]㉬ 285
袤[宥]㉠ 285
誣[虞]㉬ 83
謬[宥]㉠ 286
貿[宥]㉠ 286
踇[有]㉦ 285
鍪[尤]㉬ 285
⿰金莽[麌]㉦ 79
霧[遇]㉠ 85
鞪[尤]㉬ 285
鶩[遇]㉠ 85
髳[尤]㉬ 295
䳇[麌]㉦ 85
䳇[有]㉦ 285
鵡[麌]㉦ 85

묵

万[職]㉧ 281

冒[職]㉧ 278
嘿[職]㉧ 278
墨[職]㉧ 278
纆[職]㉧ 278
默[職]㉧ 278

문

們[願]㉠ 149
免[問]㉠ 135
刎[吻]㉦ 134
吻[軫]㉦ 132
吻[吻]㉦ 133
吻[阮]㉦ 150
吻[旱]㉦ 162
吻[潸]㉦ 168
吻[銑]㉦ 188
問[震]㉠ 132
問[問]㉠ 134
問[願]㉠ 150
問[翰]㉠ 162
問[諫]㉠ 168
問[霰]㉠ 188
娩[問]㉠ 138
忞[吻]㉦ 134
悗[阮]㉦ 146
悶[願]㉠ 145
懣[願]㉠ 145
懣[阮]㉦ 150
抆[吻]㉦ 134
抆[問]㉠ 138
捫[元]㉬ 145
文[眞]㉬ 132
文[文]㉬ 133
文[問]㉠ 138
文[元]㉬ 150
文[寒]㉬ 162
文[刪]㉬ 168
文[先]㉬ 188
樠[元]㉬ 145
汶[問]㉠ 134
汶[元]㉬ 150
璊[元]㉬ 145
璺[問]㉠ 134
穈[元]㉬ 150
紊[問]㉠ 134
紋[文]㉬ 133
絻[問]㉠ 135
䎽[文]㉬ 133
聞[文]㉬ 133
聞[問]㉠ 134
脗[軫]㉦ 125
脗[吻]㉦ 138
亹[元]㉬ 145
虋[元]㉬ 150
蚊[文]㉬ 133
蟁[文]㉬ 133
門[元]㉬ 145
閎[庚]㉬ 265
閿[文]㉬ 134
闅[文]㉬ 133
雯[文]㉬ 133

물

勿[物]㉧ 134
勿[月]㉧ 149
岉[物]㉧ 134
昒[物]㉧ 138
沕[隊]㉠ 118
沕[物]㉧ 134
物[質]㉧ 132
物[物]㉧ 133
物[月]㉧ 150
物[曷]㉧ 162
物[黠]㉧ 168
物[屑]㉧ 188
芴[物]㉧ 134

미

亹[尾]㉦ 64
宷[支]㉬ 45
味[未]㉠ 64
墨[職]㉧ 278
娓[尾]㉦ 64
媚[寘]㉠ 44
嬍[紙]㉦ 44
瓕[支]㉬ 59
瓕[齊]㉬ 102
寐[寘]㉠ 43
尾[紙]㉦ 63
尾[尾]㉦ 64
尾[薺]㉦ 102
尾[蟹]㉦ 107

尾[賄]㉦ 115
嵋[支]㉬ 45
弭[紙]㉦ 43
彌[紙]㉦ 43
彌[支]㉬ 45
微[支]㉬ 63
微[微]㉬ 64
微[齊]㉬ 102
微[佳]㉬ 107
微[灰]㉬ 115
敉[紙]㉦ 44
未[寘]㉠ 63
未[未]㉠ 64
未[霽]㉠ 102
未[泰]㉠ 107
未[卦]㉠ 115
未[隊]㉠ 118
楣[支]㉬ 45
洣[薺]㉦ 96
渳[紙]㉦ 44
渼[紙]㉦ 59
湄[支]㉬ 45
溦[微]㉬ 67
瀰[紙]㉦ 43
瀰[支]㉬ 45
瀰[薺]㉦ 95
獼[支]㉬ 59
眉[支]㉬ 45
眯[薺]㉦ 96
糜[支]㉬ 59
米[薺]㉦ 96
糜[支]㉬ 45
絥[薺]㉦ 95
縻[支]㉬ 44
罙[支]㉬ 45
芈[紙]㉦ 44
美[紙]㉦ 44
美[陽]㉬ 248
薇[微]㉬ 64
蘪[支]㉬ 59
蘼[支]㉬ 59
謎[霽]㉠ 94
迷[齊]㉬ 95
郿[支]㉬ 45
醾[支]㉬ 44
靡[紙]㉦ 44
靡[支]㉬ 45
靡[箇]㉠ 219
鬽[寘]㉠ 44
魅[寘]㉠ 44
麋[支]㉬ 44
麛[支]㉬ 59
麛[齊]㉬ 95
縻[支]㉬ 59
黴[支]㉬ 59

민

僶[軫]㉦ 124
岷[眞]㉬ 124
忞[眞]㉬ 124
悶[願]㉠ 145
愍[軫]㉦ 124
慜[軫]㉦ 124
憫[軫]㉦ 124
敃[軫]㉦ 124
敏[軫]㉦ 124
旻[眞]㉬ 124
旼[眞]㉬ 124
昬[軫]㉦ 124
暋[軫]㉦ 124
民[支]㉬ 63
民[眞]㉬ 124
民[陽]㉬ 247
汶[問]㉠ 134
泯[軫]㉦ 124
湣[軫]㉦ 131
澠[軫]㉦ 124
潣[軫]㉦ 131
玟[眞]㉬ 124
珉[眞]㉬ 124
痻[眞]㉬ 131
緍[眞]㉬ 124
緡[眞]㉬ 124
罠[眞]㉬ 124
脗[軫]㉦ 125
鍲[眞]㉬ 131
悶[庚]㉬ 265
閔[軫]㉦ 123
閩[眞]㉬ 124
黽[軫]㉦ 125
黽[銑]㉦ 174

밀

宓[質]㉧ 124
宻[質]㉧ 124
密[質]㉧ 124
蔤[質]㉧ 131
蜜[質]㉧ 124
謐[質]㉧ 124
醖[質]㉧ 124

박

亳[藥]㉧ 231
剝[覺]㉧ 37
博[藥]㉧ 229
嚗[覺]㉧ 37
墣[屋]㉧ 26
墣[覺]㉧ 37
彴[覺]㉧ 39
拍[陌]㉧ 258
搏[藥]㉧ 229
撲[屋]㉧ 18
撲[覺]㉧ 37
朴[覺]㉧ 37
樸[覺]㉧ 37
欂[藥]㉧ 230
泊[藥]㉧ 231
溥[藥]㉧ 230
濼[沃]㉧ 30
濼[藥]㉧ 245
煿[藥]㉧ 230
爆[覺]㉧ 39
爆[藥]㉧ 230
犦[覺]㉧ 39
珀[陌]㉧ 258
璞[覺]㉧ 37
瓝[覺]㉧ 37
瓟[覺]㉧ 37
魄[藥]㉧ 231
魄[藥]㉧ 245
礴[藥]㉧ 231
箔[藥]㉧ 231
簙[藥]㉧ 230
簿[藥]㉧ 231
粕[藥]㉧ 231
縛[藥]㉧ 232
膊[藥]㉧ 230
𦢊[藥]㉧ 231
舶[陌]㉧ 258
薄[藥]㉧ 230
襮[沃]㉧ 31
襮[藥]㉧ 231
迫[陌]㉧ 258
鎛[藥]㉧ 230
鏷[覺]㉧ 39
鑮[藥]㉧ 230
雹[覺]㉧ 37
颮[覺]㉧ 37
餺[藥]㉧ 230
駁[覺]㉧ 37
駮[覺]㉧ 37
骲[覺]㉧ 37
髆[藥]㉧ 230
鰒[覺]㉧ 37

반

伴[旱]㉦ 154
伴[翰]㉠ 154
冸[翰]㉠ 154
半[翰]㉠ 154
反[阮]㉦ 140
反[刪]㉬ 167
叛[翰]㉠ 154
嬔[願]㉠ 140
幋[寒]㉬ 155
虨[刪]㉬ 164
扳[刪]㉬ 164
扳[諫]㉠ 168
拌[寒]㉬ 155
拼[寒]㉬ 155
拚[寒]㉬ 155
搬[寒]㉬ 161
攀[刪]㉬ 164
攽[刪]㉬ 164
斑[刪]㉬ 164
媥[刪]㉬ 164
柈[寒]㉬ 155
槃[寒]㉬ 155
沜[翰]㉠ 154
泮[翰]㉠ 154
潘[寒]㉬ 155
瀊[寒]㉬ 162
𤢎[寒]㉬ 161
班[刪]㉬ 164

畔[翰]㉠ 155
番[寒]㉬ 161
番[諫]㉠ 168
黏[寒]㉬ 154
瘢[寒]㉬ 155
盤[寒]㉬ 155
盼[諫]㉠ 164
盻[諫]㉠ 164
磐[寒]㉬ 155
磻[寒]㉬ 155
礬[元]㉬ 141
笲[阮]㉦ 149
𥳭[寒]㉬ 161
絆[翰]㉠ 154
絣[寒]㉬ 156
縏[寒]㉬ 161
肦[刪]㉬ 164
胖[寒]㉬ 155
胖[翰]㉠ 161
般[寒]㉬ 154
般[刪]㉬ 164
蟠[寒]㉬ 155
𥘅[諫]㉠ 164
襻[諫]㉠ 164
𨁨[寒]㉬ 161
蹣[寒]㉬ 162
皈[阮]㉦ 140
返[阮]㉦ 140
阪[阮]㉦ 141
靽[翰]㉠ 161
鞶[寒]㉬ 155
頒[刪]㉬ 164
頖[翰]㉠ 154
飯[阮]㉦ 140
飯[願]㉠ 140
飰[願]㉠ 141
䬳[旱]㉦ 160
䰉[寒]㉬ 155
鳻[刪]㉬ 164

발

佛[質]㉧ 131
汥[月]㉧ 148
勃[月]㉧ 146
坺[曷]㉧ 154
埻[月]㉧ 146
墢[月]㉧ 141
墢[曷]㉧ 153
孛[隊]㉠ 118
孛[月]㉧ 145
悖[月]㉧ 145
拔[隊]㉠ 118
拔[曷]㉧ 154
拔[黠]㉧ 163
撥[曷]㉧ 153
桲[月]㉧ 146
浡[月]㉧ 146
渤[月]㉧ 146
潑[曷]㉧ 154
犮[曷]㉧ 154
發[月]㉧ 140
盋[曷]㉧ 154
綍[物]㉧ 135
胈[曷]㉧ 155
𦪈[曷]㉧ 161
艴[月]㉧ 146
艴[物]㉧ 134
茇[曷]㉧ 154
茀[物]㉧ 135
襏[曷]㉧ 153
誖[月]㉧ 145
跋[曷]㉧ 154
蹳[曷]㉧ 153
軷[曷]㉧ 154
醱[曷]㉧ 154
鉢[曷]㉧ 154
鈸[曷]㉧ 155
鏺[曷]㉧ 154
馞[月]㉧ 146
髮[月]㉧ 140
魃[曷]㉧ 155
鱍[曷]㉧ 153
鵓[月]㉧ 150

방

仿[養]㉦ 231
𠈯[講]㉦ 39
倣[養]㉦ 231
傍[漾]㉠ 231
傍[陽]㉬ 232
厐[江]㉬ 37
哤[江]㉬ 37

坊[陽]㉬ 232
妨[陽]㉬ 232
妨[漾]㉠ 232
尨[江]㉬ 37
幇[陽]㉬ 231
幫[陽]㉬ 231
龐[江]㉬ 37
彭[陽]㉬ 231
彷[養]㉦ 231
彷[陽]㉬ 232
徬[漾]㉠ 231
徬[陽]㉬ 232
房[陽]㉬ 232
搫[陽]㉬ 245
搒[漾]㉠ 231
搒[陽]㉬ 245
搒[敬]㉠ 253
放[漾]㉠ 232
方[陽]㉬ 232
㫄[陽]㉬ 231
旁[陽]㉬ 231
旁[漾]㉠ 231
昉[養]㉦ 231
枋[敬]㉠ 252
枋[陽]㉬ 232
棒[講]㉦ 37
棓[講]㉦ 37
榜[養]㉦ 230
榜[漾]㉠ 231
榜[敬]㉠ 254
汸[陽]㉬ 231
滂[陽]㉬ 231
牓[養]㉦ 231
狵[江]㉬ 37
玤[講]㉦ 37
磅[陽]㉬ 231
竝[漾]㉠ 231
篣[陽]㉬ 245
紡[養]㉦ 231
綁[陽]㉬ 245
縍[陽]㉬ 231
稖[講]㉦ 39
肨[絳]㉠ 39
肪[陽]㉬ 232
胮[江]㉬ 37
膀[陽]㉬ 245
舫[漾]㉠ 231
艂[江]㉬ 39
芳[陽]㉬ 232
訪[漾]㉠ 231
蒡[陽]㉬ 245
蚌[講]㉦ 37
蚄[陽]㉬ 232
蜯[講]㉦ 37
螃[陽]㉬ 245
謗[漾]㉠ 230
謗[陽]㉬ 231
䠙[陽]㉬ 232
逄[江]㉬ 37
邦[江]㉬ 37
鎊[陽]㉬ 231
防[漾]㉠ 232
防[陽]㉬ 233
雱[陽]㉬ 231
霶[陽]㉬ 231
鞤[陽]㉬ 231
駹[江]㉬ 39
髣[養]㉦ 231
魴[陽]㉬ 232

배

俳[佳]㉬ 104
倍[賄]㉦ 111
倍[隊]㉠ 116
偝[隊]㉠ 116
北[隊]㉠ 116
北[職]㉧ 278
坏[灰]㉬ 112
培[灰]㉬ 112
妃[隊]㉠ 117
徘[灰]㉬ 112
㤥[卦]㉠ 111
憊[卦]㉠ 111
扒[卦]㉠ 111
拜[卦]㉠ 111
排[佳]㉬ 104
捭[陌]㉧ 262
杯[灰]㉬ 112
桮[灰]㉬ 112
琣[灰]㉬ 115
湃[卦]㉠ 111

焙[隊]㉠ 117
坏[灰]㉬ 115
琲[賄]㉦ 111
琲[隊]㉠ 117
盃[灰]㉬ 112
糒[卦]㉠ 114
肧[灰]㉬ 112
背[隊]㉠ 116
背[隊]㉠ 117
背[陌]㉧ 265
䑺[卦]㉠ 111
蓓[賄]㉦ 115
衃[灰]㉬ 115
裴[灰]㉬ 112
裵[灰]㉬ 112
輩[隊]㉠ 117
軰[隊]㉠ 117
邶[隊]㉠ 116
配[隊]㉠ 117
醅[灰]㉬ 112
阫[灰]㉬ 113
陪[灰]㉬ 112
鞴[卦]㉠ 111

백

伯[禡]㉠ 222
伯[陌]㉧ 257
佰[陌]㉧ 264
帛[陌]㉧ 258
拍[陌]㉧ 258
柏[陌]㉧ 258
栢[陌]㉧ 258
珀[陌]㉧ 258
瓸[陌]㉧ 258
白[陌]㉧ 258
百[陌]㉧ 257
魄[藥]㉧ 231
魄[藥]㉧ 245
舶[陌]㉧ 258
萡[陌]㉧ 258
迫[陌]㉧ 258
霸[陌]㉧ 258
魄[陌]㉧ 258

번

反[元]㉬ 140
墦[元]㉬ 141
幡[元]㉬ 140
拚[元]㉬ 140
旛[元]㉬ 140
樊[元]㉬ 141
潘[元]㉬ 140
煩[元]㉬ 141
燔[元]㉬ 141
犿[元]㉬ 141
玭[先]㉬ 173
璠[元]㉬ 140
番[元]㉬ 140
番[諫]㉠ 168
番[歌]㉬ 216
礬[元]㉬ 141
笲[元]㉬ 141
笲[阮]㉦ 149
繁[元]㉬ 141
繁[寒]㉬ 156
繙[元]㉬ 140
翻[元]㉬ 140
膰[元]㉬ 141
膰[歌]㉬ 216
蕃[元]㉬ 140
藩[元]㉬ 140
薠[元]㉬ 141
蘩[元]㉬ 141
蠜[元]㉬ 141
袢[元]㉬ 141
蹯[元]㉬ 141
轓[元]㉬ 140
飜[元]㉬ 140

벌

伐[月]㉧ 141
垡[月]㉧ 141
墢[月]㉧ 141
栰[月]㉧ 141
橃[月]㉧ 141
瞂[月]㉧ 141
筏[月]㉧ 141
罰[月]㉧ 141
䫲[月]㉧ 141
橃[月]㉧ 141
撥[曷]㉧ 161
閥[月]㉧ 141

범

凡[咸]㉬ 326
凢[咸]㉬ 326
帆[陷]㉠ 326
帆[咸]㉬ 327
杋[咸]㉬ 327
梵[陷]㉠ 326
氾[陷]㉠ 326
氾[咸]㉬ 327
汎[陷]㉠ 326
泛[陷]㉠ 326
泛[洽]㉧ 326
渢[咸]㉬ 328
犯[豏]㉦ 326
[illegible][咸]㉬ 328
[illegible][陷]㉠ 328
笵[豏]㉦ 326
範[豏]㉦ 326
范[豏]㉦ 326
蕃[豏]㉦ 326
訉[陷]㉠ 326
軓[豏]㉦ 326
軓[豏]㉦ 327
颿[陷]㉠ 326
颿[陷]㉠ 326
颿[咸]㉬ 327

법

乏[洽]㉧ 326
姂[洽]㉧ 326
泛[洽]㉧ 326
法[洽]㉧ 326
灋[洽]㉧ 326
疺[洽]㉧ 326

벽

偪[職]㉧ 276
僻[陌]㉧ 250
副[職]㉧ 276
劈[錫]㉧ 270
堛[職]㉧ 276
壁[錫]㉧ 270
幅[職]㉧ 276
愎[職]㉧ 277
愊[職]㉧ 276
捭[陌]㉧ 262
擗[陌]㉧ 250
擘[陌]㉧ 250
椑[陌]㉧ 250
楅[職]㉧ 276
檗[陌]㉧ 250
湢[職]㉧ 281
澼[錫]㉧ 270
煏[職]㉧ 277
[illegible][職]㉧ 277
璧[陌]㉧ 249
甓[錫]㉧ 270
[illegible][職]㉧ 277
癖[陌]㉧ 250
碧[陌]㉧ 250
稫[職]㉧ 276
繴[錫]㉧ 270
腷[職]㉧ 281
薜[霽]㉠ 102
薜[陌]㉧ 262
蘗[陌]㉧ 250
襞[陌]㉧ 250
躄[陌]㉧ 250
辟[陌]㉧ 249
逼[職]㉧ 276
闢[陌]㉧ 250
霹[陌]㉧ 262
霹[錫]㉧ 270
鷿[陌]㉧ 262
鼊[錫]㉧ 270

변

便[霰]㉠ 175
匥[霰]㉠ 175
卞[霰]㉠ 174
弁[霰]㉠ 175
弁[寒]㉬ 156
忭[霰]㉠ 174
抃[霰]㉠ 175
拚[霰]㉠ 175
昪[霰]㉠ 174
栟[霰]㉠ 175
汳[霰]㉠ 174
汴[霰]㉠ 174
邊[先]㉬ 172
胼[先]㉬ 172
變[霰]㉠ 174

跰[先]㉬ 172
軿[先]㉬ 172
辮[銑]㉦ 175
邊[先]㉬ 172
閞[霰]㉠ 175
頩[霰]㉠ 175
駢[先]㉬ 173
骿[先]㉬ 186
鴘[銑]㉦ 176

별

別[屑]㉧ 176
峢[屑]㉧ 176
㢼[屑]㉧ 176
彆[屑]㉧ 176
批[屑]㉧ 187
撇[屑]㉧ 177
撆[屑]㉧ 177
潎[屑]㉧ 187
瞥[屑]㉧ 177
襒[屑]㉧ 187
覕[屑]㉧ 177
蹩[屑]㉧ 177
閉[屑]㉧ 177
鱉[屑]㉧ 176
鷩[屑]㉧ 176
鼈[屑]㉧ 176

병

丙[梗]㉦ 255
並[敬]㉠ 254
並[迥]㉦ 270
併[敬]㉠ 253
併[梗]㉦ 254
傡[敬]㉠ 254
偋[敬]㉠ 264
㑂[梗]㉦ 255
偋[梗]㉦ 263
兵[陽]㉬ 247
兵[庚]㉬ 251
𤕨[梗]㉦ 264
屛[敬]㉠ 252
屛[梗]㉦ 255
屛[靑]㉬ 270
帲[庚]㉬ 251
幷[庚]㉬ 251
幷[敬]㉠ 253
怲[養]㉦ 248
怲[漾]㉠ 248
怲[敬]㉠ 252
怲[梗]㉦ 256
抦[梗]㉦ 256
搒[敬]㉠ 253
摒[敬]㉠ 253
昞[梗]㉦ 256
昺[梗]㉦ 256
枋[敬]㉠ 252
柄[敬]㉠ 252
栟[庚]㉬ 262
棅[敬]㉠ 252
榜[敬]㉠ 254
洴[靑]㉬ 270
炳[養]㉦ 247
炳[梗]㉦ 256
琕[迥]㉦ 269
甁[靑]㉬ 270
病[漾]㉠ 247
病[敬]㉠ 254
秉[梗]㉦ 256
窉[梗]㉦ 264
竝[迥]㉦ 269
竮[靑]㉬ 270
箳[梗]㉦ 263
絣[庚]㉬ 251
誁[靑]㉬ 270
荓[靑]㉬ 270
蛃[梗]㉦ 264
𧺆[敬]㉠ 253
軿[庚]㉬ 251
輧[靑]㉬ 274
迸[敬]㉠ 253
邴[梗]㉦ 256
郱[靑]㉬ 274
鉼[梗]㉦ 254
鞞[迥]㉦ 269
頩[迥]㉦ 269
餅[梗]㉦ 254
駢[靑]㉬ 274
䴵[梗]㉦ 254

보

俌[麌]㉦ 80

保[皓]㉦ 207
報[遇]㉠ 91
報[號]㉠ 207
報[宥]㉠ 298
堡[皓]㉦ 208
堢[皓]㉦ 208
寶[皓]㉦ 207
普[虁]㉦ 80
步[遇]㉠ 79
溥[虁]㉦ 80
父[虁]㉦ 80
珤[皓]㉦ 207
甫[虁]㉦ 80
痡[虞]㉬ 80
簠[虁]㉦ 80
簠[遇]㉠ 90
緥[皓]㉦ 207
莆[虁]㉦ 81
荹[遇]㉠ 79
菩[虞]㉬ 90
葆[皓]㉦ 207
補[虁]㉦ 80
褓[皓]㉦ 207
誧[虞]㉬ 80
譜[虁]㉦ 80
輔[虁]㉦ 81
鞴[遇]㉠ 89
駂[皓]㉦ 211
駙[遇]㉠ 79
鴇[皓]㉦ 208
鴇[有]㉦ 298
黼[虁]㉦ 80

복

仆[宥]㉠ 286
伏[屋]㉧ 19
伏[宥]㉠ 287
僕[屋]㉧ 18
僕[沃]㉧ 30
僰[職]㉧ 279
副[屋]㉧ 26
副[職]㉧ 276
匐[屋]㉧ 20
匐[職]㉧ 278
北[職]㉧ 278
卜[屋]㉧ 18
垘[屋]㉧ 26
墣[屋]㉧ 26
宓[屋]㉧ 20
宓[沃]㉧ 30
宓[質]㉧ 124
幅[屋]㉧ 19
幅[職]㉧ 276
幞[沃]㉧ 30
復[屋]㉧ 19
復[宥]㉠ 287
扑[屋]㉧ 18
撲[屋]㉧ 18
擈[屋]㉧ 18
服[屋]㉧ 19
栿[屋]㉧ 19
楅[屋]㉧ 19
楅[職]㉧ 276
樸[屋]㉧ 18
洑[屋]㉧ 26
澓[屋]㉧ 26
濮[屋]㉧ 18
福[屋]㉧ 18
箙[屋]㉧ 20
腹[屋]㉧ 19
茯[屋]㉧ 19
菔[屋]㉧ 20
菔[職]㉧ 278
葍[屋]㉧ 19
蔔[職]㉧ 278
虙[屋]㉧ 20
蝠[屋]㉧ 19
蝮[屋]㉧ 19
袱[屋]㉧ 26
複[屋]㉧ 19
複[宥]㉠ 287
襆[沃]㉧ 30
覆[屋]㉧ 19
覆[宥]㉠ 286
踣[職]㉧ 279
踣[宥]㉠ 287
輻[屋]㉧ 20
輹[屋]㉧ 26
輻[屋]㉧ 19
輻[宥]㉠ 286
轐[屋]㉧ 26
醭[屋]㉧ 18

鍑[屋]㉧ 26
鏷[覺]㉧ 39
馥[屋]㉧ 19
鰒[覺]㉧ 37
鵩[屋]㉧ 19

본

本[阮]㉦ 144

봉

丰[冬]㉬ 29
俸[宋]㉠ 29
唪[董]㉦ 19
夆[冬]㉬ 29
奉[腫]㉦ 29
封[冬]㉬ 29
封[宋]㉠ 35
封[侵]㉬ 305
封[豔]㉠ 322
峯[冬]㉬ 29
崶[冬]㉬ 34
⿰巾逢[宋]㉠ 29
捧[腫]㉦ 29
棒[講]㉦ 37
棓[講]㉦ 37
泛[腫]㉦ 29
泛[洽]㉧ 326
浲[冬]㉬ 30
烽[冬]㉬ 29
熢[冬]㉬ 29
犎[冬]㉬ 34
琫[董]㉦ 18
⿸厂丰[董]㉦ 19
⿱竹凡[東]㉬ 17
篷[東]㉬ 17
縫[宋]㉠ 29
縫[冬]㉬ 30
芃[東]㉬ 18
菶[董]㉦ 18
菶[東]㉬ 25
葑[東]㉬ 26
葑[冬]㉬ 29
葑[宋]㉠ 29
蓬[東]㉬ 17
蜂[冬]㉬ 29
蠭[冬]㉬ 29
覂[腫]㉦ 29
賵[送]㉠ 20
逢[東]㉬ 17
逢[冬]㉬ 29
逢[尤]㉬ 298
鋒[冬]㉬ 29
鞛[董]㉦ 18
韸[東]㉬ 17
鬔[東]㉬ 18
鳳[送]㉠ 20

부

不[尤]㉬ 286
不[有]㉦ 287
不[宥]㉠ 296
仆[遇]㉠ 85
仆[宥]㉠ 286
付[遇]㉠ 86
伏[宥]㉠ 287
俘[虞]㉬ 84
俯[麌]㉦ 86
偩[有]㉦ 287
傅[遇]㉠ 86
剖[有]㉦ 286
副[屋]㉧ 26
副[職]㉧ 276
副[宥]㉠ 286
㕮[麌]㉦ 91
否[有]㉦ 287
培[有]㉦ 286
報[遇]㉠ 91
夫[虞]㉬ 84
⿱臼夫[屑]㉧ 185
婦[有]㉦ 287
媍[有]㉦ 287
嬔[願]㉠ 140
孚[虞]㉬ 84
孚[宥]㉠ 297
富[宥]㉠ 286
府[麌]㉦ 86
弣[麌]㉦ 86
復[宥]㉠ 287
抔[尤]㉬ 286
扶[虞]㉬ 84
拊[麌]㉦ 86
掊[尤]㉬ 286

捊[尤]㉬ 286
掊[尤]㉬ 285
掊[有]㉦ 286
撫[麌]㉦ 86
敷[虞]㉬ 84
斧[麌]㉦ 86
㽬[虞]㉬ 84
柎[虞]㉬ 92
枹[虞]㉬ 84
枹[尤]㉬ 286
桴[虞]㉬ 84
桴[尤]㉬ 286
棓[尤]㉬ 295
泭[虞]㉬ 84
涪[尤]㉬ 286
滏[麌]㉦ 86
父[麌]㉦ 86
玞[虞]㉬ 84
瓿[有]㉦ 287
砆[虞]㉬ 84
祔[遇]㉠ 86
稃[虞]㉬ 84
符[虞]㉬ 85
簿[麌]㉦ 85
紑[尤]㉬ 286
缶[有]㉦ 287
缻[有]㉦ 287
罘[尤]㉬ 286
罦[虞]㉬ 84
罦[尤]㉬ 286
胕[遇]㉠ 86
腑[麌]㉦ 86
腑[遇]㉠ 86
腐[麌]㉦ 86
膚[虞]㉬ 84
膚[尤]㉬ 298
芣[尤]㉬ 286
芙[虞]㉬ 84
苻[虞]㉬ 85
浮[尤]㉬ 286
莩[虞]㉬ 84
萯[有]㉦ 296
蔀[麌]㉦ 90
蔀[有]㉦ 286
蚨[虞]㉬ 85
蜉[尤]㉬ 286
蝜[有]㉦ 296
⿱阜䖵[有]㉦ 296
裒[尤]㉬ 285
複[宥]㉠ 287
覆[宥]㉠ 286
訃[遇]㉠ 85
負[紙]㉦ 63
負[有]㉦ 287
賦[遇]㉠ 85
賻[遇]㉠ 86
赴[遇]㉠ 85
趺[虞]㉬ 84
跗[虞]㉬ 84
踣[宥]㉠ 287
輻[宥]㉠ 286
郛[虞]㉬ 84
部[麌]㉦ 86
部[有]㉦ 286
鄜[虞]㉬ 84
釜[麌]㉦ 86
鈇[虞]㉬ 84
阜[有]㉦ 287
附[遇]㉠ 86
頫[麌]㉦ 86
⿰馬父[麌]㉦ 86
駙[遇]㉠ 86
鬴[麌]㉦ 86
鮒[遇]㉠ 86
鳧[虞]㉬ 85
鴀[尤]㉬ 286
鳺[虞]㉬ 91
麩[虞]㉬ 84

북

僰[職]㉧ 279
北[隊]㉠ 116
北[職]㉧ 278

분

僨[問]㉠ 135
分[東]㉬ 26
分[文]㉬ 134
分[問]㉠ 135
噴[元]㉬ 145
噴[願]㉠ 145
坋[吻]㉦ 135

坋[問]㉠ 135	氛[文]㋨ 134	莙[元]㋨ 150	佛[質]◎ 131
坌[吻]㉧ 135	汾[文]㋨ 134	蕡[文]㋨ 135	佛[物]◎ 136
坌[願]㉠ 145	湓[問]㉠ 135	蚡[文]㋨ 134	泼[物]◎ 135
奎[問]㉠ 135	湓[元]㋨ 145	蚡[吻]㉧ 135	刜[物]◎ 135
墳[吻]㉧ 134	湓[願]㉠ 149	衯[文]㋨ 134	咈[物]◎ 136
墳[文]㋨ 135	濆[文]㋨ 135	豶[文]㋨ 135	坲[物]◎ 138
奔[問]㉠ 138	漢[問]㉠ 135	賁[文]㋨ 135	岪[物]◎ 138
奔[元]㋨ 145	焚[文]㋨ 135	賁[元]㋨ 145	帗[物]◎ 136
奔[願]㉠ 149	犇[元]㋨ 145	輑[阮]㉧ 150	弗[物]◎ 134
奮[問]㉠ 136	畚[阮]㉧ 146	轒[文]㋨ 135	彿[物]◎ 135
妢[文]㋨ 134	盆[元]㋨ 145	雯[文]㋨ 134	怫[物]◎ 136
帉[文]㋨ 134	砏[文]㋨ 138	頒[文]㋨ 135	拂[質]◎ 130
幩[文]㋨ 135	笨[吻]㉧ 139	餴[文]㋨ 134	拂[物]◎ 135
弅[文]㋨ 135	粉[吻]㉧ 134	馩[文]㋨ 134	咄[月]◎ 145
忿[吻]㉧ 134	糞[問]㉠ 135	鳻[文]㋨ 138	沸[物]◎ 135
忿[問]㉠ 135	紛[文]㋨ 134	鶏[文]㋨ 138	祓[物]◎ 135
憤[吻]㉧ 134	羵[文]㋨ 135	麠[文]㋨ 135	紱[物]◎ 135
扮[吻]㉧ 135	羵[吻]㉧ 138	蠹[文]㋨ 135	绋[物]◎ 135
旛[阮]㉧ 150	黺[文]㋨ 134	鼖[吻]㉧ 135	紼[物]◎ 135
枌[文]㋨ 134	肦[文]㋨ 135		燚[物]◎ 136
棼[文]㋨ 134	芬[文]㋨ 134		艴[物]◎ 134
歕[元]㋨ 145	苯[阮]㉧ 150	**불**	芾[物]◎ 134
氛[文]㋨ 134	菜[文]㋨ 134	不[物]◎ 134	茀[物]◎ 135

芾[未]㉠ 64
芾[物]㉧ 135
䟛[物]㉧ 135
韍[物]㉧ 135
⿺風弗[物]㉧ 138
髴[物]㉧ 135
⿱髟音[物]㉧ 135
黻[物]㉧ 134

붕

堋[徑]㉠ 271
堋[蒸]㉬ 277
塴[徑]㉠ 271
崩[蒸]㉬ 277
弸[蒸]㉬ 282
掤[蒸]㉬ 277
朋[蒸]㉬ 277
繃[庚]㉬ 261
鬅[蒸]㉬ 282
鵬[蒸]㉬ 278

비

丕[支]㉬ 46
仳[紙]㉦ 45
伾[支]㉬ 46
俾[紙]㉦ 44
備[寘]㉠ 46
剕[未]㉠ 64
⿰卑刂[齊]㉬ 96
匕[紙]㉦ 44
匪[尾]㉦ 64
卑[支]㉬ 45
厞[微]㉬ 67
厞[未]㉠ 67
否[紙]㉦ 45
啚[紙]㉦ 45
嚭[紙]㉦ 45
圮[紙]㉦ 45
埤[支]㉬ 46
壀[霽]㉠ 101
奜[尾]㉦ 67
奰[寘]㉠ 46
妃[微]㉬ 64
妣[紙]㉦ 44
婓[微]㉬ 64
婢[紙]㉦ 45
媲[霽]㉠ 94
屝[未]㉠ 64
嶲[未]㉠ 65
⿰巾毘[齊]㉬ 96
庀[紙]㉦ 45
庇[寘]㉠ 44
庳[支]㉬ 45
庳[紙]㉦ 45
庳[寘]㉠ 45
⿸广鼂[佳]㉬ 106
⿰彳卑[紙]㉦ 44
悱[尾]㉦ 64
悲[支]㉬ 45
⿰忄備[卦]㉠ 111
憊[卦]㉠ 111
扉[微]㉬ 64
批[紙]㉦ 60
批[齊]㉬ 96
批[屑]㉧ 187
拂[質]㉧ 130
捭[陌]㉧ 262
⿰扌毘[齊]㉬ 96
斐[尾]㉦ 64
朼[紙]㉦ 60
枇[寘]㉠ 45
枇[支]㉬ 46
枇[紙]㉦ 59
柲[寘]㉠ 59
椑[陌]㉧ 250
棐[尾]㉦ 64
椑[支]㉬ 59
椑[齊]㉬ 96
榧[尾]㉦ 64
⿰木毘[支]㉬ 59
比[紙]㉦ 44
比[寘]㉠ 45
比[支]㉬ 46
比[質]㉧ 130
毖[寘]㉠ 44
沸[未]㉠ 64
沸[物]㉧ 135
泌[寘]㉠ 44
淝[微]㉬ 64
淠[霽]㉠ 94
濞[寘]㉠ 45
牝[紙]㉦ 63

狒[末]㉠65	紕[支]㉤45	裶[微]㉤67	鈚[支]㉤60
琵[支]㉤46	紕[寘]㉠59	裨[支]㉤45	鈚[齊]㉤96
畀[寘]㉠44	緋[微]㉤64	諀[支]㉤45	鈚[支]㉤61
毗[支]㉤46	羆[支]㉤45	誹[微]㉤64	錍[支]㉤59
痞[紙]㉣60	翡[末]㉠64	誹[末]㉠64	錍[齊]㉤96
痱[微]㉤67	肥[微]㉤64	誹[尾]㉣67	鎞[齊]㉤96
痱[末]㉠67	胐[尾]㉣65	諀[紙]㉣45	閟[寘]㉠44
痹[寘]㉠44	胐[月]◎150	譬[寘]㉠59	阰[支]㉤60
睥[霽]㉠94	腓[微]㉤64	睥[齊]㉤95	陴[支]㉤46
碑[支]㉤45	脾[支]㉤46	狉[支]㉤46	斐[尾]㉣65
礕[齊]㉤96	腋[支]㉤60	狉[支]㉤59	鄪[寘]㉠45
祕[寘]㉠44	腋[齊]㉤96	貔[支]㉤46	霏[微]㉤64
秕[紙]㉣44	臂[寘]㉠44	賁[寘]㉠45	非[微]㉤64
秕[紙]㉣45	芘[寘]㉠44	費[寘]㉠45	鞁[寘]㉠45
秕[支]㉤46	苐[寘]㉠63	費[末]㉠64	鞞[齊]㉤96
祕[寘]㉠44	苐[末]㉠64	晶[寘]㉠59	鞴[寘]㉠59
箄[支]㉤45	菲[微]㉤64	跰[末]㉠64	韛[卦]㉠111
箄[齊]㉤95	菲[尾]㉣64	舭[支]㉤46	飛[微]㉤64
篚[尾]㉣64	蚍[支]㉤46	彎[寘]㉠45	腓[微]㉤64
筐[齊]㉤95	蜚[尾]㉣65	彎[質]◎132	駓[支]㉤46
粃[紙]㉣44	蜚[微]㉤64	邳[支]㉤46	騑[微]㉤64
糒[寘]㉠59	蜚[末]㉠64	郫[支]㉤59	騛[微]㉤67
糒[卦]㉠114	蜚[尾]㉣67	鄙[紙]㉣45	髀[紙]㉣59

鼙[齊]㊉ 96
鼻[寘]㉠ 45
鼻[尤]㊉ 297

빈

份[眞]㊉ 125
儐[震]㉠ 124
嚬[眞]㊉ 125
嬪[眞]㊉ 125
彬[眞]㊉ 125
擯[震]㉠ 125
斌[眞]㊉ 125
檳[眞]㊉ 131
殯[震]㉠ 124
濱[眞]㊉ 124
瀕[眞]㊉ 124
牝[軫]㉧ 125
獱[眞]㊉ 131
玭[眞]㊉ 125
璸[眞]㊉ 125
矉[眞]㊉ 125
繽[眞]㊉ 125
臏[軫]㉧ 125
蘏[眞]㊉ 125
蘋[眞]㊉ 125
蠙[眞]㊉ 125
蠙[先]㊉ 173
覕[屑]㉧ 177
豳[眞]㊉ 125
貧[眞]㊉ 125
賓[眞]㊉ 124
贇[眞]㊉ 125
邠[眞]㊉ 125
鑌[眞]㊉ 125
霦[眞]㊉ 131
頻[眞]㊉ 125
顰[眞]㊉ 125
鬂[震]㉠ 125
鬢[震]㉠ 125

빙

僨[靑]㊉ 273
冰[蒸]㊉ 280
凴[蒸]㊉ 280
凭[徑]㉠ 272
凭[蒸]㊉ 280
娉[敬]㉠ 261
娉[靑]㊉ 275
憑[蒸]㊉ 280
梬[梗]㉧ 260
淜[蒸]㊉ 280
砯[蒸]㊉ 280
聘[敬]㉠ 261
騁[養]㉧ 247
騁[梗]㉧ 260

사

乍[禡]㉠ 221
事[寘]㉠ 53
些[箇]㉠ 214
些[麻]㊉ 223
仕[紙]㉧ 53
似[紙]㉧ 51
伺[寘]㉠ 52
使[寘]㉠ 46
使[紙]㉧ 52
俟[紙]㉧ 52
倳[寘]㉠ 61
傞[歌]㊉ 214
傻[馬]㉧ 221
僿[寘]㉠ 53
兕[紙]㉧ 52
剚[寘]㉠ 61
卸[禡]㉠ 223
史[紙]㉧ 52
司[支]㊉ 52
咋[禡]㉠ 221
咋[陌]㉧ 259
咋[陌]㉧ 260
唆[歌]㊉ 214
嗄[禡]㉠ 220
嗣[寘]㉠ 52
四[寘]㉠ 51
壐[紙]㉧ 51
士[紙]㉧ 52
奓[麻]㊉ 223
奢[麻]㊉ 223
姒[紙]㉧ 52
娑[歌]㊉ 214
娑[箇]㉠ 217
寫[語]㉧ 76
寫[馬]㉧ 222

射[御]㉠ 76
射[禡]㉠ 224
射[陌]㉧ 251
射[陌]㉧ 252
屣[紙]㉦ 51
巳[紙]㉦ 52
師[支]㉬ 52
廈[禡]㉠ 220
徙[紙]㉦ 51
思[支]㉬ 52
思[寘]㉠ 52
戺[紙]㉦ 52
挱[歌]㉬ 214
挲[歌]㉬ 213
捨[馬]㉦ 222
斜[麻]㉬ 223
斯[支]㉬ 51
查[麻]㉬ 222
柶[寘]㉠ 60
梭[歌]㉬ 214
桫[歌]㉬ 214
楂[麻]㉬ 222
榭[禡]㉠ 224
槎[麻]㉬ 222
樝[麻]㉬ 221
死[紙]㉦ 51
[illegible][麻]㉬ 225
汜[紙]㉦ 52
沙[麻]㉬ 220
泗[寘]㉠ 52
洒[馬]㉦ 220
涘[紙]㉦ 52
渣[麻]㉬ 225
[illegible][禡]㉠ 224
潟[御]㉠ 75
瀉[馬]㉦ 222
瀉[禡]㉠ 223
灑[馬]㉦ 220
炧[馬]㉦ 223
犧[歌]㉬ 214
獅[支]㉬ 61
獻[歌]㉬ 214
璽[紙]㉦ 51
畬[麻]㉬ 223
砂[麻]㉬ 221
社[馬]㉦ 222
祀[紙]㉦ 52
祠[支]㉬ 52
䄍[禡]㉠ 221
禠[支]㉬ 51
禩[紙]㉦ 52
私[支]㉬ 51
竢[紙]㉦ 52
笥[寘]㉠ 52
篩[支]㉬ 61
簁[支]㉬ 52
簁[紙]㉦ 61
籭[支]㉬ 52
紗[麻]㉬ 221
絲[支]㉬ 51
縰[紙]㉦ 61
纚[紙]㉦ 61
耍[馬]㉦ 226
耜[紙]㉦ 52
肆[寘]㉠ 52
舍[語]㉦ 76
舍[馬]㉦ 222
舍[禡]㉠ 224
苴[麻]㉬ 222
莎[歌]㉬ 214
葸[紙]㉦ 51
葰[馬]㉦ 221
蓑[歌]㉬ 214
蓰[紙]㉦ 51
虒[支]㉬ 51
虵[麻]㉬ 223
蛇[歌]㉬ 215
蛇[麻]㉬ 223
蜡[禡]㉠ 221
螄[支]㉬ 61
衺[麻]㉬ 223
裟[麻]㉬ 225
覗[支]㉬ 52
詞[支]㉬ 52
詐[禡]㉠ 221
謝[御]㉠ 75
謝[禡]㉠ 223
貰[禡]㉠ 224
賖[麻]㉬ 223
賜[寘]㉠ 52
赦[禡]㉠ 224
躧[紙]㉦ 51

䠶[禡]㉠ 224
辝[支]㉬ 52
辤[支]㉬ 52
辭[支]㉬ 52
邪[麻]㉬ 223
鈔[歌]㉬ 214
闍[麻]㉬ 223
邪[魚]㉬ 76
𩅸[支]㉬ 51
𩅿[支]㉬ 51
韆[紙]㉦ 61
韆[紙]㉦ 61
食[寘]㉠ 52
飤[寘]㉠ 52
飼[寘]㉠ 52
駛[紙]㉦ 61
駟[寘]㉠ 52
駟[質]㉧ 132
駛[寘]㉠ 53
髿[麻]㉬ 221
魦[麻]㉬ 221
鯊[麻]㉬ 221
鷥[支]㉬ 61
鷉[支]㉬ 51
麝[禡]㉠ 224
齚[陌]㉧ 259

삭

削[藥]㉧ 238
嗽[覺]㉧ 37
㨨[藥]㉧ 232
數[覺]㉧ 37
朔[覺]㉧ 37
梀[陌]㉧ 259
槊[覺]㉧ 37
欶[覺]㉧ 37
爍[藥]㉧ 238
矟[覺]㉧ 37
箾[覺]㉧ 37
索[藥]㉧ 232
索[陌]㉧ 258
鑠[藥]㉧ 238

산

傘[旱]㉦ 154
刪[眞]㉬ 132
刪[文]㉬ 139
刪[元]㉬ 150
刪[寒]㉬ 162
刪[刪]㉬ 164
刪[先]㉬ 188
剷[潸]㉦ 165
姍[寒]㉬ 156
攣[翰]㉠ 161
山[刪]㉬ 165
嵼[潸]㉦ 164
散[旱]㉦ 154
㪚[旱]㉦ 154
㪚[翰]㉠ 155
㪚[寒]㉬ 156
柵[陌]㉧ 261
檀[刪]㉬ 167
汕[諫]㉠ 165
滻[潸]㉦ 164
潸[軫]㉦ 132
潸[吻]㉦ 139
潸[阮]㉦ 150
潸[旱]㉦ 162
潸[潸]㉦ 163
潸[刪]㉬ 164
潸[銑]㉦ 188
犍[潸]㉦ 167
狻[寒]㉬ 156
珊[寒]㉬ 156
産[潸]㉦ 164
疝[諫]㉠ 168
祘[梗]㉦ 264
笇[翰]㉠ 155
筭[旱]㉦ 155
筭[翰]㉠ 155
算[旱]㉦ 155
簅[潸]㉦ 165
繖[旱]㉦ 154
㪚[旱]㉦ 154
蒜[翰]㉠ 155
訕[刪]㉬ 164
訕[諫]㉠ 165
跚[寒]㉬ 156
酸[寒]㉬ 156
鏟[潸]㉦ 165
鏟[諫]㉠ 166
霰[霰]㉠ 132

霰[問]㉠ 139
霰[願]㉠ 150
霰[翰]㉠ 162
霰[諫]㉠ 168
霰[寒]㉬ 162
饊[旱]㉦ 154

살

摋[曷]㉧ 155
撒[黠]㉧ 164
攃[曷]㉧ 155
攃[曷]㉧ 156
榝[黠]㉧ 164
橵[曷]㉧ 155
殺[卦]㉠ 113
殺[黠]㉧ 163
煞[卦]㉠ 113
煞[黠]㉧ 164
糤[曷]㉧ 155
蔡[曷]㉧ 155
薩[曷]㉧ 155
躠[曷]㉧ 155
鎩[黠]㉧ 164
䌕[黠]㉧ 164

삼

三[覃]㉬ 309
三[勘]㉠ 310
剼[陷]㉠ 325
參[侵]㉬ 304
參[覃]㉬ 309
參[勘]㉠ 313
幓[咸]㉬ 324
摻[勘]㉠ 313
摻[咸]㉬ 324
摻[豏]㉦ 324
攕[豏]㉦ 324
攕[陷]㉠ 327
攕[咸]㉬ 324
杉[咸]㉬ 324
森[侵]㉬ 303
槮[侵]㉬ 305
櫼[咸]㉬ 325
毵[覃]㉬ 309
滲[沁]㉠ 303
滲[侵]㉬ 305
𤢖[咸]㉬ 327
𤢖[豏]㉦ 327
糂[感]㉦ 309
糝[感]㉦ 309
縿[咸]㉬ 324
纔[咸]㉬ 327
罧[侵]㉬ 305
罧[沁]㉠ 305
芟[咸]㉬ 325
葠[侵]㉬ 304
蓡[侵]㉬ 304
蔘[侵]㉬ 304
衫[咸]㉬ 324
襂[侵]㉬ 305
襳[咸]㉬ 324
釤[陷]㉠ 324
釤[咸]㉬ 327
雺[咸]㉬ 324
韂[陷]㉠ 325
鬖[侵]㉬ 305
鬖[覃]㉬ 310

삽

卅[合]㉧ 309
唼[洽]㉧ 324
啑[合]㉧ 309
啑[洽]㉧ 324
扱[洽]㉧ 325
接[葉]㉧ 319
捷[葉]㉧ 320
插[洽]㉧ 325
攝[葉]㉧ 317
歃[洽]㉧ 324
泣[緝]㉧ 299
澁[緝]㉧ 304
濇[職]㉧ 282
濈[緝]㉧ 302
澀[緝]㉧ 303
牐[洽]㉧ 325
笈[葉]㉧ 314
䈉[洽]㉧ 324
箑[洽]㉧ 324
翣[洽]㉧ 324
臿[洽]㉧ 325
萐[洽]㉧ 324

趿[合]㉧ 308
鈒[緝]㉧ 305
鈒[合]㉧ 309
鍤[洽]㉧ 325
霅[合]㉧ 309
霅[洽]㉧ 327
霎[洽]㉧ 324
靸[合]㉧ 308
颯[合]㉧ 308
馺[合]㉧ 308

상

上[漾]㉠ 237
上[養]㉅ 238
傷[陽]㉬ 237
像[養]㉅ 238
償[陽]㉬ 238
償[漾]㉠ 238
向[漾]㉠ 237
商[陽]㉬ 237
喪[漾]㉠ 232
喪[陽]㉬ 233
⿳吅工吅[陽]㉬ 233
嗓[養]㉅ 232
嘗[陽]㉬ 238
塽[養]㉅ 232
嫦[陽]㉬ 246
孀[陽]㉬ 233
尙[陽]㉬ 237
尙[漾]㉠ 237
常[陽]㉬ 237
床[陽]㉬ 234
庠[陽]㉬ 237
廂[陽]㉬ 236
徜[陽]㉬ 246
想[養]㉅ 237
搡[養]㉅ 232
晌[養]㉅ 246
桒[陽]㉬ 233
桑[陽]㉬ 233
樣[養]㉅ 238
橡[養]㉅ 238
殤[陽]㉬ 237
湘[陽]㉬ 236
湯[陽]㉬ 237
潒[養]㉅ 246
瀧[江]㉬ 36
爽[養]㉅ 232
牀[陽]㉬ 234
⿸疒桑[養]㉅ 232
相[陽]㉬ 236
相[漾]㉠ 236
磉[養]㉅ 245
祥[陽]㉬ 237
箱[陽]㉬ 237
緗[陽]㉬ 237
纕[陽]㉬ 236
翔[陽]㉬ 237
蟓[養]㉅ 246
裳[陽]㉬ 238
襄[陽]㉬ 236
襐[養]㉅ 238
觴[陽]㉬ 237
詳[陽]㉬ 237
象[養]㉅ 238
賞[養]㉅ 238
𧶠[陽]㉬ 237
霜[陽]㉬ 233
顙[養]㉅ 232
餉[漾]㉠ 237
饟[漾]㉠ 237
騻[陽]㉬ 233
騻[養]㉅ 245
驦[陽]㉬ 233
驤[陽]㉬ 236
⿱艹養[養]㉅ 237
鱨[陽]㉬ 238
鷞[養]㉅ 232
鷞[陽]㉬ 233
鶬[陽]㉬ 245
鸘[陽]㉬ 233

새

塞[隊]㉠ 117
毸[灰]㉬ 113
洒[蟹]㉅ 103
灑[蟹]㉅ 103
璽[紙]㉅ 51
簺[隊]㉠ 117
腮[灰]㉬ 113
鰓[灰]㉬ 115
賽[隊]㉠ 117

躧[蟹]㉦ 103
顋[灰]㉬ 113
䰄[灰]㉬ 113
鰓[灰]㉬ 113

색

咋[禡]㉠ 221
咋[陌]㉧ 259
咋[陌]㉧ 260
嗇[職]㉧ 281
塞[職]㉧ 281
愬[陌]㉧ 258
⿰扌索[藥]㉧ 232
摵[陌]㉧ 259
栜[陌]㉧ 259
槭[陌]㉧ 259
溹[陌]㉧ 259
濇[職]㉧ 282
穡[職]㉧ 281
索[藥]㉧ 232
索[陌]㉧ 258
賾[陌]㉧ 259
色[職]㉧ 281
齚[陌]㉧ 259
齰[陌]㉧ 259

생

牲[庚]㉬ 259
狌[庚]㉬ 259
猩[庚]㉬ 259
生[庚]㉬ 259
生[敬]㉠ 263
甥[庚]㉬ 259
⿸疒省[梗]㉦ 265
省[梗]㉦ 261
眚[梗]㉦ 261
笙[庚]㉬ 259
鉎[庚]㉬ 259
鼪[庚]㉬ 259

서

噬[霽]㉠ 93
壻[霽]㉠ 93
墅[語]㉦ 72
婿[霽]㉠ 93
嶼[語]㉦ 71
序[語]㉦ 71
庶[御]㉠ 71
庶[藥]㉧ 248
徐[魚]㉬ 71
恕[御]㉠ 71
抒[語]㉦ 72
抒[語]㉦ 73
挑[語]㉦ 72
敍[語]㉦ 71
暑[語]㉦ 71
曙[御]㉠ 71
書[魚]㉬ 71
栖[齊]㉬ 94
栖[霽]㉠ 101
棲[齊]㉬ 94
湑[語]㉦ 71
湑[魚]㉬ 75
漵[語]㉦ 74
澨[霽]㉠ 93
⿰氵與[語]㉦ 75
犀[齊]㉬ 94
癙[語]㉦ 72
筮[霽]㉠ 93
稰[語]㉦ 73
稰[魚]㉬ 75
紓[魚]㉬ 71
紓[語]㉦ 72
絮[御]㉠ 70
絮[御]㉠ 75
⿰糸余[魚]㉬ 71
緖[語]㉦ 71
署[御]㉠ 71
署[篠]㉦ 199
署[嘯]㉠ 199
耡[御]㉠ 73
耡[魚]㉬ 74
胥[魚]㉬ 71
胥[語]㉦ 71
舒[魚]㉬ 71
芧[語]㉦ 71
芧[魚]㉬ 75
薯[御]㉠ 74
藇[語]㉦ 71
蝑[魚]㉬ 75
西[齊]㉬ 93
誓[霽]㉠ 93

諝[語]㉦ 71
諝[魚]㉬ 75
貾[語]㉦ 73
逝[霽]㉠ 93
澨[霽]㉠ 101
醑[語]㉦ 71
醙[語]㉦ 71
鉏[魚]㉬ 73
鋤[魚]㉬ 74
邪[魚]㉬ 76
鱮[語]㉦ 71
黍[語]㉦ 72
鼠[語]㉦ 71

석

啇[錫]㉧ 273
夕[陌]㉧ 251
奭[陌]㉧ 251
奭[職]㉧ 277
妬[錫]㉧ 274
射[陌]㉧ 251
射[陌]㉧ 252
席[陌]㉧ 250
惜[陌]㉧ 250
昔[藥]㉧ 245
昔[陌]㉧ 250
晳[錫]㉧ 271
析[錫]㉧ 270
汐[陌]㉧ 251
淅[錫]㉧ 271
潟[陌]㉧ 250
澤[藥]㉧ 246
澤[陌]㉧ 261
猎[藥]㉧ 240
晳[錫]㉧ 271
石[陌]㉧ 251
碩[陌]㉧ 251
磶[陌]㉧ 250
祏[陌]㉧ 251
穸[陌]㉧ 251
釋[陌]㉧ 262
緆[錫]㉧ 270
腊[陌]㉧ 250
舄[陌]㉧ 250
菥[錫]㉧ 274
蓆[陌]㉧ 251
蜥[錫]㉧ 271
蝪[陌]㉧ 253
螫[箇]㉠ 219
螫[陌]㉧ 251
裼[霽]㉠ 102
裼[錫]㉧ 270
襫[陌]㉧ 251
赫[陌]㉧ 255
踖[陌]㉧ 253
釋[陌]㉧ 251
鉐[陌]㉧ 251
錫[陌]㉧ 265
錫[錫]㉧ 270
錫[職]㉧ 282
鼫[陌]㉧ 251

선

仙[先]㉬ 173
僊[先]㉬ 173
僎[銑]㉦ 181
先[眞]㉬ 132
先[文]㉬ 139
先[元]㉬ 150
先[寒]㉬ 162
先[刪]㉬ 168
先[先]㉬ 173
先[霰]㉠ 176
單[先]㉬ 174
單[霰]㉠ 177
單[銑]㉦ 178
善[銑]㉦ 177
善[霰]㉠ 187
埏[先]㉬ 174
墠[銑]㉦ 178
姍[先]㉬ 186
姺[先]㉬ 186
嬋[先]㉬ 174
宣[先]㉬ 173
尠[銑]㉦ 177
屳[先]㉬ 173
屳[先]㉬ 185
廯[銑]㉦ 177
廯[先]㉬ 186
扇[先]㉬ 174
扇[霰]㉠ 177
挻[先]㉬ 174

撰[銑]㉦ 181
撰[霰]㉠ 181
撣[先]㉬ 174
擅[霰]㉠ 178
旋[先]㉬ 174
旋[霰]㉠ 176
毨[銑]㉦ 176
次[先]㉬ 173
洗[銑]㉦ 176
洒[銑]㉦ 186
涎[先]㉬ 173
涏[霰]㉠ 186
淀[先]㉬ 174
漩[先]㉬ 173
漩[霰]㉠ 176
澶[先]㉬ 180
煽[先]㉬ 174
煽[霰]㉠ 176
熯[銑]㉦ 178
燹[寘]㉠ 62
燹[銑]㉦ 177
獮[銑]㉦ 177
瑄[先]㉬ 173
璇[先]㉬ 173
璿[先]㉬ 173
璿[先]㉬ 173
癬[銑]㉦ 177
禪[先]㉬ 174
禪[霰]㉠ 177
鮮[銑]㉦ 186
綫[霰]㉠ 176
線[霰]㉠ 176
縼[霰]㉠ 186
繕[霰]㉠ 177
繕[敬]㉠ 250
巽[銑]㉦ 187
羨[霰]㉠ 176
羨[霰]㉠ 179
羶[先]㉬ 174
朘[先]㉬ 173
膳[霰]㉠ 177
膳[銑]㉦ 187
船[先]㉬ 180
蘚[銑]㉦ 177
蟬[先]㉬ 174
蟺[銑]㉦ 187
襈[先]㉬ 186
詵[眞]㉬ 126
詵[吻]㉦ 139
譔[銑]㉦ 181
譔[霰]㉠ 182
譱[銑]㉦ 177
跣[銑]㉦ 176
躚[先]㉬ 173
蹮[先]㉬ 173
選[霰]㉠ 176
選[銑]㉦ 177
還[先]㉬ 174
鄯[銑]㉦ 177
銑[軫]㉦ 132
銑[阮]㉦ 150
銑[旱]㉦ 162
銑[濟]㉦ 168
銑[銑]㉦ 176
鋋[先]㉬ 174
鏇[霰]㉠ 186
覔[霰]㉠ 176
霰[霰]㉠ 176
饍[霰]㉠ 177
饌[霰]㉠ 181
騸[霰]㉠ 186
鮮[紙]㉦ 63
鮮[先]㉬ 173
鮮[銑]㉦ 176
鱓[銑]㉦ 178
鱔[銑]㉦ 178
鱻[先]㉬ 173

설

偰[屑]㉧ 177
僁[屑]㉧ 179
卨[屑]㉧ 177
吶[屑]㉧ 179
契[物]㉧ 139
契[屑]㉧ 173
契[屑]㉧ 177
媟[屑]㉧ 178
屑[屑]㉧ 177
屑[質]㉧ 132
屑[物]㉧ 139
屑[月]㉧ 150
屑[曷]㉧ 162

屑[黠]㉧ 168
屑[屑]㉧ 177
挈[屑]㉧ 173
揳[屑]㉧ 187
揲[屑]㉧ 179
揲[葉]㉧ 318
揲[葉]㉧ 322
擑[屑]㉧ 179
暬[屑]㉧ 178
枻[屑]㉧ 187
楔[屑]㉧ 177
泄[屑]㉧ 178
洩[屑]㉧ 178
渫[屑]㉧ 178
渫[葉]㉧ 321
焫[屑]㉧ 179
紲[屑]㉧ 177
絏[屑]㉧ 178
緤[屑]㉧ 178
舌[屑]㉧ 179
薛[屑]㉧ 178
爇[屑]㉧ 179
躠[屑]㉧ 179
褻[屑]㉧ 178
設[屑]㉧ 179
說[屑]㉧ 179
猰[黠]㉧ 164
躄[曷]㉧ 155
躠[屑]㉧ 178
辥[屑]㉧ 178
雪[屑]㉧ 179
齧[屑]㉧ 171

섬

剡[琰]㉦ 318
孅[鹽]㉬ 317
憸[鹽]㉬ 317
掞[黶]㉠ 317
㨛[黶]㉠ 317
摻[鹽]㉬ 322
摻[咸]㉬ 324
撏[鹽]㉬ 317
攕[鹽]㉬ 322
攕[咸]㉬ 324
殲[鹽]㉬ 318
淰[琰]㉦ 322
潣[琰]㉦ 318
燂[鹽]㉬ 322
爓[鹽]㉬ 322
痁[黶]㉠ 317
痁[鹽]㉬ 322
睒[琰]㉦ 318
纖[鹽]㉬ 317
苫[鹽]㉬ 317
苫[黶]㉠ 317
蟾[鹽]㉬ 317
襳[鹽]㉬ 317
覢[琰]㉦ 318
譫[鹽]㉬ 320
讝[鹽]㉬ 323
贍[黶]㉠ 317
暹[鹽]㉬ 317
銛[鹽]㉬ 316
閃[黶]㉠ 317
閃[琰]㉦ 318
陝[琰]㉦ 319
䨮[鹽]㉬ 322
韱[鹽]㉬ 317

섭

囁[葉]㉧ 316
囁[葉]㉧ 322
屧[葉]㉧ 317
弽[葉]㉧ 318
慴[葉]㉧ 319
懾[葉]㉧ 319
拾[葉]㉧ 321
拾[葉]㉧ 322
拾[緝]㉧ 300
摺[合]㉧ 308
摺[葉]㉧ 319
攝[葉]㉧ 317
攝[葉]㉧ 321
椄[葉]㉧ 319
欇[葉]㉧ 322
歙[緝]㉧ 302
歙[葉]㉧ 318
涉[葉]㉧ 317
渫[屑]㉧ 178
燮[葉]㉧ 317
籋[葉]㉧ 316
聶[葉]㉧ 319

聶[葉]㉧ 321
葉[葉]㉧ 317
讋[葉]㉧ 319
囁[葉]㉧ 316
踂[葉]㉧ 321
躞[葉]㉧ 317
躡[葉]㉧ 316
鈢[葉]㉧ 316
鍱[葉]㉧ 322
鑷[葉]㉧ 316
霎[洽]㉧ 324
韘[葉]㉧ 318
顳[葉]㉧ 316

성

城[庚]㉬ 252
埩[庚]㉬ 252
堘[庚]㉬ 252
姓[敬]㉠ 254
娍[敬]㉠ 255
宬[庚]㉬ 262
性[敬]㉠ 254
惺[梗]㉦ 257
惺[靑]㉬ 271
成[庚]㉬ 252
星[靑]㉬ 271
晟[敬]㉠ 255
牸[庚]㉬ 252
猩[庚]㉬ 259
盛[庚]㉬ 252
盛[敬]㉠ 255
省[梗]㉦ 257
祈[梗]㉦ 264
筬[庚]㉬ 252
箵[梗]㉦ 257
篂[靑]㉬ 274
聖[敬]㉠ 254
聲[庚]㉬ 252
胜[靑]㉬ 271
腥[靑]㉬ 271
觪[庚]㉬ 252
誠[庚]㉬ 252
郕[庚]㉬ 252
醒[徑]㉠ 268
醒[迥]㉦ 270
醒[靑]㉬ 271
餳[庚]㉬ 252
騂[庚]㉬ 252
鯹[靑]㉬ 271

세

世[霽]㉠ 96
勢[霽]㉠ 96
帨[霽]㉠ 96
彗[霽]㉠ 96
忕[霽]㉠ 101
捝[曷]㉧ 157
歲[霽]㉠ 96
洗[薺]㉦ 98
洗[銑]㉦ 176
洒[薺]㉦ 98
稅[霽]㉠ 96
稅[曷]㉧ 162
篲[寘]㉠ 41
篲[霽]㉠ 96
細[霽]㉠ 96
繐[霽]㉠ 96
繐[霽]㉠ 96
蛻[霽]㉠ 96
祱[霽]㉠ 96
說[霽]㉠ 96
貰[霽]㉠ 96
貰[禡]㉠ 224

셤

掞[豔]㉠ 317
攕[豔]㉠ 317
淰[琰]㉦ 322
痁[豔]㉠ 317
苫[豔]㉠ 317
贍[豔]㉠ 317
閃[豔]㉠ 317

소

佋[蕭]㉬ 193
佋[篠]㉦ 193
俏[蕭]㉬ 198
傃[遇]㉠ 80
削[藥]㉧ 238
劭[嘯]㉠ 193
卲[嘯]㉠ 193
召[嘯]㉠ 193

召[嘯]㉠ 198
咲[嘯]㉠ 192
哨[蕭]㉬ 193
哨[嘯]㉠ 195
嗉[遇]㉠ 80
喿[號]㉠ 208
嘯[嘯]㉠ 192
嘯[效]㉠ 204
嘯[號]㉠ 211
磬[蕭]㉬ 193
噪[號]㉠ 208
埽[皓]㉦ 208
埽[號]㉠ 208
㛮[皓]㉦ 208
塑[遇]㉠ 80
塐[遇]㉠ 80
嫂[皓]㉦ 208
宵[蕭]㉬ 192
小[篠]㉦ 193
少[篠]㉦ 193
少[嘯]㉠ 193
巢[肴]㉬ 202
𢋱[虞]㉬ 79
弰[肴]㉬ 202
彇[蕭]㉬ 192
愫[遇]㉠ 90
慅[豪]㉬ 208
愬[遇]㉠ 80
所[語]㉦ 73
所1[語]㉦ 73
捎[蕭]㉬ 198
捎[肴]㉬ 202
掃[皓]㉦ 208
掃[號]㉠ 208
搔[豪]㉬ 208
旓[肴]㉬ 202
昭[蕭]㉬ 193
昭[蕭]㉬ 195
昭[篠]㉦ 197
梳[魚]㉬ 73
梢[肴]㉬ 202
歗[嘯]㉠ 192
氉[號]㉠ 210
沼[篠]㉦ 194
泝[遇]㉠ 80
消[蕭]㉬ 192
溯[遇]㉠ 80
溞[豪]㉬ 211
漅[肴]㉬ 202
瀟[蕭]㉬ 192
炤[蕭]㉬ 195
炤[藥]㉧ 241
燒[蕭]㉬ 193
燒[嘯]㉠ 193
燥[號]㉠ 208
甦[虞]㉬ 79
疋[魚]㉬ 76
疎[魚]㉬ 73
疏[支]㉬ 63
疏[魚]㉬ 73
疏[御]㉠ 73
痟[蕭]㉬ 192
瘙[號]㉠ 208
硝[蕭]㉬ 193
穌[虞]㉬ 79
笑[嘯]㉠ 192
筲[肴]㉬ 202
箾[覺]㉧ 37
箾[蕭]㉬ 192
篠[篠]㉦ 192
篠[巧]㉦ 204
篠[皓]㉦ 211
簫[蕭]㉬ 192
糈[語]㉦ 73
素[遇]㉠ 79
紹[篠]㉦ 193
綀[魚]㉬ 76
綃[蕭]㉬ 192
繅[豪]㉬ 208
繰[豪]㉬ 208
翛[蕭]㉬ 192
肖[嘯]㉠ 192
肖[蕭]㉬ 198
臊[豪]㉬ 208
艄[肴]㉬ 202
艘[豪]㉬ 208
艘[豪]㉬ 209
蔬[魚]㉬ 73
蕭[蕭]㉬ 192
蕭[肴]㉬ 204
蕭[豪]㉬ 211
蕭[尤]㉬ 298

蘇[虞]㉬ 79
蛸[蕭]㉬ 193
蛸[肴]㉬ 202
蠨[蕭]㉬ 192
袑[篠]㉦ 193
訴[遇]㉠ 80
謏[篠]㉦ 192
謏[篠]㉦ 192
譟[號]㉠ 208
貾[語]㉦ 73
踈[魚]㉬ 73
逍[蕭]㉬ 192
遡[遇]㉠ 80
邵[嘯]㉠ 193
酥[虞]㉬ 79
釃[魚]㉬ 73
銷[蕭]㉬ 192
霄[蕭]㉬ 192
霄[歌]㉬ 219
霄[尤]㉬ 298
鞘[嘯]㉠ 193
鞘[肴]㉬ 202
韒[嘯]㉠ 193
韶[蕭]㉬ 193
颵[肴]㉬ 202
颼[尤]㉬ 286
颾[豪]㉬ 208
䬕[蕭]㉬ 192
騷[豪]㉬ 208
髾[肴]㉬ 202
魈[嘯]㉠ 197

속

俗[沃]㉧ 31
剹[沃]㉧ 30
嗽[覺]㉧ 37
屬[沃]㉧ 33
屬[沃]㉧ 35
屬[藥]㉧ 247
愬[陌]㉧ 258
束[沃]㉧ 30
棟[陌]㉧ 259
樕[屋]㉧ 20
涑[屋]㉧ 20
涑[沃]㉧ 30
粟[沃]㉧ 30
續[沃]㉧ 31
蔌[屋]㉧ 20
蔌[有]㉦ 296
藗[屋]㉧ 20
藚[沃]㉧ 31
觫[屋]㉧ 20
謖[屋]㉧ 20
贖[沃]㉧ 31
速[屋]㉧ 20
遬[屋]㉧ 20
餗[屋]㉧ 20

손

噀[願]㉠ 143
孫[元]㉬ 143
巽[願]㉠ 143
愻[願]㉠ 143
損[阮]㉦ 144
飧[元]㉬ 143
潠[願]㉠ 143
猻[元]㉬ 143
蓀[元]㉬ 143
遜[願]㉠ 143
飧[元]㉬ 143
飱[元]㉬ 143

솔

帥[質]㉧ 120
率[質]㉧ 119
率[質]㉧ 120
窣[月]㉧ 143
蟀[質]㉧ 121
䢦[月]㉧ 149

송

淞[冬]㉬ 35
宋[送]㉠ 27
宋[宋]㉠ 29
宋[絳]㉠ 39
嵷[腫]㉦ 34
悚[腫]㉦ 30
憽[東]㉬ 26
擻[腫]㉦ 34
松[冬]㉬ 31
淞[冬]㉬ 35
竦[腫]㉦ 29

聳[腫]㉦ 30
蚣[冬]㉬ 31
蜙[冬]㉬ 31
訟[宋]㉠ 32
誦[宋]㉠ 32
送[送]㉠ 20
送[宋]㉠ 35
送[絳]㉠ 39
頌[宋]㉠ 32
駷[腫]㉦ 33
鬆[冬]㉬ 31
䮸[冬]㉬ 35

솨

瑣[哿]㉦ 216
璅[哿]㉦ 216
耍[馬]㉦ 226
鎖[哿]㉦ 216
鏁[哿]㉦ 216

솰

刷[黠]㉤ 166

쇄

刷[黠]㉤ 166
晒[卦]㉠ 113
曬[卦]㉠ 113
殺[卦]㉠ 113
洒[卦]㉠ 113
淬[隊]㉠ 118
灑[卦]㉠ 113
焠[隊]㉠ 118
煞[卦]㉠ 113
瑣[哿]㉦ 216
璅[哿]㉦ 216
碎[隊]㉠ 118
縰[紙]㉦ 61
誶[隊]㉠ 118
誶[質]㉤ 130
鎖[哿]㉦ 216
鏁[哿]㉦ 216
鎩[卦]㉠ 114
鎩[黠]㉤ 164
靃[藥]㉤ 244

쇠

𤸎[支]㉬ 54
衰[支]㉬ 53
䪎[灰]㉬ 109

쇼

稍[效]㉠ 202

수

修[尤]㉬ 290
倕[支]㉬ 41
倅[隊]㉠ 118
脩[尤]㉬ 290
傁[有]㉦ 288
厜[支]㉬ 58
受[有]㉦ 293
叟[有]㉦ 288
叟[尤]㉬ 296
售[宥]㉠ 292
嗽[宥]㉠ 287
嗾[有]㉦ 288
囚[尤]㉬ 290
垂[支]㉬ 41
嫂[皓]㉦ 208
璲[寘]㉠ 41
壽[宥]㉠ 292
壽[有]㉦ 293
嫂[皓]㉦ 208
嬃[虞]㉬ 92
守[有]㉦ 293
守[宥]㉠ 297
叜[有]㉦ 288
叜[尤]㉬ 296
宿[宥]㉠ 291
畄[宥]㉠ 291
𦣻[有]㉦ 293
帥[寘]㉠ 41
㡏[虞]㉬ 88
須[虞]㉬ 86
廋[尤]㉬ 286
廋[宥]㉠ 287
廋[尤]㉬ 286
戍[遇]㉠ 88
手[有]㉦ 292
捒[遇]㉠ 86
授[宥]㉠ 292

授[有]ⓧ 297	水[紙]ⓧ 41	瘦[宥]ㄱ 287	繻[虞]ㅍ 86
授[尤]ㅍ 286	泅[尤]ㅍ 290	瘶[宥]ㄱ 287	羞[尤]ㅍ 290
毹[虞]ㅍ 87	洙[虞]ㅍ 87	脽[支]ㅍ 58	脽[支]ㅍ 58
搜[尤]ㅍ 286	涑[宥]ㄱ 287	晬[寘]ㄱ 40	膴[尤]ㅍ 287
揫[尤]ㅍ 286	涑[尤]ㅍ 295	睡[寘]ㄱ 42	茱[虞]ㅍ 87
撒[有]ⓧ 296	浚[尤]ㅍ 286	膄[有]ⓧ 288	荽[支]ㅍ 41
收[尤]ㅍ 290	溲[尤]ㅍ 286	崇[寘]ㄱ 40	菙[紙]ⓧ 41
收[宥]ㄱ 292	溲[有]ⓧ 288	秀[宥]ㄱ 291	蒐[尤]ㅍ 287
數[沃]◎ 35	漱[宥]ㄱ 287	穗[寘]ㄱ 41	藪[有]ⓧ 296
數[覺]◎ 37	滫[有]ⓧ 292	穟[寘]ㄱ 41	藪[有]ⓧ 288
數[麌]ⓧ 86	濉[支]ㅍ 58	豎[麌]ⓧ 88	袖[宥]ㄱ 291
數[遇]ㄱ 86	邃[寘]ㄱ 58	墅[虞]ㅍ 86	裋[麌]ⓧ 88
歠[尤]ㅍ 291	灑[紙]ⓧ 41	箮[寘]ㄱ 41	褏[宥]ㄱ 291
晬[隊]ㄱ 118	燧[寘]ㄱ 41	籔[麌]ⓧ 91	褎[宥]ㄱ 291
枢[虞]ㅍ 87	狩[宥]ㄱ 291	籔[有]ⓧ 288	襚[寘]ㄱ 41
梍[有]ⓧ 288	狻[尤]ㅍ 287	粹[寘]ㄱ 40	禭[寘]ㄱ 41
樹[麌]ⓧ 88	獀[尤]ㅍ 287	綉[宥]ㄱ 291	訹[有]ⓧ 292
樹[遇]ㄱ 88	獀[有]ⓧ 296	綏[支]ㅍ 41	訊[尤]ㅍ 291
橇[寘]ㄱ 41	獸[宥]ㄱ 291	綏[宥]ㄱ 292	誜[宥]ㄱ 297
欶[覺]◎ 37	率[寘]ㄱ 42	綏[有]ⓧ 293	誰[支]ㅍ 41
欶[宥]ㄱ 287	琇[宥]ㄱ 291	繡[嘯]ㄱ 199	誶[寘]ㄱ 40
殊[虞]ㅍ 87	瑞[寘]ㄱ 42	繡[宥]ㄱ 291	誶[震]ㄱ 125
殳[虞]ㅍ 87	璲[寘]ㄱ 41	綏[寘]ㄱ 58	誶[質]◎ 130

謏[有]㉠ 296
讎[尤]㉬ 290
豎[麌]㉦ 88
輸[虞]㉬ 86
輸[遇]㉠ 91
遂[寘]㉠ 41
邃[寘]㉠ 41
酥[虞]㉬ 79
酬[尤]㉬ 290
酸[有]㉦ 296
醙[尤]㉬ 296
醻[尤]㉬ 291
銖[虞]㉬ 87
鎪[尤]㉬ 286
鏉[尤]㉬ 286
鐩[寘]㉠ 41
陲[支]㉬ 41
隋[支]㉬ 41
隨[支]㉬ 41
隧[寘]㉠ 41
雖[支]㉬ 40
雟[紙]㉦ 59
需[虞]㉬ 86
靃[藥]㉧ 244
須[虞]㉬ 86
颼[尤]㉬ 286
餿[尤]㉬ 296
首[御]㉠ 76
首[有]㉠ 291
首[有]㉦ 293
髓[紙]㉦ 41
鬚[虞]㉬ 86
魗[尤]㉬ 291
鱐[尤]㉬ 287

숙

俶[屋]㉧ 23
倏[屋]㉧ 23
儵[屋]㉧ 24
叔[屋]㉧ 23
叔[質]㉧ 132
塾[屋]㉧ 24
夙[屋]㉧ 23
婌[屋]㉧ 23
孰[屋]㉧ 24
宿[屋]㉧ 23
宿[緝]㉧ 305
尗[屋]㉧ 23
淑[屋]㉧ 23
熟[屋]㉧ 24
琡[屋]㉧ 23
璹[屋]㉧ 24
縮[屋]㉧ 23
䎘[屋]㉧ 23
肅[屋]㉧ 23
莤[屋]㉧ 23
菽[屋]㉧ 23
蓿[屋]㉧ 23
蹜[屋]㉧ 23
驌[屋]㉧ 26
鱐[屋]㉧ 23
鷫[屋]㉧ 26

순

侚[震]㉠ 119
唇[眞]㉬ 121
峋[眞]㉬ 120
徇[震]㉠ 119
循[眞]㉬ 120
恂[眞]㉬ 120
恂[震]㉠ 130
揗[震]㉠ 120
揗[眞]㉬ 121
揗[軫]㉦ 121
旬[眞]㉬ 120
朐[震]㉠ 130
栒[軫]㉦ 120
楯[軫]㉦ 120
楯[眞]㉬ 121
楯[震]㉠ 130
橁[眞]㉬ 122
殉[震]㉠ 119
洵[眞]㉬ 120
洵[霰]㉠ 187
淳[眞]㉬ 121
漘[眞]㉬ 121
焞[眞]㉬ 130
犉[眞]㉬ 121
珣[眞]㉬ 120
筍[眞]㉬ 119
盾[軫]㉦ 120
眴[震]㉠ 120

瞚[震]㉠ 120
瞬[震]㉠ 120
瞤[眞]㉬ 130
稄[職]㉧ 282
笋[軫]㉦ 120
筍[軫]㉦ 120
箰[軫]㉦ 120
篔[軫]㉦ 120
簨[軫]㉦ 120
紃[眞]㉬ 121
純[眞]㉬ 121
肫[眞]㉬ 122
脣[眞]㉬ 121
舜[震]㉠ 120
荀[眞]㉬ 120
蒓[眞]㉬ 121
蓴[眞]㉬ 121
蕣[震]㉠ 120
詢[眞]㉬ 120
諄[眞]㉬ 122
輴[眞]㉬ 122
巡[眞]㉬ 120
醇[眞]㉬ 121
錞[隊]㉠ 117
錞[眞]㉬ 121
郇[眞]㉬ 120
隼[軫]㉦ 120
順[震]㉠ 120
馴[眞]㉬ 121
馴[問]㉠ 138
鶉[眞]㉬ 121

술

戌[質]㉧ 120
朮[質]㉧ 121
沭[質]㉧ 121
潏[質]㉧ 131
珬[質]㉧ 120
秫[質]㉧ 121
術[質]㉧ 121
訹[質]㉧ 120
述[質]㉧ 121
驈[質]㉧ 131

순

崧[東]㉬ 21
嵩[東]㉬ 21
菘[東]㉬ 22
鯎[東]㉬ 22
鶖[東]㉬ 22

슈

帥[寘]㉠ 41
彗[寘]㉠ 41
授[有]㉦ 297
篲[寘]㉠ 41
誶[寘]㉠ 40

슬

厀[質]㉧ 122
瑟[質]㉧ 122
璱[質]㉧ 123
膝[質]㉧ 122
蕂[質]㉧ 122
蝨[質]㉧ 123
飋[質]㉧ 123

습

什[緝]㉧ 300
慴[葉]㉧ 319
拾[葉]㉧ 321
拾[葉]㉧ 322
拾[緝]㉧ 300
槢[緝]㉧ 300
溼[緝]㉧ 300
濕[緝]㉧ 300
熠[緝]㉧ 301
習[緝]㉧ 300
褶[緝]㉧ 300
褶[葉]㉧ 323
襲[緝]㉧ 300
鈒[緝]㉧ 305
隰[緝]㉧ 300
霫[緝]㉧ 299
飁[緝]㉧ 299

승

丞[蒸]㉬ 278
乘[徑]㉠ 271
乘[蒸]㉬ 279
僧[蒸]㉬ 278
勝[徑]㉠ 271

勝[蒸]㉬ 278
升[蒸]㉬ 278
塍[蒸]㉬ 279
嵊[徑]㉠ 271
承[蒸]㉬ 278
昇[蒸]㉬ 278
椉[蒸]㉬ 280
榺[徑]㉠ 271
殅[迥]㉦ 275
澠[蒸]㉬ 278
甸[徑]㉠ 271
䑈[蒸]㉬ 279
繩[蒸]㉬ 278
蕂[徑]㉠ 274
蠅[蒸]㉬ 279
陞[蒸]㉬ 278
騬[蒸]㉬ 282
鬙[蒸]㉬ 278
鱦[徑]㉠ 275

시

使[寘]㉠ 46
侍[寘]㉠ 46
偲[支]㉬ 56
偲[灰]㉬ 113
兕[紙]㉦ 52
澌[支]㉬ 56
澌[齊]㉬ 102
匙[支]㉬ 47
厮[支]㉬ 56
咶[紙]㉦ 46
啻[寘]㉠ 46
嗜[寘]㉠ 47
嘶[齊]㉬ 101
塒[支]㉬ 47
始[紙]㉦ 45
寺[寘]㉠ 46
寺[寘]㉠ 61
尸[支]㉬ 47
屎[紙]㉦ 46
屍[支]㉬ 47
屣[寘]㉠ 46
市[紙]㉦ 46
廁[職]㉧ 282
弑[寘]㉠ 46
弛[紙]㉦ 45
恃[紙]㉦ 46
撕[齊]㉬ 101
施[支]㉬ 46
施[寘]㉠ 46
旹[支]㉬ 47
是[紙]㉦ 46
時[支]㉬ 47
柹[紙]㉦ 46
柴[卦]㉠ 112
枲[紙]㉦ 45
柿[紙]㉦ 46
柴[佳]㉬ 105
栘[齊]㉬ 98
殺[寘]㉠ 46
毸[灰]㉬ 113
氏[紙]㉦ 46
漦[支]㉬ 47
澌[齊]㉬ 102
澌[支]㉬ 62
猜[灰]㉬ 113
眡[紙]㉦ 46
眎[寘]㉠ 47
矢[紙]㉦ 46
示[寘]㉠ 47
祡[佳]㉬ 105
視[寘]㉠ 47
禔[支]㉬ 47
絁[支]㉬ 46
緦[支]㉬ 56
罳[支]㉬ 56
罳[灰]㉬ 115
翅[寘]㉠ 46
翨[支]㉬ 47
腮[灰]㉬ 113
䑛[紙]㉦ 46
舐[紙]㉦ 46
舓[紙]㉦ 46
葸[紙]㉦ 51
葹[支]㉬ 60
蓍[支]㉬ 46
蒔[寘]㉠ 47
蒔[支]㉬ 60
襹[支]㉬ 62
視[紙]㉦ 46
覗[支]㉬ 46
詩[支]㉬ 47

試[寘]㉠ 46
諟[紙]㉦ 46
諡[寘]㉠ 47
謚[寘]㉠ 47
謚[陌]㉧ 263
豉[寘]㉠ 47
豕[紙]㉦ 46
豺[佳]㉬ 105
䣛[寘]㉠ 47
釃[支]㉬ 56
闍[寘]㉠ 46
阺[紙]㉦ 60
顋[灰]㉬ 113
颸[支]㉬ 62
鰣[支]㉬ 60
鳲[支]㉬ 47

식

埴[職]㉧ 280
媳[職]㉧ 282
寔[職]㉧ 280
式[寘]㉠ 63
式[職]㉧ 280
息[職]㉧ 279
拭[職]㉧ 280
栻[職]㉧ 280
植[職]㉧ 280
殖[職]㉧ 280
湜[職]㉧ 280
熄[職]㉧ 280
𦡄[職]㉧ 282
蝕[職]㉧ 280
識[寘]㉠ 49
識[職]㉧ 280
軾[職]㉧ 280
食[職]㉧ 280
飾[職]㉧ 280

신

伸[眞]㉬ 126
侁[眞]㉬ 126
信[震]㉠ 125
兟[眞]㉬ 126
呻[眞]㉬ 126
哂[軫]㉦ 125
囟[震]㉠ 131
姺[眞]㉬ 126
娠[眞]㉬ 126
婜[眞]㉬ 126
宸[眞]㉬ 127
峷[眞]㉬ 126
愼[震]㉠ 126
新[眞]㉬ 125
昚[震]㉠ 126
晨[眞]㉬ 127
汛[震]㉠ 125
燼[震]㉠ 126
甡[眞]㉬ 126
申[眞]㉬ 126
申[震]㉠ 131
矧[軫]㉦ 125
神[眞]㉬ 127
裖[軫]㉦ 126
籸[眞]㉬ 126
紳[眞]㉬ 126
脤[軫]㉦ 126
腎[軫]㉦ 125
臣[眞]㉬ 127
莘[眞]㉬ 126
薪[眞]㉬ 126
藎[震]㉠ 125
蜃[震]㉠ 126
蜃[軫]㉦ 125
訊[寘]㉠ 63
訊[震]㉠ 125
誶[震]㉠ 125
誶[質]㉧ 130
賮[震]㉠ 125
贐[震]㉠ 125
身[眞]㉬ 127
身[陽]㉬ 247
辛[眞]㉬ 125
辰[眞]㉬ 127
迅[震]㉠ 125
顖[震]㉠ 131
駪[眞]㉬ 126
𩶘[眞]㉬ 126
鷐[眞]㉬ 127
麎[眞]㉬ 131

실

失[質]㉧ 124

室[質]㉧ 124
室[藥]㉧ 247
實[質]㉧ 124
實[震]㉠ 132
悉[質]㉧ 124
蟋[質]㉧ 124

심

什[緝]㉧ 300
伈[寢]㉦ 300
伈[沁]㉠ 303
十[緝]㉧ 300
嬸[寢]㉦ 301
審[寢]㉦ 300
尋[侵]㉬ 301
心[侵]㉬ 301
忱[侵]㉬ 302
椹[寢]㉦ 302
橬[侵]㉬ 304
橬[鹽]㉬ 319
沁[沁]㉠ 302
沁[勘]㉠ 313
沁[豔]㉠ 323
沁[陷]㉠ 328
沈[寢]㉦ 301
深[東]㉬ 27
深[侵]㉬ 302
深[沁]㉠ 304
㴱[侵]㉬ 302
淰[寢]㉦ 301
潯[侵]㉬ 302
灊[侵]㉬ 302
灊[鹽]㉬ 319
煁[侵]㉬ 302
燖[侵]㉬ 302
燂[侵]㉬ 302
犹[寢]㉦ 302
甚[沁]㉠ 301
甚[寢]㉦ 302
痒[寢]㉦ 302
瞫[寢]㉦ 302
罧[沁]㉠ 305
葚[寢]㉦ 302
蓡[侵]㉬ 304
蕈[侵]㉬ 304
諗[寢]㉦ 301
諶[東]㉬ 27
諶[侵]㉬ 302
鄩[侵]㉬ 302
鐔[侵]㉬ 302
鬵[侵]㉬ 302
鱏[侵]㉬ 304
鱘[侵]㉬ 304
黮[寢]㉦ 302

십

什[緝]㉧ 300
十[緝]㉧ 300
拾[葉]㉧ 321
拾[葉]㉧ 322
霫[緝]㉧ 299

싱

賸[徑]㉠ 275

쌍

雙[江]㉬ 37
㩳[江]㉬ 37
艭[江]㉬ 37

아

丫[麻]㉬ 221
亞[禡]㉠ 221
俄[歌]㉬ 214
兒[支]㉬ 52
哦[歌]㉬ 214
啞[馬]㉦ 221
啞[禡]㉠ 221
啞[陌]㉧ 259
唲[支]㉬ 61
娥[歌]㉬ 214
娿[哿]㉦ 214
婀[哿]㉦ 214
娿[歌]㉬ 214
婭[禡]㉠ 221
峨[歌]㉬ 214
庌[馬]㉦ 225
御[禡]㉠ 220
我[哿]㉦ 213
犽[麻]㉬ 221
旑[哿]㉦ 218
枒[麻]㉬ 221
椏[麻]㉬ 221

椳[哿]㉦ 218
涯[麻]㉬ 221
牙[東]㉬ 27
牙[麻]㉬ 221
猗[哿]㉦ 218
疋[馬]㉦ 221
疴[歌]㉬ 214
痾[歌]㉬ 214
痖[馬]㉦ 221
睋[歌]㉬ 214
砑[禡]㉠ 221
硪[哿]㉦ 213
稏[禡]㉠ 221
絅[歌]㉬ 218
芽[麻]㉬ 221
莪[歌]㉬ 214
蛾[歌]㉬ 214
衙[禡]㉠ 220
衙[麻]㉬ 221
衺[哿]㉦ 218
訝[禡]㉠ 221
迓[禡]㉠ 220
遻[禡]㉠ 221
阿[歌]㉬ 214
雅[馬]㉦ 221
餓[箇]㉠ 214
騀[哿]㉦ 214
鴉[麻]㉬ 221
鵝[歌]㉬ 214
鵶[麻]㉬ 221

악

偓[覺]㉧ 37
剭[覺]㉧ 39
咢[藥]㉧ 232
喓[藥]㉧ 237
喔[覺]㉧ 38
噩[藥]㉧ 233
堊[藥]㉧ 232
堮[藥]㉧ 232
岳[覺]㉧ 38
岳[質]㉧ 132
崿[藥]㉧ 245
嶽[覺]㉧ 38
幄[覺]㉧ 38
惡[藥]㉧ 232
愕[藥]㉧ 232
握[覺]㉧ 37
樂[覺]㉧ 38
渥[覺]㉧ 37
萼[藥]㉧ 233
葯[覺]㉧ 39
蘁[藥]㉧ 233
蝁[藥]㉧ 245
諤[藥]㉧ 232
鄂[藥]㉧ 233
鍔[藥]㉧ 232
鰐[藥]㉧ 232
鱷[藥]㉧ 233
鶚[藥]㉧ 233
鸑[覺]㉧ 38
齷[覺]㉧ 39
齶[藥]㉧ 232

안

喭[翰]㉠ 155
安[寒]㉬ 156
岸[翰]㉠ 155
按[翰]㉠ 155
按[曷]㉧ 156
晏[諫]㉠ 165
案[翰]㉠ 155
殷[刪]㉬ 165
犴[翰]㉠ 155
犴[寒]㉬ 156
眼[潸]㉦ 164
矸[翰]㉠ 155
諺[翰]㉠ 155
豻[翰]㉠ 155
豻[寒]㉬ 156
鴈[諫]㉠ 165
鞍[寒]㉬ 156
顏[刪]㉬ 165
鴈[諫]㉠ 165
鴳[諫]㉠ 165
鷃[諫]㉠ 165

알

啐[質]㉧ 130
嘎[黠]㉧ 167
圠[黠]㉧ 164
堨[曷]㉧ 156

堨[屑]㉧ 185
嶭[曷]㉧ 161
巀[屑]㉧ 170
戞[黠]㉧ 163
捾[曷]㉧ 156
揠[黠]㉧ 164
斡[曷]㉧ 156
暍[月]㉧ 140
曷[曷]㉧ 158
枿[曷]㉧ 155
櫱[曷]㉧ 155
歇[月]㉧ 141
㷎[月]㉧ 141
猰[黠]㉧ 164
𤸷[月]㉧ 140
𤸷[曷]㉧ 160
絜[屑]㉧ 171
訐[月]㉧ 140
謁[月]㉧ 140
𧳭[黠]㉧ 164
軋[黠]㉧ 164
輵[曷]㉧ 151
𨏶[曷]㉧ 155
𨏶[屑]㉧ 170
遏[曷]㉧ 155
钀[月]㉧ 140
閼[月]㉧ 148
閼[曷]㉧ 156
䨠[曷]㉧ 156
靄[曷]㉧ 156
頞[曷]㉧ 156
餲[卦]㉠ 109
餲[曷]㉧ 156
鳦[黠]㉧ 167
齾[黠]㉧ 164

암

俺[感]㉦ 312
俺[豔]㉠ 314
俺[陷]㉠ 325
匼[感]㉦ 312
厭[鎌]㉦ 327
唵[感]㉦ 309
㖺[覃]㉬ 310
喑[沁]㉠ 304
喑[覃]㉬ 310
埯[感]㉦ 309
壛[咸]㉬ 325
媕[覃]㉬ 313
岩[咸]㉬ 325
嵒[咸]㉬ 325
巖[咸]㉬ 325
庵[覃]㉬ 310
揞[感]㉦ 309
揜[感]㉦ 309
晻[感]㉦ 309
暗[勘]㉠ 310
盦[覃]㉬ 313
碞[咸]㉬ 325
腌[葉]㉧ 315
腤[覃]㉬ 313
菴[覃]㉬ 310
菴[勘]㉠ 312
裺[陷]㉠ 325
諳[覃]㉬ 310
闇[覃]㉬ 310
闇[勘]㉠ 310
闇[感]㉦ 312
韽[覃]㉬ 313
韽[陷]㉠ 327
頜[合]㉧ 311
頷[感]㉦ 312
顉[感]㉦ 312
馣[覃]㉬ 310
馣[感]㉦ 312
鵪[覃]㉬ 310
鵪[洽]㉧ 325
鶕[覃]㉬ 310
麙[咸]㉬ 327
黤[鎌]㉦ 324
黭[感]㉦ 309
黯[鎌]㉦ 324
黶[鎌]㉦ 327

압

匌[合]㉧ 312
匼[合]㉧ 309
厭[葉]㉧ 318
呷[洽]㉧ 325
唈[緝]㉧ 304
唈[合]㉧ 309
壓[洽]㉧ 325

姶[合]㉧ 312	柍[漾]㉠ 246	哀[灰]㉬ 113	獃[灰]㉬ 114
押[洽]㉧ 324	棉[陽]㉬ 245	唉[灰]㉬ 108	皚[灰]㉬ 108
押[洽]㉧ 327	殃[陽]㉬ 233	啀[佳]㉬ 103	睚[佳]㉬ 106
擪[洽]㉧ 325	泱[陽]㉬ 233	喝[卦]㉠ 108	睚[卦]㉠ 114
浥[葉]㉧ 315	泱[養]㉦ 233	嗄[卦]㉠ 109	硋[隊]㉠ 116
[illegible][合]㉧ 312	盎[漾]㉠ 232	噫[卦]㉠ 112	碍[隊]㉠ 116
狎[洽]㉧ 326	䄃[陽]㉬ 233	埃[灰]㉬ 108	磑[隊]㉠ 117
罨[合]㉧ 309	秧[陽]㉬ 233	堨[曷]㉧ 156	礙[隊]㉠ 116
鴨[洽]㉧ 324	詇[養]㉦ 233	壒[泰]㉠ 103	艾[泰]㉠ 103
䳁[洽]㉧ 325	𨠞[養]㉦ 246	娭[賄]㉦ 115	艾[隊]㉠ 116
鵪[洽]㉧ 325	醠[養]㉦ 245	崖[支]㉬ 62	薆[隊]㉠ 118
	醠[漾]㉠ 246	崖[佳]㉬ 103	藹[泰]㉠ 103
앙	鉠[陽]㉬ 233	㤅[泰]㉠ 103	藹[賄]㉦ 114
仰[養]㉦ 232	雵[陽]㉬ 234	愛[隊]㉠ 117	䛩[卦]㉠ 112
仰[漾]㉠ 232	鞅[養]㉦ 233	挨[佳]㉬ 103	閡[隊]㉠ 116
佒[養]㉦ 246	䬬[養]㉦ 233	捱[佳]㉬ 106	阨[卦]㉠ 112
卬[陽]㉬ 233	䬬[漾]㉠ 233	敳[灰]㉬ 108	阸[陌]㉧ 259
坱[養]㉦ 233	鴦[陽]㉬ 233	曖[隊]㉠ 117	餲[卦]㉠ 111
央[陽]㉬ 233		瞌[泰]㉠ 103	隘[卦]㉠ 111
岇[江]㉬ 39	**애**	欸[灰]㉬ 108	䨠[灰]㉬ 108
怏[養]㉦ 233	僾[隊]㉠ 117	欸[賄]㉦ 115	靄[泰]㉠ 103
怏[漾]㉠ 233	厓[佳]㉬ 103	毐[賄]㉦ 111	靄[賄]㉦ 113
昻[陽]㉬ 233	呃[卦]㉠ 112	涯[佳]㉬ 103	靄[曷]㉧ 156

靄[緝]㉧ 305
靉[賄]㉦ 115
靉[隊]㉠ 117
餲[卦]㉠ 109
餲[曷]㉧ 156
饐[霽]㉠ 101
馤[泰]㉠ 103
騃[蟹]㉦ 103

액

厄[陌]㉧ 259
啞[陌]㉧ 259
夜[陌]㉧ 264
客[陌]㉧ 264
戹[陌]㉧ 259
扼[陌]㉧ 259
㧖[陌]㉧ 259
掖[陌]㉧ 259
搤[陌]㉧ 259
液[陌]㉧ 260
腋[陌]㉧ 259
䄉[陌]㉧ 260
詻[陌]㉧ 260
軛[陌]㉧ 259
軶[陌]㉧ 259
阨[陌]㉧ 259
阸[陌]㉧ 259
頟[陌]㉧ 260
額[陌]㉧ 260
餩[陌]㉧ 259
鬲[陌]㉧ 249
鬲[錫]㉧ 269

앵

嚶[庚]㉬ 259
嫈[庚]㉬ 260
櫻[庚]㉬ 260
甖[庚]㉬ 260
罃[庚]㉬ 260
罌[庚]㉬ 260
譻[庚]㉬ 263
鶯[庚]㉬ 259
鸎[庚]㉬ 259
鸚[庚]㉬ 259

야

也[馬]㉦ 223
冶[馬]㉦ 223
喏[馬]㉦ 226
埜[馬]㉦ 223
壄[馬]㉦ 223
夜[禡]㉠ 224
夜[藥]㉧ 248
夜[陌]㉧ 264
射[禡]㉠ 224
射[陌]㉧ 251
射[陌]㉧ 252
惹[馬]㉦ 223
揶[麻]㉬ 226
斜[麻]㉬ 223
枒[麻]㉬ 226
椰[麻]㉬ 226
涂[麻]㉬ 225
爺[麻]㉬ 226
琊[麻]㉬ 223
耶[麻]㉬ 223
若[馬]㉦ 223
邪[麻]㉬ 223
野[馬]㉦ 223
釾[麻]㉬ 223
鎁[麻]㉬ 223

약

嫋[藥]㉧ 240
弱[藥]㉧ 239
搦[覺]㉧ 36
搦[陌]㉧ 256
櫟[錫]㉧ 268
瀹[藥]㉧ 239
爚[藥]㉧ 239
礿[藥]㉧ 239
禴[藥]㉧ 239
箹[覺]㉧ 38
箬[藥]㉧ 240
篛[藥]㉧ 240
籥[藥]㉧ 239
約[嘯]㉠ 197
約[藥]㉧ 238
若[藥]㉧ 240
葯[覺]㉧ 39
葯[藥]㉧ 239

蒻[藥]㉧ 240
藥[藥]㉧ 239
趯[錫]㉧ 272
躍[藥]㉧ 239
躒[錫]㉧ 269
鄀[藥]㉧ 246
鑰[藥]㉧ 239
龠[藥]㉧ 239

양

佯[陽]㉬ 239
勷[陽]㉬ 239
壤[養]㉦ 239
孃[陽]㉬ 235
徉[陽]㉬ 239
恙[漾]㉠ 238
懩[養]㉦ 239
揚[陽]㉬ 238
攘[陽]㉬ 239
攘[養]㉦ 239
敭[陽]㉬ 238
昜[陽]㉬ 238
暘[陽]㉬ 238
楊[陽]㉬ 238
楊[庚]㉬ 264
樣[漾]㉠ 238
洋[陽]㉬ 239
漾[漾]㉠ 238
瀁[漾]㉠ 238
瀁[養]㉦ 239
瀼[陽]㉬ 239
煬[陽]㉬ 238
煬[漾]㉠ 239
瓤[陽]㉬ 239
痒[陽]㉬ 238
痒[養]㉦ 239
瘍[陽]㉬ 238
癢[養]㉦ 239
禳[陽]㉬ 239
穰[陽]㉬ 239
穰[養]㉦ 239
纕[陽]㉬ 236
羊[陽]㉬ 238
羕[漾]㉠ 238
蘘[陽]㉬ 246
襄[陽]㉬ 236
詳[陽]㉬ 239
讓[漾]㉠ 239
釀[漾]㉠ 238
鍚[陽]㉬ 238
陽[陽]㉬ 238
霷[陽]㉬ 246
颺[陽]㉬ 238
颺[漾]㉠ 239
養[養]㉦ 238
養[漾]㉠ 239
驤[陽]㉬ 236
鴹[陽]㉬ 239

어

圄[語]㉦ 70
圉[語]㉦ 70
峿[語]㉦ 74
御[御]㉠ 70
御[禡]㉠ 220
扵[魚]㉬ 70
敔[語]㉦ 70
於[魚]㉬ 70
棜[御]㉠ 74
淤[魚]㉬ 70
淤[御]㉠ 70
漁[魚]㉬ 70
瘀[御]㉠ 70
禦[語]㉦ 70
籞[語]㉦ 70
菸[魚]㉬ 74
衙[禡]㉠ 220
語[語]㉦ 70
語[御]㉠ 70
語[麌]㉦ 92
語[遇]㉠ 92
鋙[語]㉦ 74
飫[御]㉠ 70
饇[御]㉠ 70
饇[遇]㉠ 87
馭[御]㉠ 70
魚[魚]㉬ 70
魚[虞]㉬ 92
[illegible][魚]㉬ 70
齬[語]㉦ 70
齬[歌]㉬ 218

억

億[職]㉧ 276
嶷[職]㉧ 276
憶[職]㉧ 276
抑[寘]㉠ 63
抑[職]㉧ 276
檍[職]㉧ 276
疑[物]㉧ 139
疑[職]㉧ 281
繶[職]㉧ 276
臆[職]㉧ 276
薏[職]㉧ 276
薿[職]㉧ 281
⿱疑羽[職]㉧ 281
醷[職]㉧ 276

언

偃[阮]㉦ 142
匽[阮]㉦ 149
唁[霰]㉠ 169
喭[霰]㉠ 169
嘕[先]㉬ 185
堰[願]㉠ 141
堰[阮]㉦ 149
嫣[先]㉬ 169
嫣[先]㉬ 185
巘[阮]㉦ 141
巘[銑]㉦ 169
彦[霰]㉠ 169
漹[先]㉬ 169
焉[先]㉬ 169
甗[阮]㉦ 142
甗[銑]㉦ 170
菸[先]㉬ 169
蔫[先]㉬ 169
蝘[阮]㉦ 142
言[元]㉬ 141
諺[翰]㉠ 155
諺[霰]㉠ 169
讞[銑]㉦ 169
讞[屑]㉧ 170
讞[霰]㉠ 185
鄢[願]㉠ 141
鄢[阮]㉦ 142
鄢[先]㉬ 185
鰋[阮]㉦ 142
鶠[阮]㉦ 142
鼴[阮]㉦ 142
鼴[願]㉠ 148
齞[銑]㉦ 170

얼

囐[月]㉧ 149
⿱辥女[屑]㉧ 170
孼[屑]㉧ 170
嵲[屑]㉧ 171
嶭[曷]㉧ 161
巕[屑]㉧ 170
枿[曷]㉧ 155
槷[屑]㉧ 170
櫱[曷]㉧ 155
櫱[屑]㉧ 170
臬[屑]㉧ 170
臲[屑]㉧ 171
糱[屑]㉧ 170
蠥[屑]㉧ 170
讞[屑]㉧ 170
⿰車獻[曷]㉧ 155
⿰車獻[屑]㉧ 170
闑[屑]㉧ 170
隉[屑]㉧ 171
鵙[錫]㉧ 271
齧[屑]㉧ 171

엄

俺[豔]㉠ 314
俺[陷]㉠ 325
儼[琰]㉦ 316
噞[琰]㉦ 314
噞[鹽]㉬ 321
噞[豔]㉠ 322
嚴[鹽]㉬ 315
埯[琰]㉦ 315
奄[琰]㉦ 314
崦[鹽]㉬ 314
崦[琰]㉦ 315
⿰山弇[琰]㉦ 315
巖[鹽]㉬ 321
广[琰]㉦ 316
弇[豔]㉠ 315
弇[琰]㉦ 316
掩[琰]㉦ 315

揜[琰]㉦ 315
晻[琰]㉦ 315
曮[琰]㉦ 321
淹[鹽]㉬ 314
淹[豔]㉠ 323
渰[琰]㉦ 315
巖[鹽]㉬ 321
罨[合]㉧ 309
罨[琰]㉦ 321
腌[葉]㉧ 315
郼[琰]㉦ 315
醃[鹽]㉬ 314
釅[豔]㉠ 314
閹[鹽]㉬ 314
閹[琰]㉦ 321
隒[琰]㉦ 316
驗[豔]㉠ 314

업

嶪[葉]㉧ 314
㦊[葉]㉧ 314
業[葉]㉧ 314
浥[葉]㉧ 315
𦢊[葉]㉧ 321
腌[葉]㉧ 315
裛[緝]㉧ 304
裛[葉]㉧ 315
鄴[葉]㉧ 314

에

壒[霽]㉠ 94
恚[寘]㉠ 58
曀[霽]㉠ 94
殪[霽]㉠ 94

여

予[魚]㉬ 71
予[語]㉦ 72
伃[魚]㉬ 71
余[魚]㉬ 71
如[魚]㉬ 71
妤[魚]㉬ 71
旟[魚]㉬ 71
歟[魚]㉬ 71
汝[語]㉦ 72
洳[御]㉠ 72
洳[魚]㉬ 75
澦[御]㉠ 71
𤁝[御]㉠ 72
璵[魚]㉬ 71
畬[魚]㉬ 71
礜[御]㉠ 75
筎[魚]㉬ 75
籹[語]㉦ 75
絮[魚]㉬ 75
舁[魚]㉬ 71
與[御]㉠ 71
與[語]㉦ 72
與[魚]㉬ 75
艅[魚]㉬ 75
茹[魚]㉬ 72
茹[語]㉦ 72
茹[御]㉠ 72
蕷[御]㉠ 72
藇[御]㉠ 72
蜍[魚]㉬ 73
蠩[魚]㉬ 73
譽[魚]㉬ 71
譽[御]㉠ 72
輿[魚]㉬ 71
輿[御]㉠ 72
轝[魚]㉬ 71
餘[魚]㉬ 71
鴽[魚]㉬ 75
鸒[魚]㉬ 71
鸒[御]㉠ 75

역

亦[陌]㉧ 252
圛[陌]㉧ 252
埸[陌]㉧ 253
域[職]㉧ 277
墿[陌]㉧ 252
射[陌]㉧ 251
射[陌]㉧ 252
嶧[陌]㉧ 252
帟[陌]㉧ 253
役[陌]㉧ 252
懌[陌]㉧ 252
或[職]㉧ 277
擇[陌]㉧ 261
斁[遇]㉠ 85

斁[陌]㉧ 252
易[陌]㉧ 253
棫[職]㉧ 277
淢[職]㉧ 277
澤[藥]㉧ 246
澤[陌]㉧ 261
疫[陌]㉧ 252
睪[陌]㉧ 263
襗[陌]㉧ 252
緎[職]㉧ 277
縌[陌]㉧ 262
繹[陌]㉧ 252
罭[職]㉧ 277
艗[錫]㉧ 271
虉[錫]㉧ 271
蜮[職]㉧ 277
蜴[陌]㉧ 253
譯[陌]㉧ 252
逆[陌]㉧ 253
醳[陌]㉧ 252
閾[職]㉧ 277
霓[錫]㉧ 274
驛[陌]㉧ 252
鶂[錫]㉧ 271
鷊[錫]㉧ 275
鷁[錫]㉧ 271

연

兗[銑]㉦ 178
吮[銑]㉦ 181
咽[先]㉬ 175
咽[霰]㉠ 178
咽[屑]㉧ 180
嚥[霰]㉠ 178
囦[先]㉬ 175
埏[先]㉬ 175
堧[先]㉬ 176
壖[先]㉬ 176
妍[先]㉬ 176
娟[先]㉬ 175
嬿[霰]㉠ 178
宴[霰]㉠ 178
延[先]㉬ 175
延[庚]㉬ 264
悁[霰]㉠ 169
悁[先]㉬ 175
愞[銑]㉦ 179
懦[銑]㉦ 180
戭[銑]㉦ 179
捐[先]㉬ 176
掾[霰]㉠ 179
㨎[先]㉬ 176
抁[銑]㉦ 178
撋[先]㉬ 176
曣[霰]㉠ 187
椽[先]㉬ 180
櫞[先]㉬ 187
歅[眞]㉬ 128
歅[先]㉬ 186
沇[銑]㉦ 178
㳄[先]㉬ 173
沿[先]㉬ 176
涓[先]㉬ 170
涎[先]㉬ 173
涏[霰]㉠ 186
淵[先]㉬ 175
渷[銑]㉦ 178
演[銑]㉦ 179
烟[先]㉬ 175
然[先]㉬ 176
煙[先]㉬ 174
燕[先]㉬ 175
燕[霰]㉠ 178
燃[先]㉬ 176
䕼[先]㉬ 176
瑌[銑]㉦ 179
瓀[銑]㉦ 179
瓀[先]㉬ 187
䁈[先]㉬ 176
䁈[霰]㉠ 179
痟[先]㉬ 175
研[先]㉬ 176
研[霰]㉠ 179
硯[霰]㉠ 179
碝[銑]㉦ 179
筵[先]㉬ 175
綖[先]㉬ 175
綖[銑]㉦ 187
緣[先]㉬ 176
緣[霰]㉠ 179
縯[銑]㉦ 187
羨[霰]㉠ 179

耎[銑]㉦ 179
胭[先]㉬ 175
臙[先]㉬ 175
莚[霰]㉠ 179
䓴[銑]㉦ 187
蜎[先]㉬ 175
蜎[霰]㉠ 187
蜒[先]㉬ 175
蜵[先]㉬ 187
蝝[先]㉬ 176
蝡[先]㉬ 176
蝡[銑]㉦ 179
蠕[軫]㉦ 122
蠕[先]㉬ 176
蠕[銑]㉦ 179
衍[眞]㉬ 132
衍[銑]㉦ 178
衍[霰]㉠ 179
讌[霰]㉠ 178
趼[銑]㉦ 170
軟[銑]㉦ 179
輭[銑]㉦ 179
醼[霰]㉠ 178
鉛[先]㉬ 176
鋋[先]㉬ 174
闉[先]㉬ 186
餇[霰]㉠ 178
鳶[先]㉬ 176
鳶[先]㉬ 176
鷰[霰]㉠ 178
蘮[先]㉬ 175
齞[銑]㉦ 170

열

咽[屑]㉧ 180
噎[屑]㉧ 180
悅[屑]㉧ 179
抉[屑]㉧ 172
抴[屑]㉧ 180
拽[屑]㉧ 180
熱[屑]㉧ 180
說[屑]㉧ 179
閱[屑]㉧ 180

염

冄[琰]㉦ 320
冉[琰]㉦ 320
剡[琰]㉦ 319
厭[眞]㉬ 132
厭[鹽]㉬ 317
厭[豔]㉠ 318
厭[葉]㉧ 318
厭[琰]㉦ 319
塩[鹽]㉬ 318
姌[琰]㉦ 321
恬[鹽]㉬ 321
懕[鹽]㉬ 317
扊[琰]㉦ 322
擪[葉]㉧ 318
枏[鹽]㉬ 322
染[豔]㉠ 319
染[琰]㉦ 320
檐[鹽]㉬ 318
檿[琰]㉦ 319
櫩[鹽]㉬ 318
灧[豔]㉠ 319
灩[豔]㉠ 319
灩[琰]㉦ 322
炎[鹽]㉬ 318
焰[豔]㉠ 319
焱[錫]㉧ 275
㶣[豔]㉠ 319
㶣[琰]㉦ 320
爓[豔]㉠ 319
猒[鹽]㉬ 318
猒[豔]㉠ 318
琰[感]㉦ 313
琰[琰]㉦ 319
琰[豏]㉦ 328
鹽[覃]㉬ 313
䄾[琰]㉦ 319
簷[鹽]㉬ 318
䅧[琰]㉦ 322
膁[琰]㉦ 321
艶[豔]㉠ 318
苒[琰]㉦ 320
蚺[鹽]㉬ 322
袡[鹽]㉬ 322
豔[沁]㉠ 305
豔[勘]㉠ 313
豔[豔]㉠ 318
豔[陷]㉠ 328

錟[琰]㉦ 322
閻[鹽]㉬ 318
阽[鹽]㉬ 318
靨[葉]㉧ 319
顩[鹽]㉬ 318
饜[鹽]㉬ 318
饜[豔]㉠ 318
髥[鹽]㉬ 318
魘[琰]㉦ 319
魘[葉]㉧ 322
鹽[侵]㉬ 305
鹽[鹽]㉬ 318
鹽[咸]㉬ 328
黶[琰]㉦ 319

엽

厭[葉]㉧ 318
揲[葉]㉧ 318
揲[葉]㉧ 322
擖[葉]㉧ 322
擪[葉]㉧ 318
曄[葉]㉧ 318
曅[葉]㉧ 318
殜[葉]㉧ 322
擪[洽]㉧ 325
燁[葉]㉧ 318
爗[葉]㉧ 318
聶[葉]㉧ 321
葉[藥]㉧ 247
葉[緝]㉧ 305
葉[合]㉧ 313
葉[葉]㉧ 318
葉[洽]㉧ 328
靨[葉]㉧ 319
饁[葉]㉧ 318
魘[葉]㉧ 322

영

咏[敬]㉠ 256
塋[庚]㉬ 253
嬴[庚]㉬ 253
嬰[庚]㉬ 253
嶸[庚]㉬ 258
影[梗]㉦ 257
攖[庚]㉬ 253
映[漾]㉠ 248
映[敬]㉠ 256
景[梗]㉦ 257
暎[敬]㉠ 256
梬[梗]㉦ 260
楹[庚]㉬ 253
榮[庚]㉬ 253
永[梗]㉦ 258
泳[漾]㉠ 248
泳[敬]㉠ 256
浧[梗]㉦ 258
潁[梗]㉦ 258
瀅[徑]㉠ 269
瀛[庚]㉬ 253
瀯[庚]㉬ 262
營[庚]㉬ 253
瑛[庚]㉬ 253
瑩[庚]㉬ 262
瓔[庚]㉬ 253
癭[梗]㉦ 258
盈[庚]㉬ 253
禜[敬]㉠ 256
穎[梗]㉦ 258
縈[庚]㉬ 254
纓[庚]㉬ 253
英[庚]㉬ 252
蠑[庚]㉬ 262
詠[敬]㉠ 256
贏[庚]㉬ 253
籯[庚]㉬ 253
迎[庚]㉬ 253
迎[敬]㉠ 256
郢[梗]㉦ 258
醟[敬]㉠ 257
霙[庚]㉬ 253
韺[庚]㉬ 252

예

乂[隊]㉠ 116
倪[齊]㉬ 99
兒[齊]㉬ 98
刈[隊]㉠ 116
勩[霽]㉠ 97
医[霽]㉠ 96
叡[霽]㉠ 97
呭[霽]㉠ 97
囈[霽]㉠ 97

埶[霽]㉠ 97
堄[霽]㉠ 97
瘞[霽]㉠ 96
嫕[霽]㉠ 96
寱[霽]㉠ 97
帠[霽]㉠ 97
瘱[霽]㉠ 96
抴[霽]㉠ 97
抴[屑]㉧ 180
拽[霽]㉠ 97
拽[屑]㉧ 180
掜[薺]㉦ 101
曳[霽]㉠ 97
枘[霽]㉠ 97
枻[霽]㉠ 97
枻[屑]㉧ 187
栧[霽]㉠ 97
梲[屑]㉧ 182
橤[紙]㉦ 54
櫲[御]㉠ 75
汭[霽]㉠ 97
泄[霽]㉠ 97
洩[霽]㉠ 97
渫[屑]㉧ 178
濊[隊]㉠ 116
濊[曷]㉧ 160
𤁗[霽]㉠ 102
[illegible][霽]㉠ 97
濊[泰]㉠ 105
猊[齊]㉬ 99
獩[隊]㉠ 116
盻[霽]㉠ 102
睨[霽]㉠ 97
睿[霽]㉠ 97
瞖[霽]㉠ 96
䃜[齊]㉬ 98
穢[隊]㉠ 116
繄[霽]㉠ 96
繄[齊]㉬ 98
繠[紙]㉦ 54
羿[霽]㉠ 96
翳[霽]㉠ 96
翳[齊]㉬ 98
艾[隊]㉠ 116
芮[霽]㉠ 97
蓺[霽]㉠ 97
蕊[紙]㉦ 54
薉[隊]㉠ 116
藝[霽]㉠ 97
蘂[紙]㉦ 54
蘙[霽]㉠ 102
蜺[泰]㉠ 106
蜹[霽]㉠ 98
蜺[齊]㉬ 102
裔[霽]㉠ 97
裞[齊]㉬ 99
襼[霽]㉠ 102
詍[霽]㉠ 97
詣[霽]㉠ 97
䛖[霽]㉠ 97
譽[魚]㉬ 71
譽[御]㉠ 72
豫[御]㉠ 71
跇[霽]㉠ 97
輗[齊]㉬ 99
轊[霽]㉠ 97
銳[霽]㉠ 97
霓[齊]㉬ 99
霓[錫]㉧ 274
預[御]㉠ 71
鯢[齊]㉬ 99
鶂[錫]㉧ 271
鷖[齊]㉬ 98
麑[齊]㉬ 99
黳[齊]㉬ 98
齯[齊]㉬ 99

오

五[麌]㉦ 81
伍[麌]㉦ 81
仵[麌]㉦ 81
傲[號]㉠ 208
午[麌]㉦ 81
吳[禡]㉠ 225
吾[虞]㉬ 79
吳[虞]㉬ 79
嗚[虞]㉬ 80
嗷[豪]㉬ 209
嗸[豪]㉬ 209
圬[虞]㉬ 80
塢[麌]㉦ 81
墺[號]㉠ 209

奡[號]㉠ 208
奧[號]㉠ 209
娛[虞]㉬ 85
媼[晧]㉦ 208
寤[遇]㉠ 80
嶅[號]㉠ 208
嗸[肴]㉬ 200
廒[豪]㉬ 211
忤[遇]㉠ 81
忢[遇]㉠ 81
悟[遇]㉠ 80
悞[遇]㉠ 80
惡[虞]㉬ 80
惡[遇]㉠ 81
慠[號]㉠ 208
懊[晧]㉦ 208
懊[號]㉠ 209
捂[遇]㉠ 80
敖[豪]㉬ 209
於[虞]㉬ 80
晤[遇]㉠ 81
杇[虞]㉬ 80
梧[虞]㉬ 79
梧[遇]㉠ 90
汙[虞]㉬ 80
汙[遇]㉠ 81
汙[箇]㉠ 216
汚[虞]㉬ 80
洿[虞]㉬ 80
浯[虞]㉬ 90
滶[蕭]㉬ 189
澳[號]㉠ 209
烏[虞]㉬ 80
熬[豪]㉬ 209
燠[晧]㉦ 208
燠[號]㉠ 209
爊[豪]㉬ 211
獒[豪]㉬ 209
珸[虞]㉬ 79
璈[豪]㉬ 209
磝[肴]㉬ 200
翱[豪]㉬ 209
䎸[遇]㉠ 81
聱[肴]㉬ 200
蘁[遇]㉠ 81
蜈[虞]㉬ 90
螯[豪]㉬ 209
襖[晧]㉦ 208
誤[遇]㉠ 80
謷[肴]㉬ 200
謷[號]㉠ 211
𧬄[遇]㉠ 81
迕[遇]㉠ 81
迕[麌]㉦ 89
逜[遇]㉠ 90
遻[遇]㉠ 81
遨[豪]㉬ 209
郚[虞]㉬ 90
鄔[麌]㉦ 90
鋘[虞]㉬ 79
鏊[號]㉠ 208
鏖[豪]㉬ 209
隖[麌]㉦ 81
隩[號]㉠ 209
𩜽[號]㉠ 209
鷔[號]㉠ 208
鷔[豪]㉬ 209
𩫴[豪]㉬ 209
鰲[豪]㉬ 209
鼇[豪]㉬ 209
鼯[虞]㉬ 79

옥

剭[屋]㉧ 20
剭[覺]㉧ 39
屋[屋]㉧ 20
屋[沃]㉧ 35
屋[覺]㉧ 39
沃[屋]㉧ 27
沃[沃]㉧ 30
沃[覺]㉧ 39
沃[藥]㉧ 248
獄[沃]㉧ 30
玉[沃]㉧ 30
玉[藥]㉧ 247
鈺[沃]㉧ 35
鋈[沃]㉧ 30
阿[屋]㉧ 26

온

媼[晧]㉦ 208
宛[吻]㉦ 133

慍[問]㉠ 133
慍[吻]㉦ 138
䁪[元]㉬ 143
榲[問]㉠ 134
榲[月]㉧ 149
氳[文]㉬ 133
溫[問]㉠ 133
溫[元]㉬ 144
熅[文]㉬ 133
熅[問]㉠ 134
瑥[元]㉬ 144
瘟[元]㉬ 149
穩[阮]㉦ 144
縕[問]㉠ 133
縕[吻]㉦ 138
蒕[文]㉬ 138
薀[吻]㉦ 133
薀[問]㉠ 133
蘊[吻]㉦ 133
蘊[問]㉠ 133
蘊[文]㉬ 138
褞[元]㉬ 143
轀[文]㉬ 133
醞[吻]㉦ 133
醞[問]㉠ 133
馧[文]㉬ 133
韞[吻]㉦ 133
[illegible][問]㉠ 134

올

兀[月]㉧ 143
卼[月]㉧ 143
屼[月]㉧ 143
扤[月]㉧ 143
杌[月]㉧ 144
榲[月]㉧ 149
矹[月]㉧ 143
膃[月]㉧ 149

옹

喁[冬]㉬ 30
嗈[冬]㉬ 30
噰[冬]㉬ 30
壅[腫]㉦ 29
壅[宋]㉠ 30
壅[冬]㉬ 34
廱[冬]㉬ 30
擁[腫]㉦ 29
滃[董]㉦ 19
灉[冬]㉬ 30
灉[宋]㉠ 31
瓮[送]㉠ 20
甕[送]㉠ 20
癰[冬]㉬ 30
罋[送]㉠ 20
翁[東]㉬ 18
蓊[董]㉦ 19
螉[東]㉬ 25
𧜏[宋]㉠ 31
邕[冬]㉬ 30
雍[冬]㉬ 30
雍[宋]㉠ 30
雝[冬]㉬ 30
鞥[宋]㉠ 31
顒[冬]㉬ 30
饔[冬]㉬ 30
鶲[東]㉬ 25

와

倭[歌]㉬ 217
厄[陌]㉧ 259
吪[歌]㉬ 217
哇[麻]㉬ 224
喎[佳]㉬ 106
囮[歌]㉬ 217
娃[佳]㉬ 106
娃[麻]㉬ 224
媧[佳]㉬ 105
媧[麻]㉬ 224
汙[箇]㉠ 216
汙[麻]㉬ 224
洼[佳]㉬ 106
洼[麻]㉬ 224
涴[阮]㉦ 150
涴[箇]㉠ 216
渦[歌]㉬ 217
瓦[寘]㉠ 62
瓦[馬]㉦ 225
窊[麻]㉬ 224
窩[歌]㉬ 217
窪[麻]㉬ 224

臥[箇]㉠ 216
萵[歌]㉭ 217
蛙[佳]㉭ 106
蛙[痲]㉭ 224
蝸[佳]㉭ 105
蝸[痲]㉭ 224
訛[歌]㉭ 217
譌[歌]㉭ 217
踒[歌]㉭ 217
鈋[歌]㉭ 217
鼃[佳]㉭ 106
䵷[痲]㉭ 224
鼃[痲]㉭ 224

완

刓[寒]㉭ 159
剜[寒]㉭ 159
妧[翰]㉠ 160
婉[阮]㉦ 148
完[寒]㉭ 159
完[陽]㉭ 248
宛[阮]㉦ 148
岏[寒]㉭ 159
彎[刪]㉭ 166
忨[寒]㉭ 159
忨[翰]㉠ 160
惋[翰]㉠ 160
抏[寒]㉭ 159
捥[翰]㉠ 160
掔[翰]㉠ 160
晼[阮]㉦ 150
梡[旱]㉦ 159
浣[旱]㉦ 160
涴[阮]㉦ 150
涴[箇]㉠ 216
灣[刪]㉭ 166
玩[翰]㉠ 159
盌[旱]㉦ 159
眢[寒]㉭ 162
睅[濟]㉦ 166
緩[旱]㉦ 159
豲[寒]㉭ 159
翫[翰]㉠ 160
脘[旱]㉦ 162
腕[翰]㉠ 160
薍[諫]㉠ 167
蚖[寒]㉭ 159
蜿[阮]㉦ 148
蜿[寒]㉭ 159
豌[寒]㉭ 159
阮[軫]㉦ 132
阮[吻]㉦ 139
阮[阮]㉦ 147
阮[旱]㉦ 162
阮[濟]㉦ 168
阮[銑]㉦ 188
頑[刪]㉭ 166

왈

刖[黠]㉧ 166
嗗[黠]㉧ 168
婠[黠]㉧ 168
曰[月]㉧ 147

왕

尪[陽]㉭ 242
往[董]㉦ 26
往[養]㉦ 243
旺[漾]㉠ 244
暀[漾]㉠ 244
枉[養]㉦ 243
汪[陽]㉭ 242
汪[漾]㉠ 244
王[陽]㉭ 243
王[漾]㉠ 244
迋[養]㉦ 243
迋[養]㉦ 247
迋[漾]㉠ 247

왜

倭[歌]㉭ 217
哇[佳]㉭ 106
矮[蟹]㉦ 106
緺[佳]㉭ 105
緺[痲]㉭ 224
闒[佳]㉭ 107

외

偎[灰]㉭ 109
外[泰]㉠ 105
峗[灰]㉭ 109
嵔[尾]㉦ 66

嵔[賄]㉦ 110
嵬[灰]㉬ 109
嵬[賄]㉦ 109
巍[微]㉬ 64
廆[賄]㉦ 111
揋[灰]㉬ 109
桅[灰]㉬ 109
椳[灰]㉬ 109
煨[灰]㉬ 109
猥[賄]㉦ 110
畏[未]㉠ 66
瘣[賄]㉦ 111
碨[尾]㉦ 66
磈[尾]㉦ 65
聵[卦]㉠ 110
聵[隊]㉠ 118
薈[泰]㉠ 105
隈[灰]㉬ 109
隗[賄]㉦ 109
隗[灰]㉬ 114
頠[賄]㉦ 109

요

么[蕭]㉬ 193
䚻[嘯]㉠ 197
偠[篠]㉦ 197
傜[蕭]㉬ 194
僥[蕭]㉬ 189
僥[蕭]㉬ 194
凹[肴]㉬ 202
喓[蕭]㉬ 193
嗂[蕭]㉬ 198
坳[肴]㉬ 202
堯[蕭]㉬ 193
墝[效]㉠ 201
墝[肴]㉬ 202
夭[蕭]㉬ 193
夭[篠]㉦ 193
夭[皓]㉦ 208
妖[蕭]㉬ 193
姚[蕭]㉬ 194
姚[嘯]㉠ 198
嬈[蕭]㉬ 198
嬈[篠]㉦ 198
宎[蕭]㉬ 198
窔[篠]㉦ 197
窔[嘯]㉠ 193
嶢[蕭]㉬ 194
幺[蕭]㉬ 193
𢆯[蕭]㉬ 198
徭[蕭]㉬ 194
徼[蕭]㉬ 189
徼[嘯]㉠ 189
怮[蕭]㉬ 193
愮[蕭]㉬ 194
憿[蕭]㉬ 189
拗[巧]㉦ 203
拗[效]㉠ 203
搖[蕭]㉬ 194
撓[巧]㉦ 202
撓[肴]㉬ 203
撓[效]㉠ 203
擾[篠]㉦ 194
擾[蕭]㉬ 195
曜[嘯]㉠ 194
杳[篠]㉦ 193
樂[效]㉠ 202
橈[蕭]㉬ 195
橈[效]㉠ 202
殀[篠]㉦ 193
溔[篠]㉦ 193
滜[蕭]㉬ 189
澆[嘯]㉠ 197
燿[嘯]㉠ 193
獠[蕭]㉬ 198
珧[蕭]㉬ 194
瑤[蕭]㉬ 194
眑[篠]㉦ 193
䁘[篠]㉦ 198
磽[效]㉠ 201
祅[蕭]㉬ 193
穾[嘯]㉠ 193
窈[篠]㉦ 193
窅[篠]㉦ 193
窔[嘯]㉠ 193
窯[蕭]㉬ 194
窰[蕭]㉬ 194
約[嘯]㉠ 197
繇[蕭]㉬ 194
繇[宥]㉠ 294
繞[篠]㉦ 194

䍃[蕭]㉬ 198
耀[嘯]㉠ 194
腰[蕭]㉬ 193
舀[篠]㉦ 198
舀[尤]㉬ 296
媄[蕭]㉬ 193
葽[蕭]㉬ 193
䙅[蕭]㉬ 193
蕘[蕭]㉬ 195
蘨[蕭]㉬ 194
袎[效]㉠ 202
褕[蕭]㉬ 194
襓[蕭]㉬ 198
要[蕭]㉬ 193
要[嘯]㉠ 193
訞[蕭]㉬ 193
謠[蕭]㉬ 194
趭[嘯]㉠ 198
趯[錫]㉧ 272
軺[蕭]㉬ 194
䡇[蕭]㉬ 194
遙[蕭]㉬ 194
遶[篠]㉦ 194
邀[蕭]㉬ 193
銚[嘯]㉠ 190
銚[蕭]㉬ 194
陶[蕭]㉬ 194
隃[蕭]㉬ 194
靿[效]㉠ 202
颻[蕭]㉬ 194
饒[蕭]㉬ 194
騕[篠]㉦ 197
鰩[蕭]㉬ 194
鷂[嘯]㉠ 194
鷂[蕭]㉬ 198
鷕[篠]㉦ 193

욕

辱[沃]㉧ 32
慾[沃]㉧ 32
欲[沃]㉧ 31
浴[沃]㉧ 32
溽[沃]㉧ 32
縟[沃]㉧ 32
蓐[沃]㉧ 32
褥[沃]㉧ 32
谷[沃]㉧ 32
鄏[沃]㉧ 32
鵒[沃]㉧ 32

용

俑[腫]㉦ 31
傭[冬]㉬ 32
勇[腫]㉦ 30
勇[養]㉦ 247
埇[腫]㉦ 30
墉[冬]㉬ 32
宂[腫]㉦ 31
容[冬]㉬ 31
𨗨[腫]㉦ 31
庸[冬]㉬ 32
悀[腫]㉦ 31
慂[腫]㉦ 30
慵[冬]㉬ 32
惷[冬]㉬ 31
惷[宋]㉠ 35
𢧵[冬]㉬ 35
摏[冬]㉬ 31
桶[腫]㉦ 34
榕[冬]㉬ 35
氄[腫]㉦ 31
涌[腫]㉦ 30
湧[腫]㉦ 30
溶[冬]㉬ 32
瑢[冬]㉬ 32
用[宋]㉠ 33
甬[腫]㉦ 30
㝐[冬]㉬ 35
筩[腫]㉦ 34
聳[腫]㉦ 30
臾[腫]㉦ 30
舂[冬]㉬ 31
茸[腫]㉦ 31
茸[冬]㉬ 32
蓉[冬]㉬ 32
蛹[腫]㉦ 31
踊[腫]㉦ 31
踴[腫]㉦ 31
蹖[冬]㉬ 35
鄘[冬]㉬ 32
鎔[冬]㉬ 32
鏞[冬]㉬ 32

頌[冬]㉬ 31
髆[冬]㉬ 35
鱅[冬]㉬ 35

우

于[虞]㉬ 85
佑[寘]㉠ 63
佑[宥]㉠ 287
俁[麌]㉦ 87
偶[語]㉦ 75
偊[麌]㉦ 91
偶[有]㉦ 288
偶[宥]㉠ 296
傴[麌]㉦ 87
優[尤]㉬ 287
又[支]㉬ 63
又[陌]㉧ 265
又[宥]㉠ 287
友[語]㉦ 76
友[有]㉦ 289
右[寘]㉠ 63
右[宥]㉠ 287
右[有]㉦ 289
吁[虞]㉬ 86
喁[有]㉦ 296
嘔[有]㉦ 289
嚘[尤]㉬ 287
堣[虞]㉬ 85
娛[虞]㉬ 85
嫗[遇]㉠ 87
嫗[麌]㉦ 91
宇[麌]㉦ 87
寓[遇]㉠ 86
寓[麌]㉦ 87
尤[尤]㉬ 287
嵎[虞]㉬ 85
愚[虞]㉬ 85
憂[蕭]㉬ 199
憂[嘯]㉠ 199
憂[尤]㉬ 287
毆[有]㉦ 289
歐[有]㉦ 289
旴[虞]㉬ 92
杅[虞]㉬ 92
楀[麌]㉦ 90
櫙[尤]㉬ 296
歐[有]㉦ 289
毆[有]㉦ 289
漚[宥]㉠ 287
瀀[尤]㉬ 296
牛[尤]㉬ 287
玗[虞]㉬ 92
瑀[麌]㉦ 87
疣[尤]㉬ 287
盂[虞]㉬ 85
盓[虞]㉬ 92
盱[虞]㉬ 86
禺[虞]㉬ 92
祐[寘]㉠ 63
祐[宥]㉠ 287
禺[冬]㉬ 34
禺[遇]㉠ 91
禹[麌]㉦ 87
櫌[尤]㉬ 296
竽[虞]㉬ 85
紆[語]㉦ 76
紆[虞]㉬ 85
羽[麌]㉦ 87
羽[遇]㉠ 87
耦[紙]㉦ 63
耦[有]㉦ 289
耰[尤]㉬ 287
肬[尤]㉬ 287
腢[尤]㉬ 296
腢[有]㉦ 297
芋[遇]㉠ 87
藕[有]㉦ 289
虞[東]㉬ 27
虞[魚]㉬ 76
虞[虞]㉬ 85
虞[歌]㉬ 219
訏[麌]㉦ 92
訏[虞]㉬ 86
訧[支]㉬ 63
訧[尤]㉬ 287
踽[麌]㉦ 83
迂[虞]㉬ 85
遇[御]㉠ 76
遇[遇]㉠ 86
邘[虞]㉬ 92
郵[尤]㉬ 287
鄅[麌]㉦ 91

釪[虞]㉬ 92
隅[虞]㉬ 85
雨[麌]㉦ 87
雨[遇]㉠ 87
雩[虞]㉬ 85
齵[遇]㉠ 87
髃[虞]㉬ 92
髃[有]㉦ 297
麀[尤]㉬ 287
麌[語]㉦ 76
麌[麌]㉦ 87
齲[麌]㉦ 84
齵[虞]㉬ 85
齵[尤]㉬ 296

욱

勖[沃]㉧ 34
勗[沃]㉧ 34
墺[屋]㉧ 22
彧[屋]㉧ 22
旭[沃]㉧ 34
旭[有]㉦ 297
昱[屋]㉧ 22
澳[屋]㉧ 22
煜[屋]㉧ 22
煜[緝]㉧ 304
燠[屋]㉧ 22
稶[屋]㉧ 22
薁[屋]㉧ 22
郁[屋]㉧ 21
隩[屋]㉧ 22
頊[沃]㉧ 34

운

云[文]㉬ 135
員[文]㉬ 135
員[問]㉠ 136
妘[文]㉬ 138
惲[吻]㉦ 135
愪[軫]㉦ 119
抎[吻]㉦ 135
暈[問]㉠ 136
榲[問]㉠ 134
殞[軫]㉦ 119
沄[文]㉬ 136
煇[問]㉠ 136
煇[文]㉬ 139
熉[文]㉬ 139
篔[文]㉬ 138
紜[文]㉬ 135
耘[文]㉬ 136
芸[文]㉬ 136
蕓[文]㉬ 136
運[問]㉠ 136
鄆[問]㉠ 136
鄖[文]㉬ 136
醞[吻]㉦ 133
醞[問]㉠ 133
隕[軫]㉦ 119
雲[文]㉬ 136
霣[軫]㉦ 119
韗[問]㉠ 136
韞[吻]㉦ 133
韵[問]㉠ 136
韻[問]㉠ 136
顛[吻]㉦ 135
餫[問]㉠ 136
齳[吻]㉦ 135

울

尉[物]㉧ 137
欝[物]㉧ 136
熨[物]㉧ 137
爩[物]㉧ 136
罻[物]㉧ 138
菀[物]㉧ 136
蔚[物]㉧ 137
颶[物]㉧ 137
鬱[物]㉧ 136
鬱[物]㉧ 136

웅

熊[東]㉬ 20
雄[東]㉬ 20

원

元[眞]㉬ 132
元[文]㉬ 139
元[元]㉬ 147
元[寒]㉬ 162
元[刪]㉬ 168
元[先]㉬ 188

冤[元]㉬ 147
原[元]㉬ 147
員[問]㉠ 136
員[先]㉬ 184
圓[先]㉬ 184
園[元]㉬ 147
圜[先]㉬ 184
垣[元]㉬ 148
婉[阮]㉦ 148
媛[元]㉬ 148
媛[霰]㉠ 185
嫄[元]㉬ 147
宛[元]㉬ 146
宛[阮]㉦ 148
怨[元]㉬ 147
怨[願]㉠ 147
愿[願]㉠ 147
援[元]㉬ 148
援[霰]㉠ 185
楥[元]㉬ 150
沅[元]㉬ 147
洹[元]㉬ 148
涴[阮]㉦ 150
湲[元]㉬ 150
湲[先]㉬ 184
源[元]㉬ 147
爰[元]㉬ 147
猨[元]㉬ 147
猿[元]㉬ 147
[illegible][元]㉬ 147
琬[阮]㉦ 148
瑗[願]㉠ 150
瑗[霰]㉠ 185
畹[阮]㉦ 148
眢[元]㉬ 146
苑[阮]㉦ 147
菀[阮]㉦ 148
蚖[元]㉬ 147
蜿[元]㉬ 146
蜿[阮]㉦ 148
蜿[寒]㉬ 159
螈[元]㉬ 147
螈[元]㉬ 150
袁[元]㉬ 147
謜[元]㉬ 147
謜[願]㉠ 147
踠[阮]㉦ 150
轅[元]㉬ 147
遠[阮]㉦ 147
遠[願]㉠ 147
邍[元]㉬ 147
邧[元]㉬ 150
阮[阮]㉦ 147
院[霰]㉠ 185
隕[先]㉬ 188
願[震]㉠ 132
願[問]㉠ 139
願[願]㉠ 147
願[翰]㉠ 162
願[諫]㉠ 168
願[霰]㉠ 188
騵[元]㉬ 147
鴛[元]㉬ 146
鵷[元]㉬ 146
鶢[元]㉬ 150
黿[元]㉬ 147

월

刖[月]㉧ 147
刖[黠]㉧ 166
曰[月]㉧ 147
月[質]㉧ 132
月[物]㉧ 139
月[月]㉧ 147
月[曷]㉧ 162
月[黠]㉧ 168
月[屑]㉧ 188
樾[月]㉧ 148
狘[月]㉧ 141
粵[月]㉧ 147
[illegible][月]㉧ 148
蚏[月]㉧ 148
[illegible][月]㉧ 148
越[月]㉧ 147
越[曷]㉧ 160
軏[月]㉧ 147
鉞[月]㉧ 148
[illegible][月]㉧ 141

위

位[寘]㉠ 55
倭[支]㉬ 54

偉[尾]㉦ 65
僞[寘]㉠ 54
危[支]㉬ 54
喟[寘]㉠ 54
喟[卦]㉠ 110
圍[微]㉬ 65
委[支]㉬ 54
委[紙]㉦ 55
委[寘]㉠ 61
威[微]㉬ 65
威[未]㉠ 66
媁[尾]㉦ 65
尉[未]㉠ 65
尉[物]㉧ 137
峗[支]㉬ 54
嵔[尾]㉦ 66
巍[微]㉬ 64
幃[微]㉬ 65
彙[未]㉠ 66
慰[未]㉠ 65
暐[尾]㉦ 65
𣗋[支]㉬ 58
渭[未]㉠ 66
湋[微]㉬ 65
溈[支]㉬ 62
潿[微]㉬ 67
煟[未]㉠ 66
煒[尾]㉦ 65
熨[未]㉠ 67
熭[霽]㉠ 102
爲[支]㉬ 54
爲[寘]㉠ 55
犩[微]㉬ 67
犩[未]㉠ 67
瑋[尾]㉦ 65
畏[未]㉠ 66
痿[支]㉬ 62
硊[紙]㉦ 54
碨[尾]㉦ 66
磈[尾]㉦ 65
緯[未]㉠ 66
緭[未]㉠ 66
罻[未]㉠ 65
罻[物]㉧ 138
胃[未]㉠ 66
萎[支]㉬ 54
葦[尾]㉦ 65
葳[微]㉬ 65
蔚[未]㉠ 65
蔚[物]㉧ 137
蔿[紙]㉦ 54
薳[紙]㉦ 54
蘤[紙]㉦ 55
蝟[未]㉠ 66
蝛[微]㉬ 65
衛[霽]㉠ 100
褘[微]㉬ 65
諉[寘]㉠ 54
謂[未]㉠ 66
讆[卦]㉠ 114
逶[支]㉬ 54
違[微]㉬ 65
闈[微]㉬ 65
𨷆[紙]㉦ 54
霨[未]㉠ 67
韋[微]㉬ 65
韙[尾]㉦ 65
韡[尾]㉦ 65
頠[紙]㉦ 54
餧[寘]㉠ 61
骫[紙]㉦ 55
骪[寘]㉠ 61
魏[未]㉠ 65

유

丣[有]㉦ 293
乳[麌]㉦ 89
乳[遇]㉠ 92
侑[宥]㉠ 292
儒[虞]㉬ 88
兪[虞]㉬ 87
冘[尤]㉬ 291
卣[有]㉦ 294
呦[尤]㉬ 291
唯[支]㉬ 41
唯[紙]㉦ 41
喩[遇]㉠ 88
嚘[尤]㉬ 291
嚅[虞]㉬ 88
囿[屋]㉧ 24
囿[宥]㉠ 292
壝[支]㉬ 58

壝[寘]㉠ 58	揄[虞]㉬ 88	櫾[宥]㉠ 293	瘉[麌]㉅ 88
媮[虞]㉬ 87	揄[尤]㉬ 297	歈[虞]㉬ 88	瘉[遇]㉠ 91
孺[遇]㉠ 89	揉[宥]㉠ 293	油[尤]㉬ 291	瘐[麌]㉅ 89
宥[宥]㉠ 292	揉[有]㉅ 294	洧[紙]㉅ 41	𦙶[有]㉅ 297
窳[麌]㉅ 89	毹[虞]㉬ 87	浟[尤]㉬ 291	禉[有]㉅ 293
岰[有]㉅ 297	擩[麌]㉅ 92	游[尤]㉬ 292	窬[虞]㉬ 87
帷[支]㉬ 41	攸[尤]㉬ 291	渝[虞]㉬ 87	窳[麌]㉅ 89
𢄔[虞]㉬ 88	斞[麌]㉅ 89	滺[尤]㉬ 291	糅[宥]㉠ 294
幼[宥]㉠ 292	斿[尤]㉬ 292	濡[虞]㉬ 88	糅[宥]㉠ 297
幽[尤]㉬ 291	有[有]㉅ 293	濰[支]㉬ 41	綏[支]㉬ 41
庾[麌]㉅ 88	有[宥]㉠ 297	烓[齊]㉬ 95	維[支]㉬ 41
庮[尤]㉬ 292	柚[屋]㉧ 25	槱[宥]㉠ 293	緌[支]㉬ 41
𢊍[虞]㉬ 88	柔[尤]㉬ 292	牖[有]㉅ 294	繇[尤]㉬ 291
怮[有]㉅ 293	柚[宥]㉠ 293	狖[宥]㉠ 292	繇[宥]㉠ 294
悠[尤]㉬ 291	梄[有]㉅ 294	猶[尤]㉬ 291	羑[有]㉅ 294
惟[支]㉬ 41	桵[支]㉬ 58	猶[宥]㉠ 292	羭[虞]㉬ 88
㥚[麌]㉅ 88	楰[虞]㉬ 88	猷[尤]㉬ 292	肉[宥]㉠ 294
愉[虞]㉬ 87	楰[麌]㉅ 92	瑜[虞]㉬ 87	腬[尤]㉬ 292
㥚[虞]㉬ 88	楢[尤]㉬ 292	䝯[支]㉬ 41	腴[虞]㉬ 88
愈[麌]㉅ 88	楡[虞]㉬ 87	由[尤]㉬ 291	臾[寘]㉠ 58
懦[虞]㉬ 88	楺[宥]㉠ 293	甹[尤]㉬ 291	臾[虞]㉬ 88
抗[尤]㉬ 297	槱[尤]㉬ 292	𥈞[尤]㉬ 292	臾[麌]㉅ 92
揉[尤]㉬ 292	槱[有]㉅ 294	痏[紙]㉅ 41	舀[尤]㉬ 296

莠[有]㉦ 294
萸[虞]㉬ 88
蕕[尤]㉬ 292
蕤[支]㉬ 41
藅[尤]㉬ 297
蚰[尤]㉬ 296
蚴[有]㉦ 297
蜼[宥]㉠ 293
蝤[尤]㉬ 292
蝣[尤]㉬ 292
蝓[虞]㉬ 92
裕[遇]㉠ 88
褕[虞]㉬ 87
褎[宥]㉠ 291
褎[宥]㉠ 293
褏[宥]㉠ 291
襦[虞]㉬ 88
覦[虞]㉬ 88
誘[有]㉦ 294
諭[遇]㉠ 88
諛[虞]㉬ 88
貁[宥]㉠ 292
貐[麌]㉦ 92
踓[紙]㉦ 41
踰[蕭]㉬ 199
蹂[尤]㉬ 292
踰[虞]㉬ 87
蹂[宥]㉠ 293
蹂[有]㉦ 294
輶[尤]㉬ 292
輶[有]㉦ 294
輮[宥]㉠ 293
輮[有]㉦ 294
逌[尤]㉬ 291
遊[尤]㉬ 292
逾[虞]㉬ 87
遺[支]㉬ 41
遺[寘]㉠ 42
酉[有]㉦ 293
醹[虞]㉬ 88
醹[麌]㉦ 92
鍮[尤]㉬ 288
鍒[尤]㉬ 292
闟[虞]㉬ 92
隃[虞]㉬ 87
鞣[尤]㉬ 292
鮪[紙]㉦ 41
黝[有]㉦ 293
鼬[宥]㉠ 293
龥[遇]㉠ 88

육

儥[屋]㉧ 24
囿[屋]㉧ 24
囿[屋]㉧ 27
堉[屋]㉧ 24
毓[屋]㉧ 24
粥[屋]㉧ 24
肉[屋]㉧ 24
肉[宥]㉠ 294
育[屋]㉧ 24
鬻[屋]㉧ 24

윤

允[軫]㉦ 121
匀[眞]㉬ 130
奫[眞]㉬ 121
尹[軫]㉦ 121
尹[眞]㉬ 130
潤[震]㉠ 121
狁[軫]㉦ 121
昀[眞]㉬ 119
昀[眞]㉬ 130
筠[眞]㉬ 121
胤[震]㉠ 120
蜳[軫]㉦ 121
蝡[軫]㉦ 121
蠕[軫]㉦ 122
酳[震]㉠ 120
鈗[軫]㉦ 130
閏[震]㉠ 121

율

汩[質]㉧ 122
淈[月]㉧ 145
潏[質]㉧ 122
潏[質]㉧ 131
獝[質]㉧ 119
矞[質]㉧ 131
矞[質]㉧ 121
繘[質]㉧ 121
聿[質]㉧ 122

遹[質]㉧ 121
鐍[屑]㉧ 172
霱[質]㉧ 121
颶[質]㉧ 122
䬝[物]㉧ 137
驈[質]㉧ 131
䮍[質]㉧ 122
鷸[質]㉧ 122

융

娀[東]㉬ 22
戎[東]㉬ 22
㧼[東]㉬ 22
瀜[東]㉬ 22
㣑[東]㉬ 22
狨[東]㉬ 26
絨[東]㉬ 22
肜[東]㉬ 22
茙[東]㉬ 22
融[東]㉬ 22
駥[東]㉬ 22

은

㒚[問]㉠ 138
听[吻]㉦ 136
嚚[眞]㉬ 123
圻[文]㉬ 137
垠[眞]㉬ 123
垠[文]㉬ 137
垽[問]㉠ 137
嶾[吻]㉦ 137
恩[元]㉬ 146
慇[文]㉬ 138
憖[震]㉠ 123
檼[吻]㉦ 138
檼[問]㉠ 138
檃[吻]㉦ 138
殷[文]㉬ 137
殷[吻]㉦ 137
溵[文]㉬ 139
濦[文]㉬ 139
濦[吻]㉦ 139
狺[文]㉬ 137
癮[吻]㉦ 139
磤[文]㉬ 139
磤[吻]㉦ 136
䌥[吻]㉦ 137
蒑[文]㉬ 139
訢[文]㉬ 137
誾[眞]㉬ 123
誾[文]㉬ 137
䡛[吻]㉦ 137
鄞[文]㉬ 137
銀[眞]㉬ 123
隱[吻]㉦ 137
隱[問]㉠ 138
齗[文]㉬ 137
齦[文]㉬ 137
齦[阮]㉦ 150

을

乙[質]㉧ 123
乚[質]㉧ 123
仡[物]㉧ 137
屹[物]㉧ 137
疑[物]㉧ 139
疙[物]㉧ 137
鳦[質]㉧ 123
鳦[黠]㉧ 167

음

侌[侵]㉬ 300
吟[侵]㉬ 300
吟[沁]㉠ 303
唫[侵]㉬ 300
喑[侵]㉬ 300
喑[沁]㉠ 304
吟[寢]㉦ 304
婬[侵]㉬ 301
崟[侵]㉬ 300
䏙[沁]㉠ 300
愔[侵]㉬ 300
淫[侵]㉬ 301
瘖[侵]㉬ 300
癊[沁]㉠ 300
窨[沁]㉠ 300
蔭[沁]㉠ 300
蟫[侵]㉬ 301
陰[東]㉬ 27
陰[侵]㉬ 300
黔[侵]㉬ 300

霪[侵]㉬ 301
音[侵]㉬ 300
飮[寢]㉦ 300
飮[沁]㉠ 300

읍

俋[緝]㉧ 305
厭[葉]㉧ 318
唈[緝]㉧ 304
唈[合]㉧ 309
𡗨[緝]㉧ 304
悒[緝]㉧ 301
挹[緝]㉧ 301
揖[緝]㉧ 301
揖[緝]㉧ 304
楫[葉]㉧ 319
泣[緝]㉧ 299
浥[緝]㉧ 301
浥[葉]㉧ 315
湆[緝]㉧ 299
煜[緝]㉧ 304
熠[緝]㉧ 301
裛[緝]㉧ 304
裛[葉]㉧ 315
邑[藥]㉧ 248
邑[緝]㉧ 300
𩛟[緝]㉧ 301

응

凝[陌]㉧ 264
凝[徑]㉠ 272
凝[蒸]㉬ 278
應[東]㉬ 27
應[徑]㉠ 272
應[蒸]㉬ 278
疑[職]㉧ 281
膺[蒸]㉬ 278
蠅[蒸]㉬ 279
𧕍[蒸]㉬ 279
譍[蒸]㉬ 278
譍[徑]㉠ 275
鷹[蒸]㉬ 278

의

依[微]㉬ 67
依[尾]㉦ 67
倚[紙]㉦ 56
倚[寘]㉠ 62
偯[尾]㉦ 66
儀[支]㉬ 57
儀[歌]㉬ 218
儗[紙]㉦ 57
溰[微]㉬ 67
劓[寘]㉠ 57
㕒[支]㉬ 62
𡗨[紙]㉦ 57
𡗨[緝]㉧ 304
宜[支]㉬ 57
宜[歌]㉬ 218
嶷[支]㉬ 57
嶷[職]㉧ 276
意[寘]㉠ 57
意[陌]㉧ 265
懿[寘]㉠ 57
扆[尾]㉦ 66
撎[寘]㉠ 62
擬[紙]㉦ 57
旑[哿]㉦ 218
旖[支]㉬ 62
旖[紙]㉦ 62
椅[支]㉬ 56
椅[紙]㉦ 62
檥[紙]㉦ 56
欹[支]㉬ 56
毅[未]㉠ 66
毉[支]㉬ 57
沂[微]㉬ 67
涯[支]㉬ 57
漪[支]㉬ 57
猗[支]㉬ 56
猗[紙]㉦ 56
猗[哿]㉦ 218
疑[支]㉬ 57
疑[物]㉧ 139
疑[職]㉧ 281
矣[紙]㉦ 57
禕[支]㉬ 57
縊[寘]㉠ 57
義[寘]㉠ 57
義[歌]㉬ 218
艤[紙]㉦ 56
薏[寘]㉠ 62

薿[紙]㉦ 57
薿[職]㉧ 281
藙[未]㉠ 67
螘[紙]㉦ 56
蟻[紙]㉦ 56
衣[微]㉬ 66
衣[未]㉠ 66
鷖[支]㉬ 63
鷖[職]㉧ 281
誼[寘]㉠ 57
議[寘]㉠ 57
轙[紙]㉦ 57
⿰車獻[屑]㉧ 170
醫[支]㉬ 57
醫[紙]㉦ 62
醷[紙]㉦ 62
錡[紙]㉦ 57
钀[月]㉧ 140
顗[尾]㉦ 66
饐[寘]㉠ 57
饐[霽]㉠ 101
⿰馬義[支]㉬ 57
鷾[寘]㉠ 62
齮[紙]㉦ 62

이

㠯[紙]㉦ 47
二[寘]㉠ 48
以[紙]㉦ 46
伊[支]㉬ 47
侇[支]㉬ 60
⿰亻易[寘]㉠ 47
刵[寘]㉠ 48
勩[寘]㉠ 59
匜[紙]㉦ 47
匜[支]㉬ 48
台[支]㉬ 48
咿[支]㉬ 47
咡[寘]㉠ 48
圯[支]㉬ 48
夷[支]㉬ 47
姨[支]㉬ 47
宧[支]㉬ 60
寅[支]㉬ 60
尒[紙]㉦ 47
𡰥[支]㉬ 47
峓[支]㉬ 47
⿸广㫐[紙]㉦ 47
已[紙]㉦ 47
异[寘]㉠ 48
弛[紙]㉦ 45
彝[支]㉬ 48
徲[支]㉬ 60
怡[支]㉬ 48
恞[支]㉬ 47
扅[支]㉬ 48
施[支]㉬ 48
施[寘]㉠ 60
易[寘]㉠ 47
暆[支]㉬ 60
栭[支]㉬ 48
桋[支]㉬ 48
椸[支]㉬ 48
樲[寘]㉠ 48
毦[寘]㉠ 60
洟[支]㉬ 47
洏[支]㉬ 48
洢[支]㉬ 60
爾[紙]㉦ 47
珥[寘]㉠ 48
瓵[支]㉬ 48
異[寘]㉠ 47
異[陌]㉧ 265
痍[支]㉬ 47
眙[支]㉬ 60
移[支]㉬ 48
箷[支]㉬ 48
緝[紙]㉦ 60
而[支]㉬ 48
耏[支]㉬ 60
耳[紙]㉦ 47
肄[寘]㉠ 47
肔[紙]㉦ 47
胹[支]㉬ 48
苡[紙]㉦ 47
苢[紙]㉦ 47
荑[支]㉬ 48
蛇[支]㉬ 48
蛜[支]㉬ 60
螔[支]㉬ 60
袲[哿]㉦ 217
訑[支]㉬ 48

訑[翰]㉠ 162
詑[支]㉬ 48
詒[支]㉬ 48
詒[隊]㉠ 118
貤[支]㉬ 60
貤[寘]㉠ 60
貽[支]㉬ 48
貳[寘]㉠ 48
跠[支]㉬ 60
輀[支]㉬ 49
迆[紙]㉦ 47
迩[紙]㉦ 48
迤[紙]㉦ 47
迤[支]㉬ 60
邇[紙]㉦ 48
酏[紙]㉦ 47
酏[支]㉬ 48
⿰阝夷[支]㉬ 47
陑[支]㉬ 49
隶[寘]㉠ 47
頤[支]㉬ 48
食[寘]㉠ 48
飴[支]㉬ 48
餌[寘]㉠ 48
餌[紙]㉦ 60
駬[紙]㉦ 47
鮞[支]㉬ 60
鮧[支]㉬ 60
鴯[支]㉬ 49
黟[支]㉬ 47

익

嗌[陌]㉧ 256
廙[職]㉧ 280
羿[陌]㉧ 261
弋[職]㉧ 280
杙[職]㉧ 280
益[陌]㉧ 256
翊[職]㉧ 280
翌[職]㉧ 280
翼[職]㉧ 280
膉[陌]㉧ 256
艗[錫]㉧ 271
謚[陌]㉧ 263
⿰益阝[陌]㉧ 256
釴[職]㉧ 280
鷁[錫]㉧ 271
黓[職]㉧ 280
齸[陌]㉧ 256

인

人[眞]㉬ 128
仁[眞]㉬ 128
仞[震]㉠ 127
刃[震]㉠ 126
印[震]㉠ 126
咽[霰]㉠ 178
咽[屑]㉧ 180
因[眞]㉬ 127
堙[眞]㉬ 128
夤[眞]㉬ 127
姻[眞]㉬ 127
婣[眞]㉬ 127
孕[震]㉠ 132
寅[眞]㉬ 127
引[軫]㉦ 126
忍[軫]㉦ 126
戭[軫]㉦ 131
歅[眞]㉬ 128
歅[先]㉬ 186
氤[眞]㉬ 127
湮[眞]㉬ 128
煙[眞]㉬ 128
牣[震]㉠ 127
⿰車柬[震]㉠ 132
禋[眞]㉬ 128
紉[震]㉠ 131
絪[眞]㉬ 127
縯[軫]㉦ 131
⿰月忍[震]㉠ 127
⿰月寅[眞]㉬ 127
茵[眞]㉬ 127
蚓[軫]㉦ 126
螾[軫]㉦ 126
螾[眞]㉬ 131
訒[震]㉠ 126
認[震]㉠ 127
諲[眞]㉬ 128
⿱夤貝[軫]㉦ 131
軔[震]㉠ 127
鈏[軫]㉦ 131
闉[眞]㉬ 128

陻[眞]㉬ 128
鞇[震]㉠ 126
靷[震]㉠ 126
鞇[眞]㉬ 127
駰[眞]㉬ 128

일

一[支]㉬ 63
一[質]㉧ 124
佚[質]㉧ 125
佾[質]㉧ 125
壹[質]㉧ 125
妷[質]㉧ 125
日[質]㉧ 125
昳[屑]㉧ 174
泆[質]㉧ 125
洫[職]㉧ 277
溢[質]㉧ 125
秵[質]㉧ 125
軼[質]㉧ 125
迭[屑]㉧ 174
逸[質]㉧ 125
鎰[質]㉧ 125
馹[質]㉧ 125
鷁[錫]㉧ 271
齸[陌]㉧ 256

임

任[董]㉦ 27
任[沁]㉠ 301
任[侵]㉬ 302
壬[侵]㉬ 302
妊[沁]㉠ 301
姙[沁]㉠ 301
恁[寢]㉦ 303
恁[沁]㉠ 304
稔[寢]㉦ 303
紝[侵]㉬ 302
絍[沁]㉠ 301
絍[侵]㉬ 302
腍[寢]㉦ 303
荏[董]㉦ 26
荏[寢]㉦ 303
衽[寢]㉦ 302
袵[寢]㉦ 303
袵[沁]㉠ 304
賃[沁]㉠ 300
飪[寢]㉦ 302
餁[寢]㉦ 302
飵[寢]㉦ 302
鵀[侵]㉬ 304
鵀[沁]㉠ 305

입

入[緝]㉧ 303
卄[緝]㉧ 303
廿[緝]㉧ 303

잉

仍[蒸]㉬ 280
剩[徑]㉠ 273
媵[徑]㉠ 273
孕[震]㉠ 132
孕[徑]㉠ 273
梈[梗]㉦ 260
艿[蒸]㉬ 282
芿[蒸]㉬ 282
賸[徑]㉠ 273
陾[蒸]㉬ 280
鱦[徑]㉠ 275

자

乍[禡]㉠ 221
仔[支]㉬ 53
仔[紙]㉦ 61
作[箇]㉠ 218
偨[禡]㉠ 226
刺[寘]㉠ 53
刺[陌]㉧ 254
刾[寘]㉠ 53
劑[支]㉬ 53
咋[禡]㉠ 221
咨[支]㉬ 52
咱[曷]㉧ 161
呰[紙]㉦ 53
她[馬]㉦ 224
姊[紙]㉦ 53
姐[馬]㉦ 223
姿[支]㉬ 52
子[紙]㉦ 53
字[寘]㉠ 54
孜[支]㉬ 53

孳[寘]㉠ 54
嵫[支]㉬ 53
左[哿]㉦ 214
恣[寘]㉠ 53
慈[支]㉬ 53
担[馬]㉦ 224
批[紙]㉦ 61
杍[紙]㉦ 53
柤[麻]㉬ 221
柘[禡]㉠ 224
楝[陌]㉧ 259
梓[紙]㉦ 53
榨[禡]㉠ 226
樜[禡]㉠ 225
溠[禡]㉠ 221
滋[支]㉬ 53
滓[紙]㉦ 53
漬[寘]㉠ 53
炙[禡]㉠ 225
煮[語]㉦ 72
牸[寘]㉠ 54
玆[支]㉬ 53
玆[支]㉬ 61
玼[支]㉬ 53
瓷[支]㉬ 53
疵[支]㉬ 53
眥[寘]㉠ 61
眦[寘]㉠ 61
眦[卦]㉠ 112
磁[支]㉬ 53
褯[禡]㉠ 221
秭[紙]㉦ 53
積[寘]㉠ 53
笫[寘]㉠ 60
笫[紙]㉦ 61
粢[支]㉬ 52
紫[紙]㉦ 53
者[語]㉦ 76
者[馬]㉦ 224
耔[紙]㉦ 53
耔[支]㉬ 61
耤[陌]㉧ 253
胏[紙]㉦ 53
胾[寘]㉠ 53
胔[寘]㉠ 53
自[寘]㉠ 53
芓[紙]㉦ 53
苲[藥]㉧ 234
苴[馬]㉦ 226
茨[支]㉬ 53
茈[支]㉬ 62
孳[支]㉬ 53
蔗[禡]㉠ 224
薋[支]㉬ 53
藉[禡]㉠ 224
藉[陌]㉧ 254
薺[支]㉬ 53
虸[紙]㉦ 61
蜡[禡]㉠ 221
齍[支]㉬ 52
觜[支]㉬ 52
詐[禡]㉠ 221
訾[支]㉬ 52
訾[紙]㉦ 53
訿[紙]㉦ 53
誎[寘]㉠ 53
詐[禡]㉠ 221
諮[支]㉬ 52
資[支]㉬ 52
貲[支]㉬ 52
齎[支]㉬ 61
赭[馬]㉦ 224
赭[藥]㉧ 248
趑[支]㉬ 61
跐[紙]㉦ 61
躤[陌]㉧ 263
這[禡]㉠ 226
鄑[支]㉬ 61
醡[禡]㉠ 226
鎡[支]㉬ 61
雌[支]㉬ 53
頿[支]㉬ 52
飷[馬]㉦ 224
餈[支]㉬ 53
骴[寘]㉠ 53
髭[支]㉬ 52
鬻[語]㉦ 72
鮓[馬]㉦ 221
鷀[支]㉬ 53
鷓[禡]㉠ 225
鼒[支]㉬ 53
鼒[灰]㉬ 115

齊[支]㉬ 53
齋[支]㉬ 53

작

作[遇]㉠ 87
作[箇]㉠ 218
作[藥]㉧ 233
勺[藥]㉧ 238
勺[藥]㉧ 241
嚼[藥]㉧ 241
妁[藥]㉧ 241
婥[藥]㉧ 242
彴[覺]㉧ 39
彴[藥]㉧ 241
怍[藥]㉧ 233
怎[藥]㉧ 233
斫[藥]㉧ 241
斮[覺]㉧ 38
斮[藥]㉧ 241
昨[藥]㉧ 233
杓[藥]㉧ 238
柞[藥]㉧ 233
柞[陌]㉧ 260
汋[藥]㉧ 238
灼[藥]㉧ 241
炤[藥]㉧ 241
焯[藥]㉧ 241
爝[藥]㉧ 240
爵[藥]㉧ 240
𤟹[藥]㉧ 241
猎[藥]㉧ 240
皭[藥]㉧ 246
皵[藥]㉧ 240
碏[藥]㉧ 240
禚[藥]㉧ 241
穱[覺]㉧ 39
笮[陌]㉧ 260
筰[藥]㉧ 234
糳[藥]㉧ 234
綽[藥]㉧ 242
繛[藥]㉧ 242
繳[藥]㉧ 241
芍[藥]㉧ 238
芍[錫]㉧ 267
苲[藥]㉧ 234
蚱[陌]㉧ 264
諎[陌]㉧ 260
踖[陌]㉧ 253
迮[陌]㉧ 260
逴[藥]㉧ 242
酌[藥]㉧ 241
酢[藥]㉧ 233
鈼[藥]㉧ 233
鑿[藥]㉧ 234
雀[藥]㉧ 240
飵[藥]㉧ 233
鵲[藥]㉧ 240

잔

僝[潸]㉦ 164
僝[刪]㉬ 165
僝[潸]㉦ 164
剗[潸]㉦ 165
孱[刪]㉬ 165
戔[寒]㉬ 156
棧[潸]㉦ 164
棧[諫]㉠ 165
殘[寒]㉬ 156
潺[刪]㉬ 165
琖[潸]㉦ 164
盞[潸]㉦ 164
㹽[潸]㉦ 164
虥[刪]㉬ 167
跧[刪]㉬ 165
輚[潸]㉦ 164
轏[潸]㉦ 164
醆[潸]㉦ 164
驏[潸]㉦ 167

잠

劄[感]㉦ 312
劄[覃]㉬ 313
啿[豏]㉦ 327
寁[感]㉦ 309
岑[侵]㉬ 304
撍[侵]㉬ 304
昝[感]㉦ 309
暫[勘]㉠ 310
槧[感]㉦ 312
橬[鹽]㉬ 319
歜[感]㉦ 309
涔[侵]㉬ 304

湛[豏]㉦ 325
湛[陷]㉠ 327
潛[鹽]㉬ 319
灊[鹽]㉬ 319
箴[侵]㉬ 303
簪[侵]㉬ 304
簪[覃]㉬ 313
簮[侵]㉬ 304
簮[覃]㉬ 313
蘸[陷]㉠ 325
蚕[覃]㉬ 310
蠶[覃]㉬ 310
詀[咸]㉬ 325
詀[陷]㉠ 327
譧[陷]㉠ 327
賺[陷]㉠ 325
賺[陷]㉠ 325
蹔[勘]㉠ 311
蹔[勘]㉠ 311
鐕[覃]㉬ 310
鬵[感]㉦ 312

잡

匝[合]㉧ 309
呞[合]㉧ 309
唼[合]㉧ 309
唼[洽]㉧ 324
喋[葉]㉧ 322
喋[洽]㉧ 327
噆[合]㉧ 309
帀[合]㉧ 309
扱[洽]㉧ 325
渫[屑]㉧ 178
澑[洽]㉧ 327
煠[洽]㉧ 325
牐[洽]㉧ 325
眨[洽]㉧ 327
箚[洽]㉧ 325
眔[錫]㉧ 268
臿[洽]㉧ 325
襍[合]㉧ 309
趿[合]㉧ 309
迊[合]㉧ 309
閘[洽]㉧ 325
雜[合]㉧ 309
雪[合]㉧ 309
雪[洽]㉧ 327

장

丈[養]㉦ 240
仗[養]㉦ 241
仗[漾]㉠ 241
匠[漾]㉠ 239
場[陽]㉬ 241
墇[陽]㉬ 240
墇[漾]㉠ 240
塲[陽]㉬ 241
墻[陽]㉬ 240
壯[漾]㉠ 233
奘[養]㉦ 234
妝[陽]㉬ 234
嫜[陽]㉬ 240
嬙[陽]㉬ 240
將[陽]㉬ 239
將[漾]㉠ 239
嶂[漾]㉠ 240
嶈[陽]㉬ 240
帳[漾]㉠ 240
庄[陽]㉬ 245
床[陽]㉬ 234
廧[陽]㉬ 240
戕[陽]㉬ 234
張[漾]㉠ 240
張[陽]㉬ 241
彰[陽]㉬ 241
惷[絳]㉠ 38
戇[絳]㉠ 38
戕[陽]㉬ 234
掌[養]㉦ 240
杖[養]㉦ 241
杖[漾]㉠ 241
椿[江]㉬ 37
槳[養]㉦ 240
槳[養]㉦ 240
樟[陽]㉬ 240
橦[江]㉬ 39
檣[陽]㉬ 240
漳[陽]㉬ 240
漿[陽]㉬ 239
牀[陽]㉬ 234
牂[陽]㉬ 234

牂[陽]㉬ 234
牆[陽]㉬ 240
牂[陽]㉬ 234
狀[漾]㉠ 233
奬[養]㉦ 240
獐[陽]㉬ 241
瑲[陽]㉬ 240
璋[陽]㉬ 240
暘[陽]㉬ 241
瘴[漾]㉠ 240
章[東]㉬ 27
章[眞]㉬ 132
章[陽]㉬ 240
粻[陽]㉬ 241
粧[陽]㉬ 234
腸[陽]㉬ 241
臟[漾]㉠ 233
臧[陽]㉬ 234
莊[陽]㉬ 234
萇[陽]㉬ 241
塟[漾]㉠ 233
葬[漾]㉠ 233
蔣[陽]㉬ 239
蔣[養]㉦ 240
薔[陽]㉬ 240
藏[漾]㉠ 233
藏[陽]㉬ 234
蘠[陽]㉬ 240
螿[陽]㉬ 239
裝[陽]㉬ 234
贓[陽]㉬ 234
蹡[陽]㉬ 240
鄣[陽]㉬ 240
醬[漾]㉠ 239
鏘[陽]㉬ 240
長[養]㉦ 240
長[陽]㉬ 241
長[漾]㉠ 241
障[陽]㉬ 240
障[漾]㉠ 240
餦[陽]㉬ 246
駔[養]㉦ 234
髒[養]㉦ 234
鯺[冬]㉬ 35
麞[陽]㉬ 241

재

再[隊]㉠ 117
在[賄]㉦ 112
在[隊]㉠ 118
𢦏[灰]㉬ 113
宰[賄]㉦ 112
𢦔[灰]㉬ 113
哉[灰]㉬ 113
才[灰]㉬ 113
杍[紙]㉦ 53
材[寘]㉠ 63
材[灰]㉬ 113
栽[灰]㉬ 113
栽[隊]㉠ 118
梓[紙]㉦ 53
滓[紙]㉦ 53
災[灰]㉬ 113
災[尤]㉬ 297
灾[灰]㉬ 113
烖[灰]㉬ 113
縡[賄]㉦ 112
縡[隊]㉠ 117
纔[灰]㉬ 113
䏁[賄]㉦ 112
菑[灰]㉬ 113
裁[灰]㉬ 113
裁[隊]㉠ 118
財[灰]㉬ 113
賫[齊]㉬ 99
齎[支]㉬ 61
載[賄]㉦ 112
載[隊]㉠ 117
䵧[隊]㉠ 117
齋[佳]㉬ 104

쟁

丁[庚]㉬ 260
傖[庚]㉬ 261
崢[庚]㉬ 260
崝[庚]㉬ 260
掙[敬]㉠ 265
振[庚]㉬ 264
撐[庚]㉬ 264
棖[庚]㉬ 261
槍[庚]㉬ 260
樘[庚]㉬ 264

橙[庚]㉫ 261
橕[庚]㉫ 264
爭[庚]㉫ 260
爭[敬]㉠ 263
猙[庚]㉫ 263
玎[庚]㉫ 264
琤[庚]㉫ 260
瞠[庚]㉫ 261
瞠[敬]㉠ 262
箏[庚]㉫ 260
諍[敬]㉠ 263
錚[庚]㉫ 260
鎗[庚]㉫ 260
鐺[庚]㉫ 260
鬇[庚]㉫ 264

저

且[魚]㉫ 72
且[語]㉦ 75
佇[語]㉦ 73
低[齊]㉫ 93
儲[魚]㉫ 73
咀[語]㉦ 72
坻[薺]㉦ 94
她[馬]㉦ 224
姐[馬]㉦ 223
宁[語]㉦ 73
屠[魚]㉫ 75
岨[魚]㉫ 72
底[紙]㉦ 48
底[薺]㉦ 94
庶[藥]㉧ 248
弤[薺]㉦ 94
怚[御]㉠ 72
抯[馬]㉦ 224
抵[薺]㉦ 93
摴[魚]㉫ 73
杵[語]㉦ 73
杼[語]㉦ 73
柢[薺]㉦ 93
柢[霽]㉠ 93
柢[齊]㉫ 101
楮[語]㉦ 73
樗[魚]㉫ 73
樗[禡]㉠ 225
藸[魚]㉫ 75
氐[齊]㉫ 93
氐[薺]㉦ 93
沮[魚]㉫ 72
沮[語]㉦ 72
沮[御]㉠ 72
泜[霽]㉠ 101
渚[語]㉦ 72
滁[魚]㉫ 73
瀦[魚]㉫ 73
煮[語]㉦ 72
牴[薺]㉦ 93
狙[魚]㉫ 72
狙[御]㉠ 75
猪[魚]㉫ 73
疧[薺]㉦ 101
疽[魚]㉫ 72
眡[齊]㉫ 93
砠[魚]㉫ 72
竚[語]㉦ 73
筯[御]㉠ 73
箸[御]㉠ 73
紵[語]㉦ 73
羜[語]㉦ 73
羝[齊]㉫ 93
翥[御]㉠ 73
苴[魚]㉫ 72
苴[馬]㉦ 226
苧[語]㉦ 75
菹[魚]㉫ 72
著[御]㉠ 72
著[魚]㉫ 75
著[藥]㉧ 242
葅[魚]㉫ 72
蛆[魚]㉫ 72
蜍[魚]㉫ 73
蠩[魚]㉫ 73
褚[語]㉦ 73
觝[薺]㉦ 93
詛[御]㉠ 73
詆[薺]㉦ 93
詆[齊]㉫ 101
諸[魚]㉫ 72
豬[魚]㉫ 73
貯[語]㉦ 73
趄[魚]㉫ 72
跙[語]㉦ 72

躇[魚]㉬ 73
躇[藥]㉧ 247
軧[薺]㉦ 94
這[禡]㉠ 226
邸[薺]㉦ 94
阺[薺]㉦ 94
除[魚]㉬ 73
除[御]㉠ 73
陼[語]㉦ 72
雎[魚]㉬ 72
鞮[齊]㉬ 102
鬻[語]㉦ 72
齟[語]㉦ 74

적

借[陌]㉧ 253
債[屋]㉧ 24
勣[錫]㉧ 271
吊[錫]㉧ 267
啇[錫]㉧ 273
唶[陌]㉧ 260
嚁[錫]㉧ 274
妬[錫]㉧ 274
嫡[錫]㉧ 266
嫡[陌]㉧ 251
宋[錫]㉧ 271
寂[錫]㉧ 271
弔[錫]㉧ 267
摘[陌]㉧ 254
摘[錫]㉧ 274
擿[錫]㉧ 274
敵[錫]㉧ 267
樀[錫]㉧ 267
滴[錫]㉧ 266
炙[陌]㉧ 254
狄[錫]㉧ 267
猎[藥]㉧ 240
玓[錫]㉧ 274
甋[錫]㉧ 267
的[藥]㉧ 247
的[錫]㉧ 267
磧[陌]㉧ 253
積[寘]㉠ 53
積[陌]㉧ 253
笛[錫]㉧ 268
篴[錫]㉧ 268
籍[陌]㉧ 253
籊[錫]㉧ 267
籴[錫]㉧ 268
糴[錫]㉧ 268
績[錫]㉧ 271
翟[寘]㉠ 63
翟[陌]㉧ 261
翟[錫]㉧ 267
耤[陌]㉧ 253
芍[錫]㉧ 267
荻[錫]㉧ 267
菂[錫]㉧ 267
藉[陌]㉧ 254
蠈[職]㉧ 279
襀[陌]㉧ 253
覿[錫]㉧ 268
謫[陌]㉧ 254
讁[陌]㉧ 254
賊[職]㉧ 279
赤[陌]㉧ 254
趯[錫]㉧ 272
跡[陌]㉧ 253
踖[陌]㉧ 253
蹐[陌]㉧ 254
蹟[陌]㉧ 253
蹢[錫]㉧ 267
躤[陌]㉧ 263
迪[錫]㉧ 268
迹[陌]㉧ 253
逖[錫]㉧ 267
逐[錫]㉧ 274
逷[錫]㉧ 267
適[寘]㉠ 63
適[陌]㉧ 251
適[錫]㉧ 266
鏑[錫]㉧ 266
靮[錫]㉧ 267
頔[錫]㉧ 268
馰[錫]㉧ 267
鯽[陌]㉧ 253
鯽[職]㉧ 282
鰿[陌]㉧ 253

전

佃[先]㉬ 171
佃[霰]㉠ 172

佺[先]㉬ 177	展[銑]㉦ 181	淟[銑]㉦ 172	癲[先]㉬ 171
傎[先]㉬ 170	巓[先]㉬ 171	淀[霰]㉠ 172	顚[先]㉬ 171
傳[先]㉬ 180	廛[先]㉬ 179	湔[先]㉬ 177	窴[先]㉬ 171
傳[霰]㉠ 181	悛[先]㉬ 178	湔[霰]㉠ 180	竣[先]㉬ 187
僎[銑]㉦ 181	㥏[銑]㉦ 172	滇[先]㉬ 186	筌[先]㉬ 178
儃[先]㉬ 178	戔[先]㉬ 187	澶[先]㉬ 180	箋[先]㉬ 176
全[先]㉬ 178	戩[銑]㉦ 180	澱[霰]㉠ 172	箭[霰]㉠ 180
典[銑]㉦ 171	戰[霰]㉠ 180	瀍[先]㉬ 179	篆[銑]㉦ 181
前[先]㉬ 178	拴[先]㉬ 178	濺[先]㉬ 177	篿[先]㉬ 179
剪[銑]㉦ 180	揃[銑]㉦ 180	濺[霰]㉠ 180	棧[先]㉬ 177
剸[先]㉬ 179	搷[先]㉬ 186	煎[先]㉬ 177	籛[先]㉬ 177
剸[銑]㉦ 181	撰[銑]㉦ 181	煎[霰]㉠ 180	絟[先]㉬ 177
吮[銑]㉦ 181	撰[霰]㉠ 181	牋[先]㉬ 177	縓[先]㉬ 187
囀[霰]㉠ 181	旃[先]㉬ 178	牷[先]㉬ 178	纏[先]㉬ 179
塡[先]㉬ 171	旜[先]㉬ 178	琠[銑]㉦ 172	纏[霰]㉠ 187
塡[銑]㉦ 186	栴[先]㉬ 179	瑑[銑]㉦ 182	羶[先]㉬ 174
塼[先]㉬ 179	椽[先]㉬ 180	瑱[霰]㉠ 171	翦[銑]㉦ 180
顚[先]㉬ 186	機[先]㉬ 177	甎[先]㉬ 179	腆[銑]㉦ 172
奠[庚]㉬ 265	殄[銑]㉦ 172	田[先]㉬ 171	膞[先]㉬ 187
奠[霰]㉠ 171	殿[霰]㉠ 171	甸[霰]㉠ 171	臇[銑]㉦ 180
婝[霰]㉠ 172	氈[先]㉬ 178	畋[先]㉬ 171	荃[先]㉬ 178
婝[銑]㉦ 186	沺[先]㉬ 171	痊[先]㉬ 178	蜓[銑]㉦ 186
專[先]㉬ 179	涏[霰]㉠ 186	瘨[先]㉬ 171	褻[銑]㉦ 187

襢[霰]㉠ 180
襢[銑]㉦ 187
詮[先]㉬ 178
諓[先]㉬ 177
譔[銑]㉦ 181
譔[霰]㉠ 182
譾[銑]㉦ 187
趁[銑]㉦ 185
𧾛[先]㉬ 178
跈[銑]㉦ 186
跧[先]㉬ 178
蹍[銑]㉦ 185
蹎[先]㉬ 185
躔[先]㉬ 179
輇[先]㉬ 177
輾[霰]㉠ 170
輾[銑]㉦ 181
轉[銑]㉦ 181
轉[霰]㉠ 181
邅[先]㉬ 178
邅[霰]㉠ 187
鄽[先]㉬ 179
鈿[先]㉬ 171
鈿[霰]㉠ 172
銓[先]㉬ 177
錢[先]㉬ 178
錢[銑]㉦ 180
鐫[先]㉬ 177
闐[先]㉬ 171
闐[霰]㉠ 172
雋[銑]㉦ 180
電[霰]㉠ 171
靦[銑]㉦ 172
韉[先]㉬ 177
韀[先]㉬ 177
巓[先]㉬ 179
顛[先]㉬ 171
顫[霰]㉠ 180
飦[先]㉬ 179
餞[銑]㉦ 180
餞[霰]㉠ 180
餰[先]㉬ 179
饘[先]㉬ 179
駩[先]㉬ 187
𩣡[先]㉬ 185
驏[霰]㉠ 180
鬊[先]㉬ 177
鬊[銑]㉦ 187
鱄[先]㉬ 179
鱣[先]㉬ 178
鸇[先]㉬ 179

절

凸[屑]㉧ 186
切[屑]㉧ 180
卩[屑]㉧ 180
咥[屑]㉧ 174
岊[屑]㉧ 180
巀[曷]㉧ 157
巀[屑]㉧ 188
截[屑]㉧ 181
截[屑]㉧ 181
折[屑]㉧ 181
折[屑]㉧ 187
拙[屑]㉧ 182
哲[屑]㉧ 181
晣[屑]㉧ 182
㗻[屑]㉧ 182
棁[屑]㉧ 182
𥻦[屑]㉧ 180
浙[屑]㉧ 182
淛[霽]㉠ 102
淛[屑]㉧ 182
準[屑]㉧ 188
爑[職]㉧ 282
癤[屑]㉧ 187
竊[屑]㉧ 181
竊[屑]㉧ 181
節[屑]㉧ 180
絶[屑]㉧ 181
茁[屑]㉧ 188
蕝[霽]㉠ 102
蕝[屑]㉧ 182
蕞[霽]㉠ 102
蕞[屑]㉧ 182
蝍[職]㉧ 282
軼[屑]㉧ 186
鯽[屑]㉧ 187
齛[屑]㉧ 181

점

佔[鹽]㉬ 320

占[鹽]㉬ 319
占[豔]㉠ 320
坫[豔]㉠ 316
墊[豔]㉠ 316
店[豔]㉠ 315
扂[琰]㉦ 318
拈[鹽]㉬ 316
橝[琰]㉦ 318
殲[鹽]㉬ 318
漸[鹽]㉬ 318
漸[琰]㉦ 320
熸[鹽]㉬ 319
玷[豔]㉠ 316
玷[琰]㉦ 318
[illegible][豔]㉠ 316
痁[豔]㉠ 317
痁[鹽]㉬ 322
簟[琰]㉦ 318
粘[鹽]㉬ 316
苫[鹽]㉬ 317
苫[豔]㉠ 317
葴[琰]㉦ 318
蔪[鹽]㉬ 319
蔪[琰]㉦ 320
覘[鹽]㉬ 320
詀[陷]㉠ 327
阽[豔]㉠ 316
霑[鹽]㉬ 320
颭[琰]㉦ 320
驔[覃]㉬ 312
驔[琰]㉦ 322
鮎[鹽]㉬ 315
黏[鹽]㉬ 316
點[琰]㉦ 317
黵[琰]㉦ 323

접

啑[合]㉧ 309
惵[葉]㉧ 319
惵[葉]㉧ 322
慴[葉]㉧ 319
慹[緝]㉧ 303
慹[葉]㉧ 319
懾[葉]㉧ 319
接[葉]㉧ 319
揲[葉]㉧ 318
揲[葉]㉧ 322
摺[合]㉧ 308
摺[葉]㉧ 319
攝[葉]㉧ 317
椄[葉]㉧ 319
楪[葉]㉧ 322
楫[緝]㉧ 304
楫[葉]㉧ 319
槢[緝]㉧ 300
檝[葉]㉧ 319
沾[葉]㉧ 321
浹[葉]㉧ 319
渫[葉]㉧ 321
䈎[葉]㉧ 317
聶[葉]㉧ 319
聶[葉]㉧ 321
牒[葉]㉧ 319
艓[葉]㉧ 322
菨[葉]㉧ 319
蜨[葉]㉧ 316
蝶[葉]㉧ 316
褋[葉]㉧ 322
褶[緝]㉧ 300
褶[葉]㉧ 323
襵[葉]㉧ 322
讋[葉]㉧ 319
跕[葉]㉧ 316
蹀[葉]㉧ 316
鞊[葉]㉧ 320
鰈[合]㉧ 310
鰈[葉]㉧ 322

정

丁[庚]㉬ 260
丁[靑]㉬ 266
井[梗]㉦ 259
亭[靑]㉬ 267
仃[靑]㉬ 267
侹[迥]㉦ 268
偵[敬]㉠ 258
偵[庚]㉬ 263
停[靑]㉬ 267
叮[靑]㉬ 273
呈[庚]㉬ 255
娗[靑]㉬ 268
婧[敬]㉠ 265

婷[靑]㉬ 267	楨[庚]㉬ 255	筳[靑]㉬ 268	逞[梗]㉦ 260
定[徑]㉠ 267	檉[庚]㉬ 255	精[庚]㉬ 254	遉[敬]㉠ 258
幀[敬]㉠ 265	正[庚]㉬ 255	紅[庚]㉬ 262	遉[庚]㉬ 263
⿰巾登[敬]㉠ 265	正[敬]㉠ 257	綎[靑]㉬ 267	鄭[敬]㉠ 259
庭[靑]㉬ 268	汀[靑]㉬ 267	綎[靑]㉬ 267	酊[迥]㉦ 267
庭[徑]㉠ 268	淨[敬]㉠ 257	脏[庚]㉬ 255	酲[庚]㉬ 255
廷[靑]㉬ 268	渟[靑]㉬ 267	脡[迥]㉦ 274	釘[靑]㉬ 267
廷[徑]㉠ 268	瀞[敬]㉠ 257	艇[迥]㉦ 268	釘[徑]㉠ 267
⿰彳丁[靑]㉬ 267	⿰犭廷[靑]㉬ 273	艼[迥]㉦ 267	鉦[庚]㉬ 255
征[庚]㉬ 255	玎[庚]㉬ 264	莛[靑]㉬ 268	鋥[敬]㉠ 259
怔[庚]㉬ 262	玎[靑]㉬ 267	菁[庚]㉬ 254	鋌[迥]㉦ 268
情[庚]㉬ 254	鳭[庚]㉬ 262	葶[靑]㉬ 273	錠[徑]㉠ 268
打[梗]㉦ 253	珵[庚]㉬ 256	蜓[靑]㉬ 268	阱[梗]㉦ 259
打[迥]㉦ 267	珽[迥]㉦ 268	蜻[庚]㉬ 254	霆[靑]㉬ 268
挺[迥]㉦ 267	町[迥]㉦ 268	蟶[庚]㉬ 262	靖[梗]㉦ 259
政[敬]㉠ 258	疔[靑]㉬ 273	裎[庚]㉬ 256	靘[敬]㉠ 257
整[梗]㉦ 259	睛[庚]㉬ 254	裎[梗]㉦ 264	靘[徑]㉠ 269
旌[庚]㉬ 254	矴[徑]㉠ 267	訂[徑]㉠ 267	靚[敬]㉠ 257
旍[庚]㉬ 254	禎[庚]㉬ 255	訂[迥]㉦ 268	靚[梗]㉦ 264
晶[庚]㉬ 254	程[庚]㉬ 255	証[敬]㉠ 258	靜[梗]㉦ 259
桯[靑]㉬ 273	穽[敬]㉠ 257	貞[庚]㉬ 254	鞓[靑]㉬ 267
梃[迥]㉦ 267	穽[梗]㉦ 259	䞓[庚]㉬ 255	頂[迥]㉦ 267
棖[庚]㉬ 261	竫[梗]㉦ 264	赬[庚]㉬ 255	頲[迥]㉦ 268

頲[徑]㉠ 267
飣[徑]㉠ 267
鯖[庚]㉬ 255
鶄[庚]㉬ 254
鼎[迥]㉥ 267
鼮[靑]㉬ 273

제

傺[霽]㉠ 98
儕[佳]㉬ 105
制[霽]㉠ 98
劑[霽]㉠ 98
啼[齊]㉬ 97
嗁[齊]㉬ 97
嚌[霽]㉠ 98
堤[齊]㉬ 97
娣[霽]㉠ 95
娣[薺]㉥ 98
媞[齊]㉬ 97
帝[霽]㉠ 95
弟[霽]㉠ 95
弟[薺]㉥ 97
悌[霽]㉠ 95
悌[薺]㉥ 97
懠[霽]㉠ 98
折[齊]㉬ 98
批[薺]㉥ 102
提[霽]㉠ 95
提[齊]㉬ 97
擠[齊]㉬ 99
擠[霽]㉠ 102
晢[屑]㉦ 181
晣[屑]㉦ 182
晢[霽]㉠ 98
晣[霽]㉠ 98
晣[屑]㉦ 182
梯[齊]㉬ 97
泲[薺]㉥ 101
淛[霽]㉠ 102
濟[霽]㉠ 98
濟[薺]㉥ 99
珶[霽]㉠ 101
瑅[齊]㉬ 102
癠[霽]㉠ 98
癠[薺]㉥ 101
眦[卦]㉠ 112
眥[霽]㉠ 98
睇[霽]㉠ 95
睇[齊]㉬ 100
睼[齊]㉬ 102
磾[齊]㉬ 97
祭[霽]㉠ 98
祭[卦]㉠ 109
禔[齊]㉬ 97
稊[齊]㉬ 98
稊[齊]㉬ 98
穄[霽]㉠ 98
穧[霽]㉠ 98
第[霽]㉠ 95
篨[魚]㉬ 73
綈[齊]㉬ 98
緹[齊]㉬ 97
罤[齊]㉬ 102
臍[齊]㉬ 100
苐[齊]㉬ 98
荑[齊]㉬ 98
薺[紙]㉥ 63
薺[尾]㉥ 68
薺[薺]㉥ 99
薺[霽]㉠ 102
薺[蟹]㉥ 107
薺[賄]㉥ 115
虀[齊]㉬ 99
蠐[齊]㉬ 100
製[霽]㉠ 98
褆[齊]㉬ 97
禘[霽]㉠ 102
諸[魚]㉬ 72
齎[齊]㉬ 99
蹄[齊]㉬ 97
踶[霽]㉠ 95
踶[齊]㉬ 97
蹏[齊]㉬ 97
躋[齊]㉬ 99
醍[齊]㉬ 98
除[魚]㉬ 73
除[御]㉠ 73
隄[齊]㉬ 97
際[霽]㉠ 98
際[質]㉦ 132
隮[齊]㉬ 99
霽[寘]㉠ 63

霽[未]㉠ 68
霽[霽]㉠ 98
霽[泰]㉠ 107
霽[卦]㉠ 115
霽[隊]㉠ 118
鞮[齊]㉬ 102
整[齊]㉬ 99
齏[齊]㉬ 99
題[霽]㉠ 95
題[齊]㉬ 98
騠[齊]㉬ 97
鮆[薺]㉦ 101
鮧[齊]㉬ 102
鯯[霽]㉠ 102
鯷[齊]㉬ 102
鵜[齊]㉬ 98
趧[齊]㉬ 98
趧[霽]㉠ 102
鷉[齊]㉬ 102
齊[支]㉬ 63
齊[微]㉬ 68
齊[霽]㉠ 98
齊[齊]㉬ 99
齊[薺]㉦ 101
齊[佳]㉬ 105
齊[佳]㉬ 107
齊[灰]㉬ 115

점

僭[豔]㉠ 319
占[豔]㉠ 320
黵[琰]㉦ 323

조

佻[蕭]㉬ 190
佻[篠]㉦ 197
俎[語]㉦ 73
兆[篠]㉦ 194
凋[蕭]㉬ 190
刁[蕭]㉬ 190
助[御]㉠ 73
厝[遇]㉠ 81
厝[藥]㉧ 245
召[嘯]㉠ 198
吊[嘯]㉠ 189
吊[錫]㉧ 267
啁[肴]㉬ 203
喿[號]㉠ 208
嘈[豪]㉬ 210
嘲[肴]㉬ 202
噪[號]㉠ 208
垗[篠]㉦ 194
姚[嘯]㉠ 198
嬥[篠]㉦ 191
嬥[嘯]㉠ 191
岨[語]㉦ 75
嶆[豪]㉬ 211
庣[蕭]㉬ 197
弔[嘯]㉠ 189
弔[錫]㉧ 267
弴[蕭]㉬ 190
彫[蕭]㉬ 190
徂[虞]㉬ 80
恌[蕭]㉬ 190
慥[號]㉠ 209
懆[晧]㉦ 209
抓[效]㉠ 200
挑[蕭]㉬ 190
挑[篠]㉦ 190
㨄[篠]㉦ 194
措[遇]㉠ 81
操[豪]㉬ 209
操[號]㉠ 209
敦[蕭]㉬ 190
斛[蕭]㉬ 197
旐[篠]㉦ 194
早[晧]㉦ 208
昭[蕭]㉬ 195
晁[蕭]㉬ 195
曌[嘯]㉠ 194
曹[豪]㉬ 209
朝[御]㉠ 75
朝[魚]㉬ 76
朝[蕭]㉬ 195
朝[宥]㉠ 297
條[蕭]㉬ 191
棗[晧]㉦ 209
槽[豪]㉬ 210
殂[虞]㉬ 80
沼[篠]㉦ 194
漕[號]㉠ 209
漕[豪]㉬ 210

漕[尤]㉬ 297	祧[蕭]㉬ 190	胙[遇]㉠ 82	調[東]㉬ 26
潮[蕭]㉬ 195	租[虞]㉬ 80	脁[篠]㉦ 190	調[蕭]㉬ 190
澡[皓]㉦ 209	稠[尤]㉬ 293	脁[蕭]㉬ 197	調[嘯]㉠ 190
灂[嘯]㉠ 198	窕[篠]㉦ 191	臊[豪]㉬ 208	譟[號]㉠ 208
炤[嘯]㉠ 194	窱[篠]㉦ 190	艁[皓]㉦ 211	䝤[巧]㉦ 200
炤[蕭]㉬ 195	竈[號]㉠ 209	艚[豪]㉬ 210	趒[嘯]㉠ 190
炤[藥]㉧ 241	笊[巧]㉦ 200	芀[蕭]㉬ 197	趙[篠]㉦ 194
照[嘯]㉠ 194	笊[效]㉠ 200	莜[嘯]㉠ 190	趮[號]㉠ 209
燥[皓]㉦ 208	䈇[效]㉠ 200	蒩[虞]㉬ 80	跳[蕭]㉬ 190
燥[號]㉠ 208	䈾[肴]㉬ 203	蔦[嘯]㉠ 189	跳[嘯]㉠ 190
爝[嘯]㉠ 194	粜[嘯]㉠ 190	蓧[嘯]㉠ 190	躁[號]㉠ 209
爪[巧]㉦ 200	粗[麌]㉦ 82	蔦[篠]㉦ 190	造[皓]㉦ 209
獠[巧]㉦ 200	糙[號]㉠ 209	藋[嘯]㉠ 191	造[號]㉠ 209
珇[麌]㉦ 81	糟[豪]㉬ 209	藻[皓]㉦ 209	遭[豪]㉬ 209
琱[蕭]㉬ 190	糶[嘯]㉠ 189	藻[皓]㉦ 209	鄵[號]㉠ 211
瑵[巧]㉦ 200	組[麌]㉦ 81	蚤[皓]㉦ 209	酢[遇]㉠ 81
璪[皓]㉦ 209	繰[皓]㉦ 209	蜩[蕭]㉬ 190	醋[遇]㉠ 81
皁[皓]㉦ 209	繰[皓]㉦ 209	螬[豪]㉬ 210	醩[豪]㉬ 209
皂[皓]㉦ 209	䍜[效]㉠ 200	覜[嘯]㉠ 190	釂[嘯]㉠ 194
皭[嘯]㉠ 194	罩[效]㉠ 200	詛[御]㉠ 73	釗[蕭]㉬ 195
眺[嘯]㉠ 190	罺[肴]㉬ 203	詛[語]㉦ 75	釣[嘯]㉠ 189
祚[遇]㉠ 82	耡[御]㉠ 73	詔[嘯]㉠ 194	鉏[語]㉦ 75
祖[麌]㉦ 81	肇[篠]㉦ 194	誂[篠]㉦ 197	銚[嘯]㉠ 190

銚[蕭]㉬ 197
錯[遇]㉠ 81
錯[藥]㉧ 234
鑿[號]㉠ 211
鑿[藥]㉧ 234
阻[語]㉦ 73
阼[遇]㉠ 82
雕[蕭]㉬ 190
儵[蕭]㉬ 191
飵[遇]㉠ 82
駣[篠]㉦ 198
鯈[蕭]㉬ 191
鯈[尤]㉬ 293
鰷[蕭]㉬ 191
鳥[篠]㉦ 190
鵰[蕭]㉬ 190
鼂[蕭]㉬ 195
鼜[錫]㉧ 272
齟[語]㉦ 74

족

族[屋]㉧ 21
瘯[屋]㉧ 26
簇[屋]㉧ 21
蔟[屋]㉧ 20
足[沃]㉧ 32
足[遇]㉠ 87
鏃[屋]㉧ 21

존

存[元]㉬ 144
尊[東]㉬ 27
尊[元]㉬ 144

졸

卒[質]㉧ 119
卒[月]㉧ 144
拙[屑]㉧ 182
捽[月]㉧ 144
柮[月]㉧ 143
𣨛[質]㉧ 119
𣨛[月]㉧ 144
猝[月]㉧ 144
稡[月]㉧ 149
踤[質]㉧ 119

종

宗[冬]㉬ 30
尰[腫]㉦ 32
崇[東]㉬ 18
崈[東]㉬ 18
嵏[東]㉬ 18
嵸[董]㉦ 20
嵷[東]㉬ 25
嵸[東]㉬ 25
從[冬]㉬ 31
從[冬]㉬ 33
從[宋]㉠ 33
悰[冬]㉬ 31
慒[冬]㉬ 31
慫[腫]㉦ 32
棕[東]㉬ 18
椶[東]㉬ 18
樅[冬]㉬ 31
淙[冬]㉬ 31
淙[江]㉬ 37
潨[冬]㉬ 34
潈[東]㉬ 25
猣[東]㉬ 25
琮[冬]㉬ 31
瑽[冬]㉬ 34
瘇[腫]㉦ 32
稯[東]㉬ 25
種[腫]㉦ 32
種[冬]㉬ 33
種[宋]㉠ 34
粽[送]㉠ 21
糉[送]㉠ 20
終[東]㉬ 20
終[侵]㉬ 305
綜[宋]㉠ 31
緵[東]㉬ 25
緵[送]㉠ 26
縱[冬]㉬ 33
縱[宋]㉠ 33
腫[董]㉦ 27
腫[腫]㉦ 32
腫[講]㉦ 39
艐[東]㉬ 18
葼[東]㉬ 25
蓯[董]㉦ 24
蓯[冬]㉬ 34

㚇[東]㉫ 20
粽[宋]㉠ 32
豵[東]㉫ 18
賨[冬]㉫ 30
踵[腫]㉅ 32
蹤[冬]㉫ 32
䡝[董]㉅ 24
鍾[冬]㉫ 33
鐘[冬]㉫ 33
騣[東]㉫ 18
鬃[冬]㉫ 34
鬉[東]㉫ 25
鬆[東]㉫ 18
鬷[東]㉫ 18
鯼[東]㉫ 25
𩗴[東]㉫ 26

좌

佐[箇]㉠ 214
佐[歌]㉫ 219
剉[箇]㉠ 216
坐[哿]㉅ 216
坐[箇]㉠ 217
夎[箇]㉠ 217
左[哿]㉅ 214
左[箇]㉠ 214
座[箇]㉠ 217
挫[箇]㉠ 216
撾[麻]㉫ 224
痤[歌]㉫ 215
矬[歌]㉫ 218
簻[麻]㉫ 224
脞[哿]㉅ 217
莝[箇]㉠ 216
髽[麻]㉫ 225
檛[麻]㉫ 224

죄

罪[賄]㉅ 110
辠[賄]㉅ 110

주

主[麌]㉅ 89
作[遇]㉠ 87
住[遇]㉠ 89
伷[宥]㉠ 294
侜[尤]㉫ 293
侏[虞]㉫ 89
做[遇]㉠ 87
儔[尤]㉫ 293
胄[宥]㉠ 294
周[尤]㉫ 292
呪[宥]㉠ 288
咮[宥]㉠ 294
啁[尤]㉫ 293
嗾[有]㉅ 288
嗾[宥]㉠ 296
噣[宥]㉠ 294
奏[宥]㉠ 287
姝[虞]㉫ 89
宔[麌]㉅ 89
宙[宥]㉠ 294
州[魚]㉫ 76
州[尤]㉫ 293
幬[尤]㉫ 293
幮[虞]㉫ 89
廚[虞]㉫ 89
拄[麌]㉅ 89
斢[有]㉅ 285
晝[宥]㉠ 294
朱[虞]㉫ 88
枓[麌]㉅ 92
柱[麌]㉅ 89
柱[遇]㉠ 92
株[虞]㉫ 89
楱[宥]㉠ 296
注[遇]㉠ 87
洲[尤]㉫ 293
湊[宥]㉠ 288
澍[遇]㉠ 87
炷[麌]㉅ 87
炷[遇]㉠ 87
犨[尤]㉫ 294
珠[虞]㉫ 88
疇[尤]㉫ 293
疰[遇]㉠ 91
祝[宥]㉠ 288
稠[尤]㉫ 293
籌[尤]㉫ 293
籒[宥]㉠ 294
紂[有]㉅ 295
紬[尤]㉫ 293

紬[宥]㉠ 297
絑[虞]㉬ 89
綢[尤]㉬ 293
繇[宥]㉠ 294
肘[有]㉦ 295
胄[宥]㉠ 294
腠[宥]㉠ 288
舟[蕭]㉬ 199
舟[尤]㉬ 293
蔟[宥]㉠ 288
蛀[遇]㉠ 91
蛛[虞]㉬ 89
袾[虞]㉬ 92
裯[虞]㉬ 89
裯[尤]㉬ 293
註[遇]㉠ 87
誅[虞]㉬ 89
調[尤]㉬ 297
譸[尤]㉬ 293
賙[尤]㉬ 292
走[宥]㉠ 288
走[有]㉦ 290
足[遇]㉠ 87
躊[尤]㉬ 297
躕[虞]㉬ 89
軴[遇]㉠ 87
輈[尤]㉬ 293
輖[尤]㉬ 293
輳[宥]㉠ 288
邾[虞]㉬ 89
酎[宥]㉠ 294
酒[篠]㉦ 199
酒[有]㉦ 294
鉒[遇]㉠ 89
鑄[遇]㉠ 87
霔[遇]㉠ 87
鞧[宥]㉠ 294
䩳[遇]㉠ 91
馵[遇]㉠ 87
駐[遇]㉠ 89
鯈[尤]㉬ 293
鵃[尤]㉬ 297
麈[麌]㉦ 87
黈[有]㉦ 285
黈[麌]㉦ 87
齟[語]㉦ 74

죽

竹[屋]㉧ 24
粥[屋]㉧ 24

준

俊[震]㉠ 121
僎[眞]㉬ 119
僎[銑]㉦ 181
僔[阮]㉦ 146
儁[震]㉠ 121
㕙[眞]㉬ 122
准[軫]㉦ 122
剸[阮]㉦ 150
㕙[震]㉠ 121
噂[阮]㉦ 146
埈[震]㉠ 119
埻[軫]㉦ 122
墫[阮]㉦ 150
尊[元]㉬ 146
屯[眞]㉬ 122
峻[震]㉠ 119
嶲[震]㉠ 119
惷[軫]㉦ 130
捘[眞]㉬ 130
捘[願]㉠ 145
撙[阮]㉦ 146
晙[震]㉠ 121
樽[元]㉬ 146
浚[震]㉠ 119
準[軫]㉦ 122
準[屑]㉧ 188
濬[震]㉠ 119
焌[願]㉠ 145
畯[震]㉠ 121
皴[眞]㉬ 122
稕[震]㉠ 122
竣[眞]㉬ 122
純[軫]㉦ 122
繜[阮]㉦ 146
罇[元]㉬ 146
肫[眞]㉬ 122
䐏[軫]㉦ 123
蓴[阮]㉦ 147
蠢[軫]㉦ 123
諄[眞]㉬ 122
譐[阮]㉦ 147

䞭[眞]㉬ 122
踆[眞]㉬ 122
踳[軫]㉦ 123
蹲[元]㉬ 146
迍[眞]㉬ 122
逡[眞]㉬ 121
遵[眞]㉬ 119
鐏[願]㉠ 145
隼[軫]㉦ 120
餕[震]㉠ 121
駿[震]㉠ 121
駿[震]㉠ 130
䮞[軫]㉦ 123
鱒[願]㉠ 146
鱒[阮]㉦ 150
鵔[震]㉠ 119
鵔[眞]㉬ 130
鵔[元]㉬ 146

줄

啐[隊]㉠ 118
啐[質]㉧ 130
崒[質]㉧ 119
窋[質]㉧ 119
茁[質]㉧ 119
茁[黠]㉧ 166
茁[屑]㉧ 188
誶[質]㉧ 130

중

中[東]㉬ 22
中[送]㉠ 24
中[庚]㉬ 264
仲[送]㉠ 24
蝩[冬]㉬ 35
衆[送]㉠ 24
衆[東]㉬ 26
衆[侵]㉬ 305
重[冬]㉬ 33
重[腫]㉦ 33
重[宋]㉠ 34
𩅧[東]㉬ 26

즉

則[職]㉧ 279
卽[職]㉧ 279
喞[質]㉧ 123
喞[職]㉧ 279
堲[質]㉧ 131
堲[職]㉧ 279
崱[職]㉧ 279
㸅[職]㉧ 282
畟[職]㉧ 279
萴[職]㉧ 282
蝍[職]㉧ 282
蠈[職]㉧ 279
賊[職]㉧ 279
鯽[職]㉧ 282
鱡[職]㉧ 282

즐

叱[質]㉧ 123
喞[質]㉧ 123
喞[職]㉧ 279
堲[質]㉧ 131
櫛[質]㉧ 123
騭[質]㉧ 127

즘

怎[寢]㉦ 305

즙

咠[緝]㉧ 301
戢[緝]㉧ 302
揖[緝]㉧ 301
揖[緝]㉧ 304
楫[緝]㉧ 304
楫[葉]㉧ 319
檝[葉]㉧ 319
汁[緝]㉧ 302
湒[緝]㉧ 304
濈[緝]㉧ 302
緝[緝]㉧ 301
緝[合]㉧ 313
葺[緝]㉧ 301
蕺[緝]㉧ 304
𧣴[緝]㉧ 302
諿[緝]㉧ 301
輯[緝]㉧ 301

증

噌[蒸]㉬ 282
塍[蒸]㉬ 279
增[蒸]㉬ 279
嶒[蒸]㉬ 280
[illegible][蒸]㉬ 279
憎[蒸]㉬ 279
拯[迥]㉦ 273
曾[蒸]㉬ 279
曾[蒸]㉬ 280
橧[蒸]㉬ 279
烝[蒸]㉬ 279
甑[徑]㉠ 272
矰[蒸]㉬ 279
繒[蒸]㉬ 280
罾[蒸]㉬ 279
䎖[蒸]㉬ 282
脀[蒸]㉬ 279
[illegible][蒸]㉬ 279
[illegible][蒸]㉬ 279
蒸[庚]㉬ 265
蒸[靑]㉬ 275
蒸[蒸]㉬ 279
證[徑]㉠ 272
贈[徑]㉠ 272
[illegible][迥]㉦ 273
鄫[蒸]㉬ 280

지

之[支]㉬ 49
只[紙]㉦ 48
呧[紙]㉦ 46
咫[紙]㉦ 48
咥[寘]㉠ 62
地[寘]㉠ 43
地[箇]㉠ 219
坻[紙]㉦ 48
址[紙]㉦ 49
墀[支]㉬ 50
底[紙]㉦ 48
志[寘]㉠ 49
忮[寘]㉠ 48
懥[寘]㉠ 49
懫[寘]㉠ 49
扺[紙]㉦ 48
抵[紙]㉦ 48
持[魚]㉬ 76
指[紙]㉦ 48
持[支]㉬ 50
搘[支]㉬ 49
摯[寘]㉠ 49
支[支]㉬ 49
支[微]㉬ 68
支[齊]㉬ 102
支[佳]㉬ 107
支[灰]㉬ 115
旨[紙]㉦ 48
智[寘]㉠ 48
枝[支]㉬ 49
枳[紙]㉦ 48
榰[支]㉬ 49
止[紙]㉦ 49
氏[支]㉬ 49
池[支]㉬ 49
池[歌]㉬ 215
沚[紙]㉦ 49
泜[支]㉬ 50
漬[寘]㉠ 53
疐[寘]㉠ 49
疷[紙]㉦ 60
痣[寘]㉠ 60
知[寘]㉠ 48
知[支]㉬ 49
砥[紙]㉦ 48
砥[支]㉬ 49
祉[紙]㉦ 49
祗[支]㉬ 49
禔[支]㉬ 61
秖[支]㉬ 49
箎[支]㉬ 50
篪[支]㉬ 50
紙[紙]㉦ 48
紙[尾]㉦ 68
紙[薺]㉦ 102
紙[蟹]㉦ 107
紙[賄]㉦ 115
者[紙]㉦ 48
肢[支]㉬ 49
胑[支]㉬ 49
胝[支]㉬ 49
脂[支]㉬ 49
坻[支]㉬ 50

至[寘]㉠ 49
至[質]㉧ 132
䑛[紙]㉦ 46
舐[紙]㉦ 46
舓[紙]㉦ 46
芷[紙]㉦ 49
芝[支]㉬ 49
蚳[支]㉬ 61
蜘[支]㉬ 49
觶[寘]㉠ 48
誌[寘]㉠ 49
識[寘]㉠ 49
貾[支]㉬ 61
質[寘]㉠ 49
贄[寘]㉠ 49
趾[紙]㉦ 49
踟[支]㉬ 50
[illegible][寘]㉠ 49
躓[寘]㉠ 49
軹[紙]㉦ 48
輊[寘]㉠ 49
遲[支]㉬ 50
遲[寘]㉠ 50
阯[紙]㉦ 49
鷙[寘]㉠ 60
鴲[支]㉬ 49
鷙[寘]㉠ 49

직

樴[職]㉧ 281
畟[職]㉧ 279
直[職]㉧ 281
稙[職]㉧ 281
稷[職]㉧ 280
織[寘]㉠ 60
織[職]㉧ 281
職[陌]㉧ 265
職[錫]㉧ 275
職[職]㉧ 280
膱[職]㉧ 282

진

侲[震]㉠ 128
侲[眞]㉬ 131
儘[軫]㉦ 127
唇[眞]㉬ 121
嗔[眞]㉬ 129
塡[震]㉠ 129
塡[眞]㉬ 132
塵[眞]㉬ 130
帪[眞]㉬ 131
抮[軫]㉦ 129
振[震]㉠ 128
振[眞]㉬ 129
搢[震]㉠ 127
晉[震]㉠ 127
晋[震]㉠ 127
桭[眞]㉬ 129
榛[眞]㉬ 129
殄[銑]㉦ 172
津[眞]㉬ 128
溱[眞]㉬ 129
濜[軫]㉦ 131
珍[眞]㉬ 129
珎[眞]㉬ 129
瑱[震]㉠ 132
瑨[震]㉠ 128
璡[眞]㉬ 128
璡[震]㉠ 128
甄[眞]㉬ 129
畛[軫]㉦ 128
畛[眞]㉬ 129
疢[震]㉠ 129
疢[軫]㉦ 132
疹[軫]㉦ 128
疹[震]㉠ 129
盡[軫]㉦ 127
盡[震]㉠ 132
眞[眞]㉬ 129
眞[文]㉬ 139
眞[元]㉬ 150
眞[寒]㉬ 162
眞[刪]㉬ 168
眞[先]㉬ 188
眕[軫]㉦ 128
眹[軫]㉦ 130
瞋[眞]㉬ 130
秦[眞]㉬ 128
秦[陽]㉬ 247
稹[軫]㉦ 129
籈[眞]㉬ 131
紾[軫]㉦ 130

紖[震]㉠ 131
紾[軫]㉦ 129
縉[震]㉠ 127
縝[軫]㉦ 129
聄[軫]㉦ 132
胗[軫]㉦ 128
臻[眞]㉬ 129
蓁[眞]㉬ 129
蔯[眞]㉬ 132
螓[眞]㉬ 129
塦[眞]㉬ 132
袗[軫]㉦ 128
裖[軫]㉦ 128
親[眞]㉬ 130
診[軫]㉦ 129
診[震]㉠ 132
謓[眞]㉬ 129
賑[震]㉠ 128
賑[軫]㉦ 132
趁[震]㉠ 129
趂[震]㉠ 129
軫[軫]㉦ 127
軫[吻]㉦ 139
軫[阮]㉦ 150
軫[旱]㉦ 162
軫[潸]㉦ 168
軫[銑]㉦ 188
轃[眞]㉬ 129
鬘[軫]㉦ 129
進[震]㉠ 127
鎭[震]㉠ 129
鎭[眞]㉬ 131
陣[震]㉠ 129
陳[震]㉠ 129
陳[眞]㉬ 130
敶[眞]㉬ 130
震[震]㉠ 128
震[問]㉠ 139
震[願]㉠ 150
震[翰]㉠ 162
震[諫]㉠ 168
震[霰]㉠ 188
鬒[軫]㉦ 129
黰[軫]㉦ 129

질

佚[質]㉧ 125
佚[屑]㉧ 174
劕[質]㉧ 126
叱[質]㉧ 123
咥[寘]㉠ 62
咥[質]㉧ 127
咥[屑]㉧ 174
喞[職]㉧ 279
垤[屑]㉧ 174
堲[質]㉧ 131
妷[質]㉧ 125
姪[質]㉧ 127
姪[屑]㉧ 174
嫉[質]㉧ 125
帙[質]㉧ 127
庢[質]㉧ 127
抶[質]㉧ 127
挃[質]㉧ 126
昳[屑]㉧ 174
晊[質]㉧ 126
桎[質]㉧ 126
櫍[質]㉧ 126
[illegible][職]㉧ 282
瓆[質]㉧ 126
瓞[屑]㉧ 174
疾[質]㉧ 125
眣[質]㉧ 127
礩[質]㉧ 126
秩[質]㉧ 127
秷[質]㉧ 127
窒[質]㉧ 127
窒[屑]㉧ 173
紩[質]㉧ 127
絰[屑]㉧ 174
猤[質]㉧ 127
耋[屑]㉧ 173
耊[屑]㉧ 173
臷[屑]㉧ 174
苵[屑]㉧ 174
蒺[質]㉧ 126
[illegible][屑]㉧ 174
蛭[質]㉧ 126
蝍[職]㉧ 282
袟[質]㉧ 127
袠[質]㉧ 127

質[寘]㉠ 49
質[質]㉧ 126
質[曷]㉧ 162
質[物]㉧ 139
質[月]㉧ 150
質[黠]㉧ 168
質[屑]㉧ 188
跌[屑]㉧ 174
迭[屑]㉧ 174
郅[質]㉧ 127
銍[質]㉧ 126
鑕[質]㉧ 126
闐[屑]㉧ 173
騭[質]㉧ 127

짐

斟[侵]㉬ 303
朕[寑]㉦ 303
滕[寑]㉦ 305
縢[職]㉧ 279
酖[沁]㉠ 302
鴆[沁]㉠ 301

집

俋[緝]㉧ 305
咠[緝]㉧ 301
嗅[緝]㉧ 303
執[緝]㉧ 303
慹[緝]㉧ 303
慹[葉]㉧ 319
戢[緝]㉧ 302
潗[緝]㉧ 303
緝[緝]㉧ 301
緝[葉]㉧ 323
緝[洽]㉧ 328
葺[緝]㉧ 301
蕺[緝]㉧ 304
䁒[緝]㉧ 302
諿[緝]㉧ 301
輯[緝]㉧ 301
鏶[緝]㉧ 303
集[緝]㉧ 303

징

徵[蒸]㉬ 280
懲[蒸]㉬ 281
懲[蒸]㉬ 281
澄[蒸]㉬ 281
瀓[蒸]㉬ 281
癥[蒸]㉬ 282
瞪[敬]㉠ 262
瞪[徑]㉠ 273
瞜[敬]㉠ 262

차

且[馬]㉦ 224
侘[禡]㉠ 226
佌[紙]㉦ 54
佽[寘]㉠ 54
借[禡]㉠ 225
借[陌]㉧ 253
叉[佳]㉬ 103
叉[麻]㉬ 221
吒[禡]㉠ 222
哆[馬]㉦ 224
咤[禡]㉠ 221
唶[禡]㉠ 226
唶[陌]㉧ 260
嗟[麻]㉬ 223
奓[馬]㉦ 226
奲[馬]㉦ 224
姹[馬]㉦ 221
姹[禡]㉠ 222
奼[馬]㉦ 221
奼[禡]㉠ 222
嵯[歌]㉬ 215
差[佳]㉬ 105
差[卦]㉠ 109
差[麻]㉬ 221
差[禡]㉠ 222
扠[麻]㉬ 225
搓[歌]㉬ 215
搽[麻]㉬ 225
撦[馬]㉦ 224
斥[陌]㉧ 255
杈[麻]㉬ 221
柤[麻]㉬ 221
楂[麻]㉬ 222
槎[麻]㉬ 222
檫[麻]㉬ 222
樝[麻]㉬ 221
次[寘]㉠ 54

此[紙]㉦ 53
汊[禡]㉠ 226
泚[紙]㉦ 54
玼[紙]㉦ 54
瑳[哿]㉦ 214
瑳[歌]㉬ 215
瘥[歌]㉬ 218
痤[歌]㉬ 215
瘥[卦]㉠ 109
瘥[歌]㉬ 215
硨[麻]㉬ 226
磋[箇]㉠ 214
磋[歌]㉬ 215
箚[洽]㉧ 325
篨[歌]㉬ 215
紁[寘]㉠ 61
罝[麻]㉬ 223
䁟[歌]㉬ 218
艖[歌]㉬ 218
艖[麻]㉬ 225
苴[麻]㉬ 222
茶[麻]㉬ 222
譖[陌]㉧ 260
詫[禡]㉠ 221
䟦[禡]㉠ 226
蹉[歌]㉬ 215
蹉[箇]㉠ 218
車[麻]㉬ 224
遮[麻]㉬ 223
鄌[歌]㉬ 215
酇[歌]㉬ 215
醝[歌]㉬ 215
釵[麻]㉬ 225
鎈[麻]㉬ 221
靫[麻]㉬ 221
䰩[馬]㉦ 224
鮓[馬]㉦ 221
鹺[歌]㉬ 215
齹[歌]㉬ 218

착

厝[藥]㉧ 245
娖[覺]㉧ 38
婼[藥]㉧ 242
捉[覺]㉧ 38
擉[覺]㉧ 38
斮[覺]㉧ 38
斲[覺]㉧ 38
斸[覺]㉧ 38
昔[藥]㉧ 245
椓[覺]㉧ 38
浞[覺]㉧ 38
鷟[覺]㉧ 39
澩[覺]㉧ 39
濁[嘯]㉠ 198
豖[覺]㉧ 39
穛[覺]㉧ 39
穱[覺]㉧ 39
窄[陌]㉧ 260
籗[覺]㉧ 38
繫[藥]㉧ 234
縒[藥]㉧ 234
着[藥]㉧ 242
著[藥]㉧ 242
諑[覺]㉧ 38
躇[藥]㉧ 247
鋜[覺]㉧ 39
錯[藥]㉧ 234
鑿[號]㉠ 211
鑿[藥]㉧ 234
鷟[覺]㉧ 38
齪[覺]㉧ 38

찬

弗[濟]㉦ 165
儹[旱]㉦ 155
囋[翰]㉠ 156
囋[寒]㉬ 157
囋[曷]㉧ 157
粲[翰]㉠ 156
巑[寒]㉬ 157
撰[濟]㉦ 165
撰[銑]㉦ 181
撰[霰]㉠ 181
攛[翰]㉠ 161
攢[翰]㉠ 157
攢[寒]㉬ 162
欑[寒]㉬ 157
湌[寒]㉬ 157
灒[翰]㉠ 161
燦[翰]㉠ 156
爨[翰]㉠ 156

璨[翰]㉠ 156
瓚[旱]㉦ 155
瓚[翰]㉠ 162
穳[旱]㉦ 155
穳[寒]㉬ 157
竄[翰]㉠ 156
篡[諫]㉠ 166
簒[霰]㉠ 181
篹[旱]㉦ 155
籑[潸]㉦ 165
粲[翰]㉠ 156
纂[旱]㉦ 155
纘[旱]㉦ 155
菆[寒]㉬ 157
讚[翰]㉠ 156
贊[翰]㉠ 156
趲[旱]㉦ 160
酇[旱]㉦ 155
酇[翰]㉠ 156
酇[寒]㉬ 162
鏟[諫]㉠ 166
鑽[寒]㉬ 156
鑽[翰]㉠ 156
餐[寒]㉬ 157
饌[潸]㉦ 165
饌[霰]㉠ 181

찰

刹[黠]㉧ 165
咱[曷]㉧ 161
哳[黠]㉧ 165
啐[質]㉧ 130
囋[曷]㉧ 157
察[黠]㉧ 165
巀[曷]㉧ 157
扎[黠]㉧ 165
拶[曷]㉧ 161
擦[黠]㉧ 167
攃[曷]㉧ 156
札[黠]㉧ 164
獺[黠]㉧ 165
礤[曷]㉧ 156
紮[黠]㉧ 165
蚻[黠]㉧ 165
詧[黠]㉧ 165

참

傪[覃]㉬ 311
僭[侵]㉬ 305
僭[豔]㉠ 319
儳[勘]㉠ 313
儳[咸]㉬ 328
儳[陷]㉠ 328
劖[咸]㉬ 325
參[侵]㉬ 305
參[覃]㉬ 310
參[勘]㉠ 313
叅[覃]㉬ 311
噆[合]㉧ 309
嚵[咸]㉬ 326
塹[豔]㉠ 320
墋[寢]㉦ 304
暫[豔]㉠ 320
嵾[侵]㉬ 304
嶃[豏]㉦ 327
嶄[咸]㉬ 325
巉[咸]㉬ 325
巉[豏]㉦ 327
慘[感]㉦ 310
慚[覃]㉬ 311
慘[皓]㉦ 209
慘[藥]㉧ 248
慙[覃]㉬ 311
憯[感]㉦ 310
懺[陷]㉠ 325
摻[勘]㉠ 313
摲[陷]㉠ 327
撏[覃]㉬ 310
攙[咸]㉬ 325
斬[豏]㉦ 325
朁[感]㉦ 310
槧[豔]㉠ 321
欃[咸]㉬ 325
毚[咸]㉬ 325
漸[咸]㉬ 325
漸[豔]㉠ 320
瀺[咸]㉬ 327
甑[陷]㉠ 325
瘮[感]㉦ 310
站[陷]㉠ 327
譖[沁]㉠ 303
讖[沁]㉠ 303

讒[咸]㉬ 325
跕[葉]㉧ 316
鏨[感]㉦ 310
鏨[覃]㉬ 311
鏨[勘]㉠ 311
鑱[咸]㉬ 325
鑱[陷]㉠ 328
⿰革毚[陷]㉠ 325
饞[咸]㉬ 326
驂[覃]㉬ 310
黲[感]㉦ 309

창

倡[陽]㉬ 241
倡[漾]㉠ 242
倉[陽]㉬ 234
倉[漾]㉠ 246
倀[陽]㉬ 241
傖[庚]㉬ 261
刱[漾]㉠ 233
創[漾]㉠ 234
創[陽]㉬ 235
剙[養]㉦ 234
唱[漾]㉠ 242
囪[江]㉬ 38
娼[陽]㉬ 241
廠[養]㉦ 241
彰[陽]㉬ 241
窓[江]㉬ 38
悵[漾]㉠ 241
惝[養]㉦ 241
愴[漾]㉠ 234
惷[江]㉬ 39
⿰忄敞[養]㉦ 241
窻[江]㉬ 38
搶[養]㉦ 234
搶[陽]㉬ 235
摐[江]㉬ 38
氅[養]㉦ 241
僘[養]㉦ 241
昌[陽]㉬ 241
昶[養]㉦ 242
畼[漾]㉠ 242
槍[陽]㉬ 235
槍[庚]㉬ 260
滄[漾]㉠ 234
滄[陽]㉬ 234
漲[漾]㉠ 241
牕[江]㉬ 38
猖[陽]㉬ 241
瑒[漾]㉠ 242
瘡[陽]㉬ 235
磢[養]㉦ 247
脹[漾]㉠ 241
菖[陽]㉬ 241
蒼[陽]㉬ 234
蒼[養]㉦ 234
蹌[陽]㉬ 235
鋹[養]㉦ 241
鏦[江]㉬ 39
閶[陽]㉬ 241
韔[漾]㉠ 242
鬯[漾]㉠ 242
鶬[陽]㉬ 235
⿱敞鳥[養]㉦ 241

채

債[卦]㉠ 109
埰[隊]㉠ 118
寀[賄]㉦ 112
寀[隊]㉠ 118
寨[卦]㉠ 112
差[卦]㉠ 109
彩[賄]㉦ 112
薦[卦]㉠ 114
採[賄]㉦ 112
柴[卦]㉠ 112
棌[賄]㉦ 115
瘥[卦]㉠ 109
瘵[卦]㉠ 109
砦[卦]㉠ 112
祭[卦]㉠ 109
綵[賄]㉦ 112
縩[泰]㉠ 106
茝[賄]㉦ 113
菜[隊]㉠ 118
蔡[曷]㉧ 155
蔡[泰]㉠ 103
蠆[卦]㉠ 109
責[卦]㉠ 114
采[賄]㉦ 112
采[隊]㉠ 118

釵[佳]㉬ 103
靫[佳]㉬ 106

책

冊[陌]㉧ 261
咋[禡]㉠ 221
咋[陌]㉧ 259
咋[陌]㉧ 260
唶[禡]㉠ 226
唶[陌]㉧ 260
嘖[陌]㉧ 260
坼[陌]㉧ 261
墌[陌]㉧ 261
宅[陌]㉧ 261
幘[陌]㉧ 260
厠[職]㉧ 282
柞[陌]㉧ 260
柵[陌]㉧ 261
磔[陌]㉧ 261
窄[陌]㉧ 260
笮[陌]㉧ 260
策[陌]㉧ 261
筞[陌]㉧ 261
筴[陌]㉧ 261
筴[葉]㉧ 315
筴[洽]㉧ 327
簀[陌]㉧ 260
翟[陌]㉧ 261
翟[錫]㉧ 267
舴[陌]㉧ 260
諎[陌]㉧ 260
謮[陌]㉧ 261
踖[陌]㉧ 261
責[陌]㉧ 260
迮[陌]㉧ 260

처

凄[齊]㉬ 94
処[語]㉦ 73
妻[霽]㉠ 93
妻[齊]㉬ 94
悽[齊]㉬ 94
淒[齊]㉬ 94
絮[御]㉠ 75
緀[齊]㉬ 94
萋[齊]㉬ 94
處[語]㉦ 73
處[御]㉠ 73
覷[御]㉠ 73
霋[齊]㉬ 94

척

俶[錫]㉧ 272
倜[錫]㉧ 272
刺[陌]㉧ 254
剔[錫]㉧ 272
塉[陌]㉧ 254
墌[陌]㉧ 263
墄[錫]㉧ 272
尺[陌]㉧ 255
彳[陌]㉧ 263
悐[錫]㉧ 272
惕[錫]㉧ 272
慽[錫]㉧ 271
慼[錫]㉧ 271
戚[錫]㉧ 271
拓[藥]㉧ 235
拓[陌]㉧ 254
拆[陌]㉧ 261
摭[陌]㉧ 254
擿[陌]㉧ 255
擿[錫]㉧ 274
擲[陌]㉧ 255
斥[陌]㉧ 255
栅[陌]㉧ 261
滌[藥]㉧ 247
滌[錫]㉧ 272
瘠[陌]㉧ 254
瞭[錫]㉧ 272
硩[錫]㉧ 275
脊[陌]㉧ 254
蚇[陌]㉧ 255
蜴[陌]㉧ 253
跖[陌]㉧ 254
跅[陌]㉧ 263
踖[陌]㉧ 253
踢[錫]㉧ 272
踧[錫]㉧ 272
蹐[陌]㉧ 254
蹠[陌]㉧ 254
蹢[陌]㉧ 255
躑[陌]㉧ 255

逿[錫]㉧ 267
鏚[錫]㉧ 271
陟[職]㉧ 277
隻[陌]㉧ 254
鶺[陌]㉧ 263
鼜[錫]㉧ 272

천

串[霰]㉠ 187
仟[先]㉭ 187
倩[霰]㉠ 182
俴[銑]㉦ 182
儃[先]㉭ 178
千[先]㉭ 180
喘[銑]㉦ 182
嘽[銑]㉦ 182
圌[先]㉭ 180
天[先]㉭ 180
天[庚]㉭ 265
川[先]㉭ 180
幝[銑]㉦ 182
扦[先]㉭ 187
搟[先]㉭ 187
擅[霰]㉠ 178
栫[霰]㉠ 183
梴[先]㉭ 187
歂[銑]㉦ 183
泉[先]㉭ 180
洊[霰]㉠ 182
淺[銑]㉦ 182
濺[先]㉭ 177
濺[霰]㉠ 180
燀[先]㉭ 180
燀[銑]㉦ 188
硟[霰]㉠ 183
穿[先]㉭ 180
穿[霰]㉠ 183
竁[霰]㉠ 187
篅[先]㉭ 180
綪[霰]㉠ 187
繟[銑]㉦ 182
腨[銑]㉦ 188
瘠[霰]㉠ 182
舛[銑]㉦ 182
芊[先]㉭ 180
茜[霰]㉠ 182
荐[霰]㉠ 182
荈[銑]㉦ 188
蒨[霰]㉠ 182
蕆[銑]㉦ 182
薦[霰]㉠ 182
薦[藥]㉧ 248
蚕[銑]㉦ 188
蝙[銑]㉦ 183
豣[先]㉭ 187
賤[霰]㉠ 183
踐[銑]㉦ 182
輤[霰]㉠ 182
遄[先]㉭ 180
遷[先]㉭ 180
釧[霰]㉠ 183
闡[銑]㉦ 182
阡[先]㉭ 180
韆[先]㉭ 177
韆[先]㉭ 180
韉[先]㉭ 177
饌[霰]㉠ 181

철

凸[屑]㉧ 186
剟[曷]㉧ 157
剟[屑]㉧ 188
哲[屑]㉧ 182
啜[屑]㉧ 183
喆[屑]㉧ 182
徹[屑]㉧ 183
惙[屑]㉧ 182
掇[寘]㉠ 63
掇[曷]㉧ 157
掣[屑]㉧ 183
滯[屑]㉧ 186
撤[屑]㉧ 183
歠[屑]㉧ 184
澈[屑]㉧ 184
畷[屑]㉧ 188
喆[錫]㉧ 275
綴[霽]㉠ 98
綴[屑]㉧ 183
罬[屑]㉧ 188
聅[屑]㉧ 184
蕞[屑]㉧ 182

蜇[屑]㉧ 182
軼[屑]㉧ 186
輟[屑]㉧ 183
轍[屑]㉧ 184
醊[霽]㉠ 102
醊[屑]㉧ 183
銕[屑]㉧ 184
錣[屑]㉧ 183
鐵[屑]㉧ 184
餟[霽]㉠ 102
餟[屑]㉧ 182
餮[屑]㉧ 184
驖[屑]㉧ 184

첨

佔[鹽]㉬ 320
僉[鹽]㉬ 319
尖[鹽]㉬ 319
幨[鹽]㉬ 320
幨[豔]㉠ 321
懺[鹽]㉬ 319
忝[琰]㉦ 321
忝[豔]㉠ 322
恬[鹽]㉬ 321
惉[鹽]㉬ 320
憯[琰]㉦ 320
㮇[豔]㉠ 322
槧[豔]㉠ 321
槧[鹽]㉬ 323
橬[鹽]㉬ 319
檐[鹽]㉬ 318
沾[鹽]㉬ 320
添[鹽]㉬ 320
潛[鹽]㉬ 319
瀸[鹽]㉬ 323
灊[鹽]㉬ 319
甛[鹽]㉬ 321
瞻[鹽]㉬ 320
瞻[陽]㉬ 247
簷[鹽]㉬ 318
簽[鹽]㉬ 323
籤[鹽]㉬ 319
舔[琰]㉦ 323
舚[豔]㉠ 323
裧[豔]㉠ 321
襜[鹽]㉬ 320
襜[豔]㉠ 321
覘[鹽]㉬ 320
覘[豔]㉠ 321
詹[鹽]㉬ 319
諂[琰]㉦ 321
譫[鹽]㉬ 320
讇[琰]㉦ 321
讖[鹽]㉬ 323
𨇁[豔]㉠ 321
酟[鹽]㉬ 321
鉆[葉]㉧ 320
韂[豔]㉠ 321
韂[鹽]㉬ 320
韂[豔]㉠ 321
餂[琰]㉦ 321

첩

倢[葉]㉧ 319
呫[葉]㉧ 320
啑[合]㉧ 309
喋[葉]㉧ 322
喋[洽]㉧ 327
堞[葉]㉧ 320
妾[葉]㉧ 319
婕[葉]㉧ 319
帖[葉]㉧ 320
帪[葉]㉧ 322
怗[葉]㉧ 320
惵[葉]㉧ 319
惵[葉]㉧ 322
接[葉]㉧ 319
捷[葉]㉧ 320
攝[葉]㉧ 323
氎[葉]㉧ 320
沾[葉]㉧ 321
牒[葉]㉧ 320
疊[葉]㉧ 320
䀹[葉]㉧ 319
睫[葉]㉧ 319
緁[葉]㉧ 319
聑[緝]㉧ 304
褶[緝]㉧ 300
褶[葉]㉧ 323
褺[葉]㉧ 320
䛈[葉]㉧ 320
諜[葉]㉧ 320

貼[葉]㉧ 320
跕[葉]㉧ 316
踥[葉]㉧ 322
鐟[葉]㉧ 320
輒[葉]㉧ 320
鉆[鹽]㉬ 314
鉆[葉]㉧ 320
鍱[緝]㉧ 303
鮎[葉]㉧ 320
鮿[葉]㉧ 322

청

倩[敬]㉠ 259
凊[敬]㉠ 259
圊[庚]㉬ 263
婧[敬]㉠ 265
廳[靑]㉬ 271
掅[徑]㉠ 269
晴[庚]㉬ 256
晴[庚]㉬ 256
淸[庚]㉬ 256
綪[霰]㉠ 187
聽[徑]㉠ 269
聽[靑]㉬ 271
菁[庚]㉬ 254
請[梗]㉦ 260
請[敬]㉠ 260
賙[庚]㉬ 256
靑[庚]㉬ 265
靑[靑]㉬ 271
靑[蒸]㉬ 282
鯖[靑]㉬ 275

체

傺[霽]㉠ 98
切[霽]㉠ 98
剃[霽]㉠ 99
嚏[霽]㉠ 99
屜[霽]㉠ 99
帖[葉]㉧ 320
彘[霽]㉠ 99
懘[霽]㉠ 99
懘[卦]㉠ 114
掣[霽]㉠ 99
揥[霽]㉠ 98
替[霽]㉠ 99
替[質]㉧ 132
杕[霽]㉠ 99
棣[霽]㉠ 99
棣[隊]㉠ 118
殢[霽]㉠ 99
殢[霽]㉠ 101
泚[薺]㉦ 99
涕[霽]㉠ 99
涕[薺]㉦ 100
滯[霽]㉠ 99
玼[薺]㉦ 99
畷[霽]㉠ 98
畷[屑]㉧ 188
疐[霽]㉠ 99
砌[霽]㉠ 98
禘[霽]㉠ 99
綴[霽]㉠ 98
締[霽]㉠ 99
蔕[霽]㉠ 99
蕝[霽]㉠ 102
蕞[霽]㉠ 102
薙[霽]㉠ 102
蝃[霽]㉠ 99
螮[霽]㉠ 99
裼[霽]㉠ 102
諦[霽]㉠ 99
軆[薺]㉦ 100
遞[薺]㉦ 100
逮[霽]㉠ 99
逮[賄]㉦ 113
遞[霽]㉠ 99
遞[薺]㉦ 100
遰[霽]㉠ 99
醊[霽]㉠ 102
鈌[霽]㉠ 102
鈌[泰]㉠ 103
隸[賄]㉦ 115
隸[隊]㉠ 118
餟[霽]㉠ 102
體[薺]㉦ 99
髢[霽]㉠ 99
鬀[霽]㉠ 99
鬄[霽]㉠ 99

첨

輒[豔]㉠ 320

䑙[豔]㉠ 320
幨[豔]㉠ 321
槧[豔]㉠ 321
[illegible][豔]㉠ 320
裧[豔]㉠ 321
襜[豔]㉠ 321
覘[豔]㉠ 321
䠨[豔]㉠ 321
韂[豔]㉠ 321
[illegible][豔]㉠ 321

초

俏[嘯]㉠ 195
偢[嘯]㉠ 194
初[魚]㉬ 74
削[藥]㉧ 238
剿[篠]㉦ 195
剿[篠]㉦ 195
勦[篠]㉦ 195
勦[肴]㉬ 204
哨[嘯]㉠ 195
噍[蕭]㉬ 195
噍[嘯]㉠ 195
嫶[蕭]㉬ 196
岧[蕭]㉬ 199
峭[嘯]㉠ 195
巢[肴]㉬ 204
嶕[蕭]㉬ 198
幧[蕭]㉬ 199
弨[蕭]㉬ 196
怊[蕭]㉬ 196
悄[篠]㉦ 195
愀[篠]㉦ 195
憔[蕭]㉬ 196
憷[語]㉦ 74
抄[肴]㉬ 202
抄[效]㉠ 202
招[蕭]㉬ 196
椒[蕭]㉬ 195
楚[語]㉦ 74
樵[蕭]㉬ 195
湫[篠]㉦ 198
湫[尤]㉬ 293
潲[嘯]㉠ 198
漅[篠]㉦ 198
炒[巧]㉦ 203
焦[蕭]㉬ 195
煼[巧]㉦ 203
燋[蕭]㉬ 195
燋[嘯]㉠ 198
鷦[蕭]㉬ 195
癄[蕭]㉬ 196
癄[嘯]㉠ 198
硝[蕭]㉬ 193
礎[語]㉦ 74
礁[嘯]㉠ 195
稍[效]㉠ 202
稍[巧]㉦ 204
穛[嘯]㉠ 195
篍[蕭]㉬ 198
膲[蕭]㉬ 195
𦨣[蕭]㉬ 199
艸[皓]㉦ 210
苕[蕭]㉬ 196
草[皓]㉦ 209
蕉[蕭]㉬ 195
訬[效]㉠ 202
誚[嘯]㉠ 195
謅[巧]㉦ 203
譟[肴]㉬ 203
譙[蕭]㉬ 195
譙[嘯]㉠ 195
貂[蕭]㉬ 196
超[蕭]㉬ 196
趠[效]㉠ 203
趭[嘯]㉠ 198
踔[效]㉠ 203
軺[蕭]㉬ 194
轈[肴]㉬ 204
迢[蕭]㉬ 196
酢[遇]㉠ 81
醋[遇]㉠ 81
醮[嘯]㉠ 195
鈔[肴]㉬ 202
鈔[效]㉠ 202
鉊[蕭]㉬ 199
鍫[蕭]㉬ 195
鍬[蕭]㉬ 195
鐎[蕭]㉬ 198
陗[嘯]㉠ 195
鞘[嘯]㉠ 193
鞘[肴]㉬ 202

顤[蕭]㉬ 196
髫[蕭]㉬ 196
鷦[蕭]㉬ 195
麨[篠]㉦ 198
䶑[語]㉦ 74
齠[蕭]㉬ 196
齠[蕭]㉬ 196
齼[語]㉦ 75

촉

亍[沃]㉧ 33
促[沃]㉧ 30
噣[宥]㉠ 294
囑[沃]㉧ 33
屬[沃]㉧ 33
屬[沃]㉧ 35
數[沃]㉧ 35
數[覺]㉧ 37
斸[沃]㉧ 33
斸[覺]㉧ 38
矚[沃]㉧ 35
歜[沃]㉧ 33
燭[沃]㉧ 32
斶[沃]㉧ 31
瘃[沃]㉧ 33
瘃[覺]㉧ 39
矗[屋]㉧ 25
矚[沃]㉧ 33
蜀[沃]㉧ 31
蠋[沃]㉧ 31
襡[沃]㉧ 31
觸[沃]㉧ 33
觸[御]㉠ 76
趣[沃]㉧ 30
躅[沃]㉧ 33
躅[沃]㉧ 33
钃[沃]㉧ 33
韣[屋]㉧ 16
韣[沃]㉧ 31
髑[屋]㉧ 16

촌

刌[阮]㉦ 145
寸[願]㉠ 143
忖[阮]㉦ 145
村[元]㉬ 144
邨[元]㉬ 144

총

偬[董]㉦ 20
偬[送]㉠ 21
冢[腫]㉦ 32
匆[東]㉬ 18
叢[東]㉬ 19
囱[東]㉬ 25
塚[腫]㉦ 32
寵[腫]㉦ 32
怱[東]㉬ 18
忽[東]㉬ 18
悤[東]㉬ 18
憁[董]㉦ 21
憁[送]㉠ 22
惷[宋]㉠ 35
揔[董]㉦ 20
摠[董]㉦ 20
𧯷[東]㉬ 19
潨[東]㉬ 19
牕[董]㉦ 20
璁[東]㉬ 25
穗[董]㉦ 25
篵[東]㉬ 25
縱[董]㉦ 25
總[董]㉦ 20
總[東]㉬ 25
聰[東]㉬ 19
蔥[東]㉬ 18
藂[東]㉬ 19
叢[東]㉬ 19
謥[送]㉠ 21
鏦[冬]㉬ 34
驄[東]㉬ 19

촬

撮[曷]㉧ 160
攥[曷]㉧ 160
竅[黠]㉧ 168
繓[曷]㉧ 159
茁[黠]㉧ 166
茁[屑]㉧ 188
襊[曷]㉧ 160

채

倅[隊]㉠ 118
啐[隊]㉠ 118
啐[質]㉧ 130
睟[隊]㉠ 118
淬[隊]㉠ 118
焠[隊]㉠ 118
祽[隊]㉠ 118
綷[賄]㉦ 114
綷[隊]㉠ 118

최

催[灰]㉬ 109
嗺[灰]㉬ 114
嘬[卦]㉠ 110
崔[灰]㉬ 109
摧[灰]㉬ 109
最[泰]㉠ 105
棷[泰]㉠ 107
榱[支]㉬ 54
洒[賄]㉦ 114
漼[賄]㉦ 110
漼[灰]㉬ 114
璀[賄]㉦ 110
皠[賄]㉦ 110
稡[泰]㉠ 107
綷[賄]㉦ 114
綷[隊]㉠ 118
縗[灰]㉬ 109
蕞[泰]㉠ 105
蕞[屑]㉧ 182
峻[灰]㉬ 114
衰[支]㉬ 54
衰[灰]㉬ 109
陮[灰]㉬ 109

추

丑[有]㉦ 295
僦[宥]㉠ 295
僽[宥]㉠ 288
取[遇]㉠ 89
啾[尤]㉬ 293
墜[寘]㉠ 42
妯[尤]㉬ 294
娵[虞]㉬ 89
娶[遇]㉠ 89
就[宥]㉠ 295
出[寘]㉠ 42
𥨍[宥]㉠ 295
帚[有]㉦ 295
惆[尤]㉬ 294
愁[尤]㉬ 288
抽[尤]㉬ 294
掫[尤]㉬ 288
掫[有]㉦ 295
捶[紙]㉦ 41
推[支]㉬ 42
揪[尤]㉬ 293
揫[尤]㉬ 293
搊[尤]㉬ 288
杻[有]㉦ 295
棸[尤]㉬ 296
棷[尤]㉬ 288
棷[有]㉦ 288
棰[紙]㉦ 41
椎[支]㉬ 42
槌[支]㉬ 42
樞[虞]㉬ 89
欈[支]㉬ 58
殠[宥]㉠ 295
湫[尤]㉬ 293
楸[尤]㉬ 294
觕[虞]㉬ 86
犨[尤]㉬ 294
甀[支]㉬ 58
𣯍[宥]㉠ 288
畜[宥]㉠ 295
瘳[蕭]㉬ 199
瘳[尤]㉬ 294
皺[宥]㉠ 288
硾[寘]㉠ 58
磓[寘]㉠ 58
秋[蕭]㉬ 199
秋[尤]㉬ 293
龝[尤]㉬ 294
箒[有]㉦ 295
箠[紙]㉦ 41
篍[尤]㉬ 297
篘[尤]㉬ 288
簉[宥]㉠ 288
粗[虞]㉬ 86
緅[尤]㉬ 288

揪[尤]㊀ 294	趨[尤]㊀ 294	鯫[尤]㊀ 287	竺[沃]◎ 28
緧[尤]㊀ 294	趨[虞]㊀ 86	鯫[有]㋞ 290	筑[屋]◎ 25
繃[宥]㋝ 288	踀[蕭]㊀ 199	鰌[尤]㊀ 294	築[屋]◎ 25
緅[寘]㋝ 42	追[支]㊀ 42	鰌[尤]㊀ 294	築[宥]㋝ 298
聚[遇]㋝ 89	遒[尤]㊀ 294	鷲[有]㋝ 295	縮[屋]◎ 23
腿[寘]㋝ 42	鄒[尤]㊀ 288	雛[支]㊀ 42	繊[屋]◎ 24
臭[宥]㋝ 295	郰[尤]㊀ 288	鶖[尤]㊀ 294	舳[屋]◎ 25
毚[虞]㊀ 86	酋[尤]㊀ 294	麀[虞]㊀ 86	蓄[屋]◎ 25
菙[紙]㋞ 41	醜[有]㋞ 295	麤[虞]㊀ 85	蔟[屋]◎ 25
菆[尤]㊀ 288	錐[支]㊀ 42		蚰[屋]◎ 24
崔[支]㊀ 58	錘[支]㊀ 42		跾[屋]◎ 24
萩[尤]㊀ 294	錘[寘]㋝ 42	**축**	踧[錫]◎ 272
蓲[宥]㋝ 296	錘[紙]㋞ 59	丑[有]㋞ 295	蹴[屋]◎ 23
蝤[尤]㊀ 292	鎚[支]㊀ 42	妞[屋]◎ 26	蹙[屋]◎ 24
蝤[尤]㊀ 297	陬[尤]㊀ 287	搐[屋]◎ 27	蹴[屋]◎ 24
襊[宥]㋝ 296	佳[支]㊀ 41	柚[屋]◎ 25	軸[屋]◎ 25
諏[虞]㊀ 89	雛[虞]㊀ 86	柷[屋]◎ 25	逐[屋]◎ 25
諏[尤]㊀ 288	鞦[尤]㊀ 294	槭[陌]◎ 259	逐[錫]◎ 274
貙[虞]㊀ 89	騅[支]㊀ 42	畜[屋]◎ 25	閦[屋]◎ 25
赴[虞]㊀ 86	騶[尤]㊀ 288	畜[宥]㋝ 295	顣[屋]◎ 24
趍[虞]㊀ 86	驟[宥]㋝ 288	矗[屋]◎ 25	鼀[屋]◎ 27
趣[遇]㋝ 89	鼀[支]㊀ 58	祝[屋]◎ 25	
趣[有]㋞ 290	齱[有]㋞ 295	稸[屋]◎ 25	
		竺[屋]◎ 25	

춘

春[眞]㉬ 122
杶[眞]㉬ 122
椿[眞]㉬ 122
櫄[眞]㉬ 122

출

出[質]㉧ 122
怢[質]㉧ 119
怵[質]㉧ 122
朮[質]㉧ 121
秫[質]㉧ 121
絀[質]㉧ 122
絀[物]㉧ 133
黜[質]㉧ 122

충

傭[冬]㉬ 35
充[東]㉬ 23
冲[東]㉬ 23
忡[東]㉬ 23
忠[東]㉬ 22
忱[東]㉬ 23
憧[冬]㉬ 33
憹[冬]㉬ 29
沖[東]㉬ 23
爞[東]㉬ 23
琉[東]㉬ 23
盅[東]㉬ 23
穜[冬]㉬ 35
种[東]㉬ 23
罿[冬]㉬ 33
狆[東]㉬ 23
艟[冬]㉬ 35
茺[東]㉬ 23
蟲[東]㉬ 23
衝[冬]㉬ 33
衟[冬]㉬ 33
衷[東]㉬ 23
衷[送]㉠ 25
罿[冬]㉬ 35

췌

悴[寘]㉠ 55
惴[寘]㉠ 55
揣[紙]㉦ 55
瘁[寘]㉠ 55
萃[寘]㉠ 55
萃[質]㉧ 132
贅[霽]㉠ 101
顇[寘]㉠ 55

취

取[麌]㉦ 89
取[遇]㉠ 89
取[有]㉦ 290
吹[支]㉬ 54
吹[寘]㉠ 55
嘴[紙]㉦ 55
娶[遇]㉠ 89
就[有]㉠ 295
僦[有]㉠ 295
橇[泰]㉠ 107
毳[霽]㉠ 101
毳[霽]㉠ 101
炊[支]㉬ 54
竁[霽]㉠ 102
竁[霰]㉠ 187
翠[寘]㉠ 55
聚[麌]㉦ 89
聚[遇]㉠ 89
脆[霽]㉠ 100
脃[霽]㉠ 100
臭[宥]㉠ 295
萃[質]㉧ 132
觜[紙]㉦ 55
贅[霽]㉠ 101
趣[沃]㉧ 30
趣[遇]㉠ 89
趣[有]㉦ 290
醉[寘]㉠ 55
驟[宥]㉠ 288
鷲[宥]㉠ 295
龡[支]㉬ 54

측

仄[職]㉧ 279
側[職]㉧ 279
廁[寘]㉠ 50
廁[職]㉧ 282
惻[職]㉧ 279
昃[職]㉧ 279

戻[職]◎ 279	嗤[支]㉲ 50	梔[支]㉲ 50	糦[寘]㉠ 50
測[職]◎ 279	埴[寘]㉠ 60	植[寘]㉠ 51	絺[支]㉲ 50
昃[職]◎ 279	媸[支]㉲ 50	榴[支]㉲ 63	緇[支]㉲ 57
稄[職]◎ 282	寘[寘]㉠ 49	峙[紙]㉅ 50	緻[寘]㉠ 50
	寘[未]㉠ 68	沰[紙]㉅ 61	織[寘]㉠ 60
츤	寘[霽]㉠ 102	治[寘]㉠ 50	置[寘]㉠ 50
儭[震]㉠ 123	寘[泰]㉠ 107	治[支]㉲ 51	菭[支]㉲ 61
櫬[震]㉠ 123	寘[卦]㉠ 115	淄[支]㉲ 57	胵[支]㉲ 61
襯[震]㉠ 123	寘[隊]㉠ 118	滋[紙]㉅ 60	致[寘]㉠ 50
襯[震]㉠ 123	峙[紙]㉅ 50	漬[寘]㉠ 53	菑[支]㉲ 57
齔[震]㉠ 123	嵯[支]㉲ 50	熾[寘]㉠ 50	薙[紙]㉅ 50
	差[支]㉲ 50	甀[支]㉲ 50	蚩[支]㉲ 50
층	庋[支]㉲ 50	甾[支]㉲ 63	褫[紙]㉅ 49
層[蒸]㉲ 280	幟[寘]㉠ 50	時[紙]㉅ 49	褫[寘]㉠ 60
嶒[蒸]㉲ 280	庤[紙]㉅ 50	畤[紙]㉅ 50	褫[支]㉲ 61
曾[蒸]㉲ 280	廁[寘]㉠ 50	寘[寘]㉠ 49	觶[寘]㉠ 48
蹭[徑]㉠ 275	廌[紙]㉅ 50	痔[紙]㉅ 50	豸[紙]㉅ 50
驕[蒸]㉲ 282	廌[蟹]㉅ 103	痴[支]㉲ 50	豸[蟹]㉅ 104
	徵[紙]㉅ 49	癡[支]㉲ 50	跱[紙]㉅ 50
치	恥[紙]㉅ 49	胎[寘]㉠ 50	躓[寘]㉠ 49
侈[紙]㉅ 49	懥[寘]㉠ 49	眵[支]㉲ 50	躓[寘]㉠ 49
値[寘]㉠ 51	憤[寘]㉠ 49	稚[寘]㉠ 50	輜[支]㉲ 57
佽[紙]㉅ 50	扡[紙]㉅ 50	稺[寘]㉠ 50	遟[寘]㉠ 50

郗[支]㉬ 61
錙[支]㉬ 57
阤[紙]㉅ 50
陊[紙]㉅ 50
雉[紙]㉅ 50
饎[寘]㉠ 50
馳[支]㉬ 51
馳[箇]㉠ 219
鷙[寘]㉠ 60
鯔[支]㉬ 63
鴟[支]㉬ 50
鶅[支]㉬ 63
齒[紙]㉅ 49
齝[支]㉬ 61
𪗋[支]㉬ 61

칙

則[職]㉇ 279
勅[職]㉇ 281
敕[職]㉇ 281
飭[職]㉇ 281
鳶[職]㉇ 281
鶒[職]㉇ 281
鷘[職]㉇ 281

친

親[震]㉠ 129

칠

七[質]㉇ 127
桼[質]㉇ 127
㯃[質]㉇ 128
漆[質]㉇ 128

침

伈[沁]㉠ 303
侵[侵]㉬ 302
侵[覃]㉬ 313
侵[鹽]㉬ 323
侵[咸]㉬ 328
寑[寑]㉅ 304
寖[沁]㉠ 302
寢[寑]㉅ 303
寢[感]㉅ 313
寢[琰]㉅ 323
寢[豏]㉅ 328
忱[侵]㉬ 302
揕[沁]㉠ 303
斟[侵]㉬ 303
枕[沁]㉠ 303
枕[寑]㉅ 304
梫[侵]㉬ 303
椹[侵]㉬ 304
沁[沁]㉠ 302
沈[侵]㉬ 303
沈[寑]㉅ 304
沉[侵]㉬ 303
浸[沁]㉠ 302
湛[沁]㉠ 302
湛[侵]㉬ 303
瀋[寑]㉅ 304
琛[侵]㉬ 303
㾛[寑]㉅ 305
砧[侵]㉬ 303
碪[侵]㉬ 303
祲[沁]㉠ 302
祲[侵]㉬ 303
箴[侵]㉬ 303
篸[沁]㉠ 305
綅[侵]㉬ 303
綝[侵]㉬ 303
葴[侵]㉬ 303
賝[侵]㉬ 303
跈[寑]㉅ 304
踸[寑]㉅ 304
郴[侵]㉬ 303
針[侵]㉬ 303
針[沁]㉠ 305
鋟[寑]㉅ 304
鍼[侵]㉬ 303
鍼[鹽]㉬ 314
闖[沁]㉠ 303
霃[侵]㉬ 303
駸[侵]㉬ 303

칩

湁[緝]㉇ 304
縶[緝]㉇ 305
縶[緝]㉇ 303
蟄[緝]㉇ 303
霵[緝]㉇ 303

칭

偁[蒸]㉬ 281
僜[蒸]㉬ 281
秤[徑]㉠ 273
稱[徑]㉠ 273
稱[蒸]㉬ 281
騁[養]㉦ 247
騁[梗]㉦ 260

쾌

儈[泰]㉠ 105
噲[卦]㉠ 113
夬[卦]㉠ 113
快[卦]㉠ 113
獪[卦]㉠ 113
駃[卦]㉠ 113
駃[屑]㉧ 172

타

他[歌]㉬ 215
佗[歌]㉬ 215
佗[箇]㉠ 218
剁[箇]㉠ 218
吒[禡]㉠ 222
咤[禡]㉠ 221
唾[箇]㉠ 214
嚲[哿]㉦ 214
坨[歌]㉬ 216
垜[哿]㉦ 215
埵[哿]㉦ 214
墮[哿]㉦ 215
奼[馬]㉦ 221
妥[哿]㉦ 215
媠[哿]㉦ 215
它[歌]㉬ 215
宅[陌]㉧ 261
嶞[哿]㉦ 218
惰[哿]㉦ 215
惰[箇]㉠ 215
打[馬]㉦ 221
打[梗]㉦ 253
拕[歌]㉬ 215
拕[哿]㉦ 215
拖[歌]㉬ 215
拖[箇]㉠ 214
挅[哿]㉦ 218
捶[哿]㉦ 218
揣[哿]㉦ 218
朶[哿]㉦ 214
朵[哿]㉦ 214
柂[哿]㉦ 215
柁[哿]㉦ 215
橢[哿]㉦ 215
池[歌]㉬ 215
沱[歌]㉬ 216
涶[箇]㉠ 214
稙[哿]㉦ 214
紽[歌]㉬ 216
綵[哿]㉦ 214
舵[哿]㉦ 215
蛇[歌]㉬ 215
袉[哿]㉦ 215
詑[歌]㉬ 215
詑[禡]㉠ 221
跎[歌]㉬ 216
跑[歌]㉬ 216
躱[哿]㉦ 218
迤[歌]㉬ 215
迱[歌]㉬ 215
酡[歌]㉬ 216
酏[歌]㉬ 216
阤[哿]㉦ 218
陀[歌]㉬ 216
陁[歌]㉬ 216
馱[箇]㉠ 214
馱[歌]㉬ 216
駝[歌]㉬ 215
駞[歌]㉬ 215
驒[歌]㉬ 216
鬌[支]㉬ 42
鬌[哿]㉦ 214
鮀[歌]㉬ 215
鰖[哿]㉦ 215
鱓[歌]㉬ 216
鼉[歌]㉬ 216

탁

侂[藥]㉧ 234
倬[覺]㉧ 38
澤[藥]㉧ 246
剫[藥]㉧ 246
卓[覺]㉧ 38

啄[覺]㉧ 38
啅[覺]㉧ 38
噣[宥]㉠ 294
坼[陌]㉧ 261
墌[陌]㉧ 261
宅[陌]㉧ 261
度[藥]㉧ 235
𢞖[藥]㉧ 235
托[藥]㉧ 235
拓[藥]㉧ 235
拓[陌]㉧ 254
拆[陌]㉧ 261
掾[覺]㉧ 38
擢[覺]㉧ 38
斥[陌]㉧ 255
柝[藥]㉧ 235
椓[覺]㉧ 38
樜[藥]㉧ 235
槖[藥]㉧ 234
欜[藥]㉧ 235
涿[覺]㉧ 38
濁[覺]㉧ 38
澤[藥]㉧ 246
澤[陌]㉧ 261
濯[覺]㉧ 38
琢[覺]㉧ 38
魄[藥]㉧ 231
魄[藥]㉧ 245
籜[藥]㉧ 235
蘀[藥]㉧ 235
袥[藥]㉧ 235
託[藥]㉧ 234
諑[覺]㉧ 38
趠[覺]㉧ 38
趠[效]㉠ 203
跅[陌]㉧ 263
踔[覺]㉧ 38
踔[效]㉠ 203
逴[覺]㉧ 38
鐲[覺]㉧ 38
鐸[藥]㉧ 235
飥[藥]㉧ 234
馲[藥]㉧ 234
驝[藥]㉧ 234

탄

僤[翰]㉠ 157
儃[旱]㉦ 161
呑[元]㉬ 146
嘆[寒]㉬ 157
嘆[翰]㉠ 157
嘽[寒]㉬ 157
坦[旱]㉦ 156
彈[翰]㉠ 157
彈[寒]㉬ 158
憚[翰]㉠ 157
憚[旱]㉦ 161
撣[寒]㉬ 157
攤[寒]㉬ 157
攤[翰]㉠ 160
歎[寒]㉬ 157
歎[翰]㉠ 157
殫[寒]㉬ 157
潬[旱]㉦ 161
灘[寒]㉬ 157
灘[翰]㉠ 157
炭[翰]㉠ 157
畽[旱]㉦ 156
疃[旱]㉦ 156
組[諫]㉠ 166
綻[諫]㉠ 165
鐔[旱]㉦ 156
袒[諫]㉠ 166
𧙗[諫]㉠ 166
訑[翰]㉠ 162
誕[旱]㉦ 156
誕[翰]㉠ 162
驒[寒]㉬ 158

탈

侻[曷]㉧ 157
剟[曷]㉧ 157
奪[曷]㉧ 157
挩[曷]㉧ 157
掇[曷]㉧ 157
敓[曷]㉧ 158
棁[屑]㉧ 182
毤[曷]㉧ 157
祋[曷]㉧ 162
稅[曷]㉧ 162
脫[曷]㉧ 157

탐

嗿[感]㉦ 310
憛[勘]㉠ 313
探[覃]㉬ 311
探[勘]㉠ 311
撢[勘]㉠ 311
眈[覃]㉬ 307
耽[覃]㉬ 307
襑[感]㉦ 310
貪[覃]㉬ 311
賧[勘]㉠ 311
酖[沁]㉠ 302
酖[覃]㉬ 307
黮[勘]㉠ 313

탑

傝[合]㉧ 310
嗒[合]㉧ 310
嚃[合]㉧ 310
塔[合]㉧ 310
塌[合]㉧ 310
搭[合]㉧ 310
搨[合]㉧ 310
榻[合]㉧ 309
⿰木翕[合]㉧ 310
毾[合]㉧ 312
沓[合]㉧ 307
漯[合]㉧ 310
⿰糸𦐇[合]㉧ 312
⿰舟𦐇[合]㉧ 310
荅[合]㉧ 307
遢[合]㉧ 312
錔[合]㉧ 310
闒[合]㉧ 310
闟[合]㉧ 312
鞜[合]㉧ 312
鞳[合]㉧ 310
鰈[合]㉧ 310
䵬[合]㉧ 313

탕

宕[漾]㉠ 234
帑[養]㉦ 235
愓[養]㉦ 246
湯[漾]㉠ 234
湯[陽]㉬ 235
盪[漾]㉠ 234
盪[養]㉦ 235
碭[漾]㉠ 235
簜[養]㉦ 236
菪[漾]㉠ 246
蕩[養]㉦ 235
踼[漾]㉠ 234
逿[漾]㉠ 235
鏜[陽]㉬ 235
鍚[漾]㉠ 246

태

兊[泰]㉠ 104
台[灰]㉬ 113
咍[灰]㉬ 114
埭[隊]㉠ 118
大[泰]㉠ 104
太[泰]㉠ 104
娧[泰]㉠ 104
忲[泰]㉠ 104
怠[賄]㉦ 113
態[支]㉬ 63
態[隊]㉠ 118
⿰目隶[隊]㉠ 118
棣[隊]㉠ 118
殆[賄]㉦ 113
汰[泰]㉠ 104
泰[寘]㉠ 63
泰[未]㉠ 68
泰[霽]㉠ 102
泰[泰]㉠ 104
泰[卦]㉠ 115
泰[隊]㉠ 118
泰[緝]㉧ 305
炱[灰]㉬ 114
⿰石隶[隊]㉠ 118
稅[泰]㉠ 106
稅[曷]㉧ 162
笞[支]㉬ 50
⿱竹怠[灰]㉬ 115
紿[賄]㉦ 113
胎[灰]㉬ 113
胎[歌]㉬ 219
脫[泰]㉠ 104
脫[曷]㉧ 157
苔[灰]㉬ 114

菭[灰]㉬ 114
蛻[泰]㉠ 106
詒[賄]㉦ 113
詒[隊]㉠ 118
貸[職]㉧ 279
跆[灰]㉬ 115
迨[賄]㉦ 113
迨[隊]㉠ 118
逮[賄]㉦ 113
逮[隊]㉠ 118
邰[灰]㉬ 113
銳[泰]㉠ 106
隸[賄]㉦ 113
靆[賄]㉦ 115
靆[隊]㉠ 118
䩣[泰]㉠ 104
駘[灰]㉬ 114
駘[賄]㉦ 115
駾[泰]㉠ 104
駾[隊]㉠ 118
鮐[灰]㉬ 114

택

垞[陌]㉧ 264
宅[陌]㉧ 261
擇[陌]㉧ 261
澤[藥]㉧ 246
澤[陌]㉧ 261
睪[陌]㉧ 263
𦌾[陌]㉧ 261

탱

撐[庚]㉬ 264
樘[庚]㉬ 264
橕[庚]㉬ 264

터

攄[魚]㉬ 73

테

殢[霽]㉠ 101
髢[霽]㉠ 99
鬄[霽]㉠ 99

텸

忝[豔]㉠ 322
㮇[豔]㉠ 322
舔[豔]㉠ 323

토

兎[遇]㉠ 82
吐[麌]㉦ 82
吐[遇]㉠ 82
土[麌]㉦ 82
套[號]㉠ 211
菟[遇]㉠ 82
討[皓]㉦ 210
鵵[遇]㉠ 82
𪏮[皓]㉦ 210

톤

啍[元]㉬ 144
噋[元]㉬ 144
畽[阮]㉦ 145
膔[阮]㉦ 145

통

侗[東]㉬ 26
恫[東]㉬ 19
慟[送]㉠ 22
捅[董]㉦ 21
桶[董]㉦ 21
痌[東]㉬ 19
痛[送]㉠ 22
筒[東]㉬ 19
筩[東]㉬ 19
統[宋]㉠ 32
蓪[東]㉬ 26
通[東]㉬ 19

퇴

僓[灰]㉬ 110
堆[灰]㉬ 109
樻[灰]㉬ 110
推[灰]㉬ 110
搥[灰]㉬ 114
敦[灰]㉬ 110
敦[隊]㉠ 118
槌[灰]㉬ 114

焞[灰]㉬ 110
磓[灰]㉬ 109
穨[灰]㉬ 110
腿[賄]㉦ 110
摧[灰]㉬ 110
褪[願]㉠ 143
追[灰]㉬ 109
退[隊]㉠ 116
鎚[灰]㉬ 109
鐓[隊]㉠ 117
隤[灰]㉬ 110
頧[灰]㉬ 109
頹[灰]㉬ 110
魋[灰]㉬ 110

투

偸[尤]㉬ 288
套[號]㉠ 211
妒[遇]㉠ 88
妬[遇]㉠ 88
妬[錫]㉧ 274
媮[尤]㉬ 288
廠[尤]㉬ 288
投[尤]㉬ 288
渝[虞]㉬ 87
牏[尤]㉬ 288
䛠[宥]㉠ 296
豛[宥]㉠ 289
𧺆[宥]㉠ 289
透[宥]㉠ 289
鍮[尤]㉬ 288
餖[宥]㉠ 295
骰[尤]㉬ 288
鬪[宥]㉠ 289
鬭[宥]㉠ 289

특

匿[職]㉧ 279
忒[職]㉧ 279
慝[職]㉧ 279
特[職]㉧ 279
螣[職]㉧ 279
蟘[職]㉧ 279
貣[職]㉧ 279
貸[職]㉧ 279
頓[月]㉧ 149

파

伯[禡]㉠ 222
叵[哿]㉦ 216
坡[歌]㉬ 216
壩[禡]㉠ 226
婆[歌]㉬ 216
𠯈[哿]㉦ 216
嶓[歌]㉬ 216
巴[麻]㉬ 222
帊[禡]㉠ 222
帕[禡]㉠ 222
弝[禡]㉠ 222
怕[禡]㉠ 222
把[馬]㉦ 221
播[箇]㉠ 215
擺[蟹]㉦ 104
杷[麻]㉬ 222
杷[禡]㉠ 222
欛[禡]㉠ 222
波[支]㉬ 63
波[歌]㉬ 216
派[卦]㉠ 109
灞[禡]㉠ 222
爬[麻]㉬ 222
爸[禡]㉠ 226
玻[歌]㉬ 216
琶[麻]㉬ 222
番[歌]㉬ 216
疤[麻]㉬ 225
皤[歌]㉬ 217
破[箇]㉠ 215
碆[歌]㉬ 216
磻[歌]㉬ 216
䆉[禡]㉠ 223
笆[麻]㉬ 222
簸[哿]㉦ 215
簸[箇]㉠ 215
罷[禡]㉠ 222
耙[麻]㉬ 225
膰[歌]㉬ 216
舥[麻]㉬ 225
芭[麻]㉬ 222
葩[麻]㉬ 222
霸[禡]㉠ 222
譒[箇]㉠ 215
豝[麻]㉬ 222

跛[哿]㉦ 215
鄱[歌]㉬ 218
鈀[麻]㉬ 225
陂[歌]㉬ 216
霸[陌]㉧ 258
靶[禡]㉠ 222
頗[哿]㉦ 215
頗[歌]㉬ 216
駊[哿]㉦ 218

판

判[翰]㉠ 157
坂[阮]㉦ 141
昄[潸]㉦ 167
板[潸]㉦ 166
汳[願]㉠ 148
版[潸]㉦ 165
牉[翰]㉠ 157
瓣[諫]㉠ 166
畈[願]㉠ 141
眅[刪]㉬ 165
眅[潸]㉦ 167
蝂[潸]㉦ 166
販[願]㉠ 141
辦[諫]㉠ 166
鈑[潸]㉦ 166

팔

八[黠]㉧ 165
叭[黠]㉧ 167
捌[黠]㉧ 165
朳[黠]㉧ 165
汃[黠]㉧ 167

패

伂[泰]㉠ 104
伯[禡]㉠ 222
佩[支]㉬ 63
佩[隊]㉠ 116
倍[隊]㉠ 116
偝[隊]㉠ 116
北[隊]㉠ 116
唄[卦]㉠ 109
孛[隊]㉠ 118
孛[月]㉧ 145
悖[隊]㉠ 116
悖[月]㉧ 145
拔[隊]㉠ 118
捭[蟹]㉦ 104
捭[陌]㉧ 262
敗[卦]㉠ 109
旆[泰]㉠ 104
沛[泰]㉠ 104
派[卦]㉠ 109
浿[泰]㉠ 106
浿[卦]㉠ 109
牌[佳]㉬ 103
狽[泰]㉠ 104
珮[隊]㉠ 116
稗[卦]㉠ 110
簰[佳]㉬ 106
粺[卦]㉠ 110
罷[蟹]㉦ 104
肺[泰]㉠ 106
背[隊]㉠ 116
茀[物]㉧ 135
芾[未]㉠ 64
茷[泰]㉠ 104
覇[禡]㉠ 222
誖[隊]㉠ 116
誖[月]㉧ 145
貝[泰]㉠ 104
邶[隊]㉠ 116
霈[泰]㉠ 104
霸[陌]㉧ 258

팽

亨[庚]㉬ 261
伻[庚]㉬ 261
傍[庚]㉬ 264
弸[庚]㉬ 261
彭[庚]㉬ 261
㫄[庚]㉬ 264
棚[庚]㉬ 261
澎[庚]㉬ 261
烹[庚]㉬ 261
砰[庚]㉬ 261
磅[庚]㉬ 261
祊[庚]㉬ 261
繃[庚]㉬ 261
綳[庚]㉬ 261
膨[庚]㉬ 264

蟚[庚]㉬ 264
祊[庚]㉬ 261
輣[庚]㉬ 261
閍[庚]㉬ 261
騯[庚]㉬ 261

퍅

愊[職]㉧ 277

폐

薜[霽]㉠ 102

편

便[霰]㉠ 175
便[先]㉬ 181
偏[先]㉬ 181
匾[銑]㉦ 186
平[先]㉬ 182
徧[霰]㉠ 174
惼[銑]㉦ 175
扁[銑]㉦ 174
扁[先]㉬ 181
楩[先]㉬ 182
片[霰]㉠ 183
猵[先]㉬ 187
篇[先]㉬ 181
篇[先]㉬ 181
編[銑]㉦ 175
編[先]㉬ 181
緶[銑]㉦ 175
緶[先]㉬ 188
翩[先]㉬ 181
艑[先]㉬ 181
艑[銑]㉦ 186
蝙[先]㉬ 181
褊[銑]㉦ 175
褊[先]㉬ 188
諞[銑]㉦ 175
諞[先]㉬ 182
蹁[先]㉬ 182
辧[銑]㉦ 175
辮[銑]㉦ 175
辯[銑]㉦ 175
遍[霰]㉠ 174
鞭[先]㉬ 181
騙[霰]㉠ 183
鯿[先]㉬ 181

폄

封[豔]㉠ 322
砭[鹽]㉬ 321
砭[鹽]㉬ 321
砭[豔]㉠ 322
窆[豔]㉠ 322
貶[琰]㉦ 321

평

匉[庚]㉬ 263
坪[庚]㉬ 263
平[庚]㉬ 256
平[敬]㉠ 260
怦[庚]㉬ 256
抨[庚]㉬ 256
枰[庚]㉬ 256
苹[庚]㉬ 256
萍[青]㉬ 271
評[庚]㉬ 256
評[敬]㉠ 261

폐

吠[隊]㉠ 116
陛[齊]㉬ 100
嬖[霽]㉠ 100
幣[霽]㉠ 100
廢[隊]㉠ 116
弊[霽]㉠ 100
敝[霽]㉠ 100
斃[霽]㉠ 100
柿[隊]㉠ 116
梐[薺]㉦ 100
狴[齊]㉬ 100
狴[薺]㉦ 102
癈[隊]㉠ 116
敝[月]㉧ 141
箄[霽]㉠ 100
肺[隊]㉠ 116
䏒[月]㉧ 141
蔽[霽]㉠ 100
薜[霽]㉠ 102
閉[霽]㉠ 100
閉[屑]㉧ 177
陛[薺]㉦ 100

髉[薺]㉦ 100
髀[薺]㉦ 100

포

佈[遇]㉠ 82
儤[效]㉠ 200
包[肴]㉬ 200
包[有]㉦ 298
匍[虞]㉬ 81
匏[肴]㉬ 201
咆[肴]㉬ 201
哺[遇]㉠ 83
嚗[覺]㉧ 37
麭[巧]㉦ 201
圃[麌]㉦ 82
圃[遇]㉠ 83
布[遇]㉠ 82
庖[肴]㉬ 200
怖[遇]㉠ 82
抛[肴]㉬ 200
抪[遇]㉠ 90
抱[皓]㉦ 210
捕[遇]㉠ 83
晡[虞]㉬ 80
暴[號]㉠ 210
曝[號]㉠ 210
枹[肴]㉬ 200
麭[巧]㉦ 201
泡[肴]㉬ 200
浦[麌]㉦ 82
瀑[號]㉠ 210
炮[肴]㉬ 201
炰[肴]㉬ 201
爆[效]㉠ 200
瓟[覺]㉧ 37
砲[效]㉠ 200
礮[效]㉠ 200
曓[號]㉠ 209
胞[肴]㉬ 200
脯[麌]㉦ 82
脬[肴]㉬ 200
舖[遇]㉠ 83
苞[肴]㉬ 200
苞[尤]㉬ 297
菢[號]㉠ 210
葡[虞]㉬ 91
蒲[語]㉦ 75
蒲[虞]㉬ 80
蒱[虞]㉬ 80
虣[號]㉠ 210
袍[豪]㉬ 210
袍[尤]㉬ 297
褒[豪]㉬ 210
襃[豪]㉬ 210
誧[遇]㉠ 90
謈[覺]㉧ 39
謈[豪]㉬ 211
跑[肴]㉬ 200
逋[虞]㉬ 80
酺[虞]㉬ 80
酺[遇]㉠ 90
䤖[號]㉠ 210
鉋[效]㉠ 200
鋪[虞]㉬ 80
鋪[遇]㉠ 83
鞄[肴]㉬ 203
颮[覺]㉧ 37
飽[巧]㉦ 201
飽[有]㉦ 298
餔[虞]㉬ 80
餔[遇]㉠ 83
骲[覺]㉧ 37
鮑[巧]㉦ 201
鯆[虞]㉬ 90
麃[肴]㉬ 201
麅[肴]㉬ 201

폭

幅[屋]㉧ 19
幅[職]㉧ 276
暴[屋]㉧ 21
曝[屋]㉧ 21
瀑[屋]㉧ 21
爆[覺]㉧ 39
爆[效]㉠ 200
襮[沃]㉧ 31

표

俵[嘯]㉠ 198
僄[蕭]㉬ 197
僄[嘯]㉠ 198
儦[蕭]㉬ 197

剽[嘯]㉠ 195
剽[篠]㉦ 198
剽[蕭]㉬ 199
勡[嘯]㉠ 195
嘌[蕭]㉬ 199
嫖[蕭]㉬ 197
嫖[嘯]㉠ 199
嶥[篠]㉦ 196
幖[蕭]㉬ 196
彪[尤]㉬ 294
彯[嘯]㉠ 198
彯[蕭]㉬ 199
慓[蕭]㉬ 197
摽[篠]㉦ 196
摽[蕭]㉬ 199
杓[蕭]㉬ 196
標[篠]㉦ 195
標[蕭]㉬ 196
殍[篠]㉦ 196
漂[嘯]㉠ 196
漂[蕭]㉬ 197
滮[尤]㉬ 294
瀌[蕭]㉬ 197
熛[蕭]㉬ 196
猋[蕭]㉬ 196
瓢[蕭]㉬ 197
皫[篠]㉦ 196
票[蕭]㉬ 196
票[嘯]㉠ 199
穮[蕭]㉬ 196
縹[篠]㉦ 196
翲[蕭]㉬ 197
穮[蕭]㉬ 196
膘[篠]㉦ 196
臕[蕭]㉬ 197
莩[篠]㉦ 196
蔈[篠]㉦ 196
薸[蕭]㉬ 197
藨[蕭]㉬ 196
藨[篠]㉦ 198
螵[蕭]㉬ 199
表[語]㉦ 75
表[篠]㉦ 195
褾[篠]㉦ 195
豹[效]㉠ 202
醥[篠]㉦ 196
鏢[蕭]㉬ 197
飄[蕭]㉬ 196
飆[蕭]㉬ 196
驃[嘯]㉠ 196
鰾[篠]㉦ 196
麃[蕭]㉬ 199
鮑[效]㉠ 202

품

品[寢]㉦ 300
稟[寢]㉦ 300

풍

馮[東]㉬ 21
凮[東]㉬ 21
楓[東]㉬ 21
楓[侵]㉬ 305
汎[東]㉬ 25
渢[東]㉬ 21
灃[東]㉬ 21
蘴[東]㉬ 26
諷[送]㉠ 23
豐[東]㉬ 21
酆[東]㉬ 21
靊[東]㉬ 26
風[東]㉬ 20
風[送]㉠ 24
風[侵]㉬ 305
飌[東]㉬ 21
麷[東]㉬ 26

피

佊[寘]㉠ 51
僃[紙]㉦ 50
皉[紙]㉦ 50
帔[寘]㉠ 51
彼[紙]㉦ 50
披[支]㉬ 51
披[紙]㉦ 51
破[紙]㉦ 51
破[支]㉬ 61
疲[支]㉬ 51
皮[支]㉬ 51
罷[支]㉬ 51
被[紙]㉦ 51
被[寘]㉠ 51

詖[支]㉬ 51
詖[寘]㉠ 51
跛[寘]㉠ 60
辟[寘]㉠ 51
避[寘]㉠ 51
鈹[支]㉬ 51
陂[支]㉬ 51
陂[寘]㉠ 51
骳[紙]㉦ 51
骳[寘]㉠ 51
髲[寘]㉠ 51

픽

堛[職]㉧ 276
幅[職]㉧ 276
愎[職]㉧ 277
愊[職]㉧ 276
䴰[職]㉧ 277
稫[職]㉧ 276
腷[職]㉧ 281

필

佛[質]㉧ 131
佖[質]㉧ 129
滭[質]㉧ 128
匹[質]㉧ 129
弼[質]㉧ 130
彃[質]㉧ 129
必[質]㉧ 128
怭[質]㉧ 129
拂[質]㉧ 130
柲[質]㉧ 128
比[質]㉧ 130
泌[質]㉧ 129
滭[質]㉧ 128
珌[質]㉧ 128
畢[質]㉧ 128
疋[質]㉧ 129
笔[質]㉧ 129
筆[質]㉧ 129
篳[質]㉧ 129
縪[質]㉧ 129
罼[質]㉧ 128
苾[質]㉧ 129
蓽[質]㉧ 129
鷝[質]㉧ 128
趩[質]㉧ 129
蹕[質]㉧ 129
邲[質]㉧ 130
鉍[質]㉧ 128
鞸[質]㉧ 128
韠[質]㉧ 128
飶[質]㉧ 130
饆[質]㉧ 129
馝[質]㉧ 129
駜[質]㉧ 130

핍

乏[洽]㉧ 326
偪[職]㉧ 276
姂[洽]㉧ 326
愊[職]㉧ 276
泛[洽]㉧ 326
湢[職]㉧ 281
鶝[職]㉧ 277
逼[職]㉧ 276

하

下[語]㉦ 76
下[馬]㉦ 222
下[禡]㉠ 223
何[歌]㉬ 217
假[陌]㉧ 249
呀[麻]㉬ 222
呵[歌]㉬ 217
呵[箇]㉠ 218
嗄[卦]㉠ 109
嗄[禡]㉠ 220
嘏[馬]㉦ 220
嚇[禡]㉠ 223
夏[馬]㉦ 222
夏[禡]㉠ 223
廈[禡]㉠ 220
廈[馬]㉦ 222
暇[禡]㉠ 223
歌[哿]㉦ 216
河[歌]㉬ 217
瑕[魚]㉬ 76
瑕[麻]㉬ 222
瘕[馬]㉦ 225
碬[麻]㉬ 222
罅[禡]㉠ 223

芐[禡]㉠ 223
苛[歌]㉬ 217
荷[哿]㉦ 216
荷[歌]㉬ 217
荷[箇]㉠ 219
菏[歌]㉬ 217
蕸[麻]㉬ 226
蝦[麻]㉬ 223
衺[哿]㉦ 218
[illegible][箇]㉠ 215
訶[歌]㉬ 217
諕[禡]㉠ 223
謑[禡]㉠ 223
誶[禡]㉠ 223
谺[麻]㉬ 222
賀[箇]㉠ 215
赫[陌]㉧ 255
椵[麻]㉬ 222
遐[麻]㉬ 222
鍜[麻]㉬ 222
閜[馬]㉦ 221
霞[魚]㉬ 76
霞[麻]㉬ 222
騢[麻]㉬ 223
鰕[麻]㉬ 222

학

洛[藥]㉧ 236
嗃[藥]㉧ 236
嗀[覺]㉧ 39
壑[藥]㉧ 235
學[覺]㉧ 39
嶨[覺]㉧ 39
挌[陌]㉧ 262
㱿[覺]㉧ 39
涸[遇]㉠ 84
涸[藥]㉧ 236
澩[覺]㉧ 39
熇[屋]㉧ 21
熇[沃]㉧ 31
熇[藥]㉧ 246
瘧[藥]㉧ 239
皬[覺]㉧ 39
矐[藥]㉧ 237
睢[藥]㉧ 236
矐[藥]㉧ 236
确[覺]㉧ 39
礐[覺]㉧ 39
翯[沃]㉧ 31
翯[覺]㉧ 39
臛[藥]㉧ 236
臛[藥]㉧ 236
虐[嘯]㉠ 199
虐[藥]㉧ 239
螫[陌]㉧ 251
藃[藥]㉧ 236
謔[藥]㉧ 236
謞[藥]㉧ 246
貉[藥]㉧ 236
貈[藥]㉧ 236
蹻[藥]㉧ 237
郝[藥]㉧ 236
鄗[藥]㉧ 246
鶴[藥]㉧ 236
鷽[覺]㉧ 39
鸖[藥]㉧ 236

한

僩[潸]㉦ 166
垾[翰]㉠ 158
嫺[刪]㉬ 165
寒[眞]㉬ 132
寒[文]㉬ 139
寒[元]㉬ 150
寒[寒]㉬ 158
寒[刪]㉬ 168
寒[先]㉬ 188
恨[願]㉠ 146
悍[翰]㉠ 158
悍[旱]㉦ 161
憪[刪]㉬ 165
扞[翰]㉠ 158
捍[翰]㉠ 158
撊[潸]㉦ 166
旱[軫]㉦ 132
旱[吻]㉦ 139
旱[阮]㉦ 150
旱[旱]㉦ 157
旱[潸]㉦ 168
旱[銑]㉦ 188
暵[旱]㉦ 157
暵[翰]㉠ 157

榦[寒]㉬ 162
汗[寒]㉬ 158
汗[翰]㉠ 158
漢[翰]㉠ 157
瀚[翰]㉠ 158
瀚[旱]㉦ 160
熯[旱]㉦ 157
熯[翰]㉠ 158
狠[阮]㉦ 147
癇[刪]㉬ 165
皯[翰]㉠ 162
瞯[刪]㉬ 165
罕[旱]㉦ 157
䍐[旱]㉦ 157
翰[震]㉠ 132
翰[問]㉠ 139
翰[願]㉠ 150
翰[寒]㉬ 158
翰[翰]㉠ 158
翰[諫]㉠ 168
翰[霰]㉠ 188
莧[諫]㉠ 166
莧[霰]㉠ 187
覵[刪]㉬ 165
邗[寒]㉬ 158
邯[寒]㉬ 158
邯[覃]㉬ 313
釬[翰]㉠ 158
銲[翰]㉠ 158
閈[翰]㉠ 158
閑[刪]㉬ 165
閒[刪]㉬ 165
閬[濟]㉦ 166
限[濟]㉦ 166
韓[寒]㉬ 158
馯[寒]㉬ 162
駻[翰]㉠ 158
骭[諫]㉠ 166
鷳[刪]㉬ 166
鼾[翰]㉠ 162

할

割[曷]㉧ 151
劼[黠]㉧ 166
勂[黠]㉧ 165
喝[曷]㉧ 158
圔[黠]㉧ 168
害[曷]㉧ 158
愒[曷]㉧ 158
揭[屑]㉧ 169
暍[月]㉧ 140
曷[曷]㉧ 158
歇[月]㉧ 141
毼[曷]㉧ 158
猲[月]㉧ 149
猲[曷]㉧ 158
瞎[黠]㉧ 165
舝[黠]㉧ 166
蝎[月]㉧ 141
蝎[曷]㉧ 162
螛[曷]㉧ 162
褐[曷]㉧ 158
轄[黠]㉧ 166
鎋[黠]㉧ 165
闔[黠]㉧ 168
鞨[曷]㉧ 158
鶡[曷]㉧ 158
黠[黠]㉧ 165

함

函[覃]㉬ 311
函[咸]㉬ 326
含[覃]㉬ 311
含[勘]㉠ 311
咸[侵]㉬ 305
咸[覃]㉬ 313
咸[鹽]㉬ 323
咸[咸]㉬ 326
唅[覃]㉬ 311
唅[勘]㉠ 312
喊[感]㉦ 310
喊[豏]㉦ 326
嗛[咸]㉬ 326
㘅[咸]㉬ 326
圅[覃]㉬ 311
圅[咸]㉬ 326
埳[陷]㉠ 326
嵅[咸]㉬ 326
憨[覃]㉬ 311
憾[勘]㉠ 311
憾[感]㉦ 313
撼[感]㉦ 311

椷[咸]㉬ 324
檻[豏]㉦ 325
嵌[覃]㉬ 313
淦[勘]㉠ 306
涵[覃]㉬ 311
濫[勘]㉠ 309
濫[豏]㉦ 325
濫[陷]㉠ 328
獫[豏]㉦ 328
琀[勘]㉠ 311
瞰[陷]㉠ 326
緘[咸]㉬ 324
譼[陷]㉠ 326
膕[覃]㉬ 313
臽[陷]㉠ 326
艦[豏]㉦ 325
莟[勘]㉠ 312
菡[感]㉦ 311
蚶[覃]㉬ 313
衔[咸]㉬ 326
諴[咸]㉬ 326
谽[覃]㉬ 313
豃[感]㉦ 311
豏[感]㉦ 313
豏[琰]㉦ 323
豏[豏]㉦ 325
轞[豏]㉦ 326
譼[豏]㉦ 326
邯[覃]㉬ 313
酣[覃]㉬ 311
醎[咸]㉬ 326
銜[咸]㉬ 326
鋡[覃]㉬ 311
闞[感]㉦ 310
闞[豏]㉦ 328
陷[沁]㉠ 305
陷[勘]㉠ 313
陷[豔]㉠ 323
陷[陷]㉠ 326
頷[感]㉦ 311
顑[感]㉦ 310
餡[陷]㉠ 328
鹹[咸]㉬ 326

합

匣[洽]㉧ 325
合[緝]㉧ 305
合[合]㉧ 306
合[合]㉧ 311
合[葉]㉧ 323
合[洽]㉧ 328
呷[洽]㉧ 325
哈[合]㉧ 311
嗑[合]㉧ 310
柙[洽]㉧ 326
屎[合]㉧ 306
敆[合]㉧ 306
柙[洽]㉧ 325
榼[合]㉧ 306
溘[合]㉧ 306
狎[洽]㉧ 326
盍[合]㉧ 310
盒[合]㉧ 311
祫[洽]㉧ 327
峇[合]㉧ 306
蓋[合]㉧ 311
蓋[合]㉧ 313
蛤[合]㉧ 306
迨[合]㉧ 311
郃[合]㉧ 311
閤[合]㉧ 306
闔[藥]㉧ 248
闔[合]㉧ 311
欱[合]㉧ 311
鞈[合]㉧ 306
頜[合]㉧ 311
鴿[合]㉧ 306

항

亢[陽]㉬ 227
亢[漾]㉠ 227
伉[陽]㉬ 227
伉[漾]㉠ 227
傋[講]㉦ 38
吭[漾]㉠ 235
吭[陽]㉬ 245
姮[蒸]㉬ 282
巷[絳]㉠ 38
恆[蒸]㉬ 281
抗[漾]㉠ 227
杭[陽]㉬ 235
桁[漾]㉠ 235

桁[陽]㉬ 245
沆[養]㉦ 236
港[講]㉦ 36
炕[漾]㉠ 227
犺[漾]㉠ 228
瓨[江]㉬ 38
笐[漾]㉠ 235
缸[江]㉬ 38
䍍[江]㉬ 38
缿[講]㉦ 38
翃[陽]㉬ 235
翃[漾]㉠ 246
肛[江]㉬ 38
舡[江]㉬ 39
航[陽]㉬ 235
行[陽]㉬ 235
行[漾]㉠ 235
衖[絳]㉠ 39
閌[漾]㉠ 227
降[江]㉬ 38
項[講]㉦ 37
頏[陽]㉬ 235
頏[養]㉦ 236
骯[養]㉦ 236
閧[絳]㉠ 39

해

亥[賄]㉦ 113
侅[灰]㉬ 115
偕[紙]㉦ 63
偕[佳]㉬ 104
𠐉[卦]㉠ 114
劾[卦]㉠ 111
劾[隊]㉠ 118
咳[隊]㉠ 117
垓[灰]㉬ 110
夥[蟹]㉦ 107
奚[齊]㉬ 100
妎[泰]㉠ 106
孩[灰]㉬ 114
害[泰]㉠ 104
害[曷]㉧ 158
峐[灰]㉬ 111
嶰[蟹]㉦ 106
廨[卦]㉠ 111
懈[卦]㉠ 111
晐[灰]㉬ 115
械[卦]㉠ 112
欬[隊]㉠ 117
海[賄]㉦ 113
澥[蟹]㉦ 106
瀣[卦]㉠ 112
瀣[隊]㉠ 118
獬[蟹]㉦ 106
畡[灰]㉬ 111
痎[佳]㉬ 106
絯[蟹]㉦ 107
絯[灰]㉬ 115
絯[陌]㉧ 262
繲[卦]㉠ 111
胲[灰]㉬ 115
胲[賄]㉦ 115
膎[佳]㉬ 105
荄[佳]㉬ 104
荄[灰]㉬ 111
蓋[合]㉧ 311
薤[卦]㉠ 112
蟹[紙]㉦ 63
蟹[尾]㉦ 68
蟹[薺]㉦ 102
蟹[蟹]㉦ 105
蟹[賄]㉦ 115
解[蟹]㉦ 104
解[蟹]㉦ 107
解[卦]㉠ 110
解[卦]㉠ 114
該[灰]㉬ 110
諧[佳]㉬ 105
譮[卦]㉠ 113
豥[蟹]㉦ 106
賅[灰]㉬ 115
邂[卦]㉠ 112
醢[賄]㉦ 113
陔[灰]㉬ 111
陔[賄]㉦ 114
鞋[佳]㉬ 105
𩊰[卦]㉠ 111
鞵[佳]㉬ 105
韰[卦]㉠ 112
頦[灰]㉬ 114
駭[蟹]㉦ 105
駴[蟹]㉦ 105

骸[佳]㉬ 105
鮭[佳]㉬ 105

핵

劾[卦]㉠ 111
劾[隊]㉠ 118
劾[職]㉧ 281
格[陌]㉧ 249
格[陌]㉧ 264
核[月]㉧ 150
核[陌]㉧ 262
絯[陌]㉧ 262
繳[藥]㉧ 241
翮[陌]㉧ 262
覈[陌]㉧ 262
輅[陌]㉧ 262
[illegible][陌]㉧ 262

행

倖[梗]㉦ 262
婞[迥]㉦ 273
幸[梗]㉦ 262
悻[迥]㉦ 273
杏[梗]㉦ 261
涬[迥]㉦ 273
荇[梗]㉦ 262
莕[梗]㉦ 262
行[庚]㉬ 262
行[敬]㉠ 264
行[梗]㉦ 265

향

享[養]㉦ 242
向[漾]㉠ 237
向[漾]㉠ 242
嚮[養]㉦ 242
嚮[漾]㉠ 243
曏[養]㉦ 242
曏[漾]㉠ 242
珦[漾]㉠ 243
薌[陽]㉬ 242
蠁[養]㉦ 242
鄕[陽]㉬ 242
響[養]㉦ 242
餉[漾]㉠ 237
饗[養]㉦ 242
饟[漾]㉠ 237
香[陽]㉬ 242

허

噓[魚]㉬ 70
墟[魚]㉬ 69
墟[尤]㉬ 297
[illegible][魚]㉬ 69
栩[麌]㉦ 88
歔[魚]㉬ 70
虛[魚]㉬ 70
虛[陽]㉬ 248
許[語]㉦ 70
詡[麌]㉦ 88
驉[魚]㉬ 74
魖[魚]㉬ 70

헌

巘[阮]㉦ 141
巘[銑]㉦ 169
幰[阮]㉦ 142
憲[願]㉠ 142
憲[阮]㉦ 149
掀[元]㉬ 141
獻[願]㉠ 142
軒[元]㉬ 141
軒[願]㉠ 148

헐

歇[月]㉧ 141
狘[月]㉧ 141
猲[月]㉧ 149
猲[曷]㉧ 158
猲[洽]㉧ 326
蝎[月]㉧ 141
蠍[月]㉧ 141
[illegible][月]㉧ 141

험

嶮[琰]㉦ 316
忺[鹽]㉬ 321
憸[琰]㉦ 316
[illegible][合]㉧ 308
獫[琰]㉦ 316
獫[豔]㉠ 317
玁[琰]㉦ 316

玁[豔]㉠ 317
薟[琰]㉦ 322
蘞[鹽]㉬ 321
譣[琰]㉦ 316
險[琰]㉦ 316
驗[豔]㉠ 314

혁

侐[職]㉧ 277
嚇[陌]㉧ 255
奕[陌]㉧ 252
奭[職]㉧ 277
弈[陌]㉧ 252
檄[錫]㉧ 273
殈[錫]㉧ 273
洫[職]㉧ 277
淢[職]㉧ 277
焱[錫]㉧ 275
爀[陌]㉧ 255
矜[錫]㉧ 272
砉[陌]㉧ 256
砉[錫]㉧ 275
虩[陌]㉧ 255
𧖰[職]㉧ 277
赥[錫]㉧ 273
赩[職]㉧ 277
赫[陌]㉧ 255
躩[藥]㉧ 243
革[陌]㉧ 249
革[職]㉧ 277
鬩[錫]㉧ 272

현

俔[銑]㉦ 188
儇[先]㉬ 182
嬛[先]㉬ 182
峴[銑]㉦ 183
弦[先]㉬ 183
懁[先]㉬ 182
憲[阮]㉦ 149
懸[先]㉬ 183
晛[銑]㉦ 188
泫[銑]㉦ 184
泫[先]㉬ 188
洵[霰]㉠ 187
炫[霰]㉠ 184
獧[先]㉬ 182
玄[先]㉬ 183
玆[先]㉬ 183
玹[霰]㉠ 184
現[霰]㉠ 184
琄[銑]㉦ 183
畓[眞]㉬ 119
眩[諫]㉠ 168
眩[霰]㉠ 184
眴[霰]㉠ 187
睍[霰]㉠ 170
睍[銑]㉦ 188
礥[眞]㉬ 123
礥[先]㉬ 188
絃[先]㉬ 183
絢[霰]㉠ 183
縣[先]㉬ 183
縣[霰]㉠ 184
繯[銑]㉦ 188
翾[先]㉬ 182
舷[先]㉬ 183
莧[諫]㉠ 166
莧[霰]㉠ 187
蚿[先]㉬ 183
蜎[霰]㉠ 187
蠉[先]㉬ 182
衒[霰]㉠ 184
袨[霰]㉠ 184
見[霰]㉠ 184
譞[先]㉬ 182
䝮[霰]㉠ 184
賢[先]㉬ 183
贒[先]㉬ 183
鉉[眞]㉬ 132
鉉[銑]㉦ 184
鋧[銑]㉦ 188
鋗[先]㉬ 183
𩊱[銑]㉦ 184
鞙[銑]㉦ 183
韅[銑]㉦ 183
顯[銑]㉦ 183
駽[先]㉬ 183
駽[霰]㉠ 184

혈

吷[屑]㉧ 188

㚤[屑]㉧ 185
孑[屑]㉧ 169
㵿[屑]㉧ 185
擷[屑]㉧ 185
決[屑]㉧ 172
泬[屑]㉧ 188
烕[屑]㉧ 184
穴[屑]㉧ 185
絜[屑]㉧ 171
絜[屑]㉧ 185
纈[屑]㉧ 185
翓[屑]㉧ 184
血[屑]㉧ 184
襭[屑]㉧ 188
鐍[屑]㉧ 172
頡[屑]㉧ 184

혐

嫌[鹽]㉬ 321
獮[嗛]㉦ 328

협

俠[葉]㉧ 321
俠[洽]㉧ 328
勰[葉]㉧ 320
匧[葉]㉧ 316
協[合]㉧ 308
協[葉]㉧ 320
叶[葉]㉧ 320
嚕[葉]㉧ 315
夾[葉]㉧ 315
夾[葉]㉧ 321
夾[洽]㉧ 326
峽[洽]㉧ 327
弽[葉]㉧ 315
㥦[葉]㉧ 316
愜[葉]㉧ 316
慊[葉]㉧ 316
熁[葉]㉧ 315
搚[葉]㉧ 321
挾[葉]㉧ 321
挾[洽]㉧ 326
接[葉]㉧ 319
擠[合]㉧ 308
梜[葉]㉧ 315
歙[葉]㉧ 318
汁[緝]㉧ 302
洽[洽]㉧ 327
浹[葉]㉧ 319
熁[葉]㉧ 315
狹[洽]㉧ 327
硤[洽]㉧ 327
袷[洽]㉧ 327
筴[葉]㉧ 315
筴[洽]㉧ 327
篋[葉]㉧ 316
綊[葉]㉧ 321
胠[葉]㉧ 314
胠[洽]㉧ 328
脅[葉]㉧ 315
脇[葉]㉧ 315
脥[葉]㉧ 315
莢[葉]㉧ 316
蛺[葉]㉧ 321
蛺[洽]㉧ 328
郟[洽]㉧ 326
鋏[葉]㉧ 315
陜[洽]㉧ 327
陿[洽]㉧ 327
頰[葉]㉧ 315

형

侀[青]㉬ 272
兄[庚]㉬ 256
刑[青]㉬ 272
型[青]㉬ 272
敻[敬]㉠ 261
娙[青]㉬ 272
形[青]㉬ 272
桁[庚]㉬ 256
泂[迥]㉦ 271
滎[青]㉬ 272
濴[迥]㉦ 270
濴[青]㉬ 273
瀅[徑]㉠ 269
瀅[迥]㉦ 271
炯[迥]㉦ 272
熒[迥]㉦ 270
熒[青]㉬ 272
亨[庚]㉬ 256
珩[庚]㉬ 256
瑩[徑]㉠ 269

瑩[迥]㉦ 270
硎[靑]㉬ 272
脛[迥]㉦ 271
脝[庚]㉬ 256
荊[庚]㉬ 249
莖[庚]㉬ 257
蘅[庚]㉬ 257
螢[靑]㉬ 273
衡[庚]㉬ 256
詗[敬]㉠ 265
詗[迥]㉦ 271
踁[迥]㉦ 271
迥[梗]㉦ 265
迥[迥]㉦ 271
逈[迥]㉦ 271
邢[靑]㉬ 272
鈃[靑]㉬ 272
鉶[靑]㉬ 272
鎣[徑]㉠ 269
陘[靑]㉬ 272
鋞[庚]㉬ 257
馨[靑]㉬ 272

혜

衃[職]㉧ 277
傒[齊]㉬ 100
兮[齊]㉬ 100
嘒[霽]㉠ 100
奚[齊]㉬ 100
夷[屑]㉧ 185
嫨[齊]㉬ 100
彗[寘]㉠ 41
徯[薺]㉦ 100
惠[霽]㉠ 100
慧[霽]㉠ 100
憓[霽]㉠ 100
嵇[齊]㉬ 101
暳[霽]㉠ 100
槥[霽]㉠ 102
瞖[齊]㉬ 101
盻[霽]㉠ 102
蕙[霽]㉠ 100
蟪[霽]㉠ 102
謑[薺]㉦ 100
謑[齊]㉬ 102
譓[霽]㉠ 100
谿[齊]㉬ 101
豯[齊]㉬ 101
蹊[齊]㉬ 100
醓[齊]㉬ 100
醯[齊]㉬ 100
鼷[齊]㉬ 101

호

乎[虞]㉬ 82
互[遇]㉠ 84
号[嘯]㉠ 199
号[效]㉠ 204
号[號]㉠ 210
呼[虞]㉬ 81
呼[遇]㉠ 83
呺[號]㉠ 210
嘑[虞]㉬ 81
嘷[豪]㉬ 210
壕[豪]㉬ 210
壺[虞]㉬ 82
好[皓]㉦ 210
好[號]㉠ 210
好[宥]㉠ 298
嫭[遇]㉠ 84
岵[麌]㉦ 83
嚎[豪]㉬ 211
幠[虞]㉬ 81
弧[虞]㉬ 82
怙[麌]㉦ 83
戲[虞]㉬ 81
戶[麌]㉦ 82
戽[遇]㉠ 90
扈[麌]㉦ 82
搰[禡]㉠ 225
擭[陌]㉧ 257
昈[麌]㉦ 83
昊[皓]㉦ 210
昊[宥]㉠ 298
晧[皓]㉦ 211
暭[皓]㉦ 210
楛[遇]㉠ 90
毫[豪]㉬ 210
沍[遇]㉠ 84
浩[皓]㉦ 211
涸[遇]㉠ 84
湖[虞]㉬ 81

滈[皓]㉦ 211
滸[麌]㉦ 82
滬[麌]㉦ 90
滹[虞]㉬ 81
澔[皓]㉦ 211
濩[遇]㉠ 83
濩[藥]㉧ 244
濠[豪]㉬ 210
灝[皓]㉦ 211
犒[號]㉠ 205
狐[虞]㉬ 82
琥[麌]㉦ 82
瑚[虞]㉬ 81
瓠[虞]㉬ 82
瓠[遇]㉠ 84
皋[號]㉠ 211
皐[號]㉠ 211
皓[篠]㉦ 199
皓[巧]㉦ 204
皓[皓]㉦ 205
皓[皓]㉦ 210
皜[皓]㉦ 205
皞[皓]㉦ 211

皥[皓]㉦ 210
祜[麌]㉦ 83
秏[號]㉠ 210
穫[遇]㉠ 91
箶[虞]㉬ 91
糊[虞]㉬ 81
縞[皓]㉦ 205
縞[號]㉠ 205
𦊓[遇]㉠ 84
耗[號]㉠ 210
胡[虞]㉬ 81
膴[虞]㉬ 81
葫[虞]㉬ 91
蒿[豪]㉬ 210
薅[豪]㉬ 210
虎[麌]㉦ 82
虖[虞]㉬ 81
號[豪]㉬ 210
號[號]㉠ 210
蝴[虞]㉬ 91
蠔[豪]㉬ 210
許[麌]㉦ 90
謼[虞]㉬ 81

謼[遇]㉠ 83
護[遇]㉠ 83
譹[豪]㉬ 210
豪[蕭]㉬ 199
豪[肴]㉬ 204
豪[豪]㉬ 210
𧳜[虞]㉬ 82
鄗[皓]㉦ 211
鄗[藥]㉧ 246
鄠[麌]㉦ 83
醐[虞]㉬ 81
鎬[皓]㉦ 211
雇[麌]㉦ 82
韄[藥]㉧ 243
韄[遇]㉠ 83
韄[陌]㉧ 263
頀[遇]㉠ 83
顥[皓]㉦ 211
餬[虞]㉬ 81
鰝[號]㉠ 205
鱯[禡]㉠ 225
鳸[麌]㉦ 82
鶘[虞]㉬ 82

혹

嗀[覺]㉧ 39
惑[職]㉧ 277
或[職]㉧ 277
熇[屋]㉧ 21
熇[沃]㉧ 31
熇[藥]㉧ 246
矐[藥]㉧ 237
翯[沃]㉧ 31
臛[藥]㉧ 236
臛[藥]㉧ 236
酷[沃]㉧ 28
鵠[沃]㉧ 35

혼

㖧[元]㉬ 144
圂[願]㉠ 144
婚[元]㉬ 144
惛[元]㉬ 144
慁[願]㉠ 143
掍[阮]㉦ 145
昆[元]㉬ 149
昏[元]㉬ 144

昏[元]㉬ 144
棍[阮]㉅ 145
棔[元]㉬ 149
殙[元]㉬ 144
混[阮]㉅ 145
渾[元]㉬ 144
渾[阮]㉅ 145
溷[眞]㉬ 132
溷[願]㉠ 144
焜[阮]㉅ 145
煇[阮]㉅ 145
緷[阮]㉅ 146
緷[元]㉬ 149
閽[元]㉬ 144
餛[元]㉬ 149
魂[元]㉬ 144
黿[元]㉬ 144
鯶[阮]㉅ 149

홀

囫[月]㉇ 149
忽[月]㉇ 144
惚[月]㉇ 144
昒[物]㉇ 138
昒[月]㉇ 144
曶[月]㉇ 144
核[月]㉇ 150
笏[月]㉇ 144
芴[月]㉇ 144

홍

哄[送]㉠ 23
嗊[董]㉅ 25
弘[東]㉬ 27
弘[蒸]㉬ 281
汞[董]㉅ 22
泓[庚]㉬ 257
洪[東]㉬ 19
洚[東]㉬ 19
洚[送]㉠ 27
澒[董]㉅ 21
烘[東]㉬ 19
烘[送]㉠ 22
紅[東]㉬ 19
葒[東]㉬ 19
葓[東]㉬ 19
虹[東]㉬ 20
訌[東]㉬ 19
谾[東]㉬ 26
谾[江]㉬ 38
鉷[東]㉬ 26
鬨[送]㉠ 23
鴻[東]㉬ 20
鴻[董]㉅ 22

화

化[支]㉬ 63
化[禡]㉠ 225
吴[禡]㉠ 225
吳[禡]㉠ 225
咊[歌]㉬ 218
和[箇]㉠ 217
和[歌]㉬ 218
夥[哿]㉅ 217
嬅[禡]㉠ 225
崋[禡]㉠ 225
摦[禡]㉠ 225
擭[禡]㉠ 225
猧[哿]㉅ 217
榎[馬]㉅ 220
樗[禡]㉠ 225
樺[禡]㉠ 225
火[哿]㉅ 217
畫[卦]㉠ 113
畵[卦]㉠ 113
禍[哿]㉅ 217
禍[紙]㉅ 63
禍[哿]㉅ 217
禾[歌]㉬ 218
花[麻]㉬ 225
華[麻]㉬ 225
華[禡]㉠ 225
蘤[麻]㉬ 225
話[卦]㉠ 113
譁[麻]㉬ 225
譮[卦]㉠ 113
貨[箇]㉠ 217
踝[馬]㉅ 225
輠[哿]㉅ 217
輠[哿]㉅ 217
鉌[歌]㉬ 218
鏵[麻]㉬ 225

鏵[麻]㉬ 225
靴[歌]㉬ 218
鞾[歌]㉬ 218
驊[麻]㉬ 225
髁[哿]㉦ 217
鱯[禡]㉠ 225
龢[歌]㉬ 218

확

嚄[陌]㉧ 263
嬳[藥]㉧ 245
廓[藥]㉧ 243
彉[藥]㉧ 244
彍[藥]㉧ 244
彏[藥]㉧ 244
韄[藥]㉧ 244
㦜[藥]㉧ 242
戄[藥]㉧ 244
擭[禡]㉠ 225
擭[藥]㉧ 247
擭[陌]㉧ 257
擴[藥]㉧ 243
攉[藥]㉧ 247
攫[藥]㉧ 247
漷[藥]㉧ 243
濩[藥]㉧ 244
獲[藥]㉧ 243
癨[藥]㉧ 244
矍[藥]㉧ 242
矐[藥]㉧ 236
矱[藥]㉧ 243
確[覺]㉧ 36
碻[覺]㉧ 36
穫[藥]㉧ 244
籰[藥]㉧ 244
藿[藥]㉧ 244
蠖[藥]㉧ 243
躩[藥]㉧ 243
鑊[藥]㉧ 244
钁[藥]㉧ 247
臒[藥]㉧ 243
霍[藥]㉧ 244
靃[藥]㉧ 244
[illegible][藥]㉧ 243

환

喚[翰]㉠ 160
圜[刪]㉬ 167
丸[寒]㉬ 160
奐[翰]㉠ 160
宦[諫]㉠ 167
寰[刪]㉬ 167
幻[諫]㉠ 167
[illegible][諫]㉠ 168
患[諫]㉠ 167
懽[寒]㉬ 159
換[翰]㉠ 160
擐[諫]㉠ 167
攌[濟]㉦ 168
晥[濟]㉦ 167
桓[寒]㉬ 160
歡[寒]㉬ 159
汍[寒]㉬ 160
浣[旱]㉦ 160
湲[刪]㉬ 167
渙[翰]㉠ 160
漶[旱]㉦ 159
漶[翰]㉠ 162
澴[刪]㉬ 167
煥[翰]㉠ 160
環[刪]㉬ 166
環[諫]㉠ 167
瓛[寒]㉬ 160
癏[刪]㉬ 166
眩[諫]㉠ 168
睅[濟]㉦ 166
睆[濟]㉦ 167
矜[刪]㉬ 166
紈[寒]㉬ 160
絙[寒]㉬ 160
綄[寒]㉬ 160
芄[寒]㉬ 160
莞[濟]㉦ 167
萑[寒]㉬ 160
讙[寒]㉬ 160
豢[諫]㉠ 167
豲[寒]㉬ 162
貆[寒]㉬ 160
貛[寒]㉬ 159
轘[刪]㉬ 167
轘[諫]㉠ 167

逭[翰]㉠ 160
還[刪]㉬ 166
還[諫]㉠ 167
鋎[濟]㉦ 168
鍰[刪]㉬ 167
鐶[刪]㉬ 167
闤[刪]㉬ 167
[illegible][刪]㉬ 168
驩[寒]㉬ 159
鬟[刪]㉬ 167
鰥[刪]㉬ 166
䴉[刪]㉬ 168

활

佸[曷]㉧ 159
佸[曷]㉧ 162
括[曷]㉧ 162
活[屋]㉧ 27
活[曷]㉧ 159
活[曷]㉧ 160
滑[月]㉧ 142
滑[黠]㉧ 166
濊[曷]㉧ 160
猾[黠]㉧ 166
磆[黠]㉧ 167
豁[曷]㉧ 160
越[曷]㉧ 160
闊[曷]㉧ 159

황

偟[陽]㉬ 243
兄[漾]㉠ 247
況[漾]㉠ 245
况[漾]㉠ 247
凰[陽]㉬ 244
喤[陽]㉬ 246
堭[陽]㉬ 246
媓[陽]㉬ 244
㡃[陽]㉬ 246
幌[養]㉦ 243
徨[陽]㉬ 243
怳[養]㉦ 243
恍[養]㉦ 244
惶[陽]㉬ 243
慌[養]㉦ 244
擴[藥]㉧ 243
晃[養]㉦ 243
[illegible][養]㉦ 247
榥[養]㉦ 247
況[漾]㉠ 247
湟[陽]㉬ 244
滉[養]㉦ 247
潢[陽]㉬ 243
煌[陽]㉬ 244
瑝[陽]㉬ 246
璜[陽]㉬ 243
皇[陽]㉬ 243
皇[養]㉦ 243
皝[養]㉦ 243
篁[陽]㉬ 244
簧[陽]㉬ 243
肓[陽]㉬ 243
[illegible][養]㉦ 243
艎[陽]㉬ 244
荒[陽]㉬ 243
蝗[陽]㉬ 244
衁[陽]㉬ 243
貺[漾]㉠ 245
遑[陽]㉬ 243
隍[陽]㉬ 243
䬝[庚]㉬ 263
餭[陽]㉬ 244
騜[陽]㉬ 246
[illegible][陽]㉬ 246
黃[陽]㉬ 243

홰

噦[泰]㉠ 106
噦[月]㉧ 149
繣[卦]㉠ 114
罫[卦]㉠ 115
翽[泰]㉠ 106
[illegible][泰]㉠ 106
[illegible][卦]㉠ 114

회

佪[灰]㉬ 110
劊[泰]㉠ 105
匯[賄]㉦ 111
回[灰]㉬ 110
回[隊]㉠ 117
壞[卦]㉠ 114

廆[賄]㉦ 111
廻[灰]㉬ 110
佪[灰]㉬ 110
恢[灰]㉬ 108
悝[灰]㉬ 108
悔[賄]㉦ 110
悔[隊]㉠ 116
懷[佳]㉬ 103
挔[灰]㉬ 115
晦[紙]㉦ 63
晦[隊]㉠ 116
會[泰]㉠ 105
槐[佳]㉬ 103
槐[灰]㉬ 110
檜[泰]㉠ 105
檜[曷]㉧ 159
櫰[佳]㉬ 103
沬[隊]㉠ 116
洄[灰]㉬ 110
淮[佳]㉬ 104
潰[隊]㉠ 116
濊[泰]㉠ 105
澮[泰]㉠ 105
澮[卦]㉠ 114
瀤[佳]㉬ 103
灰[支]㉬ 63
灰[微]㉬ 68
灰[齊]㉬ 102
灰[佳]㉬ 107
灰[灰]㉬ 110
獪[泰]㉠ 105
瘣[賄]㉦ 111
盔[灰]㉬ 108
禬[泰]㉠ 106
絯[陌]㉧ 262
繢[泰]㉠ 106
繢[隊]㉠ 117
繪[泰]㉠ 106
繪[隊]㉠ 116
翽[泰]㉠ 106
聵[卦]㉠ 110
聵[隊]㉠ 118
膾[泰]㉠ 105
茴[灰]㉬ 110
薈[泰]㉠ 105
尯[灰]㉬ 115
蛔[灰]㉬ 115
褢[佳]㉬ 103
襘[泰]㉠ 105
詼[灰]㉬ 108
誨[隊]㉠ 116
豗[灰]㉬ 114
賄[薺]㉦ 102
賄[蟹]㉦ 107
賄[賄]㉦ 110
脢[賄]㉦ 110
靧[卦]㉠ 114
闠[隊]㉠ 117
鄶[泰]㉠ 105
䤢[隊]㉠ 116
頮[隊]㉠ 116
鱠[泰]㉠ 105

획

剨[陌]㉧ 263
劃[陌]㉧ 257
嚍[陌]㉧ 256
嚄[陌]㉧ 263
嫿[陌]㉧ 263
㩇[陌]㉧ 263
擭[陌]㉧ 257
湱[陌]㉧ 256
㶁[陌]㉧ 263
獲[陌]㉧ 257
畫[陌]㉧ 257
砉[陌]㉧ 256
砉[錫]㉧ 275
繣[陌]㉧ 263
膕[陌]㉧ 263
謋[陌]㉧ 263
韄[陌]㉧ 263
騞[陌]㉧ 256

횡

卝[梗]㉦ 260
吰[庚]㉬ 263
喤[庚]㉬ 258
宏[庚]㉬ 257
㢬[庚]㉬ 263
峵[庚]㉬ 258
嶸[庚]㉬ 258
彋[庚]㉬ 263

橫[庚]㉬ 257
橫[敬]㉠ 262
泓[庚]㉬ 257
紘[庚]㉬ 257
紭[庚]㉬ 263
宖[庚]㉬ 263
翃[庚]㉬ 258
薨[蒸]㉬ 281
薨[庚]㉬ 263
衡[庚]㉬ 257
訇[庚]㉬ 257
諻[庚]㉬ 257
谹[庚]㉬ 263
軣[蒸]㉬ 282
輷[庚]㉬ 257
轟[庚]㉬ 257
鈜[庚]㉬ 258
鍧[庚]㉬ 257
鍠[庚]㉬ 258
鐄[庚]㉬ 257
閎[庚]㉬ 257
颵[庚]㉬ 263
黌[庚]㉬ 257

효

佼[效]㉠ 203
傚[效]㉠ 203
効[效]㉠ 203
呺[蕭]㉬ 199
哮[肴]㉬ 203
唬[肴]㉬ 203
嗃[肴]㉬ 203
嗃[效]㉠ 204
嗃[藥]㉧ 236
嘐[肴]㉬ 204
嘵[蕭]㉬ 197
嚆[肴]㉬ 203
嚻[蕭]㉬ 197
孝[屋]㉧ 27
孝[效]㉠ 202
崤[肴]㉬ 203
恔[效]㉠ 203
悋[效]㉠ 203
憢[蕭]㉬ 197
效[嘯]㉠ 199
效[效]㉠ 202
效[號]㉠ 211
斅[效]㉠ 203
曉[篠]㉦ 196
枵[蕭]㉬ 197
校[效]㉠ 204
梟[蕭]㉬ 189
梟[蕭]㉬ 197
歊[蕭]㉬ 197
殽[肴]㉬ 203
涍[肴]㉬ 203
淆[肴]㉬ 203
滈[篠]㉦ 198
烋[肴]㉬ 203
熇[沃]㉧ 31
熇[蕭]㉬ 199
熇[藥]㉧ 246
爻[肴]㉬ 203
猇[肴]㉬ 203
獢[蕭]㉬ 199
皛[篠]㉦ 196
筊[肴]㉬ 204
肴[蕭]㉬ 199
肴[肴]㉬ 203
肴[豪]㉬ 211
芍[錫]㉧ 267
虓[肴]㉬ 203
蟂[蕭]㉬ 189
詨[肴]㉬ 204
謞[藥]㉧ 246
諄[肴]㉬ 204
郩[肴]㉬ 204
酵[效]㉠ 203
餚[肴]㉬ 203
驕[蕭]㉬ 199
驍[蕭]㉬ 199
髇[肴]㉬ 203
鴞[蕭]㉬ 197

후

佝[宥]㉠ 289
侯[尤]㉬ 289
候[宥]㉠ 290
㝷[虞]㉦ 88
厚[有]㉦ 290
吁[虞]㉬ 86
后[有]㉦ 290
后[宥]㉠ 290

吼[有]㉦ 290
呴[虞]㉬ 86
呴[遇]㉠ 88
喉[尤]㉬ 289
嗅[宥]㉠ 290
堠[宥]㉠ 290
姁[虞]㉬ 92
姁[麌]㉦ 92
帿[尤]㉬ 289
後[有]㉦ 290
後[宥]㉠ 296
怐[宥]㉠ 289
昫[麌]㉦ 88
昫[遇]㉠ 88
朽[有]㉦ 290
栩[麌]㉦ 88
欨[虞]㉬ 86
煦[魚]㉬ 70
煦[虞]㉬ 86
煦[麌]㉦ 88
煦[遇]㉠ 88
煦[麌]㉦ 91
猴[尤]㉬ 289
珝[麌]㉦ 88
盱[虞]㉬ 86
矦[尤]㉬ 289
篌[尤]㉬ 289
糇[尤]㉬ 289
臭[宥]㉠ 295
芋[虞]㉬ 86
蔻[宥]㉠ 289
訏[虞]㉬ 86
訏[麌]㉦ 92
詬[宥]㉠ 289
詬[宥]㉠ 295
詡[麌]㉦ 88
逅[宥]㉠ 290
郈[有]㉦ 291
酗[遇]㉠ 88
䣘[遇]㉠ 88
鍭[尤]㉬ 289
餱[尤]㉬ 289
鱟[宥]㉠ 289
齁[尤]㉬ 296
齅[宥]㉠ 289

훈

勛[文]㉬ 136
勳[文]㉬ 136
塤[元]㉬ 148
壎[元]㉬ 148
曛[文]㉬ 136
焄[文]㉬ 136
熏[文]㉬ 136
燻[文]㉬ 136
爋[問]㉠ 137
獯[文]㉬ 136
纁[文]㉬ 136
臐[文]㉬ 136
葷[文]㉬ 136
薰[文]㉬ 136
訓[問]㉠ 137
醺[文]㉬ 136

훌

欻[物]㉧ 137
歘[物]㉧ 137
颮[物]㉧ 137

훙

薨[蒸]㉬ 276

훤

咺[阮]㉦ 148
喧[元]㉬ 148
嚾[元]㉬ 148
晅[元]㉬ 148
暖[元]㉬ 150
暄[元]㉬ 148
楦[願]㉠ 147
烜[阮]㉦ 148
狟[元]㉬ 148
暖[阮]㉦ 150
萱[元]㉬ 148
諠[元]㉬ 148
諼[元]㉬ 148
諼[阮]㉦ 150
讙[元]㉬ 148
貆[元]㉬ 148

훼

卉[尾]㉦ 67

卉[未]㉠ 67
喙[隊]㉠ 118
毁[紙]㉦ 58
毁[寘]㉠ 62
烜[紙]㉦ 58
焜[紙]㉦ 58
燬[紙]㉦ 58
虫[尾]㉦ 67
虺[尾]㉦ 67
譭[紙]㉦ 58
顪[隊]㉠ 118

휘

徽[微]㉬ 68
彙[未]㉠ 66
徽[微]㉬ 65
戲[支]㉬ 54
揮[微]㉬ 65
撝[支]㉬ 54
暉[微]㉬ 65
楎[微]㉬ 67
煇[微]㉬ 65
翬[微]㉬ 65
褘[微]㉬ 65
諱[未]㉠ 66
輝[微]㉬ 65
麾[支]㉬ 54

휴

休[蕭]㉬ 199
休[尤]㉬ 294
庥[宥]㉠ 295
咻[尤]㉬ 294
隳[支]㉬ 42
巂[齊]㉬ 101
庥[尤]㉬ 294
携[齊]㉬ 95
攜[齊]㉬ 95
烋[尤]㉬ 294
猇[尤]㉬ 295
畜[宥]㉠ 295
畦[齊]㉬ 95
睢[支]㉬ 42
睢[寘]㉠ 58
茠[尤]㉬ 295
蠵[齊]㉬ 95
虧[支]㉬ 42
觿[齊]㉬ 95
貅[尤]㉬ 295
酅[齊]㉬ 101
鑴[齊]㉬ 95
隳[支]㉬ 42
巂[紙]㉦ 59
髹[尤]㉬ 295
鵂[尤]㉬ 297

휵

慉[屋]㉧ 25
畜[屋]㉧ 25

휼

恤[質]㉧ 120
潏[質]㉧ 122
潏[質]㉧ 131
潏[屑]㉧ 172
獝[質]㉧ 119
驈[質]㉧ 131
貀[質]㉧ 122
譎[屑]㉧ 172
賉[質]㉧ 120
遹[質]㉧ 121
卹[質]㉧ 120
卹[月]㉧ 149
鷸[質]㉧ 121
鷸[質]㉧ 122

흉

兇[冬]㉬ 33
兇[腫]㉦ 34
凶[冬]㉬ 33
匈[冬]㉬ 33
哅[冬]㉬ 34
哅[宋]㉠ 35
恟[冬]㉬ 34
洶[冬]㉬ 34
洶[腫]㉦ 35
胷[冬]㉬ 33
訩[冬]㉬ 33
訩[腫]㉦ 34
詾[冬]㉬ 34
詾[腫]㉦ 34

흑

黑[職]㉧ 279

흔

忻[文]㉬ 138
拫[元]㉬ 150
掀[元]㉬ 141
昕[文]㉬ 138
欣[文]㉬ 138
炘[文]㉬ 138
焮[問]㉠ 138
痕[元]㉬ 146
礥[眞]㉬ 123
舋[震]㉠ 130
舋[震]㉠ 123
舋[元]㉬ 145
衅[震]㉠ 123
訢[文]㉬ 138
釁[震]㉠ 123
鞎[元]㉬ 146

흘

仡[物]㉧ 137
吃[物]㉧ 137
屹[物]㉧ 137
忔[物]㉧ 138
扢[月]㉧ 142
汔[物]㉧ 138
疙[物]㉧ 137
籺[月]㉧ 145
紇[月]㉧ 145
肸[物]㉧ 138
訖[物]㉧ 137
迄[物]㉧ 137
釳[物]㉧ 138
麧[月]㉧ 145
齕[月]㉧ 145

흠

廞[侵]㉬ 301
欠[豔]㉠ 314
欠[陷]㉠ 324
欽[侵]㉬ 299
歆[侵]㉬ 301

흡

吸[緝]㉧ 302
噏[緝]㉧ 302
帢[洽]㉧ 327
恰[洽]㉧ 326
扱[緝]㉧ 304
扱[洽]㉧ 325
歙[緝]㉧ 302
歙[葉]㉧ 318
洽[緝]㉧ 305
洽[合]㉧ 313
洽[葉]㉧ 323
洽[洽]㉧ 327
潝[緝]㉧ 302
翕[緝]㉧ 302
闟[緝]㉧ 302
欱[合]㉧ 311

흥

興[徑]㉠ 272
興[蒸]㉬ 280

희

俙[尾]㉦ 67
俙[微]㉬ 68
僖[支]㉬ 57
咥[寘]㉠ 62
咥[屑]㉧ 174
唏[尾]㉦ 66
唏[微]㉬ 67
唏[未]㉠ 67
喜[紙]㉦ 57
嘻[支]㉬ 57
噫[支]㉬ 57
噫[卦]㉠ 112
塈[未]㉠ 67
嬉[支]㉬ 57
嬉[紙]㉦ 62
嬉[寘]㉠ 62
屭[寘]㉠ 57
巇[支]㉬ 58
希[微]㉬ 67
愾[未]㉠ 67
戲[寘]㉠ 57
戲[支]㉬ 58

戲[魚]㉬ 76
摡[未]㉠ 67
睎[微]㉬ 67
曦[支]㉬ 58
欷[未]㉠ 66
欷[微]㉬ 67
熙[支]㉬ 57
熂[未]㉠ 67
熹[支]㉬ 57
熹[寘]㉠ 57
燹[寘]㉠ 62
犧[支]㉬ 58
睎[微]㉬ 67

禧[支]㉬ 57
稀[微]㉬ 67
羲[支]㉬ 58
蟢[紙]㉦ 57
譆[支]㉬ 63
豨[尾]㉦ 66
豨[微]㉬ 68
豷[寘]㉠ 62
釐[支]㉬ 57
餼[尾]㉦ 66
餼[未]㉠ 67
餼[未]㉠ 67
鵗[微]㉬ 68

齂[寘]㉠ 62

히

吚[支]㉬ 51
屎[支]㉬ 51

힐

擷[屑]㉧ 185
欯[質]㉧ 130
纈[屑]㉧ 185
翓[屑]㉧ 184
肸[質]㉧ 130
肸[物]㉧ 138
肸[質]㉧ 130
詰[質]㉧ 124
頡[黠]㉧ 163
頡[屑]㉧ 184
黠[質]㉧ 132
黠[物]㉧ 139
黠[月]㉧ 150
黠[曷]㉧ 162
黠[黠]㉧ 165
黠[屑]㉧ 188

부수색인(字音索引)

一部

0一 63
一 124
丁 260
丁 266
七 127
2丌 62
万 140
万 281
三 309
三 310
上 237
上 238
丈 240
下 76
下 222
下 223
3丐 103
丐 186
不 134
不 286
不 287
不 296
丑 295
4丘 63
丘 284
丙 255
丕 46
世 96
且 72
且 75
且 224
5丞 278
6丣 293
7並 254
並 270

丨部

2个 212
丫 221
3丰 29
中 22
中 24
中 264
4丱 166
巨 47
6串 166
串 187
7弗 165
8畢 303

丶部

3丹 151
4主 89

丿部

1乃 108
乂 116
2久 283
么 193
3之 49
4乏 326
乍 221
乎 82
7乖 103
9乘 271
乘 279

乙部

0乙 123
乙 123
1九 283
乜 226
2乞 66
乞 137
也 223
5乩 96
7乳 89
乳 92
10乾 151
乾 169
12亂 153

亅部

1了 191
3予 71
予 72
7事 53

二部

0二 48
1于 85
亍 33
五 81
云 135
井 259
互 84
4亘 269
5些 214
些 223
6亞 221
7亟 56
亟 277

亠部

1亡 83
亡 230
2亢 227
4交 201
亦 252
亥 113
5亨 256
亨 261
6京 247

京 249
享 242
7亮 236
亭 267
8亳 231
11亶 152
14[illegible] 196
[illegible] 197
20亹 64

人部

0人 128
2介 108
介 167
仇 284
今 265
今 299
仂 278
仆 85
仆 286
什 300
仁 128
仃 267
仄 279
3代 117
代 265
仝 15
令 251
令 269
付 86
仕 53
仙 173
仡 137
以 46
仞 127
仍 280
仔 53
仔 61
仗 241
仟 187
他 215
仡 137
4伉 227
价 108
件 169
伋 299
企 42
伎 42
伎 58
仿 231
伐 141
伏 19
伏 287
仳 45
份 125
伈 300
伈 303
仰 232
伃 71
伍 81
仵 81
伊 47
任 27
任 301
任 302
仲 24
伂 104
休 199
休 294
5伽 212
估 77
佝 289
佞 267
你 42
但 152
但 153
佟 29
伶 274
伴 154
佛 131
伯 222
伯 257
佛 131
佛 136
伾 46
似 51
伺 52
佋 193
伸 126
佒 246
余 71
佑 63
佑 287
位 55
佚 125
作 87
作 218
作 233
佇 73
低 93
佃 171
佃 172
佔 320
佐 214
佐 219
住 89
伷 294
佚 125
佚 174
佔 320
佗 215
佗 218
伯 222
伻 261
佈 82

佊 51	來 265	佽 54	俟 59	俍 128
佖 129	例 95	侈 49	侶 71	俍 131
何 217	侖 143	侂 234	俚 43	俋 305
佝 289	來 59	侗 26	俐 59	俏 195
6佳 63	佰 264	佩 63	俛 173	促 30
佳 68	侔 285	佩 116	侮 80	侵 302
佳 102	使 46	侅 115	佬 39	侵 313
佳 103	使 52	侐 277	便 175	侵 323
佳 115	侚 119	侀 272	俌 80	侵 328
佳 220	侍 46	佸 159	保 207	侻 157
侃 151	侁 126	佸 162	俘 84	便 175
供 28	佯 239	佪 110	俜 273	便 181
侉 224	侑 292	佼 203	俟 52	俔 188
佸 159	侌 300	佻 190	俏 198	俠 321
佸 162	依 67	7俔 170	俗 31	俠 328
佼 201	侇 60	俠 321	信 125	侯 289
佼 203	佾 125	俠 328	俄 214	俙 67
伷 23	佺 177	俓 266	俑 31	俙 68
佹 62	佻 197	係 94	俁 87	8個 212
佶 123	侜 293	係 100	俋 305	倨 69
侗 15	侏 89	俅 284	侹 268	倞 251
來 111	侘 226	俱 82	俎 73	倥 15
來 117	佌 54	俈 119	俊 121	倥 16

倥 24
倮 219
倌 158
倔 133
倦 185
俱 62
倓 307
倘 229
倒 199
倒 205
倒 206
倈 111
倞 236
倆 246
倫 119
倰 277
們 149
倣 231
俳 104
倍 111
倍 116
倂 253
倂 254
併 254
俸 29
俯 86
俾 44
俥 61
修 290
倕 41
倅 118
俶 23
倏 23
俺 312
俺 314
俺 325
倪 99
倭 54
倭 217
倚 56
倚 62
偒 47
借 225
借 253
倡 242
倉 234
倉 246
倡 241
倀 241
俶 272
倜 272
倩 182
俴 182
倢 319
倩 259
倅 118
値 51
倬 38
倍 116
俵 198
倖 262
候 290
9假 220
假 249
偘 151
偕 63
偕 104
健 141
偈 94
偈 185
偭 173
偝 116
偪 276
偋 264
偩 287
偰 177
脩 290
傻 288
偲 56
偲 113
偓 37
偃 142
偎 109
偠 197
偶 75
偶 288
偶 296
偊 91
偉 65
偯 66
偦 164
偵 258
偵 263
停 267
做 87
側 279
偫 50
偁 281
偷 288
偝 116
偏 181
偟 243
10傕 36
傋 38
傑 169
傔 315
傀 108
傀 114
傏 244
傌 220
傍 231
傍 232
傡 255
傅 86
備 46

傞	214	傲	208	僮	16	僦	295	儁	121
傘	154	傭	32	僜	281	僜	281	⿰亻⿱林心	288
傫	80	傴	87	僗	206	僤	157	儇	182
傜	194	⿰亻庶	226	僚	191	僓	110	14儜	250
傖	261	傳	180	僚	191	僩	166	儓	111
傎	170	傳	181	⿰亻無	85	僖	57	儐	124
傝	310	傺	98	僕	18	13價	220	儒	88
傍	264	傪	311	僕	30	僵	227	儑	138
傒	100	債	109	僰	279	儉	314	儗	57
傚	203	僉	319	僨	135	儌	249	儕	105
11傾	250	傺	98	像	238	儈	105	儔	293
傾	252	傯	20	僎	119	僸	299	儘	127
傴	87	傯	21	僎	181	儂	28	15儥	24
僅	139	催	109	僧	278	儋	307	儠	322
僆	186	傭	35	僥	189	僶	124	儡	109
僂	84	僄	197	僥	194	僻	250	償	238
僂	296	僄	198	僞	54	僿	53	優	287
僇	23	12⿰亻⿱林心	169	僝	164	僾	117	儥	24
偋	263	僙	246	僝	165	億	276	儤	200
傻	221	僑	189	僭	305	儀	57	儦	197
傷	237	僥	189	僭	319	儀	218	⿰亻罷	50
僊	173	僅	122	僔	146	儃	161	16儴	190
僁	179	僛	55	僬	194	儃	178	儲	73

儭 123
17儵 24
儳 313
儳 328
18儶 114
19儺 212
儺 217
儸 213
儷 93
儹 155
20儻 229
儼 316
22儾 228

儿部

1兀 143
2元 132
元 139
元 147
元 162
元 168
元 188
允 121
3兄 247
兄 256
4光 242
先 132
先 139
先 150
先 162
先 168
先 173
先 176
兆 194
充 23
兇 33
兇 34
5克 278
免 135
免 173
兌 104
兎 82
6兒 52
兒 52
兒 98
7兗 178
8党 228
9兜 284
10兟 126
兢 276
⿰夋免 122

入部

0入 303
2內 117
內 307
4全 178
6兩 236
兩 237
7兪 87

八部

0八 165
2公 15
六 22
六 298
兮 100
4共 28
5兵 247
兵 251
6具 84
其 42
其 55
典 171
8兼 315
11兾 55
14冀 55

冂部

2冄 320
3冉 320
冊 261
4冎 224
再 117
7冒 207
冒 278
冑 294
冕 173
8冓 283
冔 88
19冪 44

冖部

2冘 291
6冞 45
7冠 158
冠 159
冢 32
8冥 270
冡 17
冤 147
14冪 269

冫部

3冬 27
冬 29
冬 39
4决 172
冰 280
冲 23
5冷 261
冷 273
冸 154
冹 135
冹 148

冶 223
況 245
況 247
6洛 236
冽 175
8凅 89
凍 17
涼 236
凌 274
凌 277
凇 35
凋 190
准 122
凄 94
凊 259
10凓 120
馮 21
馮 280
凒 67
11滭 128
12凘 102
凘 56
13凚 299
凜 300
凙 246
14凝 264
凝 272
凝 278

几部

0几 57
1凡 326
凢 326
6凭 272
凭 280
凨 21
9凰 244
10凱 108
12凳 274

凵部

2凶 33
3凷 116
凸 186
凹 202
出 122
6函 311
函 326

刀部

0刀 206
刁 190
1刃 126
分 26
分 134
分 135
刈 116
切 98
切 180
3刊 151
刌 24
刋 145
4刉 68
列 174
刎 134
刭 325
刑 159
刖 147
刖 166
刑 272
5刦 314
刨 77
利 43
別 176
刜 135
刪 132
刪 139
刪 150
刪 162
刪 164
刪 188
初 74
判 157
6刻 281
刧 314
刮 166
券 146
刲 95
到 205
刴 245
刷 166
刵 48
刺 53
刺 152
刺 254
制 98
刹 165
刱 233
剁 218
7剄 266
剋 278
削 238
剌 53
前 178
剉 216
則 279
剃 99
8剛 227
剈 219
剧 138
剞 55
剔 237
剝 37
剖 286
剕 64

剕	96	剴	118	劊	105	劻	246	動	26
剚	61	剩	273	劌	101	劭	193	勒	278
剡	318	創	234	劉	290	劭	197	勔	174
剡	319	創	235	劈	270	劬	83	務	85
剜	159	11剸	161	剿	195	努	78	勖	34
剢	165	剸	179	14劒	314	助	73	㔟	165
剔	272	剸	181	劓	57	6劼	166	勗	34
剟	157	劳	44	劑	53	劾	111	10勞	206
剟	188	剷	165	劑	98	劾	118	勞	207
9㓶	186	㓸	234	15劗	126	劾	281	勝	271
剮	224	剿	195	17劖	325	効	203	勝	278
剬	152	剽	195	19劘	213	7勁	250	勛	136
剫	246	剽	198	21劙	44	勉	173	11勤	137
副	26	剽	199			勃	146	勠	22
副	276	12劂	138	**力部**		勇	30	勠	290
副	286	劂	147	0力	276	勇	247	募	79
剭	20	劇	256	3加	220	勅	281	勢	96
剭	39	𠞰	30	功	15	8勍	250	勣	271
剪	180	𠟳	312	功	76	9勘	305	勦	195
剫	246	𠟳	313	功	132	勘	306	勦	204
剳	263	𠟺	150	4劤	137	勘	323	勡	195
10割	151	劃	257	劣	175	勘	328	12勩	59
剴	114	13劍	314	5劫	314	動	16	勩	97

13勴 69
勱 108
勰 320
14勳 136
15勵 93
17勷 239
18勸 146

勹部

1勺 238
勺 241
2勾 283
勻 119
勻 130
勿 134
勿 149
3匃 103
匆 18
包 200
包 298
4匈 33
5匉 263
6匊 21
匌 206
7匍 81
9匐 20
匐 278
匏 201
10匑 20
匒 312

匕部

0匕 44
2化 63
化 225
3北 116
北 278
9匙 47

匚部

3匜 47
匜 48
匝 309
4匡 242
匠 239
5匣 325
匨 175
7匧 316
8匪 64
9區 82
區 287
區 295
匭 58
匾 186
11匯 111
12匱 57
匰 160
13匳 316
15匵 16
18匶 284
24匷 25
匷 311

匸部

2匹 129
5医 96
6匼 309
匼 312
7匽 149
匿 279

十部

0十 300
1千 180
2卅 309
升 278
午 81
卄 303
3半 154
卉 67
4卌 309
6協 308
卑 45
卒 119
卒 144
卓 38
協 308
協 320
7南 306
10博 229

卜部

0卜 18
2卝 260
卝 264
卞 174
3占 319
占 320
5卣 294
6卦 63
卦 68
卦 102
卦 107
卦 112
卦 118
9卨 177

卩部

0卩 180
2卬 233
3卯 202
卯 298
4危 54
印 126

卯 202
5却 227
卵 153
卲 193
6卷 183
卷 184
卷 185
卸 223
7卻 227
卼 143
卽 279
10卿 249
11厀 122

厂部

2厄 259
6厓 103
7厖 37
厚 290
8厞 67
厜 58
原 147
厝 81
厝 245
10厥 133
厥 146
12厪 122
厮 56
厭 132
厭 317
厭 318
厭 319
厭 327
13厲 93
厲 305
㕒 62

厶部

2厷 281
厺 284
3去 69
9參 304
參 305
參 309
參 310
參 313
10叅 311
12叀 295
13毚 121

又部

0又 63
又 265
又 287
1叉 103
叉 221
2及 299
反 140
反 167
友 76
友 289
6受 293
叔 23
叔 132
取 89
取 290
7叛 154
8叟 288
叟 296
14叡 97
16雙 37
叢 19

口部

0口 75
口 283
2叴 284
可 212
可 281
古 77
叫 189
句 84
句 91
句 283
叫 189
可 281
叨 206
另 274
史 52
司 52
召 193
召 198
右 63
右 287
右 289
台 48
叮 273
召 198
叱 123
只 48
叱 123
台 113
叵 216
叭 167
叶 320
号 199
号 204
号 210
3各 227
吃 137
吉 123
同 15
吏 43
名 132
名 251

向 237
吁 86
吊 189
吊 267
吒 222
吐 82
合 305
合 306
合 311
合 323
合 328
向 237
向 242
吴 225
吁 86
后 290
吃 137
[illegible] 51
4告 28
告 205
告 297
呟 263
君 133
吶 145
吶 179
呂 70
吝 123
吻 132
吻 133
吻 150
吻 162
吻 188
[illegible] 91
否 45
否 287
吶 179
呃 112
吮 181
吴 225
吾 79
吪 217
听 136
吟 300
吟 303
[illegible] 309
吮 181
呈 255
吹 54
吹 55
吞 146
吠 116
呀 222
含 311
吭 235
吭 245
吷 188
呟 263
吼 290
吸 302
吻 168
5呵 217
呿 74
呿 212
呱 77
咎 75
咎 205
呴 88
呶 200
呢 102
呾 160
咄 142
咄 161
命 251
味 64
咈 136
咋 221
咋 259
咋 260
呻 126
呷 325
咏 256
呭 97
吴 79
呦 291
咋 221
咀 72
周 292
呪 288
咋 221
咋 259
咋 260
呫 320
咍 114
咆 201
呵 217
呵 218
呼 81
呼 83
呺 199
呺 210
和 218
咊 218
和 217
响 86
响 88
6咳 117
咬 201
咬 203
咷 207
咲 192
咶 46
哂 125
咢 232
哀 113
咽 175

咽 178	品 300	哨 193	8啓 96	啞 221
咽 180	咸 305	哨 195	[illegible] 166	啞 259
哇 106	咸 313	唇 121	唫 299	唲 61
哇 224	咸 323	哦 214	啖 308	唲 103
咿 47	咸 326	唈 304	啗 308	啐 130
咡 48	哈 311	唈 309	啗 309	唵 309
咽 178	咳 117	唉 108	嗒 307	唯 41
咽 180	哄 23	唁 169	啕 207	唫 300
咨 52	咺 148	員 135	唳 93	啑 309
咱 161	咻 294	員 136	問 132	啑 324
咥 174	哅 34	唈 304	問 134	唶 260
咮 294	哅 35	唈 309	問 150	啑 309
咠 301	7員 184	唇 121	問 162	啁 203
咶 46	哿 212	唽 165	問 168	啁 293
咫 48	哥 212	哲 182	問 188	啐 118
咥 62	哿 226	哨 195	唪 19	啐 130
咥 127	唊 316	唄 109	啚 45	唶 226
咥 174	哽 251	哺 83	唼 324	唶 260
咠 301	哭 15	唅 311	啑 309	啐 130
哆 224	唐 228	唅 312	啑 324	唱 242
咤 221	咞 19	哮 203	商 237	唶 226
咱 161	哤 37	唏 66	商 273	唶 260
咤 221	唆 214	唏 67	售 292	啜 183

啑 309
啐 118
啐 130
唾 214
啄 38
啅 38
啍 144
唬 203
9喝 108
喝 158
喈 104
喀 263
喟 54
喟 110
喬 189
喫 273
喃 307
喃 327
單 151
喵 312
喇 161
嗸 237
喪 232
喪 233
喌 233
單 174
單 177
單 178
善 177
善 187
啻 46
嗸 237
喔 38
喭 155
喗 310
喑 304
喑 310
喝 108
喝 158
喏 226
喭 169
喁 30
喁 296
喎 106
喓 193
喟 54
喟 110
喻 88
嘝 291
喑 300
喑 304
喍 53
喵 327
喋 322
喋 327
啼 97
喞 123
喞 279
喘 182
喆 182
喋 322
喋 327
啾 293
喊 310
喊 326
喑 144
嗔 25
喚 160
喤 246
喤 258
喉 289
喧 148
喙 118
喜 57
10嗃 236
嗑 310
嗛 315
嗛 317
嗛 326
嗜 47
嗄 109
嗄 220
嗣 52
嗓 232
嗇 281
嗉 80
喿 208
嗚 80
嗌 30
嗗 168
嗂 198
嗌 256
嗁 97
喿 208
嗔 129
嗟 223
嗤 50
嗒 310
髀 50
嗃 236
嗀 39
嗑 310
嗆 315
嗀 39
嗃 203
嗃 204
嗃 236
嗅 290
11嘉 220
嘏 220
嗄 167
嘅 106
嘅 116
嗅 189
嘐 201

嘔 287
嘔 289
嘷 189
嗽 37
嘗 238
嗽 37
嗽 287
嗾 288
嘕 185
嗷 209
嗸 209
嘔 289
嘈 210
嗾 288
嗾 296
嘖 260
嗺 114
嘆 157
嗊 310
嘌 199
嘏 220
嘒 100
啍 81
嘐 204
12噴 54
嘰 66
嘾 307
噉 308
嘹 191
嘹 196
嘿 278
噴 145
嘯 192
嘯 204
嘯 211
噀 143
嘶 101
噎 180
噆 309
嘲 202
噂 146
噌 282
㗱 303
噆 309
嘽 182
噍 195
嘬 110
嘽 157
噋 144
噓 70
嘷 210
嚍 256
嘵 197
嗡 302
嘻 57
13噱 237
噭 189
噤 299
器 56
噣 294
噬 93
謦 193
噪 208
噩 233
噫 112
噦 106
噦 149
噞 314
噞 321
噞 322
噰 30
嘴 55
噲 113
噫 57
噫 112
14嚀 273
嚂 88
嚅 310
嚁 274
嚌 98
嚃 310
嚇 223
嚇 255
㘅 326
嚄 263
嚆 203
15嚗 37
嚘 287
嚚 123
嚔 99
齙 201
16嚨 16
嚭 45
嚬 125
嚥 178
嚮 242
嚮 243
17嚳 28
嚶 259
嚴 315
嚵 326
彈 214
18囁 316
囁 322
嚼 241
囀 181
囂 197
嚾 148
19囊 228
囉 213
囈 97
囋 156
囋 157
20囍 163
21囑 33

口部

2四 51
囚 290
3囝 185
囟 131
因 127
回 110
回 117
4囧 251
困 142
囤 144
囦 175
囮 217
囱 38
囪 25
囫 149
5固 77
囷 119
囹 269
6囿 24
囿 27
囿 292
7圄 70
圃 82
圃 83
圅 311
圅 326
圂 144
8國 27
國 277
圈 146
圈 147
圈 183
圈 184
圇 149
圉 70
圊 263
9圍 65
圌 180
圔 168
10圓 184
園 147
塡 186
11團 152
圖 75
圖 78
13圛 252
圜 167
圜 184
19圞 154

土部

0土 82
土 84
1圠 164
2叩 284
3圭 94
圮 45
圬 80
圯 48
在 112
在 118
地 43
地 219
4均 119
均 265
圿 167
坎 306
坑 258
圾 299
圻 66
圻 137
圽 143
坊 232
坏 112
坋 135
坌 135
坌 145
吟 304
坐 216
坐 217
坁 48
址 49
坂 141
5坷 212
坰 266
坤 142
咎 284
坫 316
坺 154
坴 135
坲 138
垂 41
坱 233
坳 202
坻 94
坼 261
坨 216
坦 156
坡 216
坪 263
6垍 57
垢 283
垝 57
垈 141
垘 26
垣 148
垠 123
垠 137
𢦏 113
垗 194
垤 174
垛 215
垞 264
垓 110

型 272
7堣 36
埒 175
埌 229
埋 104
埻 146
埏 174
城 252
埣 252
埃 108
埏 175
埇 30
埊 137
埈 119
垾 158
8埳 306
埳 326
堈 227
堅 169
堁 216
堀 133
基 55
埼 62
埿 94
埿 95
堂 27
堂 229
培 112
培 286
堋 271
堋 277
埤 46
埽 208
埴 280
堊 232
埯 309
埜 223
埯 315
埸 253
域 277
埶 97
埦 97
埥 24
埻 122
執 303
埰 118
埴 60
埵 214
埭 118
堆 109
堇 122
堇 131
9堨 156
堨 185
堪 306
堦 104
㙈 173
堛 270
堵 79
堠 143
堛 276
報 91
報 207
報 298
堡 208
堢 208
堉 93
堘 208
堮 232
堰 141
堰 149
堧 176
堯 193
堣 85
堙 128
場 241
堤 97
堲 131
堲 279
塀 261
堞 320
塚 32
堭 246
堠 290
10塏 108
塡 15
塊 106
塊 116
塘 229
塗 75
塗 78
塓 269
塞 117
塞 281
塣 252
塑 80
塐 80
塍 279
塒 47
塩 318
塋 253
塢 81
塡 129
塡 171
塍 279
塉 254
塔 310
塌 310
塤 148
11塦 100
塴 312
境 250
墐 122
墐 131
墍 56

塹 67
塾 316
塿 285
塺 217
塻 229
墁 153
墁 154
塺 112
塺 217
墓 79
塴 271
塽 232
墅 72
塾 24
墉 32
墇 240
墇 240
塲 241
塼 179
墊 316
塡 132
塵 130
塹 320
墋 304
墌 263
墄 272
塹 67
12墾 147
墟 69
墟 297
墝 201
墝 202
墐 130
墰 312
墩 142
墱 270
𡐦 191
塯 290
墨 278
墣 26
墣 37
墢 141
墢 153
墦 141
墣 26
墳 134
墳 135
墠 178
𡒄 94
瘞 96
墝 201
墝 202
墫 150
增 279
墀 50
墜 42
墮 42
墮 215
墟 69
墟 297
13壃 227
墼 266
壇 152
壇 247
壈 309
壁 270
壀 101
𡒊 41
壄 223
墿 252
墺 209
壅 29
壅 30
壅 34
墺 22
墻 240
14壐 51
壓 325
壒 103
壖 176
壑 235
壕 210
壎 148
15壙 244
壘 40
壘 114
壝 58
16壜 312
壚 78
壟 33
壝 58
17壞 110
壞 114
壤 239
19壩 226
20壧 325

士部

0士 52
1壬 302
2丸 160
4壯 233
9壹 125
壺 82
10壼 143
11壽 292
壽 293
16顚 186

夊部

2処 73
4夆 29
5夌 277
17夔 43

夊部

7夎 217
夏 222
夏 223
11夐 261

夕部

0夕 251
2外 105
3多 63
多 212
夗 23
5夜 224
夜 248
夜 264
11夢 19
夢 248
夢 264
夥 107
夥 217
夤 127

大部

0大 103
大 104
大 213
1夫 84
夭 193
夭 208
天 180
天 265
夬 113
太 104
2失 124
央 233
3夸 224
夷 47
4夾 315
夾 321
夾 326
夵 223
5奇 54
奈 103
奈 213
奉 29
奄 314
6契 95
契 139
契 173
契 177
奎 95
奔 138
奔 145
奔 149
奏 287
奓 226
奕 252
奐 160
7奊 185
奘 234
套 211
奚 100
8奜 67
奢 223
9奡 208
奠 171
奠 265
10奧 209
11奩 316
奫 121
奪 157
12奭 251
奭 277
13奮 136
15奰 46
21奲 224

女部

0女 70
2奴 77
3奸 151
妄 230
妃 64
妃 117
如 71
她 224
妁 241
她 224
奼 221
奼 222
好 210
好 298
4妎 106
妓 42
妠 168
妠 312
妍 321
妉 307
妙 192
妨 232
妢 134
妣 44
妤 71
妍 321
妖 193
妘 138
妊 301
姊 53
妝 234
妥 215
妒 88
妧 160
5姑 77
姁 92

妳	103	妯	26	姨	47	娥	214	婌	23
妲	151	妯	294	姻	127	娭	115	嫛	214
妹	153	姂	326	姙	301	娟	175	婀	214
妹	117	6姦	163	姿	52	娯	85	婭	221
姆	79	奸	163	姝	89	娗	172	婉	148
姂	326	姜	227	姪	127	娗	186	婠	168
姒	52	姱	224	姪	174	娗	268	媛	185
姍	156	姣	201	姹	221	娣	95	婬	301
姍	186	姤	283	姹	222	娣	98	婥	242
妬	274	姬	55	姮	282	娖	38	婧	265
姓	254	姞	123	7娜	212	娞	156	娼	241
始	45	姥	79	娘	76	娧	104	婕	319
委	54	姺	126	娘	236	娙	272	婧	265
委	55	姺	186	娌	43	8婟	89	娵	89
委	61	姶	312	娩	138	婐	219	娶	89
妋	125	姸	176	娩	140	婘	184	婆	216
姐	223	娃	106	娓	64	婪	309	婞	273
妬	88	娃	224	娉	261	婁	83	9媪	250
妬	274	姚	194	娉	275	婁	285	㛴	206
妋	125	姚	198	娑	214	娬	85	婹	144
妻	93	威	65	娑	217	婦	287	媒	112
妻	94	威	66	娍	255	婓	64	媒	297
妾	319	娀	22	娠	126	婢	45	媢	207

媌 203
媝 85
媚 44
媜 287
婿 93
媟 178
媕 313
媧 105
媧 224
媛 148
媁 65
媮 87
媏 127
婷 267
媞 97
婼 242
婧 215
媮 288
婚 144
媓 244
10嫁 220
媿 54
媾 283
媰 190
媰 240
嫇 263
媺 44
嫂 208
媳 282
嫈 260
媰 240
媼 208
嫄 147
媵 273
嫉 125
媸 50
嫌 321
𡟰 100
11嫗 87
嫗 91
嫩 144
嫪 206
嫠 44
嫚 164
嫫 90
媲 94
嫦 246
嫣 169
嫣 185
嫕 96
嫗 87
嫗 91
嫜 240
嫡 266
嫖 197
嫖 199
嫮 84
12嬌 189
嬀 40
嬈 190
嬈 198
嫽 191
嫽 197
嫵 85
嬋 174
嫛 92
嫶 196
嫺 165
嬛 182
嬅 225
嫿 263
嬉 57
嬉 62
13嬛 250
嬔 140
嬃 126
嬴 253
嬙 240
嬖 100
14嬭 103
嬲 190
嬥 191
嬮 218
嬪 125
嬰 253
嬥 191
嬳 245
15嬻 25
嬏 301
嬂 251
16嬾 153
嬖 170
嬿 178
17孃 235
孆 59
孆 102
孀 233
孅 317
孃 235
19孌 173
孌 186
孋 44

子部

0子 53
孑 169
1孔 15
2孕 132
孕 273
3字 54
存 144
4孛 118
孛 145
孚 84
孚 297

孜	53	**宀部**		宛	133	家	75	宿	305
孝	27	2宄	58	宛	146	家	220	寅	60
孝	202	宂	31	宛	148	害	158	寅	127
5季	54	宁	73	宜	57	宭	138	寁	309
孤	77	它	215	宜	218	宮	20	寂	271
孥	77	3宅	261	定	267	宮	132	宷	112
孟	245	守	293	宗	30	宮	247	宷	118
孟	262	守	297	宔	89	宬	262	9寐	43
6孩	114	安	156	宙	294	宵	192	寎	264
7挽	173	宇	87	宕	234	宸	127	富	286
孫	143	宅	261	宖	263	宴	178	寔	280
8孰	24	4㝏	108	6客	257	容	31	寓	86
9孱	165	宏	257	宣	173	宧	60	寓	87
10瞉	284	宋	27	窔	288	宰	112	寖	304
孴	57	宋	29	窔	296	害	104	寒	132
孴	304	宋	39	室	124	害	158	寒	139
孽	54	完	159	室	247	8寈	74	寒	150
13學	39	完	248	宎	193	宼	284	寒	158
14孺	89	宎	198	宎	197	寄	55	寒	168
16孼	170	5官	158	宥	292	密	124	寒	188
22孿	161	宓	20	宋	271	宻	124	10寙	89
		宓	30	宧	167	宿	23	寘	49
		宓	124	7家	27	宿	291	寘	68

寘 102
寘 107
寘 115
寘 118
寖 302
11寡 224
寠 84
寧 266
寧 274
寥 191
寠 295
寞 229
實 124
實 132
寤 80
察 165
寨 112
寢 303
寢 313
寢 323
寢 328
12寬 159
寮 191
寫 76
寫 222
審 300
[illegible] 31
13寱 97
寰 167
16寵 32
17寶 207
18[illegible] 19

寸部

0寸 143
3寺 46
寺 61
5[illegible] 216
6封 29
封 35
封 305
封 322
7射 76
射 224
射 251
射 252
辱 32
8尉 65
尉 137
將 239
專 179
9尋 301
尊 27
尊 144
尊 146
11對 117
對 305
13導 205

小部

0小 193
1少 193
2尒 47
3尗 23
尖 319
5尚 237
10尠 177

尢部

1尤 287
4尨 37
尪 242
8[illegible] 255
9尰 32
就 295
12尵 110

尸部

0尸 47
1尹 121
尹 130
尺 255
22尻 205
尼 43
尼 131
[illegible] 47
4局 34
局 264
尿 189
尾 63
尾 64
尾 102
尾 107
尾 115
5居 55
居 69
居 74
屆 110
屈 133
6[illegible] 177
屎 46
屍 47
屋 20
屋 35
屋 39
屎 51
7屐 255
屑 132
屑 139
屑 150
屑 162
屑 168
屑 177
展 181

8屛 252
屛 255
屛 270
屝 64
屜 99
9屠 75
屠 78
11屢 85
屣 46
屣 51
12履 43
屧 317
層 280
14屨 84
15屩 237
18屬 33
屬 35
屬 247
21屭 57

屮部

1屯 122
屯 145
15巂 101

山部

0山 165
2屴 276
岔 173
岔 185
出 42
3屺 56
屼 143
屹 137
4岍 170
岌 299
岐 42
岏 159
岑 304
岊 180
峵 258
5岢 212
岡 227
岣 295
岱 117
岦 304
岷 124
岪 138
峀 291
岳 38
岳 132
岸 155
岩 325
岰 297
岨 72
岨 75
岧 199
岵 83
6峒 15
峒 26
峛 59
峋 120
㟋 39
峉 264
峗 54
峓 47
峙 50
峐 111
7峎 56
峹 78
島 206
峢 176
峯 29
峷 126
峨 214
峿 74
峗 109
峻 119
峭 195
峴 183
峽 327
8崗 227
崑 142
崐 142
崆 15
崛 133
崛 138
崎 55
崍 114
崙 143
崘 143
崩 277
崧 21
崖 62
崖 103
崦 314
崦 315
崟 300
崢 260
崝 260
崇 18
崈 18
崒 119
崔 109
崡 326
崋 225
崤 203
9嵁 306
嵌 327
嵐 309
崔 119
嵋 45
嵙 34
崿 245
嵒 325

崄 315
崀 66
崀 110
嵎 85
崺 47
㟙 18
嵮 279
10嵩 21
嵊 271
嵲 171
嵬 109
嵫 53
嵯 50
嵯 215
11嵺 201
嶇 82
嶛 198
嶁 90
嶁 296
嶐 164
嵸 25
嵸 34
嶅 208
嶅 200
嶂 240
嶈 240
嶆 211
嵷 20
嵷 25
嶄 320
嵾 304
嶃 327
嶄 325
嶄 320
巢 204
嘌 196
12嘘 69
嶠 189
嶔 299
嶝 270
嶚 191
嶙 123
嶢 194
嶒 280
嶕 198
嶖 295
嶒 280
嶞 218
嶓 216
嘘 69
13嶭 161
嶪 314
嶧 252
嶲 119
嶨 39
嶰 106
嶮 316
14嶺 253
嶼 71
嶽 38
嶷 276
嶸 258
嶾 137
嶷 57
嶷 276
嶹 211
15巂 40
𡽫 114
巀 157
巀 188
16巃 24
巕 170
17𡾰 184
巉 325
巉 327
巇 58
18巋 40
巋 58
巍 64
19巒 153
巔 171
巑 157
20巖 321
巖 325
巘 141
巘 169

巛部

0川 180
3州 76
州 293
4㠩 134
7𡿺 293
8巢 202
9𡿾 65

工部

0工 15
2巨 69
巧 199
巧 202
巧 211
左 214
4巫 83
7差 50
差 105
差 109
差 221
差 222

己部

0己 55
巳 52
已 47
1巴 222

4巵 50
6巹 136
巷 38
8巹 139
9巽 143

巾部

0巾 122
1帀 309
2市 46
布 82
3帆 326
帆 327
4帉 114
帉 134
帊 222
希 67
5帑 77
帒 117
帘 316
帓 167
帛 258
帔 136
帙 127
帖 320
帖 320
帚 295
帑 235
帕 222
帔 51
幸 262
6帢 326
帤 70
帥 41
帥 120
帟 253
帛 97
帝 95
帲 246
7帬 133
師 52
席 250
帨 96
帪 131
帞 322
8帢 327
帶 106
帡 251
常 237
帷 41
帳 240
9帽 207
幇 231
幅 19
幅 276
幍 88
幄 38
幃 65
幀 265
帿 289
10幏 226
幍 211
幐 274
幐 277
幎 269
幏 17
幋 155
幌 243
11幗 256
幅 295
幕 228
幔 153
幢 29
幝 96
幓 324
幘 260
幖 196
徽 68
12幢 37
幠 81
幡 140
幞 30
幩 135
幓 86
幝 182
幟 50
幣 100
13幦 270
幨 320
幨 321
幧 199
幪 17
14幬 206
幬 293
幪 18
幫 231
15幭 269
幮 89
16幰 142
17幱 153
幭 269
幢 265
幟 319

干部

0干 151
2平 182
平 256
平 260
3幵 170
年 170
年 265
5幷 251
幷 253
11幹 151

槼 170

幺部

0幺 193
1幻 167
2幼 292
4玅 198
6幽 291
9幾 66

广部

0广 316
2庀 45
3庄 245
4庋 41
庉 149
床 234
序 71
庌 225
床 234
庇 44
5庚 247
庚 249
庚 275
庚 282
店 315
府 86
底 48
底 94
庖 200
6度 78
度 235
庣 197
庠 237
庢 127
庤 50
庥 294
7庫 77
庪 42
庭 268
座 217
8康 227
庳 45
庶 71
庶 248
庵 310
庯 32
9庿 192
廂 236
庱 286
庱 287
廁 282
庾 88
庮 292
廁 50
廁 282
[illegible] 288
10廊 229
廉 316
廇 290
廋 286
廆 111
廌 50
廌 103
廈 220
廈 222
11廓 243
廄 284
廑 139
廖 191
廖 197
廒 211
廕 300
廙 280
12廣 242
廣 247
廜 90
廟 192
廡 85
廛 179
廚 89
廠 241
廢 116
[illegible] 185
廞 301
13廥 105
[illegible] 139
廩 299
[illegible] 88
廧 240
廨 111
16廬 71
龐 24
龐 37
[illegible] 79
17廯 177
廯 186
[illegible] 106
18廱 30
22廳 271

廴部

4延 175
延 264
廷 268
6建 141
廻 110

廾部

1廿 303
2弁 156
弁 175
3异 48
4弈 43
弄 18

弅 135
5奔 69
6弇 306
弇 315
弇 316
弈 252
12弊 100
13[illegible] 261
19[illegible] 146

弋部

0弋 280
3式 63
式 280
戕 234
9弑 46
10戢 212
12[illegible] 279

弓部

0弓 20
弓 264
1引 126
弔 189
弔 267
2弖 296
弗 134
弘 27
弘 281
3弛 45
4弟 95
弟 97
弝 222
5弩 78
弢 206
弣 86
弤 94
弨 196
弦 183
弧 82
6弮 168
弮 184
弭 43
[illegible] 315
7弰 202
弱 239
8弴 142
弴 190
[illegible] 176
弸 261
弸 282
張 240
張 241
9强 228
弽 318
弻 130
10彀 283
11彄 283
彈 129
12彉 244
彆 176
彈 157
彈 158
13彊 227
彊 228
彋 263
14彌 43
彌 45
15彍 244
16彇 192
19彎 166
20彏 244

彐部

6彖 152
8彗 41
彗 96
9彘 99
10彙 66
15彝 48
23彠 244

彡部

4彤 29
形 272
6彥 169
7彧 22
8彬 125
彫 190
彩 112
彪 294
9彭 231
彭 261
11彰 241
彯 198
彯 199
12影 257
14彲 164
19[illegible] 51

彳部

0彳 263
2[illegible] 267
3彴 39
彴 241
4彷 231
彷 232
役 252
5彾 274
佛 135
往 26
往 243
征 255
徂 80
彼 50

6佫 249
待 111
律 119
徇 119
徉 239
侇 60
徊 110
後 290
後 296
7徑 265
徑 266
徒 78
徐 71
8得 278
徠 111
徠 117
徘 112
俾 44
徙 51
徜 246
御 70
御 220
從 31
從 33
9徦 220
偕 106
復 19
復 287
循 120
徧 174
徨 243
10微 63
微 64
微 102
微 107
微 115
徬 231
徬 232
徭 194
徯 100
12德 63
德 276
德 298
徵 49
徵 280
徹 183
13徼 189
14徽 65

心部

0心 301
1必 128
2忉 206
忈 103
3忙 230
忕 101
忖 145
忔 138
忌 56
忘 230
忍 126
志 49
忒 279
4忼 227
忮 48
忸 22
忸 291
忳 149
忭 174
忱 302
忤 81
忨 159
忨 160
忡 23
快 113
忲 104
忺 321
忟 203
忻 138
忩 108
念 315
忞 124
忞 134
忿 134
忿 135
忝 321
忝 322
忩 18
忽 144
忠 22
5怯 247
怯 314
怪 110
怓 200
怩 43
怩 124
怛 151
怜 172
怜 274
怲 252
怲 248
怲 256
怫 136
性 254
怏 233
怮 193
怮 293
怡 48
怍 233
怚 72
怔 262
怗 320
怊 196
怞 119
怵 122

怕 222	恬 321	恐 28	悖 145	悠 291
怦 256	恫 18	恐 29	悚 30	悠 233
怖 82	恅 207	恧 22	悁 169	悐 272
怭 129	怯 124	恕 71	悁 175	悤 18
⿰忄甲 326	恈 295	息 279	悅 179	患 167
怙 83	恂 120	恙 238	悟 80	8悾 15
怳 243	恂 130	恚 58	悞 80	悾 36
怐 289	恃 46	⿱活心 81	悀 31	悸 54
急 299	恞 47	恩 146	悒 301	悹 158
怒 78	恌 190	恁 303	悛 178	惓 184
悬 152	恬 321	恁 304	悌 95	惔 308
思 52	忼 23	恣 53	悌 97	悼 206
怨 147	恫 19	恥 49	悄 195	惇 142
怎 305	恨 146	窓 38	悖 116	惏 309
怱 18	恍 244	7⿰忄劫 314	悖 145	悷 93
怠 113	恢 108	悁 169	悍 158	惘 230
6恰 326	恔 203	悈 110	悍 161	悱 64
恗 226	恤 120	悃 143	悏 316	惜 250
恇 242	恟 34	悢 236	悝 108	惋 160
恠 110	恰 326	悝 43	悔 110	惟 41
恔 203	恝 108	悋 124	悔 116	惧 172
恆 270	恝 163	恾 230	狧 243	情 254
恆 281	恭 28	悗 146	悉 124	悰 31

悵 241
惝 241
悽 94
惕 272
惙 182
惆 294
悴 55
悻 273
惚 144
⿱宀悳 158
惎 56
惄 266
⿱制心 151
悳 276
悶 145
悲 45
惡 80
惡 81
惡 232
惉 320
惠 100
惑 277
9愒 94

愒 103
愒 158
愜 316
惇 250
⿰忄亟 278
愞 152
愞 160
愞 179
愞 213
惱 206
愎 277
愊 276
惺 257
惺 271
愕 232
惲 135
愌 88
愉 87
愔 300
惵 319
惵 322
愀 195
惴 55

惻 279
惰 215
⿰忄叟 235
愓 246
愎 277
惼 175
愊 276
愜 316
惛 144
惶 243
感 305
感 306
感 323
感 328
愆 169
愗 285
愍 124
想 237
愛 117
惹 223
愚 85
愈 88
意 57

意 265
慈 53
惷 130
愁 288
10愾 116
愷 108
慊 316
慊 317
愲 142
愧 54
愵 266
慆 206
慄 120
⿰忄𤰇 111
愫 90
慅 208
慎 126
慍 133
慍 138
愮 194
愪 119
愴 234
慊 316

懀 315
慌 244
慉 25
愾 67
愬 80
愬 258
愻 143
慂 30
愿 147
慇 138
態 63
態 118
慁 143
11慳 163
慷 227
慷 244
慨 116
慣 166
慬 136
慬 137
慬 138
慪 124
慪 279

慱 152	慶 250	慧 100	憨 311	憶 276
憀 191	憇 94	12憬 250	憩 94	𢣚 314
慺 91	慹 303	憍 189	憨 117	懌 252
慺 285	慝 279	憒 118	憊 111	懊 208
慢 164	慮 70	憛 313	憑 280	懊 209
慔 79	慮 75	憐 172	瘱 96	懆 209
慴 319	慕 79	憮 85	懋 123	憷 74
慠 208	慜 124	憫 124	窻 38	憾 311
慵 32	慾 32	憤 134	憨 311	懃 137
慴 319	惷 31	憎 279	憲 142	懞 17
慥 209	惷 35	憕 281	憲 149	懋 285
慒 31	惷 38	憯 310	13憾 311	應 27
慚 311	惷 39	惝 241	憾 313	應 272
慘 209	憂 199	憯 320	懈 111	應 278
慘 248	憂 287	憔 196	懅 74	14懦 213
慘 310	慰 65	憧 33	憿 189	懢 310
慽 271	慹 303	憚 157	憹 206	懞 18
憁 21	慹 319	憚 161	憺 307	懞 273
憁 22	慫 32	憪 165	憺 308	憓 26
慟 22	慹 303	憬 182	懂 16	懦 88
慓 197	慹 319	憓 100	懍 299	懦 180
慤 36	慙 311	憢 197	憸 316	懠 98
慶 244	慼 271	懇 147	憸 317	懥 49

懟 117
懣 150
懣 145
懣 154
懕 317
懘 99
15懰 292
懩 239
懫 49
懵 17
懲 281
薏 114
16懻 61
懶 153
懵 19
懷 103
懸 183
17懺 325
18懼 84
懾 319
[illegible] 37
[illegible] 29
懽 159
懿 57
19[illegible] 213
戁 163
戀 173
20戄 242
戄 244
24戇 38

戈部

0戈 217
1戊 285
2戍 88
戌 120
戎 22
3戒 110
成 252
我 213
4或 277
戔 156
戕 234
戓 113
戔 187
6哉 113
戜 249
戙 24
7戛 163
戚 271
8戞 163
戟 255
9戡 306
戣 40
戢 302
10戩 180
截 181
11戮 22
戭 179
戱 35
戭 131
截 181
12戰 180
13戲 54
戲 57
戲 58
戲 76
戲 81
14戴 117
18戵 91

戶部

0戶 82
1戹 259
3戺 52
4戾 186
房 232
所 73
所1 73
戽 90
5扂 306
扃 266
居 318
扁 174
扁 181
6扇 174
扇 177
扆 66
扅 48
7扈 82
8扉 64
扊 322

手部

0才 113
手 292
1扎 165
2扐 278
扒 111
扑 18
打 221
打 253
打 267
3扛 36
扣 284
扢 142
扤 143
扠 225
扦 187
托 235
扞 158
4扴 163
抗 227
抉 172
扱 304
扱 325

技	42	折	98	拇	285	拈	316	6恪	227
扭	297	折	181	拍	258	拄	89	拾	300
抖	296	折	187	拌	155	抵	48	拾	321
抆	134	抓	200	拚	155	抮	129	拾	322
抆	138	抵	48	拔	118	抶	127	挌	262
扳	164	抄	202	拔	154	拓	235	拮	123
扳	168	投	288	拔	163	拓	254	拮	171
扑	175	把	221	拍	258	拆	261	拷	205
批	187	抛	200	拚	140	招	196	拱	28
抔	286	抗	227	拚	175	抽	294	括	159
扶	84	戾	93	抦	256	拕	215	括	162
扮	135	承	278	拊	86	拖	214	挂	112
批	60	5押	324	拂	130	拖	215	挍	201
批	96	押	327	拂	135	拕	215	挏	276
批	187	拒	69	抳	259	拆	261	挑	72
抒	72	拑	315	抑	63	拔	118	挑	190
抒	73	招	197	抴	97	抨	256	挑	206
抈	221	拒	90	抴	180	拂	90	挏	17
扼	259	拘	82	拗	203	抱	210	拹	321
扲	70	拈	316	抗	297	披	51	挒	186
抑	276	担	307	抯	224	拏	70	拭	280
抏	159	拉	308	抵	93	拏	220	按	155
抎	135	抹	153	拙	182	拜	111	按	156

拽	97	挐	220	捎	198	据	69	排	104
拽	180	7捔	36	捎	202	掐	327	捭	262
拭	22	挾	326	捒	86	控	17	捧	29
批	61	挭	251	挨	103	掛	113	掊	285
批	102	捆	143	挪	226	掬	21	掊	286
拴	178	捁	202	捐	176	掘	133	掤	277
拯	273	捄	82	捂	80	掘	150	捨	222
持	50	捄	284	挹	301	捲	184	接	319
持	76	挶	34	挺	267	捡	300	捷	320
指	48	捃	134	挫	216	掎	55	掞	317
挃	126	捓	218	捘	130	捼	108	掃	208
抮	161	挼	212	捘	145	捼	212	授	292
挆	218	捏	186	振	128	捺	151	授	297
挌	262	挼	108	振	129	捻	316	掯	156
拹	321	挼	114	捉	38	掉	190	捱	106
挾	115	捋	152	捅	21	掉	191	掖	259
拫	150	挽	140	捌	165	掏	207	掩	315
挈	95	捹	155	捕	83	掠	236	掜	101
挈	173	括	286	捍	158	掠	237	捥	160
拲	35	捊	286	挾	321	捩	186	援	185
拳	184	抄	214	挾	326	掄	120	掙	265
拿	220	挻	174	挲	213	掄	143	掁	264
挐	70	捝	157	8控	36	捫	145	接	319

⿰扌周	194	掀	141	揲	322	揖	304	嵠	97
措	81	掔	170	捘	286	揃	180	搰	142
捽	144	掔	160	揗	120	揲	318	搦	36
採	112	掌	240	揗	121	揲	322	搦	256
掇	63	掣	99	握	37	提	95	搠	307
掇	157	掣	183	揠	164	提	97	搭	310
接	319	9揀	163	揞	309	揖	301	搪	244
捷	320	揀	173	揜	309	揖	304	搗	206
掅	269	揭	94	揜	315	揥	98	搶	308
掫	288	揭	140	揚	238	揔	20	搮	120
掫	295	揭	169	掾	179	揪	293	搣	176
推	42	揩	104	⿰扌⿱覀大	176	揣	55	搏	229
推	110	揢	257	捝	178	揣	218	搬	161
捶	41	揵	141	揲	318	揕	303	搒	231
捶	218	揵	185	揲	322	搥	114	搒	245
⿰扌豖	38	揆	40	揋	109	揭	169	搒	253
掇	157	⿰扌⿷匚西	276	援	148	嵆	101	搸	232
探	311	揆	143	揉	292	換	160	搸	232
捭	104	描	192	揄	88	揮	65	掤	317
捭	262	插	325	揄	297	挈	245	搔	208
掀	141	揲	179	揉	293	毹	87	損	144
接	319	揳	187	揉	294	揫	293	搜	286
掍	145	揲	318	揖	301	10摧	36	搇	259

搖 194
搷 186
揩 49
搯 127
搓 215
搽 225
搶 234
搶 235
搊 288
搐 27
搭 310
搨 310
擠 308
携 95
搴 184
11摡 116
搡 140
摜 166
摑 256
摳 91
摳 284
摎 289
摫 58

㨷 137
摡 67
摶 153
摕 186
摞 213
摺 308
摺 319
摙 186
摝 26
摟 285
摛 50
摸 79
摸 229
摒 253
掍 96
摋 155
摻 313
摻 324
摲 324
摲 327
摵 259
摻 313
摻 322

摻 324
摺 308
摺 319
摗 286
摏 31
摢 73
摘 254
摘 274
摺 308
摺 319
摐 38
摭 254
捲 187
摕 186
摠 20
摧 109
摽 196
摽 199
摦 225
摡 67
麾 44
摩 213
摹 79

摯 49
12擇 170
㩍 171
撗 244
撟 189
撟 196
撅 102
撅 150
㩇 255
撚 171
撓 202
撓 203
撞 38
擄 79
撈 207
撩 191
撩 197
撫 86
撲 18
撲 37
撥 153
撖 177
撫 86

撒 164
撰 165
撰 181
撣 174
撏 317
撕 101
撋 176
撎 62
撍 304
撐 264
撙 146
撦 224
撏 310
撤 183
撮 160
撣 157
撢 311
撐 264
播 215
撊 166
擭 263
撝 54
擎 177

氅 241
13擖 163
擖 322
據 69
撿 314
撾 224
擐 166
擒 300
㩒 300
撻 152
擔 307
擋 228
擂 114
擂 118
擗 250
擅 178
擨 179
擇 261
擖 322
擁 29
操 209
擉 38
撼 311
擐 167
擊 266
擎 250
擎 264
擘 250
14擡 111
擣 206
擥 308
擯 125
擩 92
擬 57
擠 99
擠 102
擦 167
擢 38
擭 225
擭 247
擭 257
擧 69
擥 308
擪 318
15擴 243
擴 244
擸 308
擸 322
攂 116
擮 187
㩧 18
擦 155
擦 156
擻 296
擾 194
擾 195
擿 255
擿 274
擲 255
攄 73
擺 104
擷 185
攀 164
16攉 247
攘 169
攏 17
攌 168
17攓 184
攔 161
攕 322
攕 324
攘 239
攖 253
攙 325
18攝 317
攝 321
㩳 34
攛 161
攜 95
19攣 134
攣 138
攤 157
攤 160
攞 213
攦 101
攦 186
攡 44
攡 50
攢 157
攢 162
攣 172
攣 186
20攫 247
攪 201
攩 229
攥 160
21攬 308
22攂 323

支部

0支 49
支 68
支 102
支 107
支 115
2攰 61
6攲 55
8攲 55

攴部

2攷 205
收 290
收 292
3改 111
攻 24

攻 28
攻 247
攸 291
4攽 164
放 232
5故 77
敀 124
政 258
6敆 306
敎 256
敉 44
效 199
效 202
效 211
7教 201
救 283
敏 124
敍 71
敔 70
敖 209
敕 281
敓 158
敗 109
8敢 306
敦 110
敦 118
敦 142
敦 144
敦 148
敦 152
敦 190
散 154
散 155
散 156
敞 241
敝 100
敛 316
9敬 249
敬 275
敷 84
敭 238
10敲 202
敲 203
敳 108
11敺 82
敺 289
敺 289
敹 192
敷 84
數 35
數 37
數 86
敵 267
12敿 189
整 259
13斁 85
斁 252
斂 316
斂 318
14斀 291
斃 100
16斆 203

文部

0文 132
文 133
文 138
文 150
文 162
文 168
文 188
8斑 164
斐 64
斌 125
9斒 164
17斕 163

斗部

0斗 76
斗 284
6料 192
7斛 21
㪴 285
斜 223
8斝 220
9斞 197
斟 89
斟 303
10斢 36
斡 156
斡 162
12斢 285
13斣 82
19斸 146

斤部

0斤 137
1斥 255
4斧 86
5斫 241
7斬 325
8斯 51
斮 38
斮 241
9新 125
10斲 38
14斷 131
斷 152
21斸 33
斸 38

方部

0方 232
4㫃 231
於 70

於 80
5施 46
施 48
施 60
斿 292
6旂 66
旅 71
旄 207
旄 208
旁 231
旃 178
旆 104
旁 264
7旎 42
旎 59
旉 84
旋 174
旋 176
旓 218
旌 254
旖 254
族 21
8旐 217
旐 194
9旒 290
旓 202
10旗 56
旗 297
旜 150
旖 62
14旛 140
15旝 105
旟 178
16旟 71

无部

0无 83
7旣 66
9旤 217

日部

0日 125
1旦 152
2旬 120
旭 34
旭 297
早 208
旨 48
3旰 151
旴 92
旲 279
旱 132
旱 139
旱 150
旱 157
旱 168
旱 188
4明 27
明 247
明 251
昒 138
昒 144
旻 124
旼 124
昉 231
昔 245
昔 250
昇 278
易 47
易 253
旺 244
昌 241
昃 279
昄 167
昈 83
昊 210
昊 298
昆 142
昆 149
昏 144
昕 138
5旹 47
昵 124
昤 274
昧 107
昧 117
昧 153
昴 202
昴 298
昬 124
昪 174
昞 256
昺 256
昢 145
星 271
昭 193
昭 195
昭 197
是 46
昚 126
昂 233
昜 238
映 248
映 256
昱 22
昳 174
昨 233
昝 309
昳 174
昶 242
春 122
昬 144
眴 88
眴 88
6晌 246

晒 113
時 47
晏 165
晁 195
晉 127
晊 126
晐 115
晃 243
晅 148
7晡 80
晜 142
晚 140
晟 255
晨 127
晤 81
晢 98
晢 181
晰 182
晝 294
晙 121
晛 188
晧 211
晥 167
晦 63
晦 116
晞 67
8景 250
景 257
晷 58
普 80
晳 271
晬 118
晻 309
晻 315
晼 150
晆 244
晶 254
晣 98
晣 182
智 48
晋 127
晴 256
9暇 76
暇 223
暕 167
暍 140
暌 101
暖 150
暖 152
暋 124
暑 71
暗 310
暘 238
暎 256
㬈 143
暈 136
暐 65
暆 60
暒 256
暄 148
暉 65
10暠 205
暟 108
暝 268
暝 270
暢 242
㬊 247
11暱 124
暯 245
暮 79
暮 79
㬤 178
暫 310
暴 21
暴 210
暵 157
暳 100
12暻 250
暨 56
曇 309
暾 143
曈 16
曈 22
曆 268
暽 245
曀 94
曄 318
曅 318
曐 194
曃 118
曍 210
曉 196
13曒 189
曚 24
曖 117
曏 242
14曙 71
㬫 103
曜 194
曛 136
15曠 243
曝 21
曝 210
16曨 16
曨 23
曣 187
曦 58
17曩 227
19曬 113
20曭 229
曮 321
21曯 35

曰部

0曰 147

2曲 28
曳 97
3更 249
更 262
4曶 144
5曷 132
曷 139
曷 150
曷 158
曷 168
曷 188
6書 71
7曼 140
曼 154
曼 161
曹 209
8曾 279
曾 280
朁 310
替 99
替 132
最 105
9會 105
10朅 169

月部

0月 132
月 139
月 147
月 162
月 168
月 188
2有 293
有 297
4服 19
朋 277
6朒 22
朔 37
朐 130
朕 303
7朗 229
望 230
望 231
朙 251
8朞 55
期 55
朝 75
朝 76
朝 195
朝 297
10朢 230
朢 245
12朣 24
散 154
13朦 17
16朧 16

木部

0木 17
木 132
木 247
1末 152
未 63
未 64
未 102
未 107
未 115
未 118
本 144
朮 121
札 164
2机 57
朴 37
朼 60
朱 88
朶 214
朵 214
朳 165
朽 290
3杆 160
杠 36
杞 56
杜 84
李 43
宋 245
宋 259
杋 327
杉 324
束 30
杇 80
杌 144
杅 92
杙 280
杍 53
杓 196
杓 238
杖 241
材 63
材 113
杈 221
杕 99
村 144
杝 50
杏 261
4杰 169
极 314
枅 96
枅 185
杴 315
杲 205
果 216
枏 307
枏 322
杻 291
東 15

東	35	枘	97	枯	77	查	222	柱	92
東	39	枉	243	柧	77	柶	60	柱	89
東	247	杳	193	枴	107	柵	261	枳	48
枓	285	杵	73	枸	84	枼	233	柞	260
林	301	杼	73	枸	283	枻	187	柵	261
枚	111	枓	92	柩	284	柴	112	柷	25
杳	193	枝	49	枳	59	枲	45	柂	215
杪	192	杻	295	柰	103	柹	46	柁	215
枋	232	杶	122	柰	213	栟	155	柝	235
枋	252	枕	303	柅	42	染	319	枰	256
杯	112	枕	304	柅	131	染	320	柲	128
枌	134	杷	222	柮	143	枻	97	柙	325
枇	45	板	166	柳	292	枻	187	枵	197
枇	46	柿	116	某	286	柚	25	6格	227
枇	59	杭	235	柈	155	柚	293	格	249
析	270	枑	90	柏	258	柔	292	格	264
松	31	5柯	212	栟	175	柤	221	栞	151
杸	87	架	220	柄	252	柘	224	桀	169
柹	46	枷	220	柎	92	柞	233	桔	171
枒	221	柬	163	枹	84	柞	260	桂	95
枊	246	柑	306	枹	200	柢	93	栲	205
枒	226	柑	315	枹	286	柢	101	栲	297
枏	322	柜	74	柲	59	柮	143	栱	28

栝	159	案	155	梗	275	梭	214	梫	303
桄	246	栧	97	械	112	桫	214	桶	21
校	201	栭	48	梏	28	梳	73	楩	182
校	204	桋	48	梱	143	梢	202	梐	100
根	146	栽	113	梡	159	梛	226	械	112
桃	207	栽	118	梟	189	梬	260	梜	315
桐	15	梅	179	梮	34	梲	182	梟	189
栵	95	株	89	棁	182	梧	79	梟	197
栵	175	桎	126	梪	284	梧	90	8椌	38
栳	207	栫	183	桹	230	桅	109	椐	69
栗	119	桁	235	梁	236	桶	34	棨	97
栢	258	桁	245	梠	74	梄	294	椌	24
栰	141	桁	256	柹	291	桵	58	椁	243
栟	262	核	150	梩	43	梓	53	棺	158
栿	19	核	262	梩	59	棁	182	椇	84
梀	259	栩	88	梨	44	桯	273	椈	26
桑	233	桓	160	梅	112	梃	267	棬	183
栖	94	校	204	桲	146	梯	97	棘	277
栖	101	7桷	36	梧	112	條	191	棊	56
栒	120	渠	69	梵	326	桭	129	棋	62
柴	105	梘	185	桴	84	梴	187	棄	42
栘	98	梜	315	桴	286	梔	50	棠	229
栻	280	梗	251	梬	260	桼	127	棹	200

棟	17	椏	221	椎	42	楞	277	楢	292
椄	319	棜	74	棷	107	棨	17	楡	87
棙	101	棫	277	植	51	楙	285	楺	293
棱	277	椀	159	椔	63	楣	45	椸	48
棃	44	桵	58	椓	38	楅	19	楮	73
棽	301	椅	56	棎	322	楅	276	楶	180
棉	186	椅	62	棚	261	楂	222	楪	322
棒	37	棧	164	棍	145	楔	177	楫	304
棅	252	棧	165	棔	149	楯	120	楫	319
棓	37	棖	261	臬	120	楯	121	楨	255
棓	295	椄	319	9椵	225	楯	130	椶	18
棼	134	棗	209	楇	140	椹	302	楱	296
椑	250	棕	18	楇	163	㭿	245	楂	222
棐	64	椓	38	椷	324	楊	238	楚	74
椑	59	棌	115	楷	104	楊	264	槌	42
椑	96	棎	322	楷	105	業	314	椿	122
椑	250	棣	99	楗	141	椽	180	椹	304
森	303	棣	118	葉	170	楹	253	楴	235
棲	94	椒	195	楛	78	椳	109	槌	114
椄	319	棷	107	極	278	楀	90	楓	21
棷	288	棷	288	楠	307	楥	150	楓	305
棄	280	棸	296	椴	161	楰	88	椷	324
植	280	棰	41	楝	173	楰	92	楦	147

楎 67	榜 254	榎 220	槭 259	槽 210
10榎 220	榧 64	榥 247	樕 20	樅 31
榷 36	榌 59	槐 103	槢 300	樝 221
榷 203	榭 224	槐 110	樂 38	槧 321
榦 151	槎 222	11槩 116	樂 202	槧 323
榤 169	槊 37	槹 205	樂 228	槭 259
槁 205	榺 271	槲 21	樣 238	㯃 128
槀 205	榱 218	槨 243	槷 170	標 195
榖 15	榮 253	樛 289	樞 89	標 196
槃 15	榲 134	槿 136	樞 296	槥 102
榾 142	榲 149	樑 236	樵 292	12橄 311
槐 103	榕 35	樚 17	樵 294	楔 171
槐 110	榨 226	樓 285	樜 225	橋 189
構 283	榰 49	樏 40	槧 312	橇 101
榿 62	榛 129	槾 154	椿 37	橇 189
榶 229	㯃 222	樠 145	樇 240	橛 147
槖 234	槍 235	樠 161	槳 240	橋 119
榔 230	槍 260	模 79	樟 240	機 66
榴 289	榱 54	樊 141	樘 264	櫰 217
榠 274	槖 234	樝 221	樗 73	橈 195
槃 155	榻 309	樧 164	樗 225	橈 202
榜 230	榦 162	槮 305	樀 267	橈 204
榜 231	榼 306	樣 238	槢 300	橦 24

橙	261	橕	264	檄	250	檮	207	龒	16
橙	274	機	177	樺	33	櫂	200	櫳	16
榜	79	橝	318	檎	300	檳	131	櫱	155
橑	198	樽	146	檀	152	檿	319	櫩	318
橑	207	橧	279	檁	206	檼	138	櫲	75
槷	44	樴	281	檗	250	櫄	122	櫲	75
橅	79	樵	195	檆	325	檬	235	櫬	123
橆	83	鼓	19	檖	41	麭	201	櫰	103
橆	85	橢	215	檍	276	檻	325	17欄	153
樸	18	橃	310	檐	318	15櫜	205	欄	161
樸	37	橕	264	檥	56	櫝	16	櫺	268
橃	141	樺	225	檣	240	櫚	70	欂	230
橄	155	橫	257	檝	319	櫟	248	欀	167
橡	238	橫	262	檉	255	櫟	268	櫻	260
樹	88	13檛	224	檝	319	櫓	79	欒	293
橁	122	槓	220	檐	318	櫑	109	檃	138
橬	304	橿	227	檄	273	櫋	172	欃	325
橬	319	檢	314	檜	105	櫞	187	18櫸	74
燊	54	檄	273	檜	159	櫛	123	權	184
樾	148	檠	249	14縈	252	櫍	126	欇	322
樲	48	檠	250	縈	267	欈	58	19欏	213
橦	39	檠	264	橐	143	16櫪	268	欒	153
橙	261	檄	249	櫃	57	櫨	79	欐	101

欏 43
欑 157
21欖 308
欙 40
欛 222
22欝 136

欠部

0欠 314
欠 324
2次 54
4欣 138
5欥 74
欨 86
吹 216
欪 313
6欬 117
欯 130
欱 311
7欶 37
欶 287
欸 108
欸 115
欲 31
欷 66
欷 67
8欿 306
款 159
欽 299
欺 55
欹 56
欻 137
9歀 159
歃 324
歇 141
歅 128
歅 186
歈 88
歂 183
歆 301
10歌 63
歌 212
歌 226
歉 315
歉 316
歉 324
歊 197
11歐 287
歐 289
歎 157
12歕 145
歙 302
歙 318
歗 192
歔 70
歘 137
13歜 33
歜 309
14歟 71
15歠 184
18歡 159

止部

0止 49
1正 255
正 257
2此 53
3步 79
4歧 42
武 85
5歫 69
6歭 50
8𣦻 64
9歲 96
12歷 268
14歸 58
歸 64

歹部

2死 51
4歿 143
殀 193
5殃 233
殄 172
殂 80
殆 113
㱟 51
㱟 61
6殊 87
殉 119
殅 275
殈 273
7殍 196
8殖 280
殘 156
𣨛 119
𣨛 144
殙 144
9殛 277
殜 322
10殞 119
殠 295
11殣 122
殤 237
殢 99
殢 101
12殪 94
殫 157
13殭 227
殮 316
14殯 124
15殰 16
17𣩄 161
殲 318

殳部

0殳 87
5段 152
6殸 36
殸 39
殷 137
殷 165
7殺 46
殺 113
殺 163
8殼 36
殽 203
9殿 171
毀 58
毀 62
10毃 36
毂 273
11毆 289
毅 66
13毇 39
14毈 152
毉 57

毋部

0毋 83
1母 285
3每 111
每 115
每 117
毒 111
5毒 29
10毓 24

比部

0比 44
比 45
比 46
比 130
5毖 44
8毘 250
毘 251
13毚 325

毛部

0毛 208
4毜 134
5毤 274
6毣 18
毨 176
毦 60
7毬 284
毟 225
毫 210
8毱 26
毯 307
毰 115
毳 101
毲 157
9毸 158
毷 210
毢 113
10毾 312
11氂 211
毿 309
12氃 24
氃 276
氉 31
13氋 25
氁 210
氈 178
14氋 312
氅 325
18氍 91
22氎 320

氏部

0氏 46
氏 49
1民 63
民 124
民 247
氐 93
4氓 259

气部

4氛 134
6氣 66
氤 127
10氳 133

水部

0水 41
1永 258
2氿 63
氾 326
汜 327
汀 267
汁 302
汃 167
3江 27
江 35
江 36
汏 103
汒 245
汎 326
汜 52
汕 165
汐 251
汛 125
汝 72
汚 80
汙 80
汙 81
汙 216
汙 224

汋 238	汶 134	汪 242	泥 95	沭 121
池 49	汶 150	汪 244	泜 101	泱 233
池 215	沕 118	沄 136	沴 93	沿 176
汉 226	沕 134	沅 147	泠 269	泳 248
汎 25	沜 154	汩 122	泐 278	泳 256
汗 158	汸 231	沂 67	沬 153	洿 80
汍 160	汳 174	沛 101	沬 106	油 291
汔 138	汴 174	沚 49	沬 116	泆 125
求 284	泛 29	沖 23	泯 124	沮 72
汞 22	汾 134	沈 301	泊 231	泜 101
4決 62	沙 220	沈 303	泮 154	沺 171
決 172	次 173	沈 304	法 326	沼 194
汨 142	沁 302	沉 303	泛 326	注 87
汨 270	沁 313	汰 104	泭 84	泜 50
汲 299	沁 323	汳 148	沸 64	沾 320
沂 67	沁 328	沛 104	沸 135	沾 321
沌 144	沇 178	沆 236	泌 44	泜 61
[illegible] 290	次 173	沍 84	泗 52	治 50
泐 278	汭 97	沓 307	泄 97	治 51
沕 118	沃 27	5泔 306	泄 178	沱 216
汚 174	沃 30	沽 77	沼 194	波 63
沐 17	沃 39	泣 299	泝 80	波 216
沒 143	沃 248	泥 94	泅 290	泡 200

泌	129	洞	18	洩	97	洶	35	涏	186
泛	326	洞	22	洼	106	洽	305	涉	317
河	217	洛	227	洼	224	洽	313	消	192
泫	184	洌	175	洹	148	洽	323	涑	20
泫	188	洺	251	洧	41	洽	327	涑	30
泬	188	洣	96	洟	47	7涆	151	涑	287
泂	271	洴	270	洏	48	涀	186	涑	295
泓	257	洑	26	洢	60	涓	170	涂	225
況	247	洒	98	洫	277	涇	266	浥	315
泉	180	洒	103	洲	293	涒	149	涓	170
泰	63	洒	113	津	128	涅	173	涅	258
泰	68	洒	114	泚	54	涊	171	浯	90
泰	102	洒	186	泚	99	涂	89	浣	160
泰	104	洒	220	洊	182	浵	29	浴	32
泰	115	洗	98	派	109	浪	229	涌	30
泰	118	洗	176	洪	19	浪	245	浟	291
泰	305	洩	178	洚	19	流	290	浥	301
6洚	37	洙	87	洚	27	涖	43	浥	315
汧	170	洵	120	活	27	浼	111	洿	304
洎	56	洵	187	活	159	浡	146	浙	182
活	159	洋	239	活	160	浲	30	浹	319
洸	242	洳	72	洄	110	涘	52	浚	119
洮	206	洳	75	洶	34	涎	173	浞	38

涕	99	淡	307	淞	35	淛	182	湝	106
涕	100	淡	308	淬	118	淨	257	湨	273
浸	302	涾	307	淑	23	淙	31	湇	299
涓	106	淘	207	淳	121	淙	37	湳	311
涓	109	涷	15	深	27	淒	94	湍	152
浦	82	涷	25	深	302	淺	182	湛	302
海	113	涼	235	深	304	添	320	湛	303
浹	319	涼	236	涯	57	清	256	湛	307
浩	211	淥	17	涯	103	淬	118	湛	325
浣	160	淥	29	涯	221	淄	57	湛	327
涍	203	淪	119	液	260	涶	214	渡	78
浞	174	淪	149	淤	70	涿	38	湩	26
浮	286	淚	40	淹	314	淦	306	湩	29
8涸	84	淩	277	淹	323	涵	311	湅	173
涸	236	淋	301	淢	277	涬	273	湁	304
混	145	涪	286	淵	175	淢	277	[illegible]	186
混	148	淝	64	涴	150	淮	104	湎	174
淈	145	淠	94	涴	216	淆	203	渺	192
涳	24	淜	280	淈	145	淼	192	湖	44
涫	158	淅	271	淫	301	9渴	151	渼	59
涫	162	淰	301	淟	172	渴	170	湄	45
淇	56	淰	322	淀	172	減	324	湣	131
淖	201	淯	80	淛	102	湝	104	渤	146

湃 111	湲 150	湢 281	漣 171	溔 193
渢 328	湲 184	港 36	溓 322	溽 32
湢 281	渭 66	湖 81	溜 290	溶 32
湓 135	湋 65	渾 144	溧 130	源 147
湓 145	游 292	渾 145	漭 229	溵 139
湓 149	渝 87	湲 167	滅 176	溢 125
渣 225	淯 299	渙 160	溟 270	溠 221
湘 236	湮 128	湟 244	溟 274	滋 53
湯 237	渚 72	湝 256	溦 67	滓 53
湑 71	湔 177	楸 294	溥 80	滁 73
湑 75	湔 180	10滄 234	溥 230	滇 186
渫 178	渟 267	溘 306	滂 231	準 122
渫 321	湊 288	溪 97	滏 86	準 188
湌 143	湒 304	滑 142	[illegible] 224	溱 129
溲 286	湌 157	滑 166	潤 318	[illegible] 305
湜 280	湫 198	滇 15	溞 211	滄 234
渥 37	湫 293	溝 76	溲 286	湫 198
渰 315	測 279	溝 283	溲 288	滍 60
渷 178	湁 304	溺 189	溼 300	溘 306
渫 178	湯 234	溺 273	溹 302	滈 211
渫 321	湯 235	溏 229	溫 133	溷 132
渦 217	渝 87	滔 206	溫 144	溷 144
湧 30	渢 21	滔 297	滃 19	滑 142

滑 166
淣 247
滎 272
滕 276
11漧 151
漑 116
滾 149
[illegible] 243
漻 203
滜 189
漚 287
溥 152
滷 79
漉 16
漻 198
漻 292
漏 285
漓 43
漠 229
漫 153
漫 154
滿 153
漨 164
滲 303
滲 305
漖 74
漩 173
漩 176
漅 202
漱 287
滫 292
湑 121
漾 238
漁 70
漹 169
演 179
滜 189
滺 291
漪 57
漬 53
漳 240
滴 266
漸 318
漸 320
漕 209
漕 210
漕 297
潨 34
漴 25
漸 325
漲 241
滌 247
滌 272
滯 99
漅 198
漼 110
漼 114
漬 53
漆 128
漯 310
漂 196
漂 197
滮 294
滭 128
漢 157
滸 82
滬 90
滹 81
[illegible] 243
濾 159
濾 162
滎 47
潁 258
漿 239
漐 305
12澗 163
澂 306
潔 171
潏 172
滜 205
澆 189
潰 116
潙 40
澆 197
潭 308
潼 16
澇 206
澇 211
潦 206
潦 207
潾 124
潾 131
潘 140
潘 155
潑 154
潎 187
澓 26
濆 135
潟 75
潸 132
潸 139
潸 150
潸 162
潸 163
潸 164
潸 188
澁 304
潒 246
淶 259
潟 250
澶 180
潠 143
潏 131
澌 62
澌 102

潯	302	潏	172	澻	58	濤	207	濙	273
澆	197	潝	302	澦	71	濫	309	濩	83
潙	62	13澫	151	濊	105	濫	328	濩	244
潿	67	激	266	濊	116	漻	198	濠	210
潤	121	濄	217	濊	160	濛	23	15滮	263
潺	165	澮	105	渫	102	濮	18	瀆	16
潛	319	濃	29	㵐	97	濞	45	濼	30
澶	180	澾	152	澳	22	濱	124	濼	245
潮	195	澹	308	澳	209	澀	303	濾	74
澍	87	濂	322	澱	172	澞	75	濶	74
潗	303	澪	270	澡	209	濕	300	瀏	292
澄	281	澧	98	濈	302	濡	88	瀏	296
澂	281	潞	78	濁	38	濰	41	瀊	162
澈	184	澠	124	澤	246	濟	98	瀉	222
潒	19	澠	174	澤	261	濟	99	瀉	223
潬	161	澠	278	澥	106	濬	119	瀁	238
澎	261	澼	270	澴	167	濜	131	瀁	239
澔	211	濇	282	澮	105	漸	320	瀅	269
澒	21	濈	302	澮	114	濯	38	瀀	296
潢	243	澨	93	濛	17	濫	309	瀋	327
潰	116	澤	246	臮	39	濫	325	瀍	179
潏	122	澤	261	14濘	267	濫	328	瀐	177
潏	131	澭	58	濔	101	濙	270	瀐	180

瀋	304	濯	112	灉	31	**火部**		炕	227
瀑	21	濯	118	灂	39	0火	217	炘	138
瀑	210	瀤	103	灂	198	2灯	276	5炬	69
瀌	197	17瀼	228	灃	21	灰	63	炳	247
瀅	269	瀼	239	19[illegible]	213	灰	68	炳	256
瀅	271	瀾	153	灕	43	灰	102	炤	195
[illegible]	263	瀾	161	灑	103	灰	107	炤	241
[illegible]	198	瀲	317	灑	113	灰	110	炷	87
16瀧	36	瀲	322	灑	220	3灸	283	炭	157
瀧	39	瀰	43	灧	319	灸	284	炱	114
瀝	268	瀰	45	灒	161	灺	223	炮	201
瀘	79	瀰	95	灘	157	灼	241	炰	201
瀨	105	瀵	135	21灠	312	災	113	炫	184
瀕	124	瀹	239	灡	161	災	297	炯	272
瀟	192	瀯	262	灞	222	灾	113	6烓	95
瀡	41	[illegible]	139	灝	211	4炕	227	烙	228
[illegible]	72	瀺	327	22灢	228	炅	263	烈	175
瀛	253	瀸	323	灣	166	炁	66	烕	184
瀜	22	18灌	159	23灤	153	炎	318	烟	175
瀦	73	灋	326	24灨	312	炙	225	烏	80
瀞	257	灊	302	灨	15	炙	254	烖	113
瀚	158	灊	319	28灩	319	炒	203	烝	279
瀚	160	灉	30	灩	322	炊	54	烕	184

烘 19	然 176	煞 164	煇 65	熢 29
烘 22	焰 319	煁 302	熙 57	11熲 263
烋 203	焱 275	[illegible] 141	10熇 246	熲 266
烋 294	焯 241	煬 238	煻 229	熮 198
烜 58	焦 195	煙 174	粦 131	熯 178
烜 148	焠 118	煨 109	煿 230	熟 24
7烺 244	焱 275	煜 22	煽 174	熠 301
烽 29	焜 145	煜 304	煽 176	熱 180
焉 169	煦 70	煇 136	熄 280	熬 209
[illegible] 22	煦 86	煇 139	熅 133	熨 67
焌 145	煦 91	煇 145	熅 134	熨 137
烹 261	焮 138	煟 66	熉 139	熭 102
焄 136	9煢 250	煒 65	熊 20	樵 293
[illegible] 58	[illegible] 151	煜 304	熓 203	熛 196
8無 83	煖 152	煙 128	熇 21	熯 157
焙 117	煅 152	煮 72	熇 31	熯 158
焚 135	煓 152	煠 325	熇 199	12潤 131
焫 179	煉 172	煎 177	熇 246	燂 308
焠 118	[illegible] 191	煎 180	熷 315	燄 307
焞 110	煤 112	照 194	熒 270	燉 143
焞 130	煩 141	煥 160	熒 272	燈 276
焞 142	煏 277	煌 244	熏 136	燎 191
[illegible] 312	煞 113	煦 88	熂 67	燐 130

燐 131
燔 141
燂 322
燒 193
燖 302
燂 302
燕 175
燕 178
燃 176
燄 319
燄 320
燁 318
熸 319
燀 180
燀 188
燋 195
燋 198
熾 50
熹 57
13燣 309
燫 316
燮 317
燥 208
燧 41
營 253
燠 22
燠 208
燠 209
燦 156
燭 32
燬 58
14燽 205
燾 206
爁 312
爂 277
燹 62
燹 177
燼 126
燿 193
爂 277
爀 255
燻 136
15爍 228
爈 74
爆 39
爆 230
爍 238
爊 211
爄 282
爆 39
爆 200
爋 137
16爐 78
爒 191
爓 319
爓 322
爗 318
𪚺 195
17爦 139
爛 153
爛 161
爚 239
18爟 159
爝 194
爝 240
爔 23
19爕 176
25爨 156
29爩 136

爪部

0爪 200
4争 260
爭 263
爬 222
5爰 147
8爲 54
爲 55
14爵 240

父部

0父 80
父 86
4爸 226
6爹 217
9爺 226

爻部

0爻 203
7爽 232
10爾 47

爿部

4牀 234
斨 234
5牁 212
6牂 234
13牆 240

片部

0片 183
4版 165
5牉 157
8牋 177
牌 103
9牐 325
牒 320
牏 288
10牓 231
牑 294
11牕 38
13牃 321
15牘 16

牙部

0牙 27
牙 221

牛部

0牛 287
2牟 285
牝 63
牝 125
3牢 63
牢 208
牡 286
牣 127
4牧 18
物 132
物 133
物 150
物 162
物 168
物 188
牨 302
5牯 77
牲 259
牴 93
6牸 54
牂 234
牷 178
特 279
7牽 170
牽 186
牼 258
牿 28
牸 252
牻 86
8犅 227
犂 44
犂 93
犇 145
犀 94
犉 121
9犍 140
犍 185
犎 34
10犗 108
犒 205
犖 36
11犛 59
犛 211
犢 167
犪 20
12犝 16
15犢 16
犦 39
16犧 58
犧 214
犨 294
18犩 67

犬部

0犬 171
1犮 154
2犯 326
3犴 155
犴 156
4犺 228
狂 242
狃 76
狃 291
狃 297
狆 143
犿 141
狁 121
狄 267
犺 228
狀 233
5狗 283
狚 160
狒 65
狌 259
狎 326
狘 141
狖 292
狙 72
狙 75
狘 141
狐 82
狊 273
6狠 147
狡 201
狩 291
狨 26
狟 148
狳 295
7狷 170
狷 185
狤 205
狼 230
狼 245
狸 44
狵 37
狻 156
狺 137
浞 241
狿 273
狽 104
狴 100
狴 102
狹 327
8猘 94
猎 240
猛 247
猛 248
猛 261
猜 113
猗 56

猗 218
猊 99
猙 263
猝 144
猖 241
猇 203
猒 318
猋 196
9猲 149
猲 158
猲 326
猱 205
猫 192
猩 259
狻 287
猰 164
猥 110
猨 147
猶 291
猶 292
猪 73
猤 25
猵 187
猴 289
猷 292
10猳 161
獅 61
猻 143
獀 287
獀 296
猿 147
⿰犭員 147
⿰犭兼 328
猾 166
獃 114
11獍 249
⿰犭參 327
獄 30
獎 240
獐 241
獒 209
12獗 150
獝 119
獠 191
獠 198
獠 200
獧 182
獢 199
13獧 185
獪 105
獪 113
⿰犭農 206
㺚 152
獨 16
獫 316
獫 317
獩 116
獬 106
14獰 250
獳 295
獱 131
獮 177
獲 257
獯 136
15獷 260
獵 317
⿰犭畾 62
獸 291
16獺 152
獺 165
獹 78
獻 142
獻 214
17獼 59
20獿 205
玁 316
玁 317
玃 243

玄部

0玄 183
4玅 192
5玆 53
玆 61
玆 183
6玈 79
率 42
率 119
率 120

玉部

0王 243
王 244
玉 30
玉 247
2玏 278
玎 264
玎 267
3玕 151
玒 24
玒 36
玖 63
玖 283
玘 56
玓 274
玗 92
4玠 108
玦 172
玫 111
玟 124
玤 37
环 115
玭 173
玞 84
玭 125

玩	159	班	164	珵	256	琰	319	瑛	253
5珂	212	珤	207	珽	268	琰	328	瑀	87
珈	220	珣	120	珶	101	琬	148	瑗	150
玨	15	珹	120	琀	311	瑗	185	瑋	65
玨	36	珧	194	現	184	琖	164	瑜	87
玳	117	珥	48	琄	183	琤	260	瑑	182
玷	316	玼	53	8琚	69	琠	172	瑅	102
玲	269	玼	54	琨	142	琱	190	瑒	242
珉	124	玼	99	琯	158	琮	31	瑕	76
珀	258	珠	88	琴	299	琛	303	瑕	222
珊	156	珫	23	琦	55	琢	38	瑚	81
玷	316	珮	116	琪	56	琶	222	瑝	246
玷	318	珦	243	琰	305	琥	82	10瑴	36
珇	81	珩	256	琭	16	9瑊	324	瑴	15
珍	129	珝	88	琳	301	瑙	206	瑴1	15
珎	129	7球	284	珷	85	瑇	117	瑰	108
玻	216	珶	101	琲	111	瑁	117	瑾	139
珌	128	琅	230	琲	117	瑁	207	瑭	229
玹	184	琉	290	琕	269	瑖	125	瑯	229
6珙	28	理	43	琫	18	瑄	173	瑠	289
珓	203	琇	291	琵	46	瑞	42	瑪	225
珪	94	琊	223	琡	23	瑟	122	瑣	216
珞	228	珸	79	琰	313	瑌	179	瑤	200

瑥 144
瑤 194
瑢 32
瑲 240
瑱 132
瑱 171
瑫 128
璡 128
瑳 214
瑳 215
瑬 290
瑩 262
瑩 269
瑩 270
11璆 284
瑾 123
瑊 56
璉 172
璃 43
璊 145
璇 173
璅 216
璈 209
璋 240
瑽 34
璁 25
璀 110
12璟 251
璚 250
璣 66
璙 191
璘 123
璞 37
璠 140
璿 173
璡 128
璜 243
13璩 74
璥 189
璫 228
璐 78
璲 41
瑟 123
璪 209
璨 156
瓁 31
環 166
環 167
璧 249
14璂 56
瓈 93
璿 173
璹 24
璵 71
瓀 179
瓀 187
璺 134
璽 51
15瓊 250
瓄 16
瓅 269
瓃 108
瓆 126
16瓌 108
瓏 16
17瓓 153
瓔 253
18瓘 159
19瓚 155
瓚 162
20瓛 160

瓜部

0瓜 76
瓜 224
3瓝 37
4𤫺 19
5瓟 37
瓞 174
6瓠 82
瓠 84
11瓢 197
14瓣 166
16瓐 90
17瓤 239

瓦部

0瓦 62
瓦 225
3瓨 38
4瓬 244
瓮 20
5瓴 269
瓳 258
瓵 48
6瓶 270
瓷 53
7瓻 50
8瓿 227
甞 228
甏 316
甋 287
甀 58
9甄 129
甄 170
甆 288
10甈 94
11甂 228
甌 287
甎 296
甍 259
甗 267
甎 179
12甑 276
甐 131

甒 85
甌 272
13甔 307
甑 312
甓 270
甕 20
14甖 260
甕 326
17甗 325
20甗 142
甗 170

甘部

0甘 306
4甚 301
甚 302
6甜 321

生部

0生 259
生 263
5甡 126
6產 164
7甥 259
甦 79
甤 41

用部

0用 33
1甪 17
2甫 80
甬 30
7甯 267

田部

0甲 324
申 126
申 131
由 291
田 171
2男 307
甹 291
甸 171
甸 271
町 268
3甽 171
甿 259
畀 44
甾 63
4畆 244
畎 170
畊 249
界 110
畇 119
毗 46
畏 66
畇 119
畇 130
畋 171
畈 141
5留 289
留 290
畱 289
畝 286
畞 286
畔 155
畚 146
畟 279
畛 128
畛 129
畜 25
畜 295
畟 279
6畣 307
略 237
異 47
異 265
畤 49
畢 128
畡 111
畦 95
7畮 285
番 140
番 161
番 168
番 216
畬 71
畬 223
畯 121
畫 113
畫 257
8畺 227
畸 55
當 228
畹 148
畷 98
畷 188
𤲥 50
畵 113
9𤳍 176
𤳍 179
㽥 292
輮 132
畽 145
畽 156
10㽬 119
畿 66
膰 279
畻 218
𤳳 101
11畼 241
12疄 123
黇 154
疃 156
14疆 227

疇 293	疧 42	疰 91	痟 192	𤸷 160
15疈 277	疫 252	疻 60	痒 302	瘏 78
17疊 320	疣 287	疹 128	𤷃 175	瘄 265
	疧 101	疹 129	痣 60	瘍 238
疋部	疢 129	疾 125	瘃 33	瘉 88
0疋 76	疢 132	疲 51	㾕 305	瘉 91
疋 129	疤 225	6痎 106	痛 22	㾜 89
疋 221	5痂 220	痢 93	痤 215	瘖 300
6疎 73	疳 312	痒 238	8痼 77	瘇 32
7疏 63	疴 91	痒 239	痯 158	瘕 225
疏 73	痆 167	痏 41	痰 308	瘧 239
9疑 57	疸 160	痍 47	痻 131	10瘜 101
疑 139	疸 161	疵 53	痱 67	瘚 146
疑 281	疼 277	痊 178	痺 44	瘤 289
疐 49	疺 326	痔 50	痾 214	瘤 290
疐 99	病 247	痌 19	瘂 221	瘢 155
	病 254	痎 106	瘀 70	㾽 232
疒部	痁 317	痕 146	痿 62	瘙 208
2疔 273	痁 322	7痘 296	瘃 39	瘝 54
3疚 284	痀 214	痢 59	瘁 55	瘦 287
疝 168	疽 72	痗 117	痴 50	瘟 149
疙 137	痁 317	痡 80	9瘕 225	瘣 111
4疥 108	痁 322	痞 60	𤸷 140	瘨 171

瘥 109
瘥 215
瘡 235
瘠 254
瘣 111
11瘽 137
⿸疒帶 106
瘰 213
瘻 91
瘻 285
瘼 229
瘷 287
癐 300
瘴 240
瘵 109
瘳 199
瘳 294
12癇 165
癉 152
癉 161
癉 213
療 191
癃 21
瘯 26
⿸疒晉 310
癄 196
癄 198
癈 116
13癏 166
癘 93
癖 250
癙 72
癏 166
14癮 139
癠 98
癠 101
癡 50
15⿸疒滕 277
癳 191
癢 239
癤 187
癥 282
16癨 244
癩 105
癧 268
17癬 177
癭 258
18癯 83
癰 30
19癲 171
21⿸疒蠡 213

癶部

4癸 40
7登 247
登 276
發 140

白部

0白 258
1百 257
百 264
2皃 200
皁 209
皀 209
3的 247
的 267
4皆 104
皇 243
5皋 211
魄 245
6皐 205
皐 211
皎 189
7皓 199
皓 204
皓 205
皓 210
8皙 271
10皜 205
皜 211
魄 231
皚 108
皠 39
皝 243
皛 196
11皠 110
12皤 217
皞 210
13皦 189
15皪 269
皫 196
16⿰白歷 269
皬 237
18皭 194
皭 246

皮部

0皮 51
3皯 151
7皴 122
皸 162
8皵 240
9皷 78
皹 133
皹 134
10皺 288

皿部

0皿 253
3盂 85
4盃 112
盆 145
盈 253
盅 23

5盍 310	10盤 155	眀 251	眢 162	眴 120
盇 154	11盥 158	眊 207	眑 193	眴 187
盈 328	盧 78	眇 192	眑 297	眼 164
盅 232	盨 16	眉 45	眙 50	眥 61
盌 159	盦 313	盼 164	眙 60	眥 98
盆 256	12盪 234	盻 102	眦 112	眦 61
6盖 103	盪 235	盻 164	眨 327	眺 190
盔 108	13盬 77	相 236	眡 93	眹 130
盓 92	鹽 313	省 257	眞 129	眵 50
盒 311	15盭 93	省 261	眞 139	7睊 169
7盜 206	18蠱 78	盾 120	眞 150	睊 170
盛 252		眂 46	眞 162	睍 170
盛 255	**目部**	眈 307	眞 168	睍 188
8監 307	0目 17	眅 165	眞 188	睋 214
盝 25	3盰 160	眅 167	眕 128	睅 166
盟 248	盲 258	5眛 161	眣 127	睇 95
盟 263	盱 86	䀣 167	眩 168	睇 100
盞 164	直 281	眜 106	眩 184	睞 319
9監 324	4看 151	眛 117	6眶 242	睆 167
盠 44	看 151	眠 172	眷 184	睎 67
盠 93	眈 307	眚 261	眽 257	8睪 263
盡 127	盾 146	眎 47	眸 285	睠 185
盡 132	眄 174	眢 146	眯 96	督 28

睞	118	暖	150	瞯	165	矒	262	**矢部**	
睩	16	10瞝	39	瞰	306	16矑	90	0矢	46
睦	18	瞑	268	瞳	16	矐	236	2矣	57
睥	94	瞑	172	瞭	191	18矔	159	3知	48
睒	318	瞑	173	瞭	198	19矕	163	知	49
睟	40	瞑	274	瞬	120	矖	59	4矧	125
睡	42	瞍	288	瞵	124	矗	25	矦	289
睚	106	瞗	198	瞥	177	20矙	306	5矩	83
睚	114	瞋	130	瞤	130	21矚	33	7短	152
睨	97	瞝	236	瞫	302			矬	218
睛	254	瞎	165	瞲	131	**矛部**		8矮	106
睫	319	瞢	17	瞪	273	0矛	285	12矯	189
睢	42	11瞠	261	13瞼	321	4矜	131	矰	279
睢	58	瞙	229	瞽	78	矜	166	14矱	243
9睾	205	瞞	154	瞿	82	矜	276		
睽	95	瞢	19	瞿	84	矝	272	**石部**	
睹	79	瞢	274	瞻	247	7矟	37	0石	251
瞀	85	瞚	120	瞻	320	矞	121	2矴	267
瞀	286	瞖	96	矇	17	11矠	131	矶	321
瞂	141	瞠	261	14矉	125	矠	139	3矼	36
睿	97	瞠	262	15矍	242	12矰	35	矻	142
睼	102	瞟	272	矌	243	19矡	155	矿	245
瞂	141	12瞯	163	矎	171			研	155

矹	143	6砻	28	硟	183	碯	206	磅	261
4砆	84	硇	200	硩	275	碫	152	磉	245
砏	138	硌	228	硝	193	碧	250	磑	117
砂	221	硩	237	硤	327	碩	251	磈	65
砑	221	硉	145	8碮	143	碞	325	磤	136
砌	98	硋	116	碕	68	碝	179	磤	139
砭	321	研	176	碁	56	碨	66	磋	214
砉	256	研	179	碕	62	磁	53	磋	215
砉	275	硊	54	碓	117	碁	303	磔	261
5砢	213	硎	272	碡	34	碭	235	磓	58
硁	110	7确	39	碌	16	磓	109	確	36
砮	77	硜	258	碌	29	碬	222	碻	36
砮	78	硬	255	碔	85	10確	36	磆	167
砯	280	[illegible]	173	碑	45	碻	36	11磲	69
砠	72	硍	230	碎	118	磕	103	硜	258
砥	48	硩	275	碍	116	磕	306	磬	266
砥	49	硫	296	碏	240	磎	97	磨	213
砦	112	硭	245	硾	58	碾	170	磨	214
砧	303	硝	193	碌	118	磏	316	磇	96
破	215	硪	213	碆	216	磊	109	[illegible]	98
砰	261	硯	179	9碣	101	碼	225	磝	200
砭	322	硨	226	碣	140	磐	155	磧	253
砲	200	硩	275	碣	170	磅	231	磩	247

12磵 163
磽 201
磽 202
磯 66
磴 270
磷 124
磻 155
磻 216
磶 250
磾 97
13礐 39
礷 311
礓 227
礉 201
礑 306
磏 316
礝 118
礎 74
14礛 324
礚 103
礙 116
礜 75
礮 200
15礦 260
礪 93
礫 269
礧 61
礧 118
礨 109
礬 141
礩 126
礤 156
礥 123
礥 188
16礱 16
礱 26
17礴 231

示部

0示 42
示 47
3祁 56
社 222
祀 52
礿 239
祆 193
4祊 261
祈 66
祋 106
祋 162
祉 49
5祛 74
祇 42
祔 86
祓 135
祕 44
祠 52
祢 264
祏 251
祟 40
神 127
𥘸 233
祐 63
祐 287
祚 82
祖 81
祝 288
祗 49
祝 25
祜 83
6祬 71
祥 237
祡 105
祭 98
祭 109
祧 190
票 196
票 199
祫 327
7祳 126
祮 217
祴 106
祴 111
祰 206
視 47
禉 293
祲 302
祲 303
8祼 159
禁 299
祺 56
祿 16
𥚃 221
祽 118
9禊 100
禖 112
福 18
禔 47
禔 61
禔 97
禕 57
禋 128
禎 255
禘 99
禍 63
禍 217
10禡 219
禡 220
禠 51
禜 256
禚 241
11禩 52
禦 70
12禨 66
禫 307

䄦 191
禪 174
禪 177
𥜐 195
禧 57
13禮 98
襗 252
禬 106
14禰 95
禱 205
禱 206
𥜽 319
15禲 101
17禴 239
禳 239
19禶 40

内部

4禺 34
禺 91
禺 92
禹 87
6离 43
8禽 26
禽 300

禾部

0禾 218
2秃 15
私 51
秀 291
3秆 151
𥝧 56
秊 170
秉 256
4秔 258
科 217
秏 210
秒 192
秕 44
秭 53
秖 49
秌 199
秌 293
种 23
秏 210
5秬 70
秣 63
秣 152
秠 45
秠 46
秘 44
秫 121
秧 233
租 80
秦 128
秦 247
秩 127
秫 121
秤 273
6秸 163
移 48
秲 98
秷 127
7稈 151
稩 185
𥞜 34
稇 149
稌 79
稌 89
稂 229
稆 71
稃 84
稅 96
稅 106
稅 162
稍 202
稍 204
稄 282
程 255
稊 98
稀 67
8稇 130
𥟖 111
稑 22
稜 274
稜 277
稏 221
稔 303
稠 293
稡 107
稡 149
稠 293
稕 122
稙 281
稚 50
𥟅 214
稗 110
稟 300
9稭 104
稭 163
稉 212
稫 276
稷 25
種 32
種 33
種 34
稱 273
稱 281
10槩 15
稼 220
稽 97
稿 205
穀 15
穀 284

稻 75
稻 207
稶 22
稷 280
稹 129
稸 25
11穅 228
稽 96
穊 56
𥢔 213
穋 22
穆 18
穆 132
穈 59
穈 150
穌 79
穎 258
積 53
積 253
穄 98
穂 25
穉 50
12穛 195
穚 197
穖 67
穜 16
穗 41
穛 39
13藁 205
𥣇 105
𥣇 118
穠 29
穡 281
穟 41
穢 116
14穩 144
穧 98
穦 110
穫 91
穫 244
15穭 71
𥣫 296
穲 223
穮 196
16穐 294
17穰 239
穪 39
19穳 157

穴部

0穴 185
2究 284
3空 15
空 17
穹 20
穸 251
4突 143
窀 122
窂 208
穾 193
穽 257
穽 259
穿 180
穿 183
5窌 201
窌 290
窉 264
窊 224
窈 193
窅 193
窋 119
窄 260
窆 322
6𥦗 306
窐 94
窔 193
窕 191
窒 127
窒 173
7窖 201
窘 119
8窠 217
窟 145
窞 308
窣 143
窡 168
9窬 285
窩 217
窪 224
窬 87
窨 300
10窯 194
窰 194
窳 89
窴 171
11窶 84
窺 40
𥨍 308
𥨊 35
𥨘 190
12窾 159
窿 21
竁 102
竁 187
13竅 189
竄 156
14竆 20
竆 20
𥩟 312
15竇 285
竊 181
16竉 23
竈 209
17竊 181

立部

0立 302
4竑 258
5竛 274
竝 231
竝 269
竚 73
站 327
6竟 247
竟 249
章 27
章 132
章 240
7童 16
竢 52
竦 29
竣 122
竣 187
8竪 88
竫 264
9竭 140
竭 170
端 152
竮 270
11竸 250
12[illegible] 86
15競 247
競 250

竹部

0竹 24
2竺 25
竺 28
3竿 151
笂 17
竽 85
竾 50
4笄 96
笈 299
笈 314
笇 155
笑 192
笋 120
笫 60
笫 61
笊 200
笆 222
笔 129
笐 235
笏 144
5笳 220
笥 151
笥 212
笘 77
笱 283
笯 78
笯 89
笯 225
笪 161
笭 269
笠 302
笄 141
笄 149
笵 326
符 85
笨 139
笥 52
笙 259
笮 260
笛 268
笮 260
笞 50
6筇 28
筈 159
筐 242
筊 203
筊 204
筋 137
答 27
答 307
等 272
筏 141
筍 120
筎 75
筌 178
策 261
筑 25
筒 19
筆 129
7筥 69
筧 185
筴 315
筴 327
筦 157
筠 121
[illegible] 284
筤 244
筭 155
筮 93
筬 252
筲 202
筵 175
筩 34
筠 121
筰 234
筯 73
筳 268
第 95
筞 261
筴 261
筩 19
8箇 212
箇 226
箝 315
[illegible] 315

箛	89	範	326	箶	91	築	25	篻	203
箜	15	箱	237	篁	244	築	298	簇	21
管	157	箵	257	篌	289	篷	17	簎	38
箘	119	篂	274	10 䈴	315	11 篕	58	簨	155
箕	55	箭	37	篙	205	䉄	308	簀	260
箔	231	箭	192	篝	283	簏	17	簉	288
箙	20	箰	120	篁	173	簍	285	簰	106
箄	45	篿	120	篛	308	䉤	40	篳	129
箄	95	箹	38	篤	28	篾	176	12 檥	177
箄	100	箬	240	䈐	71	簈	263	簡	163
算	155	箷	48	篥	120	篦	95	簻	77
箑	324	箴	303	𥳼	161	簁	52	簣	58
箑	324	箸	73	篣	245	簁	61	簞	152
箾	325	箭	180	篚	64	簅	165	簦	276
箏	260	篆	181	篩	61	簨	41	簩	211
箋	176	節	180	篛	240	簨	96	簝	198
箪	200	篅	180	篔	138	篠	192	簝	208
箾	325	箴	303	篨	73	篠	204	簙	230
箒	295	篗	305	篪	50	篠	211	籚	80
箠	41	箮	115	䈢	215	篸	304	籚	90
9 篍	198	篇	181	篡	166	篸	313	簫	192
篍	297	箯	181	篹	181	篴	268	簪	304
篋	316	篋	316	篘	288	簙	179	簪	313

簞 318
簜 236
簧 243
13簳 151
篛 163
䈇 249
簻 224
簹 228
簾 316
簬 78
簵 78
簶 16
簿 85
簿 231
簺 117
簨 120
簷 318
簽 323
簸 215
14簴 70
籋 316
籉 111
籃 309
籋 316
籍 253
籊 267
籌 293
籈 131
籅 25
15籑 165
籔 91
籔 288
籀 294
16籚 90
籧 69
籙 29
籠 16
籠 17
籟 105
籝 70
籛 177
籜 235
17籣 153
䉳 186
籥 239
籞 317
籤 319
19籬 43
籬 213
籩 172
籭 52
20籯 321
籰 244

米部

0米 96
2籴 268
3籸 126
籹 75
籺 145
4料 191
粉 134
粃 44
5粔 74
粘 316
粒 303
粕 231
粜 190
粗 82
粗 86
6粟 30
粤 147
粥 24
粢 52
7粳 258
粮 236
粱 236
粲 156
8粼 124
粼 131
粹 40
粻 241
精 254
粽 21
粺 110
9糅 297
糂 309
糈 73
糈 75
糅 294
糅 297
糉 20
糊 81
糇 289
10糕 205
穀 15
糗 284
糖 229
糒 59
糒 114
11糠 228
糢 90
糜 45
糞 135
糉 155
糝 309
糙 234
糙 209
糟 209
12糧 236
糦 50
糪 209
13糬 262
14糯 213
15糲 101

糲 152
穖 186
16糵 170
糴 268
19糶 189
20糳 234

糸部

1系 100
糺 291
2糾 197
糾 291
紌 284
3紅 15
紅 19
紀 55
紉 123
紃 121
約 197
約 238
紆 76
紆 85
紂 295
紈 160
紇 145
4紒 95
紒 171
䋁 252
紘 257
紟 299
級 299
納 306
紐 291
紞 307
純 121
純 122
純 149
紊 134
紋 133
紡 231
紑 286
紛 134
紕 45
紕 59
紗 221
索 232
索 258
紓 71
紓 72
素 79
紜 135
紖 131
紝 302
紙 48
紙 68
紙 102
紙 107
紙 115
紖 130
紖 131
紘 257
5紺 306
絅 266
絅 273
絇 83
絇 84
絀 133
累 40
絆 154
絣 156
紱 135
紼 135
紲 177
細 96
紹 193
絁 46
紳 126
絨 148
紵 73
綎 262
組 81
終 20
終 305
紬 293
紬 297
紾 129
紩 127
紫 165
絀 122
絀 133
紽 216
組 166
紿 113
絃 183
6絜 171
絜 185
絳 27
絳 35
絳 36
絯 262
結 62
結 171
絝 77
絩 244
絓 113
絞 201
絭 188
給 299
絚 270
絚 276
絧 24
絡 76
絡 228
絫 40
絥 95

絲	51	7綌	249	綊	321	緍	124	緇	57
絜	70	絹	169	綄	160	絣	251	綝	303
絮	75	絸	170	8綱	227	緋	64	綻	165
絏	178	經	266	網	230	緆	270	綳	261
絨	22	綆	252	緊	97	綫	176	綯	207
[illegible]	60	綑	144	緊	266	綬	292	9緘	324
絪	127	絿	284	緄	143	綬	293	[illegible]	106
紝	301	條	206	綰	166	[illegible]	218	緺	224
紝	302	絻	135	綸	166	緎	277	緱	283
紫	53	綍	135	綣	147	維	41	緧	276
絟	177	綁	245	綣	149	緌	41	緣	153
絶	181	[illegible]	71	編	150	綽	242	緣	176
絑	89	綀	76	綺	56	綜	31	緣	179
絰	174	綃	192	綦	56	綵	112	練	173
絘	61	綉	291	緂	307	緀	94	緬	174
[illegible]	214	綏	41	綢	206	綪	187	緜	172
統	32	綖	175	綢	293	綴	98	緲	192
絯	107	綖	187	緉	236	綴	183	緢	192
絯	115	綎	267	綟	93	緁	319	緡	124
絯	262	[illegible]	267	綠	29	綪	187	緥	207
絢	183	綈	98	綸	120	綷	114	緗	237
絙	160	絺	50	綾	277	綷	118	緒	71
紘	263	綅	303	綿	172	緅	288	線	176

緤	178	緷	146	縝	129	繃	261	縬	24
緦	56	緷	149	縒	234	縰	61	縶	303
緩	159	10縑	315	縐	288	縿	324	繃	261
緺	105	縞	205	縋	42	縼	186	縹	196
緺	224	縠	21	緆	312	[illegible]	96	縪	129
緯	66	緊	123	縣	183	繅	208	12[illegible]	227
緭	66	[illegible]	307	縣	184	繅	209	繕	177
緹	97	縚	206	縫	30	縰	61	繕	250
緵	25	縢	277	11[illegible]	266	縮	23	繢	106
緵	26	縵	161	縷	84	縯	187	繢	117
緝	301	縛	232	縲	40	緊	96	繚	191
緝	313	縏	161	繆	286	緊	98	繚	197
緝	323	縍	231	綷	119	繇	194	繚	198
緝	328	縌	262	縭	43	繇	291	繙	140
締	99	縈	254	縵	154	繇	294	繖	154
緧	294	縕	133	縵	164	縯	131	繐	96
緧	294	縕	138	繆	18	績	271	繡	199
緻	50	縟	32	繆	285	縱	25	繡	291
編	175	縊	57	繆	286	縱	33	縈	54
編	181	縡	112	縻	44	總	20	繞	194
緶	175	縡	117	繁	141	總	25	繑	121
緶	188	縓	187	繁	156	縗	109	繛	242
緘	324	縉	127	縫	29	縮	23	繜	146

繒	280	繪	106	纖	317	12罇	146	6罣	113
織	60	繪	116	纓	253	13罋	20	罙	45
織	281	14繾	185	19纛	29	14罌	260	7罥	170
繟	182	繼	94	纛	206	罊	326	罥	171
繓	159	繿	309	纚	59	罍	130	詈	43
繣	114	繽	125	纚	61	15罍	108	罦	84
繣	263	繻	86	纚	218	18罐	162	罦	286
13繭	170	繶	137	纘	155			罤	102
繮	227	纂	155	21纜	309	**网部**		䍙	80
繲	111	纁	136	纞	40	3罕	157	䍙	112
繫	94	15纊	244			罔	230	8罫	115
繫	100	纍	40	**缶部**		罕	157	罧	305
繳	189	纆	278	0缶	287	4罢	263	罨	309
繳	241	續	31	3缸	38	罘	286	罨	321
繴	270	纏	179	4缺	173	罝	84	罭	277
繰	208	纏	187	䍃	198	罢	263	罹	200
繸	58	繺	106	5缻	38	5罡	244	罩	200
繩	278	纇	185	缻	287	罟	77	罪	110
繶	276	16纑	79	6缾	270	罛	77	罬	188
繹	252	17䌫	94	缿	38	罞	17	置	50
繳	241	纔	113	10罃	260	罞	203	罫	115
繰	209	纔	327	11罄	266	罠	124	9罰	141
繯	188	纕	236	罅	223	罝	223	署	71

署 199
罳 56
罳 115
10罶 292
罵 220
罷 51
罷 104
罷 222
11罹 17
罹 43
罻 65
罻 138
罺 203
罼 128
12罽 94
罿 16
罿 33
䍥 191
羆 83
𦌗 187
罾 279
13羃 269
羂 171
羅 212
14羃 269
羆 45
16𦍍 268
17羇 55
19羈 55

羊部

0羊 238
2羌 228
芈 44
3羍 151
美 44
美 248
羑 294
4羖 78
羔 205
羓 225
5𦍷 78
羚 273
羞 290
羜 73
羝 93
着 242
6羕 238
7羣 133
羨 176
羨 179
義 57
義 218
9羯 140
羭 88
10羱 159
羲 58
12𦏁 16
羵 135
羵 138
13羹 258
羸 44
羶 174
16𦏶 274
17羺 273

羽部

0羽 87
3羾 16
羿 96
4翃 258
翂 134
翅 46
翁 18
翀 23
翗 235
翗 246
5翎 269
翊 280
翏 198
翇 136
習 300
翌 280
翐 127
6翔 237
翓 184
翍 122
翕 302
7翛 192
8翡 64
翣 324
翪 164
翟 63
翟 261
翟 267
翠 55
9翨 47
翫 160
翥 73
翦 180
翩 181
翬 65
10翯 31
翯 39
翰 132
翰 139
翰 150
翰 158
翰 168
翰 188
翮 262
翿 281
11翳 96
翳 98
翼 280

翲 197
12翷 209
翹 190
翻 140
䎘 23
䎖 282
翾 182
13翽 106
14翿 206
翿 207
耀 194

老部

0老 75
老 207
2考 205
4者 76
者 224
耆 42
耆 48
耄 207
耄 248
5耇 283

6耊 173
耋 173

而部

0而 48
3耐 116
耑 152
耍 226
耎 179
耏 60

耒部

0耒 116
3耔 53
耔 61
4耕 249
耗 210
耘 136
5耞 220
耜 52
耛 61
7耡 73
耡 74
8耠 39
䎦 322
耤 253
9耦 63
耦 289
10耩 36
耨 284
12耭 68
15耰 287
穮 196

耳部

0耳 47
3耶 223
4耿 250
耼 308
耽 307
5联 184
聃 308
聆 269
聊 191
聄 132
6聒 159
7聓 133
聘 261
聖 254
䎽 81
8聞 133
聞 134
聚 89
10聛 112
11聯 171
聲 252
聳 30
聱 200
聰 19
12聶 319
聶 321
聵 110
聵 118
職 265
職 275
職 280
13𦗶 39
聸 307
16聽 269
聽 271
聾 16

聿部

0聿 122
6肅 23
7肆 52
肄 47
8肇 194

肉部

0肉 24
肉 294
2肎 132
肎 272
肌 54
肋 278
3肝 151
肚 84
肖 192
肖 198
肜 22
肔 47

肘	295	肢	49	背	116	能	108	脛	269
肛	38	肺	106	背	117	能	116	脛	271
肓	243	肺	116	背	265	能	276	豚	149
4肮	227	肴	199	胕	86	能	305	脰	284
肩	170	肴	203	胥	71	脈	257	脢	112
股	78	肴	211	胜	271	胮	37	脢	118
肱	281	肸	130	胃	66	胼	172	脗	125
肣	300	肸	138	胤	120	胭	175	脗	138
肯	272	肹	130	胚	255	胹	48	脧	173
肻	272	5胛	324	胙	82	朓	190	脣	121
肵	68	胠	69	胄	294	朓	197	脤	126
肭	150	胠	74	脊	279	脂	49	脘	162
肦	135	胠	314	脀	279	脊	254	脗	127
肦	164	胠	328	胑	49	脆	100	脡	274
肨	39	胊	91	胝	49	脃	100	脞	217
肪	232	[illegible]	299	胗	128	胵	61	脫	104
肧	112	胐	65	胎	113	胲	115	脱	157
肥	64	胐	150	胎	219	脅	315	脯	82
肫	122	肣	274	胞	200	脇	315	脬	200
肬	287	脉	257	胡	81	胥	33	脥	315
育	24	胖	155	6胯	78	胾	53	脛	271
胏	53	胖	161	胯	225	胔	53	脝	256
肫	122	胈	155	胱	242	7脚	227	8腔	36

腒	69	腯	143	膂	71	膢	285	膨	264
腇	109	腯	145	脊	191	膟	119	13臈	308
腑	86	腷	281	膆	277	膜	90	臄	237
腓	64	腹	19	膊	230	膜	229	臉	321
脾	46	腮	113	膀	245	膚	84	膾	105
腊	250	腥	271	膍	60	膚	298	膿	28
脽	58	腤	313	[illegible]	282	膍	96	膽	306
腎	125	腰	193	膁	321	膝	122	臀	145
腌	315	腢	296	膃	149	膞	187	臈	308
腋	259	腢	297	膉	256	膘	196	臂	44
腌	315	腬	292	膇	42	12膩	43	臊	208
腕	160	腴	88	腿	110	膫	191	臆	276
腍	303	腸	241	膗	236	膫	197	膺	278
腆	172	腜	319	[illegible]	313	膴	81	臇	180
脹	241	腫	27	膎	105	膴	85	臊	208
[illegible]	145	腫	32	膗	236	膰	141	14臑	210
腐	86	腫	39	[illegible]	243	膰	216	臏	125
9腳	227	腠	288	11[illegible]	127	散	154	臍	100
腱	141	䐇	123	膕	263	膳	177	臐	136
腱	185	腨	188	膠	201	膳	187	15臘	308
腦	206	10膈	249	膠	203	[illegible]	287	臕	197
腝	144	膁	321	膠	297	膱	282	16臚	70
腶	152	膏	205	膢	83	膲	195	臙	175

臛 236
17羸 213
膊 231
18臞 82
臟 233
19鬻 95
臠 173
20臙 244

臣部

0臣 127
2臥 216
8臧 234
11臨 30
臨 301
賾 259

自部

0自 53
4坻 50
臬 170
臭 295
6皐 205

10艴 171

至部

0至 49
至 132
4致 50
6臷 174
臶 182
8臺 111
10臻 129

臼部

0臼 284
2臽 326
3臾 30
臾 58
臾 88
臾 92
臿 325
4舀 198
舀 296
舁 71
5師 141
舂 31
師 141
6舄 250
7舅 284
8與 71
與 72
與 75
10䑝 218
興 272
興 280
12舊 284
13舋 123
舋 145

舌部

0舌 179
2舍 76
舍 222
舍 224
3䑛 46
4舲 299
舐 46
6舒 71
8舓 46
舔 323
9舖 83
10舘 159
舘 162
13舚 323

舛部

0舛 182
6舜 120
7舝 166
8粦 131
舞 85

舟部

0舟 199
舟 293
2舠 206
3舡 39
4般 154
般 164
舫 231
舥 225
航 235
5舸 212
舲 268
舶 258
船 180
舴 260
船 199
舳 25
舵 215
舷 183
6艞 211
𦨴 24
舽 39
7艄 202
艅 75
艇 268
艁 211
8艋 261
䑵 111
9艐 208
艓 322
艘 18
艑 181

艑 186
艎 244
10艘 209
艗 271
艖 218
艖 225
艒 310
11艛 295
艚 210
12艟 24
艪 79
艠 141
艠 161
艟 35
13艡 244
艨 24
艤 56
14艦 325
16艫 90
17䑲 268
18艭 37

艮部

0艮 146
1良 236
11艱 163

色部

0色 281
5艴 134
艴 146
7艳 134
13艶 318

艸部

0艸 210
2艽 201
艽 284
艽 296
艿 281
艾 103
艾 116
艻 282
艼 267
芀 197
3芎 20
芑 56
芒 230
芃 18
芋 86
芋 87
芓 53
芍 238
芍 267
芊 180
芐 223
芄 160
4芡 314
芥 108
苣 69
芤 295
芹 137
芩 299
芨 304
芪 59
芟 43
芚 145
芼 207
芼 208
芼 248
芴 134
芳 232
芣 286
芙 84
芬 134
芘 44
芰 325
芧 71
芧 75
芽 221
芮 97
芸 136
芿 282
芷 49
芝 49
芭 222
芴 144
花 225
芻 86
5茄 212
苛 217
茄 226
苷 306
苘 267
苦 77
苽 77
苟 283
茁 119
茁 166
茁 188
茶 173
茶 316
苊 101
苓 268
茆 292
苙 302
茉 161
茅 200
茆 200
苜 17
苗 192
茂 285
茇 154
茀 135

范	326	苔	114	荓	270	茺	23	莫	79
苻	85	茀	135	茯	19	茷	104	莫	228
苯	150	苹	256	茱	87	荄	104	莫	264
芾	63	苞	200	荀	120	荄	111	莣	231
芾	64	苞	297	茹	72	荇	262	莓	112
芾	135	苾	129	茸	31	荊	249	莬	174
苴	222	6茳	36	茸	32	荒	243	茀	292
苴	226	荄	104	茙	22	茴	110	茀	203
苫	317	茖	249	荑	48	茠	295	莁	91
若	223	荆	249	茵	127	7莒	69	苩	258
若	240	茁	34	茬	26	莢	316	莆	81
苒	320	茚	28	茬	303	莄	263	荹	79
英	252	荂	226	茨	53	莖	257	莩	84
苑	147	茷	190	茈	62	莞	158	莎	214
苡	47	茭	201	荃	178	莞	167	荾	41
苢	47	荅	265	荑	98	荼	78	莤	23
苲	234	荅	307	荥	279	莜	190	莘	126
苧	75	茘	43	茶	222	莊	90	莪	214
苴	72	茘	93	茝	113	荳	284	莚	179
苐	98	茢	186	茜	182	莨	245	娭	193
苵	174	莽	229	荐	182	茀	292	莠	294
苴	222	茫	230	荈	188	莅	43	莊	234
苕	196	茗	269	草	209	莉	59	荻	267

莛 268
莜 190
莝 216
莩 196
荷 216
荷 217
荷 219
莧 166
莧 187
莟 312
莕 262
8菏 217
菏 218
菰 77
菓 216
菅 159
菅 163
菊 21
菤 184
菌 120
菫 122
菫 136
萁 55
菣 130
菧 95
菼 307
萏 307
菟 78
萄 207
萊 111
菉 35
菱 277
莽 79
莽 286
萌 259
菩 90
菔 20
菔 278
菶 18
菶 25
菜 134
菲 64
萞 324
菥 274
菙 41
菽 23
菘 22
菴 310
菴 312
菸 74
菸 169
菀 136
菀 148
萎 54
萇 241
菑 57
菑 113
菹 72
菂 267
菨 319
菁 254
菆 157
菖 241
菜 118
萋 94
菙 41
菆 288
萑 58
萑 160
萃 55
萃 132
菪 246
菭 114
菟 82
萍 271
菢 210
華 225
9萐 233
葭 220
葛 151
葀 159
葵 40
董 16
董 35
董 39
落 228
萬 140
葂 173
葆 207
葍 19
葑 26
葑 29
萯 296
葢 150
葸 51
葰 221
葠 304
葉 317
葸 51
葹 60
葚 302
萼 233
葯 39
葯 239
萸 187
葉 247
葉 305
葉 313
葉 318
葉 328
萵 217
葽 193
葺 65
葳 65
萸 88

孽 53	蒯 110	蒻 240	蕖 69	蔌 296
葬 233	蒟 83	蒀 138	蕢 267	蓿 23
著 72	蒳 311	蓊 19	蓑 142	蓴 121
著 75	蓏 213	蓐 32	蔽 110	蔆 304
著 242	蒗 229	蓉 32	蔻 289	蔫 169
葅 72	蓈 229	蒰 139	蔇 62	蓺 97
葶 273	蓮 171	葴 318	蔂 58	蔚 65
葰 25	蔓 161	蒩 80	蓼 23	蔚 137
葥 282	蓂 270	蒸 265	蓼 192	蔭 300
葺 301	蓂 274	蒸 275	蔞 83	蔗 224
萩 294	蒙 16	蒸 279	蔞 285	蔣 239
葴 303	蒡 245	蓁 129	蔂 58	蔣 240
葩 222	蓓 115	蒺 126	蔆 277	蔪 319
葡 91	蓑 214	蒼 234	蔓 140	蔪 320
葫 91	蒜 155	蒨 182	蔑 176	蔦 189
葒 19	蓡 304	蓄 25	蔤 131	蔦 190
葓 19	蓆 251	蒲 75	蔔 278	蓧 190
葷 136	蓀 143	蒲 80	蔀 90	蔟 20
萱 148	蒐 287	蒱 80	蔀 286	蔟 288
10蓋 103	蒓 121	菌 311	蓰 51	蓯 24
蓋 311	蓍 46	蒿 210	蔡 155	蓯 34
蓋 313	蒔 47	蓬 17	蔘 304	蔯 132
蒹 315	蒔 60	11蓷 110	蔌 20	蔡 103

蔡 155	蕭 204	薨 205	薔 240	薩 155
蔕 99	蕣 120	薖 217	蕺 304	薯 74
蔥 18	蕂 274	薘 152	薣 174	藇 71
蓮 296	蕈 304	薝 311	薦 182	蘁 125
蓫 25	蕊 54	薍 167	薦 248	薿 281
蓪 26	蕘 195	薟 322	薙 50	藇 72
蔈 196	蕓 136	薴 269	薙 102	薳 54
蓽 129	蔿 54	蕾 109	蘧 226	薷 297
蔲 289	蕕 292	薇 64	薙 112	薿 57
12蕑 163	蕤 41	薄 230	薌 242	薿 281
蕎 190	蕝 102	薛 102	薵 210	藉 224
蕨 146	蕝 182	薛 262	薈 105	藉 254
蕢 58	蕞 102	薛 178	薨 263	薺 53
蕢 110	蕞 105	薪 126	薨 276	藏 233
蕠 93	蕞 182	薆 118	14藁 205	藏 234
蕁 269	蕁 147	薏 276	薱 117	薺 63
蕪 83	蕆 182	蕷 72	薹 111	薺 68
蕃 140	蕉 195	薉 116	藋 191	薺 99
蕡 135	蕩 235	薀 133	藍 309	薺 102
蔬 73	蔽 100	薈 105	藐 37	薺 107
蕭 192	蕙 100	薁 22	藐 192	薺 115
蕭 298	13薑 227	薏 62	薶 104	藻 209
蕭 211	薊 95	薋 53	薲 125	藜 19

薸 197
薰 136
15藖 167
蕧 250
藫 312
藤 277
藘 71
藺 75
藜 93
藟 41
藩 140
爇 179
藗 20
藚 31
藪 288
藤 122
藥 239
藝 97
藕 289
藙 67
藨 196
藨 198
16蘧 69
藿 244
蘄 62
蘄 137
藶 274
蘆 70
蘆 78
蘢 24
蘢 34
藺 124
蘉 230
薠 141
蘋 125
蘇 79
蘁 233
藹 103
藹 114
蘂 54
蘁 81
蘊 133
蘊 138
藻 209
藽 123
蘀 235
蘅 257
藾 107
17蘠 240
蘜 21
蘭 153
蘞 321
蘞 322
蘦 268
蘪 59
蘩 141
蘗 250
蘚 177
蘘 246
蘖 170
蘙 102
蘓 194
蘛 55
蘛 225
18蘳 104
虇 16
薑 58
叢 19
蘴 26
19藭 20
蘿 213
蘺 43
蘼 59
蘸 325
虀 99
21虆 40
虆 41
虉 271
23虌 179
26虋 150

虍部

2虎 82
3虐 199
虐 239
4虔 169
虒 51
虓 203
5虙 20
處 73
虖 81
6虛 70
虛 248
7虜 79
虞 27
虞 76
虞 85
虞 219
號 210
8虡 70
9虢 256
虣 210
10虥 167
11虧 40
12虧 40
虩 255

虫部

0虫 67
1虬 289
3虷 151
虹 16
虹 20
虹 37
虻 259

虵 223
虷 61
虒 67
虒 115
4蚣 24
蚣 31
蚑 42
蚑 58
蚪 285
蚊 133
蚌 37
蚄 232
蚨 85
蚡 134
蚡 135
蚍 46
蚦 322
蚖 147
蚖 159
蚏 148
蚓 126
蚕 188
蚕 310
蚤 209
蚇 255
蚩 50
5蚶 313
蚷 69
蛄 77
蚯 295
蛉 268
蛃 264
蛇 48
蛇 215
蛇 223
蚰 296
蚴 297
蚱 264
蛆 72
蛀 91
蚳 61
蚻 165
蚶 313
蚿 183
6蛐 34
蛩 28
蛬 28
蛟 201
蛣 131
蛚 186
蛑 285
蛙 106
蛙 224
蛜 60
蛛 89
蛭 126
蛤 306
蛔 115
7蜎 185
蜎 187
蛺 321
蛺 328
蜋 230
蜋 236
蜂 29
蜉 286
蛻 96
蛻 106
蛸 193
蛸 202
蜃 125
蜃 126
蛾 214
蜍 73
蜎 175
蜎 187
蜒 175
蜈 90
蛹 31
蜓 186
蜓 268
蜇 182
蜀 31
8蜣 228
蜫 142
蜾 216
蜷 188
踦 62
蜞 62
蜳 148
蝀 15
蝀 16
蝀 25
蜽 237
蜴 253
蜼 58
蜯 22
蝄 230
蜢 265
蜜 124
蜯 37
蜸 65
蜚 64
蜚 67
蜡 221
蜥 271
蜙 31
蜑 245
蜮 277
蝙 187
蝸 98
蜺 102
蜿 146
蜿 148
蜿 159

蜼 293
蜳 121
蜨 316
蜻 254
蜩 190
蜘 49
蝃 99
蝂 166
9蝍 282
蝎 141
蝎 162
蝌 217
蝸 224
蝳 29
蝱 259
蝥 200
蝱 326
蝠 19
蝮 19
蝜 296
蝑 75
蝨 123
蝕 280
蝘 142
蝝 176
蝡 121
蝡 176
蝡 179
蝸 105
蝸 224
蝟 66
蝛 65
蝤 292
蝣 292
蝓 92
蝶 316
蝩 35
𧍯 183
蝤 292
蝤 297
蝙 181
蝦 223
蝴 91
蝗 244
10螗 229
螣 277
螣 279
𧌑 246
螟 270
螃 245
螄 61
螉 25
螈 147
螈 150
融 22
螘 56
螔 60
螓 129
蟦 279
螛 162
螢 273
11蟈 256
螐 189
螳 229
螺 213
蟉 197
蟉 292
蟉 296
螻 285
螭 51
蟇 220
蟆 220
蝨 285
螶 133
螌 219
螌 251
蟀 121
蟋 124
螯 209
螾 126
螾 131
螿 239
螬 210
螽 20
蟘 132
螮 99
蟄 303
螵 199
螌 251
螐 189
12蟜 190
蟜 197
蟨 147
蟣 66
蟣 68
蟫 312
𧐖 124
蟒 245
蟠 155
蟓 246
蟬 174
𧒒 148
蟫 301
𧒂 24
蟲 23
蟛 264
蠉 182
蟪 102
蟢 57
13蠍 141
蠅 227
䗺 156
蠃 213
蟺 187
蟾 317

蠅	279	蠐	100	蠵	95	行	262	**衣部**	
蟻	56	蠔	210	19蠻	163	行	264	0衣	66
蟿	279	蠖	243			行	265	2𧘇	164
蟶	262	15蠡	44	**血部**		3衍	151	表	75
蠆	109	蠡	93	0血	184	衍	132	表	195
蠋	31	蠡	94	3衂	22	衍	178	3衫	324
䗪	156	蠡	213	衁	243	衍	179	4衱	314
蟹	63	蠟	308	4衄	22	5術	121	衪	119
蟹	68	蠣	101	衃	115	衒	184	衿	299
蟹	102	蠛	176	5䘗	321	6街	103	衿	300
蟹	105	蠜	141	衅	123	衕	26	衲	307
蟹	115	蠢	123	6衇	257	衖	326	袂	95
蠁	242	蠚	236	衆	24	衘	39	衯	134
14蠒	170	16蠦	192	衆	26	7衙	220	衵	125
蠓	17	蠥	170	衆	305	衙	221	衽	303
蟲	296	蠩	73	7䘚	114	9衛	100	衾	299
蠙	125	蠭	29	9衉	263	衝	33	衺	223
蠙	173	17蠲	170	14衃	22	10衡	256	袁	147
蠕	122	蠕	268	15衊	176	衡	257	衰	53
蠕	176	蠯	279	18衋	277	12衝	33	衰	54
蠕	179	18蠹	84			18衢	83	衰	109
蠑	262	蠹	265	**行部**				衷	23
蠕	122	蠶	310	0行	235			衷	25

5袪 69	袠 127	補 80	裼 102	複 287
袒 153	6袼 245	裞 96	裼 270	褕 87
袓 166	袷 314	裋 88	裶 67	褕 194
袊 253	袷 326	裕 88	裨 45	褘 65
袢 141	袺 171	裎 256	裺 325	褚 73
袑 193	袴 77	裎 264	⿰衤夜 260	褋 322
袖 291	袴 225	裖 128	⿰衤兒 99	褆 97
哀 218	⿰衤危 62	裘 284	裧 321	褊 175
袡 322	袿 94	裊 190	⿰衤定 166	褊 188
袎 202	⿰衤加 70	裏 43	⿰衤朋 261	⿰衤要 193
袗 128	袹 167	裟 225	裹 216	褘 65
袟 127	袱 26	裛 304	裹 219	褎 291
袉 215	袵 302	裛 315	裻 29	褎 293
袥 235	袵 304	裔 97	裴 112	褏 291
袍 210	袾 92	裝 234	裵 112	褒 210
袍 297	袤 217	8裾 69	裳 238	襃 210
被 51	裂 175	裩 142	製 98	10⿰衤能 118
哀 218	裁 118	褔 133	9褐 158	褡 307
袨 184	裒 285	裯 89	褌 142	褞 143
袈 225	7裌 326	裯 210	褖 153	⿰衤邑 31
衮 142	裙 133	裯 293	褍 152	褥 32
袋 117	裓 278	裸 213	褓 207	褟 296
袤 285	裗 296	裲 246	複 19	褫 49

褫 60
褫 61
褪 143
褰 169
褧 263
褧 266
褭 189
褎 103
11褸 84
褵 43
襂 305
褶 300
褶 323
襀 253
褾 195
襄 236
褻 178
褺 320
12襇 164
襁 227
襋 277
襌 160
襏 153

襒 187
襆 30
襐 238
襓 198
襍 309
褅 102
襊 160
襑 310
襸 215
襃 187
13襘 105
襟 299
襠 228
襚 41
襖 208
襢 153
襢 180
襢 187
襜 320
襜 321
襡 31
襛 29
羸 213

襞 250
14襤 309
襦 88
齋 52
15襮 31
襮 231
襰 251
䙴 186
襭 188
襪 140
16䙡 41
襯 123
襲 300
17襳 317
襳 324
18襶 117
襵 322
19襴 185
襻 164
襹 62
襼 102

襾部

0西 93
3覂 29
要 193
6覃 305
覃 308
覃 323
覃 328
裁 113
7裘 63
12覆 19
覆 286
13覇 222
覈 262

見部

0見 169
見 184
4規 40
覓 269
5覛 177
覗 52
視 46
覘 46
覙 320
覙 321
6覜 257
覞 190
7覡 273
8覢 318
9覩 78
覦 88
親 129
親 130
10覯 283
覬 56
11覷 73
12覵 163
覵 165
覲 122
13覺 27
覺 35
覺 36
覺 200
14覼 213
覽 308

15覿 268
18觀 159
觀 248
19覼 43

角部

0角 17
角 36
2觓 284
觔 137
4觖 172
5觚 77
觝 93
6觡 262
觥 247
觥 257
觜 52
觜 55
解 104
解 107
解 110
解 114
7觩 284
觪 252
觫 20
8觭 55
9䚖 160
䚡 115
䚦 302
觱 128
10觳 21
觳 36
11觴 237
12觹 172
觵 257
觶 48
13觸 33
觸 76
14觺 63
觺 281
15觼 172
18觿 42
觿 95

言部

0言 141
2計 94
訇 257
訃 85
訂 267
訂 268
3託 234
訐 140
訆 284
訖 137
訖 138
記 56
訊 326
訕 164
訕 165
訊 63
訊 125
訞 193
訏 86
訏 92
訑 48
訑 162
訒 126
討 210
訌 19
訓 137
4訣 172
訥 145
設 179
訟 32
訝 221
䛔 112
訛 217
訧 63
訧 287
訢 137
訢 138
訬 202
許 70
許 90
訩 33
訩 34
訪 231
5訶 217
詎 69
詁 77
詁 89
詘 133
詐 221
詞 52
訴 80
訹 120
訹 292
詇 233
詠 256
詍 97
詒 48
詒 118
詑 48
詐 221
詀 325
詀 327
詆 93
詆 101
証 258
詛 73
詛 75
詔 194
註 87
診 129

診 132	詩 47	詿 113	誌 49	誹 67
詒 113	試 46	7誙 258	誚 195	諀 45
詒 118	詣 97	誡 110	誕 156	誶 40
評 256	詍 97	誥 205	誕 162	誶 118
評 261	訾 52	誑 243	誖 145	誶 125
詖 51	訾 53	誘 25	誖 116	誶 130
詷 265	訿 53	䛠 296	誧 90	設 297
詷 271	誎 53	誣 83	誨 116	誰 41
6誇 224	詮 178	誖 145	8譬 169	諄 122
誆 243	誂 197	誧 80	課 216	諗 301
詬 289	誅 89	諀 45	諮 284	諉 54
詬 295	詧 165	詐 221	誇 23	誾 123
詭 57	詹 319	誓 93	䜐 56	誾 137
詰 124	託 215	誠 252	諉 54	誼 57
詷 26	該 110	說 96	談 247	諎 260
詻 260	詡 88	說 179	談 308	諍 263
誄 54	話 113	誦 32	誻 307	諓 177
詳 237	詠 108	語 70	諒 235	調 26
詳 239	詨 204	語 92	論 130	調 190
詵 126	詬 289	誤 80	論 142	調 297
詵 139	詬 295	誘 294	論 143	誶 130
詶 291	詡 88	認 127	誷 230	託 221
詢 120	詾 34	詐 221	誹 64	諑 38

諂 321	諶 302	諼 148	諡 263	謮 261
諚 320	諤 232	諼 150	謠 194	譟 203
請 260	諺 155	諱 66	謜 147	謥 21
諏 89	謁 140	諠 148	謓 129	誶 223
諏 288	諳 310	10謌 212	謅 203	諄 81
諕 223	諺 155	講 27	謩 39	諄 83
9諫 132	諺 169	講 35	謩 211	諄 204
諫 139	謂 66	講 36	謞 246	12譎 172
諫 150	諭 88	謇 141	謑 100	譑 196
諫 162	諛 88	謇 169	謑 102	譏 66
諫 163	諲 128	謙 315	謑 223	譊 202
諫 188	諮 52	謟 206	謋 263	譚 308
誣 277	諸 72	謄 277	11謦 266	譜 80
諾 227	諿 301	謎 94	謳 287	譔 181
諵 307	諜 320	謚 124	謹 135	譔 182
諵 324	諦 99	謗 230	謬 286	識 49
謀 285	諞 175	謗 231	謾 154	識 280
諝 71	諞 182	謝 75	謾 164	譓 81
諝 75	諷 23	謝 223	謨 79	譌 217
謏 192	謔 236	謏 192	謬 286	譐 147
諟 46	諴 326	謖 20	謷 200	證 272
諡 47	諧 105	諰 296	謷 211	譖 303
諶 27	諻 257	謚 47	謫 254	譙 195

譒 215
譞 182
譓 100
譁 225
譆 63
13警 249
謷 189
譧 327
譬 59
譱 177
譫 320
譟 208
譯 252
譍 275
譍 278
議 57
譧 327
譮 113
譣 316
⿰言歲 106
譭 58
14譴 170
譳 284
譢 307
譻 263
譽 71
譽 72
譸 293
護 83
譹 210
15⿰言寧 262
讀 16
讀 285
讄 54
讁 254
謭 187
16變 174
讋 319
讎 290
讌 178
讇 321
17讓 239
讕 153
讖 303
讒 325
18讘 316
讙 148
讙 160
19讚 156
20讜 228
讜 229
讝 323
讞 169
讞 170
讞 185
讝 323
22讟 16

谷部

0谷 15
谷 26
谷 32
3谺 187
4谻 222
谹 263
7谽 313
8谾 26
谾 38
10谿 96
豀 101
豁 160
12豃 311

豆部

0豆 284
3豈 66
豈 108
4豉 47
6登 276
8豍 95
豎 88
豌 159
䝤 261
10豏 305
豏 313
豏 323
豏 325
11豐 21
12⿰豆尞 208
21豔 305
豔 313
豔 318
豔 328

豕部

0豕 46
3豗 114
4豚 143
豝 222
5象 238
6豜 170
豜 185
豥 106
豢 167
7⿰豕尨 289
豪 199
豪 204
豪 210
豨 66
豨 68
8豵 32
9豭 220
豫 71
豬 73
10豳 125

豲 162
11貗 295
豵 18
12豶 135
豷 62

豸部

0豸 50
豸 104
3豺 105
豻 155
豻 156
豻 163
豹 202
4豽 166
豼 46
5貀 150
豾 59
貁 292
貂 196
⿰豸瓜 82
6貊 257
貉 236
貈 236
貆 148
貆 160
貅 295
7貍 44
貎 37
貎 200
9貒 152
貓 192
⿰豸契 164
貐 92
10貕 101
11貘 257
貔 46
貙 89
12⿰豸尞 200
18貜 159

貝部

0貝 104
2負 63
負 254
貞 287
3貢 15
貤 60
財 113
貣 279
4貫 158
貧 125
責 114
責 260
貪 311
販 141
貶 321
貨 217
5買 105
貴 65
貸 117
貸 279
貿 286
賁 45
賁 135
賁 145
費 45
費 64
貰 96
貰 224
⿰貝疋 73
貽 48
貳 48
貯 73
貾 61
貼 320
貸 279
賀 215
⿰貝玄 184
貺 245
6賈 77
賈 220
賃 300
賂 79
賄 63
賄 68
賄 102
賄 107
賄 110
資 52
貲 52
賊 279
賅 115
賉 120
7賕 284
賓 124
賖 223
賁 99
賑 128
賑 132
⿰貝每 110
8賡 258
賚 116
賣 108
賦 85
賜 52
賞 238
賨 237
賔 30
賙 292
質 49
質 126
質 139
質 150
質 162

質 168
質 188
賤 183
䝼 256
䞀 303
賧 311
賢 183
9賢 65
賭 79
賴 105
賵 20
賫 125
10購 283
賻 86
賽 117
賸 273
賸 275
賺 325
11贅 49
贅 101
12贇 125
贈 272
贊 156
13贍 317
贏 253
賺 325
14贔 59
贐 125
贓 234
齎 61
齎 99
贒 183
15贖 31
贗 165
16贙 131
17贛 15

赤部

0赤 254
4赦 224
䞒 273
5赧 163
赧 163
6赩 277
7赫 255
䞓 255
9赭 224
赭 248
赬 255
赮 222

走部

0走 288
走 290
2赳 291
赴 85
3赶 160
起 55
起 297
4赿 309
赽 289
5越 147
越 160
趄 72
趁 129
趁 185
趑 129
超 196
6趌 124
赼 61
趒 190
趎 86
趍 86
7趕 160
趙 194
趖 122
8趟 253
趠 38
趠 203
趣 30
趣 89
趣 290
9趥 294
10趨 86
11趩 129
12趫 189
趭 198
13䟀 178
趮 209
14趯 272
19趲 160

足部

0足 32
足 87
3䟕 226
4趹 172
趼 170
趺 186
跂 42
跂 58
趺 84
趿 308
趾 49
趻 304
5跏 220
距 69
跔 91
踇 285
跋 154
跗 84
跸 135
跚 156
跐 97
跙 72

跈 186
跕 316
跌 174
跖 254
跅 263
跎 216
跎 216
跆 115
跛 215
跑 200
跛 60
6跫 36
跲 314
跫 35
跨 225
跨 226
跪 58
跬 40
跟 146
路 78
跰 172
跣 176
跠 60
跐 61
跧 165
跡 253
跧 178
跳 190
跱 50
7踁 271
跼 34
跽 56
踂 321
跿 90
踉 244
踉 245
踂 321
踈 73
踊 31
踆 122
8踞 69
踝 225
踘 26
踡 188
踑 62
踦 62
踏 307
踣 279
踣 287
䠊 64
踖 253
踒 217
踠 150
踓 41
踤 119
踟 50
踼 272
踧 272
踐 182
踥 322
踧 24
踧 272
踔 38
踔 203
9踽 83
踴 31
踰 87
踰 199
蹂 292
蹂 293
蹂 294
蹀 316
蹄 97
踶 95
踶 97
踵 32
踳 123
踸 304
踼 234
蹁 182
10蹇 141
蹇 169
蹋 307
蹈 206
蹩 161
蹡 232
蹐 254
蹍 185
蹎 185
蹏 97
蹉 215
蹉 218
蹌 235
蹊 100
11蹛 107
蹣 154
蹣 162
蹝 173
蹜 23
踳 35
蹔 311
蹡 240
蹟 253
蹢 255
蹢 267
蹤 32
蹠 254
蹵 320
蹙 24
蹕 129
12蹻 189
蹻 237
蹺 189
蹶 101
蹶 146

蹹 307
蹬 270
蹸 124
蹳 153
蹯 141
蹩 177
蹲 146
蹴 24
蹭 275
13躄 250
躇 73
躇 247
躁 209
䠨 321
躅 33
14躗 274
躍 239
躋 99
躊 297
躆 49
15躒 269
躐 317
躚 173
躔 179
躕 89
躓 49
躑 255
16躙 124
躄 155
躃 178
躛 114
17躝 153
躚 173
躞 317
18躡 316
躤 263
19躧 51
躧 103
20躩 243
躨 59
21𨈖 33

身部

0身 127
身 247
3躬 20
4𨈝 46
5𨉀 224
6躲 218
7躳 20
8躻 23
躶 213
11軀 82
13軆 100

車部

0車 69
車 224
1軋 164
2軍 133
軌 57
軌 297
𨊠 326
3軓 327
軏 147
軔 127
軒 141
軒 148
4軗 36
軖 242
𨊻 282
軧 42
軜 307
軘 149
𨋎 140
軛 259
軟 179
5軻 212
軱 89
軥 83
軥 283
軼 186
軨 269
軷 154
輩 117
軶 259
軺 194
軼 125
軼 186
軧 94
𨋢 87
軹 48
軫 127
軫 139
軫 150
軫 162
軫 168
軫 188
軸 25
6較 36
較 201
輂 15
輂 33
輅 79
輅 262
輧 172
輧 274
軾 280
輀 49
載 112
載 117
輇 177
輈 293
𨌈 273
輊 49

7輕 249
輓 140
輓 147
輔 81
輒 320
8輡 306
輥 143
輠 217
輨 158
輬 236
輦 172
輪 120
輘 281
輞 230
輩 117
輧 251
琿 20
輗 99
輚 164
輖 293
輤 182
輟 183
輜 57
輣 261
輠 217
輝 65
9輵 151
輠 217
輹 26
輻 19
輻 286
輸 86
輸 91
輴 122
輭 179
輶 292
輮 293
輮 294
輘 24
輳 288
輯 301
輅 262
輶 257
10轂 15
輾 170
輾 181
輽 150
輿 71
輿 72
轀 133
轁 194
轅 147
轃 129
轄 166
11轇 201
轆 17
轊 97
轉 181
轈 204
12轒 242
轎 189
轎 196
轑 191
轑 208
轔 123
轔 124
轓 140
轐 26
轒 135
轏 164
轍 184
䡴 35
䡣 65
13轕 151
轗 306
轗 312
轙 57
轘 167
14轟 257
轝 71
轗 137
轞 326
轚 326
15轡 45
轡 132
轢 269
轠 114
16轤 79
20轥 155
轥 170

辛部

0辛 125
5辜 77
辝 52
6辟 51
辟 249
辠 110
7辣 152
辢 152
8辤 52
9辥 178
辦 166
辨 175
12辭 52
13辮 175
14辯 175

辰部

0辰 127
6農 28
農 247
農 297
12辴 129

18籯 253

辵部

3巡 120
迅 125
迂 85
迆 47
迄 137
4迋 243
迋 247
近 136
近 137
迍 122
返 140
迓 220
迎 253
迎 256
迕 81
迕 89
迊 309
5迦 212
迦 220
迡 94
迭 174
迣 175
迫 258
述 121
迤 47
迤 60
迤 215
迩 48
迮 260
迪 268
迢 196
迱 215
迨 113
迨 118
迥 265
迥 271
6适 159
迺 108
逃 207
迾 175
迷 95
逄 37
迸 253
送 20
送 35
送 39
逆 253
迹 253
追 42
追 109
退 116
迨 311
迵 271
逅 290
7逕 266
逑 284
途 78
逗 284
連 171
連 186
逞 260
逢 17
逢 29
逢 298
逝 93
逍 192
速 20
逜 90
逌 291
這 226
逖 267
逐 274
造 209
逡 121
逓 100
逐 25
逐 274
通 19
透 289
逋 80
8逵 40
遃 221
逶 54
逸 125
逴 38
逴 242
逷 267
進 127
逮 99
逮 113
逮 118
逭 160
9過 215
過 217
達 152
道 205
道 206
道 297
道 298
遁 146
遂 146
遁 144
逼 276
遂 41
遏 155
遇 76
遇 86
運 136
違 65
遊 292
逾 87
遉 258

遉 263	遯 146	邁 305	邑部	邯 158
遵 119	遫 20	遾 101	0邑 248	邯 313
遄 180	遻 81	選 177	邑 300	6郊 201
遒 294	遨 209	邀 193	3邛 28	邽 94
逿 235	適 63	邅 178	邙 230	郄 255
遍 174	適 251	邅 187	邘 92	郉 274
遐 222	適 266	避 51	邗 158	郁 21
遑 243	遭 209	邂 112	邕 30	郲 89
10遣 170	遮 223	還 166	4那 212	郅 127
遣 171	遷 180	還 167	那 213	郃 311
遘 283	遰 99	還 174	邦 37	郈 291
遝 307	12遼 191	14邈 37	邠 125	邮 120
遛 289	遴 124	邃 41	邪 223	邮 149
遛 297	選 176	邇 48	邧 150	7郤 255
遡 80	遲 317	15邋 312	邨 144	郟 326
遜 143	遶 194	邌 93	邢 272	郜 205
遙 194	遺 41	邋 312	5邶 116	郡 134
遠 147	遺 42	邊 172	邴 256	郎 229
遞 99	遹 121	17邍 147	邳 46	郛 84
遞 100	遟 50	19邏 213	邵 193	郕 252
遢 312	13遽 69	邏 218	邸 94	郢 258
11遯 132	遽 199	邐 43	邰 113	郚 90
遯 144	邁 108		邲 130	郗 61

郝 236
8郭 243
郯 308
部 86
部 286
郫 59
郼 315
郵 287
郴 303
9鄚 95
鄈 58
都 78
郿 45
鄂 233
鄀 246
郾 141
鄅 91
鄆 136
10鄎 90
鄏 32
鄖 136
鄒 256
鄐 61
鄒 288
鄉 242
鄗 204
鄗 211
鄗 246
鄍 274
11鄠 154
鄜 84
鄙 45
鄢 142
鄢 185
鄘 32
鄞 137
鄣 240
鄌 215
鄠 83
12鄲 152
鄧 270
鄰 123
鄯 177
鄩 302
鄭 259
鄱 280
鄱 218
13鄶 259
鄴 314
鄵 211
14鄹 288
15鄽 179
17酃 273
18酆 21
酄 101
19酈 269
酇 155
酇 156
酇 162
酇 215

酉部

0酉 293
2酊 267
酋 294
3配 117
酏 47
酏 48
酌 241
酒 199
酒 294
酎 294
4酛 244
酖 307
酘 284
酕 211
酖 302
酖 307
酗 88
5酣 311
酤 77
酥 79
䣐 246
酢 81
酢 233
酤 321
酡 216
酡 216
酌 88
6酮 16
酪 228
酪 269
酬 290
酨 117
7酷 28
酵 203
酴 78
酹 105
酹 116
酶 112
酸 156
酳 120
酲 255
酺 80
酺 90
8醄 207
醁 29
醅 112
醇 121
醃 314
醆 164
醋 81
醊 102
醊 183
醉 55

9醘 307
䤃 112
醑 71
醒 268
醒 270
醒 271
酸 296
醍 98
醎 326
醓 100
醐 81
10䤖 47
醓 124
醙 296
醢 245
醢 246
醟 257
醞 133
醡 226
醝 215
醜 295
醠 113
11醪 208
醨 43
醫 57
醫 62
醬 239
醩 209
醥 196
12醰 307
醱 154
醭 18
醮 195
醯 100
13醵 69
醵 74
醵 237
醲 28
醴 98
醷 276
醳 252
醷 62
14醦 310
䤩 71
醻 291
醹 88
醹 92
醺 136
15䤪 210
16醼 178
17醽 268
醾 44
釀 238
18釂 194
釁 123
19釃 56
釃 73
20釅 314

采部

1采 112
采 118
13釋 251

里部

0里 42
2重 33
重 34
4野 223
5量 236
11釐 44
釐 57

金部

0金 247
金 299
2釜 86
釘 267
釗 195
針 303
針 305
3釭 36
釪 185
釭 24
釦 284
釱 102
釱 103
釤 324
釤 327
釪 92
釴 280
釣 189
釵 103
釵 225
釧 183
釬 158
釳 138
4鈐 314
鈞 119
釿 136
鈕 291
鈍 144
鈇 84
鈚 60
鈚 96
鈒 305
鈒 309
釾 223
鈋 217
鈗 130
鈏 131
鈔 202
鈀 225
鈑 166
鈃 272

鈜 258
5鉀 324
鉅 69
鉆 314
鉆 320
鉗 315
鈷 77
鉤 283
鈯 143
鈴 269
鉢 154
鈸 155
鉟 61
鉎 259
鉏 73
鉏 75
鉐 251
鈌 233
鉛 176
鈺 35
鉞 148
鉔 233
鈿 171
鈿 172
鉦 255
鉒 89
鉊 199
鉋 200
鈹 51
鉍 128
鉉 132
鉉 184
鉥 218
6銒 185
銎 28
銙 224
鉸 201
銅 15
銚 197
銘 270
銑 132
銑 150
銑 162
銑 168
銑 176
銛 316
銖 87
銚 190
銚 194
銀 123
銓 177
銚 190
銚 197
銍 126
銕 184
銜 326
銂 272
銾 26
7鋏 315
銶 284
銸 316
鋃 230
鋙 175
鋟 324
鋩 231
鋂 112
鋒 29
鈔 214
鋤 74
鋋 174
銸 316
銷 192
鋣 223
鋙 74
鋋 174
鋭 97
鋭 106
鋘 79
鋘 225
鋈 30
鋥 259
鋌 268
鋜 39
鋪 80
鋪 83
銲 158
鋧 188
鋗 183
鋏 315
鋎 168
8鋼 227
鋸 69
錮 77
錕 142
錕 143
錧 158
錦 299
錡 55
錡 57
錤 62
錟 312
錄 16
錄 29
錄 74
鉼 254
錍 59
錍 96
錫 265
錫 270
錫 282
錞 117
錞 121
錟 322
錚 260
錢 178
錢 180
錠 268
錯 81
錯 234
錭 241

錣 183
錘 59
錐 42
錘 42
錙 57
錂 304
錔 310
9鍇 105
鍵 141
鍵 169
鍵 185
鍥 185
鍼 303
鍼 314
鍥 95
鍥 185
鍋 217
鍧 257
鍠 258
鍛 152
鍍 78
鍊 172
鍪 285
錉 131
鍑 26
鍤 325
鍱 322
鋑 286
鍔 232
鍚 238
鍮 288
鍒 292
鍫 195
鍬 195
鎚 42
鎚 109
鍮 288
鍜 222
鍰 167
鍧 257
鍭 289
鍾 33
10鎧 108
鎧 116
鎌 316
鎒 284
鎦 290
鎛 230
鎊 231
鎖 216
鎔 32
鎡 61
鎗 260
鎭 129
鎭 131
鎈 221
鎋 165
鋡 311
鎣 269
鎬 211
11鏗 258
鏡 249
鏜 235
鏤 91
鏤 285
鏐 290
鏌 229
鏝 154
錕 96
鏠 165
鏠 166
鎩 164
鏇 186
鏁 216
鎩 114
鎩 164
鏉 286
鏊 208
鏖 209
鏞 32
鏨 311
鏘 240
鏑 266
鏃 21
鏨 310
鏨 311
鏦 34
鏦 39
鏚 271
12鐗 164
鏹 227
鐍 172
鍏 89
鐀 57
鐖 66
鐃 202
鐓 117
鐙 270
鐙 276
鐐 191
鏻 79
鏷 39
鏺 154
鐔 302
鐕 310
鐘 33
鐏 145
鏶 303
鐎 198
鐊 246
鏵 225
鐄 257
13鐻 69
鐻 70
鐻 74
鐮 316
鐺 228
鐺 260
鑌 125
鐩 41

鎰 125
鐫 177
鐵 184
鐲 38
鐸 235
鐶 167
14鑑 324
鑑 327
鑒 324
鑮 230
鑄 87
鑊 244
15鑛 260
鑞 308
鑢 74
[illegible] 74
鑠 238
鑕 126
鑣 197
16鑩 269
鑪 78
17鑰 239
鑱 325
鑱 328
18鑷 316
鑴 95
19鑼 213
鑾 153
鑽 156
20钁 247
鑳 140
鑿 211
鑿 234
21钃 33

長部

0長 240
長 241

門部

0門 145
2閃 317
閃 318
3閉 100
閉 177
閈 158
4間 163
閒 163
閒 165
閌 227
開 111
閎 257
悶 265
閔 123
閏 121
閍 261
閑 165
5閘 325
閞 175
閟 44
閜 221
6閣 227
閨 94
閩 124
閥 141
閛 46
閡 116
[illegible] 173
閦 25
閬 166
閤 306
7閫 143
閫 148
閱 229
閭 70
閲 180
8閼 134
閼 148
閼 156
閼 186
閹 314
閹 321
閾 277
閣 318
閶 241
閽 144
9闃 266
闋 173
闊 159
闍 78
闍 223
闌 153
闅 133
[illegible] 164
闇 310
闇 312
闈 65
[illegible] 92
闉 128
[illegible] 168
10闓 108
闕 147
闐 170
闐 171
闐 172
闖 303
闟 310
闟 312
闔 248
闔 311
11關 166
闚 40
12闞 306
闞 310
闞 328

闠 117
闖 54
闖 107
闡 182
闟 302
13闥 152
闢 250
闤 167

皀部

0皀 287
3阡 180
阤 50
阤 218
4阬 258
阧 285
阪 141
防 232
防 233
阫 113
阰 60
邪 76
阺 60

阨 112
阨 259
阮 132
阮 139
阮 147
阮 162
阮 168
阮 188
阱 259
阯 49
5阹 74
阭 26
阽 316
阽 318
附 86
阿 214
阸 259
阸 111
阿 26
阺 94
阻 73
阼 82
陀 216

陁 216
陂 51
陂 216
6降 26
降 36
降 38
陋 285
陌 257
陌 275
陌 282
郇 120
陕 47
陑 49
陊 50
限 166
陔 111
陔 114
7陡 285
陜 319
陞 278
院 185
除 73
陣 129

陟 277
陗 195
陛 100
陜 327
陘 272
8陶 194
陶 206
陸 22
陵 277
陪 112
陴 46
陫 65
陲 41
陰 27
陰 300
陳 129
陳 130
陬 287
陷 305
陷 313
陷 323
陷 326
9階 104

隊 63
隊 68
隊 102
隊 107
隊 115
隊 117
隆 21
隆 305
隋 41
陽 238
隍 171
隈 109
隃 87
隃 194
隅 85
陻 128
隩 280
陼 72
隄 97
陿 327
隍 243
10隔 249
隙 255

隑 62
隖 206
隘 111
隒 316
隖 81
隗 109
隗 114
隕 119
隕 188
11障 240
際 98
際 132
陮 109
12隥 270
隣 123
鄰 45
隨 41
敶 130
隤 110
13鄶 105
隧 41
隩 22
隩 209
險 316
14隰 300
隱 137
隱 138
隮 99
15隳 42
16隴 29

隶部

0隶 47
8隷 95
9隸 95
隸 113

隹部

0隹 41
2隼 120
隻 254
3雀 240
4雇 77
雇 82
雄 40
雅 221
雄 20
集 303
5雊 283
雍 30
雎 72
雋 180
雉 50
6雒 227
雌 53
8雕 190
霎 94
9雖 40
10雟 59
雞 96
雝 30
雜 309
雛 86
臒 243
11難 151
難 212
離 43
離 219

雨部

0雨 87
3雩 324
雪 179
雩 85
4雯 133
雱 231
雰 134
雲 136
5零 34
零 172
零 274
零 269
雷 108
𩃎 304
雽 17
雽 28
雹 37
雵 234
電 171
6需 86
7霂 17
霅 309
霅 327
霓 176
霄 192
霄 219
霄 298
霆 268
震 128
震 139
震 150
震 162
震 168
震 188
霃 303
霈 104
8霍 244
霖 301
霏 64
霎 324
霓 99
霓 274
黔 300
霑 320
霔 87

9⿱雨弱	268
霜	233
霭	156
霙	253
霞	76
霞	222
10⿱雨兼	322
霤	290
霢	257
⿱雨旁	231
⿱雨壴	108
霣	119
11霧	85
霦	131
霫	299
霨	67
霪	301
12⿱雨滙	309
霳	21
⿱雨斯	51
霰	132
霰	139
霰	150
霰	162
霰	168
霰	176
霱	121
⿱雨袁	26
13霸	258
⿱雨農	28
露	79
⿱雨漫	161
⿱雨滂	231
霹	262
霹	270
⿱雨暘	246
⿱雨亶	26
14⿱雨[illegible]	295
⿱雨尌	117
霾	104
⿱雨豬	17
⿱雨豬	19
⿱雨酸	162
霽	63
霽	68
霽	98
霽	107
霽	115
霽	118
⿱雨氣	66
⿱雨氣	67
15靁	108
16靂	268
靈	268
靃	244
靄	103
靄	113
靄	156
靄	305
靆	115
靆	118
17⿱雨鮮	51
⿱雨戠	322
靉	115
靉	117

靑部

0靑	265
靑	271
靑	282
5靖	259
6靘	257
靘	269
7靚	257
靚	264
8靜	259

非部

0非	64
7靠	210
11靡	44
靡	45
靡	219

面部

0面	173
7靦	172
10⿰面冥	173
12靧	116
14靨	319
19⿰面羅	213

革部

0革	249
革	277
3靬	160
靭	126
靮	267
靫	106
靫	221
4靳	137
靸	308
靷	126
靶	222
靴	218
5靺	163
鞃	281
鞀	207
靺	161
靽	161
鞁	45
鞅	233
靿	202
⿰革占	320
⿰革由	294

鞄 203
鞃 184
6鞌 28
鞉 207
鞍 156
鞇 127
鞋 105
鞎 146
7鞕 255
鞘 193
鞘 202
鞓 267
鞗 191
鞔 104
鞙 183
8鞚 16
鞠 21
䩭 65
鞫 211
鞞 96
鞞 269
鞥 18
䩯 177

鞜 312
9鞨 158
鞂 111
鞬 140
鞬 149
鞫 21
鞏 285
鞪 231
鞾 136
鞣 292
鞮 102
鞦 294
鞭 181
10鞶 155
鞴 59
鞴 89
鞥 31
鞳 310
鞵 105
11鞹 243
鞻 91
䩬 61
韆 180

鞸 128
12鞽 189
鞾 218
13韁 227
韂 321
韣 16
韣 31
14韅 183
韄 83
韄 263
15韇 25
韈 140
17韀 325
韉 177
18韊 109
19䪍 61

韋部

0韋 65
5韎 111
韎 118
韍 135
韏 91

6韐 306
韐 328
7韒 193
8韔 242
韓 158
9韘 318
韙 65
10韝 283
韜 206
韛 111
韞 133
11韠 128
12韡 65
13韂 320
韂 321
15韤 140

韭部

0韭 199
韭 283
8韱 317
11韰 99
14韲 99

韼 112

音部

0音 300
4韵 136
5韶 193
7䪫 257
韸 17
9韺 252
10韻 136
11韽 313
韽 327
13響 242
14䪯 83

頁部

2頃 250
頃 252
頄 40
頄 284
頂 267
3須 86
順 120

項 37
4頍 40
頎 66
頓 142
頓 144
頓 149
頒 135
頒 164
頌 32
預 71
頑 166
頌 31
頊 34
頏 235
頏 236
5頋 77
領 253
頖 154
䫀 175
頔 268
頗 215
頗 216
6頡 163
頡 184
頜 311
頩 269
頪 86
顖 131
頞 156
頟 260
頠 54
頠 109
頤 48
頧 109
頦 114
7頰 315
頸 250
頹 40
頵 119
頭 284
䫉 200
頻 125
頷 311
頷 312
頨 318
頲 268
頹 110
頰 315
頽 116
8顆 216
顉 299
顉 312
顊 52
顁 267
顇 55
9顋 113
顏 165
額 260
顒 30
顓 179
題 95
題 98
顣 310
10顝 142
類 40
顡 232
顛 135
願 132
願 139
願 147
願 162
願 168
願 188
顗 66
顛 171
11顣 24
12顧 77
類 116
顦 196
顥 211
13顫 180
顩 118
14顬 267
顯 183
15顰 125
16顱 79
18顴 184

風部

0風 20
風 24
風 305
4䫻 122
5䬂 292
颮 37
颰 138
颯 308
䬈 141
颭 320
6颳 101
颲 175
7䬋 120
颵 202
8䬙 236
颶 84
颱 101
颸 137
9颽 104
颼 286
颸 62
颺 238
颺 239
飁 137
10颾 208
颻 194

11飂 191
飂 289
飁 299
飄 196
12飉 191
飆 196
䬞 263
13䬢 289
飋 123
14飅 207
16䬝 192
17䬠 21

飛部
0飛 64
10飃 120
12飜 140
13䬨 168

食部
0食 48
食 52
食 280
2飢 54
飤 52
飣 267
3飧 143
飦 179
飥 234
4飩 149
䬬 295
飯 140
䬪 141
飫 70
飲 300
飪 302
䬺 281
5䬵 153
䬳 160
飼 52
飾 280
䬬 233
䬯 259
飴 48
飷 224
飵 82
飵 233
飽 201
飽 298
飶 130
6餉 237
養 238
養 239
餌 48
餌 60
䭔 302
飡 53
餂 321
7餒 109
餖 295
餗 20
餐 143
餓 214
餘 71
餇 178
䭓 301
餕 121
餐 157
餔 80
餔 83
8館 159
館 161
餧 108
餤 308
䭇 211
餅 254
䭄 134
餧 61
䬲 302
餦 246
餞 180
餟 102
餟 182
餡 328
餛 149
餚 203
9䭊 152
餳 229
餳 252
餲 109
餲 156
餫 136
䭈 179
餮 184
餬 81
餭 244
餱 289
10餻 205
䭛 205
餽 58
餹 229
餾 290
餺 230
餿 296
饁 318
䭛 205
餼 67
11饅 154
饇 70
饇 87
䭕 312
饆 129
12饋 58
饉 122
饑 65

饋 134
饊 154
饍 177
饌 181
饐 57
饐 101
饒 194
饌 165
饌 181
饎 50
13饕 206
饙 209
饔 30
饘 179
饗 242
饛 17
14饜 318
饖 243
17饟 237
饞 326
19饠 213

首部

0首 76
首 291
首 293
2馗 40
馗 295
8馘 256

香部

0香 242
5馝 129
7馞 146
8馡 64
馣 310
馣 312
9馥 19
馤 103
10馧 133
11馨 272

馬部

0馬 219
馬 220
2馭 70
3馯 162
馯 163
馲 326
馴 121
馴 138
馰 267
馵 87
馳 51
馳 219
馱 214
馱 216
馲 234
4駃 113
駃 172
駁 37
馮 211
駇 86
馺 308
駟 125
馽 303
5駕 220
駏 69
駉 266
駆 224
駒 82
駒 297
駑 78
駙 86
駓 46
駛 53
駛 61
駟 52
駟 132
駔 234
駐 89
駝 215
駞 215
駘 114
駘 115
駊 218
駜 130
6駱 228
駬 264
駮 37
駢 173
駪 126
駥 22
駬 47
駰 128
駩 187
駣 198
駭 105
7駾 118
駼 78
駟 289
駹 39
駹 79
騁 247
騁 260
騂 252
騋 33
騀 214
騃 103
駿 121
駿 130
騂 303
駾 104
駾 118

馯	158	騣	18	騾	213	驏	167	驩	159
駴	105	䮞	123	䮩	17	驔	312	19驘	213
駽	183	騗	183	驀	257	驔	322	驪	44
駽	184	騢	223	騻	233	驒	158	驪	93
8騎	55	騜	246	騻	245	驒	216		
騎	56	䮗	256	驁	208	驉	74	**骨部**	
騏	56	10騫	169	驁	209	驊	225	0骨	142
騔	308	騩	61	䮞	35	驜	246	2骫	55
騊	207	騩	67	騺	60	驍	199	骫	61
騋	111	騰	276	驂	310	13驚	249	3骭	166
騄	29	騮	289	驄	19	驙	152	4骰	288
駢	274	騸	186	騺	60	驘	213	骯	236
騑	64	騷	208	驃	196	䮾	25	5骲	37
騅	42	騬	282	12驕	189	驗	314	骳	51
9騝	185	騕	197	驕	199	驛	252	6骼	249
騧	105	騵	147	驕	298	驖	184	骻	225
騧	224	騹	185	驍	189	14驟	288	骹	201
騤	40	䮭	180	驍	199	驝	234	骹	203
騖	85	驁	127	驔	312	16驢	70	骴	53
颿	326	騶	288	驔	322	17驥	55	骸	105
颿	327	騯	261	驎	123	驨	233	7骾	251
騛	67	11驅	82	驌	26	驤	236	䯤	143
騠	97	驅	84	驈	131	18𩧢	316	髀	100

8髁 217
髁 225
骿 186
髀 59
髀 100
9骼 220
骼 249
髃 92
髃 297
10髆 230
髇 203
11髏 285
膺 213
膺 218
脊 209
13髓 41
髒 234
體 99
髑 16
15髖 159

高部

0高 205

髟部

3髠 142
髢 99
4髤 114
髧 308
髦 208
髣 231
髥 318
5髯 295
髮 140
髴 135
髫 196
髲 51
6髻 95
髻 185
髺 162
髭 52
髹 295
7髼 18
鬂 125
髿 221
髾 202
髽 225
鬀 99
8鬈 184
鬅 282
鬆 31
鬇 264
鬃 34
鬄 99
9鬙 135
鬛 113
鬋 177
鬋 187
鬘 25
鬍 42
鬍 214
10鬐 43
鬏 155
鬒 129
11鬗 154
鬖 305
鬖 310
鬉 18
12鬜 163
鬜 167
鬚 86
鬠 278
13鬠 162
鬟 167
14鬛 312
鬢 125
15鬡 262
鬣 317

鬥部

5鬧 201
6鬨 23
鬨 39
8鬩 272
10鬪 289
14鬭 289

鬯部

0鬯 242
16鬰 136
19鬱 136

鬲部

0鬲 249
鬲 269
7鬴 86
8鬵 302
9鬷 18
12鬹 24
15鬻 72

鬼部

0鬼 65
3鬽 44
4魁 108
魁 114
魂 144
䰟 144
5魅 44
魃 155
魄 258
7魈 197
8魌 62
魎 237
魍 230

魏 65
魋 58
魋 110
9䰩 224
11魑 51
魔 213
12魖 70
14魗 291
魗 295
魘 319
魘 322

魚部

0魚 70
魚 92
2魝 206
4魪 108
魨 149
魯 79
魴 232
魦 221
5鮌 143
鮎 315
鮒 86
鮓 221
鮀 215
鮐 114
鮑 201
6鮫 201
鮦 16
鮮 63
鮮 173
鮮 176
鮪 41
鮞 60
鮧 60
鮧 102
鮆 101
鮭 105
7鯁 251
鯀 143
鯉 43
鯊 221
鯈 191
鯈 293
鮿 322
鯆 90
8鯪 282
鯨 250
鯝 77
鯤 142
鯘 109
鯗 237
鯢 99
鯖 255
鯯 102
鯖 275
鯫 287
鯫 290
鯔 63
9鰒 37
鰓 113
鯹 271
鰐 232
鰋 142
鯽 253
鯽 282
鰈 310
鰈 322
鯷 102
鯼 25
鰍 294
鰌 294
鰖 215
鯿 181
鰕 222
鯶 149
10鰜 315
鰥 166
鰭 43
鰣 60
[illegible] 126
[illegible] 70
鰩 194
11鰱 186
鰻 154
鰲 209
鱅 35
鰿 253
鱄 179
鰷 191
鱁 27
鰾 196
12鱖 101
鱖 150
鱗 123
鱍 153
鱉 176
鱓 178
鱓 216
鱔 178
鱐 23
鱐 287
鱏 304
鱘 304
鱒 146
鱒 150
鷩 295
13鱷 250
鱠 105
鱧 98
鱦 275
鱣 178
鱤 282
鱟 289

14鱨 238
鱮 71
鱯 225
15鱠 79
鯽 187
16鱸 78
鱷 233
22鱻 173

鳥部

0鳥 190
1鳦 167
鳦 123
2鳩 283
鳧 85
3鳴 251
鳳 20
鳲 47
鳶 176
4鴃 266
鳺 172
鴂 266
[illegible] 207
鳻 138
鳻 164
鴇 208
鴇 298
[illegible] 286
鳺 91
鴉 221
鴈 165
鳷 49
鴆 301
鳫 82
5鴚 218
鴐 220
鴠 160
鴡 85
鴡 285
鴨 324
鴦 233
鴛 146
鴥 122
鴟 50
鴓 197
鴣 77
鴝 83
鵒 269
鵃 176
鴊 262
6鴰 159
鵁 201
鴶 131
[illegible] 22
鴳 165
鴹 239
鴑 75
鳶 176
鴯 49
鵀 304
鵀 305
鵃 297
鵡 281
鴿 306
鴻 20
鴻 22
鵂 297
7鵑 170
鵊 328
鵠 28
鵠 35
鵋 56
鵚 15
鵓 150
鵝 214
[illegible] 325
鵒 32
鵜 98
鵔 119
鵌 68
8[illegible] 170
鶊 249
鵾 142
[illegible] 21
鶀 62
鶩 93
[illegible] 251
鵡 85
鵬 19
鵬 278
鶉 121
鶖 22
鵶 221
鵫 310
鵫 325
鶂 271
鵷 146
鵲 240
鶄 254
鵰 190
鵻 42
鶅 63
[illegible] 82
鶋 74
9鶡 138
鶡 158
鶪 266
鶚 233
鶠 142
[illegible] 150
鶗 98
鶗 102
鶖 294
鶒 281
鶘 82

10鶱 141	鶩 17	鷕 178	17鸘 233	麂 57
鶇 315	鷞 232	鷮 122	鸚 259	麀 287
鶻 144	鷞 233	鷷 130	18鸛 159	4麃 199
鶰 16	鶮 245	鷷 146	鸜 83	麃 201
鷇 284	鶺 35	鷩 241	19鸞 154	5麅 220
鶔 308	鶡 127	鷦 195	鸝 44	麋 119
鷂 289	鶬 310	鷳 166	鸝 93	麋 133
鶔 120	鷖 98	13鷺 78	21鸂 97	麋 138
鶍 165	鷐 193	鷿 262	25鸞 164	麈 87
鶯 259	鷓 225	鷹 278		麇 201
鷊 275	鶺 35	鸃 57	**鹵部**	6麔 170
鶬 271	鷙 49	鷾 62	0鹵 79	麋 44
鷁 25	鷟 38	鸇 179	4䴚 244	7麌 131
鶲 194	鷩 281	鸐 39	8䴛 307	麏 119
鶺 198	12鷸 189	鹮 168	9鹹 326	麐 123
鶬 271	鷢 147	14鸑 38	10鹻 324	麑 76
鷀 53	鷈 62	鸎 259	13鹽 305	麑 87
鷈 102	鷔 161	鸒 71	鹽 318	8麖 249
鶬 235	鷯 191	鸒 75	鹽 328	麕 119
鶲 263	鷲 176	15鸓 312		麒 56
鶴 236	鷦 61	16鸕 90	**鹿部**	麗 44
11鷖 74	鷉 51	鸗 23	0鹿 17	麗 93
鷗 287	鷫 26	鸖 236	2麀 86	麓 17

麑 99
9麚 220
麛 59
麛 95
麙 327
10麝 224
11麞 241
12麟 123
13麢 249
17麣 273
22麤 85

麥部

3麧 145
4麪 173
麩 84
麨 198
5麮 74
麩 152
6麯 21
䴹 285
8麴 21
麱 254

9麵 173
䵃 134
15䵋 264
18麷 26

麻部

0麻 219
麻 220
3麼 213
麼 218
4麾 54
9麘 148
12黂 135

黃部

0黃 243
5黇 285
6黊 94
8䵍 143
10䵎 135
13黌 257

黍部

0黍 72
3黎 93
5黏 316
10䵚 210
11䵟 59

黑部

0黑 279
3䵗 151
黓 280
4黔 300
黔 314
黕 307
默 278
5黛 117
黝 293
點 317
黈 87
黜 122
6黟 47
黠 132
黠 139
黠 150
黠 162
黠 165
黠 188
7黢 324
8䵩 250
䵫 313
黨 228
黧 44
黧 93
黤 324
9黮 302
黮 308
黮 313
䵲 309
黯 324
10黱 117
黰 129
11黴 59
黳 98
黲 309
13黵 323
14黶 319
黶 327
15黷 16
16黸 90

黹部

5黻 134
7黼 80
11䵻 74

黽部

0黽 125
黽 174
黽 261
黽 263
4黿 147
鼂 195
6鼃 106
鼃 224
䵷 224
11鼇 209
12鼈 176
鼍 216
13鼉 270

鼎部

0鼎 267
2鼐 108
鼐 116
3鼒 53
鼒 115

鼓部

0鼓 77
鼓 89
5鼛 29
鼕 135
6鼗 207
8鼙 205
鼙 297
鼖 96
鼞 175
10鼜 272
12鼟 281
鼕 26

鼠部

0鼠 71
3䶂 202
4鼢 135
5鼪 259
鼫 251
鼬 293
鼨 26
鼦 196
7鼯 79
鼮 273
9鼳 273
鼴 142
鼴 148
10鼷 101

鼻部

0鼻 45
鼻 297
2鼽 295
3鼾 162
5齁 296
8鼿 62
10齅 289
13齈 25

齊部

0齊 53
齊 63
齊 68
齊 98
齊 99
齊 101
齊 105
齊 107
齊 115
3齋 104
5齍 53

齒部

0齒 49
2齔 123
3齕 145
4齗 137
5齡 269
䶑 303
齚 259
齞 170
齟 74
齠 196
齝 61
齥 61
6齦 150
齩 203
齧 171
齦 137
齦 150
7齫 144
齬 70
齬 218
齪 38
8齰 259
齯 99
齮 62
9齲 84
齷 39
齶 232
齵 85
齵 296
10齸 256
齺 181
齹 215
齹 218
13齼 75
16𪚍 274
20齾 164

龍部

0龍 31
龍 33
6龕 306
龔 28
攏 34

龜部

0龜 54
龜 130
龜 295

龠部

0龠 239
4龡 54
5龢 218
9龥 88

총획색인(總畫索引)

一畫

一一 63
一 124
乙乙 123
乙 123

二畫

一丁 260
丁 266
七 127
丿乃 108
乂 116
乙九 283
乜 226
亅了 191
二二 48
人人 128
入入 303
八八 165
几几 57
刀刀 206
刁 190
力力 276
匕匕 44
十十 300
卜卜 18
卩卩 180
又又 63
又 265
又 287

三畫

一丌 62
万 140
万 281
三 309
三 310
上 237
上 238
丈 240
下 76
下 222
下 223
丨个 212
丫 221
丶丸 160
丿久 283
么 193
乙乞 66
乞 137
也 223
二于 85
亍 33
亠亡 83
亡 230
儿兀 143
几凡 326
凣 326
刀刃 126
勹勺 238
勺 241
十千 180
又叉 103
叉 221
口口 75
口 283
土土 82
土 84
士士 52
夕夕 251
大大 103
大 104
大 213
女女 70
子孑 169
孑 53
寸寸 143
小小 193
尸尸 47
山山 165
巛川 180
工工 15
己己 55
巳 52
已 47
巾巾 122
干干 151
幺幺 193
广广 316
弋弋 280
弓弓 20
弓 264
彳彳 263
手才 113

四畫

一丏 103
丏 186
不 134
不 286
不 287
不 296
丑 295
丨丰 29
中 22
中 24
中 264
丶丹 151
丿之 49
亅予 71
予 72
二五 81
云 135
井 259
互 84

亠亢 227	六 22	卄 303	子孔 15	支 102
人介 108	六 298	卜卝 260	小少 193	支 107
介 167	兮 100	卝 264	少 193	支 115
仇 284	冂冄 320	卞 174	尢尤 287	文文 132
今 265	冖冘 291	卩卬 233	尸尹 121	文 133
今 299	凵凶 33	厂厄 259	尹 130	文 138
仂 278	刀分 26	厶厷 281	尺 255	文 150
仆 85	分 134	厹 284	屮屯 122	文 162
仆 286	分 135	又及 299	屯 145	文 168
什 300	刈 116	反 140	己巴 222	文 188
仁 128	切 98	反 167	巾币 309	斗斗 76
仃 267	切 180	友 76	幺幻 167	斗 284
仄 279	勹勾 283	友 289	廾廿 303	斤斤 137
儿元 132	勻 119	口叴 284	弓引 126	方方 232
元 139	勿 134	土圠 164	弔 189	无无 83
元 147	勿 149	士壬 302	弔 267	日日 125
元 162	勻 130	大夫 84	心心 301	曰曰 147
元 168	匕化 63	夭 193	戈戈 217	月月 132
元 188	化 225	夭 208	戶戶 82	月 139
允 121	匚匹 129	天 180	手手 292	月 147
入內 117	十卅 309	天 265	扎 165	月 162
內 307	升 278	夬 113	支支 49	月 168
八公 15	午 81	太 104	支 68	月 188

木木	17	牙	221	代	265	冬	39	占	320
木	132	牛牛	287	仝	15	凵出	116	卩卯	202
木	247	犬犬	171	令	251	凸	186	卯	298
欠欠	314	玉王	243	令	269	凹	202	厶去	69
欠	324	王	244	付	86	刀刊	151	口可	212
止止	49			仕	53	刊	24	可	281
殳殳	87	**五畫**		仙	173	刌	145	古	77
毋毋	83	一丘	63	仡	137	力加	220	叫	189
比比	44	丘	284	以	46	功	15	句	84
比	45	丙	255	仞	127	功	76	句	91
比	46	丕	46	仍	280	功	132	句	283
比	130	世	96	仔	53	勹匃	103	可	281
毛毛	208	且	72	仔	61	匆	18	叨	206
氏氏	46	且	75	仗	241	包	200	另	274
氏	49	且	224	仟	187	包	298	史	52
水水	41	丨丱	166	他	215	匕北	116	司	52
火火	217	巨	47	仡	137	北	278	召	193
爪爪	200	丶主	89	儿兄	247	匚匜	47	召	198
父父	80	丿乏	326	兄	256	匜	48	右	63
父	86	乍	221	冂冉	320	匝	309	右	287
爻爻	203	乏	326	冊	261	十半	154	右	289
片片	183	乎	82	冫冬	27	卉	67	台	48
牙牙	27	人代	117	冬	29	卜占	319	叮	273

召	198	宁	73	广庀	45	未	107	犯	326
叱	123	它	215	廾弁	156	未	115	玄玄	183
只	48	小尒	47	弁	175	未	118	玉玉	30
叱	123	尸尻	205	弓弖	296	未	152	玉	247
台	113	尼	43	弗	134	本	144	瓜瓜	76
叵	216	尼	131	弘	27	朮	121	瓜	224
叭	167	𡰱	47	弘	281	札	164	瓦瓦	62
叶	320	山岃	276	彳𢓁	267	朮	121	瓦	225
号	199	岙	173	心必	128	止正	255	甘甘	306
号	204	屳	185	忉	206	正	257	生生	259
号	210	出	42	戈戊	285	毋母	285	生	263
口四	51	出	122	戶戹	259	氏民	63	用用	33
囚	290	工巨	69	手扐	278	民	124	田甲	324
叩	284	巧	199	扒	111	民	247	申	126
夂处	73	巧	202	扑	18	氐	93	申	131
夕外	105	巧	211	打	221	水永	258	由	171
大失	124	左	214	打	253	氿	63	田	291
央	233	巾市	46	打	267	氾	326	疋疋	76
女奴	77	布	82	斤斥	255	氾	327	疋	129
子孕	132	干平	182	日旦	152	汀	267	疋	221
孕	273	平	256	木末	63	汁	302	白白	258
宀宄	58	平	260	未	64	汃	167	皮皮	51
宄	31	幺幼	292	未	102	犬犮	154	皿皿	253

目目 17
矛矛 285
矢矢 46
石石 251
示示 42
示 47
禾禾 218
穴穴 185
立立 302

六畫

一丞 278
乙乩 96
二亘 269
亠交 201
亦 252
亥 113
人伉 227
价 108
件 169
伋 299
企 42
伎 42
伎 58
企 42
仿 231
伐 141
伏 19
伏 287
仳 45
份 125
伀 300
伀 303
仰 232
伃 71
伍 81
仵 81
伊 47
任 27
任 301
任 302
仲 24
伀 303
伂 104
伉 227
休 199
休 294
儿光 242
先 132
先 139
先 150
先 162
先 168
先 173
先 176
兆 194
充 23
兇 33
兇 34
入全 178
八共 28
冂冎 224
再 117
冫决 172
冰 280
冲 23
刀刏 68
列 174
刎 134
刔 325
刓 159
刖 147
刖 166
刑 272
力劤 137
劣 175
勹匈 33
匚匡 242
匠 239
十卅 309
卩危 54
印 126
口各 227
合 306
吃 137
吉 123
同 15
吏 43
名 132
名 251
向 237
吁 86
吊 267
吊 189
吒 222
吐 82
合 305
合 306
合 311
合 323
合 328
向 237
向 242
吴 225
吁 86
后 290
吃 137
吔 51
囗囝 185
囟 131
因 127
回 110
回 117
土圭 94
圮 45

圬	80	子字	54	廾异	48	扞	158	欠次	54
圯	48	存	144	弋式	63	扢	142	止此	53
在	112	宀宅	261	式	280	支攰	61	歹死	51
在	118	守	293	⿰丬弋	234	攴攷	205	水江	27
地	43	守	297	弓弛	45	收	290	江	35
地	219	安	156	彳彴	39	收	292	江	36
均	119	宇	87	彴	241	日旬	120	汏	103
夕多	63	宅	261	心忑	103	旭	34	汒	245
多	212	寸寺	46	忙	230	旭	297	汎	326
夙	23	寺	61	忕	101	早	208	汜	52
大夸	224	小尗	23	忖	145	旨	48	汕	165
夷	47	尖	319	忔	138	曰曲	28	汐	251
女奸	151	山屺	56	戈戌	88	曳	97	汛	125
妄	230	屼	143	戍	120	月有	293	汝	72
妃	64	屹	137	戎	22	有	297	汙	80
妃	117	巛州	76	手扛	36	木机	57	汙	81
如	71	州	293	扣	284	朴	37	汙	216
她	224	巾帆	326	扢	142	朹	60	汙	224
妁	241	帆	327	扢	142	朱	88	汚	80
奼	221	干幵	170	扤	143	朶	214	汋	238
奼	222	年	170	扠	225	朵	214	池	49
好	210	年	265	扦	187	朳	165	池	215
好	298	广庄	245	托	235	朽	290	汊	226

汎 25
汗 158
汍 160
汔 138
火灯 276
灰 63
灰 68
灰 102
灰 107
灰 110
牛牟 285
牝 63
牝 125
犬犴 155
犴 156
玉玏 278
玎 264
玎 267
用甪 17
白百 257
百 264
竹竹 24
米米 96
缶缶 287
羊羊 238
羽羽 87
老老 75
老 207
考 205
而而 48
耒耒 116
耳耳 47
聿聿 122
肉肉 24
肉 294
肎 132
肎 272
肌 54
肋 278
臣臣 127
自自 53
至至 49
至 132
臼臼 284
舌舌 179
舛舛 182
舟舟 199
舟 293
艮艮 146
色色 281
艸艸 210
芃 201
芃 284
芃 296
芀 281
艾 103
艾 116
艿 282
芋 267
虫虫 67
血血 184
行行 235
行 262
行 264
行 265
衣衣 66
襾西 93
邑邛 28
邙 230
邗 92
邗 158
阜阡 180
阤 50
阤 218

七畫

一丣 293
丨串 166
串 187
二些 214
些 223
亠亨 256
亨 261
人伽 212
估 77
佝 289
伭 267
伱 42
但 152
但 153
佟 29
伶 274
伴 154
佛 131
佛 136
伯 222
伯 257
伾 46
似 51
伺 52
佋 193
伸 126
佒 246
余 71
佑 63
佑 287
位 55
佚 125
作 87
作 218
作 233
佇 73
低 93
佃 171
佃 172

佔 320
佐 214
佐 219
作 87
住 89
伷 294
佚 125
佚 174
佔 320
佗 215
佗 218
伻 261
佈 82
佊 51
佛 131
佖 129
何 217
佝 289
儿克 278
免 135
免 173
兌 104
兎 82
八兵 247
兵 251
冫冷 261
冷 273
泮 154
冹 135
冹 148
冶 223
况 245
况 247
刀刦 314
刳 77
利 43
別 176
制 135
刪 132
刪 139
刪 150
刪 162
刪 164
刪 188
初 74
判 157
力劫 314
劻 246
劭 193
劭 197
劬 83
努 78
助 73
勹甸 263
匚匣 325
匧 175
匚医 96
卜卣 294
卩卯 202
却 227
卵 153
卲 193
口告 28
告 205
告 297
呟 263
君 133
吶 145
吶 179
呂 70
吝 123
吻 132
吻 133
吻 150
吻 162
吻 188
吺 91
否 45
否 287
吶 179
呃 112
吮 181
吳 225
吾 79
吡 217
听 136
吟 300
吟 303
吥 309
吮 181
呈 255
吹 54
吹 55
吞 146
吠 116
呀 222
含 311
吭 235
吭 245
咉 188
呟 263
吼 290
吸 302
囗囧 251
困 142
囤 144
囦 175
囮 217
囱 38
囪 25
囫 149
土圿 167
坎 306
坑 258
均 265

圾	299	妎	106	孚	297	岌	299	弄	18
圻	66	妓	42	孜	53	岐	42	弅	135
圻	137	妠	168	孝	27	岏	159	弓弟	95
圽	143	妠	312	孝	202	岑	304	弟	97
坊	232	妍	321	宀夰	108	岊	180	⿰弓夬	172
坏	112	妉	307	宏	257	⿰山厷	258	弝	222
坋	135	妙	192	宋	27	岉	134	彡彤	29
坌	135	妨	232	宋	29	工巫	83	形	272
坌	145	妢	134	宋	39	己巵	50	彳彷	231
吟	304	妣	44	完	159	巾⿰巾介	114	彷	232
坐	216	妤	71	完	248	帉	134	役	252
坐	217	妍	321	宎	198	帊	222	心忌	56
坻	48	妖	193	尢尨	37	希	67	忘	230
坻	50	妘	138	尪	242	幺⿰幺少	198	忍	126
址	49	妊	301	尸局	34	广庋	41	志	49
坂	141	姉	53	局	264	庉	149	忒	279
士壯	233	妝	234	尿	189	床	234	忼	227
夂夆	29	妥	215	尾	63	序	71	忮	48
大夾	315	妒	88	尾	64	庌	225	忸	22
夾	321	妎	106	尾	102	廴延	175	忸	291
夾	326	子孛	118	尾	107	延	264	忳	149
尖	223	孛	145	尾	115	廷	268	忭	174
女好	210	孚	84	山岍	170	廾弆	43	忱	302

忤	81	抆	138	抓	200	更	262	杝	50
忨	159	扳	164	抵	48	木杆	160	杓	196
忨	160	扳	168	抄	202	杠	36	杏	261
忮	48	抃	175	投	288	杞	56	止步	79
忡	23	批	187	把	221	杜	84	毋每	111
快	113	抔	286	抛	200	李	43	每	115
忲	104	扶	84	抗	227	宋	245	每	117
忺	321	扮	135	攴改	111	宋	259	毒	111
忟	203	批	60	攻	24	杋	327	水求	284
忻	138	批	96	攻	28	杉	324	汞	22
戈戒	110	批	187	攻	247	束	30	決	62
成	252	抒	72	攸	291	杇	80	決	172
我	213	抒	73	日旰	151	杌	144	汩	122
戶戺	52	扨	221	旰	92	杅	92	汩	142
手扴	163	扼	259	昊	279	杙	280	汩	270
抗	227	扵	70	旱	132	杍	53	汲	299
抉	172	抑	276	旱	139	杓	238	沂	67
扱	304	抉	172	旱	150	杖	241	沌	144
扱	325	抏	159	旱	157	材	63	沶	290
技	42	抎	135	旱	168	材	113	沕	278
扭	297	折	98	旱	188	杈	221	沕	118
抖	296	折	181	明	251	杕	99	沔	174
抆	134	折	187	曰更	249	村	144	沐	17

沒	143	汭	97	災	113	玓	274	肉肝	151
汶	134	沃	27	災	297	玗	92	肚	84
汶	150	沃	30	灾	113	用甫	80	肎	192
沕	118	沃	39	牛牢	63	甬	30	肎	198
沕	134	沃	248	牢	208	田男	307	肜	22
汶	134	汪	242	牡	286	甸	171	肔	47
汼	154	汪	244	牣	127	甸	271	肘	295
汸	231	沄	136	犬犺	228	甹	291	肛	38
汳	174	沅	147	狂	242	町	268	肓	243
汴	174	沂	67	狃	76	疒疔	273	艮良	236
泛	29	沛	101	狃	291	白皃	200	艸芎	20
汾	134	沚	49	狃	297	皁	209	芑	56
沙	220	沖	23	犭屯	143	皀	209	芒	230
㳄	173	沉	303	犭卜	141	矢矣	57	芃	18
沁	302	汰	104	狁	121	石矴	267	芋	86
沁	313	汳	148	狄	267	石巳	321	芋	87
沁	323	沛	104	犺	228	禾秃	15	芓	53
沁	328	沆	236	玉玕	151	秀	291	芍	238
沈	301	沍	84	玒	24	私	51	芍	267
沈	303	火炙	284	玒	36	穴究	284	芊	180
沈	304	炙	283	玖	63	糸系	100	芐	223
沇	178	炖	223	玖	283	糺	291	芄	160
㳄	173	灼	241	玘	56	网罕	157	虫虬	289

衣衤 164
見見 169
見 184
角角 17
角 36
言言 141
谷谷 15
谷 26
谷 32
豆豆 284
豕豕 46
豸豸 50
豸 104
貝貝 104
赤赤 254
走走 288
走 290
足足 32
足 87
身身 127
身 247
車車 69
車 224
辛辛 125
辰辰 127
辵巡 120
迅 125
迂 85
迆 47
迄 137
邑邑 248
邑 300
那 212
那 213
邦 37
邠 125
邪 223
邧 150
邮 144
邢 272
酉酉 293
里里 42
阜阬 258
阧 285
阪 141
防 232
防 233
阫 113
阰 60
邪 76
阺 60
阸 112
阸 259
阮 132
阮 139
阮 147
阮 162
阮 168
阮 188
阱 259
阯 49

八畫

一並 254
並 270
丨弗 165
丿乖 103
乙乳 89
乳 92
亅事 53
二亞 221
亠京 247
京 249
享 242
人佳 63
佳 68
佳 102
佳 103
佳 115
佳 220
侃 151
供 28
侉 224
佸 159
佸 162
佼 201
佼 203
佃 23
佹 62
佶 123
侗 15
來 59
來 111
來 117
來 265
例 95
侖 143
佰 264
侔 285
使 46
使 52
侚 119
侍 46
侁 126
佯 239
侑 292
侌 300
依 67
侇 60
佾 125
佺 177
佻 197
侜 293
侏 89
侘 226

仳 54
佽 54
侈 49
侂 234
侗 26
佩 63
佩 116
侅 115
侐 277
佣 272
佪 110
儿兕 52
兕 52
兕 98
入兩 236
兩 237
八具 84
其 42
其 55
典 171
冖冞 45
冫洛 236
冽 175
洛 236
几凭 272
凭 280
凮 21
凵函 311
函 326
刀刻 281
刼 314
刮 166
券 146
刲 95
到 205
剆 245
剌 53
剌 152
剌 254
刷 166
刵 48
制 98
剎 165
掰 233
剢 218
力劼 166
劾 111
劾 118
劾 281
効 203
勹匊 21
匋 206
匚匳 309
匳 312
十協 308
卑 45
卒 119
卒 144
卓 38
協 308
協 320
卜卦 63
卦 68
卦 102
卦 107
卦 112
卦 118
卩卷 183
卷 184
卷 185
卸 223
厂厓 103
又受 293
叔 23
叔 132
取 89
取 290
口呵 217
呿 74
呿 212
呱 77
咎 75
咎 205
响 88
呶 200
呢 102
呾 160
咄 142
咄 161
命 251
味 64
咈 136
咋 221
咋 259
咋 260
呻 126
呷 325
咏 256
呭 97
吳 79
呦 291
咋 221
咀 72
周 292
呪 288
呫 320
咍 114
咆 201
呵 217
呵 218
呼 81
呼 83
咢 199
咢 210
和 217

和	218	坡	216	姤	274	宓	124	岦	304
咊	218	坪	263	姓	254	宛	133	岷	124
响	86	夊夌	277	始	45	宛	146	岪	138
响	88	夕夜	224	委	54	宛	148	峀	291
口固	77	夜	248	委	55	宜	57	岳	38
困	119	夜	264	委	61	宜	218	岳	132
囹	269	大奇	54	妷	125	定	267	岸	155
土坷	212	奈	103	姐	223	宗	30	岩	325
坰	266	奈	213	妷	125	宔	89	岰	297
坤	142	奉	29	妻	93	宙	294	岨	72
咎	284	奄	314	妻	94	宕	234	岨	75
坫	316	女姑	77	妾	319	弦	263	岧	199
坺	154	姁	92	妯	26	寸尀	216	岵	83
坴	135	妗	103	妯	294	小尙	237	巾帑	77
坲	138	姐	151	姂	326	尸居	55	帒	117
垂	41	妹	153	子季	54	居	69	帘	316
坱	233	妹	117	孤	77	居	74	帓	167
坳	202	姆	79	孥	77	届	110	帛	258
坻	94	姂	326	孟	245	屈	133	帔	136
坼	261	姒	52	孟	262	山岢	212	帙	127
坨	216	姍	156	宀官	158	岡	227	帖	320
坼	261	姍	186	宓	20	岣	295	帚	295
坦	156	妬	88	宓	30	岱	117	帑	235

帕	222	彳佮	274	怚	151	㤉	326	拈	316
帔	51	彿	135	怜	172	怙	83	担	307
干幸	262	往	26	怜	274	怳	243	拉	308
幷	251	往	243	怲	248	怐	289	抹	153
幷	253	征	255	怲	252	戈或	277	拇	285
广庚	247	徂	80	怲	256	戔	156	拍	258
庚	249	彼	50	怫	136	戔	187	拌	155
庚	275	心忿	108	性	254	戕	234	拚	155
庚	282	念	315	怏	233	戠	113	拔	118
店	315	忞	124	怮	193	戶戾	186	拔	154
府	86	忞	134	怮	293	房	232	拔	163
底	48	忿	134	怡	48	所	73	拚	140
底	94	忿	135	怍	233	所1	73	拚	175
店	315	忝	321	怚	72	戽	90	抦	256
庖	200	忝	322	怔	262	戾	93	拊	86
廾奔	69	忩	18	怗	320	手承	278	拂	130
弓弩	78	忽	144	怊	196	押	324	拂	135
弢	206	怯	247	怞	119	押	327	抳	259
弣	86	怯	314	怵	122	拒	69	抑	63
弤	94	怪	110	怕	222	拑	315	抴	97
弨	196	怓	200	怦	256	招	197	抴	180
弦	183	怩	43	怖	82	拒	90	拗	203
弧	82	怩	124	怭	129	拘	82	抗	297

抯 224	放 232	昈 83	枓 92	杵 73
抵 48	斤斧 86	昊 298	枓 285	杼 73
抵 93	方斻 231	昊 210	林 301	枝 49
拙 182	於 70	昏 144	枚 111	杻 295
拈 316	於 80	昕 138	杳 193	杶 122
拄 89	日昆 142	旹 47	杪 192	枕 303
抮 129	昆 149	曰曶 144	枋 232	枕 304
抶 127	明 27	月服 19	枋 252	杷 222
拓 235	明 247	朋 277	杯 112	板 166
拓 254	昒 138	木杰 169	枌 134	杮 116
拆 261	昒 144	极 314	枇 46	杭 235
招 196	旻 124	枅 185	枇 45	枑 90
抽 294	旼 124	杴 315	枇 59	欠欣 138
拕 215	昉 231	枅 96	析 270	止歧 42
拖 214	昔 245	杲 205	松 31	武 85
拖 215	昔 250	果 216	杸 87	歹歿 143
拆 261	昇 278	枏 307	杮 46	殀 193
拔 118	易 47	枏 322	枒 221	毋毒 29
抨 256	易 253	杻 291	枒 226	毛毤 134
抪 90	旺 244	東 15	枊 246	气氛 134
抱 210	昌 241	東 35	枘 97	水沓 307
披 51	昃 279	東 39	枉 243	泔 306
攴攽 164	昄 167	東 247	杳 193	沽 77

泣	299	泄	178	沱	216	炘	138	狁	292
泥	94	沼	194	波	63	爪爭	260	狙	72
泥	95	泝	80	波	216	爭	263	狙	75
泜	101	泗	290	泡	200	爬	222	狘	141
沴	93	沭	121	泌	129	父爸	226	狐	82
泠	269	泱	233	泛	326	爿牀	234	玉玠	108
泐	278	沿	176	河	217	斨	234	玦	172
泣	299	泳	248	泫	184	片版	165	玫	111
沫	153	泳	256	泫	188	牛牧	18	玟	124
沫	106	洿	80	泬	188	物	132	玤	37
沫	116	油	291	泂	271	物	133	环	115
泯	124	泆	125	泓	257	物	150	玭	173
泊	231	沮	72	況	247	物	162	玞	84
泮	154	泜	101	泓	257	物	168	玭	125
泛	326	沺	171	火炕	227	物	188	玩	159
法	326	沼	194	炅	263	牨	302	瓜瓟	37
泭	84	注	87	炁	66	犬狀	233	瓦瓨	38
沸	64	泜	50	炎	318	狗	283	田甽	171
沸	135	沾	320	炙	225	狙	160	甿	259
泌	44	沾	321	炙	254	狒	65	畀	44
泗	52	泜	61	炒	203	狌	259	甾	63
泣	299	治	50	炊	54	狎	326	疒疢	284
泄	97	治	51	炕	227	狘	141	疝	168

疙	137	秅	56	肻	272	臣臥	216	芣	286
白的	247	季	170	肵	68	臼臽	326	芺	84
的	267	秉	256	肭	150	舌舍	76	芬	134
皮皯	151	穴空	15	肦	164	舍	222	芘	44
皿盂	85	空	17	肨	39	舍	224	芟	325
目盰	160	穹	20	肪	232	舟舠	206	芧	71
盲	258	穸	251	肧	112	艸芡	314	芧	75
盱	86	竹竺	25	肦	135	芥	108	芽	221
直	281	竺	28	肥	64	苣	69	芮	97
矢知	48	米籴	268	肫	122	芡	314	芸	136
知	49	糸糾	197	肬	287	芤	295	芿	282
石矼	36	糾	291	育	24	芹	137	芷	49
矻	142	紈	284	胏	53	芩	299	芝	49
𥐚	245	网罔	230	肫	122	芨	304	芭	222
矸	155	罕	157	肢	49	芪	59	花	225
矶	143	羊羌	228	肺	106	芰	43	虍虎	82
示祁	56	羋	44	肺	116	芚	145	虫虯	289
社	222	肉肮	227	肴	199	芼	207	衣表	75
祀	52	肩	170	肴	203	芼	208	表	195
礿	239	股	78	肴	211	芼	248	衫	324
祅	193	肱	281	肸	130	芴	134	豕豚	143
祊	261	肣	300	肸	138	芴	144	車軋	164
禾秆	151	肯	272	肣	130	芳	232	辵迂	243

迋 247
近 136
近 137
迍 122
返 140
迓 220
迎 253
迎 256
迕 81
迕 89
迊 309
迍 122
邑邶 116
邴 256
邳 46
邵 193
邸 94
郃 113
邲 130
邯 158
邯 313
釆采 118
采 112
金金 247
金 299
長長 240
長 241
門門 145
阜阜 287
陆 74
阮 26
阽 316
阽 318
附 86
阿 26
阿 214
陀 259
䏧 111
阺 94
阻 73
阼 82
陀 216
陁 216
陂 51
陂 216
隶隶 47
隹隹 41
雨雨 87
靑靑 265
靑 271
靑 282
非非 64

九畫

丨暈 303
二亟 56
亟 277
亠亮 236
亭 267
人俔 170
俠 321
俠 328
俓 266
係 94
係 100
俅 284
俱 82
俈 119
俟 52
俟 59
侶 71
俚 43
俐 59
俛 173
侮 80
俇 39
便 175
俌 80
保 207
俘 84
俜 273
俏 198
俗 31
信 125
俄 214
俑 31
俁 87
俋 305
侹 268
俎 73
俊 121
侲 128
侲 131
俏 195
促 30
侵 302
侵 313
侵 323
侵 328
侻 157
便 175
便 181
俔 188
俠 321
俠 328
侯 289
俙 67
俙 68
儿兗 178
入兪 87
冂冒 207
冒 278
冑 294
冖冠 158
冠 159

冡 32
刀剄 266
剋 278
削 238
剌 53
前 178
剉 216
則 279
剃 99
力勁 250
勉 173
勃 146
勇 30
勇 247
勅 281
勹匍 81
匚匧 316
匚匽 149
十南 306
卩卻 227
厖 143
卽 279
厂厖 37
厚 290
又叛 154
口咳 117
咬 201
咬 203
咷 207
咲 192
咶 46
哂 125
咢 232
哀 113
咽 175
咽 178
咽 180
哇 106
哇 224
咿 47
咡 48
咽 178
咽 180
咨 52
咱 161
咥 174
咮 294
咠 301
咫 48
咥 62
咥 127
咥 174
咠 301
哆 224
咤 221
品 300
咸 305
咸 313
咸 323
咸 326
哈 311
咳 117
哄 23
咺 148
咻 294
哅 34
哅 35
員 184
囗囿 24
囿 27
囿 292
土垍 57
垢 283
垝 57
垡 141
垘 26
垣 148
垠 123
垠 137
垈 113
垗 194
垤 174
垛 215
垞 264
垓 110
型 272
大契 95
契 139
契 173
契 177
奎 95
契 139
奔 138
奔 145
奔 149
奏 287
奓 226
奕 252
奐 160
女姦 163
姧 163
姜 227
姱 224
姣 201
姤 283
姬 55
姑 123
姥 79
姺 126
姺 186
姶 312
姸 176
娃 106
娃 224
姚 194

姚	198	宎	197	峙	50	廾 弁	306	怨	147
威	65	宥	292	峐	111	弁	315	怎	305
威	66	宋	271	己 巹	136	弁	316	怱	18
娀	22	宦	167	巷	38	弈	252	怠	113
姨	47	寸 封	29	巾 帢	326	弓 弮	168	恰	326
姻	127	封	35	帤	70	弮	184	恗	226
姙	301	封	305	帥	41	弭	43	恇	242
姿	52	封	322	帥	120	弇	315	恠	110
姚	198	尸 屌	177	帟	253	彐 象	152	恔	203
姝	89	屎	46	帛	97	彡 彥	169	恆	270
姪	127	屍	47	帝	95	彳 佫	249	恬	321
姪	174	屋	20	帵	246	待	111	恫	18
姹	221	屋	35	幺 幽	291	律	119	恫	19
姹	222	屋	39	广 度	78	徇	119	恅	207
姮	282	屎	51	度	235	徉	239	怯	124
子 孩	114	山 峒	15	庛	197	徠	60	恈	295
宀 客	257	峒	26	庠	237	徊	110	恂	120
宣	173	峛	59	座	127	後	290	恂	130
宴	288	峋	120	庤	50	後	296	恃	46
宴	296	峴	39	度	235	心 急	299	恬	321
室	124	客	264	麻	294	怒	78	恞	47
室	247	峗	54	廴 建	141	悬	152	恌	190
宎	193	峡	47	廻	110	思	52	忼	23

恨	146	拷	205	拯	273	昴	202	春	122
恆	281	拱	28	持	50	昴	298	昫	88
恍	244	括	159	持	76	昬	124	曰曷	132
恢	108	括	162	指	48	昬	144	曷	139
恔	203	挂	112	挃	126	昪	174	曷	150
恤	120	挍	201	拸	161	昞	256	曷	158
恟	34	挋	276	挅	218	昺	256	曷	168
恪	227	挑	72	拹	321	昢	145	曷	188
戈哉	113	挑	190	挾	115	星	271	木柯	212
戶扆	306	挑	206	拫	150	昭	193	架	220
扃	266	挏	17	攴故	77	昭	195	枷	220
扂	318	挌	262	敂	124	昭	197	柬	163
扁	174	拹	321	政	258	是	46	柑	306
扁	181	挒	186	斤斫	241	昚	126	柑	315
手拏	70	拭	280	方施	46	昴	233	柜	74
拏	220	按	155	施	48	昜	238	枯	77
拜	111	按	156	施	60	映	248	柧	77
拾	300	拽	97	斿	292	映	256	枴	107
拾	321	拽	180	日昵	124	昱	22	枸	84
拾	322	拭	22	昑	274	昳	174	枸	283
挌	262	批	61	昧	107	昨	233	柩	284
拮	123	批	102	昧	117	昝	309	枳	48
拮	171	拴	178	昧	153	昶	242	枳	59

柰	103	柿	46	枹	200	洎	56	洙	87
柰	213	栟	155	柲	128	活	27	洵	120
柅	42	染	319	柙	325	活	159	洵	187
柅	131	染	320	枵	197	活	160	洋	239
柮	143	柚	25	欠 欯	74	洸	242	洳	72
柳	292	柚	293	欱	86	洮	206	洳	75
某	286	柔	292	歌	216	洞	18	洩	97
柈	155	柤	221	欺	313	洞	22	洼	106
柏	258	柘	224	止 歫	69	洛	227	洼	224
栟	175	柞	233	歭	50	洌	175	洹	148
柄	252	柞	260	歹 殃	233	洺	251	洧	41
柎	92	柢	93	殄	172	洣	96	洟	47
枹	84	柢	101	殂	80	洴	270	洏	48
枹	286	柱	89	殆	113	洑	26	洢	60
柲	59	柱	92	𣧑	51	洒	98	洫	277
查	222	柤	221	𣧑	61	洒	103	洲	293
柶	60	柴	112	殳 段	152	洒	113	津	128
柵	261	柵	261	比 毖	44	洒	114	泚	54
栗	233	柷	25	毛 毦	274	洒	186	泚	99
枻	97	[illegible]	215	氏 氓	259	洒	220	洊	182
枻	187	柁	215	水 泉	180	洗	98	派	109
柴	112	柝	235	洚	37	洗	176	洵	187
枲	45	枰	256	汧	170	洩	178	洽	327

洪	19	爪爰	147	珀	258	疒疥	108	眉	45
洚	19	爿牁	212	珊	156	疧	42	盼	164
洚	27	片牉	157	珇	81	疷	101	盻	102
洄	110	牛牯	77	珍	129	疫	252	盻	164
洶	34	牲	259	珎	129	疣	287	相	236
洶	35	牴	93	玻	216	疢	129	省	257
洽	305	犬狊	273	珌	128	疢	132	省	261
洽	313	狠	147	玹	184	疤	225	眂	46
洽	323	狡	201	瓜瓞	19	癶癸	40	眅	165
洽	327	狩	291	瓦瓴	244	白皆	104	眅	167
火炬	69	狨	26	瓮	20	皇	243	矛矜	131
炳	247	狟	148	甘甚	301	皿盃	112	矜	166
炳	256	狣	295	甚	302	盆	145	矜	276
炤	194	玄玅	192	田畂	244	盈	253	矝	272
炤	195	玉珏	15	畎	170	盅	23	矢矧	125
炤	241	珏	36	畊	249	目看	151	矦	289
炷	87	珂	212	界	110	眈	307	石砆	84
炭	157	珈	220	畇	119	盾	120	砏	138
灾	114	玳	117	畇	130	盾	146	砂	221
炮	201	玷	316	毗	46	眄	174	研	221
炰	201	玷	318	畏	66	眀	251	砌	98
炫	184	玲	269	畋	171	眊	207	砭	321
炯	272	珉	124	畈	141	眇	192	砉	256

砉 275
示祈 66
祋 106
祋 162
祉 49
内禺 34
禺 91
禺 92
禹 87
禾秔 258
科 217
秏 210
秒 192
秕 44
秭 53
秖 49
秋 199
秋 293
种 23
穴突 143
窀 122
窂 208
突 193
穽 257
穽 259
穿 180
穿 183
立竑 258
竹竿 151
笐 17
竽 85
笆 50
笳 220
米粈 126
粄 75
籺 145
糸紅 15
紅 19
紀 55
紉 123
紃 121
約 197
約 238
紆 76
紆 85
紂 295
紈 160
紇 145
缶缸 38
网罡 263
罘 286
罝 84
罡 263
羊羍 151
美 44
美 248
羑 294
羽羾 16
羿 96
老者 76
者 224
而耐 116
耑 152
耍 226
耎 179
耏 60
耒耔 53
耔 61
耳耶 223
肉胛 324
胠 69
胠 74
胠 314
胠 328
朐 91
⿰月立 299
朏 150
肣 274
脉 257
胖 155
胖 161
胈 155
背 116
背 117
背 265
胕 86
朏 65
朏 150
胥 71
胜 271
胃 66
胤 120
⿰月正 255
胙 82
胄 294
脊 279
脛 279
胑 49
胝 49
胗 128
胎 113
胎 219
胞 200
胡 81
臼臾 30
臾 58
臾 88
臾 92
臿 325
舌舐 46
舟舡 39
艸茄 212
茄 226
苛 217
苷 306

苘	267	芾	135	苞	200	衿	299	車軍	133
苦	77	苴	72	苞	297	衿	300	軌	57
苽	77	苴	222	苾	129	衲	307	軌	297
苟	283	苴	226	虍虐	199	袂	95	軛	326
茶	173	苫	317	虐	239	衯	134	辵迦	212
茶	316	若	223	虫虷	151	衵	125	迦	220
苨	101	若	240	虹	16	衽	303	迡	94
苓	268	苒	320	虹	20	襾要	29	迭	174
茆	200	英	252	虹	37	要	193	迣	175
茆	292	苑	147	虻	259	角觓	284	迫	258
苙	302	苡	47	虵	223	觔	137	迹	48
茉	161	苢	47	虸	61	言計	94	述	121
茅	200	苲	234	虺	67	訇	257	迤	47
苜	17	苲	234	虺	115	訃	85	迤	60
苗	192	苧	75	血衄	22	訂	267	迤	215
茂	285	苐	98	衁	243	訂	268	迭	174
茇	154	苖	119	衄	22	訇	257	迮	260
茀	135	苖	166	行衎	151	託	234	迪	268
范	326	苖	188	衍	132	貝負	63	迢	196
苻	85	苵	174	衍	178	負	287	迱	215
苯	150	苕	196	衍	179	貞	254	迨	113
芾	63	苔	114	衣衱	314	走赳	291	迨	118
芾	64	苹	256	袀	119	赴	85	迥	265

迥 271
邑郊 201
邽 94
郄 255
郱 274
郵 120
郵 149
郁 21
郲 89
郅 127
部 311
郈 291
郇 120
酉酊 267
酋 294
里重 33
重 34
阜降 26
降 36
陋 285
陌 257
陌 275
陌 282
陝 47
陑 49
陊 50
限 166
降 38
陔 111
陔 114
面面 173
革革 249
革 277
韋韋 65
韭韭 199
韭 283
音音 300
風風 20
風 24
風 305
飛飛 64
食食 48
食 52
食 280
首首 76
首 291
首 293
香香 242

十畫

丿乘 271
乘 279
亠亳 231
人個 212
倨 69
倞 236
倞 251
倥 15
倥 16
倥 24
倮 219
倌 158
倔 133
倦 185
倶 62
倓 307
倘 229
倒 199
倒 205
倒 206
倈 111
倆 246
倫 119
倰 277
們 149
倣 231
俳 104
倍 111
倍 116
倂 253
倂 254
倠 254
俸 29
俯 86
俾 44
倳 61
修 290
倕 41
倅 118
俶 23
倏 23
俺 312
俺 314
俺 325
倪 99
倭 54
倭 217
倚 56
倚 62
偒 47
借 225
借 253
倡 242
倉 234
倉 246
倡 241
倀 241
俶 272
倜 272
倩 182
俴 182
倢 319
倩 259
倅 118
值 51

倬	38	剌	219	厝	245	員	136	埋	104
倍	116	剧	138	又叟	296	唈	304	埻	146
俵	198	剞	55	叟	288	唈	309	埏	174
倖	262	剥	237	口吻	168	唇	121	埏	175
候	290	剢	37	哿	212	唽	165	城	252
儿党	228	剖	286	哿	226	哲	182	埣	252
八兼	315	剕	64	哥	212	哨	195	埃	108
冂冓	283	𠜱	96	唊	316	唄	109	埇	30
冔	88	剚	61	哽	251	哺	83	埊	137
冖冥	270	剡	318	哭	15	唅	311	埈	119
冢	17	剡	319	唐	228	唅	312	垾	158
冤	147	剜	159	㖨	19	哮	203	夊夎	217
冫凅	89	剗	165	哤	37	唏	66	夏	222
凍	17	剔	272	唆	214	唏	67	夏	223
凉	236	剟	157	哨	193	囗圄	70	大奊	185
凌	274	剟	188	哨	195	圃	82	奘	234
凌	277	力勍	250	唇	121	圃	83	套	211
凇	35	勞	207	哦	214	圅	311	奚	100
凋	190	匚匪	64	唈	304	圅	326	女妧	160
准	122	厂厞	67	唈	309	圂	144	娜	212
凄	94	厜	58	唉	108	土埆	36	娘	76
凊	259	原	147	唁	169	埒	175	娘	236
刀剛	227	厝	81	員	135	埌	229	娌	43

娩	138	孫	143	屑	132	差	109	恝	163
娩	140	宀家	27	屑	139	差	221	恭	28
娓	64	家	75	屑	150	差	222	恐	28
娉	261	家	220	屑	162	巾帬	133	恐	29
娉	275	宭	138	屑	168	師	52	恧	22
娑	214	宮	20	屑	177	席	250	恁	303
娑	217	宮	132	展	181	帨	96	恁	304
娍	255	宮	247	山峊	56	帳	131	恕	71
娠	126	宬	262	岔	78	帆	322	息	279
娥	214	宵	192	島	206	广庇	44	恙	238
娭	115	宸	127	崱	176	庫	77	恚	58
娟	175	宴	178	峯	29	庋	42	恡	81
娛	85	容	31	峷	126	庭	268	恩	146
娗	172	宧	60	峨	214	座	217	恣	53
娗	186	宰	112	峿	74	弓弰	202	恥	49
娗	268	害	104	峗	109	弱	239	恸	314
娣	95	害	158	峻	119	彡彧	22	悁	169
娣	98	寸射	76	峭	195	彳徑	265	悈	110
娖	38	射	224	峴	183	徑	266	悃	143
娞	156	射	251	峽	327	徒	78	悢	236
娧	104	射	252	巛巢	293	徐	71	悝	43
娙	272	辱	32	工差	50	心忠	22	悝	108
子㝃	173	尸屐	255	差	105	恝	108	悋	124

恾	230	扇	177	挼	212	捝	157	日晑	246
悗	146	扆	66	捋	152	捅	21	晒	113
悚	30	扅	48	挽	140	捌	165	時	47
悁	169	手挈	95	挵	155	捕	83	晏	165
悁	175	挈	173	括	286	捍	158	晁	195
悅	179	拲	33	捊	286	挾	321	晉	127
悟	80	拲	35	挱	214	挾	326	晊	126
悞	80	拳	184	挻	174	支敊	55	晐	115
悀	31	拿	220	捝	157	攴敔	306	晃	243
悒	301	挐	220	捎	198	敘	256	晅	148
悛	178	挐	70	捎	202	敉	44	晡	80
悌	95	捔	36	捒	86	效	199	曰書	71
悌	97	挭	251	挨	103	效	202	月朒	22
悄	195	捆	143	挪	226	效	211	朔	37
悖	116	捁	202	捐	176	斗料	192	朐	130
悖	145	捄	82	捂	80	方旂	66	朕	303
悍	158	捄	284	挹	301	旅	71	木格	227
悍	161	挶	34	挺	267	旄	207	格	249
悏	316	捃	134	挫	216	旄	208	格	264
悔	110	挪	218	捘	145	旁	231	栞	151
悔	116	捏	186	振	128	旃	178	桀	169
戈戜	249	挼	108	振	129	旆	104	桔	171
戶扇	174	挼	114	捉	38	㫄	264	桂	95

栲	205	柴	105	欱	311	涓	170	涑	295
栲	297	栘	98	歹殊	87	涇	266	浥	315
栱	28	栻	280	殉	119	涒	149	浧	258
栝	159	案	155	殑	275	涅	173	浯	90
桄	246	栧	97	殈	273	涊	171	浣	160
校	201	栭	48	殳殸	36	涂	89	浴	32
校	204	桋	48	殸	39	涂	225	涌	30
根	146	梀	259	殷	137	浵	29	浟	291
桃	207	栽	113	殷	165	浪	229	浥	301
桐	15	栽	118	毛毣	18	浪	245	浥	315
栵	95	梅	179	毨	176	流	290	洿	304
栵	175	株	89	毦	60	涖	43	涏	186
栳	207	桎	126	气氣	66	浼	111	浙	182
栗	119	栫	183	氤	127	浡	146	浹	319
栢	258	桁	235	水泰	63	浲	30	浚	119
栰	141	桁	245	泰	68	涘	52	浞	38
栟	262	核	150	泰	102	涎	173	涕	99
栿	19	核	262	泰	104	涏	186	涕	100
梀	259	栩	88	泰	115	涉	317	浸	302
桑	233	桁	256	泰	118	消	192	溳	106
栖	94	桓	160	泰	305	涑	20	溳	109
栖	101	欠欸	117	浀	151	涑	30	浦	82
栒	120	欯	130	涀	186	涑	287	海	113

浹	319	牛牸	54	珓	203	生甡	126	痁	317
浩	211	牂	234	珪	94	田留	289	痁	322
浣	160	牷	178	珞	228	留	290	疴	214
浡	203	特	279	班	164	畱	289	疽	72
浮	286	犬狷	170	琉	207	畝	286	疰	91
火烓	95	狷	185	珣	120	畞	286	疻	60
烙	228	猎	205	珬	120	畔	155	疹	128
烈	175	狼	230	珧	194	畚	146	疹	129
烕	184	狼	245	珥	48	畟	279	疾	125
烟	175	狸	44	玼	53	畛	128	疲	51
烏	80	狵	37	珠	88	畛	129	白皋	211
烓	95	狻	156	玼	54	畜	25	皿盍	310
烖	113	狺	137	玼	99	畜	295	盎	154
烝	279	𤞲	241	珫	23	疒痂	220	盗	328
烕	184	狿	273	珮	116	疳	312	盇	232
烘	19	狽	104	珦	243	痀	91	盌	159
烘	22	狴	100	珩	256	痆	167	盆	256
烋	203	狴	102	珝	88	疸	160	目看	151
烋	294	狹	327	瓜瓟	37	疸	161	眛	161
烜	58	玄兹	53	瓞	174	疼	277	䀣	167
烜	148	兹	61	瓦瓴	269	疺	326	眛	106
父爹	217	兹	183	瓵	258	病	247	眜	117
爿牂	234	玉珙	28	瓬	48	病	254	眠	172

眚 261
眎 47
眢 146
眢 162
眑 193
眑 297
眙 50
眙 60
眦 112
眨 327
眡 93
眞 129
眞 139
眞 150
眞 162
眞 168
眞 188
眕 128
眣 127
眩 168
眩 184
矢矩 83
石砢 213
硜 110
砮 77
砮 78
砅 280
砠 72
砥 48
砥 49
砦 112
砧 303
破 215
砰 261
砭 322
砲 200
示祛 74
祇 42
祇 49
祔 86
祓 135
祕 44
祠 52
祘 264
祏 251
祟 40
神 127
䄃 233
祐 63
祐 287
祚 82
祖 81
祝 25
祝 288
祜 83
禾秬 70
秣 63
秣 152
秠 45
秠 46
秘 44
秫 121
秧 233
租 80
秦 128
秦 247
秩 127
秤 273
穴窌 201
窌 290
窉 264
窊 224
窈 193
窅 193
窋 119
窄 260
窆 322
立竛 274
竝 231
竝 269
竚 73
站 327
竹笄 96
笈 299
笈 314
竿 155
笑 192
笋 120
第 60
第 61
笊 200
笆 222
笔 129
笐 235
笏 144
米料 191
粉 134
粃 44
粼 124
糸䌆 252
紒 95
紒 171
紘 257
紟 299
級 299
納 306
紐 291
紞 307
純 149
紊 134
紋 133
紡 231
紑 286
紛 134
紕 45

紕 59
紗 221
索 232
索 258
紓 71
紓 72
素 79
純 121
純 122
紜 135
紖 131
紝 302
紙 48
紙 68
紙 102
紙 107
紙 115
紖 130
紖 131
紘 257
缶 缺 173
䍃 198
网 罡 244
罟 77
罛 77
罘 17
罘 203
罠 124
罝 223
羊 羖 78
羔 205
羓 225
羕 238
羽 翃 258
翂 134
翅 46
翁 18
翀 23
翊 235
翊 246
老 耆 42
耆 48
耄 207
耄 248
耋 173
耒 耕 249
耗 210
耘 136
耳 耿 250
耼 308
耽 307
肉 胯 78
胯 225
胱 242
能 108
能 116
能 276
能 305
脈 257
胮 37
胼 172
胭 175
胹 48
脁 190
脁 197
脂 49
脊 254
脆 100
脃 100
脛 61
胲 115
脅 315
脇 315
胥 33
自 臬 170
臭 295
至 致 50
臼 舀 198
舀 296
舁 71
舌 䑠 299
舐 46
舟 般 154
般 164
舫 231
舥 225
航 235
艸 芻 86
茳 36
茖 249
荊 249
苗 34
𦬖 28
荂 226
荍 190
茭 201
荅 265
荅 307
荔 43
荔 93
茢 186
莽 229
茫 230
茗 269
荓 270
茯 19
茱 87
荀 120
茹 72
茸 31
茸 32
茙 22
荑 48
茵 127
荏 26

荏	303	虓	203	血衃	115	袍	210	訌	19
茨	53	虫蚣	24	衣衾	299	袍	297	訓	137
茈	62	蚣	31	衺	223	被	51	谷谺	187
荎	178	蚑	42	袁	147	袤	218	豆豈	66
荑	98	蚑	58	衰	53	袨	184	豈	108
荥	279	蚪	285	衰	54	言訐	140	豕豗	114
茶	222	蚊	133	衰	109	訆	284	豸豻	155
茝	113	蚌	37	衷	23	訖	137	豻	156
茜	182	蚄	232	衷	25	訖	138	豻	163
荐	182	蚨	85	袪	69	記	56	豺	105
荈	188	蚡	134	袒	153	訊	326	豹	202
草	209	蚡	135	衿	253	訕	164	貝貢	15
茺	23	蚍	46	袢	141	訕	165	貤	60
茷	104	蚦	322	袑	193	訉	63	財	113
荄	104	蚢	147	袖	291	訉	125	貣	279
荄	111	蚢	159	袤	218	訐	140	買	105
荇	262	蚎	148	袡	322	訞	193	走赶	160
荊	249	蚓	126	袎	202	訏	86	起	55
荒	243	蚕	188	袗	128	訏	92	起	297
茴	110	蚕	310	袟	127	訑	48	足跂	226
茠	295	蚤	209	袉	215	訑	162	身躬	20
虍虔	169	蚇	255	袥	235	訒	126	車軓	327
虒	51	蚩	50	袓	166	討	210	軏	147

軔	127	郲	326	門閃	317	**十一畫**		偎	109
軒	141	郶	205	閃	318	乙乾	151	偠	197
軒	148	郡	134	阝陡	285	乾	169	偶	75
辵适	159	郎	229	陜	319	人假	220	偶	288
迺	108	郛	84	陞	278	假	249	偶	296
逃	207	郟	252	院	185	偘	151	偊	91
迵	175	郢	258	除	73	偕	63	偉	65
迷	95	部	90	陣	129	偕	104	偯	66
逢	37	郗	61	陟	277	健	141	偦	164
迸	253	郝	236	陗	195	偈	94	偵	258
送	20	鄐	273	陛	100	偈	185	偵	263
送	35	酉配	117	陝	327	偭	173	停	267
送	39	酏	47	陘	272	偖	116	做	87
逆	253	酏	48	隹隼	120	偪	276	側	279
迹	253	酌	241	隻	254	偋	264	偫	50
追	42	酒	199	馬馬	219	偩	287	偁	281
追	109	酒	294	馬	220	偰	177	偸	288
退	116	酎	294	骨骨	142	條	290	偖	116
迨	311	金釜	86	高高	205	偧	288	偏	181
迥	271	釘	267	鬯鬯	242	偲	56	偟	243
逅	290	釗	195	鬲鬲	249	偲	113	儿兜	284
邑邕	30	針	303	鬲	269	偓	37	冂冕	173
郃	255	針	305	鬼鬼	65	偃	142	几凰	244

刀𠜱	186	勹匐	20	嗒	307	唯	41	圖	149
剛	224	匐	278	啕	207	啑	309	圉	70
剬	152	匏	201	唳	93	啑	324	圍	263
剫	246	匕匙	47	問	132	啁	203	土埳	306
副	26	匚區	82	問	134	啁	293	埳	326
副	276	區	287	問	150	啐	118	堈	227
副	286	區	295	問	162	啐	130	堅	169
剭	20	匭	58	問	168	唶	226	堁	216
剭	39	匾	186	問	188	唶	260	堀	133
剪	180	匚匿	279	唪	19	唱	242	基	55
剫	246	卜卨	177	啚	45	啜	183	埼	62
割	263	厶參	304	唼	324	啑	309	埿	94
力勘	305	參	305	啑	309	唾	214	埿	95
勘	306	參	309	啑	324	啄	38	堂	27
勘	323	參	310	商	237	啅	38	堂	229
勘	328	參	313	商	273	啍	144	培	112
動	16	口啓	96	售	292	唬	203	培	286
動	26	唍	166	啞	221	囗國	27	堋	271
勒	278	唫	299	啞	259	國	277	堋	277
勔	174	唫	300	唲	61	圈	146	埤	46
務	85	啗	308	唲	103	圈	147	埽	208
勖	34	啗	309	啐	130	圈	183	埴	280
勛	165	啖	308	唵	309	圈	184	堊	232

埯 309	娬 85	寇 284	山崗 227	崡 326
埜 223	婦 287	寄 55	崑 142	崋 225
埯 315	婓 64	密 124	崐 142	崤 203
埸 253	婢 45	宻 124	崆 15	巛巢 202
域 277	婌 23	宿 23	崛 133	己巹 139
埶 97	婴 214	宿 291	崛 138	巾帢 327
堄 97	婀 214	宿 305	崎 55	帶 106
埥 24	婭 221	寅 60	崍 114	帲 251
埻 122	婉 148	寅 127	崙 143	常 237
執 303	婠 168	寁 309	崘 143	帷 41
埰 118	媛 185	寂 271	崩 277	帳 240
埴 60	婬 301	宷 112	崧 21	帢 327
埵 214	婥 242	宷 118	崖 62	广康 227
埭 118	婧 265	寸尉 65	崖 103	庳 45
堆 109	娼 241	尉 137	崦 314	庶 71
陛 100	婕 319	將 239	崦 315	庶 248
大奘 67	婧 265	專 179	崟 300	庵 310
女婟 89	娵 89	尢就 255	崢 260	庸 32
婐 219	娶 89	尸屛 252	崝 260	弓弴 142
婘 184	婆 216	屛 255	崇 18	弴 190
婪 309	婞 273	屛 270	崈 18	弽 176
婁 83	子孰 24	屝 64	崒 119	弸 261
婁 285	宀㝛 74	屜 99	崔 109	弸 282

張	240	您	233	惝	241	掎	55	捷	320
張	241	悐	272	悽	94	捼	212	掞	317
ヨ彗	41	恖	18	惕	272	捺	151	掃	208
彗	96	患	167	惙	182	捻	316	授	292
彡彬	125	悾	15	惆	294	捼	108	授	297
彫	190	悾	36	悴	55	掉	190	掮	156
彩	112	悸	54	悻	273	掉	191	捱	106
彪	294	悺	158	惚	144	掏	207	掖	259
彳得	278	惓	184	戈戞	163	掠	236	掩	315
徠	111	惔	308	戚	271	掠	237	捝	101
徠	117	悼	206	戶扈	82	捩	186	捥	160
徘	112	惇	142	手拳	213	掄	120	援	185
[illegible]	44	惏	309	捘	130	掄	143	掙	265
徙	51	悷	93	控	17	捫	145	振	264
徜	246	惘	230	控	36	排	104	[illegible]	194
御	70	悱	64	据	69	捭	104	措	81
御	220	惜	250	掐	327	捭	262	捽	144
從	31	惋	160	掛	113	捧	29	採	112
從	33	惟	41	掬	21	掊	285	掇	63
心悤	38	[illegible]	172	掘	133	掊	286	掇	157
悐	243	情	254	捲	184	掤	277	捷	320
悉	124	悰	31	掘	150	捨	222	掅	269
悠	291	悵	241	捡	300	接	319	掫	288

掫	295	旎	59	晦	116	梪	284	梧	90
捶	41	旉	84	晞	67	桹	230	桅	109
捶	218	旋	174	曰曼	140	梁	236	桶	21
推	42	旋	176	曼	154	梠	74	桶	34
推	110	旓	218	曼	161	柹	291	梄	294
掾	38	旌	254	曹	209	梩	43	桵	58
探	311	旖	254	月朗	229	梩	59	梓	53
掀	141	族	21	望	230	梨	44	桯	273
掍	145	无旣	66	望	231	梅	112	梃	267
攴敎	201	日晜	142	朙	251	桲	146	梯	97
救	283	晚	140	木桷	36	栝	112	條	191
敏	124	晟	255	渠	69	梵	326	桭	129
敍	71	晨	127	梘	185	桴	84	梴	187
敔	70	晤	81	梜	315	桴	286	梔	50
敖	209	晢	98	梗	251	梬	260	桼	127
敕	281	晢	181	梗	275	梭	214	梫	303
敓	158	晣	182	械	112	杪	214	梗	182
敗	109	晝	294	梏	28	梳	73	梐	100
斗斛	21	晙	121	梱	143	梢	202	梜	315
㪷	285	晛	188	梡	159	梛	226	梟	189
斜	223	晧	211	梟	189	梬	260	梟	197
斤斬	325	晥	167	梮	34	梲	182	欠欵	37
方旎	42	晦	63	梲	182	梧	79	欵	287

欸	108	淇	56	淰	322	淀	172	烹	261
欸	115	淖	201	洴	80	淛	102	焄	136
欲	31	淡	307	淞	35	淛	182	焜	58
欹	66	淡	308	淬	118	淨	257	爻爽	232
欹	67	涾	307	淑	23	淙	31	牛牽	170
歹殍	196	淘	207	淳	121	淙	37	牽	186
殳殺	46	涷	15	深	27	淒	94	牼	258
殺	163	涷	25	深	302	淺	182	牿	28
殺	113	涼	235	深	304	添	320	牸	252
毛毬	284	涼	236	涯	103	淸	256	犄	86
毟	225	淥	17	涯	221	淄	57	犬猘	94
毫	210	淥	29	液	260	涶	214	猎	240
水淀	174	淪	119	淤	70	涿	38	猛	247
淦	306	淪	149	淹	314	涵	311	猛	248
涸	84	淚	40	淹	323	涬	273	猛	261
涸	236	淩	277	淢	277	淢	277	猜	113
混	145	淋	301	淵	175	淮	104	猗	56
混	148	涪	286	涴	150	淆	203	猗	218
淈	145	淝	64	涴	216	火烺	244	猊	99
涳	24	淠	94	淈	145	烽	29	猙	263
涫	158	淜	280	淫	301	焉	169	猝	144
涫	162	淅	271	涯	57	烿	22	猖	241
淈	145	淰	301	淟	172	焌	145	猇	203

玄玈 79
率 42
率 119
率 120
玉球 284
珶 101
琅 230
琉 290
理 43
琇 291
琊 223
𤥏 79
珵 256
珽 268
琀 311
現 184
琄 183
瓜瓠 82
瓠 84
瓦瓶 270
瓷 53
甘甜 321
生産 164
田畣 307
略 237
異 47
異 265
畤 49
畢 128
畡 111
畦 95
疋疏 73
疎 73
疒痎 106
痢 93
痒 238
痒 239
痏 41
痍 47
疵 53
痊 178
痔 50
痌 19
痕 146
白皐 205
皐 211
皎 189
皿盖 103
盔 108
盓 92
盒 311
目眶 242
眷 184
眽 257
眸 285
眯 96
眴 120
眴 187
眼 164
眥 61
眥 98
眦 61
眺 190
眹 130
眵 50
石砦 28
硇 200
硌 228
硩 237
硉 145
硋 116
硏 176
硏 179
硊 54
硎 272
示祇 71
祥 237
祡 105
祭 98
祭 109
祧 190
票 199
票 196
祫 327
祳 126
祮 217
内禼 43
禾秸 163
移 48
秲 98
秷 127
穴窖 306
窐 94
窔 193
窕 191
窒 127
窒 173
立竟 247
竟 249
章 27
章 132
章 240
竹笴 151
笴 212
笘 77
笱 283
笯 78
笯 89
笯 225
笪 161
笭 269
笠 302
笲 141
笲 149
笵 326

符 85
笨 139
笥 52
筀 259
笮 260
笛 268
笮 260
笞 50
籑 165
米粔 74
粘 316
粒 303
粕 231
粜 190
粗 82
粗 86
糸紺 306
絅 266
絅 273
絇 83
絇 84
絀 133
累 40
絆 154
絣 156
紱 135
紼 135
紲 177
細 96
紹 193
絁 46
紳 126
絨 148
紵 73
紝 262
組 81
終 20
終 305
紬 297
紬 293
紾 129
紩 127
紮 165
絀 122
絀 133
紽 216
組 166
給 113
絃 183
缶缻 38
缻 287
网罣 113
罛 45
羊⿰羊占 78
羚 273
羞 290
羜 73
羝 93
着 242
羽翎 269
翏 198
翣 136
習 300
翊 280
翌 280
猴 127
老耉 283
耒耞 220
耝 52
耛 61
耳聅 184
聃 308
聆 269
聊 191
聄 132
聅 184
聽 269
肉脚 227
脛 269
脛 271
豚 149
脰 284
脢 112
脢 118
⿰月召 125
⿰月召 138
脧 173
脣 121
脤 126
脘 162
⿰月忽 127
脡 274
脞 217
脫 104
脫 157
脯 82
脬 200
脥 315
脝 256
臼舂 31
⿰臼巿 141
舟舸 212
舲 268
舶 258
船 180
舴 260
⿰舟召 199
舳 25
舵 215
舷 183
色艴 134
艴 146
艸莒 69
莢 316
黄 263

莖	257	莩	84	處	73	衣袈	225	訣	172
莞	158	莎	214	虖	81	衮	142	訥	145
莞	167	荾	41	虫蚶	313	袋	117	設	179
荼	78	莤	23	蚷	69	袤	285	訟	32
莜	190	莘	126	蛄	77	袠	127	訝	221
茥	90	莪	214	蚯	295	袼	245	詎	112
荳	284	莚	179	蛉	268	袷	314	訛	217
莨	245	娭	193	蛃	264	袷	326	訦	63
苐	292	莠	294	蛇	48	袺	171	訦	287
莅	43	莊	234	蛇	215	袴	77	訢	137
莉	59	荻	267	蛇	223	袴	225	訢	138
莫	79	莛	268	蚰	296	袘	62	訬	202
莫	228	莜	190	蚴	297	袿	94	許	70
莫	264	莝	216	蚱	264	袇	70	許	90
莣	231	莩	196	蛆	72	袹	167	訩	33
莓	112	荷	216	蛀	91	袱	26	訩	34
莵	174	荷	217	蚳	61	袵	302	谷谻	222
苐	203	荷	219	蚻	165	袵	304	谹	263
苐	292	莧	166	蚿	183	袾	92	豆豉	47
莁	91	莧	187	蛣	321	見規	40	豕豝	222
莋	258	莟	312	血衃	123	覓	269	豸豹	166
莆	81	莕	262	行術	121	角觖	172	豼	46
荹	79	虍虒	20	衒	184	言訪	231	貝貫	158

貧 125	軝 42	逐 25	金釭 24	陸 22
責 114	軜 307	逐 274	釭 36	陵 277
責 260	軘 149	造 209	釨 185	陪 112
貪 311	[illegible] 140	逡 121	釦 284	陴 46
販 141	軛 259	逓 100	釱 102	陫 65
貶 321	軟 179	通 19	釱 103	陲 41
貨 217	辵逕 266	透 289	釤 324	陰 27
赤赦 224	逑 284	逋 80	釤 327	陰 300
赧 273	途 78	邑郭 243	釪 92	陳 129
走趰 309	逗 284	郯 308	釴 280	陳 130
[illegible] 289	連 171	部 86	釣 189	陬 287
足趼 170	連 186	部 286	釵 103	陷 305
趹 186	逞 260	郫 59	釵 225	陷 313
跂 42	逢 17	鄅 315	釧 183	陷 323
跂 58	逢 29	郵 287	釱 102	陷 326
趺 84	逢 298	郴 303	釱 103	隹雀 240
趿 308	逝 93	酉[illegible] 244	釬 158	雨[illegible] 324
趾 49	逍 192	酖 302	釳 138	雪 179
趻 304	速 20	酖 307	門閉 100	雩 85
身[illegible] 46	逜 90	酘 284	閉 177	頁頃 250
車較 36	逌 291	酕 211	閈 158	頃 252
軖 242	這 226	酗 88	阜陶 194	頄 40
[illegible] 282	逖 267	里野 223	陶 206	頄 284

頂 267
食飢 54
飤 52
飣 267
首馗 40
馗 295
魚魚 70
魚 92
鳥鳥 190
鹵鹵 79
鹿鹿 17
麻麻 219
麻 220

十二畫

人傕 36
傋 38
傑 169
傔 315
傀 108
傀 114
傭 244
傌 220
傍 231
傍 232
傡 255
傅 86
備 46
傞 214
傘 154
傃 80
傜 194
傖 261
傎 170
傓 310
傍 264
傋 38
傒 100
傲 203
儿兟 126
冫凓 120
馮 21
馮 280
凒 67
凔 234
几凱 108
刀割 151
剴 114
剴 118
剩 273
創 234
創 235
力勞 206
勝 271
勝 278
勛 136
勹匑 20
匒 312
十博 229
卩卿 249
厂厥 133
厥 146
厶叅 311
口喝 108
喝 158
喈 104
喀 263
喬 189
喫 273
喃 307
喃 327
啿 312
喇 161
智 237
喪 232
喪 233
噐 233
單 151
單 174
單 177
單 178
善 177
善 187
啻 46
智 237
喔 38
嗲 155
嗲 169
噞 310
喑 300
喑 304
喑 310
喏 226
喁 30
喁 296
喎 106
喓 193
喟 54
喟 110
喩 88
𠿚 291
呰 53
啿 327
喋 322
喋 327
啼 97
喞 123
喞 279
喘 182
喆 182
啾 293
喊 310
喊 326
喒 144
嗔 25

喚	160	報	298	大奢	223	媮	288	尊	27
喤	246	堡	208	奡	208	媥	127	尊	144
喤	258	堢	208	奠	171	婷	267	尊	146
喉	289	堉	93	奠	265	媞	97	尢尰	32
喧	148	嫂	208	女媍	250	婼	242	就	295
喙	118	堮	232	媧	224	婧	215	尸屠	75
喜	57	堰	141	媼	206	婚	144	屠	78
口圍	65	堰	149	媆	144	媓	244	山嵁	306
圖	180	堧	176	媒	112	子孱	165	嵌	327
圓	168	堯	193	媒	297	宀寐	43	嵐	309
土堇	122	堣	85	媢	207	寎	264	嵂	119
堇	131	堙	128	媌	203	富	286	嵋	45
堝	156	場	241	婺	85	寔	280	尌	34
堝	185	堤	97	媚	44	寓	86	崿	245
堪	306	堲	131	媜	287	寓	87	嵒	325
堵	79	堲	279	婿	93	寑	304	嵲	315
堦	104	塝	261	媟	178	寒	132	嵔	66
鞅	173	堞	320	婢	313	寒	139	嵔	110
堙	270	塚	32	媧	105	寒	150	嵎	85
堠	143	堭	246	媧	224	寒	158	崺	47
堛	276	堠	290	媛	148	寒	168	嵏	18
報	91	士壹	125	媁	65	寒	188	嵛	279
報	207	壺	82	媮	87	寸尋	301	巛巢	65

己巽 143
巾帽 207
幇 231
幅 19
幅 276
㡏 88
幄 38
幃 65
幀 265
帿 289
幺幾 66
广庿 192
廂 236
廋 286
廋 287
廁 282
庾 88
庮 292
廁 50
廁 282
㢡 288
弋弑 46
弓强 228
弽 318
弼 130
彐彘 99
彡彭 231
彭 261
彳徦 220
𢓭 106
復 19
復 287
循 120
徧 174
徨 243
心惪 158
惎 56
惄 266
㥁 151
悳 276
悶 145
悲 45
惡 80
惡 81
惡 232
㳑 320
惠 100
惑 277
愒 94
愒 103
愒 158
愜 316
惇 250
㥛 278
愞 152
愞 160
愞 213
惱 206
愎 277
愊 276
惺 257
惺 271
愕 232
愞 179
惲 135
㥚 88
愉 87
愔 300
惵 319
惵 322
愀 195
惴 55
惻 279
惰 215
𢡟 235
愓 246
惼 175
愜 316
惛 144
惶 243
戈戚 24
戞 163
戟 255
戶扉 64
戾 322
手掔 170
掔 160
掌 240
掣 99
掣 183
揀 163
揀 173
揭 94
揭 140
揭 169
揩 104
揢 257
揵 141
揵 185
揆 40
㨉 276
揆 143
描 192
插 325
揲 179
揲 318
揲 322
揳 187
挍 286
揗 120
揗 121
握 37
揠 164
揞 309
揜 309

揜	315	搥	114	斤斯	51	曾	280	棄	42
揚	238	嵇	101	斮	38	朁	310	棠	229
掾	179	換	160	斮	241	替	99	棹	200
揳	176	揮	65	方旃	217	替	132	棟	17
捥	178	支敧	55	旄	194	最	105	棱	319
揋	109	攴敢	306	日景	250	月朞	55	棙	101
援	148	敦	110	景	257	期	55	棱	277
揉	292	敦	118	晷	58	朝	75	棃	44
揄	88	敦	142	普	80	朝	76	棽	301
揄	297	敦	144	晳	271	朝	195	棉	186
揉	293	敦	148	晬	118	朝	297	棒	37
揉	294	敦	152	晻	309	木椌	38	棓	37
揖	301	敦	190	晻	315	椐	69	椑	250
揖	304	散	154	晼	150	棨	97	棅	252
揃	180	散	155	暀	244	椌	24	棒	37
提	95	散	156	晣	98	椁	243	棓	37
提	97	敝	100	晣	182	棺	158	棓	295
揥	98	敞	241	晶	254	椇	84	棼	134
揔	20	斂	316	智	48	椈	26	棐	64
揪	293	文斑	164	晉	127	棬	183	椑	96
揣	55	斐	64	晴	256	棘	277	椑	59
揣	218	斌	125	晬	118	棊	56	椑	250
揕	303	斗斝	220	曰曾	279	棋	62	森	303

棲	94	棷	107	殳殼	36	渡	78	渫	178
棱	319	棷	288	殽	203	湩	26	渫	321
棄	280	棸	296	毛毱	26	湩	29	湌	143
植	51	棰	41	毯	307	湅	173	浚	286
植	280	椎	42	毰	115	湁	304	湜	280
椏	221	椔	63	毳	101	滿	186	渥	37
棜	74	椽	38	毴	157	湎	174	洴	315
棫	277	梌	322	水淼	192	渺	192	浣	178
椀	159	棚	261	渴	151	涸	44	渦	217
椄	58	棍	145	渴	170	渼	59	湧	30
椅	62	棔	149	減	324	湄	45	湲	150
椅	56	欠欿	306	港	36	湣	131	湲	167
棧	165	款	159	湝	104	渤	146	湲	184
棧	164	欽	299	湝	106	湃	111	渭	66
棖	261	欺	55	湨	273	渢	328	湋	65
棗	209	欹	56	淯	299	湢	281	游	292
棕	18	欻	137	湳	311	溋	135	渝	87
椽	38	止歸	64	湍	152	溋	145	淯	299
棌	115	歹殖	280	湛	302	溋	149	湮	128
梌	322	殘	156	湛	303	渣	225	渚	72
棣	99	殚	144	湛	307	湘	236	湔	177
棣	118	殚	119	湛	325	湑	71	湔	180
椒	195	殙	144	湛	327	湑	75	渟	267

湊	288	焫	179	犇	145	琯	158	琮	31
湒	304	焠	118	犀	94	琴	299	琛	303
滄	157	焞	110	犉	121	琦	55	琢	38
湫	198	焞	130	犬猒	318	琪	56	琶	222
湫	293	焞	142	猋	196	琭	16	琥	82
測	279	𤈦	312	猲	149	琳	301	瓦甁	50
湁	304	然	176	猲	158	琙	85	生甥	259
湯	234	焰	319	猲	326	琲	111	甦	79
湯	235	焱	275	猱	205	琲	117	甤	41
湯	237	焯	241	猫	192	琕	269	用甯	267
渝	87	焦	195	猩	259	琫	18	田畮	285
渢	21	焜	145	狻	287	琵	46	番	140
湢	281	煦	70	猰	164	琡	23	番	161
港	36	煦	86	猥	110	琰	305	番	168
湖	81	煦	91	猨	147	琰	313	番	216
渾	144	焮	138	猶	291	琰	319	畬	71
渾	145	爪爲	54	猶	292	琰	328	畬	223
渙	160	爲	55	猪	73	琬	148	畯	121
湟	244	片牋	177	獀	25	瑗	185	畫	113
湝	256	牌	103	猵	187	琖	164	畫	257
火無	83	牛犅	227	猴	289	琤	260	疋疏	63
焙	117	犁	44	玉琚	69	琠	172	疏	73
焚	135	犁	93	琨	142	琱	190	疒痘	296

痢	59	目睊	169	硝	193	稆	71	筋	137
痗	117	睊	170	硪	213	稃	84	答	27
痡	80	睍	170	硯	179	稅	96	答	307
痞	60	睍	188	碑	226	稅	106	等	272
痟	192	睋	214	硩	275	稅	162	筏	141
瘁	302	睅	166	硟	183	稍	202	筍	120
痯	175	睇	95	硩	275	稍	204	筎	75
痣	60	睇	100	硧	39	稜	282	筌	178
瘃	33	睞	319	硤	327	程	255	策	261
瘦	305	睆	167	示祴	106	稊	98	筑	25
痛	22	睎	67	祴	111	稀	67	筒	19
癶登	247	矛矟	37	祰	206	穴窖	201	筆	129
登	276	矞	121	祱	47	窘	119	籚	90
發	140	矢短	152	䄈	293	立童	16	米粟	30
白皓	199	矬	218	祲	302	竦	29	粤	147
皓	204	石硧	39	祲	303	竢	52	粥	24
皓	205	硜	258	禾稈	151	竣	122	粢	52
皓	210	硬	255	稠	185	竣	187	糸絜	171
皮皴	122	碮	173	秸	34	竹笻	28	絜	185
皸	162	硠	230	稇	149	筈	159	絳	27
皿盜	206	硩	275	稌	79	筐	242	絳	35
盛	252	硫	296	稌	89	筊	203	絳	36
盛	255	硴	245	稂	229	筊	204	結	62

結 171	紫 53	翓 184	脹 241	菎 95
絝 77	絟 177	狨 122	膴 145	菼 307
絖 244	絶 181	翕 302	自 臯 205	菑 307
絓 113	絑 89	老 耋 173	至 臷 174	菟 78
絞 201	經 174	耳 聒 159	臶 182	萄 207
絭 188	絘 61	聿 肅 23	臼 舄 250	萊 111
給 299	綵 214	肉 胾 53	舌 舒 71	菉 35
絚 270	統 32	胔 53	舛 舜 120	菱 277
絚 276	絯 107	腔 36	舟 䑬 211	莽 79
絧 24	絯 115	腒 69	𦨴 24	莽 286
絡 76	絯 262	膢 109	舽 39	萌 259
絡 228	絢 183	腑 86	艸 荷 218	菩 90
絫 40	絙 160	腓 64	菰 77	菔 20
絑 95	紘 263	脾 46	菓 216	菔 278
絲 51	缶 缾 270	腊 250	菅 159	菶 18
絮 70	缿 38	脽 58	菅 163	菶 25
絮 75	网 罥 170	腎 125	菊 21	菜 134
絏 178	罥 171	腌 315	菤 184	菲 64
絨 22	罣 43	腋 259	菌 120	萐 324
緝 60	罦 84	腌 315	菫 122	菥 274
絪 127	罦 286	腕 160	菫 136	菙 41
絍 301	罤 102	腍 303	萁 55	菽 23
絍 302	羽 翔 237	腆 172	鼓 130	菘 22

菴 310	菑 57	蛛 89	裕 88	訴 80
菴 312	菪 246	蛭 126	裎 256	訹 120
菸 74	菭 114	蛤 306	裎 264	訹 292
菸 169	菟 82	蛔 115	裖 128	訣 233
菀 136	萍 271	血衇 257	覀覃 305	詠 256
菀 148	菴 210	衆 24	覃 308	詍 97
萎 54	菏 217	衆 26	覃 323	詒 48
萇 241	華 225	衆 305	覃 328	詒 113
菑 113	萑 160	行街 103	見覘 177	詒 118
菹 72	菙 233	衕 26	覗 52	詑 48
菂 267	虍虛 70	衖 326	視 46	詁 325
萋 319	虛 248	衖 39	覙 46	詁 327
菁 254	虜 79	衣袲 217	覞 320	詛 73
菆 157	虫蚰 34	裂 175	覞 321	詛 75
菖 241	蛍 28	裁 113	角觚 77	詆 93
菜 118	蚉 28	裁 118	觝 93	詆 101
萋 94	蛟 201	袷 326	言訶 217	証 258
菁 254	蛞 131	裙 133	詎 69	詔 194
菙 41	蛚 186	裓 278	詁 77	註 87
菆 288	蛑 285	裗 296	詁 89	診 132
萑 58	蛙 106	補 80	詘 133	診 129
萃 55	蛙 224	裞 96	詐 221	評 256
萃 132	蛜 60	裋 88	詞 52	評 261

詖	51	貯	73	跚	156	軺	194	進	127
詗	265	貾	61	跇	97	軼	125	逮	99
詗	271	貼	320	跙	72	軼	186	逮	113
豕象	238	貸	279	跈	186	軧	94	逮	118
豸貀	150	賀	215	跕	316	軴	87	逭	160
豾	59	賅	184	跌	174	軹	48	邑郟	95
貁	292	貺	245	跖	254	軫	127	郑	58
貂	196	赤赧	163	跅	263	軫	139	都	78
𧲸	82	赧	163	跎	216	軫	150	郿	45
貝貴	65	走越	147	䟫	216	軫	162	鄂	233
貸	117	越	160	跆	115	軫	168	郗	246
貸	279	趄	72	跛	60	軫	188	郾	141
貿	286	趁	129	跛	215	軼	186	郵	91
賁	45	趁	185	跑	200	軸	25	鄆	136
賁	135	趂	129	身躭	224	辛辜	77	酉酣	311
賁	145	超	196	車軻	212	辞	52	酟	77
費	45	足跏	220	軱	89	辶達	40	酥	79
費	64	距	69	軥	83	遻	221	䣼	246
貰	96	跔	91	軥	283	逶	54	酢	81
貰	224	踇	285	軨	269	逸	125	酢	233
貶	73	跋	154	軟	154	逴	38	酟	321
貽	48	跗	84	輩	117	逴	242	酡	216
貳	48	𨀁	135	軛	259	逷	267	酡	216

酌 88
里量 236
金鈐 314
鈎 119
釿 136
鈕 291
鈍 144
鈇 84
鈚 60
鈚 96
鈒 305
鈒 309
釾 223
鈋 217
鈧 130
鈏 131
鈔 202
鈀 225
鈑 166
鈃 272
鈜 258
門閒 163
間 163
閌 227
開 111
閎 257
悶 265
閔 123
閏 121
閍 261
閑 165
閒 165
阜階 104
隊 63
隊 68
隊 102
隊 107
隊 115
隊 117
隆 21
隆 305
隋 41
陽 238
隍 171
隈 109
隃 87
隃 194
隅 85
陻 128
陾 280
陼 72
隄 97
陿 327
隍 243
隹雇 77
雄 40
雅 221
雄 20
集 303
雇 82
雨雯 133
雱 231
雰 134
雲 136
革靬 160
靭 126
靮 267
靫 106
靫 221
頁須 86
順 120
項 37
食飧 143
飦 179
飥 234
馬馭 70
骨骫 55
骫 61
鳥鳦 123
鳦 167
鹿麁 86
黃黃 243
黍黍 72
黑黑 279

十三畫

乙亂 153
亠亶 152
人傾 250
傾 252
傴 87
僅 139
僆 186
僂 84
僂 296
僇 23
偋 263
傻 221
傷 237
僊 173
僁 179
傲 208
傭 32
傶 226
傳 180
傳 181
傺 98
傪 311
債 109
僉 319
傺 98
傯 20
傯 21
催 109
傭 35

僄 197
僄 198
八冀 55
冫準 128
刀剸 161
剸 179
剸 181
剺 44
剷 165
[illegible] 234
剿 195
剽 195
剽 198
剽 199
力勗 34
勤 137
勠 22
勠 290
募 79
勢 96
勣 271
勦 195
勦 204
勦 195
匚匯 111
卩卻 122
口嗃 236
嗑 310
嗛 315
嗛 317
嗜 47
嗄 109
嗄 220
嗣 52
嗓 232
嗇 281
嗉 80
喿 208
嗜 47
嗚 80
嗈 30
嗗 168
嗂 198
嗌 256
嗁 97
喿 208
嗔 129
嗟 223
嗤 50
嗒 310
髀 50
嗀 39
嗛 326
嗑 310
噌 315
嗃 203
嗃 204
嗃 236
嗅 290
囗圓 184
園 147
土塡 186
塏 108
塤 15
塊 106
塊 116
塘 229
塗 75
塗 78
塓 269
塞 117
塞 281
垟 252
塑 80
塐 80
塍 279
塒 47
塩 318
塋 253
塢 81
塡 129
塡 171
塍 279
塉 254
塔 310
塌 310
塤 148
士壼 143
大奧 209
女嫁 220
媿 54
媾 283
嫋 190
嫋 240
嫇 263
嫰 44
嫂 208
媳 282
嫈 260
媼 208
嫄 147
媵 273
嫉 125
媸 50
嫌 321
㜎 100
子㝅 284
孴 57
孴 304
孽 54
宀寙 89
寘 49
寘 68
寘 102
寘 107

寘	115	廉	316	感	323	慄	120	搠	307
寘	118	廇	290	感	328	憊	111	搦	36
寖	302	廋	286	愆	169	愫	90	搦	256
小尠	177	廆	111	愗	285	慅	208	搭	310
山嵩	21	廌	50	愍	124	慎	126	搪	244
嵊	271	廌	103	想	237	慍	133	搗	206
嵲	171	廈	220	愛	117	慍	138	搢	308
嵬	109	廈	222	惹	223	愮	194	搮	120
嵫	53	廆	111	愚	85	愪	119	搣	176
嵯	50	弋弒	212	愈	88	愴	234	搏	229
嵯	215	弓彀	283	意	57	慊	316	搬	161
嵠	97	彐彙	66	意	265	憯	315	搒	231
巾幏	226	彳微	63	慈	53	慌	244	搒	245
幍	211	微	64	惷	130	慉	25	搒	253
幐	274	微	102	愁	288	愾	67	搸	232
幐	277	微	107	愾	116	戈戡	306	搡	232
幎	269	微	115	愷	108	戣	40	撊	317
幏	17	徬	231	慊	316	戢	302	搔	208
幣	155	徬	232	慊	317	手挈	245	損	144
幌	243	徭	194	愲	142	毹	87	搜	286
干幹	151	徯	100	愧	54	搫	293	搤	259
榦	170	心感	305	愵	266	搉	36	搖	194
广廊	229	感	306	慆	206	搰	142	搷	186

𢭏	49	无旤	217	楬	163	椹	304	楨	255
揝	127	日暇	76	椷	324	㭿	245	椶	18
搓	215	暇	223	楷	104	楊	238	楱	296
搽	225	暕	167	楷	105	楊	264	楚	74
搶	234	暍	140	楗	141	業	314	槌	42
搶	235	暌	101	葉	170	椽	180	槌	114
搊	288	暖	150	楛	78	榏	253	椿	122
搐	27	暖	152	極	278	椳	109	榜	235
搭	310	暋	124	楠	307	楀	90	楓	21
搨	310	暑	71	椴	161	楥	150	楓	305
擠	308	暗	310	楝	173	楰	88	椷	324
携	95	暘	238	楞	277	楰	92	楦	147
攴敬	249	暎	256	楘	17	楢	292	楎	67
敬	275	㬈	143	楙	285	楡	87	欠款	159
敫	84	暈	136	楣	45	楺	293	㰹	324
敭	238	暲	65	楅	19	楫	319	歇	141
文斒	164	暆	60	楅	276	椸	48	歅	128
斗斛	197	暒	256	楂	222	楮	73	歅	186
斞	89	暄	148	楔	177	椽	180	歃	88
斟	303	暉	65	楯	120	椽	180	歂	183
斤新	125	曰會	105	楯	121	楪	322	歆	301
方旒	290	木椵	225	楯	130	楫	304	止歲	96
旓	202	楬	140	椹	302	楫	319	歹殛	277

殜	322	溜	290	溶	32	煅	152	煙	128
殳殿	171	溧	130	源	147	煓	152	煮	72
毀	58	漭	229	溵	139	煉	172	煠	325
毁	62	滅	176	溢	125	煢	191	煎	177
毛毹	158	溟	270	溠	221	煤	112	煎	180
毷	210	溟	274	滋	53	煩	141	照	194
毸	113	溦	67	滓	53	煏	277	煥	160
毹	158	溥	80	滁	73	煞	113	煌	244
楸	294	溥	230	滇	186	煞	164	煦	88
水溘	306	滂	231	準	122	煁	302	煕	57
溪	97	滏	86	準	188	熇	141	父爺	226
滑	142	㴬	224	溱	129	煬	238	片牐	325
滑	166	潤	318	滕	305	煬	239	牒	320
滇	15	溞	211	滄	234	煙	174	牏	288
溝	76	溲	286	潲	198	煨	109	牛犍	140
溝	283	溲	288	滍	60	煜	22	犍	185
溺	189	溼	300	滈	211	煜	304	犎	34
溺	273	溹	302	溷	132	煇	65	犬猷	292
溏	229	溫	133	溷	144	煇	136	猳	161
滔	206	溫	144	滉	247	煇	139	獅	61
滔	297	滃	19	火熒	250	煇	145	猻	143
漣	171	溔	193	煐	151	煟	66	獀	287
溓	322	溽	32	煖	152	煒	65	獀	296

猿	147	瑕	222	痾	214	睢	42	碏	240
⿰犭員	147	瑚	81	瘂	221	睢	58	硾	58
⿰犭兼	328	瑝	246	疹	70	睟	40	⿰石隶	118
猾	166	瓦甌	227	痿	62	睡	42	⿱洛石	216
玉瑊	324	甞	228	⿸疒家	39	睚	106	示祼	159
瑙	206	⿱甘豆	316	瘁	55	睚	114	禁	299
瑇	117	瓿	287	痴	50	睨	97	祺	56
瑁	207	甄	58	白皙	271	睛	254	祿	16
瑁	117	田畺	227	皮皷	240	睫	319	⿰礻昔	221
⿰王扁	125	畸	55	皿盬	307	睘	250	⿰礻卒	118
瑄	173	當	228	盝	25	矢矮	106	内禽	26
瑞	42	畹	148	盟	248	石⿰石昆	143	禽	300
瑟	122	畷	98	盟	251	碕	62	禾稛	130
⿰王夾	179	畷	188	盟	263	碕	68	⿰禾來	111
瑛	253	畤	50	盞	164	碁	56	稑	22
瑀	87	畫	113	目睪	263	碓	117	稜	274
瑗	150	疒痤	215	睠	185	碡	34	稜	277
瑋	65	痼	77	督	28	碌	16	稏	221
瑜	87	痏	158	睞	118	碌	29	稔	303
瑑	182	痰	308	睩	16	碱	85	稠	293
瑅	102	痻	131	睦	18	碑	45	稡	107
瑒	242	痱	67	睥	94	碎	118	稡	149
瑕	76	痺	44	睒	318	碍	116	稠	293

稃	122	筬	252	綆	252	罫	115	肄	47
稙	281	筲	202	綑	144	罧	305	肉腳	227
稚	50	筵	175	絿	284	罨	309	腱	141
⿰禾垂	214	筩	19	絛	206	罨	321	腱	185
稗	110	筩	34	絻	135	罭	277	腦	206
稟	300	筠	121	綍	135	⿱罒隹	200	腝	144
穴窠	217	筰	234	綁	245	罩	200	腶	152
窟	145	筯	73	⿰糸余	71	罪	110	腯	143
窞	308	筳	268	綀	76	罬	188	腯	145
窣	143	第	95	綃	192	置	50	腷	281
窡	168	筞	261	綉	291	羊羣	133	腹	19
立竪	88	筴	261	綏	41	羨	176	腮	113
竫	264	筴	315	綖	175	羨	179	腥	271
竹筥	69	筴	327	綖	187	義	57	腤	313
筧	185	⿱竹⿰禾欠	297	綎	267	義	218	腰	193
筴	315	米粳	258	⿰糸呈	267	羽翛	192	腢	296
筴	327	粮	236	綈	98	耒耡	73	腢	297
筦	157	粱	236	絺	50	耡	74	腬	292
筠	121	粲	156	綅	303	耳⿱夆耳	133	腴	88
笠	284	糸綌	249	綊	321	聘	261	腸	241
筤	244	絹	169	綄	160	聖	254	⿰月枼	319
筭	155	絸	170	网罦	80	聒	81	腄	27
筮	93	經	266	罦	112	聿肆	52	腄	32

腫 39
腠 288
䐇 123
腨 188
臼舅 284
舛舝 166
舟艄 202
艅 75
艇 268
艁 211
色艳 134
艸葭 220
葛 151
葀 159
葵 40
董 16
董 35
董 39
落 228
萬 140
葂 173
葆 207
葍 19

葑 26
葑 29
蕡 296
蒞 150
葸 51
葰 221
葠 304
葉 317
葹 60
葚 302
萼 233
葯 39
葯 239
蕢 187
葉 247
葉 305
葉 313
葉 318
葉 328
蒿 217
葽 193
葦 65
葳 65

萸 88
孽 53
葬 233
著 72
著 75
著 242
菹 72
葶 273
葼 25
萷 282
葺 301
萩 294
葴 303
葩 222
葡 91
葫 91
葒 19
葓 19
葷 136
萱 148
虍虞 27
虞 76
虞 85

虞 219
號 210
虫蜎 175
蜎 185
蜎 187
蛺 321
蛺 328
蜋 230
蜋 236
蜂 29
蜉 286
蜺 96
蜺 106
蛸 193
蛸 202
蜃 125
蜃 126
蛾 214
蜍 73
蜒 175
蜈 90
蛹 31
蜒 186

蜓 268
蜇 182
蜀 31
血衉 114
行衕 220
衕 221
衣衰 285
衺 63
衺 284
裊 190
裏 43
裟 225
裛 304
裛 315
裔 97
裝 234
裾 69
裩 142
褔 133
裯 89
裯 210
裯 293
裸 213

裲	246	誆	243	誂	197	賈	220	跨	226
裶	67	詬	289	誅	89	賃	300	跪	58
裨	45	詬	295	詧	165	賂	79	跬	40
裼	102	詭	57	詹	319	賄	63	跟	146
裼	270	詰	124	詫	215	賄	68	路	78
裺	325	詷	26	該	110	賄	102	跰	172
䘸	260	詻	260	詡	88	賄	107	跣	176
視	99	誄	54	話	113	賄	110	跠	60
裧	321	詳	237	詠	108	資	52	跐	61
𧛞	166	詳	239	詨	204	貲	52	跧	165
䙖	261	詵	126	詾	34	賊	279	跡	253
見覜	257	詵	139	豆登	276	賅	115	跧	178
䚂	190	詶	291	豕豣	170	賉	120	跳	190
角觡	262	詢	120	豣	185	赤赩	277	跱	50
觥	247	詩	47	豥	106	走趌	124	身躲	218
觥	257	試	46	豢	167	趑	61	車較	36
觜	52	詣	97	豸貊	257	趒	190	較	201
觜	55	詍	97	貉	236	趎	86	輂	15
解	104	訾	52	貈	236	趍	86	䡝	33
解	107	訾	53	貆	148	足跿	36	輅	79
解	110	訿	53	貆	160	跲	314	輅	262
解	114	誎	53	貅	295	跿	35	軿	172
言誇	224	詮	178	貝賈	77	跨	225	軿	274

軾	280	遁	144	鄑	61	鉟	61	閟	44
輀	49	逼	276	鄒	288	銈	259	閜	221
載	112	遂	41	郹	274	鉏	73	阜 隔	249
載	117	遏	155	鄉	242	鉏	75	隙	255
輇	177	遇	76	鄗	204	鉐	251	隑	62
輈	293	遇	86	鄗	211	鉠	233	隖	81
輊	273	運	136	鄗	246	鉛	176	隖	206
輕	49	違	65	酉 酮	16	鈺	35	隘	111
辛 辟	51	遊	292	酪	228	鉞	148	隒	316
辟	249	逾	87	酩	269	鈼	233	隗	109
辠	110	遉	258	酬	290	鈿	171	隗	114
辰 農	28	遉	263	酨	117	鈿	172	隕	119
農	247	遵	119	金 鉀	324	鉦	255	隕	188
農	297	遄	180	鉅	69	鉒	89	隹 雊	283
辵 過	215	遒	294	鉆	314	鉊	199	雍	30
過	217	逿	235	鉆	320	鉋	200	雎	72
達	152	遍	174	鉗	315	鈹	51	雋	180
道	205	遐	222	鈷	77	鉍	128	雉	50
道	206	遑	243	鉤	283	鉉	132	巂	59
道	297	邑 鄔	90	鈯	143	鉉	184	雨 零	34
道	298	鄏	32	鈴	269	鉥	218	零	172
遁	146	鄖	136	鉢	154	門 閘	325	零	269
遂	146	鄰	256	鈸	155	閞	175	零	274

雷 108
雴 304
雺 17
雺 28
雹 37
⿱雨史 234
電 171
靑靖 259
革靳 137
靸 308
靭 126
靶 222
靴 218
音韵 136
頁頍 40
頎 66
頓 142
頓 144
頓 149
頒 135
頒 164
頌 31
頌 32
預 71
頑 166
項 34
頏 235
頏 236
風⿺風巴 122
食飩 149
⿰食殳 295
飯 140
飦 141
飫 70
飲 300
飪 302
飭 281
馬馯 162
馯 163
⿰馬凡 326
馴 121
馴 138
馰 267
弇 87
馳 51
馳 219
馱 214
馱 216
馲 234
骨骭 166
髟髡 142
髦 99
鬼鬽 44
魚魛 206
鳥鳩 283
鳬 85
鹿麂 57
麀 287
黽黽 125
黽 174
黽 261
黽 263
鼎鼎 267
鼓鼓 77
鼓 89
鼠鼠 71

十四畫

人僁 169
僙 246
僑 189
僅 122
傲 55
僮 16
僜 281
僗 206
僚 191
⿰亻無 85
僕 18
僕 30
僰 279
僓 135
像 238
僎 181
僧 278
僥 189
僥 194
僞 54
僝 164
僝 165
僎 119
僭 305
僭 319
僔 146
僬 194
僦 295
僜 281
僤 157
僓 110
僩 166
僖 57
儿兢 276
冫凘 56
凘 102
几凳 274
刀劂 138
劂 147
劇 256
剽 30
劉 312
劉 313
剸 150
劃 257
力勩 59
勩 97

匚匱	57	嗽	287	墊	316	墄	272	嫦	246
匵	160	嗾	288	塿	285	塹	320	嫣	169
厂厪	122	嗾	296	塺	217	士壽	292	嫣	185
厮	56	嘕	185	塻	229	壽	293	嫕	96
厭	132	嗷	209	墁	153	夊夐	261	嫗	87
厭	317	嗸	209	墁	154	夕夤	127	嫗	91
厭	318	嘈	210	塺	112	夢	17	嫜	240
厭	319	嘖	260	塺	217	夢	19	嫡	266
厭	327	嗺	114	墓	79	夢	248	嫖	197
厶叀	295	嘆	157	塴	271	夢	264	嫖	199
口嘉	220	嗿	310	塽	232	夥	107	嫮	84
嘏	220	嘌	199	墅	72	夥	217	宀寡	224
嘎	167	嘒	100	塾	24	大奩	316	寠	84
嘅	106	啍	81	墉	32	奫	121	寠	295
嘅	116	囗團	152	墇	240	奪	157	寧	266
嘄	189	圖	75	塲	241	女嫗	87	寧	274
嘐	201	圖	78	塼	179	嫗	91	寥	191
嘐	204	土墈	312	墊	316	嫩	144	寞	229
嘔	287	境	250	塡	132	嫪	206	實	124
嘔	289	墐	122	塵	130	嫠	44	實	132
嗽	37	墐	131	塹	320	嫚	164	寤	80
嘗	238	墍	56	墋	304	嫫	90	察	165
嗽	37	墍	67	墌	263	媲	94	寨	112

寢 303
寢 313
寢 323
寢 328
寸對 117
對 305
尸屢 85
屣 46
屣 51
山嵺 201
嶇 82
[illegible] 198
嶁 90
嶁 296
嵯 164
嵷 25
嵷 34
嶅 208
嶅 200
嶂 240
嶈 240
嶆 211
嵸 20
嵸 25
嶄 320
嵾 304
嶃 327
嶄 325
嶄 320
巢 204
幖 196
巾幗 256
[illegible] 295
幕 228
幔 153
[illegible] 29
[illegible] 96
幓 324
幘 260
幖 196
徹 68
广廓 243
廏 284
廑 139
廖 191
廖 197
廒 211
廕 300
廙 280
弓彄 283
彈 129
彡彰 241
彯 198
彯 199
心愬 80
愬 258
愻 143
慂 30
愿 147
慇 138
態 63
態 118
慁 143
慳 163
慷 227
慷 244
慨 116
慣 166
慬 136
慬 137
慬 138
[illegible] 124
[illegible] 279
慱 152
憀 191
慺 91
慺 285
慢 164
慔 79
慴 319
慠 208
慵 32
慥 209
慒 31
慚 311
慘 209
慘 248
慘 310
慽 271
憁 21
憁 22
慟 22
慓 197
戈戩 180
截 181
手搴 184
摡 116
搡 140
摜 166
摑 256
摳 91
摳 284
摎 289
摫 58
[illegible] 137
摡 67
摶 153
摕 186
摞 213
摺 308
摺 319
摙 186
摝 26
摟 285
摛 50

摸 79
摸 229
摒 253
掍 96
撥 155
摻 313
摻 322
摻 324
撕 324
撕 327
摵 259
摗 286
摏 31
擩 73
摘 254
摘 274
摐 38
摭 254
擐 187
摕 186
摠 20
摧 109
摽 196
擨 225
摡 67
攬 308
攴 敲 202
敲 203
豉 108
斗 斠 36
斡 156
斡 162
斤 斲 38
方 旗 56
旗 297
旝 150
旖 62
日 暠 205
皆 108
暝 268
暝 270
暢 242
暟 247
月 朢 230
朢 245
木 榎 220
榷 36
榷 203
榦 151
榦 162
榤 169
槁 205
槀 205
榖 15
檕 15
榾 142
槐 103
槐 110
構 283
榿 62
榶 229
槖 234
榔 230
榴 289
榠 274
槃 155
榜 230
榜 231
榜 254
榧 64
𣚂 59
槲 224
槎 222
槊 37
榺 271
櫰 218
滎 253
榲 134
榲 149
榕 35
榲 134
榨 226
榰 49
榛 129
榡 222
槍 235
槍 260
槉 54
槖 234
榻 309
榼 306
榥 247
欠 歌 63
歌 212
歌 226
歗 315
歗 316
歗 324
歊 197
歹 殞 119
殠 295
殳 毃 36
毄 273
毋 毓 24
毛 髦 312
气 氳 133
水 滎 272
潕 151
漑 116
滾 149
溯 243
漻 203
滜 189
漚 287
溥 152

滷 79
漉 16
漻 198
漻 292
漏 285
漓 43
漠 229
漫 153
漫 154
滿 153
滻 164
滲 303
滲 305
漖 74
漩 173
漩 176
漅 202
漱 287
滫 292
滑 121
漾 238
漁 70
漹 169
演 179
滜 189
漚 287
漎 291
漪 57
漬 53
漳 240
滴 266
漸 318
漸 320
漕 209
漕 210
漕 297
潨 34
漴 25
漬 53
漸 325
漲 241
滌 247
滌 272
滯 99
漅 198
漼 110
漼 114
漆 128
漯 310
漂 196
漂 197
滮 294
滭 128
漢 157
滸 82
滬 90
淳 81
漷 243
滤 159
滤 162
灠 312
火 煻 229
粦 131
煿 230
煸 174
煸 176
熄 280
熅 133
熅 134
熉 139
熊 20
㷎 203
熇 21
熇 31
熇 199
熇 246
熷 315
熒 270
熒 272
熏 136
熂 67
爻 爾 47
片 牓 231
牑 294
牛 𤛮 108
犒 205
犖 36
犬 獃 114
獍 249
𤢖 327
獄 30
獎 240
獐 241
玉 瑴 15
瑴1 15
瑴 36
瑰 108
瑾 139
瑭 229
瑯 229
瑠 289
瑪 225
瑣 216
瑥 144
瑤 194
瑢 32
瑲 240
瑱 132
瑱 171
瑶 200
瑨 128
璡 128
瑳 214
瑳 215
瓦 甄 129

甄	170	瘧	239	碫	152	禾稭	104	箝	315
甃	288	皮皷	78	碧	250	稭	163	箛	89
田瞟	179	皸	133	碩	251	稉	212	箜	15
睬	292	皸	134	碞	325	稫	276	管	157
睞	132	皿監	324	磦	179	稯	25	箘	119
畽	145	盞	44	碨	66	種	32	箕	55
畽	156	盞	93	磁	53	種	33	箔	231
疋疑	57	盡	127	碁	303	種	34	箙	20
疑	139	盡	132	碭	235	稱	273	箄	45
疑	281	目睪	205	磓	109	稱	281	箄	95
疐	49	睽	95	碬	222	穀	15	箄	100
疐	99	睹	79	示禊	100	穴窳	87	算	155
疒瘕	225	瞀	85	禖	112	窳	285	篓	324
瘑	140	瞀	286	福	18	窩	217	箑	324
瘑	160	瞂	141	禔	47	窪	224	箚	325
瘏	78	睿	97	禔	61	窨	300	箏	260
瘄	265	睼	102	禔	97	立竭	140	箋	176
瘍	238	瞂	141	禕	57	竭	170	箪	200
瘉	88	䁔	150	禋	128	端	152	箚	325
瘉	91	石碣	101	禎	255	竮	270	箒	295
㾜	89	碣	140	禘	99	竹箇	212	箠	41
瘖	300	碣	170	禍	63	箇	226	米粼	131
瘇	32	磁	206	禍	217	箝	315	粹	40

粻 241
精 254
粽 21
粺 110
糸綱 227
緊 97
緊 266
緄 143
綰 166
綸 120
綸 166
綣 147
綣 149
[illegible] 150
綺 56
綦 56
緂 307
綢 206
綢 293
緉 236
綟 93
綠 29
綾 277
網 230
綿 172
緍 124
絣 251
緋 64
緆 270
綫 176
綬 292
綬 293
綱 218
緎 277
維 41
緌 41
綽 242
綜 31
綵 112
緀 94
綪 187
綴 98
綴 183
緁 319
綪 187
綷 114
綷 118
緅 288
緇 57
綝 303
綻 165
綳 261
网罰 141
署 71
署 199
罳 56
罳 115
羽翡 64
翣 324
[illegible] 164
翟 63
翟 261
翟 267
翠 55
耒耤 39
[illegible] 322
耤 253
耳聞 133
聞 134
聚 89
聿肇 194
肉腐 86
膈 249
膁 321
膏 205
膂 71
膋 191
腠 277
膊 230
膀 245
膔 60
[illegible] 282
膁 321
膃 149
臉 256
膇 42
腿 110
膗 236
[illegible] 313
膎 105
[illegible] 243
[illegible] 127
臣臧 234
至臺 111
臼與 71
與 72
與 75
舌舓 46
舔 323
舛[illegible] 131
舞 85
舟艋 261
[illegible] 111
艸蓋 103
蓋 311
蓋 313
蒹 315
葥 110
[illegible] 83
蒳 311
蓏 213
蒗 229
蓈 229
蓮 171
蔓 161

蓂 270
蓂 274
蒙 16
蒡 245
蓓 115
蓑 214
蒜 155
蔆 304
蓆 251
蓀 143
蒐 287
蒓 121
蓍 46
蒔 47
蒔 60
蒻 240
蓋 138
蓊 19
蓐 32
蓉 32
蒰 139
葳 318
蒩 80

蒸 265
蒸 275
蒸 279
蓁 129
蒺 126
蒼 234
蒨 182
蓄 25
蒲 75
蒲 80
蒱 80
蓾 311
蒿 210
蓷 110
虍虒 70
虫蟯 228
蜫 142
蜾 216
蜷 188
蜝 62
蜞 62
蜳 121
蜳 148

蝀 15
蝀 16
蝀 25
蜽 237
蜴 253
蜼 58
蛙 22
蝄 230
蜢 265
蜜 124
蜯 37
蜚 64
蜚 67
蜀 65
蜡 221
蜥 271
蜙 31
蜑 245
蜮 277
蜵 187
蛃 98
蜺 102
蜿 146

蜿 148
蜿 159
蜼 293
蜨 316
蜻 254
蜩 190
蜘 49
蝃 99
蝂 166
蝍 282
衣裹 216
裹 219
裂 29
裴 112
裳 238
製 98
褐 158
褌 142
褖 153
褍 152
褓 207
複 19
複 287

褕 87
褕 194
褘 65
褚 73
褋 322
褆 97
褊 175
褊 188
褸 193
見覡 273
角觫 284
觧 252
觫 20
言註 113
誙 258
誡 110
誠 252
誥 205
誑 243
誘 25
䛠 296
誣 83
誖 116

誖 145
誧 80
誧 90
訿 45
詐 221
誓 93
說 96
說 179
誦 32
語 70
語 92
誤 80
誘 294
認 127
誌 49
誚 195
誕 156
誕 162
誨 116
谷谽 313
豕[illegible] 289
豪 199
豪 204
豪 210
豨 66
豨 68
豸貍 44
貌 37
貌 200
貝賕 284
賓 124
賒 223
賚 99
賑 128
賑 132
[illegible] 110
赤赫 255
[illegible] 255
走[illegible] 160
趙 194
[illegible] 122
足踁 271
踊 34
踞 56
[illegible] 321
踑 90
跟 244
跟 245
[illegible] 321
踈 73
踊 31
踆 122
身[illegible] 20
車輕 249
輓 140
輓 147
輔 81
軱 320
辛辣 152
辢 152
辵遣 170
遣 171
遘 283
遝 307
遛 289
遛 297
遡 80
遜 143
遙 194
遠 147
遞 99
遞 100
遢 312
邑鄙 154
鄜 84
鄙 45
鄢 142
鄢 185
鄘 32
鄞 137
鄣 240
[illegible] 215
鄠 83
酉酷 28
酵 203
酴 78
酻 105
酻 116
酶 112
酸 156
酳 120
酲 255
酺 80
酺 90
酵 203
金銒 185
鋈 28
銙 224
鉸 201
銅 15
銚 190
銚 194
銚 197
銘 270
銑 132
銑 150
銑 162
銑 168
銑 176
銛 316
銖 87
銀 123
銓 177
銍 126
銕 184

衙 326
銂 272
鉷 26
門閣 227
閨 94
閩 124
閥 141
閙 46
閡 116
閨 173
閦 25
閬 166
閤 306
阜障 240
際 98
際 132
隺 109
隹雒 227
雌 53
雨需 86
靑艴 257
艴 269
面靦 172
革鞃 163
鞃 281
鞀 207
鞅 161
鞈 161
鞁 45
鞅 233
鞠 202
鞊 320
鞧 294
鞄 203
鞍 184
韋韎 111
韎 118
韍 135
鞋 91
音韶 193
頁頋 77
領 253
頖 154
頩 175
頔 268
頗 215
頗 216
風颵 292
颮 37
颰 138
颯 308
颬 141
颭 320
食餗 153
餅 160
飼 52
飾 280
飫 233
餇 233
餇 259
飴 48
飷 224
飵 82
飵 233
飽 201
飽 298
飶 130
香飶 129
馬駃 113
駃 172
駁 37
駁 86
駂 211
駇 308
駉 125
鬲 303
骨骰 288
骯 236
髟髮 114
髮 308
髦 208
髣 231
髴 318
鬼魁 108
魁 114
魂 144
鼋 144
鳥鳴 251
鳳 20
鳲 47
鳶 176
麥麩 145
麻麼 213
麼 218
鼻鼻 45
鼻 297
齊齊 53
齊 63
齊 68
齊 98
齊 99
齊 101
齊 105
齊 107
齊 115

十五畫

人價 220
僵 227
儉 314
儆 249
儈 105
儫 299
儂 28
儋 307
僶 124

	僻	250	匚	匳	316		噌	282		墂	191	女	嬌	189
	僿	53	厂	厲	93		㗱	303		塯	290		嫣	40
	僾	117		厲	305		噆	309		墨	278		嬈	190
	億	276		㕒	62		嘽	157		墣	26		嬈	198
	儀	57	ム	毚	121		嘽	182		墣	37		嫽	191
	儀	218		毚	122		噍	195		墢	141		嫽	197
	儃	161	口	嘳	54		嘬	110		墢	153		嫵	85
	儃	178		嘰	66		噋	144		墦	141		嬋	174
	儁	121		嘾	307		噓	70		墳	134		嬃	92
	僽	288		噉	308		嘷	210		墳	135		嫶	196
	儇	182		嘹	191		嚍	256		墠	178		嫺	165
冫	凚	299		嘹	196		嘵	197		墷	94		嬛	182
	凜	300		嘿	278		噏	302		瘞	96		嬅	225
	凙	246		噴	145		嘻	57		墫	150		嫿	263
刀	劍	314		嘯	192	土	墾	147		增	279		嬉	57
	劊	105		嘯	204		墟	69		墀	50		嬉	62
	劌	101		嘯	211		墟	297		墜	42	宀	寬	159
	劉	290		噀	143		墝	201		墮	42		寮	191
	劈	270		嘶	101		墝	202		墮	215		寫	76
	剿	195		噎	180		墼	130		墟	69		寫	222
力	勮	69		噆	309		墰	312		墟	297		審	300
	勱	108		嘲	202		墩	142	大	奭	251		寱	31
	勰	320		噂	146		墱	270		奭	277	尢	尵	110

尸履	43	幣	100	徵	280	慙	311	憓	100
屧	317	广廣	242	徹	183	慼	271	憢	197
層	280	廣	247	心慤	36	慧	100	戈戮	22
山巇	69	廜	90	慶	244	憬	250	戭	179
嶠	189	廟	192	慶	250	憍	189	戲	35
嶔	299	廡	85	甜	94	憒	118	戭	131
嶝	270	廛	179	慹	303	憛	313	截	181
嶚	191	廚	89	慝	279	憐	172	手摩	213
嶙	123	廠	241	惷	31	憮	85	摹	79
嶢	194	廢	116	惷	35	憫	124	摯	49
嶒	280	廩	185	惷	38	憤	134	撐	170
嶕	198	廞	301	惷	39	憎	279	擷	171
𡾰	295	廾弊	100	慮	70	憕	281	擴	244
隋	218	弋弒	279	慮	75	憯	310	撟	189
嶓	216	弓彉	244	慕	79	憯	320	撟	196
巾幢	37	彆	176	慜	124	憋	241	撅	102
幠	81	彈	157	慾	32	憔	196	撅	150
幡	140	彈	158	憂	199	憧	33	摵	255
幞	30	彡影	257	憂	287	憚	157	撚	171
幘	135	彳德	63	慰	65	憚	161	撓	202
幂	86	德	276	慹	303	憛	313	撓	203
幝	182	德	298	慹	319	憪	165	撞	38
幟	50	徵	49	慫	32	懁	182	擄	79

撈	207	撤	183	暴	21	樊	141	槽	210
撩	191	撮	160	暴	210	樝	221	樅	31
撩	197	撢	311	暵	157	樧	164	樝	221
撫	86	撐	264	暳	100	槮	305	槧	321
撲	18	播	215	曰朅	169	様	238	槧	323
撲	37	撊	166	木槀	120	槭	259	㯃	128
撥	153	㩇	263	槩	116	樕	20	標	195
撖	177	撝	54	槔	205	槢	300	標	196
撫	86	攴敺	82	槲	21	槷	170	槥	102
撒	164	敺	289	槨	243	樞	89	欠歐	287
撣	157	敹	192	樛	289	樞	296	歐	289
撣	174	敷	84	槿	136	槱	292	歎	157
撏	310	數	35	樂	38	槱	294	歹殣	122
撏	317	數	37	樂	202	樜	225	殤	237
撕	101	數	86	樂	228	槧	312	殢	99
撋	176	敺	289	樑	236	椿	37	殢	101
撎	62	敵	267	樚	17	𣘻	240	殳毆	289
撍	304	日暱	124	樓	285	槳	240	毅	66
撐	264	暯	245	樏	40	樟	240	毛氂	44
撰	165	暮	79	槾	154	樘	264	氂	211
撰	181	暮	79	樠	161	樗	73	毿	309
撙	146	暬	178	樠	145	樗	225	水滕	276
撦	224	暫	310	模	79	樀	267	漀	47

潁	258	潄	187	潛	319	熠	301	獢	199
漿	239	澓	26	潮	195	熱	180	玉 瑹	290
漐	305	潰	135	澍	87	熬	209	瑩	262
澗	163	潟	75	潗	303	熨	67	瑩	269
澉	306	潟	250	澄	281	熨	137	瑩	270
潔	171	潸	132	澂	281	熭	102	璆	284
滜	205	潸	139	澈	184	熛	293	瑾	123
澆	189	潸	150	溕	19	熛	196	瑅	56
澆	197	潸	162	潬	161	熯	157	璉	172
潰	116	潸	163	澎	261	熯	158	璃	43
潙	40	潸	164	澔	211	熯	178	璊	145
潙	62	潸	188	澒	21	片 牕	38	璇	173
潭	308	澁	304	潢	243	牛 犛	59	璅	216
潼	16	潒	246	潏	122	犛	211	璈	209
澇	206	漅	259	潏	131	犝	167	璋	240
澇	211	澶	180	潏	172	㹅	20	瑽	34
潦	206	潠	143	滃	302	犬 獒	209	璁	25
潦	207	澌	62	澗	131	獗	150	璀	110
潾	124	澌	102	火 熢	29	獝	119	瓦 甑	94
潾	131	潯	302	熲	263	獠	191	田 畹	176
潘	140	潿	67	熲	266	獠	198	畱	119
潘	155	潤	121	熮	198	獠	200	畿	66
潑	154	潺	165	熟	24	獧	182	膰	279

䁟 218
𥉮 101
疒 瘛 101
瘷 146
瘤 289
瘤 290
瘢 155
𤺊 232
瘙 208
㾐 54
瘦 287
瘟 149
瘣 111
瘨 171
瘥 109
瘥 215
瘡 235
瘠 254
白 魄 231
魄 245
皚 108
皠 39
皜 205
皜 211
皝 243
皛 196
皮 皺 288
皿 盤 155
目 睢 39
睢 236
瞑 172
瞑 173
瞑 268
瞑 274
瞍 288
䁘 198
瞋 130
瞎 165
矛 矡 131
石 確 36
碻 36
磕 103
磕 306
磎 97
碾 170
磏 316
磊 109
碼 225
磐 155
磅 231
磅 261
磉 245
磑 117
磈 65
磤 136
磤 139
磋 214
磋 215
磔 261
磓 58
磆 167
示 禡 219
禡 220
禠 51
禜 256
禚 241
禾 稼 220
稽 97
稿 205
穀 15
穀 284
稻 75
稻 207
稶 22
稷 280
稹 129
稸 25
穴 窯 194
窰 194
窳 89
窴 171
竹 篋 316
範 326
箱 237
箸 257
篁 274
箾 37
箾 192
箄 120
箕 120
箹 38
箬 240
篪 48
箴 303
箸 73
箭 180
篆 181
節 180
筩 180
篍 198
篗 305
箆 115
篇 181
箯 181
箶 91
篂 244
篌 289
米 糂 309
糈 73
糈 75
糅 294
糅 297
糉 20
糊 81
糇 289

糸綗	207	緯	66	罷	222	膍	96	蕖	58
緘	324	緭	66	罽	269	膝	122	蔆	277
[illegible]	106	緹	97	羊羯	140	膊	187	蔓	140
緱	283	緵	25	羭	88	膘	196	蔑	176
縆	276	緵	26	羽翨	47	舌舖	83	蔤	131
緣	153	緝	301	翫	160	舟艘	208	蔔	278
緣	176	緝	313	翥	73	艓	322	蔀	90
緣	179	緝	323	翦	180	艐	18	蔀	286
練	173	緝	328	翩	181	艑	181	蓰	51
緬	174	締	99	翬	65	艑	186	蔡	155
緜	172	䋺	294	耒耦	63	艎	244	蔘	304
緲	192	緧	294	耦	289	艸蓬	17	蔌	20
緢	192	緻	50	肉膕	263	蕖	69	蔌	296
緍	124	編	175	膠	201	蕢	267	蓿	23
緥	207	編	181	膠	203	蓑	142	蓴	121
緗	237	緶	175	膠	297	蔽	110	蔆	304
緖	71	緶	188	膢	83	蔻	289	蔫	169
線	176	緷	146	膢	285	蔇	62	蓺	97
緤	178	緷	149	膵	119	蕖	58	蔚	65
緦	56	网罶	292	膜	90	蓼	23	蔚	137
緩	159	罵	220	膜	229	蓼	192	蔭	300
緺	105	罷	51	膚	84	蔞	83	蔗	224
緺	224	罷	104	膚	298	蔞	285	蔣	239

蔣	240	蝎	162	蝶	316	褫	49	諀	45
蘄	319	蝌	217	蝩	35	褫	60	設	297
蘄	320	蝸	105	[illegible]	183	褫	61	誰	41
蓧	190	蝸	224	蝤	292	褪	143	誶	40
蔦	189	蝳	29	蝤	297	襾覆	19	誶	118
蔦	190	蝱	259	蝙	181	見覢	318	誶	125
蔟	20	蝥	200	蝦	223	角觭	55	誶	130
蔟	288	螢	326	蝴	91	言[illegible]	169	諄	122
蓯	24	蝠	19	蝗	244	課	216	諗	301
蓯	34	蝮	19	血衉	263	諮	284	誘	54
蔯	132	蝜	296	行衛	100	誇	23	誾	123
蔡	103	蝑	75	衝	33	謷	56	誾	137
蔡	155	蝨	123	衣褎	291	誘	54	誼	57
蔕	99	蝕	280	褏	293	談	247	諎	260
蔥	18	蝘	142	[illegible]	291	談	308	諍	263
[illegible]	296	蝝	176	褒	210	諸	307	諓	177
蓫	25	蝡	176	褱	210	諒	235	調	26
蓪	26	蝡	179	褦	118	論	130	調	190
蔈	196	蝟	66	褡	307	論	142	調	297
蓽	129	蝛	65	褞	143	論	143	諎	260
虍號	256	蝣	292	裛	31	誷	230	詫	221
虩	210	蝓	92	褥	32	誹	64	諑	38
虫蝎	141	蝡	121	襡	296	誹	67	諂	321

諕	320	質	139	踣	279	輦	172	適	251
請	260	質	150	踣	287	輪	120	適	266
諏	89	質	162	䠊	64	輘	281	遭	209
諏	288	質	168	踖	253	輞	230	遮	223
諕	223	質	188	踒	217	輩	117	遷	180
谷 谾	26	賤	183	踠	150	輧	251	䢵	99
谾	38	賩	256	踓	41	䡅	20	邑 鄲	152
豆 豍	95	賝	303	踤	119	輗	99	鄧	270
豎	88	賧	311	踟	50	輚	164	鄰	123
豌	159	賢	183	踼	272	輖	293	鄯	177
䜺	261	走 𧺆	253	踐	182	輤	182	鄩	302
豕 豵	32	趣	30	踥	322	輟	183	鄭	259
貝 賡	258	趣	89	踧	24	輜	57	鄐	280
賚	116	趣	290	踧	272	輣	261	鄱	218
賣	108	趠	38	踔	38	輝	65	酉 醄	207
賦	85	趠	203	踔	203	辛 辟	52	醁	29
賜	52	足 踞	69	身 躻	23	辵 遯	132	醅	112
賞	238	踝	225	躶	213	遯	144	醇	121
賷	237	踘	26	車 轁	306	遯	146	醃	314
賨	30	踡	188	輥	143	遨	20	酸	164
賙	292	踑	62	輠	217	選	81	醋	81
質	49	踦	62	輨	158	邀	209	醊	102
質	126	踏	307	輬	236	適	63	醊	183

醉 55
金鋏 315
銶 284
鈲 316
鋃 230
鋝 175
鋟 324
鋩 231
鋂 112
鋒 29
鈔 214
鋤 74
鋋 174
銷 192
鋣 223
鋙 74
鋋 174
銳 97
銳 106
鋘 79
鋈 30
鋜 39
鋥 259
鋌 268
鋪 80
鋪 83
銲 158
鋧 188
鋗 183
鋏 315
鋘 225
鋎 168
門閫 143
閫 148
閬 229
閭 70
閱 180
阜隥 270
隣 123
鄧 45
隨 41
𨻶 130
隤 110
雨霂 17
雲 309
雲 327
霓 176
霄 192
霄 219
霄 298
霆 268
震 128
震 139
震 150
震 162
震 168
震 188
霃 303
霈 104
青靚 257
靚 264
非靠 210
革鞏 28
鞉 207
鞍 156
鞇 127
鞋 105
鞎 146
韋韐 306
韐 328
頁頡 163
頡 184
頜 311
頩 269
頪 86
頤 131
頦 156
頟 260
頠 54
頠 109
頥 48
頣 109
頦 114
風颱 101
颲 175
食餉 237
養 238
養 239
餌 48
餌 60
餁 302
餈 53
餂 321
馬駕 220
駏 69
駉 266
駈 224
駒 82
駒 297
駑 78
駙 86
駓 46
駃 53
駃 61
駟 52
駟 132
駔 234
駐 89
駝 215
駞 215
駘 114
駘 115
駊 218
駜 130
骨骲 37

骳 51
髟 髳 295
髮 140
髴 135
髫 196
髲 51
鬥 鬧 201
鬲 鬻 72
鬼 魅 44
魃 155
魄 258
魚 魪 108
魨 149
魯 79
魴 232
魦 221
鯪 282
鳥 鴃 266
鳺 91
鴆 172
鴆 266
鴇 207
鴟 138
鴟 164
鴝 208
鴝 298
鴁 286
鴉 221
鴈 165
鴂 49
鴆 301
鳫 82
鹿 麃 199
麃 201
麥 麪 173
麩 84
麨 198
麻 麾 54
黍 黎 93
黑 黓 151
默 280
鼎 鼐 108
鼐 116
齒 齒 49

十六畫

亠 虧 196
虧 197
人 儜 250
儓 111
儐 124
儒 88
𠐭 138
儗 57
儕 105
儔 293
儘 127
八 冀 55
冖 冪 269
冫 凝 264
凝 272
凝 278
刀 劒 314
劓 57
劑 53
劑 98
力 勳 136
又 叡 97
口 噱 237
噭 189
噤 299
器 56
噣 294
噬 93
磬 193
噪 208
噩 233
噫 112
噞 314
噞 321
噞 322
噟 30
嘴 55
噲 113
噦 106
噦 149
噫 57
噫 112
囗 圜 252
圜 167
圜 184
土 壃 227
墼 266
壇 152
壇 247
壈 309
壁 270
壀 101
墜 41
壄 223
墿 252
墺 209
壅 29
壅 30
壅 34
墺 22
墻 240
大 奮 136
女 嬛 250
嫶 140
嬃 126
嬴 253
嬙 240
嬖 100

子學 39
寱 97
寰 167
寸導 205
山嶭 161
嶪 314
嶧 252
嶕 119
嶨 39
嶰 106
嶮 316
巾幦 270
幨 320
幨 321
幧 199
广廥 105
勵 139
廩 299
廞 88
廧 240
廨 111
廾彞 261
弓彊 227
彊 228
彋 263
彳徼 189
心懇 147
憨 311
憩 94
憝 117
憊 111
憑 280
憠 96
憖 123
窻 38
憲 142
憲 149
憾 311
憾 313
懈 111
懅 74
憿 189
憹 206
憺 307
憺 308
懂 16
懍 299
憸 316
憸 317
憶 276
㦗 314
懌 252
懊 208
懊 209
懆 209
憷 74
戈戰 180
手擊 177
擖 163
擖 322
據 69
撿 314
撾 224
擐 166
擐 167
擒 300
㩒 300
撻 152
擔 307
擋 228
擂 114
擂 118
擗 250
擅 178
擡 179
擇 261
擁 29
操 209
擉 38
撼 311
攴敿 189
整 259
斗斢 285
日暻 250
暨 56
曇 309
曒 143
曈 16
曈 22
曆 268
暽 245
曀 94
曄 318
曅 318
曌 194
曃 118
暭 210
曉 196
月朣 24
散 154
木橄 311
檕 171
橋 189
橇 101
橇 189
橛 147
橋 119
機 66
檈 217
橈 195
橈 202
橈 204
橦 24
橙 261
橙 274

榜	79	橝	318	氀	276	澻	58	燐	131
橑	198	樽	146	氄	31	澒	71	燔	141
橑	207	橧	279	氅	241	濊	105	燂	322
槷	44	樴	281	水 澫	151	濊	116	燒	193
橅	79	樵	195	激	266	濊	160	燽	302
橆	83	薣	19	濄	217	澲	102	燂	302
橆	85	橢	215	濃	29	濇	97	燕	175
樸	18	[illegible]	310	澾	152	澳	22	燕	178
樸	37	樺	225	澹	308	澳	209	燃	176
橃	141	橫	257	濂	322	澱	172	燄	319
橄	155	橫	262	濘	270	澡	209	燄	320
橡	238	檛	224	澧	98	濈	302	燁	318
樹	88	欠 歕	145	潞	78	濁	38	熸	319
椅	122	歙	302	澠	124	澥	106	燀	180
橬	304	歙	318	澠	174	澴	167	燀	188
橬	319	歗	192	澠	278	澮	105	燋	195
橤	54	歔	70	澼	270	澮	114	燋	198
樾	148	歘	137	濤	282	火 燂	308	熾	50
樲	48	止 歷	268	濈	302	燅	307	熹	57
橦	39	歹 殪	94	溢	93	燉	143	牛 犝	16
橙	261	殫	157	澤	246	燈	276	犬 獧	185
橕	264	殳 毈	152	澤	261	燎	191	獪	105
機	177	毛 氈	24	濉	58	燐	130	獪	113

獶 206
㺚 152
獨 16
獫 316
獫 317
獩 116
獬 106
鴡 262
玉璟 251
璚 250
璣 66
璙 191
璘 123
璞 37
璠 140
瑢 173
璡 128
璜 243
瓜瓢 197
瓦甂 228
甌 287
甎 296
甍 259
甑 267
甎 179
田畼 241
疒瘽 137
瘛 106
瘭 213
瘻 91
瘻 285
瘼 229
瘶 287
癐 300
瘴 240
瘵 109
瘳 199
瘳 294
白皠 110
皿盥 158
盧 78
盪 16
盦 313
目瞢 17
瞙 229
瞞 154
瞢 19
瞢 274
瞋 120
瞖 96
瞠 261
瞠 262
瞭 272
矛矡 139
石磔 69
磴 258
磬 266
磨 213
磨 214
磈 96
磬 98
磝 200
磧 253
磩 247
示禩 52
禦 70
禾穅 228
稽 96
穊 56
穮 213
穋 22
穇 18
穇 132
穈 59
穈 150
穌 79
穎 258
積 53
積 253
穄 98
穗 25
穉 50
穛 195
穴窶 84
窺 40
窾 308
窬 35
窱 190
立竟 250
竹篆 315
篙 205
篝 283
篁 173
篛 308
篤 28
簇 71
篥 120
篏 161
篣 245
篚 64
篩 61
篛 240
篔 138
篨 73
篪 50
篸 215
篡 166
篡 181
篘 288
築 25
築 298
檖 177
米糕 205
糓 15
糗 284

糖 229	縉 127	翰 168	至臻 129	蕭 192
糒 59	縝 129	翰 188	臼瞎 218	蕭 204
糒 114	縒 234	翮 262	興 272	蕭 211
糸縑 315	縐 288	翿 281	興 280	蕭 298
縞 205	縋 42	耒耩 36	舌舘 159	蔬 73
縠 21	緆 312	耨 284	舘 162	蕣 120
緊 123	縣 183	耳聹 112	舟艘 209	蕂 274
緂 307	縣 184	肉膩 43	艙 271	蕈 304
縚 206	缶罃 260	膫 191	艖 218	蕊 54
縢 277	网䍦 17	膫 197	艖 225	蕘 195
縵 161	罹 43	膴 81	艒 310	蕓 136
縛 232	罻 65	膴 85	艸艻 197	蔿 54
縏 161	罻 138	膰 141	諠 148	蕕 292
縍 231	罺 203	膰 216	萠 163	蕤 41
縋 262	罼 128	散 154	蕎 190	蕝 102
縈 254	羊羱 159	膳 177	蕨 146	蕝 182
縕 133	羲 58	膳 187	蕢 58	蕞 102
縕 138	羽翯 31	䐹 287	蕢 110	蕞 105
縟 32	翯 39	膱 282	蕢 135	蕞 182
縊 57	翰 132	膲 195	蕖 93	蕁 147
縡 112	翰 139	膰 216	蕁 269	蕆 182
縡 117	翰 150	膨 264	蕪 83	蕝 102
縓 187	翰 158	自臲 171	蕃 140	蕉 195

蕩 235
薇 100
蕙 100
虍 虥 167
虫 螗 229
螣 277
螣 279
⿰虫京 246
螟 270
螃 245
螄 61
螉 25
螈 147
螈 150
融 22
螘 56
螔 60
螓 129
蟦 279
螛 162
螢 273
行 衡 256
衡 257
衣 褰 169
褧 263
褧 266
褭 189
褱 103
褸 84
褵 43
襂 305
褶 300
褶 323
襀 253
褾 195
見 覯 78
覦 88
親 129
親 130
角 ⿰角耑 160
⿰角思 115
⿰角咠 302
⿱敝角 128
言 諫 132
諫 139
諫 150
諫 162
諫 163
諫 188
諴 277
諾 227
諵 307
諵 324
謀 285
諝 71
諝 75
謏 192
諟 46
諡 47
諶 27
諶 302
諤 232
謁 140
諳 310
諺 155
諺 169
謂 66
諭 88
諛 88
諲 128
諮 52
諸 72
諿 301
諜 320
諦 99
諞 175
諞 182
諷 23
諕 236
諴 326
諧 105
諻 257
諠 148
諼 148
諼 150
諱 66
讚 156
豕 豭 220
豫 71
豬 73
豸 貓 152
貓 192
⿰豸契 164
貐 92
貝 賢 65
賭 79
賴 105
⿰貝胃 20
賷 125
赤 赭 224
赭 248
赬 255
赮 222
走 趥 294
足 踽 83
踴 31
踰 87
踰 199
蹂 292
蹂 293
蹂 294
蹀 316
踶 95
踶 97
蹄 97

踵 32
踳 123
踸 304
踼 234
蹁 182
車輵 151
輵 217
輹 26
輻 19
輻 286
輸 86
輸 91
輴 122
輭 179
輶 292
輶 294
輮 293
輮 294
輟 24
輳 288
輯 301
轄 262
輵 217

輷 257
辛辭 178
辨 166
辦 175
辵遼 191
遴 124
選 176
遲 317
遶 194
遺 41
遺 42
遹 121
遲 50
邑鄲 259
鄫 105
鄰 314
鄹 211
酉醢 307
醂 112
醑 71
醒 268
醒 270
醒 271

酸 296
醍 98
醎 326
醘 100
醐 81
金鋼 227
鋸 69
錮 77
錕 142
錕 143
錧 158
錦 299
錡 55
錡 57
錤 62
錟 312
錟 322
錄 16
錄 29
錄 74
鉼 254
錍 59
錍 96

錫 265
錫 282
錞 117
錞 121
錚 260
錢 178
錢 180
錠 268
錯 81
錯 234
鋹 241
錣 183
錘 42
錘 59
錐 42
錙 57
鋟 304
錔 310
門閿 134
閼 148
閼 156
閼 186
閹 314

閹 321
閾 277
閣 318
闇 241
閻 144
阜隧 41
隩 22
隩 209
險 316
隶隸 95
隹雕 190
雨霎 94
霍 244
霖 301
霏 64
霎 324
霓 99
霓 274
霒 300
霑 320
霔 87
青靜 259
革鞕 255

鞘 193
鞘 202
鞓 267
鞗 191
鞔 104
鞙 183
韋韒 193
音䪫 257
䛖 17
頁頰 315
頸 250
頷 40
頵 119
頭 284
頹 200
頻 125
頜 311
頜 312
頳 318
頲 268
頮 110
頼 116
風颲 120
颵 202
颸 236
食餒 109
餖 295
餗 20
餐 143
餓 214
餘 71
餇 178
䭃 301
餕 121
餐 157
餔 80
餔 83
香馞 146
馬駱 228
䮄 264
駮 37
駢 173
駪 126
駥 22
駬 47
駰 128
駩 187
駣 198
駭 105
骨骼 249
骻 225
骹 201
骹 203
骴 53
骸 105
髟髻 95
髻 185
髻 162
髦 52
髹 295
鬥鬨 23
鬨 39
魚鮌 143
鮎 315
鮒 86
鮓 221
鮀 215
鮐 114
鮑 201
鳥鴚 218
鴐 220
鴡 160
鴒 85
鴒 285
鴨 324
鴦 233
鴛 146
鴥 122
鴟 50
鴞 197
鴣 77
鴝 83
鴿 269
鴾 176
鹿麅 220
麇 119
麇 133
麇 138
麈 87
麃 201
麎 131
麦麩 74
麩 152
黑黔 300
黔 314
黕 307
默 278
鼎鼒 53
鼒 115
鼠鼬 202
鼻鼽 295
龍龍 31
龍 33
龜龜 295

十七畫

人儥 24
儠 322
儡 109
償 238
優 287
儤 200
儦 197
儸 50
刀劕 126

力勵	93	嬮	218	彳徽	65	擎	264	曏	242
匚匵	16	嬪	125	心懃	137	擘	250	木樻	220
口嚀	273	嬰	253	懜	17	擡	111	橿	227
嚂	310	嬳	245	懜	18	擣	206	檢	314
嚅	88	子孺	89	懜	273	擥	308	檄	273
嚁	274	尸屨	84	懋	285	擯	125	檠	249
嚌	98	山嶺	253	應	27	擩	92	檠	250
嚃	310	嶼	71	應	272	擬	57	檠	264
嚇	223	嶽	38	應	278	擠	99	檄	249
㘅	326	嶷	276	懢	310	擠	102	檄	250
嚇	255	嶸	258	懣	26	擦	167	樺	33
嚄	263	巘	137	懦	88	擢	38	檜	159
嚆	203	嶷	57	懦	180	擭	225	樺	33
土壓	51	嶷	276	懦	213	擭	247	檎	300
壓	325	𡿄	211	懠	98	擭	257	檀	152
壏	103	巾幪	17	懷	49	攴斁	85	檁	206
壖	176	幪	18	戈戲	54	斁	252	檗	250
壂	235	幬	206	戲	57	斂	316	𣟧	325
壕	210	幬	293	戲	58	斂	318	檖	41
壎	148	幫	231	戲	76	斗斞	82	檍	276
女嬭	103	弓彌	43	戲	81	日曒	189	檐	318
𨉖	190	彌	45	手擊	266	曚	24	檥	56
嬥	191	彡彪	164	擎	250	曖	117	檣	240

檝 319
檉 255
檝 319
檐 318
檄 273
檜 105
檜 159
欠 歜 33
歜 309
歹 殭 227
殮 316
殳 [illegible] 39
比 毚 325
毛 氋 25
氉 210
氈 178
水 濛 17
濛 23
[illegible] 39
濘 267
濔 101
濤 207
[illegible] 198
濮 18
濞 45
濱 124
澀 303
澳 75
濕 300
濡 88
濰 41
濟 98
濟 99
濬 119
濜 131
[illegible] 320
濯 38
濫 309
濫 325
濫 328
濙 270
濙 273
濩 83
濩 244
濠 210
火 燷 309
燫 316
燮 317
燥 208
燧 41
營 253
燠 22
燠 208
燠 209
燦 156
燭 32
燬 58
爿 牆 240
片 [illegible] 321
犬 獰 250
獳 295
獱 131
獮 177
獲 257
獯 136
玉 璩 74
璬 189
璫 228
璐 78
璲 41
璱 123
璪 209
璨 156
[illegible] 31
環 166
環 167
瓦 甑 276
[illegible] 131
甒 85
[illegible] 272
田 疄 123
黏 154
疃 156
疒 癇 165
癉 152
癉 161
癉 213
療 191
癃 21
瘯 26
癠 310
癄 196
癄 198
癈 116
白 皤 217
皥 210
皿 盪 234
盪 235
目 瞯 163
瞯 165
瞰 306
瞳 16
瞭 191
瞭 198
瞵 124
瞥 177
瞬 120
瞤 130
瞫 302
瞲 131
瞪 273
矛 [illegible] 35
矢 矯 189
矰 279
石 磵 163

磽 201
磽 202
磯 66
磴 270
磷 124
磻 155
磻 216
碣 250
礋 97
示禨 66
禫 307
禶 191
禪 174
禪 177
礁 195
禧 57
禾穚 197
穖 67
穜 16
穗 41
穛 39
稟 205
穴窾 159

窿 21
竁 102
竁 187
立竪 86
竹篷 17
篕 58
𥲄 308
簏 17
簍 285
篹 40
篾 176
箳 263
篦 95
簁 52
簁 61
簅 165
篿 41
篿 96
篠 192
篠 204
篠 211
篸 304
篸 313

篴 268
𥳑 179
𥳧 203
簇 21
簎 38
𥱫 155
簣 260
簉 288
簟 106
篳 129
米糠 228
糢 90
糜 45
糞 135
糉 155
糝 309
糚 234
糙 209
糟 209
糸縫 29
縫 30
穎 266
縷 84

縲 40
繆 286
綷 119
縭 43
縵 154
縵 164
繆 18
繆 285
繆 286
縻 44
繁 141
繁 156
繃 261
縰 61
縿 324
縼 186
繕 96
繅 208
縮 23
縯 131
縯 187
緊 96
緊 98

繇 194
繇 291
繇 294
績 271
繅 209
縱 25
縱 33
總 20
總 25
縗 109
緘 24
縶 303
縹 196
縪 129
繭 170
缶罄 266
罅 223
网罽 94
罿 16
罿 33
罥 191
𦌋 83
𦍃 187

罾	279	臨	301	薏	276	螐	189	螮	99
羽翳	96	頣	259	蕷	72	蟉	197	蟄	303
翳	98	舟艛	295	薉	116	蟉	292	螵	199
翼	280	艚	210	薀	133	蟉	296	衣襄	236
翲	197	艮艱	163	薍	167	螳	229	褻	178
耳聯	171	艸薑	227	薈	105	螺	213	褺	320
聲	252	薊	95	薁	22	螻	285	襉	164
聳	30	蕘	205	薋	53	螭	51	襁	227
聱	200	薖	217	薔	240	[illegible]	220	襋	277
聰	19	薘	152	蕺	304	蟆	220	襌	160
肉膈	308	薝	311	[illegible]	174	蟊	285	襏	153
臄	237	薍	167	薦	182	蝨	133	襒	187
臉	321	薟	322	薦	248	螫	219	襆	30
膾	105	薵	269	薙	50	螫	251	襐	238
膿	28	蕾	109	薙	102	蟀	121	襓	198
膽	306	薇	64	蕸	226	蟋	124	襍	309
臀	145	薄	230	薤	112	螯	209	襘	102
臂	44	薛	102	薌	242	螾	126	襊	160
臊	208	薛	262	[illegible]	210	螾	131	[illegible]	310
臆	276	薛	178	薨	263	螿	239	襀	215
膺	278	薪	126	薨	276	螬	210	見覯	283
䲢	180	薆	118	虍虧	40	螽	20	覬	56
臣臨	300	薏	62	虫蟈	256	[illegible]	132	角觳	21

觳	36	謚	263	賽	117	輿	72	酉醋	47
言謌	212	謓	129	賸	273	轀	133	醓	124
講	27	謅	203	賸	275	轁	194	醙	296
講	35	謷	39	賺	325	轅	147	醘	245
講	36	謷	211	走趨	86	輾	170	醘	246
謇	141	謑	223	足蹇	141	輾	181	醟	257
謇	169	謞	246	蹇	169	轃	129	醞	133
謙	315	謑	100	蹋	307	轄	166	醡	226
謟	206	謑	102	蹈	206	辵遽	69	醝	215
謄	277	諜	263	蹣	161	遽	199	醜	295
謎	94	謞	246	䠙	232	邁	108	醢	113
謐	124	谷谿	96	蹐	254	邁	305	金錯	105
謗	230	谿	101	蹍	185	遾	101	鍵	141
謗	231	豁	160	蹎	185	選	177	鍵	169
謝	75	豆豏	305	蹏	97	還	174	鍵	185
謝	223	豏	313	蹉	215	邀	193	鍥	95
謏	192	豏	323	蹉	218	邅	178	鍥	185
謖	20	豏	325	蹌	235	邅	187	鍼	314
謏	296	豕豳	125	蹐	254	避	51	鍋	217
謚	47	豲	162	蹊	100	邂	112	鍚	257
謚	263	豸貕	101	車轂	15	還	166	鍠	258
謠	194	貝購	283	輸	150	還	167	鍛	152
謜	147	賻	86	輿	71	邑鄹	288	鍍	78

鍊	172	門闃	266	靄	156	颺	101	駼	78
鍪	285	闋	173	霙	253	颸	137	䮑	289
鍲	131	闊	159	霞	76	食館	159	駹	39
鍑	26	闍	78	霞	222	館	161	䮜	79
鍤	325	闍	223	革鞚	16	餧	108	騁	247
鍱	322	闌	153	鞠	21	餤	308	騁	260
錂	286	闃	133	䩭	65	䬢	211	騂	252
鍔	232	網	164	鞫	211	餅	254	騋	33
鍚	238	闇	310	鞞	269	餠	134	騀	214
鍮	288	闇	312	䩬	18	餧	61	騃	103
鍒	292	闈	65	鞞	96	䭃	302	駿	121
鍫	195	闝	92	䩆	177	餦	246	駿	130
鍬	195	闉	128	鞜	312	餞	180	騣	303
鎚	42	闒	168	韋韔	242	餟	102	駾	104
鍼	303	阜隰	300	韓	158	餟	182	駾	118
鍼	314	隱	137	韭韱	317	餡	328	駻	158
鎚	109	隱	138	頁顆	216	餛	149	䮖	105
鍮	288	隮	99	顉	299	餚	203	駽	183
鍜	222	隶隷	95	顉	312	首馘	256	駽	184
鍰	167	隸	113	顚	52	香馡	64	骨骾	251
鍧	257	隹雖	40	題	267	馣	310	䯊	143
鍠	258	雨霧	268	頹	55	馣	312	骴	100
鍭	289	霜	233	風颸	84	馬駾	118	髟髡	18

鬂 125
鬖 221
髾 202
髽 225
鬀 99
鬲 鬴 86
鬼 魈 197
魚 鮫 201
鮦 16
鮮 63
鮮 173
鮮 176
鮪 41
鮞 60
鮧 60
鮆 101
鮧 102
鮭 105
鳥 鴰 159
鴷 201
鴶 131
駥 22
鴽 165
鴹 239
鴐 75
鴦 176
鴯 49
鵀 304
鵀 305
鵃 297
鳶 281
鴿 306
鴻 20
鴻 22
鵂 297
鹿 麌 170
麋 44
麥 麯 21
麰 285
黃 黈 285
黍 黏 316
黑 黛 117
黝 293
點 317
黈 87
黜 122
黹 黻 134
黽 黿 147
鼂 195
鼠 鼢 135
鼻 鼾 162
齊 齋 104
齒 齔 123
龜 龜 54
龜 130
龠 龠 239

十八畫

人 佻 190
儴 190
儲 73
儭 123
又 雙 37
叢 19
口 嚗 37
嚘 287
嚚 123
嚏 99
鞄 201
土 壙 244
壘 40
壘 114
壝 58
大 奰 46
女 嬻 25
嬸 301
嫡 251
尸 屩 237
屮 巂 101
山 嶲 40
㠑 114
巀 157
巀 188
巾 幭 269
幮 89
弓 彍 244
彐 彝 48
心 懟 117
灋 145
灋 154
灋 150
懕 317
濳 99
懰 292
懩 239
懫 49
戈 戴 117
手 擧 69
擘 308
擘 318
擴 243
擴 244
擸 308
擸 322
攂 116
擮 187
擽 18
擦 155
擦 156
擻 296
擾 194
擾 195
擿 274
擦 156
擿 255

擿	274	檼	138	瀉	223	燼	126	癖	250
擲	255	櫄	122	瀁	238	燿	193	癙	72
攄	73	檬	235	瀁	239	爂	277	白皦	189
擺	104	䶔	201	瀅	269	爀	255	皿盬	77
擷	185	檻	325	瀀	296	燻	136	目瞼	321
攴敲	291	欠歟	71	瀗	327	爪爵	240	瞽	78
斃	100	止歸	58	瀍	179	犬獷	260	瞿	82
斤斷	131	歸	64	濺	177	獵	317	瞿	84
斷	152	歹殯	124	濺	180	𤢺	62	瞻	247
方旛	140	殳毉	57	瀋	304	玉璧	249	瞻	320
日曙	71	毛氈	312	瀑	21	璂	56	石礐	39
䁪	103	擘	325	瀑	210	瓈	93	礏	311
曜	194	水㵱	263	瀌	197	璿	173	礓	227
曛	136	瀆	16	瀅	269	璹	24	礉	201
月朦	17	濼	30	瀅	271	璵	71	礑	306
木檾	252	濼	228	㵱	263	瓀	179	礛	316
檾	267	濼	245	灄	198	瓀	187	礝	118
櫜	143	濾	74	火燣	205	瓦甓	270	礎	74
櫃	57	濶	74	燾	206	甔	307	示禮	98
檮	207	瀏	292	爁	312	甔	312	襗	252
櫂	200	瀏	296	爂	277	甕	20	禬	106
檳	131	瀊	162	燹	62	疒癀	166	禾穭	105
檕	319	瀉	222	燹	177	癘	93	穭	118

穠 29
穡 281
穟 41
穢 116
穴 竅 189
竄 156
竹 簡 163
[illegible] 77
簣 58
簞 152
簦 276
簩 211
簝 198
簝 208
簙 230
籚 80
籚 90
簫 192
簪 304
簪 313
簟 318
簜 236
簧 243
米 糧 236
糦 50
纍 209
糸 繼 227
繕 177
繕 250
績 106
績 117
繚 191
繚 197
繚 198
繙 140
繖 154
繐 96
繡 199
繡 291
繠 54
繞 194
繘 121
繛 242
繜 146
繒 280
織 281
繟 182
繓 159
繣 114
繣 263
缶 罇 146
网 罥 171
羊 羶 16
羵 135
羵 138
羽 翶 209
翹 190
翻 140
[illegible] 23
[illegible] 282
翾 182
翽 106
耒 機 68
耳 聶 319
聶 321
聵 110
聵 118
職 265
職 275
職 280
肉 臑 210
臏 125
臍 100
臕 136
臼 舊 284
舟 艟 24
艟 35
艣 79
[illegible] 141
[illegible] 161
艸 藁 205
薱 117
薹 111
藋 191
藍 309
藐 37
藐 192
[illegible] 104
藖 125
薩 155
薯 74
蒷 71
蒷 72
藎 125
薳 54
薷 297
薿 57
薿 281
藉 224
藉 254
藏 233
藏 234
薺 53
薺 63
薺 68
薺 99
薺 102
薺 107
薺 115
藋 191
藻 209
藜 19
薸 197
薰 136
虍 虧 40

虢 255
虫蟜 190
蟜 197
蟨 147
蟣 66
蟣 68
蟫 301
蟫 312
[illegible] 124
蟒 245
蟠 155
蟓 246
蟬 174
[illegible] 148
[illegible] 24
蟲 23
蟛 264
蠉 182
蟪 102
蟢 57
行衝 33
衣襃 187
襘 105
襟 299
襢 153
襢 180
襢 187
襠 228
襚 41
襖 208
襜 320
襜 321
襡 31
襾覆 286
見覲 73
角觴 237
言謦 266
謳 287
謹 135
謬 286
謾 154
謾 164
謨 79
謷 200
謷 211
謫 254
謮 261
[illegible] 203
謥 21
[illegible] 223
謼 81
謼 83
謼 204
豆豐 21
豕[illegible] 295
豵 18
豸貘 257
貔 46
貙 89
貝贄 49
贅 101
走趩 129
足蹛 107
蹣 154
蹣 162
蹮 173
蹜 23
踳 35
蹔 311
蹡 240
蹟 253
蹢 255
蹢 267
蹤 32
蹠 254
[illegible] 320
蹜 23
蹷 24
蹕 129
身軀 82
車轇 201
轆 17
轊 97
轉 181
轈 204
轡 45
轡 132
辵邈 37
邃 41
邇 48
邑鄽 179
酉醪 208
醨 43
醫 57
醫 62
醬 239
醩 209
醥 196
里釐 44
釐 57
金鍚 270
鎧 108
鎧 116
鎌 316
鎒 284
鎦 290
鎛 230
鎊 231
鎖 216
鎔 32
鎡 61
鎗 260
鎭 129
鎭 131
鎈 221

鍩 165
鍎 311
鎣 269
鎬 211
門闓 108
闕 147
闑 170
闐 171
闐 172
闖 303
闟 310
闟 312
闔 248
闔 311
阜隟 42
隹雞 96
雝 30
雜 309
雛 86
雘 243
雨[illegible] 322
霤 290
震 257

雱 231
[illegible] 108
霣 119
革鞨 158
鞂 111
鞬 140
鞬 149
鞫 21
鞏 285
鞪 231
[illegible] 136
鞣 292
鞮 102
鞦 294
鞭 181
韋韘 318
韙 65
音韺 252
頁顋 113
顏 165
額 260
顯 30
顓 179

題 95
題 98
[illegible] 310
風颭 104
[illegible] 286
颸 62
颺 238
颺 239
飀 137
食[illegible] 152
餳 229
餳 252
餲 109
餲 156
餫 136
餰 179
餮 184
餬 81
餭 244
餱 289
香馥 19
馤 103
馬騎 55

騎 56
騏 56
[illegible] 308
騊 207
騋 111
騄 29
駢 274
騑 64
騅 42
骨[illegible] 217
[illegible] 225
骿 186
髀 59
髀 100
髟鬈 184
鬋 282
鬆 31
鬇 264
鬃 34
鬄 99
鬄 99
鬥鬩 272
鬲鬻 302

鬼魋 58
魋 110
[illegible] 62
魎 237
魍 230
魏 65
魚鯁 251
鯀 143
鯉 43
鯊 221
鯈 191
鯈 293
魠 322
鯆 90
鳥鶻 170
鳩 328
鵠 28
鵠 35
鴞 56
鵚 15
鶉 150
鵝 214
[illegible] 325

鴿 32
鶃 98
鵔 119
鵒 68
鹿麐 119
麔 123
麑 76
麌 87
麻麿 148
黃黈 94
黑黟 47
黠 132
黠 139
黠 150
黠 162
黠 165
黠 188
鼓鼕 29
鼖 135
鼠鼪 259
鼫 251
鼬 293
鼨 26
鼦 196
齒齕 145
龠龥 88

十九畫

人儵 24
儳 313
儳 328
刀劖 325
力勷 239
口嚨 16
嚭 45
嚬 125
嚥 178
嚮 242
嚮 243
土壜 312
壚 78
壟 33
壝 58
士𡔋 186
女嬾 153
嬖 170
嬿 178
子孼 170
宀寵 32
山巃 24
嶭 170
巾幰 142
广廬 71
龐 24
龐 37
廡 79
弓彇 192
心懵 17
懲 281
懜 114
懻 61
懶 153
懵 19
懷 103
手攀 164
攉 247
攘 169
攏 17
攉 247
攌 168
方旝 105
旜 178
日曠 243
曝 21
曝 210
木櫜 205
櫝 16
櫚 70
櫟 248
櫟 268
櫓 79
櫑 109
櫋 172
櫞 187
櫛 123
櫃 126
欈 58
欠歠 184
歹殰 16
水瀧 36
瀧 39
瀝 268
瀘 79
瀨 105
瀕 124
瀟 192
瀡 41
澦 72
瀛 253
瀜 22
瀦 73
瀞 257
瀚 158
瀚 160
濯 112
濯 118
瀤 103
火爐 74
爆 39
爆 200
爆 230
爍 238
爊 211
爏 282
爋 137

片牘 16	目矇 17	簻 224	繰 209	舟艢 244
犢 16	矉 125	簹 228	繸 58	艨 24
犦 39	矢矱 243	簾 316	繩 278	艤 56
犬獸 291	石礛 324	簬 78	繶 276	色艷 318
獺 152	礚 103	簵 78	繹 252	艸[艹+贅] 167
獺 165	礙 116	籙 16	繳 241	藑 250
獹 78	礐 75	簿 85	繯 188	薝 312
玉璺 134	礉 200	簿 231	繪 106	藤 277
璽 51	示禰 95	簺 117	繪 116	藘 71
瓊 250	禱 205	簨 120	缶罋 20	藺 75
瓄 16	禱 206	簷 318	网羅 212	藜 93
瓅 269	[礻+獻] 319	簽 323	羃 269	藟 41
瓃 108	禾穩 144	簸 215	羆 45	藩 140
瓆 126	穧 98	米釋 262	羊羹 258	藝 179
瓜瓣 166	穨 110	糸織 60	羸 44	藪 20
瓦甖 260	穫 91	繮 227	羶 174	蕢 31
甓 326	穫 244	繲 111	耳[耳+農] 39	藪 288
田疆 227	穴竆 20	繫 94	聸 307	藤 122
疇 293	竈 20	繫 100	肉臘 308	藥 239
疒癧 139	[穴+監] 312	繳 189	臕 197	藝 97
癠 98	竹簳 151	繳 241	臼舋 123	藕 289
癠 101	[竹+楬] 163	緊 270	舋 145	藙 67
癡 50	[竹+隔] 249	繰 208	舌舚 323	藨 196

蘼 198
藭 20
虫蠍 141
蠦 227
[illegible] 156
蠃 213
蟺 187
蟾 317
蠅 279
蟻 56
蟞 279
蟶 262
蠆 109
蠋 31
[illegible] 156
蟹 63
蟹 68
蟹 102
蟹 105
蟹 115
蠁 242
衣襛 29
蠃 213
襞 250
襤 309
襦 88
襾覇 222
覈 262
見覵 163
覵 165
覲 122
角觹 172
觵 257
觶 48
言譎 172
譑 196
譏 66
譊 202
譚 308
譜 80
譔 181
譔 182
識 49
識 280
[illegible] 81
譌 217
譔 181
譔 182
譐 147
證 272
譖 303
譙 195
譒 215
譞 182
譓 100
譁 225
譎 172
譆 63
谷[illegible] 311
豆[illegible] 208
豕豶 135
豷 62
豸[illegible] 200
貝贇 125
贈 272
贊 156
走趫 189
趭 198
足蹻 189
蹻 237
蹺 189
蹶 101
蹶 146
[illegible] 307
蹬 270
蹸 124
蹳 153
蹯 141
蹩 177
蹲 146
蹴 24
蹭 275
車[illegible] 242
轎 189
轎 196
轑 191
轑 208
轔 123
轔 124
轓 140
轐 26
轒 135
轏 164
轍 184
[illegible] 35
辛辭 52
辰[illegible] 129
辵邋 312
邌 93
邊 172
酉醰 307
醱 154
醭 18
醮 195
[illegible] 100
金鍾 33
鏗 258
鏡 249
鏜 235
鏤 91
鏤 285
鏐 290
鏌 229
鏝 154
鎴 96

鏠	165	隹難	151	韞	133	餿	296	髟髻	135
鏠	166	難	212	音韻	136	饁	318	鬆	113
鎩	164	離	43	頁顝	142	餼	67	鬋	177
鏇	186	離	219	類	40	香馧	133	鬋	187
鏁	216	雨霧	85	顡	232	馬騝	185	鬉	25
鎩	114	霦	131	顛	135	騧	105	鬐	42
鎩	164	霫	299	願	132	騧	224	鬐	214
鏉	286	霨	67	願	139	騤	40	鬲鬷	18
鏊	208	霪	301	願	147	騖	85	鬼魏	224
鏖	209	霸	258	願	162	颿	326	魚鯨	250
鏞	32	非靡	44	願	168	颿	327	鯝	77
鏨	311	靡	45	願	188	騛	67	鯤	142
鏘	240	靡	219	顗	66	騠	97	鯘	109
鏑	266	面靦	173	顚	171	騣	18	鮺	237
鏃	21	革鞶	155	風飂	208	䮞	123	鯢	99
鏨	310	鞴	59	飆	194	騗	183	鯖	255
鏨	311	鞴	89	飃	120	騢	223	鯖	275
鏦	34	鞰	31	食餻	205	騜	246	鱉	102
鏦	39	鞳	310	餻	205	䮡	256	鰕	287
鏚	271	鞵	105	餽	58	骨骼	220	鰕	290
門關	166	韋韝	283	餹	229	骼	249	鰡	63
闚	40	韜	206	餾	290	髃	92	鳥鵑	170
阜隴	29	韛	111	餺	230	髃	297	䳢	249

鵾 142
鶆 21
鶀 62
鶩 93
䳟 251
鵡 85
鵩 19
鵬 278
鶉 121
鶬 22
鵶 221
鵪 310
鵪 325
鶃 271
鵷 146
鵲 240
鶓 254
鵰 190
鵻 42
鶅 63
鵵 82
鹵䴚 244
䴛 307
鹿麖 249
麕 119
麒 56
麗 44
麗 93
麓 17
麑 99
麥麴 21
麲 254
黑黢 324
黹黼 80
黽黿 106
黿 224
䵶 224
鼓鼗 207
鼻齁 296
齊齍 53
齒齗 137

二十畫

人儳 114
力勸 146
匚匷 284
口嚳 28
嚶 259
嚴 315
嚵 326
嚲 214
土壞 110
壞 114
壤 239
夊夔 43
女孃 235
孆 59
孆 102
孀 233
孅 317
宀寶 207
山𡾊 184
巉 325
巉 327
巇 58
巾幱 153
幰 269
幨 265
幭 319
广廯 177
廯 186
心懸 183
懺 325
手攓 184
攔 161
攕 322
攕 324
攘 239
攖 253
攙 325
支斆 203
方旟 71
日曨 16
曨 23
曣 187
曦 58
月朧 16
木櫪 268
櫨 79
櫳 16
櫳 16
櫱 155
櫚 318
櫞 75
櫫 75
櫬 123
櫰 103
水瀼 228
瀼 239
瀾 153
瀾 161
瀲 317
瀲 322
瀰 43
瀰 45
瀰 95
瀵 135
瀹 239
瀯 262
濦 139
瀺 327
瀸 323
火爐 78
爒 191
爓 319

爓 322
爗 318
⿱龜灬 195
㶏 139
牛 犧 58
犧 214
犨 294
犬 獻 142
獻 214
獼 59
玉 瓌 108
瓏 16
田 疈 277
疒 ⿸疒滕 277
⿸疒樂 191
癢 239
癤 187
癥 282
白 皪 269
皫 196
皿 盭 93
目 矍 242
矌 243
顚 171
矇 262
石 礦 260
礪 93
礫 269
礧 61
礧 118
礨 109
礬 141
礩 126
礤 156
礥 123
礥 188
示 禲 101
禾 穭 71
⿰禾夒 296
穲 223
穮 196
穴 竇 285
竊 181
立 競 247
競 250
竹 簾 70
籋 316
籉 111
籃 309
籍 253
籗 267
籌 293
籈 131
篆 25
米 糯 213
糸 繾 185
繼 94
繿 309
繽 125
繻 86
繶 137
纂 155
⿰糸麃 136
缶 罌 260
罏 326
罍 130
羽 翿 206
翿 207
耀 194
肉 臚 70
臙 175
臛 236
舟 艦 325
艸 蘧 69
藿 244
蘄 62
蘄 137
蘆 70
蘆 78
藶 274
蘢 24
蘢 34
蘭 124
蘰 230
蘏 141
蘋 125
蘇 79
蘁 233
藹 103
藹 114
蘂 54
蘁 81
蘊 133
蘊 138
藻 209
藽 123
蘀 235
蘅 257
藿 244
蘠 240
虫 蠠 170
蠓 17
蠱 296
蠙 125
蠙 173
蠕 122
蠕 176
蠕 179
蠑 262
蠐 100
蠔 210
蠖 243
血 衊 22
衣 齌 52
襮 31

襮 231
襫 251
襬 186
襭 188
見覺 27
覺 35
覺 36
覺 200
角觸 33
觸 76
言警 249
警 189
譧 327
譬 59
譱 177
譫 320
譟 208
譯 252
譍 275
譍 278
議 57
譧 327
譮 113
譣 316
譏 106
譭 58
貝贍 317
贏 253
贃 325
走䞦 178
趮 209
足躄 250
躇 73
躇 247
躁 209
躔 321
躅 33
身軆 100
車轕 151
轗 306
轗 312
轙 57
轘 167
辛辮 175
酉醵 69
醵 74
醵 237
醲 28
醴 98
醷 276
醳 252
醷 62
釆釋 251
金鐧 164
鏹 227
鐍 172
鍏 89
鐀 57
鐖 66
鐃 202
鐓 117
鐙 270
鐙 276
鐐 191
鏻 79
鏷 39
鏺 154
鐔 302
鐍 172
鐕 310
鐘 33
鐏 145
鏶 303
鐎 198
鐊 246
鐓 117
鏵 225
鐄 257
門闞 306
闞 310
闞 328
闠 117
闖 54
闖 107
闡 182
闠 117
闟 302
雨霑 309
霳 21
霹 51
霰 132
霰 139
霰 150
霰 162
霰 168
霰 176
霱 121
霵 26
霱 121
革鞹 243
鞻 91
韃 61
韆 180
韠 128
韋韠 128
韭韰 99
音韽 313
韽 327
頁顢 24
風飋 289
飀 299
飄 196
食饅 154
饇 70
饇 87

餮 312
饆 129
香馨 272
馬騫 169
騩 61
騩 67
騰 276
騮 289
騸 186
騷 208
騬 282
騕 197
騵 147
⿰馬眞 185
⿰馬展 180
驚 127
騶 288
騬 282
騯 261
骨髆 230
髇 203
髟鬐 43
⿱髟般 155
鬒 129
鬥鬪 289
魚鰒 37
鰓 113
鯹 271
鰐 232
鰋 142
⿰魚卿 253
⿰魚卿 282
鰈 310
鰈 322
鯷 102
鯼 25
鰍 294
鰌 294
鯖 215
鯿 181
鰕 222
鯶 149
鳥鶻 138
鶻 158
鶪 266
鶚 233
鷗 142
鷄 150
鶗 98
鶗 102
鶩 294
鶒 281
鶘 82
鹵鹹 326
鹿麛 220
⿸鹿咠 59
⿸鹿咠 95
麙 327
麥麵 173
⿰麥盈 134
黃⿰黃享 143
黑黥 250
⿰黑咎 313
黨 228
黧 44
黧 93
黤 324
鼠鼯 79
鼮 273
鼻齈 25
齒齡 269
⿰齒立 303
齚 259
齞 170
齟 74
齠 196
齝 61
⿰齒司 61

二十一畫

人儺 212
儺 217
儸 213
儷 93
儹 155
刀劘 213
口囁 316
囁 322
嚼 241
囀 181
嚻 197
嚾 148
宀⿰爿寥 19
尸屬 33
屬 35
屬 247
山巋 40
巋 58
巍 64
广廱 30
心懼 84
懾 319
懺 37
⿰忄蟲 29
懽 159
手攝 317
攝 321
攖 34
攛 161
攜 95
文斕 163
日曩 227
木欄 153
欄 161
櫺 268

欂	230	疒癯	244	纏	187	蘤	225	譽	71
櫰	167	癩	105	[illegible]	106	虫蠟	308	譽	72
櫻	260	癧	268	纇	185	蠣	101	譸	293
櫾	293	白皪	269	缶罍	108	蠡	44	護	83
櫽	138	矔	237	网[illegible]	268	蠡	93	譹	210
欃	325	目矑	90	耒耰	287	蠡	94	貝贔	59
歹㱫	161	矐	236	[illegible]	196	蠡	213	贐	125
殲	318	石礱	16	肉臝	213	蠘	176	贓	234
水灌	159	礱	26	[illegible]	231	蠜	141	齎	61
[illegible]	326	禾龝	294	艸蘜	21	蠢	123	齎	99
灊	302	穴竉	23	蘭	153	蠧	236	贙	183
灊	319	竈	209	蘞	321	血衊	176	走趯	272
灉	30	竹籔	91	蘞	322	衣襪	140	足躄	274
灉	31	籔	288	蘦	268	襩	41	躍	239
灂	39	籒	294	蘪	59	襯	123	躋	99
灂	198	米糲	101	蘩	141	見覼	213	躊	297
灃	21	糲	152	蘖	250	覽	308	躔	49
火爛	153	[illegible]	186	蘚	177	角觼	63	車轟	257
爛	161	糸纊	244	蘘	246	觼	281	轝	71
爚	239	纍	40	蘖	170	言讉	170	[illegible]	137
玉瓓	153	纆	278	[illegible]	102	譳	284	轞	326
瓔	253	續	31	蘨	194	[illegible]	307	轞	326
瓜[illegible]	90	纏	179	蘤	55	譻	263	辛辯	175

辵邍	147	門闉	152	飛飜	140	驇	60	鳥鶱	141
邑酆	21	闢	250	食饋	58	驂	310	鶇	315
酇	101	闠	167	饉	122	驄	19	鶻	144
酉醶	310	雨䨮	28	饑	65	驃	196	鵙	16
醧	71	露	79	饋	134	骨髏	285	鷇	284
醻	291	霮	161	饊	154	膺	213	鸅	308
醹	88	霶	231	饍	177	膺	218	鶹	289
醹	92	霹	262	饐	57	膂	209	鷞	120
醺	136	霹	270	饐	101	髟鬚	154	鷜	165
金鐻	69	霷	246	饒	194	鬖	305	鶯	259
鐻	70	霻	26	饌	165	鬖	310	鷊	275
鐻	74	面靧	116	饌	181	鬆	18	鷂	271
鐮	316	革鞽	189	饎	50	鬼魑	51	鷄	25
鐺	228	鞾	218	馬驅	82	魔	213	鷂	194
鑌	125	鞿	65	驅	84	魚鰜	315	鷂	198
鐩	41	韋韡	65	騾	213	鰈	166	鶿	53
鎰	125	頁顧	77	驢	17	鰭	43	鷉	102
鐺	260	類	116	驀	257	鰣	60	鶬	235
鐫	177	顛	196	騻	233	鱓	126	鶮	263
鐵	184	顥	211	騻	245	鬳	70	鶴	236
鐲	38	風飉	191	驁	208	鰩	194	鹵鹻	324
鐸	235	飆	196	驁	209	鰈	166	鹿麝	224
鐶	167	飌	263	驕	35	鱛	79	黑黮	302

黮 308
黮 313
黭 309
黯 324
鼓鼛 205
鼛 297
鼙 96
鼘 175
齒齩 203
齧 171
齦 137
齦 150
龠龡 54

二十二畫

亠亹 64
人儻 229
儼 316
口囊 228
囉 213
囈 97
囋 156
囋 157
囗圞 154
土壩 226
女孌 173
孌 186
孋 44
山巒 153
巔 171
巑 157
廾𢍰 146
弓彎 166
彡彲 51
心懿 57
㦬 213
戈戵 91
手攮 134
攮 138
攤 157
攤 160
攞 213
攦 101
攦 186
攡 44
攡 50
攢 157
攢 162
木欅 74
權 184
欇 322
欠歡 159
毛氍 91
水𤅢 213
灕 43
灑 103
灑 113
灑 220
灎 319
灒 161
灘 157
火爟 159
爝 194
爝 240
爞 23
牛犩 67
玉瓘 159
瓜瓤 239
瓦甗 325
田疊 320
疒癬 177
癭 258
石礴 231
示禴 239
禳 239
禾穰 239
穴竊 181
竹籧 69
籙 29
籠 16
籠 17
籟 105
籞 70
籛 177
籜 235
米糵 170
糴 268
糸纑 79
网羇 55
羊䍽 274
耳聾 16
聽 271
肉臞 82
臟 233
舟艫 90
艸藾 107
蘳 104
蘾 16
蘁 58
叢 19
蘴 26
虫蠨 192
蠥 170
蠩 73
衣襲 300
襶 317
襶 324
見覿 268
角觼 172
言譸 262
讀 16
讀 285
讄 54
讁 254
讂 187

貝贖 31
贗 165
足躒 269
躐 317
躚 173
躔 179
躋 89
躓 49
躑 255
車轢 269
轠 114
籯 253
邑酈 269
酇 155
酇 156
酇 162
酇 215
酉醿 210
金鑑 324
鑑 327
鑮 230
鑄 87
鑊 244

雨靆 295
霨 117
霾 104
霧 17
霧 19
霰 162
霽 63
霽 68
霽 98
霽 107
霽 115
霽 118
靆 66
靆 67
革韁 227
韂 321
韣 16
韣 31
韋韂 320
韂 321
音響 242
頁顫 180
顲 118

風飂 191
飅 289
飈 123
飛飝 168
食饕 206
饌 209
饔 30
饘 179
饗 242
馬驕 189
驕 199
驕 298
驍 189
驍 199
驒 312
驒 322
驎 123
驌 26
驈 131
驏 167
驒 312
驒 322
驛 158

驒 216
驢 74
驊 225
驥 246
髟鬅 163
鬅 167
鬢 86
鬠 278
鬲鬻 24
鬼魖 70
魚鰱 186
鰻 154
鰲 209
鱅 35
鰿 253
鱄 179
鰷 191
鱁 27
鰾 196
鳥鷄 74
鷗 287
鷔 17
鶒 232

鶒 233
鷊 245
鷛 35
鷓 127
鷭 310
鷖 98
鷹 193
鷦 225
鷛 35
鷙 49
鷩 38
鷔 281
鹿麞 241
黃黰 135
黍黐 210
黑黱 117
黰 129
鼠鼷 273
鼴 142
鼴 148
鼻齂 62
齒齱 144
齬 70

齬 218
齪 38
龍 龕 306
龔 28
龓 34
龠 龢 218

二十三畫

冂 䍦 44
刀 劙 44
口 囍 163
土 壧 325
山 巖 321
巖 325
巘 141
巘 169
广 廱 106
弓 彏 244
心 戁 163
戀 173
戄 242
戄 244
手 攣 172
攣 186
攫 247
攪 201
攩 229
攥 160
斗 [illegible] 146
日 曬 113
木 欏 213
欒 153
欐 101
[illegible] 43
欑 157
火 [illegible] 176
犬 [illegible] 205
玁 316
玁 317
玃 243
玉 瓚 155
瓚 162
疒 癯 83
癰 30
白 皭 194
皭 246
皿 蠱 78
目 矔 159
禾 穱 39
竹 籣 153
[illegible] 186
籥 239
[illegible] 317
籤 319
糸 [illegible] 94
纔 113
纔 327
纕 236
纖 317
纓 253
羊 羺 273
舟 [illegible] 268
艸 蘿 213
蘺 43
蘼 59
蘸 325
虀 99
虫 蠭 29
蠲 170
蠕 268
[illegible] 279
衣 襳 117
襵 322
言 變 174
讋 319
讎 290
讌 178
讇 321
讓 239
貝 贙 131
足 躝 124
躄 155
躃 178
躛 114
車 轤 79
辵 邏 213
邏 218
邐 43
酉 醼 178
金 鑛 260
鑞 308
鑪 74
鑭 74
鑠 238
鑕 126
鑣 197
雨 靁 108
面 靨 319
革 韅 183
韄 83
韄 263
韭 韲 99
[illegible] 112
音 [illegible] 83
頁 顬 267
顯 183
風 [illegible] 207
食 饛 17
饜 318
[illegible] 243
馬 驚 249
驙 152
驘 213
[illegible] 25
驗 314

驛 252
驖 184
骨髓 41
髒 234
體 99
髑 16
髟鬠 162
鬟 167
魚鱖 101
鱖 150
鱗 123
鱍 153
鱉 176
鱓 178
鱓 216
鱔 178
鱐 23
鱐 287
鱏 304
鱘 304
鱒 146
鱒 150
鷲 295
鳥鷸 189
鷹 147
鶀 62
鷻 161
鷸 191
鷩 176
鷸 61
鷉 51
鷫 26
鷰 178
鷮 122
鶚 130
鶚 146
鷩 241
鷦 195
鷳 166
鹿麟 123
麻[illegible] 135
黍黁 59
黑黴 59
黶 98
黲 309
黹黼 74
鼓鼛 272
鼠鼷 101
齒齰 259
齯 99
齮 62

二十四畫

人儴 228
口囑 33
大奲 224
尸屭 57
日曭 229
曮 321
水灡 161
灞 222
灝 211
玉瓛 160
疒癲 171
皿盬 313
目矕 163
矖 59
矗 25
矛矡 155
示禷 40
禾穳 157
糸纛 206
缶罐 162
网羈 55
肉臟 244
舟艭 37
虫蠹 84
蠹 265
蠶 310
蠵 95
血衋 277
行衢 83
衣襴 185
襻 164
襹 62
襼 102
言讕 153
讖 303
讒 325
貝贛 15
足躝 153
躚 173
躞 317
酉醹 268
醾 44
釀 238
金鑩 269
鑪 78
雨靂 268
靈 268
靃 244
靄 103
靄 113
靄 156
靄 305
靆 115
靆 118
革韇 25
韈 140
韋韤 140
頁顰 125
馬驟 288
驤 234
髟鬢 312
鬢 125

鬥鬭 289
鬼魗 291
魘 319
魘 322
魗 295
魚鱷 250
鱠 105
鱧 98
鱦 275
鱣 178
鱥 282
鱟 289
鳥鷺 78
鷿 262
鷹 278
鸃 57
鷾 62
鸇 179
鷽 39
鸀 168
鸂 97
鹵鹽 305
鹽 318
鹽 328
鹿麢 249
黽鼇 209
鼻齅 289
齒齲 84
齷 39
齶 232
齵 85
齵 296

二十五畫

子孿 161
广廳 271
手攬 323
斤斸 33
斸 38
日曯 35
木欖 308
欙 40
欛 222
欝 136
水灢 228
灣 166
瓦甗 170
甗 142
目矙 306
竹籬 43
籬 213
籩 172
籭 52
米糶 189
糸纛 29
纚 59
纚 61
纚 218
纘 155
肉臠 95
臠 173
艸虆 40
虆 41
虉 271
虫蠻 163
見觀 159
觀 248
角觿 42
觿 95
言讘 316
讙 148
讙 160
豸貛 159
足躡 316
躪 263
酉釃 194
釁 123
金鑰 239
鑱 325
鑱 328
雨霹 51
靆 322
靉 115
靉 117
頁顱 79
骨髖 159
髟鬡 262
鬣 317
魚鱨 238
鱮 71
鱯 225
鳥鸑 38
鸎 259
鸛 71
鸛 75
黃黌 257
黑黶 323
黽鼈 176
鼉 216
鼓鼙 281
鼟 26
齒齴 256
齳 181
齹 215
齾 218

二十六畫

匚匵 25
匵 311
彐彠 244
毛氎 320
水灤 153
疒癵 213
目矚 33
竹𥸮 321

籰 244
米糳 234
見覼 43
走趲 160
足躧 51
躧 103
西釃 56
釃 73
金鑷 316
鑴 95
革韂 325
韀 177
食饟 237
饞 326
馬驢 70
鬯鬱 136
魚鯽 187
鳥鸓 312
麥麶 264
黑黶 319
黶 327
黽鼉 270

二十七畫

水灨 15
灨 312
糸纜 309
纅 40
艸虌 179
言讜 228
讜 229
讝 323
讞 169
讞 170
讞 185
足躩 243
躨 59
車轙 155
轙 170
西釅 314
金鑼 213
鑾 153
鑽 156
革韉 109
頁顴 184
風颾 192
飌 21
馬驥 55
驦 233
驤 236
魚鱸 78
鱺 233
鳥鸕 90
鸗 23
鸛 236
黑黷 16

二十八畫

心戇 38
豆豔 305
豔 313
豔 318
豔 328
足躅 33
金钁 247
钀 140
鑿 211
鑿 234
面靨 213
革韆 61
食饠 213
馬驑 316
驩 159
鳥鸘 233
鸚 259
鹿麢 273
黑黸 90
齒齼 75

二十九畫

火爨 156
言讟 16
金钃 33
鑹 213
馬驪 44
驪 93
鬯鬱 136
鳥鷊 74
鸛 159
鸜 83
麥麷 26

三十畫

艸虋 150
鳥鸞 154
鸝 44
鸝 93

三十一畫

水灩 319
灩 322
齒齸 274

三十三畫

火爩 136
魚鱻 173
鹿麤 85

三十五畫

齒齾 164

三十六畫

鳥鸞 164

御定詩韻 咸 洽

侵二十七平 覃二十八平 鹽二十九平

帢 帽也 帕 仝 掐 爪刺 洽 和也 (협)(흡) 祫 合祭 狹 隘也

陜 仝 陿 仝 峽 山夾水仝 硤 夾陝縣名 |石 **增** 文十一 押 署也按也用韻 (하)(압)(갑) 眨 目動 (자)(잡) 霅 吳興水名 (砰)

霅 震霅 ||仝 (合) 喋 鳧鴈聚食 唼| (葉) 筴 箸也 (가)(겹)(陌)(葉) 俠 傍也並也 (葉) 鵊 鴶也 韐 韋蔽膝 韎| (合) 胠 脅也開也 (非)(魚)(語)(葉)

蛺 野蛾 |蝶 (협)(협)(葉) **叶** 無 **通** 韻三 緝 入十四 合 入十五 葉 入十六

御定詩韻 下

凾 匱也 鎧也 仝 函 仝 嗛 口有銜
銜 馬勒 官階 仝 衘 俗非 啣 俗非
凡 常也 槩也 凢 俗非 帆 船幔
颿 馬走 仝 杋 木 氾 水浮 鄭地名 姓也
增 文十一 鑑 照也 明也 嵌 坎傍孔深
谷丨 巖 喃 語不了呢 丨丨
獑 犬容頭進也 獸似人山丨 釤 大鐮
纔 帛雀頭色 麙 鹿有力 瀺 水聲 丨灂
儳 陳未整 渢 中庸聲丨
盌 盂也 叶 無 通 韻三

黶 黑痕 厭 赤黑 閉藏
嵁 豐厚 丨丨
嶃 山峻
巉 仝 闞 虎怒聲
獫 兩犬爭
叶 無 通 韻三
寢 二十六上 感 二十七上
琰 二十八上
叶 無 通 韻三
豔 二十九去

汎 浮也 泛 仝
氾 濫也 濟陰水名 增 文十一
摲 芟也 投也 韽 聲小
湛 澄也 露兒丨丨
詀 被誑 譧 仝
站 驛也 鑱 土具
儳 輕淺 餡 餅中實味
濫 浴器 盌 盂也
沁 二十七去 勘 二十八去

閘 仝設水版瀦 呷 衆聲 吸丨
匣 箱也 柙 檻也 仝
狎 習也 近也 [illegible] 喜也
猲 恐逼 法 則也
灋 仝 乏 匱也
泛 水聲 姂 好兒
疺 瘦也 夾 持也 雜也
兼也 挾 仝
郟 河南邑名 丨鄏 裌 複衣
袷 仝 恰 適當

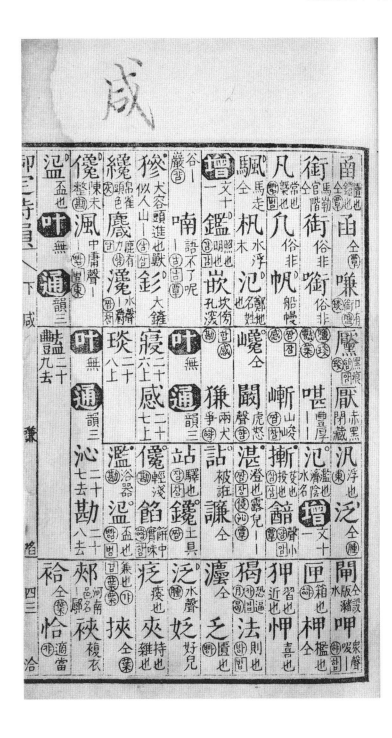

御定詩韻 / 咸

慘 仝 襳 仝(鹽) 衫 小襦
雭 微雨 杉 似松 船材 櫼 仝
芟 刈草 嵒 石巖 (암)(암) 巖 險也 峻也
高廉丨 廊仝(鹽) 岩 俗 壧 穴也 仝
嵓 山不齊 詀 詀也 (잠)(잠) 欃 丨槍 妖星 (참)(참)
攙 剌也 扶也 仝 劖 刻也 鑱 犁鐵 銳也 仝
毚 狡兔 (참) 巉 高峻 丨嵒 漸 仝(鹽) (琰)
嶃 仝 讒 譖也 饞 饕也
嚵 仝 咸 皆也 (함)(함) 鹹 鹽味
醎 俗非 諴 和也 誠也 崡 弘農 丨關名 丨谷

豏

黤 青黑 湛 沒也 安也 澄也
露兒 姓也 (침)(침) 丨丨 斬 截也 (참)(참)
豏 豆半生 (함) 艦 戰船
濫 泉涌 (함) 檻 欄也 仝上 仝下
轞 車聲 丨丨 䡾 仝
喊 怒聲 (감) 犯 干也 僭也 (범)(범)
範 法也 笵 仝
[illegible] 蜂也 范 姓也 仝
軓 車軾 帆 仝
增 文八 摻 賊疾 (삼)(삼)

陷

釤 大鎌 (삼)(삼) 剡 刈也
俺 大也 (엄)(엄) 裺 衣寬
蘸 物淬水 (잠)(잠) 賺 重賣 (잠)
賺 仝 懺 悔過 (참)(참)
[illegible] 甖屬 [illegible] 韀也 (참)
陷 地隤 (함)(함) 埳 仝 (감)
臽 小阱 甔 大甕
[illegible] 仝 梵 清淨 (범)(범)
訉 多言 帆 船幔
颿 仝上 仝下 [illegible] 馬走

洽

丨喋 仝 啑 仝 (합)
萐 瑞草 丨莆 箑 扇也
䈉 仝上 仝下 翣 棺飾 如扇
霎 小雨 鴨 鶩也 (압)(압)
[illegible] 仝 鵖 古
壓 鎮也 笮也 覆壞 擪 按也 (엽)
劄 鍼也 奏事 (차)(차) 鍤 鍫也 (차)
臿 舂麥 仝上 仝下 插 刺入
扱 取也 收也 舉 引也 (읍)
煠 爚也 (잡) 牐 閘門 具

咸

任｜ 仝
綊 縫也
增 文三十二
蜐 紫貝石｜
拾 更也
艓 大舩
拹 折也
蛺 野蛾｜蝶

聶 附耳私語 姓也
攝 持也 靜也
踂 足不相過
沾 自喜｜｜
渫 波貌 浹｜
楪 牀版
惵 懼也
揲 摺也

褋 襌衣
艓 小舟
鰈 比目魚
擸 持也
儠 長貌｜｜
拾 涉也｜級
欇 楓也｜｜
鍱 鐷也 金鐵片

囁 將言｜嚅
殜 病也
魘 惡夢
擖 箕舌
襵 襞積
踥 往來
帆 領耑
鮿 不鹽魚
喋 多言｜｜

褶 襲也 袷衣
擸 挂也
叶 無
通 韻三
緝 入十四
合 入十五
洽 入十七

平聲 咸三十
上聲 豏二十九
去聲 陷三十
入聲 洽十七

咸 文五十
監 察也 領也 臨下
礛 礪石
緘 封也
椷 木篋
瑊 美石
諵 語聲 咕｜
攕 好手
摻 仝
縿 旗幅

豏 文二十四
減 損也
鹻 鹹也
黤 暗也
鋄 馬首飾
摲 芟也
摻 執也 取也
黯 深黑

陷 文二十八
歉 嗛也
監 領也 視也 臨也 官也
鑑 鏡也 誡也
鑒 仝
欠 張口氣悟 不足

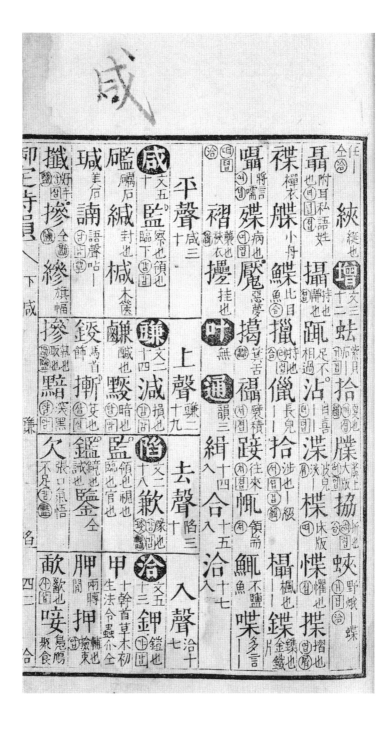

洽 文五十三
鉀 鎧也
甲 十幹首 草木初生 法令 蟲介 仝
胛 兩膊間
押 輔也 檢束
欱 歠也
唼 鳧鴨聚食

御定詩韻 鹽 琰 葉

蚺 大蛇 袡 嫁服 䌳袡 枏 似豫章 梅枏

瀸 泉水微出 簽 押署 槧 牘也 感

讝 病人自語 叶 無 通 韻三

侵 二十七平 覃 二十八平 咸 三十平

驔 驪馬黃脊 蘞 藥名 白蘞 薟 仝

瀲 水滿 瀲灩 溓 黏也 澰 魚驚 錟 利刃

棪 利耜 扊 戶扃 扊扅 灩 水滿 瀲灩 黵 黑污

舚 舌取物 叶 無 通 韻三 寑 二十六上

曄 光也 曅 仝

燁 火盛 燁燁 爗 仝

饁 餉田 厭 鎮也 禳也 服也

合也 濈 兒丨浥 擪 指按 洽

靨 頰輔 接 交也 近也

感 二十七上 豏 二十九上

續也 ○勝也 椄 續木 菨 荇菜 接余 楫 橈也 檝 仝 浹 洽也 讋 怖也 懾 仝 慴 仝

惵 仝 慹 仝 不動 摺 疊也 敗也 合 䐑 細切肉 聶 仝 睫 目毛 䀹 仝 婕 女官 婕妤 倢 仝 ○疾也

妾 不聘 緁 緶衣 縫也 捷 勝也 利便 [illegible] 多言 輒 每事即然 相倚專也 怗 靜也 帖 劵也 仝 呫 嘗也 小兒呫呫

貼 依附 黏置 鉆 鐵鉆 鞊 馬被具 牒 書版 諜 反間 諜 仝 堞 女垣 褺 重衣 𨄮 小步

疊 重也 累也 震懼 氎 毛席 協 和也 叶 古 勰 息也 挾 持也 輔也 懷也 帶也 藏也 洽 夾 仝 洽 俠 權力 輔人

霑 漬也 沾 全 自\|喜 覘 闚視
佔 全 \|惉 不和 \|懘 韂 蔽膝
襜 衣皃 全 幨 車帷 全 添 益也
酟 和也 甜 甘也 恬 安也
砭 石刺病 砭 全 嫌 疑也
增 文二十 噞 魚口\|喁 巖 射雉
巖 高皃 \|\| (咸) 忺 悅也 薟 辛毒草
濂 道州 水名 䨘 微雨\|䨲 䨲 微雨 䨘\|
摻 好手\|\| 攕 全 (咸)
爓 湯瀹肉 燂 全 (侵) 痁 瘧也

餤 火初著 冄 毛細下垂
行皃\| 冉 全
苒 侵尋荏\| 染 漬也柔弱荏\|
漸 稍也進也次也 (咸)
𧂭 苞也 颭 風動
㦖 悽也 (咸) 諂 諛也
讇 全 忝 辱也累也
餂 鉤取 貶 損也
增 文十九 瞼 目上下弦
罨 網也 (合) 曮 日躔

裧 全 覘 闚視
忝 辱也 㮇 火杖
砭 石刺病 窆 下棺
封 全 (宋) (冬) 增 文三
噞 魚口\|喁 淹 沒也
譫 多言 叶 無
通 韻三 沁 二十七去
勘 二十八去 陷 三十去
瞼 頰也 閹 寺人
膁 腰左右 姌 細皃

也姓也
縣名
䈎 韘也 獵 爲田除害
\| 風聲\| 躐 踰也
鬣 鬐也 燮 和也
躞 行皃 蹀\|書 畫軸心玉\|
屧 屐也 攝 兼也 摠也 收也
引持 追也 假也 錄也 涉 徒行渡水
葉 南陽縣名 碟 射淩
韘 全 歙 歙氣 新安
葉 花之對世
楪 閣持

御定詩韻 人 鹽

猒 飽也足也 饜 仝 鹽 鹹也 (염)

盐 俗 閻 里門 檐 屋四垂

櫩 仝 簷 俗 炎 熏也熾也

阽 臨危 襳 頰鬚 髯 仝

殲 盡也滅也 (점)(섬) 漸 流入侵染沒也治也 (咸)

蔪 麥秀|| 熸 火滅 占 視兆問也

佞也瞻也 (점) 尖 銳也 (점)(첨) 僉 咸也 (첨)

籤 幖識 㦰 仝 橬 魚所息 (침)(잠)

潛 藏也 仝上 仝下 灊 巴郡水名 (침) 詹 至也省也

小言|| (점) 瞻 仰視 譫 多言

琰

減字動手 宵夜鼓鉦 夏| (섬)(섬) 玷 玉病 缺也

蒧 人名 魯曾| 扂 戶牡 (점)

簟 竹席 橝 屋梠

斂 收也 (렴)(염) 閃 闚避 (섬)(점)

[氵閃] 水兒 |泊 剡 會稽縣名 |也

睒 晶瑩|| 覢 仝 視兒 ||

陜 弘農縣名 檿 山桑 (염)(엄)

[衤厭] 襛也 厭 惡也 仝 (엽)

黶 黑子 (엽) 魘 驚夢 |魅

琰 青玉 (염) 剡 削也 (섬)

豔

豔 美也 (염) 艷 俗

灩 水動 瀲| 灧 俗

爓 光也 焰 仝

餤 仝 染 |之 (염)

僭 擬也差也 (참)(잠) 占 擅據 著位

(점) 口授 塹 坑也 (참)(잠)

壍 仝 𡼼 仝

槧 牘也 (감) 韂 障泥 (첨)

蹅 馬急行 韂 蔽膝

襜 披衣 仝 幨 仝

葉

呫 妄語 匧 箱也 (겹)

篋 仝 愜 適意

悏 仝 慊 足也 仝

讘 細言 詀| (녑)(섭) 囁 仝 (섭)

鑷 箝也 銸 仝

籋 仝上 仝下 躡 蹈也

[馬聶] 馬行疾 捻 捏也

敜 塞也 苶 疲也 (녈)

跕 墮兒 || (접)(텹) 蝶 野蛾 蝴| (접)

蜨 仝 蹀 履也

鹽四

鉗 仝足鎖　拑 仝脅持　柑 仝馬銜
鮎 鰋也　拈 指取物　黏 著也
粘 俗　廉 不貪隅也察也檢也
鐮 鍥也　鎌 仝　磏 礪石
磏 仝　簾 箔也　燫 火不絕
帘 酒幟　匳 鏡匳香器　奩 仝
銛 利也　暹 日升　纖 細也
韱 山韭仝　孅 銳細　襳 長帶
憸 詖也佞也　苫 草覆　蟾 蛙屬丨蠩
撏 探也取也　懕 安也　厭 仝上仝下

奄阝 商諸侯國　渰 雲皃
弇 蓋也狹路大荒山名丨州
广 巖屋　儼 恭也
隒 厓也　險 危也
嶮 仝　譣 詖也
憸 仝　玁 北方丨狁
獫 仝　歉 荒歲不飽不足
嗛 口貯食仝上仝下
慊 恨也饜也慊也不滿
點 小黑點也汚也

坫 屏也反爵　玷 玉病缺也
墊 溺也　阽 仝
覘 支也　殮 殯也
斂 仝收也　瀲 水滿泛丨
獫 長喙犬　玁 仝
苫 草覆屋　痁 瘧也
閃 [illegible]避　掞 舒也
撊 仝　贍 賙也給也
厭 足也美也斁
猒 仝上仝下　饜 飽也足也

丨己　㦡 [illegible]也
業 山高岌丨　鄴 魏郡縣名
浥 潤也　裛 書囊香襲衣
腌 鹽漬魚肉　脅 腋下
脇 仝　慴 恐迫
㗩 翕氣　熠 火迫
弽 弓強　頰 面傍
脥 仝　鋏 劒也
夾 仝姓也　筴 箸也
梜 仝　莢 瑞草蓂丨

御定詩韻

闟 樓戶 䳴 飛皃 ｜䳴 邋 不謹 ｜遢 姶 美皃 [火奄] 藏火 [盍刂] 婦人髻飾 ｜葉 緆 罥物 遢 不謹 邋｜ 毾 毛席 ｜㲪

鞜 革履 蓋 苫覆蒲席 齊邑 䵬 猥貪 ｜伯

叶 無

通 韻三 緝 十四 入 葉 十六 入 洽 十七 入

合

平聲 鹽二十九

鹽 文九十 鈐 轄也 鏁也 尾名 鉤｜ 鈷 仝 大秤 黔 黎也 鍼 人名 秦｜虎 醃 鹽漬 崦 日所入山 ｜嵫 淹 漬也 久留 闍 寺人 嚴 毅也 杴 㽉屬 兼 并也 縑 絹也 鰜 比目魚 鶼 比翼鳥 蒹 荻也 謙 恭也 嗛 仝 箝 鐵攝 鉆 仝

上聲 琰二十八

琰 文六十一 檢 書著 奏檢 校也 制也 式也 撿 束也 儉 約也 歲歉 芡 水果 雞頭 噞 魚口 ｜喁 奄 忽也 止也 掩 閉取 揜 仝 晻 日無光 埯 土覆 崦 日所入山 ｜嵫 [山弇] 仝

去聲 豔二十九

豔 文五十七 劒 刀兩刃 劍 仝 欠 張口 氣悟 不足 驗 證也 效也 釅 酒味厚 俺 大也 我也 弇 鐘中寬 篏 籠也 歉 食不滿 慊 使屬 ｜從 念 思也 店 所以置貨

入聲 葉十六

葉 文一百十八 劫 強取 刦 仝 刧 俗非 袷 交領 衱 仝 裾也 怯 畏也 㥦 仝 胠 發也 脅也 軍右翼 跲 躓也 笈 驢上負 极 仝 業 事也 敬也

覃

蕈 水苔海藻　錟 長矛　燂 火延
鬖 髮垂丨鬖　毿 毛長丨毿　籃 薄而大丨篸
腤 煑魚肉　韽 聲小　盦 覆蓋
媕 不決丨娿　簪 首笄　篸 仝針也
劖 刺也　谽 谷空　肣 口下
蚶 蚌屬　欿 或也　邯 趙都丨鄲 姓也
叶 無　通 韻三
侵 二十七平　鹽 二十九平　咸 三十平

顑 不飽丨頷　闞 聲大　𧮰 深谷　撼 搖也
頷 頤也不飽 顑丨　菡 華未發芙蓉丨萏
增 文十七　䃭 石篋　橄 諫果丨欖　𠤷 箱類覆頭
器蓋　湳 西河水名　薝 花名丨萏　啿 厚皃丨丨
灠 鹽果　顉 點頭　頷 仝　馣 香也
俺 我也　闇 隱晦　匼 諂諛 阿丨　𩜵 無味 澉丨
劖 刺也　槧 削版　憾 恨也　叶 無
通 韻三　寢 二十六上　琰 二十八上　豏 二十九上

唼 仝　噆 齧也
雜 參錯　襍 仝
榻 床也　𣛎 仝
塌 地低　𦪇 大船
闒 意下丨茸　傝 仝
搭 摸也　搨 仝
塔 浮圖　鞳 鼓聲鏜丨
嗒 解體　鎝 器物金冒頭

㗳 大歠　漯 東郡水名　鰈 比目魚　盍 何不　嗑 合也食也噬丨　闔 閉也　合 同也聚也配也對也　盒 盤覆
郃 馮翊縣名　欱 大歠　哈 仝　迨 行相及遝丨　增 文十六　頜 頤傍　蓋 姓也　蒳 香名艾丨　妠 娶也兒肥

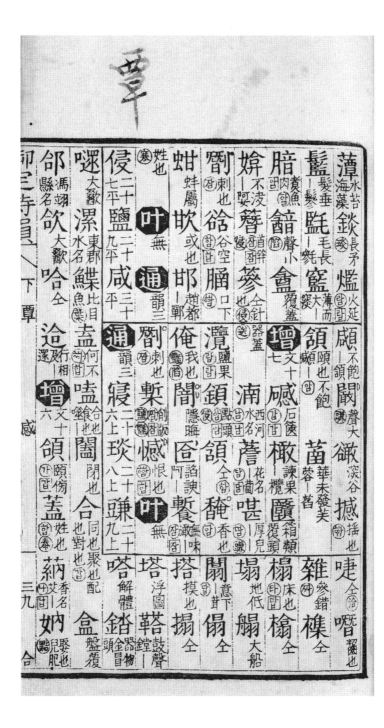

御定詩韻

覃

唅 不言 |嘿 鐕 釘也 (잠)(잠) 蠶 絲蟲 (잠)
蚕 俗非 撏 取也 (鹽) 驂 駕三馬 (참)(참)
參 廁也 與也 度也 造也 人名 曾| 仝 (참)(침)(침) 叅 俗
傪 好皃 慙 愧也 (잠) 慚 仝
鏨 小鑿 貪 愛財 (탐)(탐) 探 遠取
憨 愚也 (함)(함) 含 銜也 (함) 唅 仝
凾 容也 舌也 (咸) 函 仝上 仝下 (咸) 鋡 鎧也
涵 濡也 酣 中酒 增 文二十四
疳 小兒食病 (감)(감) 甔 小甖 (담)(담) 蟫 衣書白魚 (담)(침)
驔 驪馬黃脊 (담) 墰 甒屬 壜 仝

感

欖 諫果 橄| 壈 失意 坎|
糝 米粒和羹 (삼)(삼) 糂 仝
唵 手進食 (암)(암) 晻 暗也 (엄)
埯 坑也 (엄) 揞 手覆
揜 手掩 (엄) 黭 黑也
昝 姓也 (잠)(잠) 寁 速也
歜 菖蒲葅 (잠)(잠) 黲 青黑 (참)(참)
慘 感也 毒也 朁 曾也
憯 痛也 憯也 仝 (엄) [illegible] 仝
鏨 鐫石 噆 衆聲 (담)(담)
禫 衣大 喊 諍聲 (함)(함)(감)

唅 哺也 菡 花開 |萏
增 文九 灨 豫章水名
(감)(감) 墈 險厓 (감)
轗 坎壈 |軻 菴 翳薈 |藹 (암)(암)
參 鼓曲 (참)(참)(침)(침) 摻 仝 (咸)(鹽)(兼)
儳 雜言 (咸)(陷) 憛 憂惑 (담)(담)
黮 不明 |闇 (寢) 叶 無
通 韻三 沁 二十七去
豔 二十九去 陷 三十去

合

拉 折也 擸 仝
拹 仝 (葉) 摺 仝 (葉)
颯 風聲 (삽)(삽) 靸 兒履
趿 進足 馺 馬行疾 |駱
鈒 鏤也 (緝) 雭 雨聲 | (合)
卅 三十 唈 短氣 嗚|
(합)(합)(緝) 匼 烏巾 繞皃
罨 網也 (엄) 帀 周也 (잡)(잡)
匝 俗 迊 仝
趀 急走 咂 入口

燂 火爇 (侵)(鹽) 談 語也 譚 大也 仝
痰 水病 餤 進也 惔 燔也 憂也
淡 水皃 —— 澹 仝 複姓 —臺 郯 少昊後所封
曇 雲布 佛名 瞿— 婪 貪也 (람)(람) 惏 仝
嵐 山氣 藍 染青草 籃 大篝
襤 敝衣 —褸 繿 仝 燂 色焦
三 陽陰合數 (삼)(삼) 參 仝 (참)(侵)(侵) 毵 毛長 ——
鬖 髮垂 鬖— (侵) 諳 記也 (암)(암) 喑 泣無聲 (泌)(侵)
闇 廬也 諒— 鶕 鶕也 鵪 俗非 (洽)
菴 [illegible] 庵 仝 馣 香也

監 肉醢 醢 仝
禫 除服 祭 (담) 嘾 含深
醰 長味 萏 菡萏 芙蓉 菡—
窞 坎也 噉 噍也
啗 仝 啖 仝
澹 水皃 —淡 憺 恬也
惔 燔也 憂也 淡 薄味 水皃 澹—
黮 黑也 (寢) 髧 髮垂
覽 視也 (람)(람) 擥 手取
擥 仝 攬 俗

啗 食也 霮 雲皃 —䨴
纜 舟繂 (람)(람) 濫 汎也 叨也
漿也 浴器 (謙)(陷) 醢 行酒
懢 貪也 嚂 食皃
三 —之 (삼)(삼) 暗 不明 (암)(암)
闇 仝 閉門 暫 不久 (잠)(잠)
蹔 仝 鏨 小鑿
撢 遠取 (담)(담) 探 仝
賧 蠻贖罪財 憾 恨也 (감)(감)
琀 飯含玉 含 仝上 仝下

畣 仝 荅 小豆
褡 衣薇 遝 行相及 —沓 (답)
沓 重也 仝上 仝下 誻 多言 ——
譶 仝 嗒 仝
涾 沸溢 踏 踐也
蹋 仝 蹹 仝
騇 馬行疾駁 — 毾 毷毸
鶅 飛皃 鶅— 臘 歲終祭 (랍)(랍)
臈 俗 鑞 錫也
蠟 蜜滓 擸 折也 (葉)

御定詩韻

覃 文十九 甘 甜也 嗜也 美也 愉意ㅣ心 (감)(감)
柑 橘屬 (鹽) 泔 米潘 苷 國老ㅣ草
弇 蓋也 人名 漢 耿ㅣ (琰)(鹽) 龕 塔下室 (감)
堪 任也 天地 ㅣ輿 戡 勝也 嵁 不平ㅣ巖
南 火方 (남)(남) 喃 語不了 呢ㅣ (咸) 諵 多言ㅣㅣ (咸)
枏 似豫章 美材 (鹽) 楠 俗 男 丈夫 五等爵
耽 大耳 過樂 (탐)(탐) 酖 嗜酒 (沁) 眈 視皃ㅣㅣ
妉 樂也 湛 仝 (侵)(沁)(賺)(陷) 擔 負也
儋 仝上 仝下 聸 耳垂 聃 耳曼 無輪
聃 俗 覃 及也 深廣 (담) 潭 深水

感 文六 十六 感 動也 格也
敢 勇也 忍爲 黮 應也 觸也 (감)(감)
澉 無味 暫食 轗 坎壈ㅣ軻 (감)
轁 仝 坎 陷也 仝
埳 仝 (陷) 欿 不足
膽 肝ㅣ 治 (담)(담) 礵 石藥 治癎
紞 冕前 垂 黕 滓垢
毯 毛席 (담) 菼 亂也
黲 青黃 黲 仝
緂 仝 倓 安也

勘 文三 十八 紺 青赤 (감)(감)
淦 水入船中 豫章水名
勘 校也 鞫囚 (감) 瞰 俯視
矙 仝 闞 望也 (賺)
擔 所負 (담)(담) 担 仝
甔 小罌ㅣ石 醶 無味 (감)
淡 薄味 憺 安也 動也
惔 燔也 憂也 澹 水流ㅣ淡
恬靜ㅣ泊 凝也仝 窞 薄而大ㅣ大監
菼 甘竹 郯 少昊後 所封

合 文八 十四 合 十龠 呼也
和也 (갑) (합)(합) 蛤 蚌屬
韐 士服 靺ㅣ (洽) 閤 小閨 蛙聲ㅣㅣ
鴿 鳩屬 欱 會也
榼 酒器 (개) 磕 石聲 (泰)
溘 奄忽 匼 閉戶聲
容 相當 納 入也 受也 (납)(답)
內 仝 (隊) 衲 補也 僧衣
軜 驂內轡 搻 打也
答 當也 報也 (답)(답) 荅 麁麤布也

覃

雺沉 久陰 森 衆木(合)(咨) 蔘 神草 人｜
蓡 仝 薓 仝 參 宿名 叢立
｜｜仝(咨)(覃)(覃)(勘) 揝 聚也 盍｜(合)(咨) 簪 首笄 仝(覃)
篸 仝(覃) 岑 山高(咨) 涔 牛馬跡中
水雨皃 ｜｜ 嵾 山不齊｜ 嵳(咨)
增 文十三 鱏 長鼻魚(씸)(심) 鱘 仝
蕈 菌也 蕁 蒲類(심) 橬 魚所息(鹽)(씸)
髟參 髟｜髟｜(覃) 參 不齊｜差(合)(咨)(覃)(覃)(勘)
終 諸深切 毛詩 能 奴金切 毛詩 封 孚音切 問天

馬 仝 蟄 和集｜｜○蟲藏 澀 不滑(合)(咨) 澁 俗 增 文十六
芨 藥名 白｜ 唈 短氣 唈｜(合) 裛 書囊 香襲衣 熠 火皃(屋) 咠 聚皃 戢｜(紙)
湒 雨皃 揖 聚也｜｜ 楫 短棹(葉) 蕺 筆管菜 扱 斂持 岦 山皃 ｜岌
霵 雨皃 ｜霫 湆 泉出 ｜潗 漐 汗出｜｜ 邑 耕皃｜｜ 鈒 戟也(合) 叶 文六
對 都聿切 漢語 泰 陽得切 劉歆贊 宿 思積切 班虎賦 厲 力入切 揚雄賦 靄 呼合切 潘岳賦 邁 呼合切 左思賦
通 韻三 合 入十五 葉 入十六 洽 入十七
雋 戴勝 椹 木質 木趺 罧 積柴取魚(合) 槮 仝 滲 漉也 襂 衣皃 ｜襹
叶 文八 風 方愔切 毛詩 楓 方愔切 張衡賦 衆 才淫切 太玄 隆 才淫切 陸雲詩 僭 七尋切 毛詩
通 韻三 覃 二十八平 鹽 二十九平 咸 三十平

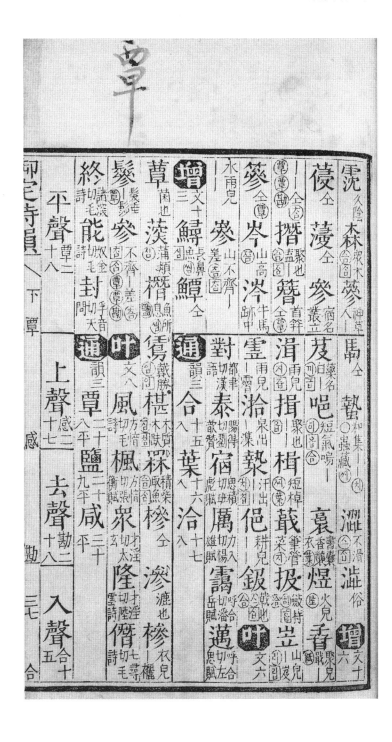

平聲 覃二 十八
上聲 感二 十七
去聲 勘二 十八
入聲 合十 五

御定詩韻 … 侵

深 仝 諶 信也測也 忱 仝誠也
煁 無釜竈 壬 幹名屬北侫也大也 (임)
任 堪也擔也保也姓也仝 紝 機縷
絍 仝 侵 漸進朘削陵也荒也短少 (침)
駸 馬行|疾| 綅 絳綫 梫 桂也
祲 災祥日傷氣 碪 擣繒石 (침) 砧 仝
斟 酌也 針 縫具刺病 鍼 仝 (침)
箴 仝誡也 葴 馬藍 琛 寶也 (침)
賝 仝 郴 桂陽縣名 綝 繕也止也
沈 沒也 (침) 沉 俗 湛 仝 (담)

寑

寑 仝 鋟 鏤板爪刻
枕 臥薦首具 (침) 瀋 汁也 (심)
沈 仝 (심) 踸 一足行踔
趻 仝 墋 垢也 (참)
增 文四 吟 頷|皃噤| (음)
怎 何也 (즘) [illegible] 流皃 (짐)
㾕 皃陋 (침) 叶 無
通 韻三 感 二十七上 琰 二十八上 豏 二十九上

沁

噾 泣無聲聚氣聲也|啞 (함)(음)
恁 如此 (님) 滲 度|淺 (삼)
衽 衣衿臥席 (임) 鵀 戴勝
𢓭 工人尺 (침) 針 刺也縫也 (짐)
罧 積柴取魚 (삼) 叶 無
通 韻三 勘 二十八去 豔 二十九去 陷 三十去

緝

諿 和也 葺 修治
輯 斂也續也 (집) 汁 液也 (집)
戢 止也藏也 䱇 魚多||
濈 和也仝 吸 內息 (흡)
噏 仝 翕 合也聚也盛也
潝 水聲不善|| 歙 縮也斂也 (흡)
闟 鋋也|戟也闒|也 立 建也成也 (립)
笠 簦也禦雨 苙 藥名白芷畜欄
粒 米顆 䶘 齧聲 入 內也納也 (입) 廿 二十 卄 俗 湒 泉出| (집)
集 聚也安也 (집) [illegible] 噍皃 鏶 鍱也金鐵片 執 持也捕也 (집) 慹 怖也 (섭) 縶 繫馬 (집)

侵

瘖 不能言 喑 仝(覃) 愔 ｜｜靖也
陰 陽之對水南山北闇也陰也影也背也 侌 仝上 仝下
霒 雲覆日 婬 奸也蕩也 淫 過也亂也 仝
霪 久雨 蟫 衣書白魚(覃) 廞 嵚具
歆 神食氣動也 林 叢木君也 琳 美玉璆｜
淋 沃也渥也｜濇 霖 雨三日 棽 繁蔚｜麗
臨 莅也監也大也 心 火藏身主 尋 繹也挼也
仍也俄也八尺 潯 水厓 燖 火熟物
燂 仝(覃)(鹽) 鄩 河南邑名 鐔 劍鼻
鬵 似甑大上小下 灊 巴郡水名(鹽) 濅 邃也

封姓也 犹 牛名
痒 寒病禁｜ 瞫 窺見
葚 桑實 椹 仝
黮 仝(感)(勘) 甚 劇也尤也
飪 孰食 餁 仝
飠念 仝 衽 衣衿臥席
袵 仝 恁 念也信也
荏 大豆｜菽白蘇柔也
稔 穀熟 腍 飫也
朕 天子自稱 寢 臥也居室

姙 俗 紝 機縷
任 用也克也所負 鴆 毒鳥
酖 鴆酒(覃) 浸 漬也澤也
濅 仝 湛 仝(覃)(豏)(陷)
祲 災祥日傷氣 沁 上黨水名
以物探水 伈 ｜｜恐皃
揕 擊也 枕 首據
闖 窺覘 滲 下漉
譖 讒毀 讖 符驗也
(增) 文九 吟 長咏

褶 騎服袴褶(葉) 隰 下平
襲 因也重也衣單複具一｜
十 數之具 什 十人｜ 仝
拾 掇也收也射鞴 仝(葉)(葉)
濕 霑潤 溼 仝
邑 四井 悒 憂也鬱｜
浥 潤溼厭｜(葉) 飠邑 臭也
揖 拱也手著胷進也遜也
挹 酌也 仝 熠 盛光螢火｜燿
咠 讒也｜｜ 緝 績也 仝

御定詩韻 侵 寢 沁 緝

平聲 侵二十七
侵 文九十 今 是時 (금)(금) 金 西方之行
五丨鉦鐸 一兩兵也 紟 衣系 衿 仝上 仝下
襟 交衽 禁 勝也 當也 劫持 欽 敬也 憂心
(금) 丨丨 嶔 山高 丨崟 衾 被也
顉 曲頤 (감) 琴 絃樂 (금) 芩 鹿食草根
如鈫股藥名黄丨 肣 斂也 黔 黑色 (검)
禽 鳥也 檎 似柰 林丨 擒 捉也
捦 仝 㩒 仝 崟 山高 嶔丨 (음)(음)
吟 詠也 嘆也 呻也 唫 仝 音 聲有節 (음)

上聲 寢二十六
寑 文四十二 錦 織文 (금)(금)
噤 口閉 (금) 凚 寒皃
唫 口急 廩 米藏 (름)(름)
懍 懼皃 丨丨 凜 寒也
飲 歠也 (음)(음) 稟 給也 受命 (품)(품)
品 類也 式也 (품) 伈 恐皃 丨丨 (심)(심)
審 悉也 詳也 (심) 嬸 叔母
諗 告也 謀也 淰 濁也 水動
潤 丨魚駭 (琰) 沈 臺駘後所

去聲 沁二十七
沁 文三十二 (침)(침) 僸 東夷樂 (금)(금)
禁 制也 止也 天子所居 酒器
噤 口閉 吟 仝
紟 衣系 單被 (금) 衿 仝
蔭 庇也 陰景 (음)(음) 廕 仝
癊 心病 飲 以予人歠 丨之
窨 地室 賃 傭也 (님)(님)
臨 衆哭 偏向 以尊適卑 (림)(림)
甚 太過 何也 (심)(심) 妊 孕也 (임)(임)

入聲 緝十四
緝 文六十五 急 疾也 褊也 (급)(급)
汲 引也 勤皃 丨丨 伋 思也
級 絲次 第等也 給 供也 與也 贍也
泣 無聲出涕 (급) 䏚 肉羹
湒 溼也 仝 及 至也 (급)
笈 書箱 (葉) 岌 高皃 丨丨
圾 仝 霫 雨皃 雲丨 (셉)(셉)
飁 大風 習 數飛 學也
慴 懼也 重 (씨) 槢 械也

尤

遒 盡也健也 抽 拔也 妯 心動怖也 瘳 病愈 惆 失志惆悵 犨 白牛 彪 虎文 滮 水流 烋 美也

休 息也仝 咻 讙也 庥 廕也 茠 仝 貅 豹屬貔貅 ⿰犭休 俗 髹 赤黑桼 增 文四十四 ⿰巾區 射波

芤 葱也病脈 蚯 土龍蚯蚓 區 域也分也 龜 西域龜茲 鼽 鼻塞 馗 九達道 獳 怒犬 䨲 兔子 艛 樓船[illegible]

貗 求子豕 寠 傴側地區寠 髳 巴蜀夷國 恘 貪愛恘恘 棓 打也星名天棓 涑 澣也 叜 尊稱○淅米聲叜叜

叟 俗 餿 飯壞 醙 白酒 齵 齒不正 髃 膊前骨 樞 似榆 瀀 澤多 ⿰禾憂 十管 聚 姓也

齁 鼻息 芁 藥名秦芁 蟉 龍皃蚴蟉 丩 卷也 裗 衣縷 硫 石藥硫黃 瀏 水清 蚰 百足蚰

蜒 舀 抒臼 抭 仝 揄 仝 薷 藥名香薷 調 朝也調飢 鵃 鶻鵃 躊 躊躇進退

篍 吹筩 蝤 木蟲蝤蠐 鵂 角鴟鵂鶹 叶 文二十 駒 居侯切易林 鼛 居侯切毛詩 膠 居侯切急就篇 墟 祛尤切易林 旗 渠尤切固賦

鼻 渠幽切易林 滔 他侯切毛詩 農 奴侯切束皙賦 苞 逋侯切毛詩 袍 蒲侯切毛詩 媒 迷侯切陳琳賦 災 將侯切班固賦 漕 徂侯切毛詩 霄 思留切陸機詩

蕭 疏鳩切毛詩 昴 力求切毛詩 逢 將侯切易林 德 當侯切易林 膚 居鳩切易林 驕 居由切易林 通 無

御定詩韻 尤

滺 仝 由 從也 繇 仝行 見丨

丨和柔 優丨 油 膏也雲行丨 丨武陵水名

甹 木生條 冘 不定 丨豫 猶 似也 尚也

舒遲皃丨 仝上仝下 猷 道也 謀也 蕕 臭草

輶 輕車 槱 燎柴 楢 柔木 仝 庮 朽木 臭 蝤 大蟹 丨蛑 斿 旗旒 游 浮行 仝上 仝下 遊 遨也 蝣 渠略 蜉丨

柔 順也 耎也 鍒 軟鐵 [田柔] 良田 蹂 踐也 鞣 熟皮 腬 肥皃 揉 調順 賙 賑贍 周 匝也 密也

徧也 武王 國號 仝 輖 重載 啁 鳥聲 丨噍 舟 船也 服也 侜 蔽也 輈 轅也 州 五黨 洲 水中 可居 譸 誑也 丨張

儔 侶也 幬 襌帳 疇 田也 衆也 誰也 等也 類也 曩也 籌 壺矢 筭也 裯 單被 綢 纏也 丨繆 稠 密也 紬 大絲 繒

鯈 小魚 啾 小聲 丨丨 湫 池也 隘也 揫 束也 揪 仝 秋 金行之時 愁 皃丨丨 龝 古 楸 梓也

萩 蒿也 仝 [糸秋] 馬紂 緧 仝 鞦 繩戲 丨韆 仝 鰍 鰌屬 鰌 大 海鰌 仝 丨 鶖 扶老 禿丨 趥 行皃 酋 長也 繹酒

[衤芻] 衣不伸 [艹造] 草相次 [言豆] 不能言丨

後 不敢先 糅 雜飯

狃 習也 就也 遛 止也 逗丨 守 受而掌之 設 口授 有 又也 紬 緒也 綴集

叶 文九 告 居候切 九章 朝 眞祐切 韋孟詩 孚 敷救切 太玄 報 敷救切 國語 築 職救切 潘岳賦

好 許候切 九章 昊 許候切 毛詩 道 徒厚切 毛詩 六 力救切 易 通 無

宥

尤

放也輩也覃也 㳅 仝 瑬 冕飾玉
旒 仝旒末垂 劉 剋也殺也枝葉稀疏毗丨
鎦 古 鏐 美金 修 理也飾也
脩 脯也長也仝 羞 膳也恥也 囚 拘也
泅 浮水 收 斂也捕也堯冠黃丨
讎 匹也仇也校也售也 酬 報也
醻 仝 詶 以言答仝 譸 惡也棄也
㪠 仝 幽 深也微也隱也闇也囚也
呦 鹿聲丨丨 㘥 吟聲呦丨仝 攸 所也危皃
逌 仝 悠 遠也丨丨 滺 流皃

御定詩韻 下 尤

㼴 瓿也 莥 王瓜 𧒒 蝗也丨螽
蝜 善負丨蝂 擻 振動抖丨 蔌 菜茹總名
醙 白酒 獀 春獵 喁 相呼
髃 肩前 腢 仝 扭 手轉
授 予也付也 岰 山曲 眑 深遠
蚴 龍皃丨蟉 叶 文九 軌 己有切玄太
旭 己有切玄太 栲 去九切詩毛 起 去九切幹賦徐
道 他口切胡廣叢 包 補苟切詩毛 飽 補苟切易
鴇 補苟切詩毛 卯 扶缶切詩毛 通 無
僂 短醜丨佝 不 未定 謏 私罵

有

咮 鳥口 噣 仝 胄 兜鍪
軸 仝 冑 胤也 伷 仝
宙 居也往古來今 酎 三重酒 繇 占辭
籀 人名周史丨仝 僦 賃也 就 成也卽也
鷲 鵰類黑色多力 鷲 嶺名 臭 氣通於鼻
殠 腐氣 畜 家養獸 嘼 獸可養
畱 仝 增 文二十二
詬 罵也 餖 飣食丨 䬦 仝
痘 胎毒 嶁 衡州山名岣丨
偶 適然 楱 小橘 嗾 使犬聲

一 三四 宥

[illegible] 行圊 牏 仝築牆板 投 棄也託也
骰 博陸采具ㅣ子 帿 射布 侯 公之次維也仝
倏 仝 喉 咽也 餱 乾食
糇 仝 鍭 箭鏃 猴 猱也
篌 絃樂箜ㅣ 樛 木下曲 摎 束也
虯 無角龍 虬 仝 畱 住也
留 俗 橊 西域果名 騮 赤馬黑鬣
駵 仝 遛 止也逗ㅣ 瘤 疣也
鶹 角鴟鵂ㅣ 飀 高風ㅣㅣ 飅 仝
瑠 西域采石ㅣ璃 琉 仝 流 水行求也

丣 西方辰就也 酉 俗 禉 燎柴祭天
槱 薪也積也仝 梄 仝 輶 輕也
誘 導也 莠 害穀草根ㅣ 牖 壁窗向也開明
卣 中罇 羑 進善商獄ㅣ里 蹂 踐也
輮 仝 揉 屈木 酒 米麴所釀
肘 臂節 紂 商辛 帚 篲也
箒 俗 掫 行夜干ㅣ 醜 穢也類也
[illegible] 仝 丑 十二月支 杻 手械
增 文二十 岣 衡陽山名ㅣ嶁
詬 罵也 抖 振動ㅣ擻 嶁 山巔

獸 四足而毛 狩 冬獵天子適諸侯巡ㅣ
首 嚮也有咎自陳 收 穫多斂之 授 予也付也
綬 佩組 壽 久也 售 賣去手償也
幼 人生十年 宥 寬也 侑 配也勸食
囿 苑有垣 狖 似猿仰鼻長尾 貁 仝
猶 似麂ㅣ豫 槱 燎柴 蜼 似猴尾歧
褎 盛飾禾盛進也長也 鼬 野鼠
柚 似橙而酢 櫾 仝 揉 順也
楺 屈木 蹂 踐也 輮 車軔
糅 雜也 肉 璧邊 晝 日中

九

歐 姓也 甌 盌也 鷗 似鴿水鳥
憂 愁也(우) 優 饒也勝也倡也游也戲也
嚘 嘆聲咿｜ 耰 摩田器 麀 牝鹿
尤 甚也怨也(우) 疣 贅也 肬 仝
訧 罪也 郵 步傳過也 陬 隅也(추)[추]
鯫 小魚 諏 咨事(虞) 掫 擊柝干｜
郰 穎頭所後封(추) 鄹 仝 騶 廐御 仝
緅 青赤色 菆 善矢草叢生(寒) 棷 薪也(奏)
𦸗 釃酒(츠) 搊 手彈 愁 憂也(수)
偷 盜也苟且(투)[투] 媮 巧黠 仝(虞) 鍮 石似金

糺 仝 赳 武皃｜｜ 紐 結也(뉴)[뉴]
鈕 印鼻 杻 檍也(有) 忸 愧也(屋)
狃 慣也狎也 柳 楊也(류)[류] 桺 俗
莥 鳧葵(有)(巧) 茆 俗 飀 緖風
罶 魚笱 懰 好也 瀏 流淸
漻 仝(蕭) 蟉 蠬｜皃(蕭) 滫 久泔｜瀡(슈)[슈]
訹 誘也(嘯) 手 肢也所以執持(슈)
首 頭也先也 𩠐 古 守 勿失主｜
受 承也容納(슈) 綬 佩組 壽 久也
黝 黑也(유)[유] 怮 憂皃｜(蕭) 有 無之對取也(유)

蔻 藥名荳｜(후)[후] 鱟 蟹屬鬼｜ 怐 愚也｜愁
佝 僂也 仝 詬 罵也(구) 齁 鼻取氣(후)
嗅 仝 后 君也妃也(후) 逅 不期而會邂｜
候 伺望 堠 記里堠 留 停待宿｜(류)[류]
廇 中庭 霤 屋水流中宮之神仝
溜 水流下仝 塯 瓦器 餾 飯氣餴｜
瘤 疣也 窌 濟北地名后｜ 勠 併力(屋)
秀 茂也榮也(슈)[슈] 琇 石次玉充耳 繡 五采刺文
綉 仝 宿 列星舍也(屋) 岫 山穴(슈)
袖 衣袂 褎 仝 褏 仝(유)

紑 衣潔 芣 東前草丨苢(부) 罘 兔罟屛也丨罳

浮 泛也丨盛丨見 蜉 蠛也蚍丨 罦 覆車網(虞)

枹 鼓槌(虞)(肴) 桴 仝屋棟(虞) 涪 廣漢水名

擻 取也(수)[수] 鎪 刻鏤 鏉 仝

搜 索也(수) 搜 俗 廋 匿也

廋 俗 溲 尿也 溲 俗

颼 風皃丨飀 蒐 春獵 獀 仝

獀 俗 䐹 乾魚 鱐 仝(屋)

牛 耕畜(우)[우] 區 四豆匿也姓也(우)(구)(虞)

謳 歌也 嘔 仝 漚 水泡

傁 仝 瞍 無目 藪 大澤

棷 仝(泰) 籔 漉米器(麌) 嗾 使犬聲

溲 粉麪(수) 偶 合也匹也適然偶儷也(우)[우]

耦 配也耒也仝 藕 蓮根 毆 捶擊(우)

毆 仝 歐 仝(虞) 嘔 吐也

歐 仝 友 同志善兄弟(우) 右 左之對尊也

走 趨也(주)[주] 取 獲也(추)[추](麌)(遇) 鯫 小人丨生

趣 周官丨馬(遇)(沃) 吼 牛鳴(후)[후] 朽 腐也(후)

厚 不薄也醲也(후) 後 前之對 后 君也妃也仝

郈 魯邑 糾 繩三合督也彈也察也(규)[규](篠)

漱 仝(屋)(沃) 嗽 仝上仝下(覺) 瘶 上氣欬丨

軟 仝(覺) 瘦 瘠也(수) 瘦 俗

漚 久漬(우)[우] 佑 助也(우) 右 仝

祐 神助 又 更也 奏 進也(주)[주]

走 疾趨驅也 輳 競聚輻丨(주) 腠 膚理

湊 水會 蔟 正月律太丨(屋) 呪 詛也(주)

祝 祭贊願也仝(屋) 縐 絺也細絺(추)[추] 皺 蹙摺

甃 井甃 簉 齊飛倅也(추) 驟 奔也(추)

僽 惡言詈僝丨 鬭 競也(투)[투] 鬪 仝

[illegible] 尾星 透 通也(투) [illegible] 自投

尤

頭(두)首也 婁空也星次降|(루)(릏)(虞)
樓重屋 摟牽也 髏首骨髑|
慺(虞)謹敬|| 膢立秋祭貙|(虞) 螻土蟲有翅
|蛄蛙也|蟈 蔞似艾白色(虞) 矛鉤兵(모)(뭏)
鍪兜也 蝥全 蟊食苗蟲
麰大麥 牟大也牛鳴全 侔等也
眸目瞳 蛑大蟹蝤| 謀計也
繆絲千累纏綿綢|(무)(屋) 裒聚也(부)(뷸)
掊全把也 抔手掬 捊全
括全 鴀戴勝鳩|(부) 不未定全(物)

阜土山厚也盛也 叜老稱(수)(숳) 叟俗
偩依也全 婦士妻 媍全
不全(物) 負背荷不償恩恃也(부)
缶盆也(부) 缻全(江) 否不然不臧(紙)
蔀障明小席閏餘一|首(虞) 瓿小甖
掊擊也全 培小阜|塿(부)(灰) 部統也界也(虞)
莽毒魚草粗滓鹵|(虞)(養) 剖判也(부)(뷸)
畝全 牡雄也 某代名
鵡能言鳥鸚|(虞) 畮步百 畞古
母嬢也(무)(뭏) 拇手大指 踇足大指

複重也全(屋) 伏鳥抱卵(屋) 漱盪口(수)(숳)
仆頓也(遇) 踣全(職) 復又也(부)(屋)
首飾步搖(屋)(職) 覆蓋也(屋)伏兵(부) ○
富豐財厚也(부)(뷸) 輻競聚|輳(屋) 副貳也稱也
謬誤也(무) 繆戾也錯也紕|姓也(屋)
袤延亘南北 瞀無識||(遇) 貿交易全
楙木瓜全上全下 懋勉也 愗愚皃怐|
屋西北隅 壺水知時 戊十幹之中(무)(뭏) 茂盛也
鏤剛鐵刻也(虞) 瘻久瘡(虞) 漏泄也穿也
竇全(虞) 讀文絶處句|(屋) 陋疏惡(루)(뤃)

御定詩韻 下 九 有 三二 宥

枸(虞)曲木 篝 熏籠 溝 水瀆
韝 臂衣 緱 劍頭飾 鳩 鸜鵒聚也(平)
彄 弓端(有) 摳 挈衣摳也(虞) 丘 阜也聚也
大也四邑(平) 求 索也(平) 俅 冠皃|恭順
球 美玉玉磬 璆 仝 賕 贓也
銶 鑿屬 觓 角皃 觩 仝
捄 長皃仝(虞) 絿 急也求也 紈 仝
毬 鞠也 裘 皮衣 逑 匹也
仇 讎也仝 厹 三隅矛 叴 氣高仝
頄 顴也 艽 荒野(宥)(有) 兜 首鎧

有

狗 犬也 垢 滓汙所集 久 暫之反(平)
玖 黑石 灸 灼也 九 老陽數
韭 葷菜豐本 口 所以言食(有) 扣 擊也
叩 問也仝 訽 仝 釦 金飾器口
糗 乾飯(平) 臼 舂也(平) 舅 母之兄弟
妻父夫父 咎 愆也災也(豪) 詬 毀也
㝅 乳也 穀 仝(屋) 斗 十升
㪷 俗 枓 柱上木 蚪 蛙子蝌|
阧 峻也 陡 仝 黈 冕傍纊|纊
斢 仝 塿 小阜培| 簍 籠也

宥

遘 遇也 彀 張弓 句 拘也辦也
(虞)(遇) |當 勾 俗 雊 雉鳴
姤 遇也 救 護也(平) 捄 仝(虞)
究 窮也 灸 灼也 疚 病也
廏 馬舍 寇 賊也(有) 扣 擊也
鷇 鳥子 舊 故也(平) 柩 棺也
匶 古 耨 耘也 鎒 仝
譳 不能言詉| 梪 木食器 豋 仝
豆 仝上仝下 荳 菽也 脰 項也
逗 止也 酘 重釀 竇 穴也

尤

嶒 山皃崚― 繒 帛也 鄫 姒姓國

叶 無

通 韻二 陌入十一 錫入十二

興 起也作也盛也 冰 水凍 砅 水石聲 凭 依几 憑 依也 馮 乘也相視全上 淜 徒涉

仍 因也游也 陾 築聲―― 徵 驗也召也成也明也 瀓 清也 澄 全 懲 戒也創也 憕 心平 稱 銓也揚也

舉也言也 倰 全 僜 不著事―倰 恒 常也北嶽―山 肱 臂也 厷 全 鞃 軾中靶 弘 大也

增 文十四 薨 蟲聲―― 鼟 鼓聲―― 輘 轢也車聲―輷 鯪 穿山甲―鯉 弸 弓強 鬅 髮亂―鬙 噌 吰

䎕 翥翁也 騬 犗馬 苭 新舊草 蘛 全 癥 腹瘕 姮 羿妻―娥 軦 車聲

叶 無

通 韻二 庚二十三平 青二十四平

平聲 尤二十六

尤 文二百四十九 句 曲也太伯所居―吳外國高―驪 勾 俗 鉤 曲鐵懸物 軥 夏后車

上聲 有二十五

有 文一百四十一 苟 誠也艸也但也草率―且 耇 老壽 笱 取魚器 枸 苦杞

去聲 宥二十六

宥 文一百六十六 冓 交積材 構 架也成也合也 購 以財求 媾 重婚和也 覯 見也

定也嚴整(싱)(응)(徑) 應 當也料度之辭姓也(잉)(徑)
膺 胷也受也擊也仝 譍 荅言(徑)
鷹 爽鳩 䗶 寒蟬 蠅 逐臭飛蟲(잉)
增 益也(징)(증) 曾 姓也重也(층) 憎 疾也
矰 田矢|繳 [illegible] 仝 罾 魚網有機
橧 聚薪以居|巢 烝 炊也君也衆也進也厚也冬祭語辭姓也(증)
蒸 炬也薪也仝 [illegible] 仝 脀 牲實鼎
[illegible] 仝 塍 畦也埒也(승) 縢 仝
乘 駕也登也跨也因也治也(徑) 椉 仝
層 級也(층)(층) 曾 嘗也乃也經也則也反辭仝(증)

栻 木局 飾 裝也 識 知也(식) 寔 實也(씨) 湜 水清|| 殖 生也
植 置也栽也(식) 埴 黏土(식) 食 飯餌咍也(식)(식) 蝕 侵蠹 弋 繳射(이)(익) 黓 黑也歲壬玄|
杙 橛也 釴 鼎附耳 翌 明日 翼 翅也仝上仝下 翊 輔也 廙 行屋
稷 黍屬(직)(직) 職 執掌主也多也||(직) 織 經緯相成(식) 樴 杙也 稙 早種禾
直 正也仲也(직) 敕 誡也(칙)(칙) 勑 仝 飭 整備仝 鷘 水鳥鸂| 鶒 仝
鶆 仝 刻 鏤也(극)(극) 塞 窒也(색)(색)(隊) 色 顏氣五彩(색) 嗇 愛惜 穡 農也稼|
劾 推窮彈治(핵)(핵)(卦)(隊) 增 文十九 疑 正立(의)(의)(支)(物) 薿 茂也||(紙) 觺 角皃||(支)
湢 浴室(벽)(벽) 腷 意不泄|臆(억) 可 突厥酋|汗(극)(극)(극) 芀 香草蘿|(극)(극) 万 蕃姓|俟
(극)(극)(願) 蝍 |蛆蜈蚣(즉)(즉) [illegible] 燭燼 鰂 烏賊魚(즉) 鱡 仝 蒴 藥名一歲附子
稄 禾密稫|(즉)(즉) 廁 側也(측)(식) 媳 子婦(식)(식) 䐈 寄肉 膱 脯脡(직)(직) 濇 不滑(색)(색)

蒸

疼仝 夌越也(릉)[릉] 倰仝
陵大阜轢也仝 凌冰室(徑) 滕仝
淩臨淮水名 綾紋繒 蔆芰也
菱俗 楞柧也四方木(릉) 棱仝
稜仝(徑) 掤箭筩蓋(빙)[빙] 崩山壞天子沒(붕)
朋友也五貝(붕) 堋射埒(徑) 鵬大鳥
僧沙門(승)[승] 鬙髮亂鬅| 昇日升(승)
升十合仝上仝下 陞登也 勝舉也堪也(徑)
繩索也直也彈治衆多||(승) 澠臨淄水名(軫)(銑)
承奉也 丞佐也 凝結也成也

克勝也(극) 剋損削仝 裓衣裾 極中也至也終也窮也(끠) 得獲也合也(득)[득]
勒馬頭絡銜抑也刻也(륵)[륵] 肋脅骨 扐揲蓍 仂什一 玏石次玉|瑊
泐石解 泐俗 墨煤也黙也貪也度也五尺(믁)[믁] 默靜也不語 嘿仝
纆兩股索 冒貪也干也單于名|頓(묵) 北朔方(븍)[븍](隊) 匐伏地匍|(뻑)(屋) 蔔菜名蘿|(屋)
葍仝梔子薝| 踣僵也(宥) 僰西南夷 即就也舍也今也只也(즉)[즉] 喞|多聲|(質)
堲疾也(質) 則法也助辭(즉) 賊盜也害也(즉) 蠈蝗也 崱山皃|屴 昃日在西(즉)[즉]
昗仝 仄不正仝 側傍也仝 測度也(즉) 惻愴也 畟進也||
骰子瓊| 忒差也(특)[특] 慝惡也 貸借也(隊) 貣仝 特一牲獨也
但也匹也(믜) 螣蝗也 蟘仝 黑北方色(흑)[흑] 匿隱也(닉)[닉] 慝內愧(質)
息呼吸止也生也養也(식)[식] 熄滅火 式法也發語(식) 拭刷也 軾車前木

御定詩韻 蒸

平聲 蒸二十五

蒸 文一百二 薨 奄也 (훙)(훙)(庚) 兢 戒也 (긍)(긍)

矜 矛柄 憐也 飾也 驕也 仝 (眞)(刪) 揯 引急 (긍)

揯 仝 緪 大索 縆 仝 (徑)

能 善也 勝任 (능)(능)(灰)(隊) 登 升也 熟也 (등)(등)

豋 瓦豆 甑 仝 燈 錠中置燭

鐙 古 (徑) 灯 俗非 簦 笠蓋

㲪 罽也 毾| 騰 馳也 躍也 (등) 滕 口說 魯附庸

幐 囊也 (徑) 螣 神蛇 謄 移書

縢 緘也 藤 藟也 [illegible] 痛也

入聲 職十三

職 文一百三十七 德 行道有得 四時旺氣 惠也 (덕)(덕) 悳 仝 嶷 小兒有識|| (억)(억)(支)

億 十萬 安也 度也 供也 (이) 臆 胷也 意也 憶 念也 醷 梅漿 (紙) 檍 杻也

繶 履縫 中紃 薏 蓮心 (寘) 抑 按也 屈也 發語謹密|| 力 筋也 勤也 (력)(력) 屴 山皃 崱|

逼 迫也 驅也 (핍)(핍) 偪 仝上 仝下 幅 行縢 (屋) 愊 至誠 悃| 稫 禾密 |稜 堛 土塊

楅 持牛 |衡 (屋) 副 析也 (宥)(屋) 疈 仝 祭名 |辜 [illegible] 火乾 (픽) 煏 仝 愎 狠也

域 界也 (역)(역) 棫 木叢生 |樸 緎 裘縫 淢 疾流 (역) 蜮 沙蝨 罭 魚網

閾 門限 陟 升也 (직)(척) 赩 大赤 (혁)(혁) [illegible] 仝 (陌) 衋 傷痛 侐 靜也 (혁)

洫 田溝 淢 仝 (역) 或 疑辭 未定 (혹)(혹) 惑 迷也 國 邦也 (국)(국) 革 急也 (극)(극)(陌)

棘 小棗 有刺 仝 襋 衣領 亟 疾也 (寘) [illegible] 訥也 殛 誅也 [illegible] 急性

職

青

怜 慧皃 毦 毛結 榠 似木瓜

櫨 瞑 翕目 鄍 晉邑

軿 輕車 駢 齊邑 郱 齊地

篂 車蔽 箳｜ 鯖 青色魚有枕骨

娉 美好 ｜婷 叶 無

通 韻二 庚 二十三平 蒸 二十五平

叶 無 通 韻一 敬 二十四去

晢 人白 皙 仝 艗 青雀舟 鷁 似鷺而大 仝 鶂 仝 ｜鳴 ｜鵝 虉 綬草 旨也

淅 汰米 雨聲 ｜瀝 蜥 蛇醫 ｜蜴

勣 功也 績 緝也 仝 寂 靜也 宗 仝 慼 憂也 慽 仝

戚 親也 仝上 仝下 鏚 斧也 墄 階甃 鼜 夜戒鼓 倜 不羈 ｜儻 俶 仝

惕 敬也 憂懼 怵｜ 愁 仝 踢 足蹴 剔 解肉 趯 ｜｜跳也 瞭 失意視

滌 灑也 除也 踧 行平易 ｜｜ 闃 闃也 矜 矛也 赦 笑聲 殈 卵裂

檄 長牒 羽｜ 覡 男巫 喫 食也 毄 勤苦用力 仝 溺 沒也 增 文二十 狊 張翅 犬視 湨 河內 水名 鼳 小鼬 長須而賊

商 木根 果蒂 嫡 女無子 玓 珠色 ｜瓅 摘 挑發 拓果 擿 仝 嚁 嘯聲 逐 馳皃 ｜｜ 䍥 山羊 羖｜ 藶 大薺 葶｜

⿰齒歷 齒病 蓂 大薺 菥｜ 菥 大薺 ｜蓂 霓 雌虹 鷊 吐綬鳥 硩 挑擿 周官名 ｜蔟氏 焱 火焰 ｜｜ 砉 皮骨相離聲

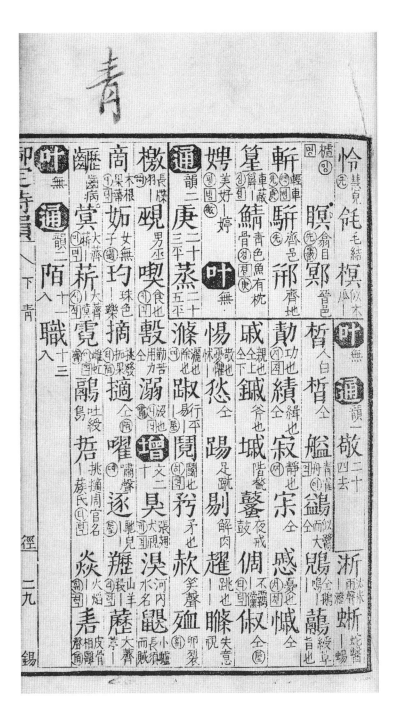

叶 無 通 韻二 陌 十一入 職 十三入

御定詩韻

青

鉶 羹器 型 鑄法 邢 周公子所封

銒 (先) 酒器 陘 山絶 娙 女官

滎 河南水名 熒 光也 螢 腐草所化丹鳥

濙 泥旋濴| 傳 行不正伶

增 文二十八 絅 急引捕魚 嚀 囑詞叮|

叮 囑詞|嚀 疔 毒瘡 桯 牀前几

[犭+廷] 猨屬 鼮 豹文鼠 葶 大薺|藶

酃 長沙縣名 䍅 大羊 麢 全

羚 全 伶 樂人 竛 行不正|竮

彾 全 獨行彾| 昤 日光|矓 朎 月光|朧

迥

涬 自然溟| 增 文四 溟 自然涬|

脡 脯胸 瞑 閉目 (先) 殑 欲死

叶 無 通 韻一

楆 二十三上

徑

證 驗也 興 悅也比也感物而發意 恴|况

凭 依几

孕 懷妊 媵 從嫁

賸 增加 剩 俗非

瞪 直視 秤 衡也

稱 偃也副也舉也等也衣單複具全 懜 不明|悶也 (東)

瞢 全 (東) 增 文十四 躄 一足行 寧 如何|馨

另 別異 零 落也 (先) 凳 牀屬 橙 全 (庚)

縢 帶囊 凌 冰室 稜 田片 藤 胡麻|苣

鱦 魚子 譍 以言對 蹭 失路|蹬 賸 餘也

錫

冪 全 鼏 全 鼎蓋

幎 全 幔也 幭 車覆

幭 全 蔑 全

幦 全 髹巾 汨 長沙水名

(月) |灑 壁 垣也軍壘

鼊 似龜 繴 鳥網

霹 迅雷|靂 劈 剖也

澼 漂也 甓 瓴甋

緆 細布 錫 鉛類賜也

裼 袒衣裘單 析 分也破木

青

螟 食禾蟲 蓂 知時草丨莢 銘 志也
萍 草名馬帚人名趙青丨使也(형) 竮 行不正丨伶
瓶 汲器(병) 缾 仝 洴 漂澼丨澼
屏 蔽也丨風雨師丨翳 星 萬物之精
點點丨丨(싱) 鮏 魚臭 腥 生肉仝
胜 仝犬膏臭 醒 酔解夢覺 惺 了慧丨憁
青 茂也丨丨東方色(청) 聽 聆也受也
從也 廳 治官事處 萍 蘋也(병)
馨 香遠聞寧丨語辭(형) 形 象也體也(형)
刑 法也 侀 成也 硎 砥石

瀅 仝水澄 詗 明悟知處
告 脛 腳也(형)
踁 仝 迥 遠也(형)
逈 俗非 泂 寒也仝
炯 光也 肯 骨間肉可
也 肎 仝
肯 仝 等 齊也輩也
級也待也(등) 拯 救也(징)(증)
輋 軒車 冷 寒也(링)(령)
婞 很也(형)(행) 悻 仝

嶝 小坂仝 磴 仝
墱 飛陛 鄧 南陽州名(등)
蹬 失道蹭丨 堋 窆也(붕)
塴 仝 勝 克己優過鳥名
戴丨婦人首飾(싱)(증) 縢 織機
乘 車也史也雙物四數(싱)
甸 治也仝 嵊 剡縣山名
凝 止水水堅(의)(응)
應 答也當也小韓王門(응)
甑 蠶屬(징)(증) 贈 送遺(증)

歷 經也(력)(력) 曆 數象也仝
靂 迅雷霹丨 瀝 餘滴滲也
癧 瘰也 䍥 煙火冪丨
櫟 柞屬 櫪 仝馬皂
皪 白皃的丨 䁱 仝
轢 車踐 礫 小石
瓅 珠色玓丨 躒 動也
酈 南陽縣名姓也 鬲 鼎屬(력)
𨯁 仝 覓 求也(멱)(멱)
塓 塗也 冪 覆也

御定詩韻

青

蜓 赤卒蜻丨(銑) 靈 神也(령)(령) [霝+弜] 古

櫺 檻也 醽 美酒丨醁 [虫+霝] 桑蟲螟丨

蛉 仝赤卒丨蜻 䑲 舟有牕 舲 仝

蘦 甘草 苓 仝藥名茯丨 令 使也鐶聲

丨丨 複姓孤(庚)(敬) 泠 涼意泉聲丨丨 齡 年也

鈴 鐸也 聆 聽也 玲 玉聲丨瓏

軨 獵車 鴒 離渠鶺丨 翎 鳥羽

瓴 似瓶仰瓦 囹 獄也丨圄 笭 漁具丨箵

零 落也餘也(先) 蕶 草落 澪 水名

冥 暗也(명)(명) 暝 俗 溟 海也

迥

梃 杖也 艇 小船

鋌 銅鐵成片 珽 大圭

侹 長也 頲 直也

訂 平議 町 田區畔埒丨疃

酩 醉兒丨酊(명)(명) 茗 晚茶仝

鞞 刀室(병)(병)(薺) 琕 仝

頩 斂容(병) 竝 比也皆也

倂也相扶近也(병)(漾) 並 仝(敬)

醒 醉解夢覺(셩)(졍) 熒 聽惑(형)(형)

瑩 仝(庚) 濙 小水瀅丨

徑

庭 激過逕丨(뎡) 廷 朝位正也(명)

暝 夕也(명)(명) 瞑 目閉(先)(霰)

醒 醉解夢覺(셩)(졍) 靘 青黑(敬)(쳥)(쳥)

掅 捽也(쳥)(쳥) 聽 聆也待也

謀也從也(텽)(텽) 鎣 飾也磨也(형)(형)

瑩 潔也玉色(庚) 瀅 小水

脛 腳也(형) 亘 通也(긍)(긍)

恒 月弦偏也(蒸) 絚 急張(蒸)

堩 道也 鐙 馬鞍足踏

豆跗(등)(등)(蒸) 隥 梯也

錫

菂 仝 馰 馬白額

靮 馬韁 弔 至也(嘯)

吊 俗(嘯) 逖 遠也(뎍)

逷 古 敵 當也仇也

匹也拒也(뎍) 狄 北方日丨樂吏

荻 萑也 翟 雉也后服(뎍)

籊 竹兒丨丨 糴 市穀

籴 俗 迪 進也順也開也

頔 好也 笛 管樂

蓫 仝 覿 見也

青

青 文八十九
涇 水名安定
經 纖縱絲常也過也書也營也界也 (경)[경]
扃 關也 (경)
駉 馬皃ㅣㅣ
坰 郊也
寧 願詞安也何也 (녕)[닝]
丁 當也盛也民夫 (뎡)[뎡](庚)
釘 鐵尖矛名鈴ㅣ
玎 玉聲 (庚)
仃 獨行伶ㅣ
行 仝
汀 水際 (뎡)
鞓 皮帶
綎 綬也
綎 仝
亭 旅館泰安山名云ㅣ聳立ㅣㅣ化也至也 (뎡)
渟 水止
停 止也
婷 好皃娉ㅣ
娗 仝 (銑)(霰)
廷 朝位正也
庭 門內直也
霆 疾雷
莛 草莖
筳 竹片

迥 文五十五
熲 光也 (경)[경](梗)
剄 刎也
謦 小欬 (경)
綮 筋肉結處肯ㅣ (薺)
褧 襌縠 (迥)(梗)
絅 仝
熲 似苧仝上仝下
檾 仝 (梗)
苘 仝
蘔 俗
⿰寧頁 頂顛 (뎡)[뎡]
濘 泥也
頂 顛也 (뎡)[뎡]
酊 醉皃酩ㅣ
艼 仝
打 擊也 (馬)(梗)
鼎 烹飪器
挺 拔也 (뎡)

徑 文六十三
徑 小道 (경)[경]
逕 仝
俓 直也仝
經 織縱絲縊也
罄 盡也 (경)
磬 石樂騁馬僂折縊也激事掉ㅣ
謦 小欬
甯 願詞姓也 (녕)[닝]
濘 泥也
佞 捷給諂也才也
訂 平議 (뎡)[뎡]
矴 錘舟石
釘 金鈑
飣 貯食ㅣ餖
顁 額也
定 營室星孰肉仝
○安也止也淩也 (뎡)
錠 有足豆

錫 文一百十三
激 疾波 (격)[기]
擊 打也
墼 土塼
鶪 伯勞 (격)
鴃 仝
鴂 仝鶯語ㅣ舌 (휘)
闃 靜也 (격)
惄 心飢 (뎍)[디]
愵 憂也仝
嫡 正室 (뎍)[디]
適 從也親也
專也主也仝 (陌)
鏑 箭鏃
滴 水點
樀 檐也
蹢 蹄也 (陌)
甋 塼也
的 明也實也幘中
菂 蓮子 (藥)

御定詩韻 下 青 迥 徑 二七 錫

御定詩韻 庚

瑩 瑱也 ㅣ瑩 (형)(영) 蠑 守宮 ㅣ螈 怔 懼皃 ㅣ營 (징)(정)

綎 馬飾 鴊 題肩 蟶 蚌屬 (칭)

遉 邏候 偵 仝 圊 溷廁 (칭)(청)

訇 大聲 ㅣ訇 (굉)(횡) 坪 大野 (빵) 薨 蟲飛 ㅣㅣ

(횡)(굉) 䫻 暴風 (횡) 吰 鐘鼓聲 ㅣ噌

谹 谷響 [罒厷] 網綱 紭 仝

玎 玉聲 ㅣ玲 (청) 橕 邪柱 (칭) 樘 古

ㅣ(陽) 蟛 似蟹 ㅣ蜞 (핑) 膨 大腹 ㅣ脝

年 奴京切 哀時命 天 佗經切 易 令 古靈切 毛詩

平聲 青二十四

喀 欬聲 ㅣㅣ (킥)(긱) 衉 吐聲 [馬百] 驢父牛母 馲ㅣ

莫 靜也 定也 (맥)(막) 佰 百人長 (빅)(맥) 夜 東海縣名 (이)(익)

垞 丘也 格 ㅣ柢 梧不入扞 叶 文十一

苔 鄭力切 易林 代 湯得切 太玄 背 必益切 毛詩 法 非律切 漢書

又 夷益切 毛詩 異 逸職切 毛詩 來 録直切 毛詩 通 韻二

宖 屋響 彋 弓聲 嫇 幼婦 嫈ㅣ 鼆 楚地 ㅣ阨

撐 俗非 掁 觸也 鬇 髮亂 ㅣ鬡 竮 驅馳 ㅣㅣ

叶 文十一 弓 姑弘切 九歌 夢 莫藤切 揚雄賦 中 諸仍切 易

均 諸盈切 離騷 奠 唐丁切 考工記 悶 眉兵切 易 通 韻二

上聲 迥二十四

去聲 徑二十五

陌

百 勵也 行杖道 騶伍 ㅣ(빅)

峉 山高 ㅣㅣ (익) 蚱 蝗類 ㅣ蜢

局 詰力切 詩 凝 鄂力切 楚詞

[虫+?] 常隻切 易林 意 乙力切 天問

錫 十二 入 職 十三 八

譻 小言 ㅣ諍 猙 似狐 有翼

傍 不得已 ㅣ

延 於營切 揚雄賦 楊 以征切 馬融賦

青 二十四平 蒸 二十五平

入聲 錫十二

庚

槍 欃｜彗星(陽) 瞠 直視 棖 楔也
橙 橘屬(從) 傖 賤稱 繃 束也
綳 仝 䙖 仝 祊 廟門祭
閍 宮門仝 伻 使人 烹 煮也
亨 仝 砰 水石聲｜砅 磅 地形｜礴(陽)
澎 水聲｜濞 棚 棧也 輣 兵車
弸 弓強(蒸) 騯 馬盛 彭 鼓聲｜｜
盾也｜排仝(陽) 行 步也往也路也用也運也五｜(陽)
增 文三十八 譕 小言 鬡 鬇｜髮亂
栟 椶也｜櫚 宬 藏史所 瀯 水聲｜｜

舴 小舟｜艋 咋 大聲 諎 大聲 唶 仝 鳥｜聲 責 誚也求也任也望也迫取
簀 牀棧 蕈也 幘 覆髮 嘖 爭言 謮 仝 磔 裂也 冊 編簡
策 仝 謀也 馬箠 ｜｜葉聲 筴 仝 筞 仝 栅 寨也 編木 䜺 磨豆
㙮 裂也 坼 仝 拆 俗 宅 居也 擇 選也 睪 仝
澤 陂也恩也潤也澤也(樂) 翟 河南縣名陽｜姓也(錫) 覈 考事慘刻 覈 穰不破
核 仝 果子 絯 大絲 輅 車前木 輅 仝(過) 翮 勁羽 增 文三十五
挌 擊也 骼 有枝角 薜 山麻 捭 開也 折也 霹 迅雷｜靂 鷿 ｜鷉似鳧
釋 淅米 繹 ｜絲 睪 伺視 躤 踐也 鶺 ｜鴒雝渠 墌 基址
跅 無檢｜弛 彳 小步｜亍 謚 笑兒 淲 水裂 膕 曲膝 剨 破聲
謋 速也 嫿 好兒 嚄 多言｜唶 繣 乖戾 緯｜ 擭 擘也 韄 佩刀 絲(過)

御定詩韻 庚

萌 草芽 甍 屋棟所以承瓦 鄳 江夏縣名
生 產也出也不熟語辭 (싱) 笙 匏音
牲 牛羊豕犧 | 鉎 鐵衣 甥 姊妹子女壻
鼪 鼬鼠 猩 似猿能言 | | 狌 仝
鸎 黃鸝 (잉) 鶯 仝文皃 鸚 能言鳥 | 鵡
嚶 鳥聲 | | 櫻 含桃 甖 缶也
罌 仝 甇 仝 嫈 好皃聶政姊
爭 競也辨也 (징) 箏 絃樂 丁 伐木聲 | (쳥)
錚 金聲 | | (징) 琤 玉聲 | | 崢 山峻 | 嶸
崝 仝 鐺 鼎類 (양) 鎗 金石聲 | 鏗 仝

陌

陌 田間道 (믹) 貊 北方夷靜也 麥 來麰 衇 血絡 脈 仝 脉 俗
眽 衺視相視 | | 覛 仝 霢 小雨 | 霂 驀 越也 貘 似熊食鐵 百 十十 (빅)
伯 長也 (패) 柏 椈也向陰指西 栢 俗 迫 逼也 苩 藍也 甋 井甃
拍 打也 (파) 珀 琥珀松脂所化 霸 月始生 (패) 魄 人生始化 仝 (藥) 白 西方色也告也 (빅)
帛 繒也 舶 海舟 索 求也盡也法也 (식)(藥) 愬 驚懼 | | (역) 摵 隕落 | |
擨 俗非 栜 槭也 溹 小雨 (쇠) 賾 幽深 齰 齧也 齚 仝
咋 仝 (최) 戹 災也 厄 仝 阸 限也塞也礙也迫也 仝 (괘) 陒 仝 (괘)
軛 轅端橫木 軶 仝 搤 握也 扼 仝 㧖 仝 餩 飢也
啞 笑聲 | | (마) 腋 肘間 (이) 掖 持臂全上仝下 裓 大衣縫 | 液 津也 額 顙也 (익)
頟 仝不息 | | 詻 論訟 迮 起也迫也 (젹) 窄 狹也 柞 除木 (藥) 笮 矢服 (藥)

庚

鐄 大鐘 宏 大也 閎 衖門 全

紘 組也冕飾維也八｜ 竑 度也

鈜 金聲 翃 飛皃 ｜｜ 嶸 山峻 崢｜

峵 全 鍠 鐘鼓｜聲｜ 喤 喧也泣聲

｜｜ 全(陽) 賡 續也｜載 (경)(경) 羹 臛也和五味

秔 稻不黏 粳 俗 阬 塹也 (킹)

坑 全 牼 牛膝骨 誙 羣趨｜｜

硜 小人｜｜ 硻 全 鏗 金石聲｜鏘

盲 無瞳 (밍)(밍) 宲 廇梁 (陽) 蝱 齧人蟲

虻 全 氓 民也 甿 全

行 巡視 (陽)(형)(洪)(헝) 叶 無 通 韻一 迥 二十四上

赤 南方色空盡 (척) 脊 背也 (척)(척)

蹐 小步 刺 穿也偵也黜也 ｜｜刃之拏舟私語 (척)(적) 塉 薄土 (척) 瘠 瘦也 隻 一枚 (척)

摭 拾也 拓 全 (藥) 蹠 履踐足下 跖 全 尺 十寸 (척) 蚇 屈伸蟲｜蠖

斥 指也開也逐也望也澤鹵鹹地 擲 投也 (척) 擿 全 (錫) 躑 跳皃｜躅 蹢 全 (錫)

虩 懼皃｜｜ (혁)(혁) 赫 明也赤也盛也｜｜ (혁) 㷡 火色 嚇 怒也 (碼) 戟 有枝兵 (극)(기)

撠 揭持 隙 壁孔閒也 郄 全 郤 姓也 全 屐 木屐 (극) 谻 倦也

劇 甚也 全 搤 捉也 (覺)(액)(익) 益 增也 (익)(익) 嗌 喉也 齸 麋鹿粻 膉 肥也

䣡 地名 虢 ｜仲所封 (괵)(괵) 蟈 蟲屬螻｜ 幗 婦人冠巾｜ 摑 打也 敋 全

聝 截耳 砉 皮骨聲 (획)(획)(錫) 騞 全 湱 波激聲 𡃎 言聲｜｜ 劃 刻也

擭 手取 (碼)(藥) 畫 界也分也書也止也計也 (획)(괘) 獲 得也 客 賓也 (객)(긱) 揢 手把

御諱

御定詩韻

庚

瑆 仝 睛 受賜 抨 彈也
怦 心急 ㅣㅣ 平 正也 和也 坦也 均也
苹 蘋蕭 評 品論 量也 訂也 枰 碁局
兄 長也 亨 通也 脝 脹兒 膨ㅣ
珩 佩玉 桁 屋横木 衡 秤也 車轅
鶬 上 蘅 香草 杜ㅣ 莖 草榦
誙 顛頊樂 觵 酒器 七升 觥 仝 剛ㅣ 直ㅣ
泓 水深 轟 羣車聲 軥 仝
訇 大聲 ㅣ 鍧 鐘鼓 ㅣ聲 鏗 諻 大聲
黌 學舍 横 縱之對 衡 仝

梗

眚 災也 杏 似梅而甘
荇 水菜 接余 莕 仝
倖 寵也 使也 覬非望 徼ㅣ
幸 冀望 車駕所至 福喜 仝
增 文十八 頌 光也
炅 光也 蔓 藥名 苦ㅣ
褧 禪縠 偋 廁也 斥也
軿 車蔽 ㅣ篁 蛃 白蟫
𥛹 省也 靚 粧飾
𪒠 皮厚 卝 金玉 樸ㅣ

敬

行 言跡 巡視
增 文八 檠 有足
擎 舉也 偋 隱僻處
婧 貞潔 詗 刺探
掙 刺也 幀 畫幅
㼩 仝 叶 無
通 韻一 徑 二十五去
病 三月 寎 俗
竫 停安 裎 裸體
蜢 蚱蜢 蝗類 瘠 瘦也

陌

埸 疆也 逆 不順 迎也
積 襞也 積 聚也 仝
磧 水渚 有石 沙ㅣ 迹 步處 前人所留
跡 仝 蹟 仝
鯽 似鯉 色黑 鰿 紫貝 仝
借 假也 踖 敬兒 踧ㅣ
耤 王田 籍 簿書 仝
藉 雜亂 狼ㅣ 也 ㅣ甚 盛
炙 炮肉 摘 手取
謫 責也 適 仝

庚

御諱

靈也熟也細也 징 징 睛 目精 菁 三脊茅菜名蕪
丨蔓丨精英丨華茂兒丨丨 蜻 蟋蟀丨蛚胡離丨蛉
鶄 以睛交鶄丨 晶 精光美石水丨 旌 析羽置竿表也
旍 仝 情 意也實也 징 貞 正也 징
楨 築具丨幹 禎 祥也 正 歲首射侯畫布
征 伐下行也索也 鉦 鐃也 脡 炙魚肉
鯖 仝 靑 檉 河柳 칭 赬 赤色
經 仝 呈 示也露也 졍 程 式也限也
準也課也道里 酲 酒病 裎 裸體
珵 佩玉珩也 淸 淨也 칭 졍 晴 雨止無雲 졍

靜 寂也 졍 竫 安也 仝
穽 坑也 阱 仝
整 齊也 징 逞 快也 칭
請 乞也謁也扣也 칭 쳥
梬 小柹丨棗 잉 영 騁 馳也 칭 칭
礦 銅鐵璞 광 킹 鑛 仝
卝 仝 횡 獷 麤惡
冷 寒也 링 령 迥 猛 勇也 밍 밍
艋 小舟舴丨 黽 鼃也 彰 鈹
省 禁署箭也 싱 싱 셩

鋥 磨劒 凊 寒也 칭 쳥
倩 借也壻也 霰 請 謁也秋朝見 쳥
平 定物價漢官廷尉丨 뼝 평 先
評 量也證也 夐 遠也 횡 형
娉 娶也 靑 핑 빙 聘 諸侯相問 仝
瞠 直視 쥉 징 矘 俗
橫 不順理 횡 횡 更 再也 깅 깅
孟 長也始也勉也姓也 밍 밍 養
盟 河內邑名丨津 生 產也 싱 싱
諍 諫也 징 졍 爭 仝

譯 傳言 이 懌 悅也
襗 彤祭 繹 理也 仝
驛 置騎 嶧 鄒縣山名
醳 苦酒 墿 街道
斁 厭也解也 遇 圛 回行
射 律名無丨山名姑丨 셕 禡 禡
亦 又也 弈 圍棊
奕 大也美也憂心丨丨累世丨葉
帟 小幕 易 變也象也
涿州水名 眞 蜴 蝎虎蜥丨

御定詩韻 下 庚 梗 敬 二四 陌

御定詩韻

庚

聲 音也敎也名譽 싱 成 就也樂丨終 씽
城 築土所以盛民 誠 無僞審也 盛 容受薦穀粢丨
郕 魯邑 筬 織具所以持經 韺 帝嚳樂 영
英 華也智出萬人雲皃丨丨仝 瑛 玉光
霙 霰也雲皃 攖 觸也 嬰 孩也繫也仝
瓔 美石 纓 冠系馬鞅 盈 充也 잉
楹 柱也 贏 有餘 嬴 秦姓
籯 籠屬 瀛 大海 迎 逢也迓也
營 度也軍壘往來丨丨 잉 塋 葬地
榮 華也茂也屋翼 縈 繞也 精 眞氣專一

梗

怲 憂也丨丨 邴 鄭邑
昞 明也 炳 仝
昺 仝 抦 持也
秉 禾束仝 省 察也 싱 싱 셩
箵 小籠箵丨 惺 悟也丨丨 청
景 明有境 경 영 영 影 仝
郢 楚都 잉 浧 沈也
穎 穗也錐鋩 潁 陽城水名
癭 瘤也 永 長也 윙
井 泉也九百畝連續丨丨 징 졍

敬

迎 壻迎婦親丨 暎 相照 잉
映 仝 詠 吟也 윙
咏 仝 泳 潛行水中
禜 除災祭 醟 酗酒
淨 無垢 징 졍 瀞 仝
靚 粧飾明也 靘 仝 徑
穽 坑也 正 平也當也
直也定也長也 징 政 以法正民
証 諫也 遉 邏候 칭
偵 問也仝 鄭 周叔友所封 졍

陌

蓆 大也 夕 暮也
汐 夕潮 穸 墓穴窀丨
釋 解也沙門 시 嫡 嫁也
適 往也樂也安也悟也偶然仝 錫
頔 大也怒皃 職 襫 雨衣襏丨
螫 毒蟲 石 山骨 씨
祏 藏主石室 鉐 鍮也
鼫 五技鼠 碩 大也仝
射 指物而取 역 禡 禡
役 使也 역 역 疫 癘也

庚

薆 香草｜茅 [illegible] 憂也 煢 仝上 仝下
婷 獨也 嬛 仝 (先) 睘 驚視
獰 惡也 (녕)(령) 儜 弱也 呼聲 傖｜ 令 使也 鐶聲
｜｜ (링) (령)(靑) 明 光也 顯也 (밍)(명) 朙 古
明 仝 視也 盟 歃牲 鵬 似鳳 鷫｜
鳴 鳥聲 名 號也 聲稱 洺 易陽 水名
兵 戎也 戰器 (빙)(병) 并 合也 及也 同也 絣 振繩 墨 (빙)
帡 幄也 軿 車馬聲｜ 輜 (병)(先)(靑)
觲 弓皃 (싱)(셩) 騂 赤牲 仝 騂 仝
垶 赤土 埩 古 餳 飴也 (셩)(陽)(靑)

醱 仝 嚶 咽塞
綆 汲索 紌 仝
傾 俄也 (킹) 頃 百畝 仝
縈 枲屬 (迥) 打 擊也 (딩)(뎡)(馬)(迥)
領 項也 統也 (링)(령) 嶺 山坂
衿 婦人上服 直｜ 皿 盂屬 (밍)(명)
餠 麪餈 (빙)(병) 𩟷 仝
鉼 金鈑 併 和合 竝也
倂 仝 屛 蔽也 蕭牆
丙 陽火

怲 憂也 ｜｜ 屛 除也 棄也 (靑)
摒 仝 料理 ｜ 擋 倂 竝也 兼也
骿 仝 迸 散走 (빙)
趟 仝 搒 進船 (陽)(漾)
榜 仝 (漾)(養) 偋 皆也 (삥)
竝 仝 (迥) 病 疾加
性 天理 (싱)(셩) 姓 係統也 生子｜
聖 睿也 通也 (싱) 晟 明也 熾也 (셩)
盛 多也 茂也 娍 美也
鞕 堅強 (잉)(영) 硬 仝

襞 疊衣 躄 跛也
碧 石之美 青 淡青 擘 擘也 大指 (벽)
檗 黃木 蘗 仝
僻 邪也 陋也 (븨) 癖 腹病 偏好
擗 拊也 開也 ○拊心 (삑)
闢 開也 (삑) 椑 棺也 (支)(齊)
腊 乾肉 (시)(셕) 昔 古也 始也
夜也 仝 (藥) 惜 吝也 憐也
舄 履也 碣 礎也
潟 鹹土 席 簟也 藉也 (씨)

御定詩韻 / 庚 梗 敬 陌

平聲 庚二十三

庚 文二百十一 京 高丘大也王居十兆憂也
麠 大鹿牛尾一角 麖 俗 驚 馬駭懼也
荆 楚也 庚 更也償也堅強|| (경)
鶊 黃鳥鶬| 更 改也代也 耕 犁田
畊 仝 卿 公之次(경) 輕 不重
傾 仄也寫也圮也空也(경) 頃 頭不正仝
勍 強也(경) 黥 墨刑 鱷 海大魚|鯢
鯨 仝 擎 舉也 檠 燈架正弓器
檠 仝 瓊 赤玉(경) 璚 仝

上聲 梗二十三

梗 文七十七 儆 戒也(경)
警 寤也 仝 檠 燈架正弓器
檠 仝 景 大也明也
光也像也(영) 暻 明也
憬 覺悟 境 界也
頸 項也 耿 介也光也
||小明 璟 玉光(경)
冏 窻明 梗 直也塞也(경)
挭 槩也大略 鯁 魚骨

去聲 敬二十四

敬 文七十三 敬 肅也恭也(경)
竟 窮也終也 鏡 鑑也
獍 似貙虎眼|梟 勁 強健
繕 仝 慶 福也賀也(경)(陽)
競 爭也(경) 竸 俗非
倞 強也仝 令 善也命也
長也(령) 命 敎也使也
名也出於天(명) 柄 柯也(병)
枋 仝(陽) 棅 仝

入聲 陌一十

陌 文二百十六 佫 至也(가)
假 仝(禡) 格 式也量也正也
究也化也來也仝上仝下(藥) 挌 鬭也
骼 骨也 骼 仝(禡)
茖 山葱 鬲 趙地名(錫)
膈 心脾之間 隔 塞也
[illegible] 竹障 革 生皮改也(職)
綌 麤葛布(가) 辟 君也除也(비)
(寘)○法也罪也徵也 璧 瑞玉

陽

隍 城下池 徨 徘徊徬丨 偟 仝

庶 職略切毛詩 藨 卽略切毛詩 赭 陟略切毛詩 慘 七各切毛詩 芼 慕各切毛詩 通 無

遑 急也暇也 湟 金城水名 艎 大舟艅丨 蝗 螽也 篁 竹叢竹田 餭 黍餳餦丨 媓 堯女娥丨 煌 火光丨丨 凰 雌鳳

增 文四十一 瓬 甂也 (강)[강] 罡 北斗天丨 慷 激昂丨慨 (강) 慶 福也乃也 (경)(敬) 艡 舟也 (당)[당] 傏 不遂丨突 (당) 搪 仝 塞也 筤 幼竹 (랑)[랑]

踉 急行丨蹡 (량) 汒 悤遽丨若 (망)[망] 𥐥 沛邑山名丨碭 杗 大梁 (망)(庚) 硭 石藥丨硝 朢 月盈 搫 捍也 (방)[방] 搒 掠打 (敬) 篣 仝

蒡 藥名忍冬 綁 縛也 膀 水腑丨胱 (방) 螃 蟹也 棡 屋斜角 (강)[강] 庄 田舍 (장)[장] 吭 咽也 (항)[항] 桁 械也丨楊 (庚) 踉 躍也跳丨

(랑)[랑] (랑) 鸉 一足鳥丨鸉 (상)[상] 徜 徘徊丨徉 (상) 嫦 羿妻丨娥 霷 十月 (양)[양] 蘘 藥名丨荷 (양) 餦 黍餳丨餭 (장)[장] 桄 麪樹丨榔 (광)[광]

儣 武兒 劻 急遽丨勷 (광) 帎 掩也練絲 (황)[황] 瑝 玉聲 (황) 騜 馬黃白 䮞 仝 堭 室無壁 喤 兒泣聲丨丨 (庚) 叶 文二十二

觥 姑黃切劉楨賦 攻 姑黃切龜策傳 宮 俱王切班固銘 京 居良切班固賦 金 居良切易林 庚 居郎切毛詩 東 都郎切楊泉賦 登 都郎切易林 談 徒黃切急就篇

壇 徒黃切九歌 農 奴當切潘岳頌 兵 逋旁切毛詩 明 謨郎切九歌 猛 謨郎切太玄 民 謨陽切龜策傳 秦 慈良切易林 瞻 諸良切毛詩 身 尸羊切九章

虛 虛王切道藏歌 觀 古黃切師曠歌 完 胡光切九章 美 仲良切劉向頌 通 無

御定詩韻 陽

菖 似蓀 丨蒲　猖 狂也 獗裂 披丨　倀 失道 虎鬼 丨丨

香 芳也 (향)(햐)　薌 仝　鄕 五州

光 輝耀 (광)(광)　洸 水湧 武皃 丨丨　胱 水腑 膀丨

⿰車黃 車橫木　匡 正也 方也 (광)　筐 筥屬

恇 怯也　眶 目厓　狂 心病 (광)

軖 紡車　尪 曲脛 弱也 (왕)(왕)　汪 池也 汪濊 廣丨丨

王 君也 (왕)　荒 蕪也 廢也 大也 四穀不升 (황)(황)

肓 膈也　衁 血也　黃 地色 (황)

潢 積水 天潢 河池　璜 半璧　簧 笙舌

皇 君也 大也 正也 始也 盛皃　惶 懼也 丨丨

藥

⿰食蒦 味薄　矱 度也　彠 仝　籆 收絲器　彏 弓急張 (확)　霍 南嶽 武王弟叔處所封 (확)

藿 豆葉 香草　癨 吐病　靃 飛聲 丨丨　彉 弩滿　彍 仝

戄 驚戄 (곽)　穫 刈穀 (확)(遇)　鑊 釜屬　濩 煑也 汙也 濩廣 蠖丨 湯樂 (遇)　嬳 作態

增 文二十三　袼 裓縫 (각)(각)　⿰各刂 剔也 (락)(락)　瞙 冥也 (막)(막)　濼 陂澤 (락)(박)(락)(沃)　蝁 虺屬 (악)(악)

崿 崖也 (악)　昔 角理 錯 (작)(석)(陌)　厝 礪石 (遇)　魄 失業落丨 (탁)(탁)(박)(陌)　澤 水結 丨 (택)

澤 潤也 星名 格丨 (陌)　剫 治木　鄗 晉邑 (학)(학)(肴)(皓)　謞 崇讒 慝　熇 熾也 (沃)(屋)

⿰虫享 蜉蝣 (약)(약)　鄀 楚邑 (약)(약)　皭 白也 (嚼)(작)　躇 超也 (착)(착) 魚　攫 搏也 (곽)(곽)　钁 大鉏

攉 奮迅 揮丨 (확)(확)　擭 捕獸機檻 (획)(陌)　叶 文十九　玉 說岳切 林易　屬 說岳切 班固賦

怯 乞約切 林易　葉 逆約切 林易　的 子藥切 潘岳賦　滌 毒藥切 班固賦　木 木各切 馬融頌　室 施灼切 林易

沃 鬱縛切 夏民歌　闔 曷各切 班固賦　夜 弋灼切 毛詩　邑 弋灼切 枚馬賦　櫟 歷各切 毛詩　耄 慕各切 毛詩

陽

牆 垣也 (쟝) 廧 仝 墻 仝
檣 帆柱 嬙 嬪也 薔 花名 ｜薇
蘠 仝 章 文也 表也 (쟝) 漳 上黨 水名
樟 木名 櫲｜ 璋 半珪 障 隔也
墇 仝 鄣 古邑名 仝 嫜 舅姑 姑｜
麞 鹿屬 無角 獐 仝 彰 明也
張 開也 弓也 弦弓 粻 糧也 長 常也 永也 (쟝)
萇 羊桃 ｜楚 腸 心肺 腑 場 除地
暘 仝 塲 俗 昌 盛也 (챵)[챵]
倡 俳優 娼 女樂 仝 閶 天門 ｜闔

怲 被旺切 毛詩 盟 眉旺切 黃庭經 猛 眉旺切 太玄 孟 莫浪切 道藏歌
映 於亮切 郭璞賦 泳 于放切 毛詩 通 無

虐 酷也 瘧 痁病
弱 劣也 (약) 蒻 蒲白
篛 竹皮 箬 仝 嫋 弱也 ｜｜ 若 如也 汝也 順也 預辭 香草 杜｜ 盛多 ｜｜ 雀 依人小鳥 (쟉)[쟉]
爵 位也 飲器 仝 爝 炬也 鵲 絲背白腹 乾｜ (쟉) 碏 石雜色恭也 皵 皮皴
猎 良犬 宋｜ 猑 仝 嚼 噬也 (쟉) 焯 明也 (쟉) 炤 仝 灼 燒也 仝
勺 挹取 周公樂 (쟉) 彴 横木 橋略 ｜ 妁 媒也 酌 挹也 審擇 參｜ 斫 斬也 斮 仝
繳 生絲 著弋 禚 齊地 綽 寬也 (쟉) 繛 仝上 仝下 婥 美好 ｜約 逴 蹇也
著 被服 置也 ○ 附也 黏也 殷樽也 着 俗非 婼 不順 (쟉) 矍 驚顧 ｜｜ 健兒 ｜鑠 (곽)[곽]
戄 仝 (확) 玃 大猿 郭 外城 (곽) 槨 外棺 椁 仝 躩 屈足 (곽)
廓 空也 (곽) 鞹 皮去毛 漷 魯水名 擴 張大 臒 善丹 (확)[확] 蠖 屈伸 蟲 尺｜

御定詩韻 下 陽 漾 二一 藥

御定詩韻 一

陽

楊 柳也 棫也 析ㅣ 煬 融也 爍也 鍚 馬額飾
敭 明也 揚 仝 擧也 颺 風飛
瘍 頭瘡 痒 病也 仝 羊 柔毛畜
徉 徜徉 徜ㅣ 佯 詐也 詳 仝 (상)
洋 水皃 瀾也 鴹 一足鳥 ㅣ 禳 祈也 (양)
攘 竊也 推也 除也 逐也 捋也 瀼 露多ㅣ
穰 禾莖 豐也 瓤 瓜中 勷 忩遽 劻ㅣ
漿 酢也 米汁 (장) 螿 蟬屬 蔣 水草 菰ㅣ
將 漸也 送也 即也 領也 奉也 ○請也 仝鏘 (장) 鏘 玉聲 (장)
瑲 仝 蹡 行皃 蔣 水激 ㅣ山ㅣ

養

愓 放也 (양)(당) 倆 巧也 技ㅣ (량)(량)
裲 衣當背 ㅣ襠 蟓 桑蟲 (쌍)(상)
潒 水急 滉ㅣ 晌 半刻 (상)
磢 以石去垢 (창)(창) 迋 欺也 (광)(광)
滉 水皃 ㅣ瀁 (황)(황) 榥 書床
㬻 旱熱 叶 文五
騁 齒兩切 道歌 炳 彼兩切 郭璞贊
勇 羽兩切 老子 競 其兩切 毛詩
怲 彼兩切 毛詩 通 無
兄 滋也 叶 文八

漾

況 發語辭 (황)(황) 貺 賜也
增 文十三 狼 陽武地名
博ㅣ (랑)(랑) 莨 毒草 ㅣ菪
枊 繫馬柱 (앙)(앙) 醠 濁酒 (앙)
倉 卒也 (창)(창) 鐊 平木器 鑛
ㅣ(탕) 菪 毒草 莨ㅣ (탕)
翃 上下不定 翃ㅣ (항)(항)
廣 橫量 ㅣ輪 (광)(광) 迋 勞也 (광)(광)
況 矧也 (황)(황) 况 仝 寒水
竟 居亮切 郭璞贊 病 被旺切 黃庭經

藥

削 刮也 侵也 除也 書刀 (샥)
爍 光皃 灼ㅣ (샥) 鑠 銷金
勺 一飮器 一升 (작) 杓 仝
芍 可離 ㅣ藥 汋 激水聲
約 縛也 檢也 誓也 儉也 簡也 期也 大率 (약)
葯 白芷 藥 治病草 (약)
躍 跳也 龠 容千二百黍
瀹 漬也 滌也 薄熟 鑰 關牡
爚 火飛 ㅣㅣ 禴 夏祭
礿 仝 籥 似笛 文舞所執

陽

御諱

纕 佩帶　驤 馬騰　相 共也 質也
廂 廡也　湘 零陵水名 亨也　緗 淺黃
箱 篋也　翔 回飛　祥 福也 災異
詳 審也　庠 虞學　賞 行賞
商 金音 湯國號 裁度 仝　傷 損也 創也
殤 夭也　湯 水皃　觴 酒巵總名
尙 主也 書　常 旗也 久也 經也 棣也 倍尋
裳 下衣　嘗 撥味 試也 曾也 秋祭
鱨 黃頰魚　償 酬也 還也　陽 陰之對 山南水北
佯 北明也 自得也 ｜｜　昜 仝上 仝下　暘 日出

皝 人名 晉慕容｜　朚 月昏 ｜朦
慌 昏也 愰｜不分明 ｜惚
恍 仝　增 文二十五
䀭 陌也　𪉖 鹽澤
䣈 仝　曭 月昏 ｜朧
烺 火皃　浪 不精 要｜
蟒 大蛇　䁳 不明 矓｜
孟 不精 要浪　磉 柱下石
騻 良馬 驌｜　醠 濁酒
醠 仝　佒 體不伸 ｜偃

向 趨也 北牖 仝 上仝下　嚮 對也　珦 玉名
誑 欺也　誆 仝
迋 仝　𢙋 詐也 惑也
曠 遠也　矌 目無珠
壙 墓穴　纊 細綿
絖 仝　撗 充也
擴 仝　王 興也 長也
盛也 保有天下　旺 光美
䀗 仝　汪 陽門縣名 ｜陶

鶴 仙禽 丹頂鳥 肥澤 ｜｜
鸖 仝　貈 似狐 善睡
貉 仝　涸 水渴
洛 涑凌 ｜澤　矐 鳥白 ｜｜
屩 草履　蹻 走皃 ｜｜ 楚盜
莊｜ ○ 蹻 皃｜　噱 大笑
臄 口上肉　醵 合錢飲酒
䂮 磨刃　䂮 仝
掠 奪取 拂過　剠 仝
略 簡也 忽也 理也 計畫 方｜ 大要 大｜ 仝

御定詩韻 下 陽 養 漾 二十 藥

御定詩韻

陽

拒也 飛掠(창) 槍 稍也(庚) 蹌 趨也 ｜｜舞兒
創 傷也(창) 瘡 瘍也 全 鏜 鐺聲(당)(同)
湯 熱水蕩也 商王號(상) 航 方舟(항)(同)
杭 全 頏 鳥飛上下 頡｜ 翺 全
行 列也 複姓中｜ 河內山名太｜ 市長(庚)(梗)(敬) 孃 母稱(낭)(上)
娘 少女 全 良 善也 頗也(량)(량) 蜋 轉丸 蜣｜(랑)
粮 糗也 糧 全 梁 負棟 木橋 也
樑 俗 粱 粟類 五穀之長 量 槩度 多少
涼 薄也 凉 薄寒 全 飀 北風
輬 臥車 轀｜ 襄 除也 贊也 平也 駕也 成事(사)(사)

養

[illegible] 全 廠 屋無壁
[illegible] 驚兒 ｜怳 惝 全
鋹 利也 昶 通也 明也
響 聲也(향)(향) 嚮 兩階間 全
鄉 前時 蠁 蛹也 布穀 肸｜
饗 歆也 享 獻也 全
廣 闊也(광)(광) 枉 曲也 抑也(왕)(왕)
往 去也(왕) 迋 古
皇 ｜｜光兒 怳 狂兒 惝｜(황)(하)
晃 明也(황) 幌 帷幔

漾

障 隔也 塞也(장) 墇 全
嶂 峯也 瘴 熱病
帳 帷也 張 設也 自大
仗 兵器 倚也(장) 杖 持也
長 度也 餘也 宂也 多也
脹 腹滿(장)(장) 漲 泛溢
悵 失志(창) 韔 弓室
倡 導也 唱 發歌 全
暢 通也 瑒 圭瓚
鬯 香草 鬱｜ 弢弓 鄉 前時(향)(향)

藥

[illegible] 全 析 俗 判也
托 手推 拓 斥開 不耦
落｜ 複姓 ｜跋 全(陌) 袥 衣衸
籜 竹皮 蘀 葉落
鐸 大鈴(탁) 度 忖也(遇)
[illegible] 俗 壑 谷也 坑也(학)(학)
臛 肉羹 臛 全
矐 失明 矐 全(覺)
郝 扶風 地名 嗃 嚴厲 ｜(효)(效)
蠚 毒螫 謔 戲調(학)

陽

鮮明ㅣㅣ(앙) 鴦 匹鳥鴛ㅣ 殃 禍也
袂 仝 鉠 鈴聲ㅣㅣ 秧 禾苗
泱 水皃ㅣㅣ 雵 雲皃ㅣㅣ 臧 善也(장)[장]
贓 吏受賄 牂 繫船杙南越郡名ㅣ牁
牂 牝羊仝 牂 仝 斨 方銎斧(창)
藏 隱也(짱) 戕 殺也(짱) 莊 嚴也六達衢(자)
裝 裹也齎也ㅣ束 糚 粉飾 妝 仝
牀 卧榻(짱) 床 俗 滄 寒也東海
均州水名ㅣ浪(창)[창] 倉 庾也 蒼 深青華髮ㅣ浪
鶬 水鳥ㅣ鴰黃鳥ㅣ鶊 搶 集也突也

痒 膚欲搔 癢 仝上仝下
懩 有欲達技ㅣ 瀁 水皃滉ㅣ
壤 肥土(양) 攘 擾也
穰 豐也人多浩ㅣ 奬 勸也(장)[장]
槳 楫也 槳 仝
蔣 姓也 長 大也孟也
尊也養也(쟝) 掌 手心主也
丈 十尺老稱(쟝) 杖 殳類所以
扶行梃也 仗 兵器儀ㅣ
敞 曠也(챵)[챵] 氅 析羽爲衣

饟 仝 向 姓也炎帝
後所封(향) 上 高也尊也(샹)
尚 曾也庶也高也飾也配也猶也上也嘉也
償 還也 釀 醞酒(양)[양]
漾 隴西水名(양) 瀁 仝
羕 水長 樣 式也
恙 病也 養 奉上
煬 炙燥暴也 颺 風飛
讓 謙也責也(양) 醬 醢也(장)[장]
將 帥也 匠 工也(쟝)

怎 仝 柞 櫟也(작)
飵 相謁食麥(작) 鈼 釜也
筰 竹索 笮 仝(작)
糳 精米(작)[착] 鑿 鮮明ㅣㅣ
仝(착)〇鑿也穿也(착) 縒 亂也ㅣ綜(착)
錯 雜也舛也誤也鑢也金塗(착)
託 寄也(탁)[탁] 侂 仝
飥 麪湯餺ㅣ 馲 脊有肉鞍ㅣ駝
驝 仝 橐 無底囊用
ㅣ力ㅣ仝 槖 刁斗

御定詩韻

陽

旁 仝 䠙 跟ㅣ行 (방) 傍 側也 近也 (更)
彷 彷徨 ㅣ徨 徬 仝 方 舫舟 矩也 嚮也
術也 今也 版也 常也 比也 (방) 坊 邑里 ○仝 防 (방) 芳 香氣 芬ㅣ
蚄 害稼蟲 ㅣ蚄 肪 脂也 枋 檀也 (敬)
妨 害也 魴 鯿也 縮項 (방) 房 室在旁 俎也 宿
名天駟 ○秦宮 阿ㅣ (방) 防 禦也 隄也 桑 蠶所食 (상)(상)
桒 仝 喪 亡也 失也 器 古
霜 凝露 (상) 鸘 神鳥 鷫ㅣ 鷞 仝
驦 良馬 驌ㅣ 騻 仝 孀 寡婦
卬 我也 (앙)(양) 昂 擧也 軒ㅣ 央 中也 盡也

養

簜 大竹 沆 大水 漭ㅣ
北方露氣 ㅣ瀣 (항)(항) 骯 亢直 ㅣ髒
頏 聲也 兩 再也 偶也
二十四銖 (량)(량) 魎 ㅣ山鬼 魍ㅣ
蜽 仝 想 思也 (상)(상)
鯗 魚腊 象 大獸 長鼻牙 (상)
像 形也 肖似 橡 栩實
樣 仝 襐 首飾
賞 償功 玩也 (상) 上 登也 進也 (상)
養 育也 憂心ㅣㅣ 賤役 廝ㅣ (양)(양)

漾

碭 文石 湯 倒也
吭 鳥咽 (항)(항) 笐 衣架
桁 仝 (庚) 行 等輩 剛強
ㅣㅣ (稜)(敬)(庚) 諒 信也 (량)(량)
涼 薄也 掠 奪也
倞 遠也 (敬) 亮 明也
量 斟穀器 五ㅣ 限也 度ㅣ
悢 悲也 兩 車數
緉 雙屨 相 視也 助也
儐也 導也 (상)(상) 餉 饋也 (향)

藥

噩 不善 (악)(오) 堊 白土
咢 徒擊鼓 (악) 諤 直言 謇ㅣ
愕 驚也 堮 崖岸
鍔 劍端 齶 齒齶
鰐 似鼉 呑人 鱷 仝
萼 華跗 蘁 仝 (遇)
鄂 江夏縣名 鶚 鵰屬
噩 嚴肅 ㅣㅣ 作 造也 起也
始也 行也 (작)(조)(遇)(箇) 昨 隔宵 (작)
酢 客酌主人 (遇) 怍 慙也

陽

蜋 蛣有斧螳|(량) 忙 心迫(망)[망] 邙 洛陽山名北|
茫 廣大|| 芒 仝上仝下○草端(망)
恾 憂皃 蘉 勉也 忘 不記(망)
亡 無也逃也(陽) 莣 似茅 鋩 刃端
望 瞻也怨也 幫 治履裨帖事物旁取(방)[방]
鞾 仝 幇 仝 綁 仝
謗 毀也 彭 多皃||(庚)○壯也近也(방)
滂 沛也(방) 汸 仝 雱 仝
霶 仝 霧 仝 鎊 削也
磅 石聲(庚) 旁 混同|礴(庚)○溥也歧道交橫|午仝傍(방)

仰 舉也恭也(앙)[앙] 坱 塵也(앙)
泱 水皃滃|(앙) 詇 早知
䬬 飽也 怏 懟也||
鞅 牛羈仝 駔 牡馬會賈
賣|儈(장)[장] 髒 亢直骯|
奘 大也(장) 莽 草野莽|(창)[창]
剏 皮傷(창) 搶 突也著也爭取
帑 金幣所藏(탕)[탕](漾)
蕩 大也||法 廢板||無檢 東放|(탕)
盪 滌也動也震也推也

盎 盆也盎也||(앙)
怏 懟也||(앙) 䬬 飽也
葬 藏也(장)[장] 塟 仝
藏 物所蓄(장) 臟 精氣所藏
壯 大也(장) 狀 類也形容
札也牒也(전) 刱 始造(창)[창]
創 懲也傷也仝 愴 傷也悽|
滄 寒也 湯 熱沃(탕)[탕]
盪 滌器陸行舟○推|(탕)
宕 洞室放也(탕) 踼 逸也跌也

薄 迫也○疾驅||(陌)○不厚草叢少也(박)
欂 壁柱榱也 煿 火乾
爆 仝(覺)(效) 襮 黼領表也(沃)
膊 割肉(박) 粕 酒滓糟|
魄 仝(부)(陌)○志行衰惡落|(탁)
泊 靜也檥舟(박) 箔 簾也
簿 仝(麌) 礴 地形旁|
裸體盤| 亳 湯所都
縛 繫也(박) 索 繩也盡也散也
躍也||縈紆蕭|(뎡)(陌)(角) 𢹐 手捉摸|

御定詩韻 / 陽

鐺 因鎖鋃｜(庚) 璫 耳珠 襠 袴屬
唐 堯國號大言(당) 塘 陂也 螗 蜩也
煻 煨火 溏 淖也 糖 飴也
餹 仝 餳 仝(庚) 瑭 玉名
榶 棣也 堂 正寢盛皃｜｜ 棠 杜也
螳 臂有斧｜蜋 郎 男稱官名(랑)(國) 廊 廡也
蓈 莠屬 稂 仝 瑯 沂州郡名｜琊
浪 均州水名滄｜｜陽武地名博｜｜朝鮮郡名樂｜ 桹 船版
榔 嶺外果檳｜仝 琅 似珠｜玕宮門鋪首倉｜
狼 似犬銳頭白頰 鋃 因鎖｜鐺 硠 石聲｜｜

養

輞 輪外 惘 失志憮｜
魍 山鬼一脚｜魎 蛧 仝
榜 木片標也題也(방)(國)(敬)
牓 仝 髣 相似｜髴(방)
彷° 俗 仿 仝
昉 始也 紡 網絲治麻｜績
倣 效也 顙 額也(상)(國)
嗓 喉也 搡 擊也搷｜
瘮 馬病 爽 明也忒也(상)
鷞° 鷹也｜鳩 塽 高明也｜塏

漾

閬 高門 蒗 譙郡渠名｜蕩
妄 誕也(망)(國) 忘° 不記
望° 瞻也人所仰 朢 月盈
謗 毀也(방)(國) 搒° 進船(敬)
榜• 仝(敬) 旁° 交橫｜午(방)(漾)
傍° 倚也近也(庚) 竝 仝(迥)
徬° 附行 訪 問也(방)
舫 方舟 防° 禦也止水
妨° 害也 放 逐也逸也捨也
喪° 亡也失也(상)(國) 仰• 恃也資也(앙)(國)

藥

幕 帷在上(막) 莫 無也定也薄也
大也謀也｜｜茂也(遇)(陌) 膜 肉間幕腋(虞)
鏌 劍名｜鋣 摸 手捉｜搽(虞)
漠 清也磧鹵沙｜ 瞙 目不明
塻 塵也 瘼 病也
寞 無聲寂｜ 博 普也貿易
搏 手擊 鎛 鉏類
餺 麪湯｜飥 髆 肩甲
膊 仝磔也 溥 水名(虞)
簙 局戲六｜ 鑮 大鐘

陽

堈 甕也 甌 仝 犅 特牛
亢 咽也 蒼龍宿 肮 頸也 伉 剛正
畺 界也 (강) 疆 仝 壃 俗
繮 馬紲 韁 仝 [虫畺] 死蠶
殭 死不朽 僵 仆也 薑 御濕菜
礓 礫也 橿 鉏柄 檍也 姜 姓也
康 安也 五達衢 (강) 穅 穀皮 糠 仝
[康瓦] 陶器 |瓠 羌 西戎 語辭 (강) 蜣 轉丸 蛣|
彊 健也 弓有力 (강) 強 仝 過優 囊 袋也 (낭)(낭)
簹 大竹 篔| (당)(당) 當 値也 敵也 直也 主也 即也 承也 蔽也 斷也

慷 感息 |慨 忼 仝
彊 勉也 (강) 曩 鄉也 (낭)(낭)
灢 夔州水名 流皃決|
黨 朋也 偏也 五百家 (당)(당)
讜 直言 党 羌種 |項
儻 卓異 倜|或 然之辭 (당)
曭 日不明 朗 明也 (랑)(랑)
莽 毒草 草深 魚| |祖卒 鹵| (망)(망)(鹵莽有)
漭 大水 流| 罔 無也 (망)
誷 誣也 網 罟也

亢 高也 極也 抵也 蔽也 仝上 仝下
炕 乾也 北地 煖牀 閌 門高
伉 匹也 健也 直也 藏物 仝
犺 健犬 怪獸 |狼 強 勉也 自是 (강)
灢 水濁 (낭)(낭) 儴 緩也
[尚皿] 大盆 (당)(당) 當 底也 質錢也 中也
擋 料理 擏| 讜 言中理
攩 搥打 儻 卓異 倜|
或然之辭 (당) 倘 俗
埌 塚也 (랑)(랑) 浪 波也 不敬 謔|

閣 樓也 食皮棧道 端直||
腳 脛也 (각) 脚 俗
恪 敬也 (각) 卻 退也 (각)
却 俗 諾 應也 (낙)(낙)
洛 弘農水名 (락)(락) 雒 仝 鵅 鵋
珞 頸飾 瓔| 酪 乳醬
硌 石皃 礧| 駱 白馬黑鬣
絡 聯也 脈也 經| 烙 燒灼
落 零也 聚也 宮室始成祭
樂 喜也 (效)(覺) 濼 濟南水名 (박)(沃)

御定詩韻 下 陽 養 漾 十七 藥

御定詩韻上 麻

遮(저)斷也 車(거)(魚)輕也姓也 瓜 蔓生蓏(과)[과] 媧(佳)古之聖女 緺 靑紫綬(佳) 蝸(佳)ㅣ陵螺牛 騧(佳)黃馬黑喙 䯄 仝 夸(과)奢也

誇 大言 侉 仝 姱 好也 哇 淫聲兒啼吐也(와)[와](佳) 娃(佳)美女 蛙(佳)蝦蟆 鼃 仝(佳) 䵷 仝淫聲

洼 陝西地名渥ㅣ(佳) 窪 溝也 窊 汙下 汙 鑿也仝(虞)(遇)(箇) 檛(좌)[좌]箠也 簻 仝 撾 擊也 髽 喪髻

花(화)[화]葩也 華 仝○榮也色也ㅣ夏(화) 蘤 仝(紙) 驊(화)ㅣ騮駿馬 譁 讙也 鋘 兩刃臿(虞) 鏵 仝 [增] 文二十三

袈(가)[가]ㅣ裟佛衣 笯(나)[나](虞)(遇)鳥籠 裟(사)[사]袈ㅣ佛衣 毟 毛兒毟ㅣ 渣(자)[자]滓也 扠(차)挾也 釵(佳)婦人歧笄 艖(歌)小舸艑ㅣ 搽(차)塗飾

涂 沮洳仝(虞) 耙(파)[파]腊屬 鈀 兵車鉏屬 疤 瘢痕 舥(파)浮梁 蕸(하)[하]荷葉 茄(가)[가](歌)落蘇ㅣ子 椰[야](야)似棕櫚

枒 仝(아) 揶 擧手相弄ㅣ揄 爺 父稱 硨(차)[차]似玉ㅣ磲 㤉(과)[과]自大 荂 花也 [叶] 無 [通] 韻一 歌 二十平

平聲 陽二十二

[陽] 文二百九十二 岡(강)[강]山脊 崗 俗 剛 強也 鋼 堅鐵 綱 總綱大繩

上聲 養二十二

[養] 文一百十三 鏹(강)[강]錢貫 繈 仝 襁 負兒衣

去聲 漾二十三

[漾] 文一百三十一 鋼(강)[강]鍊也 彊(강)屍礓 抗(강)拒也

入聲 藥十

[藥] 文二百九 各(각)[각]異也 格 長枝止也廢也角戲(陌)(陌)

麻

鰕 鯢也 水蟲 長鬚 霞 日旁彤雲 하 赮 赤色 全

遐 遠也 瑕 玉病 全 鍜 頸鎧 ㅣ 자 魚 자

碬 礪石 蝦 蟾屬 ㅣ蟆 騢 駁馬

些 少也 사 사 箇 尖 全 衺 不正 사

邪 全 야 斜 橫也 全 야 奢 侈也 사

賒 遠也 貰也 畬 火種田 魚 蛇 虵屬 사 歌 支

虵 俗 闍 城臺 闉ㅣ 虞 耶 疑辭 야 야

邪 全 下地汚ㅣ名 王號渾ㅣ 사 琊 齊郡 琅ㅣ

鋣 劒名 鏌ㅣ 釾 全 斜 梁州谷名

褒ㅣ 사 嗟 咨也 차 차 罝 兔罟

碼 俗 庌 廡也 아 아 苴 和糞草土

乜 番姓 미 마 喏 應聲 여 야

奓 開也 차 차 跨 不進 踦ㅣ 과 과 耍 戲也 솨 솨

叶 無 通 韻一 哿 上二十

赦 釋罪 사 舍 屋也 止息 置也 貰 借也 賒也 세 霽

麝 似麞 臍香 射 發矢 샤 陌 陌 躲 全

夜 暮也 여 야 陌 射 ㅣ 秦官名 僕 샤 陌 陌

藉 薦也 借也 助也 쟈 자 陌 蔗 沙糖 甘草ㅣ 쟈

柘 山桑 全 樜 全 鷓 越雉 ㅣ鴣 炙 燔肉 陌 借 假也 챠 차 陌 胯 股間 과 과 遇

袴 全 遇 跨 騎也 越也 化 變也 화 화 華 西嶽 ㅣ山 麻 崋 全 嫿 女容 俊麗

樺 皮可貼弓 檴 全 魚 鱯 似鮎 擭 檻檻 藥 陌 摦 寬也 吳 譁也

㕧 全 虞 增 文十一 幏 蠻布 稅 갸 가 醡 壓酒具 쟈 자 榨 全 侘 ㅣ傺 失意 챠 차

汊 歧流 䟕 歧路 壩 障水 바 파 爸 父稱 㒅 健而不德 ㅣ儸 져 쟈

這 此也 唶 歎也 鳥鳴ㅣ ㅣ 져 쟈 陌 叶 無 通 韻一 箇 二十一去

御定詩韻 麻 馬 禡

鴉 仝 丫 岐頭 樝 似木瓜榠
｜(자) 柤 仝 木閑 叉 交手 (차)(佳)
杈 岐枝 椏 仝 靫 箭室鞴｜ (佳)
差 舛也擇也人名楚景｜ (支)(佳)(卦) 鎈 錢也
茶 茗也 (차) 𣘻 俗非 苴 浮草 (魚)
楂 浮木｜鵲鳴｜ 查 仝 察也 槎 仝 桴也邪斫
巴 蜀東地名蛇也尾也 (바)(麻) 笆 竹籬
芭 甘蕉 豝 牝豕 葩 花也 (파)
爬 搔也 (파) 杷 平田器似杏枇｜
琶 馬上樂琵｜ 呀 張口 (하) 谺 谷空谺｜

埜 仝 也 語助 冶 爐鑄
若 綏兒｜｜僧居蘭｜ (야)(藥) 惹 引也
姐 母稱 她 仝 長女 担 取也
飷 食無味 者 語助 (자) 赭 赤也
且 語辭姑也又也 (차)(魚)(語) 撦 裂開 (차)
[illegible] 醜也 奲 寬大 哆 脣下垂
寡 少也 剮 剔人肉 冎 仝
銙 帶飾十三｜ 骻 腰骨 髁 仝
瓦 燒土蓋屋 踝 足骨 增 文十一
椵 柚屬 瘕 腹病 瑪 ｜瑙美石 (마)

差 異也 (支)(佳) 霸 把持諸侯之權 (陌)
伯 仝 (陌) 灞 長安水名 欛 刀柄
杷 仝 平田器 靶 轡革 弝 弓弣
帊 衣襆 (파) 帕 仝 怕 懼也
罷 休也了也黜也 (支)(蟹) 穲 稻名｜稏
罅 孔隙 嚇 笑聲恐動 (陌) 詐 誑也
唬 仝 謑 怒言 (齊)(薺) 暇 閒也
夏 春之次 下 降也 苄 地黃
卸 脫也 瀉 洩水 謝 辭也絕也
退也衰也拜賜 榭 臺有屋 㴬 水出[illegible]

麻

跏 屈曲坐ㅣ趺 痂 乾瘍 鴐 鵝屬ㅣ鵝

嘉 美也 褒也 佳 仝 (가) 迦 瞿曇號 釋ㅣ歌

家 居也 葭 蘆也 麚 牝鹿

麚 仝 豭 牡豕 拏 牽引 (나)[나] (魚)

拏 仝 (魚) 拿 俗 麻 枲屬 (마)[마]

蟆 蟾類 蝦ㅣ 蟇 俗 沙 疏土 (사)[사]

砂 仝 紗 絹屬 鯊 鮀也 鮫也 堅皮

魦 仝 髿 髮垂 鬖ㅣ 衙 官府 (아)[아]

牙 牡齒 大將旗 芽 萌也 枒 木枒 杈ㅣ

枒 車輞 仝 (야) 涯 水際 (애)(涯) 鴉 烏也 (아)

假 非眞 大也 且 借也 仝 (假) 斝 玉爵

馬 乘畜 (마)[마] 灑 汛也 洒 仝

傻 不仁 (사) 傻 上黨縣名 ㅣ仁 雅 正也 素也 (아)[아]

疋 仝 啞 瘖也 瘂 仝

鮓 魚葅 (자)[자] 姹 美女 (차)[차] 奼 仝

打 擊也 把 握也 (파)[파] 閜 大開 (하)[하]

下 底也 (하) 廈 大屋 夏 大也 中國 諸ㅣ

禹國號 禹樂大ㅣ 大 俎全 寫 摹畫 輸也 (사)[사] 瀉 洩水

捨 釋也 (사) 舍 仝 社 主土 神 (사)

灺 燭燼 野 郊外 (야)[야] 壄 古

賈 仝 (賈) 假 借也 貸也 髂 腰骨

禡 軍祭 (마)[마] 罵 詈也 傌 仝

嗄 聲變 廈 旁屋 迓 迎也

御 仝 (御) 衙 仝 訝 疑怪

砑 碾也 亞 次也 就也 婭 兩婿相謂ㅣ婭

稏 稻名 穲ㅣ 𠻜 鳥聲ㅣㅣ ⿺辶亞 次第行

詐 僞也 (사)[사] 咋 大聲 詐 新語

溠 豫州之浸 乍 暫也 䄍 年終祭

蜡 仝 詫 誇也 (차)[차] 咤 叱怒

吒 仝 姹 美也 奼 仝

御定詩韻上　歌

何 曷也問也 하　河 四瀆之一　荷 芙蕖擔也怨怒‖　苛 小草細也　菏 蘢草 가　戈 平頭戟 과 궈　過 經也　濄 淮陽水名

鍋 溫器　科 程也條也 과　蝌 蛙子‖蚪　窠 巢也穴也　薖 寬大　譌 謬也 와 와　訛 仝動也　吪 仝　鈋 刓也

囮 鳥媒　渦 水回 와　窩 穴居　萵 菜名‖苣辟蠹　踒 足跌　倭 海中國日本 와 支　矬 短也 좌 좌　鞾 鞮屬 화 화　靴 仝

禾 稼總名 화　和 順也諧也仝　龢 仝小笙　咊 古　增 文十四　菏 山陽水名 거 가 하　鴚 鵝也　挪 揉物 나 나

纙 索兒‖ 리 라 支 紙　麽 細小 마 마　麿 仝　嬷 母也　[illegible] 縞練 거 가　暛 春也 채 차　齹 齒差　艖 小舸‖艑 차

暛 殘織田　鄌 楚地名 하 하　鉌 車鈴 화 화　叶 文九　儀 牛何切 毛詩　義 牛何切 尚書　宜 牛何切 毛詩　齬 魚何切 張衡賦　胎 湯何切 道藏歌

佐 遭哥切 太玄　胥 桑何切 道藏歌　離 良何切 易　虞 元俱切 毛詩　通 韻一　麻 二十一平

平聲 麻二十一

上聲 馬二十一

去聲 禡二十二

麻 文一百十二　加 增也陵也 가 가　笳 吹卷蘆葉

馬 文五十七　檟 山楸 가 가　榎 仝楚也

禡 文九十一　駕 馬在軛中 가 가　架 杙也起屋

耞 打穀具連‖　枷 仝囚械　珈 笄飾六‖

賈 售直姓也 價　嘏 福也　假 至也

嫁 女適人　稼 種穀　價 售直

歌

磋 磨治 蹉 蹉跎失時也 嵯 嵯峨山高 (支) 秳 全 骫 全 夥 多也 輠 車膏器 [illegible] 全 髁 不正 (馬)

醝 白酒 (차) 瘥 小疫 (채) 鹺 鹹也 增 文二十 袲 衣皃 袲| (타)(타) 袳 旗皃 旖| 橠 木盛 橠| 儺 行有度盛皃 柔順旖|

差 龍屬 痤 癤也 [illegible] 沛邑名 爹 父稱 (다)(다) 邏 巡也 (라)(라) [illegible] 衣皃 |袲 (허)(아) 旖 旗皃 |袳 [illegible] 木盛 |橠 猗 柔順 |儺 (支)(紙)

[illegible] 俗 (寒)(한)(한) 佗 彼稱 (타)(타) ○ 自得 委| (이) 躱 避也 (타)(타) 揣 忖度 (紙) 捶 全 (紙) 挅 全搖也 嶞 山高 (타) 阤 壞也 (이)(紙)

他 俗 它 全上 全下 蛇 虵屬 (支)(麻) 駊 馬搖頭| 駊 (파)(파) 剁 割也 (과)(과) 倮 狹隘 儸| 婐 女侍 (와)(와) 叶 無

拕 曳也 拖 全 詑 欺也 自足 (支) 通 韻一 馬 二十一上

駝 封牛 橐| (타) 馳 俗 鮀 吹沙魚 迱 行皃 逶| 迤 全 (支)(紙) 池 幷州水名 滹| (支) 沱 大雨 滂| 全 跎 不遇 蹉|

[illegible] 全 [illegible] 醉顏 酡 全 紽 縫也 陀 長坂不平 陂| 阤 全 坨 俗 鼉 似龜而長 鱓 全 (銑)

驒 連錢驄| (寒) 馱 負荷 波 浪也 (파)(파) 磻 石鏃 磻 全 (寒) 番 勇皃| (元)(寒)(諫) 嶓 梁州山名 |冢 膰 大腹 (元)

坡 阪也 (파) 陂 長阪不平| 陀全 (支)(眞) 玻 寶石 |瓈 頗 不正 偏| 婆 老媼 (파) 皤 頭白 訶 責也 (가)(가) 呵 全噓氣笑聲

御定詩韻 下 歌 哿 十四

御定詩韻 歌

磨 治石 劘 削也 摩 摩也 (마)[마]
抄 仝 娑 舞容 婆娑 鈔 水盆 鈔鑼
桫 似枇杷 桫欏 莎 藥草香附子 煩擱挼丨
獻 酒樽 (獻) 犧 仝 (支) 傞 舞皃 傞丨
蓑 雨衣 唆 小兒相應 唱丨 梭 織具所以持緯
莪 蒿屬 (아)[아] 哦 吟也 娥 好皃
峨 山高 嵯丨 俄 頃速 傾皃 蛾 蠶蛹所化
睋 視也 鵝 舒鴈 阿 大陵 曲也 倚也
比也 棟也 美皃 慢應 (아)(옥) 痾 病也 疴 仝
娿 不淺 婀丨 搓 推也 挪丨 (차)[차] 瑳 玉色 笑皃

鯖 魚子 棈 器狹長 墮 落也 (支)
垜 堂塾 射堋 柁 正船木 (타) 舵 仝
柂 俗 袉 裾也 拕 曳也
跛 足偏 蹩丨 (파)(과) 簸 揚米 頗 頭不正 僅可 (파)
叵 不可 尀 仝 歌 大笑 (가)[가]

哿

荷 負也 (하) 菓 木實 (과)[과] 果 仝 敢也 驗也
也 腹飽 裹 包也 蜾 細腰 蜂丨 蠃
顆 物一頭 (과) 鎖 鑰也 銀鐺 (쇄)[쇄] 鏁 仝
瑣 細也 猥丨 屑丨 璅 仝 坐 跪也 (좌)[좌]
脞 細碎 叢丨 火 炎上 (화)[화] 禍 災也 (화)

剉 折也 (좌)[좌] 莝 斬芻 挫 摧也
夎 詐拜 座 床也 (좌) 坐 被罪 行所止 仝
貨 財也 (화)[화] 和 應也 諧也 徒吹 (화)
增 文九 塺 塵也 (매)(마)[마] 娑 吐蕃 都邏
[아] 丨 (서) 作 爲也 造也 起也 (자)[자](작)(藥)
蹉 跌也 過也 (차)[차] 刹 所也 佗 加也 (타)
呵 噓氣 責也 (가)[가] 荷 擔也 加也 (하) 裹 包也 (과)[과]
叶 文四 地 唐過切 九章 螫 式夜切 固賦
馳 徒臥切 詩毛 靡 模臥切 易 通 韻一
禡 二十二去

箇

歌

軻 車軸轗｜不遇 伽 (가) 僧｜藍 那 何也 大也
於也盡也安也 (나)[나] 難 盛皃 (寒)(翰) 儺 驅疫 全
挼 (灰) 摧也 挼 俗非 (灰)(灰) 多 衆也 勝也 (다)[다]
羅 鳥罟 綺也 列也 (라)[라] 蘿 托松而生 女｜
籮 箕也 筐也 鑼 軍樂 銅｜ 儸 健而不德
僂｜幹辦僂｜ 饠 餅也 饆｜ ⿰氵羅 水名 長沙汨｜
欏 似桄 ｜杷杪 囉 歌助聲 驘 以驢父馬母
騾 俗 蠃 蚌屬 蠡 全 (支)(齊)(薺)
螺 俗 ⿰金蠃 小釜 ⿰禾累 穀積
覶 好視 委曲｜縷 摩 研也 撫也 (마)[마] 魔 鬼也

臝 全 蠃 仝 蠃 細腰蜂蜾｜
攞 裂也 㦬 慚也 ⿰面羅 全
砢 石皃 磊｜ ⿸疒蠡 疥也 瘰 全
蠡 全 (支)(齊)(薺) 蓏 草實 麼 細小 (마)[마]
⿸麻月 全 我 已稱 (아)[아] 硪 山高
騀 馬搖頭 駊｜ 婀 美皃 ｜娜 (아) 娿 全
左 右之對 (좌)[좌] 瑳 玉色 笑皃 (차)[차] 嚲 垂皃 (타)[타]
朵 木下垂 朶 俗 ⿰糸朵 晃前垂
埵 堅土 ⿰禾垂 小積 鬌 皃遺髮 (支)
妥 安也 (타) 媠 好也 惰 懶也

愞 弱也 (銑) 懦 全 (銑)(虞) 癉 勞也 (旱)(翰)
大 巨也 (대)(泰)(泰) 邏 巡也 (라)[라] 摞 理也
磨 石磑 (마)[마] 些 語辭 (사)[사](麻) 餓 飢也 (아)[아]
佐 助也 (좌)[좌] 左 全 磋 磨治 (차)[차]
唾 口液 (타)[타] 涶 全 拖 曳也
馱 負荷 (타) 惰 懶也 播 揚也 (파)[파]
譒 敷也 全 簸 揚米 破 壞也 (파)
賀 慶也 (하)[하] ⿰衤賀 ⿰衤夜袖 過 經也 越也
誤也愆也也 (과)[과] 課 檢也 試也 (과) 堁 塵起 堀｜
臥 寢也 (와)[와] 涴 汚也 (와)(阮) 汙 全 (虞)(過)(麻)

御定詩韻 / 豪

艚 小舟 漕 衛邑名 褒 奬也 袌 仝 袍 長襦 蒿 蓬屬 眯目氣 烝君ㅣ 薅 除草 毫 長毛

豪 智過百人 仝 濠 鍾離水名 壕 城下池 蠔 蚌屬 號 呼也 譹 仝 嗥 咆也 仝 【增】文十六 裯 衣被

幍 巾帽 舠 舸也 鞀 鼓木 臯ㅣ 餇 餌也 冷ㅣ 澇 扶風水名 簩 竹名 利可爲觚 犛 旄牛尾可爲旌旄 犛 仝

醄 極醉 ㅣ醄 溞 淅米ㅣㅣ 廒 倉也 爊 煨也 嶆 山深 嘐 呼痛 嵃 弘農山名 【叶】無 【通】韻二

蕭 十七 平 肴 十八 平

平聲 歌二十

【歌】文一百四十五 茄 芙蕖莖 迦 佛號 釋ㅣ

歌 詠也 謌 仝 哥 兄也 仝

柯 枝也 斧柄 牁 繫舟杙 南粵郡名 牂ㅣ

戨 仝 呿 張口 珂 石次玉 螺屬

上聲 哿二十

【哿】文七十六 哿 可也 舸 大船

笴 箭幹 可 許也 軻 車軸不遇 轗ㅣ

坷 不平 坎ㅣ 岢 太原山名 ㅣ嵐 那 何也

娜 美皃 婀ㅣ 裸 赤體 躶 仝

去聲 箇二十一

【箇】文四十七 箇 數也 枚也 個 俗

个 仝 明堂旁室 軻 車軸不遇 轗ㅣ

坷 不平 坎ㅣ 稬 稻之黏者 糯 俗

那 語助 彼也 奈 蘋婆 仝 奈 俗非

豪

慅 動也 颾 風聲 繅 繹繭
繰 仝 臊 犬豕膏臭 艘 船總名
艘 仝 敖 遊也 遨 仝
熬 煎也 獒 犬四尺 鼇 大鼈
鰲 俗 螯 蟹大足 螯 仝蟹屬倒行
驁 駿馬 嗸 衆口愁丨丨 嗷 仝
璈 樂器 翱 遨遊丨翔 鏖 殺也
糟 酒滓 醩 俗 遭 遇也 巡也
操 把持 曹 局也 輩也 振鐸所封
槽 濬器 馬丨 酒丨 螬 地蠶 蠐丨 嘈 聲也

皂 俗 造 作也 草 百卉 文藁
苟簡丨 屮 仝 討 治也 尋也
誅也 訶也 稻 蜀黍 抱 持也
好 美也 昊 元氣廣大 皞 明也 帝號
太丨 少丨 仝 暤 仝 皓 仝
浩 廣大 丨然 澔 仝 顥 大也 白皃
皜 仝 灝 水勢 鄗 常山邑名
鎬 溫器 武王所都 滈 長安水名 增 文三
鴇 烏驄 艁 舟為梁 晧 日出
叶 無 通 韻二 篠 上十七 巧 上十八

虣 虐也 仝 曝 晒也 [illegible] 一宿酒
瀑 疾雨 沫也 菢 鳥伏卵 秏 稻也 減也
耗 仝 好 愛也 和也 璧孔 号 敎令
號 仝 名稱 呺 風聲 增 文十一
靠 凭倚 臑 臂節 耗 亂也
眊 解也 氉 煩悶 眊丨 耄 志遠
鄵 鄭地名 鑿 穿空 套 重沓
暴 呼也 皐 俗 叶 無
通 韻二 嘯 去十八 效 去十九

御定詩韻

豪

啕 多言 掏 擇也 騊 良馬 丨駼

萄 蔓果 葡丨 淘 澄汰 醄 極醉 酕丨

逃 避也 咷 哭聲 號丨 桃 辟惡之木

鼗 小鼓 鞀 仝 鞉 仝

濤 大波 檮 斷木 禱凶 丨杌 翿 翳也 舞所執

⿰風壽 風聲 勞 倦也 功也 (산)[로] 撈 沈取

窂 畜欄 牢 固也 仝 䝤 野豆

轑 轢也 (蕭) 簝 食器 (蕭) 醪 濁酒

毛 毫也 (산)[모] 髦 翦髮 夾囟 俊也 芼 菜食

旄 幢也 丘前高 騷 愁也 擾也 (산)[조] 搔 爬也

皓

保 守也 養也 傭也 葆 草盛 韜藏 褓 小兒 被

緥 仝 堢 小城 堡 仝

鴇 似鴈 無後趾 ⿰女叜 兄妻 (산)[소] 嫂 俗

埽 糞除 掃 仝 燥 乾也

襖 袍也 (산)[오] 燠 熱也 (屋) 懊 恨也

媪 老嫗 夭 斷殺 (蕭)(篠) 早 晨也 (잔)[조]

蚤 齧人 跳蟲 仝 璪 飾冕 玉 澡 洗也

繰 紺色 藻 水草 有文 薻 仝

繅 薦玉 采藉 棗 赤心 果 慅 憂也 丨丨 (산)

慘 仝 (感) 皁 黑色 馬櫪 賤隸 櫟實 (조)

号

噪 仝上 仝下 譟 羣呼 燥 乾也

瘙 疥也 埽 糞除 掃 仝

傲 倨也 (산)[오] 慠 仝 鏊 燒餅 器

驁 駿馬 樂也 嶅 動搖 奡 人名 寒浞子

奥 內也 (산) 澳 水隈 (屋) 隩 仝 (屋)

墺 四方 仝 (屋) 燠 熱也 (屋) ⿰食奧 妒食

懊 恨也 竈 爨突 (잔)[조] 躁 急進

趮 仝 操 守也 琴曲 (산) 慥 言行 相應 丨丨

造 至也 就也 糙 米穀 雜 漕 水運 (조)

㬥 猛也 侵也 急也 晞也 顯也 徒搏 鄭地名 (포)[폭](屋) 暴 仝

豪

橐 韜也　羔 羊子　餻 餌也
糕 仝　尻 (고) 脽也　猱 (노)[노] 猿屬
獿 仝　峱 齊山名　獶 長尾犬
刀 一刃兵錢也 (도)[도]　魛 鮆魚也
忉 ㅣㅣ憂也　舠 小船　叨 (도) 濫也
滔 漫也 ㅣㅣ流皃　韜 藏也　慆 悅也 ㅣㅣ久也
謟 疑也　縧 編絲　縚 仝
綢 纏也 韜也 (尤)　洮 隴西水名　挑 往來相見
(蕭)(條) ㅣ達 (謟)　饕 貪也　弢 弓衣
匋 瓦器 (도)　陶 仝上 仝下 (蕭)　綯 糾絞

栲 山樗　拷 打也　槁 木枯
稾 仝　熇 火乾　薧 乾魚
祰 禱也　惱 懊ㅣ 憹心 (뇌)[뇌]　嫐 仝
憹 仝　碯 文石 碼ㅣ　瑙 仝
腦 頭髓　擣 舂也 (도)[도]　搗 俗
禱 求福　倒 仆也　島 水中有山
隝 仝　道 路也 蹈也 理也 順也 (도)
䆃 擇也 治粟 瑞禾　稻 稌也　老 年高 (로)[로]
恅 心亂　栳 柳器 栲ㅣ　橑 榱椽 木 (蕭)
潦 雨水 路上流水　寶 珍也 瑞也 (보)[보]　珤 仝

道 言也 由也　䆃 擇也 治粟 瑞禾　翿 翳也 舞所執
纛 羽葆幢 軍中 皁旗 仝 (沃)　燾 覆也
幬 禪帳 仝 (尤)　悼 傷也　蹈 踐也
盜 賊也　陶 馳ㅣㅣ皃 (蕭)　勞 慰也 (로)[로]
僗 仝　潦 積水 淫雨　澇 仝
嫪 悋也 士無行 ㅣ毒　耄 九十歲 (모)[모]
眊 目少精 仝　芼 擇也 菜食　旄 老也 狗足毛
⿰毛鳥 鳥輕毛　冒 覆也 貪也 犯也 涉也 (職)
帽 頭衣　瑁 圭冒 (隊)　媢 妒疾
報 告也 答也 論囚 (보)[보] (遇) 婬也　喿 鳥羣鳴 (조)[조]

鈔 仝 巢 鳥栖 漅 廬州水名 虓 虎聲 猇 仝 唬 仝 哮 豕驚聲 涍 南郡水名 嗃 恚聲

髇 鳴鏑 嗃 仝 烋 氣健烋| 肴 俎實 餚 仝 殽 仝上仝下 淆 水濁混| 崤 弘農山名 爻 交也效也

增 文十八 罦 麗罟 媌 美好 靤 柔革工 漻 水皃|漻 骹 脛骨 撓 抓也搔也 嘐 聲也|嘐

罺 撩罟 箾 大笙 [illegible] 代說 巢 山高巢| 轈 兵車 勦 勞也輕捷 鄗 滎陽山名敲 嘐 誇語||

詨 叫呼 譊 仝 筊 小簫竹索

叶 無

通 韻二十七蕭平 十九豪平

平聲 豪十九

豪 文一百十二 高 崇也 膏 脂也 篙 進船竿 皋 岸也澤也告也緩也姓也虎皮|比頑皃|| 睾 仝 皐 俗 滜 仝 橰 汲水機桔| 咎 虞臣|繇 鼛 大鼓

上聲 皓十九

皓 文八十八 皓 白也 暠 白皃 暤 仝 縞 素也 稾 禾稈 槀 俗文草 稿 仝 杲 日出 考 老也父稱稽也成也擊也 攷 古

去聲 号二十

号 文七十七 誥 文言告曉 告 報也啓也 郜 文王子所封 縞 白繒 膏 潤也 餉 餉軍 犒 仝 到 至也 倒 顛也 禱 求福 導 引也

肴

交 友也合也飛皃｜｜ 蛟 龍屬猾交
咬 鳥聲｜｜ 嘐 仝 郊 邑外
茭 乾芻 鮫 海鯊人魚 鵁 睛交而孕｜鶄
敎 效也使爲 膠 黏膏不通固也周學雞鳴｜｜萊州水名
轇 長遠｜轕 嶅 山聳 芁 藥名秦｜
敲 橫擿短杖 磽 石地磬石 墝 瘠土
鐃 小鉦 譊 恚呼 弰 弓末
捎 取也掠也良馬蒲｜ 鞘 鞭鞘也
蛸 蟢子蠨｜ 艄 船尾 梢 木杪 仝
颮 風聲 髾 髮末 筲 竹器容斗二升

謅 相弄 增 文四 筊 小簫竹索
膠 和也｜擾也 橈 曲木 稍 漸也
叶 無 通 韻二 篠 上十七
皓 上十九

墝 土不平 骹 脛骨 淖 泥也
鬧 喧鬧 橈 弱也折也 稍 漸也小也
廩食 樂 好也 靿 靴頸
袎 襪頸 抄 略也謄也 鈔 仝楮幣
訬 輕也 豹 似虎圜文 鼩 鼠屬飛食虎豹 孝 善事父母 效 象也倣也功也驗也獻也
効 仝 傚 法也 仝 佼 好皃｜｜ 恔 快也 恔 仝 斆 敎也學半
增 文十 酵 酒母起麪 珓 占具杯｜ 榷 杠也 敲 擊也 撓 擾也屈也
拗 心戾捩也 踔 跳也 趠 超也五月風船｜ 嗃 大叫 校 夏學
叶 無 通 韻二 嘯 去十八 号 去二十
旓 旗旒 坳 地不平 凹 仝 嘲 謔也 抄 略也取也和也謄寫

御定詩韻 肴

平聲八 肴十

肴 文七十五 呶 讙聲 怓 心亂
硇 石藥丨砂 茆 鳬葵 茅 菅也
蝥 毒蟲斑貓 聱 不聽丨牙 謷 不肖悲泣
嶅 山多石 磝 仝 包 裹也
枹 木叢生 苞 藨也本也包也茂也仝
胞 胎衣 泡 浮漚 拋 擲也
脬 膀胱 庖 廚也 跑 蹴也
咆 嗥也 匏 瓠也 炮 毛炙肉
炰 仝 麃 麞屬 麅 仝

巧

上聲八 巧十

巧 文二十七 爪 手足甲 笊 撈飯竹器丨籬
瑵 車蓋玉 獠 西南夷 獠 仝
飽 食多 鮑 鱧魚 鞄 重也
絞 縛也急也 狡 狂也猾也 姣 好也
佼 仝 鉸 交刃刀 攪 手動亂之
捁 仝 巧 好也慧也 撓 擾也攪也
卯 辰名 夘 俗 昴 西陸宿
茆 鳬葵 齩 齧也 咬 仝
拗 折也 炒 熬也 煼 仝

效

去聲九 效十

效 文四十七 皃 容儀 貌 藐
[illegible] 仝 罩 罾類 箌 仝
罺 覆鳥 笊 撈飯竹器丨籬 抓 爪刺
棹 櫂也 櫂 仝 儤 連直
爆 火裂 礮 機石 砲 俗
鉋 刮刀 覺 夢醒 敎 訓也王命
挍 檢也 校 械也計也獵也軍官仝
較 不等相角 鉸 釘也裝飾 窖 地藏
窌 仝 礉 石不平 磽 仝

蕭

標 擧也表也記也木杪　票 仝　幖 幟也　杓 斗柄 (藥)　[耒麃] 除田穢　穮 仝　藨 山莓 仝　瀌 雪皃 ||

鑣 馬銜　臕 肥皃　儦 行皃 ||　漂 浮也流也　僄 輕也　嫖 仝　慓 急也　翲 飛皃　瓢 瓠也

薸 浮萍　囂 喧也　枵 虛也星次玄|　鴞 惡聲鳥　梟 仝　歊 氣出　嘵 懼聲||　憢 仝　增 文四十七

穚 禾秀　劭 勸勉　招 擧也揭也　[广斛] 斛旁耳　庣 仝　銚 田器|鎒　朓 晦月見　苕 葦華　橑 椽也

瞭 目明　簝 食器 (豪)　獠 夜獵 (巧)　繚 纏也　翏 飛皃　熮 火皃　漻 清淡 (有)　[氵寥] 仝　嵺 山深 |嶆

肖 衰微　捎 除也動皃 |搖 (肴)　俏 反琴聲　紗 急戾　宎 深穀聲　䍃 瓶也　嗂 喜也　猺 蠻種

鷂 采雉　嬈 美皃　襓 劍衣　鐎 刁斗　嶕 山巔　[竹欠] 吹簫 勸役　幧 帕頭　鉊 大鎌　[舟召] 吳船

岧 山高 |嶢　摽 擊也麾也　麃 武皃 (肴)　螵 桑螵 |蛸　嘌 疾也　彯 組皃 ||　剽 輕也末也　呺 虛大　熇 炎氣

獢 短喙犬　驕 仝　驍 健也　叶 文七　舟 之遙切 詩　休 虛嬌切 陸雲詩　踰 餘昭切 易林　[扌寥] 憐蕭切 毛詩　秋 七遙切 詩

遽 尺驕切 楚辭　夒 吁喬切 二略　通 韻二　肴 平十八　豪 平十九

御定詩韻 蕭 篠 嘯

媄 仝 祅 災也 訞 巧言

堯 陶唐氏號 僥 短人僬｜ 嶢 山高嶕｜

遙 遠也 隃 仝 傜 使也

徭 仝 繇 仝上仝下 謠 徒歌 愮 悸也 鰩 飛魚 搖 動也 瑤 美玉 窯 燒瓦竈 窰 俗

颻 風動飄｜ 軺 小車 [illegible] 仝 蘨 草盛 陶 和樂｜｜舜臣皐｜ 姚 姓也美好｜嬈急疾剽｜ 珧 蜃屬江｜

銚 溫器 褕 后服｜翟 饒 益也豐也 橈 短櫂 蕘 采薪 擾 馴也 昭 明也 炤 仝 釗 勉也弩牙

朝 早也東國｜鮮○｜廷覲也 潮 海濤嘘吸 鼂 姓也 晁 仝 焦 傷火 𪚰 仝灼龜不兆 燋 仝然火 蕉 楚絲可紡芭｜

鷦 桃蟲｜鷯 膲 無形之腑三｜ 噍 鳥聲啁｜ 椒 似茱萸山巔 鍫 臿也 鍬 仝 樵 柴也 譙 羽殺｜｜門樓麗｜姓也

憔 憂也｜悴 顦 仝 癄 仝 嫶 仝 招 呼也 怊 失意｜悵 弨 弓弛 超 跳也 貂 鼠屬

鼦 仝 迢 遠也｜遰 苕 鼠尾陵｜ 髫 童子垂髮 齠 毁齒 猋 犬走 飆 疾風 飄 仝○回風 熛 火飛

韭 舉夭切詩毛 署 聲鳥切班固賦 酒 子小切詩毛

通韻二 巧 十八 上 晧 十九 上

效 十九 去 号 二十 去

憂 一笑切齊人歌 繡 先弔切詩毛 虐 空照切詩毛

署 聲叫切班固賦 倒 都妙切詩毛

通韻二

蕭

｜湘雨 聲｜｜ 飀 涼風 ｜｜ 翛 羽聲 ｜｜

宵 夜也 小也 霄 天氣 痟 渴病

逍 自適 ｜遥 綃 綺屬 銷 鑠也

消 滅也 仝 哨 口不正 硝 石藥 硭｜

蛸 螵蛸蟲 螵｜ (看) 燒 爇也 韶 舜樂

罄 仝 佋 廟位 ｜穆 昭 仝

幺 小也 ｜麼 么 俗 怮 憂也 (有)

邀 招也 要 求也察也勒也 仝上 仝下

腰 身中 楆 衣襻 葽 王萯 草盛

喓 蟲聲 ｜｜ 夭 和舒 ｜｜ 妖 巧也 豔也 孽也

蔈 落也 摽 擊也 拊心 仝 殍 餓死 仝

莩 仝 曉 曙也 開愉 皛 明也

增 文二十 譑 發罪 糾｜ 蟜 龍皃 夭｜

紏 舒遲皃 輕舉 ｜笠 誂 相誘

佻 獨行 ｜｜ 撩 扶也 取也 昭 明也 ｜｜

窔 室東南隅 偠 細腰 ｜儴 騕 駿馬 ｜褭

瞗 視皃 眇｜ 舀 抒臼 嬈 亂也

駣 馬三歲 漅 廬州湖名 (有)

湫 隘下 麨 糗也 剽 末也

蔍 鹿藿 淼 水遠 渺｜ 叶 文三

剽 刺也 仝 漂 水中 打絮 驃 黃馬 勁疾

增 文二十五 撟 舉也 轎 小車 籃輿

[illegible] 不安 ｜[illegible] 嘹 鳴也 病呼 嫽 好皃

繚 纏也 膫 炙也 廖 姓也

蟉 龍皃 蚴｜ (有) 魈 山精 [illegible] 不安 [illegible]｜

澆 人名 寒浞子 約 契也 信也 (藥) 姚 勁疾 嫖｜

灂 漆也 (覺) 召 呼也 趭 走也

癄 減縮 ｜瘁 燋 灼龜 炬 消 峻波

俵 分畀 僄 輕也 彯 畫飾

嫖 勁疾 ｜姚 票 仝 叶 文五

御定詩韻 蕭

寮 小窻 仝 鐐 白金 爐也 㙩 周垣
撩 取物 遼 遠也 契丹國名 嶚 高也
轑 轉也 蓋弓 (豪) 璙 玉名 嘹 鳴聲 |亮
鷯 桃蟲 鷦| 飉 風聲 飂 仝 (尤)
寥 空也 廖 人名 周名 伯|仝
憀 悲恨 料 量也 理也 敹 擇也
苗 禾秀 描 畫也 緢 旄絲
貓 鳥圓 猫 俗 蕭 蒿也 馬鳴
|||肅也 |檣 簫 管樂 參差 箾 仝 (覺)
彇 弓弭頭 蠨 蟢子 |蛸 瀟 永州 水名

篠

眑 幽靜 仝 (有) 夭 屈也 短折 (皓) 殀 仝
溔 大水 渺| 鷕 雉鳴 遶 圍也
繞 纏也 仝 擾 亂也 順也 沼 曲池
㨖 刺也 趙 造父所封 仝 垗 葬地
兆 十億 灼龜 坼 仝 旐 龜蛇旗 肇 始也 敏也
剿 絕也 殺也 剿 仝 勦 勞也 仝 (肴)
愀 色變 悄 憂也 || 表 上衣 外也
識也 明也 箋也 褾 袖端 卷帙 飾 標 木末
㟽 山巔 鰾 魚胞 可作膠 縹 帛青 白色
醥 清酒 膘 脅後 皫 禽獸毛 變色

嘯

邵 晉邑 仝 召 仝 劭 勸勉
窔 室東南隅 宎 仝 穾 仝
要 約也 樞也 欲也 燿 照也 耀 仝上 仝下
曜 光也 鷂 隼也 釂 飲酒盡
皭 白也 (藥) 爝 炬火 (藥) 照 明也
炤 仝 (藥) 曌 仝 武后名 詔 上命 告也 教也
僬 |行 |皃 醮 冠娶 祭 礁 仝
穮 縮少 陗 山峻 峭 仝
哨 多言 || 俏 好皃 |措 誚 責也
譙 仝 噍 齧也 勡 劫也

蕭

蟜 蟜也 蕎 白花穀丨麥 荍 荊葵

翹 擧也 刁 晝炊夜擊丨斗 風動丨丨 (嘯)(号)

凋 傷也瘁也 鵰 鷙也 雕 仝上仝下

琱 治玉 彫 畫文仝 敦 仝上仝下

(灰)(隊)(元)(阮)(願)(寒) 弴 畫弓(元) 祧 遷廟(嘯)

恌 偸薄 佻 仝 挑 撥也取也

輕儇杖荷(語)(豪) 跳 躍也(嘯) 蜩 大蟬

調 和也柔也(尤) 條 小枝 鞗 革轡

儵 好游魚(尤) 鰷 仝 聊 耳鳴賴也(嘯)(号)

膋 腸脂 膫 仝 僚 同官

窕 幽閒窈丨(嘯) 掉 搖也 嬥 好皃

了 訖也慧也(嘯)(号) 繚 繞也 爒 火炙

燎 放火照也 憭 好皃戲也 嫽 仝

瞭 目明 蓼 辛菜(屋) 眇 偏盲微也(嘯)(号)

渺 水皃丨漭 杪 木末 秒 禾芒

緲 微也縹丨 淼 大水 藐 遠也小也

弱也輕視(覺) 篠 細竹(嘯)(号) 謏 小也誘也(宥)

謏 俗 小 微也 少 不多(嘯)

紹 繼也(嘯) 佋 介行丨介 袑 袴襠

杳 冥也(嘯)(号) 窈 深遠丨窱 窅 目深仝

銚 燎器 掉 搖也 藋 蓼類

嬈 不仁丨嬈 療 治病(嘯)(号) 瘵 仝

鐐 美金 罺 魚網 燎 柴祭天

奭 明火仝 燎 仝 墽 周垣

獠 (巧)蠻種 料 度也理也祿也材也

妙 精微也少年小也好(嘯)(号) 玅 仝

廟 前殿聽事祠堂 庿 仝 嘯 吹聲(嘯)(号)

歗 籀 笑 喜而啓齒 咲 仝

肖 似也小也 鞘 刀室(肴) 韒 仝

少 (嘯)幼也 燒 野火爇也 卲 高也(光)

御定詩韻 下 蕭 篠 七 嘯

御定詩韻 先

眞平十一 文平十二 元平十三 寒平十四 刪平十五

平聲 蕭十七

蕭 文一百九十七 驍 健也 澆 沃也 薄也

瀟 仝 儌 覬非望丨倖 僥 仝 僞也

徼 求也 循也 抄也 邀也 仝 梟 不孝鳥 擇

蒲采名 健也 蟂 似蛇 害人 丨獺 嬌 女態

憍 恣也 驕 馬六尺 仝 鷮 長尾雉

趫 善走 蹻 企也 蹺 仝

橇 泥行所乘 轎 仝 喬 木上竦

橋 水梁 僑 旅寓 轎 竹輿

上聲 篠十七

篠 文八十四 皎 月白 曒 明也

皦 玉石白 璬 玉佩 繳 纏也

矯 正曲 詐也 擅也 勇皃 丨丨 撟 舉手 仝

蹻 舉足 武皃 丨丨 强直 敿 繫也

褭 駿馬 騕丨 仝 裊 曳皃 仝上 仝下 嫋 柔長皃 丨丨

丨丨 娜 弱皃 嬝 美也 細腰 便丨 嬲 戲擾

嬈 苛也 仝 鳥 羽族總名 蔦 寄生草

篠 深遠 窈丨 朓 晦月見 挑 弄也 引調

去聲 嘯十八

嘯 文八十三 叫 呼也 嘂 仝

噭 吼也 仝 徼 境也 循也 警 痛呼

竅 穴也 嶠 山道 溺 溲也

尿 仝 釣 鉤魚 弔 問終 傷也

吊 俗 蔦 寄生草 糶 賣米

粜 俗 眺 覜也 望也 覜 三年大聘

趒 越也 跳 仝 調 選也 賦也 樂律

音丨韻 致丨 才丨 計也 度 藋 耘田器 莜 仝

先

姺 仝 歚 人名秦九方

闕 單于妻｜氏 蜵 潫廣｜蜵

櫞 似橘枸｜ 瑪 珉也 戔 委積｜｜

駩 白馬黑脣 竣 退立

縼 絳色 膞 陶人作器具 仟 千人

攓 插也 扦 仝 硆 害見｜｜

梴 木長 猵 似猨 褊 衣見｜褼

緶 縫衣交枲 礥 難也 泫 水㴖｜

蜷 長曲連｜ 蹮 不伸｜蹁 隕 均也幅｜

叶 無 通 韻五

血 水氣精氣 烕 滅也 翓 飛上 頡 直項 仝 擷 捋取 纈 文繒

絜 挈也｜矩 九河之一 [illegible] 帶也 奊 頭斜 穴 窟也 增 文三十六

釪 戟也 偈 用力 疾也 ○ 堨 堰也 鍥 鐮也 髻 竈神

𨂝 步疾 㓞 刻也 揑 捻聚 凸 高起 軼 車相過侵 撆 捎取

蛚 蛪也 蜻｜ 莂 茢帚 桃｜ 戾 罪也 乖也 捩 拗也 攦 仝 捌 仝

櫗 粥也 搣 作事不正 ｜揳 襪 拂也 瀎 水潎 ｜洌 批 手擊 揳 作事不正

｜撆 枻 正弓具檠 折 斷絕 連｜ 癤 瘡也 鱴 魚名 所化鼢鼠 巀 山高

茁 草初生 準 鼻頭隆｜ 畷 田間道 刿 刑也 割也 罬 鳥網 泬 空見 ｜寥

邪僻回｜ 咥 小聲 襭 扱衽 叶 無 通 韻五 質 四入

物 五入 月 六入 曷 七入 黠 八入

御定詩韻 下 先 六 屑

圓 天體 圜 仝(刪) 湲 水聲 潺湲(元)(刪)

增 文四十九 攓 拔取(先)(元) 搴 仝

騝 驪馬黃脊 犍 蜀郡 犍爲(元) 鍵 鑰也(阮)

腱 筋本(願) 揵 舉也(阮) 鄢 楚都 鄢郢

(仙)(刪)(阮) 嘕 笑兒(先)(仙) 嫣 長兒(仙)

仚 輕舉 鈃 酒器(青)(仙) 枅 屋櫨(齊)

稍 麥莖(仙) 蹎 仆也(仙)(先) 䮁 馬額白

滇 益州 水名 搷 擊也 [illegible] 鼓聲

鰱 鱮也(仙)(先) 棉 木綿(仙)(先) 骿 骿脅(仙)(先)

襬 衣兒 褊｜(仙)(先) 廦 稟也 姍 姍｜行兒(寒)

縯 長也(軫)(先) 綖 冠覆

蕒 木耳 譾 淺也(仙)(先)

鬋 鬢兒 襄 丹縠衣(仙)

禮 仝 袒 盧不障(旱)

燀 炊也(先)(仙) 莋 晚茶(仙)

腨 腓腸 蚕 寒蚓

晛 日氣 鋧 小鑿 俔 譬喻 繯 絡也

叶 無 通 韻五 軫 上十一 吻 上十二

阮 上十三 旱 上十四 潸 上十五

轍 車跡 澈 水澄 鐵 黑金(仙)(先) 銕 仝

莧 商陸 絭 攘臂繩

叶 無 通 韻五

震 去十二 問 去十三

願 去十四 翰 去十五

諫 去十六

睍 好兒 睍睆 視

哲 智也 喆 仝

蜇 螫也 惙 憂也

餟 祭酹 醊 仝

輟 止也 綴 聯也

錣 策端 啜 泣兒 多言

〇仝 歠 掣 挽也

徹 通也 周稅 〇仝 撤

撤 抽也 剝也 〇除去

联 矢貫耳 歠 大飲

驖 赤黑馬 餮 惡獸 饕餮

先

譞 多言 懁 辨急 獧 疾也 跳也
鋗 銅銚 駽 鐵驄 賢 善也
贒 仝 弦 弓絃 絃 八音之絲
蚿 百足 馬蚿｜ 舷 舟邊 玄 幽遠 黑赤
玆 仝 縣 繫也 絶也 懸 仝
棬 屈木為器 圈 屈木為圓 仝
卷 曲也 冠武 好皃 樂名 大｜ 弮 弩弓
惓 謹也 ｜｜ 拳 屈手 仝 捲 氣勢 用力
｜｜收 也仝 鬈 髮好 婘 好也
權 反經 稱錘 攝官 顴 頰骨 員 官數

獧 仝 蜎 井中 蠉蟲 ｜
蹍 踐也 趁 仝
跈 仝 蜓 蛇屬 蝘｜
娗 不開 通眡 ｜
塡 病也 ｜寡 摙 負擔
連 遲久 難也 丏 不見
匾 不圓 艑 小舟
䉳 白籍 洒 肅皃 水湀
罥 網也
膳 美食 蟺 相糾 蜿｜

牽 挽也 涏 光澤 ｜｜
僆 雙生 孌 手足 曲
孌 美好 沔 大水 滇｜
縼 牛馬繫 鏇 轉軸
騸 去畜勢 善 ｜之
曣 日出無雲 ｜[illegible]
蜎 渷廣 蜵｜ 邅 轉也
纏 約也 繳也 綪 赤繒
串 穿也 竁 穿地
眴 目動 洵 遠也

楶 欂櫨 切 割也 近也
竊 迫也 門限 竊 盜也 私也 淺也
竊 俗 齥 齒差
截 斷也 截 仝
絶 斷也 折 斷也 曲也 挫也
毀也 夭也 封壇 泰｜ 晢 星光 ｜
晰 仝 晣 仝
浙 錢塘 水名 淛 仝
拙 不巧 棁 梁上 楹
蕝 束茅 表位 蕞 仝

御定詩韻 下先 銑 霰 五 屑

御定詩韻 上

先

泉 水源 㷷 炊也 川 通流水
穿 通也鑽也 遄 速也 篅 竹器盛穀
圌 仝 天 至高無上 蝙 仙鼠|蝠
鯿 縮項魚 編 次簡錄也婦人假紒副|
鞭 馬策 箯 竹輿 篇 聯章
艑 小舟 扁 特也小也人名輪|仝
偏 側也 翩 飛皃|| 便 安也習也宜也
緶 |辟|也足恭|泼也 楩 南方大木 蹁 足不正
諞 巧言 平 辨治|| 儇 慧也
蠉 蟲行 嬛 輕麗便| 翾 小飛輕薄

銑

峴 山小而險襄陽山名
琄 玉皃|| 鞙 刀鞘仝
[illegible] 仝 泫 露光涕流
鉉 貫鼎舉者 菤 卷耳
卷 膝曲不舒 捲 仝
圈 畜閑 增 文四十二
搴 拔取 [illegible] 山屈曲|嵼
囦 闖人呼兒 豣 麕也
襺 袍也 筧 通水竹
梘 仝 狷 褊急

霰

縣 五部 眩 目無常主
潰亂瞑| 炫 明也
袨 好衣 玹 石次玉
衒 自媒 [illegible] 仝
眷 顧也 睠 仝
卷 書可捲 倦 疲也
院 館有垣 瑗 大孔璧
援 助也 媛 美女
增 文二十四 讞 議獄
繾 |綣不已 涀 高陵水名

屑

說 告也辭也解也
舌 舐味 揲 |閱持蓍
[illegible] 仝 爇 燒也
焫 仝 吶 言緩
悅 喜也 說 仝
閱 歷也 噎 食塞
咽 聲塞嚘| 抴 拕也
拽 仝 熱 溫也
卩 示信符| 節 操也仝上
仝下○ 仝巀 [illegible] 高皃

先

饘 仝 氈 毛席 旃 之也 仝上 仝下
旜 曲柄旗 饘 厚粥 飦 仝
餰 仝 鸇 晨風 栴 香木 一檀
專 擅也 (젼) 剸 仝 (寒) 顓 蒙也 仝
篿 折竹卜一 甎 甓也 塼 仝
鱄 美魚 廛 市舍 (뎐) 鄽 仝
纏 繞也 束也 躔 踐也 日運 瀍 河南水名
澶 頓丘地名 一淵 椽 榱也 (뎐) 傳 轉也 授也
船 舟也 千 十百 (쳔) [쳔] 阡 田間道
芊 草茂 一一 遷 徙也 謫也 韆 繩戲 鞦一

撰 述也 持也 具也 則也 (潸)
譔 仝 篆 史籀所作
書 轂約 夏一 一鐘帶 (霰) 瑑 璧文
淺 不深 (쳔) [쳔] 踐 蹋也 (쳔)
俴 淺也 闡 闢也 (쳔)
繟 帶緩 幝 車敝一一
嘽 緩聲 (寒) 蕆 備也
舛 相背 (쳔) 喘 疾息
歂 仝 蝡 蟲動 一蝡
顯 明也 著也 (현) [현] 韅 駕馬具在背

(젼) [젼] ○ 仝 翦 (젼) 茜 (쳔) 茅蒐
蒨 草茂 仝 倩 好口輔 士
美稱 女壻 (敬) 輤 柩車之蓋
臶 (젼) 再也 洊 仝
荐 薦席 仝 栫 籬也
賤 卑也 碾 展繒 石 (뎐)
釧 臂環 (쳔) 穿 貫也
片 判木 半也 (편) [편] 騙 躍上馬
絢 文皃 (현) [현] 駽 鐵驄
見 露也 (현) (견) 現 俗

禼 殷祖 契 仝 (결) (霽) (物)
偰 仝 楔 棖也
紲 繫也 絏 仝
緤 仝 泄 漏也 姓也 (霽)
洩 仝 (霽) 渫 治井 仝 (葉)
媟 慢也 暬 仝
褻 衷衣 仝 嶭 奚仲所封
薛 莎也 仝 躠 旋行 躄一
[illegible] 仝 (曷) 僁 小聲 一一
雪 凝雨 洗也 (셜) 設 陳也 (셜)

御定詩韻 下 先 銑 霰 四 屑

殘 仝 諓 巧言 㭠 小栗
㮄 香木 籛 彭祖姓 濺 濺濺疾流
湔 洗也 煎 熬也 鬋 鬢皃
韉 鞍具 韀 仝 鐫 刻也 (先)
銓 衡也 (先) 輇 枢車 仝 佺 仙人 偓佺
絟 細布 拴 揀也 詮 具也
跧 伏也 (刪) 荃 香草 蓀也 筌 取魚竹器
痊 病瘳 悛 改也 前 後之對 (先)
錢 貨泉 全 完也 (先) 牷 純色牲
鱣 鯉類 黃魚 (先) 儃 不進 儃佪 (旱) 邅 難行 迍邅

蠕 仝 (軫) 碝 珉也
瑌 仝 瓀 仝
愞 劣弱 (旱)(翰)(箇) 懦 仝 (虞)(箇)
翦 齊斷 (先)(囝) 剪 俗剪 刀也
揃 仝 戩 福也 盡也 翦也
錢 田器 錢鎛 餞 酒食送 (先)
雋 鳥肥 (先) 臇 臛也
吮 嗡也 展 舒也 (先)
輾 臥不周轉 輾轉 轉 動也 運也 (先)
剸 截也 (寒) 僎 具也 (先)(眞)

硯 石可研墨 研 仝
箭 矢也 (先)(囝) 煎 熬也
濺 水激 湔 仝
餞 酒食送 (先) 戰 鬭也 (先)
顫 掉也 襢 丹穀衣 (旱)
驏 馬浴土 傳 旅舍驛遞 信也
(先)〇賢人之書 (删) 轉 遷也 運之
囀 聲轉 饌 具食 (刪)(潸)
巽 仝上 仝下 (旱) 撰 述也 (潸)
譔 仝 薦 進也 藉也

衊 汙血 滅 絕也 火熄
搣 手拔 鷩 雉屬 (用)(囝)
鼈 黿屬 鱉也 鱉 仝
𢐗 弓戾 彆 仝
別 辨也 解也 離也 異也 (屑)〇
峢 漢陽山名 大峢 閉 塞也 (霽)
撆 擊也 (屑) 撇 仝
瞥 暫見 覕 仝
蹩 跛也 (屑) 屑 潔也 勞也 碎末
不安ㅣㅣ 輕視不ㅣ (術)(囝) 屑 仝

先

娟 好也 悁 憂忿 延 及也(연)	筵 竹席 綖 冠覆 蜒 百足蟲蚰	丨龍兒 蜿丨 埏 地際八丨除也墓道(선)	姸 美好 硏 磨也窮也 沿 順流	鉛 青金 蝝 蝗子(연) 緣 因也(翰)	捐 棄也 鳶 鷙鳥 蔦 仝	燃 燒也(연) 䕼 古 肰 仝是也	堧 隙地(연) 𤰡 仝 壖 仝	蠕 蟲行(銑) 蝡 仝(銑) 撋 挼莎煩丨	㨎 仝 箋 表識註書也(전)(전)
譱 仝 鄯 西域丨善	單 山陽縣名丨父姓也(寒)	墠 除地祭處 鱓 似蛇無鱗(歌)	鱔 俗 熯 火盛敬也(旱)(翰)	兗 九州之一(연)(연) 沇 濟水別名	沇 仝 抁 動也	衍 廣也 演 長流仝	戭 高陽才子檮丨(銑)	輭 柔也(연) 耎 仝	軟 俗 蝡 蟲行(銑)
單 大也姓也山陽縣名丨父(寒)	禪 除地傳位 擅 專也	嬿 安順丨婉(연)(연) 鷰 玄鳥	燕 仝上仝下 醼 合飲	讌 仝 宴 安也仝	嚥 呑也 咽 仝	餇 饜飽(견) 衍 廣也(연)	莚 不斷蔓丨 掾 官屬	緣 衣純飾(翰) 𤰡 隙地	羨 延也餘也盛皃徑也(연)
佚 緩也丨蕩(質) 瓞 再生小瓜	蘵 穢草稊丨 苵 仝	列 位序陳也(렬) 烈 光也業也	威也寒氣丨丨仝 洌 清也朝鮮水名	冽 寒也 栵 栗也(霽)	迾 遮遏 迣 仝	裂 破也繒餘 颲 烈風	劣 弱也(렬) 埒 庳垣封道等也	鋝 六兩 蔑 無也(멸)(멸)	篾 析竹 蠛 似蚋丨蠓

御定詩韻 下 先 銑 霰 三 屑

御定詩韻 先

璿 古 璇 仝 漩 同泉
淀 仝 旋 廻也疾也 湲也鐘縣
還 復返 仝(환)(선) 繵 羊臭 (선) 挻 揉也
埏 和土爲器 (연) 扇 ㅣ凉 煽 火熾
單 歲名ㅣ閼廣 大ㅣ于 (션)(寒) 禪 靜也 僧也
蟬 蜩也 嬋 ㅣ娟 好皃 撣 牽引 ㅣ援 (寒)
鋋 小矛 煙 火氣 (션)(연)(眞) 烟 仝
咽 喉也 胭 仝上 仝下 臙 紅藍汁ㅣ脂
燕 名公所封 痟 骨酸 淵 止水 (연)
囦 古 鼘 ㅣㅣ鼓聲 蜎 ㅣㅣ蠋皃

銑

編 仝 辯 善言
辨 別也 仝 緶 褰裳
鳽 二歲鷹 銑 金澤鐘角 (션)(션)
跣 足親地 ㅣ徒 洗 潔也 律名
姑ㅣ官名 ㅣ馬 (燕) 毨 毛更生
鮮 少也 尠 俗
蘚 苔也 廯 廩也
癬 乾瘍 獮 秋獵
燹 野火 (眞) 選 擇也 遣也
數也須臾 少ㅣ (션) 善 良也 (션)

霰

顛 仝 閞 欂櫨
栫 仝 匽 笥也
便 利也安也近也 卽也湲也
霰 米雪 (션)(션) 霓 仝
先 當後而前 ㅣ之 線 縷也
綫 仝 選 擇也 (션)
羨 貪慕 (션)(연) 旋 繞也 (션)
漩 同泉 煽 火熾 (션)
扇 箑也 扉也 動也 繕 補也 寫也 (션)(敬)
膳 美食 饍 仝

屑

(결)(霰)(物) 憂苦ㅣㅣ 闋 終也 (결)
鈸 器破 皷 仝
涅 染黑 (녈)(녈) 硍 礬石
篞 中管 苶 疲皃 (葉)
窒 塞也 (질)(질)(質) 闐 門閉
耋 八十 (질) 耊 仝
臷 仝 姪 兄弟子 (質)
絰 麻在首腰 咥 齧也 (質)(質)
垤 蟻封 迭 更也
跌 蹶也 昳 日昃

先

零 西先ㅣ羌(靑)(經) 孿 拘也 戀也(刪) 眠 翕目(霰)(銑)
瞑 仝(靑)(迥)(徑) 綿 纏也 緜 仝 不絶ㅣㅣ
櫋 屋上聯 邊 畔也(霰)(銑) 籩 竹豆
胼 皮胝ㅣ堅(霰) 跰 仝 軿 婦人車(靑)(庚)
駢 駕二馬(靑) 玭 珠母(眞) 蠙 仝(眞)
先 始也 前也(霰)(銑) 躚 舞皃 蹁ㅣ 蹮 仝
蹮 仝 仙 不死 僊 仝
仚 仝 鮮 鮮魚 潔也 善也 鱻 仝
宣 布也(霰) 瑄 大璧 脧 縮也
涎 口液(霰) 次 仝 璿 美玉(霰)

免 脫也(問)(霰)(銑) 冕 大夫以上冠
俛 俯也 挽 生子
勉 勖也 葂 人名 ㅣ蔣閭ㅣ
莬 仝 緬 遠也
湎 溺酒 沈ㅣ 勔 勉也
沔 流滿 漢水別名 黽 弘農縣名
ㅣ池(庚)(梗)(軫) 澠 仝(蒸)(軫)
扁 署也 姓也 〇乘石皃(霰)(銑)(霰)
諞 巧言 褊 衣小
惼 性狹 辮 紐也(霰)

麪 麥末(霰)(銑) 麵 俗
面 顏也 偭 鄕也 背也
䩄 汗血 ㅣ炫 瞑 劇也 憒亂(卦)
ㅣ眩(靑)(迥)(徑) 眄 斜視
徧 周也(霰)(銑) 遍 仝
變 化也 變也 卞 兗州縣名
妊也 躁也 法也(霰) 汴 陳留水名
汳 仝(願) 忭 喜也
昪 仝 日光 抃 拊手
拚 仝(元)(寒) 弁 周冠(寒)

㩧 仝 桔 仝 槃 名ㅣ榛
玻 佩玉(霰) 駛 馬父 驘子
(卦) ㅣ隄 鮍 鈹也 ㅣ望
弦 縱弦 彄 浚 行流 斷也 仝
浚 俗非 捷 剔也
詖 別也 方法 鵊 子鳩 鷃ㅣ(錫)
觼 有舌 鐶 艘 仝
鐍 篋前 鎖處 仝 譎 詐也
潏 泉涌 水名 杜陵(質)(質)
挈 提也(屑)(霽) 契 勤苦 ㅣ闊

御定詩韻 下先 銑 霰 二 屑

先

眄 視皃 蠲 潔也除也 幵 平也 (先)
汧 扶風水名 岍 雍州山名 牽 引也牲也
掔 仝 撁 俗 秊 穀一熟 (先)(眞)
年 仝 傎 倒也 (眞)(先) 顚 仝頂也
顛 仝 巓 山頂 癲 狂也
瘨 病也仝 寘 塞也 (眞) 塡 仝上仝下 (眞)(震)
闐 鼓聲|| 田 地可耕 畋 獵也
佃 治田仝 鈿 金華飾 沺 水無際
連 續也還也 (先)(銑) 蓮 荷實 漣 小波|漪
聯 連也 憐 愛也哀也 怜 俗非 (青)

銑

畎 仝 羂 挂也
罥 仝 遣 送也祛也
逐也發也 (先) 犬 大狗 (銑)
撚 執也 (先)(銑) 涊 垢濁 淟|
典 五帝書冊也 法也 (先)(銑)
腆 厚也 (銑) 琠 瑱也
淟 垢濁 |涊 㥏 慚也
靦 面見仝 殄 絶也 (銑)
輦 挽車駕人 (先)(銑) 璉 盛黍稷器 瑚|
臠 切肉 (銑) 孌 美好

霰

輾 轉輪治穀 殿 軍後下功 呻也
|屎 鎮也 (先)(銑) 堂(霰) ○大 瑱 充耳 (先)(震)
電 陰陽激耀 (霰) 奠 薦也陳也定也
甸 王畿五百里 (徑) 佃 治也獵也
鈿 寶飾器 淀 淺泉
闐 西域于| 娗 欺慢語 (青)
澱 滓也 鍊 治金 (先)(銑)
煉 仝 練 繒也仝
湅 熟絲 楝 似槐苦|
揀 擇也 (潸) 戀 慕也 (銑)

屑

蘖 木肄生 (曷) 糵 酒麴|
嶭 山皃巀| (曷) 讞 議獄
巘 高皃|| (曷) 槷 射的
臬 仝上仝下 闑 門橛
嵲 山皃巀| 臲 危也|卼
隉 仝 齧 噬也
結 締也 (月)(屑) 紒 仝 (霽)
拮 手口共作 |据 (質)
袺 執衽 潔 清也
絜 麻一耑仝 (屑) [木+絜] 汲水具|槹

先

御定詩韻下

平聲 先十六

先 文二百五十三 㥏 過也 션 젼 僊 俗
僊 韆 褰 扱衣 攐 仝
騫 虧也 蹶進 丨丨 乾 天也 健也 건 寒 虔 敬也 殺也
焉 何也 語助 㳄辭 언 언 ○ 언 蔫 不鮮
菸 仝 魚 嫣 美皃 笑態 언 漹 西河 水名 언
堅 固也 견 견 肩 髆也 鵳 鶻屬
甄 陶也 察也 免也 明也 眞 豣 大豕
麉 鹿有力 鵑 子規 견 涓 小流 丨丨

上聲 銑十六

銑 文一百三十四 蹇 跛也 驕傲
難也 건 阮 謇 直言 阮
件 分次 건 鍵 鑰也 阮
巘 山峯 언 언 阮 讞 議獄
甗 甑也 阮 齴 齒露
[illegible] 小束 견 견 趼 胝也 皮起
繭 仝 蠶衣 蠒 俗
絸 仝 畎 田溝 견

去聲 霰十七

霰 文一百四十一 彥 美士 언 언
諺 俗言 翰 唁 弔生
喭 仝 翰 見 視也 현 견 견
絹 繒也 견 睊 側目
悁 躁急 狷 有所不爲
罥 綰也 係取 遣 祖奠 견
譴 責也 俔 譬諭
晛 日氣 현 현 碾 轢物器

入聲 屑九

屑 文一百九十三 孑 單也 걸 결
揭 起也 長皃 丨丨 蹶皃 霽 月 ○高擧 계
桀 秀皃 丨丨 暴夏王號 걸 ○凶
朅 去也 걸 傑 才也 特立 걸
杰 梁公子名 仝 榤 雞杙
渴 水盡 曷 竭 盡也 月
碣 石特立 月 霽 孽 庶子 얼 얼
孼 仝上 蠥 妖也 仝下

御定詩韻上

御定詩韻

寒

韻 全

叶 無

通 韻五

眞 平 十一　文 平 十二　元 平 十三

寒 平 十四　先 平 十六

叶 無

通 韻五

軫 上 十一　吻 上 十二

阮 上 十三　旱 上 十四

銑 上 十六

震 去 十二　問 去 十三　願 去 十四　翰 去 十五　霰 去 十七

增 文四

扳 引也

番 遞也次也 元 寒 歌

痂 三陰 急痛

叶 無

通 韻五

拳 弩弓

帓 帶也

袹 始麥 服

眑 惡視

鴥 玄鳥

擦 摩之 急

汃 水兒 澎｜

叭 吹器 喇｜

妠 小兒肥兒妠 ｜ 合

婠 體好

嗗 飮聲

窡 穴中見

叶 無

通 韻五

月 六入　曷 七入　屑 九入

滑 利也 漨也 鄭地名 月

猾 狡也

磆 藥名 ｜石

增 文十八

嘎 鳥聲 ｜｜

介 持也

圿 垢也

鬝 禿入

疕 瘡也

圔 駝聲

闒 門聲

質 四入

物 五入

御定詩韻 上 刪 潸 諫 四四 黠

御定詩韻

刪

關 扃也門牡通也 白丨石機也田也 瘝 病也
擐 貫也 矜 無妻 鰥 大魚 仝
綸 青綬 官 丨丨鳥鳴 頑 愚也
彎 持弓關矢 關 仝 灣 水曲
還 返也償也復也 顧也 環 璧屬 圜也
鐶 圜郭有孔 轘 轘氏地名丨轅 寰 圻內
圜 繞也 闤 市垣 鬟 髻也
鍰 六兩 湲 水流潺丨 增 文七
蕢 堇餘草 反 順習 檈 關門機
虥 虎淺毛 澴 波兒 漩丨 䴉 飛兒 丨丨

潸

板 仝 木片 蝂 似蜆 蝜丨
鈑 鉼金 限 界也
閬 門閾 僴 武皃
撊 忿皃 綰 繫也
睅 大目 睆 光明 丨鮮 仝
晥 明皃 仝 莞 笑皃
增 文七 暕 陰朝日明
犍 畜也 驏 不鞍騎
昄 大也 眅 眼多白
鋎 刀也 攌 綰也

諫

鏟 損削 篡 奪也
辦 具也 瓣 瓜中實
莧 馬齒屬 骭 脛骨
慣 習也 串 仝
摜 帶也 丱 束髮
薍 菼也 患 憂也
宦 仕也 閹人 環 繞也
還 仝 擐 貫也
轘 車裂 豢 養也
幻 譸張 妖術 眩 仝

黠

刹 僧寺 察 監也
詧 仝 獺 食魚獸
八 少數 捌 破也 仝上 仝下
朳 無齒杷 瞎 目盲
勂 力作 黠 慧也
鎋 車軸鐵 轄 仝
挈 仝 劼 用力 慎也
刮 削也 剮也 貀 似貍
刷 拭也 刖 足刑
茁 草出地壯也

删

頒 (文)賜也 攽 仝 鴔 (文)大鳩

般 還也布也人名魯公輸—(寒) 班 列也仝

斑 駁文 斒 文皃—斕 虨 虎文

扳 引也○仝攀(删) 攀 自下援上(删) 删 除也(仙)

潸 涙皃 訕 謗也 山 土聚

顏 容也 殷 赤黑色(文) 跧 伏也(先)(仙)

孱 懦弱(仙) 潺 水流—— 僝 惡罵—僽

眅 眼多白 嫺 雅也習也 閑 防也仝上仝下

閒 眼也安也(先) 癇 癲病 僴 愉也

覸 覘也 瞯 仝 鷴 似雉白—

滻 藍田水名 眼 目也

僝 具也 僝 仝

轏 兵車 輚 仝

棧 閣道 [犭戔] 迅飛

琖 爵也 盞 仝

醆 酒微清 剗 削也

剷 仝上仝下 鏟 損削

簅 大籥 丳 炙肉具

撰 述也 饌 仝上仝下

饌 具食 版 判也

謾 欺也仝(寒) 嫚 侮易

縵 緩也(寒)(翰) 襻 衣系

[衤八] 仝 盼 美目

盻 仝 訕 謗也

汕 罩也魚游水朝鮮水名

鴈 陽鳥 贗 偽物

晏 晚也 鷃 鴳屬

鶧 仝 棧 閣道

綻 衣縫解 [衤定] 仝

[糸旦] 仝 袒 仝(旱)

搗 刮也(葉) 拔 擢也挺也

(删) 殺 戮也(怪)

煞 俗(卦) 䌑 仝

鎩 長矛鎩翮除 樧 似茱萸

撒 散也(曷) 齾 缺齒

軋 車輾 圠 山曲無涯—坱

揠 拔也 猰 似貙—貐

猰 仝 札 小簡夭死

扎 拔也仝上仝下 紮 纏弓把

蚻 小蟬 哳 鳥鳴嘲—

御定詩韻 寒 … 曷

元十三平 刪十五平 先十六平

嶭 山高巘丨 撥 逼也 咱 己稱 咄 嗟也 殺 殳也

稅 解也 蝎 蝤蠐桑蠹 蠚 龍皃 髻 束髮 鬠 仝 佸 至也 括 閑也 叶 無

通 韻五 質四入 物五入 月六入 黠八入 屑九入

平聲 刪十五 上聲 潸十五 去聲 諫十六 入聲 黠八

刪 文六十六 姦 許也 姧也 奸 仝

潸 文四十二 簡 札也 手版 略也 易也 柬 仝上 仝下

諫 文四十九 諫 諍也 諷也 閒 隔也 廁也 瘳也 訾也 迭也

黠 文五十一 戛 戟也 轢也 考也 齾齾 丨丨 戞 俗非

菅 茅也 姓也 閒 隙也 中也 弩名 黃丨

間 俗非 蕳 蘭也 艱 難也

囏 古 慳 吝也 鬜 鬢禿

馯 馬青黑 姓也 豻 野犬 斕 文皃 斒丨

蠻 南夷 鸞 比翼鳥 朌 賦也

揀 分別 赧 慙赤

𧝄 仝 戁 悚懼

䜌 視皃 潸 涙皃

産 生也 嵼 山曲 嵼丨

間 俗非 澗 山夾水

磵 仝 覵 覗也

瞯 仝 鐧 車間鐵

襉 裙襵 慢 怠也

稭 稾也 秸 仝

鞂 仝 扴 括也

恝 無憂 頡 鞢也 減也

[illegible] 敬也 楬 仝

寒

鷘 鶬也　攔 遮也 (刪)(諫)　爤 光見 ‖
欄 桂類 木蘭　橌 松心木 (刪)(元)(刪)　縵 繒無文官
心調 絃 (諫)　蔓 菁也 (願)　澷 雨露蒙 丨
搬 運也 (刪)(翰)　般 魚筍　番 南海地名
丨偈 (刪)(元)(諫)(歌)　⿰犭般 短尾犬 貛丨 (刪)　鞶 小囊
⿱般足 屈足　瀊 水回　蹣 跛行 丨跚 (刪)
䤨 小雨 (刪)(寒)　攢 簇聚 (刪)(寒)　酇 百家 (歌)
榦 井欄 (刪)(寒)　馯 東夷別名 (翰)　眢 目不明
井 (刪)(刪)(元)　獂 豕屬 (刪)(刪)　叶 無
通 韻五 眞平十一 文平十二

換 易也 (翰)　逭 逃也　增 文二十三　肝 目張 (刪)(翰)
攤 按也 (刪)(刪)　鳱 似雉 鶡丨 (刪)(刪)　疸 黃病　癉 仝 (翰)
椴 似白楊 (刪)　瀾 淋漓 丨漫 (刪)(刪)　爛 敗也　灡 米汁
曼 無極 丨衍 末也 (刪)(刪)(願)　靽 駕牛具 (刪)(刪)　胖 半體肉 (刪)
孿 雙子 (刪)(刪)　灒 汗洒 (刪)(刪)　攛 擲也 (刪)　瓚 祼器 (刪)
訑 放也 慢丨 (刪)(刪)(文)　誕 仝　鼾 鼻息 (刪)(寒)
皯 射韝　涫 沸也 (刪)(刪)　鑵 汲器　漶 不分 漫丨 (刪)(刪)
叶 無　通 韻五 震去十二 問去十三
願去十四 諫去十六 霰去十七
笪 覆舟篷　喇 言急 喝丨 (刪)(刪)　眛 目不明 (刪)(刪)　靺 東夷 丨鞨

檜 柏葉松身 (泰)　葀 瑞草
鴰 九尾鳥 丨鶬　闊 廣也 (刋)
繓 結也 (刋)(刪)　擸 手把
撮 挽也 圭抄取 (刋) ○四
襊 緇布冠 (刋)　豁 疏也 (刋)(閭)
濊 凝流 (泰)(隊)　活 不死 (刪)(刪)
越 蒲席 瑟孔 (泰)(月)　增 文十二
⿸疒曷 內熱病 (刋)(月)　狚 巨狼 (刋)(國)
呾 相呵　疸 頭瘡 疕丨
茉 柰花 丨莉　艐 大船 (月)(刋)(翰)

御定詩韻 / 寒 旱 翰 曷

抏 仝挫也 忨 貪也 蚖 毒蛇 (元)
豲 野羊 剜 削也 豌 胡豆
蜿 龍動蟠| (元)(阮) 完 仝也 歡 喜也
懽 仝 驩 馬名 仝 貛 野豕
讙 譁也 (元) 桓 亭郵表也 威| 貆 貉屬 (元)
絙 緩也 丸 圜也 |直 昜|| 汍 泣皃 |瀾
芄 芃也 |蘭 紈 素也 綄 候風羽
瓛 桓圭 雈 蓷也 (支) 增 文二十九
杆 橿木 靬 弓衣 襌 衣不重
匰 盛廟主器 ⿰角耑 似豕角| 剸 斷也

通 韻五 軫 上十一 吻 上十二 阮 上十三 潸 上十五 銑 上十六
捍 衛也 扞 仝
垾 堤也 悍 勇也
釬 臂鎧 銲 仝
汗 人液 閈 里門 駻 惡馬|突 貫 穿也
冠 加也首也 盥 澡手 館 客舍 舘 俗
祼 酌鬯灌地 灌 澆也 仝 矔 瞋目 瓘 圭也
爟 烽火 鸛 水鳥似鵠 觀 示也闕也道宮也容壯麗壯|封土
玩 弄也 翫 狃習 忨 仝 妧 好皃
腕 臂也 捥 仝 掔 仝 惋 驚歎
喚 呼也 奐 大也 仝上 仝下 煥 明皃 渙 流散

奪 攘取 敓 仝
怛 恐之 喝 訶也 怒聲 仝
猲 田犬 曷 何也
害 仝 褐 賤服
鞨 東夷靺| 毼 毛布
鶡 似雉善鬭 (文) 活 水聲
佸 會計力皃 ||
聒 聲擾 括 挈也 撿也
至也 包也 适 疾也
筈 箭末 栝 隱栝也 仝上 仝下

寒

菆 積木 殯|塗 欑 木叢 全 殫 盡也

灘 瀨也 攤 開也 布也 按也 嘽 喘息 盛也 ||喜也 泣也 嘆 太息 歎 全

撣 觸也 驒 連錢驄 彈 丸射 劾也 抨也

寒 凍也 韓 井垣 |萬所封 翰 羽也 幹也

汗 突厥 酋可| 邗 吳水名 |溝 邯 趙都 |鄲

官 職也 倌 主駕人 涫 沸也

棺 櫬也 莞 小蒲 菅 全

冠 冕弁 總名 觀 諦視 寬 裕也

髖 髀上 岏 山高 巑| 刓 剸也

漶 不分 漫| 澣 濯衣

浣 全 增 文十四

赶 逐也 趕 全

懊 弱也 狚 似猿 猵|

飯 餅也 趲 逼也

儃 舒閒 ||

潬 沙渚 憚 勞也

悍 強狠 館 客舍

舘 俗 輨 轉也 運也

脘 胃腑 叶 無

璨 玉光 璀| 燦 明也

竄 逃也 放也 爨 炊也

攢 簇聚 炭 燒木

歎 太息 嘆 全

灘 歲名 涒| 憚 忌難

彈 行丸 僤 疾也

判 剖也 牉 全

漢 嶓冢水名 天河 丈夫賤稱

暵 乾也 熯 全

翰 毛羽 瀚 北海

頞 鼻莖 餲 飯饖 臭

靄 雲皃 靄 全

閼 止也 塞也 趙城 |與 人名 |伯 陶唐

堨 以土 障水 斡 旋也

捾 取也 擦 摩也

礤 粗石 巀 山高 |嶭

囋 高聲 掇 拾取

剟 削也 擊也 毲 織毛

捝 除也 脫 免也 遺也 誤也 或然 ○治肉 自解

侻 狡也 輕也

御定詩韻 / 寒

幋 六巾 鞶 大帶 磐 大石
鬆 臥髮 瘢 瘡痕 磻 鳳翔谿名 (歌)
蟠 伏也 胖 大也 緐 馬髮飾丨纓 (元)
絣 仝 弁 詩名小丨 (象) 蹣 跛行丨跚 (산)
散 仝 姍 誹謗 (先) 酸 酢也 (산)
狻 獅也丨猊 珊 海中樹丨瑚 珊聲丨丨 (산)
豻 野犬 (산) (刪) 犴 仝 安 徐也定也 (안)
鞍 馬鞍具 殘 害也 (잔) 戔 仝 (先)
鑽 穿也 (찬) 餐 吞食餱也 (찬) (元) 湌 仝 (元)
囋 仝 穳 禾聚 (찬) 巑 山高丨岏

旱

罕 仝鹵丨簿雲 暵 乾也
熯 仝 (銑) 旱 不雨 (한)
管 截竹主也 (관) 莞 仝
琯 以玉爲管 仝 輨 轂鐵
錧 田器 仝 痯 病也罷見丨丨
悹 憂也 悺 仝
盥 洗面 款 誠也叩也 (관)
款 仝 窾 空也
梡 虞俎 椀 小盂 (완)
盌 仝 緩 舒也 (완)

翰

五升藥石 屑琴曲廣陵丨 (산)
筭 籌也 (산)
笇 仝 蒜 葷菜
豻 野犬 (刪) (한) 犴 仝 獄也
岸 崖也 矸 山石
諺 剛猛不恭 (獻) 喭 仝 (獻)
案 几屬 (안) 按 抑也察也
考也刻也 贊 佐也 (찬)
讚 稱美 囋 仝
酇 南陽縣名 (歌) 鑽 錐也 (찬)
粲 三女 (찬) 粲 鮮好精鑿食 仝

曷

醱 重釀丨醅 犮 走犬 (발)
拔 抽也擢也迴也疾也 (隊) (黠)
軷 道祭 鈸 鈴屬
胈 股也 魃 旱鬼
薩 佛號菩丨 (살) 攃 側手丨擊抹
撒 仝上仝下 (黠) [illegible] 檄也放也
蔡 仝 (泰) 攃 仝 (찰)
躠 行皃跛丨 (屑) [illegible] 木餘 (살)
[illegible] 仝 (屑) 轞 車載高 (屑)
遏 遮也 (알) 按 仝

寒

籣 盛弩矢 巒 山銳(刪) 欒 似欄瘠見｜｜
灤 漏流遼西水名 鑾 鈴也 鸞 似鳳
圝 圓也團｜ 瞞 平目欺也(刪)(覃) 蹣 踰也(山)
鬗 髮長 曼 路遠(願) 漫 水廣｜｜仝
鰻 鱺也 謾 欺也(諫) 饅 餅也｜頭
鏝 鐵圬 墁 仝 槾 仝
鄤 鄭邑名 [illegible] 鞶也(覃)(山) 般 辟也多也
數別(刪)樂也(覃)○ 拌 揮棄(刪) 拚 仝
拚 俗(元) 潘 河南水名浙米汁姓也(元)
槃 承皿(覃) 柈 仝 盤 仝屆也

散 仝 繖 蓋也
傘 仝 饊 餦餭
筭 數也(刪) 算 仝
篹 籩屬(霰) 儹 聚也
纘 繼也(刪) 纂 集也仝
酇 百家(歌) 穳 鋋也
瓚 祼器 坦 平也
疃 鹿跡町｜ 畽 仝(阮)
蜑 蠻屬 誕 大也乃也
吝也欺也濁也安也 罕 稀也

爛 熟也明也 瓓 玉采
亂 不理治也樂卒章横流濟(刪)
幔 帷也 墁 塗具
漫 偏也謾也渺茫汗｜分散雲色｜｜爛｜
謾 欺語且也(諫) 縵 繒無文(諫)
半 中分 絆 羈也
冸 冰釋(刪) 泮 半水庠學仝
頖 仝 沜 仝水涯
伴 侶也縱弛｜奐 叛 背也
畔 田界仝 散 分離布也酒器

[illegible] 仝 抹 塗也滅也｜摋
沫 西徼水名涎也湯華巳也
妹 桀妻｜嬉 昧 小星日中不明
撥 理也轉也 鱍 魚見｜｜
蹳 跋物 襏 雨衣｜襫
墢 發土(月) 坺 仝
茇 葯醬草｜○草根草舍
跋 踐也躐也○草行本也
鉢 食器 盋 仝
鏺 刈刀 潑 棄水

御定詩韻 上 寒 旱 翰 四十 曷

御韻

御定詩韻 上

寒

看 晞也 看 俗非 難 不易

丹 赤石 單 獨也大也薄

鄲 趙都邯｜ 簞 小筐 耑 物首

端 正也 仝上 仝下 褍 正幅玄｜ 剬 斷齊

湍 急瀨 煓 火熾 貒 似豕

壇 祭場 檀 強韌木 香木 驙 白馬黑脊

慱 憂也 漙 露兒｜｜ 團 圜也

敦 聚也仝 摶 擊也

闌 晚也 欄 階除木句｜ 瀾 大波泣兒汍｜

襴 裳與衣連 躝 踰也 蘭 香草一幹一花

旱

侃 仝 衎 和樂

煗 溫也 煖 仝

暖 仝 餪 女三日家餉食

亶 信也 癉 病也勞也

短 不長 斷 絕之○絕日

袒 偏脫 襢 仝

但 徒也 嬾 惰也

懶 仝 卵 無乳者生

滿 盈也 懣 煩悶

伴 侶也依也 散 閒也姓也

翰

衎 和樂 看 晞也

難 患也阻也憂也責也

愌 弱也 旦 早也

怛 傷也 斷 決也專一

截也｜｜○ 鍛 打鐵

煅 俗 碫 礪石

腶 脯也 但 徒也

段 分片 毈 卵壞

彖 斷也易｜ 褖 后服

緣 仝 讕 詆言逸言

曷

怛 悼也 悬 仝

妲 紂妃｜己 羍 小羊

達 往來挑｜仝○通也

撻 打也 澾 滑也

闥 宮中小門 獺 水狗

㺚 仝 薘 菜名著｜

辢 辛味 辣 俗

剌 戾也 糲 脫粟

捋 取也 末 木杪減也

麩 麩也 秣 飼馬

寒

忳悶也 飩餛飩 軘兵車

鱖水豚 獗賊勢猖獗 緄后服 掘穿也 撅全

叶 無

庵居也 淪小波率也氣未分渾淪

通 韻五 質四入 物五入 曷七入 黠八入 屑九入

圇物完囫圇 瘟疫也 梱合歡木 崑氣未分崐崘 人名漢公孫崑邪 餛餛飩 緷百羽 麇赤粱 虋全

汶玷辱汶汶 薀藥名薀藹 根引也 祁秦邑名 黿重鼇 湲水流潺湲 楥柅屬 鶢海鳥鶢鶋 暖柔皃暖姝

叶 無

通 韻五 眞平十一 文平十二 寒平十四 刪平十五 先平十六

平聲 寒十四

寒 文一百四十七

干盾也犯也求也水涯 肝木藏 奸犯婬 玗美石琅玗 玕井中赤蟲 竿竹梃 乾燥也 漧全 栞斫木 刊削也 全

上聲 旱十四

旱 文六十九

稈禾莖 秆全 皯面黑 黚全 笴箭材 豻全 侃剛直侃侃

去聲 翰十五

翰 文一百十四

幹能事 榦柘也木本築牆木井闌 全 旰日晚 汗水流汗汗 侃剛直侃侃 偘全

入聲 曷七

曷 文一百十

葛絺綌草 濭水皃濭漻 轕曠遠轇轕 輵全 割剝也 渴欲飲急也 搽手按

御定詩韻 元 阮 月

袁 姓也 園 所以樹果 轅 輈也
猿 猴屬 猨 仝 猿 仝
爰 於也 換也 援 引也 拔也 媛 美皃 嬋|
垣 墻也 洹 水名 上黨 萱 忘憂草
暄 溫也 喧 嘩也 讙 仝
嚾 仝 諠 仝上 仝下 諼 忘也
貆 貉類 狟 仝 暅 日氣
塤 樂器 土音 壎 仝 增 文二十七
混 西戎 |夷 馧 香也 溫| 蜳 不安 定蠭
|軫 魨 毒魚 河| 純 包束

剸 減也 墫 舞皃 || 鱒 似鱓 赤眼 齦 齧也
涴 泥著物 踠 馬跌 畹 日落 |晚 諼 忘也
暖 大目 叶 無 通 韻五 軫 十一 上
吻 十二 上 旱 十四 上 潸 十五 上 銑 十六 上

艴 怒色 渤 海別枝 |澥
蕨 薇屬 瘚 氣逆
厥 其也 短也 仝 蹶 僵也 跳也
跌也 拔也 蟨 比肩獸
劂 刻刀 剞| 闕 門觀 失也 橛 杙也 鷢 似鷹 白| 月 陰精 刖 足刑
軏 車轅 耑木 曰 辭也 謂也 粵 仝上 仝下 越 度也 隕也 於也 遠也 超也 發揚也 南蠻總名 樾 樹陰
蠘 似蟹 蟚| 蚏 俗 鉞 大斧 絨 細布 增 文二十一 泧 寒也
閼 止也 寨也 夭折 歲名 |逢 單| 噦 氣逆 猲 田犬 頓 單于 冒| 勿 掃塵 卹|
卹 掃塵 |勿 膃 海狗 |肭 榲 梨屬 |桲 稡 禾聚
囫 物完 |圇 核 果中實 肭 海狗 膃| 貀 仝 豹文兩足 朏 月生明 鶌 [illegible]也

元

水名 (問) 罇 酒器 樽 仝

尊 仝 鷷 西方雉 (眞) 蹲 踞也

根 柢也 跟 踵也 恩 惠也

痕 瘢也 艱 車飾 呑 咽也 包也

鴛 西鳥 丨鶩 鵷 鳳屬 丨雛 宛 西域 大丨 (吻)

蜿 龍皃 丨丨 (寒) 眢 目不明 井廢 (寒) 怨 讐也

冤 屈也 元 始也 沅 長沙 水名

蚖 蜥蜴 蠑丨 (寒) 螈 仝 黿 大鼈

原 高平 再也 本也 邍 古 源 泉本

謜 徐語 嫄 稷母 姜丨 騵 騮馬 白腹

墾 耕也 狠 戾也

綣 不離 繾丨 圈 獸欄 行不

阮 擧足丨豚 (先)(銑) 阮 姓也

遠 遥也 苑 囿也 文皃

宛 依然 小皃 上有丘 (吻)

晼 三十 晦 婉 美也

咺 兒啼 仝 增 文二 十二

匽 匿也 堰 障水

稇 成熟 腞 行不擧足 圈丨

瀗 頻也 䑺 舟蓬

瑗 大孔璧 叶 無

通 韻 震 十二 去

問 十三 去 翰 十五 去

諫 十六 去 霰 十七 去

琬 珪也 美玉 丨琰 蜿 龍升 丨丨 (寒)

菀 茂木 (吻) 烜 光明

笲 盛棗 脩器 鞬 韜也

寋 盛皃 丨丨 滾 流皃 丨丨

鯶 鯉也

轓 車蓬 苯 草叢生 丨尊

鶻 鷹屬 丨鵃 淈 濁也 水出

汩 丨 窟 孔穴

訥 言難 吶 仝

硉 石压 丨矹 昢 日出

麧 磨麥 不碎 籺 仝

齕 齧也 紇 絲下

悖 亂也 誖 仝 (隊)

孛 彗星 妖氣 仝 (隊) 馞 香也

桲 梨屬 榲丨 埻 塵起

浡 興皃 勃 色變 仝上 仝下

元

村 俗 暾 重遲 啍 仝
昏 日冥 昬 仝 惛 不明
殙 仝 婚 婦家 閽 守門人
啍 多言 啍啍 魂 附氣之神 䰟 仝
渾 濁也 渾淪 戎名 吐谷渾 屯 聚也
芚 木生 臀 腿臀 門 兩戶
捫 撫持 樠 松心木 璊 赤玉
亹 兩岸若門 金城縣名 浩亹 奔 走也
犇 仝 賁 勇也 虎賁 歕 吹氣
噴 叱也 仝 湓 盎也 湓 水溢 湓陽

阮

焜 火光 煇 仝
掍 同也 混 濁也 混沌
渾 仝厚 渾兒 緷 束羽
盾 人名 晉趙盾
遁 逃也 遂 仝
遯 仝 悗 廢忘
畚 筥屬 撙 裁抑 聚也
僔 仝 繜 小衣 仝
噂 聚語 噂沓 譐 仝
蓴 叢草 懇 誠也

願

願 欲也 愿 謹也
謜 徐語 遠 離也 遠之
怨 恨也 楦 履範
增 文十二 輓 引車
汳 陳留水名
鼴 地鼠 軒 肉藿葉切
閫 門限 敦 竪也 地名 敦丘
歲名 困敦 涒 歲名 涒灘
們 等輩 奔 急赴
濆 涌也 水聲 綣 厚意 繾綣

月

沒 沈也 仝 圽 埋也
窣 行兒 勃窣 兀 高兒
扤 動搖 屼 禿山 崛屼
矹 石崖 硉矹 卼 危也 臲卼
杌 頑凶 檮杌 仝 卒 百人
○ 仝 猝 (歹+卒) 死也
捽 倉遽 捽 持頭髮
忽 怠也 輕也 曶 尚冥
昒 仝 笏 手版
惚 失意 恍惚 芴 仝

元

御諱

弴 畫弓 敦 厚也勉也詆也大也迫也誰何

墩 高堆 焞 明也灼龜炬

[illegible] 黃色 暾 日出 豚 豕子

忳 全 燉 火盛 侖 天形昆|

崙 荒服山名崐| 崘 全 論 說也思也

掄 擇也 孫 子之子 蓀 香草谿|

猻 猴也 飧 夕食水澆飯 餐 全

湌 全 㬈 日出曣| 褞 褐衣

溫 和也暖也習也姓也 瑥 人名晉翟|

尊 貴也 存 在也 邨 聚落

橐 橐也 壼 宮巷

閫 門限 梱 全

悃 至誠 捆 叩椓

綑 全 齫 齒起

囤 小廩 沌 不開通混|

敦 不慧渾|

本 木下始也 損 減也

穩 安也 刌 切也

忖 思也 [illegible] |肉

畽 無廉隅 棍 東木

鈍 不利 頓 全

遁 逃也 遯 全

腯 牲肥 悶 心鬱

濆 全 噴 鼓鼻噀也

坌 塵也 焌 然火

捘 推也 鐏 戈下銅

鱒 似鯶赤眼 艮 止也限也

恨 怨也 [illegible] 抒滿

攣 全 券 契也

勸 勉也 圈 獸欄

狘 驚走 骨 肉覈

滑 亂也詼也|稽

汩 治也亂也水聲|沒浮沈|淈涌波全

愲 心亂 搰 用力|

榾 木頭|柮 扢 摩也

顝 大頭獨處 矻 勞也|

咄 嗟也 柮 木頭榾|

突 出也 揬 觸也搪|

堗 竈囪 腯 豕肥

鈯 鈍也 歿 終也

御定詩韻

元	阮	願	月
繁 多也 蘩 白蒿 蹯 獸足	揵 擧也 仝 鍵 鑰也	鄖 潁川縣名 憲 法也 敏也	謁 請見 暍 傷暑
播 冢也 燔 燒也 炙也 膰 祭餘肉	巘 山似甑 甗 甑也	獻 進也 賢也 困 悴也 倦也	⿸疒曷 仝 ⿰火曷 仝
樊 籠也 山邊 蠜 阜螽 礬 涅石 花名 山丨	偃 仆也 臥也 鰋 額白魚	頓 下首也 貯也 遽也 次也 壞也	伐 征也 矜也 積功
笲 盛棗脩器 袢 近身衣 言 語也	蝘 守宮 丨蜓 鼴 土鼠	論 議也 巽 柔也 卑也	筏 桴也 栰 仝
軒 大夫車 騫 飛皃 掀 擧也	鶠 鳳也 鄢 鄭地名	潠 噴水 噀 俗	橃 仝 ⿰舟發 仝
褌 褻衣 裩 仝 崐 荒服山名 丨崘	幰 車幔 袞 龍衣	遜 順也 愻 仝	閥 功狀 丨閱 垡 耕起
崑 仝 錕 赤鐵 琨 美玉 瑤丨	蓘 壅苗 緄 織帶	寸 十分 褪 卸衣	墢 仝 罰 小罪
鯤 魚子 丨鮞 大魚 蜫 蟲也 昆 後也 同也	輥 轉速 錕 車釭	慁 悶亂 溷 厠也	⿰白市 舂米 瞂 盾也
咸也 仝上 仝下 晜 兄也 鵾 鷄三尺	硍 鐘病聲 鯀 禹父	圂 仝 嫩 弱也	歇 氣洩 休也 蠍 蠆類
坤 地也 髡 去髮 惇 厚也	鯀 仝 鮌 仝	媆 仝 腝 有骨醢	蝎 俗 非 蝤蠐 颰 小風

元

[illegible] 仝 䕾 草色 礮 雷聲 砏｜ 灥 潁川水名 瀫 仝

叶 無

通 韻五 眞 平十一 元 平十三 寒 平十四 删 平十五 先 平十六

平聲 元十三

元 文一百五十五 鞬 弓衣 犍 犗牛 搗 搒捕采名 翻 飛也反覆 飜 仝 拚 仝 幡 仝 帉帨 潘 米汁 番 數也遞也次也 藩 籬也 蕃 仝 茂也 旛 旌也 璠 魯寶玉｜璵 轓 車箱 繙 旗兒 繽｜繙也 反 平理枉 犿 相從連｜ 煩 勞也 蘩 似涉青｜

上聲 阮十三

阮 文八十六 晩 暮也 婉 順也 婉｜ 挽 引車 輓 仝 飯 食也 返 還也 反 覆也 不順 軓 車耳 阪 山脅 坂 仝 謇 吃也 蹇 跛也 險難 楗 門限

去聲 願十四

願 文五十八 万 十千 萬 仝 蜂也 蔓 葛屬 延也 曼 長也 澤也 嬔 兔子 飯 餐也 飰 俗 販 買賣 畈 平疇 建 立也 健 強也 腱 筋本 堰 障水

入聲 月六

月 文一百九 訐 發人陰私 羯 犗羊 揭 高舉 ○ 擔也 竭 盡也 碣 碑也 楬 表識 韈 足衣 韤 仝 韤 仝 髮 頭毛 發 起也 鑣 鑣也

御定詩韻 文 吻 問 物

懃 委曲慇丨 瘽 病也 芹 楚葵
靳 當歸山丨 垠 岸也 圻 仝
齗 齒根肉 齦 仝 鄞 會稽縣名
狺 犬吠丨丨 誾 和悅丨丨 訢 仝
殷 衆也大也中也成湯國號 慇 委曲丨懃
欣 喜也 忻 仝 訢 仝
昕 日出 炘 熱也 增 文十九
葐 盛皃葐丨 蒀 積也 麇 麏也
○羣 君 羣居 鶡 青雀
鴞 仝 砏 雷聲丨磤 妘 姓也 篔 大竹丨簹 熉 黃色 煇 灼也 矜 矛柄 僅 纔也 廑 小屋 仝

湝 上十五 銑 上十六
奔 馴 順也 慬 僅也 叶 無
通 韻五 震 去十二 願 去十四 翰 去十五
諫 去十六 霰 去十七
迄 至也 訖 仝 釳 馬頭飾 汔 水涸幾也 忔 喜也 肸 布寫丨蠁
增 文十 刏 曲刀 刜 仝 蝈 木蠹蛣丨 昒 未明丨爽
颱 小風 坲 塵起 岪 山曲 罻 網也 契 蕃國丨丹
疑 叶 無 通 韻五 質 四入 月 六入 曷 七入
黠 八入 屑 九入

抆 拭也 娩 産子
欻 暴起 歘 仝
吃 語難 訖 終也
乞 求也 屹 山皃
仡 勇壯 疙 癡皃

文

廥枲實 蕡大鼓 焚燒也
云言也語辭 員仝物數益也 紜物多紛—
芸香草辟書蠹 沄——轉流 耘除草
雲山川氣 蕓菜名—臺 鄖漢南國名
熏火氣 燻俗 薰似蘼蕪灼也
曛黃昏 勳功也 勛古
纁淺絳色 醺醉也 臐羊臛
獯北方—鬻 葷臭菜 焄香氣
釿斫木器 斤十六兩仝 筋肉之力
㔶仝 勤勞也 慬憂哀勇也

轀車聲—— 縕縫衣
檃揉曲 檼仝屋脊
增 文十
慍怒也
縕亂麻久絮 攟拾也取也
脗合也 羵—土怪羊
笨竹裏麤率 瑾美玉
卺舒也 濦潁川水名
癮疹也 叶 無
通 韻五 軫十一上
阮十三上 旱十四上

餫野餉 韗鼓工
韻均也和也風度 韵仝
員姓也人名吳伍—
訓誡也說也 爋火乾
斤明察—— 靳固也吝也
近附也親也 劤多力
㨷拭也 垽澱也
𠎃依人 檼屋脊
隱依也—几棄也 焮炙也
增 文六 文飾也

韍韠也仝 祓除惡祭
沷寒也 翇舞羽
怢仝 怫鬱也
咈違也 佛不諟戾也
覺也 鬱香草—金
鬱棣屬滯也盛也仝
欝俗 爩煙氣
菀茂也 尉姓也
蔚牡蒿文皃 熨持火展繒
颵大風 颮疾風

御定詩韻 上

文

芬 香也 雰 雪皃 紛 亂也
帉 巾也 毻 毛落 衯 長衣皃
豩 飛皃 氛 妖氣祥氣 | 祲 〇 | 氳
棼 亂也 | 〇 犀棟 饙 烝飯
餴 仝 枌 白榆 汾 太原水名
蚡 地鼠 棻 香木 妢 楚附庸 | 胡
頒 大首 (刪) 朌 仝 (刪) 岎 高丘 隱 |
賁 大也 (眞)(元) 蕡 草木多實 墳 墓也 言大
道之書 三 | 羵 土怪 | 羊 濆 水際
幩 馬銜飾 轒 戰車 | 轀 豶 去勢豕

吻

坌 仝 (願) 扮 握也
鼢 地鼠 蚡 仝
惲 重厚 抎 失也
頵 面首俱圓 黰 黃色
謹 愼也 慬 慇也
槿 蕣華 菫 苦菜
巹 瓢盃 近 不遠
听 笑皃 磤 雷聲 |
殷 仝 (刪) 隱 藏也 微也
痛也 度也 仝 嶾 山高 | 嶙

問

問 訊也 璺 玉破
紊 亂也 汶 水名 (元)
絻 喪冠 免 仝 (銑)
湓 噴也 (元)(願) 坌 掃除
糞 穢也 仝 瀵 汾陰水名
僨 僵也 分 散也 定也 名 |
位也 職也 均也 | 劑 忿 怒也
坋 塵也 奮 揚也
運 徙也 動也 暈 日傍氣
煇 仝 (微) 鄆 魯附庸

物

岉 山高 崛 | 沕 潛藏 (隊)
不 無也 (有)(宥)
艴 色怒 (月) 艴 俗
弗 不可 去也 黻 裳繡 兩己相背
芾 草木盛 仝 拂 拭也 逆也 (質)
沸 泉出 滭 | 髴 首飾
髴 若似 髣 | 仝 彿 仝
踋 跳也 刜 斫也
茀 草盛 綍 大索
紼 亂絲 仝上 仝下 紱 印組

文

刪十五 平 先十六 平

平聲二 文十

上聲二 吻十

去聲三 問十

入聲 物五

文 文九十六
轀 卧車ㅣ輬 馧 香也
氳 氤ㅣ氣也 熅 鬱煙 君 長民通稱
軍 旅也 皸 凍裂 羣 冢也
裙 裳也 裙 仝 文 經緯天地
華也 紋 織文 雯 雲文
蚊 蚋也 螡 仝 聞 知聲
聞 仝 閺 低目視 ㄅㄟ 鄖 農鄉名
闅 仝 分 別也裂也施也十黍

吻 文三十八
韞 包藏 醞 釀也 蘊 積也
ㅣ藉 宛 仝 薀 藻屬仝
纁 也 吻 口邊
刎 割也 忞 亂也
抆 拭也 粉 米研鉛
憤 懣也 墳 土起
忿 怒也 坋 塵也

問 文五十
醞 釀也含蓄 溫 自ㅣ克勝
慍 怒也 縕 亂麻 久絮
縕 積也 薀 仝
榲 柱也 䵢 麴也
熅 火伸物 攟 拾也取也
捃 仝 皸 凍裂
郡 縣所屬 聞 聲遠名達

物 文六十三
屈 河東地名姓也 厥 蕃國突ㅣ
也 曲 短ㅣ 也 也 諔 蹐塞仝
詘 曲也 崛 山高ㅣ屼
倔 ㅣ梗 強戾 裾 衣短
ㅣ起 勃也 堀 仝 突也
掘 穿地 勿 莫也
物 事也 相 萬也 芴 菲也 土瓜
ㅣ 懲 愛 ㅣ

御定詩韻 眞

瞤 目動 勻 齊也少也
畇 墾田 尹 信也孚丨 捘 推也
[illegible] 矛柄 矜 仝 堇 黏土
墐 仝 齗 分辯 燐 鬼火
錉 計稅 痻 病也 檳 有四切嶺
外果丨榔 霦 玉光璘丨 獱 大獺
麐 牝麐 蠙 寒蠙 鎮 戍也安也
甄 所以鼓敔 帳 飼馬槖 侲 逐厲童
蔯 茵蔯也 㙌 氣不定丨 填 久也
章 之人切黃庭經 襜 稱人切相如賦 鉉 胡匀切蔡邕碑
叶 文十
宮 俱倫切黃庭經 功 居銀切相如賦 肎 若恩切太玄 遯 徒均切毛詩 溷 徒均切劉楨賦
厭 紆勤切易林 衍 尾然切相如賦 通 韻五 文 平十二 元 平十三 寒 平十四

質

飶 食香 邲 鄭地名 弼 輔也 拂 仝 比 次也 肸 布寫丨蠁
肹 俗 欯 喜也
增 文十三
啐 衆聲嘈丨
誶 責讓 溧 丹陽水名 潏 水中小洲 驈 馬白跨 矞 驚視
堲 燒土疾也 鵖 布穀丨鵖 蛣 蛣蜣 尼 止也 柅 仝
蒶 荷本 佛 大也輔也勇壯丨肸丨仡人名
叶 文十
岳 魚聿切易林 替 他吉切張衡賦
穋 莫筆切荀卿賦 際 子悉切易 萃 子聿切左思賦 駟 息七切左思賦 叔 式聿切易林 戀 息吉切王融詩
木 莫筆切易林 至 之日切毛詩 通 韻五 物 五入 月 六入 曷 七入
黠 八入 屑 九入

御諱

眞

臻(仄)至也 轃仝 溱鄭水名盛
也|仝 蓁草盛|| 榛似栗而小
○蘵也||(至) 眞實也鍊形(囟) 甄陶也姓也(先)
振擧也盛皃|| 裖屋梠 珍寶也
珎俗 眕田界 嗔怒也(刃)
謓仝 瞋張目 塵埃也(囡)
陳舜後所封告也列也久也階除 敶古
親愛也近也戚也躬也(친)(囨) 增文二十九
鷏西方雉(仝)(元) 䨒手凍坼(也)(支)(丸)
論言有理(論)(元)(願)(論) 焞明也(仝)(仝)(元)(灰)

通韻五 問去十三 願去十四 翰去十五
諫去十六 霰去十七
窒塞也(屑) 庢礙止水曲京兆縣名盩| 郅至也登也
眣目不正 咥笑也(寘)(屑) 帙書衣(冈) 袠仝
紩縫也 𤝞飛皃 姪兄弟子(屑) 七少陽數(刃)(四)
漆仝岐周水名 必審也然也(叫)(引) 鉍矛柄 柲仝(寘)
畢仝竟也簡也 韠韍也 鞸仝 熚風寒
滭泉沸 縪冠縫 饆餅屬|饠 彃弦也
篳藩落柴門 蓽仝 筆不律述也 笔俗
苾馨香(叫)|| 馝仝 佖威儀|| 怭媟慢仝

蛭馬蜞 銍短鎌
挃穫聲|| 秷禾穗仝
隲牡馬定也 抶笞擊(因)
袟仝上仝下 秩序也
桼髹器木汁 㯃仝
珌刀飾 畢兔網
觱蕃樂|篥仝上仝下
⿺走畢清道警| 蹕仝
匹偶也兩也(四) 疋俗(魚)
泌水狹流(寘) 駜馬肥

鷐 鷐也 |風 臣 事人 神 靈也
夤 恭也因隨 進|緣 (인)(인) 寅 東方辰敬也 (인)
䐜 脊肉 因 緣也仍也 (인) 鞇 褥也
茵 仝蒿也 |蔯 姻 壻家 婣 仝
氤 天地合氣 |氳 絪 麻枲 仝 駰 泥驄
歅 人名九方| (인) 陻 塞也 堙 仝土山
煙 氣也 |熅 (인) 禋 潔祀 湮 沒也
諲 恭也 闉 城重門 人 五行秀氣 (인)
仁 慈也生之性 果核中實 津 水渡 (진)(진)
璡 美石 秦 伯翳所封 (진) 螓 蟬屬

通 韻五 吻 上十二
阮 上十三 旱 上十四
潸 上十五 銑 上十六
陳 行列 (진) 陣 俗 親 婚家 (친)(친) 增 文二十一
恂 嚴也 |慄 (순)(순) 駿 疾速 (준) 楯 欄也 (순) 朐 蜀縣名 |䏰
舋 器裂 (흔)(흔) 鼓 香甚高 (긴)(긴) [illegible] 仝 燐 鬼火 (린)(린)
粦 仝 粼 水出石間 || 潾 仝 甐 潄也
囟 頂門 (신)(신) 顖 仝 申 引也 烏| 紳 牽車紼 (신)(신)
轃 擊小鼓 孕 懷胎 (잉) 盡 竭也 |之 (진)(진) 瑱 充耳 (진)(진)
診 視也 (진) 叶 文二 名 必仞切張華詩 實 時刃切易

泆 淫也 軼 過也 突也 (질)
佾 舞列 溢 滿也 仝上 仝下
鎰 廿四兩 日 陽精 (일)
衵 近身衣 馹 驛傳
嫉 妒也 (질)(질) 疾 病也 急也 仝
蒺 旱草 |藜 質 朴也 信也 主也
驗也 成也 正也 身也 (질)(질) 鑕 砧也 鈇|
櫍 柎也 仝 礩 柱石
瓆 人名 漢劉| 劕 券也
晊 大也 桎 足械

真

蘋 大苹 薲 仝 嬪 婦宮	玭 珠母 (先) 蠙 仝(先) 貧 乏也	辛 金味 (신)[신] 新 初也 薪 蕘也	莘 太姒國 (仝) 㜪 仝 姺 仝(先)	莘 神名似狗有角 [illegible] 魚尾長 兟 進也	詵 衆言 侁 丨丨行兒 駪 仝馬多	籸 粉滓 甡 丨丨衆兒 紳 大帶 (신)	伸 舒也 申 伸也重也明也仝	呻 吟也 娠 孕也 身 躬也仝	辰 時也 (신) 宸 帝居 晨 昧爽

[illegible] 笑兒 (신) 眹 [illegible]也兆也 (신)	紖 牛系 **增** 交十五	稛 束也滿也 (균)[균] 鈗 侍臣兵器 (윤)[윤]	惷 亂也 (준)[준] 燐 鬼火 (린)[린]	粦 仝 潤 流兒 (민)[민]	濬 諡也齊丨王 鈏 錫也 (인)[인]	縯 長也 (연) 戭 長戟 (연)	贙 似狗多力 濜 急流 (진)[진]	聄 告也 (진) 賑 富也	疢 病也 (진) **叶** 無

訒 難言 仞 八尺	軔 止輪木 牣 滿也	認 識也 䏰 蜀縣名丨朐	晉 進也周叔虞所封 (진)[진]	晋 俗非 搢 插也	縉 淺絳色仝 進 前也	璡 美石 瑨 仝	震 雷也動也 (진) 賑 贍也救也	振 奮也收也舉也整也仝	侲 逐厲童 鎮 壓也安之

暱 近也 (닐)[닐] 昵 仝	㥾 愧也 (職) 怩 仝(支)	密 稠也秘也 (밀)[밀] 宻 俗非	宓 默也仝 (沃)(屋) 蜜 蜂甘飴	謐 安靜 醠 盡飲酒	悉 詳盡 (실)[실] 蟋 蛩也丨蟀	失 錯也遺也 (실) 室 房也	實 充也草木子 一 數始 (일)[일]	壹 專一仝 逸 縱也遁也 (일)	佚 過也安也仝 (질) 妷 仝

御定詩韻

眞

粼(린)水清｜｜ 潾 仝交阯地名金｜
民 衆氓(민)(민) 岷 蜀山名 珉 美石
玟 仝 罠 麋網 緡 釣繳錢貫
緡 俗非 旻 秋天仁覆閔下 旼 和也
忞 自强(민) 閩 東南越 賓 客也(빈)(빈)
濱 水際 瀕 仝 鑌 鐵也刀材
豳 周始封國 邠 仝 贇 美也
彬 文質雜｜ 份 仝 斌 俗非
瑸 玉文｜璘 繽 盛也｜紛(빈) 頻 數也(빈)
蠙 [illegible] 矉 仝 嚬 仝

軫

螾 仝 忍 耐也强也(인)
盡 極也皆也縱令(진)(진)○竭也終也悉也(진)
儘 仝 軫 車前後橫
木動也｜｜(진) 畛 田界
眕 目有所限厚重 袗 袨服單也
裖 仝 疹 瘟瘡
胗 仝 診 視也
紾 引捩 抮 仝
鬒 稠髮 黰 仝
稹 穜穊 縝 結也密也縷

震

殯 殮也 鬢 頰髮
鬂 俗非 擯 斥也
信 誠也(신)(신) 訊 問也
誶 仝(수)(진) 汛 洒也
迅 疾也 賮 琛也(신)
贐 仝 藎 染黃草也進
燼 火餘 愼 謹也(신)
昚 古 蜃 大蛤蛟屬
印 刻文合信(인)(인) 靷 皮約馬胸(인)
刃 鋒也刀加距(인) 韌 堅柔

質

矜莊風聲｜｜(슬) 璱 碧珠｜｜
飋 秋風 蝨 齧人蟲
鳦 燕也(을)(을) 乙 仝
乙 屈也辰名 喞 衆聲｜｜
(즐)(櫛) 櫛 梳也(즐)
[illegible] 禾重生 瀄 水流｜汨
叱 呵也(질) 吉 休祥朔日(길)(길)
拮 手口共作｜据(갈)
姞 姓也后稷元妃 佶 正也
詰 問也責也(힐) 趌 怒走

眞

御諱

諄 誨也 丨丨 肫 懇誠 丨丨 全 屯 難也 厚也
吝也 (元) 窀 下棺 丨穸 迍 難行 丨邅
春 歲始 椿 壽木 大丨 杶 似漆 琴材
櫄 全 橁 全 輴 喪車
巾 帨也 首飾 銀 白金 垠 岸也 (文)
嚚 訟爭 誾 和悅 丨丨 (文) 礥 難也 (先)
紉 絲貫 箴 鄰 五家 隣 全
轔 車聲 丨丨 瞵 田壟 璘 玉文 瑞丨
鱗 魚甲 麟 仁獸 麒丨 麐 全
驎 馬斑 文 嶙 山皃 丨峋 磷 玉石 符采

敃 全 昬 全 (元)
愍 悲也 慜 全
敏 達也 指足大也 澠 秦縣 名丨
池 僶 勉也 丨勉
黽 全 脗 合也 (吻)
牝 獸雌 臏 刖刑
哂 微笑 矧 齒本 況也 全
腎 水藏 蜃 大蛤 蛟屬
裖 社肉 脤 全
引 導也 蚓 土龍 蚯丨

親 木槿 櫬 棺也 全
襯 近身 衣 儭 裹也
齔 毀齒 舋 罅隙
釁 全上 全下 衅 血祭
吝 恨也 惜也 悋 鄙也
恡 全 磷 薄石
瞵 目睛 蹸 車踐
躪 全 轔 全
𧓍 螢火 遴 選也
藺 莞屬 儐 主副

矞 錐穿 詭詐 遹 回邪 自也
繘 汲綆 霱 瑞雲
潏 水流 泬丨 鷸 翠鳥
鴥 飛快 聿 發聲 遂也
汩 水流 疾皃 奔丨 颮 大風
出 入之對 進也 生也 斥也
黜 貶也 全 絀 縫也 (物)
怵 恐也 狘 飛皃
膝 脛節 厀 全
藤 藥草 牛丨 瑟 絃樂 潔鮮

御定詩韻 眞

郇 文王後所封 旬 (並)十日 巡 視行
循 善也依也次序｜｜ 楯 欄也
揗 摩也 馴 擾也善也從也漸致 (問)
紃 縧也 蓴 (並)水葵 蒓 仝
脣 口耑 唇 俗非 漘 水際
純 粹也篤也全也絲也 (元) 醇 醲也
鶉 鶉也 錞 似鐘｜釪 (隊) 淳 朴也
犉 黃牛黑脣 奫 水濴 (並)(圖) 筠 竹皮 (並)
逡 退也｜巡 (去)(圖) 皴 皮細起 㕙 狡兔
䞭 行速 踆 仝上仝下 竣 退立 (先)

軫

狁 北方玁｜ 蜳 氣不定｜ (元)
尹 正也治也 (引) 蝡 動兒 (銑)(並)(先)
蠕 仝 (銑)(先) 埻 射的 (並)(匡)
準 平也度也擬也樂器似瑟仝 (屑)
准 俗 純 衣緣 (元)
蠢 蟲動 (並) 䐏 肥也
踳 雜也｜駁 䮞 駿馬仝
緊 急也 (引)(吲) 嶙 山峻嶙｜ (引)(引)
閔 傷也 (吲)(吲) 憫 憂也
泯 滅也 暋 強也

震

潤 澤也 俊 才過千人 (並)(匡)
儁 仝 餕 食餘
畯 田官 駿 良馬大也 (並)
晙 早也 㕙 狡兔
稕 束稈 (並) 蓳 苦菜藥名
烏頭 (吲)(己)(吻) 僅 纔也 (文)
廑 仝 (文) 覲 秋見於王
饉 三穀不登 墐 黏土塗也
墐 仝 殣 瘞也
瑾 美玉 (吻) 憖 傷也 (引)(囝)

質

搮 手理物 篥 蕃樂觱｜
鷅 黃鸝｜鶹 颲 暴風
䬂 仝 恤 憂也 (今)(囤)
卹 仝上仝下 (月) 賉 分賑
戌 九月 珬 珂屬
訹 誘也設｜ (有) 率 領也循也
背也大略 (今)(音)(眞) 帥 領兵仝 (眞)
蟀 蟋也蟋｜ 术 山薊 (㕸)
述 纘也譔也 術 邑道技也業也
沭 東莞水名 秫 黏稷

真

御諱

(眞) 文一百八十六 僎 鄉飲助主人者 (銑)
遵 循也 均 平也 勻 仝
(鈞) 三十斤陶具仝 袀 戎衣 畇 墾田
[illegible] 仝 麕 麞也 麏 仝
麇 仝 (吻)(文) 頵 頭大 囷 圓廩
筠 美竹 倫 等也序也 淪 沒也 (元)
綸 青絲綬綸也大絲釣繳 (刪) 輪 車所以任轉
掄 擇也 (元) 荀 草名黃華赤實姓也
詢 諮也 峋 山皃嶙ㅣ 恂 信也恭皃ㅣㅣ
洵 漢中水名出涕信也 珣 東夷貢玉

(軫) 文七十八 窘 迫也
僒 仝 殞 沒也
隕 墜也 (先) 霣 雷也仝
愪 憂也 箘 美竹
菌 地蕈 篿 竹萌
笋 俗 筍 仝上仝下
簨 懸鐘磬具ㅣ簴 栒 仝
簨 仝 隼 鷙屬
盾 干也 (阮) 楯 欄也
揗 摩也 允 信也肎也

(震) 文一百四 峻 高也
嶲 仝 埈 仝
駿 驚也ㅣ驥 濬 浚也淪也
浚 衛邑取也仝 徇 行示
侚 疾也仝 殉 以人從葬營也
舜 有虞氏號 蕣 木槿
瞬 目動 瞚 仝
眴 仝 順 從也
揗 摩也 亂 繼也
酳 酒漱口 閏 餘也

(質) 文一百七十 茁 草芽
[illegible] 死也 卒 盡也既也仝
踤 蹋也 崒 山高ㅣ嵂
窋 物在穴 怵 憂心
橘 柚屬 獝 狂也
律 度也法也 嵂 山高崒ㅣ
率 約數表的 繂 舟維
膟 腸脂 栗 刺果堅也
櫂也ㅣ 㮚 古
慄 竦縮 凓 寒氣

御定詩韻 隊

背 脊也負也堂北 (배)(비)(패) 輩 類也比也 輩 俗 配 合也侑也 (배) 妃 仝 (微) 焙 煏也 (배) 琲 珠十貫 (賄) 賽 報也 (새)(因)

塞 邊界 (職) 簺 戲具簿― 磑 磨也 (애)(의) 愛 憐也 (애) 曖 日不明―晻 僾 髣髴 靉 雲狀―靆 (賄) 再 重也兩也 (재)(재) 縡 事也載也 (賄)

酨 酢漿 載 乘也勝也始也事也年也語助○運也 (재)(賄) 栽 築牆板 (灰) 裁 鑒別品― (灰) 在 存也 (재)(賄) 菜 蔬也 (채)(因) 埰 食邑 采 仝 (賄)

寀 仝 (賄) 態 意也 (태)(因) 逮 逮也 (대)(霽)(賄) 迨 仝 (賄) 埭 壅水爲堰 𥓓 仝 靆 雲狀靉― (賄) 劾 按也 (핵)(卦)(職) 瀣 沆―露氣 (해)(卦)

碎 細破 (쇄)(쇄) 誶 告也 (寘)(震) 晬 子周年 (쉬)(쇄) 綷 五采繪 (賄) 淬 燒刃納水 (쉬) 焠 仝 倅 副也 憒 心亂 (궤)(궤) 喙 口也 (훼)(훼)

增 文二十二 剴 切近 (개)(개)(灰) 襶 褦―涼笠 (내)(내) 拔 挺也 (발)(패)(曷)(黠) 孛 彗星 (月) 襘 帶也 (괴)(괴)(泰) 礧 推石 (뢰)(뢰)(紙) 礌 仝 擂 仝 (灰)

聵 聾也 (괴)(괴)(卦) 敦 槃類玉― (대)(대)(灰)(元)(阮)(願)(寒)(蕭) 駾 突也 (태)(泰) 睞 傍視 (래)(래) 韎 赤韋 (매)(매)(卦) 脢 背肉 (灰) 沕 潛藏 (物) 薆 草木盛―

對 (대)(대) 棣 閑習―― (체)(대)(霽) 𥌓 不明曖― 詒 欺也 (支)(賄) 祽 月祭 (쉬)(쉬) 啐 呼也咄―驚也先嘗 (취)(質) 頪 類也 (뢰)(뢰)

叶 無 通 韻五 寘四去 未五去 霽八去 泰九去 卦十去

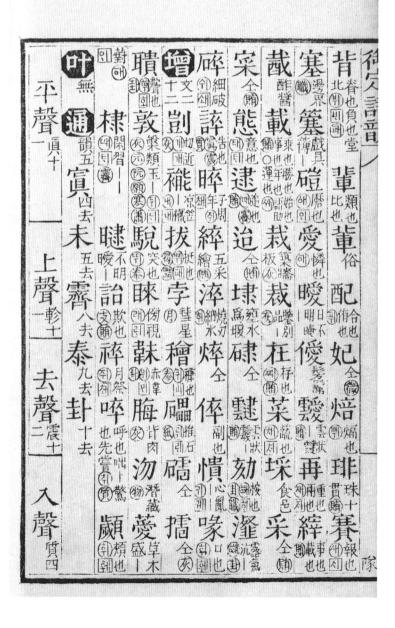

平聲一 眞十一 上聲一 軫十一 去聲二 震十二 入聲 質四

隊

(隊) 文一百二十八 漑 (개)(개) 灌也 摡 (未) 拭也滌也 槩 所以平斗斛 意氣節｜ 慨 (개) 失意 慷｜ 愾 太息 怒也 仝(未) 嘅 仝(泰) 鎧 (賄) 甲也

耐 忍也 (내)(내) 能 仝(灰)(蒸) 鼐 大鼎 (賄) 礙 阻也止也 (애)(애) 碍 俗 硋 仝 閡 外閉 仝 佩 玉之帶 (패)(패) 珮 仝

北 分異敗也 (職) 邶 河內地 背 棄也違也孤負反面 (배) 偝 仝 倍 反也 仝(賄) 誖 亂也 (月) 悖 仝(月) 穢 蕪也 (예)(예)

薉 仝上 仝下 獩 東夷｜貊 濊 水多 仝(泰)(曷) 刈 芟草 (예) 乂 治也 艾 仝(泰) 廢 止也 (폐)(폐) 癈 痼疾 肺 金藏 (泰)

柹 削木札 (紙) 吠 犬鳴 塊 墣也 (괴)(괴)(泰) 凷 仝 賚 賜也 (래)(뢰) 纇 絲節疵也 (뢰) 耒 耜也 擂 急擊鼓 酹 酒沃地 (泰)

退 卻也 (퇴)(퇴) 靧 洗面 (회)(회) 頮 仝 沬 仝(泰) 誨 教也 悔 改也恨也 (賄) 晦 昧也月盡 潰 散也怒也 (궤) 繪 畫也 (泰)

繢 仝(泰) 闠 市門 闤｜ 囘 邅也曲也 (灰) 欬 逆氣嗽也言笑謦｜ (개)(개) 咳 仝 內 中也 (내)(납)(合) 戴 以首荷 (대)(대) 襶 涼笠 褦｜

對 答也當也 (대) 碓 舂具 貸 借也 (대)(職) 代 更也 (대) 岱 泰山 黛 畫眉黑 黱 仝 袋 囊也 帒 仝

瑇 龜屬 ｜瑁 玳 俗 隊 羣也 (대) 憝 怨也 懟 仝 鐓 矛下銅 錞 仝(眞) 靅 雲皃 靉｜ 薱 草木盛 ｜蕟

徠 慰勉勞｜ (래)(뢰)(灰) 來 仝(支)(灰) 妹 女弟 (매)(매) 昧 暗也 (泰) 眛 目昏 (泰) 每 田美 ｜｜ (灰)(賄) 痗 病也 瑁 龜屬 瑇｜ (모)

培 益也 壅也 (有) 陪 廁也 家臣 阫 牆也 寘四去 未五去 霽八去 泰九去 隊十一去

顋 頷也 (州)(因) 腮 俗 毸 張羽 毰— 鰓 魚頰 鬛 多鬚 哀 痛也 (州)(因) 哉 始也 語助 (州)(재) 㦲 俗非 栽 種也 (隊)

𢦏 仝 烖 天火 灾 仝 菑 仝 (支) 災 籀 纔 僅也 (州)(咸) 才 仝 藝也 財 貨也 材 木直 堪用

裁 製也 度也 (隊) 猜 疑也 (州)(因) 偲 多才 力 (支) 胎 孕三月 (因) 台 星名 三— (支) 邰 后稷所封 駘 駑馬 (州) 炱 煤也 鮐 河豚

菭 水衣 苔 仝 咍 笑也 (해)(因) 孩 小兒笑 (해) 頦 頤頷 增 十 文三 剴 切近 (隊)(州)(因) 崍 巴蜀山名 邛— (래)(回)

敱 癡也 (州)(애) 䨓 擊也 (뢰)(回) 擂 研物 (隊) 挼 手摩 (뇌)(위)(因)(歌) 隗 高也 人名 郭— 燕 (위)(외) 䘒 赤子陰 (최) 嗺 撮口 漼 雪皃 —— (죄)

槌 擿也 (支)(퇴)(回) 搥 仝 (支) 𨻻 相擊 (퇴)(回) 㧡 仝 虺 馬病 —隤 (尾) 蛔 腹中蟲 (회) 絯 束也 (해)(因) 晐 備也 賅 仝上 仝下

侅 奇也 非常 胲 足大指 仝 每 草盛 美田 —— (뢰)(回)(隊) 环 占具 —玫 (뢰)(回) 衃 凝血 (배) 毰 張毛 —毸 (배) 䚡 角中骨 (새)(시) 罳 罘— 屏也 (支)

𪖐 小鼻 (州)(因)(文) 跆 蹋也 (태)(因) 箈 竹萌 叶 無 通 韻四 支四平 微五平 齊八平 佳九平

去聲 隊十一

灰

萊 田廢生草 (래)(리)　來 麰也至也呼也 (支)(隊)
倈 仝　徠 泰山徂｜ 仝 (隊)　騋 馬七尺
棶 麥也　枚 枝也數物馬鞭 止喧銜｜
玫 火齊珠 ｜瑰　煤 煙墨　禖 求子祭 高｜
媒 謀合二姓　䤂 酒本　酶 仝
脢 背肉 (隊)　梅 酢果 ｜參｜容　鋂 子母環
莓 苔也草名蛇｜　䍙 雉網　塺 塵也
桮 飲器　杯 仝　盃 俗
肧 孕一月 胎｜　坏 未燒瓦　醅 酒未漉
裴 衣長姓也　裵 仝　徘 不進 ｜徊

縩 (隊)　洒° 高峻　陔° 八極
胲° 足大指　蓓 始華｜蕾　欸° 棹歌｜乃
娭 戲也　靉 雲盛 ｜靆 (隊)　棌 柞也
靆 雲盛靉｜ (隊)　駘° 疲也

叶 無

通 韻四　紙 四上　尾 五上　薺 八上　蟹 九上

噲 咽也　畫 繪也　畵 俗

增 三十文、

⿱髟介 假髻　⿰巾介 幘也
蠆 ｜鰻｜刺　壞 自敗　糒 乾飯
鎩 長矛　澮 井溝　繣 徽也

薤 俗　瀣 北方氣 沆｜ (隊)　卦 兆也
挂 懸也　掛 仝　註 誤也
罣 罥也　絓 仝　曬 曝也
晒 仝　灑 汛也　洒° 仝
殺 減也疾也　䊛 仝　叏 決也
獪 狡也 (泰)　快 稱心　駃 疾也
話 語也　譮 怒辭 仝　躗 過也不信
睚 目際 眦｜ 恨視｜　責 稱也
罫 棊局閒　解 物自散　儯 俠也

叶 無

通 韻五

御諱

御定詩韻 灰

蓷 益母草 蘈 傾也(퇴) 隤 仝

積 暴風仝 隤 馬病虺隤 僓 順皃

(焞) 盛皃焞焞(眞)(元) 魋 神獸似熊名宋桓魋(支)

灰 火餘燼(회)(회) 洄 逆流(회) 回 轉也邪也(隊)

廻 還也避也仝 徊 不進徘徊 佪 仝

茴 馬蘄茴香 槐 冬取槐火(佳) 該 兼也(해)(해)

垓 八極 晐 仝 荄 草根(佳)

陔 階次 峐 山無木 裓 夏樂(佳)

開 解也闢也(개) 臺 土四方高(대)(대) 擡 擧也

儓 陪臣輿儓 薹 草名夫須 籉 笠也

賄

⿰耳宰 半聾 縡 事也(隊) 載 年也仝(隊)

在 存也(재)(隊) 綵 繒綵(채)(채) 採 取也

采 事也食邑仝 上仝下(隊) 彩 文色

寀 寮官(隊) 茝 繭類(채) 怠 懈也(태)(태)

迨 及也(隊) 逮 仝(隊)(霽) 隸 仝

詒 欺也(支)(隊) 紿 仝絲縈 殆 危也將也

海 天池(해)(해) 醢 肉醬 亥 十二支終(해)

增 文十七 靄 雲狀(애)(애)(泰)(曷) 藹 草木叢雜(泰)

傀 木偶傀儡(괴)(괴) 魁 壯皃魁壘 壘 壯皃魁壘

(引)(紙)(引) ⿱山畾 山皃〡嵬 綷 紈素聲〡

卦

解 除也發也解額(해)(해)(해)(蟹) 懈 懶也

繲 浣衣 廨 官舍 鞜 鼓名(개)

劾 力作(隊)(職) 韎 赤韋(매)(매)(隊) 扒 拔也(배)(배)

拜 服也稽首仝 湃 水聲澎湃(배) 憊 疲極(배)

憊 仝 韛 革囊吹火 䑔 船後木

隘 陿也險也(애)(애) 阸 仝(陌) 阨 俗(陌)

呃 不平聲 ⿰言厄 仝 噫 飽食息(支)

眦 目際恨視睚眦(재)(재)(眞) 寨 藩落木柵(채)(채)

砦 仝 柴 仝(佳) 邂 不期而遇

〡逅(해)(해) 械 器總名桎梏 ⿸广韰 似韭葷菜

灰

挼 手摩(歌) 捼 仝(歌) 雷 震也
靁 仝 瓃 玉器 罍 酒樽
韉 鞍帶 桅 帆竿 嵬 高皃 崔—
峗 仝(支) 隈 水曲 煨 盆中火
椳 門樞 偎 愛也 昵近 仝 揋 擠也
催 迫也 崔 齊邑 姓也 高皃 —嵬 ○
隤 崩也 —隤 縗 衰衣 衰 仝(支)
摧 折也 堆 聚土 鎚 治玉(支)
磓 落石 頧 夏冠 母— 追 治玉 —琢 仝(支)
敦 怒也 軍後 仝(隊)(元)(阮)(願)(寒)(翰) 推 排也(支)

賄

櫑 劍飾 —具 蕾 始華 蓓— 隗 高也 姓也
嵬 嵔— 頠 頭閑習 人名 晉裴—(紙)
猥 犷雜 㟪 山高(尾) 罪 罰惡
辠 蹙鼻 仝 嶉 白也 漼 深也
璀 玉光 腿 股也 賄 財也
⿰貝每 仝 悔 懊也 恨也(隊) 瘣 病也 木瘤
廆 㾭也 人名 晉慕容— 匯 水回合
改 更也 待 俟也 遇也 每 常也 貪也
頮也(隊) 浼 汚也 倍 兼也(隊)
琲 珠十貫(隊) 毐 人無行 宰 主也

卦

債 逋財 祭 周大夫邑 名姓也(霽)
瘵 病也 蠆 螫蟲 瘥 病除(歌)
差 過也 較也 異也 仝(支)(佳)(麻)(禡) 敗 毀之
○自破 派 分流 湏 樂浪水名(泰)
唄 梵音 粺 精米 稗 似禾而別
戒 愼也 誡 言警 悈 飭也
界 境也 屆 至也 怪 異也
㤳 俗非 硂 石似玉 壞 毀之
蒯 茅類 蔽 仝 蕢 赤莧
喟 太息 聵 聾也(隊) 嘬 一舉盡臠

御定詩韻 上　佳

偕 行皃 徘｜ 湝 水盛｜｜

喎 口戾 闊 開門 (紙) 叶 無

通 韻四 支 四平 微 五平 齊 八平 灰 十平

蹛 北漠地名 ｜林 昧 冥也斗後星 夷樂 (隊) 叶 無 通 韻五

寘 四去 未 五去 霽 八去 卦 十去 隊 十一去

泰

平聲 灰十

灰 文一百三十五 能 三足鼈 黃熊 (隊)(蒸)

雹 雪皃 ｜｜ 皚 仝 敱 有所治

埃 塵也 欸 歎也 唉 仝

瑰 石次玉 瓊｜ 瓌 仝上 仝下

傀 大皃 偉也 恢 大也 拓也 詼 調也 嘲也

盔 盂也 鎧也 魁 首也 悝 憂也 大也 (紙)

上聲 賄十

賄 文六十四 愷 軍勝 樂 凱 仝善也 和也

豈 仝 (尾) 塏 明也 爽塏｜也 鎧 甲也 (隊)

闓 開也 乃 語辭 迺 仝

鼐 大鼎 (隊) 暟 日無光 餧 飢也 (寘)

餒 仝 鮾 魚敗 脮 耎弱 荽｜

磊 衆石 礧 小穴 仝｜空 儡 木偶 傀｜

去聲 卦十

卦 文九十四 疥 瘙疥 介 大也 助也

繫也 甲也 閒廁 (黠) 玠 大圭 夰 獨居

魪 比目魚 芥 辛菜 纖也 价 善也

㤳 無愁 (黠) 忦 仝 犗 騬牛 犗健 彊

賣 出貨 邁 往也 勱 勉也

噶 嘶聲 餲 飯敗 嗄 氣逆

佳

柴 析木 仝 豺 狼屬 差 貳也 擇也 使也
諧 和也 骸 骨也
鞵 履也 鞋 仝 膎 脯也
鮭 河豚 魚菜總名 媧 古聖女 女|
緺 青綬 蝸 瓜牛 騧 黃馬
哇 淫聲 娃 美女 蛙 蝦蟇
鼃 仝 洼 陝西水名 渥|
增 文十二 睚 目際 捱 拒也
靫 箭室 簰 筏也 蠯 蚌也長狹而
祴 塼道 瘥 瘥也 緕 大絲

貝 介蟲 貨也 狽 獸名 負狼而行 霈 多澤 霶| 沛 泗水縣名 仝上 仝下 伂 偃仆 顛|
旆 旗也 茷 有法 |度| 害 傷也 會 畫也 膾 肉腥細切 鱠 仝
儈 會合市人 牙| 澮 井溝 畎| 鄶 祝融後所封 檜 柏葉松身 仝 禬 領交會 獪 狡也
劊 斷也 廥 芻藳藏 䆅 糠也 旝 旃也 賴 恃也 蒙也 瀨 湍也
籟 簫也 癩 疥也 惡疾 酹 酒沃地 外 表也 薈 草多 蔚| 濊 深廣 汪|
最 極也 凡也 蕞 小皃 會 合也 繪 畫也 繢 仝 禬 除殃祭
帶 紳也 蛇也 𤺌 赤白痢 殺 没也 昧 日不明 沬 微晦 衛邑名 沫 小星 已也
翽 飛聲 | 䜋 衆聲 噦 鑾聲 | 增 文十四 嘅 嘆也 縩 紈素聲 綷|
| 蛻 蛇蟬解 稅 追服 銳 矛屬 浿 樂浪水名
肺 茂皃 | 妎 妒也 塊 墣也 蘱 苹也 |蕭 稡 會也 棷 藪也

御定詩韻

佳

釵 岐笄 牌 牓也 乖 戾也
懷 思也 藏也 褢 古 櫰 冬取火木
槐 仝 瀤 北方水名 淮 揚州水名
皆 俱辭 喈 鳥聲 楷 孔子墓木
湝 水盛 偕 俱也 階 陛也 級也
堦 仝 藍 禾藁 稭 仝
颽 疾風 荄 草根 揩 摩拭
埋 瘞也 薶 仝 霾 晦也
排 推也 俳 戲也 ｜優 齋 潔也 至也
齊 仝 儕 等輩 柴 燔柴祭天

蟹

豸 仝 擺 撥也 罷 止也 遣囚
閩人呼父郎｜ 捭 兩手擊 解 脫也 講也
[illegible]也 鍇 好鐵 楷 模也
買 市也 駭 驚也 駴 仝
蟹 介蟲二螯 獬 神羊｜豸 澥 海別名｜渤
嶰 崑崙北谷 矮 短也 增 文五
豥 豕白蹄 絯 束也 挂也 夥 多也
解 緩也 曉也 枴 拄杖
叶 無 通 韻四 紙四上
尾五上 薺八上 賄十上

泰

愒 貪也 急也 柰 蘋婆郁也
奈 俗非 汱 水激過 釱 足鉗
大 小之對過 也 忲 懲也
艾 灸草 老也 養也 過也 安也 美好 過半 仝 馤 香氣
藹 茂皃 ｜｜ 靄 雲狀 壒 塵也
曃 日色 蔡 蔡仲所封 龜也 法也
泰 大也 通也 太 甚也 仝 大 仝
忕 奢也 汰 滑也 洗也 淘｜ 仝
娧 舒遲 ｜｜ 脫 仝 駾 馬行疾
兌 蹊也 ○悅也 直也 通也 [illegible] 補也

佳

睽 口入 巂 鷂也子丨 (支)(紙)
酅 東海邑名 呝 小聲 㜷 母稱 (支)
鞮 革履 鷈 鸊丨似鳧 瑅 玉名丨塘
醍 迎視 鯷 鮎魚 鮧 仝 (支)
罤 兔網 蜺 寒蜩 謑 不正丨髁
凘 流水 (支) 澌 散聲 (支)

平聲 佳九

佳 文五十六 佳 善也 街 道四通
挨 推也 唲 兒言 (支) 崖 山邊
厓 仝上 仝下 涯 水畔 (支)(麻) 叉 兩枝 (麻)

褹 袂也 [illegible] 烝葱 擠 排也 蕝 束茅表位 綿丨 (屑) 蕞 仝 (屑)(泰)
薺 似蔘丨茈 (支) 鮆 魚可爲醬 淛 浙江 (屑) 餟 祭酒 (屑) 醊 仝 (屑) 禘 祿也
禓 仝 (錫) 薙 除草 (紙) 鈦 足鉗 (泰) 薜 香草丨荔 (陌) 盻 恨視
槥 小棺 蟪 蟬屬丨蛄 㬬 暴乾 𪄩 穿地 撅 揭也 (月) 叶 無
通 韻五 寘四去 未五去 泰九去 卦十去 隊十一去
叶 無 通 韻四 支四平 微五平 佳九平 灰十平

上聲 蟹九

蟹 文二十二 嬭 乳母 妳 仝
灑 汛也 洒 仝 躧 小履無跟 (紙)
駭 癡也 廌 神羊獬丨 (紙)

去聲 泰九

泰 文七十四 匃 乞也 匄 仝
丐 俗 葢 覆也苫也似傘 華丨大凡 (合)(合)
盖 俗 磕 石聲 (合) 礚 仝

御定詩韻 齊

齎 持遺 裝送 賷 俗 齏 醯醬所和 細切

韲 俗 齏 全利也 擠 排也

齊 整也 等也 太公所封 (支)(佳) 臍 子生所繫

蠐 蟦土 蠐螬ㅣ 睇 視也 陛 牢獄

狴 全 醯 酢味 醘 全

兮 語助 嫨 女奴 奚 何也 全

傒 人名 ㅣ齊高 蹊 徑路 穿徑 螇 全

徯 怒爭 勃ㅣ 豯 豨子 鼷 甘口鼠

嵇 亳州 山名 嘶 馬鳴 撕 提也

增 文十八 詆 訾也 柢 根也

遞 更代 締 結也 禘 王者大祭 杕 樹盛 棣 常ㅣ 移也 逮 及也

髢 髲也 鬄 全 嬖 愛也 閉 掩也 弊 斷也 困也 ○惡

蔽 掩也 全 箄 甑蔽 (支) 敝 衣敗 斃 死也 幣 帛也 財貨名 系 緒也

繫 ㅣ辭 全 係 連屬 全 禊 祓除 暳 小星 嘒 小聲 全 慧 敏也

惠 仁也 賜也 蕙 蘭屬 譓 多智 憓 愛也 衛 護也 周康叔所封

脃 物易斷 脆 全 贅 屬也 橫生肉 毳 細毛 橇 泥行所乘 鱖 魚

蹶 跳也 急遽 劌 傷也 增 文四十一 泜 常山水名 (支)(紙) 禲 鬼災

糲 米不精 蠣 蚌屬 牡ㅣ 攦 折也 欐 梁也 颲 風聲 ㅣ 棙 機也 關ㅣ

𩗗 急風 栖 鳥所止 遾 逮也 忕 習也 忕ㅣ 殢 滯也 埤 女牆 ㅣ堄

碣 立石 饐 飯傷溼 瘱 風病 珶 佩玉 鶗 子雉 ㅣ鴂 蘙 草盛 薈ㅣ

齊

禔 福也安也(支)(支) 緹 赤帛 騠 良馬駃丨

醍 紅酒酥屬丨醐 題 額也署也 鶗 子雉丨鴂

稊 穢草丨稗 ⿰禾夷 全 苐 全

綈 厚繒 鵜 淘河丨鶘 荑 茅始生(支)

折 安徐丨丨(屑)(屑) 栘 棠棣 鷖 鷗也

黳 小黑子 ⿱殹石 黑石 繄 語辭

繄 黑繒全 兒 姓也弱少(支) 倪 端也全

齯 齒落更生 輗 轅端持衡 鯢 雌鯨

⿰衤兒 女上服 霓 雌虹(錫) 麑 鹿子

猊 獅子狻丨全 躋 升也 隮 全虹也

裔 衣裾邊也 ⿰氵裔 水皃溶丨 泄 出也發也緩丨丨(屑) 洩 全(屑) 枻 檝也(屑)

⿰木曳 全 詍 多言 ⿰言曳 全 呭 全 跇 超踰 勩 勞也(寘)

叡 聖也 睿 全 銳 利也芒也(泰) 轊 車軸頭 汭 水曲 芮 草生丨丨

枘 枘也 蜹 監雞 霽 雨止 濟 渡也救也事遂 祭 祀也至也(卦) 際 邊也會也

穄 稷也 眥 目際(寘) 齊 和也(支)(佳) 懠 怒也 穧 穫刈禾把 嚌 嘗也

癠 病也 劑 分也藥丨(支) 晢 星光丨丨(屑) ⿰目制 全(屑) 製 裁也 制 禁也王言全

切 割也急也大凡一丨(屑) 砌 階甃門限 綴 連也 畷 田間道(屑) 揥 摘髮象丨

傺 失意侘丨 懘 音敗怗丨 掣 滯隔曳也(屑) 彘 豕也 滯 止也積也 諦 審也

嚏 噴鼻氣 疐 去本全(寘) 蔕 果蒂底 蝃 虹也丨蝀 螮 全 替 廢也代也

殢 困極 涕 鼻液 鬀 剪髮 剃 全 屜 屧中薦 遰 遠也逆丨

御定詩韻 上 齊

鈚 箭鏃 (支) 錍 仝(支) 磇 毒石 ㅣ霜
鼙 騎鼓 (喞) 鞞 仝(迴) 椑 圓榼 斧柄 (支)(陌)
膍 豚也 牛百葉 (支) 雞 翰音 (月)(冂) 乩 卜以問疑
稽 留也 考也 (圜) 轉滑ㅣ仝 枅 屋櫨 (先)
笄 簪也 谿 澗也 (刑) 嵠 仝
磎 仝 溪 俗 鸂 尾如船舵 ㅣ鶒
隄 防也 (唎)(圓) 堤 仝 磾 黑石
梯 木階 ○ 木梯 (喞) 嗁 泣也 (喞) 啼 仝
蹏 獸足 蹄 仝 踶 蹋也 仝
提 挈也 (支) 媞 美皃 ㅣㅣ 禔 衣厚 ㅣㅣ

齊 恭皃 ㅣㅣ (咧)(支)(佳) 懠 病也
鮆 刀魚 批 捽也 (紙) 狴 牢獄 (唎)(圓)
叶 無 通 韻四 紙 四上
尾 五上 蟹 九上 賄 十上
褹 袖也 (唎)(圓) 細 微也 (세)(圓) 歲 年也 (세)
彗 星孛 仝(眞) 世 三十 代也 年(시) 貰 賒也 (禡)
祱 追服 税 租也 斂也 舍也 仝 (泰)(曷)
翳 羽葆 隱也 瞖 目疾 繄 語辭
帠 法也 埧 城上 女牆 埤ㅣ 睨 衺視 睥ㅣ
埶 種也 埶 仝 藝 才能 法也 仝

齎

第 次也 但也 (咽) 弟 善事兄 悌 愷ㅣ 仝
娣 女弟 弟妻 睇 小視 題 仝
踶 獸足 提 擲也 (支) 例 比也 (唎)(圓)
栵 栭栗 (屑) 隸 賤稱 附屬 隷 古
繐 布縷 細 𦆖 仝 篲 帚也 (예)(眞)
勢 權力 形也 帨 佩巾 (세) 蛻 蛇蟬 解 (泰)
說 誘也 (屑)(屑) 瘞 埋也 (司)(圓) 医 盛矢器
嫕 順柔 婉ㅣ 瘱 仝 羿 古射 師名 (司)
寱 寐言 詣 至也 造也 囈 寐聲
曳 牽也 拽 仝(屑) 抴 引也 仝 (屑)

霽

齊

圭 瑞玉 珪 古 袿 女上服
鮭 鮮明黃 閨 小戶 窐 甑孔
郌 馮翊縣名下一 奎 西方宿 刲 刺也
睽 乖也 烓 行竈 攜 提也
携 俗 鑴 大鐘日旁氣 蠵 大龜
觿 角錐(支) 畦 五十畝 漽 塗也
泥 水和土全 臡 雜骨醬 迷 惑也
麛 鹿子(支) 豍 白扁豆 箄 小籠梳也(支)
篦 全 鎞 釵也 [illegible] 車[illegible]
[illegible] 削也 [illegible] 手擊 批 全(紙)

娣 女弟 弟妻 禮 節文仁義 醴 甜酒
澧 衡山水名 鱧 黑鯉 洗 滌也(銑)
洒 全 濟 定也止也 一源水名 一一威儀
薺 甘菜(支) 泚 汗出(紙) 玼 玉鮮色(紙)(支)
體 身也 軆 全 涕 鼻液
遞 更代 递 俗非 陛 天子階
[illegible] 股也 髀 全(紙) 梐 遮欄一枑
徯 待也 謑 恥辱 增 文十一
疷 病也(支) 欐 梁也 濔 衆也
苨 似蔘薺一 挸 捉也 泲 沇水

睥 睥睨傍視 渒 汝南水名 茂兒一一舟行
媲 配也 憇 息也 憩 全
愒 全(泰) 揭 高舉(月)(屑) 甈 破罌
偈 式兒梵語(屑) 曀 陰風 壒 陰塵一一
殪 死也殺也 計 數也 罽 胡毳布
[illegible] 全 猘 狂犬 繼 紹也
繫 縛也 係 全 薊 黃帝後所封
[illegible] 全 髻 束髮(屑) 紒 全(屑)
[illegible] 百藥之長 鍥 刻也(屑) 契 約也合也憂苦
一一全 上全 下全(屑)(屑) 挈 鑽龜(屑) 帝 王天下號

御定詩韻 一 齊

齊 文一百四十二 氐 本也 羌也 羝 牡羊
低 俛也 眡 視也 遾 徐行 天欲
明|明 黎 衆也 全上 全下 黧 黑色 (支)
犂 耕具 (支) 蔾 蒿類 枝材 藜 旱草 蒺| (支)
瓈 寶玉 玻| 鸝 黃鳥 (支) 鵹 全
驪 馬深黑 (支) 蠡 瓢也 (支) 蠡 全 (支)(歌)(紙)
西 日入方 栖 鳥宿 不安 || 棲 全
犀 似豕角在鼻 辦堅也 |利 妻 婦與己齊
緀 文章 相錯 萋 草盛 全 淒 雲皃 ||
凄 寒也 悽 悲也 霋 霽也

薺

薺 文四十九 氐 本也 宿名 柢 根也
詆 訾也 牴 觸也 觝 全
抵 擠也 當也 擲也 拒也 大凡 大|全 (紙) 阺 隴坂
坻 全 (支)(紙) 弤 彫弓 軧 車後
底 下也 止也 (紙) 邸 郡國 京舍 蠡 揚州 澤名 彭|
欚 木近 (支) 禰 父廟 瀰 滿也 (支)(紙)
涖 露皃 || 泥 全 [illegible] 繡文
米 穀實 精鑿 全 眯 物入目 洣 江州 水名
啓 開也 棨 兵欄 綮 緻繒 徽織
稽 下首 悌 樂易 愷| 弟 男子 後生 全

霽

霽 文一百九十六 柢 根也 厲 嚴也 惡也
以衣涉水 礪 砥石 勵 勸勉
癘 疫也 痢 全 麗 美也 附也 (支)
儷 偶也 戾 乖也 罪也 至也 止也 (屑)
盭 古 悷 悲皃 綟 綠色
唳 鶴鳴 沴 妖氣 荔 香草 薜|
壻 女夫 婿 俗 逝 往也
誓 約信 筮 著卜 噬 啗也
澨 水名 三| 妻 以女嫁人 泥 不通
埿 俗 迡 近也 謎 隱言

虞

濡 霑也 滯也 醹 厚酒 懦 弱也 朱 赤色 珠 蚌精 蛛 網蟲 蜘丨 誅 戮也 責也 株 根也 侏 短人 丨儒

絑 赤繒 邾 魯附庸 姝 美色 廚 庖也 蹰 不進 踟丨 幮 帳也 裯 全 娵 星名 丨訾 諏 謀也

貙 似貍 樞 本也 要也 增 文五十二 軱 大骨 箛 茄也 鏄 矢名 鏃丨 筊 鳥籠 涂 溝也 稌 稻也

廜 酒名 丨蘇 跿 跣也 丨跔 籚 戟柄 積竹 黸 黑色 矑 目瞳 艫 船頭 瓐 瓠也 似壺 鸕 鳥鬼 丨鷀 嫫 醜女 丨母

糢 漫皃 丨糊 膜 蕃人 拜 菩 了也 丨薩 浯 琅邪 水名 郚 魯邑 名 蜈 毒蟲 丨蚣 鯆 江豚 葡 草龍 丨萄 葫 大蒜

○瓜 也 蝴 野蛾 丨蝶 箶 箭室 丨簏 痀 曲脊 丨僂 跔 跳也 跿丨 摳 褰衣 氍 毛席 丨毹 戵 四出 矛 句 晉地 名 僂

丨 丨 朐 脯脡 瘻 瘡也 曲脊 痀 慺 勤懇 鏤 劍名 屬丨 莁 白蕢 丨荑 鳺 鳩也 丨鴀 柎 華下 萼

禺 日在巳中 番丨 州地名 髃 髆前 骨 盓 旋流 玗 石似 玉 杅 浴器 釪 似鐘 錞丨 邘 鄭地 名 盱 日始 出

姁 美皃 丨媮 嬃 姊也 蝓 蝸牛 螔丨 闟 私視 闚丨 祩 短衣 丨襦 叶 無 通 韻一 魚 六平

平聲 齊八

上聲 薺八

去聲 霽八

御定詩韻 虞 麌 遇

竽 大笙 雩 祈雨祭 麤 麤鹿不精
粗 全 犓 全 麁 俗非
趨 走也 趍 俗非 芻 草也
雛 鳥子 趎 人名南趎 吁 歎也
芋 大也 訏 詭也全 盱 小人喜皃 睢盱
欨 吹也 呴 全 昫 全 鬚 頤毛 須 全上 顉 全下 [illegible] 待也 湏 頭巾 需 食也待也 繻 符帛
輸 寫也瀉也勝負 贏輸 送也 毹 毛席 氍毹 殊 絶也異也 銖 百黍 茱 藥名 茱萸 洙 泰山水名 杸 兵器八稜無刃 殳 擊也全
俞 然也答也 渝 變也蜀水名 逾 越也 隃 全 踰 全 愉 悅也 媮 全 瑜 美玉 瑾瑜 榆 白枌
窬 鑿板為戶 褕 后服 褕翟 羭 牡羊 㡏 裂繒 覦 欲得 覬覦 歈 吳歌 [illegible] 舞手笑 揶揄 揄 引也 揄揚 全 臾 善也 捽抴
須 不久須臾 萸 藥名 茱萸 㥚 憂也 腴 腹下肥 楰 鼠梓 諛 諂也 儒 學者之稱 襦 短衣 嚅 多言 囁嚅

嫗 以溫嫗 傴 曲躬 傴旅 鄅 國名 邾姓 焦鄅 鞻 鞮類掌夷樂者 鞮鞻氏
呴 吹也 姁 嫗也樂也 姁姁 訏 大也 訏訏 報 疾也 禺 母猴 蛀 木虫
貐 似貙 猰貐 臾 弓反張 楰 鼠梓 疰 病染 鞋 戎服 鞴鞋 輸 委也送也
擩 染也 醹 厚酒 枓 勺也 瘉 病也 乳 育也 柱 撐也
叶 無 通 韻一 語 六上 叶 無 通 韻一 御 六去

麌

罦 車上網(尤) 稃 米殼 俘 軍所獲
敷 施也陳也 尃 仝 枹 鼓槌(有)(尤)
桴 屋棟仝上 仝下(尤) 泭 筏也漚也
跗 足背 趺 佛坐跏丨仝 鄜 馮翊縣名
扶 持也(平) 芙 荷也丨蓉 蚨 水蟲青丨
鳧 野鴨 苻 似蒿姓也 符 兩合爲信
虞 憂也帝舜國號(平)(字) 愚 癡也
嵎 暘谷丨夷山曲 堣 仝 隅 方也仝
齵 齒不正(尤) 娛 樂也 紆 縈也(宥)
迂 曲也 于 於也(平) 盂 飲器

瘐 囚病死 斞 量名十六斗 窳 鈲也苦丨
㼌 仝 乳 湩也(平) 宔 藏主櫝(存)(到)
主 守也仝 拄 撐持 柱 仝楹也○(存)
取 收也索也受也(有)(存)(有) 聚 會也(存)
增 文二十四 鼓 擊也(予)(五) 迕 遇也(宇)(五)
鄔 汾州城名(亨) 許 伐木聲丨(亨)(宥)(語)
滬 水名玄丨 拒 白帝招丨陳名左右丨(开)(于)(語)
楀 姓也 萭 香草丨蘅(平)(字) 嶁 衡山峯名
崎丨(言)(有)(宥) 蔀 小席閏餘丨首(平)(早)(有)
吺 嚼也丨咀(平) 籔 量名受十六斗頭戴薦盆窶丨(今)(酉)(有)

諭 告也曉譬(昇)(昆) 喻 仝 裕 饒也寬也
籲 呼也和也 孺 穉也(介) 住 止也(存)(穼)
鉒 署置丗也 駐 馬立 趣 向也疾也
指義(存)(有)(沃)(存) 娶 取婦 取 仝(有)
聚 會也(存) 增 文二十四 涸 凝閉(予)(五)
婟 戀也 詁 訓也 䔵 盛箭室丨
(早)(寘) 敔(平) 簠 盛黍稷器丨簋(早)
愫 誠也(今)(全) 梧 大皃丨魁(字)(四) 逜 相干
捬 擊也(早)(臣) 誧 謀也(亨) 酺 會飲除栽祭(平)
戽 抒水器(亨)(宜) 枑 遮欄梐丨 穫 扶風地名

御定詩韻 上 虞

癯 仝 衢 四達之街 鴝 鸜鵒有情

鸜 仝 絇 屨頭飾 軥 車軛 (尤)

劬 勞也 窶 (?)(?)(尤) 窶也愚也

膢 秋膢祭貙 |(尤) 蔞 似艾|蒿 (尤) 無 有之對 (무)(?)

橆 古 无 古 亾 仝 (陽)

毋 止辭 仝 蕪 荒也 [罒無] 雉網

巫 祝也 誣 不信 夫 男子通稱

(부)(부)○ 語助 (?) 玞 美石 珷| 砆 仝

鈇 莝斫刀斧也 麩 麥皮 膚 革外薄皮美也

孚 信也 莩 葭中皮(?) 郛 郭也

麌

滏 磁州水名 腐 朽也 數 計也責也

幾也 (?)(沃)(覺) 麌 牝鹿 (?)(?) 俁 大也 ||

傴 傴|僂也 (?) 羽 鳥翅 (?) 雨 水從雲下

宇 屋霤天地四方 寓 仝 禹 夏后名

瑀 美石 麈 麋屬尾長 (?)(?) 炷 燈心

黈 黈點也 詡 和也大言 (?)(?) 栩 橡也

珝 玉名 昫 日出溫 煦 蒸也 仝

冔 殷冠 豎 立也僕也 (?)(?) 竪 俗

裋 長襦|褐 樹 植也 瘉 病瘳 (?)(?)

愈 勝也 仝 庾 露積 [忄臾] 懼也

遇

捒 裝也 (?)(?) 數 校也 (沃)(覺) 遇 逢也 (?)(?)

寓 寄也 嫗 老婦 (?) 饇 飽也 (御)

芋 蹲鴟 (?) 雨 自上而下 羽 鳥翅

作 造也 (?)(?)(?) 做 俗 足 添物便僻

|恭 (?)(沃) 註 疏也 (?) 注 灌也 仝

炷 燈心 駐 車止 澍 時雨

霔 仝 鑄 鎔也 馵 馬後左足白

妒 嫉也 (?)(?) 妬 俗非 (錫) 煦 蒸也 (?)(?)

昫 日出溫 呴 氣以溫 酗 醉怒

酗 仝 樹 木也立也 (?)(?) 戍 守邊

虞

膴（大也 腊肉）胡（頷垂戈頸壽也 何也）
瑚（宗廟器｜璉 海中樹珊｜）餬（寄食 糜也）
糊（黏也 漫皃 糢｜）湖（大陂）醐（酥精 液醍｜）
鶘（淘河 鵜｜）弧（木弓）狐（妖獸）
瓠（仝）瓠（瓢也）壺（酒器 仝）
乎（語之餘 疑辭）拘（執也）駒（馬二歲）
瞿（驚視｜｜ ○鷹隼視）捄（築牆 取土）
斞（酌也）俱（偕也）區（藏也 類也 小皃）
｜｜四豆 驅（馳也）毆（仝）
嶇（山峻 崎｜）軀（身也）臞（瘠也）

僂（俯也 傴｜）褸（衣敝 襤｜）武（戚也 跡也）
珷（石似玉 玞｜）碔（仝）鵡（語鳥 鸚｜）
鷡（仝）舞（樂也 所以節音）儛（仝）
橆（蕃也）廡（堂下周屋 仝）憮（失意 ｜然）
甒（罌也）嫵（媚也）娬（仝）
膴（美也 厚也）簿（籍也）部（行伍 分也）
斧（所也）府（百官所居）頫（低頭）
俯（仝）腑（津液所行）弣（弓把中）
撫（安存 按也）拊（拍也）父（始生 已）
鬴（鍑屬）釜（仝）駁（牡馬）

屨（履也）句（文詞 止處）絇（履頭飾）
驅（馳也）懼（恐也）瞿（仝）
具（備也）颶（四方風）蠹（木蟲）
數（敗也）屢（數也）務（事也 專也）
婺（星名 ｜女）騖（馳也）霧（天不應地）
瞀（目不明）赴（奔也）仆（僵也）
訃（告喪）賦（稅也 斂也 受也）付（與也）
傅（師也 附也 ○牽合｜會）附（寄也）
駙（副馬）鮒（鯽也）腑（津液所行）
胕（仝）祔（合食先祖）賻（助喪以財）

御定詩韻 / 虞

烏 孝烏 嗚 歎辭 一呼 於 仝 歎 戲
洿 濁水 污 仝 汙 仝
杇 泥鏝 圬 仝 惡 何也
租 稅也 葅 茅藉 徂 往也
殂 死也 逋 欠也 逃也 晡 申時
餔 申時食 誧 諫也 鋪 陳也 門鋪首 銜環
痡 病也 蒲 水草 可作席 蒱 樗一 戲具
酺 聚飲 匍 手行 一匐 呼 出息 喚也
戲 仝 虖 仝上 仝下 嘑 哮也
謼 仝 滹 信都 水名 一沱 膴 覆也

麌

圃 種菜 浦 水濱 脯 乾肉
虎 山獸之君 琥 瑞玉 滸 水岸
戶 半門 鳸 農桑候鳥 九一 鳸 仝
扈 仝 夏同姓所封 扈從 被也 廣也 跋一 強梁 昈 文彩
祜 福也 岵 山無草木 怙 恃也
鄠 扶風 縣名 矩 正方之器 踽 獨行 一一
蒟 似椹 一醬 枸 仝 椇 仝
齲 齒病 窶 貧無禮 寠 仝
[illegible] 閉也 杜 甘棠 肚 胃也
土 桑根 縷 綫也 筆不停 覼一

遇

祚 福也 阼 東階 胙 祭餘
酢 相酬 兔 獸名 菟 藥名 一絲
鵵 似鴟 吐 歐也 布 麻枲 葛織 陳也 錢也 泉一
怖 惶懼 佈 徧也
圃 種菜 鋪 陳也 賈肆 舖 俗
捕 捉也 哺 口食 在口 餔 仝
謼 號也 呼 仝 護 救也
頀 湯樂 濩 散也 布一 韄 刀飾
瓠 匏也 互 差也 [illegible] 兔網
沍 寒凝 涸 水涸 仝 嫭 美也

虞

鑪 火函 爐 仝 壚 黑土酒區
獹 良犬韓獹 瀘 牂牁水名 櫨 柱上枅
纑 布縷 轤 汲水機轆轤 顱 首骨
旅 黑色 模 法也周公墓木 (무)(모)
橅 仝 謨 謀也 謩 仝
摸 (藥) 規倣 摹 仝 穌 息也 (소)(소)
甦 俗非 蘇 荏也恐懼 ||仝
酴 酒名酴醾 酥 酪屬 吾 我也 (오)(오)
梧 桐也 鼯 五技鼠 吳 大言周章
(禡) 所封 珸 美石琨珸 鋙 鉏鋙劍名 (麻)

姥 女老 (무)(모) 莽 宿草 (養)(有) 䥈 溫器鈷|
姆 女師 侮 慢也 (무) 䍙 雉網 (灰)
補 綴也裨也 (보)(보) 譜 籍錄 普 博也 (平)
溥 大也 仝 (藥) 甫 男子美稱大也始也 (부)
父 仝 (부) 黼 裳繡斧形 俌 輔也
簠 盛黍稷器簠簋 莆 瑞草萐| 輔 車旁木助也 (보)
五 中數 (우)(오) 伍 五人 仝 午 交也
仵 偶也敵也 隖 小障山阿 (오) 塢 仝
祖 始也 (조)(조) 珇 珪上凸起 組 綬也條也
粗 略也 (平) 土 地也 (두)(토) 吐 歐也

傃 向也 嗉 鳥吭 塑 埏土像物
愫 仝 泝 逆流 溯 古
遡 仝 訴 告也 愬 仝 (陌)
誤 謬也 (우)(오) 悞 仝 悟 覺也
寤 寐覺 仝 捂 參差抵| 晤 明也遇也
䎸 聽也 忤 逆也 蘁 仝 (藥)
逜 遇也 迕 仝 𧬄 相毀 (우)
惡 (藥) 憎也 㵘 貪也 汙 穢也染也
(箇)(麻) 小池 仝 措 置也 (조)(조) 厝 仝 (藥)
錯 金塗 仝 (藥) 醋 酸也 酢 仝 (藥)

御定詩韻 上 虞 麌 十九 遇

御定詩韻 ／ 虞

孤(獨也) 沽(買也) 蛄(蟬屬 螻｜)
酤(一宿酒) 鴣(越鳥 鷓｜) 辜(罪也)
枯(槁也) 刳(剖破) 奴(僕也)
砮(石鏃) 孥(子也) 帑(藏也 仝 養)
駑(下乘 ｜駘) 都(十邑 大也) 闍(城上 門｜ 麻)
徒(步行 衆也) 途(道也) 塗(泥也 仝上 仝下)
峹(會稽 山名) 駼(以馬 騊｜) 荼(苦菜)
酴(重釀 酒) 菟(魯邑 ｜裘 虎也 於｜)
圖(謀也 畫也) 屠(殺也 魚) 瘏(病也)
盧(黑也 姓也) 蘆(葦也 魚) 鱸(四腮 魚)

麌

〇火味 狹也 笘(竹名) 盬(不堅固 也)
賈(坐販 馬 禡) 鼓(革音 量器) 皷(俗非)
瞽(無目) 股(脛本) 羖(牡羊 山羊 ｜攊)
𦍩(俗) 蠱(腹蟲 事也 惑也) 楛(似荊 矢幹)
弩(弓有 臂) 怒(恚也) 砮(石鏃)
努(用力) 覩(見也) 睹(仝)
賭(博奕 取財) 堵(垣也) 稌(稻也)
櫓(大盾) 樐(仝) 魯(鈍也 伯禽 所封)
艣(船具 所以 進舟) 艪(仝) 擄(掠也)
虜(仝) 鹵(鹹也) 滷(仝)

遇

䱚(魚腸) 酤(一宿 酒) 庫(貯物 舍)
袴(脛衣 禡) 絝(仝) 胯(股也 禡)
怒(恚也) 笯(鳥籠 麻) 渡(濟也)
度(布指 知尺 藥) 鍍(塗金) 路(道也)
璐(美玉) 潞(歸德 水名) 簬(美竹 箭材)
簵(仝) 鷺(水鳥 春鉏) 輅(車 五路也 陌)
賂(以財 與人) 露(陰液 形見) 暮(日晩)
莫(仝 菜也 陌 藥) 慕(思也) 募(名也)
墓(冢地) 慔(勉也) 步(行也)
䮛(習馬 步) 荹(亂草) 素(白也 生帛)

虞

祛 却也 阹 牛馬圈 呿 口開

暇 後五切 毛詩 友 演女切 林易 功 居古切 毛詩 狃 女古切 毛詩 通 韻一 麌七上

醵 合錢飲 鐻 金銀器 璩 戎夷耳環 鶵 鶻鴒雛丨 菸 葉無色丨邑 驢 似騾驢丨 潤 洲海尾丨 蔄 蒿也菴丨

慮 似葛諸丨 地名林丨 蝑 蝗類蚣丨 諝 才智 湑 露皃丨丨 糈 糧也 芧 栩也 艅 吳船艅丨 與 蕃廡丨丨

茹 竹皮 洳 漸溼沮丨 鴽 鵯屬 絮 姓也 櫫 杙也楬丨 著 位次朝丨歲戊丨雍 屠 名王休丨 疋 足也

綀 絺屬 叶 文十 瓜 攻乎切 毛詩 溝 斤於切 林易 朝 陳如切 林易 持 陳如切 隴西行 邪 詳余切 毛詩 州 專於切 林易 瑕 洪孤切 策鄒傳

霞 洪孤切 道藏 戲 荒胡切 遠遊 娘 陳如切 古樂府 通 韻一 虞七平

平聲 虞七

上聲 麌七

去聲 遇七

虞 文二百五十四 柧 稜也 觚 酒爵 仝上 仝下

箛 木簡 菰 茭米 苽 仝

呱 啼聲丨丨 罛 大網 姑 夫母 且也

麌 文一百六十四 古 昔也 估 市稅

詁 訓也 牯 牝牛 罟 網也

酤 一宿酒 鈷 溫器丨鏻 苦 濫惡 辛楚

遇 文一百六十五 顧 回視 頋 俗非

雇 賃也 故 舊也事也使為之承上起下

固 堅也 錮 鑄塞禁也 痼 久病

御定詩韻 魚

岨 俗非 諸 衆也語辭 豬 豕也
猪 俗 瀦 水停 擕 局蒲戲
檽 惡木不材 除 階也去也治也拜官
滁 山東水名 篨 竹席籧篨 儲 貯也副也
躇 跓足躊躇 蜍 似蝦蟾蜍 蠩 仝
攄 舒也 梳 櫛也 疏 通也分也
遠也麤也稀也 踈 仝 踈 俗非
蔬 菜也 醨 下酒 鉏 田器去穢
鋤 仝 耡 助耕仝 初 始也
增 文三十 鶋 海鳥鶢鶋 居 貯也

語

佇 久立 竚 仝 羜 童羊
通 韻一 遇 七去
貯 積也 杼 織具所以持緯 抒 仝 處 居也止也定也分別 処 仝
所 處也語辭 所 俗 貶 卜問財 糈 祭神米 阻 隔也 俎 机也
齟 齒不相値齟齬 齼 鮮皃 楚 荊也能繹所封仝上仝下 憷 痛也 礎 柱下石
增 文十七 欅 似檀櫸柳 柜 仝 麮 麥飯 胠 發也 粔 蜜餌粔籹
鋙 不相當鉏鋙 峿 山皃岨峿 梠 楣也 漵 浦也 溆 仝
籹 蜜餌粔籹 且 多皃恭順 苧 草可爲繩 鉏 不相當鉏鋙
岨 山皃岨峿 詛 呪也 齼 齒酸 叶 文十八 口 孔五切白渠歌 咎 跽許切三略
偶 五舉切光武詔 圖 動五切毛詩 塗 動五切龜策傳 表 博舉切漢書 蒲 頗五切毛詩 老 滿補切班固賦
寫 洗與切毛詩 者 掌與切楚詞 斗 腴庾切白渠歌 舍 賞呂切易 紆 委羽切馬融頌 下 後五切毛詩

御

魚

予 仝 餘 饒也殘也 畬 田三歲(麻)
妤 婦官婕— 伃 仝 歟 語辭
譽 稱美 璵 魯寶玉—璠 輿 車底衆也
轝 仝 旟 鳥隼旗 鸒 鳥也
舁 共舉 如 似也往也(여) 茹 茅根食也
受也度也染草—藘 且 語辭多見芭蕉巴—(저)[저](馬)
蛆 蜈蚣蝍—蠅子 苴 包裹履藉(麻)(馬)〇麻有子竹杖(저)
菹 酢菜 葅 仝 疽 瘡也
雎 鴡鳥王— 狙 猿屬伺也 沮 止也漸溼
—洳扶風水名 趄 不進趑— 岨 山戴土

嶼 島也 鱮 似魴 [酉與] 美酒
藇 仝 暑 熱也(셔) 鼠 小獸善盜
癙 憂病 黍 五穀之長 抒 挹也除也(셔)
紓 緩也 墅 田廬(셔) 挑 抒器物(篠)(蕭)(豪)
與 善也許也如也及也(여)[여] 予 取也賜也
汝 爾也弘農水名(여) 茹 食也
咀 嚼也(저)[저] 沮 止也壞也 跙 行不進
鬻 亨也(쥬) 煮 俗 渚 小洲
陼 丘也仝 褚 裝衣也〇姓(져) 紵 仝〇枲屬(져)
杵 所以擣穀(져) 楮 穀也 宁 門屛間(져)

疏 記也條陳(소)[소] 詛 呪也(조)[조] 耡 稅法(조)
助 佐也仝 增 文十五 懅 慚也(거)[거]
居 —之 㰦 張口(거) 棜 承尊具(여)[어]
鑢 摩錯銅鐵(려)[려] [金閭] 仝 濾 漉水去滓
爈 火爈— 錄 恤囚(屋)(沃) 著 山藥—蘋(저)[저]
櫲 美材—樟(여)[여] 礜 毒石 鸒 鳥也
狙 玃屬詐也(저)[저] 絮 調羹(셔)[셔] 叶 文九
稌 徒故切易林 家 古慕切易林 瀉 息據切素問
謝 祥豫切左思賦 朝 株遇切漢書 首 舂遇切晉樂志
觸 如遇切揚雄賦 絡 魯故切招魂 射 都故切毛詩

御定詩韻 魚

魚 鱗蟲總名 漁 捕魚 䲡 仝
淤 泥也 於 語辭 居也 往也 代也
扵 俗非 虛 空也 故城 嘘 吹也
喣 仝 歔 抽息 一欷 魖 耗鬼
袽 敝絮 挐 牽引 拏 仝
帤 大巾 閭 里門 五比 櫚 椶也 栟一
臚 陳也 傳語 告下 驢 似馬 長耳 藘 蒨也 茹一
蘆 仝 廬 寄舍 胥 相也
徐 緩也 書 著也 記也 舒 徐也
紓 緩也 解也 絲 仝 余 我也

語

秬 黑黍 虡 鐘鼓柎 簴 仝
鐻 仝 語 論難 齬 齟一 不相値
敔 止樂之器 圄 囹一 獄也 圉 養馬 邊陲 禦也
禦 拒也 止也 籞 禁苑 許 與也 聽也
語助 女 婦人 未嫁 呂 脊骨 陰律
膂 力也 侶 伴也 旅 軍五百人 客也
祣 山川祭 筥 筥也 飯器 穭 自生稻
稆 仝 胥 相也 諝 才智
醑 湑酒 湑 仝 敍 次第 述也
序 商學 次也 芧 栩也 緒 絲端

御

淤 泥也 瘀 血病 女 妻人
慮 思也 絮 敝綿 恕 以己體人
庶 衆也 冀也 一幾 署 書也 官舍 曙 曉也
豫 逸也 預 先也 仝上 仝下 與 及也 參也
澦 瞿唐 水名 灩一 澦 仝 蕷 山藥 薯一
藇 仝 輿 車底 譽 稱美
茹 食也 洳 漸溼 沮一 怚 驕也
沮 漸溼 一洳 著 明也 述也 〇朝一
翥 飛舉 箸 挾也 匙一 筯 仝
除 去也 覷 伺視 處 所也

魚

騑六馬 痱風病 扉幽隱 騩馬淺黑 䨪蜀中十斤 潿濁不流 楎椸也 徽幟也 譏耕也

蟣蟲子 刉刲也釁禮一毛 所敬也尸所食 碕曲岸 俙髣髴依一 豨大豕 䳭北方雉 叶 無 通 韻四

支 四平 齊 八平 佳 九平 灰 十平

平聲 魚六

魚 文九十六 居處也 裾衱也

据手病拮一 琚佩玉 椐木節腫靈壽杖

車輿輪總名 墟大丘 嘘山路一嶮崎

袪袪也 胠發也 渠溝也深廣

一一吳語 一儂 蕖蓮花芙一 磲美石硨一大蛤

蘧瞿麥自得一一 籧竹席一篨 腒鳥腊

上聲 語六

語 文九十一 舉擎也拔也 莒草可爲繩

筥筐也 弆藏也 去除也全

巨大也 鉅全剛鐵也鉤 距刀鋒倒刺

䟊躍也至也違也抗也 拒捍也 岠全

炬束葦爲燎 苣菜名萵一胡麻一蕂全

詎豈也 駏似騾一驉 蚷馬蚿商一

去聲 御六

御 文四十九 據依也 据全

鐻樂器鐘一 倨不遜 踞蹲也

鋸解截具 遽急也 勮勤務

醵合錢飲酒 詎豈也 去離也

御侍也進也統也 馭使馬全

語告人 飫飽也 饇全

御定詩韻 / 微

煇 全(文)(問)(阮) 揮 奮也 散也 翬 飛也 翬雉名
徽 美也 琴節 索也 褘 蔽膝 后祭服 (휘) 鞿 馬絡 (긔)
蘄 全 饑 穀不熟也 饑 鐖 魚鉤 逆鋩
機 樞會 發動 所由 璣 小珠 器名 璿璣 譏 誚也 何也
磯 積也 水激石 禨 祥也 祟也 幾 微也 危也
期也 尚也 ○近也 (긔) 嘰 嚌也 畿 王國 千里
門內 (긔) 圻 全(文) 旂 交龍 旗
祈 求也 祈祈 徐也 頎 長皃 衣 所以 隱形 (의)(의)
依 倚也 循也 沂 魯南 水名 (의) 溰 雪皃 溰溰
睎 乾也 明升 (희)(희) 睎 盼望 希 少也 全上 全下 稀 疏也 唏 歎也 歔唏 欷 全 增 文十八 溦 小雨 溦溦 (미)(미) 裶 長衣 裶裶 (비)(비)

尾

顗 謹皃 樂也 (의) 豨 大豕 (희)(희) 靆 雲皃 靉靆
唏 哀不泣 虺 小蛇 (灰)(훼)(훼) 虫 鱗介 總名
卉 草木 總名 增 文六 誹 謗也 (비)(비)
斐 大也 蜚 負蠜 穖 禾也 (긔)(긔)
偯 譬喻 (의)(의) 俙 不明 僾俙 (희)(희) 叶 無
通 韻四 紙 四上 薺 八上
蟹 九上 賄 十上
熂 燒草 摡 取也 拭也 (隊) 塈 取也 塗也 (寘) 叶 無 通 韻五 寘 四去
霽 八去 泰 九去 卦 十去 隊 十一去

未

緯 織橫 絲 諱 避也 名終 (휘)(휘) 既 己也 (긔)(긔)
氣 息也 (긔) 炁 全 乞 與也 (物)
衣 服之 (의)(의) 毅 果敢 (의) 欷 歎也 歔欷 (희)(희)
唏 全 餼 廩也 愾 太息 (隊)
卉 草木 總名 (훼)(훼) 增 文十 痱 風病 (비)(비)
屝 幽隱 (비)(비) 犩 蜀牛 千斤 (위)(위) 霨 雲起 (위)
熨 火斗 (物) 藙 食茱萸 (의)(의) 靅 雲皃 靉靅 (븨)(븨)

微

非 不是 菲 茂皃芳丨葑類 霏 雪皃丨丨
騑 馬行丨丨 扉 戶扇 緋 絳色
誹 謗言 馡 香氣丨丨 飛 鳥翥
蜚 仝 妃 配也 (隊) 肥 多肉
淝 廬江水名 腓 脛腨 婓 行皃丨丨
歸 還也 (寘) 巋 巍 高皃丨丨
威 儀也嚴也 蝛 鼠婦蛜丨 葳 草木盛丨蕤
韋 柔皮 違 背也 幃 單帳
褘 仝 闈 宮門 圍 守也遶也
湋 關中水名 暉 日色 煇 光也

亹 勉也丨丨文皃斐丨美也 (元) 娓 美也
斐 文章相錯 菲 薄也 悱 憤也
匪 非也分也 篚 筐也 榧 似柏文木
棐 仝輔也 朏 月生明 (月) 蜰 臭蟲
陫 陋也 鬼 精魂所歸 葦 大葭
韙 是也美也 偉 大也 暐 光盛
煒 盛赤 瑋 奇玩瑰丨 媁 醜也
韡 華盛丨丨 磈 石皃丨礧 碨 仝
嵔 山皃丨崔 幾 多少何丨 蟣 蝨子
豈 非然之辭 扆 戶牖閒 偯 哭餘聲

費 耗也 沸 泉涌 (物) 芾 木盛蔽丨 (物)
誹 謗也 屝 草屨 䠊 刖足
剕 仝 翡 似燕赤羽 蜚 螽也
狒 梟羊丨丨 [illegible] 仝 貴 尊也
[illegible] 仝 魏 舜禹所都也象丨闕
慰 安之 尉 候也安也官名 (物)
罻 魚網 (物) 蔚 牡蒿草木盛蓊丨文皃 (物)
畏 懼也忌也 威 仝 胃 穀腑
謂 言也 渭 隴西水名 緭 繒也
煟 火光 蝟 似鼠毛岐而刺 彙 類也仝

齝 仝 秙 紜也 褫 奪衣解也 殔 剖肉 鉟 旗名 |靈姑 鷥 舂鉏 鷺| 篩 竹名可爲船 獅 狻猊 螄 螺也

唲 强笑嚅| 趑 |難行 趄 齎 持也裝也歎 齎|咨 鎡 鉏也 |基 兹 蓐也重也○ 西域龜| 耔 耘也

鄑 青州邑名 茈 葧薺 鳧| 痿 痺疾 潙 益陽水名 棋 根也○仝 棊 錤 鉏也 踑 踞也 踦 長足蟲

踦 跛也 魌 方相氏|頭 倛 仝 櫀 蜀薪 埼 曲岸 碕 仝 隑 仝 䳢 小鴈 鶀 俗

蜞 小蟹 蟛| 蘄 似蚑求也 丌 薦物具 澌 水索盡 颸 涼風 襹 毛羽襹| 旑 旗皃 |旎 巇 山巔 |巇 崖 岸也

觿 角| 利| 甾 楚缶 椔 木立死 鯔 似鯉頭扁 鶅 東方雉 譆 痛呼

叶 文十五

歌 居支切易 丘 祛其切詩毛

裘 渠之切詩毛 波 班縻切漁父辭 佩 蒲枚切詩毛 多 章移切詩毛 疏 山宜切劉章歌 化 居爲切問天 訧 于其切詩毛 牢 呂支切戰國策 態 上宜切離騷

又 與之切詩毛 一 弦雞切參同契 德 都回切淮南子 民 鄰谿切襄陵操

通 韻四

微 五平 齊 八平 佳 九平 灰 十平

平聲 微五

微 文六十三

微 隱也細也 薇 似蕨花名 紫|

上聲 尾五

尾 文三十七

尾 倒毛在後鳥獸交接

去聲 未五

未 文四十二

未 不也 味 物之精液 滋|

支

錙 六銖 噫 恨聲 嘻 歎也 僖 樂也 饎 仝上 仝下 禧 福也 熹 熾也 嬉 美也 熙 和也 廣也

羲 氣也 犧 廟牲 帝號 伏犧 曦 日光 戲 歎辭 巇 危險 嶮巇 增 文一百六十一 摫 裁制 鄈 汾陰地名

蘴 土籠 蕢 仝 濰 淩儀水名 睢 仝 脽 尻也 壝 埒也 壇垣 桵 棫也 白桵 桵 仝 厜 山巔 厜㕒

欈 吳郡地名 欈李 萑 艸皃 蓷也 益母草 魋 椎頭髻 甀 小口甖 跂 足多指 伎 仝 蚑 蟲行 蚑蚑 蟰蛸 芪 藥名 黃芪

俟 複姓 万俟 躨 龍皃 躨跜 跜 龍皃 躨跜 旎 旗皃 旖旎 犛 黑牛 來 至也 招也 纚 緌也 笮也 矖 視也 鱺 似蛇無鱗

梩 上舉 蔂梩 蘪 香草 蘪蕪 蘼 虋冬 蘠蘼 穈 黍屬 糜 仝 獼 猿屬 獼猴 嬭 母稱 麛 獸子 黴 黑也

椑 柹屬 烏椑 錍 釜屬 豾 貍子 郫 益州地名 𣘀 梠也 膍 牛百葉 鳥胃 膍胵 厚也 阰 楚南山名

鈚 犂錧 葹 豆屬 蒔 小茴香 鰣 似鯿多鯁 洢 河南水名 蛜 鼠婦 蛜蝛 徲 平易 踶 踞也 暆 日行暆暆

樂浪縣名 東暆 侇 儕也 尸也 寘 辰名 宧 室東北隅 眙 舉目 楚州縣名 盱眙 貤 延也 賞爵 迆 行皃 逶迆 螔 蝸牛 螔蝓

彨 多鬚 鮞 魚子 鮧 鹽魚腸 鱁鮧 禔 福也 貾 黃貝 蚳 蟻子 仝 郗 河內邑名 胵 鳥胃 膍胵 齝 牛食復嚼

御定詩韻 支

蓍積也仝 衰殘也(수)(쇠)(최)(灰) 穣仝 ‖ 蠏九上 賄十上

衰等也(최)(좌)(최)(灰) 榱椽也 龜著蓍(귀)(궤)(追)(九) 危𠋫也不安(위)(외) 峗沙州山名三一(灰) 委雍容一一曲也美也(위) 倭一回遠一遲仝(歌)

逶一迤行皃 萎枯也 爲造也(위) 麾大將旗(휘)(휘) 戲仝(虞)(희) 撝裂也揮也 吹嘘也(취)(취) 龡仝 炊爨也

肌膚也(계)(긔) 飢餓也 奇不偶零數○異也(기) 觭仝得一角也俯仰 畸殘田 羇寄也 羈馬絆仝 其語辭地名

祝一人名食一(기) 居語辭仝(魚) 萁菜名似蕨草名似荻○豆莖(기) 箕去穢之具 朞周年 期仝○會也(기) 基址也本也業也 姬周姓婦人美稱

攲不正(계) 㩻仝 崎山路不平一嶇○仝埼(기) 欺詐也 僛醉舞一一 琦瑋也(기) 騎跨馬 錡釜屬

棊弈子 碁仝 旗旌也 淇河內水名 祺祥也 琪東方玉屬 璂弁飾 瑧仝 綦屨飾蒼白艾色

麒仁獸一麟 騏馬青黑 祁大也衆多一一 厮養馬(스)(싀) 凘流冰(齊) 偲詳勉一一(灰) 緦十五升布 罳罘罳也(灰) 釃下酒(시)(魚)

欹歎辭(의)(의) 猗長也仝(哥) 椅梓實桐皮 漪水紋 禕美也 醫療也病工 毉仝 宜安也(이) 儀度也容也

巇鷙雉鵕一 涯水畔(佳)(麻) 疑惑也(物)(職) 嶷九一零陵山名(職) 淄梁父水名(즈)(즤) 菑田一歲(灰) 輜軿車 緇黑色

支

訾 量也思也毀也　貲 貨也仝　觜 西方宿｜觿
諮 謀也　咨 嗟也仝　粢 祭飯｜盛
資 貨也助也材質　姿 態也　齋 衣下縫
齊 仝齋　齍 黍稷器　玆 黑也此也
滋 益也　嵫 日所入處崦｜　孜 勤也
孳 乳化仝　仔 克也　鼒 小鼎
劑 契券質｜　雌 牝也　疵 病也
玼 玉病仝　慈 愛也　磁 引鐵石
鶿 鳥鬼鸕｜　餈 飯餅　瓷 瓦器
茨 以茅蓋屋　薺 蒺藜｜仝

跐 蹈也　批 捽也　笫 牀簀
仔 克也　虸 害稼螽｜蚄　礧 山皃磈｜
鼺 飛鼠　蟜 長足蟲
椅 坐具　旖 旗皃｜旎　醫 酏也漿也
醷 仝　齮 齧也｜齕　嬉 桀妃妹｜
佹 重累　祪 毀廟主　氿 泉仄出
叶 文八　玖 苟起切詩毛　偕 苟起切辨九
牝 補履切子老　負 薄猴切詩毛　鮮 少禮切詩毛
禍 戶賄切子荀　耦 偶起切詩毛　晦 呼洧切詩毛
通 韻四　尾 五上　薺 八上

燹 野火　咥 笑也　嬉 美姿
齂 鼻息　豷 豕息　毀 隳之
叶 文十五　汥 居悸切易林　結 吉詣切太玄
瓦 魚貴切詩毛　掇 徒對切易　芾 方味切詩毛
秣 莫佩切詩毛　訊 息悴切詩毛　式 式吏切詩毛
適 式吏切太玄　抑 固利切九章　佑 于貴切天問
祐 于貴切易　右 于貴切詩毛　材 木再切國語
翟 都計切詩毛　通 韻五　未 五去
霽 八去　泰 九去　卦 十去
隊 十一去

御定詩韻 上 支 紙 十三 寘

御定詩韻 上

支

鈹 刃戈 皮 肌表 疲 勞也
罷 仝 屎 呻吟殿丨 吚 仝
斯 析也此也語已辭 ⿱雨斯 小雨
⿱雨鮮 仝 鷈 鵜也鸒丨 虒 虎有角
禠 福也 私 自營姦衺女子謂姊妹夫
絲 蠶所吐 思 念也語辭 司 主也
覗 窺覘 祠 春祭廟也 詞 言也文也
辤 不受 辝 仝 辭 言也仝
師 範也衆也 簁 竹器除麤取細 籭 仝
兒 孩子 髭 口上鬚 頾 仝

紙

⿰火尾 仝 譭 謗也 烜 官名司丨
增 文四十一 巋 高峻 蜼 似猴
巂 邛都國越丨 錘 鍛器爐丨
枳 害也 峛 山皃長丨崺
渼 長安水名 髀 股骨 枇 載牲
朼 仝 批 手擊 痞 病結
阺 山堆欲墮 ⿰糸耳 繼丨丨兒 餌 食也粉餅
疻 毆傷 滍 南陽水名 泜 仝
簁 竹器 ⿰革麗 鞮屬 ⿰革徙 仝
纚 韜髮 縰 仝 駛 疾也

寘

糒 乾糗 勩 勞也 毦 兜上飾
施 延也 貤 物重數 驇 馬重
織 治絲 痣 黑子 笫 牀簀
埴 黏土 褫 奪也解也 跛 仄立
柶 匕也角丨 寺 官舍僧居 眥 目際
肶 仝 剚 插刀 倳 仝
絘 列肆稅布 騩 馬淺黑 [illegible] 獘也勞丨丨
委 木也積也 餧 飼也 骫 屈曲丨骳
懻 恨也丨忮 [illegible] 至也 薏 蓮子
鷾 玄鳥丨鴯 撎 舉手 倚 恃也加也因也

東冬江支 支

泜 臨城水名 坻 小渚 踟 行不進 踟蹰
篪 管樂橫吹 箎 仝 卮 酒器
梔 所以染黃 梔子 差 不齊 參差
嵯 山不齊 嵯峨 衹 衹也 絺 細葛布
鴟 鳶也 蚩 敦厚 蚩蚩 嗤 笑也
媸 醜也 眵 目汁凝 癡 不慧
痴 俗非 笞 箠也 摛 舒也
攡 仝 螭 似龍無角 彲 仝
魑 山林異氣 魑魅 治 理也 攻也 馳 疾驅
詖 辯也 陂 澤障 披 開也

崺 山高 跽 長跪 倚 依也
猗 仝 螘 蚍蜉 蟻 仝
艤 整舟 檥 仝 轙 整車
矣 語辭 擬 度也 儗 僭也
薿 茂也 薿薿 錡 釜屬 孴 盛皃 戢孴
喜 樂也 蟢 蠨蛸 几 案屬
机 仝 麂 大麕 詭 詐也
垝 毀垣 軌 兩轍之間 法也 匭 匣也
宄 內盜 簋 盛黍稷器 簠簋 晷 日景
跪 兩膝隱地 毀 壞也 訾也 燬 火熾

議 謀也 劓 割鼻 戲 弄也
憙 好也 贔 壯皃 贔屭 櫃 篋也
鐀 仝 匱 乏也 仝上 仝下 簣 土籠
蕢 草器 臾 仝 饋 餉也
餽 仝 歸 仝 恚 恨怒
增 文五十 遂 小溝 繸 綬也
墤 埒也 磓 擣也 鎚也 磓 仝
睢 怒視 恣睢 瘌 腹疾 莉 柰花 茉莉
俐 伶俐 慧也 柲 戟柄 譬 喻也
紕 飾也 鞴 馬裝 贔 壯皃 贔屭 蠵龜

御定詩韻一

支

而 語助 汝也
洏 涕流 漣｜
胹 煑熟
栭 小栗 柱上楶
輀 喪車
陑 河曲 地名
鴯 玄鳥 鷾｜
支 度也 持也
枝 柯也
肢 體也 四｜
胑 仝
鳷 鵲也
脂 膏也
榰 柱砥
搘 仝
知 覺也
蜘 網蟲 ｜蛛
氏 西國 月｜
單于妻 閼｜
祇 敬也 適也
秖 禾熟 仝
胝 皮堅 胼｜
砥 礪也
之 適也 至也 語助
芝 神草
池 穿地通水 黃帝樂名咸｜ 飛也 差｜ 棺飾
墀 階上
遲 久也 徐也
持 執也

紙

蕊 仝
橤 仝上 仝下
繠 垂也
誺 述行 哀死
讄 仝
硊 石皃 碨｜
頠 習容 止
蔿 草也
薳 仝
闖 邪闖
蘤 花也
委 棄也 任也
頍 頭也 禮 衣端｜
觤 屈曲 ｜觤
觜 喙也
嘴 仝
揣 量也 試也
己 身也 私也
紀 維也 編也
掎 牽角
剞 曲刀 ｜劂
起 興也
杞 木名 枸｜ 柳 山木
屺 山無 木
芑 白粱粟 菜名似苦菜
玘 佩玉
秜 禾名 穋｜
綺 文繒

寘

顇 憂瘁 顦｜
悴 仝
瘁 病也 仝
萃 聚也 仝
惴 憂也
吹 鼓吹 ｜歌
寄 付託
冀 欲也
異 俗
驥 千里馬 騏｜
覬 希望 ｜覦
記 疏也 志也
穊 稠也
器 皿也
亟 數也
忌 嫉也 諱也
鵖 傷鷚 ｜鶍
騎 馬軍 車｜
惎 毒也 教也 謀也
誋 志也
塈 息也 塗也
暨 及也
洎 潤也 仝
垍 堅土
意 志也
懿 美也 大也
饐 飯傷 溼
縊 自經
義 宜也
誼 仝

支

夷 東方之人平也傷也(이) 尸 古
峓 東表嵎｜ 陝 險阻 恞 悅也
姨 母姊妹 洟 鼻液 痍 創也
桋 似柞赤楝 荑 萈也莁｜(제) 彝 廟器法也常也
椸 衣架 箷 仝 酏 飲也酒也
蛇 自得委｜(샤)(이) 匜 盥器酒器 扅 門關扊｜
頤 頷也養也 台 我也悅也(태) 飴 餳也
貽 貺也 詒 仝(이)(태) 怡 和悅
瓵 甌也 圯 土橋 訑 自得｜｜(이)
詑 仝(타) 施 仝(시) 移 遷也

紙

巳 辰名 汜 水別復入 耜 耒屬
竢 待也 俟 仝 涘 水涯
史 記事(사) 使 役也令也 戺 砌也(시)
[illegible] 仝 士 四民之首事也 仕 宦也察也
子 男稱爵名(자)(자) 耔 培苗本 芓 仝
杍 木匠 梓 楸也仝 滓 澱也
呰 無積聚｜(자) 訿 毁也 訾 仝
紫 間色青赤 姊 女兄 秭 千億
胏 脯有骨 此 彼之對(차)(차) 佌 小也｜｜
玼 玉色(자) 泚 水清(자) 蘂 花內(예)(예)

寘

駛 馬行疾(시) 事 功也奉也(사) 恣 縱也(자)(자)
漬 浸潤 積 諸也委｜(자) 骴 朽骨
胔 仝 胾 大臠 誎 諷也(자)
刺 殺也訊也茁也通姓名仝(척) 刾 仝
自 從也己也(자) 字 愛也文也 孳 乳化
牸 獸育子 次 第也舍也(차)(차) 佽 助也利也
季 小稱(계)(계) 悸 心動(계) 媿 慚也(괴)(괴)
愧 仝 諉 託言(위)(위) 喟 太息(위)(위)(위)
嘳 仝 僞 假也(위)(위) 位 列也(위)
爲 助也緣也 醉 酒酣(취)(취) 翠 青羽雀也(취)

御定詩韻 一

支

脾 土藏 𨉖 體柔 夸丨 毗 厚也 輔也 仝
比 和也 竝也 虎 皮臯丨 (賓) 貔 豹屬
豼 仝 琵 馬上 絃索 丨琶 蚍 大蟻 丨蜉
枇 似杏 丨杷 邳 魯縣 名 覗 伺候 (시)(囚)
施 設也 用也 仝 (이) 絁 繒屬 蓍 筮草
屍 人死 尸 陳也 主也 仝 鳲 布穀 丨鳩
詩 志之 所之 承也 時 辰也 是也 (시) 旹 古
塒 雞棲 匙 匕也 禔 福也 (지)(齊)
翨 羣飛 丨丨 提 仝 (齊)(齊) 漦 涎沫
伊 彼也 維也 (이)(이) 咿 強笑 喔丨 黟 黑也 丹陽 縣名

紙

阤 仝 (哥) 雉 野雞 薙 芟草 (霽)
峙 山立 具也 峙 不進 仝 丨躇 跱 仝
徛 待也 庤 儲置 畤 俗
痔 隱瘡 彼 對此 之稱 (피)(國) ⿰亻罷 停也
髀 分解 (〇) 披 開也 散也 ⿰歹皮 枝折
骳 屈曲 骫丨 (〇) 被 寢衣 覆也 𣦵 殁也 (사)(囚)
徙 移也 (사) 躧 徐行 (쇄) 屣 履也 仝
蓰 五倍 葸 畏懼 璽 王者 印
壐 籀 似 類也 嗣也 (사) 姒 妯娌 相呼 娣丨
兕 野牛 一角 禩 年也 祀 祭也 仝

寘

治 理效 (치) 緻 密也 稺 幼禾
稚 俗 遲 待也 値 當也
植 立也 種也 幹也 將吏 (직) 帔 帬也 背子 (피)(國)
陂 傾也 (歌) 佊 衺也 詖 辯辭
骳 屈曲 骫丨 (〇) 避 違也 辟 仝 (陌)
被 覆也 及也 著也 髲 鬄也 四 二二 (사)(囚)
肆 陳也 恣也 仝 泗 濟陰 水名 駟 一乘 四馬
賜 上予 下 笥 篋也 伺 察也
嗣 繼也 飼 以食 食人 飤 仝
食 飯也 仝 (이)(職) 恖 慮也 意丨 僿 細碎

支

麋 鹿屬 (同)(回) 醾 酒名 酴ㅣ 縻 繫也
靡 散也 爛也 仝 爢 粥也 罙 周行 深也
罙 仝 彌 益也 久也 弛弓 瀰 水皃 (齊) ㅣㅣ
眉 目上毛 (刪) 嵋 蜀山 名峨ㅣ 湄 水草交
楣 棟下 橫木 郿 扶風 縣名 界 下也 (同)(回)
庳 仝 箄 取魚器 (齊) 裨 補也 與也
○偏 將 冕服 (刪) 碑 刻石 紀功 悲 痛也
羆 熊屬 詿 謬也 (同) 紕 繒欲壞 飾邊 仝
丕 大也 (刪) 伾 有力 ㅣㅣ 秠 黑黍
駓 馬黃白 陴 城垣 (刪) 埤 增也 仝

紙 楮皮所成 (因)(図) 抵 側手擊 扺 仝 至也 (薺)
坻 隴阪 (薺) 砥 礪也 底 致也 定也 (薺)
耆 仝 只 語辭 咫 八寸
枳 似橘 有刺 (同) 軹 車轄 旨 味也 意向
指 手足 也 尚示 止 停也 趾 足也
址 基也 阯 南交 國 仝 ㅣ 芷 香草 白ㅣ
沚 小渚 祉 福也 (因) 峙 神所 依止 (因)(図)
徵 火音 (蒸) 恥 慚也 (因) 齒 齗也 列 齒也 骨
侈 奢也 褫 奪也 解也 杝 析薪
廌 神羊 獬ㅣ (因)(蟹) 豸 蟲無足 仝 (蟹) 陊 山頹

刵 截耳 智 知也 (因)(図) 知 仝
忮 狠也 觶 酒器 受四升 摯 握也 至也
鷙 鳥獸 猛勇 贄 執玉 帛 質 以物 相贅
交ㅣ 仝 (質) 懫 忿也 懥 仝
躓 跲也 疐 仝上 仝下 疐 頓也 (霽)
志 心所之 誌 記也 識 仝 (職)
至 到也 輊 車前 低也 重 寘 置也 (因)(図)
致 至也 置 比也 設也 驛也 廁 溷也 雜也
次 也 邊 側 (支)(職) 熾 盛也 饎 熟食
糦 仝 幟 標也 旛也 眙 注視 (因)

御定詩韻

支

灕 流皃滲｜秋雨淋｜湘南水名 璃 西國寶琉｜
褵 婦人褘 縭 全帨也 羅 憂也罥也
䍦 白帽接｜ 攡 張也全(치) 氂 十豪豪｜
西南徼外牛(豪) 釐 理也全(리) 嫠 無夫
劙 割也 剺 全 蠡 瓢勺(齊)
蠡 全名王谷｜燒酪(齊)(薺)(歌)(哿) 黧 黑色(齊)
犂 駁牛耕具(齊) 黎 怏果 梨 全
蘺 旱草茳｜(齊) 麗 附著東國高｜陳名魚｜(麗)
孋 國名｜戎 驪 馬深黑全(齊) 鸝 黃鳥(齊)
貍 野猫 狸 俗 羸 瘦也(리)

紙

市 買賣所之(시) 恃 賴也 是 直也非之對
諟 理也審也 氏 姓之所分 視 瞻也
眂 全 舓 舌取物 䑛 全
舐 俗 咶 全 柹 有七絕赤實果
柿 俗非(대) 以 用也(이)(이) 㠯 全
己 止也 苡 草實薏｜ 苢 全車前草芣｜
迆 因循邐｜ 迤 全(歌) 酏 黍酒甜也
匜 盥器酒器 胣 裂腸 崺 山卑長峛｜
耳 主聽語已辭(이) 駬 駿馬騄｜ 爾 汝也語辭
尒 全 邇 近也 迩 全

寘

啻 不止不如是不｜ 翅 鳥翼全 施 與也(시)
使 將命者 屣 履也 侍 從也(시)
寺 全上全下(사) 闍 閹官 蒔 更種
豉 配鹽幽菽 視 瞻也 眡 全
示 呈也垂｜ 嗜 慾也 [illegible] 全
謚 誄行易名 諡 俗非(시) 異 怪也不同也(이)(이)
肄 習也嫩條 隶 本也 易 不難治也(이)
傷 侮也 异 舉也歎也 食 人名酈食其(사)
二 對一爲偶(이) 貳 副也全 樲 酸棗
餌 食也 珥 瑱也 咡 口旁

支

鎚(灰)權也 錘 仝 鬌(歌)髮落
隳(휴)(휴)壞也 墮 仝(歌) 睢(휴)｜仰目｜盱
觿(齊)角錐解結 岐(기)(기)鳳翔山名 歧 路二達
衹(지)地神安也 示 仝 軝 車轂旁出
疧(齊)病也 其(기)指物之辭 耆 老也長也
鬐 馬鬣 鰭 魚脊骨 夔 虞臣名一
足䟣悚懼｜｜(니) 尼 和也女僧比丘｜(니)(니)(質)
怩 心慚忸｜(質) 离 明也(리)(리) 離 陳也麗也
歷也別也仝 籬 藩也 欐 仝
蘺 香草江｜仝 醨 薄酒 漓 仝上仝下

靡 無也奢也偃也隨順｜｜ 敉 撫也
美(미)好也 媺 仝 俾(비)(비)使也
裨 仝 匕 匙也 妣 母歿之稱
比 校也並也(質) 秕 不成粟 粃 仝
鄙 陋也邊裔 啚 仝 否(有)○惡也
(쎄)塞也 庀(비)治也具也 仳 別也｜離
圮 岸毀 嚭 大也 秠 黑黍
諀 惡言 婢(삐)女奴 庳 下也
枲(시)(시)牡麻 始(시)初也 弛 釋也
豕 猪也 屎 糞也 矢 箭也誓也仝

媚 諂也愛也親順嫵｜(미) 魅 山林異氣魑｜
鬽 仝 畀(비)(비)與也 痹 脚病
臂 肱也 庇 蔭也 芘 草名淩｜仝
祕 密也 秘 俗 泌(質)泉皃
毖 愼密 閟 閉也幽也 轡 馬韁
賁 卦名節也(文)(元) 鄪 魯邑 費 仝(未)
比 密也及也待也(質)○黨也(삐) 濞 水聲滂｜(피)
鼻 始也肺之使(삐) 庳 舜弟象所封 枇 細櫛
鞁 車駕具 備 具也 奰 壯大怒也
試 用也嘗也(시)(시) 弒 下害上 殺 仝(卦)(黠)

御定詩韻 上 支 紙 九 寘

御定詩韻 上 支

雖 設詞 (수)(슈) 綏 車轡 安也 (쉬) 荽 香菜 胡丨
隨 從也 (슈) 隋 國名 垂 幾也 將及
自上縋下 (츄) 倕 重也 巧人 陲 邊也
誰 孰也 詰問 丨何 維 係也 綱也 發語辭 獨也 (유)(위)
唯 獨也 惟 思也 全 濰 琅邪 水名
帷 幔也 遺 失也 餘也 加也 緌 冠纓下垂 (유)
綏 全 (유) 甤 草木實丨丨 蕤 盛皃 葳丨
隹 鳥短尾 (추)(쵸) 騅 全 錐 銳也
騅 馬蒼白 追 逐也 逮也 (퇴) 推 順遷 窮詰
排也 擠也 尋也 (쇠)(퇴) 椎 擊也 (츄) 槌 全 (퇴)

紙

捶 全上 全下 箠 策也 棰 全 (추)
庋 藏也 丨閣 (궤)(귀) 庪 全 祭山丨縣 企 望也 (계)
跂 垂足坐 全 技 藝也 (기) 伎 全
妓 女樂 伱 汝也 (니)(이) 柅 絡絲柎 (닐)
旎 旗皃 旖丨 里 五隣 (례)(리) 理 治也 道也 性也
俚 賴也 俗也 悝 憂也 (회) 娌 兄弟妻相
謂妯丨 心動 鯉 三十六鱗魚 裏 衣內
邐 因循 丨迤 李 木之多子者 履 踐也 祿也
梩 臿也 彌 止也 (미)(며) 弭 弓末 全
瀰 水皃 丨丨 (미) 濔 水皃 芊 羊鳴 楚姓

寘

彗 帚也 (혜) 篲 全 (혜) 帥 領也 主也 (슈)(쉬)
率 鳥網 全 (슈)(쉬) 瑞 信玉 祥也 (셔) 睡 眠也
遺 贈也 (유)(위) 出 自內而外丨之 (츄)(취)(췌)
墜 落也 (츄) 縋 繩懸 膇 足腫
錘 權也 企 望也 (계)(기) 跂 全
蚑 蟲行丨丨 棄 捐也 弃 古
芰 菱也 水菜 (기) 膩 肥也 垢也 (니)(이) 地 坤也 (디)(디)
利 通也 銛也 (리)(리) 莅 臨也 涖 水聲丨丨 全
詈 罵也 吏 治人者 荔 側生 支丨 (례)
離 去也 (리) 覼 視也 寐 寢也 (미)(미)

支

叶 無
通 韻二 屋一入 沃二入

平聲 支四

支 文三百九十五 雉 鳩也子丨(引)(爾) 巂 仝(齊)
規 圓也求也仝 嬀 姓也 溈 河東水名仝(引)
闚 小視(引) 窺 仝 虧 缺也
巇 仝 逵 九達道(州) 馗 鬼名鍾丨仝(九)
騤 馬壯丨丨 葵 百菜之主 戣 戟屬
頯 顴也 頄 仝(九) 纍 罪也索也(引)(呂)
累 仝 縲 黑索仝 纝 仝
虆 蔓草 欙 山行所乘 樏 仝

上聲 紙四

紙 文二百五十八 癸 十幹之終(引)(囷) 跬 半步(引)
頍 舉頭弁兒 揆 度也堯官名百丨(引)
絫 增也十黍(引)(呂) 累 仝 樏 山行所乘
蘽 盛土籠 壘 軍壁(鮪) 藟 葛蔓
虆 仝 髓 骨中脂(引)(升) 瀡 滑也滫丨
水 地之血氣(引) 蓶 杖也(引)(夻) 洧 潁川水名
溹 丨(引)(呂) 痏 疻也 鮪 鱣屬王丨
唯 諾也 踓 狂走 捶 擊也(引)(奇)(去)

去聲 寘四

寘 文二百十四 歸 獨兒(引)(寺) 類 等也肖也(引)(呂)
禷 祭天 淚 目液 累 牽也拈也緣坐
纍 係也仝 粹 純也(引)(宮) 誶 訊也(諫)(引)(震)
睟 視兒潤澤 祟 神禍 邃 深也
遂 達也進也五縣(引) 鐩 取火日中陽丨
燧 烽火取火於木 穟 禾秀 穗 仝
隧 墓道 璲 仝 襚 贈死衣
䙌 仝 璲 瑞玉 檖 山梨楊丨

御定詩韻 江 覺

聰 耳鳴 (낭)(낭) 瀧 奔湍 (상)(랑)(상) 駹 馬白額 (망)(방)

舽 吳船 |艭 (팡)(방) [illegible] 山皃 崆| (앙)(망) 橦 旗竿 (쟁)(東)(쟁)

鏦 矛也 (창)(冬)(창) 憃 騃也 (冬)(宋) 舡 吳船 |舽 (항)(항)

叶 無 通 韻二 東 一平 冬 二平

骲 骨鏃箭 爮 小瓜 瓟 仝 撲 挨也 踣也 (屋) 鰒 似蛤偏著石 朔 初也北方 (삭)(삭)

稍 丈八矛 槊 仝 箾 舞竿 (蕭) 嗽 吮也 (宥) 欶 仝 (宥) 數 頻也 (沃)(慶)(遇)

渥 霑濡 (악)(악) 握 搤持 偓 仙人 |佺 幄 覆帳 喔 雞聲 || 箹 小籥

嶽 山宗 (악) 岳 仝 樂 八音總名 (效)(藥) 鷟 鳳屬 |鸑 捉 捕也 (조)(착) 斮 斬也 (藥)

斲 削也 斸 斫也 (沃) 椓 宮刑 仝上 仝下 㧻 擊也 刺木 涿 上谷郡名 諑 譖訴

琢 治玉 啄 鳥食 啅 仝 卓 高也 倬 大也 踔 卓立 (效) ○行 見跉| (삭) 娖 |謹見 (착) 齪 迫也 齷|

擉 刀刺 篧 仝 逴 遠也 (藥) 趠 仝 (效) 濁 不清 (조) 鐲 鉦也 擢 拔也 濯 澣也 大也|| 浞 濡溼

鸑 鳳屬 鸑| 灂 水聲 瀺| 學 受教 (학)(학) 鷽 小鳩 礐 山多石 确 石地 礐| 仝 翯 鳥肥澤 (沃) 矐 仝 增 文十八

矐 去目睛 (각)(藥)(각) 㲉 鳥卵 (각) 礐 石聲 爆 爇也 (效)(박)(藥)(박) 鏷 生鐵 (복) 犳 |奔星 約 (藥) 犦 犎牛領肉 𩫧 呼痛 (豪) 齷 迫也 |齪 (악)(악)

劅 刑也 (屋) 葯 香草白芷 (藥) 瘃 寒瘡 (沃)(촉)(촉) 穱 稻下種麥 穛 早穀 鋜 足鎖 (착) 殻 吐也 (학)(각) 㱿 仝 嶨 涸泉 (학)

江

水名(랑) [랑][상]　尨 犬多毛(망)[망]　狵 仝

厖 厚也 仝　哤 雜語　邦 國也(방)[방]

胮 脹也(팡)　龐 高屋 姓也(빵)(東)　逄 塞也 姓也

雙 偶也(상)[상]　愯 懼也　艭 吳船 艄|

椿 杙也(장)[장]　淙 水聲||(짱)(冬)　幢 旛也

撞 擊也　囪 戶也(창)(東)[총]　窗 俗

憁 仝　憽 仝　摐 撞也

肛 脹也 胮|大腸端門(항)[항]　䆪 空谷(東)

缸 長頭罌(항)　甌 仝(高)　瓨 仝

降 服也 下也 增 文十　椌 柷也(東)(공)[강]

蚌 蛤也　蜯 仝

項 頸也(항)[항]　缿 受錢器 |筩

傋 傋|(강) 增 文三

㑆 不媚 傋|(방)[방][항]　傋 不媚 |㑆

㑆 不媚 傋||(망)[망]　䅭 耜屬(빵)[방]

叶 無　通 韻二

董 一上　腫 二上

樸 質也(박)(屋)　朴 仝 木皮　璞 玉未琢　颮 飛擊聲　雹 雨冰(박)

藐 輕視(藐)　邈 遠也 仝　剝 削也 割也(박)[박]　駁 馬色 雜　駮 似馬鋸牙 仝　嚗 笑聲

碻 仝　埆 地不平 墝|　搦 持也(닉)(박)[박]　犖 駁牛 明也 卓||　貌 描畫(막)[막](效)

惷 仝(宋)(冬)　撞 擊也

巷 邑中道(항)[항]　衖 仝

鬨 鬬也(送)　增 文一

胮 脹也(팡)[방]　叶 無

通 韻二　送 一去

宋 二去

㱿 雙玉(屋)　珏 仝(屋)

榷 以木渡水(效)　搉 大擧揚| 仝

傕 人名 漢李|　斠 平斗斛

較 車耳 明也 直也 略也(效)

較 仝　㱿 上擊下 皮甲(각)

殼 仝　愨 謹也

毃 擊頭　確 堅也

御定詩韻 上 江 講 絳 七 覺

御定詩韻 一 冬 … 沃

詾 仝 哅 仝 洶 水勢洶洶 【叶】無 【通】韻二 屋一入 覺三入

恟 懼也 【增】文二十七 雺 雨皃 封 封州山名 犎 牛似橐駝 禺 番禺廣州地名 壅 塞也 髼 高髻馬鬣

潨 水會(東) 蓯 藥名蓯蓉(董) 鏦 矛也(江) 瑽 珮聲瑽琮 龓 馬蘢(東) 瓏 禱旱玉龍 淞 吳郡江名 凇 木稼霧凇

踳 蹋也 賰 布穀 騲 駑馬 槦 多蔭樹 戭 兵器戭也 鱅 似鰱 [illegible] 器盛 蝩 原蠶 [illegible] 戰車

穜 短矛 艟 戰船艨艟(東) 傭 均也 齊也 跫 足音(江) 【叶】無 【通】韻二 東一平 江三平

平聲 江三

【江】文三十七 扛 舉也 杠 牀前橫木 旗竿

釭 燈也(東) 矼 聚石渡水 江 水出岷山

玒 玉名(東) 茳 香草茳蘺 腔 骨體

悾 信也(東)(董) 跫 足音(冬) 瀧 奔湍 韶州

上聲 講三

【講】文十二 講 論也 究也

耩 耕也 港 水分流

控 打也(送) 棒 杖也

棓 仝(尤) 玤 石次玉

去聲 絳三

【絳】文十 絳 大赤

降 下也 落也 服也 歸也

洚 河內水名(東) 虹 螮蝀 泗州

縣名(東) 戇 愚也

入聲 覺三

【覺】文九十 覺 寤也 曉也

直也 大也 角 獸所戴芒

觸也 競也 桷 椽也

捔 紲後結前 掎捔 㲉 盡也 無潤

冬

蓉 荷華芙｜ 鎔 鑄也 瑢 珮聲瑽｜

庸 用也常也 墉 垣也 鏞 大鐘

傭 雇作(宋) 鄘 國名朝歌以北 慵 懶也(宋)

茸 草生｜｜美皃丰｜亂皃尨｜ 蹤 跡也(宋)(腫)

縱 直也(董) 從 自也就也順也許也仝(送)(宋)

鍾 懸樂金音 鐘 仝卮也量名十釜律名黃｜聚也

種 禾名｜稑(宋)(腫)(東) 重 複也仝

衝 突也(宋)(腫) 衝 仝 罿 鳥網(東)

憧 意不定｜｜ 胷 膺也(腫) 匈 喧擾仝上仝下

凶 禍也 兇 惡也仝 訩 訟也亂也

駷 馬搖銜走(宋)(腫) 㩳 挺也

嵸 山皃巃｜(東) 筩 箭室(東)(腫)

桶 斛也(董) 詾 衆言｜｜(腫)

訩 仝 兇 擾懼仝

洶 水皃｜涌 叶 無

通 韻二 董 一上

講 三上

(腫)(遇) 止也(宋)

縟 繁采細也 溽 溼熱 鄏 河南地名郟｜ 足 趾也滿也

燭 炬也明也(宋)(腫) 屬 連也著也恭皃｜｜(宋)

矚 視也 囑 託也 斸 所也(覺) 钃 仝鉏名｜鏤

瘃 寒瘡皸｜(覺) 觸 觝也犯也(宋) 歜 盛氣怒(感) 亍 小步彳｜

躅 跡也行皃蹢｜花名躑｜(宋) 𨇾 仝 輂 大車駕馬(宋)(腫)

欘 山行屐 梮 仝 挶 持也 局 分也拘也

碁盤(宋) 跼 不伸踡｜ 旭 日出(腫) 勖 勉也

勗 俗 頊 謹皃｜｜高陽氏號顓｜ 增 一文十 秸 禾熟(宋)(腫) 苗 蠶薄(宋)

蛐 蚓也 碡 田器碌｜(腫) 菉 草名王芻(腫) 鈺 堅金(宋)(腫) 數 密也(覺)(遇)(覺)(宋)(腫)

鵠 天鵝黃｜(腫) 屬 類也附也託也(宋)(腫) 矚 照也(宋)(腫) 拲 手梏(宋)(腫)

御定詩韻　冬

噰 仝　灉 曹州水名　癰 疽也

廱 學名辟｜　雝 和也｜｜仝上仝下

雍 和也　饔 熟食　宗 尊也本也

賨 蠻賦｜布　琮 祭地玉黃｜　淙 水聲｜｜ (江)

慒 慮也　悰 樂也 仝　從 舒緩｜容

樅 松葉柏身　龍 鱗蟲之長 馬八尺星名

松 衆木之長　鬆 髮亂鬔｜

蜙 蜙蝑類｜蝑　蚣 仝 (東)　舂 擣也

惷 騃也 (江絳)　摏 撞也　頌 皃也

容 受也安也從｜仝　溶 水皃｜｜

腫

㣫 劣也傝｜　茸 草生蘢｜仝

氄 毛細　慫 驚也

腫 癰也　踵 足跟

種 類也｜子髮短｜｜

尰 足腫　瘇 仝

塚 高墳　冢 大也山頂仝

寵 愛也　龍 仝

重 不輕愼也厚也

增 文十二　拲 手械

壟 田中高處　龍 仝

宋

封 爵土　惷 愚也 (江絳)

㗵 譊聲　叶 無

通 韻二　送 一去

絳 三去

沃

粟 米有甲　剟 細切

束 縛也錦五匹　玉 美石

獄 繫囚　沃 灌也潤也

鋈 白金飾　促 迫也催也

趣 仝 (遇)(有)　襮 黼領 (藥)　翯 鳥羽肥澤｜

熇 熱也 (藥)　續 繼也　藚 藥名水舄　俗 下所習欲也不雅

蜀 益州地　韣 弢也　𤩽 玉名

蠋 桑蟲　襡 連腰衣　贖 貿也貸也　欲 期願

慾 嗜也貪也仝　谷 姓也吐｜渾 (屋)　浴 洒身

鵒 似鴝鴝｜　辱 恥也修也　蓐 陳草復生薦也　褥 裀也

冬

醲 厚酒 濃 厚也 穠 華多
襛 衣厚 冬 四時終 彤 丹飾
淙 水淙汪｜ 佟 姓也 鼕 鼓聲｜
憹 憂也｜｜ 丰 美好 夆 掣也
峯 山耑 鋒 刀劍芒 烽 烟火警邊
熢 仝 蠭 螫人飛蟲 蜂 仝
封 聚土大也緘也 葑 蔓菁
逢 迎也 縫 以鍼紩衣 漨 水名出單狐山
顒 仰也大也溫兒｜｜ 喁 魚口噞｜衆口向上｜｜
邕 塞也和也 噰 鳥和鳴｜｜

奉 獻也尊也承也
擁 抱也 壅 障也培也
竦 敬也 悚 怖也
聳 高也 勇 銳也
埇 巷道 甬 草兒｜仝
涌 水溢 湧 俗
慂 勸也從｜ 臾 仝
蛹 繭蟲 踊 跳也騰也
踴 仝 悀 心喜
俑 木人 宂 雜也忪也

壅 塞也培也 灉 曹州水名
鞚 靴勒 鞚 橇勒
綜 機縷 豵 牡豕
統 總也紀也 頌 告功之詩誦也
誦 諷也讀也
訟 爭也 用 任也以也
縱 緩也亂也放也雖也
從 隨行僕｜侍｜同宗
種 埶也 重 再也厚也尊也｜之
增 文三

督 察也勸也中也 裻 背縫偏衣
毒 化育亭｜害也憎也 ○
蝳 蜘蛛 纛 羽葆幢
綠 間色青黃 錄 記也函也
淥 水清 醁 美酒醽｜
碌 綠石 騄 駿馬｜駬
籙 籍也 濼 濟南水名
僕 隸也 幞 帕也裹削幅
樸 仝 宓 姓也
涑 澣也

御定詩韻 上冬 腫 宋 五 沃

御定詩韻 上　東

懥 了慧惺丨　狨 猴屬毛可爲布　衆 藥名貫丨　霿 小雨

叶 文十六　禽 渠容切易林　調 徒紅切詩毛　分 膚容切七啓

尊 祖賨切太玄　淙 書容切易　應 於容切易　陰 於容切詩毛　弘 火宮切詩毛　明 莫紅切易林　虞 五紅切詩毛　牙 五紅切詩毛　家 各空切詩毛

章 之戎切書　堂 七公切九歌　諶 市隆切詩毛　國 古紅切老子

通 韻二冬二平江三平

平聲 冬二

冬 文九十八　攻 治也(東)　恭 敬也　共 河內城名堯官名丨工法也仝　供 給也設也　龔 給也姓也　銎 斧孔　邛 勞也病也蜀地臨丨　筇 竹名可爲杖　[illegible] 蒖莢實　蛬 蟋蟀　蛩 獸名丨丨仝　農 開土殖穀　儂 我也　[illegible] 露多　膿 腫血

上聲 腫二

腫 文四十四　拱 手抱斂手　珙 璧也　栱 杙也柱頭丨枓　鞏 韋束固也　䂬 水邊石　恐 懼也　湩 乳汁(送)　隴 大阪　捧 手承　覂 覆也　泛 仝(洽)(陷)

去聲 宋二

宋 文二十五　供 設也具也　恐 慮也　共 同也　雺 地不應天(東)　葑 菰根(東)　俸 秩祿　縫 衣會　[illegible] 巾也款書　宋 微子所封　雍 州名蔽也

入聲 沃二

沃 文八十二　告 請也示也　梏 手械　牿 牛馬牢　酷 虐也甚也　鵠 候的　嚳 急告高辛氏號　曲 不直懷抱　篤 馬行頓遲固也厚也　竺 仝(屋)

東

絧 布名 𢦦 繫舟杙 膧 月出｜朧
艟 戰船艨｜(冬) 𦨴 仝 橦 木名花可績(江)
氃 散毛氋｜ 巃 山高｜嵸 龐 充實｜｜(江)
蘢 葒草(冬) 曚 日未明｜｜ 曨
艨 戰船｜艟 𩦪 驢子 氋 散毛｜氃
菶 草茂｜｜ 汎 浮也 鶲 鳥頭毛
螉 細腰｜蠮螉 緵 布縷 鬉 髮亂
蓌 木細枝 鯼 石首魚 猣 犬生三子
稯 禾束 嵸 山高巃｜ 嵷 仝 漴 水聲｜｜ 總 縫也 璁 石似玉 囪 竈突(江) 篵 取魚器 蓪 藥名｜草
侗 大皃 䢼 弩牙 谾 谷空｜｜(江) 鼨 豹文鼠 蘴 蕪菁 葑 仝(宋)(冬) 霻 雲師｜隆 麷 煮麥 𪔜 鼓音｜｜

稸 仝 畜 仝止也 逐 追也斥也(錫) 軸 轂也 柚 織具受經 舳 船尾
畜 養也 慉 仝起也 增 文二十六 謏 狡猾｜詆 嬻 媟慢
韇 盛弓矢器 盝 書匣也 谷 ｜蠡王名(沃) 摝 振也 轐 車縛軸 墣 塊也(覺)
副 剖也(職) 輹 車下縛 鍑 釜也 袱 帊也 垘 壅也 澓 伏流
洑 仝 阿 孰也｜誰(歌) 瘯 疥癬 毱 毬也｜蹴 踘 仝
隩 曲岸水外 椈 柏也 驌 ｜驦良馬 鷫 神鳥｜鷞 妯 ｜娌兄弟妻相呼(尤)
鱁 鹽魚腸｜鮧 搐 牽制 叶 文六 國 古錄切史記贊 答 都木切易林 囿 于六切九歎
活 乎酷切毛詩 家 古錄切毛詩 孝 許六切毛詩 通 韻二 沃 二入 覺 三入

御定詩韻 上 東 四 屋

御定詩韻 一 東 屋

駥 馬八尺 絨 練熟絲細布 中 半也 內也
成也 忠 盡心不欺 衷 中也 誠也
褻衣斷其中折｜ 充 滿也美也 琉 珫玉
忼 心動 茺 蓷名｜蔚 忡 憂也｜｜
沖 和也 深也 鑿氷聲｜｜ 翀 上飛
冲 仝上 仝下 种 稺也 盅 器虛
爞 旱熱｜｜ 蟲 動物總名 仝 增 文五十三
蚣 毒蟲蜈｜ 㓚 銍刈
攻 擊也 (冬) 釭 車轂鐵 (江) 玒 玉名 (江)
倥 無知｜侗 椌 器物朴 (江) 涳 微雨｜濛

衄 俗 六 老陰數 陸 高平 稑 禾名種｜ 穋 仝 [虫坴] 圓蛤
勠 幷力 (宥) 戮 殺也辱也 仝 僇 仝 蓼 草長｜｜ (篠) 肅 敬也 [肅羽] 羽聲｜｜
鱐 魚腊 (尤) 宿 止也 素也 守也 大也 (宥) 蓿 連枝草 苜｜ 夙 早也 縮 斂也
蹜 足迫 莤 灌鬯酒 尗 豆也 菽 仝 叔 拾也 季父 仝 琡 大璋
婌 女官 淑 清也 善也 仝 俶 始也 善也 作也 甚也 (錫) 倏 急疾｜忽 儵 仝
孰 誰也 熟 食飪 稔也 塾 門側堂 璹 玉器 育 養也 毓 仝
堉 地肥 囿 苑也 (宥) 鬻 賣也 粥 仝 儥 仝 肉 肌也 (宥)
粥 糜也 竹 冬生草 顣 不悅｜頞 蹙 迫也 仝 蹴 踏也 仝 縬 縮也
蠋 尺蠖 踧 行謹｜踖 敬 (錫) 祝 贊主饗神 織也 斷也 始也 (宥) 竺 西域天｜ (沃) 筑 樂器 似箏
築 擣也 柷 樂器 節音 蓫 羊蹄草 矗 直上｜｜ 閦 衆也 蓄 積也

東

風 大塊噓氣牝牡相誘 (풍) 飌 古
凬 古 楓 欇也 豐 豆屬大也盛也
酆 周都仝 灃 咸陽水名 渢 大聲｜｜ (咸)
馮 馬行疾依也牆堅聲｜｜ (蒸) 隆 豐大物之
中高 窿 天形穹｜ 靇 雲師靊｜
癃 罷病 嵩 中岳｜山 (音) 崧 山高仝
菘 白菜 [鳥+戎] 似鷹而小 鶲 仝
娀 國名有｜ 融 和也明也 (음)(융) 瀜 水深沖｜
彤 商祭名 烿 火氣 [扌+戎] 助也
戎 兵也大也汝也西夷仝 茙 蜀葵厚皃｜｜

箙 盛矢器 [王+車] 仝 菔 菜名蘆｜ (職) 匐 伏地匍｜ (職) 虙 虎皃帝號｜犧 宓 仝 (質)(沃)
速 疾也召也 (仝) 餗 鼎實 涑 河東水名 (九)(宥)(沃) 觫 懼皃觳｜ 樕 小木樸｜
蔌 菜茹總名陋也｜｜ (有) 遬 謙愨齊｜ 藗 茅屬 謖 起也峻挺｜｜ 屋 舍也俎也
剭 誅也 (覺) 蔟 聚也 簇 仝小竹 鏃 矢末金 族 聚也宗｜ 曝 日乾
㬥 仝顯示 瀑 飛泉 熇 炎氣｜｜ (沃)(樂) 斛 量名受十斗 (卒) 觳 盡也懼皃
｜餗 仝 (覺) 槲 櫟類｜樕 縠 縐紗 匊 物滿手 (국) 掬 撮也仝 鞫 窮治
鞠 養也告也曲也仝上仝下 菊 黃華 蘜 仝 鵴 布穀鴶｜ 麴 酒母
麯 俗 郁 文盛｜｜氣厚醲｜｜ 彧 有文章 稶 黍稷盛皃 薁 葡萄類蘡｜
燠 熱也 澳 水隈 隩 仝 墺 仝 昱 日光 煜 燿也
朒 月見東方不伸縮｜ 恧 慙也 忸 仝 (有) 衄 鼻血挫也敗也 䶊 仝

御定詩韻 一 東 董 送 屋

叢 草叢生　潀 (종) 水會　通 (통)[통] 達也

恫 痛也　痌 仝　筒 (통) 竹名 射ㅣ

筩 截竹 仝 (동)　烘 (홍)[홍] 火乾　洚 (홍)(絳) 水不遵道

洪 大也 仝　紅 (공) 帛赤白　葒 水草 馬蓼

渱 仝　訌 訟言 相陷 潰也　虹 螮蝀 仝 (絳)

鴻 隨陽大鳥也　終 (종)[종] 竟也　螽 蝗類 阜ㅣ

弓 (궁)[궁] 弧也　躬 身也　躳 仝

躬 恭皃　宮 室也 中聲 腐刑　穹 (궁) 高也 天也

芎 香草 ㅣ藭　竆 (궁) 羿國　窮 極也 究也 仝

藭 香草 芎ㅣ　雄 (웅)[웅] 牡也　熊 似豕 冬蟄

通 韻二 腫 二上

講 三上

凍 (동)[동] 暴雨　蝀 螮ㅣ 虹也

湩 (동) 乳汁　詷 (동) 急言 謥ㅣ

峒 山穴　衕 通街　動 ㅣ之　礲 (동)[동] 磑也

緵 百囊 (종)(종)[종]　洚 水無涯 洞ㅣ (홍)[홍](絳)

通 韻二 宋 二去 絳 三去

叶 無

霂 小雨 霢ㅣ　鞪 車軜 皮束 歷錄

鶩 舒皃　目 眼也

苜 連枝草 ㅣ蓿　睦 親也

毣 毛浸 思皃 ㅣㅣ　牧 養也 治也 郊外

穆 敬也 和也 序也　繆 仝 諡惡 (宥)(尤)

卜 灼龜 予也 (복)[복]　濮 東郡 水名　樸 叢木 棫ㅣ (覺)　扑 (복) 小擊　撲 仝　襆 拂著 碚也 (覺)

醭 酒上白　僕 給事者 (沃)(복)　福 祐也 德也 (복)　幅 (職) 布廣　輻 輪轑 (宥)　蝠 仙鼠 蝙ㅣ

楅 牛角橫木 ㅣ衡 (職)　葍 惡菜 當也　腹 肚也　馥 香氣　複 重衣 (宥)

復 反也 答也 白也 仝上 仝下 (宥)　覆 反也 審也 敗也 倒也 (宥)　蝮 毒蛇　伏 藏也 跧也

偪也 強也 (벽)(宥)　茯 松脂入地 ㅣ苓　栿 梁也　服 衣也 車右騎 習也 用也 從也　鵩 似鴞 不祥鳥

東

篷 編竹覆舟 芃 仝 逢 鼓聲 ㊀冬 ｜｜
誇 仝 髼 髮亂｜鬆 芃 草盛 ｜｜
翁 老稱 옹 옹 嵏 嵕山名九｜峯聚 종 종
䃧 釜屬衆也 艐 船著沙國名三｜
椶 蒲葵｜櫚 棕 仝 騣 馬鬣
鬆 仝 豵 一歲豕 崇 高也尊也 쭝
宗 仝 悤 遽也｜｜ 총 총 怱 仝
悤 俗 匆 仝 蔥 葷菜青也
佳氣｜｜ 聰 耳聽 驄 馬青白
叢 聚也 쫑 藂 仝 叢 俗

汞 水銀滓 增 文十一
瞳 日出曨｜ 동 동 洞 孝敬｜｜｜
相通鴻｜ 鸗 鳥屬 롱 롱
曨 日出曈｜ 籠 穴也窟｜
濛 元氣未分｜澒 몽 몽
鬷 車輪 종 종 蓯 草兒｜蓉 冬
總 禾聚東 총 縱 急遽 冬 宋
嗊 歌曲嗊｜ 홍 홍 叶 文四
降 戶孔切郭樸贊 往 尹竦切七諫
茳 乳勇切樂錄 任 乳勇切張翰詩

憁 不得志｜恫 痛 病也傷也 통 통
慟 哀過 동 烘 火燎 홍 홍
哄 喝聲 홍 鬨 鬪聲 絳
謗 多言 몽 몽 䠐 出躬
𠈁 小兒仝 諷 誦也微刺 봉 봉
凮 仝 中 當也的也
應也｜ 興 흥 흥 衆 多也三人
仲 次也 쭝 衷 斷其中折
｜ 향 향 增 文十二
罍 小杯 감 感 齈 多涕 농 농

碌 多石仝 沃 琭 玉兒｜｜
睩 視兒曼｜ 簶 箭室胡｜
盝 去水 漉 滲也仝
渌 仝 沃 鹿 麞屬牡有角
簏 竹篋書｜ 麗 小罟
麓 山足 樚 汲水器轆轤｜
轆 車聲仝 騼 野馬
角 四皓里｜ 覺 角 俗非
木 東方之行質樸｜彊｜訥不柔 목 목
沐 濯髮治也潤澤｜溟雨｜

御定詩韻 / 東

罿 鳥網 (冬)
犝 無角牛
羶 無角羊
穜 禾名 (冬) ㅣ稑
潼 廣漢水名
櫳 檻也
龒 窻也 仝
籠 包舉鳥檻
曨 日出曨ㅣ
朧 月出朧ㅣ
聾 耳聾無聞
礱 磨也
嚨 喉也
瓏 明皃 玉聲 玲ㅣ
襱 ㅣ褌也 (嚋) 襩也
冡 仝
濛 微雨 涳ㅣ
矇 有瞳無見
幪 覆也 帡ㅣ
幏 仝
饛 器滿
朦 月出 ㅣ朧
罞 麋罟 (有)
雺 地不應天 (宋)
雺 仝
夢 不明 ㅣㅣ
瞢 目不明 (徑)
懞 慚也 無知 (徑)
懵 仝
蓬 蒿也

董

琫 刀飾
鞛 仝
菶 草茂 ㅣㅣ
𤓰 瓜多實
唪 大笑 仝
蓊 草木盛ㅣ
鬱 ㅣ
滃 雲起
嵸 山高 巃ㅣ
總 統也 皆也
摠 仝
揔 俗
𢤩 仝
偬 不暇 倥ㅣ
𢡍 失意 倥ㅣ
捅 引也
桶 木器 受六升 (腫)
澒 水銀 元氣
濛 未分 ㅣ
鴻 直馳 ㅣ洞 仝

送

恫 不得志 ㅣ𢜶
洞 疾流 朗徹 幽壑
弄 玩也 侮也
哢 鳥吟 吟ㅣ
霿 地不應天
夢 寐中神遊 春ㅣ
𥢃 仝
瞢 目不明 (徑)
懵 惛也 仝
䁅 贈死物
鳳 神鳥
送 遣也
貢 獸也
贛 仝
䆽 仝
糉 角黍 蘆葉
粽 俗
𥻆 裹米
傯 不暇 倥ㅣ
謥 急言 ㅣ詷

屋

哭 哀聲
禿 無髮
鵚 禿頭鳥 鶖ㅣ
牘 書版 樂器
櫝 函也
匵 仝
殰 殤胎
讀 誦書 (宥)
瓄 圭名
黷 濁也 黷見
瀆 溝也 仝
犢 牛子
讟 痛怨而謗
獨 單也
髑 頂骨 ㅣ髏
韣 弓衣
祿 禀也 穀也
福也
錄 循也 衆ㅣ (御) (沃)

東

御定詩韻上

平聲東一

東 文一百五十三　公 無私 官也　工 巧也 匠也
功 績也　紅 仝女-　空 虛也
崆 岷州山名 -峒　箜 琵類 -篌　悾 愨也 -
東 日出方　涷 暴雨　蝀 虹也 蝃-
同 共也　仝 古　侗 無知 倥-
銅 赤金　峒 岷州山名 崆-　桐 梧也 琴材
酮 馬酪　鮦 鱧也　童 幼也
僮 僕也 竦-兒-　曈 日出 -曨　瞳 目珠

上聲董一

董 文三十四　空 穴也
孔 甚也 仝　悾 失意 -惚 (江)
倥 不暇 -傯　董 正也 督也
懂 心亂 懵-　⿰鼓董 鼓鳴 --
蝀 虹也 蝃-　動 作也 搖也
挏 推引　攏 持也 掠也
籠 箱也　蠓 蠛- 醯雞
懞 麥茂 --　懵 心亂 -懂

去聲送一

送 文四十八　貢 獻也
贛 賜也 仝上 仝下　灨 豫章水名 (勘)
⿰氵貢 仝　⿰土貢 地名
⿰貢鳥 鳥食讓　羾 飛至
虹 泗州縣名 (絳)　鞚 馬勒
倥 不暇 -傯　控 引也 告也
操制勒 (講)　空 窮也 -鼓也之
涷 冰壯　棟 屋脊

入聲屋一

屋 文二百　轂 車輻所湊 薦人推-　韋 仝
穀 禾稼總名 善也 祿也 生也 (有)
榖 仝　穀 俗
榖 楮也 皮可爲紙 姓也 -梁
榖 仝　瑴 二玉相合 (覺)
鏧 仝　珏 仝 (覺)
谷 山間水道窮也 養也 (沃)

御定詩韻 上 東 董 送 一 屋

覃二十八○侵鹽咸　感二十七○寢琰豏　勘二十八○沁豔陷　合十五○緝葉洽

鹽二十九○侵覃咸　琰二十八○寢感豏　豔二十九○沁勘陷　葉十六○緝合洽

咸三十○侵覃鹽　豏二十九○寢感琰　陷三十○沁勘豔　洽十七○緝合葉

原增叶文總一萬三千三百四十三

原一萬九百六十

增二千一百四

叶二百七十九

御定詩韻部目

1	肴十八蕭豪○	巧十八篠皓○	效十九嘯号○	
2	豪十九蕭肴○	皓十九篠巧○	号二十嘯效○	
3	歌二十○麻	哿二十○馬	箇二十一○禡	
4	麻二十一○歌	馬二十一○哿	禡二十二○箇	
5	陽二十二○無	養二十二○無	漾二十三○無	藥十無○
6	庚二十三○青蒸	梗二十三○迥	敬二十四○徑	陌十一錫職○
7	青二十四○庚蒸	迥二十四○梗	徑二十五○敬	錫十二陌職○
8	蒸二十五○庚青			職十三陌錫○
9	尤二十六○無	有二十五○無	宥二十六○無	
10	侵二十七覃鹽咸○	寑二十六感琰豏○	沁二十七勘豔陷○	緝十四合葉洽○

佳 九〇支 微齊灰	蟹 九〇紙 尾薺賄	泰 九〇寘未 霽卦隊	
灰 十〇支 微齊佳	賄 十〇紙 尾薺蟹	卦 十〇寘未 霽泰隊	
		隊 十一〇寘 未霽泰卦	
眞 十一〇文 元寒刪先	軫 十一〇吻 阮旱潸銑	震 十二〇問 願翰諫霰	質 四〇物月 曷黠屑
文 十二〇眞 元寒刪先	吻 十二〇軫 阮旱潸銑	問 十三〇震 願翰諫霰	物 五〇質月 曷黠屑
元 十三〇眞 文寒刪先	阮 十三〇軫 吻旱潸銑	願 十四〇震 問翰諫霰	月 六〇質物 曷黠屑
寒 十四〇眞 文元刪先	旱 十四〇軫 吻阮潸銑	翰 十五〇震 問願諫霰	曷 七〇質物 月黠屑
刪 十五〇眞 文元寒先	潸 十五〇軫 吻阮旱銑	諫 十六〇震 問願翰霰	黠 八〇質物 月曷屑
先 十六〇眞 文元寒刪	銑 十六〇軫 吻阮旱潸	霰 十七〇震 問願翰諫	屑 九〇質物 月曷黠
蕭 十七〇 肴豪	篠 十七〇 巧皓	嘯 十八〇 效号	

御定詩韻部目

平聲 共三十○ 附通韻	上聲 共二十九○ 附通韻	去聲 共三十○ 附通韻	入聲 共十七○ 附通韻
東 一○ 冬江	董 一○ 腫講	送 一○ 宋絳	屋 一○ 沃覺
冬 二○ 東江	腫 二○ 董講	宋 二○ 送絳	沃 二○ 屋覺
江 三○ 東冬	講 三○ 董腫	絳 三○ 送宋	覺 三○ 屋沃
支 四○微 齊佳灰	紙 四○尾 薺蟹賄	寘 四○未霽 泰卦隊	
微 五○支 齊佳灰	尾 五○紙 薺蟹賄	未 五○寘霽 泰卦隊	
魚 六○ 虞	語 六○ 麌	御 六○ 遇	
虞 七○ 魚	麌 七○ 語	遇 七○ 御	
齊 八○支 微佳灰	薺 八○紙 尾蟹賄	霽 八○寘未 泰卦隊	

亞匡東音全而華音母義異者界以小圜訓別
義書華音加圜匡
上之十二年丙午六月　日通政大夫承政院同副
承旨兼　經筵叅贊官春秋館修撰官　奎章
閣檢校直閣知製　教臣尹定鉉奉
教謹識

御定詩韻凡例

奎章全韻板本歲久刓缺承 命改刊仿袖珍本用便於閱覽也

御筆書下御定詩韻四字 命題卷面仍作書名而四格橫看字母排次叶韻通韻音註標匡一依全韻舊例

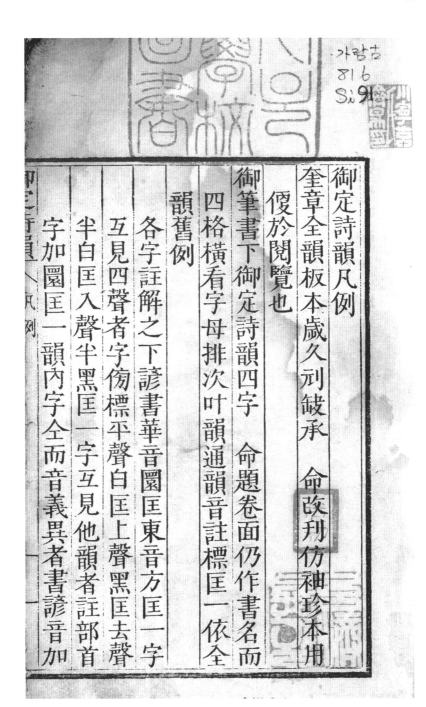

各字註解之下諺書華音圜匡東音方匡一字互見四聲者字傍標平聲白匡上聲黑匡去聲半白匡入聲半黑匡一字互見他韻者註部首字加圜匡一韻內字全而音義異者書諺音加

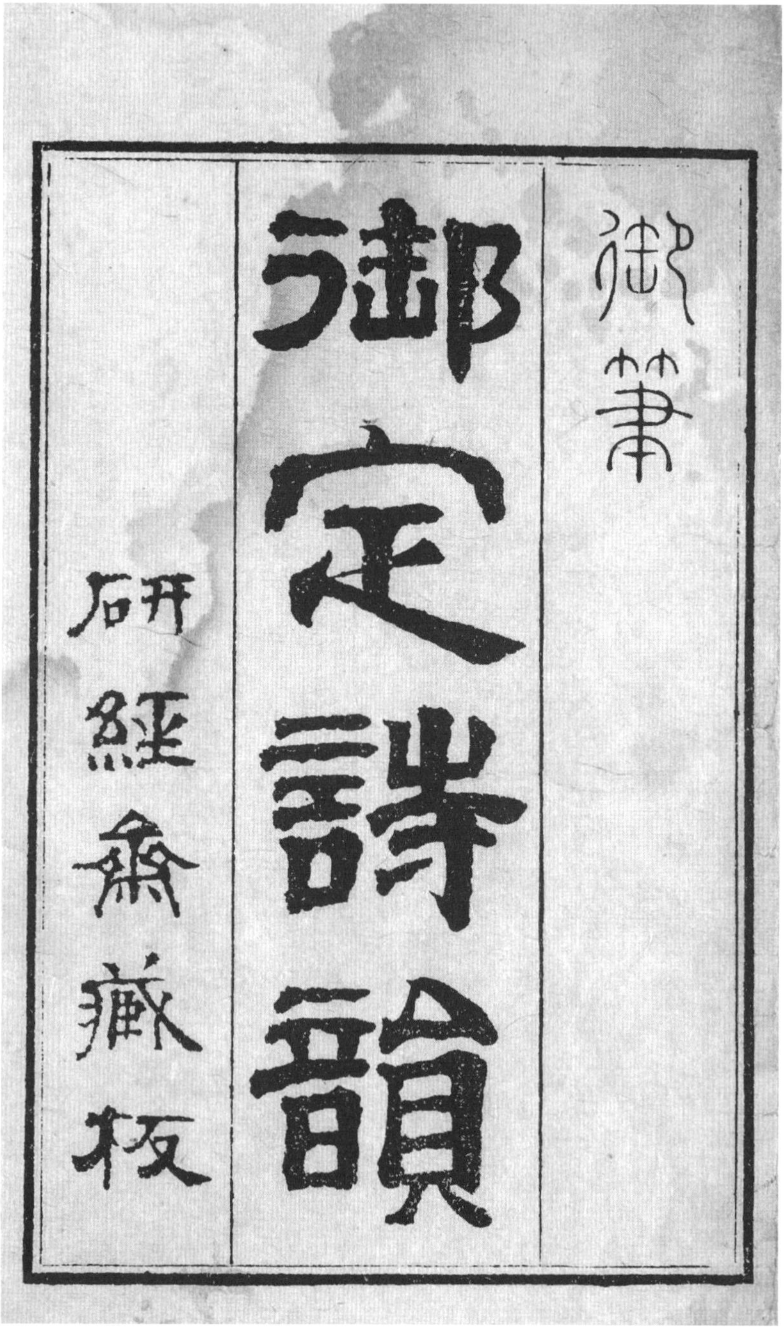

御筆

御定詩韻

研經齋藏板

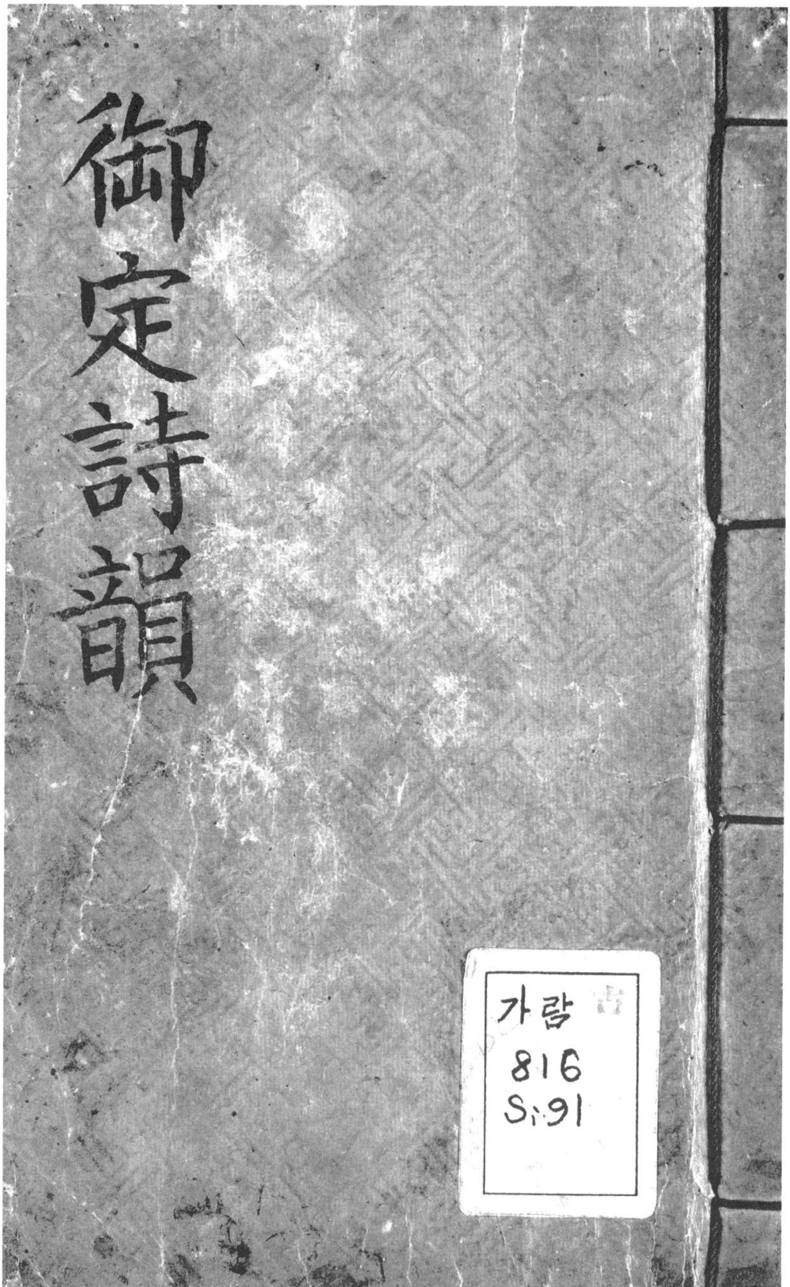
御定詩韻
가람
816
Si91

御定詩韻 原本